Tanz der Wasserläufer

Tania Douglas

Der Tanz der Wasserläufer

Roman

Eichborn.

Für Volker

1 2 3 4 05 04 03

Umschlaggestaltung: Christina Hucke
unter Verwendung eines Ausschnitts des Gemäldes »Lady Anne Carr, Gräfin von Bedford« von Anthonis van Dyck, um 1638
Gesamtherstellung: Fuldaer Verlagsagentur, Fulda
ISBN 3-8218-0925-6

Verlagsverzeichnis schickt gern:
Eichborn Verlag, Kaiserstraße 66, D-60329 Frankfurt am Main
www.eichborn.de

Prolog

»Nos crimes trop fréquents ont lassé le tonnerre;
Le Ciel ne punit plus l'engeance de la terre,
Qui déjà reproduit tant de monstres divers;«

»Unsere zu häufigen Verbrechen haben den Donner ermüdet
Der Himmel straft nicht mehr das Erden-Gesindel
Das so viele Ungeheuer schon gebar;«

Ein dumpfes Grollen begleitete die Ankunft des Reittrupps vor dem roten Backsteinschloss. Der Mann, der als erster aus dem Sattel gesprungen war, sah hoch.

Bleigraue Wolkentürme wälzten sich ihnen entgegen. Am Horizont hing bereits ein dichter Regenschleier über dem Wald. Der Mann hob kurz seinen Hut und wischte sich den Schweiß vom blonden Haaransatz. Er machte den anderen Männern Zeichen, ebenfalls abzusitzen. Einer von ihnen, ein Rothaariger mit Pockennarben im Gesicht, war seinem Blick gefolgt.

»Der Regen wird den Brand löschen, Mylord!«

»Egal. Viel war sowieso nicht mehr in der Hütte.«

»Nein. Die Männer haben gründlich gearbeitet!«, grinste der Rotschopf. Er deutete auf das rote Backsteinschloss: »Und was wollen wir hier? Ist ein bisschen groß, aber ich könnte noch ein paar Leute auftreiben, die …«

»Hier wird nichts angerührt!« Der erste Mann fixierte seinen Begleiter. »Wenn ich merke, dass einer deiner Leute etwas mitgehen lässt, knüpfe ich ihn eigenhändig am nächsten Baum auf! Ist das klar?«

Ein Blitz tauchte das Schloss für den Bruchteil einer Sekunde in grelles Licht.

»Schon gut, Mylord. Klar doch. Ich dachte nur, weil wir eben …«

»Jetzt komm. Wir haben keine Zeit zu verlieren.«

Kurz darauf drangen die acht Männer in das Schloss ein.

Zwei Hausangestellte blieben bei ihrem Anblick wie versteinert stehen. Eine dritte flüchtete.

»Kann eine von euch lesen?«, rief der blonde Mann ihnen zu.

Die beiden Hausmädchen kneteten ihre Schürzen und schüttelten stumm den Kopf.

»Ich kann es!«, erklang es von hinten. Ein Mann erschien. Er hielt eine Pistole auf die Männer gerichtet. »Was wollen Sie?«

»Ich kenne dich ... Du bist der Butler, nicht wahr?«

Der Mann mit der Pistole runzelte die Stirn und trat näher.

»Sie, Mylord? Meine Herrin ist vor zwei Stunden abgereist. Ich verstehe nicht ...«

»Lies!« Ein grüner Stein funkelte an der Hand des blonden Mannes, als er ihm ein Papier entgegenhielt. Der Butler beugte sich darüber. Ehrfurcht trat in seinen Blick. Er ließ die Waffe sinken.

»Wo ist das Kind?«

»Das Kind, Mylord?«

»Deine Herrin hat es doch hier gelassen, oder? Ist es oben in seinem Zimmer?«

»Ja ...«

»Gut.« Der Mann drehte sich um. »Einer von euch begleitet mich. Die anderen bleiben hier und warten, bis wir wieder unten sind.« Er eilte davon.

Im ersten Stockwerk schlug er zielsicher den Weg nach rechts ein und stieß eine Tür auf.

Er blieb kurz stehen, als er die Wiege erblickte. Ein Lächeln huschte über seine Lippen.

Mit wenigen Schritten stand er vor ihr.

Er schob den Schleier beiseite, der über dem Korb hing.

Dann griff er hinein.

DER WEIHER

Eins

»Quel Dieu cruel tient mon sort en sa main,
Qui me fait être à moi-même inhumain?«

»Welch grausamer Gott hält mein Schicksal in Händen,
Der mich zwingt, zu mir selbst unmenschlich zu sein?«

August 1624

Julie riss die Augen auf. Nichts … Eine Wand aus Dunkelheit umgab sie.

Ein paar Sekunden lang wähnte sie sich noch gefangen in ihrem Albtraum. Dann stieg ihr der fremdartige, süßliche Geruch in die Nase, den die durchwühlten Laken ausströmten. Mit einem Mal wusste sie wieder, wo sie war. Doch ihre Beklemmung wollte nicht weichen.

Die Vorhänge … Jemand hatte die Vorhänge zugezogen!

Ihr Arm schnellte vor. Ihre Hand stieß gegen eine der schweren Brokatbahnen, die das Bett in einen abgeschlossenen Würfel verwandelten, und schlug sie zur Seite.

Sofort drang frische Luft unter den Betthimmel und strich kühl über ihre schweißnassen Schläfen. Während sich ihr Herzschlag allmählich wieder verlangsamte, nahm sie in der Ferne Licht wahr: Ein fahler, grauer Rahmen, der sich um die schweren Fensterläden abzeichnete.

Mit der Erinnerung an die letzte Nacht stiegen auch die Furcht und die Scham wieder in ihr hoch. Und dieser unterschwellige, unerklärliche Zorn. Plötzlich hielt sie es nicht länger in dem Bett aus.

Sie befreite sich von der Leinendecke und stand auf. Vorsichtig tasteten ihre nackten Füße sich durch die Dunkelheit in Richtung des Lichtschimmers. Noch war das Zimmer Julie fremd. Sie war gestern Abend zu erregt gewesen, um auf die Beschaffenheit und die Möblierung des Raumes zu achten. Der kalte Metallriegel ließ sich leicht bewegen. Sie klappte erst den schweren Fensterladen, dann auch die in Blei gefasste Glasscheibe auf. Die plötzliche Helligkeit ließ sie blinzeln.

Laut und rein empfing sie der Ruf der Amseln.

Die Landschaft vor ihrem Fenster war für sie noch genauso neu wie das Zimmer, in dem sie stand. Dennoch fühlte sie sich ermutigt, als ihre

Blicke im aufkommenden Morgenlicht die Weite von Eastington erfassten: Den mächtigen Wald, der in wenigen Meilen Entfernung sein unregelmäßiges Band entrollte, die weichen Hügel, die kräftigen grünen Felder. Ja, ihre neue Heimat war ein schönes, reiches Land.

Ein Knirschen erweckte Julies Aufmerksamkeit. Sie beugte sich über den Sims an der roten Backsteinfassade und lugte hinunter. Ein Rappe schritt gemächlich über den Kies. Der blonde Reiter auf seinem Rücken hob den Kopf zu Julies Fenster empor. Schnell trat sie einen Schritt in ihr Zimmer zurück. Sie hörte noch, wie der Mann sein Tier antrieb und sich beide im schnellen Trab entfernten.

Julie runzelte die Stirn und biss sich auf die Unterlippe. Was für ein närrisches Verhalten …

Sie machte ein paar Schritte hin und her. Ihr Blick glitt über die kostbare Einrichtung des Raumes und fiel dann auf das Bett. Auf dem feinen Batistlaken prangte unübersehbar ein roter Fleck. Julie schluckte.

Nein, sie konnte sich nicht länger ihrem neuen Leben verschließen.

Schnell streifte sie sich ihr Unterkleid über und flocht ihre langen, dunklen Haare zu einem lockeren Zopf. In der alten Truhe, die gestern in dem Vorzimmer abgestellt worden war, fand sie ihr grünes Reitkleid und ihre Stiefel.

Mit klopfendem Herzen verließ sie das Zimmer.

⚜

Es war ein metallenes Klirren, das Robert weckte.

Nicht das schwere Aufprallen des Hammers auf dem Amboss. Auch nicht das Scheppern der Zange auf der Feuerstelle, wenn sein Vater das Werkzeug dort ablegte. Nein, ein helleres, feineres Geräusch. Es waren … Steigbügel! Der Stall … Er war gestern im Stall des Schlosses eingeschlafen!

Schnell stand er aus dem stacheligen Stroh auf. Sein Rücken brannte. Die plötzliche Bewegung hatte sein Hemd von den Wunden gerissen, an denen es festgeklebt war. Doch er achtete nicht darauf, weil das Gefühl ihm vertraut war und auch, weil es ab heute hoffentlich der Vergangenheit angehören würde.

Jetzt erkannte er auch die Ursache des Geräusches: Eine Frau versuchte, einen Damensattel von einer Halterung zu zerren. Obwohl sie ein viel schäbigeres Kleid als gestern trug, als er sie von weitem an der Hochzeitstafel hatte sitzen sehen, erkannte er sie sofort. Er sah sich um. Niemand außer ihm war da. Kein Wunder – die Stallburschen schliefen alle noch ihren Rausch aus. Was für ein Glück!

»Guten Morgen!« Robert zuckte zusammen. Die Frau hatte ihn entdeckt. »Du bist sicher der Stallbursche hier?«

Ihre Augen waren so blau, dass er sich verhaspelte.

»Nein … Ja … Das heißt, eigentlich schon …« Als er sah, dass sie die Brauen hochzog, wurde er unruhig. Er musste unbedingt einen guten Eindruck auf sie machen! Er streckte einen Arm aus: »Aber … das dürfen Sie nicht … Ich meine, den Sattel da runterholen. Weil, dafür bin ich doch da.«

Er hinkte zur Wand und stellte sich neben sie.

Erst schien ihm der Sattel unerreichbar, auf seiner Stütze, da oben, an der Wand, doch er presste die Zähne aufeinander und gab nicht auf. Sein Rücken brannte mehr denn je, und als er den Blick der Frau auf seinem rechten Fuß spürte, wurde ihm heiß. Doch dann gelang es ihm, das schwere Lederzeug herunterzuhieven und zu den Boxen zu schleppen, zu der schneeweißen Stute, die der Earl der neuen Herrin gestern zum Geschenk gemacht hatte.

Als er die Stute gesattelt und gezäumt hatte, pochte sein Herz vor Freude und Hoffnung. Bis jetzt hätte es nicht besser laufen können. Er führte die Stute in den Hof, und die Frau folgte ihm.

Sie stieg noch nicht auf, sondern blieb einen Augenblick zögernd stehen. Dann drehte sie sich ihm zu.

»Wie heißt du, Kleiner?«

Diesmal gelang es ihm, eine ordentliche Antwort zu geben. Er lächelte höflich mit geschlossenem Mund.

»Alle nennen mich Limping Bob, Mylady.«

»Also Robert. Ein hübscher Name. Ich fürchte, ich kann nicht alleine ausreiten, und da alle anderen noch schlafen, schlage ich vor, dass du mich begleitest, Robert. Hol dir ein Pferd. Ich warte hier auf dich.«

Sekundenlang war Robert wie betäubt von so viel Glück. Dann wurden seine Ohren heiß. Er humpelte in den Stall, sattelte und zäumte hastig einen stattlichen Braunen. Erst als er wieder mit seinem Reittier hinauskam, fiel es ihm ein: Er hatte noch nie im Leben auf einem Pferd gesessen.

Seine Hände wurden feucht, als er an der kugeligen Front hinaufsah, die der Leib des Wallachs bildete. Kurz überlegte er, dass er vielleicht ein weniger beeindruckendes, dafür aber einfacher zu besteigendes Exemplar hätte aussuchen sollen. Nein. Entschlossen schnappte er nach Luft,

Hufe zerfetzten die Dunstfahnen. Der nachtfarbene Umhang des Reiters verlieh dem Tier Rabenflügel.

Julie fühlte, wie sich eine eiserne Klammer um ihren Nacken legte. Der Mann hatte die Hand gehoben. Schläge hagelten auf den Rappen nieder. Es schien unmöglich, doch der Hengst wurde noch schneller. Sein rasender Galopp spritzte dunkle Erdklumpen hoch. Ein Fasan entfloh in heller Panik.

Julie legte die Hände auf ihren Mund. Mein Gott ... Dieses wahnwitzige Rasen konnte nur ein schreckliches Ende nehmen! Da ... Ein Zaun! Und er galoppierte geradewegs darauf zu! Er musste ihn doch gesehen haben!

Sie keuchte.

Der Hengst setzte zum Sprung an – der Reiter ließ die Zügel los.

Zwei Fäuste stießen in den Himmel, forderten heraus, drohten, klagten an, während der Hengst über das Hindernis schoss. Dann trafen die Hufe wieder auf den Boden.

Das Pferd strauchelte ... Es musste stürzen! Im letzten Moment lösten sich die Fäuste, wurden zu Händen, packten die Zügel, fingen das Tier wieder auf. Und schlugen erneut auf das Tier ein.

Kurz darauf waren Ross und Reiter hinter einer Hügelkuppe verschwunden.

Julie hörte sich die angehaltene Luft wieder ausstoßen. Langsam löste sie die Zügel aus ihren verkrampften Fingern. Sie traf Roberts Blick.

»Das war der Herr, nicht wahr?«, fragte der Junge, und sein Gesicht glänzte vor Begeisterung. »So gut möchte ich auch einmal reiten können!«

Julies Hand fuhr an ihre Stirn. Sie zitterte. Plötzlich waren sie wieder da, die Bedenken, die unterdrückten Ängste der letzten Wochen. Wieder hörte sie das Getuschel hinter ihrem Rücken, wenn von ihrer baldigen Heirat mit Frederik Glenstair, dem Earl of Eastington, die Rede gewesen war. Sie hatte dem kein Gehör schenken wollen, und sie hatte die Anspielungen, die sie nicht verstanden hatte, ignoriert. Der Earl war trotz seiner vierundvierzig Jahre eine gute Partie, und Julies Mutter hatte es sich nicht leisten können, wählerisch zu sein. Achtete man auf Gerüchte, wenn man Witwe war und eine fünfzehnjährige, mittellose Tochter unter die Haube zu bringen hatte?

Aber jetzt ...

Es schien Julie, als habe sie gerade ein paar Herzschläge lang in das Innere des Unbekannten gesehen, den sie seit gestern ihren Gatten nannte. Und was sie dort entdeckt hatte, ließ sie frösteln.

Sie blickte suchend um sich, bohrte dann ihre Fersen in die Flanken der Stute. Kurz entschlossen lenkte sie das Tier in Richtung Wald.

Schon bald erreichten sie den Rand des Gehölzes. Buchen erstreckten ihre grau schimmernden Säulen so weit das Auge reichte. Julie ließ der Stute freien Lauf. Die Sonne durchdrang stellenweise die Baumkronen und traf in unregelmäßigen Abständen auf ihr Gesicht. Verwirrt vom schnellen Wechselspiel von Licht und Dunkel schloss sie die Augen. Sie ließ sich vom gleichmäßigen Schritt des Pferdes wiegen und bemühte sich, ihre innere Ruhe wiederzufinden. Ein leichtes Stolpern ihrer Stute ließ sie blinzeln. Sie griff in die Zügel und hielt an, um sich zu orientieren. Der Waldrand war nicht mehr auszumachen, den Buchen mischten sich jetzt Eichen, gefiederte Lärchen und jede Menge Buschwerk bei, die das Vorwärtskommen erschwerten.

Julie musste sich eingestehen, dass sie die Orientierung verloren hatte. Doch das beunruhigte sie nicht. Auch im Wald von Glendon hatte sie sich öfters verirrt. Sie drehte sich zu dem Jungen um.

»Kennst du dich in diesem Teil des Waldes aus, Robert?«

»Leider nein, Mylady. Ich bin wegen meines Fußes noch nie so weit gekommen.«

Julie beschloss, der Stute einfach weiterhin die Zügel zu überlassen. Das Tier würde sie schon in den heimatlichen Stall zurückbringen.

So nahmen sie schweigend ihren Ritt wieder auf. Nach ein paar Minuten jedoch wurde das Gebüsch zu Dickicht, und ein Vorwärtskommen immer schwieriger. Schon bereute Julie ihre Entscheidung – doch gerade jetzt schien die Stute ein Ziel ausgemacht zu haben: Das Tier hob den feinen Kopf, spielte mit den Ohren und schnaubte. Vor einer dichten Erlengruppe blieb es stehen.

Seufzend stieg Julie ab und gab Robert ein Zeichen, es ihr nachzumachen. Sie ließ den Jungen bei den Pferden zurück und bahnte sich einen Weg durch die niedrigen Zweige. Nach kurzer Zeit stand sie im Freien. Verwundert schaute sie um sich.

Sie befand sich auf einer Sommerwiese, die leicht abfallend zu einem Weiher führte. Eine mächtige Weide mit runzeliger Rinde tauchte ihre Zweige in das grüne Wasser.

Julie trat langsam näher, bis sie am Weiher stand. Zwei Erpel flogen auf. Der gestörte Wasserspiegel schwankte leicht und beruhigte sich wieder. Sie senkte den Blick. Wasserläufer eroberten sich ihr Reich zurück und hinterließen winzige Kreise, die ineinander verliefen, bevor sie sich in Nichts auflösten.

Julie kniete sich in das feuchte Gras und beugte sich über das Wasser. Bis auf einen halben Schritt Tiefe konnte ihr Blick die Oberfläche durchdringen. Sie streifte ihren Ärmel hoch und tauchte ihre rechte Hand und den halben Unterarm in das Wasser. Es war frisch, aber nicht kalt. Auf dem Wasser schwamm ihr Spiegelbild, und ihre eigenen Augen schauten sie aus dem Oval ihres Gesichtes fragend an.

Ob sie es sich erlauben könnte, in das Wasser zu steigen?

In Glendon hatte nicht weit von ihrem Elternhaus ein Fischteich gelegen. Dort hatte ihr Vater ihr das Schwimmen beigebracht, als sie gerade dem Gängelband entwachsen war. Eine schnelle Schwimmerin war sie nie geworden, aber eine ausdauernde. Als Kind hatte sie es geliebt, sich absinken zu lassen und mit offenen Augen in der Trübheit Ausschau nach wulstlippigen schuppigen Ungeheuern zu halten … Julie lächelte. Doch dann legte sich wieder der altbekannte Druck auf ihre Kehle.

Wie sehr sie ihren Vater vermisste! Fünf Jahre waren vergangen, seit ein Eber ihn gerissen hatte. Das hatte ihr ganzes Leben urplötzlich verändert. Ihr unbekannter Halbbruder, der Sohn aus der ersten Ehe ihres Vaters, hatte Glendon geerbt. Ihre Mutter war zu einer Wiederheirat gezwungen worden, und Julie hatte man bis vor ein paar Monaten nach Frankreich in das verhasste Kloster geschickt. Und auch ihre gestrige Heirat war eine Folge des Jagdunfalls, der Charles Dearsley das Leben gekostet hatte.

Ob ihr Mann auch ein so ein guter Vater würde?

Sie zwang sich ein paar Mal, den ungewohnten Namen auszusprechen. Frederik …

Jedenfalls schien es Frederik sehr am Herzen zu liegen, einen Erben zu bekommen. Das Einzige, worauf der Earl bei den Heiratsverhandlungen bestanden hatte, war die Untersuchung ihrer Zeugungsfähigkeit. Die Erinnerung daran trieb Julie noch heute die Schamröte ins Gesicht. Sonst war Frederik denkbar bescheiden gewesen und hatte über mancherlei hinweggesehen, das einen anderen sicherlich abgeschreckt hätte: Dass sie nur den Schmuck ihrer Mutter in die Ehe einbrachte. Oder dass sie, wie ihre französische Mutter, dem katholischen Glauben anhing. Auch ihr Aussehen schien ihm völlig gleichgültig zu sein, denn sie hatten sich erst gestern zum ersten Mal erblickt …

Julie runzelte die Stirn. Noch wusste sie so gut wie nichts über ihren Mann. Plötzlich jagte das Bild des Höllenreiters durch ihren Geist, und sie schauderte.

Nein, nichts gab ihr das Recht, ihrem Mann nicht mit dem ihm gebührenden Vertrauen zu begegnen. So gut sie es trotz ihrer Unerfahrenheit beurteilen konnte, hatte er sich in der letzten Nacht sehr rücksichtsvoll gezeigt. Er schien an der Prozedur, die zum Eheleben nun einmal dazugehörte, genauso wenig Freude gehabt zu haben wie sie selber, und hatte so schnell, wie es ging, von ihr abgelassen. Verriet dieses Verhalten nicht ein hohes Maß an Selbstlosigkeit und Feingefühl?

Sie schöpfte etwas Wasser in ihren Handflächen, benetzte ihr Gesicht ... und hielt plötzlich inne. Ein langer Schauer lief ihr die Wirbelsäule herunter. Irgendjemand beobachtete sie.

Langsam, Zoll für Zoll, hob sie das Haupt.

Aus den Lilienblättern zu ihrer Linken ragte ein riesiger, abstoßend hässlicher Hundekopf.

Während das Pochen in ihrer Brust immer wilder wurde, sah sie sich nach einer möglichen Waffe um. Aber kein Stein lag in Reichweite, kein fester Ast ... Ihre Finger verkrampften sich.

Der Hund starrte sie an. Und er grinste.

Seine Schnauze war kurz und kräftig. Eine zackige Narbe lief quer über das mächtige Haupt, zog die linke Lefze der Bestie hoch und entblößte einen Reißzahn.

Der Hund spitzte die Ohren und beobachtete Julie mit einer schier schmerzhaften Intensität. Dann verschwand er.

Julie atmete befreit auf. Während sie sich einige feuchte Grassamen vom Kleid klaubte, bemerkte sie, dass das Tier sich in ein paar Schritten Entfernung aufgestellt hatte. Noch nie hatte sie einen so riesenhaften Hund gesehen! Der Körper war kräftig, der Brustkorb gewaltig, die Rute schien kein Ende zu nehmen. Und wie er sie mit seinem schiefen Grinsen ansah! Wollte er sie damit einladen, ihm zu folgen? Julie zögerte nur kurz.

Dann ging sie, um Robert und die Pferde zu holen.

Zunächst hatten sie Schwierigkeiten, ihrem Führer zu folgen, weil der Wald stark mit niedrigem Gebüsch durchsetzt blieb, und der Hund trotz seiner Größe elegant durch die Vegetation glitt. Bald aber konnten sie wieder aufsteigen. Nach ein paar Minuten mündete der kaum sichtbare Pfad, dem sie folgten, in eine große Lichtung, in deren Hintergrund eine Hütte kauerte.

Julie erkannte, dass das Haus grob aus halben Baumstämmen gezimmert worden war, an denen noch die Rinde hing. Das Dach bestand aus grauem, halb verfallenem Stroh, das man mit Moos abgedichtet und mit Steinen beschwert hatte. Einziges Lebenszeichen war eine schwache helle Rauchfahne, den der aus runden Bachkieseln gemauerte Kamin steil in den tiefblauen Augusthimmel stieß.

»Mylady, das … das ist das Haus vom Grauen Mann!« Robert bekam einen Schluckauf vor Aufregung. Er riss hektisch an den Zügeln und sein Brauner stöhnte auf. Flüsternd fuhr der Junge fort: »Wir müssen umkehren, er ist ein Hexer und wird uns alle verwünschen!«

»Robert, bitte, reiß dich zusammen! Du weißt, dass wir uns verirrt haben, und dieser Mann wird uns gewiss helfen können.« Julie starrte das Gebäude an. »Wir haben keine andere Wahl.«

Der Hund war an das Haus getreten und setzte sich abwartend auf die Schwelle. Seine Augen sprühten Funken in der Sonne. Sie waren goldgelb.

Beim Herannahen bemerkte Julie, dass ein Pferd im Schatten des Hauses angebunden war. Die Tür stand offen. Wenigstens war jemand daheim.

Sie stieg ab, warf Robert ihre Zügel zu und bückte sich, um unter das tiefe Strohdach zu gelangen. Sie wollte gerade zur Tür hinein, als sie mit einem Mann zusammenstieß, der mit großen Schritten herausstürmte. Er fluchte und hob den Kopf. Ein grässlich entstelltes, dunkles Gesicht, tiefliegende, glühende Augen, ein riesiger, verzerrter Mund … Julie schrie auf und prallte zurück. Der Mann bückte sich, hob etwas auf. Es war eine versiegelte Schriftrolle, die genau vor ihre Füße gefallen war. Dann hastete er davon in die Richtung, wo sie das Pferd hatte stehen sehen. Sie erhaschte einen letzten Blick auf ihn … Jetzt erst, wo er im Freien stand, bemerkte sie, dass das, was sie für sein Gesicht gehalten hatte, nur eine lederne, bemalte Maske war.

Sie lehnte noch mit unruhig schlagendem Herzen an der Tür, als eine raue Stimme sie zusammenzucken ließ.

»Nanu, was ist denn das? Wer hat Sie denn hierher gezaubert?«

Julie wirbelte herum. Im Türrahmen stand ein großer Mann.

Sein Gesicht war von einem struppigen Bart umrahmt, der alle Abstufungen von schwarz bis weiß aufwies. Es wurde von einer kräftigen Hakennase beherrscht. Dichte Augenbrauen von derselben Farbe beschatteten die tief liegenden stahlgrauen Augen. Sein Haaransatz war zurückgewichen und hatte eine hohe Stirn freigelegt. Sein nicht mehr weißes Hemd steckte nachlässig im Hosenbund und versuchte erfolglos einen beginnenden Bauch zu verdecken. Der Stoff seiner Hose schlug Falten um seine Beine. An den Füßen trug er derbe Lederstiefel mit Stulpen. Julie schätzte den Mann auf etwa fünfundfünfzig Jahre. Trotz seines vernachlässigten Äußeren war er eine imposante Erscheinung.

»Auch ich wünsche Ihnen einen guten Tag, mein Herr«, antwortete sie.

»Tage mit Überraschungen sind nie gut«, brummte der Mann. Er spähte kurz auf einen Fleck hinter ihrem Rücken. Julie hörte ein Pferd davon galoppieren. Dann drehte er sich ihr wieder zu. »Was wollen Sie?«

»Wir haben uns im Wald verirrt, und da hat sich Ihr Hund angeboten, uns hierher zu führen. Sie können uns doch bestimmt wieder auf den richtigen Weg bringen?« Julie war entschlossen, sich von diesem Waldschrat nicht einschüchtern zu lassen.

»Der Hund?« Der Mann starrte kurz das Tier an. Dann richtete er sich auf. Er hob eine Braue. Seine Augen funkelten. »Wenn das so ist … Natürlich wird es mir eine Freude sein, Sie wieder auf den rechten Weg zu bringen, von dem Sie so kurz nach Ihrer Heirat schon abkamen, Mylady!«

Woher wusste der Mann, wer sie war? Julie hob das Kinn.

»Vielen Dank. Mein Gemahl wird sich gewiss erkenntlich zeigen.«

»Ja, ganz gewiss«, grinste der Mann. Er machte auf dem Absatz kehrt und ließ sie einfach stehen. »Ich bringe Sie gleich zurück. Erst aber muss ich etwas essen. Dauernd fallen hier Leute ein, und ich hatte noch keine Zeit, mir etwas zwischen die Zähne zu stecken. Ich sterbe vor Hunger!« Julie starrte mit gerunzelter Stirn in die dunkle Öffnung der Hütte. »Kommen Sie herein, Mylady! Ich kann ja keinen ruhigen Bissen nehmen, wenn Sie da draußen rumstehen und warten! Mein Essen will ich genießen!«

Julie zögerte kurz und ging hinein. Ein beißender Geruch von Holzfeuer empfing sie.

Der Mann hockte an der rechten Wand am Kamin, wo er mit Holzscheiten das schwache Feuer zu neuem Leben erweckte. Die niedrigen Flammen warfen seinen Schatten unförmig und riesenhaft an die gegenüberliegende Wand.

Sie schaute sich in der Halbdämmerung um.

Mitten im Raum standen ein derber Tisch und eine Bank, vor dem Kamin ein breiter mit Leder bezogener Stuhl. Auf dem Abzug des Kamins hing ein Schwert, das Julie so lang wie sich selbst schätzte. Vor der Feuerstelle lag der Balg eines sehr großen Tieres, das sie noch nie zuvor gesehen hatte: Sein Fell, obwohl in dem flackernden Licht schlecht zu erkennen, schien rötlich zu sein, und von schwarzen Streifen durchzogen. Seine Tatzen waren riesenhaft und vermittelten noch jetzt den Eindruck großer Kraft.

Julies Blicke wanderten weiter. An der hintersten Wand schien sich das Lager zu befinden. In seiner Nähe stand eine riesige Truhe. Das Möbelstück war aus einem sehr dunklen lackierten Holz gefertigt, darin sich Intarsien befanden, die seltsame Frauen mit schmalen Augen und mit fließenden, um die Taille geschnürten Mänteln darstellten.

Über der Truhe hing ein Gobelin in verblichenen Tönen. Auf ihm war eine Frau mit Haube und hohem Haaransatz in einem altmodischen Kleid zu sehen, die inmitten einer Wiese kniete. Zu ihrer Rechten saß ein Schwan. Mit eingewoben waren die französischen Worte: Vaillance, Fidélité, Passion.

An der linken Wand waren allerlei Behälter aus Keramik, Kupfer oder Zinn in den verschiedensten Formen aufgereiht. Eine Schale mit undefinierbarem Inhalt und ein Mörser leisteten ihnen Gesellschaft. Tierische Körperteile, welche Julie beschloss, nicht weiter untersuchen zu müssen, schwammen in einer streng riechenden Lösung. Ein Bündel Kräuter lag ordentlich aufgeschichtet auf der Seite.

»Kommen Sie, Mylady, und setzen Sie sich. Ihre Neugier können Sie später noch zur Genüge befriedigen«, sagte der Mann und wies auf den Lederstuhl.

Obwohl seine andauernde Unhöflichkeit sie allmählich ärgerte, folgte Julie der Aufforderung. Die unruhige Nacht, der Ritt und der Marsch durch das Gebüsch forderten jetzt ihren Tribut, und sie war erleichtert, sich einen Moment ausruhen zu können.

Der Mann ging an das Feuer, füllte eine Schale und hielt sie ihr hin.

»Da, essen Sie! Es wird Ihnen gut tun.«

Julie sah zu ihm auf und nahm ihm die dampfende Schale ab.

»Sie wollen mich bewirten?«, fragte sie spöttisch. »Sie sollten sich in Acht nehmen, nicht zu viel Freundlichkeit auszustrahlen, man könnte Sie sonst menschlich finden!«

Er antwortete nicht, sondern holte sich die vor dem Esstisch stehende Bank, und stellte sie ebenfalls vor den Kamin. Dann füllte er eine zweite Schale.

»Wenn Sie noch eine Stufe weiter auf Ihrem Weg zum Wohltäter avancieren wollen, könnten Sie auch meinem Pagen vor der Tür etwas zu essen bringen!«

Die stahlgrauen Augen des Mannes verengten sich. Wortlos lief er mit der Schale aus der Tür. Als er nach kurzer Zeit wiederkam, war Julies schlechte Laune durch die gute Suppe besänftigt worden.

»Er hat es nicht essen wollen«, sagte der Graubart und deutete auf das irdene Gefäß, das er immer noch in der Hand hielt. »Hatte wohl Angst, es sei vergiftet.« Schwerfällig ließ er sich auf die Bank fallen, und begann, seine Mahlzeit zu trinken. »Ist der Junge schon lange in Ihrem Dienst?«

Julie blickte überrascht hoch. Wollte der ungehobelte Waldbewohner jetzt Konversation machen?

»Seit etwa einer Stunde. Kennen Sie ihn?«

»Ist er nicht der Sohn von William, dem Schmied?«

»Ich kenne seine Referenzen nicht. Ich bin ihm heute Morgen zufällig im Stall begegnet und habe, einer Eingebung folgend, ihn vorhin zu meinem Pagen gemacht.«

»Haben Sie bemerkt, dass er ein Krüppel ist? Ist so ein hinkender Page nicht etwas störend im wohlgestalteten, exquisiten Umfeld einer Gräfin?«

Julie erwiderte liebenswürdig:

»Wissen Sie, ich finde mein Umfeld momentan weder exquisit noch wohlgestaltet!«

Für ein paar Sekunden starrte der Mann sie nur sprachlos an. Dann lachte er mit einer Lautstärke, die das Haus bis zum Giebel erfüllte und Julie um das morsche Dach bangen ließ. Als er sich wieder beruhigt hatte, strich er sich über die Augen.

»Donnerwetter, Mylady! Sie haben eine verdammt spitze Zunge!« Bei der Erinnerung lachte der Waldschrat noch einmal. Dann fuhr er wesentlich freundlicher als vorher fort: »Eigentlich wollte ich nur erfahren, ob es Ihnen mit Limping Bob Ernst ist. Er könnte nämlich ein guter Diener werden, wenn man ihm Zeit lässt, sich an seine neue Umgebung zu gewöhnen. Er hat noch drei Brüder, alle wahre Bären und eckig wie Schränke. Bob ist die Schande der Familie. Dabei ist er schlauer als alle anderen zusammen, wenn Sie mich fragen. Er ist zu zart gebaut, um den Hammer zu schwingen oder stundenlang den Blasebalg zu bedienen. Seit seine Mutter vor einem halben Jahr starb, ist er ihr aller Prügelknabe geworden.«

»Wie kommt es, dass Sie so gut über ihn und seine Familie Bescheid wissen?«

»Es ist meine Leidenschaft, über meine Mitmenschen informiert zu sein«, antwortete der Mann mit einem seltsamen Gesichtsausdruck. »Ich kenne die Dorfbewohner, weil sie mit allerlei Beschwerden zu mir kommen. Wären Sie schon länger hier, hätten Sie von mir als vom grauen Hexenmeister gehört. Und das ist noch einer der freundlicheren Namen, die sie mir geben.« Der Mann lächelte, doch es war ein Lächeln, das Julie nicht behagte.

»War das auch ein Dorfbewohner, der eben aus Ihrer Hütte lief?«, fragte sie und legte ihre Hand auf den struppigen grauen Kopf des Riesenhundes. Seine goldenen Augen verfolgten aufmerksam jede ihrer Bewegungen.

»Sie sollten sich ein wenig vor diesem Tier in Acht nehmen, Mylady.«

»Nun, Ihr Hund und ich haben vorhin am Weiher Freundschaft geschlossen.«

»Es ist nicht mein Hund. Dieses Tier ist mir vor zwei Wintern zugelaufen. Stand plötzlich an der Tür. Ich dachte schon, es sei ein Wolf, er hat mir eine gehörige Portion Schrecken eingejagt … Doch er hat nur hier wohnen wollen. Er hat ein Dach über dem Kopf, dafür bewacht er das Haus und beschützt es vor Gesindel. Aber er hat nie versucht, sich mit mir anzufreunden. Manchmal glaube ich, er ist hier nur auf der Durchreise.« Der Mann heftete seinen durchdringenden Blick auf sie. »Sie sind die Erste, die ihn anfasst!«

Julie zögerte nur eine Sekunde lang, dann streichelte sie den Kopf des Hundes weiter.

Der Mann hatte ihre Frage nach seinem Besucher geschickt umgangen.

Was für ein seltsames Haus … Und was für seltsame Bewohner!

Der Mann räusperte sich. Er stand auf.

»Es ist Zeit, dass ich Sie nach Hause begleite. Sicherlich vermisst man Sie schon.« Er streckte die Hand aus, um ihre Schale entgegenzunehmen.

Julie erhob sich ebenfalls. Sie händigte dem Mann das Gefäß aus. Ihre Augen fielen auf das rote Fell zu ihren Füßen.

»Seit meiner Ankunft wundere ich mich über diesen Balg. Was für einem Tier gehörte er?«

»Es ist ein Tigerfell. Eine riesige Raubkatze, die unter anderem in China, einem großen Land weit im Osten, lebt.«

»Waren Sie in diesem Land? Wie viele Tagesreisen von England liegt es?«

»Sehen Sie, das ist der Grund, warum ich so einsam in diesem Wald lebe: Keine Frau stellt mir andauernd Fragen! Und nun kommen Sie, ich muss mein Pferd satteln.«

Mit diesen Worten verschloss sich Julies Gastgeber endgültig und lief aus der Hütte. Julie folgte ihm nachdenklich. Robert atmete bei ihrem Erscheinen sichtbar auf.

Bald darauf kam der Mann mit einem tänzelnden Rotfuchs zurück. Julie beobachtete, wie er das Tier beruhigte, bevor er sich elegant auf seinen Rücken schwang.

Der Pfad, auf den der Graubart sie nun führte, war von Büschen eng umsäumt. Bald stießen sie auf einen querverlaufenden Weg. Nach etwa einer Viertelstunde erreichten sie die Baumgrenze. Ihr Führer zügelte sein Pferd und ließ Julie auf seine Höhe kommen. Er deutete nach rechts.

»Sie brauchen nur noch dieser Richtung zu folgen, Mylady, dann sind Sie in zehn Minuten zu Hause.«

»Ich danke Ihnen für Ihre Hilfe.« Sie hielt ihm ihre Hand hin. »Sie haben mir noch nicht Ihren Namen verraten!«

»Nennen Sie mich Guillaume, den Hexenmeister!«

Der Mann verbeugte sich und deutete einen Kuss auf ihren Fingerspitzen an. Dann gab er seinem Hengst die Sporen. Als er schon weit entfernt war, riss er ihn noch einmal herum. Mit einem Elan, der ihn zwanzig Jahre jünger erscheinen ließ, rief er zurück:

»... Und besuchen Sie mich mal wieder!« Dann verschluckte ihn der Wald.

Julie blieb ratlos zurück. Guillaume ... ein französischer Name. War er Franzose, oder hatte er den Namen gerade erst erfunden? Hatte er nicht mit einer Spur von Akzent gesprochen? Was machte ein weitgereister Franzose in einem englischen Wald? Warum lebte ein Mann mit solchen Schätzen in so einer erbärmlichen Hütte? Er hatte sie wie seinesgleichen behandelt, und sie war überzeugt, unter dem staubigen, etwas beklemmenden Umhang des Hexenmeisters einen Krieger und Edelmann erspäht zu haben.

Als sie mit Robert in den Innenhof des Schlosses einbog, erkannte sie den blonden Schopf und die Silhouette des Earls. Er musste ebenfalls gerade erst heimgekehrt sein. Sein entgegen der Mode kurz geschnittenes Haar klebte feucht an seinem Kopf, sein schwarzer Umhang war mit Moosflecken beschmutzt, etliche Dornen hingen im Stoff. Zwei Stallburschen rieben mit Strohbündeln die Schweißflocken von dem stumpfen Fell seines Hengstes. Das Tier zitterte und zeigte das Weiß seiner Augäpfel.

Julie spürte erneut die Beklemmung von heute Morgen in sich hochsteigen.

Sie näherte sich und sah, dass sich auch der Leibdiener ihres Mannes im Hof befand sowie ein fünfter Mann, den sie nicht kannte, der seiner staubigen Tracht zufolge aber ein Bote war. In der Tat war der Earl in ein aufgebrochenes Kuvert vertieft. Er hob den Kopf. Er kam ihr sehr bleich vor, doch das konnte durchaus eine Auswirkung der kurzen Nacht sein. Einer der Knechte fing die Zügel auf, die Julie ihm zuwarf, und sie sprang von ihrer Stute. Ihr Mann wandte sich ihr zu.

»Meine Liebe!« Wie gestern, als ihre Hand in die seine gelegt worden war, fiel Julie auf, wie gut ihr Mann trotz seines Alters aussah, mit seinem römischen Profil und den klaren Augen. Glück … Ich habe großes Glück, dachte sie. Er ist ein Mann, an den man sein Herz verlieren könnte. Frederik neigte leicht den Kopf. »Es freut mich zu sehen, dass Sie Ihre neue Heimat bereits auf eigene Faust erkunden.«

»Ja, ich wollte Ihr großzügiges Geschenk ausprobieren«, antwortete Julie. »Die Stute ist wunderbar! Ich hoffte, Sie auf meinem Ausritt zu treffen, doch leider habe ich Sie verfehlt.«

»Tatsächlich? Wie bedauerlich! Nun, wir werden uns in Zukunft besser absprechen müssen. Ihre Gesellschaft wird mir höchst willkommen sein.«

Warum nur glaubte Julie ihm kein Wort? Sie hatte keine Ahnung, was hinter der Stirn und den eisblauen Augen ihres Mannes vor sich ging, und das beunruhigte sie. Aber sie würde alles tun, damit sich das änderte.

»Sie haben Nachrichten erhalten? Hoffentlich nur gute!«

Frederik runzelte leicht die Stirn. Er betrachtete kurz den bereits geöffneten Brief. Seltsamerweise sah er seinen Leibdiener an, als er schließlich antwortete.

»Es ist ein Brief von meinem Bruder. Er und seine Frau haben ihren Besuch angemeldet.«

»Sie haben einen Bruder?«, fing Julie überrascht an, doch sie wurde unterbrochen.

»John? John kommt zu Besuch?«, fragte der Leibdiener ihres Mannes hastig und trat einen Schritt auf seinen Herren zu. »Aus London? Das ist bestimmt wegen …«

»… Um mir und meiner Frau zu meiner Heirat zu gratulieren, ganz recht, Timothy«, warf der Earl ein. Der warnende Ton in seiner Stimme war unüberhörbar. Timothy versteifte sich und presste seine Lippen zusammen. Frederik wandte sich wieder Julie zu.

»Ich will ehrlich sein: Mein Bruder und ich verstehen uns nicht besonders gut. Wir haben uns seit vielen Jahren nicht gesehen, und ich war der Auffassung, dass es ruhig so bleiben konnte. Doch offenbar hat unsere Heirat seine Neugier angestachelt, sodass er bereit ist, die alten Differenzen zu vergessen.«

»Sind Sie denn nicht dazu bereit?«, fragte sie. Sie erschrak, als sie Frederiks versteinertes Gesicht sah.

»Lange habe ich auf eine versöhnliche Geste von ihm gewartet. Heute nicht mehr. John hat seine Wahl getroffen.«

Julie fröstelte.

»Ich werde Zimmer richten lassen«, murmelte sie, bemüht, ihrer neuen Rolle als Hausherrin gerecht zu werden. »… Hat Ihr Bruder Kinder?« Die Frage wurde mit einem irritierten Blick quittiert. »Ich frage wegen der Zimmer«, erklärte sie. »Sollen es zwei oder drei sein?«

»Nein, meine Liebe«, schüttelte ihr Mann den Kopf. »Meine Schwägerin schließt jeden Abend sehr sorgfältig ihre Tür ab.« Frederik verzog den Mund. »Wahrscheinlich hätte sie gerne genauso sorgfältig ihr Vermögen verschlossen, doch da ließ John ihr keine Chance. Schließlich hat er sie ihres Vermögens wegen geheiratet.« Diese Sorge zumindest habe ich nicht, dachte Julie. »Nein, mein Bruder hat keine Kinder …«, fuhr Frederik fort. »So wenig wie ich selber. Bisher war John mein einziger Erbe.« Seine Stimme hatte einen Tonfall angenommen, der Julie aufhorchen ließ. »Der Erbe von Eastington.« Plötzlich hielt ihr Mann inne, und richtete den Blick starr auf ihren Bauch. »Doch das kann sich sehr schnell ändern.«

Sie schluckte und faltete die Hände über ihren Unterleib.

Hatte der Earl sie nur geheiratet, um zu vermeiden, dass Eastington eines Tages seinem Bruder zufiel? War das die Erklärung dafür, dass ein Mann, der schon vierundvierzig Jahre zählte, sich endlich entschloss zu heiraten? Auch sie wünschte sich ein Kind. Wie aber würde ein Kind aufwachsen, das nur aus Hass auf die Welt kam? Julies Magen zog sich zu einem Klumpen zusammen.

Wie gestern Nacht, als dieser Mann ihr den kurzen Schmerz zugefügt hatte, fühlte sie sich wieder benutzt und gedemütigt. Was war erstrebenswerter: seines Geldes oder seines Bauches wegen geheiratet zu werden? Als sie von ihren Gedanken aufsah, begegnete sie Timothys Blick.

Und sie entdeckte, dass er sie aus tiefstem Herzen hasste.

Zwei

»L'Aurore, qui dans son âme
Brûle d'une douce flamme,
Laissant au lit endormi
Son vieux mari, froid et pâle,
Désormais est matinale
Pour aller voir son ami.«

»Die Morgenröte, deren Seele
In einem sanften Feuer brennt,
Lässt ihren alten Mann zurück,
Der schläft, kalt und bleich.
Früh macht sie sich auf den Weg,
Um ihren Freund zu treffen.«

August 1624

Der vierte Gang wurde von den vier Küchenmägden hereingetragen, angeführt von Terence, dem Butler.

Weinsuppe, Fasanenpastete, gedeckte Feigentorte, gedünsteter Hecht, Ochsenklauen, gefüllte Lammbrust und geschmorter Kopfsalat verbreiteten einen vielversprechenden Duft. Bald war die bestickte Tischdecke zwischen den zwei Paaren erneut restlos mit Schüsseln und Platten bedeckt.

Julie seufzte. Die Stangen ihres Korsetts erinnerten sie unangenehm daran, dass sie schon von dem Rehrücken, der Melone und den Krebsen gekostet hatte … Wenn ihre Besucher noch lange blieben, würde sie bald wie Henriett aussehen, keine Zweifel.

Ihre Augen fielen auf die rosigen Fleischmassen, die aus dem golddurchwirkten Dekolleté ihrer Schwägerin quollen. Henriett schob sich gerade mit glänzenden Fingern ein großes Stück Lammfleisch in den Mund und machte einen zufriedenen Eindruck. Nur beim Essen verloren ihre attraktiven Züge den verdrießlichen Zug, der ihre Mundwinkel nach unten zog.

Julie spähte zu Frederik herüber.

Er schnitt gerade am gegenüberliegenden Tischende die mit einem Fasanenkopf versehene goldene Kruste der Pastete durch. Man konnte wohl davon ausgehen, dass ihm die Zusammenstellung der Speisen, wie Julie sie angeordnet hatte, genehm war. Zumindest war seinem ausdruckslosen Gesicht nicht mehr Unmut als vorher zu entnehmen.

Julie senkte den Blick zurück auf ihren Teller. Dumpfer Ärger stieg in ihr hoch. Ihr Mann lief seit Tagen wie ein drohendes Unwetter herum.

In der kurzen Zeit vor der Ankunft von John und Henriett hatte sie sich oft an seiner Kühle gestört. Frederiks unnahbares Verhalten war so sehr ein Teil seiner selbst, dass er es nicht einmal ablegte, wenn er sie abends in ihrem Zimmer besuchte. Im Gegenteil. Fast hätte sie behauptet, dass er gerade in den Augenblicken am gefühllosesten war, wenn sie sich berührten, wenn seine harte Brust an ihrem Rücken lag und sie ihr Gesicht in die Laken presste.

Seit ihr Schwager mit seiner Frau angekommen war, ertappte sie sich jedoch bei dem Wunsch, Frederik möge wieder zu seinem ursprünglichen Verhalten zurückfinden. Obwohl John sich freundlich gab und keinen Versuch unterließ, sich seinem Bruder zu nähern, war Frederik schlichtweg unausstehlich. Außer zu den gemeinsamen Abendessen, an denen er notgedrungen erschien, blieb er die meiste Zeit verschwunden. Es war, als wolle er sie beide unbedingt mit seinem unhöflichen Betragen blamieren.

»Ach, der ist wundervoll.« John stellte sein geschliffenes Glas zurück und machte einem der Diener Zeichen, neu einzuschenken. Der Diamant an seinem linken Ringfinger sprühte Funken. »Lieber Bruder, Sie haben den besten Wein, den ich seit Jahren getrunken habe. Sagen Sie, woher beziehen Sie ihn?«

»Aus dem Burgund«, war die knappe Antwort.

»Wahrhaftig? Ein derart exquisiter Tropfen zum Essen …« John lachte. »Es ist fast Verschwendung, würde ich sagen. Sogar James würde sich nicht schämen, ihn auf seinem Tisch stehen zu haben.« John verkehrte am Hof, und ließ keine Gelegenheit aus, es seiner Umwelt mitzuteilen. Wollte man seinen Worten Glauben schenken, war er ein Vertrauter von Buckingham und ging bei König James ein und aus. Julie wusste Johns leichtfüßiges Wesen zu schätzen, das in einem so krassen Gegensatz zu Frederiks Charakter stand, doch seine ständigen Prahlereien fand sie ermüdend.

»Wir haben noch etliche Flaschen vorrätig, lieber John«, mischte sie sich daher ein, um ihn von seinem Lieblingsthema abzubringen. »Sie werden noch reichlich Gelegenheit bekommen, ihn zu genießen.«

»Tatsächlich? Verzeihen Sie die Indiskretion, Frederik, aber seit wann sind Sie auf den Geschmack gekommen? Ich kann mich nicht erinnern, dass in früheren Zeiten ...«

»Es ist der Erlös aus einer stillen Teilhaberschaft«, erklärte Frederik ohne von seinem Teller aufzusehen. Wie immer bei einer Anspielung auf die Vergangenheit, war sein Gesicht noch finsterer geworden. »Ich bin eine Geschäftsverbindung mit einem Gewürz- und Zuckerrohrhändler eingegangen, einem Rochelleser namens Surelles. Den Wein hat er mir vor drei Jahren geschickt.«

»Sie machen Geschäfte mit Franzosen?«, fragte John. Er tippte an seinen Hut, und die zwei mächtigen Straußenfedern, die eine perlenbesetzte Brosche auf dem Filz hielt, strichen mit einem eleganten Nicken über seine Schulter. Es war eine Geste, die mit der geübten Nonchalance eines Schauspielers ausgeführt worden war.

»Hmm.« Frederik sah auf. »Keine Sorge, lieber Bruder. Er ist ein Anhänger des reformierten Glaubens, wie der Großteil der Bevölkerung von La Rochelle. Sie brauchen sich um mein Seelenheil keine Gedanken zu machen.«

»Dessen bin ich überzeugt«, antwortete John. »Zumindest nicht in dieser Sache.« Frederik zog die Brauen zusammen und auch Julie horchte auf, doch John lächelte nur und sah freimütig in die Runde. »Niemand wird Sie wegen eines solchen Geschäftes verurteilen, Frederik. England und Frankreich scheinen dazu bestimmt, enger zusammenzuwachsen – besonders, seit eine Heirat des Kronprinzen mit der Schwester von König Louis in Erwägung gezogen wird.« John faltete geschickt ein gedünstetes Salatblatt zusammen und zerriss es mit seinen Zähnen.

»Eine Heirat zwischen Charles Stuart und Henriette de France?«, fragte Julie.

»Richtig, liebe Julie.« John schleckte genussvoll an seinen Fingern. »Entnehme ich Ihren Worten eine gewisse Anteilnahme? Sie sind doch auch Französin, nicht wahr?«

»Nur zur Hälfte. Meine Mutter ist Französin, mein Vater war Engländer. Mein Vater hat meine Mutter während einer Reise durch Frankreich kennen gelernt, kurz nachdem er Witwer geworden war. Sie ist ihm dann hierher nach England gefolgt.«

»Interessant. Haben Sie noch Kontakt zu Ihrer französischen Familie?«

»Ich habe zwei Tanten in Paris, ältere Schwestern meiner Mutter. Wir schreiben uns.«

»Paris … Ja, eine wundervolle Stadt«, stieß John schwärmerisch hervor. »Aber kein Vergleich mit London. Mögen Sie London, liebe Julie?«

»Ich kenne London nicht. Aber …«

»Wie bitte? Sie waren noch nie in unserer Hauptstadt?« Er riss die Augen auf. »Henriett, haben Sie das gehört?«

»Ja, ich habe es gehört«, antwortete Henriett ungerührt und nagte weiter an einem Knochen.

John schnippte einen Krümel von seinem Teller. Er warf seiner Frau einen so giftigen Blick zu, dass Julie, die gerade zu ihrem Glas griff, innehielt.

»Julie, ich bin begeistert: Seit ich hier bei Ihnen zu Gast bin, frage ich mich, was ich Ihnen und Frederik für ein würdiges Hochzeitsgeschenk machen könnte. Und jetzt habe ich die Lösung: Sie werden mich und Henriett nach London begleiten! Wir werden Sie neu einkleiden, Sie bei Hof einführen, zu sämtlichen Belustigungen mitnehmen …« Er schob seinen Hut tief in den Nacken, und die Straußenfedern bauschten sich gefällig. »Nun, was sagen Sie dazu?«

»Danke, John, das ist sehr freundlich«, antwortete Julie lächelnd. »Aber wissen Sie, so kurz nach unserer Heirat …«

»Aber liebste Schwägerin, ein Hochzeitsgeschenk lehnt man doch nicht ab!«

Frederiks Stimme war eisig, als er einfiel:

»Ich bin im Moment unabkömmlich, John. Die Erntezeit hat gerade begonnen.«

»Dann kommt Ihre Frau eben alleine mit uns! Sie werden ihr das doch nicht verbieten, oder?«

Julie sah hoch, geradewegs in Frederiks blaue Augen. Und sie begriff, dass er genau das tun würde. Sie reagierte, noch bevor er den Mund aufmachen und sie beide erneut in eine peinliche Lage bringen konnte.

»Wir sind Ihnen beide sehr dankbar für das großzügige Angebot, John, doch Sie werden gewiss dafür Verständnis haben, dass ein frisch vermähltes Ehepaar sich zunächst ein wenig … eigenbrötlerisch verhält und sich von der Welt zurückzieht, um sich ausschließlich mit sich selber zu befassen.« Es war ihr nicht schwer gefallen, mit Überzeugung zu sprechen, denn sie wünschte sich mehr denn je, einen Zugang zu Frederik zu finden. Sie legte all diese Wünsche und Hoffnungen in den Blick, mit dem sie nun Frederik über die schwer beladene Tischplatte hinweg ansah. Und zum ersten Mal, seit ihrer Hochzeit vor zwei Wochen, erlebte sie, wie ihr Mann seine Maske ablegte. Seine Augen weiteten sich überrascht, ein Lächeln huschte über seine Lippen, wie sie es noch nie bei ihm gesehen hatte. Auf einmal strahlte er einen Glanz aus, der ihr Herz höher schlagen ließ. Sie lächelte zurück.

»Aber natürlich habe ich dafür Verständnis!«, rief John, und das Lächeln auf Frederiks Lippen verschwand. Plötzlich fand Julie ihren Schwager unausstehlich. »Wie dumm von mir, nicht daran gedacht zu haben, dass Sie beide ja noch unendlich viel übereinander zu entdecken haben ... Nichts ist so aufregend, wie Geheimnisse auszutauschen, nicht wahr, Frederik?«

»Ich weiß es nicht, John«, antwortete Frederik kalt. »Doch ich vermute, dass Sie aus Erfahrung reden. Gewiss haben Henriett und Sie auch eine ganze Weile gebraucht, bis Sie alles voneinander wussten.«

Henriett gab weiterhin vor, das Gespräch zu ignorieren, doch Julie bemerkte die flüchtige Röte auf den runden Wangen ihrer Schwägerin. Wann hatte Henriett entdeckt, dass John sie ihres Geldes wegen geheiratet hatte?

»Nun, ich möchte meine und Henrietts Bindung nicht mit der Ihren vergleichen, lieber Bruder«, meinte John und zeigte die Zähne. »Bis vor kurzem zumindest war ich der Überzeugung, dass wir beide eine zu unterschiedliche Lebensauffassung hätten. Aus welchem Anlass heraus haben Sie die Ihre geändert, Frederik? Denn das haben Sie doch, oder?«, fragte er und fixierte seinen Bruder mit einem Ausdruck, den Julie bei einer Katze vor einem Mauseloch erwartet hätte.

»Seit wann sind Sie bemüht, mich und meine Beweggründe zu verstehen, John?«, warf Frederik die Frage zurück. Er hielt Johns Blick stand.

Das Lächeln, das nun auf Johns Lippen erschien, war reiner Triumph.

»Ach ... Sie verblüffen mich! Sie haben sich nicht verändert, Frederik: Sie sind noch immer ein Idealist!« Er drehte sich Julie zu. »Liebe Schwägerin, ich schätze, Sie haben diesen Wesenszug meines Bruders noch nicht entdeckt: Er hat Zeit seines Lebens an der Vereinigung der Extremen gearbeitet. Er wollte immer alles sein. Gutsherr und Gelehrter, frei und vorbildlich ...«, er wurde leiser, verfiel in eine Art Singsang. Seine Augenlider verdeckten halb seine Pupillen. »... Bruder und Vater, Mann und Frau ...«

»Das reicht!« Frederik ließ seine Faust auf die Tischplatte krachen. Julie fuhr zusammen. »Behalten Sie Ihre Anschauungen für sich, John! Wir sind hier nicht am lasterhaften Hof der Stuarts, wo jeder es sich zur Aufgabe macht, andere Menschen in den Schmutz zu ziehen!«

»Aber, aber, lieber Frederik … Sollte das Landleben puritanische Regungen in Ihnen hervorgerufen haben? Wir haben uns lange nicht gesehen, dennoch erinnere ich mich sehr gut, dass das letzte Mal …«

»Auch ich erinnere mich allzu gut, John. Von diesem Tag an verloren Sie jegliches Recht, sich in mein Leben einzumischen.« Frederik stand ruckartig auf und machte eine kleine steife Verbeugung. »Verzeihen Sie, wenn ich Sie jetzt verlasse, meine Damen, aber der Appetit ist mir vergangen. Ich hoffe, Sie werden es sich weiterhin schmecken lassen. Gute Nacht.«

Ohne einen weiteren Blick hastete er aus dem Speisesaal.

Julie schluckte und widerstand mit Mühe dem Impuls, hinterherzulaufen.

Sie war ratlos. Der Sinn des Gespräches war ihr verborgen geblieben. Bis jetzt hatte sie ihren blonden, gutaussehenden Schwager mit seinen Seidenschuhen und seinen kostbaren Spitzenkrägen für einen oberflächlichen, freundlichen Menschen gehalten. Sie hatte seine charmante Art genossen und Frederik die alleinige Schuld an der vergifteten Stimmung im Schloss gegeben. Jetzt aber war sie sich nicht mehr so sicher …

»Meine liebe Julie, dies tut mir außerordentlich Leid, das dürfen Sie mir glauben«, unterbrach John ihre Gedanken. »Ich hätte mich beherrschen sollen …«

»Nicht doch, John«, widersprach sie ihm leise mit niedergeschlagenen Augen. »Ich verstehe Frederiks Reaktion nicht. Ich bitte Sie, das Betragen meines Mannes zu entschuldigen.«

»Ach, Julie …« John sah zur Tür, als wolle er sich vergewissern, dass sein Bruder tatsächlich verschwunden war. Er schüttelte den Kopf und sah auf einmal sehr bedrückt aus. »Wie jung und reizend Sie doch sind! Verflixt … Hätte ich nur vorher etwas über diese Heirat erfahren … Ich hätte sie zu verhindern gewusst!« Er suchte Julies Blick. »Verstehen Sie mich bitte nicht falsch, meine Liebe. Sie sind wahrhaftig die entzückendste Braut, die ein Mann seinem Bruder wünschen kann, aber …«, er seufzte tief. »Ich wünschte, ich könnte behaupten, mein Bruder sei auch für jede Frau ein Gewinn!«

»John, ich glaube nicht …«

»Julie, bitte, hören Sie mir zu. Ich muss mit Ihnen reden … Über den Grund unseres Besuches.« Er holte geräuschvoll Luft. »Mein Bruder und ich haben uns jahrelang nicht gesehen. Frederik brach nach einem Streit jede Verbindung ab … Hat er Ihnen davon berichtet?«

Julie schüttelte stumm den Kopf.

»Unsere Eltern starben bei einem Unfall, als ich noch ein Säugling und Frederik acht Jahre alt war. Schon damals war er ein ernster und stiller Junge, sich seiner Verantwortung oder dessen, was er dafür hielt, durchaus bewusst. Er meinte, für mich Vater und Mutter sein zu müssen, und nahm mich unter seine Fittiche. Tag und Nacht waren wir zusammen. Ich betete ihn an.«

Johns Stimme war leise geworden. Sichtbar gerührt senkte er den Kopf und fuhr fort:

»Leider muss ich mir den Vorwurf machen, dass ich der Grund dafür war, dass Frederik nie heiratete oder sonst ein normales Leben führte. Wir lebten beide alleine auf Eastington, auch als unser Vormund uns verließ. Ich fühlte mich in meiner jugendlichen Torheit durch Frederiks Fürsorge immer eingeengter. Ich kam in ein Alter, wo man gegen jede Autorität rebelliert. Wir stritten immer häufiger. Kaum war ich volljährig, teilte ich meinem Bruder mit, ich wolle nach London an den Hof. Von dem Moment an veränderte er sich.«

John schien jetzt ganz in seinen Erinnerungen versunken. Henriett zog eine Schüssel zu sich heran und klapperte mit ihrem Löffel.

»Verstehen Sie mich recht, Julie. Mein Bruder war mit acht Jahren in eine Rolle hineingeschlüpft, die über seinen Kräften lag. Er hatte sein ganzes Leben auf Eastington und mich eingestellt. Er hat auf seine Kindheit, später auf seine Jugend verzichtet. Doch das alles verstand ich damals noch nicht. Ich hatte nur mein Ziel vor Augen, dachte nur daran, von hier wegzukommen, und begriff nicht, dass ich ihm mit einem Schlag Familie und Lebensinhalt wegnahm. Am Tag meiner Abfahrt hatten wir einen heftigen Streit. Danach riss jeder Kontakt ab. Doch ich informierte mich über sein Schicksal auf versteckten Wegen. Was ich erfuhr, beunruhigte mich zutiefst. Man sagte mir, er benehme sich seltsam. War er vorher ernst, so wurde er finster. War er nachdenklich, so wurde er grüblerisch. Sind Sie vielleicht schon selbst mit seiner dunklen Seite in Berührung gekommen?«

An Julies Augen zogen Bilder von Nebelschwaden, rabenschwarzen Pferden und einem teuflischen Reiter vorbei. Ihr Herz zog sich zusammen. Wollte John andeuten, Frederik würde den Verstand verlieren? Passte diese Vermutung nicht allzu gut in das Bild, das ihr Mann abgab? Hatten die Gerüchte, die sie vor ihrer Hochzeit aufgeschnappt und nicht verstanden hatte, vielleicht darauf angespielt?

Doch es gab auch diesen warmen Blick, den er ihr vorhin geschenkt hatte …

»Ich … Nein. Nein, Sie irren sich.« Julie hörte selbst, wie unsicher ihre Antwort klang, und hasste sich dafür.

»Armes kleines Mädchen. Sie wollen es nicht wahrhaben, und es ehrt Sie.« John stieß einen tiefen Seufzer aus. »Wie glücklich mein Bruder ist, solch eine bezaubernde Frau gefunden zu haben! Wenn er es doch nur zu schätzen wüsste! Dies ist der Grund unseres Besuches, liebe Julie. Henriett und ich wollten sicher sein, dass Sie sich wohl fühlen und von Frederik nicht … überfordert werden. Eine Art familiärer Verantwortung, verstehen Sie?«

Julie fiel auf, dass die Diener sich unauffällig dem Tisch genähert hatten. Sie gab dem Butler einen Wink, der sofort die Küchenmädchen zum Abräumen holte.

»Ich danke für Ihre offenen Worte, John, doch Sie verstehen sicher, wenn ich jetzt ein wenig in Ruhe darüber nachdenken muss. Ich kann Ihnen jedoch versichern, dass Frederik sich in allem äußerst korrekt zu mir verhält.«

»Wunderbar! Dann stellen Sie sich keine unnötigen Fragen. Sie sagen mir, dass Sie eine gute Ehe führen. Alles weitere sollte Sie nicht beunruhigen.« John blickte ihr tief in die Augen.

Julies Herz setzte kurz aus. Eine helle Stimme in ihr schlug Alarm. Langsam lehnte sie sich zurück. Die ganze Macht ihrer Intuition rief ihr zu, dass hier etwas nicht stimmte.

Um sie herum wurde abgedeckt und neu aufgetragen.

»Ich hoffe sehr, dass Sie noch etwas Platz für Obst, Gelees und Käse haben, Henriett.« Julie lächelte und hörte sich tonlos sagen: »Auch Ruths eingelegte Kirschen sind sehr zu empfehlen …«

⚜

Einen alten Korb auf ihrer Hüfte wiegend und mit ihrem kleinen scharfen Messer bewaffnet, erreichte Julie die mit Geißblatt bewachsene Wand des Turms. Sie blickte hoch zum Fenster des Studierzimmers. Es musste lange her sein, dass jemand das Holzspalier an der Mauer angebracht hatte. Die blühende Pflanze war inzwischen zu einer stattlichen Größe herangewachsen und verbarg das Gitter gänzlich unter ihrer vernachlässigten grünen Mähne. Julie fing an, die abgestorbenen Ranken zu entfernen, die ihr vor zwei Tagen aufgefallen waren.

Natürlich gehörte so eine Arbeit nicht zu ihren Pflichten, doch sie brauchte dringend Ablenkung, und nichts lenkte sie so sehr ab wie eine handwerkliche Beschäftigung. Sie wischte sich eine feuchte Haarsträhne aus der Stirn. Trotz der frühen Stunde war es schon sehr schwül.

Am liebsten wäre sie heute Morgen ausgeritten. Noch immer verfolgten sie Johns Anspielungen von gestern Abend. Die Kühle des Waldes, ein Geplänkel mit Guillaume wären eine willkommene Abwechslung gewesen …

Seit ihrem ersten Ausritt war sie bereits mehrere Male in seiner Hütte gewesen. Nachdem sie bei ihrer Köchin Ruth vorsichtig nachgefragt hatte, war sie von einer wahren Flut von Details über die Machenschaften des Waldschrats überschwemmt worden. Guillaume wurde als fähiger Heiler respektiert und als Hexer gefürchtet. Da war von verdammten Seelen die Rede, die bei Beginn der Dämmerung in seine Hütte einfielen, von Geistern, die auf schreienden Dämonen durch den Wald hetzten. Julie war sich sicher, dass er selber einen guten Teil dieser Gerüchte ausstreute.

Inzwischen verband sie eine beginnende Zuneigung mit dem raubeinigen Waldbewohner. Es war nicht nur Neugier, die sie in regelmäßigen Abständen zu ihm führte. Julie schätzte seine Ehrlichkeit. Es gab keine Versteckspiele der Gedanken wie bei Frederik. Guillaume schien seine Gefühle immer offenherzig und ohne jede Rücksicht herauszupoltern.

Julie strich sich eine Strähne hinter das Ohr. Ja, ein Gespräch mit ihm hätte ihr heute besonders gut getan. Doch ihr Vater hatte ihr beigebracht, sich Problemen zu stellen. Und nach Johns Eröffnungen gestern Abend wäre ihr dieser Ausritt wie eine Flucht vorgekommen.

Der Duft der cremefarbenen Blüten war betäubend. Bienen und Schwebfliegen hofierten sie in geschäftigen Tänzen. Julie beobachtete einige Augenblicke lang das bunte Treiben um die unscheinbaren Blütenstände und ihre lockend geöffneten Mäuler und versuchte, sich zu entspannen.

»… Und ich wüsste nicht, inwiefern die Wahl meines Leibdieners Sie in irgendeiner Weise etwas angeht, John!«

Über Julies Kopf hatte man das Fenster zum Studierzimmer geöffnet, um eine nicht vorhandene Kühle hereinzulassen. Sie sah kurz hoch. Pfui, Julie, du lauschst ja fremden Gesprächen, mahnte sie sich selbst, und stellte sich dicht an die Mauer.

Eine zweite Stimme, die sie als die von John erkannte, antwortete kalt:

»Wenn die Ehre der Familie und mein guter Name auf dem Spiel stehen, geht es mich, glaube ich, sehr wohl etwas an! Hier auf dem Lande mag es Ihnen egal sein, doch ich verkehre bei Hofe, und dort …«

Frederik ließ ein verächtliches Lachen hören.

»Machen Sie sich doch nicht lächerlich! Jedermann, auch wir auf dem Lande, haben von James, Charles und Buckinghams Ausschweifungen gehört. Einen netten Kreis, den Sie sich da ausgesucht haben, und in dem man Ihnen gewiss auch schon die eine oder andere Rolle überlassen hat. Ich glaube nicht, dass es Ihnen zusteht, den Moralapostel zu spielen!«

»Dann denken Sie zumindest an Ihre junge Frau! Wie lange glauben Sie, können Sie Julie etwas vorspielen?«

Julie atmete vorsichtig, um auch nicht ein Wort des Gesprächs zu verlieren. Frederik lachte hart.

»Ach, sparen Sie sich das, John! Schieben Sie meine Frau nicht vor, wenn es Ihnen um Ihre eigenen Interessen geht. Was für ein Ziel verfolgen Sie eigentlich mit Ihrem Besuch? Die Heirat ist vollzogen, daran ist nicht mehr zu rütteln. Wollen Sie, dass meine Frau sich von mir abwendet? Geben Sie es auf. Julie mag noch sehr jung und unerfahren sein, aber sie hat ein gefühlvolles Herz, und sie hat Sie durchschaut!« Frederiks Stimme wurde leiser. »Meine Frau ist mir vollends ergeben und wünscht sich nur eines: mich zu lieben.«

Julies Herz machte einen kleinen Freudensprung, bevor sie John mit triumphierender Stimme ergänzen hörte:

»… Und von Ihnen geliebt zu werden! Haben Sie das vergessen zu erwähnen, oder wollen Sie es nicht wahrhaben?« Sarkastisch fuhr er fort: »Oh, natürlich: Es ist ein unangenehmer Gedanke. Denn mein ach so tadelloser Bruder, Frederik, das große Vorbild, der Mann aller Tugenden, hat seltsame Neigungen. Sagen Sie, Frederik, wie schaffen Sie es, abends in das Zimmer Ihrer Frau zu gehen? Was fühlen Sie, wenn sie vor Ihnen alle ihre Reize enthüllt? Drehen Sie sich angewidert ab? Haben Sie Julie schon verraten, dass Sie sie nie lieben werden?«

Julies Hand zog sich schmerzhaft über dem Messer zusammen. Sie fing an ernsthaft zu bereuen, hier stehen geblieben zu sein. Sie wollte das alles gar nicht hören …

»Lassen Sie das, John.« Die Stimme ihres Mannes war angespannt, aber ruhig. »Sie können mich nicht weiter herausfordern. Gehen Sie, und spielen Sie weiter den liebenswerten Schwager, Julie mag ihn Ihnen abnehmen. Und wenn Sie dann damit fertig sind, packen Sie Ihre Sachen und gehen Sie Ihr Gift woanders versprühen. Nur weil ich es dem Gedenken unserer Eltern schuldig glaubte, habe ich Ihre Anwesenheit hier geduldet. Doch nun ist Schluss. In meiner Erinnerung werde ich Ihre hasserfüllten Reden als das betrachten, was sie immer waren: reine Eifersucht.«

John stieß ein unschönes Lachen aus.

»Eifersucht? Auf was? Auf Ihr erbärmliches kleines Leben zwischen Hühnern und Misthaufen?«

»Lachen Sie nicht, John.« Julie meinte eine Spur von Traurigkeit in Frederiks fester Stimme wahrzunehmen. »Ich habe viele Nächte lang darüber nachgedacht, warum Sie damals Eastington Hals über Kopf verließen. Dass Sie als junger Mann von Ihrer Entdeckung erschüttert waren, habe ich verstanden. Nicht verstanden habe ich allerdings, warum Sie seither nie wieder ein Lebenszeichen von sich gaben. Bis Timothy mir eines Tages die Augen öffnete: Sie waren eifersüchtig! Sie waren nicht mehr der einzige Mann in meinem Leben, und das machte Sie rasend. Dann bekamen Sie Angst vor Ihren eigenen Gefühlen. Es muss für Sie eine erschütternde Entdeckung gewesen sein, dass Sie Ihren Bruder mehr liebten, als erlaubt war!«

John schrie auf. Julie zog ihre Nase kraus. Um was, in aller Welt, ging es hier? Wie konnte man seinen Bruder zu sehr lieben?

»Nein! Ich bin nicht wie Sie! Ich habe eine Frau und unzählige Mätressen, die mich schätzen! Ich könnte Ihnen auf der Stelle zehn von ihnen nennen!«

Ein paar Sekunden lang herrschte Stille. Julie achtete sorgfältig darauf, keiner der Bienen zu nahe zu kommen. Die Blattspitzen kitzelten ihren Nacken. Arme Henriett, dachte sie. Er betrügt sie und ist auch noch stolz darauf.

Über ihr erklang erneut Johns Stimme. Er hatte sich wieder beruhigt.

»Ich habe Ihre übergroße Fürsorge damals nur so lange ertragen können, wie Sie ein Vorbild für mich waren. Und dann die Entdeckung, Sie mit Barnabee!« Er lachte auf, doch es klang wie ein Schluchzer. »Dieses Bild hat mich monatelang verfolgt. Doch ich kann verstehen, dass Sie das nicht wahrhaben wollen. Einfacher ist es, sich eine wundervolle Theorie über meine Eifersucht zurechtzulegen. Wie praktisch! Eine perfekte Ausrede: Nicht Ihr Verhalten hat mich aus Eastington vertrieben, sondern meine eigenen Gefühle. Um nicht bemerken zu müssen, dass man selbst bis zur Brust im stinkenden Morast steckt, drückt man den Bruder bis zum Hals hinein. Dieser … wie heißt er noch? Timothy? Ja, also dieser Timothy scheint noch mehr Qualitäten zu haben als die, die zwischen seinen Beinen baumelt. Gratulation.«

»Danke. Ich denke, es ist nun alles gesagt worden. Wenn Sie sich mit dem Packen etwas beeilen, können Sie noch vor der größten Hitze aufbrechen. Geben Sie sich lieber nicht mehr die Mühe, uns mit Ihren Besuchen zu beehren. Ich fürchte, meine Frau und ich würden gerade zu dieser Zeit verreist sein.«

»Ich verstehe. Adieu, Bruder.« Es dauerte ein paar Sekunden, dann fiel eine Tür ins Schloss. John hatte den Raum verlassen.

Julie zuckte zusammen als Frederik genau über ihr am Fenster erschien. Er stützte sich mit den Fäusten auf dem Sims ab, schloss die Augen und senkte das Haupt. Sie hörte ihn schwer atmen.

Wenn er jetzt die Augen öffnet, sieht er mich hier stehen, dachte sie. O bitte, mein Gott, bitte, lassen Sie ihn die Augen geschlossen halten!

In der selben Sekunde traf sie sein eisblauer Blick. Frederik zuckte kaum merklich zusammen. Sie erglühte bis in die Zehenspitzen. Kurz noch sah sie die Mischung von Verachtung und Schmerz in seinem Gesicht, bevor er den Kopf zurückzog. Dann hörte sie ihn aus dem Zimmer eilen.

Julie liefen große Schweißperlen den Rücken hinunter. Sie hätte versinken wollen vor Scham.

Mit ihren Fragen war sie nicht weiter gekommen. Dafür aber hatte sie den Respekt ihres Mannes verloren.

⚜

Julie klopfte an die Tür des Zimmers ihrer Schwägerin. Als sie keine Antwort bekam, öffnete sie sie.

»Henriett, darf ich eintreten? Ich wollte Sie fragen, ob Sie Hilfe beim Packen brau …« Sie stockte und sah sich mit großen Augen um. Henriett saß seltsam verloren auf einem Lederstuhl. Perlenbestickte Kleider, Seidenstrümpfe und Taftbänder lagen achtlos verstreut zwischen den halb gepackten, offenen Truhen, während Henrietts Zofe händeringend von einem Haufen zum anderen lief. Niemand nahm von Julie Notiz.

»Such alles noch einmal durch! Du musst es finden! Du mit deiner verdammten Unordnung! Zu nichts bist du zu gebrauchen!« Henrietts barsche Stimme hatte, wie Julie feststellte, einen ängstlichen Unterton. »Ich weiß wahrhaftig nicht, weshalb ich dich überhaupt noch in meinem Dienst behalte!«

»Vermissen Sie etwas? Kann ich Ihnen vielleicht bei der Suche behilflich sein?«

Jetzt erst bemerkte Henriett sie. Ihre gewichtige Schwägerin biss sich auf die Lippen.

»Julie? Was möchten Sie?«

»Ich wollte Ihnen etwas Hilfe beim Packen anbieten. Sie reisen so überstürzt ab, dass ich dachte, Sie könnten etwas Unterstützung gebrauchen …«

Henrietts Züge glätteten sich leicht.

»Wie aufmerksam von Ihnen!« Sie deutete mit einer vagen Geste um sich herum. »Entschuldigen Sie meine Unfreundlichkeit, aber meine alte Zofe wird leider immer vergesslicher und hat wieder einmal etwas verlegt. Oh, nichts Wichtiges, aber man hängt doch so an seinen Sachen …«

Henriett log, doch Julie war es gleich. Da ihre Anwesenheit offensichtlich unerwünscht war, wollte sie sich gerade verabschieden, als die Zofe einen krächzenden Schrei ausstieß.

»Da! Hier ist es! Gott sei Dank!« Sie hielt einen bauchigen Beutel aus rohem Leder hoch.

»Na endlich! Zeig her!« Die Zofe beeilte sich, dem Befehl zu folgen, und lief zu ihrer Herrin. Dabei übersah sie ein samtenes Band, das sich heimtückisch um ihre Füße schlang. Sie streckte Halt suchend die Hände aus, erwischte im letzten Augenblick einen der Bettpfosten … Der Beutel fiel mit einem metallenen Klang zu Boden, öffnete sich …

Julie stockte der Atem.

Ein gleißender Strom ergoss sich über eines von Henrietts Kleidern. Munter klingend verbreiteten sich Hunderte von funkelnden Goldstücken. Dieser Feuerstrom war ein Vermögen wert!

Julie begegnete Henrietts Blick, den sie allerdings nicht zu deuten vermochte.

Plötzlich erklangen Schritte im Flur. Henrietts Gesicht wurde plötzlich so bleich, dass Julie begann, sich Sorgen um sie zu machen. Die Schritte kamen näher, blieben vor der Tür stehen.

John erschien im Türrahmen, eine Duftwolke um sich verbreitend.

»Henriett, sind Sie fertig? Der Wagen für das Gepäck wartet.«

Wie oft, wenn er zu seiner Frau sprach, lag auf seinem Gesicht eine Mischung von Langeweile und Gleichgültigkeit. Julie dachte an seine Prahlerei vorhin, und plötzlich tat ihr ihre Schwägerin Leid. Es war der tödlich blassen Frau deutlich anzusehen, dass ihr Mann in keinem ungelegeneren Augenblick auf der Bildfläche hätte erscheinen können.

Einem unerklärlichen Instinkt folgend, riss Julie einen auf dem Bett liegenden Umhang an sich und warf ihn auf das verräterisch glitzernde Häufchen.

Nun war John auch auf sie aufmerksam geworden.

»Julie, Sie hier? Ich hatte schon überall nach Ihnen gefragt! Sie hier zu suchen wäre mir nicht eingefallen!«

Julie lächelte und machte ein paar Schritte auf ihren Schwager zu, um ihn so weiter von der Unglücksstelle abzulenken.

»Henriett war so freundlich, mir ein paar ihrer Kleider zu zeigen. Vor solch prächtigen Toiletten kann man vor Neid erblassen. Ich fürchte, meine Garderobe ist hoffnungslos veraltet!« Sie ließ Henriett, die einer Ohnmacht nahe schien, hinter sich, und schob John sanft mit sich aus dem Zimmer. »… Sie kennen die Frauen: Wir können stundenlang über Putz reden und darüber die Zeit vergessen. Lassen wir Henriett noch ein wenig Muße, die Truhen fertig zu packen!«

»Aber selbstverständlich.« John lächelte. Sie standen nun beide in dem dunklen Flur. »Ich freue mich, Sie gefunden zu haben, Julie. Ich wollte vor meiner Abreise noch unbedingt einmal mit Ihnen reden!« Er wurde leiser und sah über seine Schulter. »Haben Sie Frederik irgendwo gesehen?«

Julie hatte mitbekommen, wie Frederik sich mit steinerner Miene auf seinen Rappen geschwungen hatte. Sie konnte sich vorstellen, wie seine schwarze Gestalt im Augenblick die Landschaft durchpflügte …

»Er ist ausgeritten, John. Und ich weiß nicht, wann er zurückkommt.«

Er nickte.

»Es tut mir Leid, dass meine Frau und ich Eastington so überstürzt verlassen, Julie. Am allermeisten schmerzt es mich aber, dass wir Sie nicht dazu überreden konnten, mit uns zu fahren.«

»Mein Platz ist hier, bei ihm, John. Das werden Sie verstehen.«

»Ich hoffe von Herzen, dass er Sie gut behandelt … Julie, Sie sind bei dieser Heirat schändlich betrogen worden!«

Julie wand sich. Johns Parfum verursachte ihr Kopfschmerzen. Seine Nähe war ihr plötzlich zuwider. Alles, was er ihr über Frederik erzählen würde, würde den schalen Beigeschmack von Rache und Verrat haben. Der heutige Morgen hatte sie gelehrt, dass es nicht immer von Vorteil war, anderen zuzuhören.

»Lassen Sie es gut sein, John. Ziehen Sie mit Gott. Ich werde dafür beten, dass Sie und Frederik eines Tages wieder zusammenfinden.«

»Julie, Sie dürfen sich jetzt nicht abwenden. Es gibt etwas, das Sie im Recht sind, über Frederik zu erfahren! Haben Sie denn noch nicht bemerkt, dass sein Leibdiener, dieser Timothy …«

»John, mein Lieber, schicken Sie mir bitte den Stallknecht hoch, ja? Meine Zofe kann die Truhe unmöglich alleine bewegen.« Henrietts Stimme hallte überlaut in dem dunklen Flur wider.

John drehte sich ruckartig zu ihr um und zischte:

»Henriett, ich führe gerade ein Gespräch mit Julie, das ich Sie bitten möchte, nicht zu unterbrechen!«

»Nicht doch, John.« Henriett schritt ungerührt herbei. Der Schrecken von vorhin war ihr nicht mehr anzusehen. »Nichts, was Sie noch zu sagen hätten, wäre Julie eine Hilfe. Ich schlage vor, dass wir uns beeilen, um Eastington noch vor der Mittagszeit verlassen zu haben.« Sie legte Julie ihre Rechte auf die Schulter. Es war ein angenehm warmer und fester Griff. »Kommen Sie, liebe Schwägerin. Ich glaube, jetzt kann ich dringend die Hilfe gebrauchen, die Sie mir vorhin so freundlich anboten.«

»Henriett ...«, begann John erneut und wurde rot.

»Halten Sie den Mund, John«, fuhr ihn seine Frau an. Irgendetwas in ihrem Blick bewog ihren Mann, den bereits zum Protest geöffneten Mund wieder zuzuklappen. Henriett schob Julie kurzerhand in ihr Zimmer und zog die Tür hinter sich zu. Dann schloss sie Julie überraschend in ihre Arme.

»Danke, Julie. Sie sind eine außergewöhnliche Frau, meine Kleine, und ich bin sehr froh, eine Schwester zu haben. Denn als eine Schwester haben Sie sich mir gegenüber benommen.« Wärme strömte aus ihren braunen Augen. »Was den kleinen Vorfall betrifft ...«

»Sie sind mir keine Erklärungen schuldig, Henriett«, meinte Julie kopfschüttelnd.

»Ich sehe es auch nicht als eine Schuld an. Ich möchte Ihnen nur verraten, was es mit dem Gold auf sich hat, weil ich es einer Schwester auch erzählen würde.« Sie machte eine kleine Pause, bevor sie eindringlich fortfuhr: »Dieses Gold ist mehr wert, als Sie sich vorstellen können. Es verkörpert meine ganze Freiheit. Wie Sie bestimmt schon bemerkt haben, führe ich keine besonders glückliche Ehe.« Henriett lächelte bitter. »Ich hatte das Gut von Waterston in die Ehe gebracht, das durch die Güte des Herzogs of Buckingham zu einer Grafschaft erhoben wurde. Wir hätten gut davon leben können, ohne Not leiden zu müssen. Doch die Erlöse des Gutes sind Johns Ausschweifungen nicht gewachsen. Ich weiß, dass mein Mann mehrere Mätressen hat, die er mit meiner Mitgift aushält. Ich habe längst die Übersicht über unsere finanzielle Lage verloren.«

Henrietts Augen blitzten plötzlich vor Stolz.

»... Aber eines ist mir geblieben. John mag mich kränken, aber er kann mich nicht demütigen. Meine Kraft liegt in dem Beutel, dessen Inhalt Sie eben zu Gesicht bekamen, und in noch weiteren, die ich gut versteckt habe. Ich bin unabhängig.« Die Falten auf jeder Seite von Henrietts Mund vertieften sich. »Sie können sich nicht vorstellen, was für ein erhebendes Gefühl es ist, wenn Lustschreie aus dem Zimmer Ihres Mannes klingen, und Sie wissen, Sie könnten in der selben Sekunde das Haus verlassen, wenn Sie wollten, und nie wiederkommen.« Julie erschauerte vor der Bitterkeit in den Worten ihrer Schwägerin. »Auch Sie sollten danach trachten, unabhängig zu bleiben, meine Liebe! Ich wäre froh gewesen, wenn ich diesen Rat bekommen hätte, als ich noch so jung wie Sie war!« Es lag Mitleid in Henriett Blick, als sie fortfuhr: »Ihre Ehe mit Frederik wird bestimmt nicht einfach sein. Ich weiß nicht, wie Sie mit seinen … Veranlagungen zurechtkommen werden. Hören Sie nicht auf die Gerüchte, hören Sie auch nicht auf John. Seine Ratschläge sind nie uneigennützig. Hören Sie alleine auf Ihr Herz. Und auf das, was Ihre Würde Ihnen gebietet: Sie werden eine glücklichere Ehe führen, wenn Sie wissen, dass Sie nicht aus Mangel an Alternativen bleiben müssen, sondern es aus eigener Entscheidung tun.« Der Griff ihrer Hände wurde wieder fester. »Wie Sie sehen, haben Sie mir weit mehr erhalten als ein bisschen Gold. Sie haben mir geholfen, meinen Stolz und meine Selbstachtung zu bewahren. Ich bin Ihnen zu tiefstem Dank verpflichtet. Gott schütze Sie, meine liebe Julie!«

»Sie auch, Henriett.«

⚜

Vielleicht zum hundertsten Mal an diesem Abend schritt Julie den Weg vom Bett zum offen stehenden Fenster ab. Die Landschaft lag wie gelähmt unter der noch immer erdrückenden Hitze. Nichts! Kein Zeichen von Frederik!

Sie presste die Handflächen gegen ihre schmerzenden Schläfen. Er war bereits seit neun Stunden weg … Neun endlose Stunden, in denen ihre Nervosität ins Unerträgliche gestiegen war. Seit die zwei prächtigen Kutschen von John und Henriett hinter hellen Staubwolken verschwunden waren, lief Julie wie ein Tier im Käfig durch das Schloss.

Mein Gott, wo konnte er nur so lange bleiben? Ob er sich vielleicht diesmal bei einem tollkühnen Sprung verrechnet hatte und jetzt irgendwo hilflos auf der ausgedörrten Erde lag? Wenn etwas passiert war, würde sie es sich nie verzeihen …

Ein Klopfen an ihrer Zimmertür durchschnitt Julies Gedanken.

Robert hinkte mit einem Tablett herein, auf dem er vorsichtig neben etwas Brot, einem gekochten Ei und etwas Käse, einen Zinnbecher und einen Krug mit kühlem Wein balancierte.

»Es ist spät, Mylady. Sie müssen jetzt etwas essen. Danach wird Rachel Sie für das Bett zurecht machen. Sie sollten es aufgeben, weiterhin den Fußboden durchlaufen zu wollen.«

Julie lächelte kurz. Noch immer überfiel sie ein leises Staunen, wenn sie den Jungen betrachtete. Seit Roberts verfilzte Haare geschnitten, seine Haut geschrubbt und er in saubere Wäsche gesteckt worden war, gab er einen durchaus annehmbaren Pagen ab.

Sie seufzte und ließ sich auf einen Stuhl fallen.

»Du hast Recht. Stell das Tablett auf den kleinen Tisch, ich werde versuchen, etwas zu essen.«

Nach ein paar Bissen jedoch schob sie das Abendessen von sich. Es war sinnlos. Wie immer schlug ihr Aufregung auf den Magen.

Nachdem Rachel ihr in ihr Nachthemd geholfen und ihre glatten Haare zu einem Zopf geflochten hatte, legte Julie sich auf das heiße Bett. Es dauerte noch lange, bis sie in einen unruhigen Schlaf verfiel.

Dunkle Träume überschatteten ihre Ruhe. Gespenstische Bilder von einem schwarzen Reiter, der durch eine albtraumhafte Landschaft jagte, verfolgten sie. Doch es war nicht der Reiter, der ihr Herz sich zusammenziehen ließ ... Es war die schrecklich klare Gewissheit, dass er seinem Verderben entgegenritt. Sie lief hinter ihm her, um ihn zu warnen, doch sie konnte ihn nicht mehr einholen – schlimmer, sie wurde von einer unsichtbaren Macht festgehalten ... Es war ihr unmöglich, sich vom Fleck zu bewegen. Sie rief ihm zu, umzukehren, sie weinte, sie flehte, sie schrie ... und brachte nur ein schwaches Stöhnen hervor.

Sie erwachte, in Schweiß gebadet. Die Nacht war hereingebrochen. Draußen im Flur waren eine laute ärgerliche Stimme und das Aufsetzen von Sporen zu hören. Julie sprang aus dem Bett. Frederik war zurück!

Sie trat durch das leere Vorzimmer auf den Flur. Sie musste mit ihm sprechen, und die Angelegenheit von heute Morgen bereinigen. Später würde sie vielleicht nicht mehr den Mut dazu haben.

Vor Frederiks Tür traf sie Timothy.

»Es tut mir leid, Mylady, mein Herr möchte mit niemandem mehr sprechen.«

»Leider muss ich darauf bestehen einzutreten, Timothy. Mein Anliegen duldet keinen Aufschub.«

»Meine Befehle sind ausdrücklich, niemanden vorzulassen, Mylady.«

Bei jemand anderem hätte Julie vielleicht nachgegeben, doch wie immer regte sich in ihr Widerstand, wenn sie sich dem Leibdiener Frederiks gegenübersah.

»Mein Mann soll mich gefälligst selbst wegschicken, wenn er es möchte. Wenn man den ganzen Tag ohne Grund verschwindet, ist man ja wohl ein paar Erklärungen schuldig. Und jetzt, mach die Tür frei!«

Timothy, überrumpelt von ihrem energischen Auftreten, machte einen Schritt zur Seite. Er entfernte sich langsam, nicht ohne zu murmeln, dass er sie ja gewarnt hätte.

Beherzt trat Julie in das Zimmer ihres Mannes ein.

Die Luft im Raum war stickig und gesättigt von Alkoholdünsten. Frederik musste in einer Schenke versucht haben, seine Wut mit schlechtem Wein zu ertränken. Ein fünfarmiger Kerzenhalter warf flackerndes Licht auf die Tapisserie. Frederiks schmutziges Oberhemd lag achtlos am Boden. Ihr Mann saß auf dem Bett und versuchte ungeschickt, seine Reitstiefel auszuziehen. Sein angetrunkener Zustand machte das Unterfangen recht beschwerlich.

»Ich fürchte, Sie haben Timothy zu früh hinausgeschickt. Kann ich Ihnen behilflich sein?« Julie näherte sich dem Bett. Ein bitterböser Blick traf sie, sodass sie erschrocken wieder einen Schritt zurückwich.

»Was wollen Sie? Ich habe gesagt, dass ich alleine gelassen werden will. Respektiert denn niemand mehr hier meine Wünsche? Respektiert mich überhaupt noch jemand?« schrie Frederik.

Julie sah ein, dass dies nicht der richtige Augenblick für eine Aussprache war, und drehte sich um.

»Natürlich respektiere ich Ihre Wünsche. Ich gehe.«

»Bleiben Sie!«

In Julies Nacken stellten sich die Haare auf. Noch nie hatte ihr Mann in solchem Ton mit ihr geredet. Noch nie hatte überhaupt jemand so mit ihr geredet. Sie runzelte die Stirn und wandte sich erneut um.

»Warum sind Sie gekommen?«

»Ich wollte mich für mein Verhalten heute Morgen entschuldigen«, antwortete sie und unterdrückte mühselig jede Regung in ihrer Stimme. »Es war nicht beabsichtigt, wenn …«

»Hat meine Aussprache mit meinem Bruder Sie gut unterhalten? Wurde Ihre Neugier befriedigt, oder möchten Sie noch etwas erfahren? Ich bin gerne bereit, Ihre Fragen zu beantworten, sollten noch Unklarheiten bestehen!«

Julies Zorn loderte auf.

»Nein!«, warf sie zurück. »Wenn es Sie tatsächlich interessieren sollte:

Nein, es hat mir durchaus keinen Spaß gemacht. Wie könnte es mich freuen, wenn mein Mann sich ständig mit seinem Bruder zankt? Die letzten Tage wurde ich keineswegs unterhalten, wie sollte ich auch, bei Ihrer miserablen Stimmung! Wäre Ihr Bruder nicht gewesen, um mich aufzumuntern, hätte ich schier verzweifeln können! Aber um auf Ihr Angebot zurückzukommen: Ich würde es mit Freude erleben, wenn Sie nur einmal bereit wären, mit mir zu reden, statt ständig mit versteinertem Gesicht durch Eastington zu laufen!«

Frederik goss sich ungeschickt aus einem bereitstehenden Krug Wein ein.

»So, John verdankten Sie die letzte Zeit Ihre ganze Lebensfreude?« Er lachte verächtlich auf. »Mein Gott, wie naiv Sie doch sind! Haben Sie denn nicht gemerkt, dass John Sie nur benutzen wollte?«

»Wie können Sie so etwas behaupten?«

»John ist der egoistischste Mann auf Erden. Er ist nicht Ihrer zauberhaften Augen wegen hierher gekommen oder aus irgendeinem Familiensinn heraus, sondern alleine, um Sie abzuschätzen.« Frederik richtete seinen Zeigefinger auf sie. Wein schwappte aus dem Krug über seine Hand. »Sie, Julie, sind sein ärgster Feind! Denn ohne Sie wäre er vielleicht schon bald seine Geldsorgen los!«

Julie musste lachen.

»Das ist doch lächerlich! Sein ganzes Auftreten zeugt von dem Geld, das er hat!«

»Falsch, liebe Julie! Es zeugt von dem Geld, das seine Gläubiger haben! Durch seine Spielleidenschaft und sein zügelloses Leben bei Hofe sitzt mein Bruder auf einem Schuldenberg. Nur die Aussicht auf eine große Erbschaft besänftigt die Aasgeier noch, die ihn in ihren Klauen halten. Und was für eine Erbschaft könnte das wohl sein?«

Julie wandte sich ab. Jetzt war ihre Vermutung zur Gewissheit geworden: Frederik hatte sie nur geheiratet, um Eastington nicht John hinterlassen zu müssen.

»Ich sehe, Sie haben es erraten. Das gute Eastington, mit all seinen Ländereien, würde meinem Bruder aus der Patsche helfen. Doch plötzlich treten Sie in Erscheinung, meine Liebe, und stürzen ihn in tiefe Bedrängnis! Wenn jetzt ein Erbe geboren würde, könnte das all seine Pläne vernichten. Also meldet er sich zu einem Besuch an, um zu sehen, wo er Einfluss nehmen könnte. Was meinen Sie, weshalb er Sie gestern nach London einlud? Weshalb er Sie von Eastington und mir zu entfernen suchte?«

Julie hätte sich lieber die Zunge abgebissen, als Frederik beizupflichten.

»Sie besitzen eine blühende Phantasie!«

»Und Sie die Naivität und die romantischen Glücksvorstellungen einer Klosterschülerin!«

Julie hob die Nase.

»Es tut mir Leid, wenn ich Ihren Vorstellungen nicht entspreche. Sie kannten mein Alter, bevor Sie mich ehelichten. Außerdem wünschten Sie ja wohl nicht meinen Kopf, sondern meinen Bauch zu heiraten!«

»Das stimmt. Ihr Bauch reicht mir vollkommen. Und ich wäre Ihnen dankbar, wenn Sie jeglichen Versuch, Ihren Kopf arbeiten zu lassen und mich verstehen zu wollen, unterlassen würden.«

»Ja, das würde Ihnen so passen! Sie haben es sich so einfach vorgestellt, nicht wahr, Mylord? Sie wollten sich ein armes kleines Mädchen kaufen, das Ihnen in stiller Dankbarkeit für Ihre Güte, sie zu ehelichen, Jahr für Jahr einen Nachkommen wirft. Doch die Zeiten des Leibeigentums sind vorbei!« Sie warf ihm mit vibrierender Stimme entgegen: »Es tut mir Leid, mein Herr, Sie haben ein Wesen mit Verstand und Herz geheiratet. Nicht eine Zuchtstute!«

»Ach nein? Sind Sie sich da ganz sicher?« Frederik trat hart an sie heran und die Wut auf seinen Zügen ließ sie erschauern. Plötzlich hatte sie Angst. »Sagen Sie, für wen halten Sie sich eigentlich?« stieß er mit zusammengebissenen Zähnen hervor. »Was maßen Sie sich an? Sie treten in mein Leben und glauben, ich müsse mich Ihnen zu Füßen werfen … Nur weil Sie schön sind, so schön, dass jeder Mann vor Ihnen auf die Knie sinken möchte, glauben Sie, Sie könnten alles erreichen … Herzen einsammeln und als Trophäen in Ihr Zimmer hängen … Aber nein … Nicht mit mir! Nicht mit mir, hören Sie? Ich bin gegen Ihren Zauber immun, meine Dame! Pech gehabt! Bei allen anderen … aber bei mir nicht!« Er lachte schallend. »Bei mir nicht! Nie!« Und er lachte weiter, in einem fort. Es war das Schrecklichste und Traurigste, das Julie je gehört hatte.

Sie starrte ihn an, sah den weit geöffneten Mund, die Tränen, die über sein Gesicht rannen. Langsam wich sie einen Schritt zurück.

»Mein Gott … John hatte Recht«, flüsterte sie. »Verrückt … Ich habe einen Verrückten geheiratet …«

Mit einem Mal brach das Lachen ab. Er griff nach ihr, sie wollte ausweichen, doch zu spät. Er erhaschte ihre Handgelenke.

»Sie tun mir weh!«, rief Julie. Seine hellen Augen starrten sie an, doch sie war sich nicht sicher, dass er sie sah.

»Nur keine Hemmungen. Zerstören Sie mein Leben … Sie haben bereits damit angefangen, und Ihretwegen werde ich mein armes Pferd noch zu Tode schinden … Ein hübsches Pärchen, Sie und mein Bruder … Das passt hervorragend! Dabei dachte ich gestern Abend einen Augenblick lang …« Sein Griff wurde fester und sie schrie auf vor Schmerz. »Sie werden mich zugrunde richten, Sie werden Erfolg haben, wo er damals knapp versagte. Ein zweites Mal werde ich es nicht aushalten. Aber zuvor … Zuvor will ich Ihnen wahrhaftig einen Grund geben, mich verrückt zu nennen … Schauergeschichten um sich zu verbreiten … Diesmal will ich dem Rufmord wenigstens gerecht sein!« Er fasste an ihren Ausschnitt.

Mit einem Ruck hatte er das Band gerissen, das ihr Hemd zusammenhielt.

»Was … Nein, hören Sie auf! Lassen Sie mich los!«

Er zerrte an ihrem Hemd … Vergeblich versuchte sie, die Stofffetzen festzuhalten. Plötzlich stand sie splitternackt da. Blitzschnell drehte Frederik sie um. Er riss ihre Handgelenke hoch, hielt sie über ihrem Kopf fest. Dann klemmte er sie zwischen sich und den Bettpfosten. Das Blumenmuster der Säule presste sich schmerzhaft in ihre weiße Haut.

Sie kämpfte verbissen, trat um sich, versuchte zu beißen … vergeblich. Das Holz des Bettes klebte an ihrem schweißnassen Leib.

Und dann fühlte sie … Nein … Nein, das durfte er nicht!

»Lassen Sie mich los! Auf der Stelle!« Sie wimmerte. »Bitte!«

Er lachte.

»Aber nicht doch, meine Schöne! Jetzt fängt das Vergnügen erst an!«

Ein geschickter Griff, und sie war zur Bewegungslosigkeit verdammt.

Sofort drang er mit einem scharfen Ruck in sie ein.

Der Stoß nahm ihr den Atem. Ein Zittern durchlief ihren Körper.

Frederik keuchte. Sein Atem legte sich als Weinwolke auf sie nieder.

Sie biss sich auf die Lippen … Jetzt nur nicht weinen …

Übelkeit, Ohnmacht, Zorn, Scham … Das Holz vor ihren Augen traf ein paar Mal heftig ihre Stirn … Immer rücksichtsloser, immer wieder durchbohrte er sie … Immer wieder wurde sie dem Boden in einem glühenden Schmerz entrissen. Ein höllischer Rhythmus … Der höllische Reiter … Luft … Sie bekam kaum noch Luft … Und ihre Arme, da oben, auf ewig festgenagelt … Mein Gott, wie lange noch? Mein Gott …

Sie bot kaum noch Widerstand, wartete nur noch auf die erlösende Ohnmacht.

Plötzlich Freiheit, doch nur kurz. Ihr Mann fluchte. Sie wurde auf das Lager geschleudert.

»So, verrückt bin ich, ja? Meine Stimmungen sind Ihnen über? Bitte sehr, ich werde sie in Zukunft ausleben. Keine Rücksicht mehr!«

Er ließ sich mit seinem ganzen Gewicht auf sie fallen und presste die Luft aus ihren Lungen. Ihre Kräfte waren verzehrt. Sie schloss die Augen.

Alles fing von vorne an. Derselbe Albtraum, diesmal in horizontaler Lage. Immerhin eine Matratze unter dem schmerzenden Körper. Sie hielt die Augen fest geschlossen. Sie wollte das Gesicht nicht mehr sehen, die vom Wein und Leidenschaft entstellte Fratze, die sich immer wieder in ihr Blickfeld schob …

Die Stöße wurden schneller. Teilnahmslos registrierte sie den kürzeren Atem, den Schweiß, das Keuchen, das Verkrampfen. Plötzlich ein Schrei … Ihrer oder seiner? Was machte das schon? Ein letzter, brutaler Stoß … Flammender Schmerz … Die Entladung, die verhasste Explosion in ihr. Gipfel und Schlussstrich ihrer Unterwerfung.

Noch erdrückte sie der keuchende Körper. Sie spürte deutlich, wie sein Glied in ihr schrumpfte, sich in eine hässliche, kraftlose kleine Raupe verwandelte … Ekel und Übelkeit wurden übermächtig. Frederik ließ sich auf die Seite gleiten. Kürzeste Zeit später war er eingeschlafen.

Julie schauderte trotz der Hitze. Sie krümmte sich zusammen. Schlecht … Ihr war unsäglich schlecht … Sie kroch an die Bettkante und übergab sich auf dem Boden. Mit allerletzter Kraft robbte sie so weit wie möglich von ihrem Mann weg. Ihre zitternde Hand zog sich ein kleines Stückchen Laken über den schmerzenden Körper.

Ein paar Sekunden später fiel auch sie in einen erschöpften, traumlosen Schlaf.

⚜

Sie erwachte kurz vor Tagesanbruch. Mit viel Mühe gelang es ihr, sich aufzurichten. Warum lag sie hier, und nicht in ihrem Bett? Ihr Blick fiel auf ihren Mann.

Frederik lag wie erstarrt, genau in der selben Position, wie er eingeschlafen war. Nur seine tiefen Atemzüge verrieten, dass er noch lebte. Sofort stieg die Übelkeit wieder in Julie hoch, und sie wandte sich ab.

Vorsichtig schob sie sich bis zum Rande des Bettes. Erst einen Fuß aufsetzen, dann den anderen. Schön langsam. Sie biss sich auf die Lippen, um nicht laut aufzustöhnen. Schwankend stand sie auf.

Auf dem Weg zur Tür stieg sie achtlos über ihre zerrissenen Kleider.

Langsam, da jeder Schritt schmerzte, überquerte sie den Flur. Splitternackt trat sie in den Vorraum ihres Zimmers. Robert lag inzwischen vor ihrer Tür. Er wusste nicht, dass das Zimmer, was er bewachte, leer war.

»Robert, wach auf! Lass mich in das Zimmer rein!« Sanft rüttelte sie ihn wach.

Der Junge murmelte verschlafen einige Worte, blinzelte, starrte sie an, rieb sich dann übertrieben die Augen. Er bekreuzigte sich in aller Eile, während er ungeschickt aufsprang.

»Danke. Leg dich jetzt wieder hin, aber am besten in eine andere Ecke. Ich muss gleich wieder weg.«

Wortlos rollte Robert seine Decke wieder aus. Seine Augen fielen sofort zu.

In ihrem Zimmer entzündete Julie eine Kerze. Bald würde die Sonne aufgehen, doch noch war es zu dunkel, um das zu finden, was sie suchte: Ein altes, dunkelgrünes Kleid, das sie sonst im Garten über ihrer normalen Kleidung trug. Sie schlüpfte so wie sie war hinein. Das reichte! Weder Schuhe noch Strümpfe streifte sie über. Es hätte zu viel Zeit gekostet. Und jetzt weg von hier!

Es zog sie mit aller Gewalt hinaus. Weg von diesen erdrückenden Mauern und den zerstörerischen Menschen in ihnen … Sie brauchte Luft, Platz, Freiheit, Einsamkeit … Etwas, das sich um sie legte, sie rein wusch von der unaussprechlichen Besudelung … Etwas, das ihr eine kühlende Hand auf die schmerzende Stirn legte …

Julie merkte kaum die scharfen Steine unter ihren nackten Sohlen. Die Koppeln lagen friedlich und verlassen da. Ihre Stute leuchtete im grauen Dämmerlicht zwischen den anderen Pferden im reinsten Weiß auf.

Ein paar Augenblicke später saß sie auf dem nackten Rücken des Pferdes. Ihr Ziel ließ sie die Schmerzen vergessen, die jede Bewegung des Tieres hervorrief. Durch leichtes Ziehen an der Mähne und sanftes Klatschen auf seinen mächtigen Hals lenkte sie das Tier Richtung Wald.

⚜

Hastig stieg Julie in das grüne Wasser. Die Wasserläufer flohen auseinander.

Trotz der immer gegenwärtigen Hitze war der Weiher kalt. Julie tauchte schaudernd unter. Noch einmal, so lang sie konnte. Immer wieder ließ sie sich in die kalte namenlose Welt absinken, tauchte dann wieder auf, um laut nach Luft zu schnappen. Länger. Etwas trieb sie, immer länger unten bleiben zu wollen. Nichts sollte mehr von der letzten Nacht an ihr haften bleiben. Sie schwamm mit weit geöffneten Augen tief in das grüne Herz des Weihers hinein, ihren schnellen Pulsschlag in den Ohren. Sie wirbelte Stürme auf, die die Algen beutelten. Hinter ihr verschluckten Wolken von grauem Schlick das trübe Licht. Ja … so war es gut. Noch ein wenig länger die Luft anhalten, noch eine Sekunde mehr der Welt da oben entkommen … Ihr Herz hämmerte dröhnend. Sie brauchte nur die Lippen zu öffnen, um völlig aufgenommen zu werden … um eins zu werden mit der Frische, dem Reinen, dem Vergessen … Sie fühlte, wie das Wasser in ihren Mund eindrang … dann ein Schluck, und plötzlich der bahnbrechende Wille, die Oberfläche zu erreichen … Zu kämpfen … Zu atmen … Sie schlug um sich, durchbrach den glatten Wasserspiegel, hustete.

Eine Welt von gleißendem Licht und tausend kleinen Geräuschen empfing sie. Wie ein Neugeborenes sog sie keuchend die süße warme Luft ein.

Schwimmen. Sie musste jetzt schwimmen, sich bewegen, alles, was sie noch an Kraft besaß, einsetzen. Und sie schwamm. Rhythmisch, hartnäckig, verbissen.

Sie zerteilte gleichmäßig das Wasser vor sich. Runde um Runde zog sie ihre Kreise. Das Wasser trug, umschloss und liebkoste sie. Es rauschte monoton an ihren Ohren. Ein beruhigendes Geräusch, der Puls des Weihers. Ein Universum in grün und blau. Alles weich, durchdringbar. Nichts Hartes, nichts, woran man sich verletzen konnte. Nichts, wovor man sich in Acht nehmen müsste.

Behutsam löste sich der Knoten, der ihre Empfindungen verschlossen hielt.

Zunächst gab es da nur einen winzigen, warmen Punkt. Etwas Kleines, Beschützenswertes, wie eine schüchtern vorgetragene Frage. Julie horchte in sich hinein, wohnte abwartend und wie unbeteiligt der Entwicklung bei. Es dauerte nicht lange, und der Punkt schwoll an, gewann an Kraft und Stärke. Er wurde zu einer Flamme: Hell, schön, heiß. Keinerlei Schüchternheit mehr. Sie wuchs an, loderte auf. Es war eine gesunde, alles Kleinliche und Unwürdige verzehrende Wut.

Wut auf ihren Mann, natürlich. Wut auf John, der ein falsches Spiel mit ihr gespielt hatte. Wut auf die ganze Welt, die sie zwang, sich einem Mann unterzuordnen. Und nicht zuletzt auch Wut gegen sich selbst, die nicht fähig gewesen war, ihr diese Erniedrigung zu ersparen.

Die Flamme brannte jetzt ruhiger. Sie verzehrte nicht mehr, sie wärmte nur noch. Eine wohltuende, ermüdende Wärme. Nach und nach wurden ihre Runden langsamer. Ihre Wut hatte ihre letzten Kräfte aufgebraucht.

Julie schleppte sich mühevoll und zufrieden an das Ufer. Sie ließ sich in das weiche Gras fallen. Kaum hatte sie den Boden berührt, schlief sie auch schon ein.

⚜

Das erschöpfte Pferd arbeitete sich stolpernd durch das Unterholz. Es war ein magerer Klepper, mit durchhängendem Rücken und auf einem Auge blind. Viel war nicht mehr aus ihm herauszuholen. Die Karikatur eines Pferdes.

Immerhin waren sie bis hierhin gekommen. Das war mehr, als François erhofft hatte, als er die Mähre in Dover kaufte. Als wenn in ganz England kein vernünftiges Reittier zu bekommen wäre! Egal. Bald würden sie ankommen, und dann hätten sie sich beide ein paar Tage Rast verdient.

François hielt an und bemühte sich, klare Gedanken zu fassen. Die Vegetation hatte sich seit dem letzten Mal mehr verändert, als er es für möglich gehalten hätte. Dabei musste die Hütte seines Onkels ganz in der Nähe sein … Verflucht! Er gab dem Pferd die Sporen, und das Tier setzte sich schwankend wieder in Bewegung.

Nach ein paar Minuten wurde das Gebüsch noch undurchdringlicher. Mehr und mehr Erlen mischten sich unter das dünne Holz.

»Erlen. Also Wasser in der Nähe.« François runzelte die Stirn und rieb seine Nasenwurzel. »Hatte mein Onkel nicht etwas von einem Weiher erzählt?« Er trieb das Tier durch die niedrigen Äste.

Kurz danach wurde er vom Wald in eine Lichtung entlassen. Die Sonne brach soeben über die Gipfel der Bäume herein, und er zog sich den Hut tiefer in das Gesicht. Überrascht hielt er vor dem Anblick, der sich ihm nun bot, inne.

Ein Wasserstück in leuchtendem Grün erfüllte zwei Drittel der Lichtung. Den Rest beanspruchte eine Wiese, geschmückt mit bunten Sommerblumen und saftig trotz der langen heißen Tage. Ein Platz, der Friede und Ruhe ausstrahlte. Und hinten, nahe den tiefen Erlenzweigen, stand etwas …

François hatte Mühe, die helle Gestalt im gleißenden Licht zu erkennen. Wahrhaftig, es war ein schneeweißes Pferd … ein wundervolles Geschöpf! Sein in den letzten Tagen geschundenes Reiterherz machte einen Freudensprung. Er pfiff leise anerkennend durch die Zähne. Das kleine Geräusch genügte, um das Tier den Kopf heben zu lassen. Wie kam es hierher, ganz ohne Sattel und Zaumzeug? Das gleißende Gegenlicht verwischte seine Konturen und umgab es mit einem unwirklichen Schein. Man erwartete fast, es Flügel ausbreiten und davonfliegen zu sehen.

Unsinn! François riss sich zusammen. Er löste einen langen Riemen von seinem Sattel und stieg ab. Dieses Pferd würde ihn in Windeseile zurück nach Dover bringen können und dort noch einen satten Gewinn abwerfen. Er näherte sich vorsichtig dem Tier.

Plötzlich schrak er zurück. Fast wäre er über einen im Gras gebetteten Körper gestolpert.

Er war so verdutzt, dass er ein paar Sekunden lang regungslos auf die weißen Umrisse vor sich starrte. Eine Frau. Oder doch nicht?

Yvonne, seine Amme, hatte früher immer wundersame Märchen zu erzählen gewusst, von Einhörnern und Waldfeen … Er bekreuzigte sich unbewusst, musste aber gleich darauf lächeln. Alles Aberglaube. Und dennoch …

Er pfiff erneut kaum hörbar durch die Zähne. Der Teufel sollte ihn holen, wenn das nicht einer der schönsten Anblicke war, der sich einem Mann bieten konnte! Und er wusste, wovon er sprach. Diese Rundungen und Vorsprünge … Dazu das kastanienbraune Haar, das sich in Arabesken durch das hohe Gras schlängelte. Und dieses Gesicht … François beugte sich leicht vor, bewunderte die feinen Züge, die kühnen Brauen, die von einem dichten Wimpernvorhang umsäumten Augenlider … Und da … Dieser Mund! Er war weich, breit, dazu diese aufreizende, leicht hervorspringende Unterlippe …

Seine Müdigkeit war wie weggezaubert, und er fühlte eine kaum zähmbare Lust in sich aufsteigen. Er rieb sich die unrasierten Wangen. Er war kein Kostverächter … Trotzdem hatte er sich noch niemals in einer solchen Situation befunden. Und wenn Yvonnes Geschichten doch nicht alle erfunden gewesen waren?

Nun, auch eine Fee würde sich nur in dieser Weise darbieten, wenn sie bestimmte Absichten verfolgte. Und ein solches Zauberwesen zu verführen, könnte ihm durchaus gefallen.

Er ließ sich auf die Knie nieder.

Auch wenn er dadurch in die ewige Hölle verdammt würde, er musste einfach diesen göttlichen Mund küssen …

François lauschte noch ein paar Augenblicke lang den regelmäßigen

Atemzügen der Schlafenden. Dann legte er sich neben sie. Ihre Haut schimmerte matt und einladend. Er näherte sein Gesicht dem ihrigen. Jetzt spürte er ihre Wärme, roch ihren Duft.

Ja … Wundervoll …

Er brauchte ihr nur noch ganz wenig entgegenzukommen. Er legte seine Lippen auf die ihren, schloss die Augen und versank.

Die Schlafende stieß einen leisen Seufzer aus. François beobachtete sie gespannt. Ein Lächeln huschte über die Lippen, die Wimpern schlugen … Blau, kornblumenblau, staunte François. Exakt die Farbe des Himmelbogens über der Normandie.

Jetzt richtete sich der noch verschlafene Blick auf ihn, und François spürte sein Herz schneller schlagen. Ist sie eine Frau aus Fleisch und Blut, wird sie schreien und aufspringen. Ist sie hingegen eine Elfe, gibt sie mir vielleicht drei Wünsche frei … Einen wüsste ich schon …

Staunen trat in die blauen Augen. Die Fremde lächelte aufreizend träge. Sie machte einen völlig entspannten Eindruck. François konnte es zwar kaum fassen, doch sie lag so weich und einladend da, dass er sein Glück erneut versuchte.

Herr im Himmel … Nur das Feuer, das inzwischen lichterloh in seinen Lenden brannte, lies ihn seine Lippen wieder lösen. Er stand auf und beherrschte sich mühsam, um sich seine Kleider nicht vom Körper zu reißen, sondern langsam abzustreifen. Irgendetwas sagte ihm, dass jede schnelle Bewegung die Fremde aus der Trägheit reißen könnte, in der sie gefangen schien. Dann ließ er sich erneut neben sie nieder.

Behutsam streckte er die Hand aus, berührte sie. Sie erschauerte. Staunen erfüllte ihn erneut, als er die Landschaft ihres Körpers nachzeichnete. Die kleine Kuhle des Halsansatzes. Die feste Rundung der Schultern. Die Wölbung der Brüste, ihre schwere, sinnliche Weichheit. Die Hüften, zwischen denen sich die empfindliche Haut des Bauches spannte.

Verflixt … Er merkte, dass seine Hände ihm nicht mehr gehorchten – dass sie inzwischen forderten, statt liebkosten … Er drängte sich an sie, benebelt von ihrem Duft … Und da passierte es.

Die Fremde riss die Augen auf. Und fing an, um sich zu schlagen.

Sie wehrte sich erbittert, setzte Hände und Füße ein, versuchte ihn zu beißen, zu kratzen …

»Hoppla … Nicht so wild, ma belle!« François hatte keine Mühe, sie abzuwehren, obwohl sie mit tödlichem Ernst kämpfte. Er fing an, auf sie einzureden, versuchte sie zu erreichen, die Mauer der panischen Angst zu durchdringen, die in ihren Augen stand, doch vergeblich.

»Ruhig, ganz ruhig, schöne Waldfee«, murmelte er, während er ihre Handgelenke in das Gras drückte. »Fürchte nichts, ich werde dir nichts tun. Hörst du mich? Ich verspreche es dir! Es tut mir Leid, wenn ich dir Angst gemacht habe …« Was war bloß los mit ihr? Er mochte etwas zu forsch vorgegangen sein – dennoch war ihm diese plötzliche Abwehr nach ihrer anfänglichen Zustimmung unverständlich. »So beruhige dich doch …«

Nach ein paar Minuten wurden ihre ohnehin schwachen Schläge zu kraftlosen Zuckungen. Dann, endlich, hielt die Fremde still. Tränen traten in ihre Augen. François atmete tief durch.

»Geht es dir jetzt besser? Schön ruhig. Es ist alles in Ordnung. Ich tue dir nichts, ma belle, das schwöre ich dir.« Er runzelte die Stirn. Irgendetwas stimmte hier nicht.

Trotz ihrer Tränen schien die Fremde nun wenigstens seine Worte zu hören. Auch hatte sie nicht mehr diesen Blick eines gehetzten Tieres … François hielt noch immer ihre Hände fest und beschloss, den Versuch zu wagen, sie loszulassen. Behutsam lockerte er seinen Griff, bereit, jederzeit zurückzuschnellen. Sein Blick fiel auf ihre Handgelenke. Sie waren geschwollen und mit hässlichen blauen Flecken versehen. Verdammt! Welch armseliger Wurm hatte es nötig gehabt? …

Die Fremde öffnete weit die Augen. Sie bewegte ein wenig ihre Arme.

François beobachtete, wie die Angst langsam aus ihrem Gesicht wich. Er wartete gespannt, was jetzt kommen würde. Schade … Er war überzeugt, dass sie nun aufspringen und flüchten würde. Doch nichts. Sie rührte sich nicht. Statt dessen bemerkte er, amüsiert und erstaunt zugleich, wie sie leicht die Stirn runzelte.

Ihre noch eben zu Fäusten geballten Hände lagen nun ruhig auf dem Gras. Die blauen Augen waren hellwach. Sie sahen ihn mit einer seltsamen Intensität an. Minutenlang.

Dann schlugen ihre Lider … und sie errötete. Es war eine tiefe Röte, die sich in Windeseile über ihren ganzen Körper ergoss. François Mund wurde trocken. Sie hatte sich entschieden.

Sein Herz pochte.

Er beugte sich über sie. Seine langen dunklen Haare glitten an jeder Seite seines Gesichtes herunter und strichen über ihre Schultern. Sie zuckte bei der kleinen Berührung zusammen, sah tief in seine Augen … Sie hatte beschlossen, ihm zu vertrauen. Und er war überrascht, was für ein Glücksgefühl diese Feststellung in ihm auslöste.

Er ging extrem behutsam vor. Küsste sie sanft, ließ ihr und sich eine kleine Ewigkeit Zeit. Seine Hände glitten erneut über ihren Körper. Er fühlte, wie sie sich entspannte, sah den Ausdruck der Überraschung und der Sehnsucht auf ihren Zügen, als sein Verlangen auch auf sie übersprang, und er fragte sich, wie oft diese Frau schon die Grenzen des Landes überschritten hatte, in das er sie nun führen wollte. Er verzagte nicht, als sie sich erneut versteifte, weil sie ihn spürte, als die Angst in ihrem Blick aufflackerte und sie schon die Arme hob, um ihn wegzustoßen, während ihre Lippen ihn noch festhielten, als sie sich wand, zerrissen zwischen zwei unvereinbaren Extremen. Er küsste sie einfach weiter, wurde fordernder, nur ein wenig, um sie ihre Angst vergessen zu lassen und das von ihm gelegte Feuer zu schüren, während seine Finger sich behutsam der Stelle näherten, wo die Haut ihrer Schenkel am zartesten war. Er zähmte sich und seine Lust, bis er meinte, zerbersten zu müssen, bis sie sich ihm öffnete, bis er zum ersten Mal ihre Stimme hörte, als sie ihn rief, staunend, tief und laut. Dann erst ließ er es geschehen, verbrauchte die letzten Reserven seiner Selbstbeherrschung, um sanft und zitternd vor Verlangen in ihr Innerstes zu dringen. Und es war nichts als Glück, als ihr beider Schrei den grünen Spiegel des Weihers erzittern ließ.

⚜

Julie lächelte. Es kam ihr vor, als würde die Lichtung des Weihers von jenem grenzenlosen Wunder erfüllt sein, das sie empfand. Sie blieb still liegen. Ein leichter Wind strich über die Erlen. Die Vögel nahmen ihre Lieder wieder auf, einer nach dem anderen. Ihre Stimmen klangen kristallklar und zuversichtlich. Julie drehte den Kopf. Ihr Liebhaber war eingeschlafen.

Er lag auf der Seite, ein Bein angewinkelt, die Arme auf jeder Seite seines Körpers abgelegt. Sensible Hände mit wenigen dunklen Haaren. Ein muskulöser Rücken, breite Schultern, schmale Hüften. Lange sehnige Beine. Eher ein geschmeidiger als ein kraftvoller Körper. Unordentliche glatte Haare, die bis auf die Schultern fielen, eine kräftige Nase, ein festes Kinn mit Grübchen und Bartstoppeln. Ein dunklerer Teint als der der hier ansässigen Menschen. Graue Augen, die nun unter den Lidern verborgen lagen und ihr seltsam bekannt vorgekommen waren.

Erst jetzt fiel ihr auf, dass er französisch mit ihr gesprochen hatte.

Ein Ausländer auf der Durchreise also. Jemanden, den sie nie wiedersehen würde.

Eine Heuschrecke sprang kühn auf den Oberschenkel des Mannes. Der kurze schwarze Flaum war offensichtlich nicht das, was sie gesucht hatte. Ein weiterer Sprung, und sie landete auf der glatten Pobacke. Das Insekt drehte seinen Rücken der wärmenden Sonne zu und ließ ein helles, rhythmisches Zirpen hören.

Julie lächelte erneut. Langsam wurde es Zeit, Abschied zu nehmen.

Sie stand behutsam auf, um den Mann nicht zu wecken.

Nach kurzem Suchen fand sie ihr Kleid hinter der Weide wieder. Es mochten erst vier, fünf Stunden her sein, als sie es achtlos und voller Hast weggeworfen hatte, trotzdem kam es ihr vor wie eine Ewigkeit. Eine Ewigkeit, in der sie endgültig das Land der Kindheit verlassen hatte und zur Frau geworden war.

Sie stutzte. Ein paar Schritte neben dem Kleid lag der graue Wolfshund des Waldschrats. Der Blick, den er auf sie richtete, war so weise, dass ihr für einen Moment der Atem stockte. Sie hockte sich vor ihn hin und legte kurz ihre Stirn an seinen mächtigen Schädel.

Es war seltsam. Sie hatte innerhalb weniger Stunden das Schrecklichste und das Schönste erlebt. Und beides war eng miteinander verknüpft. Denn, wäre die letzte furchtbare Nacht nicht gewesen, hätte sie diesen Morgen nicht erlebt.

Wie sagte ihr Vater früher, wenn ein Schatten ihre Kinderwelt verdunkelte?

»Jedes Unglück hat zwei Seiten. Eine tief schwarze, die man zuerst sieht, und die einem deshalb als die einzig Existierende vorkommt. Aber auch eine in den Farben des Sonnenaufgangs. Und wenn man an die farbenfroheste Stelle sieht, dann erkennt man plötzlich, dass auch das Unglück etwas Gutes in sich birgt.«

Julie schwang sich auf ihre Stute und trat den Rückweg an, ohne sich noch einmal umzudrehen.

⚜

Zwei Wochen später hatte Julie wieder einmal den Weg zu Guillaumes Hütte eingeschlagen. Ihr Besuch war schon seit langem überfällig, doch sie war zu sehr mit sich selbst beschäftigt gewesen, um Sinn für ein Geplänkel mit dem Waldschrat zu haben.

Auf Eastington war das Leben überraschend normal weitergelaufen. Hatten die Dienstboten etwas von der heftigen Auseinandersetzung zwischen ihr und Frederik mitbekommen, so hatten sie sich nichts anmerken lassen. Ihr langes Fortbleiben an jenem Morgen war nicht aufgefallen, da sie während der heißen Tage öfters schon vor dem Frühstück ausritt. Außer Robert hatte niemand ihre seltsame Aufmachung gesehen, als sie barfüssig und mit offenen Haaren wieder in das Schloss geschlichen war.

Frederik ging ihr aus dem Weg. Wenn sie sich trafen, wirkte er gehemmt und mied ihren Blick. Trotz seiner unbewegten Züge war es für Julie offensichtlich, dass ihr Mann unglücklich war. Doch sie konnte ihm nicht helfen – und wollte es auch nicht. Die Nacht vor zwei Wochen hatte das wenige zerstört, was in der kurzen Zeit ihrer Ehe an Nähe hatte entstehen können. Leider hatte es auch die Hoffnung auf ein gemeinsames Kind vernichtet. Das war die vielleicht bitterste Konsequenz dieser Nacht, denn sie würde Frederik nie mehr gestatten, sich ihr zu nähern. Und sie würde sich mit der Einsamkeit abfinden müssen, die von nun an ihr Los war.

Julie hob den Kopf. Nun, jammern brachte sie auch nicht weiter. Sie hatte wohl zu hohe Erwartungen an ihre Ehe gestellt. Doch die Welt war aufregend und schön, und sie würde es verstehen, ihr Leben auch so zu genießen.

Inzwischen waren sie und Robert an der Hütte des Hexenmeisters angekommen. Als sie wie immer hinter dem Haus ihre Tiere anbinden wollten, fanden sie den Stall bis auf das Maultier leer vor. Guillaume war offensichtlich ausgeritten. Julie entschloss sich, in der Hütte zu warten, während Robert sich auf die Wiese legte.

Als sie den verborgenen Schlüssel aus dem Strohdach ziehen wollte, bemerkte sie, dass die Tür offen stand. Sie runzelte die Stirn.

Leise betrat sie das Innere. Nach ein paar Sekunden hatten sich ihre geblendeten Augen an die neue Umgebung gewöhnt. Da … Im Hintergrund bewegte sich etwas! Ihr Herz setzte für ein paar Schläge aus. Ein fremder Mann! Im letzten Moment hielt sie einen Schrei zurück. Er wandte ihr den Rücken zu, und hatte sich vor dem Gobelin an der Wand aufgebaut. Seine Finger glitten über den kostbaren Stoff.

Ein Dieb! Jetzt hieß es, nicht den Kopf zu verlieren. Was konnte sie tun?

Sie schaute suchend um sich. Ihr Blick blieb an dem Schwert am Kamin hängen. Das würde Eindruck schinden! Damit würde sie diesen Bauern in Schach halten können, bis Robert ihn gefesselt hätte. Und anschließend würden sie alle zusammen auf Guillaumes Rückkehr warten.

Julie schlich zum Schwert. So leise wie möglich hob sie die mächtige Waffe aus der Halterung. Sie verzog das Gesicht – das Schwert war weitaus schwerer als erwartet! Schon kamen ihr Zweifel über die Durchführbarkeit ihres Vorhabens, doch plötzlich hatte sie keine Wahl mehr: Die Klinge fing einen Lichtstrahl ein, der durch die offene Tür fiel, und spiegelte ihn auf die hintere Wand, genau in das Blickfeld des Räubers.

Der Mann zog in der selben Sekunde ein Jagdmesser aus seinem Gürtel und wirbelte herum. Julie hielt ihm die Spitze der Klinge entgegen. Ihr wurde heiß. Denn ihr Gegner entsprach ganz und gar nicht dem Bild des Bauers, mit dem sie hatte fertig werden wollen! Das schien leider auch der Mann zu spüren ... Als er sie sah, gab er nach einem kurzen Ausdruck der Überraschung seine kämpferische Pose wieder auf. Ein Grinsen erschien auf seinem Gesicht, während er sein Messer in die Scheide zurückgleiten ließ.

Julies Herz klopfte bis zum Hals. Der Mann, der sich ihr nun näherte, mochte etwa einen Kopf größer als sie sein. Seine schwarzen Haare wurden schon von ersten grauen Strähnen durchzogen, obwohl sie ihn erst auf Anfang dreißig schätzte. Sein Gesicht wurde durch eine leicht gekrümmte Nase und tief liegende Augen geprägt, die gerade zu nichts anderem als Ironie fähig schienen. Ein kräftiges Kinn mit einem erstaunlichen Grübchen in der Mitte. Und dieser Mund: Eine Mischung aus Sinnlichkeit, Härte und Ironie. Der küssen konnte, dass einem die Sinne schwanden. Dieser Mann war ihr Liebhaber, ihr Prinz, ihr Retter. Dieser Mann war ein Dieb.

Wie ein Blitz traf diese Erkenntnis jede Faser ihrer Seele. Ein bitterer Geschmack machte sich in ihrem Mund breit. Welch eine Enttäuschung, ihren zärtlichen Verführer als gemeinen Räuber zu entlarven! Offensichtlich ein französischer Dieb auf der Flucht ... Ein Landstreicher, ein Mörder womöglich ...

»Sieh mal einer an, meine schöne Waldfee hat sich in eine gefährliche Amazone verwandelt! Auch diese Pose steht Ihnen ausgezeichnet!«

Sein Englisch war zwar nicht akzentfrei, aber immerhin so fließend, dass er sich über sie lustig machen konnte.

»Kommen Sie nicht näher! Sie werden hier bleiben, bis der Hexenmeister zurückgekommen ist!«

»Der Hexenmeister?« Der Mann kräuselte die Stirn. »Ach so, ich verstehe! Darf ich erfahren, weshalb Ihre Gefühle mir gegenüber seit unserer letzten Begegnung derart erkaltet sind?«

Julie hatte nicht vor, sich auf ein Gespräch einzulassen.

»Ablenkungsversuche sind zwecklos«, warf sie unwillig zurück. »Ich habe gesehen, wie Sie den Gobelin anfassten. Ich werde verhindern, dass Sie ihn stehlen!«

»Ah, so ist das!« Der Mann verzog in gespieltem Schmerz das Gesicht. »Sie haben wirklich eine sehr schlechte Meinung von mir! Und bis zu der Rückkehr dieses … Hexenmeisters, wollen Sie mit diesem Schwert in beiden Händen stehen bleiben?« Er hob ironisch mitfühlend eine Braue. »Ist es nicht sehr schwer?«

Sie fühlte sich erröten. Leider hatte der Dieb den Nagel auf den Kopf getroffen. Obwohl sie die Arme auf ihren Leib abstützte, zitterte sie vor Anstrengung. Sie musste sofort handeln, um die Situation noch zu retten.

»Robert! Robert, komm schnell!« Hoffentlich hörte der Junge ihren Hilferuf!

»Nun, Sie rufen Verstärkung? Wo es doch gerade so gemütlich wurde! Ich erinnere mich an Zeiten, wo Sie nicht im Entferntesten daran dachten, um Hilfe zu rufen …«

Julie fühlte, wie sie erneut errötete, und runzelte die Stirn.

»Was am Weiher passierte war … sehr schön, und ich werde mich gerne daran erinnern. Es hat aber nichts mit der gegenwärtigen Situation zu tun. Leider sind wir uns noch einmal begegnet, was wohl weder meinen noch Ihren Wünschen entspricht. Gott hat es so gefügt. Sie haben von mir aber keine Gnade zu er …«

»Das ist gut!«, unterbrach sie der Mann, warf den Kopf zurück und lachte. »Sie sind unbezahlbar! Sie wollten mich also nicht wiedersehen? Aber Madam, so haben Sie doch etwas Mitleid! Halten Sie ein, bevor Sie meinen männlichen Stolz vollends unter Ihren reizenden Füßen zertreten haben!«

»Dann drehen Sie sich um, damit ich Sie fesseln kann!« Verflixt … Wo blieb Robert?

Der Mann rührte sich nicht, sondern grinste weiterhin unverschämt und sah sie an.

Sie fühlte, wie sein Blick prüfend an ihr hinabglitt. Gut, dass sie heute Morgen ein hochgeschlossenes Kleid gewählt hatte. Sie ertappte sich bei der Frage, ob ihr Haar durch den Ritt wohl sehr in Unordnung geraten sei, schalt sich daraufhin die dümmste Gans, die die Erde je getragen hatte, fühlte sich schon zum dritten Mal erröten und fauchte ihr Gegenüber schließlich an:

»Hören Sie auf, mich so anzustarren, und legen Sie endlich Ihr Messer auf den Boden! Sofort!«

Der Mann reagierte nicht. Er war ernst geworden.

»Wie verändert Sie aussehen«, sagte er schließlich. »Was haben Sie aus meiner Elfe gemacht?«

»Was ich … Was meinen Sie …?«, stammelte sie.

Plötzlich stand der Fremde vor ihr. Er hatte ihre Hände gepackt, noch bevor sie eine einzige Geste der Abwehr hatte machen können.

»Was …?« Sie schnappte nach Luft, als er ihr das Schwert entwand und sie in die Arme schloss.

»So ist es besser, finden Sie nicht auch? So ist jedes an seinem Platz!«

»Wenn Sie glauben, dass Sie so glimpflich davon …«

»Warum sind Sie damals so schnell verschwunden?«

»Lassen Sie mich los! Auf der Stelle!«, funkelte sie ihn an, genauso empört über sich selber wie über ihren Widersacher. Seine Wärme, sein Duft überfielen sie. Sie schluckte und suchte mit den Augen einen Ausweg. Eine warme, etwas raue Hand schob sich unter ihr Kinn. Sie sah ihn lächeln, nicht mehr ironisch, sondern warm und, wie ihr schien, ein wenig erleichtert.

Ihre Verwirrung stieg, während er sich zu ihr hinunterbeugte.

Sie spürte seinen Atem auf der Haut, auf ihren Lippen. Obwohl ein Teil von ihr sich noch immer sträubte, schloss sie die Augen. Langsam, ganz langsam gab sie ihm nach, streckte ihm ihr Gesicht entgegen …

»Wie ich sehe, haben Sie sich schon mit meinem Neffen bekannt gemacht, Mylady! Da erübrigen sich wohl die Vorstellungen!«

Julie fuhr zusammen, sprang einen Schritt zurück und drehte sich um.

»Mylady, geht es Ihnen gut?«, schrie Robert. »Ich habe Sie rufen gehört, und gerade kam der Hexenmeister, und da …« Er drängelte sich an Guillaume vorbei in den Raum.

Julie überhörte sein Geplapper.

»Guillaume!«, rief sie aus. Sie strich sich über die erhitzten Wangen. »Gut, dass Sie wieder hier sind! Ich kam, um Sie zu besuchen, und da traf ich diesen Mann, der offensichtlich …« Sie stockte. Unvermittelt hallte Guillaumes Satz in ihren Ohren nach. »… Was sagten Sie da gerade? Ihr Neffe? Dieser Mann hier ist Ihr Neffe?«

Guillaume hob spöttisch eine Braue.

»Auch Hexenmeister haben eine Familie.«

Julies Blick huschte zwischen den beiden Männern hin und her. Dass ihr diese Ähnlichkeit nicht früher aufgefallen war! Plötzlich löste sich ihre ganze Anspannung, und sie musste herzhaft lachen.

»… Entschuldigen Sie, aber es ist wirklich zu komisch! …Ihr Neffe? Und ich hielt ihn für einen Einbrecher! Ich habe sogar versucht, ihn mit diesem Schwert aufzuhalten!«

Guillaumes Neffe stützte sich lässig auf die erbeutete Waffe und zog einen Mundwinkel hoch.

»Das stimmt! Madame war bereit, dein Hab und Gut bis aufs Äußerste zu verteidigen, lieber Onkel! Doch du irrst dich, wenn du meinst, dass Madame und ich uns schon vorgestellt wurden. Zu derartigen Höflichkeiten sind wir noch nicht gekommen!«

Julie mied verlegen seinen Blick. Es stimmte. Sie kannte noch nicht einmal den Namen ihres Verführers! Guillaume trat nun zu ihnen und verneigte sich etwas steif.

»Mylady, ich möchte Ihnen meinen Neffen François de Tallevende, Comte de Fontes-Villaray, vorstellen. François, es ist mir eine besondere Ehre, dich mit Julie Dearsley, der Countess of Eastington, bekannt zu machen.«

Julie streckte ihre Hand aus, und Guillaumes Neffe verneigte sich tief. Er hauchte mit vollendeter Eleganz einen Kuss über ihre Finger. Er lächelte unverbindlich, plötzlich ganz der geübte Höfling.

Julie ließ sich auf die schäbige Bank sinken. »Jetzt brauche ich aber eine Stärkung, nach all diesen Aufregungen! Guillaume, Sie haben doch gewiss irgendwo noch halbwegs frischen Wein versteckt? Ich glaube, sogar mein mutiger kleiner Knappe könnte einen halben Becher gebrauchen!«

Plötzlich löste sich die Spannung. Guillaume erschien mit der angeforderten Erfrischung, und sie setzten sich alle um den Tisch. Bald kam, durch die anregende Wirkung des Weines unterstützt, eine lebendige Unterhaltung zustande.

»… Und Sie sind den langen Weg von Frankreich gekommen, nur um Ihren Onkel zu besuchen, Monsieur?«

Die beiden Männer sahen sich über den Tisch hinweg an.

»Die Tallevendes sind für ihren ausgeprägten Familiensinn bekannt, Mylady.« Guillaume übersah Julies ironischen Augenaufschlag. »Haben Sie nicht erzählt, Ihre Tanten hätten Sie des Öfteren schon eingeladen, sie in Frankreich zu besuchen? Mein Neffe erhielt auch eine Einladung von mir und war so liebenswert, ihr Folge zu leisten.«

»Sie haben Familie in Frankreich?«, fragte der Comte und goss allen noch etwas Wein nach.

»Ja. Meine Mutter ist gebürtige Französin. Demnach bin ich fast Ihre

François und sein Onkel verfolgten, wie die Reiterin in einem ungestümen Galopp auf das Grün des Waldes zuflog, ihr Page dicht hinter ihr.

François merkte erst, dass er einen Schritt in die Richtung der schnell kleiner werdenden Gestalten gemacht hatte, als Guillaumes Hand sich schwer auf seine rechte Schulter legte.

»Du musst sie ziehen lassen, François!«

»Ich weiß … Ich weiß es verdammt gut!«

Da war es wieder, dieses unerklärliche Gefühl der Verlassenheit wie vor zwei Wochen am Weiher, als er nach seinem Erwachen nur eine mit niedergedrücktem Gras gepolsterte Leere vorgefunden hatte. Ein Gefühl, das er hasste, weil er es sich seit jenem schrecklichsten aller Tage zur ehernen Regel gemacht hatte, sich stets unter Kontrolle zu haben und tieferen Empfindungen keine Angriffsfläche mehr zu bieten.

Er ballte die Fäuste.

»Sie ist nicht glücklich bei ihrem Gatten. Er misshandelt sie.« Er spürte Guillaumes scharfen Blick.

»Woher weißt du das?«

»Ich sah die Verletzungen, die er ihr zufügte.«

Guillaume ließ keine Überraschung erkennen.

»Hör zu. Auch ich empfinde Zuneigung für die kleine Lady. Ich habe es organisiert, regelmäßig verlässliche Nachrichten zu erhalten, die mich über die Zustände auf dem Schloss aufklären. Von Misshandlungen war nie die Rede.«

»Dann sind deine Nachrichten ausnahmsweise falsch, lieber Onkel«, widersprach François hart. »Was ist dieser Earl of Eastington für ein Mann?«

Guillaume schüttelte langsam den grauen Kopf.

»Du weißt, wie sehr ich dich schätze, François. Du bist mir wie ein eigener Sohn. Doch ich werde alles tun, um diese Lady vor vermeidbaren Schwierigkeiten zu schützen.«

»Mit Schwierigkeiten meinst du mich, lieber Onkel?«, fragte François.

»Bisher hast du im Umgang mit Frauen nicht gerade Zartgefühl bewiesen. Diese junge Frau ist zu schade, um dein Spiel mit ihr zu treiben.«

François war nicht beleidigt.

»Hmm … Mir scheint, sie hat dich schon ganz schön um ihren zauberhaften Finger gewickelt. Sogar meinen Namen hast du ihr genannt. Hältst du es für klug?«

Guillaumes Mundwinkel zuckte.

»Nun, ich habe bemerkt, dass du bereits deine Bekanntschaft mit ihr vertieft hattest. Es schien mir angemessen, dass ihr beide wenigstens eure Namen kennt, bevor ihr weitermacht …« Ernster fügte er hinzu: »Die kleine Lady ist keine Bedrohung für dich. Ihr Mann verlässt kaum jemals sein Schloss. Sie besucht keine Gesellschaften, hat also keine Gelegenheiten, etwas auszuplaudern. Eure beiden Lebenswege haben sich gekreuzt, aber ab jetzt werden sie wieder auseinander laufen.«

»Das klingt ja geradezu, als würde es dich freuen!« Guillaume antwortete nicht. François rieb sich den Nacken. »Als sie verschwunden war, wie vom Erdboden verschluckt, habe ich tatsächlich einen Augenblick gedacht, eine Elfe hätte mir einen bösen Streich gespielt …« François merkte erst, dass er seine Gedanken laut ausgesprochen hatte, als er Guillaumes fragendem Blick begegnete. Irgend etwas zwang ihn hinzuzufügen: »Hast du es gehört? Sie liebt das Wasser …«

Guillaume verzog das Gesicht.

»Ja. Es gibt Momente, wo sie ihr unglaublich ähnlich ist. Nicht physisch, aber in ihren Bewegungen, in ihrer Anmut und Natürlichkeit, in ihrer Art, auf Menschen einzugehen und mitzufühlen. Damals, als sie zum ersten Mal hier auftauchte, hat es mich sehr wütend gemacht.«

François schluckte hart und zwang sich zu lächeln.

»Ich beneide dich nicht. Du hast sie ständig um dich.« Er sah seinen Onkel von der Seite an. »Ist es nicht seltsam, dass die Tallevendes immer von denselben Frauen angezogen werden?«

Guillaume antwortete nicht. Zwei tiefe senkrechte Falten durchpflügten seine Stirn. Er sah plötzlich wie ein verbrauchter alter Mann aus. Müde und sehr ernst meinte er:

»Es scheint unser Schicksal zu sein.« Er legte seinen Arm schwer auf François Rücken. »Denk jetzt an deinen Auftrag … Ich habe dein Tier vorhin im Dorf beschlagen lassen. Es steht im Stall.« Er klopfte ihm liebevoll auf den Nacken. »Vergiss die Gefühle. Die können wir uns schon lange nicht mehr leisten. Jetzt wird nur noch Politik gemacht. Sehr viel weniger gefährlich.« Er drehte sich um. »Ich muss noch einige Papiere schreiben, die du morgen mitnehmen wirst.«

Guillaume kehrte mit langsamen Schritten in die Hütte zurück. François folgte ihm und versucht mit aller Kraft, seine Gedanken auf den morgigen Tag zu richten.

Drei

»Le bonheur d'ici-bas se passe en un moment;
Le Sort, roi de nos ans, y règne absolument.«

»Das Glück hier auf Erden verfliegt in einem Nu;
Das Schicksal ist unser Gebieter und herrscht unumschränkt.«

November 1624

Als Julie die Tür der Küche öffnete, schlug ihr mollige Wärme entgegen, und sie atmete auf. Das Personal grüßte sie höflich, als sie den langen Raum durchlief, um die Köchin aufzusuchen.

Ruth brummte tief und legte den Deckel auf den Kupferkessel, der über dem Feuer hing. Wer Ruth kannte, verstand ihr Brummen als Lob, und die kleine Magd, die neben ihr stand, streifte sich sichtbar erleichtert die Hände an ihrer Schürze ab. Als sie Julie kommen sah, machte sie einen Knicks und entfernte sich.

Julie rieb sich fröstelnd die Hände über dem Feuer. Nie schien ihr ein Winter so kalt gewesen zu sein wie dieser. Dabei war es erst November, und noch viele dunkle Tage lagen vor ihr.

»Geht es Ihnen nicht gut, Mylady?« Die Köchin zog ihre buschigen Brauen hoch.

»Doch, Ruth, mir geht es ausgezeichnet, nur diese Kälte und der Sturm machen mir zu schaffen. Ist der Jagdtrupp schon heimgekehrt?«

»Aber sicher doch, Mylady!«, strahlte Ruth. »Einen stattlichen Sechsender hat der Herr heimgebracht. Wenn Mylady mitkommen wollten, würde ich ihr den Burschen gerne zeigen.«

Schon öffnete Julie den Mund, um die Einladung abzulehnen. Sie hatte nie großes Vergnügen an der Jagd finden können, weil es ihr den Todestag ihres Vaters ins Gedächtnis rief. Doch Ruth war bereits weit zu der Kammer vorausgeeilt, wo das Wildbret ausgeweidet und küchenfertig vorbereitet werden sollte. Also fügte sie sich ins Unvermeidliche und folgte den bauschigen Röcken der Köchin.

Die Kammer neben der Küche war eng und dunkel. Ein feuchter Geruch von Blut und Schweiß hing in der abgestandenen Luft. Halb geronnenes Blut lag in großen Lachen auf dem Boden, der nur aus festgetretenem Lehm bestand. In der Mitte des Raumes hing kopfunter der Hirsch. Seine Augen starrten Julie und die Köchin glasig an, seine schwarze Zunge hing aus seinem Maul. Julie wurde es auf der Stelle schlecht.

»Nun schauen Sie sich den Kerl an, Mylady! Vier Stunden haben sie gebraucht, um ihn zur Strecke zu bringen, hat Timothy erzählt. Der Herr strahlte richtig, als er ihn brachte. Es muss eine famose Jagd gewesen sein!« Ruth klopfte auf das stumpfe Fell.

Durch die Berührung der Köchin in Bewegung gebracht, drehte das aufgehängte Tier sich um sich selbst und enthüllte zwei auseinander klaffende Lippen auf der aufgeschlitzten Unterseite. Julie murmelte die von ihr erwarteten anerkennenden Worte. Gleichzeitig bemühte sie sich mit aller Kraft, nicht an die Blutgerinnsel zu denken, die an ihren Sohlen klebten. Ihr Magen hatte sich verkrampft, und ihr Hals zog sich schmerzhaft zusammen.

Ruth beugte sich unter Ächzen über ihre eigenen Fettrollen und schnitt dem Tier geschickt die schwarze Zunge, die Nase und die Ohren ab. Triumphierend hielt sie Julie ihre blutige Beute hin.

»Da! Das Beste vom Besten! Das wird dem Herren zum Abendessen schmecken!«

Das war mehr, als Julie ertragen konnte. Sie spürte noch, wie ihr Magen sich aufbäumte, hielt entsetzt die Hand vor den Mund … Ihr blieb nur noch die Zeit, sich aus der Kammertür in den Innenhof zu stürzen, um sich, an die kalte Mauer gestützt, zu übergeben.

Sie ließ sich mit zitternden Knien auf die Stufen niedersinken.

Ruth, die hinter ihr herausgerannt war, sah sie mit großen Augen an, bevor sie im Haus verschwand. Kurze Zeit später hielten ihre blutigen Hände Julie einen Becher Wein hin. Sie nippte daran.

»Ist es etwas besser?«

»Ich weiß nicht, was los ist«, nickte Julie matt. »Ich muss mir den Magen verdorben haben.«

»An meiner Küche kann es nicht liegen.« Ruths Tonfall ließ keine Zweifel aufkommen. »Aber …« Ein lauernder Ausdruck erschien auf den derben Zügen. »Kann es sein, dass … Ich meine, ist Mylady vielleicht schon etwas in Verzug?«

Julie schaute sie verständnislos an. Ein Kind schrie in der Ferne. Plötzlich verstand sie.

»Sie meinen … Sie meinen …?« Fieberhaft überlegte sie. Blut schoss ihr ins Gesicht.

Ruth hatte sie genau beobachtet. Ein breites Lächeln erschien auf ihrem Gesicht.

»Oh Mylady, wie wundervoll! Da wird der Herr sich aber freuen! Halleluja, ist das ein Freudentag!« Ihre weiteren Worte verschwanden mit ihr in Richtung Küche. Man konnte sicher sein, dass bald ganz Eastington Bescheid wissen würde.

Julie blieb sitzen. Ein Kind, ein kleines, schutzbedürftiges Wesen, war dabei, in ihr heranzuwachsen. Voller Staunen betrachtete sie ihren flachen Bauch. Nichts, kein Anzeichen einer noch so kleinen Veränderung. Und doch war es da, musste es da sein, dessen war sie sich nun ganz sicher.

Es war ein Wunder. Sie hatte seit der Vergewaltigung jeden Gedanken an ein Kind weit von sich gewiesen. Es musste in der schrecklichen Augustnacht passiert sein, denn seitdem hatte sich ihr Frederik nicht mehr genähert.

Wollte Gott ihr damit nicht ein Zeichen geben? War es Zeit, wieder einen Weg zu Frederik zu suchen?

Sie wischte sich über die Augen. Nun würde alles anders werden. Sie würde einen Menschen haben, der sie liebte, und den sie aus ganzen Herzen lieben würde. Ein tiefes Glücksgefühl überschwemmte sie, und die Last der letzten Wochen fiel von ihr ab.

Plötzlich musste sie lächeln, denn sie saß schon seit einer Ewigkeit auf diesen eisigen Stufen ... Wo war die Kälte, unter der sie eben noch so gelitten hatte? Sie sprang auf. Es war Zeit, Frederik zu benachrichtigen, bevor das Personal es tat. Die ganze Welt musste von ihrem Glück erfahren! Wer hätte gedacht, dass dieser hässliche Novembertag eine solche Freude bringen würde ...

Sie lief zurück in die Küche, scheuchte im Vorbeieilen die tuschelnden Mägde auseinander, durchquerte die Eingangshalle und huschte die Treppe hinauf bis vor Frederiks Zimmer. Er musste da sein – er pflegte stets, sich nach der Jagd umzuziehen. Außer Atem stand sie vor seiner Tür. Ihr Herz schlug schnell. Ohne anzuklopfen drückte sie die Klinke hinunter.

Sie blieb stehen, wie vom Blitz getroffen.

Schmutzige Hosen lagen zerknüllt auf dem breiten Bett. Timothys Jacke lag, mit Erdspuren besudelt, am Boden, ein breiter Riss ging durch ihren Ärmel. Leibwäsche, ein Hut mit gebrochener Feder, ein kurzes Jagdhorn ...

Die beiden nackten Männer hielten sich nur ein paar Schritte von der Tür entfernt auf.

Sie starrten sie an.

Frederik war der erste von ihnen, der sich wieder regte. Er löste sich aus Timothys Umarmung.

Julie hingegen war unfähig, sich zu rühren. Sie stand da, während sie fieberhaft versuchte, die sich hier abspielende Szene zu begreifen. Doch sie verstand nichts. Alles, was sie wusste, war, dass sie die störende Dritte darstellte. Und dass diese zwei Männer schön waren.

Mein Gott, ja, das waren sie ...

Seltsam gefasst blickte sie in die eisblauen Augen. Von irgendwo her hörte sie eine Stimme, die ruhig und deutlich in die atemlose Stille sagte: »Es tut mir Leid, ich wollte Sie nicht stören. Ich wollte Ihnen nur mitteilen, dass Sie im nächsten Frühjahr Vater werden.«

Sie warf einen letzten Blick auf das Liebespaar. Dann schritt sie mit steifem Rücken aus dem Zimmer.

Und sie lief, immer weiter, ohne Ziel, in ihr nichts als Leere. Den Flur entlang, die Treppe hinunter. Die Eingangstür. Sturm. Kälte. Eine Wand aus gewalttätiger Luft. Laufen, in Bewegung bleiben. Nicht nachdenken. Wieder einmal nicht nachdenken.

Irgendwann fanden ihre Schritte den Weg in den Garten.

Der raue Novemberwind zerrte an den Rosensträuchern. Schon lange hatte sie vorgehabt, die verblühten und jetzt vertrockneten letzten Rosen abzuschneiden, und hatte es doch immer wieder verschoben. Nun warfen die schwarzen Blumen im Sturm orientierungslos ihre Köpfe hin und her.

Julie kniete sich vor die dornigen Büsche in die eisige Erde. Sie begann, die trockenen Stiele abzureißen. Sie wehrten sich mit lederner Zähigkeit. Julie achtete nicht darauf, arbeitete unerbittlich weiter.

Sie hatte keine Ahnung, wie lange sie dort schon hocken mochte, als ein wärmender Schal um ihre Schultern gelegt wurde. Jemand befreite ihre wild flatternden Haarsträhnen aus dem Rosenbusch und zog sie auf die Beine. Eine Hand bog ihre blutenden Finger auf, entnahm ihnen die letzten Rosenstiele und zog behutsam die Dornen aus ihrer Haut.

Sie gehorchte wortlos, als man sie zum Schloss zurückführte. Eine Stimme redete sanft auf sie ein.

⚜

Wenig später saß Julie vor dem Kamin ihres Zimmers.

Ihre Zofe hatte sie in eine dicke Decke gehüllt und ihr eine Schale

Bouillon in die Hände gedrückt. Sie sah in die prasselnden Flammen, durch den Dampf hindurch, der von der heißen Flüssigkeit aufstieg.

»Julie?«, erklang Frederiks Stimme von der Tür, weit hinter ihr.

Sie rührte sich nicht. Sie hörte, wie er hinter ihr tief Luft holte. Dann trat er ein und näherte sich. Der Holzboden ächzte unter seinen Schritten auf. Er stellte sich vor sie, an den Kamin.

»Julie ...«

Es fiel ihr schwer, den Blick aus den tanzenden Flammen zu lösen, doch sie zwang sich dazu. Sie blickte zu ihm auf und empfand nichts dabei.

»Julie, ich bin gekommen, mich zu verabschieden.«

Sie schlug einmal mit den Wimpern.

»Sie wollen Eastington verlassen?«

»Ja. Timothy packt meine Truhen. Ich werde für einige Zeit nach London reisen. Ich ... Ich besitze dort ein Haus ... Ich glaube, ich habe Ihnen einmal davon erzählt. Schon lange wollte ich dort nach dem Rechten sehen.«

Was interessierte sie das Haus? Ihre Augen suchten das Feuer.

»Entschuldigen Sie, Julie.« Frederik zerwühlte seine blonden Haare. Es war eine so ungewohnte Geste bei ihm, dass Julie erneut aufsah. »In Wahrheit brauchen wir wohl beide etwas Zeit, um über unsere Lage nachzudenken, und dafür brauchen wir Abstand voneinander. Es wird mir gut tun, alleine zu sein.«

Sie nickte leicht.

»Sie nehmen Ihren ... Sie nehmen Timothy nicht mit?«, fragte sie.

Frederik warf ihr einen schnellen Blick zu, doch Julie war sich sicher, dass ihr Gesicht ausdruckslos war. Sie wusste schließlich selber nicht, weshalb sie diese Frage gestellt hatte.

»Nein, ich werde ihn hier lassen. Zusammen mit Ihnen und ... unserem Sohn.« Frederik machte eine kleine Geste, ballte dann seine Hand. Julie verstand. Er hatte sie seit der Augustnacht nicht mehr berührt. Und ein kleiner Schmerz, der ihre Dumpfheit durchdrang, verriet ihr, dass sie gerne seine Hand gespürt hätte.

»Sie sind während unserer Ehe immer unglücklicher geworden. Das tut mir Leid.«

»Unglücklich? Woher wussten Sie ...? Und ich dachte immer, Sie hassen mich, seit ...« Frederik brach ab, drehte sich um und stützte sich am Kamin ab. »Herr im Himmel ...«, stieß er hervor. Nur undeutlich verstand sie seine Worte. »Ich bin meinen eigenen Ansprüchen nicht gerecht geworden, Julie … und Ihren auch nicht. Ich habe uns beiden Unrecht getan.«

»Sie haben mir kein Unrecht angetan, Frederik. Zumindest nicht mehr, als ich Ihnen.« Julie sah auf seinen Rücken, und ihre Stimme schwankte, als sie fortfuhr: »Wahrscheinlich war Ihr größter Irrtum, mir nicht die Wahrheit gesagt zu haben. Ich glaube, ich hätte damit leben können. Wie sagten Sie so trefflich? Ich habe die naiven und romantischen Glücksvorstellungen einer Klosterschülerin.« Sie senkte den Blick und spielte mit dem Zipfel ihrer Decke. »Das ist wohl wahr. Aber ich hätte nicht das Unmögliche versucht.«

Frederiks Faust schlug gegen den Kamin.

»Mein Gott … Diese Nacht …«, stieß er hervor. »Verflucht sei sie bis in alle Ewigkeit!«

»Hören Sie auf damit!« Julie nahm sich mit Gewalt zusammen, schloss ein paar Sekunden lang die Augen. »Sie reden Unsinn! Nennen Sie diese Nacht nicht verflucht, denn sie ist von unserem Schöpfer gesegnet worden! In dieser Nacht haben Sie mir das kostbarste Geschenk gemacht, das es geben kann.«

Langsam drehte Frederik sich um.

»Verfluchen Sie sie denn nicht?«

»Nein, Frederik. Nein. Ich nehme sie hin. Sie war ein Wendepunkt. Sie gehört unserer Vergangenheit an. Und aus ihr entspringt unsere Zukunft.« Sie zögerte. »Frederik … Wollen Sie mir erzählen, was zwischen Ihnen und John damals passierte?«

Er sah sie an, hob die Brauen, lächelte ein wenig.

»Was passierte? Nun … John hat mich eines Tages überrascht, Julie. Genau wie Sie vorhin.« Er seufzte. »Die Zeit ist ein Kreis, und alles wiederholt sich.«

»Aber … es erklärt nicht, weshalb Sie sich hassen!«

Frederik vergrub die Hände in seinen Taschen.

»John und ich standen uns früher sehr nahe, Julie. Vielleicht liegt es daran.« Er starrte auf den Boden vor seinen Füßen. »Nach dem Tod unserer Eltern wurden wir unzertrennlich. Man kann sagen, dass wir uns genügten … Es waren die glücklichsten und einfachsten Jahre meinen Lebens.«

Er runzelte die Stirn.

»Es passierte, als John zum Mann heranwuchs. Bis dahin hatte ich meine Neigungen vor ihm geheim halten können. Doch dann überraschte er mich mit seinem Lehrer.« Frederik schüttelte den Kopf. »Daraufhin verschwand er spurlos. Monatelang. Ich hielt ihn für tot. Und mir selber ging es kaum besser.« Frederiks Blick wurde hart.

»Monate nach Johns Verschwinden entdeckte ich, dass Gerüchte über mich kursierten. Anonyme Gerüchte, die den Ruf und die Zukunft eines Mannes zerstören. Obwohl ich es anfangs nicht glauben mochte, ließen gewisse Details mich vermuten, dass niemand anders als John dahinter stecken konnte. Und tatsächlich: John war keineswegs tot! Er hatte sich am Hof etabliert. Von ihm gingen alle Verleumdungen aus, die aus mir jenen einsamen Menschen gemacht haben, der ich bin.« Die Falten auf Frederiks Stirn waren tiefer geworden, sein Mund verzog sich. »Vor drei Jahren wurde mir bekannt, dass John in finanziellen Schwierigkeiten steckte. Und dass er schon Schuldscheine auf Eastington ausstellte.«

Julie nickte.

»Und für Eastington, um es vor einem Verkauf nach Ihrem Tode zu retten, haben Sie sich entschlossen, zu heiraten.«

»Eastington bedeutet mir sehr viel, Julie!« Frederik sah sie ruhig an. »Trotz aller Differenzen mit John hatte ich bis dahin gehofft, dass einmal Johns Kinder meine Nachfolge antreten würden und Sinn für das Vermächtnis ihrer Ahnen entwickeln könnten.«

»Aber John bekam keine Kinder.«

»Nein. Ich sah in der Heirat eine Möglichkeit, nicht nur Eastington zu retten, sondern mich auch gleichzeitig an John zu rächen. Ich fegte meine Bedenken beiseite. Jede mittellose Frau konnte schließlich glücklich sein, mich zu ehelichen, oder? Doch dann kamen Sie … Und alles wurde anders.« Er lachte auf, laut und traurig. »Sie brauchten nicht dankbar zu sein, mich geheiratet zu haben! Sie hätten jeden anderen Mann bekommen können und ihn glücklich gemacht, Julie!«

Plötzlich wurde er wieder ernst. Sie sahen sich ein paar Sekunden lang schweigsam an.

»Ich habe Ihr, mein und auch Timothys Leben in eine groteske Farce verwandelt!«, stieß Frederik kopfschüttelnd hervor. »In der Nacht, in der ich Ihnen Gewalt antat, habe ich den tiefsten Punkt meines Lebens erreicht. Tiefer kann ich nicht sinken, ohne daran zugrunde zu gehen. Ich muss einen anderen Weg suchen.«

Julie befeuchtete ihre Lippen. Ihr Herz schlug ein wenig schneller.

»Und dieser Weg …?«

Er sah sie erneut an. Und zum ersten Mal, seit sie ihn kannte, lag Verunsicherung in seinem Blick.

»Er könnte der unseres gemeinsamen Kindes sein, Julie! … Wenn Sie dem zustimmen würden.« Ein Muskel spielte auf seiner Wange. »Doch ich weiß nicht, ob ich es noch erwarten darf.«

Eine Ahnung stieg in Julie hoch. Eine kleine Hoffnung.

»Wie lange wollen Sie verreisen, Frederik?«, fragte sie.

Ihr Mann sah zu Boden und zuckte die Schultern.

»So lange, wie Sie es wünschen.«

»Frederik, schauen Sie mich bitte an! Sie sagten, dass sich alles wiederholt. John hat Sie entdeckt und Sie dann verlassen.« Noch immer hielt Frederik den Blick hartnäckig gesenkt. »Ich bin nicht John, Frederik! Es sind Jahre vergangen. Ich werde Sie nicht verlassen. Und Sie brauchen auch nicht aus falscher Rücksicht Eastington den Rücken zukehren. Wir werden diesen Weg finden. Zusammen.«

»Nein, Julie. Überstürzen Sie nichts. Ich möchte, dass Sie sich für diese Entscheidung Zeit nehmen. Sie haben das Recht, sich in Ruhe zu überlegen, ob Sie noch ein Leben mit mir führen möchten.«

»Sie würden die Heimat, die Ihnen so viel bedeutet, für immer verlassen, wenn ich es so wünschte? Sie würden alles, was Sie lieben, zurücklassen, alles, wofür Sie so sehr gekämpft haben?«

Er sah nicht auf. Julie streckte die Hand aus.

»Frederik, warum wollen Sie sich immer wieder zerreißen? Keiner verlangt es von Ihnen! Bleiben Sie hier!«

»Nein!« Er machte ein paar Schritte hin und her. »Vielleicht können Sie es nicht verstehen, aber ich muss mich erst einmal von allem hier entfernen. Es ist eine gute Entscheidung. Ich werde in London mit ruhigem Herzen Ihre Nachricht erwarten. Lassen Sie sich Zeit. Ich weiß Eastington in guten Händen. Und wenn Sie es wünschen, werde ich zurückkommen und dabei sein, wenn im Frühling ein neuer kleiner Glenstair auf die Welt kommt.«

Er hatte mit Nachdruck geredet. Und obwohl Julie ihn nicht ziehen lassen wollte, fühlte Sie, dass Frederik diese Zeit der Einsamkeit brauchte. Er stürzte sich mit wilder Freude auf eine Gelegenheit, für seine Sünden zu büßen. Und wer weiß, vielleicht war es wirklich eine Möglichkeit, einen neuen Anfang zu machen.

»Also gut.« Sie nickte zögernd. »Ich werde Ihnen im Frühjahr Bescheid geben, wann die Geburt erwartet werden kann.«

Frederik blieb stehen. Seine Augen waren klar. Sehr ernst sagte er:

»Ich schwöre Ihnen bei meiner Ehre, dass, hätte ich Ihnen dazu eine Möglichkeit gegeben, Sie mich zum glücklichsten Mann der Erde gemacht hätten, Julie!«

Ihre Kehle wurde eng, als sie seinem Blick begegnete. Da war sie wieder, diese Aura, die sie während des Abendessens mit John und Henriett erblickt hatte, dieses helle Strahlen, das sie so überrascht hatte … für das sie ihn von Herzen hätte lieben können …

Sie wand den Kopf ab.

»Ich danke Ihnen. Ich wünsche Ihnen eine gute Reise. Gott segne Sie!«

»Gott segne auch Sie, Julie. Passen Sie gut auf sich auf!« Frederik machte ein paar Schritte, bis er neben ihr stand. Er strich über ihre Schulter.

Doch sie hatte sich vorhin getäuscht. Die Berührung tröstete sie nicht.

Sie hörte den Hall der sich entfernenden Schritte.

Sie wollte aufspringen, ihm nachlaufen … Sie rührte sich nicht.

⚜

Julie lehnte sich aufatmend in ihrem Stuhl zurück.

Zufrieden ließ sie ihren Blick über die vielen Zahlen gleiten, die sie streng untereinander aufgereiht hatte. Nicht, weil sie Zahlen mochte. Die Klosterbildung hatte ihr nicht genügend Kenntnisse vermittelt, um ein so großes Gut wie Eastington zu bewirtschaften. Gott sei Dank hatte ihr der Verwalter Livinghorn zur Seite gestanden, ein fähiger Mann, den Frederik sehr geschätzt hatte. Und jetzt, über zwei Monate nach Frederiks Tod, bekam sie endlich langsam das Gefühl, einen Überblick über die Gefüge und Zusammenhänge der vielen Höfe, Güter und Ländereien zu bekommen, die Eastington ausmachten.

Zwei Monate schon …!

Sie atmete tief ein. Genug für heute.

Julie legte den Federkiel beiseite und klappte das Heft vor sich schwungvoll zu. Sie lächelte. Jetzt hatte sie sich eine Belohnung verdient. Mit einem Ruck schob sie ihren Stuhl zurück und stand auf.

Als sie in das Kinderzimmer trat, beugten Rachel und Robert sich gerade über die Wiege.

»Ich glaube, er hat Hunger, Mylady«, meinte Rachel, als sie sie erblickte.

Ein zorniges Weinen drang aus dem Korb. Julie lachte.

»Da scheint dir jemand bedingungslos zuzustimmen!« Sie trat näher und schob den Schleier beiseite, der das Kind vor Fliegen schützte. Das kleine runde Gesicht mit der Pfirsichhaut hatte sich unmutig verzogen, die winzigen Füße strampelten heftig unter dem Kleid.

Wie immer schlug ihr Herz höher bei dem Anblick.

Ob Frederik stolz auf seinen Sohn gewesen wäre? Wie oft schon hatte sie sich gewünscht, er hätte ihn wenigstens einmal sehen können!

Vorsichtig hob sie den warmen, weichen Körper ihres Sohnes heraus. Sofort verstummte der Säugling.

Julie zog die Bändel auf, die ihren Ausschnitt verschlossen. Da sie das Kind selber stillte, hatte sie es sich angewöhnt, im Haus bequeme, schnell zu öffnende Kleider zu tragen. Sie hielt das Kind an ihre rechte Brust. Sofort fing es an, mit lauten, schmatzenden Geräuschen zu saugen. Tiefer Frieden erfüllte Julie. Seit der Geburt ihres Sohnes hatte ihr Leben seinen Mittelpunkt gefunden.

»Mein Großvater hat auch immer so geschmatzt«, meinte Robert ernst.

»Ich fürchte, alle Großväter fangen irgendwann einmal an zu schmatzen, Robert«, erwiderte Julie lachend. »Wahrscheinlich tun sie es aus demselben Grund wie dieser kleine Herr hier in meinen Armen: Es fehlt ihnen an Zähnen!«

Sie lachten noch, als Terence eintrat.

»Mylady, es ist Besuch eingetroffen. Der Earl of Waterston bittet, eingelassen zu werden.«

Julie sah befremdet hoch.

»Der Earl John Glenstair of Waterston?"

»Ja, Mylady. Er sagt, es täte ihm Leid, sich nicht vorher angemeldet zu haben, doch er …«

»Schon gut, Terence … Es ist in Ordnung. Lassen Sie ihn ein.«

John hatte sich zwar nicht vorher angekündigt, doch völlig überraschend war sein Besuch nicht. Es war verständlich, dass er auf Frederiks Sohn neugierig war.

Julie hatte ihn nicht mehr gesehen, seit Frederiks Leichnam aus London heimgebracht worden war und sie ihn gemeinsam beerdigt hatten. Den erschrockenen Blick, den John über Frederiks Sarg hinweg auf ihren deutlich gewölbten Unterleib geworfen hatte, hatte sie nicht vergessen. Für ihren Schwager musste Thibaults Existenz das Ende all seiner Hoffnungen gewesen sein.

Sie küsste den zarten Flaum auf dem Kopf ihres Kindes. Dann schaute sie gespannt zur Tür.

»Liebste Schwägerin! Ich bin entzückt, Sie in so guter Verfassung anzutreffen!« John näherte sich mit langen Schritten. »Ich bin untröstlich, Sie zu überfallen, doch man hat mich überraschend gebeten, eine wichtige Botschaft nach Salisbury zu bringen, und da Eastington auf meinem Weg lag …«

»Aber natürlich, John. Sie sind hier jederzeit willkommen. Ich werde Terence Bescheid sagen, Ihr Gepäck hochbringen zu lassen.«

»Nein, Julie, ich bleibe nicht über Nacht«, antwortete John zu Julies Erleichterung. »Ich werde dringend an meinem Ziel erwartet. Der Tod Seiner Majestät, die Überführung seines Leichnams nach Westminster, Charles Krönung und nun dessen Hochzeit mit der französischen Prinzessin Henriette ... Der Hof steht Kopf, meine Liebe, und ich gestehe, dass ich die erstbeste Gelegenheit ergriffen habe, um mich aus dem Trubel zu entfernen.« Er breitete lächelnd seine Arme aus. »Doch genug über mich geredet. Wahrhaftig, Julie, Sie sind noch zauberhafter geworden! Mutter zu sein, steht Ihnen außerordentlich gut!«

»Danke, John! Sie sind sehr liebenswert.«

»Und wen haben wir da?«, fragte ihr Schwager, als würde er erst jetzt wahrnehmen, was Julie auf ihrem Arm hielt. Er klatschte in die Hände. »Ist es ...?«

»Ja, John«, nickte Julie freundlich. Sie konnte nicht verhindern, dass etwas Stolz ihre Stimme durchdrang, als sie sich ein wenig ihrem Schwager zudrehte. »Dies ist Ihr Neffe Thibault.«

»Wie liebreizend!« John näherte sich, bis er sie fast berührte, und beugte sich über ihren Arm. Sein Duft schlug ihr entgegen. »Darf ich ihn halten?«

Julie zögerte kurz, doch da sie sich unwohl fühlte, weil John direkt auf ihre entblößte Brust zu starren schien, hielt sie ihm schließlich das Kind hin.

»Natürlich.«

»So, so. Du bist also mein Neffe. Thibault Glenstair, der neue kleine Earl of Eastington. Sie haben ihm einen französischen Vornamen gegeben, liebe Schwägerin?« John hielt den Säugling an ausgestreckten Armen und lächelte.

»Ja. Es ist der Name des Vaters meiner Mutter gewesen.« Julie, von einer leichten Unruhe ergriffen, band sich schnell den Kragen ihres Kleides wieder zu.

»Ein prachtvoller kleiner Kerl. Sie lassen ihn nicht wickeln?«

»Nein. Er soll seine Glieder frei bewegen können.«

»Wie originell ... Obwohl Sie sich damit die Missbilligung von manch erfahrenem Arzt zuziehen würden.« Er schwenkte Thibault leicht hin und her. Das Kind öffnete weit die Augen. »Ist er gesund?«

»Ja«, antwortete Julie und fragte sich, weshalb ihr Hals so trocken war. Sie räusperte sich. »Ja, Gott sei Dank. Sie können ihn mir jetzt zurück ...«

»Wissen Sie, meine liebe Julie, dass ich auf dem Weg hierhin einen wundervollen Einfall hatte?«, unterbrach John sie. »Es wäre entzückend, wenn Sie und Thibault uns besuchen kämen. Wie wäre es, wenn Sie mich auf meinem Rückweg begleiten, wenn ich meine Botschaft überbracht habe? Sie könnten in Ruhe packen, bis ich in drei Tagen wieder da bin.«

»John, Thibault ist erst ein paar Wochen alt …«, stieß Julie hervor und streckte die Arme nach ihrem Sohn aus.

»Ja, ich weiß, meine Liebe. Aber …« Er wich einen Schritt zur Seite aus und verzog das Gesicht. »Es ist ein Gefallen, um den ich Sie bitte. Ich denke dabei an Henriett. Es geht ihr nicht sehr gut – eine tiefe Schwermut hat sie überfallen, und ich mache mir Sorgen um sie.« Er neigte das Haupt. »Henriett und ich hatten nie Kinder und ich weiß, wie sehr sie darunter leidet. Ein Säugling im Haus zu haben, wäre eine sehr große Freude für sie.«

»Aber John, in London ist die Pest ausgebrochen!«, rief Julie aus.

»Die Pest?« John sah hoch. »Ach so, ja. Es soll ein paar Fälle geben … Aber das sollte Sie nicht beunruhigen. Es ist schon früher …«

»Es ist von sechshundert Toten jeden Tag die Rede! Und Frederik war eines der ersten Opfer!« Julie schüttelte heftig den Kopf. »Ich werde seinen Sohn nicht auch noch der Seuche aussetzen! Und jetzt geben Sie mir bitte Thibault zurück.«

»Natürlich.«

Erst, als Julie den kleinen weichen Körper ihres Sohnes wieder an ihrer Brust hatte, merkte sie, dass sie zitterte. Sie presste das Kind an sich, fühlte ihr Herz klopfen und schloss kurz die Augen.

»Haben Sie Thibault hier untergebracht?«, fragte sie John nun, und sah sich im Raum um. »Es ist Frederiks früheres Zimmer, nicht wahr?«

»Ja«, antwortete Julie, noch immer ein wenig atemlos. Sie war überrascht, als John ihr nun ein breites Lächeln schenkte. Sie fuhr fort: »Es ist eine Art, Thibault in der Nähe seines Vaters aufwachsen zu lassen. Finden Sie es unpassend?«

»Unpassend? Aber keineswegs!« John lachte. »Es ist perfekt! Und so einfach zu finden …!« Er hob ein wenig seinen Hut und verneigte sich. »Aber jetzt muss ich weiterreiten, meine Liebe! Ich muss noch etliche Meilen hinter mich gelegt haben, bis der Abend kommt! Leben Sie wohl!«

»Danke für Ihren Besuch, John.«

»Nächstes Mal erwarte ich Sie in London!«

»Wir werden sehen.«

Schon auf dem Weg zur Tür drehte John sich noch einmal um. »Ich wette darauf!«, warf er ihr zu. Dann war er verschwunden.

⚜

»Guillaume? Guillaume, sind Sie da?«, rief Julie, nachdem ihr Klopfen keine Antwort fand.

Da öffnete sich die Tür, und Julie atmete auf. Als er sie sah, streckte der Waldschrat eine Hand aus.

»Kommen Sie rein, Julie, und setzen Sie sich.«

Sie lachte zitternd, ergriff seinen Arm und trat in die Hütte ein.

»Sehe ich denn so schlecht aus?«

»Noch schlechter als das, um ehrlich zu sein«, brummte Guillaume. »Was ist passiert?« Er schob ihr den Ledersessel unter und setzte sich ihr gegenüber. »War es dieser Bote?«

»Sie wissen davon?«, fragte Julie verblüfft.

»Der Wirt vom Wild Boar hat heute Morgen einen Kurier vorbeigaloppieren sehen.«

Julie schüttelte den Kopf. Sie ahnte schon lange, dass Guillaume in seinem Wald längst nicht so abgeschnitten war, wie er es seine Umwelt glauben lassen wollte, doch sie schien seinen Einflusskreis noch weit unterschätzt zu haben.

»Das hier brachte mir der Bote.« Sie hielt ihm den Brief hin, den sie vor einer Stunde bekommen hatte. Guillaume betrachtete das gebrochene Siegel. Seine Augenbrauen zogen sich zusammen.

»Eine Vorladung nach Hampton Court? …« Er sah auf. »Diese lapidare Zeile ist kaum höflich zu nennen. Jemand scheint großen Wert auf Ihr sofortiges Erscheinen zu legen.«

»Ja, aber wer, um alles in der Welt?«

Guillaume ließ seine Finger über den roten Siegellack gleiten.

»Kennen Sie dieses Wappen?«

Julie schüttelte stumm den Kopf.

»Es ist das Wappen von Georges Villiers, dem Herzog of Buckingham, Minister und Favorit von Seiner Majestät Charles. Ich weiß, dass er gerade auf Hampton Court weilt. Was diese Einladung, oder besser gesagt, dieser Befehl für einen Hintergrund hat, weiß ich allerdings auch nicht. Können Sie sich einen Reim darauf machen?«

»Nein … Außer …«

Julie biss sich auf die Unterlippe. Sie begegnete Guillaumes fragendem Blick.

»Ich weiß nicht, ob es etwas damit zu tun hat, aber John hat mich letzte Woche besucht.«

»Ihr Schwager?«

»Er wollte unbedingt, dass ich ihn nach London begleite. Er hat sich recht seltsam benommen …« Julie schob sich eine widerspenstige Strähne hinter das Ohr. Sie bemühte sich zu lächeln und sah zu Guillaume hoch. »Ich fürchte, es hört sich alles sehr kindisch und überängstlich an.«

»Es ist nie verkehrt, auf seine Intuition zu achten.« Guillaume rieb sich das Kinn. »Auch ich spüre, dass etwas in der Luft liegt. Ich fürchte, es kommen schwierige Zeiten auf uns zu. Ich weiß nicht, wie lange ich noch in diesem Land bleiben werde.«

»Sie wollen fort?« Plötzlich war ihr kalt. »Wohin wollen Sie denn gehen? Zurück nach Frankreich?«

»Die Welt ist groß … Doch ich wollte Sie nicht beunruhigen. Ich werde mich auf jeden Fall noch verabschieden, das verspreche ich Ihnen. Es sind bis jetzt nur vage Vermutungen. Aber der ganze Wirbel um diese Heirat mit Prinzessin Henriette hat mich nachdenklich gestimmt. Ihre Landsleute sind unzufrieden, Julie, und lassen es immer deutlicher hören. Unzufrieden mit ihrem neuen König, noch unzufriedener mit seinem Favoriten Buckingham … und eine katholische Königin, umgeben von einem devoten Hofstaat, ist nicht gerade das, was das Volk sich erhoffte.« Er stand auf. »Julie, wenn es Ihnen recht ist, würde ich Sie morgen begleiten. Ich kann Sie da nicht alleine hinfahren lassen, ohne zu wissen, was man von Ihnen will.« Er zwinkerte. »Sie kennen mich doch: Ich möchte immer und über alles Bescheid wissen.«

Julie schluckte den Kloß in ihrem Hals herunter.

»Oh, das wäre wunderbar … Aber ich weiß nicht, ob ich es von Ihnen verlangen kann …«

»Gut. Also abgemacht. Ich werde morgen in aller Frühe zu Ihnen kommen. Werden Sie Thibault mitnehmen?«

»Nein.« Julie schüttelte den Kopf. »Auch wenn es mir schwer fällt: Ich kann ihn nicht den Gefahren einer Reise aussetzen. Aber ich muss bis morgen noch eine verlässliche Amme für die Zeit meiner Abwesenheit finden.«

»Ich werde Ihnen eine schicken, eine brave Frau aus dem Nachbardorf, die ich gut kenne, und die gerade selbst ein Kind bekommen hat. Sie ist zuverlässig und sauber.«

»Danke, Guillaume. Danke für alles.« Sie legte ihren Kopf an seine Schulter.

Als sie auf ihre Stute stieg, fühlte sie sich schon ein wenig ruhiger. Eine Bewegung an ihrer Seite erregte ihre Aufmerksamkeit. Der graue Hund sah zu ihr hoch. Er grinste sie erwartungsvoll an.

Sie drehte sich zur Hütte um, wo Guillaume in der Tür stand.

»Guillaume, halten Sie Ihren Hund zurück! Er sieht aus, als wolle er mit mir gehen!«

»Wenn er Sie begleiten will, wird es seinen Grund haben, Mylady! Ich erzählte Ihnen doch, er sei mir zugelaufen … Er pflegt, sich die Menschen selber auszusuchen, zu denen er gehört.« Guillaume lächelte. Die Sonne legte tiefe Schatten um seine Nase und seine Wangen. »Ich schätze, er hat Sie gerade zu seiner neuen Herrin gemacht!«

Julie sah nachdenklich zu dem grauen Ungetüm hinunter.

»Und warum gerade heute?«, flüsterte sie. »Was weißt du, was ich nicht weiß?«

Der Hund spielte mit den Ohren, öffnete das beängstigende Maul, hechelte.

⚜

In dieser Nacht fand Julie keinen Schlaf.

Eine Unruhe hatte sie ergriffen, die stärker war als alles, was sie bis jetzt erlebt hatte. Sie versuchte gar nicht erst, sich auf ihr Bett zu legen. Die zähen, dunklen Stunden bis zum Morgengrauen schlug sie tot, so gut es ging.

Sie verbot sich, ihrem drängenden Wunsch nachzugeben, und sich in das Kinderzimmer zu flüchten. Thibault brauchte seinen Schlaf. Stattdessen packte sie die wenigen Sachen, die sie mitzunehmen gedachte, ein und aus. Als sie ihre seidenen Unterröcke in der Reisetruhe hoffnungslos zerknautscht hatte, ließ sie von ihnen ab. Sie begann, die langen Flure von Eastington abzulaufen.

Erst als der Himmel schon hell wurde, erlaubte sie sich, den schlaftrunkenen Säugling aus seiner Wiege zu heben. Sie nickte der neuen Amme zu, die in einer Ecke ihr Lager aufgeschlagen hatte.

Die Wärme, die der kleine Körper ihres Sohnes ausstrahlte, besänftigte ihr Herz. Sie legte ihr Gesicht an seines und atmete seinen süßen Kinderduft ein. Dann öffnete sie das Fenster.

Es war Anfang Juli und obwohl es noch sehr früh war, schossen die ersten Sonnenstrahlen über den Horizont. Thibault bewegte die winzigen Lippen. Julie machte sich frei und legte ihn an die Brust.

Sie stellte sich in die goldene Morgensonne. Thibault öffnete staunend die Augen. Zum tausendsten Male nahm sie sein Bild auf. Das schönste rosige Gesichtchen der Welt. Eine winzige Nase, schon jetzt kräftige Augenbrauen, feinster Flaum auf blühenden Backen, dunkle seidige Haare, die aus dem spitzenverzierten Häubchen lugten …

Sie sah ihn an, wie sie ihn noch nie angesehen hatte, mit einer Genauigkeit, die an Gier grenzte, und bekämpfte die dumpfe Angst, die erneut in ihr aufstieg.

Der Säugling hob einen Arm und machte eine ungeschickte Bewegung.

Große dunkle Kinderaugen blickten Julie entgegen, spiegelblank und rund wie Murmeln.

Julie stutzte und beugte sich zu Thibault hinab.

Plötzlich wurde ihr heiß.

Sie blickte ungläubig in das kleine Gesicht in ihren Armen. Nein, das konnte nicht sein!

Schnell trat sie noch einen Schritt näher an das Fenster heran. Sie hielt das Kind auf Armeslänge, direkt in die Sonne. Der Säugling, unvermutet von der warmen Milchquelle getrennt und in das grelle Licht getaucht, verzog unwillig den Mund.

»Mylady?« Die Amme rappelte sich von ihrem Lager hoch. »Mylady, ist Ihnen nicht gut?«

Julie nahm die Stimme nur undeutlich hinter dem Rauschen ihres Blutes wahr.

Thibault ließ jetzt ein vehementes Schreien hören. Ein kleiner weißer Bach lief aus seinem Mund bis zu seinem Kinn hinunter und tropfte als kleiner heller Fleck auf den Holzboden.

»Mylady!« Die Amme sprang herbei.

Julie zuckte zusammen.

»Nein … Alles in Ordnung …«, murmelte sie. Sie presste schützend Thibaults Köpfchen an sich.

Diese Augen …

Augen, die sie kannte und die unverwechselbar waren. Augen, jetzt schon fordernd und selbstbewusst. Augen, wie sie immer wieder in ihren Träumen auftauchten.

Dunkle, graue Augen.

Dieses Kind war nicht Frederiks Sohn!

»Gut. Es ist soweit.« Julie war bleich, aber gefasst.

Guillaume nahm ihre Hände und drückte sie aufmunternd.

»Wir sehen uns nachher wieder.«

Sie stieg aus dem Wagen. Guillaume beobachtete, wie sie schnell in die Dunkelheit hineinlief, dem Diener folgend, der sie abgeholt hatte. Die riesige Masse von Hampton Court ragte in schemenhaftem Grau vor ihnen auf. Beide Gestalten verschwanden im schwarzen Schlund einer Tür.

»Ich werde mich etwas umsehen. Bleiben Sie hier mit dem Jungen«, sagte Guillaume zu Rachel. Sie nickte. Robert starrte aus dem Fenster, in die Richtung, wo er seine Herrin hatte verschwinden sehen. Er hatte seine Beine vor dem grauen Riesenhund zurückgezogen. Das Tier fiepte.

Guillaume sprang aus der Kutsche.

Er überlegte kurz, versuchte sich zu orientieren. Entschlossen lief er in die Richtung, wo er die Ställe vermutete. Kutscher und Pferdeknechte wussten immer etwas zu berichten.

Das große Gebäude stand offen. Es war warm, trocken und roch nach Heu und Pferdemist. Durchaus gemütlich, dachte Guillaume, als er hineinhuschte.

»Nom de nom! Was für ein Scheißwetter!«

Guillaume fuhr zusammen. Blitzschnell sprang er in eine leere Box. Vorbei schritt ein junger Bursche, der seinen Hut auf dem gestampften Boden auswrang. Er ging zielstrebig zum hinteren Ende des Stalls, wo ein schwaches Licht flackerte.

Guillaume folgte ihm. Im Licht von zwei Lampen waren ein Dutzend Knechte versammelt, und würfelten auf dem Lehmboden. Guillaume hockte sich an eine Stelle, wo der Schatten am tiefsten war, neben einem stacheligen Strohballen.

»Eh, da kommt Jeannot!«

Die Runde begrüßte in französischer Sprache den Ankömmling, der sich griesgrämig auf ein quer liegendes Fass plumpsen ließ.

»Salut!«

»Salut, Jeannot! Na, noch ein paar Sous übrig? Wie wär's? Habe gerade eine Glückssträhne!« Der Redner hatte gelbe, zottige Haare und schwenkte einladend die Würfel.

Jeannot winkte ab.

»Mit mir nicht mehr. Hast mir gestern schon zu viel abgenommen. Bis ich Marie heiraten kann, heißt's noch emsig sparen …«

Der Gelbhaarige spie geringschätzig vor Jeannots Füße aus.

»Marie, immer Marie! Seit wir Frankreich verlassen haben, liegst du uns mit Marie in den Ohren! Ich will dir mal was sagen: Paris ist weit, und deine feine Marie wird schon sehen, dass sie sich anderweitig tröstet, während du hier mit saurer Miene rumhockst! Parbleu, kann man ihr ja auch nicht verdenken, nicht wahr, wenn ihr Liebster auf unbestimmte Zeit verschwindet?« Er drehte sich zu den anderen um, die ihm lachend zustimmten.

Jeannot aber ließ sich nicht aus der Ruhe bringen.

»Sprich für dich, Pierre. Ich weiß, wann ich zurückfahre.«

Er zog seine braune Weste aus und breitete sie neben sich zum Trocknen aus.

»Was heißt das, du weißt, wann du zurückfährst? Fahren die beiden Chevreuse ab?«

Sofort waren die restlichen Knechte still und warteten gespannt auf Jeannots Antwort.

»Ouais! In spätestens fünf Tagen werden wir diesen Ketzern den Rücken zukehren! Simon, der Leibdiener von meinem Herren, hat's mir eben selbst gesagt. Die haben scheinbar nur auf jemanden gewartet, der jetzt eingetroffen ist.«

Guillaume trat langsam den Rückzug an. Mehr würde er hier nicht erfahren. Vorsichtig schlich er zum Eingang zurück.

Fast hatte er die offene Doppeltür erreicht, als eine hohe schwarze Gestalt sich vor ihm aufbaute. Als er zum Messer griff, war es schon zu spät. Ein leises, zischendes Geräusch, ein dumpfer Aufprall, der grelle Schmerz, der wie ein Blitz seinen Kopf durchzuckte …

Und dann nichts mehr.

⚜

Laut klangen Julies Schritte in den dunklen, leeren Fluren von Hampton Court. Der Lakai huschte mit schlafwandlerischer Sicherheit durch das Labyrinth. Sie hatte Mühe, ihm zu folgen. Vor ihr tanzte der Leuchter im Rhythmus der Schritte auf und ab und warf ihre grotesk verzerrten Umrisse auf die Steinquader des Ganges.

Noch waren sie keinem Menschen begegnet. Sie vermutete, dass man sie einen geheimen Gang benutzen ließ, und sah sich in ihrer Annahme bestätigt, dass die Vorladung in keinem offiziellen Zweck geschehen war.

Ein kleines Geräusch ließ sie sich umdrehen. Sie spähte in das Dunkel. Nichts! Sie sollte versuchen, sich zu beruhigen!

Jetzt hörte sie es wieder, ein Kratzen, irritierend. Diesmal schien es, als habe auch der Lakai etwas vernommen, denn er warf beim Gehen einen Blick über seine Schulter. Plötzlich wurden seine Fingerknöchel um den Leuchter weiß. Julie folgte seinem Blick. Halb erleichtert, halb verdrossen sah sie den riesigen Hund mit gespitzten Ohren in den Lichtkreis treten. In der spärlichen Beleuchtung wirkte das mächtige Tier noch größer und gefährlicher als bei Sonnenlicht.

»Sie brauchen keine Angst zu haben. Dieser Hund gehört zu mir.«

Der Lakai hatte sich schnell wieder gefangen. Ärgerlich starrte er sie an.

»Es tut mir leid, Mylady, doch meine Befehle sind eindeutig. Allein Ihre Anwesenheit ist erwünscht. Tiere«, und er rümpfte kaum merklich die Nase, »werden allgemein im Stall untergebracht.«

»Wenn es Ihren Ordnungssinn beruhigt, können wir natürlich den ganzen Weg wieder zurückgehen«, antwortete sie mit gekräuselten Lippen. »Ich würde nur gerne erfahren, was Ihr Herr, der uns gewiss schon recht ungeduldig erwartet, davon halten wird, wenn er erfährt, dass Sie mich als Erstes in den Stall geführt haben?«

Das Argument schien dem Diener einzuleuchten. Er zuckte mit den Schultern und nahm den Weg wieder auf. Es ging noch eine Treppe herauf, bevor sie durch eine Tapetentür in ein kleines Vorzimmer traten.

Nach einer kurzen Verschnaufpause, in der sie von dem Lakaien angemeldet wurde, wurde sie in einen Salon hereingebeten. Sie trat ein. Als sie sich an das helle Licht gewöhnt hatte, das von verschwenderisch verteilten Kerzen ausging, sah sie sich forschend um.

Der Raum war von mittlerer Größe. Er verbreitete eine Atmosphäre von Eleganz und Luxus. Ein Kamin mit geschwungenem Sims stützte ein großes, in bunten Farben gestaltetes Gemälde. Weitere Bilder mit breiten, vergoldeten Rahmen hingen verteilt an allen Wänden. Ein Spinett stand schräg in einer Ecke. Seine vergilbten Tasten strahlten matt.

Hinter einem großen Stickrahmen saß sehr aufrecht und mit der Haltung einer Königin die schönste Frau, die Julie jemals gesehen hatte. Ihr volles goldblondes Haar fiel in zwei anmutig gelockten Kaskaden über die Ohren. Das feine Oval des Gesichtes wurde von einer hohen Stirn und strahlend blauen Augen geprägt. Die Nase mit den ständig bebenden Flügeln und ein voller, einladender Mund ließen eine impulsive, leidenschaftliche Persönlichkeit erahnen. Ihr funkelndes Kleid war von einer so schamlosen Eleganz, dass Julie den Blick abwandte. Langsam drehte die Dame den Kopf. Sie betrachtete Julie nun ebenfalls prüfend.

»Nun denn, da ist ja unser lang ersehnter Besuch. Madame la Duchesse, dies ist die Countess of Eastington.«

Der Mann, der nun in einem tadellosen Französisch das Gespräch eröffnete, hatte hinter der Herzogin gestanden. Er näherte sich langsamen Schrittes. War die stickende Dame die schönste Frau, die Julie je gesehen hatte, so war dieser Mann mit Sicherheit der am auffälligsten und prächtigsten Gekleidete.

Von elegantem, schlanken Wuchs, bewegte er sich wie ein Schauspieler, der sicher war, die Hauptfigur des Stücks zu sein. Ein überaus kostbarer Spitzenkragen umrahmte steif sein Gesicht, das einen selbstzufriedenen Ausdruck hatte. Ein geschwungener Schnurrbart, ein kleiner Spitzbart und halblange Locken zeugten von seiner modischen Erscheinung. Sein blaues changierendes Wams war von langen Schlitzen durchzogen, die einen Blick auf das safrangelbe Seidenhemd darunter freigaben. Eine breite Schärpe hielt den feinen, mit Edelsteinen besetzten Paradedegen an seiner Seite. An seinen sorgfältig gepflegten Händen blitzten Diamanten in allen Farben. Seine Schuhe mit hohen Absätzen waren mit aufwendigen Spitzenrosetten geschmückt.

Julie ahnte, wer der Mann war, der in ein paar Schritten Entfernung vor ihr stehen blieb, und nun lässig einen Arm in die Richtung der blonden Schönheit ausbreitete.

»Mylady«, meinte er huldvoll, »ich darf Sie mit der Herzogin de Chevreuse bekannt machen, eine Perle des französischen Hofes, die derzeit unser trübes England erhellt.« Julie versank in einem tiefen Hofknicks. »Ich freue mich zu sehen, dass Sie meiner Einladung so prompt gefolgt sind. Dies lässt auf eine gute Zusammenarbeit hoffen.«

Julie horchte auf. Alle ihre Sinne waren bis aufs Äußerste geschärft.

Der Mann hatte begonnen, sie mit langsamen Schritten zu umrunden. Trotz seiner hohen Absätze glitt er fast lautlos über das schimmernde Parkett. Hinter ihr hielt er an. Julie nahm sich mit aller Kraft zusammen, doch ihr Nacken prickelte, als ihre Haarwurzeln sich aufstellten.

»Hmm …«

Nie, so schien es Julie, hatte ein derart beleidigender und erniedrigender Blick auf ihr geruht. Sie versteifte ihr Rückgrat, während sie sich wie ein zum Verkauf angebotenes Stück Vieh vorkam.

Irgendwo im Raum erklang ein dumpfes, zorniges Grollen. Alle sahen auf. Der riesige graue Hund war aus dem Vorzimmer getreten, wo Julie ihn zurückgelassen hatte. Er setzte sich in einiger Entfernung hin und richtete seine Augen fest auf den Mann. Der lachte eine Spur zu schrill.

»Mon Dieu! Wozu brauchen Sie denn einen derart grimmigen Wächter, Mylady? Er könnte glatt als Zerberus persönlich durchgehen!«

»Wollen Durchlaucht damit andeuten, dass dieses Zimmer der Eingang zur Unterwelt ist? Ich wähnte den Duke of Buckingham eher im Olymp, ganz in der Nähe seiner hochverehrten Majestät!«

Ein leises Lachen erklang am Fenster. Julie runzelte die Stirn, irritiert durch die Präsenz einer dritten Person, die sie bis jetzt übersehen hatte. Sie konnte sie nicht erkennen, da sie in dem tiefen Schatten einer Fensternische stand. Jetzt fiel auch die Herzogin mit einem hellen Glockenton in das Gelächter des verborgenen Mannes ein.

»Quelle répartie! Mylady, ich merke schon, wir werden viel Spaß miteinander haben!«

»Sie haben wie immer Recht, Madame«, meinte Buckingham galant. Er deutete auf Julie. »Nun, wie finden Sie sie? Entspricht sie unseren Anforderungen?«

»Sie ist perfekt, Monsieur. Zwar wird man sie noch ein wenig zurechtmachen müssen, um ihre ländliche Aura zu vertreiben, doch das dürfte kein Problem sein. Ich weiß schon, wie man aus dieser Lady eine unseren Hof überstrahlende Schönheit machen kann. Außerdem besitzt sie Esprit, was mindestens genauso wichtig sein dürfte.« Die Herzogin lächelte der Gestalt zu, die noch immer am Fenster stand. »Compliment, Sie haben eine gute Wahl getroffen, Monsieur!«

Die Gestalt verneigte sich. Ein Schopf von dunkelblonden Haaren trat für kurze Zeit in das Kerzenlicht.

»Ein Kompliment aus Ihrem Munde ist die höchste Belohnung, Madame.« Der Mann hatte in einem zwar korrekten, aber nicht akzentfreien Französisch gesprochen. Julie zuckte zusammen. Diese liebenswerte, schmeichelnde Stimme …

»Mir scheint, Sie haben den Herren, der Sie uns so vorteilhaft schilderte, und dem Sie diese Einladung verdanken, noch nicht begrüßt, Madame?«, fragte Buckingham. »Gewiss wollen Sie dies nun unverzüglich nachholen!« Er öffnete einladend den Arm, und der Mann trat aus der dunklen Ecke.

»John!« Julie verkrampfte ihre Hände.

»Liebe Schwägerin, Sie sehen mich entzückt, Sie wiederzusehen!« Er verneigte sich flüchtig über Julies eiskalte Finger.

»So, und nun wollen wir zu dem eigentlichen Zweck Ihrer Einladung kommen, Mylady. Wie ich hörte, sind Sie halb Französin? Sie haben noch Familie in Frankreich, nicht wahr?«

»Ja, Mylord.«

»Und Sie haben regelmäßig Kontakt zu Ihren Tanten in Paris. Ich vernahm auch von dem tragischen Schicksal Ihres geschätzten Gatten.« Buckingham brachte es fertig, gleichzeitig wehmutsvoll und genüsslich zu seufzen. »Eine schreckliche Sache, diese Seuche … Nun ja. Sie müssen sich nach diesen furchtbaren Tagen nach etwas Abwechslung sehnen. Da unser lieber Gast, Madame de Chevreuse, nach einer Begleiterin für die ihr noch bevorstehende mühevolle Rückreise sucht, haben wir an Sie gedacht. Gewiss würden Sie es genießen, auf andere Gedanken zu kommen. Außerdem wäre die Herzogin, die eine Vertraute Ihrer Majestät Anne d'Autriche ist, so außerordentlich liebenswürdig, Sie am französischen Hof einzuführen, eine Ehre, die Sie bestimmt zu schätzen wissen.« Er sah Julie erwartungsvoll an. »Nun, was sagen Sie dazu, Madame?«

Julie überlegte fieberhaft, wie sie sich diplomatisch aus der Affäre ziehen konnte. Schließlich konnte man einem Minister nicht so ohne weiteres eine Abfuhr erteilen wie einem Schwager.

»Mylord, ich weiß nicht, wie ich es ausdrücken soll … Ihre Güte, in dieser Angelegenheit an mich zu denken, ist sehr schmeichelhaft.«

Der Herzog nickte.

»Sie brauchen sich nicht zu bedanken. Aber es ist gut, wenn Ihnen bewusst wird, welch einmalige Gelegenheit sich Ihnen hier bietet.«

»… Allerdings bin ich gerade Mutter geworden«, beeilte Julie sich, fortzufahren. »Ich habe große Bedenken, mit einem Säugling eine derart lange und gefährliche Reise anzutreten.«

»Aber wer zwingt Sie denn, das Kind mitzunehmen? Natürlich ist eine Seeüberfahrt für einen Säugling eine Strapaze. Sie werden gut beraten sein, ihn hier zu lassen.«

Julie riss die Augen auf. Ihre Entscheidung schoss ohne weitere Überlegungen aus ihr heraus.

»Meine Antwort ist nein.«

Wieder lachte John. Er übersah den ärgerlichen Blick, den Buckingham ihm zuwarf.

»Ist sie nicht köstlich? Ganz so, wie ich sie Ihnen geschildert hatte, Mylord. Ich kenne keine andere Frau, die ein solches Angebot ausschlagen würde. Statt sich mit Gold und Juwelen umgeben zu wollen, zieht sie es vor, stundenlang durch den Wald zu reiten, und im Garten ihre wunderschönen Hände in die Erde zu stecken … Wirklich köstlich!«

Julie drehte ihm den Rücken zu.

»Meine Pflichten meinem Sohn gegenüber sind mir heilig. Nie werde ich mich freiwillig von ihm trennen.«

»Tss, tss, tss … Wie bedauerlich!« Buckingham gab sich betrübt, doch der Ausdruck seiner Augen gefiel Julie nicht. »Leider haben wir fest mit Ihnen gerechnet. Sehen Sie, ich möchte in Ihrer Person eine Art inoffizielle Botschafterin nach Frankreich schicken. Es würde unsere, durch die kürzliche Heirat Seiner Majestät so erfreulich freundschaftliche Beziehung zu diesem Land noch vertiefen. Sie würden doch sicherlich die Gelegenheit ergreifen wollen, etwas für unser Vaterland zu tun?«

Julie befeuchtete ihre Lippen. Buckinghams Hartnäckigkeit machte ihr eines klar: Es ging hier um weitaus mehr, als nur um die Begleitung einer verwöhnten Herzogin. Doch was immer es war, es interessierte sie nicht.

»Gewiss werden Sie eine geeignetere Dame als mich finden, Monsieur«, antwortete sie fest. »Sie werden in mir stets einen gehorsamen Untertan haben, nur in diesem einen Punkt kann ich zu meinem großen Bedauern Ihrem Wunsch nicht Folge leisten.«

Mit Sorge bemerkte Julie, wie ein grausamer Zug um Buckinghams Lippen erschien.

»Ich fürchte, ich werde Sie überzeugen müssen, dass Ihr Sohn während Ihrer Abwesenheit sehr gut aufgehoben ist.« Der drohende Unterton war nun nicht mehr zu überhören. Der Minister drehte sich zu John um. »Lassen Sie sie herein.«

Julie war nun überzeugt, dass eine Katastrophe auf sie zurollte.

Sie beobachtete ihren Schwager, wie er zu einer im Mauerwerk versteckten Tür ging und sie öffnete. Nur ein paar Sekunden später erschien verschüchtert eine Frau in der dunklen Öffnung. Auf dem Arm trug sie ein weißes Bündel.

Julies Herz setzte aus. Mit einem erstickten Schrei stürzte sie sich auf die Frau, die Amme, der sie ihr Kind vor ihrer Abreise anvertraut hatte. John versperrte ihr den Weg und hielt sie am Arm zurück. Das Bündel fing an, leise Klagelaute von sich zu geben.

»Mein Kind! Geben Sie mir mein Kind zurück!« Julie wand sich unter Johns festem Griff. Sie vergaß alles um sich herum. Wie eine Furie drehte sie sich um. Sie entriss John eine Hand und krallte sie mit aller Kraft in sein Ohr.

Er schrie vor Schmerz auf und beugte sich vor. Da biss Julie zu. Ein Fluchen und Aufschreien waren die Antwort. Jetzt seinerseits aufs Äußerste gereizt, brauchte John allerdings nur ein paar Sekunden, um sie wieder unter Kontrolle zu haben. Er packte sie rücksichtslos, und Julie stöhnte auf, als er ihre Hände wie in einem Schraubstock hinter ihrem Rücken zusammenpresste.

Die Herzogin stieß einen spitzen Schrei aus.

»Vorsicht, Monsieur, hinter Ihnen!«

Julie verspürte einen heftigen Stoß und fiel mit John zu Boden. Der riesige Hund hatte sich mit einem Sprung auf Johns Rücken gestürzt und ihn aus dem Gleichgewicht gebracht. John drehte sich um, doch noch bevor er wieder aufspringen konnte, setzte das Tier seine gewaltigen Pfoten auf seine Brust. Das Grollen, das es in unmittelbarer Nähe seiner Kehle hören ließ, war unmissverständlich. Julie rappelte sich hastig auf.

»Bravo!«

Buckingham klatschte mit versteinertem Gesicht Beifall.

»Mylady, Sie haben uns köstlich amüsiert. Doch jetzt möchte ich Sie bitten, dieser Komödie ein Ende zu setzen.« Er gähnte herzhaft. »Die Nacht ist doch inzwischen recht fortgeschritten, und es ist an der Zeit, an unserer aller Bettruhe zu denken. Besonders, wenn man an die bevorstehende Reise denkt.«

»Ich werde jetzt mein Kind nehmen und gehen.« Julie machte einen Schritt auf die Amme zu.

»Madame, ich hielt Sie bis zu diesem Augenblick für eine intelligente Person. Ihren Ausbruch kann ich Ihnen verzeihen, zeugt er doch von einem feurigen und leidenschaftlichen Charakter, der, meiner Meinung nach, jeder Frau gut zu Gesicht steht.« Er lächelte anzüglich, und Julie ballte die Fäuste. »Dass Sie aber die naive Torheit besitzen, mich zu unterschätzen, enttäuscht mich zutiefst. Wie stellen Sie sich denn vor, aus diesem Schloss ohne meine Einwilligung zu entkommen? Meine Dienstleute wären in Sekunden hier, um Sie einzufangen. Und dann? Ich müsste Sie bedauerlicherweise einkerkern lassen ... Eine höchst unerfreuliche Angelegenheit, an der keiner von uns Gefallen finden würde.«

Julie zuckte die Schultern. Sie machte entschlossen einen Schritt in Richtung Thibaults. Buckingham fuhr ungerührt fort:

»Mal gesetzt den doch sehr unwahrscheinlichen Fall, Sie könnten aus dem Schloss fliehen. Was hätte Ihr Sohn für eine Zukunft? Er würde Rang und Besitz verlieren, sein Name wäre entehrt. Ist es das, was Sie sich für ihn wünschen, Mylady?«

Julie rang nach Luft.

»Sie haben kein Recht, meinem Sohn Besitz und Titel zu nehmen! Selbst Sie können das nicht ohne Grund!«

»Aber wer sagt denn, dass ich keinen Grund hätte? Wie würde Ihnen dieser gefallen: Häufiger Verkehr mit einem Feind der Krone …«

»Mit einem Feind der Krone?«, lachte Julie hart auf. »Und wer bitte sollte das sein?«

»Ein gewisser … Hexenmeister residiert seit etwa sechs Jahren in Ihrer Nachbarschaft.«

Julie zuckte zusammen. Sie riss die Augen auf. Buckingham fuhr fort:

»Es ist uns seit längerem bekannt, dass ganz in der Nähe von Eastington ein Treffpunkt für Spitzel ist. Nur wo genau, hatten wir noch nicht in Erfahrung gebracht. Eine Zeit lang haben wir sogar Ihren Herrn Gemahl verdächtigt …« Buckingham warf einen kurzen Blick auf den am Boden liegenden John.

»Ich weiß nicht, wovon Sie reden!« Julie presste die Fingerspitzen an ihre Schläfen und versuchte nachzudenken. Guillaume! Was war mit Guillaume? Sie musste ihn warnen!

»Natürlich wissen Sie das nicht. Denn wenn Sie es wüssten, wären Sie Komplizin, und es hätte unangenehme Konsequenzen für Sie und auch Ihren Sohn. Wir können uns nicht erlauben, mit Spionen, die unserem Land schaden, zimperlich umzugehen, das verstehen Sie sicherlich.«

Julie wankte. Ihr Blick glitt zwischen dem wimmernden Bündel und dem noch immer am Boden festgehaltenen John hin und her. Sie biss sich heftig auf die Lippen. Ein metallener Blutgeschmack erfüllte ihren Mund.

»… Sollten Sie hingegen Ihre Mission zu meiner Zufriedenheit erfüllen, würde ich mich erkenntlich zeigen. Dieses Kind könnte eine brillante Zukunft haben.« Die Stimme nahm plötzlich einen gebieterischen Ton an. »Rufen Sie Ihren Zerberus zurück.«

Er hatte Recht.

Sie hatte keine Wahl.

Sie beobachtete sich selbst, wie sie die Hand ausstreckte. Ihre eigene Hand, plötzlich so fremd.

Sie berührte das Fell. Flüsterte, kaum hörbar: »Komm!«

Zentimeterweise wich das bewaffnete Maul zurück.

John sprang auf.

Er fasste sich kurz an die Wange und betrachtete seine roten Finger. Sein bleiches Gesicht war von Blut verschmiert, das noch immer aus der Wunde quoll, die Julies Zähne verursacht hatten. Julie spürte nichts als Verachtung. Wie hatte sie ihn nur je charmant finden können?

»Gut. So ist es schon sehr viel besser. Nun werden wir uns wohl endlich zivilisiert unterhalten können. Wo war ich stehen geblieben … Ach ja. Ich wollte Ihnen gerade erklären, wie gut Ihr Sohn es in der Obhut seines Onkels haben wird. Sie können also getrost verreisen. Ihre Ankunft haben wir schon angekündigt. Sie werden sehnsüchtig von Ihren Tanten erwartet. Wir haben den beiden Damen, in Briefen, die wir in Ihrem Namen schrieben, mitgeteilt, Ihr Sohn sei bei der Geburt gestorben, das erschien uns am einfachsten. Alles andere werden Sie zu gegebener Zeit mit Madame de Chevreuse besprechen können.«

Julie fühlte ihre Sinne schwinden. Man hatte ihr nicht nur ihr Kind entrissen, um sie auf eine absurde Reise zu schicken, nun sollte auch noch das Liebste und Teuerste, was sie besaß, John anvertraut werden? Sie sammelte ihre letzten Kräfte.

»Mylord, ich bin bereit, Ihrem Befehl zu gehorchen. Doch ich stelle zwei Bedingungen. Werden sie nicht erfüllt, wird nichts auf der Welt mich dazu bewegen können, nach Frankreich zu reisen. Das schwöre ich bei Gott und allen Heiligen.«

»Bedingungen?« Buckingham zerpflückte das Wort und lachte ein wenig. »John, Sie hatten Recht. Die Dame ist tatsächlich unbezahlbar!« John antwortete mit einem schiefen Grinsen. Die Lust zu lachen mochte ihm für diesen Abend vergangen sein.

»Nun denn, Mylady. Lassen Sie uns Ihre Wünsche hören.«

»Als erstes will ich, dass mein Hund und mein Page mich auf dieser Reise begleiten. Sie werden nicht viel Platz beanspruchen. Dafür wäre ich bereit, auf meine Zofe zu verzichten.«

»Wären Sie? Wie großzügig!« Buckingham warf einen kurzen Blick auf die schöne Herzogin. »Was sagen Sie dazu, Madame?« Madame de Chevreuse nickte kurz.

»Gut. Ihr zweites Anliegen?«

»Ich werde auf keinen Fall akzeptieren, dass dieser Mensch …«, Julie zeigte auf John, »… meinen Sohn in seine Hände bekommt. Er würde zu sehr von dem Tod des Erben seines Bruders profitieren, und es sterben täglich zu viele Säuglinge, als dass ich mir Illusionen über die Überlebenschancen meines Kindes mache, wenn es ihm anvertraut würde. Vergessen Sie nicht, Mylord: Mein Sohn ist der Garant dafür, dass ich gehorche. Schwören Sie mir, sein Leben zu schützen und sich selbst um sein Wohlergehen zu sorgen!«

Julie schwieg, atemlos und mit brennenden Wangen. Buckingham warf John einen kurzen Blick zu. Seine Augen verengten sich.

»Gut. Sie haben mein Wort. Ich werde mich persönlich Ihres Kindes annehmen.«

»Aber Mylord, Sie hatten doch versprochen ...«, widersprach John. »Schließlich ist es mir zu verdanken, wenn ...«

Buckinghams Blick war eisig.

»Ich glaube, Sie vergessen sich, Comte.«

»Verzeihung, Durchlaucht, ich wollte doch nur ...«

»Sie können jetzt gehen, Monsieur. Sie werden nicht mehr benötigt.«

John erbebte sichtbar, doch er schwieg. Julie wurde von seinem hasserfüllten Blick getroffen. Bevor sie ahnen konnte, was er vorhatte, trat er hart an sie heran. Seine Hand traf sie voller Wucht. Sie schrie auf und ihr Kopf flog zur Seite.

Weder Buckingham noch die Herzogin reagierten, als John sich ohne ein weiteres Wort zur Tür begab und nach einer knappen Verbeugung den Raum verließ.

Julies Finger verkrampften sich im Nackenfell des Hundes. Ihr Kopf dröhnte, ihre Wange brannte. Verzweifelt bemüht, Haltung zu bewahren, strich sie sich über die Haare.

»Noch eine Bitte, Monsieur«, sagte sie heiser und konnte nichts gegen das Zittern in ihrer Stimme tun. »Lassen Sie das Kind nie wickeln. Es ist es nicht gewohnt. Lassen Sie es in dem irrigen Glauben, es sei ein freies Wesen.«

Sie legte die Hand an ihren Mund. Ihr Blickfeld verschwamm.

»Darf ich Sie bitten, mich nun zu entschuldigen?«

Der Herzog wedelte mit der Hand.

»Sehr wohl, Madame. Schonen Sie Ihre Kräfte. Sie hatten einen anstrengenden Tag. Der Diener, der Sie geführt hat, wird Ihnen Ihr Zimmer zeigen. Sie werden dort wohnen, bis zu Ihrer Abreise in drei oder vier Tagen. Unnötig zu bemerken, dass wir von Ihnen Diskretion erwarten. Ach, noch eine Sache: Es ist überflüssig, dass Sie sich die Mühe machen, zu Ihrer Kutsche zurückkehren. Um Ihren Wagen und Ihr Gepäck wird sich jemand kümmern.«

Julie hatte keine Kraft mehr zu protestieren. Sie verließ das Zimmer.

Kaum war sie im Vorzimmer angelangt, versagten ihre Knie.

Sie stützte sich im letzten Augenblick an der Wand ab. Wie durch einen Schleier sah sie das Gesicht des Lakaien, der sie zu ihrem Zimmer führen wollte.

»Madame, ist Ihnen nicht gut? Kommen Sie, setzen Sie sich ...«

Julie schüttelte den Kopf. Sie schloss die Augen. Durch den Nebel, der drohte, sich auf sie herabzusenken, vernahm sie dumpf die Stimmen von Buckingham und der Herzogin.

»Nun, Madame, es scheint mir, als ob Ihre Heimreise, über die Sie sich noch vor kurzem mit solchem Unmut äußerten, sich als kurzweilig erweisen könnte.« Ein Seufzer erklang. »Wie gerne würde ich Sie begleiten! Und wie leer wird England ohne Sie sein!«

»Mein lieber Herzog, Sie sollten sich schämen, in mir den Glauben erwecken zu wollen, Ihnen läge etwas an meiner Gesellschaft! Dabei weiß ich sehr genau, wem Ihr Herz gehört ...«

»Ach, meine Teuerste ... Vor Ihnen kann ich es zugeben, denn ich weiß mein Geheimnis wohl behütet. Sehen Sie dieses Medaillon? Bitte berichten Sie meiner Angebeteten, dass sie Tag und Nacht auf meinem Herzen liegt. Und sagen Sie ihr auch, dass ich nicht ruhen werde, ehe ich sie wiedergesehen habe!«

»Sie können mir vertrauen, Herzog. Sie werden in meiner Person eine treue Botschafterin haben. Und ich weiß bereits, wie wohl gesonnen Ihnen meine Herrin ist.« Die Herzogin klang plötzlich traurig. »Meine Königin ist eine so wunderschöne Frau ... und zugleich eine so unglückliche! Sie hat es nicht verdient, an einem traurigen Hof zu herrschen. Sie braucht Musik, Scherze, sie ist zum Glücklichsein geboren!« Die Stimme vibrierte vor Inbrunst. »... Und sie braucht Liebe. Mehr Liebe, als ihr kränklicher, verdrießlicher Gemahl ihr geben kann. Sie lieben sie doch, nicht wahr, Monsieur?«

»So wahr mir Gott helfe, schwöre ich, dass jede Faser meines Herzens sich nach ihr verzehrt!«

»Sehr schön. Ich kann nur hoffen, dass unser hübscher Lockvogel sich seiner Rolle gewachsen zeigt.«

»Glauben Sie mir, wir hätten keine Bessere finden können. Sie ist Französin, verfügt über nicht zu verachtende Reize, ist sowohl am englischen, wie auch am französischen Hof unbekannt und absolut niemand hält eine schützende Hand über sie. Und was vielleicht das Wichtigste ist: Sie ist uns äußerst treu ergeben!«

Die beiden lachten. Julie legte ihre Hand auf ihr Gesicht. Mit der anderen fasste sie nach dem stützenden Arm des Dieners. Sie hatte sich geirrt. Die Unterwelt konnte nicht weit sein.

DER FLUSS

Vier

»Je sais combien d'orage et combien de tempête
Sa cruauté m'apprête
Et combien mon dessein sera laborieux;
Mais aux braves efforts d'un courage invincible
Il n'est rien d'impossible.«

»Ich weiss, wie viele Unwetter und Stürme
Ihre Grausamkeit für mich bereit hält,
Und wie mühsam mein Vorhaben sein wird;
Doch dem tapferen Streben eines unbezwingbaren Mutes
Ist nichts unmöglich.«

August 1625

Julie hielt sich eine Hand vor die Nase, um dem beißenden Gestank zu entkommen, den der enge Kasten verströmte, in dem sie saß. Mit der anderen stützte sie sich mit spitzen Fingern an der schmalen Armlehne ab. Sie wollte so wenig wie möglich mit der Mietsänfte in Berührung kommen.

Sie schloss kurz die Augen.

Die ständige schlingernde Bewegung, der die Chaise unterworfen war, erinnerte sie an ihre Überfahrt nach Calais. Dabei hätte sie die Seereise am liebsten ganz aus ihrem Gedächtnis gestrichen, zusammen mit dem Elend der letzten Wochen.

Vor Julies Augen tauchten bruchstückhafte Erinnerungen auf, an blitzende, den Horizont erfüllende Wellen, an endlose Kutschfahrten und prachtvolle Abendessen, bei denen Marie de Chevreuse als Mittelpunkt der Gesellschaft brillierte, an Staub und ein nie enden wollendes Gefühl der Verzweiflung. Im Vergleich zu damals, ging es ihr jetzt schon sehr viel besser. Das hatte sie alleine ihren Tanten zu verdanken.

Vor vier Tagen war sie bei Loyse und Anne-Catherine angekommen. Die Freundlichkeit, die Natürlichkeit und die Wärme, die ihr ab der ersten Stunde in der rue Neuve-Saint-Louis entgegengebracht worden waren, hatten sie aufatmen lassen. Ihre Tanten, überzeugt, Julie hätte in kürzester Zeit Mann und Kind verloren, hatten sie in einen warmen familiären Kokon gehüllt und sie wieder so etwas wie Geborgenheit empfinden lassen.

Heute nun war sie zum ersten Mal nach langen Wochen ganz für sich alleine. Eine Vorstellung, die ihr durchaus gefallen hatte. Doch das war, bevor sie in diesen Kasten eingestiegen war …

Auf einmal bewegte sich der Vorhang vor dem winzigen Fenster der Sänfte. Julie fuhr zusammen, als dort eine schmutzige Hand erschien, ein schlecht bedrucktes Papier zwischen den Fingern.

»Lesen Sie die lustigsten Verse über den purpurnen Schurken und sein königliches Opfer! Ein Sous, nur ein Sous, Madame! Sie werden Tränen lachen!«

»Scher dich zum Teufel oder ich hol die Wache!«, hörte Julie die ärgerliche Stimme von einem der Träger antworten.

Die Chaise wankte, Julie vernahm Flüche und ein derbes Geräusch. Die Hand verschwand abrupt.

»Nächstes Mal gibt's mehr als nur einen Fußtritt!«, brüllte der Träger noch, bevor die Sänfte ihren Weg wieder aufnahm.

Julie verzog den Mund. Sie fragte sich, ob sie sich je an Paris gewöhnen würde. Noch nie war sie in einer Stadt dieser Größe gewesen. Alles schien ihr fremd, aufdringlich, abstoßend und aufregend zugleich. Die Straßen waren selten mehr als sechs Schritte breit. Sie wurden nicht nur durch das Gewusel von Menschen, Tieren und Wagen verstopft. Die Händler hatten vor ihren Geschäften Tische in den Straßenkot gestellt, auf denen sie ihre Waren ausbreiteten. Sämtlicher Verkehr musste sich umständlich an diesen Hindernissen vorbeizwängen. Oft waren über den Auslagen riesige Holzläden als Schutz vor der Witterung befestigt. Schilder in allen Farben hingen an ihnen und an den bauchigen Fassaden, um Kundschaft anzulocken. Die kleinsten Luftzüge ließen sie in ihren schmiedeeisernen Fassungen schreien. Alles in allem herrschte eine lebensfrohe Stimmung, doch Julie war nicht in der Verfassung, daran Gefallen zu finden. Sie lehnte sich zurück und kämpfte gegen ihre Beklemmung an.

Das also war Frankreich. Es war nicht ihr erster Besuch in der Heimat ihrer Mutter. Doch damals hatte sie ihre Zeit wohlbehütet hinter hohen Klostermauern verbracht. Es war in keiner Hinsicht mit dem zu vergleichen, was hier auf sie einstürmte.

»Würden Sie mir Ihr Land zeigen, Comte?«

»Nichts würde mir größeres Vergnügen bereiten, Madame. Sowohl

Frankreich wie die Franzosen würden Ihnen zu Füßen liegen, davon bin ich überzeugt!«

Julie schluckte. Ziemlich genau ein Jahr war es her, dass sie in Guillaumes Hütte mit dem Comte de Fontes-Villaray dieses Gespräch geführt hatte. Wer hätte damals gedacht, dass ihr scherzhaftes Geplänkel so schnell Wirklichkeit werden würde? Und wer hätte ahnen können, dass sie, unmittelbar, nachdem sie entdeckt hatte, wer Thibaults eigentlicher Vater war, in die Heimat dieses Mannes verschleppt werden würde? War das nicht ein seltsamer Zufall?

Nein, sie glaubte nicht an Zufälle. Sie glaubte an Zeichen. Und an das Schicksal. Kaum wagte sie, es sich selber einzugestehen, weil es ihr töricht und naiv vorkam. Wenn etwas sie in den letzten Wochen hatte Mut schöpfen lassen, dann war es der Gedanke an einen hochgewachsenen Mann mit grauen Augen. Ein Mann, mit dem sie ein Kind auf Lebzeiten verband. Und wenn ihr Vater Recht hatte, mit seinem unerschütterlichen Glauben an die Güte des Schicksals, wenn Gott sich etwas bei dieser absurden Reise gedacht hatte, so würde sie diesen Mann wiederfinden. Auch wenn sie nichts außer seinem Namen wusste und keine Ahnung hatte, wo dieser Comte de Fontes-Villaray sich befinden mochte.

Vor und hinter sich hörte Julie durch die dünne Holzverschalung die Träger keuchen. Sie spitzte die Ohren, um herauszubekommen, ob Robert und Zerberus ihr noch folgten, doch es war unmöglich. Zu viele andere Geräusche umgaben sie. Der ewige Lärm dieser Stadt bereitete ihr Kopfschmerzen. Es wurde ihr langsam unwohl, wie immer, wenn sie in einem zu engen Raum eingeschlossen war. Die Sänfte kam kaum noch voran. Julie trommelte mit ihren Fingerspitzen auf ihrem Schoß. Marie de Chevreuse hatte sie für vier Uhr zu sich in die rue Saint-Thomas-du-Louvre bestellt. Wahrscheinlich würden sie zu spät kommen.

Plötzlich hörte sie ein Quieken, erst vor sich, dann rings um sich herum, begleitet von Schnauben und seltsam schabenden Geräuschen. Die Sänfte schwankte stark.

Julie hob eine Ecke des schmutzfarbenen Vorhangs und stieß gereizt die Luft aus. Wunderbar! Sie befanden sich inmitten einer Schweineherde, die den knöcheltiefen Straßenkot nach etwas Essbarem durchsuchte. Die Halsbänder der Tiere waren mit Glöckchen versehen.

»Parbleu, was haben wir denn da? Lauter dicke Schweinebäuche!«

Der Ausruf kam von einem Reitertrupp von acht jungen Männern, die im schnellen Trab von entgegengesetzter Seite erschienen waren. Sie zügelten ihre Pferde, da die Tiere ihnen den Weg versperrten. Die Männer waren den Kleidern nach edler Herkunft. Alle trugen Gesichtsmasken.

»Zur Hölle mit den Borstenviechern! Auf, Ihr Männer! Soll erzählt werden, wir seien vor Schweinen zurückgewichen?« Die Frage kam von dem Reiter, der sich an der Spitze befand. Seine Begleiter lachten und verneinten, während sie sich erwartungsvoll in den Steigbügeln aufrichteten.

Der erste Mann ließ sein Pferd aufsteigen und knapp vor dem ersten der Schweine aufstampfen. Das Tier quiekte panisch. Es hastete ein paar Schritte rückwärts, bis es auf seinen Nachfolger prallte. Dadurch verlor es vollends den Kopf und sprang ungelenk quer über dessen Rücken.

Die anderen Männer ließen es sich nicht nehmen, dem Beispiel ihres Anführers zu folgen. Ihre Kapriolen und Ausrufe versetzten in kürzester Zeit die ganze Herde in Panik. Die Tiere stieben kreuz und quer davon, so weit sie es in der engen Straße konnten, und rannten alles um, was nicht niet- und nagelfest war.

Julies Sänfte bewegte sich gefährlich hin und her. Sie ließ den Vorhang los, um sich festzuhalten. Plötzlich gab es einen heftigen Schlag. Eines der Schweine musste mit voller Wucht den schmalen Kasten getroffen haben. Der vordere Träger schrie noch kurz auf, bevor der Tragstuhl umkippte und mit einem schmatzenden Geräusch in den Straßenkot fiel.

Etwas benommen versuchte Julie sich aufzurichten. Doch das erwies sich in der engen Chaise als unmöglich. Dann merkte sie, dass der Stuhl ausgerechnet auf die Tür gefallen war, sodass sie wie ein Kaninchen in der Falle saß. Sie verfluchte alle Sänften. Nie wieder wollte sie in so ein Ding einsteigen, auch wenn sie fortan alle Straßen dieser Stadt zu Fuß ablaufen müsste!

Draußen war es ruhiger geworden. Nur aus weiter Ferne waren noch die Schweine zu vernehmen, die kopflos weiterliefen. Um sich herum hörte sie Zaumzeug klirren und Männerstimmen lachen.

»Félicitations, Messieurs! Wir haben die Feinde in die Flucht geschlagen!« Die Stimme des Anführers klang aus unmittelbarer Nähe. »Doch was sehe ich da, sie haben etwas zurückgelassen! Puylaurens, schauen Sie doch mal nach, was sich in diesem Kasten befindet, und ob es sich lohnt, ihn aufzumachen!«

Der schief hängende Vorhang vor dem kleinen Ausguck wurde zur Seite geschoben, und ein maskiertes Gesicht spähte in das dunkle Innere.

»Nun, Puylaurens, was sagen Sie? Männlich oder weiblich?«

Der Kopf zog sich wieder zurück.

»Weiblich, scheint mir, Monsieur. Ob jung oder alt kann ich leider nicht sagen. Ist verdammt düster, da drin!«

Das reichte! Julie bekämpfte eine beginnende Panik. Die ätzende Luft in dem engen Raum ließ sie um jeden Atemzug kämpfen. Sie pochte energisch an die Außenwand.

»Holen Sie mich sofort hier heraus!«

Allgemeines Gelächter war die Antwort.

»Nun, meine Herren, wenn es eine Dame ist, wollen wir uns auf unsere guten Manieren besinnen und sie da rausholen. Auch wenn die Person gefährlich energisch scheint!«

Sie hörte, wie die Männer sich um die Sänfte verteilten. Ein plötzlicher Ruck, bei dem Julie sich schmerzhaft die Stirn anschlug, dann stand der Kasten wieder.

Der Schlag wurde aufgerissen. Julie stieg mit unsicheren Beinen aus ihrem Gefängnis.

Ein strahlender Robert, ein wedelnder Zerberus und acht Paar frecher Augen empfingen sie.

Pfiffe und derbe Scherze wurden laut. Der, den Julie für den Anführer hielt, stand dicht vor ihr und taxierte sie ungeniert, während sie sich die Röcke glatt strich.

»Nicht schlecht, gar nicht schlecht sogar. Puylaurens, das haben Sie gut gemacht!« Der Gelobte machte eine tiefe Verbeugung. Der Anführer wandte sich jetzt Julie zu.

»Nun, Madame?«, fragte er.

Sie zog die Brauen hoch und rieb sich die schmerzende Stirn, auf der sich schon jetzt eine Beule abbildete.

»Nun was, Monsieur?«

Das maskierte Gesicht vor ihr grinste unverschämt.

»Wann gedenken Sie, in Ohnmacht zu fallen?«

»Ich denke keineswegs daran, in Ohnmacht zu fallen. Warum sollte ich?«, fragte Julie, entschlossen, sich nicht einschüchtern zu lassen.

»Weil jede Dame, die etwas auf sich hält, in Ihrer Situation schon längst bewusstlos geworden wäre.« Die Männergruppe lachte schallend.

»Sie meinen, dieser Unfall sollte mir peinlich sein?« Julie schob die Unterlippe vor. »Verzeihen Sie mir, wenn ich da anderer Meinung bin. Wenn der Vorfall jemandem unangenehm sein sollte, dann ja wohl Ihnen, Monsieur, der ihn verursacht hat.«

»Parbleu, Madame, wären Sie ein Mann, müsste es eine Freude sein, sich mit Ihnen zu duellieren!« Der Mann lachte. »So aber bin ich aufs Tiefste zerknirscht, Sie in Zorn versetzt zu haben!«

»Zornig? Ich bin nicht zornig, Monsieur.« Julie schenkte dem Mann gegenüber ihr reizendstes Lächeln. »Um ehrlich zu sein, bin ich Ihnen sogar dankbar, mir einen Vorwand geliefert zu haben, aus diesem abscheulichen Kasten herauszukommen!«

Verblüfft starrten die dunklen Augen sie an, bevor der Mann in ein herzhaftes Lachen ausbrach, in das seine Gefährten einstimmten.

»Très bien, Madame, wenn es so ist, will ich Sie noch weiter beglücken. Wo wollten Sie hin? Wir werden Sie eskortieren.«

Julie betrachtete jetzt ebenfalls abschätzend ihr Gegenüber. Sie konnte sich unmöglich von diesen Männern zur rue Saint-Thomas-du-Louvre bringen lassen! Auf der anderen Seite waren sie noch ein weites Stück vom Hotel der Herzogin entfernt. Ihre Träger hatten aus Angst vor Konsequenzen die Flucht ergriffen, und sie war auf keinen Fall bereit, sich erneut in eine Sänfte zu setzen.

»Monsieur, ich kenne Sie nicht. Ich habe noch nicht einmal Ihr Gesicht gesehen!«

Mit einer hoheitsvollen Geste zog der Mann die Maske ab.

Neugierig studierte Julie das entblößte Antlitz. Der Mann mochte etwa siebzehn Jahre zählen. Seine noch jugendlichen Züge versprachen, einmal die eines gutaussehenden Mannes zu werden. Er hatte eine große, kräftige Nase, einen vollen Mund und einen noch kaum angedeuteten Schnurrbart. Seine dunklen, langen Haare fielen in vollen Locken auf seinen Kragen. Die etwas weit auseinanderliegenden, braunen Augen blickten Julie gleichzeitig belustigt und mit dem Stolz eines Menschen an, der sich seines hohen Ranges sehr wohl bewusst war.

»Nun, Madame, entscheiden Sie sich!«

»Also gut, ich vertraue Ihnen«, sagte sie, bevor sie es sich anders überlegen konnte. Die Truppe brach abermals in heftiges Gelächter aus, doch Julie ließ sich nicht weiter beeindrucken. Es waren alles, wie sie sich selbst beruhigend einredete, recht harmlose und noch sehr junge Männer.

»Wo wohnen Sie?«

»Ich muss in das Hotel de Chevreuse, in die rue Saint-Thomas-du-Louvre.«

»Ach … Zu Madame de Chevreuse? Ja, ich hörte, dass sie aus England zurück sei …«

Der Mann setzte seine Maske wieder auf. Er hielt sein Pferd, während

Robert Julie auf half, und sprang anschließend gewandt hinter sie. Einer der Männer ließ Robert bei sich aufsteigen. Dann sprengten sie in Richtung Westen davon, ohne Rücksicht auf Fußgänger und Verkehr.

Julie genoss den Ritt. Es schien hier oben eine gesündere, bessere Luft zu herrschen und man konnte das Gewusel um sich mit etwas Abstand betrachten. Sie streckte die Nase empor, ignorierte die neugierigen Blicke um sich, und fühlte sich schon sehr viel besser als vorhin. Viel zu schnell, so schien es ihr, passierten sie das Tor, das in den Innenhof des prachtvollen Hauses führte.

»Wohnen Sie hier?«, fragte ihr Begleiter, nachdem sie abgestiegen waren.

»Nein«, antwortete Julie. »Ich wohne bei meiner Tante, der Comtesse de Ventredeux.«

»Interessant … Dann sind Sie wohl auch mit Madame Anne-Catherine de Saintange verwandt?«

»Ja«, meinte Julie überrascht. »Sie kennen sie?«

»Mein Vater schätzte sie sehr«, antwortete der junge Mann mit einem kleinen Lächeln. Er schwang sich wieder auf sein Pferd. »Sie haben mir Ihren Namen noch nicht verraten!«

Julie lag auf der Zunge, dass es Brauch war, dass die Herren sich den Damen vorstellten, aber irgendetwas in dem Benehmen des Mannes ließ sie ihren Satz herunterschlucken.

»Julie of Eastington, Monsieur. Dürfte ich auch den Ihren erfahren?«, fragte sie, von einer seltsamen Scheu ergriffen.

»Nun … nennen Sie mich Gaston, das reicht fürs Erste.« Der Reiter nickte. »Richten Sie Madame de Chevreuse bitte aus, dass ich ihr demnächst meine Aufwartung machen werde. Es war eine Freude, Sie kennen zu lernen, Madame. Gewiss werden wir uns wiedersehen, und hoffentlich werden wir uns wieder genauso gut unterhalten wie heute.«

Ohne ein weiteres Wort ritt er erhobenen Hauptes aus dem Tor, seine Begleiter dicht hinter ihm.

Julie sah ihm mit gerunzelter Stirn nach. Warum bloß hatte sie das seltsame Gefühl, gerade aus einer Audienz entlassen worden zu sein? Mit zögernden Schritten betrat sie das Haus.

Sofort wurde sie zu der Herzogin vorgelassen. Marie de Chevreuse winkte ihr zerstreut von ihrem Bett aus zu. Die ganze Fläche des breiten Lagers wurde von Stoffen in allen Farben und Materialien bedeckt, die mehrere Gehilfen unermüdlich anschleppten. Julie hieß Robert und den Hund, am Eingang zu warten, und trat näher.

»Kommen Sie nur, Madame«, rief die Herzogin sie herbei. »Wie ich weiß, brauchen Sie dringend ein paar neue Kleider. Dies hier ist Monsieur Fandard, der beste Schneider von Paris. Suchen Sie sich die nötigen Stoffe aus, damit er sich so schnell wie möglich an die Arbeit setzen kann. Und seien Sie nicht zu sparsam. Sie wissen, wie großzügig Ihr englischer Onkel ist.«

Julie verstand den Wink. Nach kurzer Überlegung empfand sie es nur als normal, wenn Buckingham für ihre Ausstattung aufkam. Sie beschloss grimmig, das Geld mit vollen Händen auszugeben.

»Wie liebenswert von Ihnen, mich daran zu erinnern, Madame.« Sie reckte ihr Kinn vor. »Nun denn, Monsieur Fandard, es liegt an Ihnen, mich ein kleines Vermögen ausgeben zu lassen.«

Der hagere Schneider räusperte sich, und Marie de Chevreuse zählte ohne lange nachzudenken auf:

»Also, wir brauchen Stoff für zwei kurze Jacken, zwei lange, einen dünnen und einen gefütterten Mantel, drei bis vier Überkleider, sechs bis acht Unterkleider, natürlich auch Leinen für die Wäsche, und …«

Julie trug einen gleichgültigen Gesichtsausdruck zur Schau. Über ihre Kleidung hatte sie noch nie viele Gedanken verschwendet. Doch schon ihre Reise mit der Herzogin hatte ihr zu spüren gegeben, dass sie sich mit keiner der französischen Damen messen konnte. Und wenn sie schon in Paris bleiben musste, so wollte sie sich zumindest ihres Auftretens sicher sein.

Nun begann ein langwieriges Aussuchen, Diskutieren und Vergleichen. Schließlich einigten sie sich auf etliche Ellen Seide, Atlas und Taft. Feinstes holländisches Leinen wurde für die Wäsche bestellt, dunkelbrauner Samt für einen ausladenden Mantel. Mit Silberfäden oder Blumenranken verzierte Stoffe sollten als Unterkleider Verwendung finden. Zum Schluss verordnete die Herzogin Julie noch einen schweren Brokat in einem gedämpften Rot für ein Abendkleid.

»Natürlich brauchen Sie noch Etliches an Hüten, Fächern, Handschuhen und so weiter. Doch darum werden wir uns später kümmern.« Sie winkte. Der Schneider und seine Gehilfen begannen, ihre Ware wieder einzurollen. Dann drehte sich die Herzogin Julie zu.

»Und nun, meine Liebe, erzählen Sie mir, weshalb Sie heute mit so großer Eskorte zu mir kamen.«

Julie war nicht überrascht, dass der Herzogin bereits von ihrer Aufsehen erregenden Ankunft berichtet worden war.

»Es war ein Unfall, Madame, der mir diese Begleitung bescherte.« Julie erzählte ihr alle Einzelheiten des Geschehens und ließ auch die Botschaft des jungen Unbekannten nicht aus.

»Gaston?«, rief Marie de Chevreuse am Ende ihres Berichtes aus. »Gaston hat Sie hierher begleitet?« Sie lachte hell auf. »Nun, Madame, ein Punkt für Sie. Ihr Schwager hatte uns Wunder über Sie berichtet, doch ich sehe, er hat noch untertrieben.« Ihr Blick funkelte. »Wenn Sie so weitermachen, werden Sie jeden Zoll dieser sündhaft teuren Seide wert sein.«

»Wie schön. Das ist mir eine große Beruhigung«, antwortete Julie und verzog dabei spöttisch den Mund.

»Sie sollten noch lernen, Ihre Züge etwas besser unter Kontrolle zu halten, meine Liebe. Ich fürchte, Sie werden in Paris wenig Anklang finden, wenn Sie die Leute anschauen, als wollten Sie ihnen jederzeit an die Kehle springen!« Die Herzogin hob eine Braue. »Ich nehme an, Sie haben keine Ahnung, wer Ihr Begleiter war?« Julie antwortete nicht. »Das dachte ich mir. Woher sollten Sie auch Gaston d'Anjou, den Bruder Seiner Majestät, kennen?«

»Den Bruder …?«, wiederholte Julie und riss die Augen auf. Ihr Zorn verpuffte. Sie schüttelte den Kopf. »Aber … Nein, Sie müssen ihn verwechseln, Madame! Gewiss würde der Bruder des Königs nicht Schweine durch die Straßen von Paris jagen!«

Die Herzogin machte eine wegwerfende Handbewegung.

»Gaston hat sich schon ganz andere Scherze erlaubt, glauben Sie mir! Die Eskapaden seines jungen Bruders sind eine von Louis größten Sorgen!« Sie lachte. »Es ging so weit, dass Louis seinen Stolz herunterschluckte und d'Ornano zurückrufen ließ, den Erzieher Gastons, den er vom Hof verwiesen hatte. Wie Sie heute feststellen konnten, hat es nur in geringem Maße genutzt.« Sie wurde ernst. »Doch Gaston ist nicht nur Louis Bruder. Er ist auch sein Nachfolger auf dem Thron. Anne und Louis haben keine Kinder – keine lebenden. Anne war zwar einmal schwanger, doch dann verlor sie ihr Kind. Ein Unfall.« Maries Stimme schwankte, und Julie sah hoch. Doch schon blinzelte ihre Gastgeberin ihr wieder zu. »Es würde mich nicht wundern, wenn Sie und Gaston Affinitäten entdecken würden. Es wäre die würdige Fortsetzung einer Familientradition!«

»Ich verstehe nicht …«

»Tatsächlich? Wissen Sie denn nicht, dass Ihre Tante Anne-Catherine de Saintange die Geliebte unseres verstorbenen Königs Henry, des Vaters von Gaston, war?« Die Herzogin lächelte. »Nun, es ist nichts Unehrenwertes daran. Eine Menge anderer Damen sind ebenfalls in den Genuss gekommen.«

Julie schwieg. Ihre Mutter hatte einmal erwähnt, dass ihre Schwester Anne-Catherine einst ein glanzvolles Leben geführt hatte, bevor sie nach einem traurigen Ereignis zu Loyse zog.

Ein Lakai kam herein, der einen Besucher anmeldete.

Die Herzogin verließ den Raum. Julie strich in Gedanken über den roten Stoff, aus dem der Schneider Fandard ein Abendkleid nähen würde. Wie sehr musste der Prinz über sie gelacht haben! Die schmeichelnde Stimme ihrer Gastgeberin klang vom Vorraum herein. Julie hörte nur mit einem Ohr zu.

»Monsieur, ich bin gespannt, wie Sie mir erklären werden, warum Sie sich noch nicht bei mir gemeldet haben. Ich bin schon seit vier Tagen zurück, und ganz Paris hat mich begrüßt. Nur Sie scheinen mich in der kurzen Zeit meiner Abwesenheit schon vergessen zu haben!«

»Ach, Madame, sollte ich diesen Eindruck bei Ihnen erweckt haben, wäre ich untröstlich!«

Julie erstarrte. Plötzlich richtete sie ihre ganze Aufmerksamkeit auf den Vorraum. Die männliche Stimme fuhr fort:

»Paris hatte ohne Ihre Anwesenheit für mich nicht mehr den geringsten Reiz, daher war ich für ein paar Tage verreist. Eine schreckliche Fehlentscheidung! Ich weiß nicht, worüber ich mehr verzweifeln soll: Darüber, Sie erzürnt zu haben, oder darüber, kostbare Stunden in Ihrer Gegenwart verspielt zu haben!«

Sie kannte diese Stimme! Noch bevor Julie vollends begriff, wer der Mann war, der da im Halbdunkel des fensterlosen Raumes die Herzogin umwarb, klopfte ihr Herz bis zum Hals.

»Diese Entschuldigung kann ich leider nicht gelten lassen …«, seufzte die Herzogin. »Ich wage zu behaupten, würden Sie mich derart schätzen, wie Sie es immer beteuern, hätte der Gott der Liebenden Ihnen meine Wiederkehr verraten.«

»Da sehen Sie, Madame, wie schwer ich es habe! Sogar ein Gott ist gegen mich! Kann denn mein tragisches Schicksal Ihr Herz nicht berühren? Sagen Sie mir, wie ich Sie wieder milder stimmen kann, Madame, oder ich schwöre, ich gehe mich sofort in die Seine werfen!«

Julie zerknüllte den roten Stoff zwischen ihren Händen. Sie suchte den Raum nach einem Versteck ab. Nein, nicht jetzt! Nicht so schnell, nicht so gänzlich unvorbereitet!

Fieberhaft schob sie eine Strähne zurück. Ihre Hand zitterte. Sie schloss die Augen, presste ihre Handflächen über dem Stoff aneinander und atmete ein paar Mal tief ein und aus.

Die Stimmen kamen langsam näher. Die Herzogin lachte gurrend.

»Ich muss gestehen, ein kleiner Teufel in mir hätte Lust, Ihren Schwur auf die Probe zu stellen. Doch schätze ich Sie als verrückt genug ein, in dieser Kloake tatsächlich ein Bad zu nehmen, und das wollen wir doch mit Rücksicht auf unserer beider Wohlbefinden lieber vermeiden! Ich werde Ihnen also noch einmal verzeihen. Doch nur unter einer Bedingung: Sie müssen mir versprechen, Ihren Abend bei mir zu verbringen!«

Julie traute ihren Ohren nicht. Sie starrte mit gerunzelter Stirn in die Richtung des Vorzimmers. Schemenhaft erkannte sie, wie sich der Mann im Halbdunkel über die Hand der Herzogin beugte.

»Sie machen mich zum glücklichsten Mann Frankreichs, Madame!«

Julie schnaubte. Sie schleuderte den zerknüllten roten Stoff auf das Bett und richtete sich auf.

Es gelang ihr, ein völlig ausdrucksloses Gesicht aufzulegen, während der Comte de Fontes-Villaray in Begleitung der Herzogin in das Zimmer trat.

»Nun, Comte, da Sie endlich wieder einmal den Weg zu mir gefunden haben, werde ich Ihnen als Belohnung zeigen, was ich aus England mitgebracht habe.« Sie stellte sich zu Julie. »Madame, dies ist der Comte François de Fontes-Villaray, ein guter Freund. Monsieur, es ist mir eine Freude, Sie mit der Comtesse of Eastington bekannt zu machen.«

Wenn Julie erwartet hatte, den Comte laute Überraschungsrufe ausstoßen zu hören, so hatte sie sich gründlich geirrt. Hätte sie nicht darauf geachtet, und wäre sie selbst jetzt nicht äußerlich völlig ruhig gewesen, wäre ihr sicherlich der kurze Blitz in seinen Augen entgangen. Die Herzogin jedenfalls konnte nichts bemerkt haben. Der Mann vor ihr verfügte über eine erschreckende Selbstbeherrschung.

Er beugte sich leicht über ihre Hand und seine Berührung ließ sie erschauern.

Schon einmal hatte er sich in einer ganz ähnlichen Situation vor ihr verneigt. Es war Sommer und sie waren sich in Guillaumes Hütte vorgestellt worden. Doch es war nur eine kurze, oberflächliche Ähnlichkeit. Der Mann gegenüber glich nur noch entfernt dem, den sie kennen gelernt hatte. Befremdet musterte sie seine Erscheinung.

Der Comte war das Ebenbild des modebewussten Herren.

Sein weicher Hut war mit zwei schneeweißen Federn bestückt, die lässig über die ausladende Krempe fielen. Die blauen Hosen waren an der

Leiste mit Silberknöpfen besetzt, und wurden unter den Knien von hellen Spitzenbändern abgebunden. Sein Wams, mit unzähligen silbern glänzenden Knöpfen verschlossen, hing ihm bis auf die Oberschenkel. Die Ärmel waren auf der ganzen Länge geschlitzt, und jeweils ein silberner Knopf hielt den Stoff oben und unten zusammen. Auf der linken Schulter trug er einen leichten, mit cremefarbener Seide gefütterten Mantel, während seine Hand auf dem verzierten Knauf seines Degens ruhte. Zu allem Überfluss erkannte Julie eine große Perle, die an seinem linken Ohr baumelte.

Während sie innerlich vor dieser übertriebenen Eleganz zurückwich, begegnete sie einem eindringlichen grauen Blick.

»Ich bin entzückt Ihre Bekanntschaft zu machen, Madame. Sie besichtigen unser schönes Frankreich? Ich bekenne, dass ich Sie beneide. Ich selber habe noch nie den Mut aufgebracht, die Grenzen meiner Heimat zu überschreiten.«

Julie zog verwirrt ihre Hand zurück.

»Monsieur, wenn Sie es sagen, muss ich es wohl glauben.«

Der Comte verneigte sich erneut, ließ sie aber nicht aus den Augen.

»Wie ich sehe, wurde nicht übertrieben, als die strahlende Schönheit der englischen Damen gerühmt wurde. Ich muss befürchten, schon viel versäumt zu haben.«

»Vielleicht sollten Sie wirklich dieses Versäumnis nachholen, Monsieur. Man erzählt, dass schon manch zärtliche Beziehung über den Ärmelkanal entstanden ist. Allerdings sind solche Beziehungen oft nicht von der dauerhaften Art.«

Der Comte lächelte.

»Nun, der Reiz einer Beziehung hat meiner Ansicht nach nichts mit ihrer Länge zu tun.«

Er genießt die Situation, dachte Julie. Er lügt, erwartet wie selbstverständlich, dass ich ihn in seiner Lüge unterstütze, und bringt es fertig, dass ich es bin, die sich dabei verlegen fühlt. Warum behauptet er noch nie im Ausland gewesen zu sein? Und was um alles in der Welt verbindet ihn mit der Herzogin?

Madame de Chevreuse verabschiedete indessen den Schneider und sein Personal, die immer noch im Hintergrund gewartet hatten. Als sie erneut zu ihnen trat, sprach sie in einem gedämpften Ton.

»Jetzt können wir ungestört reden. Mein lieber François, ich wollte Ihnen die Comtesse vorstellen, weil sie eine neue Verbündete in unseren kleinen Auseinandersetzungen mit Richelieu ist. Sie ist uns vom Herzog of Buckingham empfohlen worden und ist bereit, sich für uns zu engagieren. Bevor ich sie allerdings Seiner Eminenz vorstellen kann, bedarf sie noch unserer Hilfe.«

Julie spürte, wie nun seinerseits der Comte einen befremdeten Blick auf sie warf. Doch sie spitzte nur die Ohren. Richelieu ... Dieser Name schien allgegenwärtig in Paris. Sollte sie jetzt endlich erfahren, was man mit ihr vorhatte, und die Fragen beantwortet bekommen, die sie seit Hampton Court quälten?

»Sie machen mich neugierig, Madame. Sie wissen, Sie können sich auf mich verlassen.«

»Ich weiß es, Comte.« Die Herzogin legte vertraulich eine Hand auf seinen Arm. »Ich möchte, dass Sie ein paar Waffenübungen mit der Comtesse durchführen. Am besten gleich ab morgen, wenn es Ihnen recht ist, und so lange, bis sie den Umgang mit einer Schusswaffe beherrscht.«

Nur mit äußerster Anstrengung gelang es Julie noch, ihre gleichgültige Miene zu behalten. Waffen? Schießen? Auf was? Oder sollte sie lieber fragen, auf wen? Ihr wurde heiß. Am liebsten hätte sie ihrer Angst mit tausend Fragen Luft gemacht. Doch dann begegnete sie dem harten, abschätzenden Blick des Mannes vor ihr. Jegliche Ironie war aus den grauen Augen gewichen. Julie hob die Nase und schwieg.

»Ich werde Ihren Wünschen gerne Folge leisten, Madame«, antwortete der Comte ruhig. Er führte die Hand der Herzogin an die Lippen, dann nickte er Julie zu. »Ich werde morgen Vormittag bei Ihnen vorsprechen.«

»Ich weiß Ihre Hilfsbereitschaft zu schätzen, Monsieur. Am besten holen Sie unsere Freundin um elf ab.« Marie de Chevreuse strahlte, und Julie war wider Willen von ihrer Schönheit beeindruckt. »Chère Comtesse, ich habe jetzt genug von Ihrer Zeit in Anspruch genommen. Möchten Sie meine Kutsche benutzen, um nach Hause zu kommen?«

Julie konnte ihren Ärger nun kaum noch bändigen. Was um alles in der Welt bildete sich diese Frau eigentlich ein? War sie ein Dienstmädchen, das man herbeirief und anschließend mit einer verächtlichen Geste wieder entließ? Sie hatte Mühe, ihre Zähne auseinander zu bekommen, um zu antworten.

»Danke, Madame. Ihr Angebot ist sehr großzügig.«

Sie machte einen kleinen Knicks, doch der Comte und die Herzogin schienen sie bereits vergessen zu haben. Ihre Hände lagen noch immer ineinander.

Sie rauschte aus dem Zimmer.

»Marie, Sie haben mir entsetzlich gefehlt.« François gab Acht, der Comtesse nicht nachzuschauen. Er berührte leicht eine von Maries blonden Locken. »Dabei sollte ich Ihnen Gram sein. Man erzählt, Sie seien mir in London untreu gewesen. Es soll da einen schneidigen Engländer geben, einen gewissen Lord Holland, der …«

Die Herzogin legte einen schlanken Finger auf seine Lippen.

»Nun seien Sie schon still, François, und machen Sie mir keine Szene. Mein Mann macht mir schließlich auch keine! Sie wissen, ich kann eifersüchtige Männer nicht ausstehen!«

François lachte leise.

»Sie haben Recht, wie immer. Nichts ist langweiliger als Vorwürfe. Außerdem haben Sie mir eine süße Überraschung aus England mitgebracht, für die ich Ihnen sehr dankbar bin. Ein fürstliches Geschenk!«

Marie verzog schmollend das Gesicht.

»Seien Sie nicht so abscheulich, François. Das kleine Ding wird noch viel Wichtigeres zu tun haben, als Ihre Laken zu wärmen!«

»Wirklich?« François trat hinter sie. Er legte seine Hände in ihren Ausschnitt und streichelte ihre weiße Haut. Er beobachtete Marie aus den Augenwinkeln. Sie schloss die Augen, und er murmelte: »Dabei sieht sie gar nicht so gefährlich aus!«

Marie lehnte sich an ihn. »Schein kann eben trügen, mein lieber François! Es wurde mir gesagt, sie sei zu allem bereit, und ich weiß, sie ist uns völlig ergeben.« Sie lächelte, als er seine Finger zwischen ihren Brustansatz und ihr Kleid schob. »Oh ja, mein Lieber, Sie haben mir auch sehr gefehlt.«

»Und was«, raunte er, während er seinen Mund auf ihrem Nacken wandern ließ, »… haben Sie mit dieser Dame vor, außer ihr von einem der besten Schützen Frankreichs Unterricht geben zu lassen?«

»Bringen Sie ihr erst einmal das Schießen bei. Das Ziel wird sich schon noch finden lassen.«

»Mon Dieu, Marie, was für kriegerische Töne!«

»Jawohl, François. Sie haben den Nagel auf den Kopf getroffen. Ich werde in den Krieg ziehen! Wissen Sie, was ich erfahren habe? Richelieu hat einen Informanten bei mir eingeschleust! Unter meinem eigenen Dach! Er glaubt, dass er so meine und Buckinghams Pläne durchkreuzen kann. Doch das werde ich ihm heimzahlen!«

François hielt nur eine Sekunde inne, dann hatte er sich wieder in der Gewalt. Er sah Marie scharf an, die völlig entspannt in seinen Armen lag. Ihr Vertrauen war nicht gespielt.

»Ihre Geschicklichkeit in Ehren, Marie, doch Richelieu ist nicht so leicht an der Nase herumzuführen.«

»Doch, das ist er, wenn man wie ich seine Schwächen kennt.« Sie senkte die Stimme. »Können Sie sich vorstellen, dass der Kardinal, dieser kühle, von seiner geistigen Überlegenheit ach so überzeugte Mann eine lächerliche, zitternde und sabbernde Puppe wird, wenn er um sein Leben fürchtet? Nur ihm ganz nah stehende Personen wissen davon, weil er sich in solchen Momenten einsperrt und der Außenwelt entzieht. Ein Kammerdiener hat mir davon berichtet, der früher in seinem Dienst stand.« Ihr Blick wurde starr, und ein kleines Lächeln umspielte ihre Lippen. François fühlte, wie ihre Brustwarzen sich unter seinen Fingern aufrichteten. »Und jetzt, stellen Sie sich vor, François, wenn der kleine Abbé solch einen Zusammenbruch vor dem versammelten Hof hätte! Während einer diplomatischen Verhandlung vielleicht, mitten in einer Rede … Und vor den Augen des Königs!«

»Das würde Louis ihm nie verzeihen!«, murmelte François.

»Darauf können Sie Gift nehmen! Der arme Louis, der schon so darunter leidet, dass über seine Abhängigkeit von seinem ersten Minister gelästert wird! Abhängigkeit von einem überragenden Geist ist das eine. Abhängigkeit von einem Halbirren dagegen …« Marie lachte auf und fuhr fort: »Ich will, dass der Kardinal von der Gefährlichkeit der Comtesse überzeugt wird. Oder zumindest, dass er eine Zeitlang seine volle Aufmerksamkeit auf sie richtet!«

»Und wenn er nicht auf Ihr Spiel hereinfällt?«

»Dann wird er es bitter bereuen.« Sie lachte erneut. »Ich sagte doch: Ein Ziel findet sich immer!« Sie drehte sich um, und begann, seine silbernen Knöpfe aufzudrehen. »… Und wenn Sie jetzt noch ein einziges Wort über diese Frau verlauten lassen, schicke ich Sie doch noch in die Seine.«

François lächelte, schluckte seine Ungeduld und seinen Zorn herunter. Kurz darauf lagen sie auf dem Himmelbett und zerwühlten die bunten Stoffbahnen, die einmal die Kleider der Comtesse werden sollten.

⚜

»Wohin führen Sie uns, Monsieur?«, fragte die Comtesse.

»An einen Ort, in dem wir genug Ruhe für unser Vorhaben finden werden, Madame. In die Garenne de Madrid«, antwortete François reserviert.

»Ach ... ist es nicht der Wald, der auch Bois de Boulogne genannt wird?«

Die Freude in ihrer Stimme schürte seine schlechte Laune.

»Es wird ein längerer Ritt werden. Schonen Sie Ihren Enthusiasmus, Sie werden noch Gelegenheit genug bekommen, Ihre Kräfte einzusetzen.« Er sah sie die Schultern zucken.

Er drehte sich kurz im Sattel um, um zu sehen, ob alle noch folgten. Ja, die Zofe der Comtesse, ihr sommersprossiger Page, der Hund und sein eigener Diener Latrappe waren noch hinter ihnen.

Inzwischen hatten sie das Stadttor Saint Honoré passiert. Sie spornten ihre Pferde an, als sie über den Stadtgraben gelangt waren, um so schnell wie möglich an den ekelerregenden, von Maden und Ratten wimmelnden Abfallbergen der Straßenreinigung vorbei zu kommen.

Danach wurde die Luft spürbar besser. Sie durchquerten die kleinen Vororte, die noch an den Wällen der Hauptstadt Schutz suchten. Dann wurden sie in ein hügeliges, blühendes Land entlassen. Am Horizont breitete sich schon der dunkle Streifen des Bois de Boulogne aus.

Gerade als die sommerliche Hitze am stärksten wurde, erreichten sie endlich den hinter dicken Mauern verborgenen Wald.

François warf seiner Begleiterin einen Seitenblick zu. Sie atmete sichtbar auf, als sie die Kühle erreichten, die unter den alten Eichen lag. Zum vielleicht tausendsten Mal stellte er sich die Frage: Wie hatte diese Frau ihn nur so hinter das Licht führen können?

Genau ein Jahr war es her, als sie sich zum ersten Mal trafen. Damals hätte er schwören können, eine unverdorbene junge Frau vor sich zu haben, deren Schönheit und Natürlichkeit ihn tiefer berührt hatten, als er es hatte zulassen wollen.

Und wer war diese Frau heute? Eine Abenteuerin, die wahrscheinlich gegen gutes Geld bereit war, sich an einem Komplott zu beteiligen, die ohne mit der Wimper zu zucken plötzlich vor ihm auftauchte, keck behauptete, sie sei eine Spionin mit Mordambitionen, und ihn in verdammt große Schwierigkeiten bringen könnte. Konnte sich ein Mensch in nur einem Jahr so drastisch verändern?

Nein, natürlich nicht. Es gab nur eine Erklärung: Sie hatte ihm die ganze Zeit, als sie in England zusammen waren, etwas vorgemacht. Und warum? Einfach, weil sie damit beschäftigt war, Guillaume zu beobachten. Eine Freundin Buckinghams ... Guillaume hatte ihm letztes Mal schon gesagt, er habe das Gefühl, er sei im Wald von Eastington nicht mehr lange sicher. Wie Recht er hatte!

Sie war sehr geschickt, das musste man ihr lassen. Sein einsiedlerischer Onkel, der mit Menschen und ganz besonders mit Frauen so vorsichtige Guillaume, war auf sie hereingefallen und er nicht anders. Bitterkeit erfüllte seinen Mund.

⚜

Als der Comte Zeichen machte, abzusteigen, befanden sie sich am Rande einer Lichtung. Julie musste zugeben, dass die Stelle gut gewählt war, da sie ihnen sowohl Schutz wie auch genügend Helligkeit für ihr Vorhaben bot.

»Wenn es Ihnen genehm ist, werden wir erst einmal speisen, bevor wir mit den Übungen beginnen«, meinte der Comte.

»Oh ja, eine glänzende Idee. Ich sterbe vor Hunger.« Julie lehnte sich an einen umgekippten Stamm.

Während der Comte mit Latrappe und Robert die Satteltaschen auspackte, ließ sie ihn nicht aus den Augen. Sein Gesicht war unbewegt, doch der feste Zug um seinen Mund verriet seine innere Anspannung. Die Kälte, mit der er sie behandelte, verletzte sie mehr, als sie es sich eingestehen wollte.

Sie verscheuchte ärgerlich eine aufdringliche Fliege.

Was hatte sie denn erwartet? Dass er sie in seiner Heimat mit offenen Armen empfangen würde, sie an die Hand nehmen, zu Buckingham gehen, und ihr Thibault wiedergeben würde?

Noch immer konnte sie kaum fassen, dass sie ihn so schnell wiedergefunden hatte. Doch von der hoffnungsvollen Erwartung, die sie an dieses Wiedersehen geknüpft hatte, war kaum etwas übrig geblieben. Er hatte eine bezaubernde Mätresse, wie ihr gestern verdeutlicht worden war – ausgerechnet die Frau, die sie erpresste! Außerdem gehörte er offensichtlich der Gruppe an, die sich gegen Richelieu verschworen hatte. Was um alles in der Welt konnte sie also hoffen lassen, dass er ihr beistehen würde? Ein paar schöne Stunden auf einer Sommerwiese? Solche Stunden hatte er offensichtlich schon in großer Zahl mit der Herzogin verbracht! Warum sollte er Wert auf einen Sohn legen, der einer flüchtigen Begegnung entsprungen war? Julie musste sich eingestehen, dass sie nichts, rein gar nichts von diesem Mann wusste. Sie stand einem Unbekannten gegenüber: Seine übertriebene Eleganz, sein harter, forschender Blick …

Genau dieser Blick traf sie nun. Sie drehte den Kopf ab und wandte sich den zwei Schachteln Käse, dem großen Stück Schinken und dem Brot zu, die inzwischen neben ihr lagen.

»Etwas Weißwein, Madame? Er ist noch frisch und leicht verträglich.«

Zwei Tauben gurrten träge in der Mittagshitze.

»Danke. Gerne.« Ihr Essen verlief einsilbig. Als Julies größter Hunger gestillt war, rief sie sich zur Ordnung. Sie durfte sich von dem ablehnenden Benehmen ihres Begleiters und ihren eigenen Sorgen nicht von ihrer Pflicht abhalten lassen. Zuvor aber musste sie ihre Zofe loswerden. »Kompliment, Monsieur. Es schmeckt köstlich«, lächelte sie und seufzte. »Wenn es nur nicht so warm wäre! Alphonsine, sei so nett und bring mir meinen Sonnenschirm und meinen Fächer. Robert weiß, wo ich sie unterzubringen pflege.«

»Gerne, Madame.«

Julie verfolgte, wie die rundliche Silhouette ihrer neuen Zofe sich entfernte.

Die blonde Alphonsine Fauvette hatte heute morgen überraschend bei ihr vorgesprochen. Die etwa dreißigjährige Frau war ihr als Zofe von Marie de Chevreuse geschickt worden. Julie konnte sich denken, wie weit auf die Treue dieser Frau Verlass sein würde. Dennoch hatte sie sie einstellen müssen.

»Monsieur, ich muss mit Ihnen reden«, wandte sie sich nun dem Comte zu. Dieser begnügte sich, eine Braue hochzuziehen. »Es geht um Ihren Onkel.« Julie zögerte. Sie wusste, dass das, was sie jetzt tat, gefährlich war. Doch sie konnte nicht anders. Guillaumes Schicksal ließ ihr keine Ruhe. »Ich nehme an, Sie sind nicht über seine Aktivitäten informiert. Ich habe Ihren Onkel in Verdacht, eine Art Informationsnetz in England aufgebaut zu haben.« Der Comte sagte noch immer nichts, doch sein Blick wurde wachsam. »Ich glaube, er wertet ihm zugesandte Berichte aus, bevor er sie weiterleitet, vermutlich nach Frankreich.«

Jetzt war es heraus. Hoffentlich brachte sie Guillaume nicht noch weiter in Gefahr! Aber auch wenn François einem anderen politischen Lager als sein Onkel angehörte, würde er Guillaume wohl in der Not beistehen. Sie versuchte, in dem Gesicht vor ihr zu lesen, doch es zeigte keinerlei Regung.

»Ihr Onkel hat mich vor drei Wochen auf einer Reise begleitet«, fuhr sie fort. Sie schaute kurz zu Alphonsine hinüber, die sich mit Robert an ihrem Sattel zu schaffen machte. »Während ich ihn für kurze Zeit verließ, erfuhr ich in einem Gespräch, dass man in höchster Stelle auf ihn aufmerksam geworden war. Und als Robert anschließend zu mir stieß, erzählte er mir, Ihr Onkel sei spurlos verschwunden!« Sie verknotete ihre Finger, bis sie schmerzten. »Monsieur, ich habe das Gefühl, dass Ihr Onkel einem Anschlag zum Opfer gefallen ist. Ich mache mir große Sorgen um ihn! Haben Sie vielleicht in letzter Zeit von ihm gehört?«

Der Comte sah sie sekundenlang reglos an. Dann artikulierte er langsam:

»Sie können sich beruhigen, Madame. Ich habe erst letzte Woche einen Brief von ihm bekommen. Meinem Onkel geht es prächtig.«

Julie hätte ihn am liebsten geschüttelt. Was bezweckte er mit dieser Lüge? Nun gut, sie hatte getan, was sie konnte. Ihr blieb nur die Hoffnung, dass er sich um die Angelegenheit kümmern würde. Warum bloß benahm er sich so abweisend? Hatte er Angst, sie könne seinen Aufenthalt in England bei der Herzogin verraten? Warum machte er daraus solch ein Geheimnis?

»Wie schön«, meinte sie kühl. »Dann kann ich ja völlig beruhigt sein.« Sie hob die Nase. »Wann machen Sie eigentlich Ihre nächste Reise in meine Heimat?«

Der Comte sprang auf.

»Hören Sie, Madame, lassen wir dieses Spiel«, zischte er. »Ich bin nicht erpressbar. Wenn mein Onkel untergetaucht ist, werden Sie von mir nichts über seinen Aufenthaltsort erfahren. Meinetwegen erzählen Sie Madame de Chevreuse, dass wir uns aus England kennen. Versuchen Sie Ihr Glück. Es ist noch sehr fragwürdig, wem Marie glauben würde: Einem vertrauten Freund oder einer hergelaufenen Fremden, die hofft, in Paris die große Karriere zu machen!«

Julie schüttelte langsam den Kopf.

»Monsieur, ich verstehe Sie nicht. Welchen Nutzen sollte ich daraus ziehen, Sie zu erpressen? Wenn ich Sie hätte verraten wollen, wäre gestern dazu die beste Gelegenheit gewesen.« So kalt sie konnte, fuhr sie fort: »Glauben Sie mir, Sie sind momentan die geringste meiner Sorgen, auch wenn Ihr Selbstbewusstsein darunter leiden sollte. Ich habe weder Lust noch Zeit, mich mit Ihnen zu beschäftigen!«

Sie wurde von Alphonsine unterbrochen.

»Hier sind Ihr Schirm und Ihr Fächer, Madame.«

»Ich danke Dir. Du solltest nun auch etwas essen.«

»Ich darf Sie kurz alleine lassen?«, fragte der Comte.

Julie antwortete nicht, und er entfernte sich. Von weitem sah sie ihn aus einer seiner Satteltaschen eine lange Pistole, aus einer anderen ein Pulverhorn und einen Ladestock ziehen.

»Hier«, sagte er kurze Zeit darauf und hielt ihr die Waffe hin. Die Zofe setzte sich zum Essen nieder und sie gingen ein paar Schritte, bis sie auf freiem Gelände standen. »Nehmen Sie sie erst einmal in die Hand. Haben Sie schon jemals Umgang mit Waffen gehabt?«

»Nur theoretisch. Mein Mann besaß eine beachtliche Sammlung von Armbrüsten und auch zwei oder drei Schussfeuerwaffen. …Ach ja, und vor dem Schloss stand eine einsame, rostige Kanone. Aber auch die habe ich nie abgefeuert!«, antwortete sie spöttisch.

»Sie sagten ›besaß‹? Hat Ihr Mann seine Sammlung verkaufen müssen? Sind Sie vielleicht aus Geldnot in den Dienst von Madame de Chevreuse getreten?«

»Nein«, sagte Julie, plötzlich wieder ernst. »Weder noch. Mein Mann ist dieses Jahr gestorben.«

»Mein Beileid. Oder sollte ich sagen: Glückwunsch?« Er zuckte die Schultern. »Ich meine, vielleicht war sein Tod für Sie ja eine Erleichterung …«

»Und inwiefern, bitte schön?«, runzelte Julie die Stirn.

»Ich kann mich noch gut an die blauen Flecken an Ihren Handgelenken erinnern, Madame, als ich Sie vor ziemlich genau einem Jahr kennen lernte … Doch vielleicht waren es ja Spuren einer allzu heftigen Liebe, die Ihr Ehemann Ihnen entgegenbrachte!«

»Wie können Sie es wagen?«, fuhr Julie ihn an. »Was wissen Sie schon von meinem Leben? Nichts, gar nichts!« Sie ballte die Fäuste. »Zu Ihrer Belehrung, Monsieur: Mein Mann war ein guter, redlicher Mensch! Kein anderer wird je seinen Platz in meinem Herzen einnehmen können!«

»Eh bien, Madame, welch ein Ausbruch! Verzeihen Sie meine ungeschickten Worte«, erwiderte der Comte unbeeindruckt. »Vielleicht sind die Bräuche zwischen unseren Heimatländern zu verschieden, um sie vergleichen zu können. In Frankreich, zum Beispiel, pflegen wir nicht, unsere Ehefrauen zu vergewaltigen. Dafür gestatten wir unseren Frauen aber auch nicht, uns zu betrügen.«

»Ach, wirklich? Dann müssen Männer wie Sie ja ein beschwerliches Leben führen, immer auf der Suche nach dem noch unverheirateten Teil der weiblichen Bevölkerung … Kein Wunder, dass Sie sich dann im Ausland austoben und dort auf Schlafende stürzen!« Sie hob abwehrend eine Hand. »Nein, nein, Monsieur, Sie brauchen sich nicht zu rechtfertigen. Ich verstehe Ihr Problem jetzt sehr viel besser und habe dafür Verständnis! Aber ein Detail beunruhigt mich noch … Es mag daran liegen, dass ich nur eine hergelaufene Fremde bin und nichts von der französischen Kultur verstehe: Was, bitte schön, ist von Ihrer Mätresse, der Herzogin, zu halten? Haben Sie mit dem Herzog de Chevreuse einen Teilungsvertrag? Sind vielleicht noch mehr Herren daran beteiligt?«

»Der Herzog geht selbst eigene Wege. Und Marie hat es nicht nötig, konventionelle Werte zu beachten. Ihre Schönheit und ihre Intelligenz setzen andere Maßstäbe. Ich wäre der Letzte, der sich darüber beschweren könnte«, schloss der Comte mit einem Grinsen.

»Das ist ja eine wunderbare Einstellung!«, platzte es aus Julie heraus. »Und mir wollten Sie einen Vortrag halten! Sie reden über Treue wie ein Nachttopf vom Fliegen! Ich werde mich gerne mit Ihrer Frau über das Thema unterhalten!«

»Den Wunsch werde ich Ihnen nicht erfüllen können, da ich das Glück habe, unverheiratet zu sein und es auch mein Leben lang zu bleiben gedenke.«

Julie schnaubte vor Wut. Was für ein arroganter, selbstsüchtiger und von sich selbst eingenommener Kerl! Und aus diesem Mann hatte sie den Vater ihres Kindes gemacht …

Wie immer, wenn Thibaults Bild vor ihr auftauchte, wich sie innerlich erschrocken zurück. Nein, nicht denken, nicht fühlen! Sie brauchte ihre ganze Kraft, und jede Erinnerung an einen kleinen warmen Körper mit Pfirsichhaut drohte sie zu einem hässlichen Haufen schrumpfen zu lassen.

Ihre Augen fielen auf die gewichtige Waffe in ihrer Hand. Der Lauf fühlte sich angenehm kühl und sachlich an. Sie zwang sich, ruhiger zu atmen.

»Wir sollten endlich zu dem eigentlichen Ziel unseres Ausflugs kommen. Ich wäre Ihnen dankbar, wenn Sie jetzt mit der Lektion anfangen würden. Erzählen Sie mir etwas über diese schöne Pistole.«

Der Comte verneigte sich leicht.

»Sie ist nicht nur schön, sie ist auch das Beste und Präziseste, was es heute gibt. Sie stammt aus der Büchsenschmiede von Daniel Sadeler, einem Deutschen. Ihr Lauf ist mit Zügen versehen, die der Kugel eine bestimmte Drehung geben. Dadurch ist die Treffsicherheit um ein Vielfaches erhöht worden, da ihre Abweichung vom Ziel vorhersehbar wird.«

Julie waren die technischen Vorzüge der Pistole herzlich egal, doch sie war froh, ein neutrales Terrain gefunden zu haben. Sie betrachtete die aus Perlmutt gefertigten Intarsien auf dem Kolben.

Auf dem dunklen Nussholz kamen die außerordentlich feinen Verzierungen bestens zur Geltung. Zwei Gestalten erkannte sie als Venus und Cupido. Zwischen ihnen lagen zwei Menschen fest umschlungen in einer eindeutigen Pose aufeinander. Sie fühlte, dass ihr die Röte in die Wangen stieg. Rasch drehte sie die Waffe um. Ihr Begleiter hatte ihre Reaktion jedoch bemerkt und lächelte schon wieder.

»Irritiert Sie die Intarsie, Madame?«

Julie zuckte mit den Schultern.

»Ich gebe zu, etwas ... überrascht zu sein, doch Sie werden Ihren Grund haben, warum Sie gerade diesen Schmuck gewählt haben.«

»Wie dem auch sei«, räusperte er sich. Er nahm ihr die Waffe aus der Hand. »Sie müssen sie so wie jetzt halten, mit der Mündung nach oben. Als erstes legen Sie diesen Hahn zur Hälfte um und schieben einen Sperr-Riegel vor, um die Pistole zu sichern.« Geschickt hantierte er mit dem drachenkopfförmigen Hahn. »Dann schütten Sie etwas Zündpulver auf die Pfanne und machen den Pfannendeckel zu. Nun müssen Sie die Waffe vorsichtig handhaben, um das Pulver nicht wieder zu verschütten, da, wie Sie sehen, die Pfanne auf einer Seite offen ist. Konnten Sie mir bis jetzt folgen?« Julie nickte. »Gut. Nun nehmen Sie eine abgemessene Menge Pulver und schütten sie in den Lauf. Anschließend stoßen Sie eine Kugel mit dem Ladestock so weit Sie können hinein. Zum Schluss müssen Sie nur noch den Pfannendeckel richten, und den Hahn entsichern.«

»Und damit können Sie dann noch jemanden treffen?« Julie verzog den Mund. »Die anvisierte Person hatte ja wohl schon genügend Zeit, das Weite zu suchen!«

»Dieses wundervolle Instrument ist nur eine Mechanik. Es gibt Ihnen Schutz. Es ermöglicht Ihnen, eine relative Sicherheit zu erlangen, eine Kontrolle über die Situation, in der Sie sich befinden. Doch es ist nichts wert ohne den Arm, der es betätigt, und noch viel weniger ohne den Kopf, der das Abdrücken befiehlt. Wenn man sie richtig einzusetzen versteht, ist sie die schnellste Waffe, die existiert.«

»Kontrolle über alles zu haben, ist Ihnen sehr wichtig, nicht wahr?«

»Natürlich«, antwortete er. »Wenn meine Ahnen nicht eines Tages erst ihr Leben, später auch das Leben anderer beherrscht hätten, stünde ich jetzt auf einem Acker und würde mit krummen Rücken und schwieligen Händen Hafer und Kohl anbauen.«

»Auch ich war einmal der Meinung, mein Leben selber bestimmen zu können.« Julie legte den Kopf schief. »Manchmal jedoch ist man einfach nur machtlos. Man wird mitgerissen und muss mit der Strömung schwimmen. Und die Welle kümmert sich nicht eine Sekunde um das, was man anstrebt.«

»Das ist eine Ausrede für Menschen, die versagt haben. Keine Welle entsteht aus dem Nichts. Sie kündigt sich an, man sieht sie aus der Ferne heranrollen und kann sich vorsehen.« Der Comte streckte den Arm mit der Pistole aus und visierte ein imaginäres Ziel an. »Sie haben keine Ahnung. Doch vielleicht, eines Tages, werden auch Sie einmal weggespült werden. Vielleicht denken Sie dann an unser Gespräch, wenn Sie den Boden unter den Füßen verloren haben. Und dann kann ich Ihnen nur den Rat geben, mitzuschwimmen.«

Der Comte senkte die Waffe wieder. Nichts als Kälte lag in den grauen Augen als er erwiderte:

»Diesen Tag wird es nicht geben. Alles ist planbar, selbst die Gefahren, in die man sich begibt. Und wenn Sie einer anderen Meinung sind, sind Sie, fürchte ich, nicht dafür geeignet, Madame de Chevreuse in ihrem Vorhaben zur Hand zu gehen.«

Julie lachte hart und warf ihren Kopf zurück.

»Vielleicht könnten Sie diese Meinung vor dem Herzog of Buckingham glaubhaft vertreten. Er hält mich nämlich für außerordentlich geeignet und ich fürchte, Ihre Mätresse hört, zumindest in dieser Angelegenheit, mehr auf ihn als auf Sie.«

»Ich würde mich an Ihrer Stelle vorsehen. Die Gunst von Prinzen und Ministern ist ein trügerischer Boden, auf dem ich nicht allzu große Hoffnungen aufbauen würde.«

Julie fuhr sich erschöpft über die Augen. Was sollte dieses Geplänkel? Sie redeten ständig aneinander vorbei. Dieser Mann konnte sie nicht verstehen. Wie sollte er auch? Sie konnte es ihm noch nicht einmal verübeln.

»Ich will offen mit Ihnen reden. Als ich französischen Boden betrat, spielte ich mit dem Gedanken, Sie wiederzusehen, Monsieur. Ich hatte mein letztes Treffen mit Ihnen in guter Erinnerung. Irgendwie … Irgendwie gab ich mich dem Glauben hin, dass uns etwas verbindet, etwas Tieferes, als nur die Erinnerung an ein paar schöne Augenblicke. Ich dachte sogar, Gott hätte mir dafür gewisse Zeichen gegeben …« Sie senkte den Kopf, doch nur kurz. Ihre Enttäuschung nahm den bitteren Tonfall des Sarkasmus an. »Ich bemerke heute mit Freude, dass ich mich nicht getäuscht habe: Ihre Worte, Ihre Ratschläge sind mir eine große Hilfe!« Ein paar Sekunden lang war es still zwischen ihnen. Sie sahen sich an. Etwas regte sich in dem Männergesicht.

»Kommen Sie, Monsieur«, meinte Julie schließlich leise, »lassen Sie uns endlich das tun, was man von uns erwartet, nämlich diese Pistole abfeuern.«

Aus weiter Ferne erklangen ein Jagdhorn und ein Hundegebell. Der Comte machte eine vage Geste.

»Sie haben Recht, Madame.« Er warf einen langen Blick in den Himmel, und Julie sah seine Brust sich heben. Dann straffte er die Schultern. »Das beste Licht haben wir leider nicht mehr. Wir sollten zu der umgestürzten Eiche dort gehen, damit Sie sich einen Ast als Zielscheibe aussuchen können.« Er ließ sie sich in abgemessener Entfernung aufstellen und drückte ihr die schwere Pistole wieder in die Hand.

»Wenn Sie abfeuern, wird der Rückstoß Ihre Hand nach links drücken. Daher sollten Sie immer eine Stelle rechts von Ihrem Ziel anpeilen. Etwa so …« Der Comte hatte sich dicht hinter Julie gestellt. Jetzt ergriff er ihre Hände und lenkte sie auf den anvisierten Punkt. Er beugte sich nach vorne, um ihre Augenhöhe zu erreichen. Seine raue Stimme klang dicht neben ihrem rechten Ohr und sein Atem bewegte eine ihrer Haarsträhnen. Die feinen Haare ihrer Arme stellten sich plötzlich auf.

Sie biss sich auf die Lippen. Sie fühlte den Druck um ihre Hände, fühlte seine Wärme auf ihrer Haut, und die Einsamkeit ihres Herzens drohte sie plötzlich zu ersticken.

Ihr Zeigefinger wurde heruntergedrückt, bis ihm ein Widerstand begegnete.

Der ohrenbetäubende Knall überraschte sie völlig. Sie fuhr zusammen. Der Stoß, der von der Waffe ausging, presste sie an den Mann hinter sich. Der wich zurück, sie stolperte …

Julie atmete schnell. Das ganze Gewicht der Pistole lag erneut in ihren Händen.

»Nun, gar nicht so übel für den Anfang, Madame«, erklang die kühle Stimme des Comte. »Trotzdem werden Sie noch üben müssen, um mehr Selbstverständlichkeit im Umgang mit einer Waffe zu erlangen. Am besten laden Sie sie gleich wieder.«

Während sie ungeschickt den eben geübten Ladevorgang wiederholte, war erneut Hundegebell zu hören, diesmal aus etwas näherer Entfernung.

Fünf braun gefleckte Jagdhunde stürmten in die Lichtung. Ihnen folgten in kurzem Abstand mehrere Reiter, allen voran ein Mann, der im vollen Galopp die Lichtung durchquerte. Er griff erst kurz vor ihnen in die Zügel.

»Fontes-Villaray, was für ein Zufall!«, rief der Mann aus. Der Schweiß rann ihm ungehindert in breiten Bächen über die fleischigen, markanten Züge. »Ich hörte, dass Madame de Chevreuse wieder im Lande weilt, und da dachte ich schon, dass ich auch Sie bald wieder zu Gesicht bekommen würde!«

»Ihr Scharfsinn ist bewundernswert, Valjeux«, antwortete der Comte. Er drehte sich Julie zu. »Madame la Comtesse, dies ist der Comte Anselme de Valjeux. Der beste Tric-Trac-Spieler, den ich kenne.«

Der stämmige Mann ließ ein herzlich gemeintes Lächeln auf seinem verschwitzten Gesicht erblühen.

»Sie schmeicheln mir, Fontes-Villaray!« Der Mann schnupperte und legte dabei sein gewaltiges Riechorgan in Falten. »Pulver! Ein Geruch, den ich immer wieder schätze …« Er sah auf Julies rußgeschwärzte Hände und die Waffe, die sie noch immer hielt. »… auch wenn ich ihn bisher als einen männlichen Duft bezeichnet hätte.« Er zwinkerte. »Doch ich will Sie nicht weiter in Ihren Übungen stören, Madame …?«

Die Mundwinkel von Julies Begleiter zuckten.

»Madame la Comtesse Julie of Eastington, Valjeux.«

»Ach … ich bin entzückt.« Valjeux verneigte sich kurz. »Sie entschuldigen mich, Madame, für meine Unhöflichkeit, doch der Rehbock wartet nicht!«

»Aber natürlich«, antwortete Julie. »Ich wünsche Ihnen viel Glück bei Ihrer Jagd!«

»Ergebensten Dank!« Valjeux hob die Hand, gab seinem Pferd die Sporen und verschwand kurz darauf unter den Eichen.

»Ein schrecklicher Mensch …«, schüttelte sich Julie. »Er poltert auf seine laute, ungehobelte Art dahin und bekommt doch noch jede Kleinigkeit mit.«

»Stimmt. Wir können sicher sein, dass er das, was er hier gesehen hat, gewinnbringend verkaufen wird.« Der Comte fing ihren fragenden Blick auf. »Valjeux ist ein Spieler. Er braucht immer Geld.«

»Das wird Madame de Chevreuse aber gar nicht gefallen. Sie war so bedacht darauf, dass unsere Übungen diskret verlaufen!«

»Wer weiß …«

Julie sah verwundert hoch, doch der Comte hatte ihr den Rücken zugedreht.

⚜

François zog den Hut noch tiefer in sein Gesicht, obwohl er wusste, dass seine Züge von der Halbmaske und dem hochgeklappten Kragen seines schäbigen Mantels gut verborgen wurden. Als er die wohlhabenden Viertel verließ, wurde die Dunkelheit vollkommen. Die Gassen schmolzen zusammen. Bald hätte er die gegenüberliegenden Häuserfronten mit ausgestreckten Armen berühren können. Der Straßenkot strömte hier einen besonders beißenden Geruch aus, und er drückte sich den Mantel an die Nase, ohne seinen Schritt zu verlangsamen.

Endlich erreichte er sein Ziel, ein schiefes, angenagtes Haus, das ein rostiges Schild mit kaum noch auszumachender Farbe als »Taverne au Lys rouge« auswies. Er trat ohne zu zögern ein.

Es ging ein paar Stufen hinunter. Der Raum, den er nun betrat, war vom schlecht ziehenden Kamin verqualmt. Roh zusammengefügte Tische und Bänke standen wie zufällig in ihm herum. Die Decke war tief und hing in ihrer Mitte durch.

François steuerte auf einen Ecktisch zu und setzte sich so, dass er die Eingangstür im Auge behalten konnte. Sofort erschien der Wirt, ein bleichgesichtiger Mann mit dünnen Lippen, der ohne aufzuschauen zwei Becher hinstellte.

Schon bald öffnete sich knarrend die Tür zur Straße. Ein misstrauischer Blick erfasste den Raum, dann trat der Kapuzinermönch ein. Seine tief über das Haupt gezogene Kapuze ließ nichts außer einem ergrauten, lockigen Bart erkennen. Stumm durchquerte er die Stube und ließ sich formlos neben François nieder. Der wartete, bis der Wirt sich entfernt hatte, um ihn mit leiser Stimme anzusprechen.

»Seien Sie gegrüßt, Pater. Ich hoffe, Ihr Aufenthalt in Rom entsprach Ihren Erwartungen?«

Pater Joseph nickte ernst.

»Die letzten vier Monate waren eine erhebende Erfahrung für mich. Seine Heiligkeit erwies mir die unermessliche Gunst, mich regelmäßig zu empfangen.« Er schob entschlossen den vor ihm stehenden Becher zurück. »Doch lassen Sie uns zur Sache kommen, Monsieur. Sie haben Neuigkeiten? Wie haben Sie unsere Freundin vorgefunden?«

»Die Reise hat nichts an ihren Einstellungen geändert. Leider hat sie herausbekommen, dass sie bespitzelt wird.« Der Pater sah sofort hoch, doch François schüttelte den Kopf. »Keine Sorge. Mich beehrt sie weiterhin mit ihrem Vertrauen. Doch sie fühlt sich in ihren Vorhaben gestört und hat sich entschlossen, zurückzuschlagen.«

»Irgendetwas Konkretes?«

»Sie hat eine englische Comtesse auf ihrem Rückweg mitgenommen, die sie einsetzen will.«

»Haben Sie Informationen über diese Frau?«

»Ja.« François zögerte kurz. »Ihr Name ist Julie of Eastington, seit kurzem Witwe. Eine Engländerin französischer Herkunft. Ihre Tanten sind geborene de Saintange, bei ihnen wohnt sie auch.«

»Was halten Sie von ihr?« Der Mönch beugte sich vor.

»Bis vor kurzem hielt ich sie für eine harmlose englische Ehefrau … Ich kannte sie zufälligerweise schon von meiner Reise nach England, letztes Jahr«, ergänzte François vor dem fragenden Blick des Mönchs. »Jetzt allerdings weiß ich nicht mehr, was ich denken soll. Ich scheine sie völlig falsch eingeschätzt zu haben. Sie spricht offen über ihre Bekanntschaft mit Buckingham. Sie hat genug Geld, um sich bei Maître Fandard komplett neu einkleiden zu lassen. Und sie weiß über meinen Onkel Bescheid.«

»Über Ihren Onkel? Hmm …« Pater Joseph trommelte auf dem Tisch herum. »Leider bestätigen Sie unsere Befürchtungen. Wir haben den Kontakt zu ihm verloren. Wir werden etwas unternehmen müssen. Ihr Onkel ist ein zu wichtiger Informant, um lange über sein Schicksal im Unklaren zu sein.«

»Lassen Sie mich fahren.« François ballte die Fäuste. »Ich werde ihn finden, falls er noch lebt, und …«

»Nein.« François Knöchel wurden weiß, doch er schwieg. Der Pater fuhr fort: »Wenn unsere Freundin ihre Aktivitäten wieder aufgenommen hat, sind Sie hier unabkömmlich. Vertrauen Sie mir. Ich werde mich um Ihren Onkel kümmern.«

»Was erwarten Sie von mir?«

»Sie haben offensichtlich schon eine Beziehung zu dieser englischen Comtesse aufgebaut. Um so besser. Nutzen Sie sie, um ihr näher zu kommen. Versuchen Sie, ihr Vertrauen zu gewinnen, so wie Sie das unserer Freundin gewonnen haben.«

François lehnte sich zurück.

»Bereitet Ihnen das irgendwelche Schwierigkeiten?«

»Nein … Nein, natürlich nicht.«

»Ist es die Dame, mit der Sie heute in der Garenne de Madrid geübt haben?«

François lachte leise.

»Ich hoffe, Sie haben Valjeux für diese Neuigkeit nicht zu viel gezahlt.«

»Genug, damit er glaubt, sie könnte uns wichtig sein.«

»Gut. Genau das hat unsere Freundin sich erhofft.«

»Was meinen Sie?«

»Sie gab mir den Auftrag, heute am frühen Nachmittag im Bois zu sein. Zufällig reitet dann Valjeux vorbei und überrascht uns ... Und Sie wissen wie ich, wie gut das Spionagenetz unserer Freundin funktioniert. Valjeux ist dafür bekannt, dass er sich an den Meistbietenden verkauft.«

»Sie meinen, sie hat Sie bewusst in den Wald bestellt, als Valjeux dort jagte, damit er uns über Ihre Aktivitäten dort berichten konnte? Was für einen Sinn ergibt das?«

»Ganz einfach. Sie will, dass man an bekannter Stelle auf die Comtesse aufmerksam wird. Oder sagen wir besser: Dass man unruhig wird. Sie hat Wind bekommen von einer Sache, die sie für sich ausnutzen will. Von gewissen Ängsten ...« François sah hoch. Sehr leise fuhr er fort: »Pater, es ist müßig, um den heißen Brei herumzureden. Besteht die Möglichkeit, dass Seine Eminenz in gewissen Situationen zu nervlichen Zusammenbrüchen neigt?«

Jetzt war es der Pater, der sich zurücklehnte. François hörte seinen pfeifenden Atem.

»Es ist nichts ... Nichts, das sich nicht durch die ständige Anspannung erklären ließe ...«

François senkte den Kopf, doch nur kurz.

»Gut.« Er hob beschwichtigend die Hand. »Wir dürfen jetzt nicht den Kopf verlieren. Ich werde versuchen, herauszubekommen, ob die Comtesse eine Bedrohung darstellt, und mein Möglichstes tun, um ihr Vertrauen zu gewinnen. Und Sie, Pater ... Sie müssen einschätzen, wie viel von alledem Sie weiterleiten.«

»Er hat das Recht, die Wahrheit zu erfahren.«

»Wie Sie meinen.«

Der Mönch erhob sich.

»Kommen Sie heil nach Hause, mein Sohn.« Er zog einen Silberling aus seiner grauen Kutte und legte ihn unter einen der Becher. Er verließ die Schenke, ohne sich noch einmal umzudrehen.

⚜

Robert steckte den Kopf in das Zimmer seiner Herrin. Viele Menschen waren hier versammelt ... Zu viele. Er befühlte den Brief, der unter seiner Jacke knisterte, und entschloss sich, abzuwarten, bis er mit Mylady alleine sein würde. Neugierig trat er hinein.

Madame Loyse de Ventredeux und Madame Anne-Catherine de Saintange, die zwei Tanten seiner Herrin, standen abwartend am Fenster. Der Schneider, den er schon einmal gesehen hatte, kniete so steif hinter Mylady, als hätte er einen Besenstiel verschluckt. Er legte verschiedene Falten ihres neuen Abendkleides zurecht. Alphonsine stand vor ihr und hakte energisch das Oberteil zu.

»So. Nun ist es perfekt.« Der hagere Mann stand ungelenk auf.

»Wunderbar! Einfach wunderbar!«, rief die Zofe aus und schlug die Hände zusammen.

»Lassen Sie sehen, mein Kind! Kommen Sie doch zu uns ans Fenster!«, rief Madame Anne-Catherine und flatterte, wie so oft, erregt mit den Händen. Leichter Veilchenduft flog Robert entgegen.

Er mochte die kleine Frau. Ihre Lebhaftigkeit täuschte darüber hinweg, dass sie schon über vierzig Jahre zählte, und ihrer Porzellanhaut sah man erst aus der Nähe die feinen Linien an, die sie durchzogen. Sie hatte krauses Haar, eine kecke Nase und strahlende blaue Augen, die sie fortwährend zusammenkniff und wieder aufriss.

»Hmm ... Auffällig ist es auf jeden Fall ...«, meinte Madame Loyse nun in jenem unaufgeregten Ton, der ihr zu eigen war. Ganz in Schwarz gekleidet und nur von einem weichen, breiten Kragen erhellt, strahlte ihre Person Ruhe und Besonnenheit aus. Ihre schlicht aufgesteckten Haare waren von einem undefinierbaren mittleren Braunton, der noch von keiner grauen Farbe gestört wurde. Ihr Gesicht war zu unauffällig, um hübsch genannt zu werden, und schwere Tränensäcke verliehen ihm Schwermut. Ein Kranz von kleinen Falten umgab den meist ernsten Mund. Sie machte einen Schritt zur Seite, um ihre Nichte besser in Augenschein nehmen zu können. Jetzt sah auch Robert seine Herrin. Er riss die Augen auf und schluckte. Mylady zerrte an ihrem Dekolleté.

»Also, Maître Fandard, so kann ich dieses Kleid unmöglich anziehen! Ich nehme an, Sie haben einen Haken vergessen?«

Der Schneider sah entsetzt aus.

»Aber Madame! Ich bitte Sie, mich nicht zu beleidigen! Nie, in meinem ganzen Leben ...«

»Monsieur, wollen Sie behaupten, Sie hätten mit Absicht ein Kleid geschneidert, in dem ich jeden Moment fürchten muss, meine ... meine ... Also, in dem ich mich wie nackt fühle?« Mylady gab ihre Versuche, den Ausschnitt ihres Kleides nach oben zu ziehen, auf. Sie blitzte den Schneider gereizt an.

»Madame, es muss sich um ein Missverständnis handeln … Madame de Chevreuse hat mir versichert …«

»Es ist mir egal, was die Herzogin de Chevreuse Ihnen gesagt hat! Ich muss es anziehen! Das ist kein Kleid, das ist ein Schaukasten!«

Maitre Fandard kreuzte die Arme.

»Bei allem Respekt, Madame, ich habe ein ganz ähnliches Kleid bereits für die Marquise de …«

Mylady stampfte auf und schaute sofort darauf erschrocken an sich herunter.

»Ausgeschlossen!«, schüttelte sie den Kopf. »Also, Maître Fandard: Ich bin in einer Woche zu einem Ball eingeladen. Bis dahin brauche ich ein anständiges Ballkleid. Entweder Sie setzen an diesem noch mindestens zwei fingerbreit Stoff an, oder Sie nähen mir ein anderes!«

Der Schneider bekam rote Flecken im Gesicht. Seine Hände schnellten hoch.

»Nein, Madame. Unmöglich. Völlig, ganz und gar unmöglich.« Er riss sich den Hut vom Kopf und wischte sich die Stirn ab. »Kein Schneider in Paris wird Ihnen in einer Woche ein Ballkleid nähen können. Und es ist gegen meine berufliche Ehre, diesem Meisterwerk, das jeder in dieser Stadt als meine Kreation erkennen wird, einen Flicken aufzusetzen …« Der Gedanke erboste ihn offensichtlich aufs Äußerste. »Nein. Machen Sie was Sie wollen, ruinieren Sie mich, werfen Sie mich hinaus, was auch immer. Nichts wird mich dazu bringen können, meine Meinung zu ändern.« Mit weit ausholender Geste stopfte er sich wieder seinen Hut auf den Kopf. Robert kicherte.

Da meldete sich Madame Loyse zu Wort. Freundlich, aber bestimmt, sagte sie: »Wir verstehen, Monsieur Fandard. Bestimmt haben Sie noch andere Verpflichtungen. Wir wollen Sie nicht länger aufhalten.«

»Ja … Ja, Madame. In der Tat. Ich bitte um Entschuldigung, wenn ich mich zu sehr habe hinreißen lassen, aber …« Der hagere Mann verbeugte sich tief und hastete an Robert vorbei, Unverständliches murmelnd. Mylady sah an sich herunter.

»Oh, Tante Loyse, was soll ich bloß tun? Seit gestern die Einladung kam, bin ich schon aufgeregt genug. Aber auch noch in diesem Kleid zu erscheinen … Es ist undenkbar!«

Robert runzelte die Stirn. Wenn seine Herrin bekümmert war, betraf es auch ihn. Er verfolgte, wie Madame Anne-Catherine ihre Hände über den schweren, üppigen Brokat gleiten ließ. Sie war fast blind, und auch Robert war schon mit ihren weichen, tastenden Fingern in Berührung gekommen.

»Es ist gewagt, sehr gewagt sogar … Mein Gott, die Mode hat sich wirklich sehr verändert, seit unserer Jugend, nicht wahr, Loyse? Aber wenn man es heute so trägt, dann würde ich sagen …«, sie zwinkerte ihrer Nichte zu, »… sind Sie die Frau, der es am besten steht. Wir beide werden umwerfend aussehen!«

Alle Anwesenden starrten plötzlich die Frau mit den winzigen Locken an.

»Wir, Tante Anne-Catherine? Was meinen Sie damit?«

»Ja, ja. Ich weiß, wie ihr mich jetzt anschaut«, schmunzelte Madame Anne-Catherine. »Aber es ist beschlossene Sache. Sie können in dieser großen Gesellschaft unmöglich ohne Begleitung auftauchen, Julie. Ich freue mich, einen Grund zu haben, wieder einmal tanzen zu gehen. Ich muss gestehen, dass ich schrecklich neugierig auf diese Herzogin de Chevreuse bin. Nie hätte ich gedacht, dass sie nach den Skandalen, an denen sie beteiligt war, wieder einmal am Hof glänzen würde.«

Julie, die still hielt, während Alphonsine die Bänder des Kleides löste, sah hoch.

»Skandale? Was für Skandale meinen Sie, Tante Anne-Catherine?«

»Sie meint, dass Marie de Chevreuse schuld ist an der Kinderlosigkeit des Herrscherpaares«, antwortete Madame Loyse.

»Ja. Das war der erste Skandal«, pflichtete Madame Anne-Catherine ihr bei. »Es war vor etwas mehr als drei Jahren. Maries erster Mann war gerade gestorben, und die Königin Anne war damals guter Hoffnung. Marie war immer voller verrückter Einfälle, um Anne zu erheitern. Sie veranstaltete ein Wettrennen durch den Thronsaal. Es war ein übermütiges Spiel, das uns allen teuer zu stehen kam: Anne stürzte derart unglücklich, dass sie ihr Kind verlor.«

»Seitdem war leider nie mehr die Rede von einer Schwangerschaft«, seufzte Madame Loyse.

»Danach wurde Marie natürlich sofort vom Hof verbannt. Eine Zeit lang sah es schlecht für Marie aus. Doch sie trumpfte auf: Sie überzeugte einen ihrer damaligen Liebhaber, den Herzog de Chevreuse, sie zu heiraten. Sie müssen wissen, dass der Herzog de Chevreuse aus einer der angesehensten und einflussreichsten Familien Frankreichs, den Guise, stammt. Die Heirat fand heimlich statt … und ohne Einwilligung des Königs. Als er es erfuhr, tobte Louis. Doch er musste Rücksicht auf die Guise nehmen – also machte er gute Miene zum bösen Spiel und ließ Marie zähneknirschend wieder am Hof erscheinen.«

»Und der zweite Skandal … nun, ich fürchte, er dauert noch an«, meinte Madame Loyse.

Mylady war nun von ihrem Rock befreit. Alphonsine winkte Robert herbei. Er keuchte, als sie ihm den schweren Brokat auflud.

»Gut möglich!«, stimmte Madame Anne-Catherine zu. »Es geht darum, dass gemunkelt wird, Königin Anne hätte eine Affäre mit Englands erstem Minister.«

»Mit Buckingham?«

»Hmm. Auch daran soll Marie de Chevreuse nicht unschuldig sein. König Louis hat Anne den Unfall nie verziehen, und behandelt sie seitdem sehr schlecht. Man sagt, Marie de Chevreuse habe Anne auf andere Gedanken bringen wollen, indem sie sie für eine Romanze erwärmte. Anne und Buckingham haben sich kennen gelernt, als der Minister Anfang dieses Jahres in Vertretung des englischen Herrschers nach Frankreich kam, um unsere Prinzessin Henriette in sein Land heimzuführen. Der ganze Hof lästerte schon über die herzliche Freundschaft zwischen unserer Königin und Englands erstem Minister. Dann überraschte man Anne und Buckingham bei einem Tête-à-tête, das von Marie arrangiert worden war. Der Vorfall wurde überall kolportiert, der König war außer sich. Richelieu griff ein und Buckingham wurde kurzerhand abgefertigt. Es wird erzählt, Buckingham habe seither mehrere Male versucht, die Königin wiederzusehen und einen Vorwand zu finden, um nach Frankreich zu kommen. Er wurde aber immer abgewiesen.«

»Und seitdem haben Madame de Chevreuse und Buckingham sich den Kardinal de Richelieu als Feind auserkoren!«, murmelte Mylady.

»Ja, die beiden sind nicht gut auf den Kardinal zu sprechen. Dennoch bin ich sicher, dass Richelieu bei dem Ball der Chevreuse erscheinen wird. Den Herzog Claude de Chevreuse brüskiert man nicht!«

»Nun, vielleicht muss ich ihn brüskieren. Denn mit diesem Kleid kann ich unmöglich …«

»Wenn Madame erlauben«, meldete sich Alphonsine, »werde ich mich der Sache annehmen. Vielleicht finde ich eine Lösung.« Die Zofe nahm Robert den schweren Rock wieder ab. Er bewegte erleichtert die schmerzenden Schultern.

»Endlich ein vernünftiger Vorschlag.« Madame Loyse ergriff den Arm ihrer Schwester, um sie zu führen. »So, und jetzt genug geredet. Komm, Anne-Catherine, es gibt noch viel zu tun. Wir müssen deine Truhen nach einem Kleid durchforsten, das du tragen kannst.« Die drei Frauen verließen den Raum.

Endlich war Robert mit seiner Herrin alleine. Er öffnete zwei Knöpfe von seinem Wams.

»Mylady, dies ist vorhin für Sie abgegeben worden«, sagte er und hielt ihr den Brief hin. »Ich dachte, Sie wollen ihn vielleicht sofort lesen. Er kommt aus England.«

»Aus England? Von meiner Mutter, vielleicht …« Sie nahm das Papier entgegen. Robert kannte Myladys Mutter nicht. Doch er wusste, dass sowohl Mylady wie auch Madame Loyse und Madame Anne-Catherine sich Sorgen um ihren Gesundheitszustand machten: Myladys Mutter erwartete ein Kind von ihrem zweiten Mann. Es sollte noch dieses Jahr zur Welt kommen. »Nein … von meiner Mutter ist er nicht. Leider auch nicht von Guillaume. Aber wer weiß denn …?«

Robert versuchte, einen Blick auf die Zeilen zu erhaschen. Während ihrer Schwangerschaft hatte Mylady ihn Lesen und Schreiben unterrichtet. Obwohl er dem Lernen selber nichts abgewinnen konnte, dachte er mit Freude an diese Stunden der Zweisamkeit zurück. Und inzwischen hatte er oft genug von der Kunst des Lesens Gebrauch gemacht, um sie zu schätzen zu wissen.

Julies Augen huschten über das Papier. Sie legte die Hand an den Mund.

»Mylady …?«

»Schon gut, Robert. Es ist ein Brief … von Thibault. Nicht von ihm selber«, erklärte sie, als sie seine gerunzelte Stirn sah. »Von einem Mann, bei dem er zu Besuch ist. Er schreibt, dass … dass es ihm gut geht.«

Robert trat von einem Fuß auf den anderen. Wenn es gute Nachrichten waren, weshalb weinte seine Herrin dann?

»Robert, so kann es nicht weitergehen«, flüsterte sie. »Es muss einen Weg aus dieser Hölle geben … und ich fürchte, dieser Weg kann nicht der des blinden Gehorsams sein. Diese Frau stürzt alle um sich herum ins Unglück. Aber wo? Wo ist der Weg, Robert? Und wer zeigt ihn mir?«

Sie wartete nicht auf eine Antwort.

Er stand mit hängenden Schultern neben ihr, als sie den Brief in winzige Stücke riss.

⚜

Als François Maries Zimmer betrat, konnte er sie zunächst nirgends entdecken. Er fand sie in ihrem kostbar verzierten Kabinett, in einem dunklen Winkel.

Sie kniete auf einem mit rotem Samt bezogenen Betstuhl. Ihre blonden Haare fielen an jeder Seite ihres gesenkten Kopfes herab und enthüllten die reizvolle Linie ihres Nackens. François rieb sich über den Mund, um ein Lächeln zu verbergen. Eine Marie, die den Kopf demütig neigte, war ein ungewohnter Anblick. Er überlegte kurz, ob er lieber zu einem anderen Zeitpunkt wiederkommen sollte.

Er betrachtete sie genauer. Sie trug ein kostbares, golddurchwirktes Oberkleid. Die Schuhe, die darunter hervorschauten, waren mit Perlen bestickt, doch ohne die hohen Absätze, die Marie so liebte. Es gab nur eine Person auf der Welt, über die Marie sich nicht erheben wollte, wenn sie ihr gegenüberstand. Es könnte sich lohnen, zu bleiben – er warf seinen Umhang über einen zierlichen Tisch.

In dem Moment schlug Marie ein Kreuz und stand auf.

»François!« Marie lächelte. »Gott muss Sie mir geschickt haben! Sie kommen wie gerufen!«

»Ihre Gebete in Ehren, aber nächstes Mal schlage ich doch vor, zu der bewährten Methode zurückzugreifen und einen Boten zu schicken!«, antwortete er.

»Ach, François, scherzen Sie nicht! Es ist mir heute viel zu ernst zumute!«, schüttelte sie den Kopf. Sie drehte sich zur Tür. »Catherine! Bring mir mein Schreibzeug!«

»Ist etwas passiert?«, fragte François ruhig.

»Ja.« Marie trat an ihn heran und sah an ihm hoch. »Ich will, dass Sie mich in die Arme nehmen. Jetzt.«

François runzelte die Stirn. Was mochte geschehen sein? Marie war keine Frau der überflüssigen Zärtlichkeiten.

»Ich war vorhin im Louvre«, klang es da dumpf aus seiner Armbeuge hervor. Er nickte nur.

»Hatte die Königin wieder Streit mit Seiner Majestät?«

»Nein. Es ist schlimmer. Viel schlimmer, François!« Sie hob den Kopf. Mit Bestürzung erkannte er, dass sie feuchte Augen hatte. »Richelieu hat den König überzeugt, Monsieur mit Marie de Montpensier zu verheiraten!«

»Gaston?«, fragte François. Er ließ Marie los. »Nun, sie sind schon seit ihrer Kindheit verlobt.«

»Ist das alles, was Sie dazu zu sagen haben?«, funkelte Marie ihn an. »Alles, was Ihnen dazu einfällt? Verstehen Sie denn nicht, was diese Heirat für Anne bedeutet?«

François war an Maries schnelle Stimmungswechsel gewöhnt, auch wenn er sie öfters als ermüdend empfand.

»Was bedeutet es denn?«, fragte er, obwohl er es sehr wohl wusste. Er zuckte die Schultern. »Es gibt viele gute Gründe, Gaston zu verheiraten. Politische Allianzen oder Geld, zum Beispiel. Oder aber, ein Kind für Frankreichs Thron zu zeugen.«

»Aber das genau ist doch der Punkt! Sie reden schon genau wie Richelieu! Die Nachfolge auf dem Thron sichern! Und wer denkt an Anne? Wie steht sie da, wenn Gastons Frau und nicht sie den Kronprinzen zeugt? Was für eine Rolle kann sie dann noch spielen? Sie, die als Spanierin in diesem Land nur noch geduldet wird, seit Richelieus Politik sich immer deutlicher gegen die Habsburger richtet! Schon morgen könnte Louis eine Bittschrift an den Papst senden, um seine Heirat annullieren zu lassen! Sie wissen, wie geschwächt ihre Position heute schon ist! Und was, wenn Louis, der ständig unter schlechter Gesundheit leidet, plötzlich sterben sollte? Dann würde Gaston den Thron besteigen!«

»Aber Marie, das wird er doch sowieso, solange Anne unfruchtbar ist!«

»Aber wenn Gaston unverheiratet wäre, könnte sie regierende Königin bleiben! Schließlich wird es Gastons Bestreben sein, die Verbindung mit Spanien aufrecht zu halten!«

François atmete tief ein.

»Marie, sind Sie sich bewusst, was Sie da sagen?«

»Ich spreche doch nur aus, was jeder denkt!«

»Die Königin auch?« François sah sie eindringlich an. Er musste sich bremsen, um sie nicht zu schütteln. »Antworten Sie, Marie! Hat Anne auch davon gesprochen, Gaston nach Louis Tod zu heiraten?«

»Sie will davon nichts wissen!«, gab Marie widerwillig zu. Sie spreizte die Hände. »Weil sie zu anständig ist! Und weil sie nicht fähig ist, ihre eigenen Interessen zu wahren! Aber ich werde dafür sorgen, dass ihr die Zukunft offen steht!« Sie machte ein paar Schritte, wirbelte herum. Mit erhobenem Zeigefinger ging sie auf François zu. »Und ich schwöre Ihnen, dass diese Heirat nicht stattfinden wird! Auf gar keinen Fall!«

»Marie, geben Sie Acht. Sie sind dabei, die Königin wieder in etwas hineinzuziehen …«

»Wieder? Was meinen Sie mit ›wieder‹? Ich würde Anne alles opfern, um sie glücklich zu machen! Jeden Menschen, Sie und mich mit eingeschlossen! Mag sein, dass ich damals an ihr gesündigt habe. Doch ich werde es wieder gut machen.«

»Marie …« Er hob eine Hand und strich über ihre erhitzten Wangen. »Ich weiß, dass Sie eine intelligente und mutige Frau sind. Warum versuchen Sie nicht, aus der Vergangenheit zu lernen?«

Sie wich seiner Hand aus.

»Aber das habe ich bereits! Wissen Sie, was mein Fehler war? Ich habe alleine gekämpft. Diesmal werde ich meine Taktik ändern. Und ich werde diskreter vorgehen.« Sie lächelte. »Die Zauberformel heißt Allianzen schließen!« Sie winkte einem Mädchen zu, das gerade mit einer kleinen Truhe hereintrat. »Ach, da ist ja mein Schreibzeug. Stell es dort hin, Catherine. Und dann sage Hector, dass er sich bereithalten soll. Ich werde ihm noch heute einige dringende Botschaften mitgeben.«

»Bien, Madame.« Das Mädchen knickste und entfernte sich.

»Ja, ich werde diskret sein, François. Ich bin zu der Schlussfolgerung gekommen, dass diese Heirat nur verhindert werden kann, wenn einer der beiden Verlobten sich weigert, mitzumachen. Und da Marie de Montpensier sich natürlich alle zehn Finger danach leckt, Gaston zu ehelichen, muss ich den Hebel an dem anderen Punkt ansetzen.«

»Ich glaube nicht, dass Sie Gaston dazu bringen können, sich gegen Louis aufzulehnen. Er ist zu jung und unbeständig.«

»Man muss ihm eben Druck machen. Und ihn überzeugen, dass er genügend Rückendeckung hat. D'Ornano, Gastons Erzieher, wird leicht zu überzeugen sein. Er wird gegen die Heirat sein, weil die Königin-Mutter damals vor vielen Jahren die Verlobung beschlossen hatte und er die Königin-Mutter nicht ausstehen kann. Und denken Sie an den Herzog de Condé. Er möchte schon seit langem seine eigene Tochter an Gaston verheiratet sehen. Soisson wiederum ist an Marie de Montpensier und ihren immensen Reichtümern interessiert. Alles Gegner Richelieus, die, dessen bin ich überzeugt, nur zu froh wären, dem Kardinal eine Niederlage erteilen zu können. Und Anne kann natürlich immer mit der Unterstützung ihrer Familie rechnen.«

»Sie wollen nach Spanien schreiben?«

Marie zuckte die Schultern.

»Vielleicht … Falls es sich als nötig erweist, warum nicht?« Marie lächelte. »Um England brauche ich mir auch keine Sorgen zu machen. Buckingham wird alles tun, um Anne zu gefallen. Und wenn ich schon von Buckingham rede … Dieses Heiratsprojekt wirft natürlich alle meine früheren Pläne durcheinander. Ich werde keine Zeit mehr haben, mich eingehender mit Madame d'Eastington zu befassen …«

Sie redete weiter, erregt und voller Tatendrang. François schwieg. Es hatte keinen Zweck, sie abhalten zu wollen. Und es lag auch nicht in seinem Interesse, einen Streit mit ihr anzufangen, denn sie musste überzeugt bleiben, dass er auf ihrer Seite stand. Er konnte nur dastehen, die

Kiefer aufeinander pressen und dabei zusehen, wie seine leidenschaftliche Mätresse alle Vorraussetzungen für einen Bürgerkrieg schuf.

⚜

In dem viereckigen Hof des Hotels der rue Saint Thomas du Louvre herrschte das denkbar größte Durcheinander.

Ein halbes Dutzend Wagen, alle mit schreienden, Peitsche knallenden Kutschern besetzt, versuchten, sich einen Weg zum Eingang zu bahnen. Sie hatten sich unentwirrbar verkeilt. Ihre Insassen steckten die Köpfe heraus, riefen Befehle oder schüttelten nur ergeben das wohlfrisierte Haupt.

Es war schwer, bei der Aufregung die Ruhe zu bewahren – oder zumindest den Anschein von Ruhe. Julie löste ihre Blicke von dem Treiben und zwang sich, die Schönheit des Hauses zu bewundern, das als eines der luxuriösesten der Stadt galt. Sie hob den Kopf, ließ den Blick über die Pilaster gleiten, die zwischen den vielen Fenstern Statuen umrahmten. Die Giebel der Fenster weiter oben waren mit steinernen Reliefs versehen. Alle Fenster der Fassade waren heute Nacht hell erleuchtet, und die Haustür war genau so wie das monumentale hölzerne Tor, das sie eben passiert hatten, einladend geöffnet.

Leider wurde auch die prächtigste Fassade irgendwann einmal langweilig. Julie wippte mit ihren schimmernden Seidenschuhen. Es gab nichts zu tun, als zu warten. Sie lehnte sich in die Kissen zurück, wider Willen dankbar, dass die Herzogin ihnen einen Wagen geschickt hatte und ihnen so eine Mietsänfte erspart geblieben war. Robert beließ den Kopf am Fenster und lieferte Kommentare über das Spektakel.

Neben Julie saß Anne-Catherine in einem Kleid in Gold und Tannengrün. Es konnte mit bestem Willen nicht modern genannt werden, aber es war imposant. Ihre Tante hatte mehr als einmal ihren Stolz darüber bekundet, noch nach fünfzehn Jahren in ihre alten Kleider hineinzupassen. Nur ihre Schweigsamkeit verriet Julie, dass sie unruhiger war, als sie es zugeben wollte. Auf ihre vorsichtigen Fragen hin hatte Loyse ihr erzählt, dass Anne-Catherine sich seit der tragischen Ermordung von König Henry ganz aus dem gesellschaftlichen Leben zurückgezogen habe. Sie hatte nie geheiratet und fünfzehn Jahre lang um ihren königlichen Liebhaber getrauert. Es war auch für sie ein großer Tag.

Noch eine gute halbe Stunde dauerte es, bis Julies Wagen endlich vor der Treppe hielt.

Sowie sie die Tür durchschritten, wurde Julie von einem Lakaien abgefangen, der sie nach oben bat. Sie ließ Robert zurück, um Anne-Catherine zu führen.

Marie de Chevreuse, bekleidet mit einem blassgrünen Seidenkleid, auf dessen Ärmel und Kragen winzige Diamanten funkelten, war mit den allerletzten Vorbereitungen für ihren Empfang beschäftigt. Julie machte einen kleinen Knicks.

»Mon Dieu, Madame, sind Sie auch so aufgeregt wie ich? Ich bin es immer, bei jedem Ball erneut. Kindisch, nicht wahr?« Marie de Chevreuse verzog etwas den Mund, langte in ein silbernes Döschen, befeuchtete ihren Zeigefinger mit etwas Flüssigkeit und klebte sich ein Schönheitspflästerchen zwei Fingerbreit unter den äußeren linken Augenwinkel.

Sie prüfte noch einmal ihre Erscheinung in dem großen, goldumrandeten Spiegel, der auf dem Frisiertisch aufgestellt war. Julie, die hinter ihr stand, wurde mit dem doppelten Spiegelbild konfrontiert. Zwei Frauen, gehüllt in kostbare Stoffe, von gleichem Wuchs, von gleicher Anmut, mit lockenden Schönheitspflästerchen. Eine weiße Reiherfeder im goldenen, blitzende Kristallsplitter im rotbraunen Haar. Zwei Frauen, die denselben Liebhaber hatten. Wir könnten Schwestern sein, dachte Julie plötzlich, und nur ihre ernsten Augen, die ihr aus dem Spiegel entgegenblickten, hinderten sie daran, in schallendes Gelächter auszubrechen.

»Gut.« Die Herzogin stand auf. »Und nun zu Ihnen, meine Liebe.« Ihr Blick glitt prüfend an Julie herab. »Sie werden eine der schönsten Frauen dieses Abends sein, Madame. Ich wusste, dass auf Alphonsine Fauvette Verlass ist. Gefällt Ihnen Ihre neue Zofe?«

»Ich hatte noch keinen Grund zur Klage, Madame. Sie erledigt ihren Dienst gut.«

Die Herzogin stieß einen ungeduldigen Seufzer aus.

»Ach, Madame … Warum sind Sie bloß immer so förmlich in meinem Beisein? Ich mag es, wenn die Menschen um mich lachen und sich amüsieren. Dabei können Sie doch fröhlich sein, wie ich weiß … Hören Sie zu.« Sie nahm Julie bei der Hand und zog sie etwas von den zwei Zimmermädchen fort, die verschiedene Kleidungsstücke aufräumten.

»Dies wird ein wichtiger Abend für Sie. Ich nehme an, Sie hatten in den letzten sechs Wochen genügend Zeit, sich einzuleben? Der Tanzlehrer, den ich Ihnen schickte, war übrigens voller Lob über Sie. Leider hatte ich weniger Gelegenheiten als geplant, mich um Sie zu kümmern, aber ich habe gehört, dass Sie gute Fortschritte machen. Heute Abend werde ich Sie offiziell einführen und Sie vielen wichtigen Leuten vorstellen. Die

Königin ist leider unpässlich, aber vielleicht kommt der König vorbei. Claude hat ihn eingeladen, vielleicht tut Louis ihm den Gefallen. Der König hält nach wie vor große Stücke auf ihn.«

»Was erwarten Sie von mir?«

»Nichts Besonderes. Ich möchte, dass Sie auffallen. Plaudern Sie, seien Sie schön, geistreich, und vor allem mysteriös. Reden Sie nicht von sich, sondern stellen Sie lieber Fragen an andere.«

»Was möchten Sie erfahren?«

Die Herzogin lachte amüsiert.

»Mein liebes Kind, glauben Sie mir, wenn ich etwas Bestimmtes erfahren wollte, würde ich es selber in die Hand nehmen. Nein. Sie sollten versuchen, die Phantasie der anwesenden Menschen zu beflügeln. Stellen Sie sich vor, dies ist ein Maskenball, und nur Sie sind maskiert. Jeder soll sich am Ende fragen, wer Sie sind, oder sich zumindest an Sie erinnern. Ist es nicht ein aufregendes Spiel?«

»Sie möchten, dass ich Ihnen den Rücken frei halte.«

Die Herzogin machte eine gereizte Geste.

»Ich möchte, dass Sie vor allem Sie selbst sind. Ihr Schwager hatte Sie uns als geistreich, amüsant und fröhlich geschildert. Dies ist die Gelegenheit, es zu beweisen!«

»Ich hoffe, mich eines Tages für die hohe Meinung, die er offensichtlich von mir hat, bedanken zu können. Aber weshalb sollte man sich am Ende fragen, wer ich bin, wenn jedermann meine Herkunft und meine Tante kennt? Dem Mysterium sind doch ziemlich enge Grenzen gesetzt!«

»Ach, Madame, besitzen Sie wirklich so wenig Einbildungskraft? Schauen Sie.« Marie de Chevreuse zählte an ihren schlanken Fingern ab. »Punkt eins, Sie sind Engländerin. Damit sind Sie, bei den momentanen diplomatischen Verwicklungen, von vorn herein interessant. Punkt zwei: Niemand kennt Ihre Vergangenheit, Sie tauchen sozusagen aus dem Nichts auf. Drittens stammen Sie aus einer für ihre Skandale berüchtigten Familie.« Sie lächelte, als sie Julies Stirnrunzeln bemerkte. »Oh, ich wollte Sie nicht kränken. Aber sowohl Ihre Mutter, die Hals über Kopf einen nicht standesgemäßen Häretiker heiratete, wie auch Ihre Tante Anne-Catherine de Saintange haben lange die Gemüter erhitzt. Und schließlich«, fuhr die Herzogin sachlich fort, und hob den vierten Finger hoch, »sind Sie eine auffallende Schönheit. Und auffallende Schönheiten, besonders wenn sie mit einer gewissen Ausstrahlung behaftet sind, sind von Natur aus mysteriös, zumindest gefällt es den Herren so zu glauben. Also: Zeigen Sie sich an Politik interessiert, aber lassen Sie nicht Ihre

Meinung erkennen. Reden Sie nicht von Ihrem Leben. Lassen Sie im Gegenteil durchschimmern, dass Sie einiges zu verbergen haben. Kommen Sie den Herren entgegen, aber nie zu weit. Lachen Sie nicht zu viel.«

»Sonst noch etwas?« Julie konnte sich ein Lächeln nach all diesen Ratschlägen nicht verkneifen.

»Ja. Ein kleines Detail.« Die Herzogin trat hart an sie heran und fasste in ihren Ausschnitt.

»Was machen Sie da?«

Marie de Chevreuse nickte zufrieden.

»Das dachte ich mir. Sie haben diesen Kragen zusätzlich angebracht? Entfernen Sie ihn wieder.«

»Ich habe diese Spitze angebracht, weil der Ausschnitt viel zu …«

»Aber Madame, wie wollen Sie auffallen, wenn Sie wie eine Nonne einher gehen? Sie haben nichts zu verstecken, also genießen Sie es! Das Kleid ist wundervoll. Sie sollten Fandard keine Schande machen.«

Sie machte ihrer Zofe ein Zeichen und diese begann, die Nadeln zu entfernen, die Alphonsine mit viel Mühe befestigt hatte. Julie stieß sie weg.

»Lassen Sie mich! Ich werde nicht da hinuntergehen, wenn ich …«

Die Herzogin stieß einen kleinen Schrei aus.

»Ah, wie konnte ich es nur vergessen? …« Sie ging zu einer kleinen Schachtel, die neben dem Spiegel stand, und holte ein Papier heraus. »Ich habe vor vier Tagen eine Nachricht bekommen … von Ihrem Onkel aus England! Er gibt darin Neuigkeiten von seinem jüngsten Schützling, und …«, sie entnahm noch etwas, das jetzt hell und weich auf ihrer Hand lag, »… ist es nicht entzückend? Eine winzige Spitzenhaube … Er hat manchmal seltsame Einfälle!«

»Geben Sie es mir!« Julies Hand schnellte vor.

Marie de Chevreuse wedelte kurz mit dem Brief und lächelte.

»Aber natürlich werden Sie alles bekommen! Doch sollten Sie sich nicht jetzt damit belasten. Ich werde beides morgen zu Ihren Tanten schicken, damit Sie es in aller Ruhe studieren können. Jetzt werden wir am besten hinuntergehen und uns amüsieren. Wenn Sie fertig sind.«

Julie schloss die Fäuste. Zähneknirschend ließ sie sich den Kragen abnehmen.

Kurz darauf waren sie beide auf dem Weg zum großen Festsaal. Geigenklänge und Gelächter wehten ihnen entgegen.

»Marie! Marie, so warten Sie doch!«

»Louise-Marguerite!« Marie de Chevreuse lachte. »Was ist los?«

Hinter ihnen erschien schnaufend eine schon ältere Frau, deren weiß geschminktes Gesicht noch Spuren vergangener Schönheit aufwies.

»Lassen Sie uns zusammen hineingehen, sonst merkt Bassompierre noch, dass ich ihn gesucht habe, und er könnte sich etwas darauf einbilden.« Sie kicherte albern. »Und wen haben Sie uns heute Abend mitgebracht? Futter für die Herren?« Sie musterte Julie eingehend, doch ohne Bosheit. »Es wird eine Freude sein, sie sich alle auf sie stürzen zu sehen! Ich wette, meine Brüder werden nicht die Letzten sein!«

»Claude kennt sie schon. Wir haben die Überfahrt zusammen gemacht. Es ist die Comtesse of Eastington, ich habe sie eingeladen, sich etwas bei uns umzuschauen.« Die Herzogin drehte sich zu Julie um. »Madame, dies ist meine Schwägerin und liebe Freundin, die Prinzessin de Conty.«

»Sie kennen also meinen Bruder Claude? Ist er nicht ein schrecklicher Mensch?«

Zu dritt gelangten sie in den Saal. Es war ein üppig gestalteter Raum von länglicher Form und riesenhaften Ausmaßen. Es wimmelte in ihm von Menschen. Im Hintergrund thronte ein riesiger Kamin, der über und über mit farbigen Gipsverzierungen verputzt war. Bunt gestrichen waren auch die Balken, die die Decke wie ein Gerippe durchzogen. Die Wände waren mit Holztäfelungen voller Landschafts- und Blumenmotive verkleidet. Der Boden, nackt bis auf ein paar Sitzgelegenheiten, war ebenfalls mit Holz ausgelegt. Alles strahlte Reichtum, guten Geschmack und Behaglichkeit aus. Das warme Licht, das von unzähligen an den Wänden angebrachten Kerzenhaltern ausging, unterstützte diesen Eindruck.

»Ach, wenn man vom Teufel spricht! Was für ein hübsches kleines Familienbild! Hocken die Herren wieder zusammen und haben nichts besseres zu tun, als der Paulet nachzustellen!« Die Prinzessin de Conty deutete auf drei Männer, die gut gelaunt Witze rissen. Sie beäugten eine hübsche Frau mit rotgoldenen Haaren, die in einer Ecke eine Laute aus einem großen Tuch wickelte.

Den Maréchal de Bassompierre schätzte Julie auf fünfundvierzig Jahre. Er war von schwerer Statur, doch sein Gesicht war klar, offen und in seinen Augenwinkeln saß der Schalk. Er strich über seinen Schnurrbart, während er seinem Nachbarn etwas zuflüsterte. Der mochte etwa zehn Jahre älter sein, und lachte laut und selbstbewusst. Der Herzog de Guise hielt sich sehr gerade, was half, über seinen kleinen Wuchs hinwegzutäuschen. Er war ein gut aussehender Mann, bis auf seine Nase, die auffallend platt auf seinem Gesicht lag.

Seinen jüngeren Bruder, Claude de Chevreuse, kannte Julie in der Tat schon, wenn auch nur sehr flüchtig. Der kräftige Mann mit der hohen Stirn hatte angenehm ruhige, einladende Augen. Er hatte damals in England keinen besonders überraschten Eindruck gemacht, als Julie plötzlich zu der Reisegesellschaft gestoßen war, und ließ seiner quirligen, schönen Frau in allem freie Hand.

Die drei Herren empfingen sie galant. Julie gab sich gelöst und fröhlich und beschloss, ein für alle Mal die Blicke auf den Ausschnitt ihres roten Kleides zu ignorieren. Besonders der Herzog de Guise schien interessiert.

»Und weshalb haben Sie Ihre schöne Heimat verlassen, liebe Comtesse?«

»Ganz einfach. Ich bin gekommen, die Geheimnisse Frankreichs auszukundschaften, Monsieur.«

Marie de Chevreuse warf ihr einen alarmierten Blick zu, stimmte dann aber in das allgemeine höfliche Lachen ein. Der Herzog de Guise hob eine Braue.

»Ein wahrhaft großes Unterfangen. Konnten Sie schon Erfolge verzeichnen?«

»Einige, Monsieur. Einige. Ich begann mit dem Studium des männlichen Teils der Bevölkerung. Und ich glaube, dass es dort noch sehr viel zu entdecken gibt.« Julie meinte, die Herzogin de Chevreuse aufatmen zu hören, und verspürte kindlichen Triumph über den kleinen Schreck, den sie ihr eingejagt hatte. Der Herzog de Guise biss sofort am ausgelegten Köder an.

»Wenn es so ist, wäre es sträflich, Ihnen nicht zu helfen. Gerne will ich mich als Objekt Ihrer Erkundungen anbieten.« Seine Augen klebten auf ihrer bloßen Haut. »Stellen Sie Ihre Fragen, ich will mich Ihnen hingeben.«

»Das glaube ich Ihnen gerne, Monsieur«, lachte Bassompierre anzüglich. »Vor der Comtesse würden Sie sich wohl jede Blöße geben, habe ich Recht?«

»Mit wahrer Leidenschaft. Das verspreche ich Ihnen.«

»Ein verlockendes Angebot«, lächelte Julie. »Vielleicht komme ich darauf zurück.«

»Dieser Ball ist wieder eine Ihrer Glanzleistungen, Marie«, seufzte die ältliche Prinzessin genüsslich. »Wenn Sie nicht wären, hätten wir bald überhaupt keinen Grund mehr zum Feiern. Dankesgottesdienste wie das Te Deum heute Morgen sind schön und gut, aber außer den Chören jubelt dort kein Mensch.«

»Sollten Sie aber, Louise-Marguerite.« Bassompierre schaute seine Mätresse augenzwinkernd an. »Schließlich haben wir gerade eklatant die revoltierenden Hugenotten besiegt. Wir haben ihnen die gekaperten Schiffe wieder abgenommen und die Insel Ré gehört erneut uns.«

»Das ist nicht ganz richtig, Maréchal. Sie sprechen aus der Sicht eines Diplomaten, der demnächst wieder nach England geschickt wird, um zu retten, was nicht mehr zu retten ist«, antwortete Marie de Chevreuse nicht ohne Schärfe. »Nur elf Schiffe sind den Hugenotten wieder entrissen worden. Mit den drei anderen haben sie sich in England verschanzt und lachen sich ins Fäustchen, während ihr Anführer sich vom englischen Volk als protestantischen Helden feiern lässt. Meiner Meinung nach hat man diesen so genannten Sieg erbärmlich aufgebauscht.«

»Marie hat Recht. Es geht doch nur darum, uns mit irgendetwas zu beschäftigen, damit wir nicht zu viel nachdenken.« Die Prinzessin de Conty beobachtete ohne wirkliches Interesse, wie der Zeremonienmeister ein Paar für eine Bourrée aufstellte. Die anderen Gäste machten Platz, um es besser beim Tanzen beobachten zu können.

»Richtig. Sonst würden wir vielleicht merken, dass die Gräben unserer Schlösser gefüllt und unsere Wälle systematisch dem Erdboden gleichgemacht werden. Glauben Sie mir, meine Herren, bald haben die französischen Prinzen nichts mehr zu sagen. Dafür wird man umso mehr die Stimmen der Arrivierten hören, denen es gelungen ist, genug Einfluss auf unseren König zu nehmen.«

»Marie, wie immer sehen Sie am schönsten aus, wenn Sie sich ereifern.« Claude de Chevreuse war das Thema offensichtlich zu brenzlig geworden. »Doch sollten Sie Ihre Pflicht als Gastgeberin nicht vernachlässigen. Schauen Sie mal, da drüben kommt Charlotte de Condé.«

»Ach, endlich! Charlotte! Ich muss unbedingt mit Ihnen reden!«

Marie de Chevreuse eilte mit einem herzlichen Lächeln zum Eingang des Saales, an dem eine etwa dreißigjährige Frau erschienen war. Ihr leichtes Übergewicht und zwei Pockennarben konnten ihrer auffallenden Schönheit und Anmut kaum etwas anhaben. Sie wurde respektvoll von allen Seiten gegrüßt, bevor Marie de Chevreuse sie kurzerhand beiseite zog und in ein intensives Gespräch verwickelte.

Endlich entdeckte Julie in der Ferne ihre Tante, von der sich gerade ein Herr mit einer Verbeugung verabschiedete. Sie entschuldigte sich. Das tanzende Paar umgehend, auf dem alle Blicke ruhten, gesellte sie sich zu ihr.

»Tante, ich sehe, Sie sind heiß umschwärmt. Kaum hatte ich Sie verlassen, sind Sie auch schon spurlos verschwunden.« Sie lächelte. »Sie haben mir noch nicht verraten, wer der schneidige Kavalier war, der sie gerade verließ.«

»Das war der Herzog de Bellegarde, der große Stallmeister des Königs. Er verstand es schon immer, sich einzuschmeicheln. Schon Henry III, der den Thron vor meinem lieben Henry besetzte, schätzte ihn.«

»Ein großer Feldherr?«

»Ein guter Liebhaber. Henry III liebte Männer und Bellegarde war einer seiner Liebsten.«

Julie schluckte.

Anne-Catherine deutete Julies Schweigen falsch.

»Ich habe Sie schockiert, nicht wahr? Wussten Sie nicht, dass Männer auch Männer lieben können?«

»Doch, liebe Tante. Ich wusste es.«

Der Tanz war nun vorbei, und das Paar trennte sich wieder. Ein unbestimmtes Durcheinander entstand, dann eine erwartungsvolle Stille. Die Aufmerksamkeit aller Anwesenden richtete sich in die Ecke, wo die hübsche Rothaarige ihre Laute ergriff und ein Lied anstimmte. Sie besaß eine reine Stimme, die ohne Schwierigkeiten die höchsten Töne traf, während ihre weißen Hände ihrem Instrument die passenden Akkorde entlockten.

Der Herzog de Guise tauchte überraschend hinter ihnen auf.

»Und, wie kommen Sie mit Ihren Studien voran, Madame?«, lächelte er Julie zu.

»Ich bin ausnahmsweise von einer Dame gefesselt worden. Nämlich der, die uns einen so hübschen Vortrag hält und die Ihnen so zulächelt, Monsieur.«

»Mademoiselle Paulet ist wirklich eine eingehende Betrachtung wert, dieser Meinung war ich auch, und habe mich ihr schon gewidmet. Dennoch behaupte ich, dass ich sie als Studienobjekt weit in den Schatten stelle.«

»Bescheidenheit scheint keine Ihrer Tugenden zu sein!«, erwiderte Julie.

»Vielleicht. Doch diese Tugend ist in Frankreich ohnehin spärlich verteilt, fürchte ich.«

Sie ließ ihre Augen über die Menschenmenge schweifen. Unwillkürlich hielt sie inne.

Irgendetwas hatte ihre Aufmerksamkeit erregt. Langsam ließ sie ihre Augen zurückwandern. Da. Der Mann im grünen Samtanzug. Dort stand er, umringt von vielen anderen.

Wie lange beobachtete er sie schon?

Die dunklen Augen unter den schweren Lidern hatten etwas Bezwingendes. Plötzlich pochte ihr Herz bis zum Hals. Sie merkte, dass es ihr unmöglich war, ihre Augen abzuwenden. Wer war er?

Sie schätzte ihn auf etwa vierzig Jahre. Eine hohe Stirn, zurückgekämmte Haare, die ihm nur bis kurz über die Ohren reichten. Leicht eingefallene Wangen, eine lange, wenig gebogene Nase, ein feiner Mund, der das Lachen nicht gewöhnt schien, umrahmt von einem kurzen, spitzen Kinn- und einem hoch gekämmten Oberlippenbart.

Die Sängerin hatte ihr Lied beendet und bekam verdienten Beifall. Der Mann löste seinen Blick von Julies Gesicht und klatschte höflich. Julie wandte sich an den Herzog.

»Verzeihung, Monseigneur, wer ist dieser Mann, dort drüben?«

»Armand-Jean de Richelieu, Madame. Ich dachte, Sie wüssten es.«

Julie atmete tief ein.

Dort stand er also, der Mann, um den sich alles drehte, der Mann, an dessen Schicksal ihr eigenes gekettet worden war. Ein Emporkömmling, gegen den der Hochadel sich vereinte, der erst seit einem knappen Jahr Frankreichs erster Minister war, und der mit eiserner Hand die schleifenden Zügel der Macht an sich gerissen hatte. Ihm sollte sie schaden, er war der ärgste Feind der Herzogin de Chevreuse. Und damit auch ihrer. Plötzlich fühlte sie sich verzweifelt wie schon lange nicht mehr.

Gott sei Dank entstand eine neue Unruhe im Saal. Ein ganzer Trupp Männer strömte herein, der alle Aufmerksamkeit auf sich zog, und Julie Zeit genug gab, sich wieder zu fassen.

»Nun, da kommt ja Monsieur.«

In der Tat erkannte Julie inmitten der vielleicht zwanzig Neuankömmlinge, die lärmend und lachend in den Raum einbrachen, den maskierten Schweinejäger. Gaston d'Anjou grüßte leicht nickend nach rechts und links. Er bedachte auch den Herzog de Guise von weitem mit einem Gruß. Als seine Augen auf Julie fielen, meinte sie ein belustigtes Aufflackern wahrzunehmen, doch vielleicht bildete sie es sich nur ein.

Der Raum war nun gut gefüllt und ein paar Lakaien öffneten die weiten Türen, die in den Garten führten. Die frische hereinströmende Luft war eine Wohltat. Bald verschwanden einige Paare im Dunkeln.

Die Musiker griffen wieder zu ihren Geigen und spielten eine fröhliche Gigue.

»Anne? Anne-Catherine, sind Sie es wirklich? Erkennen Sie mich nicht mehr? Ich bin es, Henriette!«

Anne-Catherines Gesicht erhellte sich und drehte sich in die Richtung der Stimme.

»Henriette-Catherine? Henriette-Catherine de Guise?«

Eine Frau in etwa dem gleichen Alter wie Julies Tante kam rasch näher. Ihr Gesicht drückte offene Freude aus. Ohne weitere Umstände nahm sie Anne-Catherine in die Arme.

»Liebe Freundin! Sie ahnen nicht, welche Freude Sie mir machen, indem Sie heute hier sind!« Sie ließ die Hände von Julies Tante nicht mehr los und fuhr jetzt ruhiger und sanft tadelnd fort. »Warum haben Sie meine Briefe nie beantwortet? Dieses einsame Leben, das Sie seit Jahren führen, sieht Ihnen doch so gar nicht ähnlich! Wie konnten Sie unsere Freundschaft so plötzlich vergessen? Dachten Sie, Henrys Tod hätte daran irgendetwas geändert?«

Anne-Catherine beugte etwas den Kopf und sagte leise:

»So viel passierte damals …«

Die Herzogin de Guise drückte Anne-Catherine noch einmal, lächelte dann.

»Sie erinnern sich noch an meine Tochter Marie?« Sie deutete auf eine von Juwelen funkelnde junge Frau, die ihr langsam gefolgt war.

»Aber natürlich, erinnere ich mich an Mademoiselle de Montpensier«, lächelte Anne-Catherine freundlich. »Sie muss heute etwa zwanzig sein, nicht wahr? Wahrscheinlich kennt Sie mich nicht mehr.«

»Ich erinnere mich, Madame. Sie trugen dasselbe Kleid wie heute.« Marie de Montpensier sah hochmütig auf Anne-Catherine hinunter. »Sie waren eine der Liebschaften des alten Königs, wenn ich mich nicht irre.«

»Stimmt.« Anne-Catherine lächelte noch immer freundlich. »Und eine gute Freundin Ihrer Mutter.«

Die junge Frau würdigte sie keines Blickes mehr.

»Mutter, ich habe da drüben Charlotte de Condé mit unserer Gastgeberin gesehen. Sie finden mich bei ihnen, falls Sie mich suchen.« Sie entfernte sich im kalten Glanz ihrer Diamanten.

»Was für eine stolze junge Frau!« Julie konnte ihren Ärger nicht verbergen.

»Ja. Meine Stieftochter kann sehr ungnädig sein«, gähnte der Herzog de Guise.

»Liebe Henriette«, meinte Anne-Catherine, »lassen Sie mich Ihnen meine Nichte Julie of Eastington vorstellen. Sie ist bei Loyse und mir für einige Zeit zu Besuch. Sie hat mich dazu gebracht, heute Abend zu kommen.«

»Charmant!« Die Herzogin de Guise lächelte Julie freundlich an. »Ich muss mich für meine Tochter Marie entschuldigen. Seit wieder von ihrer Heirat mit Gaston d'Anjou geredet wird, wird sie zusehends unerträglicher.«

»Wirklich? Dann darf man Ihnen ja gratulieren!«, rief Anne-Catherine aus.

»Lieber nicht. Ich bin in diesen Sachen furchtbar abergläubisch. Aber mit etwas Glück wird sie die zweite Dame Frankreichs werden! Doch kommen Sie, lassen wir uns doch auf diesen Stühlen dort drüben nieder, wir haben uns so viel zu erzählen ...«

»Gerne, Henriette. Aber Sie werden mich führen müssen. Meine Augen haben etwas nachgelassen ...«

Julie sah noch den mitleidigen Blick, den die Herzogin de Guise auf ihre Tante warf, bevor sie behutsam ihre Hand nahm und sie sich beide entfernten. Wieder war sie mit dem Herzog alleine und langsam wurden ihr seine lüsternen Blicke lästig.

»Madame la Comtesse, ich wünsche Ihnen einen guten Abend! Ihnen ebenfalls, Monseigneur!«

Julie zuckte bei dem vertrauten Klang zusammen. Sie lächelte.

Seit ihrer ersten Übungsstunde in der Garenne de Madrid hatten sie und der Comte de Fontes-Villaray sich ein paar Mal getroffen. Sie war erleichtert gewesen, als sie bemerkte, dass er sein Verhalten geändert hatte. Er war nicht mehr abweisend, begegnete ihr nicht mehr mit diesem kaum unterdrückten Zorn, der sie so gekränkt hatte, sondern bemühte sich, ein angenehmer Begleiter zu sein. Zwar sagte ihre innere Stimme ihr, dass seine Freundlichkeit nur gespielt war. Doch eine oberflächliche Beziehung war ihr lieber als ein ständiges, nervenaufreibendes Kräftemessen.

Der Herzog de Guise sah mit hochgezogenen Brauen an dem Comte hinauf.

»Monsieur de Fontes-Villaray, wenn ich mich nicht irre? Monsieur de Racan!« Er nickte kurz dem Begleiter des Comte zu, einem Mann mit offenen Gesichtszügen, schlecht sitzender Weste und plumpem Körperbau. Dann meinte er kühl zu Julie: »Ich brauche Sie nicht mehr bekannt zu machen? Eines Ihrer Studienobjekte, womöglich?«

Julies Lächeln erfror. Die auf sie gerichteten grauen Augen waren eisiger denn je.

»Nein, Monsieur«, antwortete sie tonlos. »Nur eine flüchtige Bekanntschaft, wenn auch schon eine etwas ältere.«

»Comte«, wandte de Guise sich an François, »ich bin sicher, meine

Schwägerin sucht schon nach Ihnen. Ich glaube, ich habe sie eben in Richtung Garten gehen sehen.«

»Ich danke für Ihre Hilfsbereitschaft, Monsieur. Auch ich habe Madame de Chevreuse eben von weitem gesehen. Sie war so tief in ein Gespräch mit Madame de Condé vertieft, wie nur Frauen es sein können. Ein Mann hat da wenig zu suchen, fürchte ich.«

»Kompliment. Es ist immer gut zu spüren, wann man überflüssig ist. So kann man daraus seine Konsequenzen ziehen.«

»Ich stimme Ihnen in allem zu. Leider fehlt dieses Gespür allzu vielen Menschen.«

Julies Nacken kribbelte. Alarmiert sah sie, die beiden Männer ihre Schultern straffen.

»Der König!«

Es war erst ein Raunen, dann ein Murmeln und bald erschallten die unterdrückten Rufe aus allen Ecken. Julie atmete befreit auf.

»Der König ist da!«

Alles drängte zum Eingang. Rücksichtslos wurde geschoben, gequetscht, angerempelt. Julie wurde von ihren Gefährten getrennt, nach vorne gedrückt. Sie musste mitlaufen, um nicht zu fallen, wurde zwischen unbekannten Leuten eingekeilt und nach vorne gezerrt.

Genauso plötzlich, wie die Bewegung entstanden war, hörte sie auch wieder auf.

Verwirrt stand sie da, versuchte sich zu orientieren …

Vor ihr teilte sich jetzt die Menge wie durch ein Wunder. Und plötzlich stand sie alleine da.

Ein Mann kam ihr entgegen.

Erstaunt blickte sie in ein verschlossenes, sehr ernstes und noch junges Gesicht, in braune, ausdruckslose Augen, die langsam an ihr hinunterglitten. Und die sich verächtlich verengten. Undeutlich nahm sie wahr, wie die Leute um sie herum versanken.

»Nun gehen Sie schon in die Knie! In die Knie vor dem König!«, zischte irgendjemand hinter ihr. Sie fühlte, wie Hände sie am Rock packten und hinunterzogen. Ihre Augen weiteten sich, als sie endlich verstand. Ihre Knie gaben jetzt von ganz alleine nach. Ihr Blick ging zu Boden.

Ein Paar Schnallenschuhe mit hohen Absätzen traten in ihr Blickfeld, kamen näher, blieben knapp vor ihrem gebauschten weinroten Kleid stehen. Sie hielt den Atem an.

Sie hörte ein eigenartiges Geräusch in der allgemeinen Stille, wie ein Hüsteln … Nein, ein Räuspern …

Etwas klatschte nass und warm auf ihren Busen.

»Madame, bedecken Sie sich in Zukunft besser. Man weiß nie, was vom Himmel fällt.«

Wie durch einen Schleier sah sie die Schuhe einen Schritt zurückmachen, sich langsam entfernen. Noch verstand sie nicht, was soeben geschehen war.

Doch dann fielen ihre Augen auf ihr Dekolleté. Sie stieß einen kleinen Schrei aus. Ihre Brustwarzen schauten deutlich über den Rand ihres Kleides hinaus! Und über ihre rechte Brust floss, schleimig und ekelerregend, der königliche Speichel.

Julie keuchte vor Wut und Erniedrigung.

War sie schon so tief gesunken, dass man sie ungestraft anspucken durfte?

Eine Hand griff nach ihrem Arm und half ihr auf die Füße. Die grauen Augen blickten nun nicht mehr eisig, sondern warm. Der Comte zog ein Tuch aus der Tasche. Er wischte den Speichel weg. Jetzt erst entbrannten Julies Wangen.

»Kommen Sie, Madame. Ich bringe Sie nach Hause.« Er legte seinen kurzen Mantel um ihre Schultern und bot ihr seinen Arm. Zusammen schritten sie Richtung Ausgang, vorbei an der gaffenden Menge.

Und trotz der soeben erlittenen Demütigung, trotz der vielen Augen, die sich an ihr weideten, blühte ein kleiner, warmer Fleck der Freude in Julie auf.

»Madame, Sie wollen uns schon verlassen?«

Julie zuckte zusammen. Wer konnte jetzt noch etwas von ihr wollen?

Wieder sah sie sich braunen Augen gegenüber, wieder sank sie in die Knie.

»Ich fürchte, das geht nicht.«

Julie sah Gaston d'Anjou groß an.

»Monsieur, ich glaube nicht, dass …«

»Aber doch. Sie müssen noch bleiben. Sie schulden mir schließlich eine Gefälligkeit, oder? Habe ich Sie nicht unlängst nach einem Unfall begleitet?«

Noch bevor Julie begriff, was sie da sagte, antwortete sie mit gekräuselten Lippen:

»Eine Gefälligkeit? Mit Verlaub, Monsieur, dafür warfen Sie vorher meine Sänfte um und schlugen meine Träger in die Flucht!« Sie fühlte, wie der Arm des Comte sich versteifte.

Doch Gaston lachte nur.

»Wirklich? Ich erinnere mich dunkel, in der Tat ...«

»Ich will Monsieur gerne weiterhelfen. Ich glaube, es ging um Schweine ...« Sie biss sich auf die Lippen. Sie konnte nicht anders, als diesen frechen Jüngling vor ihr zu necken, mochte er der Bruder des Königs sein, oder nicht. Und viel hatte sie heute Abend sowieso nicht mehr zu verlieren!

Die vollen Lippen lachten wieder, und Julie fiel auf, wie unähnlich Gastons Wesen von dem seines Bruders war. Er hielt ihr seinen Arm hin.

»Madame, tanzen wir.«

Julie errötete, nun doch verlegen, und ihre Hand verkrampfte sich um François Mantel.

»Ich fürchte, ich bin nicht mehr in der schicklichen Verfassung ...«

»Ah, ich verstehe ... Na, das wird sich doch wohl richten lassen! Sie gestatten ...«

Er trat nah an sie heran und nahm ihr den Mantel ab, bevor sie recht wusste, wie ihr geschah. Anerkennend glitt sein Blick an ihr herunter.

»Nun, Sie haben heute Abend bewiesen, das Sie nichts zu verbergen haben, Comtesse. Ich fürchte, Sie haben viele der Damen neidisch gemacht. Lassen Sie mich Ihnen helfen ...«

»Aber Monsieur ...« Julie wurde glühend heiß, als sie die Hände auf ihrer Haut spürte. Verzweifelt wünschte sie sich, sich in Luft aufzulösen. Schließlich konnte sie dem Prinzen nicht in aller Öffentlichkeit auf die Finger klopfen, oder? Sie warf einen kurzen Blick auf den Comte, doch der schien zur Salzsäule erstarrt.

»Na bitte! Und nun, Ihren Arm, Madame!«

Julie fügte sich ihrem Schicksal. Auf ihrem Weg zur Mitte des Ballsaals rief sie sich fieberhaft die Lehren ihres Tanzmeisters in Erinnerung.

Gaston und sie stellten sich in Position, und der Zeremonienmeister gab den Geigern Zeichen für eine Sarabande. Julie atmete erleichtert auf. Bei diesem langsamen Tanz würde sie weniger auf ihre Füße achten müssen. Die Geigen stimmten an.

Die ersten Minuten verliefen schweigend. Julie erinnerte sich, dass hier die Tänzer majestätisch aussehen sollten, und tat ihr Bestes.

»Mein Kompliment, Madame. Sie haben die Lage bravourös gemeistert.«

»Oh, danke. Madame de Chevreuse schickte mir einen Tanzmeister, ihm verdanke ich meine ganze Kunst.«

»Ich meinte, Ihre peinliche Lage vorhin.«

»Ach, Verzeihung. Wahrscheinlich erwarteten Sie wieder, mich in Ohnmacht fallen zu sehen?«

»Nicht mehr, Madame. Sie haben meinen Erwartungen durchaus entsprochen. Ich erinnere mich, dass Sie nicht gerne zu diesem Mittel Zuflucht nehmen.«

»Um ehrlich zu sein, hätte ich es vorhin wohl getan, wenn es mir eingefallen wäre.«

Gaston lachte. Sie entfernten sich ein paar Schritte voneinander, um würdevoll umeinander herumzustolzieren, bevor sie sich wieder trafen.

»Ich muss mich für das Benehmen meines Bruders entschuldigen.«

Julie sah überrascht hoch, doch diesmal waren die braunen Augen ernst. Sie schwieg verunsichert.

»Er hat große Hemmungen bei Frauen, fürchte ich.«

»Hmm.«

»Wir sind uns nicht sehr ähnlich.«

Julies Übermut gewann die Oberhand.

»Sie bestätigen die Meinung des Herzogs de Guise.«

Jetzt war Gaston es, der sie fragend ansah.

»Er meinte, Bescheidenheit sei keine französische Tugend.«

Julie sah in die lachenden braunen Augen. Eines stand fest, sie mochte diesen Mann.

Fünf

»Mon cœur, qui soupire sans cesse
Les ennuis dont il est touché,
Insensiblement lui confesse
Ce que ma voix lui tient caché.«

»Mein Herz, das ohne Unterlass seufzt
Von den Leiden, die es betrüben,
Gesteht ihr unbemerkt,
Was meine Stimme ihr verschweigt.«

November 1625

»Madame la Comtesse, wie viel möchten Sie einsetzen?«

Julie schüttelte den Kopf.

»Nichts mehr. Ich höre auf.«

Sie erhob sich und sah sich unentschlossen um. Die Tische waren alle gut besetzt, es wurde gewettet, verloren oder gewonnen, immer ging es um viel Geld. Sie winkte einen der Lakaien heran, um sich etwas Wein bringen zu lassen, und schlenderte zwischen den Tischen herum.

Drüben saß der Comte de Valjeux beim Tric-Trac. Er warf mit spitzen Fingern einen gegnerischen Spielstein heraus. Der Mann, der ihm gegenüber saß, nickte beifällig. Es war der Dichter Honorat de Racan. Seine Verse liefen in ganz Paris um. Julie wusste, dass das, was aus seiner Feder floss, durchaus Spitzen und Kanten haben konnte. Privat hingegen machte er eher einen gutmütigen Eindruck. Das mochte an seinem ungepflegten Äußeren liegen oder auch an seinem Stottern. Seltsamerweise schien er ein guter Freund des Comte de Fontes-Villaray zu sein. Sie hatte gehört, dass sich die beiden sogar die Wohnung teilten, auch wenn sie sich kein ungleicheres Paar vorstellen konnte.

Julie machte einen Bogen um den Tisch, an dem Marie de Chevreuse, die Prinzessin de Conty und der Halbbruder des Königs, Alexandre de Vendôme, saßen. Neben der Herzogin spielte der Comte de Fontes-Villaray. Wie immer war er zu elegant gekleidet.

Es waren dieselben Gesichter, dieselben Spiele. Ein Abend wie viele andere …

Es ödete sie an. Die Stunden, Tage und Wochen reihten sich aneinander. Und sie bekam täglich mehr das Gefühl, in dieser frivolen, glitzernden Welt, die sie umgab, zu ersticken.

Eiskristalle verzierten bereits die Fensterscheiben. Der Winter war nicht mehr weit. Und ihre krampfhaften Bemühungen, einen Sinn in Thibaults Entführung zu finden, erschienen ihr zunehmend lächerlich.

Der Comte lachte herzlich und streifte wie zufällig Marie de Chevreuses bloßen Arm.

Julie wandte sich ab. Im Herbst noch hatte sie gedacht, ihr erzwungener Aufenthalt in Frankreich könne dazu dienen, ihrem Sohn seinen Vater zu schenken. Der Comte aber schien nicht nur äußerlich, sondern auch von seinem Wesen her ein ganz anderer Mensch zu sein, als der, an den sie sich erinnerte. Manchmal überraschte sie seinen Blick, und dann hatte sie das Gefühl, dass er sie genauso misstrauisch beobachtete wie sie ihn. Nein, es wäre wahrhaftig besser gewesen, sie hätten sich nie wiedergesehen! Dann wäre Thibaults Vater in ihrer Erinnerung der einfühlsame Liebhaber eines Morgens geblieben.

Marie de Chevreuse lachte hell und warf den Kopf zurück. Julie nahm ihren Spaziergang wieder auf. Ihre Beziehung zu dem Comte war ein Teil ihrer Probleme. Diese Frau aber war der Kern davon.

Madame de Chevreuse schleppte sie seit Wochen überall mit. Und Julie hatte den Eindruck, dass die Chevreuse sie immer dann besonders aufmerksam beobachtete, wenn sie dabei zufällig auf Gaston d'Anjou trafen.

Es verband sie inzwischen eine Art lockerer Freundschaft mit dem Prinzen. Ihre kleinen Geplänkel machten ihr Spaß, und wenn sie sich bei einer Gesellschaft begegneten, kam Gaston regelmäßig, um mit ihr zu sprechen.

Vor einiger Zeit hatte Marie de Chevreuse ihr erzählt, dass sie ihre Pläne geändert hatte. Sie sei für die Rolle einer mordenden Spionin nicht geeignet, hatte sie Julie vorgeworfen. Eine irre Hoffnung war in Julie hochgestiegen. Sollte es das Ende der Erpressung bedeuten? Man hörte jeden Tag, dass sich die Beziehungen zwischen Frankreich und England verschlechterten. Buckingham konnte sich weniger denn je der Illusion hingeben, dass seine Liebe zu Anne eine Zukunft haben könnte. Eigentlich war Julie nun überflüssig geworden.

Doch ihre Hoffnungen waren schon wenige Augenblicke darauf zu nichts zerfallen. Die Herzogin war mit neuen Forderungen an sie herangetreten: Klipp und klar hatte sie ihr erklärt, sie werde alles unternehmen, um Gastons Heirat zu verhindern, und erwarte, dass Julie ihr dabei helfe und Gaston dementsprechend beeinflusse.

Julie hatte erkannt, dass sie handeln musste, wollte sie nicht auf ungewisse Zeit ein Spielball in den Händen der schönen Herzogin bleiben. Aber was tun? Welche Möglichkeiten hatte sie?

Der einzige Mensch, der stark genug schien, sich gegen Madame de Chevreuse zu stellen, war der Kardinal. Doch nach allem, was sie über Louis Minister gehört hatte, war sie sich nicht sicher, ob sie diesem Mann vertrauen sollte. Eines war sicher: Richelieu würde ihr nicht aus purer Menschenliebe helfen.

Sie schaute durch die hohe Glastür, die in den Garten führte. Auf ihrer rechten Seite konnte sie in einen kleinen Raum sehen, der nur spärlich erhellt war. Zwei Menschen befanden sich darin.

Die Frau war jene mollige Schönheit mit den zwei Pockennarben, die sie während des Balls im Hotel de Chevreuse gesehen hatte: Ihre heutige Gastgeberin, die Prinzessin de Condé. Ihr gegenüber stand ein sehr hässlicher, aber energisch aussehender Mann, den sie als den früheren Erzieher Gastons kennen gelernt hatte, den Korsen Jean-Baptiste d'Ornano. Die Prinzessin redete eindringlich auf den Mann ein, der ihr aufmerksam zuhörte.

Julie wusste, dass auch Charlotte de Condé gegen die Heirat Gastons mit Marie de Montpensier war. Die Prinzessin wollte vielmehr ihre eigene Tochter mit dem jungen Königsbruder verheiratet sehen.

Julie seufzte. Armer Gaston. Wieder einer, der versuchen würde, Einfluss auf ihn zu nehmen, um eigene Ziele zu verfolgen.

»Was für ein trübes Gesicht Sie uns heute zeigen, Madame!«

Julie zuckte zusammen, als ausgerechnet Gaston hinter ihr auftauchte.

»An was dachten Sie denn gerade?«

»Um ehrlich zu sein, an Sie, Monsieur.«

»Diantre! Das kann man aber nur mit sehr viel gutem Willen als ein Kompliment auffassen!«

»Sie haben Recht, Verzeihung. Für Komplimente bin ich heute Abend nicht besonders geeignet. Es ist wohl besser, wenn Sie sich nicht weiter mit mir befassen. Bitte entschuldigen Sie mich …«

Julie machte einen Knicks und einen Schritt zur Seite, doch Gaston fasste sie am Arm.

»Nein, Madame, heute Abend entschuldige ich Sie nicht. Seit Tagen habe ich das Gefühl, dass Sie mir aus dem Weg gehen. Ich verlange eine Erklärung!«

Der junge Mann strahlte plötzlich so viel Autorität aus, dass Julie schlucken musste. Leider vergaß sie allzu oft, wen sie vor sich hatte, wenn sie sein jungenhaftes Gesicht sah.

»Na, na! Sind das Tränen in Ihren Augen?« Gaston seufzte auf. »Nein, Tränen gestatte ich Ihnen nun wirklich nicht. Es gibt nichts, was mich mehr anödet. Dabei hatte ich gedacht, heute Abend schon den Gipfel der Langeweile erreicht zu haben! Sie waren meine letzte Hoffnung! Jetzt sagen Sie mir schon eine Frechheit, oder ich fange selber auf der Stelle an zu weinen!«

Julie musste wider Willen lächeln. Sie fuhr sich verschämt über die Augen.

»Schon sehr viel besser! Und jetzt sagen Sie mir sofort, warum Sie mich meiden!« Er machte eine abwehrende Geste, während er ein Tuch aus seiner Tasche holte und es ihr reichte. »Nein, warten Sie! Ich werde es erraten. Also: Es ist Ihnen Schlimmes über mich berichtet worden, wie zum Beispiel, dass ich Schweine durch Paris jage oder arme Fußgänger nachts am Pont Neuf ausraube … Nein? Vielleicht haben Sie inzwischen erfahren, dass ich der Bruder des Königs bin, und Sie haben sich besonnen, dass Sie es mir gegenüber ständig an Respekt haben fehlen lassen. Auch nicht? Hmm … Nun wird es langsam schwierig.« Er schnippte mit den Fingern. »Ich habe es: Ich bin Ihnen zu jung.«

Nun musste Julie wirklich lachen. Sie schüttelte den Kopf und meinte spontan:

»Monsieur, Sie werden mich wieder schelten und mich respektlos nennen, aber ich finde, der König kann sich sehr glücklich schätzen, einen Bruder wie Sie zu haben.«

»Glauben Sie?« Das Gesicht des Jünglings wurde ernst. »Leider sieht mein Bruder das anders. Wissen Sie, dass er mich noch nicht einmal am Ministerrat teilhaben lässt? Ein dahergelaufener Abbé hingegen kann sich seit einem Jahr ungestraft Erster Minister nennen.« Er zuckte die Schultern. »Da braucht man sich auch nicht wundern, wenn ich mich anderweitig beschäftige, oder?«

»Es steht mir nicht zu, Ihnen in Ihren Verhaltensweisen Ratschläge zu geben, Monsieur.«

»Aber Sie sind anderer Meinung?«

Julie wählte sorgfältig ihre Worte.

»Ich kann mir vorstellen, dass, wenn ich selber eine so hohe und erhabene Last zu tragen hätte, wie das Wohlergehen eines Volkes, ich darauf achten würde, besonders erfahrene und weise Männer um mich zu versammeln.«

»Finden Sie Richelieu besonders weise und erfahren?«

»Ich kenne den Herzog de Richelieu nicht.«

»Ich werde Ihnen sagen, was ich vom Wohlergehen des Volkes weiß: Die Steuerlast ist schwerer als je zuvor. Die Münzen verlieren unbemerkt an Wert, weil ihr Gewicht ständig abnimmt. Die Renten werden immer wieder gesenkt, während sich alles verteuert. Wegen des vielen Regens im Sommer war die Ernte dieses Jahr eine Katastrophe. Ich habe die französischen Bauern gesehen, Madame. Und der Anblick verfolgt mich noch heute!«

Es war Julie schon aufgefallen, dass hinter der übermütigen Maske des königlichen Tunichtgut ein ernster, unzufriedener junger Mann steckte. Ein Mann, den nur wenige sich die Mühe machten, zu entdecken.

»Und für all das machen Sie den Kardinal de Richelieu verantwortlich?«

»Das nicht, Madame. Aber Gott hat mir durch meine Geburt eine Verantwortung vererbt, die ich nicht nur durch meinen Familiennamen tragen möchte.«

Julie verstand die Ungeduld des jungen Prinzen. Als Thronerbe war Gaston schließlich auf eventuelle Ausübung der Staatsmacht erzogen worden. Doch es war Kardinal de Richelieu, der an seiner Stelle die machtvollen Ämter übertragen bekommen hatte. Kein Wunder, fand Julie, dass Gaston nicht gut auf den Ersten Minister seines Bruders zu sprechen war.

»Wissen Sie, dass Richelieu und Louis mich verheiraten wollen?«

»Ja, ich habe davon gehört.«

»Kennen Sie Marie de Montpensier?«

»Hmm.«

»Hmm? Was soll das heißen? Ein wenig mehr Mut, Madame, ich bitte Sie!«

»Sie war sehr hochnäsig, das einzige Mal, als ich sie traf.«

Gaston lächelte.

»Das kann sie gut, stimmt. Doch sie ist immens reich!«

Julie spitzte den Mund.

»Und das Geld können Sie dringend brauchen, Monsieur, in Ihrer Position!«

Gaston lachte laut, wieder ganz Spitzbube.

»Stimmt genau! Doch wissen Sie was?«

Julie schüttelte den Kopf, und ihre eingedrehten Haare hüpften um ihre Schläfen. Gaston trat so nah an sie heran, dass sie den Moschusduft roch, der ihn umgab.

»Sie würde ich lieber heiraten!«

Und er lachte, während ihre Wangen entbrannten, und küsste leicht ihre Finger, die noch immer sein Spitzentuch hielten.

⚜

»Stimmt es, dass Montmorency seine Stellung als Großadmiral Frankreichs verkauft hat?«

Marie de Chevreuse schien ganz in ihr Spiel vertieft, und nichts wies darauf hin, dass diese Frage mehr als höfliche Konversation war. François sah nicht auf, sondern holte einige Münzen aus seinem grünen Samtbeutel und stellte sie in ordentlichen kleinen Stapeln vor sich auf.

Alexandre de Vendôme warf eine Karte ab.

»So verbreiten es die Schreier auf der Straße«, meinte er kalt.

»Dann darf man Ihnen sicher bald gratulieren, Monsieur?«

Marie befeuchtete ihre Lippen und ordnete ihr Spiel neu.

Vendôme warf ihr einen scharfen Blick zu.

»Gratulieren? Weshalb denn, um alles in der Welt?«

Maries blaue Augen strahlten ihn unschuldig über den Rand ihres Spieles an.

»Verzeihen Sie, Monsieur! Ich dachte immer, Sie wären an dem Amt interessiert! Zumindest wüsste ich keinen, dem es eher zustünde, Frankreichs Flotte zu befehligen, als des Königs Halbbruder!«

»Das Amt ist nicht zu haben, Madame. Richelieu hat es Montmorency für eine Million zweihunderttausend Livres abgekauft.« Das Gesicht Vendômes verfinsterte sich. François konnte nicht umhin, Bewunderung zu empfinden: Marie war wieder einmal auf der richtigen Fährte.

»Nein!«, schrie seine Mätresse denn auch schon auf. »Hat denn der Kardinal noch immer nicht genug Macht?« Sie hielt plötzlich inne und schaute um sich. Gedämpft fuhr sie fort: »Ich bin nur eine schwache Frau, aber wenn ich sehe, wie ein Mann, der vor ein paar Jahren noch unbekannt war, unsere stolzesten und ältesten Häuser auf der politischen Bühne allmählich zu einfachen Statisten macht, überkommt mich große

Angst und Traurigkeit. Wenn ich ein Mann wäre, wüsste ich schon, was zu tun wäre …«

»Und das wäre, Madame?« Der Herzog machte Zeichen, um noch eine Karte zu bekommen.

»Ich würde mir diese ständigen Demütigungen nicht gefallen lassen. Ich würde auf jeden Fall versuchen, mich zu wehren, wo immer es mir auch möglich wäre.« Marie warf ein Goldstück in die Mitte und zuckte charmant mit den Schultern. »Aber schon Claude sagt immer: Marie, Sie sind das weiblichste Wesen, das ich kenne.« Sie lächelte. »Also überlasse ich es den Herren, für Ihre Ehre einzustehen!«

François verkniff sich ein Grinsen.

Maries Sticheleien waren allgegenwärtig. Es verging nicht ein Abend, an dem sie nicht versuchte, jemanden aus ihrer Umgebung gegen Richelieu aufzubringen. Sie ging geschickt dabei vor, wusste die Unzufriedenheit der Menschen zu schüren, deckte die kleinen Kränkungen auf, die ihnen zugefügt worden waren, und machte es ihnen unmöglich, über sie hinwegzusehen.

»Sieh an, sieh an«, kicherte jetzt die Prinzessin de Conty, die offensichtlich von etwas ganz anderem gefesselt war. »Der Falke dreht schon wieder seine Runden um das zarte Täubchen! Und da behaupte mal einer, die Beziehungen über den Ärmelkanal seien nicht die besten!« Sie deutete mit dem Kopf in eine Richtung. Marie drehte sich um und lächelte.

François erkannte Julie und Gaston, die sich leise miteinander unterhielten. Sie standen eng aneinander. Es fiel ihm auf, dass die Comtesse bleich und übernächtigt aussah. Kein Wunder, sie ließ keine Gesellschaft aus und war, seit die Spekulationen über ihre Beziehung zu Monsieur Wellen schlugen, ein gern gesehener Gast in allen guten Häusern der Stadt. Sie hatte es in ein paar Monaten geschafft, in die höchsten Kreise vorzudringen. Jetzt senkte die Comtesse das Haupt. Gaston griff in seine Tasche, holte ein Tuch hervor. Ihre Hände berührten sich.

»Halt, Fontes, setz sch…schnell deine M…Maske wieder auf!«, raunte eine Stimme an François Ohr. »Sonst a…ahnt noch jemand, d…dass ein Wolf unter deinem Schafspelz steckt!«

François drehte sich nicht um.

»Halte dein Schandmaul, Racan, und geh woanders spielen!«, antwortete er genauso leise.

»Ich d…denke nicht daran, auch noch mein allerletztes Geld zu ver …verlieren! Hab Valjeux schon genug in den Ra…Rachen gestopft! Sonst musst du nächsten Monat die Miete wieder al…leine bezahlen!«

»Wenn's weiter nichts ist und du mich von deiner Gegenwart befreist!«

»Ach, Armut, du F...Feind der Wahrheit und Redlichkeit! Adieu denn, Herr Gr...Grimmbart!« Racan beugte sich noch weiter zu ihm herab. Jetzt flüsterte er. »Schau zu deiner Linken! Ihr würdet ein hübsches Pärchen abgeben!«

Ein kleiner Luftzug meldete François, dass sein Freund sich entfernt hatte. Als er nach links schaute, erkannte er Mademoiselle de Montpensier. Gastons Verlobte kochte vor Wut.

»Monsieur, Sie sind dran«, ermahnte ihn Marie de Chevreuse. Sie blinzelte ihm zu, beugte sich vor und raunte zweideutig: »Ich glaube, dieses Spiel werde ich gewinnen!« Er nickte und lächelte.

Als er eine halbe Stunde später den Tisch verließ, hatte er alles verloren, was er sich zu verlieren erlaubt hatte. Gaston hatte das Haus mit seiner Gefolgschaft verlassen, und es war ruhiger geworden. François entdeckte Racan vor einem Damespiel. Er beschloss, ihm als Rache für seine Dreistigkeit vorhin ein wenig über die Schulter zu schauen. Doch eine Frauenstimme, oder eher der Klang darin, ließ ihn innehalten. Es war die Stimme der Comtesse of Eastington.

»Gestorben? Oh mein Gott ...«

Er drehte sich um.

Sie stand am Eingang des großen Saals. Ein Dienstbote war bei ihr. Er trug keine Livree und stach auffällig von dem elegant gekleideten Personal der Condés ab. Offensichtlich war er gerade angekommen, denn von seinen Schuhen fielen kleine Schlammbrocken ab, und er trug eine dicke Winterweste.

»Wer? Wer ist in England gestorben? Nun sprich schon, Jean-Pierre!«, rief die Comtesse mit erhobenen Händen. Etliche Spieler drehten sich um. François näherte sich langsam, unschlüssig, ob er sich in das Gespräch einmischen sollte. Der Diener knetete seine Kopfbedeckung zwischen seinen kurzen Fingern. François konnte seine Antwort nicht verstehen. Doch er hörte deutlich die Reaktion der Comtesse.

»Meine Mutter ...?« Ihre Hände krallten sich in die Falten ihres Rockes, rissen an dem kostbaren Stoff. War sie vorher blass gewesen, wurde sie jetzt schlagartig kreidebleich. Er eilte hinzu. Und so kam es, dass er hörte, was sie mit blutleeren Lippen flüsterte, während sie in die Knie ging: »Gott sei Dank!«

Er war als Erster zur Stelle. Bald darauf jedoch waren sie von neugierigen Gästen eng umringt. Die Comtesse zitterte, er konnte es spüren. Die

Hand, die er zwischen ihre Schulterblätter gelegt hatte, leitete die winzigen Wellen, die sie durchliefen, bis zu seinem Ellenbogen herauf. Er spähte in die Menge, bis er die Gastgeberin entdeckte, die hinter d'Ornano erschienen war.

»Madame«, sprach er sie an, »hätten Sie vielleicht einen abgeschiedenen Raum, in den sich die Comtesse zurückziehen könnte?«

»Aber natürlich!«, rief Charlotte de Condé sofort. »Wir bringen sie nach oben, in eines der Gästezimmer! Dort wird das arme Kind sich ausruhen können!«

»Madame? Können Sie aufstehen?«, fragte François Julie. Sie drehte den Kopf und sah ihn stumm an. Ihre Augen lagen sehr groß und dunkel in ihrem weißen Gesicht. Sie nickte langsam und machte einen schwache Armbewegung. Er runzelte die Stirn, kniete neben ihr nieder. »Erlauben Sie ...?« Er legte einen Arm unter ihre Knie, einen anderen hinter ihren Rücken und hob sie kurzerhand auf.

»Kommen Sie! Hier entlang!«

Er folgte den energischen Schritten Madame de Condés. Ihr himbeerfarbener Rock rauschte vor ihm die breite Treppe zum ersten Stock herauf. Die anderen Gäste blieben zurück. Ihre angeregten Stimmen hallten im Treppenhaus nach.

»So. Hier ist es. Legen Sie sie auf das Bett.« Charlotte de Condé wies auf ein prachtvolles Lager mit golddurchwirktem Himmel und Federbüscheln über den Stützpfosten. »Ich werde ihr etwas Kräftigendes schicken lassen.« An der Tür drehte sie sich nochmals um. »Sie bleiben hier?«, fragte sie mit einem kleinen Lächeln.

»Ja«, nickte François. Sie verschwand.

Es war eisig kalt in dem Raum. Ein Dienstmädchen eilte herbei und stellte einen Leuchter auf eine niedrige Kommode. Sie warf die vor Goldfäden steife Tagesdecke und die darunter befindliche Daunendecke des Bettes zurück. François legte die Comtesse auf das bestickte Leinen. Er zögerte nur kurz, dann streifte er ihr die Schuhe ab und zog die Daunendecke bis zu ihrer Brust hoch. Als er sich aufrichten wollte, griff sie nach ihm.

Überrascht hielt er inne. Sie klammerte sich an seine Hand, als wolle sie sie nie wieder loslassen.

Er gab nach und setzte sich. Eine lange Stille entstand.

Sie sahen sich an. François betrachtete ihr bleiches Gesicht. Trauer, Erschöpfung und Mutlosigkeit zeichneten sich auf ihm ab. Nachtblaue Schatten lagen um die Augen, die dunklen Haare, teilweise aufgelöst, bildeten ein weiches Knäuel auf ihren Schultern. Unter seinem Daumen bebte ihr Puls, leicht und schnell.

François spürte eine Spannung an seinen Schläfen. Auch sein eigenes Herz schlug schnell. Seit eben, als er die Comtesse hochgenommen hatte. Seit der Duft, den ihre Haut ausströmte, ihn umhüllte. Seit sie in seinen Armen gelegen hatte, seit ihr Kopf auf seine Schulter gekippt war und ihre Haare seine Wange gestreift hatten.

Er horchte in sich hinein, auf der Suche nach der Wut, die ihn in den letzten Wochen immer wieder überfallen hatte, wenn er sie sah. Im Ballsaal der rue Saint-Thomas-du-Louvre, zum Beispiel, als sie, in einem der schamlosesten Abendkleider, das er je gesehen hatte, mit diesem Windhund Guise anbändelte. Oder vorhin, als sie errötete und strahlte, als Gaston ihr etwas zuflüsterte.

Doch die Wut wollte sich nicht einstellen. Stattdessen stiegen Empfindungen in ihm hoch, die er vergessen geglaubt hatte. Ein Nachhall längst vergangener Stunden, unterlegt mit dem Geruch von Wollgras und feuchter Leidenschaft. Er atmete tief ein.

Zum ersten Mal gestand er sich ein, dass diese Frau einen Platz in seinem Leben eingenommen hatte. Welchen, wusste er noch nicht. Plötzlich fühlte er sich verletzlich und zaghaft.

»Hier ist etwas Milch mit Honig!« François erkannte Roberts Stimme.

Eine Schale wurde über ihre noch immer ineinander liegenden Hände gehalten. Die Comtesse streckte die Arme aus. Gefügig nahm sie die dampfende Schale entgegen.

»Sehr gut, Mylady. Trinken Sie. Ich weiß, was gut für Sie ist«, sagte Robert stolz.

»Wie geht es ihr?«, fragte Charlotte de Condé. Ihr Umriss hob sich scharf in dem hellen Türrahmen ab. »Soll ich einen Arzt kommen lassen?«

»Das wird nicht nötig sein, glaube ich«, antwortete François. »Die Ruhe dürfte ausreichen.«

»Ja, hoffentlich. Nach einer solchen Nachricht wäre es jedem von uns ähnlich ergangen. Aber es ist eiskalt in diesem Raum!« Sie winkte Robert zu. »Junger Mann, kommen Sie mit. Ich werde Ihnen etwas Holz geben lassen, damit Sie im Kamin ein Feuer entzünden können.«

Der Page sah zögernd von seiner Herrin zur Tür, fügte sich dann aber. François sah noch den Schalk in den Mundwinkeln von Charlotte de Condé, als sie ihm zublinzelte. Dann waren er und Julie wieder alleine.

François beobachtete sie. Sie saß noch immer da und starrte in die dampfende Milch, ohne einen Schluck zu nehmen. Plötzlich wurde ihr Zittern wieder stärker. François nahm ihr die irdene Schale ab, aus Furcht, sie könnte sich daran verbrennen.

Erst floss eine Träne, dann eine zweite. Bald war ihr ganzes Gesicht nass, und sie wurde von Schluchzern durchschüttelt. François verfolgte, wie ihre Anspannung sich einen Weg nach außen verschaffte, und wartete geduldig ab, bis die Comtesse sich wieder beruhigte.

»Ruhig, ganz ruhig. Weinen Sie sich aus, es wird Ihnen gut tun.«

Sie sah ihn durch einen Tränenschleier an, während ihre Schultern noch bebten.

»Warum reden Sie so mit mir?«

»Wie rede ich denn?«

»So ... freundlich ... wie ... wie damals ...« Sie flüsterte. »Am Weiher.«

Er schmunzelte und gleichzeitig zog sich etwas in ihm zusammen.

»Vielleicht sollte ich öfters freundlich zu Ihnen sein, was meinen Sie?«

Sie nickte und griff wieder nach seinen Händen.

»Gut. Dann will ich das auch tun.«

Sie fing erneut an zu schluchzen.

»Na, na! Als wir noch miteinander stritten, waren Sie sehr viel fröhlicher!« Er zog ein Tuch aus seiner Tasche und reichte es ihr.

»Oh, François ... Es ist so furchtbar ... Jean-Pierre erzählte mir, dass meine Tanten eben die Nachricht erhielten, meine Mutter sei vor einer Woche im Kindbett gestorben, und ich ... ich war erleichtert! Können Sie sich das vorstellen?«

Er fühlte sich seltsam berührt, als ihre geschwungenen Lippen zum ersten Mal seinen Vornamen aussprachen. Er räusperte sich.

»Wollen Sie mir erzählen, warum?«, fragte er.

»Ich hatte gefürchtet ... Ich hatte Angst, dass ...« Sie stockte, schüttelte den Kopf.

»Sie hatten noch Schlimmeres erwartet als den Tod Ihrer Mutter.« Sie nickte.

»Julie, wovor haben Sie solche Angst? Ich will Ihnen gerne helfen, doch Sie müssen mit mir darüber reden!« Ihre blauen Augen forschten in seinen Zügen ... und wandten sich wieder ab.

»Es tut mir Leid. Dringen Sie bitte nicht in mich.«

»Es ist gut.« Er strich über ihr Handgelenk und kam sich unbeholfen vor.

»François, haben Sie Ihre Mutter gut gekannt?« Die Frage traf ihn wie ein Hieb in die Magengrube. Woher wusste sie? … Nein, das konnte nicht sein, er sah nur wieder einmal Gespenster. Er starrte auf die Decke.

»Nicht sehr gut. Sie ist gestorben, als ich noch jung war.«

»Sehen Sie, ich bin siebzehn Jahre alt und habe meine Mutter trotzdem kaum gekannt. Als Kind genügte mir mein Vater vollkommen. Dann starb er und ich kam ins Kloster, kurz danach habe ich geheiratet. Ich war nicht da, um ihr in ihrer schwierigsten Stunde beizustehen. Stattdessen laufe ich in dieser Stadt rum und … und vergnüge mich …« Ihr Mund zitterte. Wieder liefen ihr Tränen über das Gesicht.

Er hörte ihr schweigend zu, weil er keine Worte fand, mit denen er sie hätte trösten können. Und als er so an ihrer Seite saß, ihrem Kummer lauschte, die kalt werdende Milch mit ihr teilte und ab und zu ihre Hand hielt, war er so zufrieden wie seit einer sehr langen Zeit nicht mehr.

⚜

Julie betrat den hohen Empfangsraum des alten Hotel d'Angennes. Ihre Hände waren vor Aufregung feucht. Sie hielt kurz inne, von der Anzahl der vielen Menschen hier überwältigt. Nun ja, wenigstens konnte sie dann damit rechnen, dass der Hausherr anwesend war, und nicht auf seinem Landschloss in Rueil weilte. Sie hob eine Hand und vergewisserte sich, dass sowohl Halbmaske wie Schleier noch an ihren Platz waren. Dann ließ sie den Blick über die vielen Bittsteller schweifen, die dicht um eine hohe Tür standen, deren zwei Flügel geschlossen waren.

»Wollen die alle noch vor uns rein?« Robert pfiff entmutigt durch seine Zahnlücke, eine Hand auf Zerberus breitem Halsband.

»Nun …«, seufzte Julie, »… ich hoffe, dass wir uns vorschieben können. Auf jeden Fall scheinen aber auch wir durch diese Tür zu müssen.«

»Macht nichts. Paris hat einen Vorteil, Mylady, ich weiß jetzt bestens, wie man sich durch Menschenmengen arbeitet. Folgen Sie mir bitte.«

»Verzeihung! Entschuldigen Sie bitte! Pardon!« Robert tippte Schultern an, lächelte hier in ein mürrisches Gesicht, schob da respektvoll aber bestimmt einen verdutzten Rücken beiseite. Zerberus tat durch seine simple Präsenz das Übrige.

Julie ignorierte entschlossen die sich beschwerenden Stimmen, schob ihr Kinn vor und arbeitete sich zäh durch das Gewühl. Endlich standen sie vor der geschlossenen Tür.

»Da können Sie lange warten, Madame. Hier ist seit über einer Stunde keiner mehr raus gekommen.« Ein bärtiger Mann mit schmutzigen Händen grinste Julie an. »Was wollen Sie denn von Seiner Eminenz?«

Zerberus ließ ein tiefes Knurren hören und Julie antwortete nicht. Robert sah den Mann von oben bis unten an, zog die Schultern hoch und baute sich entschlossen vor dem Eingang auf, den er anfing, mit der Faust zu bearbeiten.

»Na, das nenne ich aber ganz schön frech, mein Junge. Mal sehen, wie schnell du raus fliegst.« Der Mann lachte, hustete und spuckte auf den Holzboden. Julie zog ihr Kleid zur Seite, musste dem Bärtigen aber Recht geben. Robert war eine Spur zu dreist. Schon wollte sie ihn zurückrufen, als sich die Klinke bewegte. Ein faltiges Gesicht mit vor Ärger geröteten Backen erschien im Türspalt.

»Wer zum Teufel? …«

Julie beugte sich vor und sagte leise genug, um von dem Bärtigen nicht gehört zu werden:

»Ich bin Comtesse Julie of Eastington. Bitte melden Sie mich bei Seiner Eminenz an.«

»Also, so eine Unverfrorenheit ist mir schon lange …«, bellte der Alte. Er wollte die Tür wieder zuschlagen, doch Robert schob blitzschnell seinen Fuß in den Spalt.

»Melden Sie mich an«, lächelte Julie. »Und nennen Sie meinen Namen. Ich bin sicher, Ihr Herr wird Ihnen dafür dankbar sein.«

»Sagen Sie dem Kerl, er soll seinen Fuß aus meiner Tür nehmen!«

»Die Comtesse of Eastington«, sagte Julie noch einmal mit Nachdruck. Dann machte sie Robert ein Zeichen. Die Tür fiel ins Schloss.

»Ob es funktioniert hat?«, fragte Robert mit krauser Stirn.

»Hoffentlich.« Julie versteifte ihren Rücken. Der allererste Schritt war getan. Jetzt hieß es warten.

Sie stand da und starrte die geschnitzten Eichenpaneele an.

Auf einmal übermannten sie Zweifel.

Mein Gott, was machte sie hier? Was fiel ihr ein, sich und Thibault in eine solche Gefahr zu stürzen? Was versprach sie sich von diesem Besuch? Und wenn jemand sie erkannte? Madame de Chevreuse erzählte, sie habe bei Richelieu vorgesprochen?

Noch war es Zeit, umzukehren. Noch konnte sie dieser Tür den Rücken zudrehen, ihre Röcke raffen und fliehen. Noch konnte sie in die Rolle schlüpfen, die Marie de Chevreuse ihr zugedacht hatte. Noch …

Als der Stallbursche ihrer Tanten vor drei Nächten bei den Condés aufgetaucht war, war sie ein paar Sekunden lang überzeugt gewesen, er brächte ihr die Nachricht von Thibaults Tod. Und sie wollte alles tun, um zu vermeiden, je wieder diesem Gefühl unterworfen zu werden, diesem unerträglichen Gemisch aus Panik, Hilflosigkeit und Verzweiflung, das sie damals in die Knie gezwungen hatte.

Sie wollte nicht mehr das Kaninchen sein, dass sich ängstlich ins Gras duckte. Sie musste handeln, das Gefühl haben, wieder selber über ihr Leben zu bestimmen.

Nein, sie würde nicht fliehen. Mochte sein, dass sie alles verlor. Aber wenigstens würde sie ihren Gegnern nicht mehr die Kehle hinhalten, sondern die Zähne zeigen. Sie zuckte zusammen. Die Tür hatte sich geöffnet.

»Madame d'Eastington!«

Julie schnappte nach Luft. Sie schickte ein Stoßgebet in den Himmel.

Dann schob sie sich mit Robert durch die Öffnung.

»Nächstes Mal besorgen Sie sich eine Vorladung und nehmen den anderen Eingang.« Der Alte schlurfte über den dunklen Gang, der sich jetzt vor ihnen öffnete. »Zeit, dass das Haus renoviert wird und ein Tor den Hof von diesem Gesindel abriegelt.«

Julie gab sich nicht die Mühe zu antworten und blickte um sich. Es war ein schönes, ehrwürdiges Haus mit zwei Stockwerken, doch irgendwie hatte sie sich das Ganze großartiger vorgestellt. Die Zimmer, in die sie im Vorbeigehen einen Blick werfen konnte, waren klein.

Trotzdem beherbergten die Mauern reges Leben. Menschen mit abwesenden Augen huschten an ihnen vorbei und verschwanden wieder, ohne von ihnen Notiz zu nehmen. Wenn Türen sich öffneten, drangen Stimmen aus den sich dahinter befindenden Räumen.

Nun waren sie im oberen Stockwerk angelangt. Der Alte hieß sie, in einem Vorzimmer zu warten, murmelte kurz einem Lakaien etwas zu und verschwand ohne ein Wort des Abschieds.

Es war kalt in dem fensterlosen Raum, und Julie zog ihren verbrämten Mantel enger um sich, als sie sich auf einen der bereitgestellten Hocker niederließ.

Hier saß sie nun. Wieder einmal wartete sie darauf, von einem Menschen empfangen zu werden, der die Macht besaß, sie mit einem Fingerschnippen ins Verderben zu stürzen. Wieder ein übermächtiger Minister, ein dunkles Vorzimmer und ihr Herz, das wild in ihrer Brust hüpfte. Aber einen entscheidenden Unterschied gab es doch: Diesmal war sie hier, weil sie es so entschieden hatte.

Zerberus hatte seinen schweren Schädel auf ihren Schoß gelegt. Sie streichelte ihn geistesabwesend, dankbar, dass seine Wärme durch ihre Röcke strahlte. Durch die geschlossene Tür waren mehrere Stimmen und das Knarren von Holzdielen zu vernehmen.

»Soll ich wieder anklopfen, Mylady?« Roberts sommersprossige Nase reckte sich ihr entgegen. »Wir warten gewiss schon seit einer Stunde. Vielleicht hat man uns vergessen!«

Julie lächelte. »Nein, Robert, ich fürchte, wir werden uns gedulden müssen. Komm her und setz dich neben mich, du unerschrockener Wegbereiter!«

In dem Augenblick öffnete sich die Tür. Ein in Grau gekleideter Herr verließ das Zimmer, eilte an ihnen vorbei und verschwand.

Die Tür wurde wieder geschlossen.

Nach einer weiteren Viertelstunde hatte ihr Warten ein Ende.

»Madame la Comtesse of Eastington? Sie können jetzt eintreten!«

Julie nahm sich Zeit, ihre Kleidung zu ordnen und stand auf.

Wärme schlug ihr in dem Raum entgegen, und das Erste, was sie bemerkte, war ein prasselndes Kaminfeuer. Sie erblickte drei Tische verschiedener Größen, die alle unter Briefen, Papierrollen und großen Karten verschwanden und einige mit Leder bespannte Sessel. Eine eigenartige Geruchsmischung von Holzfeuer, Kamille und Tinte hing in der Luft.

Vier Männer waren hier versammelt. Zwei saßen an den Tischen und ließen emsig ihre Federn kratzen. Es mussten Sekretäre sein. Niemand nahm von Julie Notiz, und sie verzichtete vorerst darauf, sich zu verbeugen.

»... Und Charpentier, schreiben Sie noch, alle neuen Befestigungswerke sind zu schleifen und die alten Stadtgrenzen von fünfzehnhundertsechzig wieder herzustellen.«

Der Herzog de Richelieu stand mitten im Raum und hatte seinen Kopf in seine rechte Hand gestützt. Mit fester Stimme fuhr er fort:

»Kein zum Krieg gerüstetes Schiff wird mehr innerhalb der Stadt vor Anker gehen oder den Hafen benutzen dürfen.«

Julie zwang sich, ihren Blick vom Kardinal zu lösen. Um nicht verloren herumzustehen, lockerte sie ihren Mantel und ging zum Kamin. Sie rollte ihren Schleier zurück, nahm ihre Gesichtsmaske ab und stellte sich seitlich, sodass sie die Männer noch sehen konnte. Sie hielt ihre eisigen Handflächen vor die Flammen.

Ein Mönch in grauer Kutte trat an den Kardinal heran und murmelte ihm etwas ans Ohr.

»Ja, richtig. Notieren Sie noch, Charpentier: Die Intendanten Seiner

Majestät sind ab sofort in allen Rechtsfragen als oberste Instanz anzuerkennen. Und die katholischen Geistlichen werden die Besitztümer, die ihnen vor fünfzehnhundertachtundachtzig gehörten, wiedererlangen.« Er strich über seinen Schnurrbart, und machte eine wegwerfende Handbewegung. »Ansonsten wird natürlich das Edikt von Nantes respektiert, und La Rochelle behält alle seine Privilegien. Diese Punkte verfassen Sie als Vorschläge, wie immer, und senden sie Seiner Majestät zu.«

Julie horchte auf, als sie den Namen der Stadt vernahm, der hier so drastische Vorschriften gemacht wurden. Ob Herr Surelles aus La Rochelle noch immer Wein nach Eastington schickte? Sie musste an John denken, dem Frederiks Burgunder so gemundet hatte.

»Le Masle, sind Sie mit dem Brief an den Herzog of Buckingham fertig?«

»Ja, Eminenz, hier ist er.«

»Hmm …« Richelieu überflog den Bogen. »Gut. Wir müssen auf jeden Fall klarstellen, dass der Französische Staat weitere Demütigungen von Königin Henriette nicht dulden wird.« Er drehte sich mit einem Mal um. »Und nun zu Ihnen, Comtesse.«

»Eminenz …« Julie versank in einem tiefen Hofknicks. Es war ihr klar, dass Buckinghams Name nicht ohne Absicht in ihrem Beisein gefallen war. Man versuchte, sie von vornherein einzuschüchtern. Ein zittriges Lachen steckte in ihrer Kehle, als sie dachte, wie überflüssig dieser Versuch doch war. Ihre Knie waren sowieso schon so weich, dass sie Mühe hatte, sich wieder aufzurichten.

»Madame d'Eastington, gut, dass Sie den Weg zu mir gefunden haben. Es spricht für Sie. Pater Joseph …«, er deutete auf den Mönch mit der grauen Kutte, »… hatte ein oder zwei Mal den Vorschlag gemacht, Ihnen eine Vorladung zu schicken, doch ich zog es vor, zu warten. Mir ist es lieber, wenn meinen Gesprächspartnern schon von vornherein klar ist, wo ihre Interessen liegen. Es spart Zeit.« Er sah sie fest an. »Was führt Sie zu mir?«

»Monseigneur, ich … ich möchte Ihnen einen Handel vorschlagen.«

»Hmm. Das habe ich mir gedacht. Und was lässt Sie glauben, Sie hätten mir etwas zu bieten?«

»Nun, ich habe von gewissen Plänen erfahren, die Sie interessieren dürften, Eminenz.«

»Madame d'Eastington, ich verfüge über ein sehr gutes Netz von Informanten. Es sind Männer und Frauen, die mein volles Vertrauen genießen. Sie hingegen, Madame … Sie versuchten noch vor kurzem den Anschein zu erwecken, einen Mord zu planen.«

Julie schluckte.

»Eminenz, ich …«

»Schon gut.« Richelieu hob eine Hand. »Ersparen Sie mir und sich Ihre Unschuldsbeteuerungen. Dann brauche ich auch nicht so zu tun, als würde ich ihnen glauben.«

Julie runzelte die Stirn.

»Monseigneur, ich hätte nicht die Kaltblütigkeit, heute vor Ihnen zu stehen, wenn ich tatsächlich solches vorgehabt hätte.«

»Vraiment? Nach dem Eklat im Hotel de Chevreuse kursieren über Ihre Kaltblütigkeit allerdings einige Gerüchte …«

Julie fühlte, wie ihr das Blut in die Wangen schoss.

»Eminenz, es war ein Unfall!«

»Ein höchst aufsehenerregender und passender Unfall.«

»Ich empfinde es nicht als passend, angespuckt zu werden! Auch von Seiner Majestät nicht!«, sagte sie heftiger, als sie es vorgehabt hatte.

»Darüber kann man geteilter Meinung sein. Monsieur war, glaube ich, ganz angetan«, sagte Richelieu kühl. Er nahm ein Papier vom Tisch, warf einen Blick darauf, ließ es wieder fallen. »Gaston d'Anjou ist noch sehr jung«, fuhr er fort. »Er ist wie alle jungen Leute, er möchte so viel wie möglich erleben, ist leicht zu begeistern, freigiebig, auch mit seiner Zuneigung. Allerdings bezeichnen ihn manche als wankelmütig.«

»Vielleicht hat er erfahren müssen, dass allzu viele angebotene Freundschaften auf Habgier beruhten.«

»Und worauf basiert Ihre Freundschaft, Madame?«

»Jedenfalls nicht auf dem Nutzen, den ich mir aus ihr erhoffe, wenn Sie darauf anspielen.«

»Tatsächlich? Und Ihre Freundschaft mit der Herzogin de Chevreuse? Hat diese nicht ihren Preis?«

Der Kardinal nickte Pater Joseph zu und dieser erläuterte:

»Sie haben sich, seit Sie in Paris wohnen, fünf Kleider von Maître Fandard liefern lassen, drei von anderen Schneidern, haben eine beachtliche Bestellung bei ›La dentelle fleurie‹, einem Laden im Palais de Justice aufgegeben, haben in der rue d'Arnetal im Wäscheladen ›Au signe de la croix‹ verschiedene Teile Leibwäsche gekauft …«

Richelieu winkte ab.

»Die Liste ist noch länger«, sagte er. »Alles in allem eine hübsche Summe, die Sie da ausgegeben haben – pardon, die Madame de Chevreuse ausgegeben hat, denn sie hat all die Rechnungen beglichen, nicht wahr?«

»Sie haben von Freundschaft gesprochen, Eminenz. Doch bezüglich der Herzogin de Chevreuse würde ich diesen Ausdruck nicht gebrauchen. Die Begleichung meiner Rechnungen ist Teil einer Art geschäftlichen Abkommens mit ihr.«

»Ich verstehe. Und mit mir gedenken Sie nun, ein ähnliches Abkommen zu schließen? Madame de Chevreuse, Monsieur d'Anjou und jetzt ich … Sie trauen sich viel zu. Befürchten Sie nicht, mit drei Fronten überfordert zu sein, Madame?«

»Diese Befürchtung verfolgt mich ständig, Monseigneur.«

»Dennoch sind Sie hier.«

Ja, dachte Julie. Und ich bekomme jede Sekunde, die ich länger in diesem Raum verbringe, mehr das Gefühl, dass es ein Fehler war.

»Madame, Sie werden mir jetzt sämtliche Personen nennen, die von Madame de Chevreuse angesprochen wurden in ihren Bemühungen, die Verheiratung Monsieurs zu verhindern.«

Julie verflocht ihre Finger. Sie schob eine Unterlippe vor. Warum sollte sie überhaupt noch etwas sagen und dabei vielleicht eine Menge Menschen ins Unglück stürzen? Hatte der Kardinal vorhin nicht behauptet, dass das, was sie ihm erzählen konnte, keinen Wert für ihn besaß?

»Nun …?« Richelieu sah sie unumwunden an. Sein Mund wurde zu einem Strich. »Madame, in diesem Haus warten Unmengen von Menschen auf die Gelegenheit, die Ihnen gerade geboten wird. Heute hatten Sie Glück. Ich weiß allerdings nicht, ob ich noch ein zweites Mal Zeit für Sie finden werde.«

Julie überlegte fieberhaft. Sie hatte gedacht, einen Handel mit dem Kardinal eingehen zu können. Stattdessen hatte er sie zu einer Bittstellerin degradiert. Nun gut. Vielleicht besaß sie keinen Einfluss. Keine politische Macht. Aber ihrer Würde konnte er nichts anhaben. Sie blieb stehen und suchte seinen Blick.

»Ich werde Ihnen erzählen, was ich weiß, Eminenz.« Sie straffte ihre Schultern und begann. »D'Ornano wurde angesprochen. Er ist verärgert, weil Monsieur noch immer keinen Zutritt zum Ministerrat bekommen hat, denn er meint, dass seine persönliche Macht unweigerlich mit der Monsieurs verkettet ist. Die Brüder Vendôme haben für die Vorschläge von Madame de Chevreuse ebenfalls ein offenes Ohr. César de Vendôme strebt Höheres an als seine Stellung des Gouverneurs der Bretagne. Sein Bruder Alexandre fühlt sich dadurch geprellt, dass er nicht das Amt des Oberbefehlshabers der Marine hat kaufen können. Die Condés …« Und sie fuhr fort, Namen aneinander zu reihen, erklärte Beweggründe, deckte Verbindungen auf, während sie versuchte, die Gesichter, die sie heraufbeschwor, zu ignorieren.

Richelieu hatte ungerührt zugehört.

»Einen Namen vermisse ich noch, Madame. Wie verhält es sich mit dem Comte de Fontes-Villaray? Befindet er sich nicht auch im engsten Kreis von Madame de Chevreuse?«

Julie schluckte. Was nun? Sollte sie den Vater ins Verderben stürzen, indem sie versuchte, den Sohn zu retten? Sie starrte auf ihre Finger.

Auf einmal saß sie wieder in dem monströsen Bett, auf das François sie gelegt hatte. Sie sah in sein ernstes Gesicht, sie spürte seine Haut, wie vor drei Nächten, als ihre Erschöpfung sie alles hatte vergessen lassen, ihren Groll, ihre Angst, und sie einfach das getan hatte, wonach sie sich schon seit Monaten sehnte: Seine Hand zu ergreifen, sie festzuhalten, ihre Kraft, ihre Wärme zu spüren und sie nicht mehr loszulassen. Nein. Sie konnte François nicht verraten. Auch um Thibaults Willen nicht.

»Der Comte hat in der Tat eine enge Beziehung zu Madame de Chevreuse, Monseigneur. Doch er ist einer meiner Freunde, und es wäre mir lieb, wenn sein Name nicht Teil unseres Gesprächs wird.«

»So, so. Sie setzen sich also für Ihre Freundschaften ein, Madame …?« Armand-Jean de Richelieu griff zu einem Becher und nippte daran. Julie meinte, Kamillenduft wahrzunehmen. Er setzte ihn wieder ab, strich über seinen Kinnbart. »Und wie würden Sie das bezeichnen, was Sie mit Gaston d'Anjou verbindet? Verwendeten Sie nicht ebenfalls, als sein Name fiel, das Wort Freundschaft?«

»Monseigneur, sollte es so geklungen haben, bitte ich diese Anmaßung zu entschuldigen.«

»Nun, dann nehmen wir einmal an, dieser Begriff würde von Monsieur gebraucht.« So etwas wie ein Lächeln erschien auf den schmalen Lippen des Kardinals. »Eine einseitige Freundschaft, sozusagen. Würden Sie dann dieselben Bedenken haben, wie Sie sie eben bezüglich des Comte äußerten?«

Plötzlich verstand Julie, worauf Richelieu hinaus wollte. Dass sie ihm die Namen der Verschwörer gegen die Heirat nannte, interessierte ihn wenig. Gewiss hatte er vorhin die Wahrheit gesprochen und verfügte über andere Informanten, die vielleicht noch näher am Geschehen waren, als sie selber. Ihre Verbindung zum Kronprinzen hingegen war einmalig. Es gab nicht viele Menschen, die Gastons Vertrauen genossen. Zwei völlig gegensätzliche Gefühle schossen in ihr hoch. Triumph, weil sie doch noch ein Pfand in der Hand hatte. Und Elend, weil alles in ihr sich dagegen sträubte, Gastons Freundlichkeit auszunutzen.

»Eminenz, Sie als Mann der Kirche werden mir gewiss zustimmen, wenn ich sage, dass Freundschaft keine Ware ist, mit der Handel getrieben werden kann. Doch ich will offen zu Ihnen sein: Ich gestehe, dass Sie nicht der Erste sind, der mir eine solche Frage stellt. Vielleicht beruhigt es Sie, wenn ich Ihnen versichere, dass ich vorhabe, die Werte der Freundschaft vor dieser anderen Person genauso zu verteidigen wie vor Ihnen.«

»Ich verstehe, Madame. Doch ich muss Sie enttäuschen. Ihre Beteuerung reicht mir nicht. Weshalb sollte ich Ihnen glauben?«

»Vielleicht kann ich Sie dadurch überzeugen, dass ich Ihnen den Grund meines Hierseins erläutere?«

»Wenn Sie meinen ... Was erwarten Sie also im Tausch für Ihre Informationen und Ihren Einfluss? Geld? Ein Gut? Eine Heirat?«

»Nichts von alledem, Monseigneur«, schüttelte Julie den Kopf. Sie schöpfte einmal tief Luft. »Ich werde erpresst, und ich hoffe, dass Sie mir aus der verzweifeltesten Situation helfen können, in der eine Mutter sich befinden kann. Mit meinem heutigen Besuch habe ich das Leben meines Sohnes in Ihre Hände gelegt.« Dann berichtete sie. Über Thibault, John, Buckingham und die Entführung. Sie bemühte sich, die Geschehnisse sachlich und verständlich darzulegen, doch sie konnte nicht verhindern, dass der Kloß, der in ihrem Hals steckte, ihre Stimme veränderte. Als sie aufsah, begegnete sie Richelieus Blick.

»Charpentier, geben Sie Madame la Comtesse einen Stuhl.«

Julie ließ sich dankbar auf den gebrachten Hocker gleiten. Erst jetzt merkte sie, wie kalt ihr schon wieder war. Richelieu machte ein paar Schritte.

»Madame, es ist gut, dass Sie mir die Wahrheit über sich erzählten. Ich denke nun, dass wir uns verstehen werden.«

»Die Wahrheit? Aber ...« Julie verschluckte ihre nächsten Worte. Woher wollte er denn sicher sein, dass sie ihm nicht eine rührselige Geschichte erzählt hatte?

Richelieu sah sich nach ihr um.

»Wir unterhielten uns über Freundschaften, Madame. Nun, ich denke, wir haben einen gemeinsamen Freund. Und dieser berichtete uns von Ihrem Schicksal.«

Julie riss die Augen auf. Ein Freund, der von ihrem Schicksal wusste? Damit konnte nur ein Mensch auf der Welt gemeint sein. Sie antwortete vorsichtig:

»Wenn es der Mann ist, den ich meine, so ist er in der Tat ein guter Freund von mir.«

»Guillaume de Tallevende hatte in den letzten Monaten mit vielen Widrigkeiten zu kämpfen.«

Sie beugte sich vor.

»Er lebt? Geht es ihm gut?«

Richelieus Züge waren unbewegt.

»Sein letzter Bericht stammt von vor einem Monat, Madame. Bis dahin lebte er demnach gewiss. Doch in dem Zustand, in dem er sich befindet, kann man stündlich das Schlimmste befürchten.«

»Oh mein Gott ... Ist er verletzt? Oder krank?«

Richelieu hob eine Braue.

»Ich meinte eher seine geistige Verfassung als seine körperliche«, antwortete er sarkastisch. Julie runzelte die Stirn. »Monsieur de Tallevende arbeitet schon seit etlichen Jahren für mich. Seine Informationen waren stets zuverlässig, und ich schätzte ihn als intelligenten und besonnenen Mann. Doch auf einmal verschwindet er spurlos, wochenlang. Als er endlich wieder von sich hören lässt, ist es nur, um mir mitzuteilen, dass er auf der Suche nach einem gewissen Kind ist. Er liefert ein paar Details und empfiehlt Sie, Madame, auf wärmste Art und Weise. Sie hören mir zu?«

»Ja, Eminenz.« Julie wischte sich über die Augen. Guter, teurer Guillaume! Zu wissen, dass jemand in ihrer Heimat auf der Suche nach Thibault war, war das schönste Geschenk, was man ihr machen konnte. Alleine dafür hatte sich der heutige Weg gelohnt. »Sie geben mir wieder Hoffnung, Monseigneur. Danke.«

»Mir brauchen Sie nicht zu danken. Monsieur de Tallevende ist als Spion enttarnt worden, Madame. Sind Sie sich der Konsequenzen bewusst? Er wird sich nirgends mehr in Sicherheit befinden. Sein Unternehmen ist aussichtslos.« Hart stieß er aus: »Nie hätte ich gedacht, dass Monsieur de Tallevende eines hübschen Gesichts wegen seine Mission vernachlässigen könnte.«

Julie hielt Richelieus glühendem Blick stand. Wie oft mochte der Mensch vor ihr auf sein Herz hören? War er wirklich alleine von seinem Verstand beherrscht, wie er es vorgab?

Es lag etwas in den Abgründen seiner Augen, das sie schaudern ließ, etwas Beklemmendes und gleichzeitig Großes. Und plötzlich stieg Hoffnung in ihr auf, dass sie gefunden hatte, wonach sie suchte, dass der eiserne Richelieu der Mensch war, der ihr würde helfen können.

»Madame, unsere diplomatischen Beziehungen zu England verschlechtern sich täglich. Seit ein paar Tagen versucht der Herzog of Buckingham unter Vorwand der Verhandlungen um Henriette und ihrer katholischen Gefolgschaft, nach Frankreich zu kommen. Natürlich werden wir ihm die Einreise nicht gewähren.«

Julie antwortete nicht. Sie konnte sich sehr gut vorstellen, weshalb man den englischen Minister lieber jenseits des Ärmelkanals wusste!

»Dies ist wiederum ein Punkt, der den Herzog sehr erbost und ihn auf Rache sinnen lässt. Es kursieren Gerüchte, nach denen er den Hugenotten in La Rochelle im Falle einer Auseinandersetzung die Hilfe der englischen Kriegsflotte versprochen hat. Es ist sogar von Krieg die Rede. Auf diplomatischem Wege kann ich nichts für Sie tun.«

»Nein, Eminenz. Das hatte ich auch nicht angenommen.«

»Gut. Aber es gibt noch andere Möglichkeiten, auch im Ausland einen gewissen Einfluss auszuüben. Von Ihnen erwarte ich derzeit nichts anderes, als dass Sie die Freundschaften pflegen …«, seine Mundwinkel zuckten, »… die Sie offensichtlich so schnell und erfolgreich schließen.« Er hob einen Arm. »Ich glaube, es ist nun alles geklärt.« Er reichte Julie seine Hand zum Kuss. Sie versank in einem tiefen Hofknicks. Seine Finger waren genauso kalt wie die ihren.

Kurz darauf wurde sie von Robert empfangen, der neugierig einen Blick an ihr vorbei in den Raum warf.

»War das der mächtigste Mann Frankreichs, Mylady?«, fragte er, als sie sich entfernten.

»Nun, der Zweitmächtigste«, antwortete Julie zerstreut. Ihr Kopf kam ihr seltsam leer und leicht vor. »Der Mächtigste ist sicherlich der König, Robert.«

»Ich hatte ihn mir anders vorgestellt. Nach allem, was über ihn gesagt wird.«

»Was wird denn über ihn gesagt?«

»Es gibt da zum Beispiel ein Pamphlet. Soll ich es Ihnen vorsagen?«

»Wenn du möchtest, Robert. Aber nicht so laut, bitte.«

Der Junge blieb auf dem Absatz der Treppe stehen und rezitierte ohne Zögern:

»Er einigt des süßen Honigs Falle,
Mit der Bitterkeit der Galle.
Glaube nie seinen Versprechen,
Seine Hand will dich nur brechen.
Liebkosend bald durchbohrt er dich,

Umarmend gleich erstickt er dich,
Er schmeichelt noch beim Gnadenstoß,
Und seine Seele liegt nie bloß.«

Robert schaute sie beifallsheischend an, meinte dann aber:

»Ich habe Recht getan, es Ihnen nicht vorher zu erzählen, nicht wahr?«

Julie räusperte sich, halb erschrocken, halb amüsiert.

»Wahrscheinlich schon, Robert. Ein sehr beeindruckendes Gedicht. Du bist sehr tapfer, mitgekommen zu sein, obwohl du es kanntest.«

»Pah, so etwas macht mir doch keine Angst«, meinte der Junge großspurig. Und fügte etwas wahrheitsgetreuer hinzu: »Jedenfalls hätte ich Sie da ganz bestimmt nicht alleine hingehen lassen, Mylady.«

Julie lächelte und fuhr ihm über die Haare.

»Du bist wirklich mein tapferer Ritter, Robert. Ich weiß nicht, was ich ohne dich täte.«

⚜

In Gedanken versunken schritt Julie eine halbe Stunde später an Loyses Zimmer vorbei.

»Julie? Wollen Sie kurz hereinkommen? Es ist etwas für Sie abgegeben worden.«

Loyse hielt ein mit Samt bezogenes Kästchen in den Händen. Julie nahm es ihr zögernd ab.

»Von wem ist es?«

»Ein schneidiger junger Mann mit blonden Locken brachte es in einem Wirbelwind vorbei. Fragen Sie die Dienstmädchen, sie sind immer noch hin und weg!«, schmunzelte Loyse.

»Mein Gott!«, flüsterte Julie, nachdem sie das Kästchen geöffnet hatte. »Wie wunderschön!«

Eingebettet in schwarzen Samt lag eine Uhr in Form einer Blume. Das Kleinod mochte halb so lang wie ihr Zeigefinger sein. Über dem Zifferblatt aus Email wölbte sich eine schwere, in Silber gefasste, geschliffene Kuppel aus Bergkristall. Eine kleine silberne Öse umschlang die feine Kette, die es ermöglichte, das Schmuckstück um den Hals oder um die Taille zu tragen.

Wortlos hielt Julie Loyse das Kästchen hin.

Die ältere Dame wurde noch ernster als sonst.

»Haben Sie den Zettel gelesen, der im Deckel klebt?«

Julie nickte, doch Loyse las trotzdem laut vor: »Für die Zeit mit Ihnen, die immer so schnell verrinnt. Und zur Erinnerung an die Vergänglichkeit. Mein herzliches Beileid. G.«

»Was soll ich jetzt tun?«

»Gibt es denn etwas zu tun?« Anne-Catherines Stimme erklang, munter wie immer, während sie sich vorsichtig in den Raum schob. »Wisst Ihr zufällig, wie viel Uhr es ist? Henriette wollte vorbeikommen um mich abzuholen …«

»Frag Julie, sie weiß es bestens seit ein paar Minuten.«

Julie legte Anne-Catherine das schwere kleine Schmuckstück in die Hand und las ihr die beiliegende Nachricht vor.

»Es hat die Form einer Nelke«, sage sie nach einer kurzen Pause zu ihrer Schwester gewandt.

»Findest du?« Loyse zuckte die Schultern. »Wenn du meinst …«

»Aber ja doch. Nelken symbolisieren die Freundschaft.« Anne-Catherine lächelte Julie an. »Das ist eine sehr hohe Ehre, die man Ihnen hier erweist, liebe Nichte. Überlegen Sie sich nur, wem Sie noch erzählen wollen, dass es von Monsieur stammt.«

»Ich glaube, ich werde es keinem erzählen.«

»Auch dem Comte de Fontes-Villaray nicht?«, fragte Anne-Catherine verschmitzt.

Julie blickte überrascht hoch.

»Wie kommen Sie darauf? Nein … Ich weiß nicht … Wahrscheinlich werde ich auch ihm nichts sagen.«

»Ist er ein Freund von Ihnen?« Loyse lächelte. »Verzeihen Sie unsere Neugier. Es fiel uns nur auf, dass er Sie vor drei Tagen nach Hause brachte. Ein attraktiver Mann.«

»Finden Sie?« Julie zog die Nase kraus. »Er trägt immer diese furchtbar überladenen Jacken … damit kann ich mich einfach nicht anfreunden. Und er ist sehr sprunghaft: Einen Moment lang liebenswürdig, den nächsten arrogant und unausstehlich. Und die Herzogin de Chevreuse ist seine Geliebte.«

Loyse biss sich auf die Lippen, konnte sich ein Lächeln aber nicht ganz verkneifen.

»Das zumindest zeugt von seiner Attraktivität, wenn ich mich nicht irre. Schließlich ist die Herzogin in der Lage, sich den besten Kandidaten herauszupicken.« Sie nahm einen Becher, füllte ihn zur Hälfte und gab ihn ihrer Schwester.

»Ich kenne seine Familie.« Anne-Catherine nippte an ihrem Getränk. »Henry hielt große Stücke auf Hurault de Tallevende, den Vater des Comte. Hurault hatte ihm einmal das Leben gerettet, indem er mit seinem eigenen Körper den Pfeil auffing, der den König hätte durchbohren sollen. Eine Heldentat, die sogar in einem Lied gewürdigt wurde. Danach sah es einige Zeit aus, als würde er sterben, doch zur Überraschung aller genas er wieder. Henry hat ihn daraufhin fürstlich belohnt und zum Comte d'-Ardouval, einem einträglichen Stück Land in der Normandie, gemacht. Er war ein wilder Krieger, noch ganz von der alten Garde. Rau, kräftig, unflätig, von einer animalischen Anziehungskraft. Keine war vor ihm sicher.« Anne-Catherine kicherte leise. »Wahrscheinlich ist das der Grund, warum Henry ihn schließlich nach Hause schickte. Hurault machte ihm zuviel Konkurrenz. Ich hörte noch, dass er geheiratet hätte, eine bildhübsche Tochter einer seiner Nachbarn. Er hat, glaube ich, nur diesen Sohn, der das Gut und den Titel der Fontes-Villaray von seiner Mutter geerbt hat. Hurault ist ziemlich früh Witwer geworden und hat meines Wissens nie wieder geheiratet.«

Julie sah ihre Tante groß an.

»Tante Anne-Catherine, Sie haben ein ungewöhnliches Gedächtnis! Ich hatte keine Ahnung, dass Sie so viel über die Familie des Comte wussten.«

»Was Menschen betrifft, ist Ihre Tante unschlagbar, das stimmt. Ich glaube, sie kennt sämtliche Ahnentafeln auswendig.« Loyse reichte nun auch Julie einen Becher.

»Wissen Sie vielleicht auch etwas über den Bruder von Hurault de Talvende?«, fragte Julie gespannt.

»Ein Bruder … warten Sie … Ja, es gab da einen Bruder, Sie haben Recht. Er war jünger als Hurault, mit Vorname Georges oder Guillaume, genau weiß ich es nicht mehr. Ein adretter Bursche, gut gewachsen, kräftig, eine angenehme Stimme. Ich glaube, er hätte es zu etwas bringen können, doch er stand immer in Huraults Schatten. Ich war damals noch sehr jung, gerade erst am Hof angekommen, aber ich weiß noch, dass er mir gut gefiel. Als sein Bruder in die Normandie zurückging, folgte er ihm. Aber er hat es dort wohl nicht lange ausgehalten. Ich habe dunkel in Erinnerung, dass gesagt wurde, er hätte sich auf eine abenteuerliche Reise nach Osten eingeschifft. Ich fürchte, dort ist er verschollen, denn ich habe seitdem nie wieder etwas über ihn gehört.«

Guillaume … Julie wusste, dass er von dieser Reise wiedergekommen war und bis vor kurzem in England eine Waldhütte bewohnt hatte. Warum war er nicht zu seinem Bruder zurückgekehrt? Warum und unter welchen Umständen war er stattdessen in den Dienst des Kardinals getreten?

Clarisse kam herein und eröffnete, die Kutsche der Herzogin de Guise sei soeben im Hof eingetroffen. Anne-Catherine schnellte empor wie ein junges Mädchen.

»Schon? Nun, dann will ich Henriette-Catherine nicht weiter warten lassen.«

Loyse und Julie brachten Anne-Catherine zum Wagen, ein imposanter Kasten, bespannt mit vier feurigen Braunen, die weißen Dampf in den Novembertag stießen. Der Kutscher auf dem Bock fluchte. Er hatte Mühe, die Pferde zu halten. In seinem Gesicht, das rot vor Anstrengung glühte, leuchtete weiß eine zackige Narbe.

»Wie schön, dass Anne-Catherine seit dem Ball wieder ein paar Freundschaften pflegt«, meinte Julie, während die Kutsche aus dem Hof fuhr.

»Ja, das finde ich auch.« Loyse nahm Julie am Arm. »Sie haben uns aus unserem Winterschlaf geweckt, Julie. Es ist wunderbar, Sie hier zu haben. Hoffentlich bleiben Sie noch recht lange bei uns!«

Julie versuchte zu lächeln, schwieg und tätschelte ihre Hand.

Sie dachte an Guillaume. François musste erfahren, dass sein Onkel noch lebte.

Morgen würde sie zu ihm gehen.

⚜

Latrappe machte ein ausgesprochen dummes Gesicht, als er Julie, Robert und Zerberus vor der Eingangstür stehen sah.

»Madame la Comtesse …! Es tut mir Leid, aber mein Herr ist nicht da! Und Monsieur de Racan auch nicht!«

»Dann werde ich hier auf Ihren Herren warten. Oder ist er sehr lange fort?«

»Nein … Das heißt, ich weiß es nicht genau, Madame.«

Julie hob die Augenbrauen.

»Sie scheinen heute Morgen etwas durcheinander zu sein, Latrappe. Lassen Sie mich nun herein, oder soll ich unten in der Eiseskälte warten?«

»Natürlich nicht, Madame. Ich bitte Sie, mich zu entschuldigen, aber es ist eben schon ein Besuch unangemeldet eingetroffen. Ich bin wohl tatsächlich etwas durcheinander. Kommen Sie bitte herein.«

Noch ein Besucher? Oder eine Besucherin? Julies Herz zog sich zusammen. Damit hatte sie nicht gerechnet.

»Nun, Latrappe, ist der Kerl jetzt endlich da? Er soll hier nur hereinkommen!«

Eine ungeduldige und sehr kräftige Männerstimme erscholl aus einem der hinteren Zimmer. Also doch keine Dame. Julie atmete erleichtert auf und schalt sich eine Närrin. Latrappe hob die Augen gen Himmel und nahm Julie ihren schweren Mantel ab.

Sie sah sich um. Hier wohnte François also …

Es war das erste Stockwerk eines adretten Hauses in der rue de la Platrière. Es mochten sieben bis acht Räume sein, spärlich, aber geschmackvoll möbliert, wie Julie angenehm überrascht feststellte. Irgendwie hatte sie erwartet, hier einen ähnlich überladenen Stil vorzufinden, wie François ihn bei seiner Kleidung liebte.

In dem Zimmer, in das Latrappe sie geführt hatte, stand eine große Reisetruhe halb offen herum. Wollte François verreisen?

Nachdenklich ließ sie ihre Finger über eine der Jacken gleiten, die halb über dem Rand der Truhe hing. Dies war nicht eines dieser eleganten, teuren Stücke, sondern ein einfaches, warmes Modell aus braunem Samt. Ohne dass sie darüber nachdachte, was sie gerade tat, ergriff sie die Jacke, hob sie empor und verbarg ihr Gesicht in ihr.

»Aha! Hier stecken Sie also!«

Julie fuhr erschrocken zusammen.

»Sind Sie François aktuelle Mätresse, Madame?«

Julie schluckte und stand wie versteinert da, während der, der sie derart geschmacklos anfuhr, sich langsam näherte.

Der Mann war schon weit jenseits der Sechziger. Er hatte eine Fülle grauer Haare, die er einfach zurückgekämmt hatte, und die ihm dicht bis auf seine Schultern hingen. Er erinnerte Julie seltsamerweise an eine Abbildung des alten Wassergottes Neptun, die ihr Vater ihr einmal gezeigt hatte. Die Ähnlichkeit wurde von dem langen, dichten Bart unterstützt, sowie von den sehr breiten Schultern und den muskulösen Armen. Doch damit endete sie abrupt. Der Mann saß auf einem seltsamen Karren mit vier Rädern, die er mühselig anstieß, um vorwärts zu kommen. Er besaß keine Unterschenkel mehr, und seine Hose war unterhalb der Knie zusammengebunden.

»Ich muss sagen, der Junge entwickelt Geschmack. Nicht schlecht!« Die fleischigen Lippen des Mannes zeigten ein Lächeln, das man nur als wollüstig bezeichnen konnte. Die ausgeprägte und gebogene Nase, die dunklen, glänzenden Augen … Alles zeugte von einer animalischen, unzähmbaren Lebenskraft.

»Monsieur, ich glaube nicht, dass wir uns vorgestellt wurden.«

»Na, na … Nun geben Sie sich man nicht so zimperlich, meine Schöne. Ihr jungen Dinger heutzutage seid alle furchtbar verklemmt, ist mir schon aufgefallen. Kein Wunder, bei dem Kerl, der heute auf dem Thron sitzt. Zu Henrys Zeiten waren die Frauen viel unkomplizierter und natürlicher.« Er schob seinen Wagen noch etwas vor und stand nun dicht vor ihr. Sein Haarschopf endete auf ihrer Brusthöhe und Julie hatte das unangenehme Gefühl, dass er direkt auf ihren Busen starrte.

»Na, wie ist er denn so im Bett, mein Sohn? Hat er etwas zu bieten? Müsste er eigentlich, wenn er auch nur ein wenig von seinem Vater geerbt hat!«

»Ihr Sohn?«

»Schwer zu glauben, dass der alte Hurault de Tallevende so einen kalten Fisch als Sohn hat, was? Na ja, er ist schon immer mehr nach seiner Mutter gekommen …« Er griff nach ihrer Hand, die noch immer François Jacke wie einen Schild vor sich hielt. »Aber Sie, meine Schöne, Sie gefallen mir außerordentlich … Wie ist Ihr Name?«

Julie versuchte, ihm ihre Hand wieder zu entziehen, doch der alte Mann verstärkte seinen Druck.

»Monsieur, ich wäre Ihnen dankbar, wenn Sie mich jetzt loslassen würden.«

»Hmm … Sie duften wie ein Engel und haben eine Haut wie Seide … Hat mein Sohn Ihnen das schon mal gesagt?« Er zog ihre Hand an sein Gesicht und sein Atem lief auf ihrer Haut. Wie gebannt blieb Julie stehen, gleichzeitig abgestoßen und fasziniert. Eine Gänsehaut lief ihren Rücken hinunter.

Die Augen, die sie jetzt von unten anblitzten, waren unverkennbar grau.

»Na, ich wusste doch, dass unter Ihrem kühlen Äußeren ein loderndes Herz steckt … Meine Schöne, ich verspreche Ihnen die anregendsten, schönsten Stunden Ihres Lebens! Keine hat sich je über mich beklagt!«

»Lassen Sie mich los!« Langsam fand Julie die Sache lächerlich. Wäre der Mann nicht ein Krüppel und zusätzlich François Vater gewesen, hätte sie ihm schon längst energischer geantwortet.

»Ah, ich verstehe …« Hurault de Tallevende hatte ihren Blick auf seine verstümmelten Beine bemerkt. »Sie denken, nur weil ich keine Beine mehr habe, kann ich auch sonst nichts mehr, was? Da irren Sie sich aber gewaltig!« Geschickt packte er jetzt auch ihre zweite Hand und zog sie zu sich heran.

»Monsieur, das geht jetzt endgültig zu weit. Wenn Sie nicht sofort Ihre Hände von mir nehmen, werde ich …«

»Was denn, mein Kätzchen? Schön sehen Sie aus, wenn Sie zornig sind. Ich mag auch kratzbürstige Frauen. Solche, die einem das Fell mit ihren Krallen zerreißen … Sie sind heißblütig und leicht zu erregen …«

Er zog sie so weit herunter, dass ihre Augen auf seiner Höhe lagen und sie höchst unbequem stehen musste. Jetzt erst fing Julie an zu realisieren, dass es sich keineswegs um einen schlechten Scherz handelte. Sie begann, sich ernsthaft zu wehren, zerrte und stieß, erst noch verhalten, dann kräftiger, und schließlich so hart sie konnte, um ihre Hände los zu bekommen, während die grauen Augen immer noch lachend in ihrem Gesichtsfeld hingen. Doch Hurault war noch ein ungewöhnlich starker Mann und sie fühlte, wie ihre Handgelenke langsam gefühllos wurden. Sie hätte rufen können, doch sie wollte sich und François die Schmach ersparen. Zornig ließ sie sich mit ihrem ganzen Gewicht nach hinten fallen und verlagerte so abrupt den Schwerpunkt des Wagens.

Mit einem lauten Knall fiel das Gefährt um. François Vater ließ instinktiv ihre Hände fahren, um sich abzustützen und stürzte hart auf den Boden. Schon fürchtete Julie, er könne sich verletzt haben. Sie wollte sich über ihn beugen, als er ihren Rock zu fassen bekam. Sie machte einen Satz zurück, doch Hurault hatte den Stoff bereits fest in seinen Händen.

Julies Stimme wurde heiser vor Wut und Verachtung.

»Ich warne Sie: Wenn Sie mich jetzt nicht sofort loslassen, bekommen Sie einen Fußtritt von mir an einen Ort, der Ihnen sehr lange die Lust an solchen Spielchen nehmen wird!«

»Ich würde auf sie hören, Vater.« Der Tonfall war scharf wie ein frisch geschliffener Degen. François lehnte an der Tür und hatte die Arme über der Brust gekreuzt.

Hurault richtete sich ohne Verlegenheit auf und ließ Julie endlich gehen. Sie schnellte gleich mehrere Schritte rückwärts und rieb sich ihre schmerzenden Handgelenke.

»Sieh mal einer an! Mein lieber Sohn lässt sich tatsächlich noch einmal blicken!« Hurault klopfte sich den Staub von seiner Jacke und grinste, dann brüllte er mit dröhnender Stimme. »Arthur! Antoine! Kommt her und helft mir auf!«

Sofort erschienen zwei riesige Männer mit pechschwarzer Haut und aufgeworfenen Lippen, und hoben den Wagen mitsamt ihrem Herren unter François teilnahmslosem Blick auf.

»So ist es gut. Dreht mich um, dass ich meinen Sohn betrachten kann!« Huraults Blick glitt an François hinunter. »Gut sehen Sie aus, mein Sohn! Ich sah, dass Sie eine Reise planen?«

»Ja. Mir kommt das Pariser Klima plötzlich unerträglich vor.«

»Das kann ich mir denken! Besonders, seit Sie von meiner Anwesenheit erfahren haben, was? Hab mir schon gedacht, dass Sie fliehen würden, und habe mich beeilt ... Ihr alter Vater kann Sie eben noch immer überraschen!«

François antwortete nicht. Sein Gesicht hätte genauso gut aus Stein sein können, so wenig Leben war auf ihm zu erkennen.

»Ich habe mir ein wenig Ihre hübsche Wohnung angesehen, während Ihrer Abwesenheit. Sie haben es zu etwas gebracht, gratuliere! Und charmante Gesellschaft haben Sie auch!«

Julie beobachtete fasziniert die sich vor ihr abspielende Szene.

Vater und Sohn ... Es war durchaus eine Ähnlichkeit vorhanden in dem autoritären Zug um den Mund, den grauen Augen. Doch François besaß nicht diese animalische, fast unanständige kraftvolle Ausstrahlung seines Vaters. Seine Kraft war verborgener, geschmeidiger. Hurault war wie ein Stier, sein Sohn eher eine Raubkatze. Julie fragte sich, wie wohl François Mutter gewesen sein mochte. Einen Mann wie Hurault als Gatten zu haben, war gewiss nicht einfach gewesen.

»Ich kann nicht klagen.«

»Man hat mir gesagt, dass Sie am Hof ein- und ausgehen. Ich habe mich umgehört. Ihr Name wurde in Zusammenhang eines bestimmten Kreises erwähnt ... Leider keiner, der als besonders königstreu gilt.«

»Ich wüsste nicht, inwiefern Sie das etwas angeht.«

»Wirklich nicht?« Huraults Stimme schwoll an. »Ich habe dem König von Frankreich einmal das Leben gerettet! Zugegeben, der jetzige hat wenig Ausstrahlung. Aber unsere Familie hat Frankreichs Herrschern immer treu zur Seite gestanden. Vaillance, fidélité, passion. Das sind die Worte, die auf unserem Wappen stehen. Ich könnte nicht akzeptieren, dass diese Werte von Ihnen missachtet werden!«

»Diese Worte haben für mich mindestens ebensoviel Bedeutung wie für Sie.« François Ton wurde noch kälter: »Und gerade, was die Treue angeht, sind Sie der denkbar letzte Mensch, von dem ich Ratschläge annehmen würde.«

»Ja, Sie haben sich nicht geändert. Sie sind noch immer nicht fähig, Größe zu zeigen. Seit Jahren sind Sie an derselben Stelle hängen geblieben, unfähig, einen Schritt vor oder zurück zu machen, unfähig, über Ihren beschränkten Horizont zu blicken. Und das nennt sich mein Sohn!« In Huraults Augen lag Verachtung.

»Hören Sie auf, über etwas zu reden, das Sie nicht kennen! Die einzige Größe, die Sie jemals interessierte, baumelt unterhalb Ihrer Taille! Über was für einen Horizont haben Sie jemals geblickt? Sie machen sich lächerlich.«

»Lieber will ich mich auf diese Weise lächerlich machen, als als farbloser Laffe durch die Salons zu tändeln. Was für ein erbärmliches Leben Sie doch führen! Sehen Sie sich an! Bedeckt mit Bändern und Spitze von Kopf bis Fuß! Was werden Sie später Ihren Enkeln erzählen? Dass Sie die höchsten Absätze trugen? Dass Ihr Haar das parfümierteste und am kunstvollsten ondulierte war?«

Julie schauderte es vor der Unversöhnlichkeit, mit der beide Männer sich anstarrten.

François war noch immer beherrscht, doch Julie bemerkte das zunehmend ärgerliche Funkeln in seinem Blick. Er verzog die Lippen.

»Nein. Ich werde ihnen erzählen, dass ich einen Vater hatte, der über dreißig Jahre lang von einer Heldentat zehrte, bei der er nichts anderes tat, als zufällig einem Pfeil im Weg zu stehen! Und der den Rest seines Lebens damit verbrachte, brunftig durch seine Ländereien zu hüpfen!« Er deutete mit dem Kopf in Richtung Tür. »Wenn Sie Ihre Neugier befriedigt haben, können Sie jetzt gehen. Oder besser gesagt, sich hinuntertragen lassen.«

Hurault bewegte seine Beinstummel und grinste boshaft.

»Verstehe … Sie wollen schnell wieder mit der süßen Dame alleine sein. Nun, dafür habe ich volles Verständnis.« Er schnalzte mit der Zunge.

»Geben Sie sich keine Mühe. Sie haben noch nie etwas verstanden.«

»Sie unterschätzen mich, mein Sohn. Ein zarter Busen und ein knackiger Hintern sind eine Sprache, die keiner Übersetzung bedarf. Diese Dame hat beides zu bieten … gepaart mit einer feinen, zarten Haut, wie ich mich überzeugen konnte …«

»Sie haben sie angefasst?« François entfaltete seine Arme.

»Natürlich habe ich das. Eine feine Stute, edle Rasse, und Feuer, wenn man weiß, wie es zu entfachen ist …« Er drehte sich zu Julie um. »Das Angebot besteht noch, meine Schöne. Ich biete Ihnen die einmalige Gelegenheit, Vater und Sohn zu vergleichen!«

François ballte seine Fäuste und schnellte auf den Wagen zu. Die beiden gewaltigen Dienstboten Huraults kamen augenblicklich näher.

»François! Nein!« Julie sprang vor. Sie legte beschwichtigend beide Hände auf seine Brust und suchte seinen Blick. »Hören Sie nicht auf ihn! Er will Sie nur provozieren!« Sie konnte spüren, wie hart seine Muskeln unter seiner Haut lagen. »Bitte! Er ist Ihr Vater!«

»Lassen Sie nur, Madame! Der Kerl würde glatt seinen verkrüppelten Vater schlagen, doch ich habe keine Angst vor ihm! Ich habe mich noch nie hinter einem Weiberrock versteckt, im Gegensatz zu ihm! Seine Mutter hat ihn völlig verweichlicht!«

»Erwähnen Sie nicht meine Mutter! Sie waren nicht wert, auch nur den Saum ihres Kleides zu küssen!«

Julie erschrak. Blanker Hass sprühte jetzt aus den grauen Augen über ihr. François packte ihre Schultern und versuchte, sie beiseite zu schieben. Sie sah aus den Augenwinkeln, wie Arthur und Antoine sich aufstellten. Hurault strich sich über den Bart. Ihr Atem stockte.

Sie stellte sich François wieder in den Weg.

»François, hören Sie mir zu!«, flehte sie ihn an. »Das ist es doch, was er will!« Sie suchte seinen Blick, sah ihn eindringlich an und sagte leise: »Steigen Sie nicht auf sein Niveau herab! Lassen Sie ihn gehen!«

François war sehr bleich. Sie verfolgte ängstlich auf seinen Zügen die Spuren des Kampfes, den er gegen sich selbst ausfocht ... und atmete auf, als seine Beherrschung langsam wieder die Oberhand gewann. Sie hörte, wie auch er tief Luft holte. Er schloss die Augen.

Sie hatte gewonnen! Ein Blitz der triumphierenden Freude durchfuhr sie.

Sie löste sich aus seinen Händen und drehte sich zu Hurault um. Sie hätte es mit einem ganzen Regiment aufgenommen. Stolz stellte sie sich vor dem Mann auf.

»Gehen Sie, Monsieur. Sie haben genug Unheil angerichtet für heute.«

»Chère Madame, dies ist eine Angelegenheit zwischen meinem Sohn und mir. Sie hat Sie nichts anzugehen.«

»Tatsächlich? Warum stehen dann diese zwei Wachhunde hinter Ihnen, wenn es nur eine Diskussion zwischen Vater und Sohn ist? Ein glänzender Schachzug, das gebe ich zu: Sie spielen den armen, wehrlosen Krüppel, provozieren François bis aufs Blut, und lassen ihn dann von Ihren Schergen zu Kleinholz verarbeiten ... Und später erzählen Sie, Ihr eigener Sohn hätte Sie angegriffen und stehen auch moralisch als strahlender Sieger da! Vaillance, fidélité, passion ...« Julie lachte spöttisch auf. »Was für schöne, hohle Worte, Monsieur Hurault de Tallevende!«

Huraults Züge verzerrten sich vor Wut.

»Halten Sie den Mund! Ich dulde es nicht, dass eine dahergelaufene Gespielin meines Sohnes so zu mir spricht!«

»Aber mein lieber Monsieur, die Zeiten, wo man Damen nur als wärmende Unterlage für sein Bett gebrauchte, sind längst vorbei! Inzwischen wissen sogar die Hinterwäldler, dass auch Frauen einen Mund und ein Hirn besitzen! Wer damit nicht klar kommt, sollte das Terrain anderen übergeben! Adieu, Monsieur!«

»Haben Sie Glück, dass ich hier festsitze, sonst könnten Sie was erleben, Sie spitzzüngige Viper! Kommen Sie her, und ich zeige Ihnen, dass ein Mann noch mit jeder Frau Ihrer Sorte fertig wird!«

Julie sah ungerührt, wie Hurault wütend auf seinem Karren herumsprang.

»Ein Mann, Monsieur?« Ihr Blick glitt verächtlich an ihm herunter. »Schauen Sie sich doch an. Vielleicht waren Sie einmal einer. Heute sind Sie nur noch ein geifernder Schwanz.«

Sie drehte sich von ihm ab und legte ihre Hand auf François Schulter.

»Kommen Sie, François. Lassen Sie uns in ein anderes Zimmer gehen. Ich habe noch mit Ihnen zu reden.« Er sah sie an, und sie verstärkte ihren Druck. Er nickte.

Sie nahm seinen Arm und sie ließen Hurault einfach stehen.

Ein paar Minuten lang war noch lautes Gezeter aus dem Ankleidezimmer zu hören. Dann wurde es still, und ein paar barsche Befehle hallten durch den Flur. Quietschen, Fluchen und das Ächzen der beiden Diener begleiteten den Abgang von Hurault de Tallevende, dem Comte d'Ardouval.

Als die Eingangstür ins Schloss fiel, atmete Julie erleichtert auf.

François stand an einem Fenster und schaute wortlos auf die Straße.

Langsam trat sie von hinten an ihn heran. Sie sah, wie sein ganzer Körper bebte. Erschrocken machte sie einen Schritt zur Seite und blickte zu ihm auf. Er lachte. Langsam schüttelte er den Kopf.

»Madame, das war eine einmalige Vorstellung.« Seine Zähne blitzten. »In Ihnen steckt eine ausgewachsene Kriegerin!«

Sie senkte den Kopf und sagte leise:

»Nicht immer. Es ist nur … Es ist nur, wenn ich etwas verteidige, was mir am Herzen liegt.«

Sie nestelte an der Kristalluhr, die an ihrer Hüfte hing. Sie wusste, dass sie rot geworden war, denn ihre Wangen brannten. Was war vorhin nur los gewesen mit ihr? Sie war vor Hurault von einer Kraft mitgerissen worden, die sie selber erschreckte. Jetzt hatte sie Angst, aufzuschauen und dem Spott in François grauen Augen zu begegnen.

Er hob eine Hand. Sie hielt den Atem an … Seine Finger strichen über ihre Schläfe. Sie schlug mit den Wimpern, hielt ganz still.

»Julie …«

Zögernd hob sie den Kopf und begegnete seinen grauen Augen. Und nicht eine Spur von Spott war darin zu sehen. Jetzt hob er auch die andere Hand. Ihr Herz klopfte heftig. Er legte beide Handflächen um ihr Gesicht. Sie waren warm und etwas rau. Er lächelte, als er sie betrachtete, ein kleines Lächeln, unterlegt mit Wehmut. Sie öffnete ein wenig die Lippen, um freier zu atmen. Er beugte sich zu ihr hinab.

Als seine Lippen die ihren berührten, erschauerte sie bis in die Fußspitzen.

Mein Gott … hatte er sie auch damals schon so geküsst? Wie hatte sie so lange leben können, ohne seinen Mund, ohne ihn zu schmecken, ohne dieses zärtliche Drängen, ohne diese Sehnsucht?

Sie schloss die Lider. Seine Lippen wurden fordernder. Seine Hände zogen sie an sich. Sie spürte ihn an ihrem ganzen Körper. Ihr Atem entflog ihr in kleinen, hastigen Schüben.

»Julie … Liebes …«

Seine Lippen wanderten über ihre Stirn, ihre Wangen, ihre Schläfen, ihr Kinn. Sein Duft umgab sie, und sie sog ihn ein, gierig, taumelnd. Er küsste ihre Lippen. Sie hielt sich an ihm fest, weil ihre Beine drohten, nachzugeben. Es kam ihr vor, als wolle er sie verschlingen.

»Julie …« Er suchte ihren Blick. Sie las und verstand die Frage in den grauen Augen. Etwas pulsierte in ihr, brennend, verlangend, süß und herrisch zugleich. Sie biss sich auf die Lippen. Ein Kloß lag in ihrem Hals.

Kurz überfiel sie heiße Wut. Warum …? Warum fragte er sie? Weshalb ließ er ihr die Wahl? Warum erlaubte er ihr, ihren Verstand einzusetzen? Sie schnappte nach Luft, brachte kein Wort heraus. Ihr Zorn verflog. Irgendwie gelang es ihr, den Kopf zu schütteln.

Sie sah, wie die Enttäuschung einen kurzen Augenblick lang das Sehnen in seinem Blick überdeckte. Und es war, als blicke sie in ihre eigene Seele. Er vergrub sein Gesicht in ihren Haaren.

Ihr Nacken brannte. Sie lehnte ihren Kopf an seine Brust und spürte an ihrer Stirn, wie hart sein Herz schlug. Sie presste fest die Augen zu. Nein … Nein.

Sie fühlte sich wundervoll. Und elend. Da war er wieder, der geheimnisvolle Mann vom Weiher, ihr Liebhaber, der den Albtraum der Vergewaltigung vertrieben hatte. Sie fühlte sich schwach, bereit, sich ihm zu schenken. Aber das ging nicht. Sie war eine andere geworden, sie trug eine Verantwortung, die sie nie würde ablegen können. Und diese Verantwortung, das Kind, dessen Schicksal in ihren Händen lag, stand zwischen ihnen. Sie erwartete mehr von diesem Mann, als dass er ein guter Liebhaber sei. Sie erwartete, dass er auch ein Vater würde. Und bevor sie sich über diesen Punkt nicht Gewissheit verschafft hatte, würde sie ihm nicht weiter entgegenkommen können.

Er löste seine Umarmung. Sie spähte ängstlich in sein Gesicht, doch er lächelte.

»Kommen Sie ...« Er nahm ihre Hand und zog sie zu einer Holzbank. Sie setzten sich. Julie lehnte ihren Kopf an seine Schulter, und er legte einen Arm um sie. Sie schloss die Augen, noch immer zerrissen, und überließ ihm ihre Hand. Auf einmal spürte sie, wie sein Körper sich anspannte. Fragend blickte sie zu ihm auf. François betrachtete stirnrunzelnd die roten Flecken auf ihrem Arm.

»War das ... mein Vater?«

»Hmm.«

»Es tut mir Leid, Julie. Wenn ich daran denke, dass Sie hier mit ihm alleine waren, könnte ich ...«

»Pst ... Ich kann mich meiner Haut sehr wohl wehren, wie Sie gesehen haben. Und Latrappe und Robert waren ja in der Nähe ... Wollten Sie seinetwegen verreisen?«

Er nickte, und sein Gesicht verfinsterte sich.

»Als ich hörte, dass er in Paris weilt, habe ich Latrappe sofort befohlen, die Truhen zu packen. Ich wusste, ein Treffen würde zu nichts führen.«

»Hatten Sie ihn sehr lange nicht gesehen?«

Er spielte gedankenverloren mit der Kristalluhr.

»Ja ... Sechzehn Jahre lang nicht. Doch er hat sich kein bisschen verändert. Wenn man davon absieht, dass er ein Krüppel ist.«

»Wussten Sie von seinem Unfall?«

Er lächelte wölfisch.

»Ein Unfall war es nicht, der ihm seine Beine gekostet hat. Auch keine Heldentat auf dem Schlachtfeld. Es ist nur das sichtbar gewordene Symbol seines Lebenswandels.«

»Ich verstehe nicht.«

»Syphilis, Julie.«

Julie schlug die Augen nieder und schwieg.

»Darüber sollten Sie sich keine Gedanken machen. Dieser Mann hat nichts mehr mit meinem Leben zu tun«, beschwichtigte François sie.

»Und Guillaume? Versteht Guillaume sich mit ihm?«

»Wie kommen Sie denn auf Guillaume?«

»Meine Tante Anne-Catherine erzählte mir, Guillaume und Hurault seien in ihrer Jugend unzertrennlich gewesen. Warum hat er dann seine Heimat verlassen?«

François rieb sich über das Kinn.

»Mein Gott, Julie, all das ist lange her …« Er sah zu ihr herunter und sie merkte, wie er mit sich kämpfte. Schließlich fügte er hinzu: »Mein Onkel hat damals eine Frau sehr geliebt. Doch sie heiratete einen anderen. Daraufhin ist er in das erstbeste Schiff gestiegen.«

Julie schluckte.

»Und … Und …«

»Und nun stelle ich eine Frage: Weshalb sind Sie heute gekommen, Julie?«

»Wegen Guillaume. Ich habe gestern von jemandem gehört, dass es ihm gut geht. Jemand, der vor etwa einem Monat von ihm hörte. Ich dachte, vielleicht interessiert es Sie, dass …«

Sie stockte, denn er sah sie seltsam an.

»Eine Person, die vor einem Monat von ihm hörte?« Er gab sich noch nicht einmal die Mühe, überrascht auszusehen. Julie wurde klar, dass François schon längst wusste, was sie ihm hatte mitteilen wollen. Plötzlich wurde ihr kalt. Wieder ein Geheimnis … Wie konnte sie so vertrauensvoll an seiner Seite lehnen, bei all dem, was sie trennte? Ihr Magen krampfte sich zusammen. »Julie, wollen Sie mir erzählen, wer diese Person war?«

»Nein, das … das kann ich nicht, François. Aber Sie können darauf vertrauen, dass es stimmt.«

Plötzlich sah er traurig aus.

»Und Sie, Julie … Wann werden Sie mir vertrauen?«

Er hatte Recht. Sie musste mit ihm reden. Wenn François Kuss gerade auch nur eine Spur ehrlich gewesen war, hatte sie keinen Grund mehr, ihm die Existenz von Thibault vorzuenthalten.

Sie sah aus dem Fenster. Es war schon spät.

Er drückte ihren Arm und lächelte.

»Darf ich Sie morgen abholen? Am frühen Nachmittag?«

Sie nickte ernst.

Morgen also.

⚜

François beobachtete, wie seine Begleiterin den hohen Pelzkragen ihres Mantels enger zog.

»Ist es Ihnen zu kalt, Julie?«

Sie antwortete nicht.

Was beschäftigte sie so? Seit er sie abgeholt hatte, war sie in Gedanken versunken neben ihm hergeritten und schaute weder nach rechts noch nach links. Julie sah angespannt aus. Vielleicht noch immer eine Auswirkung des Todes ihrer Mutter?

Er selber jedenfalls hatte sich auf diesen Tag gefreut wie ein kleiner Junge.

Und was für ein Tag das war! Die Luft war beißend kalt, aber kristallklar, die Wintersonne strahlte und ließ die Pariser erstaunt die Augen zusammenkneifen. Ein Wetter, wie es für ihr Vorhaben nicht besser hätte sein können.

Er lenkte den kleinen Trupp, der außer ihnen beiden wie immer aus Alphonsine, Robert, Latrappe und Zerberus bestand, in Richtung Seine. Eine kurze Strecke von der rue Neuve-Saint-Louis aus. Sie hätten sie auch gut zu Fuß laufen können.

In der Nähe der Kirche Saint Paul hatte ein Mann sein Maultier vor einem geschlossenen Laden halten lassen. Sie waren gezwungen, ihre Pferde umständlich um ihn herum zu lenken. Der Mann übersah François irritierten Blick und kehrte ihnen die Rückseite seines schwarzen Mantels zu.

Bald erreichten sie die Seine.

François schmunzelte. Er erinnerte sich, dass er mit Racan gewettet hatte, dass der Fluss dieses Jahr wieder zufrieren würde, und die Chancen standen nicht schlecht. Die kleine Île Louviers, die Île aux Vaches und die Île Notre-Dame hatte das Eis schon mit glitzernden Halskrausen eingeschlossen, die so groß waren, dass die Stadtbewohner vom Seine-Ufer aus zu Fuß von Insel zu Insel gehen konnten. Oder besser gesagt, gleiten.

»Schlittschuh laufen?« Julie machte große Augen, und François lächelte über seine gelungene Überraschung.

»Haben Sie es schon einmal versucht?«

»Ja, aber es ist schon viele Jahre her, vor dem Tod meines Vaters. Er hatte Schlittschuhe aus London mitgebracht. Viele Möglichkeiten zu laufen hatten wir nicht, und meistens haben wir auf dem kleinen Karpfenteich unsere Runden gedreht«, lächelte sie.

»Na, dann werden Sie diese kleine Herausforderung heute problemlos meistern.«

»Ich weiß nicht …« Julie zog angesichts der schmutzigweißen Fläche ihre Stirn kraus.

»Es trägt! Ich bin heute Morgen schon einmal nach Louviers hinübergeritten.«

»Sie sind was?« Julies Augen drückten deutlich ihre Zweifel an seinem geistigem Zustand aus.

»Um ehrlich zu sein, war es nur ein geringes Wagnis. Vor mir fuhr ein Wagen, von Ochsen gezogen.«

»Nun, wenn das Eis so viele Rindviecher auf einmal trägt, kann wohl wirklich nichts passieren!«

»Ihre Zunge ist genauso frech wie die Racans, meine Liebe.« Er sprang von seinem Pferd und streckte ihr die Arme entgegen. »Kommen Sie!«

Natürlich waren da, wo es Schlittschuhläufer gab, auch Schlittschuhverkäufer. Sie erstanden ein Paar für Julie. Latrappe blieb zusammen mit Alphonsine bei den Mietpferden am Ufer. François vertraute ihm seinen Degen an, der ihn beim Laufen nur hindern würde. Dann hockte er sich vor Julie hin und befestigte die Lederriemen ihrer Kufen.

»Gut. Und jetzt, aufs Eis mit Ihnen!« Er zog sie langsam hoch. Sie machten ein halbes Dutzend Schritte auf dem steif gefrorenen Ufer, bevor sie die Seine erreichten, vorbei an Bauchladen-Verkäufern, Gaffern und Gesindel aller Art.

Die ersten Längen waren eine wackelige Angelegenheit. Er beobachtete seine Begleiterin, wie sie sich behutsam vorwärts schob, eine Hand auf seinem Arm, den Blick starr auf ihre Füße gerichtet, und er genoss es, wenn ihm ab und zu ihr frischer Duft entgegen wehte.

»Also gut.« Sie sah kurz hoch, errötete und machte sich frei. »So wird es nicht funktionieren. Ich muss es alleine versuchen. So habe ich es früher auch gemacht.« Sie machte eine kleine, hoheitsvolle Handbewegung. »Sie gehen sich da drüben amüsieren, und ich werde hier so lange herumtorkeln, bis ich den Bogen raus habe. Einverstanden?«

»Also Sie meinen, ich kann Sie heute Abend wieder hier abholen …«

Sie zog ihre Augen zu kleinen, wütenden Schlitzen zusammen.

»Nutzen Sie nicht aus, dass ich vorübergehend meine Schlagfertigkeit eingebüßt habe! Ab mit Ihnen!«

François lachte und zog eine Arabeske über das Eis. Er beschloss, zum Zeitvertreib ein paar Runden zu drehen.

Es war Sonntag, und um sie herum standen noch viele andere Menschen, mit und ohne Kufen. Schmutzige Kinder mit roten Nasen tobten überall umher und machten einen Heidenlärm. Alles sprühte nur so vor Leben. François ließ seine Blicke weiter wandern. Dort war auch der Mann wieder, den sie vorhin am Saint Paul überholt hatten. Er lief mit mürrischem Gesicht und tief in seinem schwarzen Mantel versteckten Händen am Ufer entlang.

François wandte sich gleichgültig ab. Drüben stand Robert, der sich ebenfalls auf die glatte Fläche gewagt hatte. Etwas weiter gab Julie ihre zähen Bemühungen nicht auf. Es sah aus, als würden ihre Versuche langsam fruchten. Sie winkte ihm zu.

In ein paar Schritten glitt er zu ihr hinüber. Sie streckte die Hände nach ihm aus, und diese kleine Geste der Vertrautheit verursachte eine solche Wärme in ihm, dass er sich fast schon lächerlich vorkam.

»Jetzt können Sie mich hinführen, wohin Sie wollen! Ich glaube inzwischen, dass ich es überleben werde.«

»Sehr schön!« Er verbeugte sich vor ihr. »Ihren Arm, Madame!«

Sie hob ihre rot angelaufene Nase und strahlte ihn auf ihre unnachahmliche Art an.

Sie fuhren erst langsam, dann etwas schneller. Julie lachte, als François in rasanten Kurven um sie herum schoss, und auch, als er wegen eines im Eis festgehaltenen Stück Treibholzes fast hinfiel und sich nur durch eine Pirouette fing. Daraufhin stürzte er sich mit aller Geschwindigkeit auf sie.

Sie schrie auf und versuchte zu fliehen. Doch er überholte sie schnell, bekam ihre Hand zu fassen und riss sie mit in einen wilden Strudel. Die Welt kreiste in atemberaubender Schnelligkeit um sie herum und löste sich in bunte Streifen auf. Als sie endlich wieder zum Stehen kamen, war ihm schwindelig. Er beugte sich zu ihr hinüber und spürte ihren fliegenden Atem auf seinen Lippen. Sie errötete und warf einen verschämten Blick um sich. François sah auf. Der Mann mit dem schwarzen Mantel starrte in ihre Richtung. Etwas weiter stand Robert und winkte. Der Junge hatte Zerberus mit seinem Gürtel an einem im Eis gefangenen Ast festgebunden und animierte ihn, eine Kraftprobe zu liefern. Doch der Riesenhund weigerte sich auch nur den Versuch zu machen, an dem Gurt zu ziehen.

François biss sich vor Enttäuschung auf die Lippen. Warum bloß hatte er Julie an einen Ort führen müssen, wo sie beide nicht einen Augenblick alleine sein würden?

»Sie sehen müde aus. Wollen wir eine Pause einlegen?« Sie nickte und sah lächelnd zu ihm auf. Er schluckte. Julie sah bezaubernd aus, und er hoffte inständig, dass ihre Wangen nicht nur von der Kälte gerötet waren. »Wie wäre es mit einem Beignet? Ich habe eine alte Frau auf Louviers welche backen sehen.«

»Ach ... Sie haben sie auch schon entdeckt?« Sie spitzte die Lippen. »Ich überlege schon die ganze Zeit, wie ich Sie dazu bringen könnte, mir eines dieser runden fettigen Dinger zu spendieren!«

Als er zurückkam, hatte sie sich am Ufer auf einen vom Hochwasser angeschwemmten Baumstamm niedergelassen. Sie blinzelte unter der bereits tief liegenden Sonne und sah auf einmal wieder ernst und nachdenklich aus. Ein paar kleine Kinder balgten sich nicht weit von ihr. Auf dem gegenüberliegenden Ufer hielten die Händler die Stellung. Es war der Ausklang eines wundervollen Nachmittags.

»Voilà, zwei frisch gebackene Beignets!«

Sie nahm ihm lächelnd den dampfenden Kuchen ab und biss hinein. Er setzte sich neben sie und aß selber mit Appetit von dem Gebäck.

»Erzählen Sie mir ein wenig von sich, François. Seit wann fahren Sie Schlittschuh?«

Er runzelte die Stirn. Fast hätte er die Frage mit einem Scherz abgetan, doch dann sah er in ihr ernstes Gesicht und beherrschte sich. Verflixt ... Er musste aufhören, hinter jeder Frage, die Julie ihm über seine Jugend stellte, eine Falle zu wittern. Er bemühte sich, in einem leichten Tonfall zu antworten.

»Ich habe es auch als Kind erlernt. Von meiner Amme Yvonne. Sie war die dickste Frau, die Sie sich vorstellen können. Und eine flinke Läuferin.«

Julie lächelte.

»Ich hatte auch eine Amme, doch ich kann mich nicht mehr an sie erinnern. Sobald ich groß genug war, feste Nahrung zu mir zu nehmen, packte mein Vater mich ein und schleppte mich überall mit hin. Was sollten eine Amme oder ein Kindermädchen da noch zu tun haben?«

»Eine ungewöhnliche Art, ein Mädchen zu erziehen. Doch es ist Ihnen gut bekommen.«

»Ja, das ist es«, antwortete Julie. Sie spielte mit dem Band, das ihren dicken Mantel zusammenhielt.

»Ihr Vater muss ein Kindernarr gewesen sein.«

»Das war er. Er hätte sich noch mehr Kinder gewünscht. Doch meine

Geburt hatte meine Mutter damals sehr geschwächt, und er hatte Angst, dass eine erneute Schwangerschaft ihr Leben in Gefahr bringen würde.« Ihr Gesicht verdunkelte sich. »Wie Recht er hatte! Wenn der zweite Mann meiner Mutter genauso rücksichtsvoll gewesen wäre, würde sie vielleicht noch leben! Mein Vater war sehr verantwortungsbewusst.«

»Ja, manche Männer gehen in der Aufgabe auf, Verantwortung zu übernehmen.«

»Manche Männer …?«

»Nun, ich gehöre nicht dazu, muss ich gestehen.« Er sah auf sie hinab, zwinkerte und zog einen Mundwinkel hoch. »Ich vermeide Verantwortung, wo immer ich es kann.«

Ihr Kopf fuhr hoch. Er lächelte in ihre weit aufgerissenen Augen.

»Habe ich Sie schockiert? Das wollte ich nicht. Finden Sie es verwerflich, wenn man sich weigert, sich eine Schlinge um den Hals legen zu lassen? Ich finde es schlimmer, Erwartungen zu wecken, die man hinterher nicht erfüllen könnte. Sehen Sie, weil ich keine Versprechen mache, ist noch keiner von mir enttäuscht worden.«

Es fiel ihm auf, dass sie sich plötzlich sehr gerade hielt. Ihre Hand, die gerade das Gebäck an ihren Mund führen wollte, sank wieder in ihren Schoß herunter. Sie räusperte sich.

»Haben Sie keine Angst, einmal alleine dazustehen?«

Er schüttelte ernst den Kopf.

»Nein. Nein, das habe ich nicht. Ich lebe schon sehr lange alleine, wenn man davon absieht, dass ich meine Wohnung mit Racan teile. Ich kann mir etwas anderes gar nicht mehr vorstellen. Ich habe immer Gesellschaft gefunden, wenn ich sie brauchte.« Er strich über eine ihrer Haarlocken, die unter ihrer Samtkappe hervorlugten. »Sogar wundervolle Gesellschaft wie die Ihre, Julie. Wahrhaftig, Sie sind das Schönste und Kostbarste, das mir in der letzten Zeit begegnet ist.«

Sie verzog etwas den Mund, ohne ihn dabei anzusehen. Dann winkte sie eines der Kinder zu sich heran. Es kam nach einigem Zögern näher. Sie bot ihm ihr Stück Kuchen an, und der schmutzige Knirps entriss es ihr und eilte davon. Sie senkte den Kopf.

»Sie lieben Kinder, nicht wahr?« Er merkte, wie sie sich versteifte, und fügte hinzu: »Entschuldigen Sie. Es war eine geschmacklose Frage. Ich weiß, dass Sie letztes Jahr Ihren Sohn verloren haben.«

Sie blickte stumm auf ihren Schoß.

»Sie haben mir nichts von ihm erzählt, als wir uns im Wald von Eastington kennen lernten …«

»Ja, das ist richtig.« Ihre Antwort kam leise und zögernd. »Wir … Wir haben uns nicht unbedingt unterhalten, damals.«

»Ja …« Er lächelte und nahm ihre Hand. »Wir haben es anders herum angefangen als üblich.«

»Ja, das stimmt«, sagte sie gepresst. »Deshalb ist es gut, wenn wir nun reden.« Sie blinzelte. »Ich hielt Sie zum Beispiel lange Zeit für einen verheirateten Familienvater.«

Er runzelte die Stirn und umschloss fest ihre Hand. Sehr ernst meinte er:

»Das werde ich nie sein, Julie.« Als er spürte, wie ihre Hand erbebte, wusste er, dass er richtig geraten hatte. »Hören Sie mir bitte zu. Ich bin ein Mann, dem sein Leben, so wie es jetzt ist, sehr gut gefällt. Wenn man heiratet, ist die Zuneigung zur Abhängigkeit und Pflicht verkommen. Man unterzeichnet einen Ehevertrag, man zählt den Hausrat, man ist zur Treue verdammt. Ist man treu, so wird man unzufrieden und träge, ist man es nicht, stürzt man den anderen ins Unglück, der sich verlassen und missachtet fühlt. Geht es uns beiden da nicht viel besser? Wir sitzen hier beieinander, weil wir es uns wünschen, und nicht, weil wir es uns versprochen haben. Sie sind Witwe, genießen finanzielle Freiheit und haben keine Verpflichtungen. Ganz Paris liegt Ihnen zu Füßen. Was könnten Sie sich mehr wünschen?«

Ihre Stimme war kaum zu hören.

»Zum Beispiel eine Familie …«

»Ach, Julie, Familie ist doch kein Wert, nach dem man streben kann! Es ist eine Ansammlung von Menschen, die große Chancen haben, eher schlecht als recht zueinander zu passen! Was glauben Sie, wie viele dieser Frauen um uns herum ihre Männer schon verlassen hätten, wenn sie es sich gesellschaftlich und finanziell leisten könnten? Und wie viele Männer das ewige Gezanke und Geplärre ihrer heilen Familie abends in die Schenke treibt? Julie, Sie sind doch nicht so stark an Konventionen gebunden, dass Sie gleich heiraten wollen? Schließlich haben Sie es mir damals am Weiher bewiesen …«

Sie schüttelte heftig den Kopf und entriss ihm ihre Hand.

»Sie irren sich! Ich war damals erschöpft und verzweifelt, sonst hätte ich Ihnen nie im Leben nachgegeben! Treue ist für mich kein leeres Wort, und ich glaube an die Werte der Familie!« Sie sprang auf, und er sah bestürzt, dass ihre Augen sich mit Tränen füllten. »Was erwarten Sie von mir? Dass ich Sie nachts heimlich in mein Zimmer lasse, damit Sie morgens vor dem Frühstück wieder verschwinden? Dass ich mir in einem dieser finsteren Kräuterlädchen Mittel besorge, um ja nicht schwanger zu werden? Und dass ich mit jedem Jahr ein wenig mehr zittere, weil meine Jugend dahinschwindet und ich Angst haben muss, dass Sie eine jüngere Mätresse finden? Nein, François, dazu bin ich mir zu schade!« Sie klopfte sich zornig den Schmutz vom Kleid. »Doch Sie werden gewiss genug andere finden, denen dieses Geschäft schmecken wird!« Ihr Gesicht war nass, und sie wischte sich heftig mit den Handflächen über die Wangen. Dann drehte sie sich um und lief zum Eis hinunter.

François schnellte hoch. Er streckte die Hand nach ihr aus.

»Julie! So warten Sie doch! Glauben Sie wirklich, man muss heiraten, um einander treu zu sein?«

Sie drehte sich kurz um. Ihr Blick war dunkel wie die Nacht.

»Nein. Aber um ein Kind in Sicherheit aufzuziehen, schon. Es ist alles gesagt, glaube ich. Adieu, Monsieur.«

Sie ließ ihn stehen, und er sah ihr nach, innerlich und äußerlich wie gelähmt.

Mit kleinen Schritten entfernte sie sich von ihm, eine zierliche, dunkle Gestalt auf der gefrorenen Wasserfläche.

Verdammt … Warum ließ er sie gehen? Warum … Warum versprach er ihr nicht, was sie hören wollte, was hinderte ihn daran, nachzugeben?

Doch dann überlagerte eine andere Silhouette die, die sich gerade entfernte. Auch sie anmutig, auch sie zerbrechlich … Und dann der Schmerz. Nicht der ganze Schmerz, dazu hatte er ihn viel zu lange und viel zu gut vergraben. Nur die Erinnerung an ihn. Doch es reichte aus, um ihn keuchen zu lassen.

Nein! Nie mehr!

Freiheit! Unabhängigkeit. Nur keine Angriffsfläche bieten. Nie mehr.

Es gelang ihm, seinen Blick von Julies Gestalt zu lösen. Und langsam, ganz langsam drehte er sich ab.

Er ließ sich auf den Stamm zurücksinken und vergrub sein Gesicht in den Händen.

»Mylady!«

Er sah auf. Weit weg, auf der linken Seite, schlitterte Robert unbeholfen, aber so schnell er konnte, über das Eis. Sein Mund war weit aufgerissen, er war kreidebleich und fuchtelte wild mit den Händen. François runzelte die Brauen. Was zum Teufel …?

Er sah in die Richtung, die Robert eingeschlagen hatte. Und ihm stockte der Atem.

Sie stand da, regungslos. Starrte einen Mann an, der vor ihr stand. Er hatte die Enden seines schwarzen Mantels zurückgeschlagen. In seiner Rechten hielt er eine Schusswaffe. Die Mündung richtete er genau auf ihren Brustkorb.

François wusste nicht, wie er das Eis erreicht hatte, doch plötzlich fühlte er es unter seinen Kufen splittern. Er sprang, glitt, fraß es auf … Fremde Menschen mit erschrockenen Gesichtern huschten an ihm vorbei.

»Julie! So laufen Sie doch!« Verdammt, warum lief sie nicht weg?

Der Mann mit der Waffe sah kurz zu ihm hinüber und presste die Kiefer aufeinander. Er spannte den Hahn seiner Pistole.

François stöhnte auf. Zwanzig Schritte noch! Er schaffte es nicht!

Auf einmal hatte er den Stein in der Hand. Das Eis zischte, als er seine Kufen hineinbohrte. Er kam abrupt zum Stehen. Er spürte jeden Muskel seines rechten Armes, als der Stein davonflog. Der Schwung riss ihn mit, er rutschte aus und fiel auf seine Hände.

Der Schuss war ohrenbetäubend.

Ein gellender Schrei. Sein eigener.

Doch dann sah er, dass Julie noch dastand. Er rappelte sich hoch. Der Mann fluchte und hielt seine Schulter. Die Pistole lag ein paar Schritte von ihm entfernt. Sie rauchte und drehte sich um sich selber. Der Mann griff an seinen Gürtel. Da stürzte François sich auf ihn.

Er hatte den Hals des Angreifers gepackt. Der Mann lief rot an, dann befreite er sich mit einem derben Schlag. François schlug zurück, auf das vernarbte Gesicht, immer wieder. Die Hiebe, die ihm der Mann verpasste, spürte er nicht. Plötzlich wich sein Gegner zurück. Wollte er aufgeben und fliehen?

Da sah er den Knüppel auf sich hinabsausen. Julie schrie auf.

François drehte sich, doch nicht schnell genug. Das Schwemmholz prallte auf seine rechte Schulter. Er taumelte, stürzte nach hinten und ein gleißender Schmerz durchflutete ihn. Der Angreifer grinste teuflisch, Mordlust flackerte in seinen Augen. Im selben Moment, wie der Mann erneut an seinen Gürtel griff, war François wieder auf den Beinen. Schon blitzte etwas in der Hand seines Gegners auf. Ein Messer. Er hielt die Klinge nach oben und schnellte vor. Doch das gefrorene Wasser erschwerte jede präzise Bewegung. Ein Satz, und François war schräg neben ihm. Er packte die Hand des Mannes und drehte ihm den Arm um. Das Messer fiel klappernd auf die Eisfläche. Sie griffen danach und umschlossen bereits beide die Waffe, als eine von François Kufen auf etwas ausrutschte. Er stürzte, riss dabei seinen Gegner mit, fiel halb auf ihn. Der Mann unter ihm bäumte sich auf, zuckte mit den Gliedern und rührte sich nicht mehr.

François befreite seinen Arm, der unter dem Mann eingeklemmt war. Er richtete sich heftig atmend auf, in der Rechten das blutige Messer. Vorsichtig drehte er den Mann mit seinem Fuß um. Blut schoss aus dessen Hals, und bildete auf dem Eis eine schreiend rote Pfütze. Er ließ das Messer fallen und bückte sich. Gründlich, aber erfolglos durchsuchte er die Taschen des Mannes.

Als er über seinen Mund wischte, bemerkte er, dass seine Unterlippe stark blutete. Irgendwo unter seinem rechten Auge pochte eine Platzwunde. Er blickte zu Julie auf.

»Julie …«

Sie schüttelte leise den Kopf.

»Nein. Ich habe nichts. Es geht mir gut.«

Er sah ihre verkrampften Finger, den starren Blick und den schmalen Strich, zu dem sie ihren Mund zusammenpresste, und er wusste, dass sie log. Er machte einen halben Schritt auf sie zu, doch ein kurzes Aufflackern in ihren blauen Augen genügte, um ihn zurückzuhalten.

Verdammt … Irgendetwas war furchtbar schief gelaufen …

Sein Kopf dröhnte und er hatte Schwierigkeiten, nachzudenken. Er konnte seinen rechten Arm immer schlechter bewegen. Außerdem tat ihm sein Bein höllisch weh.

Julie machte einen kleinen, vorsichtigen Schritt auf den Mann zu, der sie hatte umbringen wollen. Sie blieb in respektvoller Entfernung stehen, als hätte sie Angst, ihn mit ihrer Nähe zu neuem Leben zu erwecken. Der Tod hatte seine Züge zu einer hässlichen Maske erstarrt, was zu der zackigen Narbe passte, die quer durch sein Gesicht sprang. Sein Blut rann noch immer auf das Eis. Es dampfte.

»Leider können wir ihn jetzt nicht mehr fragen, von wem er geschickt wurde«, meinte François, etwas undeutlich, weil seine geschwollene Lippe ihn behinderte. »Haben Sie den Mann schon einmal gesehen?«

»Ich glaube nicht … Nein … Ich weiß nicht …« Ihre Stimme war tonlos. »Ich weiß es einfach nicht … Es gibt so viele Menschen in dieser Stadt … zu viele Menschen …« Sie blickte um sich, den Blick gefüllt mit Abneigung gegen alles, was sie umgab. Fahrig strich sie sich eine Strähne aus der Stirn. »Sie glauben nicht, dass er nur ein gemeiner Räuber war?«

»Wollte er Geld von Ihnen?«

Sie schüttelte wortlos den Kopf.

François warf einen schnellen Blick um sich, doch alles schien ruhig. Der Mann war wohl alleine gewesen.

»Wo ist Robert?«

»Hier, Mylady …«

»Mein Gott, Robert, was ist denn mit dir geschehen?«

»Ich … Ich wollte eben so schnell laufen und dann bin ich gefallen … Ich glaube, ich habe mir den Arm gebrochen …«

Julie lief zu ihrem Pagen, der mit gekrümmtem Rücken seinen Unterarm hielt. Er hatte das Gesicht zu einer Grimasse verzogen, die beruhigend sein sollte, aber nur kläglich wirkte.

»Armer Junge!« Julie strich ihm über die Wange.

»Mylady … Hat er Ihnen etwas getan?«

»Nein, Robert. Der einzige, der hier verletzt ist, bist du!«

Na, herrlich, dachte François sarkastisch. Ich komme um vor Sorge um sie, kämpfe um ihr und mein Leben, besitze kaum noch ein heiles Fleckchen Haut und sie geht zu ihrem Pagen und tröstet ihn, weil er über seine eigenen Füße gestolpert ist!

»Vielleicht sollten wir auch noch daran denken, den armen Hund loszumachen, den irgendein Schlaumeier festgebunden hat!« Seine Stimme klang schroffer als gewollt, und Robert warf ihm einen schwarzen Blick zu. »Nehmen Sie meinen Arm, Julie. Ich glaube, wir sollten jetzt nach Hause gehen.«

Doch sie drehte den Kopf ab und lief, etwas ungeschickt und sehr langsam, alleine zum Ufer. Es wurde ausgemacht, dass Latrappe bei dem Leichnam warten sollte, um die Umstände mit der Wache zu klären.

Mit Mühe und Not gelang es, Robert auf sein Pferd zu heben. Als Julie ihrerseits aufsteigen wollte, versagten ihre Kräfte. Mit ausdruckslosem Gesicht ließ sie sich von François helfen. Er hob sie vor sich auf den Sattel. Die Schmerzen, die ihn dabei durchfuhren und die auch später jeder Tritt des Pferdes verursachte, merkte er kaum. Was er kaum aushielt, war das Gefühl, dass er Julie verloren hatte.

⚜

»Aua! Passen Sie gefälligst auf!«

»Die Riemen müssen angezogen werden, junger Mann«, antwortete der Chirurg unbeeindruckt. »Du willst doch zu deinem Klumpfuß nicht auch noch unbedingt einen krummen Arm bekommen, nehme ich an?«

»Mein Fuß ist nicht zu krumm, um …«

»Robert, es reicht!« Julie war nicht in der Stimmung, sich den Zank anzuhören. »Sei froh, dass Monsieur Touvenant dich behandelt! Entschuldige dich bei ihm! Auf der Stelle!«

Robert senkte die Nase und murmelte etwas Unverständliches in die Richtung des gutmütig blinzelnden Chirurgen. Julie nahm sich zusammen, um ihren Pagen nicht erneut anzufauchen.

Seit letztem Sonntag lief sie im Haus ihrer Tanten wie ein Tier im Käfig herum. Drei Tage, an denen sie kaum gegessen und nur sehr schlecht geschlafen hatte. Sie fing Loyses Blick auf und verzog lächelnd den Mund. Ihre Tanten machten sich Sorgen um sie. Sie glaubten, dass sie Angst vor einem neuen Anschlag hatte. Und wahrscheinlich hätte jeder Mensch an ihrer Stelle Angst gehabt. Doch das war es nicht. Ein paar Sätze hatten Julie mehr getroffen, als jede Kugel es vermocht hätte.

Anne-Catherine schob ihren Stuhl zurück.

»Also, wenn hier immer nur geschimpft wird, werde ich jetzt Henriette-Catherine einen Besuch machen!«

»Schon wieder?« Loyse sah von ihrer Stickerei hoch. »Ihr seid wohl unzertrennlich geworden, ihr beiden!«

»Wir haben uns letztes Mal vor einer Woche gesehen! Sie hat etwas Kummer mit ihrer Tochter und dieser Heirat, die sich immer wieder hinauszögert. Clarisse?«

»Ja, Madame, ich komme«, nickte das Hausmädchen.

»Sag Jean-Pierre, er soll das Maultier satteln!« Anne-Catherine schüttelte den Kopf. »Henriette-Catherine hat mir sonst immer ihre Kutsche geschickt, aber sie hat mir geschrieben, dass ihr Kutscher seit drei Tagen unauffindbar ist, und so …«

Julie zuckte zusammen. Ihre Hand schnellte nach vorn.

»Warten Sie …« Sie sprang auf. »Was sagten Sie da, Tante? Seit drei Tagen?« Sie fasste sich an die Stirn. Natürlich! »Mein Gott! Ja, jetzt erinnere ich mich! Der Mann auf dem Kutschbock, als Sie einmal abgeholt wurden … Da habe ich ihn gesehen! Nur kurz, aber ich kann mich an die Narbe erinnern, die sein Gesicht verunstaltete …«

»Wovon reden Sie?« Loyse und Anne-Catherine sahen sie alarmiert an.

»Ich weiß jetzt, wer der Mörder war! Der Kutscher der de Guise!«

»Aber Julie, das kann ich nicht glauben! Henriette-Catherine würde nie …«

»Nein, Tante Anne-Catherine. Sie nicht.«

»Aber ihre Tochter Marie!« Loyse stöhnte auf. »Herr im Himmel, wenn das stimmt …«

»Tante, ich komme mit. Ich muss mich mit Marie de Montpensier aussprechen.«

»Ja. Das müssen Sie in der Tat. Wir reiten sofort los.«

⚜

Julie tätschelte die Hand ihrer Tante, lächelte ihr beruhigend zu und eilte davon.

Sie lief aufs Geratewohl die breite steinerne Treppe empor. Ein erstauntes Zimmermädchen, das sie durch ihr autoritäres Auftreten einschüchterte, wies ihr die Richtung, und sie eilte weiter.

Nachdem sie in zwei Zimmern vergeblich gesucht hatte, wurde sie fündig.

Julie stieß die Tür des prunkvoll eingerichteten Zimmers auf, in dem Marie de Montpensier, umgeben von vier anderen Damen, am Fenster saß.

»Madame«, nickte Julie ihr kurz zu, »wir müssen uns unterhalten.«

Marie de Montpensier hatte eine überraschte Bewegung gemacht, als Julie hereingeplatzt war, sich aber sehr schnell wieder gefasst. Sie zog gelangweilt die Brauen hoch, aber ihre Augen blickten wachsam.

»Antoinette, sagen Sie dieser Dame, dass ich nicht pflege, unangemeldet Besuch zu empfangen.«

Die Angesprochene klappte das dicke Buch zusammen, aus dem sie gerade vorgelesen hatte, und stand auf.

»Lassen Sie uns alleine, Antoinette«, meinte Julie fest. »Und nehmen Sie die anderen Damen gleich mit. Ich muss dringend mit Mademoiselle de Montpensier sprechen, und ich glaube nicht, dass Ihr Beisein erwünscht ist. Oder wissen Sie auch etwas über Kutscher zu erzählen?«

Antoinette blickte irritiert von Julie zu ihrer Herrin. Diese reckte das Kinn und stand auf.

»Es ist gut. Gehen Sie, meine Damen. Aber kommen Sie in zehn Minuten wieder. Bis dahin wird unser überraschender Besuch sich gewiss wieder verabschiedet haben.«

Endlich alleine, maßen sie sich mit Blicken.

»Nun, Madame la Comtesse, Sie haben erreicht, was Sie wollten. Reden Sie.«

»Ich habe gehört, Sie vermissen Ihren Kutscher?«

Marie de Montpensier zuckte mit keiner Wimper.

»Wirklich sehr rührend von Ihnen, sich Sorgen um mein Personal zu machen, Madame. Doch ich bin guter Hoffnung, auch ohne Ihre Hilfe einen neuen zu finden.«

»Möchten Sie denn gar nicht wissen, was mit Ihrem alten Kutscher passiert ist? Wo werden in Paris die namenlosen Leichen gleich noch hingebracht … Ins Châtelet, nicht wahr?« Marie erbleichte kurz. Doch schon hatte sie sich wieder im Griff. Sie hob ihre Hand, um in einem Spiegel ihre tadellose Frisur zu ordnen. Gleichzeitig zuckte sie die Schultern.

»Ich weiß nicht, worauf Sie hinauswollen.«

»Nun, dann will ich Ihnen gerne weiterhelfen.« Julies Entrüstung ließ ihre Stimme beben. Sie machte einen Schritt auf Gastons Verlobte zu. »In einem Wort: Versuchen Sie nie wieder, einen Mordanschlag gegen mich zu verüben, Sie müssten es bitter bereuen!«

Die Frau lachte auf und schüttelte gereizt die Locken. Ihr scharfer Blick, den der Spiegel auf Julie zurückwarf, war jedoch bar jeder Belustigung.

»Ich glaube, Sie haben den Verstand verloren!«

Julie lächelte.

»Wie schnell man doch Gemeinsamkeiten entdeckt, wenn man erst einmal ein wenig miteinander plaudert. Auch ich bin durchaus geneigt, an Ihrer Vernunft zu zweifeln!«

»Madame, ich bin nicht bereit, mir weiter Ihre Beleidigungen anzuhören«, stieß Marie de Montpensier hervor. »Ich bitte Sie, jetzt zu gehen, oder ich muss meine Leute rufen.«

Julie wischte Maries Drohung mit einer Geste beiseite. »Wie dumm von Ihnen, ausgerechnet Ihren Kutscher für Ihren Plan zu dingen.« Sie hob die Brauen. »Wie konnte Ihnen so ein Fehler unterlaufen? Wissen Sie denn nicht, dass der Mann öfters in der rue Neuve-Saint-Louis war, um meine Tante Anne-Catherine abzuholen?« Julie schnippte mit den Fingern. »Tss, tss, tss, so etwas Unbedachtes aber auch! Aber vielleicht tue ich Ihnen Unrecht, und Sie waren nicht zu dumm, sondern nur zu knauserig, einen erfahreneren Halsabschneider einzustellen?«

Mademoiselle de Montpensier ballte ihre Fäuste.

»Ich weiß nicht, was dieser Kutscher gemacht hat, wenn er nicht im Dienst war«, brachte sie mühsam zwischen ihren zusammengebissenen Zähnen hervor. »Wenn er in seiner freien Zeit versucht, englische Comtessen zu ermorden, ist das bedauerlich, geht mich aber nichts an!«

Julie warf die Arme hoch.

»Ach, hören Sie doch endlich auf, Versteck mit mir zu spielen! Ich bin nicht an Gaston d'Anjou interessiert, Madame!«

Auf einmal fiel Maries Maske ab.

»Wirklich? Wie glaubwürdig!«, schrie sie auf. »Jeder spottet darüber, wie lächerlich Sie sich machen, wenn Sie hinter ihm herlaufen!«

»Ach ja? Warum lachen Sie dann nicht, Madame? Nicht die Spur eines Lächelns auf Ihrem Gesicht … Eher Angst, würde ich sagen!«

»Sie sind verrückt!«

»Wenn ich wirklich an Monsieur interessiert wäre, wäre ich als Erstes zu ihm anstatt zu Ihnen gelaufen und hätte ihm die ganze Sache erzählt!«

»Es wäre Ihr Wort gegen meines!«, warf Marie wild zurück. »Ich glaube, Sie überschätzen Ihren Einfluss in dieser Stadt!«

»Es gibt viele Zeugen. Und einen Leichnam! Auch Sie stehen nicht über der Justiz! Der Mann kann zwar kein Geständnis mehr ablegen … aber für einen übelriechenden Verdacht, der sich wenig vorteilhaft auf den Ruf von jemanden auswirken würde, der den Thronerben heiraten möchte, reicht es allemal! Und Gerüchte sind leicht auszustreuen!«

»Ich habe keine Angst vor Ihnen!«, keifte Marie schrill und stampfte auf. »Sie sind keine Bedrohung für mich! Ich bin die reichste Erbin Frankreichs! Sie sind ein Nichts!«

»Ja, ein Nichts!«, lachte Julie. »Und Sie schrecken vor nichts zurück, nicht war, Madame? Denn Sie kennen Monsieur … Er ist jung und unberechenbar! Und Sie haben Angst, dass er aus reinem Trotz und Übermut eine Mesalliance eingehen könnte!«

Marie de Montpensier rannte im Zimmer auf und ab.

»Nein, Nein! Nie würde er so etwas tun!« Sie schüttelte heftig den Kopf. »Jeder weiß, dass die Staatskassen leer sind! Sogar Gaston kann sich dem nicht entziehen!«

»Ich will nur, dass Sie mich in Frieden lassen!«, meinte Julie nun, plötzlich ruhig. »Und ich sage Ihnen zum letzten Mal: Der Herzog d'Anjou interessiert mich nicht!«

Ihre Widersacherin streckte die Hände aus, wie um den Himmel als Zeuge für so viel Dummheit anzurufen.

»Mutter Gottes, das kann ich nicht fassen! Ist Ihnen denn noch nie zu Bewusstsein gekommen, dass Sie Königin werden könnten? Die Königin von Frankreich! Und Sie erzählen mir, er sei Ihnen gleichgültig! Das ist zu komisch, wirklich!« Sie lachte grell.

»Es mag außerhalb Ihrer Vorstellungskraft liegen, aber es ist so.«

Marie de Montpensiers Augen verengten sich. Sie baute sich dicht vor Julie auf, den Mund verzerrt.

»Madame, wissen Sie, was? Sie sind einfach nur erbärmlich in Ihrer Mittelmäßigkeit!«

»Ich danke für Ihre offene Meinung«, Julie beugte sich vor. Leise sagte sie: »Für mich sind Sie erbärmlich in Ihrem mangelnden Selbstbewusstsein, trotz Ihres immensen Reichtums! Und in Ihrem verdorbenen Wesen! Ich kann nur beten, dass Frankreich eine solche Königin erspart bleibt!« Sie hob ihre Hand. »Und noch eins: Sollte mir irgendetwas zustoßen, werde ich Personen meines Vertrauens bitten, gewisse Wahrheiten publik zu machen … Mitsamt Beweisen und vereidigten Zeugenaussagen.« Sie warf ihr einen letzten Blick zu. »Und nun adieu, Mademoiselle.«

Sie ließ sie stehen und ging zur Tür, vor der Antoinette und die anderen Frauen warteten. Sie deutete in das Zimmer.

»Sie können jetzt wieder hinein. Man wird Sie dort brauchen.«

⚜

Julies gesunde Wut war noch nicht abgekühlt, als sie nach Hause kam. Sie wollte gerade an der offenen Tür von Loyses Zimmer vorbeirauschen, als sie eine bekannte Stimme vernahm.

»Cruel tyran de mes d…désirs …«

Sie blieb überrascht stehen und schaute hinein. Racan saß bei ihrer Tante und las ihr bei einem Glas Wein vor.

»… Tout cède au pouvoir de ses yeux:

Leurs cl…clartés n'ont point de pareilles …« Der Dichter unterbrach seine Vorlesung und sah hoch.

»Sieur de Racan! Verzeihen Sie, ich wollte Sie nicht stören. Welch überraschender Besuch! Ich wusste gar nicht, dass Sie und Tante Loyse sich kennen!«

Sie bemerkte, wie Loyse errötete. François Freund lächelte und verbeugte sich.

»D…Diese Ehre habe ich schon recht la…lange, Madame. Ich bin sozusagen ein stiller Ver…Verehrer Ihrer Tante. Vielleicht legen Sie mal ein gutes Wort bei ihr f…für m…mich ein!«

»Hören Sie nicht auf diesen Charmeur, Julie. Wie war Ihr Besuch?«, fragte Loyse.

»Wie geplant, Tante. Ich habe hoffentlich alles bereinigt.«

»Gott sei Dank.«

Racan wühlte in der Tasche seiner abgeschabten Jacke. Unter einem nicht mehr sehr sauberen Tuch kam eine Uhr mit angelaufenem silbernen Gehäuse zum Vorschein.

»I…Ich muss mich leider schon verabschieden«, sagte er. »Ich habe Madame de Rambouillet vers…sprochen, heute Nachmittag vorbeizukommen und w…wollte vorher noch nach Fontes-Villaray schauen.«

»Bestellen Sie ihm bitte meine Genesungswünsche, Monsieur.« Loyse lächelte ihren Besucher warm an.

»Genesungswünsche?« Julies Kopf schnellte hoch. »Ist François … Ist der Comte krank?«

»Nichts von B…Bedeutung, Madame.« Racan lächelte, während er sich vergeblich bemühte, vor dem Spiegel seinen zerknitterten Kragen in gefällige Falten zu legen. »Ich bin sicher, er wird in drei bis vier Tagen wieder au…aufstehen können. Wenn das Fieber nachlässt, natürlich. Aber bei so einer robusten Kon…Konstitution wie der seinen wird es sicherlich kein Problem sein.« Er klopfte zerstreut auf seinen Hut. Eine kleine Staubwolke stieg auf.

»Fieber? Aufstehen?« Julie griff sich an den Hals. »Ich wusste nicht, dass er ernsthaft verletzt wurde! Haben Sie schon einen Arzt gerufen?«

»Stur wie er ist, w…will er davon nichts wissen. A…aber machen Sie sich keine Sorgen. Latrappe schwört auf eine Heilsalbe, die er immer für die Pfer…Pferde benutzt, wenn sie sich etwas zugezogen haben.«

»Mein Gott!«, rief Julie mit weit aufgerissenen Augen aus. »Sie lassen ihn mit Fieber und einer Pferdesalbe alleine? Ein schöner Freund sind Sie, dass muss man schon sagen!« Sie blickte zögernd zu Loyse herüber. »Tante …«

Sie sah verwundert, wie Loyse Racan zuzwinkerte und lächelnd sagte: »Gehen Sie zu ihm, Julie.«

»Ja? Gut …« Sie zog ihren Mantel wieder an, und murmelte: »Schließlich ist er meinetwegen verletzt worden. Das bin ich ihm doch schuldig!« Sie sah auf. »Ist der Chirurg noch da, der Robert behandelt hat?«

»Ja, ich glaube, er ist in der Küche. Der Stallbursche wollte ihm seine kleine Tochter zeigen.«

»Gut. Wir werden ihn mitnehmen. Monsieur de Racan?«

Der Poet grinste.

»Ich bringe Sie m…mit dem allergrößten Vergnügen zu ihm, Madame.«

⚜

Julie lief an Racan vorbei. Von ihrem letzten Besuch in der rue de la Platrière wusste sie, wo sich das Schlafzimmer befand. Sie klopfte an die Tür, die nur angelehnt war. Als sie eine kurze Antwort hörte, trat sie ein. Dann blieb sie verlegen stehen.

Der ganze Raum wurde von einem breiten Himmelbett aus dunklem Nussholz beherrscht, dessen blaue Samtvorhänge weit offen standen, um die Wärme des prasselnden Feuers hineinzulassen. Neben dem Bett standen auf einem Hocker ein Wein- und ein Wasserkrug mit einem Becher, auf dem Boden türmten sich blutige Verbände.

Auf den Laken lag François auf dem Bauch ausgestreckt und splitternackt.

»Bist du es, Racan? Schön, dass du wieder da bist … Du könntest mir eines deiner ellenlangen Gedichte vortragen. Ist verdammt langweilig, den ganzen Tag auf dem Bauch zu liegen.«

»Racan kommt gleich, Monsieur. Im Augenblick bin nur ich da.«

Bei dem Klang ihrer Stimme zuckte François zusammen. Er versuchte, sich aufzurichten, doch er fiel mit einem Stöhnen wieder auf das Lager zurück.

»Julie … Was in drei Teufels Namen machen Sie denn hier?«, blitzten sie die grauen Augen ärgerlich von unten an. Ihr Herz schlug schneller, doch sie gab sich kühl.

»Guten Tag, Monsieur. Auch ich freue mich sehr, Sie wiederzusehen. Wie ich sehe, sind Sie noch fähig, unfreundlich zu sein, das lässt auf einen nicht allzu kritischen Zustand hoffen.«

»Racan! Hast du sie hierher gebracht?«

Der Dichter war mit dem Chirurgen eingetreten und lächelte vergnügt.

»Das brau…brauchte ich nicht. Sie hat sich von g…ganz alleine gebracht.«

François zerrte an seinem Laken und versuchte, sich damit zu bedecken.

»Lassen Sie das, Monsieur«, meinte Julie milder. »Es gibt nichts, was ich nicht schon gesehen hätte.« Sie ignorierte Racans verdutztes Gesicht und trat an das Lager.

François Körper war mit großen, grünblauen Flecken übersät, doch das war nebensächlich. Böser sah die rechte Schulter aus, die den schweren Hieb, der eigentlich seinem Kopf gegolten hatte, abgefangen hatte. Sie war stark geschwollen und zeigte einen riesigen Bluterguss. Am bedenklichsten aber war eine Wunde, die genau am Ansatz der rechten Pobacke klaffte. Es war ein großes Loch, mit aufgeworfenen Rändern und von ungesunder Farbe. In seiner Mitte glänzte gelb der Eiter.

Julie verzog den Mund. Sie hatte lange genug während ihrer Klosterzeit Schwester Marie-Madeleine beim Verarzten geholfen, um zu sehen, dass sich diese Wunde entzündet hatte und dringend einer Behandlung bedurfte. Sie bemerkte die Schweißperlen auf François Schläfen und die Blässe unter seiner gebräunten Haut. Sie legte ihre Hand, die noch kalt von draußen war, auf seine heiße Stirn.

»Sie haben hohes Fieber.«

Er schloss kurz die Augen, murrte aber:

»Das wusste ich auch schon.«

Julie ließ sich durch seine schlechte Laune nicht beirren.

»Monsieur Touvenant, kommen Sie her, und schauen Sie sich diese Wunde an …«

Der Chirurg trat näher. Sie beugten sich über François Hinterteil und tauschten ein paar Worte.

»Wie haben Sie sich diese Wunde zugeführt?«, fragte Julie schließlich. »Es ist kein Messerstich!«

Monsieur Touvenant sperrte eine mitgebrachte Tasche auf.

»Mmm … Es war dieser verdammte Ast. Erst bekam ich ihn auf die Schulter, dann bin ich auf ihn gefallen. Immer noch besser als dieser Kerl, der in sein eigenes Messer gestürzt ist.«

»Es ist kein Wunder, dass es sich entzündet hat«, meinte der Chirurg. »Ein altes Stück Holz, das tage- oder wochenlang in diesem stinkenden Wasser gelegen hat … Es kann gut sein, dass es splitterte und sich noch etwas von ihm in der Wunde befindet. Ich werde sie aufschneiden müssen, um sie gründlich zu säubern. Es wird leider sehr schmerzhaft sein.«

»Glauben Sie, dass es meine erste Verletzung ist? Gießen Sie mir Schnaps ein, und es wird gehen.«

Julie spitzte den Mund.

»So ist das also. Sie sind wohl ein ganz harter Kerl, hmm? Na fein. Dann können wir ja sofort anfangen. Monsieur Touvenant, Ihr Patient kann es kaum erwarten.«

Julie ergriff die Schnapsflasche, die Racan gerade hereingebracht hatte und hob sie an François Lippen. Er nahm einen großen Schluck, verschluckte sich und hustete, vorsichtig darauf bedacht, sich so wenig wie möglich zu bewegen. Sie hielt seinen Kopf. Dann zog sie ein Tuch aus ihrem Mieder, tauchte es in den Krug und legte es auf François Stirn.

Julie holte sich einen Hocker, der in einer Ecke stand. Sie setzte sich so, dass sie François Gesicht sah und ihm den Blick auf den Chirurgen versperrte, nahm seine Hand fest in die ihre und nickte. Monsieur Touvenant setzte das Messer an.

Minutenlang war nichts zu hören außer dem Knacken der Scheite im Kamin, François schwerem Atem und dem Brummen des Chirurgen.

Julie drückte die kräftige, schwielige Hand. François hatte die Augen geschlossen, doch nach einiger Zeit merkte sie, dass er ihren Druck erwiderte. Ihr Blick hing an seinem Gesicht und bekam jede Zuckung mit. Sie biss sich auf die Lippen. Nein, ihre Auseinandersetzung vor drei Tagen, die Enttäuschung, die ihr Herz zerrissen hatte, hatten dem Gefühl, das sie immer noch für ihn hegte, nichts anhaben können.

Sie liebte ihn.

Ja, sie liebte ihn! Diese Erkenntnis, die sie noch nie in Worte gefasst hatte, traf sie wie ein Schlag. Seit Monaten gaukelte sie sich vor, an François nur interessiert zu sein, weil er Thibaults Vater war. Eine Lüge!

Das war sie also, die Liebe …

Es war nicht die beginnende Zuneigung, die sie für Frederik gespürt hatte, sondern etwas Wildes, Beängstigendes, Absolutes.

Und dieses Gefühl übte eine solche Macht auf sie aus, dass sie heute hier saß, obwohl sie vor drei Tagen bereit gewesen wäre zu sterben, nachdem François sie verschmäht hatte.

Tränen stiegen in ihre Augen. Es überfiel sie der Drang, diese Hand loszulassen und wegzulaufen, zu fliehen, so weit sie ihre Beine tragen würden. Wenn die Liebe bedeutete, dass sie ihre ureigensten Prinzipien und Werte vergaß, dann wollte sie nicht lieben! Sie erbebte, löste den Druck ihrer Finger – da griff François Hand nach ihr. Er öffnete die Augen. Und das, was sie jetzt dort las, weil die Beherrschung der Schmerzen alle Kräfte aufzehrte, die er sonst zur Tarnung seiner Gedanken gebrauchte, ließ sie den Atem anhalten. Ob es noch Hoffnung gab? …

Hoffnung … Hatte sie nicht auch früher einmal gehofft, Frederiks Liebe zu gewinnen? Und wie kläglich war sie gescheitert!

»Aha, da haben wir den Schurken! Ein schöner langer Splitter, den Sie sich da einverleibt haben, Monsieur! Aber das haben wir gleich!« Der Chirurg arbeitete munter hinter Julies Rücken weiter.

François biss die Zähne zusammen. Ein Muskel spielte in seiner Wange. Er presste ihre Hand plötzlich so fest, dass sie fast aufgeschrien hätte. Dann schloss er wieder die Augen.

Nachdenklich betrachtete Julie seine müden Züge, das feste Kinn, die dunklen zusammengezogenen Brauen, die leicht gekrümmte Nase, die sich schärfer als sonst abhob. Dieser Mann war fähig, so viel Schmerz zu verschlucken, er gab so wenig preis von seinen Gefühlen … In der Beziehung war er Frederik sehr ähnlich. Was konnte sie ihm glauben? Konnte sie ihm glauben, wenn er ihr sagte, sie sei das Kostbarste, was ihm in letzter Zeit begegnet sei? Oder wenn er behauptete, Verantwortung abzulehnen und keine Familie zu wollen?

Sie wusste es nicht. Aber es würde ihr nichts anderes übrig bleiben, als es herauszufinden. Sie straffte ihre Schultern. Es wäre ihr feige vorgekommen aufzugeben. Das würde sie erst, wenn sie absolut sicher war, dass er ihre Gefühle nicht erwiderte und sein Sohn ihm nichts bedeutete.

»So! Fertig!« Der Chirurg trat zurück. »Am besten lassen Sie die Wunde ohne Verband, Monsieur. Ich denke, Sie können momentan sowieso nichts anderes anstellen, als auf dem Bauch zu liegen. Wenn Sie es wünschen, werde ich morgen wiederkommen, um nach der Wunde zu schauen.«

François öffnete die Augen.

Julie atmete tief ein. Langsam entzog sie ihm ihre Hand. Eines war sicher. Sie liebte ihn, aber sie war nicht bereit, nachzugeben. Eine Zukunft als seine Mätresse würde es nicht geben.

Sie schwenkte noch einmal ihr Tuch im Wasser und legte es ihm wieder auf die Stirn. Dann stand sie auf und lächelte mit kühler Freundlichkeit auf ihn herunter.

»Ich werde mich bei Monsieur Touvenant erkundigen, ob es Ihnen besser geht, Monsieur. Ich hoffe, dass das Schlimmste überstanden ist. Jetzt brauchen Sie erst einmal etwas Ruhe.«

»Ich danke Ihnen, Julie. Das nächste Mal hoffe ich, Ihnen wieder meine bessere Seite zukehren zu können.«

»Das hoffe ich auch«, nickte sie ernst. »Übrigens habe ich heute erfahren, wer den Mann schickte, der Ihnen dieses Ungemach verursachte.«

François graue Augen waren sofort hellwach.

»Wer?«, fragte er nur.

»Es wird nicht wieder passieren. Ich habe mich mit dieser Person ausgesprochen.«

»Alleine?« Seine Augen funkelten. »Ja, sind Sie denn von allen guten Geistern verlassen? Sie verdienen es ja nicht anders, als regelmäßig in Lebensgefahr zu geraten!«

»Natürlich alleine, Monsieur.« Sie sah ihn ruhig an. »Jemand machte mir unlängst klar, dass es sich alleine trefflich leben lässt. Ich habe mich entschieden, mich in Zukunft danach zu richten. Au revoir. Ich muss jetzt gehen, es wird schon dunkel.«

»Julie … Wollen Sie mir nicht verraten, wer es war?«

»Nein. Es ist Teil meiner Abmachung mit dieser Person, dass ich ihr Geheimnis wahren werde. Leben Sie wohl!«

Sie verabschiedete sich von Racan und dem Chirurgen und verließ das Zimmer.

»Latrappe! Du wirst sie begleiten! Beeile dich!«, erklang es noch barsch hinter ihr.

Vor der Wohnungstür blieb sie stehen. Kurz lehnte sie ihre Stirn an die kühle Holzfläche.

Dann schob sie die Unterlippe vor, drückte die Klinke herunter und trat aus der Wohnung.

Sechs

»Lorsque, les yeux baignés de pleurs,
Je lui dis que de mes douleurs
Le remède est en sa puissance;
La mauvaise, qui le sait bien,
D'un petit souris d'innocence
Veut feindre de n'en savoir rien.«

»Wenn ich, die Augen voller Tränen,
Ihr sage, dass die Heilung
Meiner Leiden in ihrer Macht liegt,
Gibt die Grausame, die es wohl weiss,
Mit einem kleinen unschuldigen Lächeln
Vor, nichts davon zu wissen.«

Mai 1626

»Madame la Comtesse, schließen Sie dieses Fenster, ja? Und bringen Sie mir das Kristallflakon vom Frisiertisch. Ich habe so schreckliche Migräne, dass mein Kopf bald platzt!« Marie de Chevreuse sank in ihre Kissen zurück. Plötzlich erstarrte sie, wurde bleich und setzte sich wieder auf. »Haben Sie das gehört?«

Julie horchte. Rhythmische Schritte hallten im Flur vor der Zimmertür wider.

»Es wird eine Truppe der königlichen Garde sein, Madame. Catherine sagte, es befinden sich immer noch fünfhundert Soldaten auf dem Schloss. Doch die Straßensperren um Fontainebleau sind inzwischen aufgehoben.« Es bereitete Julie ein diebisches Vergnügen, die Herzogin zusammenfahren zu sehen. Dennoch bemühte sie sich, nichts von ihren Gefühlen preiszugeben.

Es war nur eine kleine Genugtuung. Seit sechs Tagen wurde sie von der Herzogin wie ein Dienstmädchen ununterbrochen durch die Gegend gescheucht. Sie war inzwischen genauso nervös wie die blonde Frau auf dem Bett.

Julie trat zu dem vollgestellten Frisiertisch und suchte das verlangte

Flakon. Als sie sich hinüber beugte, um danach zu greifen, schob sie vorne eine Porzellandose mit Amberkugeln über die Tischkante. Die Dose zerbrach in ein Dutzend blassgelber Scherben, und die Duftbällchen, die eigentlich für frischen Atem sorgen sollten, kullerten in alle Ecken des großen Raumes.

»Ah, vraiment, Madame, wie ungeschickt Sie sind!«

»Dieser Frisiertisch ist viel zu klein für all diese Schönheitsprodukte!«, warf Julie zurück. Sie winkte eines der Mädchen herbei, um sauberzumachen, und brachte der Herzogin den gewünschten Gegenstand, den sie ohne Dank entgegennahm.

Julie beobachtete die Frau, während die ihre Handgelenke mit etwas Parfüm benetzte und die Lider schloss. Die schönen blauen Augen der Herzogin waren von tiefen Schatten umrahmt. Ihre Lippen waren zusammengepresst, und ihr Teint hatte unter der schlechten Luft ihres Zimmers gelitten. Und doch sah sie schon erheblich besser aus als vor sechs Tagen, als sie in diesen Raum geflüchtet war.

Vor sechs Tagen war Gastons Erzieher d'Ornano, Marie de Chevreuses zuverlässigster Helfer bei ihrer Verschwörung, auf Befehl des Königs verhaftet worden.

Louis hatte vor einem Monat beschlossen, nach Fontainebleau zu reisen. Als Julie zusammen mit dem gesamten Hof in dem blendend weißen Schloss eingetroffen war, hatte sie sehr schnell gespürt, dass etwas in der Luft lag. Und sie war nicht die Einzige gewesen, die es bemerkt hatte. Etwas bahnte sich an, alle hatten es geahnt und halb erwartungsvoll, halb ängstlich auf den König und seinen Minister, den Kardinal, geschielt.

In den letzten Wochen hatten die Herzogin und d'Ornano die Netze ihres Einflusses enger um den Thronerben zusammengezogen. D'Ornano hatte im regen Briefwechsel mit allen politischen Größen des Königreichs gestanden. Sowohl aus der Normandie, wie auch aus der Bretagne und der Champagne waren ermutigende Nachrichten gekommen. Man hatte finanzielle Hilfe versprochen, bewaffnete Männer, oder auch Schutz, falls Gaston sich zur offenen Revolte gegen seinen Bruder entscheiden sollte. Selbst die Hugenotten hatten ihr Interesse bekundet.

Man hatte es sogar gewagt, Gaston mehr oder weniger unverhohlen den Thron anzubieten.

Und der Thron war eine gewaltige Verlockung, so gewaltig, dass sie fähig war, alle moralischen Bedenken beiseite zu fegen. Die Unzufriedenheit Gastons war in den letzten Monaten beträchtlich gewachsen. Er sehnte sich nach einer sinnvollen Aufgabe, doch Louis hatte alle Anfragen abgewiesen und seinen Bruder nach wie vor vom Ministerrat ferngehalten. Julie war in Gesprächen, die sie mit dem Thronerben geführt hatte, klar geworden, dass Gaston immer schlechter dem Druck widerstand, missgelaunter und unruhiger wurde. D'Ornano, dem er am meisten vertraute und der ihn einen guten Teil seiner Kindheit begleitet hatte, hatte seinen Einfluss auf Gaston massiv für seine eigenen Zwecke eingesetzt.

Doch nicht nur Gaston hatte sich angespannt gezeigt.

Wenn Kardinal de Richelieu von seinem Schloss Fleury-en-Bière, in dem er momentan residierte, hier in Fontainebleau eintraf, hastete er mit gerunzelter Stirn durch die Gänge. Der König war wortkarger denn je, und sein Gesicht erhellte sich nur während seiner geliebten Jagdausflüge. Die Königin zeigte sich erregt, und ihre glänzenden Augen verfolgten hoffnungsfroh und ängstlich zugleich, wie die Fäden der Intrige immer länger und klebriger wurden und allmählich zu einem festen Netz zusammenwuchsen.

Von seinen Hoffnungen auf einen schnellen Erfolg geblendet, hatte d'Ornano alle Warnzeichen ignoriert. Er war überzeugt gewesen, durch seine persönliche Beziehung zu Gaston unantastbar zu sein. Der letzte Dünkel, den Marie de Chevreuse ihm eingeflüstert hatte, war, nicht nur für Gaston, sondern auch für sich selbst einen Zugang zum Ministerrat zu verlangen.

Ein fataler Fehler, denn höchstwahrscheinlich hatte es Richelieu auf den naheliegenden Gedanken gebracht, dass der unersättliche Korse seinen eigenen Platz anvisierte.

Dann war alles ganz schnell gegangen.

Der König hatte in den ersten Maitagen sechshundert bewaffnete Männer eines Garderegiments herbeigeordert. Überall waren Soldaten aufgetaucht, alle Fluchtwege waren versperrt worden. Abends war Gastons ehemaliger Erzieher festgenommen und abtransportiert worden, und nun befand er sich auf dem Wasserweg zum Gefängnis von Vincennes.

Ein perfekt geplanter Schlag, der so unerwartet gekommen war, dass er Madame de Chevreuse zunächst in helle Panik versetzte. Überzeugt, dass sie als Nächste verhaftet werden würde, hatte sie sich hier eingeschlossen, wie eine Maus, die sich in ihrem Loch verkriecht und nur noch ängstlich und gebannt auf die Öffnung starrt, die tödliche Tatze erwartend, die sie herauszerren würde.

Doch die königliche Tatze war nicht erschienen, und wenn die Soldaten auch, so wie eben, lärmend an der Tür vorbeizogen, hatten sie doch nie die Schwelle überschritten.

Julie hatte das zweifelhafte Vergnügen gehabt, die Angst der Herzogin hautnah mitzuerleben. Marie de Chevreuse hatte die ganzen Tage lang vor Nervosität kaum schlafen können und sich von ihr zur Ablenkung über Stunden hinweg im Kerzenschein vorlesen lassen.

»Ich schätze es nicht, so angestarrt zu werden, Madame.« Die hellblauen Augen der Herzogin hatten sich wieder geöffnet. »Möchten Sie mir etwas mitteilen?«

»Ich dachte, dass die letzten Tage für uns alle recht anstrengend waren. Und dass ich froh bin, Sie in genügend guter Verfassung zu sehen, sodass Sie sicherlich bald wieder auf meine Anwesenheit werden verzichten können.«

»So? Sie schätzen meine Gesellschaft wohl nicht besonders, Madame la Comtesse?«

Julie blickte sie kalt an. Plötzlich hatte sie keinerlei Lust mehr, höflich zu sein.

»Wie könnte ich das, Madame? Habe ich irgendeinen Grund, Ihnen dankbar zu sein oder Ihnen freundschaftliche Gefühle entgegenzubringen?«

»Ach, ich sehe, Sie wählen den Weg der Offenheit.« Marie de Chevreuse zog ihre zierliche Nase kraus. »Sie haben sich mir von Anfang an entgegengestellt, wo immer Sie nur konnten, Madame. Glauben Sie nicht, dass ich das nicht bemerkt hätte. Haben Sie nur einmal, wie ich es Ihnen befahl, ehrlich versucht, Gaston d'Anjou von seiner Heirat mit Mademoiselle de Montpensier abzuhalten?«

Julie presste die Lippen zusammen.

Die Herzogin lachte hart. »Was sind Sie nur für eine Mutter, Madame, dass Sie derart leichtfertig das Leben Ihres Kindes aufs Spiel setzen?«

»Schweigen Sie lieber, Madame!«, fauchte Julie. »Keiner hat weniger das Recht, über meine Mutterliebe zu urteilen, als Sie. Mein Sohn ist mir das Wichtigste auf Erden. Ich würde mein Leben für ihn geben. Doch ich bin nicht nur Mutter, Madame. Ich bin ein freier Mensch, der von seinem Vater erzogen wurde, nachzudenken und Verantwortung zu übernehmen. Ich stürze mich nicht kopflos in ein Abenteuer und noch weniger gehorche ich blindlings.«

»Also …« Die Herzogin schnappte nach Luft. »Was erlauben Sie sich eigentlich?«, platzte sie heraus, die Augen ungläubig aufgerissen. »Ich fasse es nicht! Worüber beklagen Sie sich? Seit Monaten ist es Ihnen vergönnt, in den höchsten Kreisen ein und aus zu gehen. Sie sind umgeben von Luxus, Sie sind nach der neuesten Mode gekleidet, Sie amüsieren sich, wohnen bei Ihren Tanten im vertrauten Familienkreis …« Sie lachte entrüstet. »Mein Gott, Madame, mit Kusshand würde jede weniger begünstigte Frau Ihr Schicksal akzeptieren!«

»Ach, tatsächlich? Ich will Ihnen sagen, was ich Ihnen verdanke, Madame: Mein Sohn wird bald ein Jahr alt. Ich kann nicht dabei sein, wenn er seine ersten Schritte macht, ich werde nie erfahren, welches Wort er zum ersten Mal aussprach … Ich würde ihn nicht einmal erkennen, wenn ich ihn wiedersehe, und er würde vor mir wie vor einer Fremden zurückschrecken! Meine Mutter ist ohne mein Beisein gestorben. Ich habe mich nicht von ihr verabschieden können, ich habe ihr nicht beistehen können, und, noch schlimmer, ich habe ihr noch nicht einmal erklären können, warum ich es nicht konnte! Stattdessen vergeude ich meine Zeit in schalen Soireen und tanze nach der Pfeife von übersättigten, gelangweilten Herzoginnen, die sich nichts Amüsanteres ausdenken können, als ein wenig in der Politik mitzumischen und Schicksal zu spielen!« Sie nahm eine gezierte, grelle Stimme an. »Nein, wie lustig, lassen Sie uns doch hier eine kleine Revolte anzetteln, da eine tüchtige Verschwörung in Gang setzen! Und jetzt warten wir ab und verfolgen, wie sich die Menschen um uns herum die Köpfe einschlagen! Wie erbaulich!«

Die Herzogin sprang auf.

»Madame, Sie vergessen sich! Sie maßen sich an, über Dinge zu urteilen, von denen Sie nichts verstehen!«

Julie war viel zu erleichtert, endlich einmal alles los zu werden, was sich im Laufe der letzten Monate in ihr aufgestaut hatte. Ihre Wut überspülte jede Vorsicht.

»Vielleicht verstehe ich nicht alles, aber wenigstens gebe ich mir im Gegensatz zu Ihnen die Mühe, über die Folgen meines Handelns nachzudenken!«

»Was für eine Unverschämtheit!«, lachte Marie de Chevreuse erbost. »Da wird eine kleine Comtesse aus einem finsteren Loch irgendwo in England geholt und meint offensichtlich sofort, die Weisheit mit Löffeln gefressen zu haben! Verzeihen Sie, Madame, dass ich Ihre klugen Ratschläge nicht vorher erfragt und mir nicht die große Erfahrung, die Sie in der Politik besitzen, zunutze gemacht habe!«

»Vielleicht hätten Sie das in der Tat tun sollen, Madame. Dann bräuchten Sie hier nicht zitternd darauf zu warten, abgeführt zu werden!«

Die Herzogin kochte vor Wut, doch sie verlor nicht die Fassung. Leise zischte sie:

»Nun hören Sie mir mal gut zu, Sie rebellische kleine Närrin: Wenn ich abgeführt werde, werden Sie es auch, verstanden?« Sie lächelte, als Julie aufsah. »Ach, darüber haben Sie wohl noch nicht nachgedacht, in Ihrer übergroßen Voraussicht? Ja, meine Liebe. Sie gelten als meine Vertraute, wussten Sie das nicht? Statt also schadenfroh darauf zu bauen, dass ich verhaftet werde, sollten Sie besser alles daran setzen, dass genau dieses nicht passiert. Unsere Schicksale sind miteinander verbunden, ob es Ihnen gefällt oder nicht. Und noch etwas: Ihre Schonzeit ist vorbei! D'Ornano ist nicht mehr da, also werden Sie seine Arbeit übernehmen. Ich sehe jetzt, dass ich viel zu gütig zu Ihnen war. Zu lange habe ich Ihnen freie Hand gelassen. Doch das hat jetzt ein Ende. Ich will, dass aus Ihrer Beziehung zu Gaston mehr als nur Freundschaft wird. Frauen wie Sie sind schön genug, jeden Mann zu bekommen, den sie haben wollen. Ich spreche aus Erfahrung!« Julie keuchte, doch die Herzogin fuhr fort, ohne sie zu beachten:

»Wenn der Bruder des Königs heute Nachmittag zu Besuch kommt, werden Sie ihn in meinem Beisein davon zu überzeugen versuchen, auf die Heirat mit Marie de Montpensier zu verzichten! Sollten Sie sich aufgrund moralischer Bedenken abermals meinem Wunsch entziehen, werde ich heute Abend einen Brief nach London bringen lassen! Darauf können Sie sich verlassen!«

Julie ballte die Fäuste und drehte sich um.

Wie gerne hätte sie dieser Frau das Gesicht zerkratzt! Auf der Suche nach einem Weg, ihre Wut herauszulassen, ergriff sie das Kristallflakon, das auf dem Bett lag. Sie schleuderte es an die Wand. Es zerschellte mit einem melodischen Laut. Ein übermächtiger Fliedergeruch explodierte im Raum.

Jetzt konnte Julie wieder klarer denken. Sie atmete tief ein.

Warum hatte sie sich so mitreißen lassen? Warum hatte sie mit aller Gewalt die Konfrontation gesucht? Es war dieses Eingesperrtsein, das ihre Nerven überstrapazierte. Sechs Tage ohne frische Luft, ohne Bäume, ohne die Natur um sich herum … Es machte sie wahnsinnig.

»Madame, sollten Sie vorhaben, noch weitere Gegenstände dieses Frisiertisches zu zertrümmern, wäre ich Ihnen für eine vorherige Absprache dankbar. Es gibt gewiss weniger kostspielige Mittel, als Kristall aus Venedig, um Ihren Unmut abzubauen.« Die Stimme der Herzogin schien vor Ironie zu funkeln. »Vielleicht sollte ich einen der Stallknechte holen.

Ich habe gehört, man trainiert die Hunde hier mit Beißringen ... Was würden Sie davon halten?«

Julie lächelte süß.

»Nein danke. Aber mit einem Maulkorb wüsste ich durchaus etwas anzufangen!«

»Madame ...«

Maries Zofe stand respektvoll im Hintergrund. Die Herzogin drehte sich irritiert um.

»Was ist, Catherine?«

»Der Comte de Chalais bittet um Einlass.«

»Der schon wieder! Dieser Mann beginnt wirklich, lästig zu werden. Ich kann seine schmachtenden Augenaufschläge und seine lächerlichen Gedichte jetzt wirklich nicht brauchen! Sag ihm, ich würde mich nicht wohl fühlen!«

Die Zofe drehte sich um und ging zur Tür, als die Herzogin es sich plötzlich anders überlegte. Sie streckte die Hand aus.

»Nein, warte! Seinen abgedroschenen Floskeln zu lauschen ist immer noch besser, als hier zu hocken und niemanden zu sehen. Wenigstens habe ich dann hinterher etwas zu lachen. Schick ihn also herein, in Gottes Namen!«

Kurz darauf trat Henry de Chalais mit federnden Schritten in den Raum. Julie mochte ihn nicht besonders. Seine Augen hatten die schlechte Angewohnheit, den Blicken seiner Gesprächspartner auszuweichen, und seine Hände waren ständig feucht. Er war Marie de Chevreuse völlig verfallen. Seit Monaten schon trug er ihr seine Liebe hinterher.

Der Graf de Chalais hätte nach Julies Meinung ein glücklicher Mann sein müssen. Schon als Kind war er in die Umgebung des Königs platziert worden und quasi mit dem Herrscher, seinem Bruder Gaston und ihren Halbbrüdern, den Vendômes, groß geworden. Sobald er alt genug dafür gewesen war, hatte seine Mutter ihm für eine Unsumme, die ihr selber kaum etwas zum Leben übergelassen hatte, die Stelle des Oberaufsehers der Garderobe des Königs gekauft. Durch Beziehungen hatte sie ihren Sohn anschließend mit einer reichen Erbin verheiratet, damit es ihm nie an Geld fehlte.

»Madame! Wie gütig Sie sind, meinen Tag mit dem Strahlen Ihres Antlitzes zu erhellen! Schenken Sie mir ein Lächeln, und Sie machen aus mir den glücklichsten Menschen der Erde!«

Madame de Chevreuse zog die feinen Bogen ihrer Brauen hoch.

»Monsieur de Chalais, Sie sind wirklich von einer bemerkenswerten Ausdauer. Wenn es einen Orden für den zähesten Liebhaber gäbe, hätten Sie ihn sich schon lange verdient.«

»Aber nein, Madame, auch wenn ich befürchten muss, Ihren Zorn zu erwecken, wenn ich Ihnen widerspreche … Mir gebührt kein Lob! Einzig und alleine Sie besitzen die Fähigkeit, das Härteste und Ausdauerndste in mir hervorzubringen! Wer als Erz unter Ihre Augen tritt und durch das Feuer Ihrer Blicke begnadet wurde, erwacht als stählerne Klinge. Als Klinge, die jedoch nur in Ihren Händen ihr Schicksal erfüllt sieht: Ein Leben zu Ihren Diensten!«

Julie ging an das Fenster und öffnete es. Der süßliche Duft des verschütteten Parfüms und jetzt auch noch diese klebrigen Worte … Ihre Schläfen pochten schmerzhaft und ihr war leicht übel.

Mehr als ein kühles Lächeln hatte die Herzogin für ihren Galan nicht übrig.

»Monsieur de Chalais, ich muss Sie warnen: Ich bin nicht in der Stimmung, mir hübsche Reden anzuhören. Lassen Sie sich etwas Besseres einfallen, oder ich werde sehr ungnädig sein!«

»Aber Madame, ich sehe Sorgen und Zorn Ihre sonst so klare Stirn umwölken …« Der Comte wurde plötzlich ernst. »Was kann ich tun, um Ihnen zu helfen? Ich täte alles, was in meiner Macht steht, um Sie zu erheitern, das wissen Sie …«

Marie de Chevreuse machte eine ungeduldige Geste.

»Wie können Sie mich fragen, was mich bedrückt? Berührt Sie denn d'Ornanos Verhaftung nicht?«

»Doch, wahrhaftig, sie bedrückt uns alle. Seine Majestät selber ist belastet und spielt stundenlang Gitarre, während seine Augen in die Ferne schweifen. Nur wenn wieder einmal Monsieur, sein Bruder, einfällt und ihn bedrängt, wird der König energisch und sein Gesicht unerbittlich.« Chalais schüttelte seine schwarzen Locken, über denen der rosa Federbusch seines breitkrempigen Hutes einen hübschen Kontrast bot.

Die Herzogin fragte, vage interessiert:

»Haben Sie Gaston d'Anjou kürzlich gesehen?«

»Ich hatte die Ehre, an seinem Tisch zu speisen. Seine übliche gute Laune ist wie verflogen.«

»Sie sind ein vom Glück bevorzugter Mann, Monsieur de Chalais. Sie gehen täglich bei Seiner Majestät und seinem Bruder ein und aus … Und Sie besitzen auch das Vertrauen des Halbbruders des Königs, César de Vendôme, nicht wahr?«

Marie de Chevreuses Tonfall war nach wie vor schleppend, doch eine kaum wahrnehmbare Schärfe in ihm ließ Julie aufhorchen. Sie drehte sich zu dem Paar um. Die Herzogin blickte Chalais nachdenklich an, der von dem Interesse seiner Angebeteten offensichtlich geschmeichelt war. Er strich über seinen kecken kleinen Schnurrbart.

»Sie haben Recht, Madame … Und doch verfolgt mich der Schwermut, solange ich bei Ihnen kein Glück habe. Denn was sind die Ehrungen und Gunstbeweise selbst Seiner Majestät, wenn ich vor Ihren Augen kein Gefallen finde? Ihnen gehört mein Herz, mein Geist, mein Sehnen …«

»Ist das wirklich so?« Marie de Chevreuse seufzte. »Ich muss gestehen, dass ich Schwierigkeiten habe, es zu glauben …«

»Aber Madame, wie kann ich Sie von meiner Hingabe überzeugen? Wie nur? Quälen Sie mich nicht länger!«

Die hellblauen Augen nahmen einen zweifelnden Ausdruck an.

»Vielleicht tue ich Ihnen ja Unrecht, Monsieur! Schon oft bin ich enttäuscht worden von den Versprechungen der Herren. Da fällt es mir leider immer schwerer, ihnen zu glauben!«

»Eine Chance, Madame! Ich flehe Sie nur an, geben Sie mir eine Chance, meine Ergebenheit zu beweisen!«

»Eine Chance?« Maries Blick wurde weicher, und ihre rechte Hand fuhr anmutig über ihre Lippen. »Eigentlich hätten Sie eine verdient, fast möchte ich Ihnen zustimmen …« Die Augen des Mannes vor ihr weiteten sich schon vor Freude, da fuhr sie mit festerer Stimme fort: »Doch nein! Nein …« Sie legte ihre Hand an ihre Brust. »Ich kann nicht. Wie sollte ich eine erneute bittere Erfahrung verkraften?«

Der Comte schluckte, erbleichte und riss seinen Hut vom Kopf. Julies Herz zog sich vor Mitleid zusammen. Wie konnte er sich nur derart von dem falschen Spiel dieser Frau übertölpeln lassen?

»Madame … Bitte!«, stammelte er, »Sie foltern mich zu Tode …«

»Ich sehe es, mein armer Henry, ich sehe es. Glauben Sie mir, ich bin keine gefühllose Frau, nur eine vom Leben gezeichnete …« Die Herzogin hob die Hände an ihr Gesicht, schloss die Augen und schien mit sich zu ringen. Ein paar Sekunden lang stand sie so da, dann ließ sie die Hände wieder fallen. Sie seufzte. »Also gut. Sie sollen Ihre Chance bekommen!«

»Ja?« Chalais starrte seine Angebetete inzwischen mit offenem Mund an.

»Ich werde Ihnen eine Chance geben, mir Ihre Ergebenheit zu beweisen. Noch kann ich Ihnen nicht sagen, was ich von Ihnen erwarte. Doch Sie werden die Möglichkeit bekommen, mich von Ihren Qualitäten zu überzeugen, das verspreche ich Ihnen.« Marie lächelte, während Chalais, taumelnd vor Glück, ihre Hand ergriff und sich darüber beugte.

Julie begegnete dem Blick der Herzogin über seinem Haupt. Madame de Chevreuse lächelte immer noch, doch diesmal triumphierend. Sie hatte ein neues Opfer gefunden.

»Monsieur le Duc d'Anjou, Madame!«

Die Stimme der Zofe hatte einen feierlichen Unterton angenommen, als sie nun die Ankunft des Thronerben verkündete.

Marie de Chevreuse entzog ihre Hand rasch der feuchten Umklammerung ihres Verehrers.

Julies Herz machte einen Sprung. Die Herzogin hatte ihr unmissverständlich klar gemacht, was sie ab jetzt von ihr erwartete. Doch alles in ihr rebellierte gegen den Gedanken, sich Gaston an den Hals zu werfen. Sie fühlte, wie Schweiß ihren Haaransatz benetzte.

Gaston trat ein, die Stirn umwölkt und den Blick zu Boden gerichtet. Das Gesicht des vor kurzem achtzehn gewordenen Thronerben drückte die Spannung der letzten Tage aus.

»Monsieur, was für eine Freude, dass Sie mich wieder mit Ihrer Anwesenheit beehren!«

Gaston nickte kurz in Maries und Chalais Richtung, schenkte Julie ein kaum wahrnehmbares Lächeln. Unruhig glitt sein Blick im Zimmer umher. Er wartete noch, bis sich das Dienstmädchen entfernt hatte. Dann wandte er sich seiner Gastgeberin zu.

»Wie geht es Ihnen, Madame?«

»Langsam ein wenig besser. Ich beginne, Hoffnung zu schöpfen.« Marie de Chevreuse lächelte tapfer. »Doch Sie haben gewiss sehr viel interessantere Neuigkeiten als ich, die ich hier seit Tagen eingeschlossen bin. Wie ist es Ihnen ergangen, wenn ich fragen darf?«

Gaston ließ ein wütendes Knurren hören.

»Fragen Sie lieber nicht.«

»Haben Sie mit Richelieu gesprochen?«

»Gleich nach dem Ministerrat, heute Morgen. Doch es war reine Zeitverschwendung. Das Übliche. Er hört mir geduldig zu, lächelt, gibt mir in allem Recht. Dann fängt er an, zu argumentieren, holt tausend gute Gründe herbei, die gegen d'Ornanos Freilassung sprechen, und krönt das Ganze mit Staatsraison und dem Respekt, den ich meinem Bruder schuldig bin.« Gaston erteilte der Wand einen Fausthieb. »Dem Mann ist einfach nicht beizukommen. Seit mir vor einer Woche endlich der Zutritt zum Ministerrat gewährt wurde, ist er der Überzeugung, er hätte mir genug Honig um den Mund geschmiert, um diesen zu versiegeln und d'Ornanos Verhaftung zu akzeptieren.«

»Was werden Sie jetzt unternehmen?«

»Was soll ich denn tun, Ihrer Meinung nach? Mein Bruder verfolgt mich mit schwarzen Blicken und will mir nicht verraten, wessen d'Ornano beschuldigt wird und welche Beweise man gegen ihn hat. Meine Mutter stellt sich ebenfalls stur, sie ist dem Kardinal hörig. Sie hat den armen d'Ornano sowieso nie leiden können ...«

Marie de Chevreuse winkte ungeduldig ab.

»Es wird keinerlei Rücksicht auf Sie und Ihre Wünsche genommen, Monsieur! Wenn Sie je dafür den Beweis brauchten, dann haben Sie ihn jetzt! Nicht wahr, Madame la Comtesse?« Sie drehte sich Julie zu, die sich noch immer am Fenster abstützte.

»Nein ...« Julies Stimme versagte. Sie nahm einen zweiten Anlauf. »Nein ... Es scheint nicht so ...«

Gaston runzelte die Stirn. Die hellen Augen der Herzogin blitzten wütend auf.

»Nun, Madame, Sie haben mir doch eben noch erzählt, als wir alleine waren, wie sehr Sie die Demütigungen, denen sich Monsieur ausgesetzt sieht, erbosen! Und dann meinten Sie, dass Monsieur ja wenigstens ein Druckmittel hätte, nicht wahr?«

Julies Arm- und Kniebeugen schmerzten und ihr Kopf war seltsam leer. Sie machte den Mund auf und zu, brachte aber keinen Ton heraus.

Marie de Chevreuse lächelte mit schmalen Lippen.

»Warum plötzlich so schüchtern? Monsieur ist bestimmt an Ihrer Meinung interessiert! Sagten Sie vorhin nicht, Monsieur könne nun unmöglich Mademoiselle de Montpensier heiraten? Dass es die Loyalität gegenüber dem armen d'Ornano verbiete, jetzt nachzugeben?«

Julie biss sich auf die Lippen. Es ging nicht! Sie konnte nicht gegen ihre Überzeugung argumentieren. Sie konnte Gaston, dem sie ehrliche Zuneigung entgegenbrachte, nicht anlügen. Und gleichzeitig war es ihr unmöglich, offen zu rebellieren, die Wahrheit auszusprechen, wenn sie nicht heute Abend einen Kurier nach England reiten sehen wollte.

Jetzt gab es wahrhaftig kein Zurück mehr.

Sie breitete hilflos ihre Arme aus. Sie zitterte, und sie presste schnell die Handflächen aneinander, um es zu verbergen.

»Also, es ist doch lächerlich ...«, begann die Herzogin wieder, doch sie wurde abrupt von Gaston unterbrochen.

»Genug, Madame. Die Comtesse fühlt sich offensichtlich nicht wohl.«

Er trat an Julie heran. Sie senkte das Haupt, doch er ließ sich nicht beirren.

»Schauen Sie mich an, Madame.« Julie gehorchte widerwillig. Langsam hob sie den Kopf. Gastons braune Augen schwammen in ihrem Blickfeld.

»Seit wann haben Sie nicht mehr geschlafen?«

Julie zuckte nur die Schultern. Sie wusste, würde sie jetzt etwas sagen, würde sie auf der Stelle in Tränen ausbrechen. Und dann würde sie sich nicht mehr beherrschen können.

Gaston drehte sich zu der Herzogin um.

»Wie lange beanspruchen Sie schon die Gesellschaft der Comtesse, Madame?«

Marie lächelte unschuldig.

»Seit ein paar Tagen, Monsieur, trösten wir uns gegenseitig. Drei, vier, vielleicht fünf Tage ... Wenn man eingeschlossen ist, verliert man jedes Zeitgefühl ...« Sie schüttelte bedauernd den Kopf. »Natürlich haben wir wenig Schlaf gefunden, das gebe ich zu. Zu groß waren die Sorgen. Doch wir haben uns unterstützt und waren froh, einander zu haben. Diese Zeit hat uns näher gebracht ... Nicht wahr, Madame?«

Gaston bemerkte den hasserfüllten Blick, den Julie in Richtung der Herzogin warf. Seine Augen verengten sich.

»Madame la Comtesse, ich denke, Sie sollten sich zurückziehen. Sie sind offensichtlich überreizt. Schlafen Sie sich erst einmal aus!« Der schroffe Ton ließ Julie zusammenzucken. Sie blinzelte. Kein Wunder, wenn Gaston ihr zürnte, denn sie benahm sich wie eine Närrin.

Doch dann hob Gaston die Hand und berührte leicht die Kristalluhr, die an einer silbernen Kette um ihre Taille hing.

»Träumen Sie schön, Madame.«

Da bemerkte Julie, dass der Unmut des Herzogs nicht ihr galt. Sie brachte ein kleines, jämmerliches Lächeln zustande und raffte sich auf.

Mit unsicheren Schritten, aber erhobenen Hauptes schritt sie zur Tür. Der Chevreuse schenkte sie keinen weiteren Blick.

⚜

Julie ging langsam den dunklen Gang hinunter, der aus ihrem Zimmer führte. Es wurde Zeit, sich im Schlosshof einzufinden. Leise Stimmen, das Bellen von Hunden und das Knirschen von vielen Füßen im

Kies drangen durch die schmalen Fenster des Turms, den sie jetzt betrat, um die Wendeltreppe nach unten zu nehmen.

Sie spähte nach draußen. Das frühmorgendliche Dämmerlicht ließ mehr ahnen als erkennen, was unten vor sich ging. Die Jagdgesellschaft war weit davon entfernt, komplett zu sein. Sie brauchte sich nicht zu beeilen.

Sie beschloss, noch einen Umweg über das Zimmer der Chevreuse zu machen. Durch den baldigen Aufbruch würde die Unterredung kurz sein, und das wollte sie sich zunutze machen. Seit ihrer Auseinandersetzung hatte Julie die Herzogin nicht mehr aufgesucht.

Wieder und wieder hatte sie sich seitdem dieselben Fragen gestellt.

Wie würde die Zukunft aussehen? Wie sollte sie weiterhin der Herzogin die Stirn bieten können? Wäre es nicht sehr viel leichter, einfach nachzugeben? Was hinderte sie daran, Gaston von einer Heirat mit Marie de Montpensier abzuraten? Sollte sie ihm wirklich eine Frau mit krankhaftem Ehrgeiz wünschen? Eine, die bereit war, ihren Weg zu einem eventuellen Thron mit Leichen zu pflastern?

Nein, sie hegte keine Sympathie für Gastons Verlobte. Und eigentlich wünschte sie sich diese Heirat genauso wenig wie die Herzogin de Chevreuse. Weil sie Gaston mochte.

Dennoch konnte sie ihm nicht mit ruhigem Gewissen von dieser Heirat abraten. Es würde heißen, sein Leben völlig aus der Bahn zu werfen, wenn nicht gar zu zerstören. Niemand traute dem jungen, unerfahrenen Gaston zu, auf Dauer erfolgreich dem Druck seines Bruders und Richelieus widerstehen zu können. Also würde ihm nur die Möglichkeit bleiben, vom Hof zu fliehen und in den seit jeher von Unruhen heimgesuchten Provinzen Zuflucht zu suchen, in der Bretagne oder auch bei den Hugenotten … Louis aber würde niemals tolerieren, dass in seinem Königreich ein zweites Zentrum der Macht entstünde und würde Truppen mobilisieren. Es gab keinen Weg an dieser Tatsache vorbei: Gaston dazu zu bringen, sich der Heirat zu widersetzen, hieß, den ersten Schritt in Richtung eines Bürgerkrieges zu machen.

Julie wurde aus ihren Grübeleien geweckt, als sie nach einer Krümmung des Ganges eine vertraute Gestalt, oder eher einen vertrauten Hut, erblickte, der anmutig eine auffallend rosafarbene Feder hinter sich her zog. Henry de Chalais.

Julie überlegte rasch. Sie wusste, dass das Zimmer des Grafen sich in einem ganz anderen Teil des riesigen Schlosses befand. Wo sie sich jetzt befanden, lagen eher die kleinen, unbequemen Zimmer, die für die höheren Dienstboten vorgesehen waren. Was suchte er hier?

Marie de Chevreuse hatte Chalais in ihr Intrigennetz eingewoben. Es könnte interessant sein, etwas über ihn zu erfahren. Informationen schienen neuerdings einen sehr hohen Preis wert zu sein. Kurz entschlossen begann Julie, ihm zu folgen.

Der Flur wurde enger, und ein Geruch von Feuchtigkeit und ungelüfteten Kleidern empfing sie. Hier herrschte vollkommene Stille, und sie gab sich große Mühe, so leise wie möglich aufzutreten.

Sie war immer überzeugter, dass Chalais zu einem heimlichen Treffen unterwegs war. Ein gut gewählter Zeitpunkt, da alle anderen Schlossbewohner sich für die große Jagd rüsteten, zu der der König aufgerufen hatte.

Vor einem Raum blieb Chalais schließlich stehen. Julie verschwand blitzschnell in einem offenen Zimmer, als er sich umdrehte. Als sie vorsichtig über den Türrahmen wieder in den Gang lugte, war er leer. Noch vorsichtiger als eben pirschte sie über die Steinfliesen und näherte sich auf Zehenspitzen der dunklen Öffnung des Raumes. Zuerst lauschte sie, doch es war nichts zu hören. Sie wagte es, hineinzuspähen. Ein winziges Zimmer ohne Fenster, das man mit abgestellten Möbeln vollgestopft hatte. Auf einer Seite befand sich eine Öffnung, die in einen zweiten Raum führte, aus dem gedämpfte Stimmen drangen.

Julie huschte hinein. Eine aufrecht an die Wand gelehnte Tischplatte und drei übereinander gestapelte Stühle boten ihr ein annehmbares Versteck. Sie zwängte sich in die Lücke und wirbelte eine Staubwolke auf. Sie hockte sich vorsichtig nieder, hielt sich die Nase zu, um nicht zu niesen, und spitzte die Ohren. Das Gespräch im Nebenraum war schon in vollem Gang.

»... ist nur sehr selten besucht. Es schien mir der beste Ort für ein ungestörtes Gespräch. Doch fassen Sie sich kurz, Monsieur. Sie haben Glück, dass ich überhaupt gekommen bin. Ich pflege nämlich nicht, mich mit Verrätern zu unterhalten.«

Julie beglückwünschte sich. Diese Stimme hätte sie unter allen anderen erkannt.

»M...mit Verrätern, Madame?«

»Mir wurde berichtet, dass Sie in Fleury gesehen wurden! Können Sie mir einen Grund geben, weshalb Sie Seiner Eminenz Besuche abstatten?« Marie de Chevreuse zischte. »Und ich war nahe daran, Ihnen zu glauben, Henry ... Gott sei Dank habe ich früh genug Ihr Spiel durchschaut!«

»Ach Madame ... Sie brechen mir das Herz! Wenn Sie wüssten, welche Qualen ich seit drei Tagen erleide ...«

»Hören Sie mit Ihrem Gejammer auf, Monsieur. Ich war bereit, Ihnen einen Chance zu geben. Sie haben sie verspielt.« Die Herzogin schnaubte. »Ich habe Ihnen vertraut, der Herzog d'Anjou hat Ihnen vertraut!«

»Madame, bitte hören Sie mir zu! Dieser Besuch hat nichts zu bedeuten! Ihnen gehört mein Herz, ich schwöre es bei meiner Seele!« Es entstand eine kurze Pause, während der Julie ein Geräusch vernahm, das sie als das eilige Entfalten von Papier deutete. »Ich kann es beweisen! Hier, lesen Sie bitte, wenn Sie noch einen Funken Mitleid für mich verspüren! Und dann dürfen Sie über mich urteilen, und ich werde Ihr Urteil mit frohem Herzen annehmen!«

»Was ist das? Ein Brief?«

Kurze Zeit herrschte Stille.

Als die Herzogin schließlich fortfuhr, klang ihre Stimme verändert.

»Das ist eine großartige Neuigkeit. Sind Sie sich des Boten sicher?«

Chalais mit neuer Würde:

»Ich kenne ihn. Die Nachricht ist zweifellos echt.«

»Dann brauchen wir nur noch abzuwarten. Und beten, dass alles gelingt.« Das Papier wurde nervös zusammengeknüllt.

»Es ist ein kühner Plan, er könnte gelingen. Schließlich fährt er jeden Tag durch diesen Wald, der teilweise sehr dicht bewachsen ist. Es bedarf nur einer weise gewählten Stelle.«

»Monsieur, das verändert in der Tat einiges. Ich sehe, dass Sie sich bemühen. Doch Sie werden verstehen, wenn ich diesmal das Ergebnis des Unternehmens abwarten werde, um Ihnen voll zu vertrauen.«

»Ich verstehe, natürlich. Aber dann, darf ich hoffen …?«

»Nun, Monsieur de Chalais, Sie haben mich bitter enttäuscht, das muss ich zugeben. Doch Ihre Argumente entbehren nicht einer gewissen Überzeugungskraft. Und wer bin ich, dass ich mich anmaße, Ihnen nicht zu verzeihen? Doch Sie müssen mir etwas Zeit lassen.«

»Ach, Madame, wenn Sie wüssten! Sie erwecken mich zu neuem Leben!«

»Sie sind ein leidenschaftlicher Mann, Monsieur. Und ich gestehe, dass ich schwach genug bin, von Ihrer Leidenschaft berührt worden zu sein! Doch Frauenherzen sind zerbrechlich und heilen nur langsam …«

»Madame … Ich zittere demütig vor so viel Güte! Sie werden es nicht bereuen!«

»Hoffentlich, Monsieur. Aber sagen Sie mir, wie haben Sie die Vendômes überzeugen können, solch einen Schritt zu wagen?«

»Wir kennen uns schon seit der Kindheit, Madame. Ich fürchte, mir gebührt nicht so viel Lob, wie ich gerne von Ihren Lippen entgegennehmen würde. Es bedurfte keiner großen Überzeugungskunst. Im Gegenteil, die Halbbrüder Seiner Majestät waren sofort Feuer und Flamme.«

»Ihre Ehrlichkeit ehrt Sie, Monsieur. Dann wollen wir den Vendômes gute Jagd wünschen …«

Marie de Chevreuses Lachen klang herausfordernd. Schwärmerisch fuhr sie fort:

»Das wird ein aufregender Tag … Ich frage mich, wie Blutflecken auf Purpur wirken …«

Chalais Stimme war voller Übermut.

»Sie setzen voraus, dass der Mann Blut in den Adern hat!«

Beide lachten. Julies Herz klopfte wie wild. Sie hatte das scheußliche Gefühl, unter einem Tisch zu hocken, über dem zwei Tafelnde berieten, wie sie am besten den vor ihnen liegenden Braten zerlegen sollten.

Mein Gott …

Allmählich verstand sie die ganze Tragweite des Gesprächs. Sie hätte schreien können über die Ungeheuerlichkeit dessen, was sie gerade vernommen hatte. Mit was für einer Arroganz und Selbstverständlichkeit hier mit Menschenleben gespielt wurde!

Doch neben ihrer Empörung verspürte sie auch einen leisen Triumph. Endlich hatte sie etwas in der Hand, womit sie einen Handel eingehen könnte!

Sie musste den Kardinal warnen … Aber wie? Sie wurde für die Jagd erwartet und konnte nicht einfach verschwinden. Heute Nachmittag aber konnte es schon zu spät sein. Sie würde versuchen müssen, sich während des Geschehens diskret zu entfernen.

»Wir sollen jetzt zu den anderen stoßen. Die meisten werden schon unten sein.«

»Ja, gehen wir.«

Marie de Chevreuse und Henry de Chalais verließen den Raum, ohne Julie in ihrem Versteck zu bemerken.

Nun hieß es, flink zu sein. Julie wählte nicht den kürzesten Weg, um nicht zufällig wieder auf die zwei Belauschten zu treffen, eilte aber so schnell sie konnte zum Treffpunkt, während sie sich im Laufschritt noch den Staub von den Kleidern klopfte.

Als sie im großen Hof anlangte, waren der Comte de Chalais und Madame de Chevreuse noch nicht eingetroffen. Ruhigen Schrittes ging Julie zu dem ihr zugewiesenen Pferd, grüßte einige bekannte Gesichter und ließ sich von einem der Reitknechte aufhelfen.

Wenig später brach die Gesellschaft auf. Etwa fünfzig Jäger und Jägerinnen, dazu etwa hundert kaum zu bändigende Hunde, die von ihren bunt livrierten Führern gehalten wurden, die Bläser, die Treiber und die Spießträger bildeten einen wohl organisierten und lärmenden Haufen. Weit vorne erspähte Julie den König, der, wie immer, wenn es um seine Lieblingsbeschäftigung ging, guter Laune war.

Der Jagdtrupp folgte zunächst der Spur der Fährtensucher, die schon vorausgegangen waren, um einen einer königlichen Jagd würdigen Hirschen auszukundschaften. Sie hatten ihren Weg durch geknickte Zweige für alle sichtbar gemacht.

Die Meute wurde in kleine Gruppen aufgeteilt, die in verschiedene Richtungen verschwanden, um der Beute den Fluchtweg abzuschneiden. Die Spürhunde wurden auf die Fährte gesetzt. Sie durchpflügten den Wald wie ein einziges gewaltiges, braun geflecktes Riechorgan.

Julie ließ sich immer weiter zurückfallen.

Es war Mitte Mai, und die Vögel waren wie jedes Jahr in einem jubilierenden Wettstreit gefangen, der sich kaum von dem lärmenden, an ihnen vorbeiströmenden Zug stören ließ. Noch schienen sich die Bäume zu überlegen, ob sie aus ihrem Winterschlaf treten sollten, doch Büsche und Gras prangten schon in dem frischen, unverwechselbaren Grün, das Julie so liebte.

Doch sie war heute unfähig, den Ausflug zu genießen. Zu sehr bedrückte sie das, was sie eben belauscht hatte. Ungeduldig wartete sie darauf, dass die Gesellschaft sich noch weiter verstreute.

»Drei Sols für Ihre Gedanken!«

Julie lächelte und drehte sich um. Gaston lenkte sein Pferd an ihre Seite und bald waren sie von der üblichen Schar junger Männer umringt.

»Guten Morgen, Monsieur! Ich muss Sie enttäuschen: Meine Gedanken sind nicht käuflich!«

»Welch Jammer! Dabei bin ich überzeugt, es würde sich lohnen, in Ihrem hübschen Kopf nachzuforschen … Wahrscheinlich tummeln sich dort dunkle Verschwörungspläne …«

Julie lachte.

»Ich bin erschüttert, dass Sie eine so schlechte Meinung von mir haben. Eigentlich sehnte ich mich eben nur nach etwas Ruhe, um diesen herrlich klaren Morgen genießen zu können.«

Die braunen Augen sahen sie spöttisch an.

»So, so! Etwas Ruhe … Vielleicht auch etwas Abgeschiedenheit? Sie sehen aus, als suchten Sie nach der erstbesten Möglichkeit, sich aus dem Staube zu machen … Geben Sie es zu!«

Julie errötete.

»Monsieur, ich …«

Gaston lachte vergnügt.

»Sie sind ertappt! Und nun verraten Sie mir, wer der Glückliche ist, dem Sie heute Morgen ein Stelldichein gegeben haben!«

Julie atmete auf, klopfte auf den breiten Hals ihres Reittiers und lächelte kokett.

»Noch ist sein Name nicht erwähnenswert, Monsieur. Das wird sich erst im Nachhinein herausstellen!«

Gastons Augen blitzten erheitert.

»Ich sehe mit Freuden, dass es Ihnen viel besser geht als noch vor vier Tagen. Sie sind schon wieder bereit, sich mir zu widersetzen. Nun, dann werde ich wohl raten müssen … Ich weiß, dass der Comte de Fontes-Villaray an Ihnen interessiert ist! Er hat auch schon das Haus Ihrer Tanten aufgesucht, nicht wahr?«

»Langsam bekomme ich das Gefühl, dass ich rund um die Uhr überwacht werde!«, lachte Julie angespannt. »Darf ich Sie darauf hinweisen, dass Monsieur de Fontes-Villaray sich augenblicklich nicht in Fontainebleau befindet?«

»Richtig!« Gaston tat, als fiele ihm dieser Tatbestand gerade erst auf. »Also ist jemand anders der Glückliche.« Er wurde plötzlich ernst und lenkte seinen Rappen so eng an sie, dass ihre Knie sich berührten. So leise, dass nur sie seine Worte hören konnte, fuhr er fort: »Sollten Sie eine ernsthafte Bindung in Erwägung ziehen, möchte ich, dass Sie mich vorher informieren, Madame.« Julie schluckte. Was sollte denn das nun wieder bedeuten? »Es gibt einige Männer in meinem Gefolge, die ledig sind und von mir ein großzügiges Geschenk erwarten könnten. Schauen Sie sich um, Madame, alle sind aus gutem Hause.«

»Dessen bin ich überzeugt, Monsieur. Doch augenblicklich genieße ich meine Freiheit, wissen Sie …«

»Auch das ließe sich arrangieren. Nicht jede Ehe ist ein Gefängnis. Überlegen Sie mein Angebot. Ich würde mich freuen, Ihnen in der Beziehung behilflich sein zu können.« Gaston warf ihr noch einen Blick zu, den Julie nicht zu deuten wusste und gab seinem Pferd die Sporen.

Er ließ sie verwirrt zurück. Wochen- und monatelang hatte sie sich Gedanken um Gastons Heirat gemacht, und jetzt stellte sich heraus, dass er über ihre eigene Vermählung nachdachte! Warum sorgte er sich darum? Sollte es ein Freundschaftsbeweis sein? War es seine Art, sie in seiner Nähe zu halten? Oder einfach nur ein Versuch, seine Macht zu demonstrieren?

Ohne dass sie es verhindern konnte, schweiften ihre Gedanken zu François. Seit ihrem Besuch an seinem Krankenlager hatten sie sich nicht mehr gesehen.

Aufgewühlt, wie sie damals gewesen war, hatte sie sich zunächst verboten, ihn noch einmal zu besuchen. Sie hatte sich damit begnügt, ab und zu bei Monsieur Touvenant, der wegen Roberts Arm noch ein paar Mal in das Haus ihrer Tanten gekommen war, nachzufragen, wie es ihm ging. Seit sie wusste, dass François wieder auf den Beinen war, hatte sie erst ängstlich, dann ungeduldig erwartet, ihn abends bei einer Ballettaufführung oder einem Spielabend anzutreffen, doch nichts dergleichen war geschehen. Er war wie vom Erdboden verschluckt. Schon hatte sie den Verdacht gehegt, er würde sie absichtlich meiden, als sie eine Bemerkung der Herzogin de Chevreuse aufgeschnappt hatte. Auf ihr vorsichtiges Nachfragen hin erklärte die Herzogin bereitwillig, François sei in ihrem Auftrag in seine Heimat gereist, um beim Gouverneur der Normandie, Monsieur de Longueville, ein paar Männer für ihre Sache aufzutreiben.

Zuerst war sie erleichtert gewesen, dass es einen Grund für François Verschwinden gab. Doch dann war die Wut gekommen, weil er seiner Mätresse so bedingungslos gehorchte und sich noch nicht einmal von Julie verabschiedet hatte. Als d'Ornano festgenommen wurde, ging ihr zum ersten Mal auf, dass er in Gefahr sein konnte.

Sie drängte das Gefühl der Einsamkeit zurück, das sich wieder einmal ihrer bemächtigte, und sammelte sich. Hier und jetzt gab es wesentlich dringlichere Angelegenheiten, um die sie sich kümmern musste, als ihr Seelenleben.

»Madame la Comtesse! Ist es nicht ein wundervoller Tag?« Louise-Marguerite de Conty lenkte ihr Pferd mit schwärmerischem Augenaufschlag neben sie. »Wie ich sehe, genießen Sie auch lieber den schönen Ausflug. Ich habe schon zu viele Jagden mitgemacht, fürchte ich. Ich werde bequem! Als junges Mädchen machte es mir nichts aus, mir das Gesicht von den Zweigen peitschen zu lassen und meine Frisur an den Bäumen zu ruinieren. Doch inzwischen muss ich meine Haut pflegen und habe nicht mehr genug Haare, um sie sinnlos zu verschenken!«

Julie musste lachen, obwohl die ältliche Prinzessin ihr nicht gerade gelegen kam. Sie war zwar eine Freundin und Schwägerin von Marie de

Chevreuse, aber sie schätzte ihre offene, wenn auch oft etwas derbe Art.

»Sie haben Recht, Madame. Ich gestehe, dass ich an Jagden wenig Vergnügen finde. Aber der Morgen ist tatsächlich himmlisch!« Julie machte gute Miene zum bösen Spiel. Es war wichtig, sich nichts anmerken zu lassen. Jetzt war es sowieso noch zu früh, um sich aus dem Staub zu machen.

»Haben Sie Marie gesehen? Ich wollte vorhin zu ihr hinüber, aber da drängten sich ihre Verehrer vor. Dieser Chalais macht ihr neuerdings unglaublich aufdringlich den Hof!« Sie kicherte. »Kein Wunder, er wittert seine Chance, seit Fontes-Villaray für einige Zeit das Spielfeld geräumt hat. Der sollte sich vorsehen! Obwohl, wenn Sie mich fragen, ich würde den Comte mit keinem anderen austauschen. Man braucht nur seine Hände zu sehen … Haben Sie schon einmal auf sie geachtet?«

»Nun … ja. Sie sind, glaube ich, recht ansehnlich«, murmelte Julie.

»Ich sage immer, an den Händen eines Mannes erkennt man eher einen guten Liebhaber, als an dem Inhalt seiner Hose.« Wie immer kannte die ältliche Prinzessin nur ein Thema. Sie kicherte ausgelassen. »Es hat den großen Vorteil, dass man sie sehr viel einfacher und mit sehr viel weniger Risiko zu Gesicht bekommt!«

Julie lachte auf und antwortete zwinkernd:

»Dennoch besitzen Sie sehr mächtige Feinde, Madame: Die Gilde der Handschuhmacher arbeitet tagtäglich an der Verhüllung der von Ihnen angepeilten Körperteile!«

»Da haben Sie allerdings Recht! Doch ich gebe mich nicht so leicht geschlagen!« Die Prinzessin beugte sich vor und schaute verschwörerisch über ihre Schulter, bevor sie fortfuhr: »Haben Sie noch nicht bemerkt, wie oft die Herren ihre Handschuhe suchen? Sie glauben, sie verlegt zu haben, aber …« Sie schnalzte mit der Zunge.

Julie lachte erneut, und die Prinzessin stimmte darauf ein.

»Parbleu! Hier wird gelacht statt gearbeitet, scheint mir! Wenn es nach den Frauen ginge, würden Jagden in harmlose Spaziergänge umgewandelt, die dem einzigen Zweck dienen, die Hunde an die frische Luft zu führen!« Charles de Guise beäugte sie mit gespielter Entrüstung und spornte sein Pferd elegant zu einem kurzen Galopp an, um auf ihre Höhe zu gelangen. »Ich verlange sofort zu erfahren, worüber Sie sich, verehrte Comtesse, mit meiner Schwester amüsiert haben!«

Julie hob keck ihre Nase.

»Ich fürchte, es wird Sie enttäuschen, Monsieur. Es ging um Hände.«

»Um Hände?« Der Herzog zog misstrauisch die Stirn kraus.

»Jawohl! Um Hände, um Handschuhe ...« Julie sah auf die kurzen, kräftigen Finger des Herzogs herunter und meinte dann zu der Prinzessin: »Nun, was meinen Sie, Madame?«

Die ältere Frau linste, zog eine Grimasse und meinte gehässig:

»Man kann von mir nicht verlangen, dass ich mich gegen meinen eigenen Bruder ausspreche!«

Wieder lachten sie. Charles de Guise schüttelte den Kopf.

Fanatisches Bellen klang bis zu ihnen durch. Der nächste Abschnitt der Jagd nahm seinen Lauf: Die Meute war von den Leinen gelöst worden, die Hetzjagd begann.

Die Pferde bekamen die Sporen, um den Anschluss nicht zu verlieren. Rufe, brechende Zweige, raschelndes Laub, das Wiehern und Schnauben der Pferde, die Kommandos der Hundeführer und das schrille Jaulen der Hunde vermischten sich zu einer Geräuschkulisse, die alle Herzen höher schlagen ließ.

Julie, die zwischen ihren zwei Begleitern eingezwängt war, trabte scharf an. Jetzt entstand das allgemeine Durcheinander, auf das sie gebaut hatte, um sich ungesehen davonzustehlen. Doch leider dachten die beiden Geschwister nicht daran, sie alleine zu lassen. Sie bemühte sich, möglichst ungeschickt zu reiten, ihr Pferd in ein Gebüsch zu lenken, es unbemerkt zu zügeln, aber alle Versuche schlugen fehl. Sie sah schließlich nur noch eine Möglichkeit, zu entkommen. Es dürfte keine Schwierigkeit sein, die Prinzessin zu überzeugen.

Sie zog kurz entschlossen an ihren Zügeln und brachte ihre Stute zum Stehen.

Überrascht drehten ihre Begleiter sich um, hielten, wie erwartet, ebenfalls ihre Reittiere an und trabten zurück.

»Was ist los, Madame la Comtesse? Brauchen Sie Hilfe?«

Julie lächelte freundlich und sagte bestimmt, aber mit heißen Wangen:

»Es tut mir leid, aber ich werde Sie jetzt hier verlassen müssen. Ich muss Ihnen leider gestehen, dass ich heute Morgen noch vorhabe, ein ganz anderes Wild zu jagen als diesen Hirschen!«

»Aber Madame!« Charles de Guise schnappte nach Luft. Julie hatte seit dem Ball im letzten Herbst immer wieder seine Avancen abgewiesen. Es war wahrscheinlich nicht sehr klug, ihn mit dem Gedanken zu konfrontieren, dass ein anderer mehr Glück gehabt hatte, wo er gescheitert war, aber Julie konnte auf seine Eitelkeit jetzt keine Rücksicht nehmen.

»Lassen Sie sich von mir bitte nicht aufhalten!« Julie deutete auf die Nachzügler, die jetzt an ihnen vorbeipreschten. »Sie dürfen den Anschluss nicht verlieren!«

»Aber natürlich nicht!« Die Prinzessin kicherte anzüglich und warf Julie einen neidischen Blick zu. »Ich muss sagen, Sie überraschen mich, Comtesse! Sie überraschen mich angenehm, muss ich dazu sagen! Ich habe mich schon öfters gefragt, wie eine Frau wie Sie so lange ohne Affäre sein konnte …« Sie drehte sich zu ihrem Bruder um. »Nun kommen Sie schon, Charles! Wir beide sind hier überflüssig, sehen Sie das nicht? Lassen wir die Comtesse alleine!«

Charles de Guise warf Julie wortlos einen zornigen Blick zu und hastete im Galopp davon. Louise-Marguerite de Conty sah ihm kurz nach, zuckte die Schultern und blinzelte Julie verschwörerisch zu.

»Das schmeckt meinem Bruder offensichtlich nicht. Keine Sorge, ich werde mich um ihn kümmern. Nun denn, Madame, weiterhin gute Jagd!« Sie streckte ihre Hand zum Gruß aus und eilte dem Herzog nach.

Julie atmete erleichtert auf. Endlich alleine!

Sie wartete noch einen Augenblick, bis sie außer Sichtweite waren.

Sie hatte genug Zeit mit albernem Geplänkel vertan. Heute war der Tag, auf den sie so lange gewartet hatte. Heute besaß sie endlich ein Pfand, das ein Menschenleben wert war. Das Leben eines Kardinals … das Leben ihres Kindes?

Sie schob ihre Unterlippe vor, gab ihrer Stute einen starken Hieb mit der Reitgerte und flog davon.

⚜

»Sagen Sie Seiner Eminenz, eine Freundin des englischen Hexenmeisters bittet um eine Audienz!«

Der Lakai musterte Julie mit kränkender Genauigkeit, entschloss sich dann aber doch, ihr Anliegen vorzutragen und verschwand durch eine hintere Tür.

Julie war von ihrem Gewaltritt noch immer außer Atem. Wahrscheinlich war ihr Aufzug wenig passend …

Sie legte ihren Hut ab, stellte sich vor einen vergoldeten Spiegel, der über dem Kamin hing, und klaubte sich Zweige und Laubreste aus dem Haar. Aus ihrer Frisur hätte jeder Vogel mit Freude ein Nest gemacht. Sie bemerkte, dass jede Menge Haarsträhnen lose in ihrem Nacken hingen.

Sie zog ein paar Haarnadeln heraus, die sie sich in den Mund steckte, und wand ihren Dutt neu zusammen.

»Madame la Comtesse … Ihr Besuch ist wieder einmal überraschend!«

Julie drehte sich um, verdutzt, dass Richelieu selbst erschienen war. Der Kardinal war schlicht mit einem dunklen Anzug bekleidet. Mit einer Hand ihren Knoten festhaltend, machte Julie eine unbeholfene Reverenz. Sagen konnte sie nichts, da die schwarzen Haarnadeln ihre Lippen versiegelten.

»Ich schlage vor, Sie beenden Ihre Toilette. Dann erzählen Sie mir vielleicht den Zweck Ihres Besuches, und ob wieder einmal Ihre Familie meiner Intervention bedarf.« Richelieu machte eine gereizte Handbewegung und schritt zum Fenster.

Julie runzelte die Stirn. Da hetzte man in aller Herrgottsfrühe durch den Wald, um diesen Herren zu warnen … Nun ja. In aller Eile steckte sie ihre Nadeln wieder in den unordentlichen Schopf, wischte sich mit Spucke eine Schmutzstelle von der Stirn und räusperte sich.

»Guten Morgen, Eminenz. Ich bin mir bewusst, dass ich gewiss sehr unpassend in den Ablauf Ihres Morgens einfalle. Ich kann Sie nur respektvoll bitten, es mir nachzusehen. Und Sie haben Recht: Auch heute Morgen geht es wieder um ein Menschenleben. Allerdings um eines, das Ihnen sehr viel mehr am Herzen liegen wird, als das eines Kindes.«

Der Minister drehte sich ihr ruckartig zu. Seine Augen glühten in plötzlicher Anspannung.

»Wovon sprechen Sie?«

»Erlauben Sie mir bitte zuerst eine Frage, Eminenz: Haben Sie Neuigkeiten aus England?«

Die Brauen in dem müden, schmalen Gesicht vor ihr sprangen zusammen.

»Was wollen Sie hören, Madame? Dass ich Ihnen Ihren Sohn herbeigezaubert habe? Dass ich meine sämtlichen Männer auf die Suche geschickt habe? Zufällig habe ich auch noch andere Angelegenheiten, um die ich mich kümmern muss, als Ihre familiären Probleme!«

»Das ist mir klar. Aber vielleicht haben Sie etwas Neues von Guillaume de Tallevende gehört.«

»Der Mann ist unauffindbar! Aber sollte er noch am Leben sein, werde ich mich persönlich mit ihm über sein Verhalten unterhalten!«

Es war, wie sie vermutet hatte. Der Kardinal hatte bis jetzt noch keinerlei Grund gehabt, wegen Thibault irgendetwas zu unternehmen. Warum sollte er auch? Er war ihr nichts schuldig gewesen. Bis heute.

Sie betrachtete seinen dunkelgrauen Wams, den frisch gestutzten Kinnbart, die stolze Haltung seines Kopfes. Und sie erinnerte sich daran, was Loyse und Anne-Catherine ihr über ihn erzählt hatten: Dass er sich einer militärischen Karriere verschrieben hatte, bevor sein älterer Bruder in den Kartäuser-Orden eintrat. Dieser Bruder aber war dafür bestimmt gewesen, die Leitung des Bischofstums von Luçon, der einzigen Einnahmequelle der Familie der Richelieus, zu übernehmen. Also hatte Armand-Jean sich gezwungen gesehen, seine Pläne zu ändern, wahrscheinlich auch einen großen Teil seiner Träume zu vergessen: Er hatte den Waffenrock und den Degen gegen die Soutane eines Priesters eingetauscht, um den Platz seines Bruders einzunehmen und seine Familie vor dem Ruin zu retten. Und mit all seiner Intelligenz und seiner Energie hatte er sich, ohne lange mit seinem Schicksal zu hadern, in die neue Laufbahn gestürzt, die sich vor ihm auftat und im Schoß der katholischen Kirche die Stufen der Macht erklommen. Trotzdem war er noch vorhanden, der Edelmann, der Kavalier. Und der war es, den sie heute ansprechen musste.

»Eminenz, heute Morgen habe ich ein Gespräch belauscht. Ich habe von einem Plan erfahren, der darauf zielt, eine hochgestellte Persönlichkeit zu ermorden.« Julie sah ihr Gegenüber fest an. »Wenn ich Ihnen den Plan jetzt verrate, würden Sie Ihren Einfluss geltend machen, um diese Person zu überzeugen, sich für mich einzusetzen?«

»Wer sagt Ihnen, dass ich diesen Einfluss habe?«

»Sie haben ihn.«

»Und was verlangen Sie von dieser Person?«

»Sie wird es wissen.«

»Madame, Sie reden in Rätseln. Warum gehen Sie nicht gleich zu dieser betroffenen Person und sprechen selber mit ihr?«

»Wer glaubt mir schon, Eminenz? Ihnen wird man Gehör schenken. Und wenn ich heute Morgen zu Ihnen gekommen bin, dann deshalb, weil auch Sie einen großen Nutzen daraus ziehen werden. Und weil ich Ihnen vertraue.«

Armand-Jean de Richelieu verzog ironisch den Mund. Vielleicht war ihm ihr Vertrauen, das sie ihm so naiv darbot, wenig Wert. Doch Julie ließ das unberührt. Sie schaute ruhig in sein Gesicht.

Die kleine belustigte Falte um den Mund des Ministers wurde tiefer. Er sah sie unumwunden an, mit diesem Blick, der durch und durch ging.

»Hmm … Nun gut. Ich werde mein Möglichstes tun.«

Julie nickte. Das genügte ihr. Sie hatte ihr Ziel erreicht.

»Eminenz, es geht um Ihr eigenes Leben. Es ist vorgesehen, Sie während einer Ihrer Fahrten zum Schloss von Fontainebleau zu überfallen und zu ermorden.«

Die Brauen des Kardinals schnellten zusammen.

»Madame, überlegen Sie sich gründlich, was Sie mir jetzt berichten wollen«, fuhr er sie an. »Ich sagte Ihnen bereits, dass ich auf die besten Spione Europas zurückgreifen kann. Nicht einer erzählte mir von einem derartigen Vorhaben. Und Sie wollen mir glauben machen, dass ausgerechnet Sie etwas derart Gravierendes erfahren haben?«

»Ich belauschte heute Morgen ein Gespräch zwischen dem Comte de Chalais und Madame de Chevreuse. Sie hatten sich vor der Jagd in einem abgelegenen Zimmer verabredet.« Julie begegnete offen Richelieus durchdringendem Blick. »Sie sagen, dass Sie über die besten Spione verfügen. Doch sind sie auch verlässlich? Wenn Sie auf Henry de Chalais bauen, möchte ich zur Vorsicht mahnen. Er macht keinen Hehl daraus, dass er Ihnen hier Besuche abstattet. Hat er Ihnen erzählt, dass er Kontakt zu den Brüdern Vendômes aufgenommen hat?«

Nicht ein Muskel bewegte sich in dem Gesicht des Kardinals.

»Entschuldigen Sie mich einen Augenblick.«

Er drehte sich um und hastete aus dem Zimmer. Julie sah ihm verwirrt nach.

Sie wartete ein paar Minuten, ging zum Fenster und sah auf den leeren Hof hinunter. Dann lief sie ein paar Mal im Raum auf und ab. Langsam wurde sie ungeduldig.

Sie lauschte und meinte im Nachbarzimmer unregelmäßige Schritte zu hören. Leise trat sie an die Tür, hinter der der Minister verschwunden war, und warf einen Blick hinein. Erschrocken hielt sie die Luft an.

Armand-Jean de Richelieu stand mitten in seinem Arbeitszimmer. Noch nie hatte Julie einen Mann so zittern sehen. Die kurzen Wellen rissen seinen ganzen Körper mit. Seine weißen Hände flogen auf und ab, waren unfähig das Tuch zu halten, mit dem er sich den Schweiß abwischen wollte, der als glänzende Schicht auf seiner Stirn lag. Langsam schwebte das feine Stück Stoff zu Boden, von einem ohnmächtigen Blick verfolgt. Das schmale Gesicht wirkte wächsern und war von gelber Farbe. Dem halb geöffneten Mund entflog der Atem in heftigen Stößen.

Ihr erster Impuls wollte sie in das Zimmer eilen lassen, um diesem Mann zu helfen. Doch ihr Instinkt hielt sie zurück. Dieser Mann war hierhin geflüchtet, um ihren Blicken zu entkommen. Er würde es ihr nie verzeihen, wenn er sie als Zeugin seiner Schwäche entlarvte.

Leise zog sie sich von der Tür zurück.

Sie trat zu einem der Fenster, öffnete es und wartete. Sinnend lehnte sie sich über den hölzernen Rahmen und stützte ihren Kopf in ihre Hände. Sie dachte an Eastington zurück, an Frederik, dessen Beerdigung schon über ein Jahr her war, an all die anderen lieben Menschen, die sie in der Heimat zurückgelassen hatte. Ob John sich inzwischen auf Eastington niedergelassen hatte und sich um die Ländereien kümmerte? Nein, sie konnte sich nicht vorstellen, dass Frederiks Bruder am Landleben Gefallen fand. Wahrscheinlich hatte er einen Verwalter eingesetzt. Was für ein seltsames Schicksal sie hierher geführt hatte …

Sie betrachtete den Himmel, der über dem Wald von einem blassen in ein kräftiges Blau überging und sich mit perlmuttfarbenen Wolken die letzten Spuren des Morgens abtupfte. Sie atmete tief ein. Ja, Vater. Ich will mich weiterhin bemühen, die Farben des Sonnenaufgangs zu sehen.

Ein leises Räuspern holte sie in die Wirklichkeit zurück.

Als sie sich umdrehte, waren keine Spuren der Bewegung mehr in dem Gesicht des Kardinals zu erkennen. Ruhig schloss Julie das Fenster, bevor sie sich ihm erneut zuwandte.

»Sie müssen mir noch weitere Einzelheiten berichten, Madame. Wann und wo soll der Anschlag stattfinden? Nehmen noch mehr Verschwörer daran teil? Unter welchen Umständen genau haben Sie davon erfahren?«

Julie verzog leicht den Mund vor dem Hagelschlag der Fragen, der jetzt auf sie niederprasselte. Gleichzeitig empfand sie Mitleid für diesen Mann, der nun versuchte, durch vermehrten Einsatz seines Verstandes die Dämonen zu verscheuchen, die ihn vor einem Augenblick noch in ihren Klauen hielten.

Dann nahm sie sich zusammen und berichtete sachlich über das Wenige, was sie wusste.

Sie verfolgte das leichte Zucken, das jetzt in unregelmäßigen Abständen in den Zügen des Ministers herumsprang. Es war, als würde ein böser Geist an der Maske der Selbstbeherrschung über dem müden Gesicht zupfen.

Sieben

»ELLE S'EN VA, CETTE INHUMAINE
SANS AVOIR PITIÉ DE LA PEINE
DONT J'AI LE CŒUR ATTEINT;«

»SIE GEHT, DIESE UNMENSCHLICHE,
OHNE ERBARMEN FÜR DAS LEID,
DAS MEIN HERZ BEFÄLLT;«

JUNI 1626

»Halt! Kann ich Ihren Passierschein sehen, Madame?«

Robert hielt der Wache das kostbare Papier vor die Nase.

Der Wachmann untersuchte das Siegel mit derselben Genauigkeit, wie schon die Wache am ersten Tor, in der rue Saint-Antoine. Als sein Blick auf die Unterschrift fiel, blickte er überrascht auf. Sein Tonfall zeugte von erstaunter Ehrfurcht, als er schließlich meinte:

»In Ordnung. Warten Sie bitte einen Augenblick hier, Madame la Comtesse. Ich werde jemanden besorgen, der Sie führen wird.«

Der Mann verschwand hinter dem Tor, und ein anderer nahm sofort seinen Platz ein.

Julie und Robert blieben in der sengenden Hitze des Vorplatzes stehen. Wie konnte es bloß Ende Juni schon so heiß sein?

Wieder einmal schimpfte Julie sich eine Gans, ihren Sonnenschirm vergessen zu haben. Es musste die Aufregung gewesen sein. Sie spürte, wie sich ihre weiße Haut unter dem erbarmungslosen Blick der Sonne spannte. Ihr leinenes Unterkleid klebte an ihrem feuchten Leib und ihre Fußsohlen brannten, weil ihre dünnen Schuhe sie kaum von dem heißen, staubigen Boden isolierten.

Zögernd und widerwillig schaute sie auf den grauen Koloss zu ihrer Linken. Dort hockte, klobig und furchterregend, die Bastille.

Nur besonders dicke und geschmacklos zusammengefügte Steinquader, versuchte sie sich zu trösten, und zwang sich, dem Anblick standzuhalten.

Wie das Haus ihrer Tanten befand sich auch die Bastille im östlichen

Teil von Paris. Doch so nahe war sie dem Gebäude noch nie gekommen, das eine diffuse Furcht ausdünstete und von dem sogar Fürsten und Minister nur in respektvollem Ton sprachen.

Das Gefängnis bestand hauptsächlich aus acht zinnenbewehrten Türmen, die durch kurze Mauerabschnitte zu einem unregelmäßigen Oktogon verbunden waren. Winzige, schmale Fenster konnten keinen darüber hinwegtäuschen, dass die Insassen von der Außenwelt abgeschnitten waren. Denn die unglaubliche Dicke der Mauern, die, wie man Julie ehrfurchtsvoll berichtet hatte, an ihren schmalsten Stellen noch zwei Schritt betrug, ließ jede Hoffnung nicht nur auf einen Fluchtversuch, sondern auch auf einen Sonnenstrahl als Hirngespinst erscheinen. Auf dem Haupt des Gefängnisses krabbelten Soldaten, kleinen, dunklen Insekten gleich. Sie waren das einzig sichtbare Leben auf dem stummen Steingiganten. Schwarze Kanonenmünder lugten träge zwischen den Zacken seiner steinernen Krone hervor.

Obwohl sie es besser wusste, konnte Julie sich nicht daran hindern, die winzigen Fensteröffnungen abzusuchen. Wo mochte seine Zelle sich befinden? Ob er sie sehen konnte?

Sie schluckte mühevoll. Ihre Kehle war genauso staubig und trocken wie dieser Vorplatz.

Der Wächter war gewiss schon seit zehn Minuten verschwunden! Stumm ließ sie die Sonnenstrahlen sie versengen und wischte ihre feuchten Handflächen an ihrem Rock ab.

Schließlich musste sie dankbar sein.

Dass sie heute hier stand, mit einem Passierschein ausgestattet, glich einem Wunder.

Seit der schrecklichen Stunde, als sie, nur kurze Zeit nach ihrer Rückkehr aus Fontainebleau, von Racan erfahren hatte, dass François verhaftet worden war, hatte sie alles Mögliche versucht, um zu ihm vorgelassen zu werden. Ihre Tanten hatten ihr nicht viel Hoffnung gemacht, und tatsächlich sah es lange nicht danach aus, als ob sie Erfolg haben würde. Höflich, aber bestimmt wurde ihr immer wieder mitgeteilt: Es war nicht üblich, Gefangenen der Bastille Besuche abzustatten, und weder sie noch der Gefangene waren erlesen genug, um eine Ausnahme zu machen.

Schließlich hatte sie eine glorreiche Idee gehabt. Sie hatte Richelieu geschrieben. Sie schlug ihm vor, zu versuchen, von François Informationen über das Komplott gegen Gastons Heirat zu bekommen. Denn inzwischen hatten ihre Bemühungen zumindest soweit gefruchtet, als sie erfahren hatte, wessen François angeklagt war: Der König hatte Wind von einer Revolte bekommen, die in der Normandie drohte. Der Gouverneur Longueville stand im Verdacht, über achthundert Männer zusammengetrommelt zu haben, die der Unterstützung Monsieurs im Falle seiner Flucht dienen sollten. Und François Name wurde in enge Verbindung mit den Verschwörern gebracht.

François Verhaftung war nach dem enormen Eklat, der die Festnahme der Brüder Vendômes gewesen war, kaum von der Öffentlichkeit zur Kenntnis genommen worden. Dass der König nach d'Ornano auch noch seine eigenen Brüder opferte, hätten viele nicht für möglich gehalten. Seitdem stand der Hof mehr denn je Kopf, so sehr, dass sogar Marie de Chevreuse Julie vollständig vergessen zu haben schien. Seltsam war allerdings, dass die Herzogin offensichtlich angeordnet hatte, ihre Rechnungen nicht mehr zu begleichen. Bis jetzt hatte Julie alle ihre Ausgaben über das Hotel de Chevreuse laufen lassen, doch die letzte Zeit waren alle Schuldscheine unbezahlt wieder zurückgekommen.

Julie zuckte die Schultern. Egal, aus welchen Gründen die Herzogin sie ignorierte. Ihr sollte es recht sein, auch wenn ihre Geldbörse sich leerte und sie sich selber etwas verloren vorkam. Der Hof befand sich in Blois, und Paris war leer ohne das bunte Treiben der Höflinge. Es hatte nichts gegeben, womit sie sich die Wartezeit hätte verkürzen und sich von ihrer Angst um François hätte ablenken können.

Dass die Anklage, unter der er stand, durchaus fundiert war, wusste Julie leider nur allzu gut. Natürlich hatte sie nicht vor, François durch einen Bericht an Richelieu zu belasten. Das Wichtigste war, zu ihm vorgelassen zu werden. Hinterher könnte sie dem Kardinal immer noch von dem Scheitern ihrer Bemühungen berichten.

Heute Morgen endlich, nach quälend langen Wochen, war der Passierschein angekommen. Sie hatte sich sofort auf den Weg gemacht.

»Madame la Comtesse d'Eastington?« Ein unscheinbarer Mann kam aus dem Tor direkt auf sie zu. Er verbeugte sich knapp und sagte mit einer sanften Stimme, die fehl am Platz wirkte: »Ich bin Leutnant d'Orgeansac, zu Ihren Diensten. Wenn Sie jetzt bitte mit mir kommen mögen, werde ich Sie zu dem Gefangenen bringen.«

Von Robert gefolgt, durchquerte Julie das Tor und gelangte in einen neuen Hof, der allerdings sehr viel kleiner war als derjenige, den sie gerade verlassen hatten. Die rechte Seite der umgrenzten Fläche bildete das kleine Arsenal. Die gegenüberliegende Seite endete in einem tiefen Graben, der gleichzeitig die Stadtgrenze war. Mitten in der hohen Mauer zu ihrer Linken war eine Öffnung, durch die sie der Leutnant jetzt führte.

Sie fanden sich auf der Brücke wieder, die über den tiefen Graben, der die Bastille umfing, bis zu der Stelle führte, an der die im Augenblick offene Zugbrücke auflag.

Jetzt ragte der graue, schweigende Bau genau vor ihnen auf.

Obwohl sie schon so lange auf diesen Augenblick wartete, musste Julie sich kurz überwinden, weiterzugehen. Entschlossen ließ sie ihre Absätze auf der hölzernen Zugbrücke klappern, bevor sie in den Bauch des Ungeheuers vorstieß.

François Zelle lag in der Tour de la Liberté. Ein Wächter, der von dem Leutnant herbeigerufen worden war, schleppte sich und einen Schlüsselbund gewaltigen Ausmaßes heran.

Nach sorgfältigem Suchen, Erwägen und wieder Verwerfen entschied sich der Wächter für einen bestimmten Schlüssel. Das doppelte Holztor, das den Eingang des Turmes versperrte, gehorchte sofort. Sie konnten einen halben Schritt vorankommen, bevor sie von dem nächsten Hindernis aufgehalten wurden: Wieder suchte der Wächter, schnaufte, während seine schwieligen, kurzen Finger den Ring absuchten. Nach einem zufriedenen Grunzen erwischte er den passenden Kandidaten und steckte ihn in das Loch. Dann stemmte er sich mit der Schulter und einer durch lange Übung erworbenen Effizienz gegen das schwere eiserne Gitter. Es sprang ohne das erwartete Quietschen auf. Eine Wendeltreppe wurde sichtbar, die sowohl nach oben wie nach unten führte. Modriger Kellergeruch empfing sie. Der Leutnant blickte nach oben.

Julie atmete auf. Wenigstens war François nicht in eines der Verliese gesteckt worden. Schon wollte sie die erste Stufe nehmen, als der Wächter auf dem Absatz kehrt machte. Sie biss sich auf die Zunge, um nicht ungeduldig aufzustöhnen. Er verschloss hinter ihnen wieder mit derselben gründlichen Zähigkeit, erst das Holztor, und dann das Gitter.

Wenn Julie glaubte, jetzt freien Durchgang bis zu den Zellen zu haben, hatte sie sich geirrt. Der Aufstieg innerhalb des Turms erwies sich als weitere Geduldsprobe. Noch drei eiserne Gitter, regelmäßig auf der Treppe verteilt, mussten aufgesperrt und wieder verschlossen werden. Die Kühle, die Anfangs ein Genuss gewesen war, ließ Julies schweißnasse Haut bald erschauern.

»Hier ist es.« Die sanfte Stimme des Leutnants verlor sich über ihnen im Schneckengehäuse der Wendeltreppe.

Eine letzte massive Holztür trennte sie von François.

Der Wächter stellte sich auf und schepperte unangenehm mit seinem Schlüsselbund, während er die vier Riegel aufschob, die von oben bis unten auf der dunklen Tür angebracht waren. Dann machte er sich an den drei Schlössern zu schaffen, die noch zwischen den Riegeln hingen.

Roberts Augen waren im Laufe des mühevollen Vorankommens immer größer geworden. Sein respektvoller und ein wenig ängstlicher Blick glitt zwischen den vielen Absperrvorrichtungen und dem Wächter hin und her.

Julie konnte es ihm nicht verdenken. Der langsame Aufstieg hatte den Nachteil gehabt, auch ihre Unruhe zu wecken. Plötzlich war sie wieder da, die Angst, die sie während der letzten Tage des langen Wartens immer mit aller Kraft unterdrückt hatte.

In welcher Verfassung würde sie ihn vorfinden?

Sie presste ihre Handflächen aneinander. In ihrer Phantasie entstand das Bild eines zerlumpten, verlausten und abgemagerten Mannes, den sie nur nach dreimaligem Hinschauen als François identifizieren würde. Er, der immer so viel Wert auf seine Kleidung legte ... Vielleicht war er gefoltert worden! Oder er hatte offene, schwärende Wunden an den Gelenken, von den Eisen, mit denen er an das Mauerwerk gekettet worden war ... Zu spät fiel ihr ein, dass sie statt Robert besser einen Arzt hätte mitnehmen sollen. Vielleicht ... Vielleicht war er gebrochen worden, und sein Geist verwirrt ... Vielleicht erkannte er sie gar nicht!

Sie holte tief Luft.

Das letzte Schloss sprang mit einem glatten Geräusch auf.

Der Leutnant klopfte an. Julie hob die Brauen. Es war kaum anzunehmen, dass der Gefangene sie nicht gehört hatte, denn sie hatten sich so geräuschlos wie ein Artillerietrupp genähert. Außerdem schien ihr diese Förmlichkeit doch reichlich fehl am Platz. Doch sie verschob alle weiteren Gedanken, denn ihr Führer gab der Tür einen Stoß, und trat in den dahinter befindlichen Raum ein.

»Monsieur le Comte, verzeihen Sie bitte die Störung ...«, erklang es sanft aus der Zelle.

Eine Julie wohlbekannte und vergnügte Stimme empfing den Soldaten.

»Mon cher d'Orgeansac! Treten Sie in mein Reich ein, ich bitte Sie! Möchten Sie vielleicht etwas von diesem köstlichen Ragout kosten? Diese Schafszungen schmelzen im Munde, und mit etwas Burgunder lässt es Ihnen Flügel wachsen!«

Julie fühlte, wie das Blut ihr aus den Wangen wich. Mein Gott, François musste den Verstand verloren haben! Er litt offensichtlich an Sinnestäuschungen!

»Es ist sehr liebenswürdig von Ihnen, Monsieur, aber ich habe bereits gespeist. Doch Sie werden Gesellschaft haben. Ich habe Ihnen Besuch mitgebracht.«

»Hola! Besuch? Was für eine Überraschung … Na, dann, nichts wie rein mit ihm! Wo versteckt er sich denn?«

Julie gab sich einen Ruck. Sie ließ Robert und den Wächter hinter sich.

Sie öffnete den Mund zur Begrüßung … Und brachte vor Erstaunen keinen Ton heraus.

Die Zelle war sehr viel größer, als erwartet, und von derselben oktogonalen Form, wie die Bastille selber. Sie besaß einen Kamin, ein winziges Fenster, einen Boden aus Backsteinen und eine weiße Gipsdecke. In einer Vertiefung und diskret hinter einem Verschlag verborgen mochte sich ein Abtritt befinden.

Am staunenswertesten war die Einrichtung. Fast hätte Julie sich in der rue de la Platrière wähnen können. François hatte offensichtlich einen großen Teil seines Haushaltes mitgebracht.

Ein Teil der Wände war hinter ledernen Wandvorhängen verborgen.

Sie erkannte die Truhe, vor der sie kurz vor ihrer Begegnung mit Hurault de Tallevende gestanden hatte, einen bequemen Ledersessel, der vor dem Kamin aufgestellt worden war, zwei Hocker, die rechts und links von der Tischplatte standen und vor allem das Himmelbett aus Nussholz mit den blauen Samtvorhängen. Etliche Bücher, ein fünfarmiger silberner Leuchter, Schreibzeug, Kaminbesteck, ein kleiner Spiegel … nichts war vergessen worden, um diese Zelle in einen gemütlichen Wohnraum zu verwandeln.

An dem gut gedeckten Tisch saß François, strotzend vor Gesundheit. Er war offensichtlich im vollen Besitz seiner geistigen Kräfte, auch wenn ihr plötzliches Erscheinen seinem Gesicht nicht gerade einen intelligenten Ausdruck verlieh. Das erinnerte sie daran, selbst den Mund wieder zu schließen.

»Madame d'Eastington!« Auch François hatte sich schnell wieder gefasst. Langsam stand er von seinem Hocker auf. »Ein unerwarteter Besuch!« Er drehte sich zu dem Leutnant um. »Vielen Dank für Ihre Bemühungen, Monsieur. Ich werde an die Tür klopfen, wenn Madame la Comtesse wieder gehen möchte.«

Der Soldat mit dem traurigen Gesicht schluckte, und trat von einem Fuß auf den anderen. Sanft protestierte er.

»Verzeihen Sie, Monsieur le Comte, aber es ist nicht üblich, die Besucher alleine zu lassen.«

Der Gefangene antwortete ebenso liebenswürdig.

»Das braucht es ja auch nicht. Es geht nur um dieses eine Mal.«

»Ich habe auf die Leibesvisitation verzichtet – Die einzige Möglichkeit, Ihrem Wunsch nachzukommen, wäre, dass ich mich selbst von der Ungefährlichkeit der Dame überzeuge.«

Julie fühlte sich bis zu den Haarwurzeln erröten. Sie wich schnell einen Schritt von dem Leutnant zurück. François Tonfall wurde eine Spur schärfer.

»Ich bewundere Männer, die sich für ihre Arbeit einsetzen. Und die sich dennoch als Edelmänner zu betragen wissen.«

Auch d'Orgeansac lief jetzt rot an, aber sein Blick blieb fest.

»Monsieur, in diesem Fall muss ich meine Pflicht vorgehen lassen. Die Vorschriften sind eindeutig.« Er sprach Julie direkt an. »Madame, ich möchte Ihnen nicht respektlos erscheinen. Bitte glauben Sie mir, dass …«

»Sie werden Madame nicht berühren, d'Orgeansac!« Der Ton war jetzt herrisch, und der Leutnant fuhr zusammen. »Es wird sich gewiss eine andere Lösung finden lassen.« François lächelte kalt. »Madame la Comtesse wird Ihnen versprechen, dass Sie weder Strickleiter, Säge, Feile noch sonst ein unbequemes Fluchtinstrument unter ihren Röcken versteckt hat. Das wird genügen.«

Julie hätte am liebsten gelacht, wenn die Angelegenheit nicht so peinlich gewesen wäre. Wer war hier eigentlich der Gefangene und wer der Aufseher? Sie schmunzelte.

Sofort bereute sie ihren Mangel an Selbstbeherrschung. Der Leutnant hatte ihr Lächeln bemerkt. Seine Stirn umwölkte sich.

»Nein, Monsieur. Das wird es nicht. Doch ich werde gerne Madame dieses Ungemach ersparen, indem ich einfach dem Gespräch beiwohne.«

François Stimme war zuckersüß.

»Monsieur d'Orgeansac … Wie lange, schätzen Sie, werde ich noch in diesem prächtigen Ort verweilen?«

Der Leutnant blickte misstrauisch hoch und zuckte die Schultern.

»Nun, ich will Ihnen meine Theorie mitteilen.« François hob eine Braue. »Ich wette mit Ihnen ein Goldstück, dass spätestens in acht Wochen der herrliche Straßenkot dieser Stadt wieder an meinen Stiefeln kleben wird. Ein freier Mann kann ganz anders für die Ehre einer Dame einstehen, als ein Gefangener. Es wäre mir eine Freude, mich dann mit Ihnen zu verabreden, Monsieur.«

Der Leutnant kniff seinen kleinen Mund zusammen. Sein Blick flackerte kurz.

»Es ist, scheint mir, überflüssig, eine Dienstanweisung derart emotional aufzufassen«, schüttelte er den Kopf. »Ich versichere Ihnen, dass die Ehre der Dame nicht auf dem Spiel steht. Darf ich Sie außerdem respektvoll an den Erlass gegen die Duelle erinnern, der Anfang dieses Jahres in Kraft getreten ist? Sind Sie denn so erpicht darauf, sich längere Zeit hier aufzuhalten, Monsieur le Comte?«

»Aber, aber ... Das hört sich ja an, als hätten Sie etwas gegen meine Anwesenheit, d'Orgeansac! Um ehrlich zu sein, fühle ich mich hier pudelwohl! Ich weiß wirklich nicht, warum Ihr Haus einen so erbärmlichen Ruf genießt, Monsieur. Wenn ich wieder draußen bin, werde ich Sie jedenfalls überall loben und weiterempfehlen.«

Mit der größten Selbstverständlichkeit ging François zum Bett und holte ein Buch, das dort lag. Dann stellte er sich vor Julie. Zu d'Orgeansac meinte er:

»Madame la Comtesse wird jetzt auf diese Bibel schwören, dass sie keine Fluchthilfen in diese Zelle schmuggelt. Ist das ein Kompromiss?«

D'Orgeansac zögerte. Dann nickte er kaum merklich.

Also schwor Julie. Sie sprach fest und klar, ihren Blick auf François Brust gerichtet, der dicht vor ihr stand und die Heilige Schrift hielt, während sie ihre Rechte darauf legte.

»In Ordnung.« Der Leutnant verbeugte sich leicht. Er warf Julie einen Blick zu, in dem keine Spur von Freundlichkeit lag. »Sie melden sich, Madame.« Dann verschwand er durch die Tür, die mit einem dumpfen Klang hinter ihm zufiel. Vier Riegel und drei Schlösser wurden sorgfältig vorgeschoben, und trotz des massiven Holzes vernahm Julie das Klimpern des riesenhaften Schlüsselbundes.

»Parfait. D'Orgeansac ist kein schlechter Kerl, aber manchmal furchtbar stur.« François zog einen Mundwinkel hoch. »Und jetzt, Madame, können Sie mir alles übergeben, was Sie unter Ihrem Kleid tragen.«

»Wie bitte?«, fragte Julie. Ihr Gegenüber lächelte.

»Eh bien, die Werkzeuge, die Sie geschmuggelt haben. An was haben Sie denn gedacht, wenn ich fragen darf?«

Julie überhörte die Frage und ärgerte sich, weil sie sich erröten fühlte.

»Monsieur, ich habe gerade vor Ihren Augen auf die Bibel geschworen. Glauben Sie, ich hätte es getan, wenn ich etwas zu verbergen gehabt hätte?«

François zog jetzt auch den anderen Mundwinkel hoch. Er streckte die Arme aus und ließ das schwere Buch in ihre Arme plumpsen. Sie warf verständnislos einen Blick auf die vergoldeten Buchstaben, die auf dem schweinsledernen Einband prangten. Sie riss die Augen auf. Rabelais … Gargantua et Pantagruel.

»Sie haben mich auf Gargantua schwören lassen?«

»Ich wollte Sie nicht in Gefahr bringen, Ihre Seele zu verpfänden, Madame.«

Julie blickte zweifelnd auf das Werk in ihren Händen. Sie zog die Nase kraus.

»Sehr rücksichtsvoll von Ihnen … Doch etwas Ernsteres wäre mir doch würdiger vorgekommen.«

»Nächstes Mal werde ich mich bemühen, einen Cicero zu finden. Nur trifft Rabelais momentan eher meinen Geschmack.« Die Worte klangen unbeschwert, doch Julie entging nicht der ernste Unterton, der in ihnen mitschwang.

»Ich kann verstehen, dass Ihnen nach Abwechslung zumute ist.« Sie sah auf, doch François Gesichtsausdruck blieb unpersönlich. Sie trat an das Bett und legte das Buch wieder ab. Dabei fiel ihr Blick auf das Fenster – oder eher das helle Loch, das von mindestens drei hintereinander aufgestellten Gittern mit engen Maschen versperrt wurde. Es lag so tief im Stein eingebettet, dass Julie, auch wenn es keine Absperrungen gegeben hätte und ihr Arm doppelt so lang gewesen wäre, nicht mit einer Hand ins Freie hätte fassen können.

Sie wurde sich der enormen Massen bewusst, die um sie herum aufgebaut waren, und ihre dumpfe Angst stieg erneut in ihr hoch. Das Geräusch sich vorschiebender Riegel klang in ihrem Kopf nach. Eingesperrt …

»Julie, ist alles in Ordnung?« Die raue Stimme klang ganz nah an ihrem Ohr, und sie wirbelte erschrocken herum. François schaute ernst und eine Spur besorgt auf sie herunter. »Ich fragte Sie gerade, ob Sie nicht mit mir speisen wollen. Leider ist es nicht mehr sehr warm, doch es ist reichlich vorhanden.«

Sie schnappte nach Luft. Es war, als erwache sie aus einem bösen Traum. Sie warf einen Seitenblick auf den gedeckten Tisch und brachte ein Lächeln zustande.

Zum ersten Mal bemerkte sie, dass die Luft von appetitlichen Düften geschwängert war.

»Ja, warum nicht? Besonders etwas zu trinken wäre willkommen. Es ist schrecklich heiß draußen, im Moment. Hier ist es sehr viel angenehmer …« Sofort biss sie sich auf die Lippe, ärgerlich auf sich selber, weil sie so gedankenlos dahinplapperte. Doch François schien ihr Satz nicht unangenehm aufgefallen zu sein, denn sein Gesicht blieb unbewegt.

Also setzte sie sich ihm gegenüber auf einen der Hocker. Sie nippte an dem Zinnbecher, den François ihr reichte, und fand überrascht, dass der Wein wirklich sehr gut war. Dann stellte er einen Topf vor sie hin, der sich als lauwarme Erbsensuppe mit gedünstetem Kopfsalat und mehreren zarten Geflügelstücken erwies. Sie kostete erst zaghaft, langte dann aber herzhafter zu, als ihr Hunger erweckt war. Staunend betrachtete sie das Inventar der Speisen auf dem Tisch: Ein prächtiges, mit Petersilie gekröntes Stück Rindfleisch, Kalbsbries, gedünstete Pilze, eingelegte Hahnenkämme, die schon von François gerühmten Schafszungen, die in einer dunklen Weinsoße schwammen, eine gefüllte Pastete, Himbeeromelett und zwei Äpfel zum Nachtisch.

»Wie finden Sie meinen Speiseplan?«

Julie blickte auf und fragte sich, seit wann François sie beobachtete.

»Überraschend. Vielfältig und schmackhaft.«

»Ja, es ist vom Feinsten. Kostet natürlich auch etwas. Aber bei den wenigen Abwechslungen im Tagesablauf hier nimmt das Essen plötzlich eine wichtige Stellung ein.« Es war keine Spur von Verdruss in François Tonfall zu hören. »Die Bastille ist wirklich sehr viel besser als ihr Ruf. Solange man die Mittel dazu besitzt, kann man sich hier sehr komfortabel einrichten. Ich hoffe, Sie haben nicht erwartet, mich angekettet in einer stinkenden Zelle vorzufinden?«

Julie blieb eine Antwort schuldig.

»Sie … Sie sind sicher, dass Sie in spätestens zwei Monaten entlassen werden?«

»Wenn diese Frage ein Ausdruck Ihrer Sorge ist, kann ich Sie beruhigen.« Er lächelte, doch seine Augen blieben ernst. »Mein Aufenthalt hier wird von begrenzter Dauer sein.«

Julie glaubte ihm. Die Zelle, die Einrichtung, das Essen … Nichts entsprach ihren Erwartungen. Warum François so gut behandelt wurde, war ihr ein Rätsel. Doch offensichtlich brauchte sie sich um ihn keine Sorgen zu machen.

Sie schob die Suppe von sich und betrachtete ihn.

Eine seltsame Scheu überfiel sie. Er war auf irgendeine Weise verändert. Er behandelte sie mit einer distanzierten Höflichkeit, die sie beklommen machte.

Was war bloß los?

Sie hatten sich Monate lang nicht gesehen. Hatte sie ihm denn kein bisschen gefehlt? In dem Augenblick, als er sich an ihre Hand geklammert hatte, das letzte Mal, als sie bei ihm war, war sie überzeugt gewesen, dass er etwas für sie empfand. Hatte ihre eigene Liebe ihr etwas vorgegaukelt?

Ihr Herz klopfte unruhig. François hatte sie nach seiner Genesung nicht besucht. Vielleicht hatte er sie längst vergessen!

Sie erschauerte, denn plötzlich wurde sie sich wieder der Kälte bewusst, die in dem Zimmer herrschte. Ihr verschwitztes Unterkleid umgab sie wie eine Eisschicht, und die lauwarme Suppe hatte kaum Wärme gespendet.

François höfliche Stimme überbrückte die verlegene Stille.

»Erzählen Sie mir, wie Sie eine Besuchserlaubnis bekamen, Julie. Sie sind bis heute die Einzige, die es geschafft hat, bis zu mir vorzudringen.«

»Nun …« Julie verflocht ihre Finger. »Es herrscht großes Durcheinander im Hof im Moment und … und der Kardinal sprach mich an … Er … Er sucht nach Allianzen, wo immer er kann, und macht sich Hoffnungen, dass ich etwas über Sie und die Verschwörung, in die Sie verwickelt sind, in Erfahrung bringen könnte. Als das Angebot von ihm kam, habe ich zugegriffen.« Sie zuckte die Schultern, verzog den Mund und machte einen kläglichen Versuch, zu scherzen: »Ich bin eine Art Doppelagent!«

François pickte eine Himbeere aus dem Omelett.

»Es ist ein gefährliches Spiel, das Sie da treiben. Sie sollten sich hüten, zu versuchen, Seine Eminenz hinter das Licht zu führen.«

»Tun Sie denn etwas anderes? Seit ich Sie kenne, sind Sie mit Madame de Chevreuse in irgendwelche Pläne gegen Richelieu verstrickt.«

»Hmm …« François zögerte kurz, fuhr dann aber im neutralen Ton fort. »Sicher haben Sie Recht. Nur kann ich vielleicht besser die Konsequenzen meiner Taten einschätzen.«

Julie verschränkte ihre Arme, um die Kälte abzuwehren.

»Haben Sie etwas von Chalais gehört?«

Julie runzelte die Stirn. Der Hof war momentan ihre letzte Sorge!

»Nun, ja … Die Wellen schlagen hoch. Chalais vollführt einen Eiertanz zwischen allen Parteien. Er mischt überall mit, kann sich aber für keine Seite entscheiden.«

Zum ersten Mal regte sich etwas in François Gesicht. Julie glaubte darin Bedauern zu entdecken.

»Er wird Richelieu nicht entkommen«, murmelte er. »Er wird für die anderen büßen müssen: D'Ornano, die Brüder Vendômes … Chalais ist bekannt, aber nicht zu hoch gestellt. Man wird ein für alle Mal ein Exempel an ihm statuieren. Armer Tor!«

Er begegnete ihrem verwirrten Blick.

»Und was gibt es in Paris Neues?«, fragte er höflich.

»Nicht viel.« Julie zwang sich, einen fröhlichen, forschen Ton anzunehmen, obwohl in François Gesicht kein besonderes Interesse zu entdecken war. »Racan ist auf dem besten Wege, die Sohlen seiner Schuhe durchzulaufen, denn er eilt von einem zum anderen, um etwas zu Ihren Gunsten zu bewegen. Ansonsten ist es ziemlich still. Es ist, als würden alle den Atem anhalten, um abzuwarten, wer als Nächstes verhaftet wird …«

Julie hielt inne und fragte sich, was für einen Unsinn sie da von sich gab. François machte einen gelangweilten Eindruck. Ein heftiger Kälteschauer lief ihre Rippen hinunter.

»Sie frieren.« François stand auf, ging zu der Truhe und beugte sich über sie. »Und wie war es in Fontainebleau?« Er richtete sich wieder auf, eine grüne Samtjacke mit Perlmuttknöpfen in den Händen. »Es ist ein wundervolles Schloss, nicht wahr? Schade, dass ich verhindert wurde, es hätte mir gefallen, wieder einmal ein paar Tage dort zu verbringen.«

»Das Schloss und der Park sind in der Tat herrlich. Doch ich hatte wenig Gelegenheit, sie in Ruhe zu genießen.«

»Tatsächlich? Sie waren wohl sehr beschäftigt?«, fragte François und kam näher. Julie sah auf. Was sollte dieser seltsame Tonfall? »Die vielen Abende … Die Tänze, die Spiele … Die Jagdausflüge …« Er war jetzt dicht hinter ihr. »Sie lieben es zu jagen, Julie?«

»Ich … Nein, ich liebe es nicht. Nicht seit mein Vater damals von einem Eber …« Plötzlich fiel die Jacke mitsamt seinen Händen auf ihre Schultern. Sie schnappte nach Luft.

»Ach nein?«, sagte er ruhig. »Und was tun Sie dann, wenn andere jagen?«

Das war es. Jemand musste die Ausrede verbreitet haben, die sie gebraucht hatte, als sie zu Richelieu geritten war! Die Prinzessin natürlich! Die schlimmste Klatschbase am Hof …

Sie versuchte den Kopf zu schütteln.

»Aber François, Sie werden doch nicht glauben …« Sie erstarrte, denn der Griff auf ihren Schultern wurde schmerzhaft fest.

»Was denn, Julie? Dass Sie mit dem Erstbesten in den Wald verschwunden sind, nachdem ich verreist war? Nein, das glaube ich nicht. Ich bin sicher, Sie haben es sich gründlich überlegt … und sich dann den geeignetsten Kandidaten ausgesucht, um Ihre Gunst zu verschenken.«

Er ließ sie abrupt los. Sie sprang auf.

»Und, wann ist die Heirat?«, fragte er und ging wieder zu seinem Hocker. »Ich werde leider verhindert sein, mitzufeiern.«

»Was für eine Heirat?«, rief Julie auf. Sie streckte die Hände aus. »Bitte, François, hören Sie auf, mit diesem Spiel! Ich versichere Ihnen, dass …«

Er schien sie nicht zu hören.

»Madame, Sie machten mir unlängst klar, dass Ihre Gunstbeweise mit gewissen Bedingungen verknüpft sind. Da ich nicht bereit war, diese Bedingungen zu erfüllen, und Sie offensichtlich mit einem anderen einig wurden, wollte ich mich nur erkundigen, wann Sie die Absegnung des Vertrages unterschreiben. Aber …« Er drehte sich um, zuckte die Schultern, »… aber eigentlich interessiert es mich gar nicht.«

»François!« Sie eilte hinter ihm her, stellte sich vor ihn, sah ihn an. »François, hören Sie mir zu!« Laut und deutlich sagte sie: »Es gibt keine Heirat! Ich werde nicht heiraten!«

»Nicht?« Er starrte sie an, griff nach ihr. Schon wollte sie befreit aufatmen, als sie seinem Blick begegnete. »Julie, beantworten Sie meine Frage: Haben Sie damals im Wald von Fontainebleau einen Galan getroffen?«

Sie schüttelte den Kopf.

»Nein, François! Nein!«

»Was haben Sie dann gemacht?«

Sie riss die Augen auf. Erst jetzt wurde ihr klar, dass sie ihm keineswegs beichten konnte, dass ausgerechnet sie das Attentat auf Richelieu hatte scheitern lassen! Er würde es Marie de Chevreuse erzählen und die würde dann aus Rache …

»Haben Sie mich nicht gehört?« Er schüttelte sie. »Antworten Sie! Was, Julie? Was?«

Sie öffnete den Mund, keuchte, stotterte:

»Ich … ich …«

»Ah!« Er schrie vor Wut auf. Plötzlich hatte sie Angst. Er schleuderte sie an die Steinwand. Ihr Kopf stieß hart auf. »Ich kann es nicht glauben! Sie! Sie machen mir eine Szene während unseres Ausfluges … Sie spielen mir die unberührbare Tugend vor, sodass ich es kaum noch wage, Sie anzufassen, und dann … Dann hüpfen Sie, kaum dass ich Ihnen den Rücken zukehre, hinter den nächsten Busch mit einem anderen?« Jetzt brüllte er. »Das ist ja wohl das verlogenste Betragen, das mir je vorgekommen ist, Madame!« Er packte sie erneut. »Und warum er? Warum nicht ich? Warum vergiften Sie meine Nächte, Madame? Ist das Ihre Devise? Immer nur einmal? Dafür sorgen, dass ein Mann Sie nie mehr vergisst, um ihn fortan wie einen Liebeskranken hinter sich herzuziehen?« Er schüttelte sie heftig. »Nein, nicht mit mir!«

Er beugte sich vor … Plötzlich lag sein Mund auf dem ihren. Es war mehr ein Biss als ein Kuss, roh und gewalttätig, schmerzhaft, missbrauchend. Julie riss die Augen auf, versuchte Luft zu bekommen, schmeckte Blut, fühlte die Hitze auf ihren Lippen, roch seinen Duft, und noch bevor sie selber wusste, was sie tat, loderte etwas in ihr auf. Ihre Hände schnellten hoch, legten sich auf seine Wangen, hielten ihn fest. Überraschung, Lust und Wut spiegelten sich in den grauen Flächen seiner Augen. Er küsste sie, wie er es noch nie getan hatte, wie er es noch nie gewagt hatte, verschlang sie ganz und gar, raubte ihren Verstand, ihre Seele ... Sie wimmerte vor Wonne und Schmerz.

Seine Hände glitten ihre Schultern hinunter, umfassten ihre Brüste durch den dünnen Stoff ihres Kleides. Sie wand ihren Kopf, keuchte auf, doch sofort fing sein räuberischer Mund sie wieder ein. Das, was sie in seinen Augen las, war hemmungslos und grausam, und sie rief es und betete es an. Er packte ihren Rock, zerrte ihn hoch.

Auf einmal waren seine Hände da, glitten ihre Strümpfe hinauf, bis sie auf ihre nackte Haut trafen. Ein wilder, berauschender Schauer durchschüttelte sie. Er drückte ein Bein an sie, bis sie nachgab und die Schenkel öffnete, und sein Knie traf sie, hart und kraftvoll, schob sich hoch, immer weiter ... Plötzlich hatte er sie aufgehoben. Ihre Gefühle überstürzten sich. Sie wusste nicht mehr, wo sie war, sie fühlte nur noch ihn, seine Hände, die ihre Hüften an die Wand pressten, seinen Mund, der sie verschlang und diese brennende Sehnsucht, die sie gänzlich erfüllte. Sie vergaß sich und alles, was ihr je wichtig erschienen war, sie krallte sich an ihn, rief ihn, bettelte ... Doch da ...

Plötzlich griffen ihre Hände ins Leere, plötzlich umgab sie nur noch Kälte. Er ließ sie los, so abrupt, dass sie den Halt verlor, an der Wand abrutschte und auf den Boden fiel. Sie starrte ihn an, den ganzen Körper durchzuckt von ihrem heißen Puls ... Er stand da, hochaufgerichtet vor ihr, atmete schwer, sah auf sie hinunter. Und lachte laut auf.

»Ja ... So fühlt es sich an, Madame!«

Sie biss sich auf die Lippen, verschränkte ihre Arme, rollte sich zusammen und presste ihre glühende Stirn an den kalten Stein.

»So ist es, wenn man verschmäht wird! Vielleicht ...« Sein Lachen verstummte. Einen Augenblick lang hörte sie nur noch seinen Atem, schwer und schmerzhaft. »... Vielleicht wird es Ihnen eine Lehre sein. Wir sind jetzt quitt. Ich glaube, es ist besser, Sie gehen jetzt.«

Sie schloss ihre brennenden Augen.

Dann streckte sie die Hände aus. Mühsam zog sie sich am Mauerwerk hoch.

Sie tastete sich zur Tür. Dumpf hallten ihre Faustschläge auf dem Holz.

Kaum war die Tür breit genug geöffnet, glitt sie hinaus.

Sie lehnte sich im Treppenraum an die Wand, während der Wächter teilnahmslos die Tür wieder verriegelte. Mit ungeschickten Fingern zog sie ihr Brusttuch von den Schultern, und versuchte, sich das Gesicht zu reinigen.

»Lassen Sie mich das machen, Mylady!« Behutsam nahm Robert ihr das Tuch aus den Händen, wischte ihr Tränen und Blut ab.

Schritte erklangen, und d'Orgeansacs Beine erschienen auf der Wendeltreppe über ihr.

Sie legte hastig ihr Kleid zurecht, nahm Robert das Tuch aus der Hand und schlang es sich wieder um die Schultern.

»Sie wünschen zu gehen, Madame?«

»Danke, ja«, flüsterte sie heiser.

»Folgen Sie mir bitte.«

Die Welt vor dem Turm war unerträglich hell, heiß und laut.

Sie überquerten den Graben und ließen die bedrohliche graue Gestalt hinter sich. In dem kleinen Vorhof angelangt, blieb der Leutnant stehen. Als Julie aufschaute, deutete er auf ein flaches Gebäude neben dem Tor, das einen Teil des kleinen Arsenals bildete.

»Bevor Sie uns verlassen, möchte ich Sie noch kurz in die Kaserne bitten. Es gibt da noch eine Formalität zu erledigen.«

Julie runzelte die Stirn, zögerte und folgte widerwillig. Der Raum, den sie jetzt betraten, war karg eingerichtet. Ein Tisch, ein Stuhl und zwei Strohballen, die mit ein paar Decken ein notdürftiges Lager bildeten. Drei Musketen lehnten in einer Ecke, die zwei kleinen Fenster waren vergittert, die Luft stickig trotz der offen stehenden Tür.

»Wo möchten Sie sich hinstellen, Madame?«

Julie blinzelte.

»Ich verstehe nicht …«

Die sanfte Stimme erklärte geduldig:

»Ich muss Sie nun durchsuchen, Madame la Comtesse.«

Julie zog scharf die Luft an.

»Aber ich habe doch vorhin geschworen …«

»Das bezog sich auf Fluchthilfen. Jetzt möchte ich mich überzeugen, dass Sie keine Nachrichten nach draußen schmuggeln.«

»Ich habe keinen Brief eingesteckt!«, sagte sie tonlos.

»Ich glaube Ihnen. Doch ich muss nachschauen. Nur ein einziger Gefangener ist seit über zweihundert Jahren aus der Bastille geflohen … Unter meiner Verantwortung wird es gewiss keinen zweiten geben.«

»Und wenn ich schwöre …«

»Schwören Sie nicht zuviel, Madame. Außerdem stehen mir hier in diesem Raum weder Bibel noch Rabelais zur Verfügung.«

Julie fuhr zusammen. Wie konnte er wissen …? Er hatte das Buch nicht sehen können, das François in seinen Händen gehalten hatte! Es gab nur eine Antwort.

»Sie haben gelauscht!«

»Leider, Madame. Leider … Ich werde immer wieder zu wenig schönen Mitteln gezwungen, um meine Arbeit zu erledigen. Sie können sich nicht ausmalen, auf was für Gedanken die Gefangenen schon gekommen sind, um die Vorschriften zu überlisten. Zum Beispiel der Herr, der früher die Zelle über dem Comte besetzte. Er hat ein Loch in die Wand gebohrt, die den Kamin der oberen von dem der unteren Etage abschirmt, um sich so die Zeit mit Gesprächen mit seinem Mitgefangenen zu vertreiben. Tss, tss …«

»Sie haben unser Gespräch durch den Kamin mitgehört?«, fragte sie heiser.

»Lerne von deinen Gefangenen … Dieses Motto habe ich mir zu eigen gemacht. Wenn Sie sich jetzt bitte da hinstellen würden …«

Julie presste ihre Hände auf ihr Kleid.

»Was erlauben Sie sich …?«, fuhr sie den kleinen Mann an. »Was Monsieur de Fontes-Villaray Ihnen vorhin androhte …«

»Ich fürchte, Monsieur le Comte hat nur noch wenig Lust, sich zu engagieren. Es tut mir übrigens sehr Leid, dass Sie Ihre Differenzen nicht regeln konnten.«

Julie fühlte, wie sie bis an die Haarwurzeln errötete. Sollten ihre Erniedrigungen heute denn gar kein Ende nehmen?

»Aber … Aber, wenn Sie alles gehört haben, dann wissen Sie sehr wohl, dass der Comte mir keine Nachricht mitgegeben hat!«

Der Leutnant hob ein wenig seine Lider. Seine Augen glänzten leicht. Er lächelte, was sich grotesk auf seinen in Traurigkeit erstarrten Zügen ausmachte.

Da verstand sie. Es ging nicht um Vorschriften! Es ging um die Ehre dieses unscheinbaren Mannes, die durch François herrisches Verhalten einen Sprung bekommen hatte. Er war gedemütigt worden, und wollte sich jetzt rächen. Und es gab nichts, gar nichts, was sie dagegen unternehmen konnte!

»Ihren Rock, Madame.«

Julie ballte die Fäuste. Mit belegter Stimme wandte sie sich Robert zu, der mit weit aufgerissenen Augen der Szene beigewohnt hatte.

»Warte draußen auf mich.«

Er öffnete den Mund zum Protest, blieb nach ihrem leichten Kopfschütteln stumm, warf einen mörderischen Blick auf den Soldaten und hinkte aus dem Zimmer.

D'Orgeansac kniete vor ihr nieder. Sein säuerlicher Geruch wehte zu ihr hoch.

Er hob ihren Rocksaum. Sie presste die Fäuste auf den Mund.

Es waren die kleinen, schüchternen Bewegungen eines winzigen Tieres.

Eines Tieres, das man unter seinen Fußsohlen zertrat.

Sie biss tief in ihre Hand, als sie seinen schneller werdenden Atem hörte.

⚜

Als Armand-Jean de Richelieu an diesem trüben Julimorgen in Nantes das Vorzimmer Seiner Majestät betrat, wurde er im rüden Ton empfangen.

»Mon Cousin, was ist das für ein Brief, den Sie mir da schrieben?«

Richelieu brauchte nicht näher zu fragen, um zu wissen, was gemeint war.

»Mein Rücktritt, Sire«, antwortete er fest.

»Dies ist nun schon Ihr zweiter Rücktrittsersuch in zwei Monaten, Monsieur.« Der Tonfall des Königs wurde milder. Er warf das Papier achtlos auf einen Tisch. »Sie besitzen mein ganzes Vertrauen. Niemand dient mir so gut wie Sie, das weiß ich. Und das ist auch die Meinung meiner Mutter.«

Richelieu hob den Kopf.

»Sire, das Ausmaß der Entdeckungen der letzten Wochen lässt mich verzagen. Ich will offen zu Ihnen reden. Meine Gesundheit macht mir mehr denn je zu schaffen. Ich fürchte, den Anforderungen der nächsten Zeit nicht mehr gewachsen zu sein und Ihnen dann nicht mehr ausreichend dienen zu können.«

Das längliche Gesicht des Königs war, wie so oft, ausdruckslos. Louis verschränkte die Hände hinter seinem Rücken und sah den Kardinal eindringlich an.

»Berichten Sie.«

Richelieu wusste, dass er verstanden worden war. Er sammelte sich kurz, um sich zu konzentrieren. Es hing sehr viel von dem Ergebnis dieses Gesprächs ab. Er konnte sich keinen Fehler erlauben.

Er begann, mit ruhiger, gleichmäßiger Stimme von den jüngsten Verwicklungen zu erzählen. Zunächst einmal galt es, alle Fakten nüchtern auszubreiten.

»Ich habe neue Informationen, Sire. Sie betreffen den Comte de Chalais.«

»Von wem stammen diese Informationen?«

»Von einem engen Freund von Chalais, Sire. Umso mehr haben seine Worte Gewicht. Er verriet mir, dass der Herzog d'Anjou zu flüchten plant. Seiner Meinung nach steht ein Aufbruch unmittelbar bevor. Chalais hat alles organisiert, die Kontakte hergestellt und folgenden Plan entworfen: Monsieur soll Nantes unter einem Vorwand verlassen, dann so schnell wie möglich nach Blois und anschließend Chartres reiten. Von dort aus soll es nach Paris gehen.«

»Paris …?«

»Ja, Sire.«

Der König war blass geworden. Richelieu schwieg einen Augenblick, um ihn die ganze Tragweite seiner Enthüllungen erfassen zu lassen: Gaston, sein eigener Bruder, wollte die Hauptstadt des Reiches gegen ihn aufhetzen. Dann war es soweit. Louis polterte los.

»Sie hatten mir versichert, Chalais sei uns treu!«

»Es war meine eigene Überzeugung, Majestät. Er hat sich empfänglich für das Versprechen, ihn zum Befehlshaber der leichten Kavallerie zu machen, gezeigt. Doch der Narr hat sich von der Herzogin de Chevreuse umgarnen lassen.« Richelieu konnte nicht verhindern, dass etwas Bitterkeit seine Worte durchdrang. Marie de Chevreuse … Wie lange noch würde diese Frau sich ihm in den Weg stellen? Wie lange noch würden Fürsten und Prinzen die Macht besitzen, die Staatspolitik nach Lust und Laune zu beeinflussen?

»War denn die Verhaftung meiner Brüder nicht Warnung genug?«

»Monsieur ist aufgebrachter denn je, obwohl er versucht, es zu verheimlichen. Er hat d'Ornano noch nicht vergessen. In diesem Gemütszustand ist er nur allzu empfänglich für alle möglichen Einflüsse.«

Louis machte ein paar Schritte auf und ab. Er drehte Richelieu den Rücken zu, als er zögernd sagte:

»Der Graf de Chalais entstammt einer sehr alten und hoch angesehenen Familie. Wir kennen uns seit seinem achten Lebensjahr.«

»Ja, Sire«, antwortete der Kardinal glatt. Genau das war der Punkt, an dem er immer wieder anstieß. Uraltes Geschlecht ... Familienbande ... Er wartete gespannt, dass der König weiterredete.

»Was schlagen Sie vor?«

Das war sein Stichwort. Hier fing seine eigentliche Überzeugungsarbeit an, die auf keinen Fall als solche zu erkennen sein durfte. Vorsichtig begann er:

»Es gibt mehrere Möglichkeiten, Sire. Henry de Chalais steht möglicherweise nur für kurze Zeit unter dem verwerflichen Einfluss der Herzogin de Chevreuse. Leidenschaften sind unstete Gefühle. Wenn Marie de Chevreuse ihm erst einmal geschenkt hat, was er anstrebt, könnten sein gesunder Menschenverstand, seine Treue wieder erwachen.«

»Hmm. Eine sehr schwache Alternative, die den Nachteil hat, ein unsicheres Ergebnis in einer nicht abschätzbaren Zeit zu erwarten. Sprechen Sie weiter!«

»Wir könnten versuchen, in die Ereignisse einzugreifen, indem wir Chalais die Stelle schenken, die wir ihm versprochen haben. Allerdings haben wir diese Taktik schon bei d'Ornano angewendet ...«

»Nein. Dankbarkeit ist, wie wir wissen, allzu spärlich gesät. Auch dieses scheidet aus.«

»Zwingen kann man Monsieur de Chalais nicht. Sein Wesen ist zu weich, als dass sich etwas auf ihm aufbauen ließe. Es scheint, als bliebe nur eine Alternative. Diese allerdings lässt mich schaudernd zurückweichen ...«

Wie erhofft kam der König von selbst darauf.

»Chalais muss verhaftet werden.«

Richelieu senkte den Blick. Gut, der erste Schritt war getan. Aber nur der erste!

Was er heute erreichen wollte, war mehr. Verhaftungen hatte es viele gegeben in den letzten Monaten. Was er brauchte, um Ruhe und Ordnung in den Staat zu bringen, war ein Schlag, der das Selbstvertrauen des Hochadels bis in die Grundmauern erschütterte. Doch nur der König konnte diesen Schlag ausführen.

Und keiner, am allerwenigsten der Herrscher selber, durfte vermuten, dass seine Hand den Arm des Königs lenkte.

»Aber Sie sagten selber, Sire ...«, begann er zaudernd und mit in Falten gelegter Stirn, »... die Familie Talleyrand-Périgord, dem der Graf entstammt, sei eine nicht zu unterschätzende Kraft ...«

»Um so wichtiger ist es, durchzugreifen.«

»Ich möchte nur zu bedenken geben …«

»Was denn, mon Cousin?«

Richelieus Geist arbeitete fieberhaft. Er stand kurz vor dem Ziel, das wusste er. Wie viele Menschen, die im Grunde ihres Wesens unsicher und labil waren, wachte Louis eifersüchtig darauf, dass seine Autorität respektiert wurde. Nie traf der König härtere Entscheidungen, als wenn er diese Autorität in Gefahr wähnte. Der Kardinal verlieh seiner Stimme erneut einen zögernden Tonfall, als er antwortete:

»Selbst die Festnahme Ihrer Brüder hat keine Wirkung gezeigt. Die Front gegen die Heirat Monsieurs ist nach wie vor geschlossen … Eine Front, die nicht ungefährlich ist.« Er strich sich über das Kinn und fügte kopfschüttelnd hinzu: »Eine Verhaftung würde großen Aufruhr verursachen. Es ist abzuwägen, ob der Schaden einer solchen Verhaftung nicht den Nutzen überwiegen würde!«

»Monsieur le Cardinal, was Sie da sagen, ist unerträglich!«, brauste Louis auf. Richelieu biss die Zähne zusammen. Jetzt nur kein Lächeln zeigen! Der König fuhr erregt fort: »Ich kann nicht länger dulden, dass ich, statt mich um Staatsgeschäfte zu kümmern, dauernd darauf achten muss, ob nicht mein Bruder hinter meinem Rücken an den Beinen meines Thrones sägt!« Louis ballte eine Faust. Seine braunen Augen verengten sich. »Die bisherigen Verhaftungen haben nichts genutzt? Nun gut! Ich sage Ihnen, was geschehen muss: Wir werden härter denn je durchgreifen! Sie werden Chalais verhaften lassen. Er soll so schnell wie möglich gerichtet werden.«

»Gerichtet, Sire?«, wagte Richelieu es, einzuwerfen. »Darf ich fragen, bis wohin Majestät bereit sind, zu gehen?«

Louis warf ihm einen hochmütigen Blick zu.

»Die Gerechtigkeit ist blind, Monsieur le Cardinal! Sie achtet nicht auf Stand oder Geburt. Das Volk ruft mich Den Gerechten. Ich werde beweisen, dass ich diesen Namen verdiene! Sie werden gegen Chalais mit all der Macht vorgehen, die Ihnen zur Verfügung steht. Bis zum Äußersten, wenn nötig! Sie haben freie Hand!«

Ja! Louis hatte zur Waffe gegriffen!

Richelieu beugte gehorsam das Haupt, um das verräterische Aufblitzen seiner Augen zu verbergen. Doch der König achtete nicht auf ihn. Er fuhr rigoros fort, mitgerissen von seiner eigenen Entscheidungswut:

»Meine Geduld mit Monsieur ist ebenfalls zu Ende. Ich will, dass die

Heirat so schnell wie möglich stattfindet. Senden Sie noch heute den Marquis de Fontenay mit fünfzig Reitern nach Paris. Er soll Marie de Montpensier und Madame de Guise nach Nantes bringen. Sobald die Damen angekommen sind, werden Sie Marie mit meinem Bruder trauen.«

»Jawohl, Sire.«

»Bis dahin muss eine Flucht Monsieurs auf jeden Fall verhindert werden. Positionieren Sie Männer auf allen wichtigen Straßen. Niemand darf Nantes ohne meine Erlaubnis verlassen.«

»Es wird alles nach Ihren Befehlen geschehen, Sire ...« Richelieu ließ das Ende seines Satzes schleifen.

»Gibt es noch etwas, Monsieur?«

»Mit Verlaub, Majestät ... Es gibt noch eine Person, die sich im Zentrum des Komplotts befindet.«

»Ich weiß.« Der König stockte. Als er fortfuhr, war der Elan, der seine Stimme eben noch durchdrungen hatte, verschwunden. Er hatte leichter Nervosität und der üblichen Unsicherheit Platz gemacht. »Claude de Chevreuse ist ein treuer Freund. Und ein Verwandter. Sie wissen, auch ich bringe seiner Frau keine Zuneigung entgegen. Ohne sie hätte ich vielleicht schon lange einen Sohn ...« Richelieu wartete. »Ich kann sie nicht verhaften lassen. Aber ich will sie nicht mehr sehen.«

Damit musste Richelieu sich einstweilen zufrieden geben. Aber er hatte viel erreicht ... sehr viel.

Vielleicht war heute der Gordische Knoten zerschlagen worden, der Frankreich zur Bewegungslosigkeit verdammt hatte. Der Satz Seiner Majestät, er wolle Marie de Chevreuse nicht mehr sehen, ließ sich sehr verschieden interpretieren. Er würde dafür sorgen, dass der Blick des Königs noch sehr weit reichen konnte.

»Was Ihren Rücktritt angeht ...«

Louis suchte seinen Blick.

»Ich kann ihn nicht annehmen. Fürchten Sie nichts. Ich weiß, dass man versucht, Sie zu verleumden. Seien Sie meiner ständigen Unterstützung gewiss. Die Zeit des Nachdenkens ist vorbei, die des Handelns gekommen.« Und etwas wahrhaft Majestätisches umwehte Louis plötzlich, als er nun schlicht hinzufügte: »Es genügt, wenn ich es will.«

Richelieu fühlte eine Welle des Triumphes ihn ergreifen und mitreißen. Er spürte eine leichte Wärme auf seinen Wangen, als er sich tief vor seinem König verbeugte.

Es genügt, wenn ich es will!

Roberts kräftige Hände mit den schwarzumrandeten Fingernägeln erschienen am Fenster der Kutsche. Ein leises Ächzen, und schon hatte der Junge sein sommersprossiges Gesicht und seine knubbelige Nase an den Fensterrahmen gehievt.

»Soll ich dem Kutscher Zeichen machen, Mylady?«

»Nein, Robert. Wir warten noch«, erwiderte Julie.

Robert blieb am Fenster hängen. Julie spürte, wie er sie beobachtete, als sie sich ein schmuddeliges Kissen im Rücken zurechtrückte.

»Sie sehen müde aus. Sie hätten sich nach der Reise aus Pontoise ausruhen sollen, Mylady, statt gleich hierher zu fahren.«

Julie antwortete nicht, doch sie fühlte sich in der Tat ein wenig angeschlagen. Die Wochen, die sie, als sie die schlimmsten Fieberschübe überwunden hatte, zur Erholung in dem rebenumwachsenen Landhaus ihrer Tanten verbracht hatte, hatten sie vergessen lassen, wie schlecht die Luft in der Hauptstadt war. Sie drückte ihre Wirbelsäule durch und versuchte, ihre Füße unter Zerberus Hinterteil hervorzuziehen.

»Ich finde, wir hätten ruhig noch auf dem Land bleiben sollen. Was wollen wir hier eigentlich?«, murrte Robert, so leise, dass sie hätte vorgeben können, es nicht gehört zu haben.

»Madame de Chevreuse hat nach mir geschickt. Wir werden nach unserem Besuch bei ihr noch genug Zeit haben, uns auszuruhen«, antwortete Julie nicht ganz wahrheitsgetreu. Denn von der Vorladung hatte sie erst vorhin von ihren Tanten erfahren, als sie in der rue Neuve-Saint-Louis angekommen war. Nach Paris zurückgekehrt war sie aus einem ganz anderen Grund …

Sie spähte aus dem Fenster. Alles war ruhig. Niemand schien ihrer Kutsche besondere Aufmerksamkeit zu schenken. Nein, bestätigte sie sich erneut, es war gut, dass sie ihrem Drang nachgegeben hatte. Gaston hatte seine Warnung gewiss gut gemeint. Doch der Brief, den er ihr vor einem Monat nach Pontoise geschickt hatte, und in dem er ihr geraten hatte, sich vorerst nicht in Paris aufzuhalten, musste stark von der Angst beeinflusst gewesen sein, die sich seit Chalais Verhaftung des Hofes bemächtigt hatte.

Armer Chalais! Ganz Frankreich weinte um den jungen, schönen und vom Schicksal bisher so begünstigten Comte. Zwar hatte er sich mit den Enthüllungen, mit denen er nach seiner Verhaftung um sich geworfen hatte, viele Feinde gemacht. Richelieus Rache aber war allzu furchtbar gewesen. Er hatte nicht eher geruht, als bis das Todesurteil über Chalais verhängt wurde. Und die Hinrichtung selber war so grausam gewesen, dass, wurde der Kardinal vorher nur gefürchtet, er heute gehasst wurde. Ein Schuster, der den auf mysteriöse Weise verschwundenen Scharfrichter ersetzte, hatte einunddreißig Schläge gebraucht, um den Kopf vom Rumpf zu trennen. Das grausige Schauspiel erschütterte das ganze Land.

Doch es hatte seinen Zweck erreicht.

Am zwölften August waren Gaston und Marie de Montpensier von Richelieu getraut worden.

Glocken läuteten träge in der warmen Septemberluft. Sechs Uhr … Ob um sechs Uhr noch jemand aus der Bastille entlassen wurde? Vielleicht hatte man François Freilassung ja auf morgen verschoben …

Ein Trupp Musketiere erschien an einer Straßenecke. Julie zuckte beim martialischen Geräusch ihrer gleichlaufenden Schritte zusammen, rief sich aber sofort wieder zur Ordnung und lächelte. Wie konnte sie nur so vermessen sein, unruhig zu werden? Warum sollte die königliche Garde sich ausgerechnet für sie interessieren? Schließlich war sie in der Verschwörung gegen die Heirat nur eine unbedeutende Figur gewesen. Und hatte sie Richelieu nicht auf ihrer Seite?

Robert hatte sich vom Fenster der Mietkutsche gelöst. Julie lehnte sich vor und spähte zum Tor hinüber, über dem die graue Bastille drohte. Ihre Fingerspitzen trommelten auf die Knie. Wo blieb er bloß? Schließlich hatte sie noch den schwierigen Weg in die rue Saint-Thomas-du-Louvre vor sich …

Julie hatte die Herzogin de Chevreuse seit über drei Monaten nicht mehr gesehen. Dass sie sich plötzlich ihrer erinnerte, schien nichts Gutes zu bedeuten. Um so wichtiger war es, dass sie diesen Besuch bald hinter sich brachte.

Ein dumpfes Grollen ließ sie zum Himmel schauen. Die Wolken zogen sich zusammen, doch es war wohl nicht unmittelbar mit einem Gewitter zu rechnen.

Robert lehnte draußen am vorderen Rad und zog mit seinem rechten, unförmigen Fuß Spuren in den Straßenstaub. Sein Unmut war ihm deutlich anzusehen.

Julie wusste, dass er nicht viel von ihrem Verhalten hielt. Kein Wunder … Er hatte erlebt, in welchem Zustand sie aus François Zelle getorkelt war. Gleich am nächsten Tag hatte sie das Fieber überfallen und lange Zeit an das Bett gefesselt. Robert hatte eins und eins zusammengezählt und François die Schuld an ihrer Krankheit gegeben. Vielleicht hatte er sogar Recht. Dennoch war das, was in der Bastille vorgefallen war, nicht wichtig. Robert war noch zu jung, um es zu verstehen. Sie hätte ihm erklären müssen, dass sie François liebte … Dass das Verhalten dieses Mannes sie verletzt hatte, aber dass sie es auch nachvollziehen konnte. Dass sie mit ihm verbunden war, egal, was zwischen ihnen vorfiel.

Sie biss sich auf die Lippen. Da …

Das Tor öffnete sich, und eine Gestalt trat heraus.

Julie atmete tief ein. Alles war gut. Jetzt konnte sie mit ruhigem Herzen zur Herzogin fahren.

Sie sah noch, wie eine zweite Gestalt sich aus dem Schatten einer Mauer löste und auf die erste zusprang. Beide Männer fielen sich lachend um den Hals und klopften sich auf den Rücken.

Julie lächelte. Racan war pünktlich.

»Mylady …«

»Ja, Robert. Jetzt kannst du Zeichen geben.«

⚜

»Madame d'Eastington! Was für eine lang erwartete Freude!«

Julie atmete tief ein, betrat das Schlafzimmer der Herzogin und machte einen tiefen Knicks.

»Madame la Duchesse … Sie hatten mich rufen lassen.«

»Ja! Ich war überrascht, Sie nicht in Paris vorzufinden. Und ein wenig verstimmt. Ich wollte Sie unbedingt noch treffen, bevor ich abreise!«

Julie sah sich in dem Zimmer um. Es herrschte ein unbeschreibliches Durcheinander.

Fünf Truhen standen aufgeklappt mitten im Raum. Drei Zimmermädchen und eine Zofe waren dabei, etliche Kleider zusammenzulegen, um sie dann so gut es ging in den Kisten zu verstauen. Zwischendrin lag ein scheinbar unentwirrbares Knäuel aus bunten Seidenbändern auf dem Boden. Ein Dutzend Kragen hingen über einem Stuhl, Strümpfe, Schuhe, Hüte waren überall verteilt.

Die Herzogin bemerkte ihren Blick.

»Ja, ich werde noch heute abreisen. Nach Lothringen. Sie fragen sich, weshalb?« Marie de Chevreuse breitete die Arme aus, lächelte. »Louis will es so! Unser kleiner trauriger König will mich in seinem kleinen traurigen Königreich nicht mehr dulden!«

Julie hatte Mühe, ihr ausdrucksloses Gesicht beizubehalten. Wenn die Herzogin ins Exil geschickt wurde, was würde dann aus ihr? Was war mit Thibault, jetzt, wo die Verschwörung zerschlagen worden war? Ihr Herz begann, unruhig und hoffnungsvoll zu schlagen.

Die Herzogin ging zu einem bereitstehenden Teller und zupfte eine Weintraube von ihrem Stängel. »Nun«, fuhr sie kauend fort, »eigentlich wollte ich in Ihre Heimat, Madame … Wie Sie wissen, sind Seine Englische Majestät und der Herzog of Buckingham mir sehr zugetan. Aber das schmeckt Louis nicht!« Sie leckte ihre Finger ab. »Also werde ich den Vetter meines Mannes besuchen. Charles de Lorraine soll ein anziehender junger Mann sein.« Sie beugte sich erneut über die Schale, hielt inne und hob den Zeigefinger. »Das wird Louis übrigens genauso wenig schmecken, fürchte ich.« Sie pflückte eine weitere Traube und zwinkerte Julie zu. »Deshalb muss ich mich ja auch so beeilen …«

Julie wartete ab. Was bezweckte die Herzogin mit dieser kleinen Vorführung?

»In Lothringen wird es gewiss sehr viel amüsanter sein, als in Frankreich, meinen Sie nicht auch?« Marie stieß einen kleinen Schrei aus und machte eine wegwerfende Handbewegung. »Ach, wie dumm von mir! Ich vergaß, dass Sie nicht in Nantes waren! Ja, wahrscheinlich sind Sie überhaupt nicht informiert über die Veränderungen am Hof? Also, ich will versuchen, Sie wieder à jour zu bringen: Fangen wir mit jemandem an, der Ihnen am Herzen liegt: Monsieur ist verheiratet.« Marie de Chevreuse lachte grausam und ließ eine Sekunde lang ihre Bitterkeit durchscheinen. Doch sofort schlug sie wieder ihren legeren Ton an. »Der kleine Bruder vom kleinen Louis hat im ehelichen Hafen angelegt und ist zum biederen Gatten mutiert. Es soll eine glückliche Ehe sein … Unter uns: In Nantes konnten wir kaum ein Auge zu machen, weil die Betten im Zimmer des frisch getrauten Paares quietschten!« Marie de Chevreuse sah Julie unter halb geöffneten Lidern an. »Sie verstehen?«

Julie antwortete nicht, und die Herzogin fuhr fort, die Hand an die Stirn gelegt.

»Wen haben wir denn noch … Warten Sie … Ach ja, richtig: Die Brüder Vendôme!« Die Herzogin verzog den Mund. »Die Armen hatten keinen sehr angenehmen Sommer, fürchte ich. Sie sitzen in Vincennes, gar nicht weit von hier. Doch die Halbbrüder unseres Königs haben es noch gut getroffen. Denn schließlich leben sie, nicht wahr?« Etwas wie Traurigkeit belegte für einen Moment ihre Stimme. »Im Gegensatz zu anderen …«

Sie fuhr hoch und lächelte.

»Ja, der arme Chalais! So jung, so schön, so leidenschaftlich! Wussten Sie, dass Monsieur versucht hat, ihn zu retten? Er hat den Scharfrichter entführen lassen! Er dachte tatsächlich, dass die Vollstreckung dann verschoben werden würde. Königlicher Tollkopf! Ich glaube nicht, dass Chalais sich bei ihm dafür bedanken wird. Einunddreißig Hiebe!« Sie riss die Augen auf. »Aber Sie erbleichen, meine Liebe! Wie rücksichtslos von mir, Sie mit solchen Details zu langweilen. Ich will schnell zu dem nächsten gemeinsamen Bekannten übergehen: D'Ornano.«

Marie de Chevreuse schüttelte den Kopf. »Auch für ihn kein gutes Jahr. Wussten Sie, dass er vor einer Woche in seiner Zelle starb? Sehr passend, übrigens. Schließlich war man in großer Bedrängnis, was man mit ihm anfangen sollte. Sein Prozess hätte Monsieur sehr erbost. Ja, d'Ornano war immer ein sehr pflichtbewusster Mensch.« Sie sah zu Julie rüber und winkte ab. »Hören Sie, ich weiß, was Sie jetzt denken: Es gibt Gerüchte. Ein kerngesunder Mann stirbt innerhalb kürzester Zeit ... Wem kommen da nicht ein paar seltsame Gedanken? Es wird von Gift gemunkelt ...« Die Herzogin seufzte tief. »Die Welt ist so pessimistisch! Warum wird immer nur das Schlechteste angenommen?«

Julie verfolgte noch immer regungslos das Selbstgespräch.

Sie gab Acht, ihre Gefühle nicht zu zeigen, doch sie war bewegt. Die Herzogin hatte Recht. Was für ein furchtbares Jahr, wie viele Leben waren vernichtet ... alle auf eine so überflüssige Art und Weise! Hochmut, Ehrgeiz, Selbstüberschätzung, Machtgier ... In dem lächerlichen kleinen Drama dieses Sommers war kaum etwas ausgelassen worden.

Die Herzogin kräuselte den Mund. Sofort verdrängte Julie ihr Mitleid. Sie witterte Gefahr. Das alles, ahnte sie, war nur ein Vorspiel gewesen. »Sie schweigen wieder einmal, Madame? Nun, ich kann Sie verstehen. Der Gedanke, dass all diese Männer durch Ihre Schuld in das Verderben getrieben wurden, muss Sie erschüttern!«

Julie lächelte dünn.

»Darauf wollen Sie also hinaus. Und wie habe ich es, Ihrer Meinung nach, fertig gebracht, in kürzester Zeit einem Maréchal und einem Oberaufseher der Garderobe Seiner Majestät das Leben zu nehmen, einen Thronerben zu verheiraten und zwei Brüder des Königs von Frankreich verhaften zu lassen? Ihre hohe Meinung von mir war schon immer schmeichelhaft, aber sie scheint in der Zeit meiner Abwesenheit zu gigantischen Dimensionen angeschwollen zu sein!«

Plötzlich ließ die Herzogin jede Verstellung fahren.

»Sparen Sie sich Ihren Spott, Madame!«, herrschte sie Julie an. »Wer, wenn nicht Sie, hätte die Möglichkeit gehabt, Gaston von der Heirat abzubringen? Wenn Monsieur, wie ich es geplant hatte, geflohen wäre, hätten wir ein Druckmittel gehabt, um D'Ornano und auch die Vendômes aus dem Gefängnis zu befreien. Auch den armen Chalais hätte ich nie angesprochen, wenn Sie meinen Befehlen gefolgt wären! Und dann wäre auch das Komplott nicht gescheitert, und Ihre Majestät die Königin müsste im Moment nicht die unsägliche Schmach erdulden, vor einem Tribunal auf einem kleinen Klappstuhl zu sitzen und wie eine Verbrecherin Fragen zu beantworten!«

»Aber solche Spekulationen sind doch absolut lächerlich! Wie können Sie immer nur so fest davon überzeugt sein, dass ich diese Macht über den Herzog d'Orléans gehabt hätte?«

»Meine liebe Kleine … Wenn ich mich rühmen kann, etwas zu kennen, dann sind es Männerherzen. In Fontainebleau, als Sie so hoch dramatisch Monsieur fast ohnmächtig in die Arme sanken, hatten Gaston und ich nach Ihrem Abgang ein kleines Gespräch. Ich kann Ihnen versichern: Sie hätten Monsieur überzeugen können!«

Julie starrte die Herzogin an.

»Haben Sie sich nie gefragt, weshalb ich Sie nicht bat, mit nach Blois und Nantes zu kommen?«, fuhr Marie de Chevreuse fort. »Es war der ausdrückliche Wunsch Monsieurs, Sie aus meiner Nähe zu haben. Eine ihm nahestehende Person, so nannte er Sie … Nahestehend! Er hatte Angst, Sie könnten wie d'Ornano verhaftet werden … Er machte sich richtig Sorgen um Sie, er, der noch nie einen ernsten Gedanken hatte! Monsieur hat einen Narren an Ihnen gefressen!« Die Herzogin lachte schrill auf. »Oh, ja, meine Liebe! In Ihrer hübschen Hand lag einen Augenblick lang das Schicksal sehr vieler Menschen!«

Julie konnte es kaum glauben. Gaston …? Er hatte sie aus den Klauen der Herzogin befreit? Ein tiefes Gefühl der Dankbarkeit überkam sie.

»Lächeln Sie nicht zu früh, Madame! Ihr Triumph wird von kurzer Dauer sein!«

Julie glättete ihre Züge und meinte ruhig:

»Madame de Chevreuse, angenommen, Monsieur wäre von mir überzeugt worden, nicht zu heiraten, dann wäre er wahrscheinlich vor dem Zorn seines Bruders geflohen, und hätte, wie übrigens von Ihnen vorgesehen, von irgendeiner Provinz aus gegen ihn revoltiert. Haben Sie sich denn nie Gedanken darüber gemacht, dass Sie ruhigen Herzens bereit waren, einen Bürgerkrieg zu provozieren? All die Menschen, die heute dem Unwillen des Königs zum Opfer gefallen sind, waren sich der Risiken, die sie eingingen, voll bewusst. Sie nicht ausgenommen, Madame.«

»Ja, ich glaube wohl, dass Sie jetzt jubilieren. Rücksichtslos waren Sie ja schon immer. Auch dem Leben Ihres Kindes gegenüber.«

Wie stets, wenn es um Thibault ging, konnte Julie ihre Gefühle schlecht verbergen.

»Ich glaube, auf dem Gebiet der Rücksichtslosigkeit könnte ich noch viel von Ihnen lernen. Sie haben alle Menschen, die Ihnen vertrauten, ins Elend gestürzt. Sie haben sich ihrer auf eine Weise bedient, die mich schaudern lässt! Chalais ließen Sie im Glauben, Sie würden seinem Liebeswerben nachgeben. Auf d'Ornano haben Sie Madame de Condé angesetzt und ihn gegen den König Partei ergreifen lassen. Sie haben wenigstens zwei Menschenleben auf dem Gewissen, Madame. Und es mag mir nicht in den Kopf gehen, dass Sie diejenige sind, die noch am wenigsten unter den Konsequenzen ihrer Taten zu leiden hat. Ich frage mich, wie es mit Ihrem Gewissen aussieht!«

»Sie sollten sich nicht überfordern, sich in meine Lage zu versetzen. Sie werden in nächster Zeit genug damit zu tun haben, über sich selbst nachzudenken … und welches Menschenleben durch Ihre Sturheit ausgelöscht wurde.«

Der Satz hatte einen seltsamen Nachklang. Julies Anspannung wuchs.

»Madame«, fuhr die Herzogin fort, »heute ist es wahrscheinlich das letzte Mal, dass wir uns sehen. Zwar werde ich in absehbarer Zeit wieder nach Frankreich zurückkommen, doch bis dahin werden Sie gewiss wieder in Ihrer Heimat weilen. Unsere Zusammenarbeit ist beendet.«

Julie meinte, sich verhört zu haben. Über ein Jahr lang hatte sie den Launen und Befehlen dieser Frau gehorchen müssen! Frei! Sie würde wieder frei sein!

»Ja, ich sehe, dass Ihnen diese Vorstellung gefällt!«, warf ihr die Herzogin entgegen. »Ich muss Ihnen meine Hochachtung aussprechen, Madame. Sie sind ein zähes kleines Ding. Ich habe mich von Ihrer Sanftmut und Ihrer angeblichen Nachgiebigkeit tatsächlich überrumpeln lassen! Ich gestehe, dass ich Sie unterschätzte.« Sie seufzte und schüttelte den Kopf. »Sie haben mich enttäuscht! Zu Beginn unserer Bekanntschaft gab ich mich der Illusion hin, wir könnten Freundinnen werden. Stattdessen haben Sie sich mir widersetzt. Sie sagten eben, Chalais, d'Ornano und die Vendômes hätten gewusst, auf was sie sich einließen? Dasselbe gilt auch für Sie, Madame. Wir hatten eine Abmachung, an die Sie sich nicht gehalten haben. Also verstehen Sie gewiss, dass auch ich keinen Grund mehr sah, warum ich mich an meine halten sollte.«

»Wenn Sie auf die unbezahlten Rechnungen anspielen, die Sie mir haben zurückschicken lassen …«

Maries Lachen perlte ihr hell entgegen.

»Ach Gott, wie süß!« Sie schüttelte den Kopf und machte eine wegwerfende Handbewegung. »Nein, wirklich, über Geld rede ich niemals!« Ihre hellblauen Augen starrten Julie durchdringend an. »Nein, ich sprach über einen gewissen Brief.«

Urplötzlich dröhnte Julies Puls ohrenbetäubend.

»Ich merke, Sie verstehen mich. Ja, trotz aller Eile habe ich mir die Zeit genommen, an meine lieben englischen Freunde zu schreiben.«

»Nein!« Julie schüttelte heftig den Kopf. »Nein! Sie lügen!«

Marie lächelte noch immer. Sie drehte sich zu einem der Zimmermädchen um.

»Catherine! Sag mir, wann ist dein Mann mit dem Brief, den ich ihm gab, losgeritten?«

Die Befragte sah auf ein silbernes Brokatkleid in ihren Armen.

»Heute Morgen, als die Sonne aufging, Madame.«

»Und wo wollte er hin?«

»Nun, nach Calais, um nach England zu übersetzen, wie Sie es ihm befahlen, Madame«, antwortete das Mädchen und beugte sich über das Kleid, um es zusammenzulegen. »Und anschließend nach London, zum Herzog of Buckingham.«

Marie wandte sich langsam wieder um. Ihr Gesicht war ausdruckslos. Das Donnern in Julies Kopf beschleunigte sich. Es war ein Rhythmus, der den Takt zu der Zerstörung ihrer Welt schlug. Sie streckte die Hände aus, machte einen schnellen Schritt zu einem Schränkchen, hielt sich an ihm fest.

»Warum?«, fragte sie heiser. »Warum? Es … Es ist doch nur ein unschuldiges Kind!«

Die Herzogin antwortete tonlos:

»Ein Menschenopfer … Wie in alten Zeiten, Madame. Sehen Sie es als höchstes Opfer zu Ehren der Heirat von Gaston d'Anjou.«

»Nein … Auch Sie sind eine Mutter … Auch Sie haben ein Herz! Also warum … Warum?«

Die Herzogin hob ihre Schultern. Sie lächelte verzerrt.

»Sie müssen zahlen, Madame … Für die Demütigung einer Königin.« Ihr Blick glitt in die Ferne. »Man sagt, Anne habe damals ihr Kind wegen meiner Sorglosigkeit verloren. Ich habe es gesehen … Es war ein Sohn. Ein kleiner Thronerbe.« Marie lächelte wieder und ihre Lippen zitterten. Sie schloss kurz die Augen. »Sie wäre eine wundervolle Mutter gewesen, Madame! Ich … Ich bin Schuld an ihrer Verzweiflung …« Sie sah auf und ballte eine Faust. »Doch ich wollte es wieder gutmachen! Zumindest den

Schaden begrenzen, ihr die Angst nehmen, nach ihrem Kind auch noch ihre Würde zu verlieren!« Ihre Faust flog hoch. »Und ich hätte es schaffen können! Jetzt … Jetzt wird Monsieur ein Kind zeugen! Einen Sohn, der Anne täglich an ihren Verlust erinnern wird!« Sie streckte den Zeigefinger aus. »Und Sie, Madame, Sie hätten es verhindern können! Haben Sie eine Ahnung davon, wie es ist, wenn Anne weint?« Die Herzogin schüttelte wild den Kopf. Sie schrie. »Warum sollte es Ihnen besser gehen als der Königin von Frankreich, Madame?«

Julie konnte nur noch flüstern. Ihre Nägel bohrten sich tief in ihre Handflächen.

»Sie sind verrückt!«

Sie torkelte ein paar Schritte rückwärts.

Die Herzogin starrte sie mit ausdruckslosem Gesicht an, doch ihre Stimme war voll Trauer.

»Auch Ihnen wünsche ich alles Gute, Madame.«

Julie atmete stoßweise. In ihrem Geist wütete ein Orkan, zerstörerisch, übermächtig. Sie verspürte eine unzähmbare Lust, aufzuschreien, hysterisch zu lachen, mit ihren Fäusten auf das Gesicht dieser Frau einzuschlagen.

Nachdenken … Sie musste nachdenken! Irgendetwas … doch was? … Der Bote! Sie musste ihm so schnell wie möglich nachreiten! Sie musste ihn noch vor Calais abfangen!

Sie drehte sich um und stürzte aus dem Zimmer.

⚜

»Ich hätte nicht gedacht, dass ich dir das je sagen würde, Racan, aber deine Fratze hat mir richtig gefehlt!«, lachte François. Sie waren nach seiner Freilassung direkt in die rue Trace Nonnain geritten, und obwohl die Verpflegung in seinem Gefängnis vorzüglich gewesen war, schien es François, als habe er selten etwas so Schmackhaftes gegessen, wie vorhin, als er in das zarte Fleisch der Grillhähnchen des rôtisseur Fournaise gebissen hatte. Er ließ die Zügel fahren und streckte die Arme aus. »Ach, es ist schön, seine Blicke wieder etwas in die Ferne schweifen zu lassen. Der Horizont in der Bastille ist doch sehr begrenzt!«

»Na ja, a…allzu schlecht scheinst du es…es nicht gehabt zu haben«, grinste Racan und hieb ihm auf den Bauch. »Hast b…bestimmt zugenommen!«

»Mag sein, aber das wird sich schnell ändern. Ich habe für über zwei

Monate überschüssige Kraft in meinem Körper. Komm, lass uns anfangen, sie zu verprassen, und einen kleinen Umweg machen.«

»Wohin soll's d...denn gehen?«

»Mir egal. Lass uns einfach ein wenig weiterreiten und den wundervollen Gestank dieser Stadt einatmen. Nach Hause kommen wir noch früh genug. Übrigens hoffe ich, dass dein Bett breit genug für zwei ist. Meines wird nämlich erst morgen nach Hause geschickt.«

Racan zog die Stirn kraus.

»Bei d...dem Bauch? Da brauchen wir ja Platz f...für drei!«

François lachte, packte die Zügel seines Pferdes und trieb es an.

»Jetzt v...verrate mir doch ein...einmal, wie du es geschafft hast, da so ... so schnell wieder herauszukommen!«

»Ganz einfach. Es gab keine Beweise!«

»Aber du warst d...doch in der Normandie ... Und bei L...Longueville, dem Gouverneur?«

»Na, und? Longueville sieht jeden Tag eine Menge Leute. Das ist noch lange kein Verbrechen. Ich war nie töricht genug, irgendetwas schriftlich zu hinterlassen!«

Racan schaute ihn zweifelnd an.

»Trotzdem er...erscheint mir deine schnelle Freila...Freilassung wie ein Wunder. Du musst irgendwo einen sehr g...guten Schutzengel haben.« Er fuhr mit großen Augen fort: »Ich habe mir nämlich ü...überlegt, dass deine Ver...Verhaftung im Grunde genommen gerade im richtigen Zeitpunkt stattf...f...fand.«

François rieb sich schmunzelnd die Wange.

»Wie bitte?«

»Ich will es d...dir erklären. Du bist noch vor der ga...ganzen Chalais-Affäre festgenommen worden. Du warst gar ni...nicht in Nantes ... Keiner hat mehr besonders an dich gedacht, habe i...ich Recht?«

»Was du da sagst, ist nicht gerade sehr schmeichelhaft für mich!«

»Du hast dich während des Un...Unwetters untergestellt ... Jetzt, wo Blitz und Donner über Monsieur, die Herz...Herzogin de Chevreuse und Cha...Chalais niedergegangen sind, zeigst du wieder die Nasenspitze!«

François lachte.

»Also, ich finde, so schlimm war es nicht, was auf Gaston d'Anjou niedergeprasselt ist.«

»M... Man sagt jetzt Gaston d'Orléans.«

»Eben. Genau das meine ich. Eine Heirat mit einer jährlichen Apanage von fünfhundertsechzigtausend Pfund, die Grafschaft von Blois, die Herzogtümer von Orléans und Chartres ... von dem Blitz würde ich auch gerne getroffen werden!«

»Ach tat...tatsächlich? Und w...wer wäre die G...Glückliche?«

»Vergiss es, du alter Kuppler! Von Weibern bin ich endgültig kuriert!«

»D...Das trifft sich gut, denn es will auch k...kein Weib mehr von dir etwas wissen!« Racan warf ihm einen Seitenblick zu. »Dass du ja nicht auf den Ged...Gedanken kommst, in die rue N...Neuve-Saint-Louis zu gehen. Du w...würdest nicht lebend wieder heraus kommen!«

François hatte plötzlich keine Lust mehr, zu scherzen.

»Keine Sorge. Habe ich nicht vor.«

»Hätte auch k...keinen Zweck. Sie ist näm...nämlich v...verreist. Brauchte dr...dr...dringend frische Luft, das arme Kind.« Racan nickte und fuhr wie in Gedanken fort: »Es war eine gute Entscheidung, s...sie nach Pontoise zu schicken. Dort wird sie gewiss wieder zu K...Kräften kommen.«

François hielt gerade noch eine scharfe Antwort zurück.

Ärger stieg in ihm hoch. Verflucht seien Racans ewige Versuche, ihn unter die Haube zu bringen! Er rutschte auf seinem Sattel, zog sich den Hut tiefer über die Stirn. Wenn der Kerl glaubte, er würde ihn jetzt fragen, was mit dieser verlogenen Frau passiert war, seit er sie aus seiner Zelle geworfen hatte, hatte er sich gründlich geirrt!

Er presste die Kiefer aufeinander und ignorierte alle weiteren Versuche Racans, ein Gespräch anzuzetteln. Erst als Racans spitzer Ellenbogen ihn traf, sah er wieder hoch.

»Was ist?«

»I...Ich sagte dir, dass da vorne etwas los ist!«

François legte die Hand über die Augen, um sie vor den tiefen Sonnenstrahlen zu schützen, und spähte in die angegebene Richtung.

Sie befanden sich in der rue Saint-Denis, eine der breiteren Straßen der Stadt, kurz vor dem Stadttor. Der Verkehr lichtete sich bereits wegen der späten Stunde, und das Vorankommen war leichter als sonst. Umso mehr fiel es auf, dass sich eine dichte Menschentraube um die Ecke eines Fachwerkhauses angesammelt hatte.

Sie näherten sich.

Die Menschen teilten sich nur widerwillig vor ihnen. Sie redeten laut und mit weit ausholenden Gesten miteinander. François richtete sich in seinen Steigbügeln auf.

Was er sah, ließ ihn die Stirn runzeln. Eine aufgeplatzte Ledertasche steckte halb in einem Schlammloch. Zwei Männer lagen am Boden. Der eine war offensichtlich besinnungslos oder tot, der andere bewegte sich, doch das Blut lief ihm in großen Rinnsalen über das Gesicht. Vier reiterlose Pferde tänzelten unruhig neben ihnen. Ihr Brandzeichen wies sie als Mietpferde aus.

François sprang ab und warf Racan seine Zügel zu.

»Ich bin gleich wieder da. Vielleicht kann da jemand unsere Hilfe brauchen.«

Er stieß die Menschen auseinander und bahnte sich einen Weg zu den Verletzten. Erst beugte er sich über den Mann, der noch immer keine Lebenszeichen von sich gab. Seinem Anzug nach war es einer der Burschen, die von den Mietställen angestellt waren, um die geliehenen Pferde nach Gebrauch zurückzubringen. François fasste an seine Kehle. Sein Puls schlug, schwach aber regelmäßig. Er war nur ohnmächtig.

Der andere Mann jammerte. François stieg über die offene Ledertasche und kniete neben dem Verletzten nieder. Der Mann trug weite, zerschlissene Hosen, sein Hemd war blutbefleckt. Er roch stark nach Pferdemist, und in seinen Haaren steckten Strohfetzen. Auch er musste ein Stallknecht sein. François legte ihm seine Hand auf die Schulter.

»Kannst du mich hören, Bursche?«

Der Mann blinzelte. François zog ein Tuch aus seiner Jacke, wischte ihm das Blut aus den Augen und säuberte einen Teil des Gesichtes. Nun waren seine Züge besser zu erkennen. François stutzte. Hatte er diesen Mann nicht schon einmal gesehen?

»Ich ... Ja. Wo sind wir?«

»In der rue Saint-Denis. Was ist passiert? Wer hat dich niedergeschlagen?«

Der Mann streckte eine Hand aus und rollte mit schmerzverzerrtem Gesicht auf eine Seite. François legte ihm einen Arm um den Rücken und half ihm, sich aufzurichten.

»Ich weiß nicht. Plötzlich waren sie da ... Vier, fünf ... vielleicht auch sechs Kerle ... Ich hab' nicht besonders auf die Leute aufgepasst, weil wir es doch so eilig hatten ... Wir wollten noch vor der Schließung der Stadttore aus der Stadt sein, und ...« Der Mann stöhnte und fuhr mit der Hand an seinen Kopf. Als er seine blutigen Finger sah, weiteten sich seine Augen. »Merde!«

»Seid ihr ausgeraubt worden?«

Allmählich wurde der Blick des Verletzten klarer.

»Nein. Ich weiß nicht. Sie tauchten so plötzlich auf ... Zuerst hat's den

Kerl vom Mietstall erwischt. Die haben gar nicht um Geld gefragt – sind einfach nur auf uns los. Dann war ich dran. Was mit den anderen passiert ist, weiß ich … » Plötzlich hob er suchend den Kopf. »Und Madame Julie? Wo ist Madame Julie?«

François starrte ihn an. Er packte das Kinn des Mannes und zog sein Gesicht zu sich heran. Der Bursche schrie vor Schmerz auf.

»Ich kenne dich!«, stieß er hervor. »Du hast sie damals benachrichtigt, als ihre Mutter starb … Du bist Stallknecht bei Madame de Ventredeux, nicht wahr? Heißt du nicht Jean-Pierre?«

»Ja … Ja, Monsieur, der bin ich. Aber sagen Sie, haben Sie meine Herrin gesehen? Und den Jungen, so einen hinkenden Kerl mit grünem Hut?«

François ließ Jean-Pierre abrupt los.

Eine Bewegung entstand in der aufgeregt diskutierenden Menge. Racan trat herbei, ihre zwei Pferde hinter sich herziehend.

»Na w…wo bleibst du denn? Ich dachte, d…du wolltest noch …« Er stockte, als er in das Gesicht seines Freundes sah.

François schluckte. Sein Blick fiel auf die Ledertasche, die noch immer im Schlamm lag. Er hob sie auf und langte hinein. Etwas Weiches kam zum Vorschein. Ein Stück Stoff. Die winzige, spitzenverzierte Haube eines Neugeborenen.

Er hob den Kopf und sah zu Racan. Seine Faust schloss sich.

»Julie ist entführt worden«, sagte er.

Acht

»Après des merveilles si grandes,
Quelles assez dignes offrandes
Nous acquitteront envers Dieu,
De qui les bontés tutélaires
Ont mis le timon des affaires
Entre les mains de Richelieu?«

»Was wäre nach solch grossen Wundern
Wohl würdig genug,
Um es Gott als Opfer bringen zu können,
Nachdem Seine schützende Güte
Die Leitung der Geschäfte
In Richelieus Hände legte?«

September 1626

Wie lange fuhren sie jetzt schon? Eine Stunde? Zwei? Drei, vielleicht?

Julie lag im Dunkeln des Wagens und atmete tief ein und aus.

Nicht nachdenken. Einatmen. Ruhig bleiben. Ausatmen.

Den Schmerz vergessen, der sie bei jedem Atemzug durchfuhr. Eine Folge ihres höchst unbequemen Ritts, als man sie bäuchlings über den Sattel geworfen hatte. Einatmen.

Vergessen, dass sie hier eingesperrt war. Im Dunkeln. Wände um sie herum. Ein enger, kleiner Kasten auf Rädern. Vergessen. Ausatmen.

Nicht nachdenken. Nicht an die Zeit, die Thibault den Tod per Kurier schickte. Einatmen! Mein Gott! Ausatmen. Nicht an die Distanz denken, die sie zurücklegten, die sich zwischen ihr und ihrem Sohn auftat.

»Mylady?«

Eine Stimme im Dunkeln, die sie zusammenfahren ließ.

»Ja, Robert?«

»Ich glaube, wir kommen an.«

Ja … Das Geräusch der Räder hatte sich verändert. Kies. Sie mussten auf einer Allee fahren.

Jetzt vernahm sie das Scharren von vielen Füßen, das Schnauben der

Pferde, undeutliche Stimmen. Viele Stimmen. Erleichtertes, warmes Lachen, wie nach einem erfolgreichen Arbeitstag, wenn man sich müde und selbstzufrieden zurücklehnt.

Die Tür ihres Gefängnisses wurde aufgerissen. Kühle, angenehme Luft drang in den engen Raum. Es war noch nicht ganz Nacht. Sie konnten nicht länger als zwei Stunden unterwegs gewesen sein.

»Madame la Comtesse, bitte steigen Sie aus.«

Julie richtete sich auf, verzog das Gesicht. Auch wenn es ihr gelingen würde, durch irgendein Wunder noch zu entfliehen und sich ein Pferd zu schnappen, würde sie Schwierigkeiten haben, bis Calais durchzuhalten. Ihr Fuß suchte eine Stufe, fand sie. Eine Hand wurde ihr hilfreich entgegengestreckt. Sie schluckte ihren Stolz hinunter, ergriff sie, stieg aus.

»Wir werden Sie jetzt zu Ihrem Zimmer führen, Madame. Ich bedauere vielmals, Ihnen diese Unannehmlichkeiten verursacht zu haben. Sie werden eine Menge Fragen haben, die Ihnen gleich beantwortet werden. Bitte folgen Sie mir.«

Julie blickte sich um, während die Hand ihren Arm ergriff und sie zu einer hohen, dunklen Masse führte. Ein sehr großes Haus, oder ein kleines Schloss, an dessen Front sich nur zwei Fenster, andeutungsweise von dem zittrigen Schein einer Kerze erleuchtet, abzeichneten. Sie spürte mehr als sie sah, dass noch viele andere Männer sie umgaben. Sie unterhielten sich leise, während das Klingen ihrer Sporen hell die Dunkelheit durchdrang. Nein, an Flucht war nicht zu denken. Julie stöhnte auf. Der Griff ihres Begleiters um ihren Arm wurde fester.

»Geht es Ihnen nicht gut, Madame?«

Julie schwieg. Sie ließ sich abführen.

⚜

Das Mädchen stellte lächelnd die brennende Kerze ab, machte einen Knicks und verschwand wieder.

Der Mann, der sie hierher geführt hatte, verbeugte sich höflich an der Tür.

»Sie haben etwa eine Stunde Zeit, um sich ein wenig auszuruhen und frisch zu machen, Madame la Comtesse. Dann werde ich Sie wieder abholen.«

Die Tür fiel ins Schloss, und ein Schlüssel wurde zwei Mal umgedreht.

Robert lehnte an der Mauer. Er war sehr blass. Sein rechtes Augenlid war so geschwollen, dass er es kaum öffnen konnte.

Julie sah sich in dem Zimmer um. Eine einzige Treppe waren sie hinaufgestiegen. Sie befanden sich demnach im ersten Stock. Vielleicht nicht zu hoch für einen Sprung.

Die Fenster! Sie machte drei rasche Schritte … und hämmerte wütend gegen die schweren Holzläden, die mit einer Eisenstange und einem Vorhängeschloss jeden Fluchtversuch verhinderten. Dasselbe resignierte Gefühl wie vor ein paar Stunden, als sie hysterisch die Wände und den Fensterrahmen der Kutsche bearbeitet hatte. Lächerlich … All ihre Unternehmungen, sich zu befreien, waren unendlich lächerlich.

Ihre Schultern sackten zusammen. Sie starrte auf ihre geschundenen Hände. Reglos, gefühllos. Stand nur da, besiegt. Bis sich die Erinnerung in ihr regte.

Ja, so hatte sie schon einmal dagestanden.

Ihre Stirn prallte an das Holz. Damals war sie genauso machtlos gewesen wie heute, das Schicksal zu ändern. Frederiks Liebe zu Timothy. Thibaults Tod.

⚜

Eine Stunde später wurde Julie abgeholt. Wer auch immer sie gefangen hielt, es schien ein die Pünktlichkeit schätzender Mensch zu sein. Robert ließ sie zurück. Er lag wie tot auf einem improvisierten Bett in dem kleinen Raum, der an das Zimmer angrenzte, und schlief.

In dem seltsamen Zustand der Schwerelosigkeit, den völlige Übermüdung mit sich bringt, lief sie neben ihrem Wärter her. Dumpf nahm sie wahr, dass sie an vielen Räumen vorbeigingen, andere durchquerten. Schöne, reich ausgestattete Zimmer … Sattes Gold, weicher Samt und blinkendes Kristall.

Ihr Begleiter öffnete eine Tür, ging kurz hinein, nur einen Augenblick. Er war wieder da, bevor sie richtig wahrgenommen hatte, dass er sie alleine gelassen hatte, und deutete ihr, hineinzugehen.

Julie machte gehorsam einen Schritt, einen zweiten … Die Tür schloss sich leise hinter ihr.

Es war ein kleiner Raum, kleiner als der, der ihr zugewiesen worden war.

Ein hell loderndes Kaminfeuer erinnerte daran, dass Septembernächte schon kühl sein konnten.

Außer dem Feuer erhellte nur ein zierlicher, silberner Leuchter mit zwei Kerzen die Dunkelheit. Er stand auf einem kleinen Tisch, ein dickes Buch lag aufgeschlagen neben ihm.

Es roch nach brennendem Holz, Leder, und ... Kamillentee.

Irgendetwas in Julies müdem Gehirn versuchte, eine Assoziation herzustellen.

»Ach, Madame d'Eastington! Ich sehe mit Freude, dass Sie meiner Einladung gefolgt sind.«

Eine Gestalt winkte aus einem tiefen Ledersessel am Kamin.

»Kommen Sie, setzen Sie sich neben mich. Sie werden erschöpft sein.« Eine weiße, gepflegte Hand deutete nach links auf einen Sessel. Ein blutroter Rubin funkelte im Dämmerlicht.

Plötzlich platzte die Dumpfheit in Julies Kopf wie eine Seifenblase.

»Sie, Eminenz?«

»Ich, Madame. Die viele Geheimnistuerei tut mir Leid. Aber sie war notwendig.«

Julie fasste sich an den Kopf. Richelieu saß bequem zurückgelehnt, mit dem schlichten grauen Anzug bekleidet, den er im privaten Rahmen bevorzugte, und beobachtete sie. Seine Selbstzufriedenheit stand ihm deutlich ins Gesicht geschrieben.

Julie erreichte auf unsicheren Beinen den Sessel und ließ sich fallen. Ein paar Sekunden verstrichen, während denen die Augen des Ministers schweigend auf ihr ruhten.

»Sie sehen schlecht aus.«

Irgendjemand antwortete mit ihren Lippen:

»Ich fürchte, ich sehe meistens schlecht aus, wenn wir uns treffen, Eminenz.«

»Dafür sind unsere Begegnungen immer um so gradliniger. Und oft eine Überraschung.«

»Für mich auf jeden Fall, Eminenz.«

»Nun, für mich auch, was den heutigen Abend betrifft. Hätten Sie nicht plötzlich Hals über Kopf Paris verlassen wollen, würden Sie die heutige Nacht wohlbehalten in der rue Neuve-Saint-Louis verbringen.«

Julie schüttelte langsam den Kopf. Nichts ... Sie verstand absolut nichts mehr.

»Madame la Comtesse, es liegt ein Haftbefehl gegen Sie vor, der in Kraft tritt, sobald Sie versuchen, die Hauptstadt zu verlassen. Jeder Versuch, die Stadttore zu passieren, hätte zu Ihrer Festnahme geführt. Ich hatte Sanlys befohlen, Sie nicht aus den Augen zu lassen. Als er merkte, was Sie vorhatten, hat er nicht gezaudert einzugreifen. Leider hat ihn die Notwendigkeit, schnell zu handeln, zu wenig galanten Maßnahmen gezwungen.«

»Verhaften? Mich?«, fragte Julie ausdruckslos. Sie zuckte die Schultern und lächelte müde. »Weshalb denn?«

»Die Herzogin de Chevreuse beschuldigt Sie, aktiv am Komplott gegen die Heirat von Monsieur teilgenommen zu haben. Und eine von Buckingham geschickte Spionin zu sein. Das alles hat sie vor sechs Tagen vor einer Kommission ausgesagt, die speziell zur Klärung der Verantwortungen in der Affäre gebildet wurde. Es sind sehr schwerwiegende Beschuldigungen.«

»Ich verstehe«, antwortete Julie. Sie nickte leicht. Nichts konnte sie heute Abend mehr berühren. Es war, als wäre ihr Leben eine Aufführung, der sie nur als Zuschauerin beiwohnte. Ruhig hörte sie sich sagen: »Ein meisterlicher Schachzug der Herzogin. Sie hat mir von dem Brief berichtet, um mich dazu zu bringen, sofort nach Calais aufzubrechen. Ich sollte denken, es wäre noch möglich, den Boten einzuholen.«

»Der Brief ist schon vor vier Tagen abgeschickt worden, von Dampierre aus, dem ländlichen Anwesen der Herzogin.«

»Vor vier Tagen?« Julie blinzelte. Sie neigte den Kopf. »Dann ist es zu spät. Vier Tage ...« Sie biss sich heftig auf die Lippen und hob die Hände an ihr Gesicht. »Vier Tage.« Plötzlich erstarrte sie. Ihre Arme sanken herab, sie öffnete weit die Augen, drehte den Kopf und starrte Richelieu an. »Eminenz ...«, fragte sie heiser, »... wie können Sie von dem Brief wissen?«

Armand-Jean de Richelieu hatte die Ellenbogen auf die Armlehnen seines Sessels gestützt, die Fingerspitzen seiner Hände sternförmig zusammengeführt und beobachtete Julie regungslos. Wieder herrschte ein paar Sekunden lang Stille. Dann richtete er sich auf und erhob sich langsam aus seinem Sessel.

Er begab sich zu dem Tisch, klappte das Buch zusammen und holte ein Papier darunter hervor. Mit ihm kehrte er zu seinem Sitz zurück, in dem er sich vorsichtig niederließ.

Er entfaltete das Blatt. Julie sah, dass es ein Brief war, dessen Siegel schon durchbrochen worden war.

»Lesen Sie.«

Julie zögerte, streckte die Hand aus, berührte das dargebotene Schriftstück. Ihre Fingerspitzen glitten über das kühle Papier, doch sie konnte sich nicht überwinden, es entgegenzunehmen. Die Seite erzitterte im

Rhythmus ihrer irren Hoffnung, und ihre Finger erzeugten ein hohles Trommelgeräusch, so schnell wie die Schläge ihres Herzens. Sie hielt den Atem an, griff zu. Ihr Nacken blieb steif. Sie bewegte nur die Augen. Und las. Entzifferte die elegante Handschrift. Buchstabe für Buchstabe, Wort für Wort, Zeile für Zeile. Einmal. Noch einmal.

Das Papier segelte zu Boden.

Auf einmal war ihr Gesicht nass.

Sie klammerte sich an die Lehne ihres Stuhles, ließ ihre Welt sich auflösen, wurde weggeschwemmt und fortgetragen, mitgerissen, so lange, so tief, dass sie alles vergaß und nur noch um Luft kämpfte.

Als sie wieder auftauchte, als die Welle ihrer Erleichterung sie zurückließ, fühlte sie nichts als Erschöpfung. Sie lag in ihrem Sessel, lange Zeit unfähig, sich zu rühren.

Nur langsam nahm sie wieder ihre Umgebung wahr, die weiche, wohltuende Wärme des Feuers, das gelegentliche Bersten der Holzscheite, das regelmäßige Atmen des Mannes an ihrer Seite.

Sie sah ihn an, mit seinen eingefallenen Wangen, der gelblichen Haut und den bezwingend glühenden Augen. Und spürte kaum ihre Schmerzen, als sie sich von ihrem Stuhl erhob und sich auf die Knie gleiten ließ. Seine dunklen Augen trafen ihr Gesicht, sehr ernst, ein wenig überrascht. Er zögerte kaum merklich, doch dann gab er nach und reichte ihr seine Hand. Sie schloss die Augen und neigte ihren Kopf. Sie spürte die warme Ausstrahlung seiner Haut an ihren Lippen, als sie seinen Ring küsste.

»Ich hoffe, Sie werden sich in Rueil wohl fühlen. Denn Sie werden für einige Zeit hier bleiben müssen.«

Julie sah hoch.

»Wegen des Haftbefehls?«

»So ist es.«

Sie richtete sich kurz auf, strich ihr staubiges Kleid unter sich glatt und setzte sich seitwärts vor das Feuer auf den Boden. »Wie lange?«

»Ein paar Monate, wahrscheinlich.«

»Ist es denn für … für die Besitzer dieses Anwesens nicht gefährlich, mich zu verstecken?«

Richelieu sah sie fest an.

»Das Schloss gehört mir, Madame. Alle anwesenden Personen auf dem Gut sind mir treu ergeben. Was Ihre Situation angeht: Die Herzogin hat ihre Vorwürfe gegen Sie vor Gericht gemacht. Das konnte ich nicht mehr verhindern, auch den daraus resultierenden Haftbefehl nicht. Erschwerend hinzu kommen mehrere Briefe, die Sie aus Ihrer Heimat bekamen.«

»Briefe?«, murmelte Julie und zog die Stirn kraus. »Ich bekam nur ein paar Briefe, die mir Nachrichten von meinem Sohn gaben …«

»So ist es. Zwei dieser Briefe sind abgefangen worden. Für Sie waren es einfache Nachrichten. Wenn man aber ein geschultes Auge hat, kann man darin Details entdecken, die Sie der Spionage zumindest verdächtig machen, verschlüsselte Anspielungen, die Sie übersehen haben werden. Ich habe mit Seiner Majestät darüber gesprochen. Kurz gefasst: Offiziell werden Sie gesucht. Inoffiziell werden Sie hier geduldet, bis Gras über das Ganze gewachsen ist.«

Julie starrte in die Flammen.

»Ich verursache Ihnen viele Unannehmlichkeiten.«

»Madame, Sie haben sich mir während des vergangenen Jahres verschiedene Male als nützlich erwiesen«, antwortete Richelieu. »Wir hatten ein Abkommen, und ich pflege stets, die Klauseln eines Vertrages einzuhalten. Der Brief nach England wurde durch reinen Zufall abgefangen, darauf brauchen Sie sich also nicht allzu viel einzubilden. Der Bote transportierte noch geheime Nachrichten, denen mein eigentliches Interesse galt.«

»Ich verstehe«, nickte Julie. Sie lächelte leicht. »Ich werde mich bemühen, nicht allzu dankbar zu erscheinen, Eminenz. Sie haben Recht, wir sind Geschäftspartner.«

»Sagen wir, ich zähle Sie zu meinen Leuten. Und meine Leute wissen, dass ich bereit bin, für sie einzustehen. Solange ich mir ihrer völligen Ergebenheit sicher bin.«

Julie nahm dem Kardinal die unterschwellige Drohung nicht übel. Wie ängstlich dieser Mann doch darauf bedacht war, sachlich kühle Grenzen um sich zu ziehen! Ihre Dankbarkeit war nur willkommen, wenn sie ihm im Gegenzug ihre Treue einbrachte. Gefühle hatte er verbannt.

Sie schwieg kurz und überlegte.

»Eminenz … Jetzt, wo die Herzogin kein Interesse mehr an mir hat, stünde meiner Heimreise nichts mehr im Wege. Es ginge nur darum, unerkannt bis zur Grenze zu gelangen. Wäre es nicht möglich, dass ich mit falschen Papieren …«

»Nein, Madame. Ich sagte, ich bin bereit, Sie inoffiziell hier wohnen zu lassen. Aber ich wäre keinesfalls bereit, Ihnen eine neue Identität zu verschaffen.«

Julie biss sich auf die Lippen. Nein … Natürlich wollte er nicht seinen Namen unter ein Papier setzen, das die königliche Justiz unterwanderte. Wenn sie damit aufgegriffen würde, wäre es ein gefundenes Fressen für alle seine Feinde.

»Ich verstehe. Doch wahrscheinlich erfährt Marie de Chevreuse, dass ihr Brief abgefangen wurde, spätestens, wenn sie keine Antwort darauf erhält. Und ich fürchte, dass sie dann einen zweiten schicken könnte …«

»Eine logische Schlussfolgerung, wenn die Umstände sich nicht verändert hätten. Ich habe vorgestern etwas erfahren, das Sie interessieren wird: Guillaume de Tallevende ist es endlich gelungen, den bisherigen Aufenthaltsort Ihres Sohnes ausfindig zu machen. Allerdings …«, fuhr er schnell fort und hob die Hand, »… allerdings ist es nur ein halber Erfolg. Das Kind war in einem unscheinbaren Londoner Bürgerhaus untergebracht, zusammen mit der Amme. Es gelang unserem Freund, die Örtlichkeiten auszukundschaften und die Flucht zu organisieren. Er wartete schließlich nur noch auf einen günstigen Augenblick, als ein anderer ihm zuvorkam.« Er sah sie regungslos an. »Ihr Kind ist erneut entführt worden, Madame. Monsieur de Tallevende hat seine Spur verloren.«

Julie schluckte. Plötzlich war die Ruhe, die sie eben noch erfüllte, verschwunden.

Entführt? Wer außer Buckingham …

»John!« Julies Hand verkrampfte sich auf ihrem Kleid. »Es kann nur mein Schwager gewesen sein! Er ist der Einzige, der an Thibault Interesse hat!« Sie atmete ein. »Aber dann …«

»Nein, Madame«, widersprach Richelieu streng. »Denken Sie nach: Wenn der Tod des Kindes das Ziel des Überfalls gewesen wäre, hätte man es vor Ort ermordet. Doch nicht nur das Kind, auch die Amme ist mitgenommen worden. Das lässt vermuten, dass jemand Ihrem Sohn nicht nur das Leben, sondern auch eine Bezugsperson erhalten möchte. Glauben Sie, Ihr Schwager würde des Kindes wegen seine Stellung beim Herzog of Buckingham aufs Spiel setzen?«

Julie schüttelte den Kopf.

»Ich weiß es nicht … Seine Stellung ist sein Lebensinhalt, und ohne den Herzog ist er ein Niemand. Auf der anderen Seite … ohne Thibault wäre John Erbe von Eastington. Ich könnte mir vorstellen, dass ihm die Genugtuung, die Pläne meines verstorbenen Mannes noch nach seinem Tode zu durchkreuzen, sehr viel wert ist.« Sie schloss kurz die Augen. »Wie verwirrend das alles ist! Ich komme mir so nutzlos vor …«

Richelieu unterbrach sie. Seine Stimme war wohltuend nüchtern.

»Weshalb ich Ihnen diese Neuigkeiten mitteilte, ist Folgendes: Ihr Kind ist dem Einfluss der Herzogin de Chevreuse entzogen. Sie brauchen keine weiteren Einmischungen von ihr zu befürchten. Guillaume de Tallevende bleibt weiterhin in England, wo er nicht nur Ihnen, sondern auch mir von großem Nutzen ist. Es gibt nichts, was Sie tun könnten, als abzuwarten. Sie müssen sich in Geduld üben.«

Julie runzelte die Stirn. Geduld … Hatte sie nicht schon mehr als genug Geduld gezeigt? Kaum war sie den Klauen der Herzogin entronnen, bauten sich neue Hindernisse auf. Sollte sie sich darüber freuen, dass Thibaults Leben nicht mehr in den Händen von Buckingham lag? Vorher hatte sie wenigstens die Hoffnung gehabt, sie könnte durch ihr Verhalten einen Einfluss auf Thibaults Wohlbefinden nehmen. Doch nun? Die Tatsache, dass ihr Sohn zusammen mit seiner Amme entführt worden war, tröstete sie nur wenig.

»Es ist gut«, antwortete sie bitter. »Ich werde warten.«

»À propos, Madame … Erinnern Sie sich, dass ich Ihnen einen gewissen Passierschein für die Bastille zukommen ließ? Ich warte noch heute auf Ihren Bericht.«

Julie fühlte, wie das Blut ihr in die Wangen schoss.

»Ich war erkrankt, Eminenz. Danach verbrachte ich einige Wochen in Pontoise, zur Erholung. Ich muss gestehen, dass ich meine Pflichten dabei vernachlässigt habe. Es tut mir Leid.«

»Hmm … Dann holen Sie Ihr Versäumnis jetzt nach. Sie waren in der Bastille?«

»Ja, Eminenz.« Sie senkte die Augen. »Mein Gespräch mit Monsieur de Fontes-Villaray bewegte sich allerdings auf einer sehr … persönlichen Ebene. Schließlich gerieten wir in Streit, und … ich wurde von ihm hinauskomplimentiert.«

»Kein überzeugendes Ergebnis.«

»Nein, Eminenz. Auch ich hatte mir mehr von meinem Besuch erhofft«, murmelte sie und sah auf ihre Finger. Was François wohl machte? Jetzt, wo sie sich in diesem Schloss verstecken musste, würde sie ihn wohl nicht wiedersehen. Sie holte tief Luft. Sofort zuckte sie zusammen. Jede Stelle ihres Körpers tat ihr weh. Leise sagte sie: »Wenn Sie es erlauben, würde ich mich jetzt gerne zurückziehen.«

»Natürlich. Ich bin sicher, Sanlys hat inzwischen die kleinen … Einschränkungen, die vor Ihren Fenstern angebracht worden waren, entfernt.« Richelieu lächelte ein wenig. »Es erschien mir sicherer, Sie vor übereilten Reaktionen zu schützen, Madame.«

Julie lächelte leise zurück.

»Darauf möchte ich lieber nicht antworten.« Sie stand mühselig auf. »Noch eines, Eminenz: Meine Tanten ängstigen sich gewiss zu Tode. Bitte erlauben Sie mir, sie zu beruhigen!«

»Schreiben Sie eine kurze Mitteilung, ich werde sie ihnen zukommen lassen. Ich erwarte einen Boten in den nächsten Tagen. Am besten lassen Sie sich von Ihren Tanten auch ein paar Kleider einpacken, die er dann mitbringen kann. Sie haben, nehme ich an, wenig Gepäck dabei. Ich hoffe, es versteht sich, dass Sie in Ihrer Nachricht über Ihren Aufenthaltsort selbstverständlich kein Wort verlieren.«

Julie machte einen Knicks. »Ich wünsche Ihnen eine erholsame Nacht, Eminenz.«

Sie spürte seinen Blick in ihrem Rücken, als sie aus dem Zimmer schritt.

⚜

»Bitte treten Sie ein, Madame«, sagte Charpentier höflich, öffnete die Tür und wich zurück, um Julie vorbeizulassen.

Sie hielt Zerberus fest am Halsband, als sie mit ihm den Schreibraum betrat.

»Sie wünschten mich zu sehen, Eminenz?«, fragte sie lächelnd, nachdem sie einen Knicks gemacht hatte. »Verzeihen Sie, wenn ich meinen Hund mitbringe, aber seit er heute Morgen in aller Frühe hier auftauchte, will er keine Sekunde mehr von mir lassen! Er versetzt meinen armen Pagen mit seinem Zorngeheul in Angst und Schrecken.«

»Sie verstehen es, in Ihrer Umgebung Treue und Hingabe zu wecken, Madame. Hier ist noch jemand eingetroffen, der Sie verzweifelt sucht!«, warf der Kardinal ihr spöttisch entgegen.

Julie runzelte die Stirn und drehte den Kopf.

Eine hohe Gestalt hob sich scharf gegen die Fenster ab. Auf einmal eilte sie mit großen Schritten auf Julie zu.

»Julie? Julie, sind Sie es wirklich? Gott sei gelobt, Sie leben!«, stieß diese Gestalt nun mit brüchiger Stimme hervor.

»François …!?«

Sie sah ihn mit weit aufgerissenen Augen an. Er ergriff ihre Hand und führte sie in einem unbändigen Elan an seinen Mund. Sie ließ es geschehen, zu überrascht, um sich zu rühren und um mehr zu empfinden, als Hilflosigkeit und grenzenloses Staunen.

Ein Räuspern ließ sie beide den Kopf drehen.

»Monsieur de Fontes-Villaray, verstehen Sie nun, weshalb ich Ihnen nicht sofort die Männer zur Verfügung stellen wollte, die Sie von mir verlangten?«

François drehte sich dem Kardinal halb zu, behielt aber Julies Hand in seiner. Er verneigte sich.

»Jawohl, Eminenz. Ich bitte um Entschuldigung, wenn ich mich durch meine Sorge etwas habe … mitreißen lassen. Ich muss fürchten, mich vorhin im Ton vergriffen zu haben.«

Richelieu strich über seinen Schnurrbart.

»Madame, ich sprach gerade von Hingabe … Nun, dieser Herr bat mich vorhin um eine kleine Armee, um sich auf Ihre Suche zu machen. Ich musste Sie rufen lassen, um ihn zu überzeugen, dass es Ihnen gut geht.« Er verzog den Mund. »Monsieur, ich will Ihre Unbeherrschtheit mit der langen Zeit erklären, die Sie untätig in der Bastille verbrachten. Wie lange waren Sie dort? Acht oder neun Wochen?«

»Lange genug, um den Anschein zu wahren, Eminenz.«

Richelieu nickte.

»Wie Sie es schon so hervorragend recherchierten, ließ ich gestern Nachmittag Madame d'Eastington aus Paris entfernen, um ihr eine Verhaftung zu ersparen. Hätte ich gewusst, mit welcher Leidenschaft Sie sich auf ihre Fährte setzen, hätte ich Sie vorher eingeweiht.«

»Ein Haftbefehl?«

»Ja. Madame de Chevreuse ist es gelungen, die Comtesse stark zu kompromittieren.«

Julie entzog François langsam ihre Hand.

»Madame, ich muss mit dem Comte noch ein paar geschäftliche Dinge besprechen«, nickte Richelieu ihr zu. »Bitte lassen Sie uns für ein paar Augenblicke alleine.«

»Jawohl, Eminenz.«

Sie spürte, dass François Blick auf ihr lag, doch sie sah nicht hoch.

Nein, erst einmal musste sie mit sich und den Gefühlen, die sein plötzliches Erscheinen in ihr ausgelöst hatten, zurecht kommen. Sie verließ den Raum.

Vollkommen in Gedanken gefangen schlenderte sie den Flur entlang, an Marmorbüsten und Gobelins mit gedämpften Farben vorbei.

François kannte den Kardinal. Und zwar so gut, dass er nach Rueil kam, um ihn um Unterstützung zu bitten. Auf Richelieus Frage hatte François geantwortet, er sei lange genug in der Bastille gewesen, um den

Anschein zu wahren ... Dieser Satz konnte nur eines bedeuten: François ganzes Wirken, seine Reise in die Normandie, für die er verhaftet worden war, waren mit Richelieus Einverständnis geschehen.

Julie blieb stehen.

François arbeitete für den Kardinal de Richelieu!

Sie schüttelte den Kopf und stützte sich neben einem Gemälde ab. Es stellte einen lorbeergekrönten Gott dar, der eine flüchtende Nymphe verfolgte.

Ob François schon die ganze Zeit ein doppeltes Spiel getrieben hatte?

War er vielleicht schon damals, in Eastington, im Auftrag des Kardinals unterwegs?

Natürlich! Julie hob den Kopf. Er hatte Guillaumes Botschaften an Richelieu abgeholt! Onkel und Neffe – beide waren sie Agenten im Dienste des Kardinals.

Sie stieß sich von der Mauer ab. Im Treppenhaus raffte sie ihre Röcke und begann, die marmornen Stufen zu nehmen.

Wie unangenehm berührt François letztes Jahr gewesen sein musste, als sie, die Zeugin seines Aufenthaltes in England, und demnach seiner Verbindung zu einem von Richelieus Agenten, in Paris plötzlich vor ihm stand! Und wie entsetzt, als Marie de Chevreuse ihm erzählte, sie sei eine von ihr rekrutierte Spionin!

Nun erklärte sich vieles ... Seine Reserviertheit, sein sonderbares Verhalten, seine Anspielungen ...

Was für eine verworrene Situation! Eigentlich hatten sie beide auf derselben Seite gestanden. Doch bis heute, über ein Jahr lang, hatten sie gebraucht, um das zu entdecken.

Julie atmete tief ein, als ihr die kostbarste Konsequenz dieser Entdeckung aufging: François hatte nie dazu beigetragen, sie und ihr gemeinsames Kind zu erpressen! Wann hatte sie sich zuletzt so erleichtert gefühlt?

Jetzt wusste sie auch, weshalb sie hier war. Wäre sie sofort nach England zurückgekehrt, wie sie es gestern noch vorhatte, hätte sie vielleicht nie die Wahrheit über François erfahren. Und diese Wahrheit war es Wert gewesen, den gestrigen Tag zu durchleben.

Alles hatte eben seinen Sinn, auch wenn er sich einem nicht gleich offenbarte. Beschwingt lief sie die letzten Stufen hoch.

In ihrem Zimmer begab sie sich in den großzügigen Erker, in dem das Bett stand. Drei Fenster waren in ihn eingelassen worden, jedes in einer anderen Himmelsrichtung. Sie riss sie allesamt auf und spähte hinaus.

Ein hübscher Park bescheidenen Ausmaßes breitete sich vor dem Schloss aus. Schlichte grüne Rasenflächen wechselten sich mit symmetrisch gepflanzten Eiben- und Buchsbäumen ab. Zu ihrer Rechten, von einer Reihe schlanker Zypressen abgegrenzt, begann ein dunkel belaubter Wald. Zu ihrer Linken endete der Park an einer übermannshohen Mauer, hinter der sich die Ställe und eine imposante Scheune befanden.

Es war ein schönes Anwesen. Julie konnte gut verstehen, dass Richelieu Paris verließ, wenn die Staatsgeschäfte es erlaubten, um hier, nur ein paar Stunden vom hektischen Treiben der Großstadt entfernt, Besinnung und Ruhe zu finden. Und Ruhe, das spürte sie, würde auch sie hier finden.

Sie lächelte. Ihr Vater hatte Recht gehabt. Sie musste weiterhin mit aller Kraft an die Güte des Schicksals glauben, das ihr beschieden war. Ja, sie würde Geduld haben. Und mit Gottes Hilfe würde sie Thibault bald wieder in ihren Armen halten.

⚜

François lief zielstrebig die Treppe hoch und fand das Zimmer, das Richelieu ihm genannt hatte. Er nickte kurz Robert zu, der sich im Vorraum befand. Als der Junge sich anschickte, aufzustehen, um Julie seinen Besuch zu melden, hob er abwehrend die Hand und klopfte selbst. Er erhielt keine Antwort. Als er die Klinke heruntergedrückt hatte, musste er die Tür mit Gewalt aufstemmen.

Ein starker Luftzug wirbelte im Raum herum. Es war ein weitläufiges und kostbar möbliertes Zimmer, das vom großzügigen Entgegenkommen des Kardinals zeugte. Das Ende des Zimmers war in einem rechten Winkel abgeknickt. In diesem Winkel erblickte François Julies Silhouette. Sie stand am Fußende eines wuchtigen Himmelbettes, dessen Vorhänge aus grünem, mit Silber durchwirktem Brokat sich im Luftzug blähten. Fenster umgaben sie von drei Seiten. Sie hatte alle Flügel geöffnet und übergab sich mit offensichtlicher Freude dem Wind.

Dass sie keine Notiz von ihm nahm, verunsicherte François. Er rieb sich die Wangen. Ihre letzte Begegnung in der Bastille war von der Gewalt seiner Unbeherrschtheit geprägt gewesen. Was um alles in der Welt konnte er ihr jetzt noch sagen?

»Ist diese Ecke nicht wundervoll?«, fragte sie und drehte leicht den Kopf, ohne ihn jedoch anzublicken. »Der Treffpunkt der Winde.« Sie breitete die Arme aus. »Winde aus drei Himmelsrichtungen. Ich habe heute Nacht mit offenen Fenstern geschlafen. Kein Straßenlärm war zu hören … nur das Brausen der Luft. Zum ersten Mal seit langem hatte ich das Gefühl, nicht eingesperrt zu sein.«

François trat von einem Fuß auf den anderen. Er räusperte sich.

»Julie … Richelieu hat mir eben einiges erzählt, von Ihnen und von … von Ihren Treffen mit ihm. Er hat mir auch erzählt, was in Fontainebleau vorgefallen ist, und …« Er merkte, wie leise seine Stimme geworden war. Er straffte die Schultern, gab sich einen Ruck und fügte laut hinzu: »Ich möchte mich bei Ihnen entschuldigen.« Sie sah ihn ruhig an, antwortete aber nicht.

»Wenn Sie möchten, dass ich gehe, brauchen Sie es nur zu sagen. Ich könnte es verstehen.«

Sie schwieg eine Weile. Dann machte sie eine einladende Geste. François atmete unhörbar aus und stellte sich an ihre Seite.

»Das war ein Ostwind«, sagte sie nach einiger Zeit. »Haben Sie ihn gespürt?«

»Ja.« Er sah sie an. Sie lächelte leicht. Er lächelte zurück.

»Reiten Sie noch heute wieder nach Paris zurück?«

»Ja«, antwortete er und genoss es, den Wind in seinem Haar zu spüren. »Es gibt einige Menschen, die hoch erfreut sein werden, zu wissen, dass es Ihnen gut geht. Richelieu sagte, dass Sie mir einen Brief mitgeben würden.«

»Das stimmt … Ich trage ihn schon den ganzen Vormittag mit mir herum. Richelieu hatte mir die Ankunft eines Boten angekündigt.«

»Hmm«, brummte François und zog einen Mundwinkel hoch. »Er hat gewusst, dass ich kommen würde, noch bevor ich es selber beschlossen hatte.«

»Sind Sie … arbeiten Sie schon lange für ihn?«

»Seit sechs Jahren.«

»Oh.« Julie nickte, schwieg. Dann griff sie in eine verborgene Tasche ihres Kleides und zog ein zusammengefaltetes Stück Papier heraus. »Hier, das ist der Brief.«

François streckte die Hand aus, um ihn entgegenzunehmen. Er hielt inne, als er ihre Hände erblickte. Der Nagel ihres Zeigefingers war tief eingerissen, ihre Knöchel rot und wund, die Handflächen mit mehreren Schnitten versehen. Sie spürte seinen Blick, sah auf und errötete. Schnell ließ sie den Brief in seine ausgestreckte Hand fallen und verbarg ihre Hände in den Falten ihres Rockes.

»Schauen Sie lieber nicht hin. Ich fürchte, ich habe gestern Abend die Kutsche Seiner Eminenz etwas in Mitleidenschaft gezogen.« Sie wich seinem Blick aus. »Wie kommt es, dass Sie von der Entführung erfahren haben? Waren Sie in der rue Neuve-Saint-Louis? Haben meine Tanten Ihnen davon berichtet?«

Einen kurzen Augenblick lang war er versucht zu lügen, um sie glauben zu lassen, er habe sie besuchen wollen. Dann aber schüttelte er den Kopf.

»Nein. Racan und ich kamen gestern Abend zufällig an der Stelle vorbei, wo Sie überfallen wurden.«

»Wie geht es Jean-Pierre?«

»Er wird wieder, seien Sie unbesorgt. Auch der andere Mann ist unversehrt.« Er griff an seine Jacke. »Ich habe Ihnen etwas mitgebracht … Ich glaube, es gehört Ihnen.«

Sie sah fragend hoch. François hielt ihr die kleine Haube entgegen, die er gestern gefunden hatte.

Ihre Augen weiteten sich, und sie wurde sehr blass.

»Das ist … Thibaults Häubchen!« Sie streckte die Hand aus und nahm ihm das Wäschestück ab. »Ich habe es selber genäht, wissen Sie?« Sie blinzelte, und ihre Lippen zitterten. »Danke.« Sie hob die Haube, presste sie kurz an ihren Mund und an ihre Nase.

Plötzlich kam sich François wie ein Eindringling vor. Betreten spähte er auf den ordentlichen kleinen Park hinunter.

»Es ist seltsam, wie diese kleine Haube mich verfolgt … Sie kommt immer wieder zu mir zurück.« Julie strich mit ihrem Zeigefinger die geschwungene Linie der Spitze nach. »Thibault hatte sie auf, als er aus Eastington entführt wurde.«

»Entführt?« Er drehte schnell den Kopf. Julies Züge waren angespannt. Auf einmal verstand er. »Julie … Damals, als Sie von dem Tod Ihrer Mutter erfuhren, sagten Sie, dass Sie Angst hätten … Hatten Sie um Thibault Angst?«

»Ja.« Sie sah ihn groß an, zögerte, suchte seine Züge ab. Dann sagte sie mit bewegter Stimme: »Ich habe Sie belogen, François. Mein Sohn ist nicht gestorben. Er ist entführt worden.«

Plötzlich schnürte sich seine Kehle zu. »Von Marie?«

Sie nickte.

»Und Buckingham. Thibault war das Pfand dafür, dass ich die beiden in ihren Plänen unterstützte.«

Er schwieg betroffen. Dann fragte er:

»Aber was ist gestern Abend passiert? Weshalb wollten Sie so schnell die Stadt verlassen? Wieso waren Sie überhaupt in Paris? Racan sagte, Sie würden in Pontoise weilen …«

»Ich bin gestern erst nach Paris zurückgekommen. Racan konnte nichts davon wissen. Marie de Chevreuse hatte mich vorgeladen, also bin ich zu ihr gegangen. Sie war erbost über mich, weil es ihr nicht geglückt war, die Heirat von Monsieur zu verhindern. Sie … Sie hat mir gesagt, dass sie einen Boten nach England abgeschickt hätte. Einen Boten, um …« Sie presste kurz die Lippen aufeinander. Dann fuhr sie schnell fort: »Ich wollte ihn abfangen. Ich bin nur noch zu meinen Tanten zurück, um in aller Eile zu packen, und dann bin ich los.«

Er schwieg und kämpfte gegen seine Gefühle an.

Julie hatte einen Sohn, irgendwo, in ihrer Heimat. Sie war nicht die gefährliche, ambitionierte Intrigantin, für die er sie einige Zeit lang gehalten hatte. Aber sie war auch nicht die Elfe, deren Erinnerung ihn so bezaubert hatte.

Natürlich hatte er gewusst, dass sie verheiratet gewesen war. Doch dieser Ehemann war immer eine graue, schemenhafte Figur gewesen. Ein Mann, dem er sich überlegen gefühlt hatte. Und heute erfuhr er, dass sie ein Kind von diesem Mann hatte, ein Kind, das sie über den Tod hinaus mit ihm verband, und das sie zärtlich liebte. François biss die Zähne aufeinander und versuchte, seine Eifersucht und seinen Ärger zurückzudrängen. Gefühle, deren er sich schämte, weil sie ihm seiner so unwürdig schienen.

»Warum haben Sie mir nie von Ihrem Sohn erzählt?«, fragte er, und noch bevor er in ihr Gesicht sah, wusste er, dass sein Tonfall zu schroff gewesen war.

»Ich habe es versucht, François.« Ihre Augen waren seinen plötzlich sehr nahe. »Erinnern Sie sich an unser Schlittschuhlaufen im letzten Winter? An dem Tag wollte ich es Ihnen erzählen, aber dann …« Sie zuckte die Schultern. Er legte die Hand an seine Stirn und schwieg. Er hob die Brauen.

»Ich verstehe.« Auf einmal war sein Ärger verflogen. »Erzählen Sie mir von Thibault. Wie alt ist er?«

Sie blinzelte, und ihre Brust hob sich.

»Er müsste seine ersten Schritte schon gemacht haben«, antwortete sie schließlich weich. »Er war noch sehr klein, als ich ihn zum letzten Mal sah. Ein kräftiger kleiner Bursche mit großem Appetit. Schon damals hat er einen starken Willen gezeigt, wenn etwas nicht so lief, wie er es sich vorstellte. Doch wenn er lächelt, hat er im Nu alle um seinen kleinen Finger gewickelt. Er hat dunkle Haare, und Augen wie …« Er sah sie schlucken und war überrascht, sie erröten zu sehen, als sie seinen Blick traf »… und einen strahlenden aufmerksamen Blick.«

»Julie … Das mit Marie tut mir Leid. Ich … Ich hatte keine Ahnung.«

»Ich weiß.«

Sie lächelte ihn an, und auf einmal überkam ihn der unwiderstehliche Drang, sie an sich zu ziehen. Seine Finger zuckten.

»François?« Sie senkte die Augen. »Die Herzogin …«

Er legte seine Hand unter ihr Kinn. Sein Daumen fuhr über den traurigen Zug an ihren Mundwinkeln.

»Marie ist verreist, Julie«, sagte er. »Für sehr lange Zeit … Vielleicht für immer.« Ihre gesenkten Wimpern zitterten. Seine Stimme klang rau, als er fragte: »Und du?«

Sie sah hoch. Der Wind spielte mit ihren Haarsträhnen. Ihr Gesicht war weiß, nackt und schön.

»Ich bin da«, antwortete sie zitternd. »Bei dir.«

Sein Herz sprang hart und laut in seiner Brust, als er sich zu ihr hinabbeugte und ihre Lippen berührte.

⚜

Julie saß im Park des Schlosses auf einer weißen Steinbank. Sie hatte einen Brief in der Hand, den François ihr vor zwei Tagen mitgebracht hatte.

Seit über zwei Wochen war sie jetzt in Rueil, und das Leben hatte sich auf leisen Sohlen eingespielt.

Sie hielt sich so viel wie möglich im Hintergrund. Viele Gäste, Botschafter, Besucher und Bittsteller besuchten jeden Tag das Schloss. Sie hatte gelernt, ihnen auszuweichen, benutzte die Nebeneingänge, die schmalen, für die Dienstboten gedachten Treppen. Sie aß auf ihrem Zimmer, trug ihre unauffälligsten Kleider.

Jeden Tag erkundete sie ein weiteres Stück des Gartens und des anliegenden Waldes. Diese Bank hier war einer ihrer Lieblingsplätze geworden. Sie bildete das Herz einer Hecke, und die sie von allen Seiten umgebenden, duftenden Buchsbäume vermittelten ein Gefühl der Geborgenheit.

Julie lauschte einen Augenblick dem Gesang der Vögel, dann wandte sie sich wieder dem Brief zu.

Sie entzifferte mit Mühe Anne-Catherines sehr unregelmäßige Schrift. Die großen, gemalten Buchstaben erzählten von Alphonsines plötzlichem Verschwinden, das ihre Tanten sich nicht erklären konnten. Julie wunderte es hingegen nur wenig. François war nicht der Einzige, der Madame de Chevreuse hintergangen hatte. Wer außer Alphonsine Fauvette konnte die Briefe, die Julie aus England bekommen hatte, an Richelieu weitergeleitet haben?

Ansonsten berichtete Anne-Catherine noch, dass François ihnen während eines Besuches die Umstände von Julies Verschwinden erklärt habe. Bei der Erwähnung von François Nahmen verspürte sie ein kleines, wehmütiges Ziehen in der Herzgegend. Zum wiederholten Male stellte sie sich die Frage: Hätte sie ihm beichten sollen, dass Thibault sein Sohn war? Sie sehnte sich danach, alle Lügen zu beseitigen, sie sehnte sich danach, in sein Gesicht zu sehen, wenn sie es ihm sagte …

Nein. Sie durfte jetzt nicht die Geduld verlieren.

Denn sie wollte mehr, als nur ein Geheimnis mitteilen. Sie wollte, dass François sie heiratete. Aber nicht aus Pflichtgefühl seinem Kind gegenüber. Sondern aus Liebe. Sie wollte keine Vernunftehe mehr eingehen. Dafür war die Erfahrung mit Frederik zu schmerzhaft gewesen. Sie würde warten, nein hoffen, dass François Liebe zu ihr eines Tages stärker war als seine Vorbehalte gegen die Ehe.

»Gute Nachrichten, Madame?«

Julie hob überrascht den Kopf. Armand-Jean de Richelieu stand ein paar Schritte von ihr entfernt, die Hände hinter dem Rücken verschränkt. Sie lächelte.

»Ja, Eminenz.«

»Hmm. Danken Sie Gott dafür.«

Julie horchte auf, denn die sonst immer kalte Stimme des Kardinals klang belegt. Sie richtete sich auf.

Richelieu näherte sich, bis er schräg vor ihr stand. Heute Nachmittag trug er die purpurne Robe, und die Herbstsonne ließ seine Gestalt erglühen.

»Ein schöner Platz.«

»Sie wollten alleine sein, Eminenz. Verzeihen Sie, ich werde jetzt gehen.«

Julie hatte sich schon halb erhoben, als die weiße, mit dem blutroten Stein bestückte Hand sich ihr abwehrend entgegenstreckte.

»Nein, bleiben Sie.« Julie ließ sich wieder auf die Bank zurücksinken. Der Minister sah sie seltsam an, fuhr sich nachdenklich über den schmalen Bart, der sein Kinn zierte, runzelte leicht die Stirn. Offensichtlich war er von seiner eigenen Reaktion überrascht worden.

Julie senkte den Blick und faltete sorgfältig den Brief ihrer Tante zusammen.

Langsam setzte der Kardinal sich neben sie.

Entgegen ihrer Gewohnheit fühlte Julie sich von seiner Nähe plötzlich eingeschüchtert.

»Mögen Sie den Park?«

»Ich liebe seine Ruhe. Und die Möglichkeiten, die er bietet, sich zurückzuziehen.«

»Ich bewohne das Schloss erst seit drei Jahren, auch wenn ich es schon seit fünf Jahren besitze. Vieles ist bereits verändert worden, aber der Park befriedigt mich noch nicht.«

Julie nickte, und meinte versonnen:

»Es fehlt Wasser.«

»Wasser, Madame?«

»Ja ... Becken, Springbrunnen. Ruhige, schimmernde Flächen und das erfrischende Plätschern eines Wasserstrahls im heißen Sommer.« Sie wandte dem Kardinal ihr Gesicht zu und ihre Scheu war vergessen. »Es ist natürlich eine sehr persönliche Meinung. Ich liebe Wasser. Wenn ich Baumeister wäre, würde ich sehr viel mit diesem Element arbeiten.«

Ein winziges Lächeln spielte um den energischen Mund.

»Ich gestehe, dass ich schon ähnliche Gedanken hatte. Wasser und Rosskastanien.«

Julie riss die Augen auf.

»Rossk ...«

»Aesculus. Eine neue Baumart, die aus Indien stammt. Sie werden sie noch nirgendwo finden. Ich habe beschlossen, sie in Frankreich anzusiedeln. Es sind stattliche Bäume, die sich sehr von unseren gewöhnlichen Esskastanien unterscheiden. Fünflappige Blätter, auffällige Blütenstände und im Herbst runde, braune Samen.«

»Sie machen mich neugierig, Eminenz.« Julie fuhr verträumt fort: »Wenn ich noch meinen Garten in Eastington hätte, würde ich Sie um einen solchen Samen bitten. Ich würde ihn in die Erde setzen und dabei an meine Enkel denken, die später einmal im Schatten des Baumes ruhen werden.«

»Ich besitze viele Gärten.«

Wieder dieser Unterton ...

»Und an was denken Sie, wenn Sie sie bepflanzen, Monseigneur?«

Richelieu hob ein wenig den Kopf. Er zögerte sichtlich, antwortete dann aber doch.

»Ich habe eine Nichte, der ich sehr zugetan bin.«

Julie hatte von Marie-Madeleine de Combalet gehört. Sie war seit mehreren Jahren verwitwet und gehörte dem Hofstaat der Königin-Mutter an. Sie sollte sehr schön und fromm sein und man sagte, sie stünde dem mächtigen Kardinal näher als irgendein anderer Mensch auf der Welt. Julie war ihr jedoch noch nie begegnet.

Nicht zum ersten Mal dachte sie, dass der Kardinal trotz aller ihn umschwärmenden Menschen ein einsamer Mann sein musste. Es war bekanntermaßen das Los der Mächtigen. Der Einfluss des Kardinals war immens und hörte nur da auf, wo der des Königs begann. Doch sogar Louis hatte das Recht auf Frau und Kinder ... Der Mann neben ihr hatte auf dieses Recht ein für allemal verzichten müssen.

»Meine Nichte hat beschlossen, ins Karmeliter-Kloster einzutreten.«

Der Ton des Ministers ließ Julie bezweifeln, dass er diese Entscheidung guthieß.

»Wissen Sie, warum?«

»Sie hatte eine unglückliche Ehe.«

Julie nickte langsam.

»Und Sie würden sie sicher gerne wieder verheiratet sehen.« Sie warf dem Kardinal einen schnellen, prüfenden Blick zu. »Gewiss gibt es viele Anwärter für die Nichte des Herzogs de Richelieu.«

Er antwortete nicht. Sie schwieg und dachte mit verengten Augen nach.

Ja, viele Männer mussten wohl hoffen, die Lieblingsnichte des mächtigsten Ministers Frankreichs zu ehelichen. Es wäre ein sicherer Weg, zu Ruhm und Reichtum zu kommen. Umgekehrt konnte es für Richelieu nur von Vorteil sein, wenn es ihm gelänge, eines der Fürstenhäuser durch eine Heirat an sich zu binden. Das wäre nicht nur für den Stammbaum und den Namen der Richelieus eine große Ehre, sondern würde ihm zudem einen mächtigen Alliierten und somit eine große politische Hilfe verschaffen.

Doch Marie-Madeleine de Combalet sah das offensichtlich anders. Julie konnte sich gut ausmalen, dass Richelieus Nichte erleichtert sein musste, aus ihrer ersten, unglücklichen Ehe entkommen zu sein und nun sehr darauf bedacht war, ihre Freiheit zu wahren. Ihre Drohung, in ein Kloster zu gehen, war vielleicht die einzige Möglichkeit gewesen, die sie gesehen hatte, um sich ihrem übermächtigen Onkel zu widersetzen.

Julie nahm das Gespräch wieder auf.

»Meine Mutter ließ mir die Wahl, ob ich den Earl of Eastington heiraten wollte. Ich habe eingewilligt. Meine Ehe war kein Albtraum. Aber sie war auch nicht so, wie ich sie mir erwünscht hätte. Als mein Mann der Pest erlag, trauerte ich um ihn. Aber ich bin mir bewusst, welche Freiheit ich jetzt besitze. Ich werde mir keinen Ehemann mehr aussuchen lassen. Von Niemandem. Ich glaube, wenn ich dazu gezwungen werden sollte, würde ich ebenfalls in Erwägung ziehen, einem Orden beizutreten. Und wenn es nur wäre, um wenigstens eine Entscheidung über mein Leben selber getroffen zu haben.«

Der Kardinal hatte Julie kein einziges Mal angesehen, seit er sich neben sie gesetzt hatte. Jetzt zog sich seine Stirn zusammen. Kalt antwortete er:

»Ich verstehe. Aber dieser Fall liegt anders. Ich habe die Macht, eine Heirat zu erzwingen, die Macht, zu verhindern, dass meine Nichte in dieses Kloster eintritt.«

Julie war erschrocken über die Härte, die plötzlich in der Stimme des Kardinals lag. Die Macht … Ja, die Macht hatte er. Wahrscheinlich brauchte er nur ein, zwei Briefe zu verschicken und die Klosterpforten würden für seine Nichte verschlossen bleiben. Zu welchem Preis?

»Eminenz!« Richelieu drehte nun doch den Kopf und sah sie an. Sie sprach eindringlich: »Sie können Ihrer Nichte den Eintritt ins Kloster verwehren. Aber damit verschließen Sie auch ihr Herz. Sie würden sie verlieren. Ich fürchte, Sie werden sich damit abfinden müssen, Madame de Combalet unverheiratet zu lassen!«

Ein paar Sekunden lang lagen ihre Blicke ineinander, und wieder spürte Julie den unwiderstehlichen Sog, der von den dunklen Augen ausging: Die Entschlossenheit, die Kraft, die Intelligenz, auch die Härte und die Unerbittlichkeit. Sie hatte dem nur ihr Feingefühl, ihre Wärme und ihre Lauterkeit entgegenzusetzen. Doch es war genug, um Richelieus Blick auszuhalten.

»Vielleicht«, seine dunklen Augen nahmen ein amüsiertes Funkeln an, »vielleicht haben Sie Recht. Frauen sind unberechenbare Geschöpfe.«

Julie hob ihr Kinn. Wie so oft erschien ihr dieser Satz wenig mehr als eine Entschuldigung für Männer zu sein, die sich nicht die Mühe machten, Frauen und ihre Beweggründe zu verstehen.

Der ironische Blick des Ministers hatte zugleich etwas Herausforderndes. Doch sie schwieg lieber.

»Ich werde mir entgegen meiner Angewohnheit selber widersprechen, denn Sie scheinen es nicht zu wagen, Madame. Sie sind eine Ausnahme. Sie sind die berechenbarste Frau, die ich kenne.« Richelieu erhob sich, nickte kurz. In seiner Stimme lag ein Lächeln. »Ich danke für das Gespräch, Madame.«

Julie grüßte mit großen Augen zurück.

Noch lange, nachdem sie ihn im Schloss hatte verschwinden sehen, fragte sie sich, ob der Satz ein Kompliment gewesen sein sollte.

⚜

François lief zielstrebig an der Zypressenhecke entlang, die den Park von Rueil von dem Eichenwald trennte. Er hatte sich genau gemerkt, an welcher Stelle Julie verschwunden war, vorhin, als er sie vom Fenster aus beobachtet hatte, während er Pater Joseph seinen Bericht machte. Als er hinter einem Busch einen schmalen Pfad entdeckte, pfiff er zufrieden. Ohne zu zögern bog er ab.

Es war das dritte Mal, dass er Julie besuchte. Er hatte jeden Anlass genutzt, nach Rueil zu kommen. Früher hatte er sich diese Mühe nicht gemacht, sondern Treffen mit Pater Joseph in Paris vereinbart, um ihn mit den neuesten Informationen, Gerüchten oder Pamphleten zu versorgen. Dass er es plötzlich nicht mehr scheute, Stunden auf dem Pferderücken zu vergeuden, war Grund genug, über sein Verhalten nachzudenken.

Warum war er nicht in Paris und führte sein Leben da fort, wo sein Aufenthalt in der Bastille es unterbrochen hatte? Marie war abgereist. Die Zeit mit ihr war aufregend, unterhaltsam und schön gewesen. Weshalb suchte er sich nicht eine neue einflussreiche und charmante Mätresse, die es ihm erlauben würde, das Nützliche mit dem Angenehmen zu verbinden?

Weshalb war das Gefühl, das ihn hierher zog, so stark? Warum sehnte er sich so nach Julie?

Seit er wusste, dass sie einen Sohn hatte, verstand er auch ihr Verhalten damals beim Schlittschuhlaufen. Sie wollte jemanden, mit dem sie die Sorge um ihr Kind teilen konnte. Und er hatte ihr an dem Tag klar gemacht, dass er nie ein Familienvater sein würde.

Er bereute seine Worte nicht, denn sie hatten von vornherein Klarheit zwischen ihnen geschaffen. Nein, er würde Julie nie heiraten. Die Ehe seiner Eltern hatte ihn für immer kuriert.

Warum also war er hier?

Ganz einfach: Er war im Moment unfähig, auf Julie zu verzichten. Warum sollte er sich etwas vormachen? Noch nie zuvor hatte er gelitten, wenn eine Beziehung mit einer Frau zu Ende war. Er hatte sich umgedreht, sich neu orientiert. Doch dieses Mal war es anders. Die Tage nach ihrem Besuch in der Bastille waren eine Qual gewesen. Julie hatte ihn verhext … zumindest einstweilen.

Er wirbelte spröde gewellte Blätter unter seinen Füßen auf.

Und warum? Weil sie ein Traum war. Ein Phantasiegebilde, das während seiner Reise in England entstanden war. Sie hatte ihn damals überwältigt, durch ihre Hingabe, ihre Schönheit. Und sein Geist hatte sie in seiner Erinnerung idealisiert.

Nur so hatte es geschehen können, dass er so von ihr fasziniert war. Er brauchte einfach Zeit. Zeit, sie besser kennen zu lernen. Zeit, um die Gefühle, die sie in ihm auslöste, zu bändigen, zu kontrollieren. Abklingen zu lassen.

Seine lächerliche Verliebtheit würde sich schon von alleine geben. Er hatte es nicht eilig! Jetzt freute er sich einfach, Julie wiederzusehen.

Schon von weitem empfing ihn ihr fröhliches Lachen. Unwillkürlich blieb er stehen. Ein hübscher Ton … den er schon lange nicht mehr gehört hatte. Die Eichen standen nicht sehr dicht, und es gab auch wenig Unterholz, sodass sein Blick weit reichte. Er erkannte ihre Gestalt dort, wo ein breiter Sonnenflur das Ende des Waldes anzeigte.

Überrascht trat er an den Waldsaum. Ein See lag vor ihm … Oder eher zwei Seen.

Sie ähnelten einander wie Zwillinge, verbunden durch einen schmalen Arm wie durch eine Nabelschnur. Sie muteten an wie eine umgekippte, zur Ruhe gekommene Sanduhr, die es aufgegeben hatte, die Zeit zu messen.

Er näherte sich bis auf ein paar Schritte. Julie bemerkte ihn nicht, denn sie war viel zu beschäftigt, ihren Pagen im Wasser zu beobachten.

François zog die Stirn hoch. Es handelte sich offensichtlich um Schwimmunterricht.

Julie stand barfuss und breitbeinig auf dem Moos, das das vordere der Becken umsäumte. Den braunen Rock hatte sie gerafft und seinen Saum in ihren Gürtel gesteckt.

»Nein, Robert, nicht so! Du musst versuchen, deinen Rücken nahe an der Oberfläche zu halten. Das geht von ganz alleine, wenn du einatmest! Versuch es noch einmal!«

Robert atmete ein, verschluckte sich, hustete, ruderte wild mit den Händen.

Julie sprang leichtfüßig auf einen Stein hinunter, der halb im Wasser lag, stemmte die Hände auf die Hüften und lachte.

»Du kannst ja stehen, so seicht ist die Stelle! Wer schummelt, bekommt keine weitere Lektion! Komm jetzt besser wieder heraus, deine Lippen laufen ja schon blau an. Eine hübsche Farbe, zu Sommersprossen!«

Sie hüpfte flink zurück, als Robert in ihre Richtung spritzte, und lachte wieder. François rieb sich das Kinn. Für einen Pagen nahm sich der Junge reichlich viel heraus.

Julie stellte sich in sicherer Entfernung vom Wasser auf, noch immer lächelnd, und hob den Saum ihres Unterrockes, um ihn auszuwringen. François, der noch immer unbeweglich am Waldrand stand, genoss den Anblick und schmunzelte.

»Wir haben Besuch, Mylady.«

Robert, der jetzt zitternd am Ufer stand, taxierte ihn mit unfreundlichen Blicken. Sein dünner Leib schimmerte weiß, seine nassen Haare lagen wie ein Helm um sein verärgertes Gesicht. Sein Glied war in der Kälte zu einer Winzigkeit geschrumpft, und sein unförmiger, rechter Fuß hob sich deutlich von seinem gesunden Zwilling ab.

François fiel das Wir in Roberts Satz auf. Sieh an ... Ein hässlicher kleiner Frosch, der gerne nach den Sternen greifen würde, dachte er.

Robert hatte seinen Blick gespürt. Er errötete tief. Seine lustigen braunen Augen hatten plötzlich nichts Sanftes mehr an sich. Er drehte sich ruckartig um und humpelte zu der Stelle, wo seine Kleider lagen.

Julie beeilte sich, alle Stoffbahnen ihrer Kleidung wieder sittsam um sich herum zu drapieren. Ihre Stimme klang angeregt.

»Bist du schon lange hier?«

Sie trat näher. François nahm sich für seine Antwort Zeit.

»Hmm ... Eine komplexe Frage. Nicht sehr lange. Lange genug, um deine wohlgeformten Beine zu erblicken. Nicht lange genug, um dich beim Baden zu beobachten.« Er streckte eine Hand aus und fing den Tropfen auf, der sich am Ende einer ihrer Strähnen gebildet hatte.

Julie lächelte. Der Wassertropfen lief François Zeigefinger hinunter.

Er fuhr mit ihm über ihre Wange und hinterließ eine feuchte Spur auf ihrer Haut.

Ihr Duft hüllte ihn ein, als er sie an sich zog. Sie schloss die Augen. Ein leichter Blumenduft, der in ihren Kleidern hing ... Lavendel. Vermischt mit Feuchtigkeit, die an Herbst erinnerte und aus ihren Haaren drang, ein dunkler, weicher Erdgeruch, und … ja, Apfel. Auf ihrem Gesicht, ihrem Mund. Frisch, aufreizend, fruchtig.

»Du riechst so gut, dass ich dich am liebsten aufessen würde.«

Sie stemmte eine Hand gegen seine Brust und antwortete, ein wenig atemlos:

»Ich glaube, du würdest es wirklich fertig bringen, mich zu beißen.«

»Hmm. Aber nur ein wenig. Zum Kosten.« Er biss sie vorsichtig in die Unterlippe. »Nicht schlecht.«

»Ich habe schon immer geahnt, dass du ein Wolf bist. Deine grauen Augen haben dich verraten.«

»Mylady, ich bin fertig. Wenn Sie es wünschen, können wir jetzt gehen.«

Julie schreckte hoch und François fragte sich verärgert, wie jemand mit einem Klumpfuß sich so lautlos anpirschen konnte. Er drehte sich halb um und hob eine Braue.

»Wie schön, Bursche. Dann kannst du ja schon vorlaufen.«

Robert würdigte ihn keines Blickes, sondern sagte zu Julie:

»Sie sollten darauf achten, sich nicht zu erkälten, Mylady. Sie wissen doch spätestens seit unserem Besuch in der Bastille, wie schnell das geht.«

»Hör mal, Junge, ich glaube, du vergisst, wer und was du bist«, entgegnete François scharf. »Wenn wir Wert auf deine Meinung legen sollten, werden wir es dich wissen lassen. Ansonsten erwarte ich von einem Diener, dass er sich unsichtbar macht und uns mit seinen weisen Ratschlägen verschont!«

Robert wurde noch weißer. Seine Fäuste ballten sich zusammen, und François fragte sich halb belustigt, halb irritiert, ob der Bengel sich wirklich erdreisten würde, sich auf ihn zu stürzen. Doch da spürte er Julies bittende Hand auf seiner Schulter.

»Robert, es ist lieb, dass du dir Sorgen machst, aber du musst noch lernen, den richtigen Zeitpunkt zu finden.« Sie sah zu François hoch. »Ansonsten hat er Recht. Es ist wohl an der Zeit, zum Schloss zurückzukehren.«

»Nein, wir gehen zum Stall.« Er lächelte breit, als sie große Augen machte. »Ich glaube mich zu erinnern, dass du Ausritte liebst?«

»Ja … Ja, es wäre wundervoll! Aber ich habe kein Pferd.«

»Ich habe eines aus dem gut bestückten Stall Seiner Eminenz bereitstellen lassen.« Er zog sie an sich und raunte an ihr Ohr: »Und jetzt, nichts wie weg, solange dein übereifriger Page uns den Rücken zukehrt.«

»Aber, ich kann doch nicht ohne Robert …«

»Kannst du. Oder meinst du, dein Ruf verträgt es nicht, dass du mit mir alleine einen Ausflug machst? Schließlich bist du die gesuchte Spionin.« Er runzelte die Stirn. »Es ist doch wohl eher die Frage, ob ich es mir leisten kann, mit dir gesehen zu werden, als umgekehrt.«

Sie reckte ihre Nase.

»Stimmt«, sagte sie. »Du solltest meine Gefährlichkeit nicht unterschätzen!«

»Da hast du Recht, meine Schöne«, erwiderte er ernst. »Aber mich wirst du nicht in Gefahr bringen!« Er spürte noch ihren verunsicherten Blick, als er sich dem finster dreinschauenden Robert zuwandte, um ihm klar zu machen, dass sie auf seine Begleitung verzichten würden.

Eine halbe Stunde später trabten sie auf dem breiten Feldweg, der vom Schloss wegführte, alleine, bis auf Zerberus, der es sich nicht hatte nehmen lassen hinterherzulaufen und die dünnen Beine unter seinem mächtigen Körper eifrig einsetzte.

Der Oktober hatte bis jetzt eine Folge milder, ruhiger Tage aufgeblättert. Der Monat gab sich alle Mühe, die Menschen vergessen zu lassen, dass der Winter vor der Tür stand, und François schien es, als ob die Bäume ihn dieses Jahr mit besonders leuchtenden Farben ehrten.

Julie streckte ihr Gesicht in die laue Luft.

François warf ihr immer wieder Seitenblicke zu. Er konnte nicht anders. Es war wie eine Sucht, ein unstillbarer Hunger. Eine einfache, starke Freude, die ihn erfüllte, wenn er ihr klares Profil betrachtete, das Spiel der Sonne in ihrem glatten Haar, seinen tiefroten Schimmer, die Wimpern, die lange, gebogene Schatten auf ihre Wangen warfen. Eine Fülle kleiner Wunder.

Und sie waren nun alleine. Das erste Mal seit damals in England am Weiher … Keine Tanten, keine Fremden, keine Mauern, keine Bediensteten hinter einer Tür. Nur sie beide. Eine unerklärliche Stärke durchflutete ihn. Mein Gott, schüttelte er leise lächelnd den Kopf über sich selber, er benahm sich, als sei er zum ersten Mal verliebt!

»Warum lächelst du?« Ein blauer Schimmer lugte unter dem Wimpernrand hervor.

»Weil mir aufgegangen ist, dass wir hier vollkommen ungestört sind.«

»Es scheint dir zu gefallen.«

»Natürlich. Es eröffnen sich mir schließlich unzählige Möglichkeiten, es auszunutzen.«

Er sah sie intensiv an. Sie errötete, biss sich auf die Lippen.

»Du glaubst wohl, ich könnte nicht selber auf mich aufpassen?«

»Hmm. Was würdest du denn tun, wenn ich mich jetzt auf dich werfe?«

»Du vergisst, dass du mir den Gebrauch von Schusswaffen beigebracht hast. Eine effiziente Abwehr.« Sie spitzte den Mund und legte den Kopf schief. »Obwohl, sie weist auch einen bedauernswerten Mangel an Raffinesse auf.« Sie lächelte. »Nein, ich glaube, ich würde ein anderes Mittel bevorzugen.«

»Aha. Und welches?«

»Dieses!« Julie stieß einen gellenden Schrei aus und gab ihrer Stute einen festen Hieb mit ihrer Reitgerte. Diese reagierte prompt, und Pferd und Reiterin flogen im gestreckten Galopp davon.

François zog sich lachend den Hut in die Stirn, bevor auch er seinem Rappen die Sporen gab, und die Verfolgung aufnahm.

Die Jagd ging über abgeerntete Gersten- und Weizenfelder, über ein brach liegendes Stück Land, auf dem sie ein Dutzend zotteliger Schafe wie Wollfussel auseinander stieben ließen, durch ein winziges Wäldchen, unter deren tiefen Ästen sie geduckt hindurch galoppierten, grellbunte Blätterwirbel gebärend.

François Rappe war schnell, aber Julie war eine geübte Reiterin. Als sie sich umsah und merkte, dass er ihr immer näher kam, hielt sie auf einen Bach zu, der dunkel in einer Senke vorbeifloss. François erkannte ihre Absicht und runzelte die Stirn. Der Bach selber war nicht sehr breit, aber der Graben, den er mit der Senke formte, war beachtlich.

»Julie! Nein, nicht!«

Sie hob ihren Arm zum Zeichen, dass sie ihn gehört hatte, machte aber keine Anstalten, abzubiegen.

Halb verärgert, halb besorgt hieb François jetzt auf sein Pferd ein und spornte es zum Äußersten an. Der Abstand zwischen den Tieren verringerte sich, doch auch das Hindernis kam schnell näher. Nur noch eine Pferdelänge … Eine halbe … Als François sich schließlich auf einer Höhe mit Julie befand, griff er kurz entschlossen in ihre Zügel, in dem selben Augenblick, wo ihre Stute bereits zum Sprung über den Bach ansetzte.

Julie hatte sich schon in ihrem Steigbügel aufgerichtet.

François hörte sie noch irgendetwas rufen, dann wurde sie über den Sattel geschleudert, kugelte in einem Stoffwirbel die Böschung hinunter und blieb dort reglos liegen. François stieß einen Schrei aus, sprang vom Pferd … Er raste die Senke hinab, stolperte, fiel neben ihr auf die Knie.

»Mein Gott …« Er streckte eine Hand aus. »Mein Gott …«

Julie drehte den Kopf und lächelte ihn an.

»Puh! Das war eine schöne Jagd!«

»Du … du bist …«

»Unverletzt.« Ihr Lächeln erstarb, als sie sein Gesicht sah. »Du hast dir Sorgen gemacht …«

»Parbleu, ja, das habe ich!«, fuhr er sie an. Ruckartig schleuderte er seinen Hut von sich und ließ sich neben sie ins Gras fallen.

Stark hechelnd erreichte nun auch Zerberus die Unfallstelle. Er lief schnurstracks zum Bach, schlabberte das unappetitliche dunkle Wasser, stieß einen Seufzer aus und ließ sich an Ort und Stelle niederplumpsen.

Julie richtete sich auf und setzte sich neben François.

»Es tut mir Leid!« Sie legte ihren Arm auf seinen Rücken und streichelte seinen Nacken. »Du kannst es nicht wissen, aber ich bin schon unzählige Male vom Pferd gefallen. Mein Vater bestand darauf.«

François senkte den Kopf auf seine Arme, die er auf die Knie abgestützt hatte.

»Mein Vater verlor seinen älteren und einzigen Bruder durch einen Reitunfall«, fuhr sie fort. »Er hat miterlebt, wie er sich das Genick brach. Als ich alt genug war, selber ein Pferd zu reiten, lehrte er mich zuerst, herunterzufallen, ohne mir sämtliche Knochen zu brechen.« Julies Stimme barg ein Lächeln. »Meine Mutter hat nichts davon gewusst, aber sie fragte sich immer, wie ich es schaffte, mich derart schmutzig zu machen.«

»Dein Vater war ein Verrückter. Und ein Weiser. Gut, dass er nicht mehr lebt, sonst hätte ich mich entscheiden müssen, ob ich ihm einen Fausthieb verpassen oder ihn dankend umarmen soll.« François ließ sich zurückfallen und starrte in den Himmel. Er runzelte die Stirn. »Mein Gott, Julie, ich hätte dich umbringen können! Dabei wollte ich dich retten! Was habe ich mir dabei gedacht? Es war dieses Wasser … Der Gedanke, dass du da hineinfällst, vielleicht ertrinkst …«

Julie schüttelte lächelnd den Kopf.

»Aber François, dieses Bächlein ist vielleicht knietief … Ich könnte nur darin ertrinken, wenn ich es mit voller Absicht täte!«

»Sei still!« Er richtete sich plötzlich wieder auf. »Du hast keine Ahnung, wovon du redest! Du … Du bist so abscheulich sorglos, so unbekümmert …« Er rupfte ein Büschel Grün aus und warf es ziellos von sich. Julie schwieg, und er spürte ihren gleichzeitig eingeschüchterten und beunruhigten Blick auf sich ruhen.

Er stand auf, holte seinen Hut und stellte auch sie mit einem kräftigen Schwung auf die Füße.

»Komm, lass uns gehen.«

Er ließ ihre Hand nicht los, und sie trottete artig hinter ihm her, während er mit langen Schritten auf die beiden grasenden Pferde zuging. Widerspruchslos ließ sie sich auf ihre Stute helfen. Als sie ein paar Längen hinter sich gebracht hatten, fühlte François, wie seine Ruhe allmählich wieder einkehrte.

Er zeigte auf einen kleinen Hügel in westlicher Richtung, auf dem ein einsamer, leuchtend gelber Baum Wache hielt.

»Von da oben könnten wir einen schönen Blick haben. Wollen wir?«

Julie nickte, und sie machten sich auf den Weg.

Der Baum war eine alte Linde, die aus der Nähe noch sehr viel eindrucksvoller aussah. Sie musste schon manchem Sturm getrotzt haben, und ein langer schwarzer Riss zeugte von einem Blitzschlag, der einmal einen guten Teil der Krone mitgerissen hatte.

François kniete am Fuß des Baumes nieder, scharrte einige der zu Boden gefallenen Blätter zu einem Haufen zusammen, legte seinen Umhang darüber und winkte Julie heran.

»Madame, Ihr Kopfkissen ist aufgeschüttelt!«

Zerberus legte sich außerhalb des Baumschattens in die Sonne und blickte in die Ferne.

Julie setzte sich mit einen kleinen wohligen Aufseufzen an François Seite. Er legte den Arm um ihre Schultern. Sie schwiegen, und François lauschte Julies Herztönen, den Blick träge auf die bunte Landschaft gerichtet, die sich nun vor ihnen ausbreitete. Eine seltsame Zufriedenheit überkam ihn.

Die langen, schmalen Felder lagen wie gelb und grün gefärbte Lederriemen nebeneinander. Große Steine und tiefer gezogene Furchen legten die Grenzen fest. Hie und da waren Bauern zu sehen, sie gehörten wohl zu dem Dorf, dessen strohbedeckte Häuser sich vor dem bunten Wäldchen versammelten, das Julie und François eben durchquert hatten.

»Liegst du gut?«

»Herrlich!« Sie rieb ihre Nase an seiner Wange. Er drückte sie ein wenig fester und genoss ihren Geruch, vermischt mit dem des Mooses. Immer wieder rieselten herzförmige Blätter vom Kronendach auf sie herunter. Sie bepflasterten den weichen Grund mit leuchtendem Gelb.

»Liebster?«

Er sah zu ihr herunter. Sie schlug mit den Wimpern und fragte scheu:

»Willst du mir nicht erzählen, weshalb du eben so außer dir warst?«

Es war, als hätte sie ihn mit einem kalten Eimer Wasser übergossen. Sie fügte schnell hinzu:

»Ich möchte dich gerne verstehen, weißt du ... wissen, was dich bewegt ... deine Sorgen teilen, wenn du welche hast ...« Sie brach ab.

Verdammt ... Warum musste sie ihm diesen schönen Ausflug verderben? Er richtete sich auf und lockerte seine Finger, die noch immer um ihre Schulter lagen.

Julie griff nach ihm und hielt seine Hand fest. »François, bitte ...« Ihre Stimme klang weich und ängstlich. »Wie sollen wir je zueinander finden, wenn du alles, was dich berührt, von mir fern hältst? Wie soll da die Zukunft aussehen? Du sagtest einmal, ich solle dir vertrauen. Doch wie ist es mit dir?«

»Wer sagt dir, dass wir eine gemeinsame Zukunft haben? Soweit ich weiß, haben wir uns in diesem Punkt noch nie einig werden können!«

Er spürte, wie sie getroffen zusammenzuckte. Schnell, als hätte sie sich verbrannt, zog sie die Hand zurück, die versucht hatte, ihn zu halten. Und mit Staunen bemerkte er, wie er durch Julies Schmerz mitlitt, wie der mit Absicht erteilte Hieb, der sie daran hindern sollte, weiterhin unbequeme Fragen zu stellen, ihn selber traf.

Er erinnerte sich ...

Er sah sie, vor Kummer gebeugt, über die gefrorene Seine schlittern. Er sah sie an den mächtigen Mauern seiner Zelle kauern. Keine schönen Erinnerungen. Nichts, worauf er stolz war.

Plötzlich wusste er, dass er das nicht alles noch einmal erleben wollte. Er war noch nicht bereit für eine erneute Trennung. Dafür brauchte er Julie im Augenblick zu sehr. Sie hatten sich doch gerade erst wieder gefunden!

Er atmete tief ein, unterdrückte mit aller Kraft die warnende Stimme in seinem Inneren.

Langsam, vorsichtig näherte er sich dem Ungeheuer, das tief in seinem Inneren schlief.

Er begann kühl und sachlich:

»Wie du schon weißt, stamme ich aus der Normandie. Mein Vater bekam vom alten König Henry ein gutes Stück Land geschenkt, von dessen Einkünften er unbesorgt leben kann.« Er schwieg kurz. »Du hast meinen Vater kennen gelernt. Ich habe mich nie mit ihm vertragen. Schon als ich ein kleiner Junge war, ging ich ihm aus dem Weg. Meine Mutter hingegen ...«

François schluckte, als wie durch ein Zauber das Bild seiner Mutter vor seinem Geist auferstand, genauso lebendig, genauso eindrücklich, als sei er noch ein kleiner Junge und würde bewundernd zu ihr aufsehen.

Er klaubte ein Lindenblatt vom Boden und drehte es langsam zwischen Zeigefinger und Daumen.

»Meine Mutter habe ich abgöttisch geliebt.«

Er schloss die Augen, und sein Herz schlug schneller. Jetzt stand er nah, ganz nah am Ungeheuer ... Er konnte den Atem spüren, der aus seinen Nüstern drang. Noch schlief es, noch war es Zeit, umzukehren ...

Er warf einen schnellen Seitenblick auf Julie. Sie hatte ihre Finger in das Moos gekrallt. Er atmete tief ein und setzte erneut an.

»Sie war der Mittelpunkt meiner Welt. Ich lebte für sie ... Sie war eine wundervolle Frau. Groß gewachsen, sehr schlank und schmal, mit feinen Gliedern und übergroßen Augen. Sie hatte glatte, silberblonde Haare und eine warme Stimme, die zu den Herzen durchdrang. Sie sang oft und gerne ... zumindest am Anfang ihrer Ehe. Sie war von erfrischender Natürlichkeit, sie war fröhlich und großzügig. Sie verzauberte ihre Umgebung. Sie war ... sie war die schönste Frau, die ich je gesehen habe.« Er sah auf Julies Finger. »Manchmal erinnerst du mich an sie.« Ihre Hand zuckte. Er dachte an den Tag, an dem sie in der Hütte seines Onkels aufgetaucht war. Fast hätte er gelächelt, und er murmelte: »Ja. Guillaume hat das auch einmal gesagt.«

Er betrachtete sinnend das gelbe Blatt in seinen Händen.

»Als ich acht Jahre alt war, machte sie einen Spaziergang im Wald. Ich folgte ihr, wie so oft, heimlich. Ich wusste, sie wollte baden gehen, denn sie hatte ihr einfachstes Kleid übergestreift. Sie legte es am Ufer ab ... sie war von einer makellosen Schönheit. Dann ... ging sie ins Wasser. Sie ... liebte Wasser ...«

Verflucht ... Das Ungeheuer bewegte sich ...

François atmete schnell. Seine Handflächen waren feucht.

Er schleuderte das Blatt mit einer weit ausholenden Geste weg. Doch es drehte sich, seinem sinnlosen Kraftaufwand zum Hohn, nur ein paar Mal in der Luft, bevor es sich eine Handbreit von seinem Fuß niederlegte.

Seine Stimme wollte ihm kaum noch gehorchen.

»Sie muss einen Krampf gehabt haben. Sie ... Sie konnte nicht schwimmen, und ... sie ertrank.« Die Worte hatten Klauen, schlugen sie tief in seinen Hals, wenn er sie herauszuwürgen versuchte. »Sie ertrank ... vor meinen Augen ... und ich ... ich kam aus meinem Versteck ...

stand am Ufer … konnte auch nichts … sah sie …« Er brach ab. Auf einmal richtete sich das Ungeheuer in seiner ganzen Größe vor ihm auf, furchterregend, unüberwindbar. Es griff nach ihm … Er sprang in panischer Angst zurück. Und erblickte noch das, was hinter dem Ungeheuer lag und auf ihn wartete. Das, was das Monster bewachte, das, was ihn mit Haut und Haaren vernichten würde. Nein! Keinen Schritt weiter! Um nichts auf der Welt.

Er kehrte dem Ungeheuer den Rücken zu und flüchtete, ohne sich noch einmal umzudrehen.

»Mein Gott …« Jetzt erst merkte er, dass Julie sich neben ihn gekniet hatte. Sie zog seinen Kopf an sich, wiegte ihn, schüttelte das Haupt: »Mein Gott, Liebster … verzeih mir! Was habe ich nur angerichtet …«

Sie strich über seine Haare, küsste seine Stirn.

Er streckte langsam einen Arm aus, umfing erst zögernd, dann fest ihre Taille, presste sein Gesicht an ihre Brust. Und während er sich an sie drückte, ihren Duft aufnahm, ihre warme, tröstende Hand spürte, erkannte er, dass er versagt hatte, dass er das Ungeheuer zwar berührt und sein Atem ihn versengt hatte, dass aber das Eigentliche, Schreckliche noch immer auf ihn wartete. Und das Bewusstsein seiner Ohnmacht und seiner Feigheit ließ ihn die Zähne aufeinanderbeißen, bis sie schmerzten.

Sie blieben eine lange Zeit ineinander verschlungen, ohne sich zu rühren.

Irgendwann hatte er sich soweit beruhigt, dass er seinen Griff lockerte, dass er es wagte, der Sonne wieder zu begegnen. Julie setzte sich erneut neben ihn auf den Boden. Er fühlte sich müde.

»Seit diesem Tag«, schüttelte er den Kopf, »hat mich offenes Wasser immer mit Abscheu erfüllt.«

»Seltsam, wie verschieden wir unsere Umgebung wahrnehmen!«

Als er den Kopf drehte, blinzelte Julie, als sei ihr nicht bewusst gewesen, ihre Gedanken laut ausgesprochen zu haben.

»Was meinst du?«

Sie errötete leicht.

»Siehst du, ich liebe Wasser über alles. Ich springe mit Lust in jede Pfütze … Mir ist noch nie der Gedanke gekommen, dass jemand anders als ich empfinden könnte. Deine tiefe Abneigung, deine Angst erwecken in mir den Eindruck, als ob du Wasser für etwas Lebendiges, ja, für deinen ganz persönlichen Feind halten würdest …«

Es gelang ihm, ein wenig zu lächeln.

»Ich erinnere mich, damals im Wald … Deine Haare rochen noch nach dem Weiher, in dem du gebadet hattest. Es war das erste und einzige Mal, dass ich Wasser schätzte.«

Die blauen Augen sahen ihn traurig an.

»Du machst dir Vorwürfe, deiner Mutter damals nicht geholfen zu haben, nicht wahr? Dabei gab es nichts, was du hättest tun können …«

François drehte den Kopf ab und schwieg.

»Keiner konnte etwas dafür, François. Nicht sie, nicht du … und auch nicht das Wasser …«

»Das weiß ich … hier.« François legte die Finger an seine Stirn. »Aber … Der Rest von mir …«

Er starrte sie eine Sekunde lang an, senkte den Kopf. Julie nickte. Er spürte ihre beruhigende Hand auf seinem Rücken. Sie lehnte die Stirn an seinen Hals.

»… Und jetzt denkst du immer, es könnte wieder passieren«, sagte sie. »So wie eben, als ich über den Bach setzen wollte.«

»Es verfolgt mich, ja. Aber ich habe mich daran gewöhnt. Ich gehe dem Wasser einfach aus dem Weg. Jetzt weißt du, warum ich nicht Seemann geworden bin«, versuchte er erfolglos, zu scherzen.

Sehr leise und zögernd fragte sie: »Wie oft hast du dich schon bis zum Hals in ein tieferes Gewässer gestellt?«

Er schwieg. Julies Satz hatte ausgereicht, damit sich alles in ihm anspannte. Während er noch dagegen ankämpfte, überkam ihn der Wunsch, sich von ihren Fragen zu befreien. Er senkte den Kopf, um sich davon abzuhalten, einfach aufzuspringen, um besser nach Luft schnappen zu können.

»Vergiss, was ich gesagt habe.« Julies leise Stimme schwebte melancholisch in der lauen Luft. »Ich rede so furchtbar weise daher … dabei kann ich mich selber kaum beherrschen, wenn ich mich irgendwo eingesperrt fühle. Und das, ohne dass mir je etwas passiert wäre, was diese Angst begründen könnte. Ich dürfte wohl kaum die Richtige sein, dir Ratschläge zu erteilen.«

Ihre Hand tastete nach seinem Arm. Sie legte ihn sich um die Taille. Auf einmal war sie ihm wieder sehr nahe. Er sah zu ihr hinunter. Sie lächelte ihn an und streckte ihm ihr Gesicht entgegen. Und plötzlich war das Ungeheuer vergessen. Er küsste sie keusch, sie überraschte ihn mit ihrer Hingabe. Ihre weichen, warmen Lippen zogen ihn hinab. Sie rollten auf den gelben Blätterteppich.

Julie vergrub ihre Hände in seinen Haaren und zerwühlte sie. Er spürte, wie sie sich an ihn presste … Sein Atem ging schneller. Sein Herz weitete sich, empfing sie, öffnete sich, schloss sie ganz ein … Ihr Duft umgab ihn, sie lag geschmeidig und hingebungsvoll in seinen Armen, ihre Augen brannten in einem blauen Feuer, das ihr weißes Gesicht zu verzehren schien.

»Julie … Ma Chérie …«, flüsterte er. Er spürte, dass sie bereit war, dass sie ihn rief, und ihr zu widerstehen ging fast über seine Kräfte. »Ich möchte nicht … Nicht so. Es wäre nicht richtig, verstehst du?«

»Nein …« Julies Stimme klang belegt und sie suchte seine Lippen. »Es ist richtig. Ich weiß es.«

»Nein«, widersprach er etwas fester. Er legte einen Finger auf ihren Mund. »Jetzt nicht. Und nicht hier. Vielleicht würde es dir heute Abend schon wieder Leid tun.«

Sie schüttelte nur den Kopf, zum Schweigen gezwungen, doch ihre Augen redeten deutlich genug.

»Du würdest mich sehr glücklich machen, Julie. Und wahrscheinlich bin ich ein Idiot, wenn ich dich jetzt gehen lasse …«, er lächelte und fühlte sich verlegen und unsicherer, als er es seit langem gewesen war, »… aber du hast mir einmal sehr deutlich gesagt, was du willst. Es soll kein Unfall sein, wenn du und ich … das soll es nie sein. Du musst es wollen, denn es soll … mindestens so schön sein … wie damals.«

Er nahm den Finger von ihren Lippen. Sie sah ihn seltsam an. Ein Blick, den er sich mit aller Kraft bemühte zu deuten …

François sah mit Schrecken, wie sich ihre Augen mit Tränen füllen. Doch dann lächelte sie, und sagte mit zitternder, aber klarer Stimme: »Ich liebe dich.«

Er konnte sie nur ansehen, überrumpelt, sprachlos. Und er fühlte deutlich, dass unter dem blauen Feuer ihrer Augen das Ungeheuer in seinem Inneren sich einmal um sich selbst drehte, aufschnaufte und in einen tiefen, sehr tiefen Schlaf fiel.

⚜

Julie stieß sich mit kräftigen Zügen durch das Wasser und genoss die kalten Hände der Strömung auf ihrem Körper. Dank der milden Witterung konnte man noch gut im See schwimmen, trotz der vorangeschrittenen Jahreszeit, und sie wollte es nutzen, so lange es nur ging.

Sie lächelte, als sie den beunruhigten Ruf des Wasserhuhns hörte, das seine Jungen vor ihr warnte. Dabei waren sie ausgewachsen und kaum mehr von der Mutter zu unterscheiden … Ob sie sich auch um Thibault noch sorgen würde, wenn er zu einem Mann herangewachsen war und bereit, sich aus ihrem Schatten zu lösen? Julie spann die Gedanken weiter, die ihr sowohl Schmerz wie auch Freude bereiteten. Ob Thibault François später einmal sehr ähneln würde? Ja, sie war überzeugt, dass es so sein würde. Wie stolz sie dann zu ihm aufblicken würde …

Sie umschwamm ein paar Seerosen, vor deren schlingenreichen Blättern sie sich in Acht nahm. Kurz darauf erreichte sie die Stelle, die beide Seen miteinander verband. Sie drehte sich auf den Rücken, und ihre Brüste tauchten aus dem Wasser auf. Der Durchlass vor ihr war schmal … ein paar Steine könnten ihn schnell versperren. So ähnlich kam ihr die kleine Öffnung vor, durch die sie einen tieferen Einblick in François Wesen bekommen hatte. Er hatte einen ersten Schritt in ihre Richtung getan … Und sie würde alles tun, um diesen schmalen Zugang nicht nur zu erhalten, sondern zu erweitern. Um seine Seele zu berühren. Bis sie ihn ausfüllen würde, wie auch er sie schon ausfüllte.

Als sie das Ufer erreichte, auf dem Zerberus und ihre Kleider auf sie warteten, streckte sie eine Hand aus, um sich hochzuziehen. Doch dann sah sie, dass der Hund die Ohren spitzte. Sein vernarbtes Haupt drehte sich in Richtung des Pfades. Jemand musste sich nähern.

Zerberus schlug mit der Rute zwei Begrüßungstakte auf den Waldboden. Julie blies auf eine dicke Strähne, die ihr die Sicht auf den Eichensaum nahm, hielt sich mit einer Hand an einen hervorstehenden Felsen fest und wartete.

Ihr Herz machte einen Freudensprung, als sie die geliebte Silhouette auftauchen sah. François schaute sich kurz um, sah den Hund halb auf ihren Kleidern liegen, strich sich lächelnd über das Kinn, entdeckte sie und näherte sich dann mit den vertrauten federnden Schritten.

Ein erwartungsvolles Kribbeln lief ihren Körper hinunter. Er sah gut aus, stellte sie fest, in seinen feinen Lederhosen und dem rehfarbenen, ärmellosen Wams, aus dem die weiten Ärmel seines Hemdes quollen. Nicht mehr länger ein Höfling, sondern eher ein Jäger. Nie war er auffällig gekleidet, wenn er in Rueil erschien. Unmerklich glich François jeden Tag mehr ihrem zärtlichen Verführer von Eastington.

Er stellte sich an den Uferrand neben die Stelle, wo ihre Hand aus dem Wasser ragte, zog seine Kopfbedeckung und machte eine tiefe Verbeugung.

»Madame la Comtesse … Ich wünsche Ihnen einen wunderschönen Morgen!«

Sie strahlte ihn an.

»Ich danke, Monsieur. Den habe ich bereits.«

»Ja, das scheint mir auch so.« François hockte sich nieder, warf den Hut achtlos beiseite und kniff die Augen zusammen, während er versuchte, in das trübe Wasser zu spähen. »Küss mich!«

Sie biss sich auf die Lippe.

»Ich kann nicht, ich bin nackt!«

»Tatsächlich?«

»Ganz und gar«, nickte sie ernsthaft.

»Und wenn ich die Augen schließe?«

»Auch dann noch.«

»Bekomme ich dann meinen Kuss?«

»Du bist ganz schön hartnäckig!«, sagte sie streng.

»Und du ganz schön unnachgiebig. Aber bitte schön. Ganz wie du willst.« Er richtete sich auf.

»Willst du gehen?«, entfuhr es ihr. François lachte.

»Nichts liegt mir ferner!« Bevor Julie wusste, wie ihr passierte, hatte er sich wieder hinuntergebeugt und sie an den Oberarmen gepackt. Er zog sie bis auf Brusthöhe aus dem Wasser, küsste sie lang und genussvoll und ließ sie plötzlich wieder los. Er fuhr lächelnd mit der Zunge über die Lippen, während sie nach Luft schnappte und mit den Armen ruderte, um ihr Gleichgewicht wieder zu erlangen.

»Hmm ... Nicht schlecht. Kalt und feucht. Ganz so, als wenn man einen Fisch küssen würde.«

»Du Schuft!« Sie peitschte eine Fontäne aus dem Wasser, und François sprang lachend außer Reichweite. »Ich komme jetzt heraus. Und wenn du dich auch nur andeutungsweise umdrehst, werde ich dir nie mehr die Gelegenheit geben, mir einen Kuss zu rauben!«

»Diantre! Was für eine harte Strafe für ein so kleines Vergehen! Aber gut, ich will mich der höheren Gewalt fügen.« François verschränkte die Arme und drehte sich demonstrativ dem Wald zu.

Julie stieg beschwingt aus dem See. Sorgfältig wischte sie sich die Tropfen vom Leib. Sie warf François einen schnellen Blick zu und musste mit verlegenem Bedauern zugeben, dass er sich absolut korrekt benahm. Die Farne kitzelten ihre Kniekehlen, und Laub haftete an ihren Fußsohlen, als sie sich ihren Kleidern näherte. Zerberus ließ sich widerwillig eine schwere Pfote von ihrem Unterkleid heben. Sie streifte das kühle, glatte Leinen über, das sich wie eine zweite Haut auf ihren feuchten Körper legte. Dann hockte sie sich erneut vor dem Hund nieder.

Die goldgelben Augen sahen sie direkt an. Julie streckte eine Hand aus, um ihr Kleid zu nehmen … und hielt inne. Sie berührte mit den Fingerspitzen das graue Haupt des Tieres. Der bernsteinfarbene Blick wich dem ihrem nicht aus. Julie legte ihre Handfläche zwischen die dreieckigen Ohren. Zerberus ließ ein kehliges Geräusch hören. Eine heiße, aufmunternde Zunge fuhr über ihren Handrücken. Sie schluckte.

Langsam stand sie wieder auf.

Ohne lange zu überlegen zog sie die Nadeln, die ihren Haarknoten zusammenhielten.

Ihr Herz klopfte unregelmäßig, der weiche Boden schluckte das Geräusch ihrer Schritte.

François rührte sich nicht. Sie stand jetzt dicht hinter ihm, so dicht, dass sie seinen Duft riechen, dass sie die fein gesteppten Nähte seines Kragens erkennen konnte, die silbernen Fäden, die seinen schwarzen Zopf durchzogen.

Sie hatte Angst. Angst, zurückgewiesen zu werden, wie von Frederik. Angst, den falschen Schritt zu tun. Angst … vor sich selber.

Sie zögerte eine kleine Ewigkeit. Dann hob sie eine Hand. Und legte sie in einer ähnlich fragenden, bittenden Weise zwischen François Schulterblätter, wie zuvor auf das graue Hundehaupt.

Sie fühlte François Muskeln sich anspannen, als er sich umdrehte.

»Nun, bist du fertig ange …« Er stockte, als er sie erblickte.

Plötzlich schien er nicht mehr genug Luft bekommen zu können. Er öffnete die Lippen.

Er schaute an ihr herab. Ihr Busen hob und senkte sich unruhig unter dem dünnen Stoff. Ihr wurde heiß, und sie fühlte, wie sie von Kopf bis Fuß errötete.

Seine Augen liebkosten sie, noch bevor er einen einzigen Finger gerührt hatte.

Julie vergaß alle Zweifel, alle Fragen nach einem Sinn, alle taktischen Überlegungen. Die Vergangenheit und die Zukunft.

François hob eine Hand, legte sie auf ihren Kopf, glitt hinunter, ihren Nacken entlang, griff in ihre Haare. Julie schloss kurz die Augen, spürte jetzt auch die andere Hand, die über ihr Gesicht strich, ihr Kinn hob … Der Kuss war betörend süß und gebar eine ziehende Sehnsucht in ihrem Leib.

Sie legte ihre Handflächen auf seine Brust, spürte, wie auch sein Herz erregt schlug. Etwas ungeschickt öffnete sie die langen, schmalen Holzknöpfe des Wamses und streifte ihn von seinen Schultern. Nun stand er nur noch im weißen Hemd vor ihr. Sie zog an den Schnüren des Kragens, weitete den Ausschnitt, enthüllte den breiten, mit nur wenigen dunklen Haaren bewachsenen Oberkörper. Sie sah kurz auf. Ihre Blicke begegneten sich. Sie lächelte, schmiegte ihr Gesicht in einer hingebungsvollen Geste an seine Brust.

Sie fühlte, wie ein Zittern ihn durchlief. François Griff in ihrem Haar wurde fester … und auf einmal lag ihr Unterkleid ihr zu Füßen, ein feuchter, zerknitterter Haufen, auf den bald das weiße Hemd fiel. Ihr Atem wurde kürzer. Sie ließ ihn gewähren, ergeben, entzückt, auf einmal ungeduldig.

Das Ziehen in ihr wurde stärker. Sie wollte ihn nur noch spüren, überall, auf jeder Stelle ihres Körpers, seine Hände, seine Haut … Sie nahm kaum zur Kenntnis, dass sie auf dem mit gewellten Blättern bespickten Moos lag, dass der Himmel sich vor ihr und nicht mehr über ihr befand. Ein Himmel, auf dem sich zierlich Farnblätter wie schwarze Spitze abhoben. Ein Himmel, der auf ihr lag, der graue Augen hatte und zärtliche Worte stammelte … Der sich hart zwischen ihre Schenkel presste … Der sie stöhnen, schreien, um sich schlagen ließ …

Julie fiel erschöpft zurück. Sie blieb unbeweglich liegen, erstaunt den abebbenden Wellen der Lust nachhorchend. Ein beunruhigtes Gesicht erschien in ihrem Blickfeld, verworrene schwarze Haare, tief liegende graue Augen.

»Wie geht es dir?«

Julie holte tief Luft, blinzelte, räkelte sich lächelnd.

»Wundervoll!«

»Wirklich? Ich dachte schon, ich hätte … Ich meine … Ich wollte nicht …«

Julie sah entzückt, wie etwas Farbe in François Wangen stieg.

»Es war wundervoll. Auch wenn mir morgen bestimmt alle Knochen weh tun werden.« Sie legte ihren Zeigefinger auf das Grübchen in seinem Kinn und lächelte verschmitzt.

François schüttelte langsam den Kopf und meinte:

»Du hast wirklich die Gabe, mich ständig zu überraschen.« Er klaubte ein Blatt aus ihrem Haar, stützte sich auf einen Ellenbogen und betrachtete sie schweigend.

Zuerst versuchte sie, sein Mustern zu ignorieren. Doch als die Stille zwischen ihnen fortdauerte, fing sie an, unruhig zu werden. Sie war unfähig zu sagen, was in François vorging. Obwohl sie kein schüchterner Mensch war, war sie auf dem Gebiet der körperlichen Liebe noch zu unerfahren, um sich ihrer eigenen Reize sicher zu fühlen. Frederik hatte sie ihre Attraktivität nie spüren lassen. Der graue Blick lastete auf ihr. War er enttäuscht? Hatte er etwas anderes von ihr erwartet? Hatte sie sich vielleicht zu schnell und zu sehr geöffnet?

Sie hob ihre Arme und bedeckte ihre Brüste. War sie vielleicht von ihrer Schwangerschaft stärker gezeichnet, als es ihr selber bewusst war? Verglich er sie mit seiner Erinnerung und war sein Schweigen der Ausdruck seiner Betroffenheit? So viel sie auch über François nachgedacht hatte, nie war ihr der Gedanke gekommen, dass sie vielleicht nicht mehr anziehend für ihn sein könnte ... Ihre Kehle zog sich zusammen, und sie drehte sich auf die Seite.

»Was hast du, Liebes?« Eine Hand strich ihre Haare beiseite, die sich wie ein Schleier über ihre Züge gelegt hatten.

»Nichts ... es ist nichts«, antwortete sie schnell und lächelte.

François runzelte die Stirn, hob ihr Gesicht an und zwang sie, ihn anzuschauen.

»Etwas bedrückt dich, das sehe ich dir an. Und wenn du mir nicht erzählst, was es ist, werde ich mir einen eigenen Reim darauf machen müssen ... Ist es ...« Er schluckte. »Ist es, weil ich nicht sanft genug zu dir war?«

»Nein!« Sie schüttelte heftig den Kopf. »Nein! Es hat nichts mit dir zu tun, wirklich nicht!« Sie errötete tief. »Du warst eben so schweigsam ... Da habe ich Angst bekommen ...« Sie senkte die Lider und murmelte: »Ich habe mich gefragt, ob du mich ... ob ich überhaupt noch ...« Ihre Lippen zitterten, und sie entwand ihr Gesicht seiner Hand.

»Mein Gott, Julie, was für eine kleine Närrin du sein kannst! Schau mich an! Auf der Stelle!« Sein sanfter, aber drängender Tonfall duldete keinen Widerspruch, und sie drehte langsam den Kopf.

»Ma Chérie ... Ich bin kein Poet wie Racan ...« Die Stimme wurde zärtlich und weich. »Mein Herz, ich schwöre vor Gott, dass du die schönste und anbetungswürdigste Frau bist, die ich je sah ... Es schnürt mir die Kehle zu, dich hier an meiner Seite zu sehen ... es macht mich schwach, gleichzeitig möchte ich vor schierem Übermut auf sämtliche Eichen dieses Waldes klettern ... Welcher Mann gibt schon gerne zu, dass er ein Tor ist?« Sie sahen sich an und lächelten. François küsste ihre Stirn, ihre Wangen, ihren Mund. »Mein Sternauge ... Wenn ich bloß wüsste, wie solche Gedanken in deinem sonst so gescheiten Köpfchen entstehen konnten!« Er schüttelte das Haupt. »Du bist monatelang von Fürsten und Prinzen umschwärmt worden, hast mit ihnen gespielt, dich umwerben lassen, bis ich hätte platzen können … Und jetzt diese Zweifel … Wie kann ich das verstehen?«

»Spielen ist einfach …«, antwortete Julie und fühlte, wie ihre Wangen erneut entbrannten. »Auch etwas vorzutäuschen, was man nicht ist. Meine Rolle bei der Herzogin verlangte von mir, erfahren zu wirken. In Wirklichkeit aber war Frederik der Einzige außer dir, dem ich mich je …« Sie brach ab.

François nickte leicht, doch seine Stirn war gerunzelt.

»Aber dein Mann …«, er zögerte, und spuckte dann den Namen aus. »Frederik. Er muss … Er muss dich angebetet haben.«

»Frederik …« Julie lachte traurig. »Frederik hat mich nie geliebt. Wir führten eine Vernunftehe.«

Zu ihrer Überraschung klang François Stimme verärgert.

»Julie, ich bitte dich … Du brauchst mir nichts vorzumachen. Vielleicht war eure Ehe arrangiert. Doch kein Mann wird sich lange verschließen können, wenn eine Frau mit deinen Reizen in seinem Bett liegt.« Julie zuckte bei der ungeschminkten Wortwahl zusammen. Sie senkte die Lider und murmelte:

»Doch … Das kann er. Wenn sein eigener Diener ihm besser gefällt.«

»Du meinst … dein Mann hatte kein Interesse an Frauen? An überhaupt keinen Frauen?« Julie blickte hoch, als sie jetzt fest gepackt wurde. Die grauen Augen bohrten sich in die ihren. »Er hat dich betrogen? Und für dich empfand er nichts? Was ist mit dir? Du hast mir einmal gesagt, dass du eine glückliche Ehe führtest, und zwar in einem sehr überzeugenden Ton … Willst du auch leugnen, dass du ihn geliebt hast?«

»Ich wollte es, mit aller Kraft. Aber ich habe genauso versagt wie er. Nein, geliebt habe ich ihn nie.«

Die offenkundige Freude, die nun François Gesicht erhellte, ließ sie ahnen, weshalb er sie so grob befragt hatte. Triumphierend entfuhr es ihm:

»Dann ist es gut. Du gehörst mir!« Er küsste sie besitzergreifend.

Seine Hände glitten über ihren Körper und sie erschauerte. Diesmal machte er sich ein Spiel daraus, ihr seine Macht zu beweisen. Die rauen Flächen seiner Hände ließen ihre Lust erneut aufsteigen, sein Mund, seine Zunge liefen auf ihrer weißen Haut, entfachten Herde der Sehnsucht, an denen sie sich entzündete. Und erst als sie ihn rief, bittend, flehend, erhörte er sie.

Ein wenig später lag sie geborgen unter seiner linken Schulter. Sie machte kleine, zufriedene Laute. François küsste ihre Stirn und lachte.

»Du schnurrst wie eine Katze.«

»Es ist das Natürlichste der Welt. Ich habe meinen Platz gefunden.« Sie bewegte sich ein wenig. »Hier ist er. Hier, unter deiner Achsel. Ist dir schon aufgefallen, wie perfekt ich in sie passe, wenn ich gleichzeitig wie jetzt meinen Kopf auf deine Brust lege, genau unter dein Kinn? Und ich kann dein Herz schlagen hören. Ganz nah an meinem Ohr.« Sie blinzelte und strahlte ihn an. »Wir passen genau zusammen. Wir sind füreinander geschaffen. Wie zwei Hälften, die sich wieder gefunden haben.«

»Hmm. Also, bis jetzt habe ich mich immer als ein Ganzes gefühlt«, antwortete er zurückhaltend.

Als François bemerkte, wie ihr Lächeln erfror, meinte er schnell:

»Aber vielleicht mangelte es mir nur am Bewusstsein, dass mir etwas fehlte.«

»Mir nicht. Ich bin mir jeden Tag, jede Stunde, an der du nicht bei mir bist, bewusst, dass du mir fehlst.«

»Dabei bin ich schon öfter hier, als ich es eigentlich sollte!«

»Das verstehe ich nicht. Es müsste doch Ruhe eingekehrt sein, jetzt, wo Monsieur mit Marie de Montpensier verheiratet ist.«

»Ja, Marie de Montpensier triumphiert.« François schnaubte. »Weißt du, dass sie schwanger ist?«

»Schon? Dabei ist sie noch keine drei Monate verheiratet … Arme Königin! Wie unglücklich sie sein muss! Und auch Marie de Chevreuse wird in Lothringen vor Wut schäumen.«

»Madame hat es vor zwei Tagen strahlend dem Hof mitgeteilt. Sie ist noch selbstsicherer geworden und unerträglich arrogant. Und du hast Recht, Anne kann sie nicht leiden. Die Montpensier erdreistet sich, die Königin mit Schwester anzureden … Nein, Julie, Ruhe wird es am Hof nie geben.« François fauchte. »Sie sind alle so lächerlich mit ihrem hochnäsigen Getue! Ich halte es tagtäglich weniger aus, zwischen ihnen herumzulaufen und so zu tun, als würde ich sie anhimmeln! Manchmal kann ich mich kaum noch zurückhalten, ihnen ins Gesicht zu schreien, was ich tatsächlich denke!« Er traf Julies Blick und stupste auf ihre Nase. »Keine Angst, mon cœur. Ich lebe seit vielen Jahren in diesem Hühnerstall. Es ist mir noch nie ein Fauxpas unterlaufen.«

»Ich wusste nicht, dass es dir so viel ausmacht. Doch wenn dich alles so anwidert … Warum tust du es dann? Warum mischst du dich unter diese Leute?«

François lächelte auf diese wölfische Art, die sie nicht mochte.

»Nun, ich werde gut für meine Dienste bezahlt. Seine Eminenz ist ein großzügiger Herr.«

Julie legte den Kopf schief und betrachtete ihn nachdenklich.

»Ich glaube, du magst auch die Gefahr dieses Doppellebens.«

»Mag sein.« Er spielte mit einer ihrer Haarsträhnen und wickelte sie sich um den Finger. »Jedenfalls habe ich nie in Erwägung gezogen, ein Amt zu kaufen, auch wenn ich es mir inzwischen vielleicht leisten könnte. Ich habe aus meiner anfänglichen Not eine Tugend gemacht.«

»Dein Vater hat dich nicht finanziell unterstützt?«

François lachte bitter und ließ die Strähne fahren.

»Er hat es gar nicht erst versucht, und es war gut so. Wahrscheinlich das einzige Mal in seinem Leben, dass er Taktgefühl bewies. Ich bin damals so früh ich konnte von zu Hause weg, und wir trennten uns nicht im Guten.«

»Und dann? Was hast du dann gemacht?«

»Das, was jeder junge Mann ohne Geld tut: Ich bin an den Hof. Du weißt, mein Vater war ein treuer Vasall von König Henry. An seiner Frau Marie de Médicis hingegen ließ er kein gutes Haar.«

François grinste und Julie sperrte die Augen auf.

»Lass mich raten ... Du hast dich natürlich ausgerechnet bei ihr verdingt. Nur um Hurault zu ärgern.«

»Er hat schrecklich getobt, wie mir berichtet wurde. Ich war siebzehn, Henry ein Jahr davor von Ravaillac erdolcht und seine Witwe zur Regentin ernannt. Ich verstand es rasch, mich beliebt zu machen ...« Er zwinkerte ihr zu und Julie konnte sich lebhaft vorstellen, bei welchem Geschlecht der junge, heißblütige François besonders gut angekommen war. Sie zog die Nase kraus, sagte aber nichts, allzu froh, endlich mehr über François zu erfahren.

»So lebte ich zwei, drei Jahre lang, mehr schlecht als recht. Es war eine aufregende Zeit ... Mehr als einmal bin ich über Dächer geflüchtet, als ein Ehemann früher als erwartet nach Hause kam. Doch ich merkte auch, wie es um die Regentin und ihre Fähigkeit zu regieren bestellt war. Und trotz all meiner Wut auf meinen Vater musste ich mir schließlich eingestehen, dass diese Frau eine Plage für das Land war.« François runzelte die Stirn. »Einige Zeit versuchte ich darüber hinwegzusehen, dass sie dumm war, die vom alten König sorgfältig gefüllte Staatskasse für sinnlose Bestechungsversuche leerte, erprobte, fähige Minister wie Sully entließ, ihren eigenen Sohn Louis unterdrückte, um selber so lange wie möglich an der Macht zu bleiben, während sie ihre Favoriten, das italienische Paar Concini und Galigaï, mit Ehren und Reichtümern überhäufte.« Er warf ihr einen schnellen Blick zu. »Inzwischen war ich zwanzig. Ich begann, die Menschen um mich herum genauer zu beobachten. Und ein Mann erregte langsam meine Aufmerksamkeit. Der Bischof von Luçon stand wie ich im Dienst der Regentin, fiel durch seine außergewöhnlichen verbalen Fähigkeiten und seine diplomatischen Erfolge auf.«

»Mit dem Bischof meinst du ...?«

»Richelieu, ja, bevor er zum Kardinal ernannt wurde. Noch war er nicht viel mehr als ein Niemand. Doch etwas an ihm faszinierte mich ... Er stieg langsam auf. Machte mit allen Mitteln auf sich aufmerksam. Wurde zum Staatssekretär ernannt. Er war intelligent, er war brillant ... Ehrgeizig, aber nicht verdorben. Er war mehr wert als alle anderen am Hof zusammen.«

François schüttelte den Kopf.

»Dann passierte das Unfassbare: Der stille, schüchterne Louis, den bis dahin jedermann übersehen hatte, erhob mit seinen fünfzehn Jahren Anspruch auf den Thron. Innerhalb von ein paar Stunden ließ er Concini und die Galigaï hinrichten und verbannte seine Mutter nach Blois. Und hier wurden meine Beobachtungen bestätigt. Richelieu hatte Louis nicht übersehen. Er hatte schon längst vorgesorgt und sich bei dem damaligen Favoriten des jungen Königs eingeschmeichelt.« Er lachte ein wenig, und Bewunderung schwang in seinem Tonfall mit. »Richelieu verstand es auf geradezu geniale Art und Weise, sich in beiden Lagern beliebt zu machen. Ich bemerkte, dass er Louis regelmäßig über die Vorhaben der Königin-Mutter unterrichtete, bei der er nach wie vor sehr hoch in Gunst stand. Ich beschloss, mein Schicksal an das des Bischofs zu ketten. Ich ging zu ihm, erzählte von meinen Beobachtungen, und schlug ihm meine Dienste vor.«

»Du hast ihm erzählt, dass du sein doppeltes Spiel durchschaut hast?« Julie stellte sich vor, wie Richelieu eine derartige, indirekte Drohung aufgenommen haben konnte, und bewunderte François Schneid. Er zuckte die Schultern.

»Auf die Art und Weise war er sofort von meinen Qualitäten als Beobachter überzeugt. Wir wurden uns schnell einig. Und ich habe es nie bereut. Er ist der Einzige, dem ich es zutraue, den wirren, selbstsüchtigen Haufen zu ordnen.«

»Du glaubst an ihn und die Ideen, die er vertritt«, sagte Julie, sinnend.

»Und wenn schon ...« François machte eine wegwerfende Geste. »Ist das wichtig?«

»Ja. Das ist es in meinen Augen.« Jetzt wollte sie die ganze Geschichte wissen. »Und Guillaume? Wie kam es, dass auch er für den Kardinal de Richelieu arbeitet?«

François zögerte kurz.

»Ich war erst sechs Jahre alt, als mein Onkel von heute auf morgen verschwand. Er verdingte sich einige Jahre auf einem Schiff, siedelte sich dann in Macao an. Vor etwa sechs Jahren trafen wir uns zufällig in Paris wieder. Er war bei meinem Vater gewesen ... Er hatte wohl gehofft, in seiner alten Heimat zur Ruhe zu kommen. Doch was er dort vorfand, machte es ihm unmöglich zu bleiben. Als wir aufeinander trafen, war er auf der Suche nach einer neuen Aufgabe. Wir haben uns auf Anhieb sehr gut verstanden. Wir redeten offen miteinander, und er zeigte sich interessiert an meiner Tätigkeit. Ich stellte ihn Richelieu vor, der sofort Gefallen an seiner Weltgewandtheit fand. Mein Onkel wollte Frankreich am liebsten so schnell wie möglich wieder verlassen. Zwei Wochen nach seiner Ankunft in Paris setzte er in deine Heimat über.«

»Aber warum wollte er denn so schnell wieder weg? Wegen eines Streites mit seinem Bruder muss man doch nicht gleich ins Ausland gehen!«

»Das war es nicht alleine. Ich denke, er hat damals auch ... nach der Frau gesucht, die er einmal geliebt hat.«

Julie wagte noch eine Frage, obwohl sie deutlich François Unwohlsein verspürte.

»Und sie hat ihn erneut abgewiesen?«

»Sie war in der Zwischenzeit gestorben. Ich glaube, er hat sich Vorwürfe gemacht, sie alleine gelassen zu haben.«

»Aber ich dachte, sie hätte einen anderen geheiratet?«

»Ja ... Doch sie hatte wohl den Falschen gewählt. Es war keine glückliche Ehe.« François Gesicht hatte sich verschlossen. Jetzt setzte er sich mit einem Ruck auf und lächelte. »Wenn du noch mehr wissen willst, wirst du ihn schon selber fragen müssen. Und jetzt genug geredet. Es ist Zeit, zur Tat zu schreiten.«

Er stand auf, reckte sich. Julie, die sich ebenfalls aufgesetzt hatte, betrachtete mit Wohlgefallen das Spiel der Muskeln unter seiner Haut und bedauerte, dass ihr kleines Tête-à-tête nun offensichtlich ein Ende finden sollte. François bot ihr seine Hand.

»Komm, mon cœur, wir haben lange genug faul herumgelegen.«

»Wenn du meinst … Ich fand uns eigentlich gar nicht so faul …« Julie ließ sich von ihm hochziehen, doch zu ihrer Überraschung ließ er sie nicht los, sondern führte sie an den Rand des Sees. »Was hast du vor?«

»Nun, du wirst mir das Schwimmen beibringen.«

»Das Schwimmen? Jetzt?«

François sah an seiner Nacktheit herunter und machte ein unschuldiges Gesicht.

»Findest du mich nicht passend gekleidet?«

Sie lachte.

»Die Kleidung ist durchaus angemessen … Aber die Gesinnung ist mir noch nicht ganz klar …«

»Du hast gesagt, ich sollte mich dem Wasser übergeben. Richtig?«

»Ja, aber …«

»Ich habe über deine Worte nachgedacht. Und bin zu dem Schluss gekommen, dass du Recht hast. Aber ich will mich nicht nur bis zum Hals hineinstellen. Ich will es bändigen. Und jetzt erzähle mir nicht, dass du mir weniger zutraust als deinem kleinen sommersprossigen Pagen.« Er sah sie durchdringend an. »Willst du es mir beibringen?« Sie wurde ernst.

»Ja, das will ich.«

»Sehr gut. Dann also los.« Er zögerte nur einen winzigen Augenblick. Julie sah ihn schlucken, sein Gesicht einen angespannten Ausdruck annehmen. Dann machte er einen Schritt zurück, nahm Anlauf, und bevor sie auch nur erahnte, was er vorhatte, sprang er mit einem riesigen Satz in das grüne Wasser.

Julie schrie auf. Sie hastete hinterher. Ein sprudelnder Wellengang zeigte die Stelle an, wo François gelandet war. Sie schwamm in aller Eile hin, wich seinen schlagenden Armen aus und ergriff seinen Kopf.

»Stell dich hin!« François hustete, verschluckte sich, sein Gesicht war blass und konzentriert.

»Du kannst hier stehen! Stell die Füße auf den Boden!!«

Seine Arme hörten auf, wie eine Mühle um sich zu schlagen … Er wuchs eine Handbreit über die Oberfläche hinaus, als er den Grund berührte, hustete noch einige Sekunden lang und machte ein so einfältiges Gesicht, dass Julie lachen musste.

»Du … Du hast Recht.« François Stimme klang gepresst und grenzenlos erstaunt. »Aber ich habe dich doch vorhin hier schwimmen sehen …«

»Du bist einen ganzen Kopf größer als ich, mein tapferer Seemann. Das reicht, damit du hier überall stehen kannst.« Sie streckte eine Hand aus, stützte sich auf seine Schulter und sagte zärtlich neckend: »Also, Lektion Nummer Eins: Schau erst einmal nach, wie tief das Wasser ist, und ob es nicht bequemer ist, durch eine Pfütze zu laufen, als durch sie zu schwimmen.«

»Hmm …« François, der den Kopf so weit wie möglich über der Oberfläche hielt, zog eine Braue hoch und meinte drohend: »Kann es sein, dass du dich über mich lustig machst?«

»Das musst du schon ertragen können. Schließlich hast du mir einen gehörigen Schrecken eingejagt.« Sie bemerkte, wie unwohl er sich fühlte, und beschloss, ihn weiterhin so gut es ging davon abzulenken, wo er sich augenblicklich befand. Sie hob belehrend einen Zeigefinger. »Lektion Nummer Zwei: Gehe rücksichtsvoll mit deiner Lehrerin um. Wenn sie einen Herzschlag bekommt, wird sie dir nie das Schwimmen beibringen können.«

»Das wäre allerdings schade … Jammerschade …« Er entspannte ein wenig seine Halsmuskeln, fuhr mit einem Finger ihren Arm entlang. »Schätze, so eine hübsche Lehrerin würde ich nie wieder finden.«

»Na, siehst du. Es freut mich, dass du langsam Vernunft annimmst. Vielleicht bist du ja doch kein hoffnungsloser Fall.«

»Vielen Dank.« François schüttelte sich und warf einen misstrauischen Blick um sich. »Brrr … Es ist lausekalt hier drin. Ich weiß nicht, wie du es schaffst, dich hier stundenlang zu tummeln.«

Julie massierte ein wenig seine harte, kalte Schulter. Er wirkte, als würde er jede Sekunde einen Überfall erwarten, auf das Schlimmste gefasst und bereit, sich mit allen Kräften zu verteidigen. Sie verbarg ihre Zärtlichkeit unter einem leichten Tonfall.

»Eben weil ich mich tummele, ist mir nicht kalt. Lektion Nummer Drei: Bleibe in Bewegung, dann wirst du auch nicht frieren.«

»Hmm …« François Mund kräuselte sich. Auf einmal war Julies Schüler ganz bei der Sache. »Stimmt. Du tummelst dich. Du tummelst dich sogar recht nett. Lass schauen …« Julie stieß einen kleinen Schrei aus, als zwei starke Hände nach ihr griffen. »Also, als erstes möchte ich, dass du mir das Tummeln beibringst.«

»Nichts da. Erst wird ernsthaft gelernt. Alles andere …« Julie stockte, als die Hände sie näher zogen und sie plötzlich warme Haut an ihrem Körper spürte. »… wird auf später verschoben.« Sie hatte kaum Zeit sich zu freuen, dass François sehr viel entspannter wirkte, denn sie musste tief Luft holen, nachdem die kühlen, feuchten Lippen in ihr abermals den schon vertrauten Funken entzündet hatten. Sie fügte mit belegter Stimme fort: »Außerdem habe ich den Eindruck, dass du das Tummeln schon außerordentlich gut beherrschst.«

»Findest du? Ich weiß nicht so recht … Ich glaube, etwas Übung nötig zu haben …«

»Na gut, wenn du es absolut möchtest …« Nach dem zweiten Kuss war ihre Stimme nur noch ein Flüstern. »… An dieser Stelle müssen wir unbedingt nachhaken … Kannst du das noch einmal tun?«

Der kleine Funken wuchs unaufhörlich, und auch François begann offensichtlich zu vergessen, wo er sich befand.

Sie legte ihre Beine um seine Hüften und hielt sich an seinem Nacken fest. Er lächelte.

»Was machst du da?«

»Ich gehe vor Anker.«

»Hmm … Langsam glaube ich, dieser Schwimmunterricht war eine der besten Ideen, die ich jemals hatte. Vielleicht gewöhne ich mich doch noch an das Wasser …«

Julie schluckte.

»Das wirst du, mon Amour. Das wirst du, das schwöre ich dir.«

⚜

Am nächsten Morgen saß Julie erneut am Ufer und schaute verträumt in die verborgenen Untiefen des Sees.

Es war noch sehr früh und die Dämmerung übertünchte Bäume, Ufer und Wasser mit ihrem sanften Grau. Die Luft war feucht, frisch, herrlich belebend und roch stark nach Pilzen.

Der Tau benetzte das gefallene Laub und reihte winzige Perlen auf die fragilen Seile der Spinnennetze, deren Räder nun überall sichtbar wurden.

Sie strich über Zerberus Kopf, der schwer auf ihrem Schoß lag. Die bernsteinfarbenen Augen schlossen sich. Julie atmete tief ein.

Nebel lag über dem See, und das grüne Wasser lag verschlafen unter der zarten Decke. Die ganze Natur strahlte Ruhe und Frieden aus, und war im perfekten Einklang mit Julies eigenen Empfindungen. Sie legte die Hände zusammen und betete, um für das Glück zu danken, das ihr beschieden worden war.

Sie hatte sich eben behutsam aus François Armen gestohlen, der heute im Schloss übernachtet hatte und noch fest schlief. Sie selber hatte kaum die Augen zugemacht und doch hatte sie sich, wie ihr schien, noch nie so wach gefühlt.

Was für eine Nacht …

Ihr Herz schlug schneller in der Erinnerung an die vergangenen Stunden. Sie waren so vollkommen gewesen, so erfüllt mit Zärtlichkeit und Nähe, dass ihr alle Überlegungen und Befürchtungen der letzten Monate als kleinlich und lächerlich erschienen.

Sie hatte ihm einmal gesagt, sie sei sich zu schade, seine Mätresse zu werden … Wie arrogant, wie ahnungslos war sie damals gewesen!

Er hatte ihr nichts versprochen, nichts geschworen. Sie war einfach dankbar für das, was er ihr geben wollte. Jetzt und in Zukunft. Sie war zu schwach, um weiter zu kämpfen, für eine Heirat, sogar für ihren Wunsch, Thibault einen Vater zu schenken. Es war alles weggespült worden …

Sie hatte sich gewehrt. Sie hatte unabhängig sein wollen. Stark, hatte selbst über ihr Leben bestimmen wollen. Heute fühlte sie sich schwach, abhängig … und glücklich wie noch nie.

Julie nahm eine kleine Bewegung auf dem grünen Spiegel wahr. Ein Wasserläufer … Sie lächelte, grüßte das grazile Insekt wie einen alten Bekannten und folgte träumend seinen flinken Bewegungen. Ja … auch Wasserläufer waren nichts als winzige, zerbrechliche und unbedeutende Geschöpfe. Aber sie schafften das Unmögliche: Nicht einzusinken, nicht einverleibt zu werden von dem unheimlichen Element.

So wie ich selbst, dachte Julie. Was tat sie anderes, seit über einem Jahr, als sich wohl oder übel über Wasser zu halten? War sie nicht von der Willkür der Herzogin de Chevreuse plötzlich auf eine sehr unstete Fläche geworfen worden? Ob sie versuchte, Thibault zurückzuerlangen, Gaston gegenüber ehrlich zu bleiben oder François Liebe zu gewinnen … Nie hatte sie festen Boden unter den Füßen gehabt. Und doch hatte sie es bis jetzt geschafft, sich treu zu bleiben.

Julie beobachtete, wie der Nebel sich allmählich hob, an Durchsichtigkeit und Leichtigkeit gewann. Wie die Farben erwachten. Wie die Farne gelber wurden, der Himmel blauer. Wie ein Sonnenarm durch die jeden Tag lichter werdenden Kronen der Eichen glitt. Er traf sie als milchiger Strahl. Wieder ein schöner Herbsttag.

Zerberus hob den Kopf und sperrte die feuerfarbenen Augen auf. Er hatte offensichtlich etwas hinter ihr gehört. Seine Lefzen erzitterten, als er ein kurzes Schnauben ausstieß, und er spitzte die Ohren.

Julies Hand kraulte das graue Fell. Sie beugte sich zu dem Hund hinunter, gleichzeitig drehte sie leicht den Kopf, um sich diskret umzusehen. Zerberus schnaubte erneut.

Jetzt sah sie sie auch: Eine dunkle Gestalt. Sie stand unbeweglich in fünfzig Schritten Abstand, im noch tiefen Schatten der vordersten Baumreihe. Und sie machte keine Anstalten, näher zu treten.

Julie empfand keine Furcht. Wer konnte es sein, der hier so wie sie selber den Frieden und die Einsamkeit des erwachenden Tages suchte?

Sie beugte sich weiter vor. Jetzt konnte sie den Mann besser erkennen. Nicht sehr hoch gewachsen, auch nicht besonders kräftig, doch sehr aufrecht. Er strahlte Selbstbewusstsein aus, selbst in der Halbfinsternis des Waldsaums. Ein dunkler Anzug, ein schwarzer Hut ... Hände, die in der Dunkelheit hell hervortraten.

Sie schluckte und drehte sich wieder dem See zu. Sie hätte diese aufrechte Gestalt überall wiedererkannt. Seit dem ersten Abend, als sie sie zum ersten Mal bei dem Ball in der rue Saint-Thomas-du-Louvre erblickte. Er beobachtete sie. Warum war er hier, alleine? Sie verspürte die Einsamkeit, die von der stillen Gestalt ausging.

Wahrscheinlich hatte er, genau wie sie, nicht schlafen können. Und war von ihrer Anwesenheit überrascht worden. Wer weiß, vielleicht kam er sogar immer um diese Uhrzeit hierher?

Ob er erwartete, dass sie ging?

Nein, beantwortete sie ihre eigene Frage. Sonst würde er nicht da stehen bleiben, wo ich zwangsläufig an ihm vorbei müsste. Nein. Er wollte genau da sein, wo er jetzt stand. Er wollte nicht angesprochen werden. Und er genoss ihren Anblick.

Der letzte Tag in François Armen hatte ihr ein neues Bewusstsein für ihre Schönheit gegeben.

Oft schon hatte man ihr Komplimente über ihr Aussehen gemacht. Sie selber hatte es zur Kenntnis genommen, aber nie verinnerlicht. Seit gestern jedoch fühlte sie sich schön ... Es erfüllte sie mit einer strahlenden, selbstsicheren Wärme.

Sie sah sich mit den Augen des stummen Betrachters: Eine Silhouette, die sich gegen den leichten Dunst abhob. Eine schmale Taille, weit bauschende Röcke, einen riesenhaften, hässlichen Hund als markanter Gegensatz neben ihr. Ein klares Profil, ein nachlässig zusammengesteckter Knoten in ihrem Nacken, der Strahl, der durch die Bäume auf sie fiel. Als Rahmen das undeutliche Grün des Sees. Eine betörende Szene für jemanden, der Sinn für Ästhetik hatte.

Und plötzlich entstand ein Bild in ihr. Sie wollte dem Mann hinter ihr etwas schenken, das ihm sonst verwehrt blieb. Das Einzige, was er sich trotz all seiner Macht nicht leisten konnte. Ohne die unüberwindbaren Grenzen zu überschreiten. Er konnte ihr Geschenk annehmen oder ablehnen. Und anschließend vorgeben, es nie erhalten zu haben.

Ihr Puls beschleunigte sich. Langsam schob sie den Kopf des Hundes von ihrem Schoß.

Sie schlüpfte aus ihren Schuhen.

Dann stand sie auf und wandte sich dem Wasser zu.

Sie begann, die Knöpfe ihrer Manschetten zu öffnen. Dann löste sie die Ösen, die ihren Kragen hielten. Langsam. Errötend, genießend, unschuldig und selbstsicher zugleich.

Sie weitete den Kragen, entblößte ihre Schultern … blieb einen Augenblick so stehen, spürte die feuchte Luft ihren Hals benetzen, die wohltuende Kühle auf ihrem schamroten Nacken. Sie ließ den blauen Wollstoff hinabgleiten. Die zwei Unterröcke. Den eng geschnürten Leib. Sie atmete auf, befreit.

Ganz aufrecht stand sie da. Sie wusste, der dünne Stoff ihres leinenen Unterkleides ließ den Umriss ihres Körpers im Gegenlicht durchscheinen.

Sie griff an ihren Nacken, zog den Elfenbeinkamm aus dem Knoten … Die Wellen ihrer Haare eilten ihren Rücken hinunter. Sie zögerte nur kurz, bevor sie auch das letzte Kleidungsstück abstreifte.

Sie stand da, eins mit der Natur, mit der glatten, spiegelnden Fläche vor ihr, mit sich selber. Mit dem funkelnden Blick hinter ihr. Sie war Frau wie noch nie.

Sie stieg aus dem Kranz ihrer Kleider und suchte sich einen großen, flachen Stein aus, der halb im Wasser lag. Sie kniete sich nieder, schöpfte das funkelnde Nass in dem Gefäß ihrer zusammengelegten Hände und erbebte, als die eiskalten Zungen ihre Haut hinunterliefen. Ihre Brustwarzen richteten sich auf. Durch den Vorhang ihrer Haare spähte sie kurz zum Waldrand. Er war noch da …

Sie setzte sich jetzt auf den Stein und ließ ihre Füße in das Wasser gleiten. Abwechselnd übergoss sie ihre Schultern, ihre Arme, ihre Brüste, ihren Schoß. Dann stellte sie sich wieder hin und drang in den See, bis seine Oberfläche ihre Schenkel erreichte.

Sie spielte mit dem Wasser, bis ihr kalt wurde. Anschließend legte sie sich in das Moos auf den Rücken, ein Bein leicht angewinkelt, die Ellenbogen aufgestützt, und ließ sich von der frühen Oktobersonne trocknen.

Als einige Zeit später Zerberus wieder sein Schnauben hören ließ, hatte Julie ihren Beobachter schon fast vergessen. Mit einem leisen Lächeln verfolgte sie, wie die dunkle Gestalt wieder in der Anonymität des Waldes verschwand.

Neun

»Vos discours les plus innocents
Sont pleins de ruse et d'artifice.
Je ne crois plus à votre foi,
Je connais trop votre malice.«

»Auch Ihre einfachsten Reden
Sind voller Falsch und Hinterlist.
Glauben kann ich Ihnen nicht mehr,
Zu sehr kenne ich Ihre Tücke.«

Dezember 1626

Julie tastete sich voran. Es war dunkel, doch sie hatte keine Mühe, das Südfenster zu finden. Sie sperrte es weit auf. Eisige Winterluft drang herein, und sie streckte ihr dankbar ihr Gesicht entgegen.

Es war tiefe Nacht. Der Himmel war bedeckt von einer dicken, grauen Watteschicht, die kein Sternenlicht durchsickern ließ.

Zwei Hände legten sich von hinten auf ihre Schultern. »Willst du nicht zurück in das Bett, mon cœur? Es ist eiskalt hier.«

»Nein … Lass mich hier noch ein wenig stehen. Leg dich ruhig wieder hin, ich komme gleich.«

»Hmm … Willst du alleine sein?«

Sie überlegte kurz.

»Nein.« Die Hände rieben ihre Oberarme, bis sie warm wurden.

»Magst du mir deinen Traum erzählen?«

Sie zuckte leicht die Schultern.

»Es ging um Thibault, um deinen Vater … auch um dich.«

»Dass man von meinem Vater Alpträume haben kann, weiß ich selber nur zu gut.« François zog sie an sich und kreuzte die Arme über ihrer Brust. Sie lehnte sich an ihn, den Blick in die Nacht gerichtet, und kämpfte noch immer gegen die Nachwehen ihres Traumes.

»Ich habe Angst.« Ihre Stimme war dünn und sie schluckte, bevor sie fortfuhr. »Es ist eine Angst, die ich habe, seit mein Vater starb. Er war so plötzlich weg, weißt du … Ich hatte keine Zeit, Abschied zu nehmen, mich vorzubereiten. Bis dahin hatte ich noch nie mit dem Tod zu tun gehabt … Aber seitdem fürchte ich ständig, dass ich Menschen, die ich liebe, verliere.«

François schwieg, aber der Druck seiner Arme wurde fester und er küsste ihre Schläfe.

»In meinem Traum bist du von den Fluten weggerissen worden …«

»Es ist meine Schuld. Ich habe dir heute Nachmittag Angst gemacht.«

Julie erinnerte sich, erschauerte und nickte.

Seit zwei Monaten nahm François Schwimmunterricht. Jedes Mal, wenn er nach Rueil kam, war er mit zusammengebissenen Zähnen in den See gestiegen. Auch als sie selber es schon längst zu kalt fand, um zu baden, und erste Eiskristalle die Gräser versteiften.

Seine Zähigkeit, sein Wille, Kontrolle über eine Situation zu erlangen, die ihn seit seiner Kindheit beängstigte, waren bezeichnend für ihn. Er hatte sich entschlossen, es durchzustehen, und er ließ nicht locker, bis er sich mühelos über Wasser hielt.

Sie hatte seine Fortschritte beobachtet, sich an ihnen erfreut. Und seine Grenzen erkannt. Wasser war ihm kein Freund geworden. Er verstand es nicht. Er brachte es nicht über sich, sich einfach tragen zu lassen, sich dem Element zu übergeben. Er kämpfte, schlug, peitschte, besiegte es. Machte es sich Untertan.

Heute, als er wieder einmal triefend aus dem Becken stieg, hatte sie ihn von diesem ständigen Kampf erlösen wollen und ihm gesagt, sie könne ihm jetzt nichts mehr beibringen. Er war stehen geblieben, die Hände auf die Hüften gestemmt. Dann hatte er gemeint, er sähe das anders. Ein Mann mit einem Degen sei nur dann erfolgreich zu nennen, wenn er in allen Gefechten die Oberhand habe, und müsse sich stets am stärksten Gegner orientieren. Wenn er den See beherrschen könne, so wolle er fortan im Fluss schwimmen.

Es war unmöglich gewesen, ihn von dieser Idee abzubringen. Er hatte sich angezogen, war zum Schloss zurückgekehrt, hatte sich ein Pferd geschnappt … Sie hatte nichts tun können, als ihm zu folgen.

Etwa eine halbe Stunde später hatten sie, François und Robert am Ufer der Seine gestanden. Es hatte Julie den Atem verschlagen. Ob man den mächtigen Strom aus der sicheren Höhe des Pont Neuf betrachtete oder ihm am Ufer gegenüberstand, machte einen großen Unterschied. Die von den letzten Regenfällen stark geschwellten Fluten schossen grau und machtvoll an ihnen vorbei. Sie hatte gebettelt, gefleht, doch François hatte ihr nur einen Kuss auf die Stirn gedrückt und sie kurzerhand beiseite geschoben, bevor er in den eisigen Strom stieg.

Die nächste Stunde war schrecklich für sie gewesen. Für einen guten Schwimmer war die Überquerung des Flusses gewiss gut zu schaffen, doch François hatte sich gerade mal ein paar Stunden lang in einem ruhigen See über Wasser gehalten … Sie musste mit ansehen, wie er hart und erbittert gegen die Strömung kämpfte, wie er knapp einem Floß auswich, dessen Besitzer ihn erst im letzten Augenblick wahrgenommen hatte, wie er ein Stück von einem entwurzelten Baum mitgenommen wurde, bevor er sich aus dessen sperrigen Ästen befreien konnte … Schließlich hatte er eingesehen, dass er das gegenüberliegende Ufer nicht würde erreichen können, und hatte wieder auf ihre Uferseite zugesteuert. Doch da war er schon so stark abgetrieben, dass er kurz darauf aus ihrem Gesichtsfeld verschwunden war.

Außer sich vor Sorge hatte sie seine Kleider gepackt und war mit Robert und Zerberus stromabwärts geritten, ständig befürchtend, seinen leblosen, geschundenen Körper auf der Böschung zu entdecken. Als sie ihn endlich fand, starr vor Kälte und mit etlichen blauen Flecken und Schrammen am Ufer hockend, hatte sie erst geweint vor Erleichterung und ihn dann wütend angefaucht. Er hatte sich gerade zerknirscht genug gezeigt, um ihren größten Zorn abzukühlen, doch nur um im Anschluss zu proklamieren, nächstes Mal würde er es besser machen.

»Es tut mir Leid. Ich wollte dich nicht ängstigen.«

Julie antwortete nicht, spähte in die Dunkelheit, in der es nichts zu sehen gab.

François war der rücksichtsvollste Liebhaber, den man sich wünschen konnte. Er war zärtlich, zuvorkommend, er hatte diesen Herbst mit Glück erfüllt. Doch eines verstand er nicht: Dass sie sich um ihn sorgen konnte. Dass sie litt, wenn er sich in Gefahr begab. Sie glaubte nicht, dass es Gedankenlosigkeit war. Eher eine Art der Selbstverachtung. Aber warum? Hatte es noch mehr furchtbare Ereignisse in François Kindheit gegeben als den Unfall seiner Mutter? Offensichtlich hatte Hurault sich nie um seinen Sohn gekümmert und ihm keine Zuneigung geschenkt. Aber François Mutter musste ihm doch gezeigt haben, wie wichtig er für sie war! Sie musste sich gesorgt haben, wenn er zu hoch auf einen Baum gestiegen war, wenn er sich verletzt hatte … Wie kam er dann dazu, den Wert, den er für andere Menschen haben konnte, zu verleugnen?

»Du bist mir immer noch gram.«

Julie spürte den Flaum seiner Arme unter ihren Fingern.

»Nein, mein Liebling. Nur ein wenig aufgewühlt. Es war ein wirklich scheußlicher Traum.«

Er schmiegte sein Gesicht in ihr Haar, und sein Atem legte sich warm auf ihre Kopfhaut.

»Dir wird die Zeit hier lang, nicht wahr?«

Sie fühlte seinen Körper um sich. Seine festen Schenkel an ihren Beinen, seinen Oberkörper an ihrem Rücken, die Arme, die sie geborgen hielten.

»Ja und nein. Es ist wundervoll hier. Mit dir, vor allem. Aber ...«

»Du kannst es nicht ändern. Akzeptiere es einfach, genieße es. Thibault würde es nicht besser gehen, wenn seine Mutter unglücklich wäre.«

Genau das fiel ihr immer schwerer.

»Was soll ich ihm später erzählen, wenn er mich fragt, was ich gemacht habe, während er entführt worden war? Mich mit meinem Liebhaber im Gras gewälzt?«

Sie hatte einen schroffen Ton gewählt, doch mit ihrer Wortwahl verletzte sie sich nur selber. François meinte ungerührt:

»Warum denn nicht? Wenn der Junge ein wenig Grips im Kopf hat, wird er es verstehen. Du bist seine Mutter, keine Allmächtige.«

»Aber ich könnte wenigstens versuchen, nach Hause zu fahren.«

Ein irritierter Schnaufer wirbelte ihre Haare auf.

»Und dann? Was würdest du dann machen? Du weißt, Richelieu will dich hier.« François drückte sie an sich. »Sein Arm reicht länger, als du dir vorstellen kannst. Ich weiß, du hältst ihn für eine Art braven Onkel, der, wenn man ihn nur anzufassen weiß, einem aus der Hand frisst. Aber du täuschst dich! Er ist gefährlich und skrupellos. Und er ist berechnend. Ich bin mir ziemlich sicher, dass er sich schon Gedanken gemacht hat, wie du ihm noch nützlich sein kannst. Um so größer wäre sein Unmut, wenn du ungehorsam bist.«

Sie dachte kurz an ihr Gespräch mit dem Kardinal, an seinen Verdruss, weil seine Nichte sich seinen Plänen entzog. Doch dann schüttelte sie den Kopf.

»Nein ... Das glaube ich nicht. Ich bin doch nicht seine Gefangene! Er beschützt mich vor einer Verhaftung mit nicht geringem Risiko für seinen Ruf.«

Sein Finger strich eine Haarsträhne hinter ihr rechtes Ohr.

»Ich will dir deine Illusionen nicht rauben, mein Schatz. Gehen wir davon aus, dass es so ist. Gehen wir auf dein Argument ein. Würdest du ihm seine Gastfreundschaft nicht schlecht vergelten, wenn du durch deine Verhaftung einen Skandal provoziertest? Die reizende Comtesse of Eastington findet im Schloss von Kardinal de Richelieu monatelang Zuflucht vor der königlichen Justiz. Durch deine Flucht könntest du den Kardinal ernsthaft in Schwierigkeiten bringen. Seine Gegner würden den Vorfall gründlich ausschlachten.«

»Muss ich immer auf alle und alles Rücksicht nehmen, François? Bin ich eine Heilige? Wer nimmt denn je auf mich Rücksicht? Warum darf ich nicht um mein Glück kämpfen wie alle anderen auch?«

»Weil du nichts erreichen würdest. Nehmen wir mal an, das Wunder geschieht, du entkommst Richelieus Zorn, und du bist zurück in deiner Heimat. Der Einzige, der etwas weiß, ist Guillaume. Und du wirst ihn unmöglich ohne Richelieus Hilfe wiederfinden. Ich weiß, es wird sehr Schweres von dir verlangt.«

»Ja ... Du hast Recht. Abwarten. Das wird ständig von uns Frauen erwartet. Abwarten, bis man verheiratet wird. Bis der Mann vom Krieg heimkommt. Bis das Kind in einem reift. Ihr hingegen dürft euch, den Degen in der Hand, in die Schlacht werfen.« Sie schluckte, und fuhr mit unsicherer Stimme fort: »Antworte ehrlich. Was würdest du machen, wenn Thibault dein Sohn wäre? Würdest du dann auch warten, bis die Umstände günstiger sind?«

»Wenn Thibault mein Sohn wäre ...« François stockte und klang, als käme ihm der Gedanke völlig abstrus vor. Er lachte ein wenig. »Nun ... Ich weiß es nicht. Sei mir nicht böse, aber ich möchte es auch nicht wissen. Du kennst meine Meinung zur Familie. Ein Kind wäre für mich das Zeichen, dass ich meine Überzeugungen aufgegeben habe.« Sie versteifte sich, und er fügte schnell hinzu: »Aber du magst Recht haben. Wenn ich einen Sohn hätte und er wäre entführt worden, würde ich mich wahrscheinlich verpflichtet fühlen, ihm zu Hilfe zu kommen, egal, wie ich sonst zu ihm stehe.«

»Verpflichtet ...«

Ja, da waren sie wieder, diese Sätze, die als einzige ihrer beider Glück trübten.

Immer, wenn sie einen zaghaften Versuch startete, über Thibault zu reden, sich vorsichtig voranpirschte, wurde sie von François Abwehr ein bisschen mehr entmutigt.

Sie wusste, er hasste nichts mehr als Verpflichtungen. Und sie hatte schreckliche Angst, ihn zu verlieren, wenn sie ihm von seinem Kind berichtete. Nein, lieber war sie feige, lieber unterdrückte sie ihr Geständnis und redete sich ein, dass es schließlich nicht eilte … Und fühlte weiterhin, seine festen Arme sie umfangen. Sie senkte den Kopf.

François lockerte seinen Griff und drehte sie mit sanfter Gewalt zu sich.

»Hör zu, mon cœur. Ich mache dir einen Vorschlag. Du bist tapfer und wartest weiterhin in Rueil, ohne dich zu kasteien, ohne Selbstvorwürfe. Und sobald sich etwas ergibt, sobald du frei reisen kannst und die politische Lage es erlaubt, werde ich dich nach England begleiten. Und wir werden zusammen nach Thibault suchen.«

Sie hob schnell den Blick und versuchte, in seinen Zügen zu lesen, sah aber nichts außer einem dunklen Umriss. Ihr Herz schlug schneller. Es war das erste Mal, dass er von der Zukunft sprach … Und obwohl sie sich eine Närrin schalt, ergriff sie den Strohhalm und entnahm seinen Worten, dass es eine gemeinsame Zukunft war, an die er dabei dachte.

»François, würdest du morgen einen Brief mitnehmen?«

»Natürlich, ma Chérie. Deine Tanten werden sich freuen.«

»Es … Es ist nicht für sie. Es ist ein Brief nach La Rochelle.«

»La Rochelle? Dieses Hugenotten-Nest? Diantre … Glaubst du, dass das klug ist?«

»Vielleicht ist es nicht klug, aber ich habe es mir gründlich überlegt und sehe keine andere Lösung. Ich habe keinen Sol mehr, François. Meine Geldmittel sind völlig erschöpft, und das macht mich unruhig, auch wenn ich hier auf Rueil alles habe, was ich brauche.«

»Mein Gott, Liebes, warum hast du es mir nicht gesagt? Ich habe genug, um …«

»Nein! Das kommt nicht in Frage! Ich werde niemals Geld von dir annehmen!« Julie biss sich auf die Lippen. Sie hörte, wie François scharf Luft holte, und schloss kurz die Augen. Ruhiger fuhr sie fort: »Ich bin keine arme Frau, François. Eastington ist ein großes, einträgliches Gut … ich habe momentan nur keine Möglichkeiten, darauf zurückzugreifen. Aber Frederik war eine Handelsverbindung mit einem Herren Surelles in La Rochelle eingegangen. Ich möchte ihn bitten, auf diskretem Weg meinen Tanten das zu schicken, was im letzten Jahr angelaufen sein muss.«

»Es ist gut, Liebes. Ich werde morgen deinen Brief mitnehmen,« lenkte François ein. Er gähnte herzhaft. »Doch nun genug geplaudert. Was hältst du davon, wieder ins Bett zu steigen?«

Sie lächelte. Ihre Missstimmung war vergessen.

»Viel.« Er legte eine Hand um ihre Hüfte, die andere um ihre Kniekehlen und hob sie auf. Sie schmiegte sich an ihn. Kaum hatte sie ihren Platz unter seiner Schulter gefunden, schlief sie auch schon ein.

⚜

Robert begann, mit den frisch gespitzten Federkielen in der Hand die Treppe zum ersten Stock hinaufzuhumpeln. Einer der Sekretäre im Schreibraum des Erdgeschosses hatte ihm die Schreibutensilien freundlicherweise überlassen. Es war Mylady unangenehm gewesen, aber der Wunsch, ihren Tanten pünktlich zum Dreikönigstag zu schreiben, hatte über ihren Stolz obsiegt, betteln zu müssen. Denn es war noch immer kein Geld aus La Rochelle eingetroffen. Es war ein lausig kalter Januaranfang, und es verlangte Robert, schnell in Myladys geheiztes Zimmer zurückzukehren. Er schlug sich auf die Oberarme. Als er über sich Schritte hörte, und kurz darauf ein munteres Pfeifen vernahm, hielt er an.

Robert fluchte. Der Comte … Schon wieder!

Kurz entschlossen drehte er sich um, hüpfte auf das breite, steinerne Geländer und ließ sich die wenigen Stufen wieder hinunterrutschen, die er mühselig erklommen hatte. Er sprang ab und bog in einen Gang ein, der zu einigen abgelegenen Räumen führte, von denen er bemerkt hatte, dass sie selten benutzt wurden.

Ein in sich zusammengefallener Wandteppich war von seinen Befestigungen gelöst worden. Er lehnte im Halbdunkeln des fensterlosen Flures an der jetzt kahlen Mauer, und wartete darauf, von einem der Zimmermädchen im Schnee ausgeklopft zu werden. Ohne lange zu zögern und mit dem scheußlichen Gefühl, sich wie ein Idiot zu benehmen, kroch Robert in das steife Stück Stoff und schlug die nach Staub riechenden Seiten über sich.

Er hörte das Klirren von Sporen auf der Treppe. Das Pfeifen wurde lauter, stockte.

Robert lugte durch einen Spalt nach außen, an einer goldenen Tresse vorbei. Es war eindeutig die Gestalt des Comte, die sich jetzt bückte … und zwei fallengelassene Federkiele aufhob. Mist … er hatte die Dinger in seiner Eile völlig vergessen!

Der Comte pfiff noch einmal kurz, während er die Kiele zwischen seinen Fingern drehte und einen kurzen Blick um sich warf. Dann legte er sie auf das steinerne Geländer der Treppe und ging weiter. In seinem stickigen Versteck biss Robert an seinen Fingernägeln. Seine Ohren glühten.

Er haderte mit sich. Warum war er ein solcher Feigling? Während dieses Winters war es ihm jeden Tag unerträglicher geworden, dem Comte zu begegnen. Er war ihm ausgewichen, so gut es ging, hatte es sich zur Gewohnheit gemacht, einen Raum zu verlassen, wenn dieser Mann ihn betrat. Nie zuvor aber hatte er sich so kindisch benommen. Weshalb verhielt er sich, als müsse er sich vor dem Comte schämen?

Er kannte die Antwort nur zu gut: Weil er das Gefühl hatte, dass der Comte über ihn Bescheid wusste. Über seine intimsten Träume. Seit er damals am See den scharfen, spöttischen Blick dieses Mannes auf sich hatte ruhen fühlen, fühlte er sich in dessen Gegenwart entsetzlich befangen. Zwei heiße, zornige Tränen glitten über seine Wangen.

Nein, lieber versteckte er sich. Tagsüber. Und auch nachts.

Voller Zorn und Scham dachte Robert an die Stunden zurück, in denen er keinen Schlaf gefunden hatte. Stunden, in denen er, hinter einem Schrank verborgen, jede zärtliche Geste dieses Mannes verfolgt hatte. Und jedes Mal wuchs ein weiterer Dorn an dem eisernen Ring, der sich, ohne dass er gewusst hatte, wie, eines Tages um seine Brust gelegt hatte. Ein Ring, der ihm stündlich ein wenig mehr Luft raubte, enger gezogen von einer Naturgewalt, der er machtlos ausgeliefert war, und die er nicht verstand. Trotzdem wachte er, Nacht für Nacht, und gab die Hoffnung nicht auf.

Und manchmal hatte er Glück. Ab und zu fielen ein scharfes Wort, eine Andeutung. Er sammelte sie, diese kleinen Unstimmigkeiten. Er fing sie auf, bevor sie achtlos zu Boden fielen. Von dem Paar wurden sie wie ungewollte Kinder ausgesetzt, und so schnell es ging vergessen. Bei ihm fanden sie Zuflucht, Nahrung und Pflege. Sie wurden zu Soldaten in der kleinen Armee herangezogen, die er insgeheim rüstete. Und die er als kluger Stratege einsetzen würde, wenn die Gelegenheit gekommen war.

Ein Geräusch schräg zu seiner Linken ließ Robert hochschrecken.

Ein Schlüssel klirrte in einem Schloss, eine Zimmertür wurde geöffnet und wieder verschlossen. Schwere Schritte liefen in seine Richtung. Stämmige Männerbeine, an denen feine Strümpfe erfolglos versuchten, die unschönen Mäander von Krampfadern zu verstecken, gingen an dem Wandteppich vorbei. Ein scharfer Geruch drang einen Augenblick in die staubige Luft des Verstecks ein. Robert schnupperte. Er war diesen beißenden Ausdünstungen schon öfters auf dem Pont Neuf begegnet, wenn er während einer seiner freien Stunden den dort ausstellenden Schildmalern zugesehen hatte. Der Mann blieb jetzt genau neben ihm stehen, und Robert betrachtete ihn verstohlen.

Er konnte ihn bis zu den Hüften erkennen. Über den Seidenstrümpfen bauschige Hosen, eine Weste, die vorgab, gelb zu sein. Die Hände des Unbekannten waren voll grüner Flecken. Er klopfte die Taschen seiner Jacke ab, brummte und zog schwungvoll ein großes Tuch hervor. Dabei schleuderte er versehentlich etwas heraus, das hart und kalt in Roberts Schoß fiel und ihm fast einen verräterischen Schrei entlockte.

Langsam schritt der Unbekannte weiter, während er mit dem Tuch seine Hände abwischte. Er verschwand im hellen Rahmen des Treppenhauses.

Robert atmete unruhig und befühlte das unerwartete Geschenk. Ein großer Schlüssel ... Wahrscheinlich der des eben verschlossenen Zimmers. Ratlos ließ er seine Finger über die metallenen Zähne gleiten. Was sollte er damit anfangen? Ihn einfach hier auf den Boden legen? Ihn jemandem übergeben? Oder ...

Oder könnte er ein Mal etwas Mutiges vollbringen. Eine kleine Heldentat, zur Pflege seiner Selbstachtung. Sich beweisen, dass er, auch wenn er sich vor dem Comte versteckte, kein Feigling war. Das ungeschriebene Gesetz missachten, das indiskretes Herumschnüffeln in Rueil verbot, und sich dem drohenden, ständig präsenten Geist des Kardinals widersetzen. Mit Mühe kroch er aus seinem Versteck. Er richtete sich auf, bewegte seine schmerzenden Knie. Ob der Mann seinen Schlüssel bereits suchte? Schon auf dem Weg hierher war?

Ein leichter Terpentingeruch waberte noch immer im Halbdunkeln.

Er schloss die Finger fester um den Schlüssel und suchte die gegenüber liegende Wand ab. Diese Tür könnte es gewesen sein ...

Sie war es. Der Schlüssel drehte sich, erzeugte das selbe klirrende Geräusch wie eben. Robert öffnete sehr vorsichtig die Tür, und als der Spalt groß genug war, schlüpfte er hinein.

Sein Herz klopfte laut, während er sich umsah.

Der Raum war klein, besaß aber ein doppeltes, nach Süden orientiertes Fenster mit der gleichen kostbaren, durchsichtigen Glasfüllung wie in Myladys Zimmer, und war daher so stark von Licht durchflutet, wie es die Januarsonne nur erlaubte. Eine auf zwei Böcken liegende Tischplatte besetzte etwa ein Drittel des Raumes. Vor ihr ein Hocker, auf ihr mehrere große Papierbogen. Robert trat näher. Es waren allesamt Skizzen. Einige ungleich abgenutzte Kohlestücke lagen daneben. Er legte den Kopf schief. Irgendwie wurde er von den Entwürfen angesprochen. Schwungvolle Linien, einiges eilig dahin geworfen, anderes verschmiert, alles aber mit, wie selbst er erkennen konnte, großem Können ausgeführt.

Robert trat vom Tisch zurück.

Er musste aufpassen, wo er die Füße hinsetzte. Der Boden war vollgestellt von kleinen Farbtöpfen, die willkürlich und nach einem für einen Außenstehenden unbegreiflichen Muster gruppiert worden waren. Auch das Parkett schien an einer seltenen, ansteckenden Krankheit zu leiden, es war übersät von bunten, unregelmäßigen Pickeln. Der Künstler hier schien sehr schwungvoll zu arbeiten.

Eine verkrustete Palette mit einigen Pinseln verschiedener Breite komplettierte das Chaos.

Vor dem Fenster stand eine Staffelei. Robert konnte nur die Rückseite des Bildes erkennen, das sie trug. Es mochte so hoch wie die Spannweite von seinen Armen sein und vielleicht halb so breit. Er umging die Staffelei, bekam die noch feuchte Vorderseite des aufgespannten Leinens zu Gesicht.

Sofort bemerkte er, dass dem Bild eine der Skizzen zugrunde lag. Und dann erkannte er, was ihm keine der Kohlezeichnungen verraten hatte.

Er spürte, wie er erbleichte, schluckte und prallte einige Schritte zurück. Er stieß hart an die glatte Fläche der Fenster. Dann schoss das Blut wieder mit Macht in seinen Kopf.

Er runzelte die glühende Stirn. Mit Gewalt riss er sich von dem fast fertigen Ölbild los. Hastig stieg er über die Unordnung am Boden hinweg. Er ergriff die Tür wie eine rettende Planke in einem aufgebrachten Ozean, doch dann zögerte er. Sein Puls hämmerte immer lauter in seinen Ohren. Er humpelte zum Tisch zurück, ergriff eine der Skizzen, faltete sie auf ein handtellergroßes Format, hob das Hemd und klemmte sie sich unter den Hosenbund.

Mit fliegenden Fingern drehte er den Schlüssel und verschloss das Atelier wieder. Dann legte er den Schlüssel auf den Boden, nicht weit von dem Wandteppich, und eilte in Richtung Treppe, wo er sich so schnell wie möglich die Stufen hoch angelte.

Er war fast oben angelangt, als er zwei Männerstimmen hörte, die sich unter ihm im Vorübergehen unterhielten. Die eine, die er als die von Sekretär Le Masle erkannte, klang verärgert.

»Ich hoffe in Ihrem Interesse, dass der Schlüssel dort liegt, wo Sie ihn vermuten, Monsieur.«

Die Stimme des Gerügten ließ keine Betroffenheit erkennen. Gutmütig antwortete er:

»Aber ja doch, Monsieur Le Masle. Kein Grund zur Aufregung. Ich habe das Zimmer verschlossen … Glaube ich zumindest. Danach muss ich den Schlüssel irgendwo auf dem Weg zu Ihnen verloren haben.«

»So, so. Glauben Sie!«, schnaubte Le Masle. »Ihre Bilder sind wundervoll, aber es ist ebenfalls ein Wunder, dass Sie morgens nicht vergessen aufzustehen, mit Ihrer Zerstreutheit! Und wann, glauben Sie, werden Sie mit dem Bild fertig sein? Sie wissen, wie ungeduldig Seine Eminenz darauf wartet …«

Ein dumpfes Geräusch ließ Robert vermuten, dass der Maler seinem Gesprächspartner kameradschaftlich auf die Schulter klopfte. Die tiefe Stimme antwortete lächelnd:

»Ja, ja. Ich weiß es. Wie immer. Es ist schließlich nicht das erste Bild, das ich die Ehre habe, für Seine Eminenz auszuführen. Alle sind noch jedes Mal fertig geworden. Etwas Gutes braucht eben Zeit und die besten Weinbrände sind die ältesten. Und ich verspreche Ihnen, dass dieses etwas sehr Gutes wird … Ich habe große Freude an der Arbeit. Außerdem dürfen Sie nicht vergessen, dass die Umstände ja auch etwas erschwert sind. Aber Sie können getrost sein. Ab morgen beginne ich mit …«

Die Stimmen wurden undeutlicher, als sie sich weiter entfernten.

Robert hatte Zeit bekommen, sich zu beruhigen.

Er setzte sich wieder in Bewegung. Die scharfen Ecken der Zeichnung stachen in seine Leiste. Er fing an, nachzudenken. Über das, was er entdeckt hatte. Über die Wirkung, die es auf ihn gehabt hatte. Und über das, was die Reaktion gewisser anderer Leute auf das Bild sein könnte.

⚜

»Au ja. Das ist herrlich. Und jetzt etwas weiter unten. Ein Stück weiter rechts. Hmm … Ja. Genau da.«

Julies Finger bearbeiteten kraftvoll François freigelegten Rücken. Sie kniete hinter ihm und hatte die Ärmel ihres cremefarbenen Morgenrocks zurückgeschlagen, um freier arbeiten zu können. Ihr Patient war mit nichts weiterem als einer Hose bekleidet, die kurz über den Waden endete, und hatte seine Ellenbogen auf die Oberschenkel gestützt.

Das hoch aufgeschossene Feuer, vor dem sie saßen, röstete ihre rechte Seite und ließ ihre andere die Kälte noch deutlicher spüren. Julie arbeitete weiter, obwohl ihre Finger schon lange schmerzten. Zu sehr genoss sie das Gefühl, François endlich wieder ein paar Tage hier zu haben. Und nichts konnte sie besser davon überzeugen, dass ihr Geliebter endlich wieder da war, als ihn immer wieder zu berühren.

Sie schloss die Augen und übergab sich dem Glücksgefühl.

Ihre Hände lagen unter dem Vorhang seiner schwarzen Haare, die offen bis auf seine Schultern fielen. Julie umspannte den Nacken und freute sich an seiner Festigkeit. Sie lockerte ihren Druck. Fühlte den letzten Nackenwirbel, ließ beide Hände über die Schultern gleiten. Maß ihre Breite, ihre Tiefe, ihre feste Rundung. Strich über die Schulterblätter, die Handflächen weit aufgespannt. Machte einen kleinen Umweg, als sie auf der linken Seite die sternförmige, mit heller, dünner Haut umgebene Stelle mied.

»Du hast mir noch nie erzählt, woher du diese Narbe hast …«, sagte sie nachdenklich.

»Hmm?«, brummte er schläfrig. »Ach so … Eine Kugel.« Seine Stimme veränderte sich, als er lächelte. »Eine Erinnerung an die Zeit, als ich noch mit Bouteville durch Paris zog. Ist schon ein paar Jahre her.«

»Bouteville? Wer ist das?«

»Montmorency-Bouteville ist ein entfernter Verwandter von mir. Netter Kerl, aber ein Heißsporn ohne Gleichen. Er gilt als der beste Fechter Europas.« François beugte den Kopf zurück und versuchte, in ihre Augen zu schauen. »Ich hatte die Ehre, von ihm etwas Unterricht zu bekommen.«

»Gratuliere«, antwortete Julie trocken und schob ihn wieder nach vorne. »Und dabei hat er dir in den Rücken geschossen?«

»Nein«, lachte François. »Er hatte wieder einmal ein Duell am Halse, bei dem ich ihm zur Seite stand. Der Gegner war leider nicht so ehrenhaft wie der Anlass. Es wird dich beruhigen, dass es mir eine Lehre war.« Er lehnte sich erneut zurück, grinste. »Sonst säße ich jetzt nicht hier, sondern würde gerade mit Bouteville in Lothringen auf einen gewissen Marquis de Beuvron warten.«

»Sehr beruhigend, in der Tat.« Julie runzelte die Stirn. »Und warum gerade in Lothringen?«

»Beuvron will einen Vetter rächen, der von Bouteville getötet wurde. Bouteville aber befindet sich gerade im Ausland, weil er die königliche Justiz fürchten muss, seit das Edikt gegen die Duelle in Kraft getreten ist.«

»Nun ja. Es ist anzunehmen, dass sich irgendein Ort in Europa finden lassen wird, damit diese Herren sich in Ruhe gegenseitig filettieren können.« Julie blies sich eine Strähne aus der Stirn. »Wenigstens eine Sorge, die ich los bin. Wenn dir dieser Herr, der dich damals anschoss, nicht so viele Schmerzen bereitet hätte, würde ich mich fast bei ihm für die Einsicht bedanken, die er bei dir hervorgerufen hat.«

»Das würde dir allerdings schwer fallen.«

Julie sah von seinem Rücken auf und begegnete einem wölfischen Lächeln.

»Ich bin kein Streithahn. Aber alles lasse ich mir auch nicht bieten. Besonders nicht von so einem miserablen Schützen.«

Ihr Atem stockte. Plötzlich überfiel sie eine unerklärliche Angst. François, der sie noch immer ansah, runzelte die Stirn.

»Was ist los, Liebes? Du bist ja ganz bleich!«

»Nichts ... Es ist nichts. Ich dachte nur ...« Sie sah ihn groß an, schüttelte den Kopf. »Mir ist gerade aufgegangen, dass ich ohne dich nicht mehr leben könnte.« Sie lächelte. »Ich bin dir verfallen. Sollte ich dich eines Tages nicht mehr haben, werde ich gleichgültig werden und sterben.«

»Was erzählst du da für einen Unsinn, mon cœur?« François griff nach ihr. »Das sind ja schöne Gedanken, die du in meiner Abwesenheit entwickelt hast. Langsam fange ich wirklich an zu glauben, dass ich zu lange weg war.«

»Neun Tage ...«

»Ja«, sagte er rau. »Neun lange Tage. Unerträgliche, endlose, zähe Tage. Randvoll gefüllt mit Stunden, Minuten. Einer unendlichen Zahl an Sekunden. Und nicht eine, an der ich dich nicht vermisst hätte.«

Er zog sie an sich, küsste sie lang und leidenschaftlich. Und ihr Herz vergaß alles, was es gerade noch bedrückt hatte, und erblühte.

»Besser?«

»Ja«, nickte sie. »Ich glaube, ich fange wieder an zu leben.« Sie seufzte. »Erzähle mir, wie diese Ständeversammlung abläuft, die dich so lange von mir fern hält.«

»Hmm ...« François Gesicht verfinsterte sich. »Es sind leider keine sehr erfreulichen Nachrichten. Erinnerst du dich, wie ich dir im Dezember sagte, dass Richelieu Geld braucht?«

»Ja. Du sagtest, der Kardinal habe Pläne bezüglich der Ausweitung des Handels in Neu-Frankreich.«

»Richtig. Aber das Geld soll auch und vor allem der Armee und der Marine zukommen. Richelieu hoffte auf Sonderabgaben, doch leider konnte er sich nicht gegen die Fürsten und die Kirche durchsetzen. Die bedrückenden Nachrichten aus England haben aber wenigstens den Vorteil gehabt, allen klar zu machen, wie nötig die Ausgaben sind. Es ist abgestimmt worden, dass ein Drittel der Ausgaben die Staatskasse, den Rest die Provinzen bezahlen sollen. Und du weißt, wer die Steuer veranlagt ...«

»Ja. Unser Stand und die Kirche. Also wird es direkt auf das Volk weitergeleitet werden.«

»Es wird die armen Leute hart treffen. Es ist nicht das, was Richelieu anstrebte, doch was soll er tun? Er träumte von Steuerentlastungen, das weiß ich von Pater Joseph. Und das Gegenteil wird eintreffen.« François ließ seine Hand schwer auf seinen Oberschenkel fallen. »Keiner dieser Menschen wird verstehen, wie die Zusammenhänge sind. Sie werden denken, dass der mächtigste Minister Frankreichs nicht mehr vermag, als den Ärmsten noch das einzige Hemd auszuziehen, das sie besitzen.«

Sie strich über seine Haare.

»Auch wenn sie es verstünden, würde es gewiss keinen interessieren, François.«

»Ja, du hast ja Recht. Aber ich bin tagtäglich damit beschäftigt, mich umzuhören. Und die öffentliche Meinung richtet sich immer mehr gegen Richelieu. Es erfüllt mich mit Groll, wenn alle mit dem Finger auf ihn zeigen. Und niemand hinterfragt, von wem er zu solchen Mitteln gezwungen wird.«

»Nun, er zählt schließlich selber zu den Mächtigsten dieses Landes.«

»Solange Seine Majestät ihn unterstützt, ja. Und natürlich nur, solange Louis auf dem Thron sitzt. Richelieu ist keiner dieser Fürsten, die von Geburt an die Macht ererbt haben und sie besitzen, was auch immer sie anstellen. Es gleicht der Quadratur des Kreises: Die Condés, Soissons, Guises und wie sie alle heißen müssen geschwächt werden, um dem König ein stabiles Regieren zu ermöglichen. Doch jeder Versuch, ihnen ihre Privilegien zu beschneiden, gefährdet den Thron.«

»Aber den nächsten Schritt hat der Kardinal erst einmal vollbracht.« Sie zog ihre Knie heran. »Wir rüsten also?«

»Ja, mon cœur. Es wird Krieg geben, das ist inzwischen allen klar.«

Julie griff unwillkürlich nach der Hand, die auf ihrem Schoß ruhte. Krieg … Ein Krieg zwischen ihren beiden Heimatländern! Was für ein erschreckender Gedanke!

»Ist denn nichts mehr zu retten?«

François verzog den Mund, während seine Augen in die Flammen starrten.

»Bassompierre hat sich alle Mühe gegeben. Aber Buckingham will diesen Krieg. Das Parlament in England ist sehr gegen ihn aufgebracht und eine Ablenkung würde ihm gerade recht kommen. Er hat offensiv die Partei der Rochelleser ergriffen, die unter anderem gegen das Fort vor ihren Mauern Sturm laufen, das Louis dort hat errichten lassen. Buckingham denkt, die Rolle des Kämpfers für die hugenottische Sache würde seine welken Lorbeeren wieder in frisches Grün verwandeln. Und man munkelt, er habe Richelieu noch immer nicht verziehen, ihm die Einreise nach Frankreich verwehrt zu haben. Wichtig ist jetzt, dass sich die Spanier nicht auch noch einmischen. Wenn er nicht gerade malt, arbeitet Rubens an einem Vertrag zwischen England und Spanien, das ist Richelieu bekannt. Da gilt es, schneller zu sein, und im besten Fall selber Alliierter der Iberer zu werden.«

»Woher weißt du das alles?«

»Wir besitzen einen spanischen Informanten. Er versteckt seine Nachrichten regelmäßig in einem Abwasserkanal, dafür werden ihm monatlich zwölftausend Livres übergeben. Diskret, natürlich.«

»Und du nimmst den Austausch vor …«

Immer, wenn Julie Einzelheiten von François Aktivitäten erfuhr, wurde sie von einer Unruhe gepackt, die einen Kloß in ihren Hals legte. Doch sie wusste, François schätzte es nicht, wenn sie ihre Sorgen aussprach. Also würgte sie an dem Kloß und verschluckte ihre nächsten Worte. François Antwort bestätigte sie in ihrem Verhalten. Er machte eine wegwerfende Geste, als würde das nächtliche Herumklettern in stinkigen Abwasserkanälen auf der Suche nach brisanten und für seinen Überbringer lebensgefährlichen Informationen das Natürlichste der Welt sein.

»Liebes, mit solchen Details solltest du dich nicht abgeben.«

Julie schob ihre Unterlippe vor und beugte sich nach vorne, um mit dem Schürhaken das Feuer anzufachen. Funken spritzten aus dem Kamin, als sie ungestüm in ihm herumstocherte. Einer davon landete knapp vor Zerberus Schnauze. Die feuchte, schwarzglänzende Nase bewegte sich, als wäre sie nicht ein Anhängsel, sondern mit eigenständigem Leben beseelt. Ein einziges, goldenes Auge öffnete sich, betrachtete misstrauisch das winzige schwarze Fleckchen, das eben noch beißende Glut war, und schloss sich verächtlich wieder.

Julie hängte den Schürhaken langsam an seinen Platz zurück. Ihr Unmut war genau so machtlos und kurzlebig wie dieser Funke, der auf den kalten Steinen vor dem Kamin verlosch. Sie drehte sich um. François sah sie ernst an. Sie tauschten einen langen Blick. Da war sie wieder, diese schleichende Angst von vorhin. Krieg … Ob François in den Krieg ziehen würde? Und Thibault? Würde sein Schicksal auch davon beeinflusst werden?

In diesem Moment öffnete François seine Arme. Sie warf sich hinein, auf der Flucht vor ihren Gedanken und küsste ihn mit der ganzen Innigkeit ihrer Liebe, als könne sie ihn damit besser an sich ketten. Sie versuchte, ihn zu betören, wie die Sirenen, die Odysseus an der Weiterreise hindern wollten. Er gehörte ihr, genau so, wie sie ihm gehörte. Kein Feldherr, kein König hatte mehr Recht über ihn.

Sie strich mit ihrer Hand über den sprießenden Schatten auf seinen Wangen und nahm sein Gesicht in sich auf.

Der kurze Schnurrbart, der kleine Unterlippenbart, der wie ein Komma direkt über dem Grübchen hing, betonten den sensiblen Mund. Die Nase widersprach den Lippen und verlieh den Zügen endgültig die Aristokratie, ein unleugbares Banner des Stolzes und der Unabhängigkeit. Und dann die Augen … Diese grauen, glitzernden Flächen, weich wie Dunst, hart wie Eis, die aus der sicheren Geborgenheit der tiefen Höhlen auf sie gerichtet waren … Die Spiegel der gleichsam zärtlichen und unnachgiebigen Seele, die hinter ihnen wohnte …

Seine Stimme klang bewegt.

»Was schaust du mich so an?«

»Du bist schön, mon amour. Ich sehe dich an, weil du mein Herz zum Singen bringst.«

Die Lider über den grauen Augen schlugen unruhig.

»Julie … du sagst manchmal Worte … vor denen ich machtlos bin. Vor denen ich mich klein und unwürdig fühle.«

Sie blieb ernst. »Alles, was ich weiß, ist, dass du der Mann bist, dem ich gehöre.«

Er senkte den Blick.

»Wie kannst du dir dessen so sicher sein?«

Sie antwortete mit Unerschütterlichkeit.

»Es ist! So wie ich Frau bin. So wie der Fluss dich jedes Mal mit sich reißt, wenn du in ihn steigst. Auch wenn du dich noch so dagegen wehrst.«

»Und du wehrst dich nicht …?«

»Nein. Nicht mehr. Ich habe eingesehen, dass ich die Schwächere bin.« Sie nahm seine Hand, legte sie auf ihr Herz, das ruhig unter der mit Libellen bestickten Seide ihres Morgenmantels schlug, und sagte schlicht: »Du bist mein Gebieter.«

Sie fühlte, wie seine Hand erbebte. Verwirrung stand in François Zügen. Und etwas, das wie Angst aussah. Er befeuchtete seine Lippen.

»Ich habe in den letzten Monaten nie gewagt, dich zu fragen … Würdest … Würdest du dein Leben mit mir teilen? So, wie bisher? Ohne …«

Sie nickte, doch ihre Augen wurden feucht.

»Ja.«

»Aber … das, was du mir erzähltest … deine Wünsche …«

Sie hob ein wenig die Schultern, verzog die Lippen. Die Brauen ihres Gegenübers wurden zu einem einzigen Balken.

»Julie, ich bin kein stumpfsinniger Mensch. Mir ist bewusst, was du bereit bist, für mich aufzugeben. Und ich würde mit tiefster Freude ein Gleiches tun ... doch ... ich kann es nicht.« Seine Stimme wurde leiser. Hastig fügte er hinzu: »Noch nicht.«

Ihr Herz ging auf, als hätte er ihr den schönsten aller Liebesschwüre gemacht. Ein kleines, fröhliches Echo wiederholte die Worte. Noch nicht. Noch nicht ... Aber irgendwann, vielleicht ...

Er warf ihr einen scheuen Blick zu, als erwarte er, sie einen empörten Schrei ausstoßen zu hören, und aus dem Zimmer laufen zu sehen. Doch er begegnete nichts als Zuversicht.

Da entspannte er sich und zog einen Mundwinkel hoch. Sie lächelte zurück. Beide atmeten auf, mit dem erleichterten Gefühl, gerade eine besonders gefährliche Klippe umfahren zu haben. Und als seine Hand langsam anfing, ihren seidenen Morgenrock aufzuknöpfen und ein altvertrautes, sehnsuchtsvolles Zittern sie erfasste, waren ihre Augen feucht vor Hoffnung.

⚜

Robert stand am Ostfenster und schlug das Federbett aus.

Er hatte nach und nach viele der Aufgaben übernommen, die sonst eine Zofe oder ein Zimmermädchen ausführten, weil Mylady versuchte, sich so diskret wie nur möglich in Rueil aufzuhalten. Ihm machte es nichts aus. War es doch immer noch besser, als Däumchen zu drehen.

Daunen flogen auf, weiß wie die Blütenblätter, mit denen sich die Natur inzwischen schmückte. Es war April, ein schöner Monat, wenn man auf dem Land wohnte, und den er immer geliebt hatte. Und doch sehnte er sich nach Paris zurück. Dort hätte er der Unruhe entkommen können, die ihm hier das Leben zur Hölle machte, und sein erhitztes Gemüt an Marktschreiern oder leichten Mädchen abkühlen können. Ein Geräusch im Hof ließ ihn blinzeln, um besser gegen die Sonne zu sehen. Hinter der Mauer, die den Park abgrenzte, kam ein Reiter im langsamen Trott vor den Stallungen an.

Ein wohlbekannter Pfiff, der einen Stalljungen anforderte, ließ ihn zusammenfahren.

Der Comte! Er war wieder da!

Sofort wurden seine Handflächen feucht, und er trat zwei Schritte vom Fenster zurück.

Seine Gedanken fingen an zu laufen, wie ein Uhrwerk, das soeben angestoßen worden war.

Er war da … Seine Herrin bei Seiner Eminenz … Ja … Die Voraussetzungen waren erfüllt.

Heute könnte es klappen …

Seine Knie wurden weich, plötzlich übermannten ihn Zweifel. Es würde ihr weh tun … Aber musste er sie nicht vor der Schande schützen, die sie diesen Winter auf sich geladen hatte? Er war für sie verantwortlich, seit ihr Mann gestorben war. Wer passte sonst auf sie auf? Niemand. Er hatte erkannt, dass sie dem Comte inzwischen völlig verfallen war. Aus eigenen Kräften würde sie ihre Ehre nicht wiederherstellen.

Er wischte sich die Hände an den Hosen ab. Bald würde der Comte aus dem Stall kommen. Er musste schnell sein. Es war zu spät zum Überlegen. Keuchend stürzte er aus dem Zimmer.

Und er war schnell. Mit erschreckender Leichtigkeit gelang plötzlich alles, was er seit Wochen geplant und nie hatte ausführen können. Der kleine Schreibraum lag verlassen da. Le Masle war wohl zu Seiner Eminenz gerufen worden. Fieberhaft suchte er in der mit Kupfer beschlagenen Truhe, die auf einem Tisch stand. Erkannte sofort den Schlüssel, ergriff ihn, ließ den Behälter wieder zuschnappen. Lobte sich, weil er alles so perfekt ausgekundschaftet hatte. Pirschte sich aus dem Raum, galoppierte dann die zwei Gänge hinunter. Steckte den Schlüssel in das Schloss … Das Zimmer war sehr viel ordentlicher, seit der Maler sein Werk vollendet hatte. Aber das Bild stand noch auf der Staffelei. Halt, es war mit einem Tuch bedeckt … Robert zerrte die Verhüllung hinunter, verbot sich, auf das Gemälde zu blicken, rückte es so, dass es einem Eintretenden sofort ins Auge fallen musste.

Dann ergriff er die Flucht. Er überlegte kurz, ob er die Tür nur einladend anlehnen sollte, entschied sich dann aber dagegen, um keine Aufmerksamkeit zu erwecken. Er zog die Tür also zu, lief die zwei Gänge wieder hinauf … und stieß fast mit Le Masle zusammen, der versunken und mit einem Berg von Akten auf den Armen in dieselbe Richtung lief. Robert sah ihn in seinem Raum verschwinden. Er zuckte die Schultern. Sei's drum! Dann würde er den Schlüssel eben nicht zurücklegen. Und jetzt die Treppe in den ersten Stock … Das Schwierigste für ihn, der schnell wie ein Blitz hätte hoch huschen wollen, und sich nur mühselig und unbeholfen emporzog.

Als er schließlich wieder am Fenster stand, waren keine zehn Minuten vergangen.

⚜

Als François nach kurzem Anklopfen in Julies Zimmer trat, fand er nur Robert vor, der mit hochrotem Gesicht am Fenster stand und Daunen aus einer Decke hieb.

»Eh bien, mon garçon, du arbeitest aber mit lobenswertem Eifer!«

Der Junge antwortete nicht. Schweißtropfen liefen seine Schläfen hinunter, als er mit zusammen gepressten Zähnen weiter auf das bauchige Linnen schlug.

François schluckte eine ironische Bemerkung hinunter. Roberts feindseliges Benehmen war nichts Neues und er ertrug es aus Rücksicht auf Julie.

»Nun ja. Vielleicht hättest du die Güte, mir zu verraten, wo deine Herrin ist?«

Der Page hielt inne. Nein, er erstarrte geradezu und stierte sekundenlang auf die Decke vor ihm, sodass François schon dachte, er würde keine Antwort mehr bekommen. Doch dann hob Robert den Kopf. Er richtete sich auf, Stolz in den Augen.

»Sie befindet sich in einem kleinen Raum. Im Erdgeschoss, der erste Gang scharf zu Ihrer Linken, die zweite Tür rechts.«

Irgendetwas in dem Tonfall ließ François aufhorchen. Er war geschult, Untertöne und Andeutungen bei seinen Gesprächspartnern herauszuhören. Er warf dem Jungen einen scharfen, abschätzenden Blick zu.

»Gut. Ich danke dir.« François drehte sich auf seinen Absätzen um.

»Noch etwas, Monsieur le Comte!«

»Ja?«

»Falls Sie anschließend Seine Eminenz suchen … Er befindet sich im großen Schreibsaal.«

»Nun …« François hob, immer misstrauischer, eine Braue. »Ich habe eigentlich nicht vor, den Kardinal aufzusuchen. Aber ich danke dir trotzdem, Robert.«

»Bitte, Monsieur … Es ist … gerne geschehen.«

François fixierte Robert ein letztes Mal, dann verließ er das Zimmer.

Er lief in Gedanken versunken die weiße Treppe hinunter, noch immer von dem Verhalten des Pagen irritiert. Er hätte schwören können, dass da etwas nicht stimmte …

Seine Augen suchten nach dem Gang, fanden ihn.

Seltsam, dachte er noch, eine Hand auf der Türklinke, nachdem sein Klopfen keine Antwort fand. Was mochte Julie hier suchen? Sie hielt sich sonst, außer in ihrem Zimmer, höchstens in den Arbeitsräumen des Kardinals auf, und das auch nur, wenn er sie rufen ließ. Na ja, das würde sie ihm gewiss gleich erzählen. Vorfreude erfüllte ihn, als er die Tür öffnete.

Ein kleiner, harzig riechender Raum, eine aufgebockte, verschmierte Tischplatte an der Wand. Und ein Bild, beleuchtet.

Es war …

Sein Blick glitt über die mit Ölfarbe bedeckte Fläche. Sämtliches Blut wich aus seinem Gesicht.

Es war eine zauberhafte Badeszene.

Ein Wald lag dunkel und geheimnisvoll im Hintergrund. Dunst hatte sich zwischen den Bäumen gefangen, doch es war nicht mehr als ein feiner Schleier, geschaffen zum Enthüllen, nicht zum Verbergen. Einzelne Dunststreifen waberten auch über den tiefgründigen See, der Ruhe und Verschwiegenheit ausstrahlte. Ein paar Farne wuchsen in scheinbarer Unordnung an seinem Ufer und deuteten unaufdringlich auf die Frau, die zwischen ihnen saß. Als wenn sie es nötig gehabt hätte!

Die Frau …

Es war eine Dreiviertelansicht von hinten. Sie kniete nackt auf einem flachen Stein. Ein Sonnenstrahl, der den Nebel durchdrungen hatte, umhüllte sie mit einem unwirklichen Glanz und verlieh ihrer Haut dieselbe milchig schimmernde Konsistenz wie der Dunst, der sie umgab. Sie hatte gerade Wasser geschöpft, und ließ es über ihren Körper rinnen, ihre Arme halb angewinkelt, die Hände offen, die Finger gespreizt … Wasser perlte von ihren Handflächen herab, und die Tropfen, vom Künstler im Flug eingefangen, zerschellten wie Edelsteine auf ihren Schenkeln. Den Oberkörper hatte die Badende dem Zuschauer leicht zugewandt, genug, um die Anmut der Hüften zu betonen. Ihre Brüste waren von den Armen verdeckt, doch ihr Ansatz, die weiche, köstliche Schwellung, der Schatten ihrer Rundungen unterstützten höchst wirkungsvoll die Phantasie des Betrachters. Die Badende hatte ihr Haupt leicht zum Betrachter geneigt, ihr offenes Haar, das sich in dunklen, seidigen Wellen den zarten Grat der Wirbelsäule hinunterschlängelte, bedeckte einen guten Teil ihrer Züge. Eine hohe Stirn, der leichte Vorsprung eines Wangenknochens, eine dunkle, geschwungene Augenbraue, mehr war nicht zu erkennen. Und doch hatte der Zuschauer das sichere Gefühl, dass er aus dem Schleier der mit rötlichen Funken besetzten Haare heraus beobachtet wurde.

Es war das zauberhafte Bild einer Elfe, die in der Intimität ihrer Toilette überrascht wird. Oder eher vorgab, überrascht zu werden. Denn die generöse, offene Geste der Hände, der erwartungsvolle, geheime Blick, die Weiblichkeit, die kaum verhüllte Zärtlichkeit, die sie ausstrahlte, ließen keinen Zweifel daran, dass der Beobachter willkommen sein würde.

Es war schön – Mein Gott, ja … so war sie … genau so.

Von einer Schönheit, die ihn kraftlos zurückfallen ließ. Von der er geglaubt hatte, dass sie alleine für ihn geschaffen worden sei.

Tränen strömten über sein Gesicht.

Ein Bild, von einem Meister erschaffen.

Er stand mit hängenden Schultern da, fühlte machtlos, wie es ihn angriff, Zähne in sein Herz schlug, Wunden aufriss, die kaum angefangen hatten, zu heilen, wie ein Schmerz ins Leben zurückgerufen wurde, den er jahrelang erfolgreich verbannt hatte. Mein Gott …

Nichts hatte sich geändert! Sie war wieder da, die Bestie, die bereits seine Kindheit zerstört hatte!

Warum? Warum verriet auch sie ihn? Warum hatte auch sie vorgegeben, ihn zu lieben? Warum hatte er angefangen, ihr zu glauben … ihr zaghaft sein Herz zu öffnen?

Der Schmerz peitschte ihn, ließ ihn schwanken, schluchzen … Und noch immer war er unfähig, den Blick von dem Bild abzuwenden, das Löcher in seine Seele brannte … Mein Gott! Stehen Sie mir bei!

Mit letzter Kraft torkelte er zurück. Fast wäre er über einen Stuhl gefallen, und als er sich wieder fing und an dessen Lehne festklammerte, gelang es ihm endlich, den Kopf herumzureißen. Doch was jetzt in sein Blickfeld fiel, ließ ihn aufstöhnen: Dieser Stuhl! Bereitgestellt, einladend, dem Betrachter Kissen und Ruhe spendend … Dem, den die Elfe erwartete …

François riss seine Hände von der Lehne, und verbarg sein Gesicht in ihnen. Er … und sie.

Der Mann, den er am meisten bewunderte … bei dem er geglaubt hatte, Sinn für sein Leben gefunden zu haben … und sie! und sie.

Deshalb war sie hier so lange willkommen gewesen. War dieser lächerliche Haftbefehl so lange in Kraft geblieben. Und er hatte sich auch noch gefreut, dass sie hier festgehalten wurde!

Wie lange schon? Seit dem ersten Mal, als sie ihn aufsuchte? Oder erst hier? Weil sie von ihm Thibaults Leben erkaufen wollte? Nein … Sie schenkte nichts gegen ihren Willen. Die Körpersprache der Badenden war eindeutig. Um die Langeweile ihrer erzwungenen Muße zu vertreiben? Weil er mächtig war? Weil sie ihn verehrte?

Nein! Schluss damit! Er musste aufhören, bevor er völlig den Kopf verlor!

Aufhören. Einen Strich ziehen.

Den Weg erneut gehen. Den, den er schon einmal gegangen war. Alles hinter sich lassen.

Doch zuvor …

Zuvor wollte er sie mit dem konfrontieren, was sie angerichtet hatte. Und er wollte eine Antwort auf seine Fragen. Er presste seine Zähne zusammen, bis seine Kiefer knackten. Er machte zwei schnelle Schritte auf das Bild zu, ergriff es.

Was hatte dieser hinterhältige Bengel gesagt? Der große Schreibsaal …

Er schmetterte die Tür gegen die Holzverschalung der Mauer und stürzte aus dem Atelier.

⚜

Julie schaute zu dem goldenen Paravent hinüber. Sie wusste, dass der Kardinal und der Arzt dahinter verborgen waren, aber es war so still, dass es ihr nicht schwer fiel, sich alleine im Schreibraum zu wähnen.

Richelieu war in letzter Zeit immer von Ärzten umgeben. Julie wusste nicht genau, was seine Beschwerden waren, doch seine langsamen Bewegungen, seine ungesunde Gesichtsfarbe und seine zu scharfen Züge verrieten oft genug, dass der so herausragende Geist in einem siechenden Körper gefangen war.

Dass Julie heute, wenn auch durch den Wandschirm getrennt, während der Behandlung dabei war, war eine Ausnahme. Es lag daran, dass der Kardinal sie hatte rufen lassen. Als sie mit fragendem Gesicht eingetreten war, hatte er auf einen Stapel gedeutet, der auf dem Tisch lag. Julie hatte eine ganze Zeit gebraucht, um die Linien und Zeichen auf den Unterlagen zu entziffern. Jetzt stieß sie einen kleinen Schrei aus.

»Sie haben Licht im Dunkeln entdeckt, Madame?«, klang eine Stimme aus der Abschirmung des Paravents hervor. Julie war zu erregt, um sich von dem Spott stören zu lassen.

»Es ist der Plan einer Gartenanlage!« Ihr Finger glitt über die Federzeichnung. »Brunnen, Wasserfälle, Becken … oh, und hier, eine Grotte, rundum mit Muscheln verziert … Es wird wundervoll!«

»Glauben Sie?«, fragte die Stimme kalt.

»Aber ja!« Eifrig verschlang Julie die Einzelheiten, die sich ihr jetzt enthüllten. Sie lehnte sich auf den Tisch, den Kopf in eine Hand gestützt. »Was für eine Unternehmung! Hier muss ein richtiger Berg aufgeschüttet werden, um eine Kaskade dieser Größe entstehen zu lassen.« Sie kräuselte die Stirn: »Und Sie sind sicher, Monseigneur, dass dieser Architekt alles zu realisieren vermag, was er hier verspricht?«

»Davon gehe ich aus.«

»Erstaunlich! Wasserstrahlen, so angeordnet, dass sie Musketiere oder Kelche darstellen …« Sie spitzte die Lippen. »Ich glaube, manchmal muss es sehr viel Spaß machen, Frankreichs erster Minister zu sein.«

»Es kommt vor.« Ein winziges Lächeln lag in der sarkastischen Stimme.

Ein tiefer Bass mischte sich ein.

»So, Eminenz. Wenn Sie bitte das Tuch auf die Wunde halten würden … Ihre Kopfschmerzen dürften nun in Kürze nachlassen.«

In diesem Moment wurde die Tür aufgerissen.

»François!«, rief Julie freudig. Dann sah sie sein Gesicht. Ihr Lächeln erstarb. Er schenkte ihr nur einen flüchtigen Blick. Dann wandte er sich dem Arzt zu, ein buckliges Männchen mit rabenschwarzem Haar, das soeben hinter der Abschirmung erschien. François streckte den Arm aus.

»Raus!«

»Aber …«

»Raus! Sofort!«

Der Arzt hob abwehrend die Hände. Er wich einen Schritt zurück, bevor er sich dem Kardinal zuwandte, der nun ebenfalls erschien. Richelieu hielt sich ein Tuch an die Schläfe, an die Stelle, an der er zur Ader gelassen worden war. Mit einem Blick erfasste er François Zustand. Seine Züge blieben unbewegt.

»Gehen Sie!«, befahl er dem Arzt. »Und sagen Sie der Wache, sie soll sich bereithalten.«

»Sie waren schon immer ein vorsichtiger und kluger Mann, Eminenz!«, kommentierte François.

Der Arzt eilte aus dem Zimmer und zog hastig die Tür hinter sich zu.

François trat mit steifen Schritten an die Wand und stellte etwas auf den Boden. Julie konnte nicht erkennen, was es war, weil es von der Tischplatte, vor der sie stand, verdeckt wurde. Richelieu hingegen schien genau zu wissen, worum es sich handelte.

»Wie sind Sie zu diesem Bild gekommen, Monsieur?«, fragte er. »Ich hatte mich noch nicht entschließen können, wo ich es aufhängen soll.«

»Ja …«, lachte François, und nie hätte Julie gedacht, dass ein Lachen so traurig klingen könnte. »Da staunen Sie, nicht wahr, Monseigneur? Sagen wir, es war Zufall … Dem ein wenig nachgeholfen wurde. Sie geben also zu, dass es Ihres ist?«

Dem Kardinal missfiel offensichtlich François Tonfall, und Julie konnte es ihm nicht verdenken. Seine Stimme wurde kälter.

»Es befindet sich in meinem Schloss. Es gehört mir. Wie alles, was sich hier befindet.«

Julie sah, wie François sich bei dem harmlosen Satz aufbäumte. Er ballte die Fäuste. Plötzlich hatte Julie Angst. Sie eilte ihm entgegen.

»François … Was ist denn los?«

Sie sah in seine Augen. Sie waren wie Kieselsteine … stumpf, grau und hart.

»Ich habe das Bild gefunden, Julie!«

»Das …?« Julie zog die Schultern hoch, spreizte die Hände. »Was für ein Bild?«

Eine Hand packte ihr Genick, eine andere ihren Arm. Sie stolperte über die Holzdielen. Vor der Mauer zwang er sie auf die Knie.

Und da verstand sie.

Fassungslos starrte sie das Bild an.

Ein zur Wirklichkeit gewordenes Geschenk.

Einen winzigen Augenblick lang flackerte Freude in ihr auf. Ja. So hatte sie aussehen wollen.

Sie fuhr zusammen, als die Finger, die noch immer hart um ihren Nacken lagen, sich in ihre Haut bohrten. Als sie begriff, dass François sie peinlich beobachtet hatte. Es gesehen hatte. Das Erkennen. Die Freude. Und dass sie gerade ihre allerletzte Karte verspielt hatte.

Die Stimme war tonlos.

»Es stimmt also.«

»François …«

»Ich habe es dir angesehen.« Seine Stimme stach langsam und tief in ihr Herz. »Seltsam … Irgendwo … irgendwo hatte ich noch gehofft …« Er brach ab.

»Nein! … Ich weiß nicht, was du denkst, aber es ist falsch!«

»Schweig! Willst du leugnen, dass du das bist, auf diesem Bild?«

Julies Hände fingen an, unkontrolliert zu beben. Natürlich war sie es!

Aber wenn sie es zugab, würde alles vernichtet sein … wären die stille Übereinkunft, die Anonymität, die Unschuld verletzt, auf immer verloren … und das wollte sie nicht. Dieses Bild war mehr als nur schön … es war Freude in ihrem Herzen, es war Liebe zu diesem Mann, dessen erbarmungsloser Griff noch immer ihr Genick zermalmte.

Sie zitterte so stark, dass sie Mühe hatte, die Worte auszusprechen.

»W…Wie soll ich d…das sagen können? E…Es k…k…könnte doch jede Frau sein!«

Ihre Halswirbel knackten unter seinen Fingern. Sie biss sich heftig auf die Lippen.

»Verdammt!«, schrie François auf. »Kannst du nicht einmal ehrlich sein? Bei Gott, Julie, du widerst mich an!« Ihr Blickfeld verschwamm. François hob seine freie Hand. Sie fuhr zusammen, doch er deutete nur auf Richelieu. »Zum letzten Mal, Julie: Schwöre mir auf das Leben deines Sohnes, dass du dich nicht vor diesem Mann ausgezogen hast … Dass du dich ihm nicht hingegeben hast!«

Sie öffnete den Mund, schloss ihn wieder. Sie war unfähig, sich zu rechtfertigen, Erklärungen abzugeben, das Wahre vom Falschen zu scheiden. Er würde es nicht verstehen … Dass sie es getan hatte, weil François sie an diesem Tag überglücklich gemacht hatte … Dass sie dieses Glück um sich hatte verteilen wollen … Dass es ihr damals richtig schien … Dass sie es ohne Hintergedanken getan hatte … Dass es ein keusches, unschuldiges Geschenk gewesen war … Das Geschenk der Schönheit, das aus Liebe zu ihm aus ihr geboren wurde.

Sie schluchzte auf.

Die Ohrfeige schleuderte sie herum, als sei sie eine Stoffpuppe.

Sie fiel der Länge nach hin. Blitze tanzten vor ihren Augen. Dann explodierten Hitze und Schmerz auf ihrem Gesicht. Sie zog sich auf die Knie, blinzelte, versuchte ihren verschwommenen Blick zu schärfen.

»Monsieur le Comte, das geht entschieden zu weit!«, hörte sie Richelieu sagen. Es klang seltsam dumpf, als wenn jemand ein Kissen an ihr Ohr gelegt hätte. Irgendjemand klopfte energisch an die Tür. Keiner achtete darauf.

»Ich bin ganz Ihrer Meinung, Monseigneur«, entgegnete François gepresst. Er drehte sich nun Richelieu zu und baute sich in seiner ganzen Größe vor ihm auf. Julie entflog der Atem in kleinen, ängstlichen Schüben. Richelieu warf ihr einen kurzen Blick zu.

»Ich hatte Sie immer für einen Ehrenmann gehalten, Monsieur de Fontes-Villaray. Ihr Benehmen ist eine Schande.«

»Mein Benehmen?«, keuchte François. »Und was halten Sie von dem Benehmen eines Mannes, der sich vor ein solches Bild setzt, um es stundenlang zu betrachten?«

»Monsieur, wie Sie vielleicht wissen, bin ich ein Liebhaber der Künste«, antwortete Richelieu beherrscht. »Ich besitze eine ganze Reihe von Gemälden, wie Ihnen auch in Rueil gewiss schon aufgefallen sein dürfte.« Er verzog die Lippen. »Allerdings habe ich zu meinem eigenen Bedauern nie Zeit, mich stundenlang davor zu setzen.«

»Dieses Bild … Dieses Bild ist ein Beweis …«

»Wie Sie dieses Gemälde interpretieren, bleibt ganz Ihnen überlassen, Monsieur«, warf Richelieu kalt zurück. »Überlassen Sie aber bitte auch mir, es mit eigener Sicht zu betrachten. Wollen Sie behaupten, mit letzter Sicherheit zu wissen, was ich in diesen Ölfarben sehe?«

»Ich spreche nicht von den Farben … Ich spreche von … von der Einladung … von … von … ihr!« François brach ab und machte nur eine vage Handbewegung. Er war aschfahl.

»Dürfte ich den Grund Ihrer Erregung erfahren?«, entgegnete Richelieu hart. »Ihr Undank überrascht mich! Seit Monaten wird Ihnen hier in Rueil gestattet, sich in aller Ruhe mit den Reizen der Comtesse zu befassen. Was Sie ausgiebig getan haben, wenn ich richtig informiert bin!«

François ballte die Fäuste.

»Monseigneur, mein Privatleben …«

Richelieu unterbrach François Satz mit einer herrischen Geste.

»… wird von Ihnen in diesen Minuten recht geschmacklos vor mir ausgebreitet. Dann sagen Sie mir doch auch bitte, welche Rechte Sie für sich geltend machen? Ist diese Dame Ihnen versprochen?«

»Ob eine Dame versprochen ist oder nicht, dürfte für Sie keinen Unterschied machen! Für Sie ist sie unantastbar! Sie sind ein Mann der Kirche! Sie haben sich unserem Herren verschrieben!«

Julie wartete darauf, dass Richelieu das Missverständnis aufklären würde. Dass er mit seinem scharfen Geist François spielend leicht die Umstände auseinandersetzen würde. Dass er all die Sätze finden würde, die sie nicht fand, weil sie zu aufgewühlt war, zu sehr gelähmt von der Angst, François zu verlieren. Doch nichts geschah. Und langsam kam ihr der irre Verdacht, dass er die Situation genoss: Als Mann angesprochen zu werden … Als Rivale … Wie ein Schauspieler, der wusste, dass ihm die einmalige Chance gegeben wurde, eine Rolle zu übernehmen, die sonst nicht die seine war. Und ihr Verdacht wurde zur Gewissheit, zur gleichen Zeit, wie ihr klar wurde, dass es keine Rettung mehr gab, als Richelieu antwortete:

»Seltsam ... Wie verschieden man diverse Aspekte von ein und derselben Sache beleuchten kann, fasziniert mich immer wieder. Sehen Sie: Ich bin, wie Sie sehr richtig sagen, ein Mann der Kirche. Ich kann daher nur dankbar nehmen, was mir offeriert wird ... Ein Almosenempfänger, wenn Sie so wollen! Sie hingegen, Monsieur – Sie sind ein freier Mann, nicht wahr? Sie könnten ohne Mühe die Hingabe einer Dame aufwiegen, indem Sie sie vor Gott zu Ihrer Frau machen. Doch Sie tun es nicht. Wessen Verhalten ist da weniger ehrenvoll, Ihrer Meinung nach?«

François brach in ein schrecklich anzuhörendes Lachen aus.

»Nein, Monseigneur, so funktioniert es nicht! Nicht mit mir! Ja, ich weiß, im Reden und Begründen waren Sie schon immer ein Meister! Sie verstehen es, mit der Zunge umzugehen! Doch das hier ist ein anderes Spiel, Monseigneur! Ein Spiel, das ein Mann einem anderen gegenüberstellt! Und dabei wird nicht mit schönen Worten gefochten, sondern ganz alleine mit diesem hier!« Und er zog seinen Degen.

Julie schrie auf. Das energische Klopfen vor der Tür wurde zu einem Hämmern. François bleckte die Zähne.

»Nun, Sie erbleichen, Monseigneur? Haben Sie die Spielregeln nicht gekannt, als Sie für die Partie antraten? Pech für Sie, Monsieur le Cardinal!« Er machte einen Schritt nach vorne. »Schauen Sie sich diese Klinge an, Eminenz! Schauen Sie sie sich genau an!« Er hob den Arm. »Können Sie die Blutspuren auf ihr sehen? Wissen Sie, wie viele Männer schon durch sie gestorben sind? Wie oft ich diese Waffe für Sie eingesetzt habe?« Seine Augen waren kälter als Eis, als er weiter auf den Minister zuging.

»Um Gottes Willen ... François!«, kreischte Julie. Sie rappelte sich auf. Richelieu wich einige Schritte zurück. Seine Augen suchten nach einer Verteidigungsmöglichkeit. Julie packte François Arm und hängte sich mit ihrem ganzen Gewicht daran. »François, bitte!« Sie schluchzte. »Ich flehe dich an, lass ihn gehen! Wenn nicht für mich, dann ... dann für deine Mutter!«

Plötzlich war der Arm, an dem sie hing, hart wie Stahl. François senkte langsam das Haupt und starrte sie an. Abscheu verzerrte seinen Mund. Dann schleuderte er sie von sich. Julie flog durch den Raum ... bis sie auf die Wand prallte, an der das Bild stand. Der Stein war hart und kalt, die Ecke des Bilderrahmens spitz ... der stechende Schmerz an ihrer Seite ließ sie die ganze Luft ihrer Lungen auf einmal ausstoßen. Sie versuchte, zu atmen, sich aufzurichten, doch ihre Handfläche glitt haltlos ab. Mit letzter Kraft erhaschte sie einen Blick auf die zwei Männer.

François stand noch immer da, drohend und gleichzeitig so einsam … Seine Wangen waren nass.

Er wischte sich mit einer endgültigen, abschließenden Geste über das Gesicht. Dann strafften sich seine Schultern. Er hob erneut die Rechte. Der Degen zischte durch die Luft. Die Sonne schliff kurz ihre Strahlen an ihm und stählerne Blitze umsprangen den Kardinal, während die Schneide sicheren Kurs auf ihn nahm. Richelieu hob den Blick, sah der Klinge entgegen, mit einem Ausdruck, der den Bruchteil einer Sekunde nichts als Ergebenheit und Angst verriet … Doch dann erklang ein helles Scheppern. Unendliche Erleichterung erschien in dem schweißnassen Gesicht des Minister, während er seine Augen auf die Waffe senkte, die zu seinen Füßen lag.

»Adieu Monseigneur! Vielleicht finden Sie einen anderen Arm, der diese Klinge für Sie schwingt!«

In diesem Moment wurde die Tür aufgestoßen. Sechs Garden, gefolgt von Robert, stürmten herein.

François reagierte blitzschnell. Er lief zu einem der Fenster, öffnete es.

Julie konnte gerade noch erkennen, wie er mit einem Sprung im gleißenden Sonnenschein verschwand. Dann verließen sie endgültig ihre Kräfte. Ihr Kopf schlug auf dem Boden auf, die Nacht verschlang sie.

⚜

»Sie baten um eine Unterredung, Madame?«

Die Comtesse machte eine kleine, steife Verbeugung, die wohl als Zustimmung interpretiert werden konnte, kam dann langsam ein paar Schritte näher.

Richelieu winkte sie heran, wies auf einen schmalen Sessel. Er war neugierig, denn sie hatten sich seit dem Drama in eben diesem Zimmer nicht mehr gesehen, und mit ihrem Erscheinen schien auch die Szene wieder lebendig zu werden, die sich hier abgespielt hatte.

Sie zögerte kurz, ließ sich vorsichtig auf die Sitzfläche gleiten. Er sah sie prüfend an.

Er bemerkte ihre langsamen, tastenden Bewegungen. Sie musste noch an den Nachwehen ihres Sturzes leiden … wenn es wirklich angebrochene Rippen waren, wie der Arzt, den er ihr geschickt hatte, erklärt hatte, so war auch nicht zu erwarten, dass sie innerhalb von etwas mehr als einer Woche heilten.

Sie wirkte beherrscht in ihrem schmal geschnittenen, dunkelgrünen Kleid, das nur von ein wenig elfenbeinfarbener Seide erhellt wurde, die aus den Ärmelschlitzen und dem Unterrock hervorschaute. Ihren Gesichtsausdruck konnte er nicht erkennen, da ihre Züge von einem leichten Schleier verhüllt wurden. Sie drehte, noch immer wortlos, ihren Kopf in Richtung der zwei stets eifrigen Sekretäre.

Er beschloss, ihr den Gefallen zu tun.

»Charpentier, Le Masle, lassen Sie uns einen Moment alleine.«

Sie verfolgte mit schräg gestelltem Kopf, wie die beiden Männer den Raum verließen.

»Ich danke Ihnen, Monseigneur.« Auch ihre Stimme klang beherrscht.

Er hatte die Ellenbogen auf die Armlehnen seines tiefen, mit Kissen ausgelegten Sessels abgestützt, die Fingerspitzen sternförmig aneinander an das Kinn gelehnt, intensiver Blick. Sie war ihm zur Gewohnheit geworden, diese Stellung, denn sie beunruhigte die meisten seiner Gesprächspartner. Die meisten. Nicht alle.

»Ich habe Sie um eine Unterredung gebeten, um mich von Ihnen zu verabschieden, Eminenz.«

Der Augenblick war also gekommen. Er bewegte sich nicht.

»Sie wollen Rueil verlassen?«

»Ja. Meine Anwesenheit hier ist nicht mehr schicklich.«

Sie sagte es tonlos. Doch er wusste sofort, was sie ansprach. Es ging nicht um die Meinung einer nicht präsenten Öffentlichkeit ... Es ging einzig und alleine darum, dass der Comte de Fontes-Villaray nicht erfahren sollte, dass sie nach dem Streit noch Wochen oder Monate unter seinem Dach verbracht hatte. Sie liebte diesen Mann ungebrochen.

»Ich verstehe. Wohin wollen Sie? Zurück nach England? Das dürfte sich als schwierig erweisen.«

Sie schüttelte ein wenig das Haupt.

»Nach Paris. Wieder zu meinen Tanten, wenn es mir gelingt, in die Stadt zu kommen.« Der Schleier bewegte sich leicht im Rhythmus ihrer Worte. »Ich hoffe, die Einreisenden werden nicht so gründlich kontrolliert wie die Ausreisenden, und ich bleibe unerkannt.«

»Und wenn nicht?«

Sie deutete ein Schulterzucken an, fuhr leicht zusammen, atmete langsam aus.

»Es liegt in Gottes Hand.«

Sie wollte ihn suchen … Und war bereit, dafür alle Konsequenzen zu tragen.

Gut. Sie hatte Recht. Es war an der Zeit.

»Warten Sie hier einen Augenblick, Madame.«

Er erhob sich, ging zur Tür und entfernte sich, um das Kuvert zu holen. Als er wieder hereinkam, hatte sie sich nicht gerührt. Er reichte ihr das versiegelte Papier, nahm wieder Platz.

Es fiel ihm auf, dass sie es nicht fragend zwischen ihren Hände umdrehte, wie es wohl jeder andere Mensch, wie sie es wohl auch früher getan hätte. Nein, sie nahm einfach das Papier entgegen, durchbrach das Siegel und las die wenigen, autoritären Zeilen, die Aufhebung ihres Haftbefehls. Sie hob langsam ihren Schleier, und ihre Augen wanderten abermals über das Schriftstück.

Stumm entdeckte er die bereits abklingenden Folgen des Dramas. Ihr linkes Auge war leicht geschwollen, seine Umgebung in einem hellen Grünton. Die Wange wies noch dunklere Spuren auf – ein grünliches, fleckiges Violett. Ein Riss lief rot aus ihrem Mundwinkel bis in die sehr helle Haut.

»Das Datum dieses Briefes weist drei Monate zurück …« Sie blickte auf und begegnete seinem Blick. Sie errötete, ließ den Schleier schnell wieder über ihr Gesicht fallen.

Richelieu dachte an die letzten Wochen zurück. Erst war der Maler nicht fertig gewesen und hatte sein Modell gebraucht. Der Künstler hatte sie geraume Zeit insgeheim beobachtet. Und dann war das Bild vollendet worden. Und dann …

»Ja.«

Die Comtesse schwieg. Dann richtete sie sich etwas auf.

»Gut. Ich werde mit ruhigerem Herzen reisen.«

»Ich stelle Ihnen eine Kutsche zur Verfügung.«

Sie faltete das Papier sorgfältig zusammen. Ihre Stimme klang warm.

»Ich danke Ihnen, Eminenz. Sie sind immer sehr großzügig gewesen. Ich stehe tief in Ihrer Schuld.«

Er konnte nicht verhindern, seine Überraschung durch eine kleine Bewegung zu verraten. Nicht ein Wort des Vorwurfs, nicht ein Verlangen nach einer Erklärung. Er nickte leicht.

Doch sie stand nicht auf. Er sah, wie sich ihre Brust bewegte.

»Monseigneur … Würden Sie mir bitte sagen, ob Sie etwas gegen den Comte unternommen haben?«

»Ich lasse ihn von meinen Leuten suchen, Madame«, antwortete er glatt.

»Was … Was genau wird ihm vorgeworfen?«

»Eine Lappalie, Madame. Nur ein Anschlag auf die Person des Kardinals de Richelieu.«

Die Comtesse stöhnte.

»Aber …«, antwortete sie schnell, »… der Comte hätte doch nie wirklich die Hand gegen Sie erhoben, Monseigneur! Sie wissen doch, er war sehr erregt …« Sie stockte.

»Sind Sie sich dessen so sicher?«

»Ja, Eminenz, das bin ich. Sie kennen ihn seit Jahren! Wenn er es gewollt hätte …« Ihr Kopf drehte sich etwas, und Richelieu wusste, sie sah auf die Stelle, an der der Comte seine Waffe hatte fallen lassen.

Auch er sah hin. Er sah die leichten Kratzer, die das goldene Holz aufwies. Und erschauerte.

Dort hatte er gestanden, als er eine Sekunde lang dachte, dass der Degen ihn treffen würde. Auch wenn es nicht in der Absicht des Comte gelegen hatte, ihn zu töten – die Angst war dieselbe gewesen.

Diese Angst, die ihn jedesmal ansprang, wenn wieder einmal angedeutet wurde, dass jemand es auf sein Leben abgesehen hatte. Die ihm zum ersten Mal vor fast genau zehn Jahren auf dem Pont Neuf den Hals zugeschnürt hatte.

Damals war er zweiunddreißig Jahre alt gewesen … jung, zielstrebig, seiner herausragenden Qualitäten sicher und dem politischen Lager der Regentin angehörend. Doch dann hatte der junge Louis das Ruder an sich gerissen, Concini, den Favoriten seiner Mutter, ermorden, seine Leiche in der Kirche von Saint-Germain-l'Auxerrois verscharren lassen. Die anderen Anhänger der Königin-Mutter hatten sich zu Hause verkrochen. Er aber kannte keine Furcht und hatte sich trotz der veränderten Kraftverhältnisse nicht einschüchtern lassen. Schon am nächsten Tag fuhr er wie gewohnt aus. Und auf dem Pont Neuf passierte es …

Er sitzt nichtsahnend in seiner Kutsche, als diese plötzlich von einem Menschenmeer umflutet und festgehalten wird. Es sind einfache Menschen … Handwerker, Händler, kleine Bürger, Tagelöhner. Grölend, blutrünstig, aufbrausend, wie nur das Pariser Volk es sein kann. Und über sich tragen sie den Leichnam Concinis … Er hat noch das Seil des Glockenturms an den Füßen, mit dessen Hilfe man ihn aus seinem Grab gezerrt hat. Ansonsten hat er alles verloren. Die Ohren, die Nase. Das Geschlechtsteil. Er ist nur noch ein rohes Stück Fleisch. Ein Symbol des

Hasses der Bevölkerung, die den italienischen Emporkömmling schon immer verabscheut hat. Die Gesichter um ihn sind zu Fratzen verzerrt. Die Hände, rot vor Blut, sind zu Klauen gekrümmt, sie reißen sich Stücke aus der Leiche … Und er, ein Anhänger der Regentin, wie dieser Mann es war, an dem die Menge ihre Wut auslässt, steckt mitten drin. Noch unerkannt. Doch da erregt sich sein Kutscher, peitscht die Pferde, beschimpft die Menge, die ihn am Weiterkommen hindert … Plötzlich bemerkt Richelieu, wie die Menge beginnt, sich in Gesichter aufzuteilen … in unfreundliche Gesichter, die nun auf das Gefährt aufmerksam werden … Und in ihm erwacht schrill das Bewusstsein der Gefahr. Und er tut durch Gottes Gnaden das einzig Richtige, was getan werden kann. Er bringt den Kutscher zum Schweigen. Er steckt den Kopf aus der Tür des Wagens. Er fragt die Gesichter in der Menge, was hier vor sich geht. Und dann stimmt er dem Hass zu. Er hört noch seine eigene Stimme, klar und grell: »Ihr seid Leute, die für den König sterben würden!«, er hört sich mit aller Kraft schreien: »Vive le Roi! Es lebe der König!« Plötzlich sind es keine unfreundlichen Gesichter mehr, sondern lachende, frohe, mit geöffneten, winkenden Händen … bewegt von einer Begeisterung, wie nur das Pariser Volk sie zeigen kann … Eine Rinne öffnet sich bereitwillig vor der Kutsche. Und er fährt weiter, in die Freiheit, in das Leben.

Doch dann kam sie, die Angst. Nachträglich. Eine Angst, die ihn ohnmächtig zitternd in die Kissen zurückwarf. Und die nie wieder verging. Die Angst vor der hinterhältigen, plötzlichen Ermordung. Wie der Plan, ihn während der Durchfahrt des Waldes nach Fontainebleau zu erdolchen. Oder auch die Angst vor einem Degen, der plötzlich vor ihm gezückt wurde. Hervorgerufen von dem Gefühl, ausgeliefert, völlig machtlos zu sein. Ein inakzeptabler Gedanke für ihn, dessen Geist bisher über alles gesiegt hatte, über die Wirren des politischen Umsturzes, über das ständige Misstrauen des Königs – sogar über seinen eigenen, hinfälligen Körper.

Richelieu hörte sich kalt sagen:

»Für mich ist der Fall eindeutig.«

»Nein …!«, schrie die Comtesse auf. Sie legte eine Hand an ihre Seite, beugte sich vor, fuhr dann mit gepresster Stimme, aber nicht weniger eindringlich fort: »Bitte erinnern Sie sich der Dienste, die er Ihnen leistete … Der vielen Jahre der Treue, des Einsatzes auch seines Lebens …«

»Es war ein Abkommen. Er ist sehr gut dafür bezahlt worden.«

Sie schüttelte verbissen den Kopf.

»Vielleicht. Aber es war noch mehr als das, und das wissen Sie. Denn einem gewissenlosen Söldner hätten Sie nicht die schwierigsten und geheimsten Missionen anvertraut. Es war mehr als ein Abkommen zwischen Ihnen.« Sie hielt ihre geballte Faust vor sich. »Er hat an Sie geglaubt, an Sie und an Ihre Ideen, Monseigneur. Und weil er ein ehrlicher, guter Mann ist, wird er es wieder tun. Sie müssen ihm Zeit lassen, wieder zur Besinnung zu kommen.« Sie öffnete ihre Faust wieder.

»Er hat bewiesen, dass er sich nicht beherrschen kann. Und das macht ihn für mich wertlos. Sie verschwenden Ihre Zeit, Madame.«

Die Comtesse befreite ihr Gesicht von dem Schleier.

»Für Sie mag er wertlos sein … Aber nicht für mich!«, stieß sie leidenschaftlich hervor. Ihre Lippen wurden schmal. »Wenn Sie nicht vergeben können … vielleicht sind Sie bereit, eine Schuld zu bezahlen?«

»Eine Schuld, Madame?« Er hob eine Braue. »Ich sagte, ich bezahlte den Comte. Ich habe ihm gegenüber keine Schuld.«

»Nein.« Die Comtesse widersprach leise. »Es ist eine Schuld, die Sie mir gegenüber haben, Eminenz. Seit meinem Besuch in Ihrem Schloss von Fleury. Ihr Leben. Gegen seines.«

Er hob nun auch die zweite Braue.

»Ich wusste nicht, dass meine Schuld noch nicht abgegolten ist, Madame d'Eastington. Ich erinnere mich an einen gewissen Brief der Herzogin de Chevreuse, den Sie damals sehr dankbar waren, in Händen zu halten. Und an Ihre eigene Freiheit, die Ihnen dank meines Eingreifens erhalten blieb.«

»Sie haben Recht, Monseigneur.« Die blauen Augen leuchteten. »Sie haben Thibault gerettet. Nichts kann diesen Verdienst schmälern. Auch nicht die Tatsache, dass, wie Sie mir selber mitteilten, der Brief zufällig in Ihre Hände geriet.« Richelieu verbarg sein Schmunzeln hinter seiner Hand. »… Und Sie bewiesen Großzügigkeit, indem Sie mich hier aufnahmen. Doch all dies scheint mir noch wenig zu sein, wenn man es in die Waagschale wirft, um das Leben des Herzogs de Richelieu auszugleichen.«

»Madame, Sie enttäuschen mich. Was stellen Sie da für hässliche kleine Rechnungen auf? Ein Leben ist so viel wert wie ein anderes, in den Augen unseres Herren.«

Es schien unmöglich, aber die blauen Augen wurden tatsächlich noch größer. Versuchten auf fast hypnotische Weise, ihren Willen durchzusetzen. Die Comtesse sprach langsam und überdeutlich.

»Aber nicht in den Augen des Königs. Nicht in den Augen Frankreichs. Den Wert, den Ihr Leben für dieses Land hat, ist unschätzbar.«

»Erst harte Verrechnungen, dann Schmeicheleien?« Richelieu lächelte leicht. »Sie sind wirklich eine erstaunliche Frau, Madame. Und eine gewiefte Unterhändlerin. Ich bedauere, dass ich Sie nicht in den Auseinandersetzungen mit England eingesetzt habe.«

Seine Belustigung verflog so schnell, wie sie gekommen war. Er schwieg einen Augenblick. Dann schüttelte er den Kopf.

»Madame, der Comte de Fontes-Villaray hat mich persönlich bedroht. Doch viel schlimmer ist die Bedrohung, die aus Informationen resultieren würden, wenn er sie an Dritte verkauft, oder auch nur achtlos um sich verstreut. Sie sagten eben, dass ich ihn für die geheimsten Missionen einsetzte. Das ist wahr. Gerade deshalb aber kann ich den Comte nicht frei herumlaufen lassen.«

Er sah, wie die Haut sich weiß über die Knöchel ihrer Hände spannte.

»Und wenn er wiederkäme … Wenn er bereit wäre, sein Verhalten zu bereuen?«

»Ich kenne den Comte. Sein Starrsinn ist mir ebenfalls geläufig.«

Sie sank zurück. Sie schüttelte den Kopf. Sie klang erschöpft.

»Lassen Sie es mich versuchen, Eminenz. Bitte! Ich will ihn suchen … mit ihm reden. Ihn zu Ihnen bringen.« Sie lehnte sich wieder vor, mit verschränkten Händen. »Ich flehe Sie an … Für all die Jahre, in denen er Ihnen treu ergeben war … Für die Frau, die ihn liebt … Für … Für den Sohn, der uns verbindet!«

»Der Comte hat mir nie von einem Sohn erzählt …«

Sie sah ihn an, lächelte traurig.

»Das kann er auch nicht, Monseigneur.«

Ihre Augen lagen ineinander. Lange Zeit. Dann hörte er sich sagen:

»Vier Wochen, Madame. Vier Wochen, um ihn mir zu bringen.«

Sie wollte sich hinknien, doch er kam ihr mit einer abwehrenden Geste zuvor.

»Lassen Sie es gut sein, Madame.« Auch er fühlte sich jetzt müde. »Ich wünsche Ihnen eine gute Reise.«

⚜

»Nein, nicht in das direkte Licht. Das verträgt es nicht. Es braucht eine indirekte Beleuchtung, eine, die dem Nebel nicht schadet … Halten Sie es dort drüben hin.«

Richelieu wies auf einen schmalen Mauerstreifen, der zwei Fenster trennte.

Die zwei rotlivrierten Lakaien durchquerten den weiten Raum, hielten das Gemälde an die gewünschte Stelle.

»Hmm …« Er machte drei Schritte zurück. »Öffnen Sie die Fenster.«

Einer der Lakaien verharrte in einer reichlich unbequemen Stellung, um das Bild an der Wand zu halten, während der andere die mit Blei eingefassten Fensterflügel aufsperrte.

Richelieu strich mit dem Daumen über seinen schmalen Kinnbart.

Ja … Jetzt rahmten die Kronen der langsam ergrünenden Eichen rechts und links das Ölgemälde ein. Wenn sie erst einmal voll im Laub stehen würden, würden sie einen perfekten Hintergrund bilden.

»Machen Sie es genau dort fest.«

Er verfolgte aufmerksam das Tun der beiden Diener, die ihre Arbeit flink und ordentlich verrichteten und sich dann auf einen Wink hin entfernten.

Er stand noch immer da, als ein schmatzendes Geräusch von bloßen Füßen in Sandalen das Nahen von Pater Joseph ankündigte.

»Monseigneur, der Page von Madame d'Eastington steht bereit.«

»Es ist gut, Pater. Sie können ihn hereinlassen.«

Der Page hinkte zögernd ein, blickte sich mit gesenktem Kopf um. Seine Augen weiteten sich beim Anblick der langen Reihen der ledernen Buchrücken, die die Regale füllten. Dann erst bemerkt er den Kardinal. Er blieb abrupt stehen und verbeugte sich tief, während seine Finger sich in die Krempe seines Hutes verkrampften.

»Kommen Sie näher, Monsieur. Haben Sie die Sachen Ihrer Herrin schon fertig gepackt?«

»Ja, Monseigneur. Wir warten nur noch auf die Kutsche.«

»Gut. Sehr gut.« Richelieu nickte. »Arbeiten Sie gerne für die Comtesse of Eastington?«

Die Stimme des Jungen zitterte etwas.

»Ja, Monseigneur.«

»Es ist gut, wenn man Personal hat, auf das man sich verlassen kann. Auch mir sind meine Leute ergeben. Es wird mir sofort berichtet, wenn etwas Ungewöhnliches passiert.« Der Page antwortete nicht. »Ich habe Sie rufen lassen, weil mir einer meiner Lakaien etwas gebracht hat – etwas, was offensichtlich verloren wurde. Und da Sie heute abreisen, wollte ich mich vergewissern, dass es nicht Ihnen gehört.«

Er streckte seine Hand aus.

»Hier. Schauen Sie es sich an.«

Der Page errötete, als er den breiten, schweren Schlüssel sah.

»Oh, ich sehe, Sie kennen es. Wie erfreulich.«

»Natürlich. Es … Es ist ein Schlüssel, Monseigneur«, stotterte der Page. »Es kann sein, dass ich ihn schon einmal gesehen habe … Aber … Aber zu sagen, in welches Schloss er gehört …«

»Nun, vielleicht hilft es Ihnen weiter, wenn ich Ihnen verrate, wo man ihn fand.« Richelieu drehte den kalten Gegenstand in seiner Hand. »Mein Gärtner entdeckte ihn, tief verborgen unter einer Buchshecke.«

Der Junge räusperte sich, lächelte schief. Sein Haaransatz glänzte.

»Das … Das ist ein seltsamer Ort für einen Schlüssel.«

Richelieu verzog ein wenig die Lippen.

»Ja, nicht wahr? Ich hatte gehofft, Sie könnten mir helfen, dieses Geheimnis aufzuklären.«

»Nein … Leider nicht, Eminenz.«

»Hmm … Schade.« Er ließ den Schlüssel in der Tiefe seiner purpurnen Robe verschwinden und beobachtete, wie der Junge aufatmete. »Wie ich sehe, interessieren Sie sich für Bücher?«

Die Erleichterung ließ den Jungen nun herzlich lächeln.

»Ich habe nicht gewusst, das es so viele Bücher auf der Welt gibt, Monseigneur. Meine Herrin gab mir immer nur aus demselben Unterricht.«

»Sie können lesen?«

»Ja, Monseigneur.«

»Und schreiben?«

»Leider nicht besonders. Mylady sagt immer, meine Buchstaben sähen aus, als ob sie am liebsten sofort von dem Papier weglaufen wollten. Und meine Rechtschreibung …«

»So, so. Lesen und schreiben. Das ist gut.« Richelieu nickte leicht. »Nun, dann schauen Sie sich ruhig ein wenig in der Bibliothek um, wenn Sie möchten.«

Der Junge streifte kurz seinen Blick. Offensichtlich überlegte er sich, ob er die Einladung ausschlagen konnte. Richelieu machte eine kleine, ungeduldige Handbewegung. Der Page ging zögernd ein paar Schritte, schlich langsam an den Regalen entlang und gab vor, die goldenen Buchstaben auf den ledernen Buchrücken zu entziffern.

Richelieu beobachtete den Pagen unverhohlen. Ja … Der Junge war ein Glückstreffer. Man würde sich sogar brieflich mit ihm in Verbindung setzen können. Es war höchste Zeit, dass jemand die Stelle von Alphonsine Fauvette übernahm, die er so glücklich der Herzogin de Chevreuse hatte abspenstig machen können, und die sich als sehr nützlich erwiesen hatte, als es darum ging, die Post der Comtesse zu untersuchen.

Als Robert ein wenig zu lange vor einer weißen Büste von Karl IX. stand, die auf einem Sockel in einer Ecke des Raumes Wache hielt, rief er ihn zu sich.

»Sie haben auch etwas für Kunst übrig? Dann müssen Sie sich das hier anschauen. Kommen Sie her.«

Widerwillig folgte der Junge dem Befehl. Richelieu wies auf das Bild, ohne ihn aus den Augen zu lassen. Der Junge sah in die Richtung, zuckte, senkte schnell den Blick. Richelieu nickte zufrieden.

»Monsieur, ich denke, es ist an der Zeit, offen miteinander zu reden«, begann er schneidend. »Ich hoffe, Sie haben verstanden, dass es sinnlos ist, mich anzulügen. Sie haben dieses Bild offensichtlich schon einmal gesehen. Und Sie sind dabei beobachtet worden, wie Sie den Schlüssel in den Park geworfen haben.«

Der Junge blickte angestrengt auf seine Füße, doch er war so rot, dass sogar sein Scheitel glühte.

»Ich schätze es nicht, wenn Dienstboten ihre Grenzen überschreiten. Ich weiß nicht, wie Madame d'Eastington darüber denken wird …«

Der Page hob blitzschnell den Kopf. Angst weitete seine Augen.

»Monseigneur … Sie dürfen meiner Herrin nichts davon erzählen!«

»So … Darf ich nicht?«, zerpflückte Richelieu die Worte. »Halten Sie Ihre Wortwahl für angebracht?«

»Ich … Ich bitte sehr um Verzeihung, Eminenz …«

Richelieu musste an sich halten, um nicht ungeduldig aufzuseufzen. Dieser Page war kein ebenbürtiger Gegner. Es machte keinen Spaß, eine Raupe zu zertreten. Er beschloss, die Unterredung so schnell wie möglich zu beenden. »Wenn Sie nicht wollen, dass Ihre Herrin von der Rolle erfährt, die Sie bei diesem kleinen Drama gespielt haben, gibt es nur eine Möglichkeit: Sie werden mir zur Verfügung stehen, wann immer ich es für richtig halte. Wenn ich es von Ihnen verlange, werden Sie mir einen exakten Bericht über die Aktivitäten Ihrer Herrin liefern. Bis ins kleinste Detail.«

»Nein!« Der Junge ballte die Fäuste, schrie auf. »Nie im Leben! Ich werde nie etwas tun, was Mylady schadet!«

»Mein lieber Junge, haben Sie Ihre Herrin in der letzten Woche einmal in das Gesicht geschaut? Sind es nicht die Spuren Ihrer Ergebenheit, die sie auf den Zügen trägt?«

Die Augen des Pagen füllten sich mit Tränen. Er zog zornig die Nase hoch, sagte aber nichts.

»Ich weiß, dass die Comtesse viel für Sie übrig hat. Aber ich glaube nicht, dass sie Ihnen Ihr Komplott verzeihen wird. Sie sollten es sich gründlich überlegen, Monsieur. Außerdem sind Ihre Sorgen unbegründet. Oder hatten Sie in den vergangenen Monaten das Gefühl, dass ich ein Feind Ihrer Herrin bin?«

Der Junge wischte sich mit dem Ärmel über die Nase. Schließlich sah er hoch. Richelieu wartete nicht auf seine Antwort.

»Gut. Ich will über alle wichtigen Geschehnisse informiert sein. Die Einzelheiten klären Sie mit Pater Joseph. Sie dürfen gehen.«

Der Page öffnete den Mund, doch kein Wort kam über seine Lippen. Seine Augen waren voller Flehen. Richelieu sah ihn ungerührt an. Eine Träne rollte über die Wange des Jungen, er torkelte ein paar Schritte zurück, deutete eine Verbeugung an, bevor er aus dem Zimmer eilte.

Kurz darauf erschien erneut Pater Joseph. Er deutete hinter sich.

»Der Page der Comtesse ist gerade an mir vorbei gerannt, als hätte er den Leibhaftigen erblickt …«

»Er hat nur das erblickt, was er in sich trägt. Aber vor sich selber wird er nicht weglaufen können.«

Zehn

»Tout est rempli d'ennui,
De pleurs, d'inquiétude;
Paris même aujourd'hui
N'est qu'une solitude.«

»Alles ist erfüllt
Von Tränen und Leid;
Sogar Paris ist heute
Nur eine Einsamkeit.«

Mai 1627

François hätte nicht sagen können, wie lange schon er vor seinem Becher hockte, als er hörte, wie die Tür der Schänke sich öffnete. Er sah nicht hoch. Die lauten Gespräche der anderen Gäste, ihr Gelächter und ihre scheppernden Krüge bildeten eine beruhigende Geräuschkulisse, und er hatte kein Bedürfnis, aus dem angenehmen Zustand der Gleichgültigkeit gerissen zu werden.

»Hola, Herr Wirt! Ich brauche zwei Zimmer, für mich, meinen Freund und meine Gefolgsleute. Und zwar ein bisschen plötzlich!« Eine Hand klatschte laut auf den Tresen.

»Hola, hola, mein lieber Herr ...«, hörte François den Wirt antworten. »Seid willkommen im Gasthaus der Rois Mages, dem besten von ganz Paris! Sie haben Glück, Monseigneur. Zwei Zimmer sind noch frei. Margot wird sie Ihnen zeigen.«

»Ich möchte das Zimmer im ersten Stock, das, das auf die Seine hinausgeht.«

»Ich bitte tausend Mal um Vergebung, Monseigneur, aber dieses Zimmer ist leider schon vermietet!«

»So?«, fragte die junge Stimme des Ankömmlings gedehnt. »Dann quartieren Sie diese Person um. Ich bestehe auf diesen Raum. Die Luft über dem Fluss ist die einzige, die ich vertrage.«

»Monseigneur ... leider ... Der Herr hat im Voraus bezahlt und ebenfalls bestanden ...«

François biss die Zähne aufeinander. Konnte man denn nirgendwo seine Ruhe haben? Wie erwartet, gab der neue Gast nicht auf.

»Zum Teufel mit Ihrem Gestotter, Herr Wirt! Sie haben Glück, dass ich gut gelaunt bin, sonst würde ich nicht so viel Geduld mit Ihnen haben. Zeigen Sie mir den Herren. Ich werde ihn schon zu überzeugen wissen!«

François beugte seinen Rücken tief über den Becher, und ließ seine rechte Hand unter der Tischplatte verschwinden. Dann hörte er auch schon, wie sich Stiefel näherten.

»Monsieur …«, sprach die mit Arroganz durchtränkte Stimme ihn nun an, »… ich weiß nicht, ob Sie mich hören. Da es Ihnen egal sein dürfte, in welchem Zimmer Sie Ihren Rausch ausschlafen, ich aber noch durchaus in der Lage bin, etwas frische Luft zu schätzen, habe ich Sie umquartieren lassen.«

François richtete sich auf und zog seine Rechte hervor. Er richtete seine Pistole geradewegs auf die Brust des Störenfrieds und fauchte:

»Ich habe Sie sehr gut verstanden, Monsieur. Und ich versichere Ihnen, dass ich noch sehr wohl ein Zimmer von einem anderen unterscheiden kann!«

Die hellbraunen Augen des jungen Mannes vor ihm weiteten sich vor Staunen, dann vor Freude.

»Fontes-Villaray! Fontes, bist du's wirklich?«

François blinzelte, schob seinen Hut mit seiner Pistole zurück, knurrte.

»Bouteville? Was in drei Teufels Namen machst du in Paris?«

Der junge Mann lachte und hatte plötzlich jede Arroganz verloren.

»Du bist es tatsächlich! Na, das nenne ich Zufall …« Er schnappte sich einen Stuhl und setzte sich rittlings auf ihn. »Ich habe wirklich nicht erwartet, in diesem Haus einen Bekannten zu treffen.«

»Hmm. Treffen nennst du das? Na ja, deine Art auf Menschen zu treffen war schon immer etwas anders.« François griff zu dem irdenen Weinkrug. Drei rote Tropfen rannen in seinen Becher. »Mist … schon wieder leer.«

Montmorency-Boutevilles Lippen umspielte ein kleines Lächeln.

»Du hast zu viel getrunken.«

François zuckte die Achseln und steckte seine Pistole wieder weg.

»Zu viel und nicht genug. Zu viel, um aufzuhören. Nicht genug, um nicht zu wissen, was ich tue. Ein sehr unbefriedigender Zustand.«

»Du wohnst hier? Was ist mit deiner Wohnung in der rue de la Platrière?«

»Hmm. Zu heißes Pflaster im Moment.«

»Oha! Du hast etwas ausgefressen, stimmt's?«

»Geht dich einen Dreck an.«

»Diantre, bist du schlechter Laune … Hola, Margot! Bring uns einen frischen Krug Wein … Und etwas von dem Braten, der so gut aus der Küche duftet!«

Ein wenig später erschien ein frischer Krug, eskortiert von einem großzügigen Stück knusprig gebratenem Schweinebraten. Bouteville schnitt es an und hielt François eine dampfende Scheibe hin.

»So, iss erst einmal. Vielleicht wirst du dann etwas umgänglicher. Ach, da kommt ja auch schon des Chapelles rein. Komm zu uns, alter Freund! Und schau mal, wessen Sachen du gerade hast zusammenräumen lassen!«

Der zweite junge Mann begrüßte François mit derselben freudigen Überraschung wie Bouteville. François knurrte ihn ebenso an wie vorhin seinen Freund, und der Neuankömmling machte sich kurz darauf ohne Umstände mit daran, den Braten zu vertilgen. François fühlte sich schon etwas freundlicher gestimmt, als er Bouteville kauend fragte:

»Was machst du eigentlich hier? Die letzten Neuigkeiten hießen, du seiest nach Lothringen geritten.«

»Waren wir auch. Du weißt von meinem Streit mit Beuvron?«

»Ganz Paris weiß davon.«

Bouteville leckte zufrieden seine Finger ab.

»Nun, dann weißt du auch, dass ich in Lothringen die Antwort auf mein Gnadengesuch an Louis erwartete. Wegen meines letzten Duells. Die Infantin Isabelle war so freundlich, sich für mich beim König einzusetzen. Ich habe sogar Beuvron vertröstet, der sich eher heute als morgen mit mir schlagen würde.«

François hob zynisch eine Braue. »Und der König hat deinem Gesuch nachgegeben?«

Eine Ader schwoll augenblicklich an Boutevilles Schläfe an. Er schlug mit der Faust auf den Tisch.

»Weißt du, was seine Antwort war? Ich könne nach Frankreich zurück. Aber ich dürfe mich weder in Paris, noch am Hof blicken lassen! Foutaises!«

François meinte trocken, während er sich nachschenkte:

»Und deshalb bist du natürlich sofort nach Paris geritten.«

Boutevilles Augen glänzten erregt. Er erfasste François Arm.

»Ja. Und noch besser: Ich werde meine Differenzen mit Beuvron hier regeln.«

François stellte den Becher, den er bereits an die Lippen gesetzt hatte, wieder zurück.

»Du willst dich in Paris duellieren? Vor den Augen des Königs?«

Bouteville lächelte siegessicher und tippte mit dem Zeigefinger auf den Tisch.

»Genau da. Auf der Place Royale. Übermorgen, um zwei.«

François runzelte die Stirn, schwieg. Dann schüttelte er leicht den Kopf.

»Schade. Ich konnte dich immer gut leiden, trotzt deines Hitzkopfes.«

»Ist das alles, was du dazu sagst?« Des Chapelles starrte François ungläubig an. »Wir werden der ganzen Welt zeigen, dass wir diesen idiotischen Erlass verachten! Wir sind freie Männer und lassen uns von niemandem vorschreiben, wie wir unsere Ehre verteidigen!«

»Du bist auch dabei?«

»Natürlich ist er dabei.« Bouteville sah François eindringlich an. »Und wenn du willst, auch du.« Er hieb mit dem Fleischmesser tief in das Holz vor ihm, ließ es stecken. »Fühlst du denn keine Empörung über diese Gesetze von diesem hergelaufenen Kardinal? Erzähle mir nicht, dem sei nicht so, denn sonst würdest du dich hier nicht verstecken. Lass es uns ihm zeigen! Lass es uns all diesen Drückebergern zeigen, die vor dem König und seinem Lakaien in den Staub kriechen! Bevor der Stolz und der Glanz unserer Väter nur noch Geschichte ist! Lieber sterben, als auf die Knie fallen!«

Bouteville schwieg abrupt und forschte in den Zügen seines Gegenübers.

François hatte die Zähne fest aufeinander gepresst. Er starrte auf das Messer, das Bouteville in den Tisch gehauen hatte, auf die Klinge, die tief im Holz steckte, und unter den erregten Bewegungen Boutevilles angefangen hatte, leicht zu schwanken.

Seine Linke fuhr an seine Seite, wo ein neuer, an alte Verpflichtungen nicht gebundener Degen hing.

»Hör zu …«, meinte er nun, sich zu des Chapelles und Montmorency-Bouteville beugend.

Die anderen Gäste der Wirtsstube, die einen Augenblick durch die erregten Stimmen abgelenkt worden waren und neugierig gelauscht hatten, drehten sich wieder um.

⚜

»Tante Anne-Catherine, Sie werden doch gewiss noch ein wenig von diesem frittierten Pistazien-Kuchen nehmen!«

Julies Tante seufzte übertrieben und drehte sich zu den offenen Fenstern, die die milde Mailuft und das aus tausend kleinen Geräuschen bestehende Treiben der Straße in das Zimmer einließen. Sie reckte den Hals aus ihrem steifen, altmodischen Kragen. Loyse und Julie lächelten einander zu.

»Also … Nun ja … Aber nur ein ganz kleines Stück …« Julie legte ihrer Tante nach. Anne-Catherine biss in den Kuchen und fragte kauend: »Sie sind gestern Abend spät heimgekommen, nicht wahr? Haben Sie etwas erreichen können?«

Augenblicklich verflog Julies aufgesetzte Heiterkeit.

Sie schob ihren Teller von sich und verschränkte die Arme. Eine Geste, die ihr in den letzten Tagen zur Gewohnheit geworden war. Denn sie fror. Sie fror, seit François Arme sie nicht mehr umfingen.

Seit über drei Wochen lief sie nun die Straßen dieser Stadt ab. Wenn sie abends wieder in die rue Neuve-Saint-Louis zurückkehrte, hatte sie einige Meilen zurückgelegt und sich die nötige Bettschwere erarbeitet, um ohne Albträume schlafen zu können. Sonst, allerdings, hatte sie noch nichts erreicht.

Julie hatte sich erbittert gegen die Einsicht gewehrt, dass es aussichtslos war, in dem Filz der Pariser Straßen, Häuser und Gassen einen einzelnen Mann wiederzufinden, der nicht gefunden werden wollte. Sie hatte Plätze aufgesucht, wo sie ihn vermutete, hatte sich bei gemeinsamen Bekannten erkundigt, hatte Robert Gasthäuser und Pensionen durchkämmen lassen. Hätte sie Geld gehabt, hätte sie eine kleine, diskrete Armee von Ohren und Augen aufbauen können. Aber Surelles hatte nicht aus La Rochelle geantwortet, und ihre Börse war so leer wie nie zuvor.

Zwei Tage hatte sie noch … Zwei Tage. Sie zog die Arme enger.

»Julie? Julie, ist alles in Ordnung?« Loyses Stimme durchdrang ihre Gedanken. »Sie brauchen nicht zu antworten, wenn Sie es nicht möchten.«

Sie sah hoch und begegnete dem besorgten Blick ihrer beiden Tanten.

In dem Augenblick sprang Zerberus von seinem Platz auf, lief zum Fenster, legte beide Vorderpfoten auf das Fensterbrett und spähte hinaus. Plötzlich bellte er ohrenbetäubend. Mit drei Sätzen hastete er aus dem Raum.

»Allons bon … Was ist denn mit dem Hund los?«, murmelte Loyse. Clarisse erschien an der Tür.

»Madame Julie … Es ist ein Herr angekommen, der Sie sprechen möchte.«

»Wie ist der Name dieses Herren?«, fragte Loyse.

»Er hat ihn mir nicht verraten, Madame.« Clarisse blickte über ihre Schulter. Sie fuhr leise fort: »Aber er ist recht unheimlich. Er hat so etwas Verwegenes, Undurchsichtiges an sich … so etwas Beeindruckendes … Könnte nicht sagen, ob er ein Seigneur oder ein Pirat ist. Hat Augen, die durch und durch gehen …«

Julie schob ihren Stuhl mit einem Ruck zurück und sprang auf die Füße.

»Kennen Sie diesen Herren, Julie? Sagt Ihnen die Beschreibung etwas?«, fragte Loyse.

Doch Julie hörte nichts mehr. Sie lief zur Tür, riss sie auf und lief davon.

Ihr Atem ging schnell, als sie die Tür des kleinen Raumes aufstieß, in dem man die dem Haus nicht vertrauten Besucher für gewöhnlich warten ließ.

Eine hochgewachsene Gestalt stand in einer Ecke und beutelte Zerberus, der beide Vorderläufe auf seine Brust gestemmt hatte. Er war es wirklich!

»Guillaume!«

Der Mann drehte sich um. Ein breites Lächeln erschien auf den verwitterten Zügen. Er stieß den Hund von sich und breitete die Arme aus. Julie warf sich ohne zu zögern hinein, lachend und weinend zugleich.

»Guillaume … Mein Gott, Guillaume, ist es schön, Sie wiederzusehen!«

»Kleine Lady …« Die Arme drückten sie, hoben sie hoch, wirbelten sie wie ein Kind durch die Luft. »Lassen Sie sich anschauen …« Guillaume pfiff anerkennend. »Sie sind ja zu einer richtigen Pariserin geworden! Mon Dieu, es ist unmöglich, aber Sie sind tatsächlich noch schöner als in meiner Erinnerung!«

Julie lachte.

»Ach, Guillaume … Seit wann sind Sie unter die Schmeichler gegangen? Und Ihr Bart … Wo haben Sie Ihren Bart gelassen? Ich hätte Sie ohne den Wald auf Ihrem Gesicht kaum wiedererkannt!«

Guillaume rieb übermütig über seine Wangen, auf denen schon wieder Stoppeln sprossen.

»Tja, sehen Sie … Dann hat es ja seinen Zweck erfüllt. Wenn Sie mich kaum erkannt haben, dann ein anderer schon gar nicht!«

»Ach, Guillaume … Ich kann es noch gar nicht glauben … Wo kommen Sie her? Seit wann sind Sie in Paris? Und …« Julie wurde plötzlich ernst, ihr Magen zog sich zusammen.

»Es gibt viel zu erzählen, kleine Lady. Vor allem anderen aber will ich Sie beruhigen. Mein Erscheinen hat keine Bedeutung für Thibault. Weder zum Guten noch zum Schlechten.«

Julie nickte, griff nach Guillaumes Hand und lächelte.

»Kommen Sie. Als Erstes will ich Sie meinen Tanten vorstellen.« Sie kicherte. »Clarisse hat eben eine Beschreibung abgegeben, die in ihnen die schlimmsten Befürchtungen geweckt haben muss.«

Anne-Catherine und Loyse empfingen Guillaume mit freundlicher Zurückhaltung, die sich aber rasch in Herzlichkeit verwandelte, als Julie ihnen erklärte, wer genau er war. Schließlich kannten sie den Waldschrat aus ihren Erzählungen und konnten daher seine Verdienste würdigen.

Während der Besucher und ihre Tanten Artigkeiten austauschten und für Guillaume ein verspätetes Mittagessen aufgetischt wurde, musterte Julie unauffällig ihren alten Freund.

Seine früher grauweiß melierten Haare schimmerten jetzt in einem reinen Weiß. Sie waren wie eh und je mit einem einfachen Lederriemen im Nacken zusammengebunden. Der Haaransatz war noch etwas weiter zurückgewichen. Die letzten zwei Jahre hatten sein Gesicht restlos zu altem Leder gegerbt. Durch den fehlenden Bart wirkte das ganze Gesicht schmaler als in ihrer Erinnerung, aber auch gepflegter und aristokratischer. Das hervorstechende Merkmal seiner Züge war nun die Hakennase, die ihr größer und knochiger als in ihrer Erinnerung vorkam. Und natürlich die tief liegenden, grauen Augen der Tallevendes.

»So, meine Lieben. Jetzt müssen Sie uns entschuldigen.« Loyse stand auf und legte ihre Hand auf den Arm ihrer Schwester. »Wir haben noch viel zu tun, nicht wahr, Anne-Catherine?«

»Nun, eigentlich nicht, aber es wird uns bestimmt noch etwas einfallen.« Anne-Catherine klopfte Loyse auf die Hand und lächelte schelmisch. »Auf jeden Fall lassen wir Sie jetzt alleine. Sie werden sich jede Menge zu erzählen haben.«

Julie und Guillaume blieben alleine zurück.

Plötzlich war Julie verlegen. Guillaume hier in Paris zu sehen war so unerwartet! Die neue Umgebung, sein verändertes Aussehen und die vielen Geschehnisse der letzten zwei Jahre ließen sie nun die Befremdung spüren, die von dem ersten Freudenausbruch überspielt worden war.

Guillaume sprach mit gesundem Appetit den Resten des Lammragouts zu, die Clarisse ihm vorsichtig hingestellt hatte, bevor sie eilig wieder verschwunden war. Seine grauen Augen funkelten noch wie früher.

»Das sind aber zwei reizende Tanten, die Sie da haben.«

»Ja, das sind sie. Sie haben mir die Kraft gegeben, die letzten zwei Jahre zu überstehen.«

»Hmm …« Guillaume forschte in ihren Zügen. »Julie, erzählen Sie! Weshalb hat man Sie nach Frankreich geholt? Ich konnte es damals nicht fassen, als ich nach mühseligem Nachforschen erfuhr, dass Sie sich mit der Herzogin de Chevreuse eingeschifft hatten.«

»Ich konnte es lange Zeit selber nicht fassen …« Julie spielte mit den Fransen, die den festen roten Teppich umsäumten, der auf dem Tisch lag. Sie versank in der Vergangenheit und berichtete. Guillaume hatte zu essen aufgehört. Er folgte gespannt ihren Worten, die Hände über der Brust verschränkt. Ab und zu spielten seine Augenbrauen, doch er unterbrach sie nicht.

Als sie geendet hatte, schüttelte er den Kopf und schmunzelte.

»Das haben Sie nicht schlecht gemacht für eine kleine englische Lady. Hätte man Ihnen gar nicht so zugetraut, als Sie noch frisch verheiratet zwischen den Buchen von Eastington hüpften und sich zwischen ihnen verirrten …«

Julie lachte.

»Danke für das Kompliment. Es ist heute schon das zweite, stelle ich fest. Das hätte ich Ihnen gar nicht zugetraut, als Sie noch als Hexenmeister zwischen den Buchen von Eastington hockten und mich aus Ihrer Hütte verscheuchen wollten!«

Guillaume verzog das Gesicht.

»Ach, ist das herrlich! Sogar der französische Hof hat Ihrer spitzen Zunge nichts anhaben können! Dann bin ich beruhigt: So schlecht kann es Ihnen nicht ergangen sein.« Er brach ein großes Stück Brot ab, um die Soße auf seinem Teller aufzutunken, hielt in der Bewegung inne, sah sie ernst an. »Ich wünschte, ich könnte Ihnen gute Neuigkeiten bringen, Julie. Doch Sie werden enttäuscht sein.«

Julies Hand schnellte vor. Sie ergriff seinen Arm.

»Guillaume, was immer Sie mir jetzt berichten … Es ist unendlich mehr als das, was ich ohne Sie erfahren hätte. Was Sie für mich getan haben, übersteigt jede Vorstellung!« Sie zog ihre Hand zurück, setzte sich tief in ihren Stuhl und konnte ihrer Stimme nicht verwehren, leicht zu zittern, als sie ihn nun aufforderte: »Und nun bitte, Guillaume …«

Er schob seinen Teller schwungvoll von sich, tiefe Falten auf seiner Stirn.

»Ich will von Anfang an beginnen. Als Sie damals aus der Kutsche stiegen und in Hampton Court durch den Regen in das Schloss liefen, beschloss ich, mich etwas umzusehen …« Guillaume schob gedankenverloren ein paar Krümel auf der Tischverkleidung hin und her, sah nur ab und zu auf.

Er war nach dem Schlag in einem Verlies aufgewacht … Mit höllischen Kopfschmerzen und einer warmen, feuchten Lache auf der Stirn. Sein Angreifer hatte ihn nicht mit Samthandschuhen angefasst.

Dann war er befragt worden. Erst nur über den Grund seiner Anwesenheit in Hampton Court. Dann über seine Herkunft, seine politischen Überzeugungen. Und Guillaume hatte bald bemerken müssen, dass man um seine Identität sehr wohl Bescheid wusste – als Bewohner des Waldes von Eastington, als Treffpunkt zwielichtiger Gestalten, als Zentrum eines Netzes, dessen Verstrebungen weit in das Land reichten. Ein paar Wochen lang war er Tag und Nacht verhört worden. Wie lange, wusste er nicht, denn sein Kerker ließ kein Tageslicht hinein.

»Nun ja, und dann sollte ich weggebracht werden. Ich wusste davon, denn meinem Wächter war unbeabsichtigt eine Bemerkung entfallen. Ich hoffte auf eine Möglichkeit, zu entkommen. Ich fing an, mich krank zu stellen …«

Guillaume feixte. Als Heiler hatte er keine Schwierigkeiten gehabt, eine Erkrankung vorzutäuschen. Auch hatte man ihm seine Hose gelassen, in die er für einen solchen Fall winzige Mengen verschiedener Präparate eingenäht hatte. Eines davon, mit etwas Wasser verrührt, erzeugte Fieber und Schüttelfrost. Seine Kerkermeister waren rasch von seinem schwachen Zustand überzeugt worden und hatten ihn ohne besondere Sicherheitsvorkehrungen in die Kutsche gehievt, die ihn an einen unbekannten Ort schaffen sollte.

Kurz darauf gelang es ihm, in der Nacht ungesehen aus dem Gefährt zu entfliehen.

Als erstes hatte er an seiner Hütte vorbeigeschaut, doch wie befürchtet nichts als einen Haufen Asche vorgefunden. Er rasierte seinen Bart ab, kleidete sich neu, färbte sich die Haare, zog Erkundigungen über Julie ein. Er erfuhr, dass sie inzwischen in Paris war. Und dass das Kind kurz nach ihrem Aufbruch spurlos aus Eastington verschwunden war. Er zählte eins und eins zusammen.

Dann machte er sich auf die Suche nach Thibault. Er setzte sämtliche

Kontakte in Alarmbereitschaft, trieb sich um Hampton Court herum, fragte diskret Dienstboten und Soldaten aus. Er erfuhr so manch interessante Fakten, die ihm die Gelegenheit gaben, Richelieu zufrieden zu stellen. Aber von dem Kind, keine Spur. Monate vergingen, der Winter kam, der Frühling. Dann, im März vergangenen Jahres, ein Lichtblick. Er erfuhr von einem Londoner Haus, das Buckinghams Frau gehörte und angeblich leer stand. Als er dort vorbei schlenderte, hatte er aus einem Fenster ein Kind lachen hören. Er hatte das Haus einige Tage beobachtet, bis er die Amme erkannte.

Julies Augen hingen gebannt an Guillaumes Lippen. Ihre Hände umschlossen voller Spannung einige der goldenen Fransen des Tischteppichs.

»Haben Sie ihn gesehen?« Julie zählte auf ihren Fingern. »März vorigen Jahres … da war er zehn Monate alt …«

»Ich habe ihn gesehen, allerdings immer nur von weitem. Die Amme war stets um ihn. Sie umsorgt ihn mit aufrichtiger Zuneigung, so viel steht fest. Die arme Frau ist schließlich selber aus ihrem Heimatdorf gezerrt worden, hat ihr eigenes Kind zu Hause lassen müssen … Ich denke, sie hat Ihren Sohn an Stelle ihres eigenen angenommen. Die beiden waren stets von einem älteren Ehepaar umgeben, den Hausmeistern. Kurz angebundene, misstrauische Leute, mit denen ich nichts anfangen konnte. Zusätzlich gab es noch etwas Personal: Einen Koch, ein Hausmädchen, einen Stallburschen, ein Mann für alles, was Reparaturen betraf. Und Ihr Sohn war der Liebling des Hauses, Julie, von allen verhätschelt. Ich habe noch nie so viel Wirbel um einen Säugling machen sehen. Ob es war, weil Buckingham es ihnen befohlen hatte, oder weil Thibault ständig lachte und sang wie ein gut gefülltes Kesselchen, weiß ich nicht. Aber er hat alle bezaubert.«

Julie biss sich auf die Lippen. Sie hatte die Franse arg zerzaust. Einige goldene Fäden hingen abgerupft zwischen ihren Fingern. Sie wischte sich schnell über die Augen, lächelte.

Guillaume sah kurz auf, räusperte sich. »Nun ja … Als ich ihn also schließlich entdeckt hatte, suchte ich nach einer Möglichkeit, ihn aus diesem Haus zu holen. Ich war alleine, mitten in einer fremden Stadt. Ich musste vorsichtig vorgehen …«

Guillaume hatte nichts dem Zufall überlassen wollen. Schräg gegenüber des Hauses, wo Thibault untergebracht worden war, stand eine Wohnung zur Miete angeboten. Dort quartierte er sich ein. Er erkundete sorgfältig die Gewohnheiten seiner neuen Nachbarn, mehrere Wochen hindurch. Er bemerkte, dass alle Bewohner des Hauses gemeinsam in der Küche aßen. Wieder einmal nahm er seine Kenntnisse in Pflanzenheilkunde zu Hilfe: Ein gutes Schlafmittel, in das Essen oder die Getränke gestreut, würde ihm die meisten, mit etwas Glück vielleicht sogar all diese Menschen vom Hals schaffen.

Das Haus wurde regelmäßig beliefert, unter anderem auch mit Bier. Das Getränk, schäumend und bitter, schien Guillaume die beste Möglichkeit zu bieten, sein Ziel zu erreichen. Der Bursche, der die Auslieferungen machte, war bestechlich. Doch bevor er sein Vorhaben ausführte, musste er seine Flucht vorbereiten. Es ging nicht alleine darum, Thibault aus dem Haus zu holen. Wenn Buckingham erst einmal von der Entführung seines Schützlings erfahren haben würde, wäre Guillaume nirgendwo in England mehr sicher, zumal ein Kleinkind keine unauffällige Last war. Der ganze Sommer ging in Vorbereitungen dahin. Ein schneller, diskreter Transport musste her, außerdem eine neue, absolut zuverlässige Amme, und schließlich musste noch die Überfahrt organisiert werden. Ganz nebenbei ging er noch seinen Diensten für Richelieu nach. Endlich, im August, sollte es soweit sein.

»Es war genau eine Woche, bevor ich mein Glück versuchen wollte.« Guillaume schüttelte den Kopf. Seine Stimme war bitter. »An alles hatte ich gedacht, nur nicht daran, dass ein anderer genau dasselbe wie ich plante. Allerdings«, fügte er grimmig hinzu, »ging dieser Jemand in der Ausführung seines Plans sehr viel weniger zimperlich vor als ich.«

Es war ein bewaffneter Trupp von sieben Männern gewesen, der das kleine Bürgerhaus stürmte. Tief in der Nacht wurde Guillaume von Schüssen geweckt. Als er in aller Eile gelaufen kam, war schon alles vorbei.

»Es war ein Gemetzel! Der Koch war niedergeschlagen, die beiden Hausmeister und der kräftige Stallbursche erschossen worden. Das Hausmädchen entdeckte man hysterisch schluchzend hinter einem Holzstoß, wohin sie sich verkrochen hatte. Von dem anderen Burschen, sowie der Amme und Thibault fehlten jede Spur.« Guillaume rieb sich den Nasenrücken und verzog den Mund. »Ich nehme an, dass der Bursche ein Komplize der Angreifer war und sich schnell aus dem Staub gemacht hat. Ich brauche Ihnen nicht auszumalen, Julie, wie sehr ich damals niedergeschlagen war. Ich stand so kurz vor meinem Ziel …«

»Mein Gott … So viele Opfer … Und jetzt ist Thibault in den Händen dieser brutalen, skrupellosen Männer?« Julie goss sich etwas Wein nach und der Krug schepperte an ihrem Becher.

»Er ist am Leben, Julie. Und er ist bei seiner Amme, der Person, die ihm am nächsten steht.«

»Aber wer …?«

»Wer anders als Ihr lieber Schwager John kommt in Frage? Ich hatte genug Zeit, meine Schlüsse zu ziehen. Er hatte gewiss die Möglichkeit, den Aufenthaltsort Ihres Sohnes herauszubekommen. Und er ist der einzige, für den Thibault von Interesse sein kann.«

»Aber wenn Buckingham erfährt, dass er von John hintergangen wurde …«

»Tja, das wäre das Ende für ihn. Doch er ging sehr geschickt vor, das muss man dem Kerl lassen. Die Nachbarn, die in jener Nacht erschrocken aus den Fenstern geschaut hatten, waren sich einig: Die Männer hatten laut und deutlich französisch miteinander geredet. Und mit diesem Indiz war für Buckingham die Richtung seiner Ermittlungen vorgegeben. Ich bin sicher, John wird mit der Forderung an Sie herantreten, ihm Eastington zu überlassen. Im Tausch gegen Thibault.«

»Warum hat er ihn dann nicht gleich ermorden lassen?«

»Aus zwei Gründen. Der erste sind Sie, Julie. Wenn Thibault nicht mehr lebt, sind immer noch Sie da, die einen Anspruch auf das Land erheben könnten. Und der zweite ist Buckingham. Um der These der Entführung durch Franzosen gerecht zu werden, musste das Kind natürlich am Leben bleiben. Und auch wenn der Kerl ein Schurke ist … Ich bin nicht überzeugt, dass er seinen Neffen einfach ermorden lassen würde.« Julie nahm einen großen Schluck, schüttelte müde den Kopf.

»Also muss ich nach England zurück. Natürlich werde ich Thibaults Leben über den Besitz von Eastington stellen. Aber wovon sollen wir dann leben?« Sie machte eine wegwerfende Geste. »Darüber muss ich später nachdenken. Jetzt erzählen Sie mir aber bitte erst das Ende Ihrer Geschichte!«

Guillaume ballte die Faust. »Es ist, fürchte ich, nicht sehr rühmlich. Buckingham war, wie gesagt, überzeugt, dass Ihr Sohn von Franzosen verschleppt worden war.

Plötzlich wimmelte es überall von Soldaten. Die diplomatischen Beziehungen zu Frankreich verschlechtern sich, wie Sie wissen, ohnehin von Tag zu Tag. Die revoltierenden französischen Hugenotten, die vor zwei Jahren Louis Schiffe kaperten und nach England überführten, haben die englische Bevölkerung überzeugt, dass ihre Glaubensbrüder in Frankreich verfolgt werden. Und Buckingham nutzt diese Stimmung für seine ganz persönlichen Zwecke und heizt sie noch an. Auch der Vorfall in dem Bürgerhaus war ein guter Vorwand, um die Feindlichkeit gegen meine Landsleute zu schüren. Ich bekam es bald zu spüren. Ich war vorerst in meiner Wohnung geblieben, weil ich dachte, noch etwas herausbekommen zu können. Meine Nachbarn müssen mich verraten haben, denn eines Tages klopften Soldaten an meine Tür.«

Guillaume gelang es, zu fliehen. Doch von dem Tag an wurde er erbarmungslos verfolgt. Er hatte eingesehen, dass er für Thibault nichts mehr würde unternehmen können, und dass er am besten wieder nach Frankreich übersetzen sollte.

»Die nächsten Monate sind nicht erzählenswert. Ich habe mich durchgeschlagen, manchmal war es verdammt knapp. Schließlich habe ich vor drei Wochen die Möglichkeit gefunden, mich bei Schmugglern einzuschiffen. Es war nicht der schnellste Weg nach Frankreich, aber unter diesen Umständen der sicherste.«

Julie ergriff Guillaumes schwielige Hand.

»Ich bin sehr froh, dass es Ihnen gelungen ist, wieder zurückzukommen. Die Schuld, die ich Ihnen gegenüber habe, übersteigt alles, was ich Ihnen je werde vergelten können. Und leider kann ich Ihnen nichts weiter schenken, als meinen tiefen Dank …« Sie wendete sich ab.

»Hören Sie auf, kleine Lady. Wenn Sie mich besser kennen würden, wüssten Sie, dass mir das Ganze einen Heidenspaß gemacht hat. Ich bin doch immer auf der Suche nach einem neuen Abenteuer. Der Wald von Eastington war schön und gut, aber ich fing gerade an, mich dort zu langweilen. Ich bin kein Mann, der es lange an einem Ort aushält.« Guillaume wischte sich über den Mund.

Julie antwortete nicht, sah ihn auch nicht an. Was hätte sie auch erwidern können? Ein Teil dessen, was Guillaume sagte, mochte stimmen. Aber er war inzwischen aus dem Alter heraus, wo man wurzellos dahintrieb und es dem Wind überließ, einen neuen Ufern zuzuführen. Es war nicht nur der fehlende Bart, der sein Gesicht schmaler aussehen ließ … auch seine Haare waren nicht von ungefähr in den letzten Monaten schlohweiß geworden. Doch Julie musste das Opfer, das er ihr gebracht hatte, akzeptieren. Nicht nur etwas zu schenken, auch etwas anzunehmen konnte eine Aufgabe sein.

Lautes Stimmengemurmel und ein stampfendes Geräusch von vielen Füßen drang aus dem noch immer halboffenen Fenster in das Zimmer.

Julie richtete sich auf, schnitt Guillaume ein gutes Stück von dem restlichen Pistazien-Kuchen ab und legte es mit einem kleinen Lächeln auf seinen Teller.

»Seit wann sind Sie in Paris zurück? Und wo ist Ihr Gepäck? Ich bin sicher, meine Tanten würden Sie mit Freude hier aufnehmen!«

Guillaume antwortete nicht sofort. Er nahm das Kuchendreieck in die Hand, biss die dünne Spitze ab, kaute, hob anerkennend die Brauen, schluckte, nahm den nächsten Bissen.

Julie ließ ihn in Ruhe weiteressen. Doch an seiner vorgetäuschten Ruhe, an seinem ausschließlich auf seine Mahlzeit gerichteten Interesse merkte sie bald, dass etwas nicht stimmte.

»Waren Sie schon bei Kardinal de Richelieu?«

Guillaume blickte überrascht hoch. Dann legte er das angebissene Stück Kuchen auf den Teller zurück, schob ihn von sich und nickte.

»Ja. Heute Morgen, doch er ist nicht im Palais.« Er kreuzte die Arme und sah sie ernst an. »Es gibt noch etwas, worüber wir reden müssen, Julie. Ich war anschließend in der rue de la Platrière.«

Julie schluckte. Das war es also.

»Sie haben mit Racan gesprochen.«

»Hmm … Ich gestehe, ich war etwas überrascht, als ich hörte, dass Sie und mein Neffe eine … eine Liaison haben.«

»Nein, das stimmt nicht.«

Guillaume runzelte die Brauen.

»Nicht? Sollte Racan mich belo…«

Julie schüttelte den Kopf.

»Es ist keine Liaison, Guillaume. Ich liebe François.«

Guillaume räusperte sich, kratzte sich im Nacken.

»Aha. So ist das … Hmm. Und wenn das so ist, warum haben Sie … Warum sind Sie, und Seine Eminenz …?«

»Das ist unfassbar!«

Julie sprang auf, mit entbrannten Wangen, lief am Tisch hin und her.

»Ich … Ich finde ungeheuerlich, was hinter meinem Rücken kolportiert wird!« Ihre Arme flogen erregt durch die Luft. »Woher will Racan das wissen? Weil Ihr Herr Neffe sich an einem Bild gestört hat, das der Kardinal hat malen lassen … und daraus voreilig seine Schlüsse zog! Sie hätten François sehen sollen, in Rueil … Er war wie von Sinnen, er hat sogar den Kardinal bedroht! Mich hat er behandelt wie den letzten Dreck! Dann ist er geflüchtet, aber offensichtlich nicht zu schnell, um sich bei Racan noch auszuweinen. Und jetzt versteckt er sich irgendwo in dieser Stadt! Ich laufe mir schon seit Wochen die Hacken wund, um ihn zu finden, bevor der Kardinal seine Spürhunde auf ihn hetzt. Vier Wochen, sagte Richelieu. Diese vier Wochen enden in zwei Tagen, und ich habe nichts erreicht!« Plötzlich war Julies Wut verbraucht. Sie sank auf ihren Stuhl zurück, stützte ihre Ellenbogen auf die Tischplatte und verbarg ihr Gesicht in den Händen. »Verflucht seien die Tallevendes und ihr Dickschädel!«

»Aber Julie, ich habe Sie doch nur gefragt …«

»Nein, ich habe Ihren Blick bemerkt, dieser Blick, den plötzlich alle haben, die von der Geschichte wissen! Alle sehen mich an, als wäre ich die Sünde in Person! Und jetzt auch noch Sie, Guillaume! Ich ertrage es nicht mehr! Ich weiß nicht, woher sich François das Recht nimmt, über mich zu urteilen! Er hat gesagt, er will mich nicht heiraten … sich nicht binden, keine Verantwortung übernehmen. Nun gut! Aber er kann sich nicht seinerseits alles offen halten und gleichzeitig von mir verlangen, dass ich mich benehme, als wären wir verheiratet!«

»Aber … Sie haben doch eben gesagt, François Verdacht sei unbegründet …«

»Ist er ja auch! Nur, verflixt noch mal, auch wenn sein Verdacht der Wahrheit entspräche, hätte er kein Recht, sich so aufzuführen!«

Guillaume schmunzelte, wurde aber sofort wieder ernst.

»Hmm … Ich wollte Sie nicht kränken, Julie. Ich kenne meinen Neffen recht gut. Hätten Sie mich vorher gefragt – ich hätte Ihnen von einer Beziehung zu François abgeraten.«

»Wie können Sie so etwas nur sagen? Wünschen Sie sich denn nicht, dass François endlich zur Ruhe kommt? Dass er den Frieden findet, den er schon als Junge nach dem Tod seiner Mutter verlor?«

Guillaumes Augen verengten sich.

»Seine Mutter? Sie wissen von Blanche?«

»Er hat mir erzählt, dass seine Mutter durch einen Unfall vor seinen Augen umkam.«

Guillaume schüttelte das Haupt und warf ihr einen seltsamen Blick zu.

»Er hat Ihnen von Blanche erzählt? Wenn er das getan hat, Julie, dann haben Sie mehr bei ihm erreicht als je eine andere zuvor.«

»Ich weiß es, Guillaume. Er will es nicht wahrhaben, aber wir gehören zusammen. Ich werde ihn wiederfinden und ich werde mit ihm reden. Und dann werde ich ihn zurückholen.«

Guillaume sah sie lange an.

»Wer weiß …«

Julie schob ihre Unterlippe vor.

»Ich weiß es.«

In diesem Augenblick trat Clarisse wieder ein und sammelte die Reste vom Tisch. Eine Stille entstand, in der die lauten Schreie auf der Straße das Zimmer erfüllten.

»Ach bitte, Clarisse, schließ doch das Fenster … Ich weiß nicht, was draußen los ist, dass es so viel lauter ist als sonst!«

Guillaume brummte.

»Scheint irgendein Volksfest zu sein. Schon auf meinem Weg hierher sah ich etliche Leute in dieselbe Richtung laufen.«

»Aber natürlich!« Clarisse ging zum Fenster, sah hinaus und drehte sich um. »Heute ist doch der große Tag des Duells! Die ganze Stadt spricht davon!«

»Ein Duell?« Julie hob die Brauen. »Und wer will wem an den Kragen?«

»Na, der Comte de Montmorency-Bouteville dem Marquis de Beuvron natürlich! Auf der Place Royale, nur eine Straße von hier entfernt! Es wundert mich, dass Madame noch nicht davon gehört haben!«

Clarisse schloss sorgfältig die Fenster. »Jedenfalls ist es kein Wunder, dass es draußen so laut ist, schließlich müssen die Leute fast alle an unserer Haustür vorbei!«

Julie sprang auf, sah zögernd zum Fenster. Guillaume sah hoch.

»Was ist los?«

»Dieses Duell … François hat mir einmal erzählt, dass er mit Montmorency-Bouteville verwandt sei … Vielleicht …« Sie biss auf ihre Finger. »Ich muss hin.«

»Aber Julie …« Guillaume stopfte sich den letzten Rest seines Kuchens in den Mund. »Wohin denn?«

Julie hatte bereits die Türklinke in der Hand. Ihre Wangen glühten.

»Zur Place Royale! Vielleicht ist er auch dort! Ich muss es versuchen!«

Guillaume stand nun ebenfalls auf.

»Aber … Langsam! Ich komme mit!«

Doch Julie hörte nicht auf ihn. Als sie aus dem Eingangstor trat, sah sie sich kurz um. Auch wenn sie nicht gewusst hätte, wo sich die Place Royale befand, hätte sie nur dem Fluss der Menschen zu folgen brauchen. Sie machte ein paar Schritte nach vorn, ließ sich vom Strom der Menschen pflücken wie ein Blütenblatt vom Wind. Folgte.

Die rue Neuve-Saint-Louis hinunter, dann nach rechts … eine Kreuzung, und schon sah sie die neuen, erst in den letzten Jahren fertiggestellten Häuserreihen der Place Royale aufragen.

Sie lief, rechts und links umrahmt, einsam in der Menge. Dieses Gefühl hatte sie in Paris schon oft gehabt. Sie mochte es nicht, mitgerissen zu werden, eingekeilt zu sein … Aber heute wehrte sie sich nicht. Es musste sein. Ihr Herz klopfte unruhig. Jeder Schritt überzeugte sie ein bisschen mehr, dass am Ende des Weges François stehen würde.

Gesichter um sie herum. Lachende, angespannte, fröhliche, alle blickten in dieselbe Richtung. Ein Dahinwogen von Hunderten von Stimmen. Julie sah sich kurz um, als sie ihren Namen rufen hörte. Guillaume machte ihr von weitem Zeichen. Er folgte ihr. Sie winkte zurück.

Das Gedränge wurde dichter, als der breite Strom der Gaffer sich durch den Trichter des schmalen Einlasses quetschen musste, der von zwei Häuserreihen gebildet wurde. Und dann war sie da …

Der imposante Place Royale, das Lieblingsprojekt des alten Königs Henry. Leider hatte er sie nicht vollendet sehen können. Er bestand aus einem riesigen Quadrat, umgeben von achtunddreißig roten Backsteinhäusern. Jedes dieser dreistöckigen Häuser war eine fast exakte Kopie seiner Nachbarn: Arkaden im Erdgeschoss, die Fenster hell umrahmt von weißem Stein, die hohen, spitz zulaufenden Schieferdächer mit bleiernem Zierrat gekrönt. Jedes, bis auf die zwei großen Pavillons des Königs und der Königin, die sich mit einem zusätzlichen Stockwerk über ihre Nachbarn erhoben. Der Platz selber wurde von einer Rasenfläche gebildet, die von einem Holzzaun eingefasst war. Dem Saum, der die Arkaden mit dem Grün verband, war der seltene Luxus einer Pflasterung zuteil geworden.

Julie war nicht zum ersten Mal hier und schenkte der prächtigen Umgebung nur einen kurzen Blick. Sie zwängte sich weiter voran, in Richtung des Königspavillons. Irrte sie sich, oder hörte sie das helle Klingen von Metall auf Metall? Ihr Herz pochte laut.

Noch sah sie nichts als Hüte und eine undeutliche Bewegung auf der Höhe des Hauses. Sie eilte über die weiche Rasenfläche. Das Klirren wurde lauter. Sie war spät dran. Das Duell hatte schon begonnen.

Sie stellte sich auf die Zehenspitzen, doch sie konnte noch immer nichts erkennen. Jetzt erreichte sie das Ende der Grünfläche. Sie tat es den anderen gleich und stellte sich auf den unteren Spross der Holzbarriere. Ja … Drei bis vier Menschenreihen trennten sie noch von dem Geschehen, doch sie hatte jetzt eine gute Sicht.

Auf dem unregelmäßigen Pflaster und, zum besonderen Hohn der königlichen Autorität, genau vor dem Königspavillon, standen sich drei Männerpaare mit gezückten Waffen gegenüber. Keiner von ihnen war François, stellte Julie schnell fest und stieß einen erleichterten Seufzer aus. Zwar wusste sie, dass er nichts von Duellen hielt, aber wer es fertig brachte, Seine Eminenz herauszufordern, konnte ihrer Meinung nach durchaus noch mehr Unsinn anstellen.

Überrascht bemerkte sie, dass nicht ein einziger Soldat anwesend war. Bouteville hatte sich in aller Öffentlichkeit gebrüstet, dem König trotzen zu wollen. Doch dass er sein Vorhaben so leicht in die Tat hatte umsetzen können, machte Julie stutzig. Louis konnte den Affront nicht unbestraft lassen. Sein Erlass gegen Duelle war noch zu neu und hatte unter den Hitzköpfen wenig Gehör gefunden. Und Bouteville war mit den berühmten Montmorencys verwandt. Seine Bestrafung würde Eindruck schinden … Julie schaute über ihre Schulter. Aber die königliche Garde war nicht zu sehen. Sie drehte sich wieder den fechtenden Männern zu.

Aus den Ausrufen und Anfeuerungen des Publikums konnte Julie die Namen der Kontrahenten entnehmen. Der blonde junge Mann mit dem hochgezwirbelten Schnurrbart war offensichtlich der berühmte Montmorency-Bouteville. Julie konnte nicht anders, als die Eleganz zu bewundern, mit der er nun auf sein Gegenüber eindrosch. Damit stand auch die Identität des jungen Mannes fest, der wacker alle auf ihn gerichteten Pointen abschlug … Seine Entschlossenheit, die Ehre seines getöteten Vetters, des Comte de Torigny, wieder herzustellen, stand dem Marquis de Beuvron deutlich in sein spitz zulaufendes Gesicht geschrieben, als er jetzt seinerseits eine Attacke startete.

Das zweite Paar waren der Comte des Chapelles und der Marquis de Bussy d'Amboise. Beide schienen noch mehr Eifer an den Tag zu legen, sich gegenseitig umzubringen, als Bouteville und Beuvron. Doch wenn des Chapelles mit routiniertem Drang an sein Werk ging, brachte Bussy nur flache Paraden zustande. Sein längliches, verbissenes Gesicht war blass, dunkle Ringe hingen unter seinen Augen. Die hochgekrempelten Ärmel seines Hemdes legten feine rote Spuren an seinen Armbeugen frei. Der Mann war krank und vor kurzem noch zur Ader gelassen worden, aber es war offensichtlich, dass er nirgendwo anders stehen wollte als eben hier.

Die zwei letzten Männer hießen La Berthe und Buquet. Sie schienen von ebenbürtiger Geschicklichkeit und Ausdauer. Die beiden waren nur die Sekundanten, und Julie fragte sich, was Männer, die sich noch nicht einmal kannten, dazu brachte, für die Ehre eines Freundes ihr Leben zu riskieren.

Sie sah in die Menge und bemerkte die echauffierten Gesichter, die zu Fäusten geballten Hände, den Glanz in den Augen. Mit derselben Begeisterung hätten diese Menschen einem Dachsrennen im Jeu de Paume beigewohnt. Ließ denn alle hier kalt, was unter ihren Augen geschah? Du sollst nicht töten … Würden nicht alle hier Versammelten sich selber gute Christen nennen?

Sie spähte wieder ins Publikum … Auch hier konnte sie François nicht entdecken. Zwar gab es zwei oder drei Gestalten, die ihm ähnlich sahen, aber durch die vielen breitkrempigen Hüte und die weiten Umhänge war es aus der Entfernung unmöglich, sich sicher zu sein. Julie biss sich auf die Lippen. Sollte ihre Intuition sie getäuscht haben?

Die Menge schrie auf, und ihre Aufmerksamkeit kehrte zum Kampf zurück.

Bouteville und Beuvron hatten im gegenseitigen Einverständnis ihre Degen weggeworfen. Sollten sie zur Vernunft gekommen sein? Fast schien es so, denn sie drehten sich fragend zu ihren Sekundanten um. Die zwei anderen Paare jedoch fochten weiter wie die Besessenen. Die beiden Männer sahen sich an. Bouteville sagte etwas, der andere nickte ihm zu, beide zogen ihre Messer. Ein neuer Kampf begann, und viele Menschen klatschten, als die beiden nun mit gebeugten Knien und gespreizten Armen enge, angespannte Kreise umeinander zogen.

»Nun, Mylady, Sie sind offenbar nicht nur äußerlich, sondern auch innerlich zu einer Pariserin geworden. Ich hätte nicht gedacht, dass ein solches Schauspiel Sie interessiert.«

Julie drehte sich zu der bekannten Stimme um. Sie schüttelte traurig den Kopf.

»Weder noch, Guillaume. Ich trage ihre Kleider, aber ich bin hier so fremd wie eine Kornblume im Lilienfeld.« Durch die Bewegung der Menge entstand eine Lücke neben Julie, die Guillaume behände nutzte. In einer Bewegung schlüpfte er neben sie.

»Und doch sagten Sie mir eben noch, Sie würden eine dieser Lilien lieben …«

»Ja. Eine liebe ich und viele andere habe ich in mein Herz geschlossen. Doch ich fürchte, ich werde nie eine der ihren werden, auch wenn ich einen weißen Kelch um mein blaues Haupt binde.«

Guillaume legte seine Hand auf die ihre. Die grauen Augen lächelten sie an, und es versetzte Julie einen Stich, weil sie François so sehr ähnelten.

»So etwas Törichtes sollten Sie gar nicht erst versuchen. Denn zufällig weiß ich den Wert dieser einzelnen Kornblume sehr zu schätzen. Und sie teilt das Feld mit mir, ob es ihr passt oder nicht.«

Julie dachte an Thibault und dass sie in der Tat mit Guillaume verbunden war, mehr als dieser es ahnen konnte. Sie nickte, lächelte und meinte:

»Sie haben Recht. Unsere Wurzeln berühren sich.«

Ein Aufschrei ließ sie zusammenfahren. Julie drehte sich wieder den Kämpfenden zu.

»Oh, mein Gott!«

Des Chapelles stand nun alleine da, seinen Degen noch in der Rechten. Blut glänzte metallisch auf der hellen Klinge. Bussy d'Amboise lag zu seinen Füßen. Eine große Lache pulsierte aus einer tiefen Wunde an seinem Hals, breitete sich dunkel über die schwarzen Pflastersteine aus. Seine Augen wurden bereits glasig.

Julie würgte und klammerte sich an ihre unbequeme Stütze.

Doch sie hatte keine Zeit, nach Luft zu schnappen. Buquet, angestachelt von dem Tod seines Freundes, hieb nun mit Rage auf seinen Gegner ein ... La Berthes Augen weiteten sich, doch er wehrte sich erfolgreich ... bis die Lache unter Bussys Kopf eine rote Zunge ausstreckte, die perfide ihren Weg auf den Fugen der Pflastersteine fand. La Berthe rutschte aus, fing sich wieder ... doch die Sekunde der Ablenkung hatte Buquet gereicht, um seine Abwehr zu durchdringen. Ein Stich ... Julie fiel in den Aufschrei der Menge ein. La Berthe stieß ein schauerliches Stöhnen aus, fiel langsam auf die Knie, erstarrte schwer atmend in einer zusammengekrümmten Haltung.

Bouteville und Beuvron, die noch immer aufeinander lauerten, erstarrten ebenfalls, warfen einen schnellen Blick zur Seite, taxierten sich erneut ... Die tiefen Falten verschwanden von Beuvrons Mundwinkel, die Fäuste lockerten ihren Griff um die Messer, Boutevilles Stirn glättete sich. Beide Männer richteten sich auf, unentschlossen.

»Die Wache!«

Die Augen der Menge richteten sich nach hinten, wo die unverkennbaren Uniformen der Musketiere Seiner Majestät auftauchten. Auch Bouteville, Beuvron, des Chapelles und Buquet reckten die Köpfe, um etwas erkennen zu können, und wechselten ein paar schnelle Worte.

Die etwa zwanzig Soldaten hieben auf ihre Pferde ein. Sie wurden durch die Menge behindert, doch es konnte nur noch wenige Minuten dauern, bis sie den Schauplatz erreicht haben würden.

Julies spürte Guillaumes Hand im Rücken.

»Kommen Sie, Julie. Wir sollten sehen, aus dem Gedränge zu kommen. Es könnte hier gleich ziemlich eng werden!

Sie nickte, warf den Duellanten einen letzten Blick zu … und erstarrte. Guillaume sah hoch.

»Mein Gott … Da … Da ist er …«

»Wo?«, fragte er nur.

»Da … Da vorne …«

Ihn wieder zu sehen, nach all den Wochen der Suche, war so überwältigend, dass sie zu nichts anderem fähig war, als in seine Richtung zu starren.

Ja, er war es, der sich aus dem Schatten der Arkaden löste und auf die vier noch aufrecht stehenden Kämpfer mit seinen langen, federnden Schritten zu eilte. Er legte Bouteville einen Arm um die Schultern, deutete in die Richtung des anschwellenden Hufgeklappers, redete auf den jungen Mann ein, der den Kopf schüttelte.

Julie wusste nicht, um was es ging. Aber es konnte nichts Gutes bedeuten, wenn François ausgerechnet jetzt auftauchte!

»Guillaume … was hat er vor?«, fragte sie atemlos.

»Verdammt, ich weiß es nicht.« Guillaumes schmale Lippen ließen erkennen, dass auch er besorgt war.

Jetzt kam wieder Bewegung in die Disputanten.

Beuvron und Bouteville sammelten eilig ihre weggeworfenen Degen ein, irgendjemand kümmerte sich um den Toten und den Verletzten, zog sie vom Pflaster. Dann verschwanden Beuvron und sein Sekundant Buquet in der Menge.

Des Chapelles wartete noch auf Bouteville. Der drehte sich noch ein letztes Mal zu François um, hob den Ansatz seiner Klinge an die Stirn. François verbeugte sich leicht … grinste dieses abscheuliche, wölfische Lächeln …

»Oh nein … Nein, Guillaume, das darf er nicht tun …«

Julie hatte schon einen Fuß über den Zaun gesetzt, als sie von hinten zurückgezogen wurde.

»Julie, es hat doch keinen Zweck!«

»Lassen Sie mich! Ich muss zu ihm!«

François stand nun alleine vor dem Haus. Die Fläche, in dessen Mitte er stand, wuchs rapide, da die Zuschauer vor dem zu erwartenden Scharmützel zurückwichen. Schnell zog er sich den Mantel von den Schultern, wand ihn sich ein paar Mal um den linken Arm. Er zog den Degen.

In demselben Augenblick sprangen die Soldaten von ihren Pferden.

Julie weinte, schrie gleichzeitig vor Wut, trat um sich … Guillaume fluchte laut und hatte alle Hände voll zu tun. Sie sah noch, wie François in Stellung ging, die Spitze seines Degens in die Richtung der Brust des nächststehenden Soldaten hielt.

»François!«

Hatte er sie gehört? Hatte sie seine Augen aufblitzen sehen?

Er verschwand aus ihrem Sichtfeld, als es Guillaume gelang, ihre Finger von dem Geländer zu lösen und sie auf den Boden zu ziehen. Ihre Stimme überschlug sich.

»Lassen Sie mich los! Lassen Sie mich sofort los! Ich hasse Sie!«

Guillaume antwortete nicht, zu beschäftigt, ihre Hände hinter ihrem Rücken zusammenzuführen.

»Sie sind doch sein Onkel! Warum helfen Sie ihm denn nicht? Lassen Sie mich los!«

Ein blauer Kreis, gebildet von uniformierten Rücken. In seinem Zentrum, das harte, scheppernde Geräusch aufeinander prallender Degen. Ein Kreis, der enger wurde. Ein Geräusch, das plötzlich verstummte.

Julie schluchzte. Sie fiel auf die Knie. Mein Gott, wenn sie ihn getötet hatten …

Ein paar Soldaten, die nach den Flüchtigen gesucht hatten, kehrten mit leeren Händen zurück.

Der blaue Kreis teilte sich …

»Gott sei Dank!«

Eine hohe Gestalt, die Hände in dem Rücken gefesselt, wurde unsanft zu den Pferden gezerrt.

Bald war der ganze Spuk zu Ende. Nur noch eine leichte Staubwolke und das abklingende Echo von Pferdehufen zwischen den schmucken Häusern.

Julie wurde an den Schultern gepackt und auf die Füße gestellt.

»Lassen Sie mich los! Rühren Sie mich nicht an!«

Die Hände fielen ab. Groß und schweigend stand Guillaume vor ihr.

Sie musste ihre Wut, ihre Angst und ihre Enttäuschung loswerden.

»Warum haben Sie ihm nicht beigestanden? Warum haben Sie ihn nicht daran gehindert, seinen Kopf für einen anderen hinzuhalten? Was für ein Onkel sind Sie eigentlich?«

Ihre Stimme war nur noch ein Krächzen. Ihr Hals schmerzte. Sie wischte sich zornig die Tränen von dem Gesicht, zog die Nase hoch.

»Es ist alles so sinnlos!«

Sie stand sekundenlang bewegungslos da. Dann fielen ihre Schultern herab, ihre Fäuste öffneten sich. Guillaume zog sie an sich. Sie weinte und ihr ganzer Körper bebte, während seine Hände unbeholfen über ihren Rücken strichen.

»Zwei Tage, Guillaume!« Sie schluchzte. Ihre Stimme war so heiser, dass sie kaum hörbar war. »Sie hatten kein Recht, ihn zu verhaften! Ich hatte noch zwei Tage, um ihn zu finden! Richelieu hat es mir versprochen!«

Er drückte sie fester und wiegte sie sanft.

⚜

Hier war er also wieder …

François klopfte auf die dicken, verschmierten Wände wie auf das Hinterteil eines gutmütigen alten Kleppers. Es war zwar nicht seine alte Zelle, aber der Schnitt war, abgesehen vom hier nicht vorhandenen Abtritt, haargenau derselbe. Er spähte in den Kamin, wo ein mageres Reisigbündel auf zwei Steinen lag. Ein wackeliger Stuhl in einer Ecke, ein Bettgestell, das sich bereits altes Stroh, zwei zerfetzte Decken und jede Menge Untermieter teilten … Ach ja, und ein Nachttopf. Harte Zeiten, dachte François, während er suchend in die rechte Hosentasche griff. Er fand Feuerstein und Zunder, stellte sich den Stuhl vor dem Brennholz zurecht und setzte sich. Nach einiger Zeit gelang es ihm, ein paar Funken in den Reisig zu legen. Er überlegte kurz, beschloss dann aber, sein Brennholz sinnlos zu verprassen. Zum Teufel mit der Sparsamkeit!

Als die Flammen keiner weiteren Pflege mehr bedurften, verschränkte er die Arme über der Brust und lehnte sich zurück. Bei der ersten Gelegenheit würde er in die rue de la Platrière schicken lassen. An dem Komfort hier war noch einiges zu verbessern! Er reckte sich. Zu spät hörte er das Krachen …

François fluchte, rieb sich den schmerzenden Rücken, warf einen erbosten Blick auf die drei Teile, die noch eben zu einem Stuhl zusammengesetzt gewesen waren.

Er sammelte sie auf und warf sie kurzerhand ins Feuer. Wenigstens würde er heute Nacht nicht frieren, wenn er denn schon nicht sitzen konnte. Er zog eine der Decken auf den Boden vor den Kamin, legte sich auf sie.

Ja, hier war er nun wieder.

Die Flammen tanzten, strahlten so etwas wie Gemütlichkeit aus.

Ob Bouteville und des Chapelles es geschafft hatten? Sie hatten den

Weg nach Lothringen nehmen wollen. Mit schnellen Pferden und etwas Glück war es machbar.

François schnappte eine Wanze, die sich aus der Unterlage frei zu strampeln suchte, und opferte sie den Flammen.

Er bereute es nicht, den beiden zur Flucht verholfen zu haben. Nein, im Gegenteil. Es war ein gutes Gefühl gewesen, auf der Place Royale zu stehen und den Degen mit den Musketieren des Königs zu kreuzen. Vor aller Augen.

Das Versteckspiel der letzten Wochen war nun endlich vorbei. Es lag ihm nicht, sich in einem Loch zu verkriechen und zu warten, bis er verhaftet wurde. Die Polizei des Kardinals hatte ihn enttäuscht. Fast fünf Wochen hatte er im Rois Mages gewohnt, und nicht einmal hatte jemand dort nach ihm gesucht. François hätte von Richelieus Leuten doch ein wenig mehr Biss erwartet.

Wie immer in den letzten fünf Wochen überlief ihn eine Welle des Zorns und der Empörung bei der Erinnerung an den Kardinal. Und wie immer, wenn er an den Kardinal dachte, tauchte auch ihr Bild in seinem Geist auf …

Bislang war es ihm stets gelungen, es schnell zu unterdrücken. Aber gestern hatte er sie wieder gesehen. Verdammt, reichte es denn nicht, wenn sie schon seine Nächte vergiftete? Musste sie sich auch noch tagsüber in seinen Weg stellen?

Er setzte sich auf, stieß in den brennenden Haufen, kam auf die Füße, lief unruhig die paar Schritte ab, die eine Wand von der nächsten trennten.

Ein Geräusch am Eingang ließ ihn inne halten. Die schwere Holztür wurde aufgestoßen. Ein Mann, etwa einen Kopf kürzer als er selber, die glatten, braunen Haare ordentlich um seine blasse Stirn gescheitelt, trat ein. François lächelte breit.

»D'Orgeansac! Auch Sie immer noch in der guten alten Bastille?«

Der Mann neigte leicht den Kopf.

»Immer noch, Monsieur le Comte. Und Sie schon wieder?«

François zuckte die Schultern.

»Eh oui, Leutnant, wie Sie sehen. Was haben Sie eigentlich verbrochen, um in diesen Gemäuern vergessen worden zu sein? Denkt denn niemand daran, Sie zu befördern?«

Der kleine, traurige Mund zog sich zusammen.

»Vielleicht werden Sie mir ja zu einer Beförderung verhelfen, Monsieur de Fontes-Villaray.«

François legte die Hände im Rücken zusammen, drückte die Brust heraus und sagte, noch immer lächelnd:

»Nun, lassen Sie hören. Ich helfe Ihnen natürlich gerne. Was kann ich für Sie tun?«

Der Leutnant strich über seine fettig glänzenden Haare, während die Tür in seinem Rücken wieder verriegelt wurde.

»Sie könnten mir ein paar Fragen beantworten. Wissen Sie, wohin die Kontrahenten des Ereignisses, an dem Sie gestern Nachmittag partizipierten, geflüchtet sind?«

»Ich erahne es«, antwortete François, und sein Mundwinkel zuckte.

»Und, wohin?«

»Sie sind fort ... an einen weit entfernten Ort, Monsieur d'Orgeansac.«

D'Orgeansac erstarrte. Seine Nasenwurzel wurde weiß, sonst verriet nichts seinen Ärger.

»Monsieur«, nahm seine sanfte Stimme nach einem kleinen Räuspern das Gespräch wieder auf, »ich glaube, Sie sind sich nicht bewusst, in welcher Lage Sie sich befinden. Ihnen droht die Todesstrafe.«

François lachte auf.

»Tatsächlich? Wofür? Weil ich mich mit den Musketieren Seiner Majestät duelliert habe? Das gibt aber viele Köpfe abzutrennen ...« Er verzog das Gesicht. »Wenn Sie mir gestatten, möchte ich Ihnen einen Ratschlag geben, besonders wenn es Ihnen Ernst ist, mit Ihrer Beförderung: Bevor Sie sich in ein solches Unterfangen stürzen, sollten Sie beim König nachfragen, ob es ihm recht ist, wenn ein Teil seiner Garde dem Henker zum Opfer fällt.«

D'Orgeansac zuckte unter dem Spott zusammen. Langsam hob sich seine Hand, strich über seinen braunen Schopf.

»Ja. Haben Sie Dank für den Ratschlag, Monsieur. Ich werde ihn sicher berücksichtigen. Könnten Sie mir eine genaue Beschreibung des Ablaufs der Tat liefern?«

François verzog das Gesicht. Dieser kleine Mann hatte irgendetwas an sich, das ihn reizte. Das war schon letztes Jahr so gewesen. Der meist gesenkte, demütige Blick, die sanfte Stimme, das weiße Mondgesicht, die lächerlich schrägen Augenbrauen ... D'Orgeansac entsprach nicht dem Bild, das man von einem Mann in seiner Position hatte. Und auch wenn François sehr wohl wusste, dass sein Verhalten nicht besonders klug war, konnte er der Versuchung nicht widerstehen, diesen Mann zu ärgern. Er antwortete liebenswürdig.

»Oh, ich verstehe. Der Ablauf eines Duells ist Ihnen wohl nicht geläufig? Natürlich will ich Ihnen gerne erklären, wie …«

»Nein!« Der Leutnant zuckte, offensichtlich von dem Klang seiner eigenen Stimme erschrocken. Er atmete tief ein. In einem leiseren, aber leicht angespannten Tonfall fuhr er fort. »Ich … bin über diese üblen Praktiken informiert. Praktiken, die übrigens bald ein Ende haben werden, dank der Weisheit Seiner Eminenz, des Kardinals de Richelieu. Nein, Monsieur. Ich möchte von Ihnen den Verlauf dieses speziellen Kampfes sowie die Namen der Protagonisten erfahren.«

»Ach, das meinten Sie. Nun, ich muss Sie leider enttäuschen. Ich werde Ihnen nichts berichten können, denn ich war schlicht und ergreifend zu spät.«

»Zu spät, Monsieur le Comte? Sie wollen mir weis machen, dass Sie dem Duell nicht beigewohnt haben?«

»Nun, es verhielt sich folgendermaßen: Ich spazierte vergnügt die rue Saint Antoine hinunter, um mir die Auslagen der Händler anzuschauen, als mir plötzlich eine riesige Menschenmenge entgegen kam. Bevor ich Zeit hatte, zur Seite zu springen, wurde ich von ihr mitgezerrt …« François legte seine Stirn in Falten. »Und siehe da … Raten Sie mal, wo alle hin liefen …?«

D'Orgeansac bekam kaum noch die Zähne auseinander.

»Mir ist nicht zum Raten zumute. Weiter!«

»All diese Menschen wollten zum Place Royale! Sie können sich meine Überraschung gewiss vorstellen.« François sah den Leutnant erwartungsvoll an, doch der war in die Betrachtung seiner Fußspitzen vertieft. »Hmm … Nun ja, egal. Wie ich denn nun einmal da war, schaute ich mich um. Man trifft in Paris ja immer irgendwelche Bekannte. Es ist wie in dem kleinsten Dorf. Sie haben doch sicher auch Bekannte in der Stadt, oder, Monsieur d'Orgeansac?«

Der Leutnant schwitzte.

»Weiter!«

»Gerne. Ich sah mich also um. Und wen sah ich vor dem Königspavillon? Meinen lieben Freund und Verwandten Montmorency-Bouteville, sowie noch ein paar andere Freunde. Ich lief natürlich sofort hin. Doch irgendwie war der Augenblick wohl nicht ganz passend, denn plötzlich hatten es alle sehr eilig. Und ich muss zu meiner Schande gestehen, dass sie mich einfach haben stehen lassen!«

»Sie erzählen mir allen Ernstes, dass Sie rein zufällig am Ort des

Duells erschienen? Und dass Sie mit der ganzen Sache nichts zu tun hatten?«

François lächelte breit.

»Monsieur, ich bewundere die Begabung, die Sie haben, meine langen Sätze zu einer klaren und präzisen Aussage zusammenzufassen. Ich wusste, bei Ihnen bin ich in guten Händen. Sie verstehen mich!«

Das unangenehme Knirschen stammte eindeutig von d'Orgeansacs Zähnen.

»Und weshalb sind Sie dann mit dem Degen auf die Musketiere des Königs losgegangen?«

»Na, hören Sie mal, mein Lieber: Ich stehe nichtsahnend auf dem Place Royale, winke noch etwas verdutzt meinen Freunden nach, und auf einmal stürzen sich zwanzig schwer bewaffnete Männer auf mich!«

D'Orgeansac war offensichtlich endgültig am Ende mit seiner Geduld. Er war weiß vor Wut ... Aber er wäre nicht er selber gewesen, hätte er seinen Gefühlen freien Lauf gelassen, hätte er getobt und geschrien. Nein. Der kleine traurige Mund wurde ein kleiner zorniger Mund. Seine Hände schlossen sich zu Fäusten. Aber das war schon alles.

Er stieß mit vor Zorn tonloser Stimme hervor:

»Monsieur le Comte, vielleicht überschlafen Sie Ihre Aussage noch einmal. Ich werde sie noch nicht zu Protokoll nehmen. Vielleicht fällt Ihnen ja noch etwas ein. Und wenn ich Ihnen dieses Mal einen Rat geben darf: Wenn Sie uns behilflich wären, die flüchtigen Herren zu fassen, könnte es sich mildernd auf Ihre Strafe auswirken.«

François war des Spiels müde. Sein Tonfall wurde schärfer, aber er lächelte noch immer.

»D'Orgeansac, Sie sind ein Narr! Glauben Sie wirklich, ich habe gestern Bouteville zur Flucht verholfen, nur um ihn heute wieder einfangen zu helfen? Nur um das Vergnügen zu haben, die gute alte Bastille mal wieder von innen betrachten zu können? Ich möchte Ihnen nicht zu nahe treten, Leutnant, aber es gibt noch mehr auf der Welt als diese Mauern hier und Aufregenderes als seine Tage zwischen ihnen zu verbringen, auch wenn Sie es sich vielleicht nicht vorstellen können!«

Der Leutnant erstarrte. François nahm belustigt wahr, dass d'Orgeansac ihm auf einmal in die Augen sah. Der kleine Mann schnaubte, reckte sich. Er schüttelte den Kopf und seine Aussprache wurde feucht vor Aufregung.

»Monsieur ... Ich weiß nicht, was Sie dazu veranlasst, mich zu provozieren. Doch da mein Leben Sie so brennend zu interessieren scheint, so will ich Ihnen gerne noch ein Letztes mitteilten: Ich weiß durchaus Aufregendes in mein Leben zu bringen. Und wenn ich es vor mir habe, weiß ich auch, wann ich zugreifen muss … im Gegensatz zu Ihnen.«

François hob lächelnd die Brauen.

»Was meinen Sie damit?«

»Ich meine eine gewisse Dame, die Sie während Ihres letzten Aufenthaltes hier besuchte. Und die Sie verschmähten. Trotz ihrer eindeutigen Avancen.«

»Ich erinnere mich. Sie waren wie immer sehr pflichtbewusst und haben sie auf die Bibel schwören lassen.« D'Orgeansacs Mund verzerrte sich. François grinste. »Und die Reize dieser Dame sind Ihnen nicht entgangen? Hmm … Vielleicht sind Sie ja doch kein hoffnungsloser Fall. Aber woher wollen Sie wissen, dass ich nicht …?«

»Ich habe ein wenig gelauscht, um ehrlich zu sein.«

François lächelte noch immer.

»Tatsächlich? Das hätte ich Ihnen gar nicht zugetraut … Aber warum auch nicht? Es ist Ihr gutes Recht. So also bringen Sie etwas Bewegung und Aufregung in Ihr Leben. Ein wenig Herzklopfen … wenn auch aus zweiter Hand.«

»Hmm … Nein. Da muss ich Ihnen widersprechen. Richtiges Herzklopfen bekam ich erst später.« D'Orgeansac lächelte triumphierend, so gut seine traurigen Züge es denn zuließen. Er betrachtete seine Rechte, sah auf. »Und zwar aus aller erster Hand.«

»Das müssen Sie mir näher erklären«, sagte François sehr ruhig.

D'Orgeansac kam richtig in Fahrt. Noch nie hatte er einen so zufriedenen Eindruck gemacht.

»Nun, vielleicht verstehen Sie mich besser, wenn ich sage, dass ich mich persönlich von den Reizen der Dame überzeugen konnte.« D'Orgeansac lächelte, seine Wangen röteten sich. »Rein dienstlich, natürlich … Ich musste schließlich die Durchsuchung nachholen, da Sie unglücklicherweise die Bibel verwechselt hatten. Aber … ja, ich möchte fast sagen, dies waren einige der aufregendsten Minuten, die ich in der Bastille verbrachte.«

Schweigen entstand. Verbreitete sich. Wurde zu einer zähen Stille.

D'Orgeansacs Lächeln gefror, verschwand schließlich. Er stand etwas verloren im kahlen Raum. Plötzlich schien er nicht mehr zu wissen, wohin mit seinen Händen.

Das Lächeln klebte noch immer auf François Lippen, und er war sicher, dass sein Gesicht nichts als höfliches Interesse ausdrückte … Doch irgendetwas veranlasste d'Orgeansac, einen Schritt zurückzuweichen. Die Genugtuung auf seinen Zügen verwandelte sich in undeutliche Besorgnis, und er sah sich unauffällig nach der Tür um.

»Wie schön für Sie, Monsieur d'Orgeansac«, nahm François das Gespräch wieder auf, als sei es nie unterbrochen worden. »Fast möchte ich sagen, Sie schulden mir etwas, da ich Ihnen zu diesem Vergnügen verhalf ... Aber unter Edelmännern werden solche Rechnungen natürlich nicht aufgestellt.«

Der Leutnant schluckte, beäugte ihn misstrauisch, doch François rührte sich nicht. D'Orgeansac atmete sichtbar auf und sagte sanft:

»Das ... ist sehr freundlich von Ihnen, Monsieur le Comte. Und schließlich waren Sie an der Dame ja auch nicht interessiert ...«

François lachte.

»Nein, da haben Sie Recht. Sehr rücksichtsvoll von Ihnen, sich darüber Gedanken gemacht zu haben.«

»Eh ... Hmm ... Ja.« D'Orgeansac hob die Hand und klebte seine Haare wieder an ihre Stelle zurück. »Dann werde ich Sie nun alleine lassen, Monsieur. Sie werden nachher noch das Abendessen gebracht bekommen.«

François verbeugte sich.

»Vielen Dank.«

Der Leutnant war nun wieder ganz beherrscht.

»Nichts zu danken. Und vielleicht überlegen Sie sich doch noch einmal, ob Sie Ihre Aussage nicht ändern möchten.« Er warf ihm einen bedeutungsschwangeren Blick zu, drehte sich um und schritt zur Tür.

»Ach, Monsieur d'Orgeansac! Noch eine letzte Sache!«

Der Leutnant blieb stehen, sah sich um ... und alles Blut wich aus seinem Gesicht.

Plötzlich klebte er an der narbigen Wand.

François meinte ruhig:

»Ich muss mich noch vergewissern, Monsieur d'Orgeansac ...«

Der kleine Mann hustete, würgte, als François Hand seinen Hals an den speckigen Stein presste. Panik trat in seine Augen, er schrie.

»Zu Hilfe! Wa ...«

Das letzte Wort blieb in seiner Kehle stecken. François zweite Hand hatte sich zwischen seine Beine gelegt. Die Augen des Leutnants wurden rund.

François griff etwas fester zu.

»Ihre Worte haben Zweifel in mir aufkommen lassen.« D'Orgeansacs

Augen traten aus den Höhlen, er quietschte. Ein anderes Quietschen antwortete ihm … Ein Schlüssel drehte sich in einem der vielen Schlösser. François machte ein erstauntes Gesicht.

»Tatsächlich … Ich muss Sie um Verzeihung bitten, Monsieur … Ich dachte immer, Ihnen würde da etwas fehlen. Aber jetzt weiß ich, dass ich mich geirrt habe!« Er lockerte die Umklammerung der beiden Hände. »Sie sind da ganz normal gebaut, nicht wahr?«

D'Orgeansac war rot angelaufen.

»J… Ja…Ja, Monsieur le C…Comte.«

»Hmm … Sie sind ein richtiger Mann?«

»A…Als s…solches habe ich mich immer betrachtet.«

Ein zweites Schloss quietschte und der Leutnant schielte sehnsuchtsvoll zur Tür.

»Und Sie haben mir eben zu verstehen gegeben, dass Sie auch als solcher behandelt werden möchten. Denn das ist es doch, was Sie wollten, nicht wahr?«

D'Orgeansac keuchte, bebte vor Angst. Er stank, und François zog angewidert die Nase kraus.

Am liebsten hätte er den Leutnant genauso zerdrückt, wie die Wanzen aus seinem Lager. Gleichzeitig war ihm übel … Erst der Kardinal, nun auch noch dieser miese kleine Offizier! Wie viele Männer hatten sie noch berührt? Was sollte er sonst noch über sie entdecken? Ekel schnürte ihm den Hals zu.

»Ich habe Sie etwas gefragt, Monsieur!«

Der Leutnant machte den Mund auf, brachte aber keinen Ton heraus und nickte nur.

François lächelte.

»Gut. Dann will ich es auch tun.«

Er packte zu.

D'Orgeansac wand sich vor Schmerzen, schrie auf, seine Hände fuchtelten wild herum, versuchten, die Umklammerung zu lösen. Doch er erreichte nur, dass François jetzt auch seinen Hals wieder erbarmungslos zuschnürte. Der Leutnant japste, lief rot an. François sah ungerührt zu.

Er presste die Kiefer aufeinander, als er zum letzten Mal mit aller Kraft zupackte.

Das Geheul des Leutnants war ohrenbetäubend.

Er sank auf die Knie, hechelnd, winselnd.

François hockte sich vor ihn hin.

»Und jetzt hören Sie mir mal gut zu. Das eben wird Sie eine Weile daran erinnern, dass Sie damals zwar als Mann, aber nicht als Edelmann gehandelt haben. Ich bin überzeugt, Sie werden sich diese kleine Lehre zu Herzen nehmen … Und dann als Edelmann meine Herausforderung annehmen.«

D'Orgeansac erschauerte, wechselte die Farbe unter seinem starren Blick, machte eine schwache, abwehrende Geste … Endlich sprang die Tür auf.

Drei kräftige Wächter stürmten hinein, unendliche Erleichterung erhellte eine Sekunde lang das Gesicht des Leutnants. Doch so schnell man ihm auch zur Hilfe eilte, niemand konnte ihm ersparen, François letzte Worte zu hören:

»Sollte ich jemals wieder hier herauskommen, werde ich Sie aufsuchen. Sie haben mein Wort.«

D'Orgeansac stieß einen Schrei aus.

»Weg mit ihm! Sperrt ihn ein! Er hat versucht, mich umzubringen!« Speichel tropfte aus seinem Mundwinkel, als er wild fuchtelnd auf die Tür wies. »Raus! In das Verlies mit ihm! Und kettet ihn an, hört ihr?«

Die Wächter packten François an den Händen und Oberarmen, zogen ihn mit sich hinaus.

⚜

Von der rue de la Platrière in die rue de Grenelle, ein kleines Stück der rue Saint Honoré hinunter, dann durch die rue Saint Thomas du Louvre, vorbei am Hotel de Chevreuse … Guillaume brauchte nicht lange, um den Louvre zu erreichen.

Er lenkte sein Pferd zum westlichen Flügel des vierteiligen Gebäudes und band es dort an.

Das königliche Palais war offen für jedermann, und wären nicht die Pariser Straßen so gut bevölkert gewesen, hätte man annehmen können, dass auch jedermann von dieser Erlaubnis Gebrauch machte. Überall standen, liefen, redeten, stritten, lachten Menschen, Bittsteller und Diener, Soldaten und Neugierige, Ausländer wie Provinzler.

Guillaume ließ seinen Blick über die Menge schweifen. Er lächelte leicht, strich über seine frisch rasierten Wangen. Ob in Macao, London oder Paris, ob in bunte Seidenmäntel oder in mit Spitze besetzte Jacken gekleidet … Die Kakophonie des Stimmengewirrs blieb stets die Gleiche.

Er wurde aus seiner Betrachtung gerissen, als ein breiter Mann, von oben bis unten mit gelben Seidenrosetten behängt, ihn unsanft anrempelte, um anschließend, ohne sich umzudrehen, weiterzueilen.

Guillaume zuckte mit den Schultern. Er ging nun, ohne sich weiter aufzuhalten, zu der prunkvollen Treppe, die sich im Zentrum des westlichen Flügels zum ersten Stock emporschwang. Auch hier stand die bunte, bizarre Mischung von Menschen dicht an dicht auf den Stufen und verbreitete eine fröhliche Jahrmarktsatmosphäre.

Der obere Absatz der mit steinernen Weintrauben verzierten Treppe bildete die Grenze für die Öffentlichkeit. Sie wurde von Lakaien gebildet, die mit strenger Miene an den vier mächtigen, weißgelben Marmorsäulen standen, die den Eingang zum Großen Saal markierten. Mit sicherem Beurteilungsvermögen trennten sie die Spreu vom Weizen, ließen Fürsten, Prinzen oder solche, die durch ihr Auftreten anmuteten, welche zu sein, passieren, schickten die große Mehrheit der anderen wieder hinunter.

»Sie sind Guillaume de Tallevende?«

»Der bin ich.«

»Gut. Gehen Sie hinein und warten Sie dort. Man wird nach Ihnen schicken.«

Guillaume stolzierte mit grimmiger Schadenfreude an einer Jacke mit gelben Seidenrosetten vorbei und betrat den Großen Saal mit Widerwillen. Die Luft war lange nicht erneuert worden, der berauschende und ekelerregende Duft unzähliger verschiedener Parfüms stand verdichtet im Raum.

Guillaume sah sich kurz in dem prunkvollen Saal um, und er fühlte wider Willen Ehrfurcht in sich aufsteigen … Einundzwanzig Porträts besetzten die einundzwanzig Pfosten zwischen den Fenstern, die Könige rechts, die Königinnen links. Es waren Abbildungen in Naturgröße von allen gekrönten Häuptern, die Frankreichs Geschick seit Saint Louis nachhaltig beeinflusst hatten. Nachdenklich blieb Guillaume vor dem Porträt des einzigen Herrschers stehen, den er persönlich gekannt hatte.

Der spitz zugeschnittene, weiße Bart, die gleichzeitig klugen und fröhlichen Augen, der lebensbejahende Zug um den Mund … Der alte König Henry war recht gut getroffen worden. Verblichene Erinnerungen wurden wieder wach. An rauschende Feste, an Ritterspiele … An eine Zeit, wo alles noch offen schien, wo er Mitte Zwanzig war und noch voller Stolz zu seinem älteren Bruder Hurault aufschaute. Hurault, dem die

Frauenherzen nur so zuflogen, Hurault, der mehr trinken, der lauter lachen, der wilder reiten konnte als er. Hurault, der gefeierte Held, der dem König das Leben gerettet hatte. Etwas von Huraults Glanz war auch auf Guillaume gefallen. Der Name de Tallevende war ein Schlüssel gewesen, der die Türen vieler Frauengemächer geöffnet hatte. Was machte es schon, wenn die roten Lippen, die auf den seinen lagen, insgeheim Huraults Namen flüsterten?

Hurault war das Zentrum von Guillaumes Leben gewesen. Und als sein Bruder von König Henry zum Comte d'Ardouval ernannt wurde und den Hof verließ, war es für Guillaume selbstverständlich gewesen, ihm in die Normandie zu folgen. In der ersten Zeit hatten sie beide ihr vergnügtes Leben fortgeführt. Bis zu dem Tag, an dem Guillaumes Herz von einer weißen Frauenhand gepflückt wurde.

»Monsieur Guillaume de Tallevende!«

Er straffte die Schultern, blickte sich um, runzelte verwundert die Stirn. Die laute Stimme, die nach ihm gerufen hatte, stand nicht wie erwartet an der Tür, die zum Vorzimmer Seiner Majestät führte, sondern an der Marmorsäule neben dem Eingang. Sollte etwas dazwischen gekommen sein und er doch nicht zum König vorgelassen werden?

Sein Name wurde zum zweiten Mal gerufen. Diesmal beeilte sich Guillaume, der Aufforderung nachzukommen.

Die Augen des grauhaarigen Lakaien spähten ihm über dem Rand seiner überladenen Livree mit deutlicher Ungeduld entgegen. Wortlos machte er auf seinen hohen Absätzen kehrt, verschwand durch eine kleine Seitentür, die Guillaume vorher noch nicht aufgefallen war. Er folgte ihm und zog den Kopf ein.

Hinter der Tür war es dunkel. Die Luft war frischer, roch aber nicht besser … Eine Mischung aus menschlichem Urin und Rattenpisse, vermutete Guillaume, mehr auf seinen Tastsinn als auf seine Augen vertrauend.

Der Lakai lief schnell, doch Guillaume folgte ihm ohne Mühe, auch wenn er nicht über die schlafwandlerische Sicherheit verfügte, die den kleinen Mann wie eine Kellerassel durch die leicht feuchten Gänge huschen ließ.

Jetzt ging es längere Zeit Stufen hinab, einen weiteren, von wenigen Fenstern durchbrochenen Gang entlang … Guillaume gab es auf, einen Sinn in dieser Führung zu suchen. Er zweifelte immer stärker daran, dass am Ende dieses Labyrinths Louis auf ihn warten würde. Aber er war schon zu oft in seinem Leben überrascht worden, um sich von einem unerwarteten Spaziergang aus der Fassung bringen zu lassen. Endlich blieb der Lakai vor einer derben, mit Eisen beschlagenen Tür stehen, drückte sie auf.

Ein sehr großer Raum empfing sie, nur unzureichend von drei unter der Decke angebrachten Fenstern erleuchtet, die ein fahles Licht aussandten: Schräge Strahlen, in denen silberne Staubteilchen tanzten. Die Strahlen flogen über das meiste im Raum hinweg, um am Ende ihrer Laufbahn zielsicher einige Gegenstände in ihr mattes Licht zu tauchen: Einen rostigen Schaumlöffel mit verbogenem Stielende, einen kupfernen Bettwärmer, zwei Dutzend Zinnteller, einen angeschlagenen Weinkrug. Alle waren auf zwei einfachen Regalen versammelt, die auf der ganzen Länge der Wand entlang liefen. Guillaumes Blick glitt über die Umrisse von Spießen, Körben, Bechern … Es war alles vorhanden, um einen Koch glücklich zu machen.

Er folgte dem Lakaien weiter in die Küche hinein.

Ein hohes, rußverschmiertes Gewölbe warf den Klang seiner Schritte zurück. Der Kamin war riesig, ebenso der Holzstoß, der sich in ihm verzehrte. Gleißende Flammen tasteten den schwarzen Kesselhaken über ihnen ab, vergeblich, denn der bauchige Behälter aus rotem Kupfer ruhte auf dem massigen Eichentisch, der in der Mitte der Küche stand.

Nur drei Menschen befanden sich außer Guillaume und seinem Führer in der großen Küche. Zwei Männer, eingehüllt in grauweißes Fellgestöber, saßen auf einer Bank und zogen einigen Hasen die Häute ab. Der Dritte stand am Tisch und putzte Erdbeeren.

»Monsieur Guillaume de Tallevende, Sire.«

Der Lakai würdigte Guillaume keines Blickes mehr und verschwand.

Der Mann, der am Tisch stand, drehte sich kurz um.

Guillaume schluckte, zog schnell seine Kopfbedeckung herunter. Seine zwei neuen Hutfedern fegten den Steinboden, als er sich tief verbeugte.

»Treten Sie näher, Monsieur.«

Louis machte eine einladende Geste mit seiner messerbewehrten Rechten.

Guillaumes silberne Sporen rasselten seltsam fehl am Platz, als er gehorchte und sich dem Tisch näherte. Mit einem schnellen Blick nahm er die Aufmachung Seiner Majestät auf. Eine große, mit roten Flecken beschmutzte Schürze, ein schlichter Anzug aus festem braunen Stoff, hohe Schuhe und eine einfache Perücke … Guillaume hatte bereits von Louis Bescheidenheit gehört. Viele am Hof, die sich nach Glanz und Prunk sehnten, verurteilten sie. Doch dieser Aufzug übertraf alles, was er sich hatte vorstellen können.

Braune, ausdruckslose Augen blickten hoch.

»Überrascht Sie etwas, Monsieur?«

»Ja, Sire. Es sind die ersten Erdbeeren, die ich dieses Jahr sehe. Und sie scheinen mir ganz besonders schön.«

Louis pulte mit einer kleinen Drehung seines Messers Stiele und Blattansätze aus einer Frucht, um sie dann in den bereit stehenden Kessel zu werfen.

»Ich lasse sie selber ziehen. Sie geben eine vorzügliche Marmelade ab.« Der König hielt inne. »Wenn Sie möchten, können Sie mir zur Hand gehen.«

Guillaume überlegte keine Sekunde. Er warf achtlos seinen Hut und seinen neuen Mantel auf eine der Bänke, knöpfte sein dunkelrotes Wams auf und legte es daneben. Dann ging er an eine Anrichte, suchte sich ein kurzes, scharfes Messer und stellte sich auf die andere Seite des Tisches. Der König war aufmerksam jeder seiner Bewegungen gefolgt. Guillaume übersah diese Musterung, krempelte die Ärmel seines weißen Hemdes hoch, baute einen kleinen Haufen der duftenden Erdbeeren vor sich auf, und fing mit der Arbeit an.

Ein paar Minuten lang standen sie sich schweigend gegenüber, nur der dumpfe Aufprall der Früchte in dem Topf war zu hören.

»Sie verstehen es, mit einem Küchenmesser umzugehen, Monsieur.«

Es war eigenartig, aber Guillaume hatte das Gefühl, dass dieser Satz als Kompliment gemeint war.

»Ja, Sire. Es gab in meinem Leben genügend Gelegenheiten, diese Fähigkeit zu üben.«

»Steht einem Edelmann ein Degen nicht besser zu Gesicht?«

»Doch, Majestät. Er ist eine edle Waffe, die schönste in meinen Augen. Aber er ist nicht überall und immer am Platz.«

Louis beugte sich über den Topf, rüttelte ihn, musterte kritisch den Inhalt. Nahm ein, zwei Früchte wieder heraus, warf sie in das Feuer, wo sie zischend verkohlten.

Seine Stimme war unpersönlich und leise.

»Ihr Neffe scheint anderer Meinung zu sein. Er hielt es für angebracht, ihn gegen meine Musketiere einzusetzen.«

Guillaume lehnte sich vor, zog einen neuen Teil von dem großen Haufen auf dem Tisch zu sich heran. Genau so ruhig wie der König und in respektvollem Ton meinte er, kurz aufblickend:

»Mit Verlaub, Sire, ich glaube, er hielt seinen Degen für angebracht, um einem Freund zu helfen.«

Louis fleischige Lippen verzogen sich missbilligend.

»Ein Freund, der sich erdreistet hat, in aller Öffentlichkeit eines meiner Gesetze zu verhöhnen. Ihr Neffe hätte ihm besser geholfen, wenn er sich dafür eingesetzt hätte, dieses Duell zu verhindern. Stattdessen hat er an ihm teilgenommen.«

Guillaume blieb sachlich.

»Nicht direkt, Majestät. Er verhalf seinem Freund zur Flucht, doch er selber nahm nicht an dem Duell teil.«

»Monsieur, dies ist Haarspalterei.« Der König wischte den kleinen grünen Abfallhaufen vor sich zur Seite. »Ich kann nicht dulden, dass Verbrecher beschützt werden. Wer verhindert, dass Bouteville und Beuvron die verdiente Strafe ereilt, billigt ihre Tat.«

Guillaume schwieg.

Der König drehte sich zu den beiden Männern um, die die blutigen Fellmäntel der Hasen aufhoben.

»Nun, seid ihr beiden fertig mit eurer Arbeit?«

»Ja, Sire.« Einer der Männer lächelte treuherzig und entblößte schwarze Stummel. »Es sind herrliche Exemplare, Sire.«

»Gut. Entleert sie und legt sie dann auf den Tisch zusammen mit den Speckstreifen, damit ich sie spicken kann.« Louis wandte sich wieder seinem Gast zu. »Jagen Sie gerne, Monsieur?«

»Ja, sehr gerne, Sire. Allerdings bin ich in den letzten Jahren wenig dazu gekommen.«

»Ja, ich hörte bereits, dass Sie anderes zu tun hatten. Sie sind mir als ein Experte der englischen Frage gerühmt worden.«

Guillaume verneigte sich leicht.

»Sie weilten längere Zeit in England, nicht wahr? Man könnte Sie fast als Einheimischen bezeichnen. Glauben Sie, wir sollten in nächster Zeit mit einem Angriff rechnen?«

Guillaume dachte an Louis Schwester, die erst vor zwei Jahren über den Ärmelkanal in ihre neue Heimat gereist war. Wie hoffnungsfroh damals die Beziehungen zwischen Frankreich und England aussahen! Auch er hatte sich dem Glauben hingegeben, die Heirat könne der erste Schritt zu einem langjährigen Frieden sein. Aber es waren unverzeihliche Fehler begangen worden – auch auf der französischen Seite. Die katholischen Geistlichen in Henriettes Gefolgschaft hatten zu viel zu schnell erreichen wollen. Die französische Prinzessin in einer öffentlichen Prozession zu dem Galgen von Tyburn pilgern zu lassen, um der dort hingerichteten Katholiken zu gedenken, war keine Initiative, die von viel Feingefühl zeugte, und trug nicht dazu bei, dass Henriette von dem englischen Volk akzeptiert wurde. Und Buckingham verstand es, sich solche Fauxpas zunutze zu machen.

»Wenn es nach dem Herzog of Buckingham ginge, würde der Angriff sicherlich bald erfolgen, Majestät«, antwortete Guillaume offen. »Dass die englische Flotte noch nicht aufgebrochen ist, liegt an der Opposition des Parlaments, aber auch an organisatorischen Mängeln. Ich bin mit Schmugglern übergesetzt, die mir haarsträubende Geschichten erzählten, die mir von verschiedenen anderen Quellen bestätigt wurden: Geld und Waffen fehlen, die Mannschaften haben nichts anzuziehen, die Chirurgen keine Instrumente, die Kombüsen sind leer. Bis hin zu den Flaggen, um die die Offiziere betteln mussten. Aber irgendwann wird sich das Chaos lichten, es ist nur eine Frage der Zeit.«

»Wie lange?«

Guillaume wiegte das Haupt, brummte.

»Noch diesen Sommer.«

Der König nickte leicht.

Die Früchte waren jetzt alle geputzt, der Kessel zu einem Drittel gefüllt. Louis holte eine große Schüssel mit braunem Zucker herbei und entleerte sie über die Beeren. Guillaumes eben noch schneeweißes Hemd war nun unregelmäßig rot gesprenkelt, doch er hatte das Gefühl, dass dieser Aufzug Seiner Majestät besser gefiel, als die sündhaft teuere Weste, die er sich für diese Audienz gekauft hatte.

Der König packte den Henkel und trug den Kessel zum Feuer.

»Bringen Sie mir die größte Kelle, die Sie finden können.«

Als Guillaume mit dem Verlangten neben den König trat, hatte dieser das Feuer auf die erforderliche Höhe reduziert.

»Barot, Chantrin, holt jetzt die Gefäße. Es wird nicht mehr lange dauern.«

Die beiden Männer schnappten sich einen Korb und verschwanden durch die Tür.

Guillaume stand nun alleine neben Louis, der vorsichtig in dem Kupferkessel rührte, und fragte sich ernsthaft, ob diese ganze Audienz nicht nur ein besonders skurriler Traum sei.

»Ist der Comte d'Ardouval nicht Ihr Bruder, Monsieur?«

Nein, doch kein Traum. Hurault, das war bittere Realität. Guillaume antwortete zurückhaltend.

»Ja, Sire. Hurault de Tallevende ist der Vater von François de Fontes-Villaray.«

Louis Nasenflügel blähten sich, als ein appetitlicher Duft von der Fruchtmasse aufstieg. Er ließ den Topf keine Minute aus den Augen und rührte ununterbrochen.

»Er hält sich dem Hof fern. Es hätte mir gefallen, ihn kennen zu lernen. Sagen Sie ihm, er kann mir seine Aufwartung machen, wenn es ihm beliebt.«

Guillaume hütete sich, seine Abneigung zu zeigen. Hurault in Paris auftauchen zu sehen, war das Letzte, was er sich wünschte.

»Er ... ist sehr krank, Sire. Ich fürchte, jede Reise geht über seine Kräfte.«

»Wie bedauerlich. Ich erinnere mich noch gut, wie mein Vater mir von ihm berichtete.«

»Majestät sind zu gütig, sich nach so vielen Jahren noch meines Bruders zu entsinnen.«

Louis warf Guillaume einen seiner kalten, prüfenden Blicke zu.

»Mein Vater verdankte ihm viel.«

Guillaume besann sich seiner höfischen Manieren und verbeugte sich.

»Es war ein Geschenk Gottes, dass mein Bruder an Seiner Majestät Ihrem Vater das vollbringen konnte, wovon so viele Ihrer Untertanen träumen.« Er fügte nach einer kleinen Kunstpause hinzu: »Unsere Familie war der französischen Krone stets treu ergeben, Sire.«

Louis runzelte leicht die Stirn.

»Monsieur, hier ist meine Entscheidung. Mein Vater belohnte Ihren Bruder reichlich für seine Tat, und hat somit keine Schuld hinterlassen. Doch auch ich habe Grund, Ihrem Bruder dankbar zu sein, denn er erhielt mir einen Vater, den ich schätzte ... Gerne würde ich Gnade walten lassen und ihm einen Sohn erhalten, wie er mir damals einen Vater.«

Der König schaute wohlwollend auf die rote Fruchtmasse, die nun anfing Blasen zu werfen.

»... Doch ich bin nur an zweiter Stelle Sohn, Monsieur. An erster Stelle bin ich König und muss mit aller Härte dafür sorgen, dass meine Autorität respektiert wird. Am zwölften Mai wurde diese Autorität auf dem Place Royale auf so unerträgliche Weise verhöhnt, dass nur das Beil des Henkers diese Schmach wird vergessen lassen können.«

Guillaume fühlte sich erbleichen.

»Aber Sire ...«

Louis drehte sich um, sah Guillaume direkt in die Augen. Der Dampf des Kessels ließ seine Perücke feucht glänzen.

»Jemand wird für den Frevel büßen müssen. Nach Möglichkeit die Teilnehmer dieses Duells …« Der König zuckte mit den Schultern. »Doch wenn es nicht gelingt, sie einzufangen, dann eben derjenige, der ihnen zur Flucht verhalf.« Louis schüttelte leicht den Kopf. »Beten Sie zu Gott, Monsieur, dass die Gerechtigkeit siegt … und die wahren Täter bestraft.«

Guillaume biss die Zähne zusammen. Er verbeugte sich abermals vor Louis, den man den Gerechten nannte.

»Ich bin voller Zuversicht, Majestät, und danke für Ihre Güte.«

Louis nickte kaum merklich und schlug einmal mit den Lidern.

»Es spricht für Sie, dass Sie nicht viele Worte machen, Monsieur.«

»Ich würde mich eher als einen Mann der Tat bezeichnen, Sire.«

»Das haben Sie reichlich bewiesen. Scheint ein Merkmal zu sein, das Ihre Familie kennzeichnet.« Das längliche Gesicht des Königs verzog sich zu etwas, was einem Lächeln entfernt ähnelte. Er fuhr in einem leichten Tonfall fort, der Guillaume aufhorchen ließ: »Nicht jeder Mann ist als Diplomat geboren. Und wenn letztere versagt haben, muss ein Herrscher auf Männer zählen können, die mehr als nur Worte schwingen.«

»Majestät, wann immer es Ihnen beliebt, möchte ich Ihnen gerne beweisen dürfen, dass ich einer dieser Männer bin.«

Louis sah Guillaume nachdenklich an.

»Vielleicht komme ich darauf zurück. Doch ich erwarte nicht weniger als absolute Treue. Sie müssten alle anderen Verpflichtungen vergessen können …«

Guillaumes Züge blieben ebenso unbewegt wie die des Königs.

»Sire, ich bitte um Ihre Nachsicht, wenn ich zu behaupten wage, dass ein französischer König es noch nie bereut hat, sich auf einen Tallevende zu verlassen.«

»Auch wenn Ihr Neffe unter dem Beil des Henkers enden sollte?«

Guillaumes Magen drehte sich einmal um. Er antwortete sehr ernst:

»Auch dann, Sire. Denn ich bin sicher, Sie hätten nur als allerletzte Möglichkeit eine Entscheidung gefällt, die Frankreich einen ergebenen und mutigen Arm rauben würde.«

Louis senkte die Lider.

»Sie dürfen sich zurückziehen, Monsieur.«

Guillaume verneigte sich tief.

Ein wenig später hatte er den Hut wieder auf den Kopf gestülpt und wischte die vom Fruchtsaft klebrigen Hände an seiner Jacke ab, während er aufs Geratewohl einen Ausweg aus dem Labyrinth der Gänge suchte.

Er versuchte sich klar zu werden, ob seine seltsame Audienz ein Erfolg war. Julie würde das wahrscheinlich mit einem klaren Nein beantworten. Schließlich brachte er nichts außer der vagen Hoffnung, dass sich noch ein anderer Kopf als der von François für den Henker finden lassen könnte.

Guillaume blieb kurz stehen, um Barot und Chantrin vorbei zu lassen, die ihm entgegen kamen. Die zwei Küchengehilfen schleppten den großen Korb zwischen sich, der randvoll mit leise scheppernden Keramikgefäßen gefüllt war.

Er sah ihnen nach, dachte an einen blubbernden Kessel voller Erdbeermarmelade, an zwei braune Augen, die ihn über dem Dampf kalt abschätzten. Sie müssten alle anderen Verpflichtungen vergessen können, hatte der König gesagt … Ein Satz, den er besser nicht an Seine Eminenz weitergeben sollte.

Guillaume lief weiter. Plötzlich hatte er das Bedürfnis, so schnell wie möglich aus dem Louvre zu kommen.

Elf

»POUR COMBLER MON ADVERSITÉ
DE TOUT CE QUE LA PAUVRETÉ
A DE RUDE ET D'INSUPPORTABLE,
JE SUIS DANS UN LOGIS DÉSERT,
OÙ PARTOUT LE PLANCHER Y SERT
DE LIT, DE BUFFET ET DE TABLE.«

»UM MEINEM BITTEREN LOS
DIE KRONE AUFZUSETZEN
MIT ALLEM, WAS ARMUT HART UND UNERTRÄGLICH MACHT,
BEFINDE ICH MICH IN EINER VERLASSENEN BEHAUSUNG,
WO DER FUSSBODEN
ALS BETT, SCHRANK UND TISCH DIENT.«

JUNI 1627

»So, mein Junge. Hier kannst du warten, bis der Leutnant wieder da ist. Kann nicht lange dauern, er ist nur auf Rundgang.« Der Soldat kicherte. »Ist heute wieder einmal spät dran gewesen.« Er ließ seine Finger in Bauchhöhe kreisen, und fügte lächelnd hinzu: »Das ist sein Magen, weißt du … reine Nervensache. Einer der Gefangenen hat ihn vor ein paar Wochen ein bisschen roh angefasst … Na ja.«

»Ist gut«, antwortete Robert kurz angebunden. Er hinkte mit hochgezogenen Schultern in den düsteren Kasernenraum. Der Soldat, der ihn eingelassen hatte, schnappte sich eine an der Wand lehnende Muskete, ging wieder hinaus und zog die Tür hinter sich zu.

Robert zog die Nase hoch, als er sich kurz umsah. Nichts hatte sich hier verändert. Er scharrte mit den Füßen und fühlte den selben Zorn in sich hochsteigen wie letztes Jahr, als Mylady ihn aus diesem Raum herausgeschickt hatte und der Leutnant vor ihr niederkniete. Kein Wunder, dass sie d'Orgeansac nicht mehr begegnen wollte!

Er machte ein paar Schritte, um seine Empörung abzukühlen, strich an der nackten grauen Wand entlang, näherte sich dem Tisch. Ein Krug mit einem Becher standen darauf, daneben ein unordentlicher Papierstapel. Plötzlich wurde ihm bewusst, wie ausgedorrt seine Kehle war.

Er horchte, doch draußen war nichts als das gedämpfte Aufstampfen der Wache zu hören. Kurz entschlossen griff er nach dem Krug und setzte ihn an die Lippen.

»Lieutenant! Lieutenant d'Orgeansac!«

Robert fuhr zusammen, verschluckte sich. Er sah zur Tür. Niemand.

»Was ist, Goujon?«

»Capitaine Fourilles war eben da …«

Robert presste seinen Ärmel auf seinen Mund. Erst jetzt merkte er, dass die Stimmen durch die vergitterten Fenster gedrungen waren. Er stellte den Krug wieder ab, beugte sich über den Tisch, hustete … und starrte entsetzt auf die zwei obersten Papiere, die große, gelbe Flecken aufwiesen. Er fluchte, und legte vorsichtig seinen Arm darauf, um den verschütteten Most mit seinem Hemd aufzusaugen, ohne die Tinte zu verwischen. Dabei fielen seine Augen auf die Schrift. Er stutzte, richtete sich auf.

Mit gerunzelter Stirn hob er das aufgebrochene Kuvert hoch, überflog die Zeilen. Eine Verurteilung … Enthauptung … Montmorency-Bouteville, des Chapelles. Das Datum von morgen. Robert ließ das Blatt sinken und lächelte. Wunderbar … Genau das, was Mylady erfahren wollte! Wenn er jetzt auch noch einen Freilassungsbefehl fand, konnte er sich aus dem Staub machen, bevor er dem Leutnant begegnete …

Da! Er zog den zweiten Brief mit dem amtlichen Siegel hervor und entfaltete ihn. Fontes-Villaray.

Robert atmete tief ein, starrte auf den Namen und kämpfte gegen die Gefühle an, die er in ihm hervorrief. Er presste die Lippen zusammen. Mylady würde sich freuen.

Seit vor ein paar Wochen die Nachricht eingetroffen war, dass die beiden flüchtigen Duellanten kurz vor der lothringischen Grenze verhaftet worden waren, wartete Mylady darauf, dass der Comte entlassen wurde. Sie hatte alle Einzelheiten des Prozesses von Bouteville und des Chapelles verfolgt, ihre selbstbewussten Aussagen vor der Untersuchungskommission, die vernichtende Empfehlung des Generalstaatsanwaltes vor fünf Tagen. Heute, so hatte sie Robert erzählt, waren die beiden jungen Herren zum letzten Mal zum Justizpalast geladen worden, heute sollte das Urteil gefällt werden. Dieses Urteil war es, was sie ihn geschickt hatte, zu erfahren. Und genau das war es, was er zufällig gefunden hatte. So ein Glück!

Die Türklinke bewegte sich. Robert legte schnell die Papiere wieder so zusammen, wie er sie vorgefunden hatte, wischte die letzten klebrigen Mostspuren vom Tisch, humpelte um das Möbel herum.

Als sich die Tür öffnete, hatte er sich auf einen der beiden Strohballen geworfen, die in der dunkelsten Ecke des Raumes lagen, und bemühte sich, ein gelangweiltes Gesicht zu machen.

D'Orgeansac trat ein, mit seltsam steifen Schritten. Der Soldat, der Robert eingelassen hatte, blieb hinter ihm im Türrahmen stehen.

»Sie liegen da drüben, auf dem Tisch, Leutnant«, brummte er und deutete in die Richtung.

»Schon gut.« D'Orgeansac knöpfte seinen Wams auf und zog ein wenig an seinem Kragen. Robert fiel auf, wie schlecht der kleine Mann aussah. Noch nie hatte er ein so gelbes Gesicht gesehen. Der Leutnant nahm die zwei Briefe hoch, die Robert eben gelesen hatte. »Sie haben sie geöffnet?«

»Ja, Leutnant, ich wusste ja nicht, ob Sie heute noch kommen, und der Capitaine de Fourilles hatte es sehr eilig.«

»Schon gut«, antwortete der Leutnant erneut, nun sichtlich verärgert. »Sie können gehen. Bis morgen.« Seine Rechte glitt unter seinen Wams, massierte eine Stelle oberhalb des Magens. Er rülpste laut, verzog das Gesicht.

»Da ist noch der Junge, der Sie sprechen will …«

»Ja. Jajaja« sagte der Leutnant mit erhobener Hand. Er hatte sich tief über die Papiere gebeugt. Der Soldat zuckte die Schultern, machte kehrt und schloss die Tür.

Robert rutschte unruhig auf seinem knisternden Strohballen hin und her. Doch D'Orgeansac nahm keinerlei Notiz von ihm. Er zog einen Stuhl unter sich, setzte sich behutsam und mit gespreizten Beinen, noch immer in das erste der Papiere vertieft. Ein Lächeln erschien auf seinen traurigen Zügen.

»Prächtig, prächtig …« murmelte er. Er fing an zu summen, strich sich über die fettigen Haare, nahm das zweite Schreiben zur Hand. Plötzlich versteifte er sich.

Robert räusperte sich, doch der Leutnant bewegte sich nicht. Seine Augen klebten am Papier. Auf einmal stöhnte er auf, lang und schauerlich.

»Monsieur … Monsieur d'Orgeansac! Geht es Ihnen nicht gut?«, fragte Robert. Er stand auf und trat zögernd näher. »Kann ich Ihnen irgendwie hel …«

»Ah!«, schrie der Leutnant auf. Robert fuhr zusammen. »Wer sind Sie denn?«

»Ich … Ich wollte mich erkundigen, ob bekannt ist, wann Monsieur de Fontes-Villaray freigelassen wird, Leutnant. Der Soldat meinte vorhin, dass ich hier …«

»Freilassen? Fontes-Villaray?« D'Orgeansac starrte ihn an. Seine Stirn war nass vor Schweiß. »Freilassen …« Er blinzelte, schluckte, wischte sich über die Haare. »Weiß ich nicht. Kommen Sie morgen wieder.«

»Morgen?« Robert runzelte die Stirn. »Aber meine Herrin meinte, dass heute noch das Urteil …«

»Ich kann Ihnen nicht weiterhelfen, mein Junge. Gehen Sie.« Die traurigen Augen des Leutnants stierten glasig. »Gehen Sie!«, brüllte er.

Robert presste die Kiefer aufeinander. Bevor er sich der Tür zuwandte, warf er einen schnellen Blick auf den Tisch. Die fahlen Hände des Leutnants pressten sich auf das Papier, als wollten sie es in der Tischplatte versenken. Robert humpelte zögernd hinaus. Er konnte sich d'Orgeansacs Verhalten nicht erklären. Doch irgendwie schien es ihm besser, Mylady nicht zu erzählen, dass er den Freilassungsbefehl gesehen hatte.

⚜

Die Ratte war wieder da.

Ihre winzigen Augen glänzten, als sie sich aufrichtete und in seine Richtung spähte.

»Sie sind zu früh dran, Monsieur. Das Essen ist noch nicht serviert worden.«

Der Nager trippelte näher.

»Sie glauben mir wohl nicht?« François Lachen klang wie ein Reibeisen. »Sehr weise von Ihnen. Trauen Sie niemandem.«

Er gab dem verbeulten Krug zu seinen Füßen einen Tritt. Das Metall verursachte ein unangenehmes Geräusch, als es erst auf der gegenüberliegenden Mauer aufprallte und anschließend nach ein paar Umdrehungen zum Stillstand kam.

Die Ratte war bis zu der Spalte geflüchtet, in der sich ihr Versteck befand, war aber auf der Schwelle ihres Reiches stehen geblieben und hatte sich umgedreht. Jetzt lief sie schnurstracks zum Krug, um ihn sorgfältig zu inspizieren.

Die plötzliche Bewegung hatte die gerade erst verschorfte Stelle an François rechtem Fußgelenk erneut zum Bluten gebracht. Einige Sekunden lang starrte er auf die roten Tropfen, die unter dem verschobenen Stoff hervorquollen. Er fühlte den vertrauten, brennenden Schmerz, begrüßte ihn wie einen alten Bekannten. Ja, sie waren vertraut … Seit dem zweiten oder dritten Tag, nachdem man ihm die Stiefel ausgezogen hatte und er in diesem Kerker angekettet wurde.

Er strich über seinen struppigen Bart, sah an seinem zerrissenen Hemd hinunter, an seiner vor Schmutz starrenden und von Flohstichen übersäten Haut. Die Ratte dort drüben machte gewiss einen appetitlicheren Eindruck als er.

Doch noch war es nicht soweit. Noch gab er den Kampf nicht auf. Noch war er nicht abgestumpft genug, um den Schmerz stumpf auf sich einwirken zu lassen. Sechs Wochen im Keller der Bastille hatten nicht ausgereicht, ihn zu brechen.

François hob den massiven Eisenring, so weit es ging, über die Wade, wickelte vorsichtig den mit Schmutz und Blut besudelten Stofffetzen ab, der einmal der Saum seines Hemdes gewesen war. Dann wand er ihn erneut um die Wunde, diesmal etwas lockerer, und stopfte vorsichtig etwas Stroh zwischen das Eisen und den Stoff, um die Reibungen abzufedern.

Seine Bewegungen waren bedächtig und sorgfältig. Schließlich war es immer gut, etwas zu tun zu haben. Eine Aufgabe, auf die man sich konzentrieren konnte. Ein Ziel vor Augen zu haben. Für ein paar Sekunden dem Nichtstun und der Langeweile zu entkommen. Der Einsamkeit, der Stille.

Nachdem er den rechten Knöchel versorgt hatte, beschäftigte er sich mit dem linken, dann mit den wund gescheuerten Handgelenken. Seine Bewegungen wurden von dem kalten Rasseln der Ketten begleitet. Ein ähnlich unangenehmes Geräusch an der Mauer antwortete ihm. Die Ratte war im Krug verschwunden, der die kratzenden Laute ihrer Nahrungssuche wie das Gewölbe eines Rittersaales verstärkte.

François sah auf, runzelte die Stirn. Das Geräusch der Krallen schien ihm plötzlich unerträglich. Ohne lange zu überlegen machte er drei Schritte auf den Krug zu, ergriff ihn, steckte seine rechte Hand in die Öffnung. Die Ratte schrie. François spürte, wie die scharfen Zähne des Nagers sich tief in sein Fleisch gruben. Als er die Hand wieder hinaus zog, hing das Tier an der Beuge zwischen Daumen und Zeigefinger. François ließ den Krug fallen und packte mit seiner Linken den nackten, rosigen Schwanz des Nagers.

»Nun, Monsieur«, murmelte er mit zusammengebissenen Zähnen,

»sehen wir mal, wer von uns beiden der Hartnäckigere ist. Die Frage ist, wie viel Ihnen an Ihrem hintersten Körperteil liegt ...« Er hob die Arme, sodass die Ratte nun in Augenhöhe und kopfunter vor ihm baumelte. Ihre schmalen Pfoten ruderten Halt suchend in der Luft. François und das Tier starrten sich ein paar Sekunden lang hasserfüllt an. Langsam bog François den Schwanz um, knickte ihn dann mit einer plötzlichen, schnellen Handbewegung. Die Ratte schrie auf, lockerte ihre Kiefer. François entzog ihr blitzschnell seine Handfläche und schmetterte sie auf den Boden. Er verzog angewidert das Gesicht, als ihr pelziger Körper mit einem matten Geräusch auf den Stein traf.

»Tss, tss ... Ihr Schwanz hat Sie ins Verderben gestürzt, Monsieur ... Doch das dürften Sie mit etlichen Vertretern des männlichen Geschlechts gemeinsam haben.« Er schleuderte das tote Tier in eine Ecke.

Kurz lehnte er sich an den mächtigen Balken, der das Zentrum seiner runden Zelle bildete, und an dem auch die Enden seiner Ketten angebracht waren. Seine Augen wanderten über die ihn umschließenden Mauern, die das stinkende Wasser des Grabens ausdünsteten wie Angstschweiß, über den zerrupften Strohballen, der sein Lager war. Er suchte das winzige, vergitterte Fenster, das unerreichbar unter der hohen Decke klebte und gerade soviel Dämmerlicht einließ, dass es ihm möglich war, zwischen Nacht und Tag zu unterscheiden. Die erste Woche war er wie blind in seiner Zelle herumgetorkelt, doch inzwischen fand er sich erstaunlich gut in der Dunkelheit zurecht.

Er ergriff ein Glied der Kette, die an seinem rechten Arm hing. Mühselig setzte er einen groben Strich neben die vielen anderen, die er schon gemacht hatte. Zweiundvierzig insgesamt. Am zwölften Mai hatte das Duell stattgefunden. Demnach musste heute der zweiundzwanzigste Juni sein. Wo Montmorency-Bouteville und des Chapelles jetzt wohl waren? Hoffentlich irgendwo in Sicherheit. Im Ausland, wo sie dem König vielleicht schon ein Gnadengesuch geschickt hatten.

Nein, er durfte nicht weiterzudenken, denn jeder Gedanke in diese Richtung ließ in ihm die Hoffnung keimen, bald aus diesem Kerker zu kommen. Und so eine Hoffnung war gefährlich ... wenn sie immer wieder enttäuscht wurde, begünstigte sie Entmutigung und Schwäche. Vor sechs Wochen noch hätte er nicht gedacht, dass die Erinnerung an einen Sonnenstrahl auf seiner Haut sein Herz einmal höher schlagen lassen würde.

Vor sechs Wochen war er erfüllt gewesen von überschäumender Wut, von dem Verlangen, sich an Julie und Richelieu zu rächen. Er hatte sich eingesperrt gefühlt, in der Stadt, in seinem Gasthaus an der Seine und er hatte es sehr genossen, sich in aller Öffentlichkeit dem Willen des Ministers zu widersetzen.

Doch in den zweiundvierzig letzten Tagen hatte er erkannt, dass er sich geirrt hatte. Es waren nicht die Mauern des Gasthauses, die ihn niedergedrückt hatten. Es war die unleugbare Tatsache, dass er abermals von einer Frau betrogen worden war. Die Erkenntnis, dass er ihr schon sehr viel mehr von seinem Herzen geschenkt hatte, als er es je vorgehabt hatte. Dass sie auf dem besten Wege gewesen war, ihn zu überrumpeln – dass er sich letztendlich selber verraten hatte.

Er hegte keinen Groll mehr auf Richelieu. Er hatte den Waffen dieser Frau doch genauso wehrlos gegenübergestanden wie er selber.

Bei ihr allerdings war es anders. Sie hatte er tausendmal verwünscht, angeklagt, an den Pranger seiner Bitterkeit gestellt … Noch Wochen nach der Entdeckung des Gemäldes war seine Wut auf sie so übermächtig gewesen, dass es für sie beide ein Segen gewesen war, dass ihre Wege sich nicht gekreuzt hatten. Diese Wut hatte ihn letztendlich dazu bewogen, die Musketiere seiner Majestät herauszufordern. Und auch, d'Orgeansac in Angst und Schrecken zu versetzen.

Doch im Laufe der unendlich langen Tage, der zähen, stillen Stunden im Dunkeln war seine Wut abgekühlt. Geschrumpft. Zerfallen. Im gleichen Maße, wie ihm die eisernen Fesseln, die an seinen Gliedern hingen, Tag für Tag schwerer schienen, zerfielen die Ketten, die Julie um sein Herz gelegt hatte. Wie lächerlich ihm heute sein Zorn, seine Eifersucht vorkamen … Die Ereignisse von Rueil schienen wie aus einem anderen Leben. Inzwischen konnte er an Julie denken, ohne die Fäuste zu ballen. Das Bild, das er von ihr hatte, verlor seine Konturen. Sie wurde ihm zunehmend gleichgültig, selbst ihre Züge verschwammen bereits in seiner Erinnerung … Ja, so ein Kerker konnte sehr heilsam sein.

Zaghaft waren seine Lebensgeister wieder erwacht. Das einzige, was ihn heute interessierte, war, aus der Bastille wieder hinauszukommen. Wenn er je wieder den offenen Himmel sehen sollte, wollte er einen Neuanfang machen. Sein Leben am Hof war ihm schon seit längerer Zeit über gewesen. Er sehnte sich nach ehrlichen Menschen, nach einfachen Aufgaben, nach einem sinnfälligen Leben. Und wenn der Herr ihm gnädig sein wollte und ihm noch eine Chance bot, so würde er als ein neuer Mann aus der Bastille treten.

Ein klirrendes Geräusch holte ihn aus seinen Gedanken. Der Wächter machte sich von außen an der Tür zu schaffen.

Als Goujon wieder einmal den täglichen Kampf mit den Schlössern und Riegeln bestanden hatte, trat er ein, einen vollen Krug und einen Brotlaib auf den Armen. Er legte seine Mitbringsel an die Mauer. Dann ergriff er den leeren Krug, der mitten im Raum lag. Auf seinem Weg zurück zur Tür zögerte er kurz, drehte sich noch einmal um. Er kratzte sich hinter dem rechten Ohr, während seine Augen an François herunter wanderten. Er zog die Brauen zusammen, hüstelte, und fügte hinzu: »Verlieren Sie nicht den Mut, Monsieur le Comte. Eigentlich darf ich es Ihnen nicht verraten, aber … Ich glaube, dass Sie bald frei kommen werden.«

»Was … Woher wissen Sie das?« Goujon zuckte nur die Schultern.

François verstand, dass er wieder in sein übliches Schweigen verfallen war und verbiss sich weitere Fragen. Goujon schenkte ihm noch einen letzten, nicht unfreundlichen Blick, bevor er die Tür hinter sich schloss und das übliche Geklapper der Schlüssel ertönte.

Freiheit … Schon bald, vielleicht … Aber wenn es einen Freilassungsbefehl gab, weshalb kam d'Orgeansac nicht, um ihn darüber zu informieren? Solche Befehle waren meistens innerhalb von ein paar Stunden auszuführen. Vielleicht wurde er ja heute schon entlassen!

Er rief sich selber zur Ordnung. Es gab keinen Grund, wegen Goujons gutgemeinten Worten euphorisch zu werden. Noch hatte sich nichts Konkretes ergeben, noch saß er hier eingesperrt. Er zwang sich zur Ruhe, lenkte willentlich seine Gedanken ab. Das Brot!

Er hatte brüllenden Hunger, wie immer, doch auch daran hatte er sich gewöhnt. Die Ration war sehr knapp bemessen für einen ausgewachsenen Mann, und spätestens in den frühen Abendstunden meldete sich sein Magen für gewöhnlich erneut.

Er holte den dunklen Laib, setzte sich, mit dem Rücken an den Pfosten gelehnt, auf die Stelle, die er bevorzugte, weil ihn dort die Ketten am wenigsten hinderten. Wie immer verbot er sich, seinem Elan nachzugeben und einfach in das Brot hineinzubeißen. Disziplin, gute Manieren waren die Stützen, die einen Menschen davor bewahrten, sich zum Tier zu degradieren.

Er roch an der Halbkugel, genoss den frischen Duft, der ihm das Wasser in den Mund trieb, so lange, bis er nicht mehr widerstehen konnte. Dann brach er ein kleines Stück ab, von diesem nochmals ein kleineres, mundgerechtes, schob es sich zwischen die Lippen. Er freute sich an der Weichheit der Krume auf der Zunge, an der krossen Oberfläche der Kruste als seine Zähne sie zermalmten, an dem säuerlichen aber so köstlichen Geschmack, der seine Mundhöhle ausfüllte, an dem Gefühl der Befriedigung, wenn er den Bissen hinunterschluckte und spürte, wie sein aufgebrachter Magen sich beruhigte.

So genoss er jedes Stück seiner kargen Mahlzeit, die Augen geschlossen, während er an von der Sonne vergoldete Kornfelder und behagliche Bäckerstuben dachte. Doch dann stießen seine Finger statt auf die weiche Krume auf etwas Glattes. Was zum Teufel …?

Er sah auf seinen Schoß, runzelte die Brauen, nahm den Laib hoch, um ihn besser inspizieren zu können. Hier! Im grauen Teig steckte etwas. Ein feines Papier, eng zusammengerollt.

François zog es vorsichtig hinaus, fast verärgert, während seiner Mahlzeit unterbrochen worden zu sein. Dann jedoch wurde er sich der Bedeutung dieses Fundes bewusst. Eine Nachricht, hier, in der Einsamkeit! Irgendjemand hatte an ihn gedacht, vermutlich viele Gefahren auf sich genommen, um ihm eine Botschaft zukommen zu lassen … Wer konnte sie ihm geschickt haben?

Seine Finger, ungeschickt vor Hast, rollten den schmalen Streifen auseinander. Er blinzelte ein paar Mal, bevor er den eng geschriebenen Text in der Dunkelheit einigermaßen entziffern konnte.

Monsieur,

aus naheliegenden Gründen können wir unsere Identität dieser Nachricht nicht anvertrauen, doch wir denken, Sie werden keine Mühe haben zu erraten, wer in Sorge um Sie ist. Wir haben erfahren, dass Ihre Hinrichtung beschlossen wurde. Doch verzagen Sie nicht! Wir haben einen Plan ersonnen, der Sie retten soll. Man wird Sie gegen fünf Uhr zu einem Spaziergang auf der Bastion abholen. Um die Wachen werden wir uns kümmern. Sie werden ein langes Seil in dem kleinen Turm an der Spitze der Bastion finden. Damit können Sie sich bis zu dem Graben hinuntergleiten lassen, um dort fast trockenen Fußes die benachbarte Porte Saint-Antoine zu erreichen. Wir werden Sie dort erwarten. Gott sei mit Ihnen.

François ließ seine Hände auf seinen Schoß sinken. Sein Herz schlug unruhig. Er versuchte nachzudenken.

In seine Freude über die geschmuggelte Botschaft mischte sich Staunen und Abenteuerlust vor der unglaublichen Herausforderung: Nur ein einziges Mal in der Geschichte der Bastille war jemandem die Flucht gelungen, d'Orgeansac hatte es oft genug betont.

Wer käme als Absender in Frage? Racan? Nein. Er kannte seinen Schreibstil gut genug, um zu wissen, dass diese Botschaft nicht aus der

Feder des Poeten geflossen war. Außerdem war Racan zu verspielt und zu wenig risikofreudig, um ein solches Unterfangen anzuzetteln.

Sie?

Nein! Nach ihrer Auseinandersetzung in Rueil würde sie wohl die Letzte sein, ihn retten zu wollen! Doch wer sonst?

Guillaume wäre in Frage gekommen, doch der war in England. Und wer, außer ihm?

Plötzlich wurde ihm bewusst, wie wenig richtige Freunde er hatte. Das war ein Tribut, den sein Doppelleben forderte. Wie sollte er Freundschaften mit Menschen schließen, die er aushorchte? Die er der großen Politik wegen immer wieder verriet. Noch nicht einmal Racan, der eine Wohnung mit ihm teilte, wusste die Wahrheit über ihn.

Einen kurzen Augenblick lang fühlte François eine Welle der Einsamkeit ihn hinwegspülen. Er biss die Zähne zusammen und richtete mit ganzer Kraft seine Aufmerksamkeit wieder auf die kleine Papierrolle in seinen Händen.

Der Absender blieb also mysteriös. Das schloss aber nicht aus, dass die Nachricht wirklich von jemandem geschickt wurde, der ihm Gutes wollte.

Wie jedoch sollte er den Satz verstehen, er solle hingerichtet werden, wenn Goujon ihm doch gerade seine Freiheit in Aussicht gestellt hatte? Dass der Soldat sich einen Scherz erlaubt hatte, glaubte er nicht. Dafür war der Wächter nicht raffiniert und auch nicht bösartig genug. Vielleicht hatte Goujon sich verhört?

Oder aber diese Nachricht war falsch und es trieb irgendjemand ein schändliches Spiel mit ihm. Auch wenn er sich momentan überhaupt nicht vorstellen konnte, aus welchem Grund. Es gab nur eines: Den Nachmittag abwarten, sich bereit halten, auf der Hut sein.

Und bis dahin, dieses Brot zu Ende zu speisen.

⚜

Es war kurz vor fünf Uhr.

Die Menge auf der Place de Grève wurde langsam unruhig, sie beäugte murmelnd das Schafott. Auch Julies Augen waren unentwegt auf das dunkle Gerüst fixiert. Gott sei Dank konnte sie das Ganze aus der Höhe des ersten Stockwerkes dieses Hauses verfolgen. Es war Racans Idee gewesen, Madame de Cordière, eine gute Bekannte von ihm, zu bitten, Guillaume und sie zu empfangen. So wurden sie nicht bedrängt und hatten eine gute Sicht. Vielleicht sogar eine zu gute. Das schmale Häuschen, dessen geschwärzte Fassade gerade einmal drei Fenstern nebeneinander Platz bot, stand so nahe am Schafott, dass sie befürchten mussten, alle schauerlichen Details mitzubekommen.

»Julie, wollen Sie sich nicht setzen? Sie stehen schon seit einer halben Stunde an diesem Fenster, dabei ist auf dem Platz noch nichts zu entdecken ...«

»Sie irren sich, Guillaume«, widersprach sie kopfschüttelnd. »Es gibt schon viel zu sehen. Ich sehe Menschen, die auf den Tod anderer Menschen warten.«

Guillaumes Blick lastete auf ihr, und sie brauchte ihn nicht anzuschauen, um seiner gewahr zu werden. Sie wusste, dass er nicht nachvollziehen konnte, warum sie darauf bestanden hatte, hier zu sein. Doch wie sollte sie ihm etwas erklären, das sie selber nur als undeutlichen Drang wahrnahm?

Sie war von einer inneren, unbarmherzigen Stimme gezwungen worden, hier zu stehen. Sich unter diese Menschen zu mischen, die nach Blut und Tod lechzten. Es war eine selbst auferlegte Strafe. Denn sie war keinen Deut besser als die Menge, auf die sie hinabblickte.

Sie schluckte, schloss kurz die Augen, konzentrierte sich auf das Holz des Fensterrahmens vor ihr, an dem sie lehnte, auf die harte, starke Fläche, die ihr so angenehm Halt bot.

Ja, verflixt! Sie fühlte sich schuldig! Seit dem Augenblick, als Guillaume ihr berichtet hatte, dass die beiden flüchtigen Duellanten gefasst worden waren. Sie hatte gebetet, damit diese Verhaftung stattfand. Sie hatte Gott mit ihrem Flehen Tag und Nacht belagert. Was hätte sie sonst auch tun können? Sie war außer sich vor Sorge um François Schicksal gewesen. Und erst viel später war ihr die erschreckende Erkenntnis gekommen, dass sie die ganze Zeit um den Tod dieser zwei Männer gefleht hatte.

Als sie das dumpfe Grollen der Trommeln hörte, richtete sich der feine Flaum ihrer Arme auf. Es war soweit ... Ihr Herz erbebte im selben Rhythmus, als sie den einfachen Karren erblickte, der soeben auf den Platz einbog. Die Menge stand dicht. Sie teilte sich widerwillig, und das Gefährt kam nur langsam voran.

Zwei Gestalten standen mit gefesselten Händen auf dem schwankenden Rücken des Wagens. Sie wurden von mehreren Reihen Soldaten und einigen Geistlichen begleitet. Nach einiger Zeit erkannte Julie die zwei jungen Männer wieder, die sie zum letzten Mal auf der Place Royale gesehen hatte. Sie hatten gesprüht vor Übermut, sie hatten dieselbe Unbekümmertheit ausgestrahlt wie Halbgötter der griechischen Sagen, von einem heldenhaften Glanz umgeben, der sich über jegliche Moral hinwegsetzte.

Heute war nichts mehr von diesem Glanz zu sehen … Aber der Ernst auf ihren noch so jungen Gesichtern verlieh ihnen eine Ausstrahlung, die zu Herzen ging. Julie bemerkte erst, dass sie aufgestöhnt hatte, als Guillaumes Hand sich auf ihre Schulter legte.

⚜

Fünf Uhr.

In dem Kerker der Bastille gab es nur andeutungsweise so etwas wie Zeitgefühl. François wusste nicht, wie lange er seit dem Lesen der Botschaft auf dieses Geräusch gewartet hatte: Schlüsselgeklapper an der Zellentür. Er kam langsam auf die Füße. Seine Muskeln spannten sich an.

Es war nicht Goujon, sondern ein anderer Wächter, den er nicht kannte.

»Bonjour, Monsieur le Comte! Heute ist Ihr Glückstag! Es wird Ihnen erlaubt, einen Spaziergang auf der Bastion zu machen. Geben Sie mir Ihre Handgelenke her, ich werde Sie von den Ketten befreien.«

François hielt seine Arme waagerecht. Die Eisenmanschetten fielen mit Getöse ab, mit ihnen das Stroh und die improvisierten Verbände. Auch die Füße wurden entfesselt. Er machte einen ersten, unsicheren Schritt. Eine herrliche Empfindung der Leichtigkeit ließ ihn sich zu seiner ganzen Größe aufrichten. Ja, jetzt war er wieder ein Mensch! Trotz seines abgemagerten Körpers fühlte er sich stark wie selten. Er schwor sich, dass nichts auf der Welt ihn mehr dazu bringen würde, sich erneut hier unten anketten zu lassen. Nichts!

Als die schwere Tür, die in den Innenhof der Bastille führte, geöffnet wurde, musste François die Zähne zusammenbeißen, um nicht aufzuschreien. Er griff an seinen Kopf, stützte sich Halt suchend an der Türzarge ab. Das Sonnenlicht, obwohl von einer Wolkenschicht gedämpft, stach grausam in seine Augen, die seit sechs Wochen nichts als Dunkelheit gekannt hatten. Seine Augenhöhlen brannten wie Feuer und Tränen rannen unaufhörlich seine Wangen hinunter, als er unbeholfen dem Wächter hinterher torkelte, den er mehr erahnte als sah.

»Kommen Sie, Monsieur le Comte. Nehmen Sie meinen Arm. Keine Sorge, Sie werden sich schnell wieder an die Helligkeit gewöhnen.«

⚜

Auf der Place de Grève hatte der Karren inzwischen sein Ziel erreicht.

Montmorency-Bouteville stieg als erster hinunter. Sein blonder Schopf fing einen Sonnenstrahl auf, der sich durch die Wolkendecke gemogelt hatte.

»Mein Gott, stehen Sie ihm bei!« Julie bekreuzigte sich.

Ein lauer Wind wehte von der Seine, die sich faul an ihren Ufern rieb. Die Luft trug ihre feuchten Ausdünstungen mit sich, vermischt mit dem Geruch von Treibholz und dem leichten Staub aus Holzkohle und Getreidehülsen, der aus den vertäuten Lastkähnen drang. Julie fühlte einen Tropfen hinter ihrem linken Ohr hinunter laufen. Sie rieb sich den Nacken, versuchte ihre Verkrampfung zu lockern.

Sie hatte noch nie einer Hinrichtung beigewohnt, doch die Menge erschien ihr seltsam ruhig. Vielleicht ein Ausdruck der allgemeinen Verunsicherung? Man erwartete täglich den Ausbruch des Krieges. Die Kunde, die englische Flotte sei zum Auslaufen bereit, hatte sich wie ein Lauffeuer verbreitet.

Außerdem trauerte Frankreich noch immer um Madame.

Selbst Julie, die Marie de Montpensier gewiss nicht in ihrem Herzen getragen hatte, war fassungslos angesichts der tragischen Wende, die das Leben von Gastons Frau genommen hatte. Wie enttäuscht sie gewesen sein musste, als statt des erwünschten Prinzen ein kleines Mädchen auf die Welt kam! Vielleicht hatte diese Enttäuschung auch ihren Teil dazu beigetragen, dass sie sich von der schwierigen Geburt nicht mehr erholte.

Wie dünn doch die Lebensfäden der Menschen gesponnen sind! Ein Nichts reichte aus, um sie zu durchtrennen … Ein Kind, die verhöhnte Autorität eines Königs … Ein Gemälde?

Sie erschauerte, riss sich aber sofort wieder zusammen.

Der König hatte François Freilassung für heute versprochen. Ob und wie anschließend der Kardinal noch an ihn herantrat, würde sich zeigen. Sie durfte sich nicht von der pessimistischen Stimmung um sich herum anstecken lassen.

Montmorency-Bouteville stand nun auf dem Schafott. Mit einer Geste wies er den Henker zurück, der ihm die schwarze Binde um die Augen legen wollte.

Julie sah zu dem Karren hinüber, auf dem des Chapelles noch immer stand. Er hatte dem Schafott den Rücken zugekehrt, den Blick auf die schäbigen Fassaden der Häuserreihen gerichtet. Seine Lippen bewegten sich leise. Er betete. Dennoch war sich Julie sicher, dass seine ganze Aufmerksamkeit auf das gerichtet war, was hinter ihm geschah.

⚜

Im Hof der Bastille war es sehr ruhig. Trotzdem fielen François die kleinen Geräusche auf, die in so krassem Gegensatz zu der feuchten Stille der letzten Wochen standen: Das Reiben von Stiefeln auf der Erde, das Krächzen einer Krähe hoch über ihm, das Räuspern des Soldaten, dessen Arm er hielt …

Er versuchte, sich trotz seines eingeschränkten Sehvermögens zu orientieren, anhand der Schatten und seiner Ortskenntnis. Mit Bedauern ahnte er, dass sie am Eingangstor vorbei liefen. Ein leises metallenes Klirren verriet ihm die Wachtposten. Er lief mit dem Soldaten weiter, bis er eine gewaltige Präsenz vor sich spürte: Eine mehrere Stockwerke hohe Mauer, die zwei der acht Türme des Gefängnisses verband. Ein vergleichsweise schmaler Durchlass durchbrach sie. Er mündete direkt auf den tiefen Graben, der die Bastille umgab. Um die Bastion, die nachträglich angebaut worden war, erreichen zu können, hatte man quer über diesen Graben eine enge Brücke gelegt, die sie nun zu zweit überquerten, bevor eine Pforte sie schließlich in die Bastion entließ.

Gott sei Dank kannte François sich hier aus. Ein Spaziergang auf der Bastion war selten, aber nicht unüblich. Während seines letzten Aufenthaltes im vergangenen Jahr war ihm zwei Mal das Privileg zuteil geworden, hier lustzuwandeln. Seine Erinnerung würde seine schlechte Sicht hoffentlich wettmachen.

Die Bastion war eine große Befestigungsanlage aus dem vorigen Jahrhundert, die vage Ähnlichkeit mit einem Herzen hatte, das ein kurzer, breiter Stiel mit der Brücke verband. An der Spitze des Herzens wuchs ein kleiner, schiefergedeckter Turm wie eine Warze auf einer Nase und sah auf die Felder und den Wald von Vincennes. Die herzförmige Fläche war einem hübschen kleinen Garten Heimat geworden. Die Kanonen, die ringsum ihre Münder auf die friedliche Landschaft jenseits des Grabens gerichtet hatten, wirkten seltsam fehl am Platz.

François und der Wächter durchquerten den Stiel, erklommen dann ein paar Stufen, um auf das höher gelegene Herz zu gelangen. François bemühte sich, so oft wie möglich die Augen zu öffnen, und bekam kurze, grelle Eindrücke seiner Umgebung mit. Der Graben war noch nicht ausgetrocknet, schien aber nur wenig Wasser mit sich zu führen, wie es der Briefeschreiber bereits erläutert hatte. Es dürfte in der Tat keine Schwierigkeit sein, schnell hinüber zu kommen.

»Bien, Monsieur le Comte. Wir sind da. Genießen Sie es! Ich hole Sie nachher wieder ab.«

François kniff die Augen zusammen, beschirmte sie mit seiner Hand. Wie viele Soldaten hielten hier Wache? Er versuchte, die Gestalten auszumachen. Wie viele waren es letztes Jahr gewesen? Vier, vielleicht fünf? Er begann die Mauern zu umrunden, um sich Gewissheit zu verschaffen. Zwei Männer auf dem etwas niederen, breiten Sockel, der zum Herzen führte. Allerdings konnten sie das eingefriedete Herz, auf dem er sich befand, nicht einsehen, und würden keine Gefahr darstellen. Anders war es mit den vier Männern, die, ihre Musketen auf der Schulter, in einigen Schritten Entfernung zwischen den Kanonen hin und her schlenderten. *»Um die Wachen werden wir uns kümmern.«* Momentan konnte er wenig mehr tun als sich unauffällig nach dem Seil umzuschauen.

François führte seinen Spaziergang fort, nahm nebenbei den Duft des Grases war, das ihm die nackten Fußsohlen kitzelte … So groß seine Anspannung auch war, die Erleichterung, aus dem Kerker entkommen zu sein, war zu groß, um seine Empfindungen ganz verdrängen zu können.

Es war viel wärmer als noch vor sechs Wochen. Die Luft war drückend, wurde aber von einem kleinen Wind gemildert. François meinte, den typischen Geruch des Flusses zu erkennen … Erinnerungen an schwellende, graue Fluten, an den eisigen Strom, der ihn unweigerlich mit sich riss, und an die Gestalt, die jedes Mal vom Ufer aus nach ihm spähte, holten ihn ein. Er verscheuchte sie energisch.

François lehnte sich an die hüfthohe Mauer, die die Bastion umgab. Er senkte den Kopf, als ob ihn Schwäche übermannen würde, stützte ihn auf seine Hände und spähte über die Brüstung. Wie tief war es bis zu der dunklen Fläche, die den Boden des riesigen Grabens signalisierte? Sechs Menschenlängen? Acht? Entschieden zu viel, um einfach zu springen. Es musste schon ein verdammt langes Seil sein, das ihn hier hinunter bringen könnte, ohne dass er sich den Hals dabei brach!

Parbleu, was hast du denn erwartet? schalt François sich … Wenn es leicht wäre, von der Bastion in die Freiheit zu springen, würde man die Gefangenen wohl kaum so unbekümmert hier herumlaufen lassen! Trotzdem … je mehr er darüber nachdachte, um so unmöglicher erschien ihm das Unterfangen, sich in aller Seelenruhe hier abzuseilen. Und damit nicht genug … Einmal im Graben, müsste er noch einen Weg finden, die genauso hohe Mauer auf der anderen Seite zu erklimmen. Dann erst würde er auf dem Weg stehen, der zur Porte Saint-Antoine und wieder in die Stadt führte. Vorausgesetzt, die Wache am Tor würde ihn passieren lassen! Und das Ganze bei hellem Tageslicht, halb blind und unter den Augen der wachhabenden Soldaten, die von den Zinnen der Türme der Bastille einen sehr guten Blick auf die Bastion hatten.

François biss die Zähne zusammen. Nein, er würde auf keinen Fall aufgeben. Die Zeit, die er abwartend verbracht hatte, war allzu lang gewesen. Egal, wie schwierig oder gar unmöglich es sein würde, hier hinauszukommen ... Er musste es versuchen. Nichts würde ihn mehr dazu bewegen können, erneut in diesen Kerker zurückzukehren. Er hatte schon aus weitaus sinnloseren Gründen als seiner Freiheit sein Leben riskiert.

In diesem Augenblick hörte er eine Stimme, die irgendwo hinter ihm rief:

»He, ihr da oben, wenn ihr wollt, könnt ihr euch einen Becher Wein abholen ... Kleines Geschenk zur morgigen Feier des Heiligen Jean-Baptiste!«

»Was sagst du, Morant? Das kann ich nicht glauben ...«

»Wein? Habe ich Wein gehört?«

»Tja, da staunt Ihr, was? Ich weiß nicht, wer so spendabel war, aber wir haben die offizielle Erlaubnis, zuzugreifen!«

»Das lassen wir uns nicht zweimal sagen!«

François kniff gespannt die Augen zusammen. Ja, die Schatten liefen zusammen. Eins, zwei ... vier. Er näherte sich so unauffällig wie möglich den Stufen, die auf den Stiel des Herzens hinunterführten.

Ein fröhliches Stimmenwirrwarr wehte zu ihm hinauf. Alle schienen nun dort unten versammelt zu sein.

»Monsieur le Comte!«

François konnte nicht verhindern, leicht zusammenzuzucken. Er beugte sich ein wenig vor.

»Was gibt es?«

»Möchten Sie nicht auch einen Becher? Kommen Sie hinunter, wir geben Ihnen gerne etwas ab!«

François lächelte freundlich und winkte ab, obwohl ihm ein Schluck Wein plötzlich wie das Köstlichste auf Erden vorkam.

»Danke, nein. Ich bleibe lieber ein wenig hier oben und genieße die Sonne.«

Er trat langsam zurück, bis er annahm, von unten nicht mehr sichtbar zu sein. Dann drehte er sich um, beschleunigte seine Schritte. Seine Augen tränten unaufhörlich, als sie nach der Silhouette des Turmes suchten. Da ... Ja, das war er. Er drang in die schmale Öffnung des kreisrunden Baues. Fast wäre er über die erste Stufe einer Treppe gefallen, die in einer engen Schraube nach oben führte. Obwohl es hier nicht so hell war, bemerkte er mit Ärger, dass er kaum besser sehen konnte. Dutzende von Sonnenflecken tanzten einen wilden Reigen vor seinen Pupillen. Er fluchte und hastete weiter nach oben. Es waren nur ein paar Stufen, bevor er in den winzigen Raum entlassen wurde, den drei Schießscharten erhellten. Schnell fand seine tastende Hand das Seil. Er stellte zufrieden fest, dass an seinem Ende eine eiserne Klaue befestigt war, die es ihm erlauben würde, sie auf nahezu jeder Mauer zu befestigen. Doch in dem Augenblick, in dem er den Strick ergriff, stutzte er. Etwas störte ihn ... aber was?

Plötzlich wusste er es.

Das Seil lag in engen, kreisrunden, perfekten Windungen auf dem Boden. Ein Seemann hätte es sicherlich gelobt ... Aber für eine hastig geschmuggelte Fluchthilfe war es viel zu ordentlich arrangiert!

Das Misstrauen, das François schon in seinem Kerker verspürt hatte, kehrte mit Macht zurück. Und wenn alles eine Falle war? Er zuckte die Schultern. Wenigstens würde die Sonne seinen Tod bescheinen.

Er schulterte das schwere Seil, lief die Treppe wieder hinunter. Nach kurzem Nachdenken entschloss er sich für die nach Nordosten gerichtete Mauer, weit weg von den Blicken der unten trinkenden Soldaten und in größtmöglicher Nähe der Porte Saint-Antoine.

Er lehnte sich an die Brüstung, das Türmchen auf Armeslänge zu seiner Rechten, versteckte das Seil vor seinem Oberkörper, damit die Soldaten, die auf der Krone der Bastille Wache schoben und eventuell in seine Richtung spähten, nichts Auffälliges entdecken konnten. Schnell, aber sorgfältig legte er den Enterhaken fest an das Mauerwerk, warf das Seil in Richtung Graben, schwungvoll genug, damit es nicht auf der schrägen Ummantelung des Mauerwerks liegen blieb. Er erstarrte, lauschte gespannt nach hinten. Kein Alarm. Gut, bis hierhin schien noch niemand etwas Ungewöhnliches bemerkt zu haben.

War das Seil lang genug? Er zuckte die Schultern. Weder seine schlechte Sicht, noch die anfängliche Schräge der Brüstung erlaubten es ihm, das Ende des Stricks zu sehen. Er konnte nur hoffen, dass sein mysteriöser Helfer genau Maß genommen hatte.

Er prüfte noch einmal den sicheren Halt des Hakens, beugte sich über die Mauer, erfasste das Seil, wickelte es sich einmal um die linke Hand … Schnell, mit einer fließenden Bewegung, ließ er sich über die schräge Brüstung der Bastion gleiten. Mit der Rechten und seinen Fußsohlen federte er die leichten Pendelbewegungen ab, die den Haken destabilisieren könnten. Nach kurzer Zeit war das Seil ruhiggestellt. François atmete auf. Jetzt bestand nur noch wenig Wahrscheinlichkeit, dass eine Wache ihn entdecken würde. Jedenfalls, solange er sich im Schatten der Bastion aufhielt und die vier Soldaten unten mit dem Wein beschäftigt waren.

Die erste Strecke, etwa ein Drittel der Gesamtlänge, war von dem Kragen gebildet, eine stufige Schräge, die ihm erlauben sollte, sich recht bequem hinunterzuangeln.

Er lockerte das Seil. Seine Sohlen tasteten sich lautlos über den etwas unregelmäßigen Stein, als er erst eine, dann mehrere Armeslängen nach unten glitt. Der Schweiß rann seinen Rücken hinunter, sein Herz klopfte unruhig. Seine Füße traten ins Leere, als er das Ende des schrägen Kragens erreichte, der hier leicht überstand. Weiter … nicht zu hastig. Er musste dem Instinkt widerstehen, der ihm befahl, das Seil durch die Hände eilen zu lassen …

Plötzlich hielt er inne, ohne dass er hätte sagen können warum.

Er richtete sein verzerrtes Gesicht gen Himmel, erspähte nichts als blendende Helligkeit … Verdammt, irgendetwas stimmte nicht … Was? … Da … War das eine Gestalt?

»Bonjour, Monsieur le Comte … Wie ich sehe, genießen Sie diesen schönen Sommertag … Das freut mich, denn es wird wohl Ihr letzter sein.« Er hörte ein Knacken, das er trotz der Entfernung sofort identifizierte. Den Abzug einer Pistole.

⚜

Die Menge auf der Place de Grève schrie auf, als der erste Kopf vom Richtblock rollte.

Julie wich ruckartig vom Fenster zurück und stieß hart mit Guillaume zusammen.

»Verzeihung!«, sagte sie atemlos.

»Julie …« Guillaume griff nach ihr, doch sie hatte sich schon wieder gefangen. Sie schüttelte seine Hände ab. Jetzt nicht … Sie konnte jetzt keine Berührung ertragen.

Sie lehnte sich erneut an die Fensterbrüstung. Als des Chapelles ebenfalls auf das Schafott stieg, legte sie die Arme eng um ihre Brust. Die

Züge des jungen Mannes waren mit einem unwirklichen, entrückten Ausdruck behaftet, als würde er schon über allem Irdischen schweben. Jetzt sah er zu dem kopflosen Körper seines Freundes hinüber … Mit stiller Würde ging er zu ihm, kniete nieder, küsste die tote Hand.

Julie wiegte sich leicht vor und zurück. François würde bald entlassen werden. Nur das zählte.

Bald … Bald würde sie seine Arme wieder um sich spüren. Heute schon, vielleicht!

Plötzlich fing sie an zu beben.

Unter ihr kniete des Chapelles ein zweites Mal nieder, diesmal zu Füßen des Henkers.

»Julie, es reicht jetzt!« Guillaume riss sie gewaltsam vom Fenster weg. »Hören Sie auf, da runterzustarren … Ich hätte Ihnen gar nicht erst erlauben sollen, zu kommen! Julie! Antworten Sie!« Er schüttelte sie heftig. »Julie!«

Die Ohrfeige hallte in ihrem Kopf nach. Sie blinzelte.

»Es ist etwas passiert!«

»Was meinen Sie?«, fragte Guillaume.

»Warum ist François noch nicht entlassen worden? Warum hat Robert nichts erfahren können? Irgendetwas stimmt da nicht, ich kann es spüren …«

»Hören Sie, kleine Lady, das haben wir doch schon besprochen!«, antwortete Guillaume müde. »Ich bin sicher, dass er sofort nach der Hinrichtung freigegeben wird.«

»Er ist in Gefahr!«

Beide zuckten zusammen, als von dem Place de Grève ein dumpfer Axthieb von den Schreien der Menge begleitet wurde.

⚜

François duckte sich aus reinem Instinkt.

Ein scharfer Knall … Die Kugel schlug eine Handbreit seitlich von seinem Kopf ein. Splitter lösten sich aus der Mauer. Einer davon bohrte sich in seine rechte Wange. Blitzschnell ließ er ein längeres Stück Kordel durch seine Hände gleiten, bis er unter dem kleinen Vorsprung des Kragens Schutz fand. Unmittelbar danach schlug eine zweite Kugel über ihm auf.

Also doch eine Falle!

François atmete schwer, wischte sich klebrige Spinnweben vom Gesicht. Der Vorsprung diente einer ganzen Kolonie der Achtbeiner als Zuhause. Das Seil pendelte leicht, da die Mauer ab jetzt senkrecht in die Tiefe ging. Verflixt … Was jetzt?

Der Schütze musste höchstwahrscheinlich erst einmal laden. Mehr als zwei Pistolen dürfte er sich kaum bereitgelegt haben. Er hatte also eine kleine Galgenfrist.

Seltsam, dass die Wache auf den Zinnen der Bastille nicht durch die Schüsse aufmerksam geworden war. Doch wahrscheinlich hatte der freundliche Briefschreiber auch daran gedacht. François dachte nach.

Die erste Möglichkeit bestand darin, sich weiter hinunterzulassen. Er rieb sich zum wiederholten Mal die Augen an seinen Hemdsärmeln, blinzelte nach unten … Was er nun erahnte, ließ ihn vor Wut aufschreien. Das Ende des Seils pendelte hoch über dem Boden! Es war zu kurz! Nicht zu kurz, um nicht doch einen Sprung zu wagen, aber es bestand die große Wahrscheinlichkeit, sich dabei etwas zu brechen. Und falls er heil unten auftraf, würde er laufen müssen, so schnell und weit seine Beine ihn auf dem schutzlosen Gelände tragen würden.

François wischte sich das Blut von der Wange, das in einem kleinen Rinnsal bis in seinen Kragen lief. Leider war er nicht der Kräftigste. Er hatte sich sechs Wochen lang kaum bewegt, und die Nahrung hatte gerade ausgereicht, ihn am Leben zu halten. Seine Kräfte würden wohl kaum ausreichen, im Graben zwischen den Schüssen der alarmierten Wachen wie ein hechelndes Kaninchen Zickzack zu laufen.

Die andere Möglichkeit war, wieder nach oben zu klettern.

Er wusste, wer da oben versuchte, sich seiner zu entledigen … Die Stimme, sanft, selbst wenn sie Morddrohungen ausstieß, hätte er überall wiedererkannt. D'Orgeansac war kein besonders gefährlicher Gegner. François wägte nüchtern ab. Gegen den Leutnant hatte er eine Chance, auch wenn der bewaffnet und er selber in schlechter Verfassung war. Und scheinbar war d'Orgeansac da oben alleine. Der Soldat hätte schon längst die Wache rufen können, wenn das sein Ansinnen gewesen wäre. Doch dann hätten sie ihn lebend gefangen … D'Orgeansac aber wollte ihn offensichtlich tot. Alleine diese Frechheit war es eigentlich schon wert, wieder hinaufzuklettern, dachte François grimmig. Gut. Und wenn er den Leutnant in Händen hätte …

Also nach oben.

François schüttelte sich eine Spinne aus den Haaren, spähte nach links. Wenn er wieder hoch wollte, musste das natürlich außer Sichtweite des Leutnants geschehen, auf einer für diesen unerwarteten Seite. Er musste das Seil loslassen und versuchen, auf der anderen Seite der Herzspitze hinaufzugelangen. Der Turm würde ihm einen willkommenen Sichtschutz bieten.

Er blinzelte. Der Steinkragen war mit einem abschließenden, zierenden Wulst versehen worden. Dieser Wulst bot vielleicht genug Fläche, um seinen Händen Halt zu bieten.

Er versuchte probeweise, sich an seine Rechte zu hängen. Er biss die Zähne zusammen, als ein Blitz bis in seinen Ellenbogen schoss, ließ aber nicht locker. Es würde gehen.

Jetzt verschob er das Seil eine Handbreit nach rechts, um es in eine etwas tiefere Fuge einzuklemmen. So würde d'Orgeansac nicht merken, dass es kein Gewicht mehr trug.

Nun fing er an, sich mühselig, frei an seinen Händen baumelnd, entlang des Kragens vorzuarbeiten. Schon bald schmerzten seine Schultern, kurz darauf fingen seine Finger an zu zittern. Er ignorierte es verbissen. Trotzdem war es gut, dass die Spitze nicht weit war. Er überwand aufatmend den scharfen Steingrat. Ab hier dürfte der Leutnant ihn nicht mehr sehen können, wenn er nicht auf den Gedanken kam, auf der anderen Seite des Turmes in die Tiefe zu spähen. Ein Griff … Noch einer …

Nun war er weit genug, um es wagen zu können, sich wieder auf den Kragen zu hieven. Er nahm einen leichten Schwung, versuchte, eine Stelle oberhalb des Wulstes zu fassen, rutschte ab, fluchte, als der Schwung ihm auch die andere Hand lockerte … Verdammt!

Er atmete heftig, wischte sich Schweiß und Blut an seinem Ärmel ab. Noch einmal!

Diesmal fanden seine Finger den erhofften Spalt. Nun ließ François auch mit der anderen Hand den Wulst los. Weiter! Ja! Wieder krallten sich seine Finger in eine etwas breitere Fuge. Und weiter! Langsam, keuchend, die Gedanken ausschließlich auf seine Hände fixiert, unter Beanspruchung seiner letzten Kraftreserven, zog er sich auf den Kragen.

Endlich … Er lag wie ein gestrandeter Fisch auf den leichten Stufen der schrägen Ummantelung und schnappte nach Luft. Dann robbte er weiter, um sich ein paar Augenblicke lang geduckt an das Türmchen zu pressen, bevor er sich wieder stark genug fühlte, um seinem Gegner gegenüberzutreten.

Als sein Atem ein wenig ruhiger geworden war, kroch er auf allen Vieren weiter nach oben. In dem Winkel, den der Turm und der obere Abschluss der Brüstung bildeten, wagte er einen Blick.

Vier Schritte von ihm entfernt, auf der anderen Seite des Türmchens, stand der Leutnant, tief über die Brüstung gebeugt.

François ließ sich lautlos über den Rand gleiten, legte die paar Schritte zurück, die ihn von dem Leutnant trennten, und warf sich aufrecht mit seinem ganzen Gewicht gegen den Rücken des Mannes, um ihn auf diese Art und Weise zwischen sich und der Mauer einzuklemmen.

Der Leutnant schrie erstickt auf, schnellte aus seiner gebeugten Stellung hoch, prallte mit seinem Rücken an François Brust. François legte seinen linken Arm wie einen Ring um seine Schultern. Zur selben Zeit entwand seine Rechte das Messer, mit dem d'Orgeansac gerade angefangen hatte, das Seil zu durchtrennen, und legte es an die Kehle des Leutnants.

»Es tut mir sehr Leid, Sie bei Ihrer Arbeit zu stören, Monsieur!«, raunte er.

»Was wollen Sie?«

»Zunächst eine Frage: Wer gab Ihnen den Befehl, mich zu ermorden?«

»Keiner. Ich habe es selber beschlossen«, antwortete d'Orgeansac erstaunlich fest.

François drehte ihn mit einem schnellen, festen Griff, um ihm in das Gesicht sehen zu können. D'Orgeansac schreckte zurück, als er ihn nun von Angesicht zu Angesicht sah. François lachte.

»Nun, ich hätte Sie vielleicht warnen sollen. Ich bin wohl kein sehr schöner Anblick? Ich bedaure es, in einem derart unpassenden Aufzug vor Ihnen zu erscheinen, doch ich hatte noch keine Zeit, mich umzuziehen. Ich werde mich kurz fassen: Sie kennen doch die Bastille in- und auswendig. Sie werden mir zur Flucht verhelfen.«

»Zur Flucht?« D'Orgeansac lachte schrill und schüttelte heftig den Kopf. Seine sorgfältig arrangierte Haartracht geriet ins Rutschen und hing ihm nun in fettigen Strähnen ins Gesicht. »Oh nein, Monsieur de Fontes-Villaray ... Das werde ich niemals!«

François runzelte die Stirn. Hart warf er zurück:

»Hören Sie, ich habe keine Zeit mit Verhandlungen zu verlieren. Entweder Sie helfen mir, oder Sie sind ein toter Offizier!«

»Das bin ich doch sowieso, oder?« D'Orgeansacs Aussprache war feucht. »Warum sollte ich ihnen helfen? Sie wollen mich töten ... Na gut, dann machen Sie es sofort! Erdolchen Sie mich hier und jetzt ... Wenigstens brauche ich dann nicht jede Stunde davor zu zittern, dass Sie in meinem Leben auftauchen, um mich für ein Duell abzuholen!«

Und schlagartig verstand François. Der Leutnant hatte Angst, nackte

Angst. Und sich entschlossen, seinen Gefangenen lieber feige zu ermorden, als ihm in Freiheit zu begegnen. Es stimmte, er hatte d'Orgeansac sein Wort gegeben, dass er ihn aufsuchen würde, sobald er entlassen worden wäre. Und damals war es sein vollster Ernst gewesen. Vor sechs Wochen. Sechs Wochen, die ihm wie eine Ewigkeit vorkamen. Heute war er nicht mehr von der überwältigenden Wut besessen, die ihn damals beherrscht hatte. Heute war sein Wunsch, endlich aus dem Gefängnis zu gelangen, stärker als alles andere. Er überlegte kurz. Der Mann vor ihm zitterte vor Furcht … So würde er nichts erreichen. Er bezähmte seine Lust, den Mann zu schütteln und antwortete so sachlich wie möglich:

»Wie wäre es mit einem Geschäft? Ich mache Ihnen einen Vorschlag: Ich bin bereit, unsere kleinen Differenzen zu vergessen. Dafür verraten Sie mir einen Fluchtweg.«

Der Leutnant war so verblüfft, dass er seine schrägen Brauen fast über seine Augen schob.

»Sie wollen sich nicht mehr mit mir duellieren?«

Der Gedanke, sich mit einer Nacktschnecke zu schlagen, wäre François in diesem Augenblick nicht abstruser vorgekommen. Er ließ seine Zähne aufblitzen.

»Nein.«

Er merkte, wie der Leutnant fieberhaft überlegte.

»Ein Geschäft … Vielleicht. Wie wäre es damit: Ich gebe Ihnen einen Schein, der einem echten Freilassungsbefehl zum Verblüffen ähnelt … Dafür schwören Sie mir, dass Sie Paris verlassen!«

»Ein Freilassungsbefehl? Sie meinen, damit könnte ich ganz offiziell die Bastille verlassen? So etwas können Sie?« François wischte sich abermals Blut und Tränen vom Gesicht.

D'Orgeansac nickte und sah ihn halb trotzig, halb lauernd an.

»Ich kann es, wenn Sie Paris verlassen. Das wäre übrigens auch in Ihrem Sinne, denn sonst ergeht es Ihnen noch wie Ihren beiden Freunden Bouteville und des Chapelles, die jetzt auf der Place de Grève stehen!«

»Was? Sie sind gefasst worden?«, fragte François. »Sie werden hingerichtet?«

»Jawohl, Monsieur. Jetzt dürfte alles vorbei sein.«

François wunderte sich, wie heftig ihn der Verlust dieser beiden Männer traf. Wie überflüssig alles: Der Einsatz ihres Lebens für dieses lächerliche Duell … Aber auch sein eigenes Eingreifen. Nein, er würde das alles hinter sich lassen. Endgültig.

Er schüttelte leicht den Kopf, doch sein Lachen klang selbst in seinen Ohren traurig.

»Parbleu, d'Orgeansac ... Sie, ein Fälscher? Sie verblüffen mich!« Er zuckte zusammen, als er fröhliche Stimmen hörte, die hinter seinem Rücken laut wurden ... Die Soldaten! Seine Hand verkrampfte sich um das Messer. »In Ordnung. Helfen Sie mir und Sie werden mich nicht mehr in Paris sehen!«

»Gut.« Der Leutnant hob eine zitternde Hand, legte seine Haare an ihren Platz zurück.

François warf den verräterischen Enterhaken über die Mauer. Der weiche Boden des Grabens verschluckte das Geräusch des Aufpralls. Dann ergriff er d'Orgeansacs linken Oberarm mit beiden Händen ... Der Leutnant zuckte heftig zusammen, als er die Spitze des Messers in seiner Achselhöhle spürte.

»Nur nicht unruhig werden ... Eine reine Vorsichtsmaßnahme. Heben Sie die beiden Pistolen auf!«, raunte er. D'Orgeansac gehorchte und steckte die beiden Schusswaffen in seinen Gürtel. »Und nun«, François verzerrte seine Züge zu einem Lächeln, »führen Sie mich armen, blinden Gefangenen nach den üblichen Formalitäten bis zum Ausgang in der rue Saint Antoine.«

⚜

Julie gab den Weinbecher mit einem dankbaren Lächeln ihrer Gastgeberin zurück.

»Geht es Ihnen besser, mein Kind?«

Madame de Cordières wässrig grüne Augen beugten sich besorgt über sie.

»Ganz bestimmt, Madame. Haben Sie vielen Dank.«

»Ja, ja. Das ist das Wetter. So schwül heute ... Ich habe es gleich gespürt, als ich heute Morgen einen Fuß vor mein Bett setzte ...« Die Witwe watschelte zum Fenster, schaute kurz hinunter. Sie schloss die Fensterflügel mit einem Griff, den ihr Doppelkinn zum Zittern brachte.

»Wenn Sie meinen, dass Sie dazu in der Lage sind, möchte ich Sie wieder nach Hause bringen«, sagte Guillaume. Julie stand von dem Stuhl auf, auf den man sie eben gezwungen hatte, sah zu ihm hoch. Sie konnte die Sorge und die leichte Gereiztheit des hochgewachsenen Mannes spüren, und es tat ihr Leid, weil sie die Ursache dafür war.

»Gerne, Guillaume. Jetzt ist alles wieder in Ordnung.«

François bewegte sich schnell und sicher durch die nächtlichen Gassen. Seine Züge hatte er unter einer Maske verborgen. Als er im Hotel d'Angoulême ankam, ließ man ihn ohne Weiteres eintreten. Alle, die einen letzten Gruß entrichten wollten, waren heute Abend willkommen.

Er betrat den großen Saal mit der kunstvoll bemalten Decke. Er war festlich beleuchtet. Seine Augen waren einen Augenblick von den vielen Kerzen geblendet. Er sah den Tisch und zog seinen Hut.

Die beiden Männer lagen friedlich nebeneinander. Ein Tuch bedeckte die hässlichen Spuren am Hals, und nichts verriet, welch grausamen Todes sie gestorben waren.

François trat an sie heran. Er ergriff nacheinander die Hand des einen, dann des anderen. Dann schloss er kurz die Augen, während seine Lippen ein Gebet flüsterten.

Wenig später trat er wieder in die Nacht. Er sog genussvoll und sehr ernst die kühle Luft ein.

Er war ein neuer Mann, als er nun mit zielstrebigen Schritten im Dunkeln verschwand.

DER OZEAN

Zwölf

»J'ai par terre et par mer voyagé nuit et jour,
Et n'ai voulu qu'Amour,
Tout aveugle qu'il est, pour pilote et pour guide.«

»Ich bin bei Tag und Nacht gereist über Land und Meer
Und habe nur die Liebe,
So blind sie auch ist, als Lotse und Führer gewollt.«

Juli 1627

»Ernestine, klopf doch mal bitte ...«

Die Angesprochene machte große Augen und zischte:

»Schon wieder, Maman?«

Madame Androux sah ihre Tochter strafend an.

»Ja, glaubst du denn, mir ist es ein Vergnügen, dauernd am Wegesrand zu ...«

»Schon gut, Maman. Verzeih.« Die blasse Ernestine winkte schnell ab, bevor ihre Mutter sich in weiteren peinlichen Einzelheiten ergehen konnte. Sie lächelte entschuldigend ihre Mitreisenden an. Dann drehte sie sich um und pochte an die Decke der Postkutsche.

Julie fing einen Blick von Guillaume auf. Sie verzog die Lippen, doch es fiel ihr schwer, zu verheimlichen, dass sie Madame Androux am liebsten den Hals umgedreht hätte. Wenn sie darüber nachdachte, wie viel Zeit ihnen diese ständigen Unterbrechungen schon gekostet hatten ... Aber sie dachte nicht darüber nach. Sie schlug die Augen auf ihre Handschuhe nieder, zog die Spitze über ihren Handrücken glatt.

Nein, über ihre Lage nachzudenken, war ein Luxus, den sie sich nicht mehr leisten konnte. Wie hätte sie sonst auch nur einen der vergangenen Tage aushalten sollen, an denen sie sich im Trott durch halb Frankreich quälten? Egal. Es ging voran, wenn auch nur gemächlich, und das alleine zählte. Und wenn sie die ganze Strecke nach Ré zu Fuß hätte zurücklegen müssen, so hätte sie es auch akzeptiert.

Sie befeuchtete ihre Lippen, sah wieder nach draußen. Die Straße war im Moment zu abschüssig, um Madame Androux Wunsch zu entsprechen und zu halten. Die vielleicht fünfzig Männer, die die Kutsche gerade überholte, mussten sich höchst unbequem an den Rand des Weges quetschen, um nicht den Hang hinunter zu purzeln. Julie sah schmutzige, gutgelaunte Gesichter und die Spitzen von ein paar Musketen an ihrem Fenster vorbeihuschen. Wieder Männer, die sich in Richtung Küste auf den Weg machten, um sich dort unter einem der Fürsten zu verdingen. Ganz Frankreich trommelte seine Männer zusammen. Und unter ihnen, irgendwo, befand sich auch ein Soldat namens Pierre Lanier.

Pierre … Der Name klang nach wie vor fremd, obwohl sie ihn in den letzten Tagen immer und immer wieder in ihren Gedanken ausgesprochen hatte.

Ob es ihm gelungen war, sich unter seine Kameraden zu mischen, von ihnen akzeptiert zu werden? War es ihm möglich, ohne zu murren, einem Vorgesetzten zu gehorchen, er, der in einem anderen Leben sogar Schwierigkeiten gehabt hatte, sich dem Kardinal unterzuordnen? Und nachts, was machte er dann? Sang er schmutzige Lieder mit seinen Kameraden? Oder wurden seine grauen Augen dann nachdenklich und starrten in die Flammen, auf der Suche nach dem verblassenden Bild einer Frau? …

Zu viele Fragen. Fragen, die ihr Herz erschütterten. Die er ihr würde beantworten müssen.

»Madame, glauben Sie, dass wir La Rochelle heute Abend erreichen werden?« Julie blinzelte. Sie drehte den Kopf und begegnete Roberts flehendem Blick.

»Ich hoffe es, Robert. Wenn nichts Unvorhergesehenes dazwischen kommt, ja.«

»Das wäre wirklich schön, Myl … Madame.« Robert runzelte die Stirn über seinen Patzer und warf einen schnellen Blick auf seine Mitreisenden. Noch fiel es ihm schwer, sie nicht mehr in gewohnter Weise anzureden. Doch Guillaume und Julie waren sich einig gewesen, dass ihr englischer Name zur Zeit nur unangenehm auffallen würde. Also hatte Julie beschlossen, den Mädchennamen ihrer Mutter anzunehmen. Julie de Saintange klang gar nicht so übel in ihren Ohren. Außerdem erinnerte es sie an ihre Tanten, die sie schweren Herzens in Paris zurückgelassen hatte.

»Ho! Ho, mes jolis! Ho!«

Die Kutsche wurde langsamer, kam zum Stehen. Madame Androux seufzte erleichtert auf.

Ein Ruck meldete Julie, dass Zerberus aus seinem Korb am Heck gesprungen war. Dann wurden die Türen aufgesperrt. Staub, Sonnenschein und Ruhe drangen in das Innere. Die Reisegesellschaft verließ den Wagen, bis auf einen Kaufmann, der weiter im Inneren döste.

Julie sah Guillaume nach, der seine Arme wie große Windmühlen um sich herum kreisen ließ. Wie gut es war, ihn dabei zu haben! Er trug einen großen Teil dazu bei, dass sie nicht den Mut verlor. Seine Anwesenheit gab ihr das Gefühl, dass ihre Verbindung zu François nicht ganz abgerissen war.

Nach der Doppelhinrichtung hatte sie von Racan eine Nachricht erhalten, die in ihr gleichzeitig Freude und Bestürzung ausgelöst hatte. Freude, weil der Dichter berichtete, ihr Geliebter sei aus der Bastille entlassen worden, und Bestürzung, weil François noch nicht einmal eine Stunde in der rue de la Platrière verbracht hatte, bevor er wieder davongeeilt war. Honorat de Racan hatte bewiesen, dass er nicht nur gewitzt, sondern auch ein wahrer Freund war: Er hatte, durch François seltsames Verhalten stutzig geworden, einen Straßenjungen beauftragt, den Freund zu beschatten. Nur seiner schnellen Reaktion war es zu verdanken, dass François nicht abermals im anonymen Labyrinth der Pariser Gassen verloren ging. Denn nie wäre sie auf den Gedanken gekommen, er könne unter falschem Namen einem Regiment beitreten.

Sie hatte ein paar Tage lang geschwankt zwischen Wut und Verzweiflung. Das Bewusstsein, wochenlang auf ihn gewartet zu haben, nur um ihn erneut zu verlieren, hatte schwer an ihrer Zuversicht genagt. Warum flüchtete er? Flößte sie ihm eine solche Angst ein? Hatte es überhaupt noch einen Sinn, ihn finden zu wollen?

Sie war in den letzten Wochen angespannt und reizbar geworden. Sie schlief schlecht, sie aß wenig. Und was das Schlimmste von allem war: Ihr übermächtiges Bedürfnis, François zu sehen, verdrängte selbst den Gedanken an Thibault. Julie hatte sich das in verzweifelten Nächten immer wieder schonungslos vorgehalten. Es zerriss ihr das Herz, und ihre Selbstachtung verschrumpelte zu einem hässlichen kleinen Haufen. Aber sie konnte es nicht ändern.

»Es ist. So wie ich Frau bin. So wie der Fluss dich jedes Mal mit sich reißt, wenn du in ihn steigst. Auch wenn du dich noch so dagegen wehrst.« Sie zog die Schultern hoch, fröstelte trotz der Wärme.

Ihre Augen schweiften nach Westen, suchten den Horizont ab, fanden nichts als weite, unbewegte Flächen, die Vorläufer der Sümpfe, die La Rochelle umgaben. Und dennoch … Dort lag der Ozean. Und auf ihm, irgendwo, segelten ihre Landsleute auf Frankreichs Küsten zu.

Ende Juni hatte Paris die Kunde erreicht, die englische Flotte sei in See gestochen, offiziell, um ihren Glaubensgenossen gegen die Unterdrückung ihres katholischen Herrschers zu helfen. Obwohl die Nachricht nicht unerwartet gekommen war, waren in Paris dennoch alle wie die aufgescheuchten Hühner herumgelaufen und hatten kriegerisch mit ihren Degen gerasselt. Die französischen Hugenotten hatten gejubelt. Der König war sofort gen Süden aufgebrochen. Doch er war nicht weit gekommen. Ein Fieber hatte ihn in Villeroy niedergestreckt, so heftig, dass man immer noch um sein Leben fürchtete.

All dies hatte Julie zunächst kalt gelassen. Doch dann war ihr aufgegangen, dass die politische Lage sehr wohl einen unmittelbaren Einfluss auf ihr Leben haben könnte. War das Regiment Champagne, in dem der Soldat Pierre Lanier diente, nicht auf Ré stationiert, um einer eventuellen Landung der Feinde entgegenzutreten? Auch wenn Guillaume öfters sagte, dass eine Invasion auf Ré eher unwahrscheinlich war, war sie noch lange nicht unmöglich. Und dann würde Lanier zusammen mit seinen Kameraden kämpfen müssen, unter Einsatz seines Lebens.

»Nun, kleine Lady, Sie sehen bedrückt aus! Brauchen Sie einen Zauberspruch vom alten Hexenmeister, um Sie aufzumuntern?«

Julie schmunzelte, tippte dann mit ihrem Zeigefinger auf Guillaumes Schulter.

»Sie sollten aufhören, mich kleine Lady zu nennen, lieber Vater, sonst falle ich noch auf.«

»Sie fallen doch sowieso und überall auf, Julie!« Er ergriff ihren Zeigefinger und drückte einen leichten Kuss auf ihren Handrücken. »Und weshalb sind Sie nun bedrückt?«

»Sie lassen wohl nie locker? … Man merkt, dass Sie jahrelang nichts anderes zu tun hatten, als Menschen auszuhorchen!« Julie verzog in gespieltem Ärger das Gesicht, wurde aber sofort wieder ernst. »Ich fragte mich nur, was uns erwartet, dort drüben …«

»Nun, hoffentlich zumindest ein paar Münzen, um Ihre Börse aufzufüllen«, antwortete Guillaume wohltuend nüchtern.

»Ja … Ich werde den Surelles in La Rochelle einen Besuch machen. Und dann …« Sie klemmte sich eine Strähne hinter das Ohr.

»… Und dann werden wir auf der Insel Ré das Regiment Champagne aufsuchen und nach einem Soldaten fragen, der Pierre Lanier heißt.«

»Genau.« Julie richtete sich auf. Klang alles nicht sehr einfach, wenn Guillaume es aussprach?

⚜

»Und, was halten Sie von der ›Orgueilleuse‹? Sie soll morgen um sechs mit der Flut auslaufen. Dann könnten wir noch vor Mittag auf Ré sein, wenn der Wind mitspielt.«

Julie und Guillaume schritten nebeneinander um das Hafenbecken von La Rochelle.

Es war Ebbe, und das Wasser entblößte eine von Algen überwucherte Stufe auf der einen Seite des Beckens, ein sanft abfallendes Ufer mit zwei aufgebockten Schiffen, an denen ein paar Männer Reparaturen ausführten, auf der anderen. Nicht weit von ihnen entfernt lag die »Orgueilleuse«, auf die Julie gedeutet hatte, ein Einmaster, der brüderlich neben seinen Nachbarn mit schiefem Kiel im Schlick steckte. Die Sonne stand schon tief, und verlängerte seinen Bug in einem langen zackigen Schatten.

Guillaume rieb sich das Kinn, blieb stehen, brummte.

»Hmm … Haben Sie den zerfressenen Rumpf gesehen? Keinen Fuß würde ich auf diesen Kahn setzen!«

Julie drehte schnell den Kopf und antwortete scharf:

»Wirklich? Mir scheint er aber noch recht gut über Wasser zu stehen!«

»Wer von uns beiden ist der Seefahrer, kleine Lady? Ich nehme an, dass ich darüber besser urteilen kann als Sie!« Guillaume hatte in einem leichten Ton gesprochen, aber Julie schien es, als würde er ihren Blick meiden. Zorn stieg in ihr hoch. Fünf Tage waren sie schon in La Rochelle … Und wenn es nach ihrem Begleiter ging, würde sich ihr Aufenthalt noch ewig hinziehen.

Vor fünf Tagen waren sie bei den Surelles vorstellig geworden.

Sie erfuhren den traurigen Grund, weshalb Jacques-Antoine Surelles nie Geld geschickt hatte: Nach einem Schlaganfall vor einem halben Jahr lag er gelähmt in seinem Zimmer. Lucine Surelles, seine sechzehnjährige Tochter, bemühte sich, die Geschäfte in der rue des Gentilhommes weiterzuleiten, doch sie war nicht in der Lage gewesen, einen Überblick über die genauen Klauseln des Vertrages zwischen Frederik und ihrem Vater zu bekommen. Lucine und ihre kleine Schwester Geneviève hatten sie und Guillaume herzlich empfangen und sie sogar gebeten, bei ihnen zu wohnen. Dank Guillaumes Erfahrung war es inzwischen auch gelungen, Julies Anteil am Geschäft der Surelles zu errechnen, und ihre lederne Börse hatte nach langer Zeit wieder runde Backen.

Es gab also keinen Grund mehr, länger in der hugenottischen Stadt zu bleiben.

Julie biss die Zähne zusammen, sog die feuchten, salzigen Ausdünstungen des Meeres ein und ließ ihren Blick über den Hafen schweifen. Wieder ein Tag, der zu Ende ging, wieder etwas mehr Sehnsucht im Herzen …

Guillaume griff nach ihr.

»Kommen Sie, Julie. Der Hafen ist kein Ort, wo junge Ladys am Abend spazieren gehen sollten.«

Julie schüttelte seine Hand ab und zischte:

»Ich gehe nicht spazieren, Guillaume. Vielleicht ist es ja das, was Sie tun. Ich aber suche nach einer Möglichkeit, nach Ré überzusetzen.« Sie hob Kopf.

»Wir müssen ernsthaft miteinander reden, Guillaume. Ich habe das Gefühl, dass Sie unsere Weiterfahrt bremsen.«

»Weil ich nicht in einem wurmzerfressenen Kahn mein Leben riskieren möchte?«

»Ja! Beim ersten Schiff schien Ihnen die Besatzung nicht ehrlich, das zweite verlangte zuviel Geld für die Überfahrt, das dritte haben wir verpasst … Seit wann sind Sie so zimperlich? Mein Gott, Sie haben ganze Ozeane durchquert, und jetzt wollen Sie mir allen Ernstes weismachen, dass Sie Angst davor haben, auf eine wenige Stunden entfernte Insel überzusetzen? Ich bin am Ende meiner Geduld, Guillaume. Wenn Sie nicht mitkommen wollen, ist es Ihr Recht. Ich aber werde mich morgen auf der ›Orgueilleuse‹ einschiffen!«

Guillaume zog die Brauen zusammen.

»Jetzt hören Sie doch auf, sich wie ein verzogenes kleines Mädchen zu benehmen. Sie achten nur noch auf sich selber! Haben Sie sich einmal über Lucine Surelles Gedanken gemacht? Sehen Sie denn nicht, dass ihr Vater in den allernächsten Tagen sterben wird und sie unsere Hilfe braucht?«

»Doch, natürlich habe ich es gesehen …«, sagte Julie weicher. Jacques-Antoine Surelles verweigerte seit kurzem Nahrung und Trank. Julie bewunderte die Entschlossenheit und den Mut von Lucine, die sich zwischen dem Geschäft, der Sorge um ihre kleine Schwester und der Pflege ihres Vaters aufteilen musste. In den wenigen Tagen, seit sie in La Rochelle waren, hatte Julie bereits Freundschaft mit der Kaufmannstochter geschlossen.

»Na, sehen Sie. Ich wusste, dass Sie keine herzlose junge Dame sind, die, kaum dass sie erreicht hat, was sie wollte, mit ihrem Geld unter dem Arm verschwindet.«

»Guillaume, Sie sind ungerecht!«, erwiderte Julie heftig. »Sie wissen genau, warum ich auf unsere Abfahrt dränge. Die englische Flotte wird höchstwahrscheinlich demnächst hier auftauchen und dann dürfte es unmöglich sein, ohne Schwierigkeiten nach Ré zu kommen! Ich habe mich umgehört. Im Gegensatz zu dem, was Sie immer behaupteten, denken die Menschen hier sehr wohl, dass Ré ein bevorzugtes Landeziel ist. Und ich glaube nicht, dass Sie nicht auch darüber Bescheid wissen! Sie haben früher im Wald von Eastington jedes Blatt vom Baum fallen hören. Seit wann sind Sie für das Gerede der Leute taub?« Sie sah tief in die grauen Augen. Guillaume drehte schnell den Kopf ab ... doch nicht schnell genug. Ihr Mund wurde trocken.

Sie stellte sich hart an ihn.

»Sie haben es auch gehört, nicht wahr?«, fragte sie, plötzlich heiser. »Sie glauben auch, dass es Ré sein wird ... Schauen Sie mich an! Sie wollen gar nicht übersetzen! Im Gegenteil: Sie zögern unsere Abfahrt hinaus, bis sie unmöglich sein wird!« Guillaume schloss kurz die Augen. Er sah plötzlich alt und müde aus. Julie schüttelte seinen Arm. »Warum, Guillaume? Ich dachte, Sie sind mein Freund ... Der einzige, den ich im Augenblick habe!«

»Das können Sie nicht verstehen.« Guillaume zog sich den Hut vom Kopf, fuhr sich über die kahle Stirn, befeuchtete seine Lippen. Sein Blick schweifte ab.

»Nicht verstehen?« Julie lachte. »Ist das alles? Alles, was Sie mir an Erklärungen liefern wollen?«

Ein paar Seeschwalben kreisten zwischen den Türmen der Hafeneinfahrt. Die blauweiße Fahne über der Tour de la Chaîne schlug in der frischen Brise. Guillaume stülpte sich die Kopfbedeckung wieder über, verschränkte die Arme. Er suchte offensichtlich nach Worten. Was er schließlich sagte, klang gleichzeitig verärgert und verlegen.

»Ja, Sie haben Recht. Auch ich weiß schon lange, dass Ré wahrscheinlich das Ziel der Engländer sein wird.« Er beförderte einen herumliegenden Stein mit einem Fußtritt ins Wasser. »Parbleu, Julie, Sie haben noch nie einen Krieg mitgemacht! Wissen Sie, auf was Sie sich da gefasst machen müssen? Unsere Truppen und die von König Charles werden sich gegenseitig die Köpfe einschlagen ... und Sie haben vor, vergnüglich zwischen die Fronten zu laufen! Keine Musketenkugel kümmert sich darum, ob das Ziel, das sie trifft, hübsche blaue Augen hat oder nicht!«

Julie schüttelte den Kopf.

»Dass weiß ich doch alles, Guillaume! Aber etwas zwingt mich, nach Ré zu fahren ... Etwas, das Überlegungen keinen Raum lässt! Sie sagen, die Musketenkugel hätte keinen Einfluss auf ihren Flug – genauso wenig habe ich noch irgendeinen Einfluss auf die Kraft, die mich auf diese Insel schleudert.« Sie atmete tief durch, bevor sie mit bewegter Stimme fortfuhr: »Sie hingegen … Sie würden mir eine große Freude machen und mir eine Last von der Seele nehmen, wenn Sie hier bleiben wollten, Guillaume. Lucine braucht Sie mehr als ich. Lassen Sie mich morgen alleine fahren. Sie wissen, ich kann auf mich aufpassen, und ich wäre froh, wenn ich wüsste, dass Sie hier in Sicherheit …« Sie brach erschrocken ab.

»Verdammt!« Guillaume fuchtelte wild mit seinen Armen. »Sind Sie endlich fertig? Das haben Sie sich ja fein ausgedacht … Sie segeln nach Ré und lassen mich hier sitzen!? Es ist nicht zu fassen! Ich bin monatelang quer durch England für Sie geirrt, junge Frau! Ihnen verdanke ich ein paar meiner schlimmsten Erfahrungen! Und jetzt tätscheln Sie mir liebevoll die Wange und sagen mir adieu? Parbleu, Julie, ich lasse mich von Ihnen doch nicht zum Hampelmann machen!«

»Hören Sie auf, Guillaume! Bitte!«, wisperte Julie. Sie schüttelte leicht den Kopf, hob die Schultern. »Ich weiß, was ich Ihnen schulde … Ich weiß es nur zu gut. Gott ist mein Zeuge, dass ich Sie nicht verletzen wollte!«

Guillaume war stehen geblieben. Der harte Zug um seine Mundwinkel löste sich etwas, doch sein Blick blieb fest.

»Dann denken Sie an Thibault, Julie. Für dieses Kind habe ich viel Energie und Zeit aufgebracht. Und Sie auch. Wie können Sie bereit sein, Ihren Sohn zu vergessen? Warum kehren Sie nicht nach England zurück, um ihn zu suchen?«

Plötzlich fühlte Julie sich schrecklich hohl. Sie starrte mit hängenden Schultern zum Feuer hoch, das nun im gläsernen Verschlag der Tour de la Lanterne aufloderte. Ein Wegweiser für verspätete Schiffe. Doch wer zeigte ihr den Weg? Sie schüttelte den Kopf.

»Nein. Es ist schon lange zu spät. Ich kann versuchen, mich über Wasser zu halten. Aber gegen den Strom schwimmen kann ich nicht.«

»Doch!« Guillaume legte seine Hände auf ihre Schultern und schüttelte sie derb: »Sie können es! Sie sind stark! Sie haben es zwei Jahre lang bewiesen! Es ist Ihre verdammte Pflicht!«

Ihre Augen füllten sich mit Tränen, doch gleichzeitig schob sie ihr Kinn vor.

»Lassen Sie mich in Ruhe! Was fällt Ihnen ein, mir Vorhalte zu machen? Thibault ist mein Sohn, ja! Und ich habe mich für ihn eingesetzt, mit aller Kraft! Sie haben nicht das Recht, mir vorzuschreiben, was ich zu tun habe!«

»Doch, das habe ich!« Guillaumes Finger bohrten sich schmerzhaft in ihre Schultern. »Verdammt noch mal, Julie, Thibault ist mir schließlich so nahe wie ein Enkel!«

»Was? …« Julie schüttelte den Kopf … dann erstarrte sie. Sie suchte die aufgewühlten Züge des Mannes ab, mit weit aufgesperrten Augen. Sie fühlte, wie sämtliches Blut aus ihren Wangen wich. »Was genau wollen Sie damit sagen?«

Guillaume atmete tief ein.

»Sie haben mich richtig verstanden.«

Sie starrte zurück, eine kleine Ewigkeit, ohne mit den Wimpern zu schlagen.

»Seit … Seit wann wissen Sie es?«

Guillaume ließ sie los, richtete sich in voller Größe auf. Er lächelte, ließ ein paar Sekunden verstreichen, bevor er leise antwortete:

»Seit jenem Morgen, als wir zusammen nach Hampton Court fuhren. Sie waren noch nicht fertig, als ich Sie in Eastington abholte, erinnern Sie sich? Also bin ich in Thibaults Zimmer gegangen. Er war wach. Und da ich ihn noch nicht richtig gesehen hatte, nahm ich ihn aus der Wiege und ging mit ihm ans Fenster.« Guillaumes Stimme wurde so weich, dass Julie erschauerte. »Er sah mich an … Wir haben uns begrüßt. Ich habe ihm erzählt, dass er stolz sein kann, ein Tallevende zu sein.« Guillaume senkte den Kopf. »Daraufhin hat er zahnlos gegrinst und mich vollgepinkelt.«

Julie legte eine Hand vor ihren Mund, nickte, lachte mit feuchten Augen.

Guillaume meinte trocken:

»Sie sehen also, dass ich nicht bloß Ihretwegen monatelang auf die Suche gegangen bin.«

Der kleine Streifen des Ozeans, der sich hinter der Hafeneinfahrt erstreckte, erglühte im Sonnenuntergang.

»Aber Sie müssten mich doch dann noch besser verstehen!«, meinte Julie eindringlich. »Ich muss nach Ré, auch, weil ich es noch nicht aufgegeben habe, Thibault seinen Vater zu schenken! Wie können Sie dann versuchen, mich von der Überfahrt abzubringen? Ich dachte, Sie lieben Ihren Neffen …«

»Sie können nicht wissen, wie sehr, Julie. Er ist der Sohn, den ich mir gewünscht hätte …« Guillaume ballte die Faust. »Er hätte es sein können, verstehen Sie?« Julie wurde es heiß. Sie biss sich auf die Unterlippe.

»Es ist ein Jammer, dass Sie Blanche nie kennen lernen werden«, fuhr Guillaume fort. Er bekam einen seltsamen, entrückten Blick, lächelte. »Es wäre eine Freude gewesen, Sie beide nebeneinander stehen zu sehen … Wissen Sie schon, dass Sie ihr ähneln?«

Julie schluckte.

»François … hat es einmal gesagt, ja.«

»Es ist ganz und gar erstaunlich, wissen Sie … Es hat mich damals wütend auf Sie gemacht, als Sie zum ersten Mal bei mir auftauchten. Es erschien mir wie eine Entweihung …«

Julies Lippen zitterten, als sie leise sagte:

»Sie haben Blanche sehr gemocht, nicht wahr?«

»Blanche war … wie ein erster Sonnenstrahl im Dunst eines Frühlingsmorgens. Hell, anmutig … Sie erweckte Hoffnung und Liebe in Herzen, die bis dahin nie solche Gefühle gekannt hatten.«

Wie konnte ein Mann gleichzeitig alt, verlebt und noch so jung aussehen?

Julie öffnete leicht die Lippen. Eine Träne kitzelte ihre Wange, bevor sie sich als salziger Tropfen auf ihre Zunge legte. Es war bitter und süß zugleich, die Spuren der Liebe und des Schmerzes auf Guillaumes verwitterten Zügen zu entdecken. Sie berührte flüchtig seine Schulter.

»Doch Blanche hat Sie nie erhört …«

Guillaume schüttelte den Kopf, mit vagem Blick, und lächelte voller Zärtlichkeit.

»Nein … Sie hatte ihr Herz schon an Hurault verschenkt. Und sie war keine Frau, der ein zweites Herz nachwuchs.« In Guillaumes Blick mischte sich Staunen. »Ich weiß nicht, ob sie mich überhaupt je wahrgenommen hat … Und da ich es nicht mehr ertragen konnte, sie mit meinem Bruder verheiratet zu sehen, bin ich geflohen.«

Julie umfasste Guillaumes Oberarm mit beiden Händen und lehnte ihren Kopf an ihn.

»Sie sagen, dass ich Blanche ähnele …«

Guillaume sah auf sie herab. Er nickte leicht, legte seine Hand unter ihr Kinn und hob es zu sich hoch. Es war eine Geste, wie François sie hundertmal diesen Winter getan hatte. Julie schloss ihre Finger fester um den Arm. Guillaume fuhr auf ihrer Wange der Spur einer Träne nach.

»Sie werden morgen mitkommen?«

»Ich habe Blanche damals nicht vor dem Tod retten können, Julie. Ich war geflüchtet, weil ich nicht den Mut hatte, mit anzusehen, wie Hurault sie unglücklich machte.«

»Es war ein Unfall. Auch wenn Sie damals in Frankreich gewesen wären, hätten Sie nicht am See gestanden.«

»Aber heute bin ich da.«

»Sie sind da, aber auch heute sind Sie nicht verantwortlich. Sie können mich nicht zurückhalten, Guillaume, das wissen Sie!«

»Ich weiß nur, dass ich Sie nicht mehr allein lassen werde.«

Da endlich öffnete Guillaume seine Arme und zog sie an sich.

Julies Augen verfolgten die dunkelnden Zungen der zurückkehrenden Flut, und die »Orgueilleuse« erzitterte.

⚜

Ré war eine schmale, von Ost nach West gestreckte Insel. Etwa zehn Meilen lang, hatte einer der Matrosen auf Julies Frage geantwortet, und gerade hoch genug, um nicht vom Atlantik überspült zu werden. Ihr größter Reichtum war das Salz, das im nordwestlichen Teil gewonnen wurde und dem König eine verlässliche und eifersüchtig bewachte Einnahmequelle lieferte.

Zwei Forts hatte Louis auf Ré errichten lassen, um seinen Schatz zu verteidigen: Im mittleren Teil der Insel, Saint Martin, das größere und einzige mit ausgebautem Hafen, und La Prée weiter östlich. Beide Forts lagen an der Nordküste. Die südliche Küste wurde wegen ihrer vorgelagerten Riffs und ihres schweren Wellenganges auch die Côte Sauvage genannt. Nur Sablanceaux, die östliche Spitze der Insel, besaß einen flachen Strand, von dessen Ende aus man das Festland als feinen Streifen erblicken konnte.

Julie und Guillaume hatten Pierre Lanier zuerst auf gut Glück in La Prée gesucht. Guillaume hatte Einblick in die Liste der Soldaten des Forts bekommen und Stunden gebraucht, um die Hunderte von Namen durchzuarbeiten. Danach hatten sie gewusst, dass François sich in Saint Martin befinden musste. Sie übernachteten in La Flotte, einem Fischerdorf in der Nähe des Forts.

Schon sehr früh am nächsten Morgen standen sie auf. Leichter Nieselregen fiel auf sie herab, als sie aus ihrem Quartier traten.

Guillaume hatte zwei einheimische Esel gekauft, große Tiere mit langem, zotteligen Fell und cremefarbenen Ringen um den Augen. Die Tiere legten ihre flauschigen Ohren zurück, als Guillaume das Gepäck auf einem von ihnen befestigte. Das andere sollte als Reittier dienen und trug bereits einen leichten Damensattel. Zerberus gähnte ohne Unterlass und brachte unmissverständlich zum Ausdruck, dass er kein Frühaufsteher war.

»Nun denn, alle bereit?« Guillaumes Blick machte ein letztes Mal die Runde. Er packte den Zügel des gesattelten Tieres und lächelte Julie an. »Sieht so aus. Also dann, junge Dame, auf den …« Er hielt inne, denn ein ferner, greller Trompetenstoß zerriss die Stille.

»Was ist das?« Julie trat dicht an ihn heran. »Hat es etwas zu bedeuten?«

»Hmm … Ein Alarmzeichen im Fort.« Guillaumes Kopf drehte sich in Richtung der befestigten Anlage, obwohl sie zu weit entfernt lag, um irgendetwas erspähen zu können. Die grauen Augen verengten sich. »Ich gehe besser mal zum Strand.«

»Ich komme mit!« Julie machte Robert Zeichen, bei den Tieren zu bleiben, und beeilte sich, Guillaume nachzulaufen.

Nur wenig später hatten sie das Meeresufer erreicht. Sie waren nicht die Einzigen, die sich hier eingefunden hatten. Die Gesichter der Bewohner von La Flotte drückten allesamt Anspannung und Misstrauen aus, als sie den Horizont absuchten, und die Sätze, die sie miteinander wechselten, klangen kurz und rau.

»Nun, ich schätze, da sind sie.« Guillaume sprach leise und strich sich über das Kinn. Sein Blick war auf eine Stelle gerichtet, die sich irgendwo im Nordwesten befand.

Julie stellte sich auf die Zehenspitzen, blinzelte. Nichts … Oder doch? Waren das Punkte dort, am Horizont? Sie hielt den Atem an und verengte ihre Augen zu Schlitzen.

Die ganze Insel schien gespannt in die Ferne zu spähen. Es waren trotz der vielen Menschen kaum Stimmen zu hören. Eine unnatürliche Ruhe herrschte, nur von den spielenden Kindern gestört, die das seltsame Verhalten der Erwachsenen nicht verstanden.

Ja, jetzt konnte man erkennen, dass es Schiffe waren … Die undeutliche, winzige Masse teilte sich in Punkte auf. Punkte verschiedener Größe. Waren es ihre Landsleute?

Julie sah fragend zu Guillaume auf. Dieser meinte, ohne den Kopf zu drehen:

»Ich schlage vor, wir verschieben unseren Aufbruch, Julie. Es dürfte wichtig sein, mit aller Sicherheit zu erfahren, welcher Nation die Flotte dort drüben angehört … und wohin sie möchte.«

Die kleine versammelte Menschenmenge erweiterte sich nach und nach um weitere Dorfbewohner.

Die Punkte am Horizont waren inzwischen zu Erbsen und Murmeln herangewachsen. Vier, vielleicht fünf Murmeln … Eine Unzahl von Erbsen.

»Fünf große Kriegsschiffe bis jetzt. Und die kleineren … Mindestens drei Dutzend. Doch es werden noch mehr kommen.« Ja, hinter dem Waldschrat, Hexenmeister und Edelmann verbarg sich noch der Seefahrer. Julie stellte sich dicht an Guillaume.

Sie hatte Schwierigkeiten, ihre Ungeduld zu zähmen. Jeder Augenblick, der sie auf ihrem Weg zu François aufhielt, schien ihr unerträglich. Schließlich ergab sie sich ihrem Schicksal und setzte sich auf einen größeren Stein.

Sie bemühte sich, ihre Sorgen zu vergessen, und konzentrierte sich auf die elementare Schönheit der Umgebung. Hier war sie, die Weite, die sie so liebte, die ihr das Gefühl gab, die Welt in einer einzigen Umarmung fassen zu können, vereint mit dem fließenden Element, das schon immer ihr Freund war. Mit Selbstverständlichkeit hatte sie hier das Wasser wiedergefunden, in seiner mächtigsten, unbändigsten Form. Der Weiher von Eastington, die Seine, der Zwillingssee von Rueil und hier der unendliche Ozean. Ja, es war gut, ihn um sich zu haben in diesen für sie entscheidenden Stunden. Sie war nicht alleine, und die Farben des Sonnenaufgangs umgaben sie noch immer.

Eine Bewegung ließ sie sich umdrehen. Robert war es wohl bei den Eseln zu langweilig geworden. Er sah sie nur kurz an, bevor er sich in geringer Entfernung aufstellte.

Eine Haarsträhne kitzelte Julies Wange, ein Raunen strich um ihre Ohren und ließ die Ränder ihres Hutes flattern. Sie nahm den Wind in sich auf und erinnerte sich.

Das letzte Mal, als die Luft sie umtoste, hatte sie vor Fenstern gestanden, die sich in drei Himmelsrichtungen öffneten. Sie hatte gerade erfahren, dass François für den Kardinal arbeitete, und sie war von Ruhe und Zuversicht erfüllt gewesen. Rueil …

Was Richelieu wohl gerade machte? Stand er in Villeroy am Krankenlager des fiebernden Königs und bangte um dessen Leben? Ja, höchstwahrscheinlich … Auch für ihn stand in diesen Stunden alles auf dem Spiel. Ohne Louis Unterstützung gab es für Richelieu keine Zukunft.

Und Gaston? Der arme, unzufriedene Gaston … Man sagte, er würde sehr um seine verstorbene Frau trauern. War es ihm tatsächlich gelungen, einer Frau sein Herz zu schenken, die ihm unter so dramatischen Umständen aufgezwungen worden war? Und jetzt? Es gab noch immer keinen kleinen Erben für den französischen Thron. Die ganze Verschwörung von Marie de Chevreuse, Chalais und d'Ornanos Tod ... Alles umsonst? Ein Witz des Schicksals? Wie weit weg alles schien! Der Hof und seine Menschen kamen ihr heute wie die Schauspieler einer Vorführung vor, der sie vor langer Zeit beigewohnt hatte.

Und Thibault? Thibault ... Nein! Hier genau war die Stelle, die nicht berührt werden durfte.

Sie versuchte, sich abzulenken, indem sie sich Robert zuwendete.

Er hatte sich mittlerweile gesetzt und seinen grünen Hut abgelegt. Der Wind zerrte an seinem von einer Samtschleife gehaltenen Zopf, und sein Gesicht wurde von einigen braunen Haarsträhnen umspielt.

Julie fiel auf, dass er sich verändert hatte.

Seit ein paar Monaten war er ruhiger geworden. Er lachte kaum, lächelte selten. Sein Gesicht hatte sich gestreckt. Ein festes Kinn war erschienen ... die ersten, schüchternen Vorläufer eines Bartes. Einen vollen, sensiblen Mund hatte er schon immer gehabt, doch er schien ihr breiter geworden. Die braunen Augen lagen tiefer als früher und wurden von geraden Brauen beschattet. Die Nase hatte sich am wenigsten verändert. Sie war noch immer rund, ohne jedoch klobig zu sein. Seine Schultern verleugneten nicht mehr ihre Herkunft. Heute würde sich der Sohn des Schmiedes von Eastington am Amboss seines Vaters nützlich machen können. Auch seine Beine waren kräftig. Nur sein Fuß würde sich leider nie verändern. Ein unförmiger, unschöner Klumpen ... Der Junge sah sie an. Sie lächelte, doch er blieb ernst.

Julie drehte sich wieder dem Meer zu.

»Sie sind es, Julie. Ihre Landsleute«, sagte Guillaume.

Sie stand auf, stellte sich so eng an ihn, dass sie seine Wärme spüren konnte, wischte sich den Regen aus dem Gesicht. Eine Windböe erfasste die Flagge eines der prächtigsten und vordersten Kriegsschiffe, zerknüllte sie, strich sie wieder glatt ... Ein rotes Kreuz auf weißem Grund.

Die Fischer und ihre Frauen hatten das Wappen ebenfalls erkannt. Sie warfen sich ein paar Sätze zu, bevor sie wieder verharrten. Wohin wollte die englische Flotte? Vielleicht doch nach La Rochelle? Oder zur Nachbarinsel Oléron?

»Acht Schiffe von siebenhundert Registertonnen. Über vierzig bewaffnete Kriegsschiffe, etwa vierzig Transportschiffe. Ich nehme an, sie werden hier irgendwo vor Anker gehen, sonst würden sie nicht so nahe an die Insel kommen.« Guillaume legte eine Hand auf Julies Schulter. Sie lehnte sich vertrauensvoll an ihn, deutete in Richtung Meer.

»Schauen Sie, Guillaume … Sie müssen ein Feuer an Bord haben …«

Guillaume spähte schnell in die angegebene Richtung, erblickte ebenfalls die kleine, graue Wolke, die an der Oberkante des mächtigen Rumpfes erschienen war … und fluchte.

»Verdammt, sie schießen auf La Prée!«

Ein dumpfer Knall, wie ein Donner … Julie fuhr zusammen, die Menschen um sie herum schrien auf. Doch Guillaume war schon losgerannt, in Richtung Dorf, und zog Julie mit sich. Robert hinkte hinterher. Julie hatte gerade noch Zeit zu sehen, wie eine Wasserfontäne in recht großer Entfernung vom Ufer in den verregneten Himmel schoss, bevor die ersten Häuser sich zwischen sie und den Horizont stellten.

In ein paar Sekunden hatten sie die Esel erreicht, Minuten später verließen sie La Flotte.

Noch ein Donner … Und ein dritter, etwas hellerer. Das Fort schoss zurück.

»Buckingham hat es aber ganz schön eilig!«, grummelte Guillaume.

»Glauben Sie, dass er an Bord ist?«, fragte Julie und strich über den struppigen Hals ihres Reittiers.

»Er ist es. Haben Sie auf die Farben geachtet, die das Flaggschiff trug?« Guillaume sah grimmig hoch.

»Ja … Schwarz und Gelb.« Julie schaute verständnislos auf Guillaume hinunter, fing dann seinen Blick auf. Sie fragte ungläubig: »Sie meinen … Er würde es wagen …?«

»Ganz recht, kleine Lady. Englands erster Minister hat die Unverschämtheit, unter den persönlichen Farben Ihrer Majestät der Königin Anne d'Autriche zu segeln.« Guillaume lachte trocken auf. »Und ich hielt die Engländer immer für wenig leidenschaftlich …«

⚜

»Und, mon garçon, bist du aufgeregt?«

François drehte sich dem alten Soldaten an seiner Seite zu. Er schulterte Muskete und Stützgabel um.

»Hmm … Eigentlich nicht besonders, Filasse. Warum, sollte ich?«

Der alte Musketier zuckte die Schultern und machte einen Satz, um einem Schlagloch auszuweichen.

»Parbleu, das heute ist schließlich deine erste Schlacht, oder?«

»Warten wir es ab. Vielleicht ist ja alles nur eine Finte, um uns nach Sablanceaux zu locken.« François deutete nach vorne, in die Richtung, wo irgendwo der Gouverneur reiten musste. »Toiras ist sich selber nicht ganz sicher, sonst hätte er nicht gleichzeitig so viele Männer zur Verstärkung nach Ars und auf L'Oye geschickt.«

»Nee … Ich bin lange genug Soldat, Junge, um das besser einschätzen zu können als du. Sablanceaux ist die ideale Stelle, um an Land zu gehen, glaub' mir: Die Engländer können dort in aller Seelenruhe aussteigen. Dieser englische Herzog ist gar nicht so dumm … Hatschi!« Filasse nieste, drückte sich ein Nasenloch mit dem Zeigefinger zu und schnäuzte sich auf den Boden. »Verflixter Straßenstaub … Den hab' ich noch nie vertragen können!«

In der Tat hüllte die lange Menschenkolonne, die geordnet zum östlichen Ende der Insel eilte, eine hohe, helle Staubwolke ein. Der feine Regen vom gestrigen Morgen hatte nicht lange angehalten und war auf dem aufgewärmten Boden schnell verdunstet. Dabei hatten Filasse und François es nicht schlecht getroffen: Den Musketieren, die kurz hinter den zweihundert Reitern laufen mussten, machte die dichte Wolke noch sehr viel mehr zu schaffen.

Insgesamt bildeten sie eine kleine Armee von tausend Soldaten. Sie befanden sich auf dem Weg zur Sandzunge, um das Ausschiffen der Engländer zu verhindern. Die Bevölkerung hatte sich längst hinter den verschlossenen Läden ihrer Häuser verborgen.

»Am besten hältst du dich immer ganz dicht bei mir, mon garçon. Ich werde uns ein Fleckchen aussuchen, an dem wir nicht so leicht getroffen werden. Schließlich bin ich nicht aus reinem Glück so alt geworden!«

François ließ den alten Soldaten reden, hörte ihm mit einer Mischung aus Zuneigung und Belustigung zu.

Schon kurz nach seiner Aufnahme in dem renommierten Regiment Royal Champagne hatte Filasse ihn unter seine Fittiche genommen. Warum, wusste er bis heute nicht. Der alte Musketier bestand darauf, ihn Junge zu nennen, und behandelte ihn mit der gutmütigen Herablassung eines Vaters gegenüber seinem grünschnäbeligen Sohn. François, der keinen Grund hatte, den Soldaten über seine Vergangenheit aufzuklären, ließ ihn in dem Glauben seiner Unerfahrenheit.

Justin Lebon, wegen seiner farblosen Haare immer nur Filasse genannt, war, wie er François berichtet hatte, Soldat, seit er sechzehn Jahre alt war. Er stank dermaßen, dass es eine ständige Herausforderung war, ihn um sich zu haben, und sein kärgliches Gebiss war so schief gewachsen, dass es ihm unmöglich war, die Lippen fest zu schließen. François hatte Filasses Freundschaft akzeptiert, so wie er es momentan auch ertrug, einem Offizier zu gehorchen.

Nach seiner Flucht hatte er nach einem Ort gesucht, wo er eine Zeitlang der königlichen Justiz entkommen könnte. Er hatte seine Entscheidung nicht bereut. Er war von sehr einfachen Menschen umgeben. Sie waren ungebildet, von erschreckenden Manieren. Doch sie hatten einen immensen Vorzug: Sie waren ehrlich. Sie lachten, stritten und rauften, ganz nach ihrem unmittelbaren Befinden. Für François war es wie eine Befreiung gewesen: Erst war er aus dem Kerker der Bastille entkommen, dann aus der verlogenen Gesellschaft, die ihm spätestens seit der Entdeckung in Rueil unerträglich geworden war.

Hier im Waffendienst hatte er die Ruhe gefunden, nach der er lechzte. Er fand Zeit, die Erinnerung an die qualvollen Wochen in dem Kerker der Bastille abklingen zu lassen. Und er bekam Gelegenheit, über die Zukunft nachzudenken.

»Hast du die zwölf Apostel auch gefüllt?« Filasse warf einen kritischen Blick auf das Dutzend Pulverhülsen, die im Rhythmus von François Schritten an seinem Bandolier hin und her pendelten.

»Hmm.«

»Und der Kugelbeutel? Hängt er unter deinem Arm? Ich kann ihn nicht sehen …«

François fing eine Hand ein, die unter seine Achsel kroch, und knurrte:

»Filasse, hör auf, um mich herumzuflattern wie eine aufgeregte Glucke! Wenn hier einer aufgeregt ist, dann ja wohl du!« Der alte Soldat warf ihm einen bösen Blick zu.

»Quatsch! Bei einem blutigen Anfänger muss man schließlich auf alles achten. Wenn du wüsstest, was ich schon alles erlebt hab' …« Er kratzte sich eifrig den Hals. »Also, da war zum Beispiel der Etienne, der, der dort drüben die Feder so keck auf dem Hut trägt. Der hat vor sechs Jahren …«

François ließ den Wortschwall an sich vorüber ziehen. Seine Mundwinkel zuckten, während er kurz an seinen Freund Racan dachte. Irgendetwas musste er wohl an sich haben, das Schwätzer magisch anzog …

Es war bereits früher Nachmittag, als sie Sablanceaux erreichten.

Die englischen Schiffe umtanzten die tausend Schritte lange Sandzunge wie Wespen einen Zuckerkuchen. Etwa zehn von ihnen, mit besonders flachen Kielen, hatten sich mit schussbereiten Kanonen rechts und links in unmittelbarer Nähe des Ufers aufgebaut. Hinter dieser Linie gingen die Soldaten bereits von Bord und stiegen in die Kähne ein, die sie an Land bringen sollten.

»Na, was hab' ich dir gesagt, Junge? Ist doch ein famoses Plätzchen zum Aussteigen, oder? Die Engländer können hübsch ruhig an Land gehen, während sie von ihren Kanonen Schutz bekommen. Wir hingegen müssen mindestens sechshundert Schritt auf offenem Gelände zurücklegen, bevor wir sie mit unseren Musketen unter Beschuss nehmen können.«

»Hmm ... Zugegeben, da ist was dran.« François kniff die Augen zusammen. »Wenigstens haben die und nicht wir die Sonne im Gesicht. Eine nette kleine Flotte. Was meinst du, wie schnell zweitausend Kanonen brauchen, um uns im Sand Purzelbäume schlagen zu lassen?«

»Denk nicht zu viel nach, mon garçon ... Das hat noch niemandem gut getan.«

Viele der Soldaten blickten nun in Richtung des Gouverneurs, der sich mit seinen Offizieren beriet.

Jean de Toiras war François nicht unbekannt. Er hatte seine Karriere als Page von Condé angefangen, hatte den alten König Henry gut gekannt. Auch der jetzige König hatte eine hohe Meinung von dem kleinen, etwa vierzigjährigen Mann ... eine zu hohe für Richelieus Geschmack. Der Kardinal trat Louis Günstlingen grundsätzlich misstrauisch entgegen, denn sie repräsentierten in seinen Augen eine potentielle Gefahr für seine eigene Stellung. François hatte Richelieus diplomatische Raffinesse einmal mehr bewundert, als er vor einigen Jahren Toiras zum Gouverneur von Ré ernannte – eine Beförderung, die der schwarzgelockte, energische Mann nicht ausschlagen konnte. Und die ihn mit einem Schlag weitab vom Geschehen am Hof katapultierte.

Toiras und François waren sich in früheren Zeiten einige Male begegnet, wenn auch nur in größeren Gesellschaften. Die Wahrscheinlichkeit, dass der Gouverneur ihn hier erkannte, war gering. Dennoch vermied es François, ihm zu nahe zu kommen, so wie er sich auch abseits von den Schwadronen hielt. Die Reitertrupps waren im Gegensatz zur Infanterie fast nur aus Edelleuten zusammengestellt, und François hatte schon ein oder zwei bekannte Gesichter unter ihnen entdeckt.

»C'est bon. Dispersez-vous, Messieurs!«, befahl Toiras gedämpft.

Die Offiziere gehorchten und gingen auseinander. Kurz darauf wurde den Truppen angeordnet, sich in kleine Einheiten aufzuteilen und hinter den letzten Dünen zu verschanzen.

Die Musketiere zündeten ihre Lunten an, die Pikeniere schnallten sich die Helme fest um das Kinn. Die Reiter, die die erste Attacke führen sollten, hielten sich bereit, beim Zeichen des Gouverneurs auf die Sandzunge zu preschen, um der Infanterie den Weg zu bereiten.

Tausend Augenpaare verfolgten, wie flache, kastenförmige Kähne sich bei einsetzender Ebbe von den englischen Schiffen lösten und langsam auf das Land zuruderten.

Ein Kahn nach dem anderen strandete, löste die Bugklappe, erbrach kleine Trupps von fremden Soldaten, die zaghaft in das seichte Wasser sprangen. Die bleichgesichtigen Männer schauten sich an Land zunächst etwas verunsichert um, bevor sie nach wochenlanger Seefahrt unbeholfen ihre ersten Schritte auf festem Boden machten. Englische Offiziere sprangen um sie herum, brüllten sie an, hieben auf sie ein … Die Motivation der Invasoren ließ offensichtlich zu wünschen übrig.

»Da drüben steht Buckingham! Der mit den weißen Hosen!«

Die Soldaten stießen sich an, machten einander auf den Mann aufmerksam, der durch seine elegante Kleidung vom Rest der Truppe abstach. Er trug eine von Goldfäden funkelnde Weste, die er sich jetzt voller Wut vom Leibe riss. Dann schnappte er sich den Stock einer der Offiziere. Buckingham hatte sich entschlossen, die Sache selber in die Hand zu nehmen.

Schmährufe und böse Witze machten die Runde unter den Franzosen, die angespannt hinter den Dünen warteten. Indessen schwoll die Zahl der Männer auf der anderen Seite unaufhörlich an. Bald waren es Hunderte, die sich nach und nach zu ersten Einheiten formierten.

François war still. Sein Blick hing noch immer an dem englischen Herzog. Er zog ein wenig die Brauen zusammen, als er sich an das erinnerte, was Julie ihm über Buckingham erzählt hatte. Dieser Mann war fähig, Säuglinge als Geisel zu nehmen, um ihre Mütter zu erpressen. Plötzlich empfand er die englische Invasion wie eine persönliche Beleidigung.

»Na, auf was warten wir denn?« Filasse trat von einem Fuß auf den anderen. »Sollen wir ihnen ein Willkommenslied singen, oder was?«

François warf Toiras, der mit unbeweglichem Gesicht auf seinem Rappen saß, einen Blick zu. Ein leichter Wind hatte eingesetzt und trieb Sandkörner in die Augen der Soldaten. Die Pferde schnaubten und kauten auf ihren Trensen.

»Er ist sich noch nicht sicher, ob es nicht doch nur eine Finte ist.« Zwischen François Zähnen knirschte es unangenehm, und er wischte sich den Mund mit dem Ärmel ab.

»Eine Finte? Ein Scheißdreck ist das!« Filasse spuckte über die Düne vor ihm. »Da stehen bald zweitausend Mann auf dem Strand …«

In diesem Augenblick hob Toiras ein weißes Taschentuch und gab seinem Pferd die Sporen.

Plötzlich war die warme Sommerluft von ohrenbetäubendem Lärm erfüllt.

Mit lautem Geschrei trieben die ersten fünf Schwadronen ihre Reittiere an, stiegen über die letzten, schützenden Dünen, ergossen sich im Schritt über die offene Sandfläche. Die Infanterie folgte ihnen im Laufschritt.

Die englischen Kanonen reagierten sofort. Die Reiter gaben ein hervorragendes Ziel ab. Als sie merkten, dass die Kanonenkugeln große Löcher in ihre Reihen schlugen, gaben sie ihren Tieren die Sporen. Sie verfielen ins Traben. Die Fußsoldaten hatten Mühe, den Anschluss nicht zu verlieren. Es dauerte nicht lange, und die ersten Reiter galoppierten los, um dem höllischen Feuer zu entkommen.

Die Infanterie musste ohnmächtig zusehen, wie die Vorhut sich von ihr trennte. Die Reiter, angestachelt vom eigenen Übermut und dem ununterbrochenen Feuer von der Meeresseite, trieben ihre Tiere nun zur Höchstgeschwindigkeit an. Die gerade ausgeschifften englischen Soldaten schlugen die Stützgabeln ihrer Musketen in den Sand und bezogen Stellung. Eine erste Salve warf die Reiter aus dem Sattel, die bis hierhin dem Feuer der Schiffe entkommen waren.

Weiter hinten musste die nachrückende Infanterie über Dutzende der leblosen, verstümmelten Körper ihrer Kameraden springen, während sie selbst unter starken Beschuss der Kanonenkugeln geriet.

François lief in langgestreckten Sprüngen über den Sand. Er hob abwehrend einen Arm, als eine Explosion neben ihm einen harten Sandstrahl auf ihn niederprasseln ließ. Er hustete, rannte weiter. Er überholte viele seiner Kameraden und erreichte das erste Viertel der Fußtruppe, wich dann nach rechts aus, um zu versuchen, den festeren, feuchten Küstenstreifen zu erreichen.

Die Reiter befanden sich jetzt mitten unter den Feinden. Pferde schrien und bäumten sich auf, Salzwasser spritzte in alle Richtungen. In ihrer schwierigen Lage war ihr Eifer bewundernswert. Sie kämpften mit grimmiger Wut, entluden ihre Pistolen, zogen ihre Degen.

François feuerte, lud, feuerte erneut, während immer mehr seiner Kameraden den Kampfort erreichten. Der Kanonenbeschuss von den

Schiffen nahm ab, da Angreifer und Verteidiger nun zu einem unentwirrbaren Haufen verschmolzen und ein Zielen erschwerten.

François zog seinen Degen. Auch um ihn herum wurde das Lärmen der Feuerwaffen immer mehr durch metallenes Klirren ersetzt. Die französischen Pikeniere kamen in Bedrängnis, als sie erkannten, dass ihre Waffen ein ganzes Stück kürzer als die der Feinde waren.

Salzwasser vermischte sich mit Urin, Angstschweiß und Blut. Nach der langen Hatz im weichen Sand war der Kampf in den kniehohen Wellen kräftezehrend.

Bald war François vollständig durchnässt. Er focht mit zusammengebissenen Zähnen, stieß seine Waffe in namenlose, weiche Körper. Er arbeitete wachsam und empfindungslos. Er kannte diese Schwerelosigkeit, wenn die Klinge eine Verlängerung des Körpers wurde, seinen Instinkten gehorchte, noch bevor ein Gedanke Zeit hatte, in einer Bewegung Ausdruck zu finden. Kein Nachdenken, keine Gefühle. Er hatte sein Leben lang daran gearbeitet, seine Gefühle zu kontrollieren – doch nie gelang es ihm so vollständig, wie während eines Kampfes.

Aus den Augenwinkeln sah er einen Engländer, der im eleganten gelben Wams und ebenso durchnässt wie er selber dastand. Er verfolgte kurz, wie dieser mit meisterlicher Geschicklichkeit seinem Gegner die Waffe aus der Hand schlug und ihm die Klinge in die Brust stieß. Dann wurde François Aufmerksamkeit wieder völlig von einem Soldaten in Anspruch genommen, der sich mit seiner Pike auf ihn stürzte.

Etwa eine halbe Stunde lang tobte der Kampf unentschieden hin und her. Doch landeten immer mehr Kähne auf der Sandzunge. Louis Soldaten wurden von den nachrückenden, frischen Truppen immer stärker unter Druck gesetzt, obwohl sie mit mehr Eifer kämpften als ihre Feinde.

Nun setzte auch noch Musketenfeuer von beiden Seeseiten ein. Auf den nahe am Ufer liegenden Schiffen waren Matrosen auf die Takelagen geklettert und pickten die Franzosenrücken mit einer Gelassenheit aus der Masse heraus, als befänden sie sich auf einem riesigen Schießwettbewerb.

François atmete schwer. Salzwasser brannte in seinen Augen und lief ihm in kalten Rinnsalen den Körper hinunter. Als er sich nach einem Gegner umschaute, entdeckte er Filasse, der sich etwa zehn Schritte entfernt zähnefletschend seiner Haut wehrte. François runzelte die Stirn, als er erkannte, wer sein Gegner war: Dessen Wams wurde jetzt von einem feinen Riss sowie dem hässlichen Abdruck von fünf blutigen Fingern verunziert, war aber noch immer unverkennbar gelb. Die graue

Färbung von Filasses Gesicht verhieß nichts Gutes. Er war der Erschöpfung nahe.

Ohne lange zu überlegen, legte François die Distanz, die ihn von seinem Freund trennte, in ein paar Sprüngen zurück.

»Darf ich Ihnen einen Gegner vorschlagen, der eher Ihrem Niveau entspricht, Monsieur?«

Der Engländer fing den verzweifelten Streich auf, den Filasse gerade ausführte, und meinte ruhig, in einem fast perfekten Französisch:

»Sehr gerne würde ich einen solchen Gegner sehen, Soldat.«

»Nun denn, Monsieur, en garde!«

Der Mann im Wams hielt inne, richtete sich auf und senkte seine Waffe, während seine braunen Augen mit kaum verhüllter Verachtung über François schäbiges Aussehen glitten.

»Verstehe ich recht, dass Sie sich selber meinen?«

François bleckte die Zähne. Er machte eine höfische Verbeugung, unter dem ungläubigen Blick vom keuchenden Filasse, der mit schmerzverzerrtem Gesicht die Hand an die Seite presste.

»Ich hätte mich gerne von einem Dritten vorstellen lassen. Es sind nur leider alle so beschäftigt!«

Der Mann zuckte die Schultern und strich eine gelöste Strähne auf seinen blonden Schopf zurück.

»Nun ja … Warum auch nicht, Soldat? Wenn Sie unbedingt darauf bestehen, heute Ihr Leben zu lassen …«

Seine Attacke war blitzschnell und routinemäßig … und wurde genauso blitzschnell und routinemäßig pariert. Daraufhin folgten eine Finte, eine zweite Attacke …

Das gut geschnittene Gesicht des Engländers erhellte sich zusehends, als er merkte, dass François ihm tatsächlich widerstand.

»Nicht schlecht, Soldat, gar nicht schlecht sogar!«

François lächelte, während er selber ein paar Attacken startete.

»Monsieur sind zu gütig.«

Sein Gegner sah verdutzt auf seinen soeben zerfetzten Ärmel und grinste.

»Wenn Ihr König noch mehr solche Soldaten besitzt, könnte sich dieser langweilige Ausflug vielleicht doch noch als interessant erweisen.«

»Leider kann ich Ihnen nichts versprechen. Aber ich selber stehe Ihnen gerne und jederzeit zur Verfügung, wenn Sie wieder einmal einen Strandspaziergang machen sollten.«

François bückte sich, um die Klinge seines Kontrahenten über seinen

Kopf sausen zu lassen. Der Engländer schnalzte mit der Zunge und sprang zur Seite, um François Gegenhieb auszuweichen.

»Ich würde darauf zurückkommen – wenn ich nicht befürchten müsste, dass Sie meinen nächsten Spaziergang nicht mehr erleben.«

»Es wird mir eine Freude sein, diese Befürchtung zu zerschlagen!« François ließ als Beweis ein wahres Gewitter von Degenblitzen auf seinen Gegner prasseln.

Der Mann im Wams ging drei Schritte zurück, stieß an den Kadaver eines Pferdes, dessen mächtiger brauner Leib aus dem Wasser ragte. Seine Augen wurden wachsam und sein Lächeln verschwand, als er sich in die Enge getrieben sah.

Das Gespräch erstarb, als sie nun unter Aufgebot ihrer ganzen Kunst miteinander kämpften. François hatte einen langen Fußmarsch hinter sich und ein mühseliges Rennen im Sand, sein Gegner eine ebenfalls kräftezehrende Seereise. Doch sie hieben aufeinander ein, als hätten sie sich gerade frisch ausgeruht für ein Duell zusammengefunden.

Plötzlich erklang das französische Signal zum Rückzug.

François und sein Gegner hielten inne. François, der breitbeinig über dem Hals des erschossenen Pferdes stand, bemerkte, dass er mit Filasse einer der letzten war. Die meisten seiner Kameraden waren schon weiter zurückgedrängt worden.

»Nun, Monsieur, ich schätze, man wartet auf Sie.« Der Engländer senkte seinen Degen. Sein gelber Wams hatte zwei weitere Schmisse verpasst bekommen, Schweiß rann seitwärts an seinen vom Salzwasser geröteten Augen hinunter, doch er lächelte. Er verbeugte sich ebenso elegant wie vorhin François, machte eine einladende Geste. »Lassen Sie sich von mir nicht aufhalten!«

François atmete schwer.

»Ich schätze, wir haben vorher noch etwas zu regeln ...«

Filasse, der sich unruhig umschaute, zischte:

»Nun komm schon, Junge, mach keine dummen Sachen ... Geh, wenn er dich gehen lässt! Wenn wir noch lange warten, werden wir von den anderen abgeschnitten sein, und dann, adieu la vie!«

»Sie sollten auf Ihren Freund hören, Soldat.« Der Engländer verzog ein wenig das Gesicht. »Ich fürchte, es wird uns nicht vergönnt sein, diese Partie zu beenden.«

François zögerte, senkte dann ebenfalls die Waffe. Sein Gegner lächelte dünnlippig.

»Ich stehe in Ihrer Schuld. Sie haben meinen Tag gerettet.«

»Sehr freundlich von Ihnen. Auch mir hat unser Gespräch Freude bereitet.« François richtete sich auf. Fest sagte er: »Wir werden es beenden. An dem Tag, an dem Sie und Ihre Landsleute diese Insel verlassen. Bis dahin wünsche ich Ihnen einen angenehmen Aufenthalt in unserem schönen Land.«

Filasse zog ungeduldig an François Ärmel.

»Bist du jetzt endlich fertig? Du machst in drei Wochen keine zehn Mal den Mund auf, und ausgerechnet jetzt musst du mit dem feinen Pinkel da gepflegte Konversation machen?« Er fauchte: »Ist dir schon mal der Gedanke gekommen, dass der Augenblick nicht der günstigste ist?«

Der Engländer würdigte Filasse keines Blickes und ließ seinen Degen in die Scheide zurückgleiten. Ein neuer Trompetenstoß mahnte die französischen Nachzügler zur Eile.

»Auf das Gespräch werde ich mit Ungeduld warten – auch wenn ich befürchten muss, dass es nie stattfinden wird. Darf ich noch um Ihren Namen bitten?«

François lächelte wölfisch, machte einen ironischen Kratzfuß, der kleine Sandwolken im Salzwasser aufwirbelte.

»Lanier, Monseigneur. Pierre Lanier.«

Sein Gegenüber hob die Brauen.

»Tatsächlich? Wie seltsam … Ich hätte geschworen …« Sein Tonfall wurde eine Spur herablassender, als er ihm kurz zunickte. »Nun denn, Soldat Lanier, einen schönen Tag noch.«

Daraufhin stieg er über den Pferdekadaver und ließ die beiden einfach stehen.

Filasse zog François nun mit aller Gewalt aus dem Wasser.

Sie wehrten die letzten Feinde ab, die sich ihrem Rückzug halbherzig entgegenstellten. Kurz darauf verließen sie als einige der letzten den Strand.

Die Invasion der Engländer hatte begonnen.

⚜

»Eins … Zwei … Drei!« Eine letzte Muskelanspannung, ein Ruck … Das Fass stand aufrecht. François schob es noch ein paar Mal hin und her, bis es sich genau zwischen den anderen Keksreserven eingefügt hatte. Filasse richtete seinen Rücken auf, bis seine Wirbelsäule hörbar knackte, keuchte schwer und wischte sich die triefende Stirn ab.

»So, das war das Letzte …« Der alte Musketier rieb sich die Hände, betrachtete zufrieden die vielen aufgestapelten Reserven. »Damit werden wir's ein paar Tage lang hier aushalten.« Er hieb François gutgelaunt in die Seite. »Komm, machen wir eine Pause …«

»Hmm … meinetwegen. Aber dann lass uns wenigstens auf die Mauer steigen, um ein wenig Luft zu schöpfen.«

Sie wichen zwei Soldaten aus, die jeweils unter der Last eines Sackes ächzten. In ein paar Minuten waren sie auf dem Wall, der das Fort Saint Martin zum Ozean hin abschottete.

François setzte sich auf die Mauer und drehte dem Meer den Rücken zu. Er stellte einen Fuß neben sich, stützte seinen Ellenbogen auf das Knie und rieb sich das Kinn, während er mit gerunzelter Stirn das Treiben im Fort verfolgte.

Ein von einem Ochsen gezogener Wagen zuckelte langsam vorbei. Auf der Ladefläche lag ein Mühlstein, der auf Toiras Befehl aus dem Dorf geholt worden war. Jede Menge Steinmetze, Schreiner und anderer Handwerker liefen geschäftig umher. Ihnen war befohlen worden, in aller Eile die Befestigungen des Forts zu vollenden, denn obwohl die Arbeiten seit dreizehn Monaten andauerten, konnte momentan noch ein ganzes Bataillon durch die Vorderfront spazieren. Vorräte trafen nach wie vor auf Tier- und Menschenrücken ein, dazu Hacken, Schaufeln und Schütten für die Arbeiten an der Mauer, Kanonenkugeln, Pulver, Lunten und Munition.

»Warum wird erst jetzt daran gedacht, all diese Vorräte zu sammeln? Schließlich warten wir schon seit Wochen auf die Engländer.«

Filasse schüttelte ärgerlich den Kopf.

»Du fängst ja schon wieder damit an! Ich hab' dir doch gesagt, dass Denken nicht gesund ist. Willst du behaupten, dass du Neunmalkluger es besser gemacht hättest als unser Gouverneur? Alles was gut und recht ist, Junge, aber auf Monsieur de Toiras lasse ich nichts kommen. Er ist ein braver Mann.«

»Hmm … Wenn Richelieu erfährt, dass das Tor noch nicht einmal fertig ist, obwohl er seit Monaten zur Eile angetrieben hat … Er wird schrecklich toben.«

»Ja, ja. Und du weißt natürlich genau, wie Seine Eminenz der Kardinal de Richelieu reagiert …« Filasse lachte meckernd. »Bist schon ein seltsames Würstchen, das muss man dir lassen. Man hat seinen Spaß an dir!«

Er kicherte weiter, mit der hohen Stimme eines Greises, und wischte sich eine Träne der Belustigung aus den Augenwinkeln. François schmunzelte.

»Schön, dass du so guter Laune bist, Filasse. Ich selber weiß noch nicht, ob ich es so lustig finden werde, wenn die Engländer uns belagern …«

»Da mach dir mal keine Sorgen, Junge. Bin gespannt, wann die hier endlich auftauchen. Sehr freundlich von ihnen, uns zu gestatten, unsere Vorräte aufzufüllen! Dieser englische Herzog scheint nicht viel von Kriegführung zu verstehen. Kein richtiger Soldat hätte uns entkommen lassen, nach der Niederlage auf Sablanceaux. Mon Dieu, er hatte die einmalige Gelegenheit, uns alle niederzumachen! Aber was tut der Kerl? Winkt uns nach, bleibt drei Tage lang auf seinem hübschen Strand stehen und packt erst einmal seelenruhig seine Männer, seine Sänfte und seine zwei Kutschen aus …«

François grinste.

»Du vergisst die Musikanten.«

Filasse schlug sich auf die Schenkel.

»Ja, richtig, die Musi …« Der Alte hielt inne, mit verdutztem Gesicht, als genau in diesem Augenblick eine fröhliche Melodie hinter ihm erklang. François und Filasse drehten sich dem Meer zu.

»Was, um alles in der Welt, ist denn das?«

François pfiff die Melodie der Sarabande mit, die aus der sich entfernenden Schaluppe klang.

»Das, mein lieber Filasse, sind der Baron de Saujon und Marennes und Saint-Surin, die Vettern von Toiras, die alle drei auf Sablanceaux verletzt wurden. Toiras hat bei Buckingham um die Erlaubnis gebeten, sie am Festland pflegen zu lassen. Und da der Herzog ein Mann von Welt ist, hat er eine Schaluppe und ein paar Musikanten geschickt, um ihnen die Überfahrt angenehm zu gestalten und sie sicher durch die englischen Linien zu bringen.«

Das mit prächtigem Purpur ausgeschlagene Boot entfernte sich langsam in Richtung Osten: Ein kleiner fröhlicher Fleck auf einem von Kriegsschiffen starrenden Ozean.

»Na ja, ich weiß ja nicht …« Filasse kratzte sich ausgiebig unter der linken Achsel.

François lachte, klopfte ihm auf den knochigen Rücken.

»Das ist Stil, Filasse. Das verstehst du nicht.«

Und er sprang von seiner Mauer, um einem schwer beladenen Kameraden zu helfen, der offensichtlich gerade den Laden eines Apothekers ausgeraubt hatte.

⚜

In Villeroy war es ein paar Tage später soweit: Richelieu tobte.

Er lief in großen Schritten den kleinen dunklen Raum ab, fuchtelte mit der soeben erhaltenen Nachricht herum.

»Dreißig Mann! Seit über einem Jahr ist Toiras befohlen worden, das Fort Saint-Martin zu befestigen. Und hier steht, die Lücke am Tor sei noch so weit, dass dreißig Mann nebeneinander bequem hineinmarschieren könnten, und die vier Bastionen seien noch nicht einmal mit einer Brustwehr versehen worden! Bin ich denn nur von Dilettanten umgeben?« Er blieb stehen, atmete tief durch und schloss kurz die Augen. Als er fortfuhr, war es in einem leiseren Tonfall. Die Stille um ihn war vollkommen. »Seit drei Monaten warnt man den Mann, dass die Landung der Engländer auf Ré stattfinden wird. Aber Monsieur de Toiras war sich ja so sicher, dass es Oléron sein würde! Und jetzt heißt es, er brauche dringend Hilfe, weil er nur auf begrenzte Zeit Lebensmittel eingelagert hat! Dann hat er durch Gottes Gnade und die Unfähigkeit Buckinghams drei Tage Zeit, die fehlenden Vorräte zu ergänzen, aber er lässt in Saint-Martin die Keller voller Wein zurück! Und statt das Dorf abzubrennen, wie jeder Kriegsherr es tun würde, hinterlässt er den Engländern die Häuser, damit sie sich bequem einrichten können! Es ist ein Hohn!«

Pater Joseph räusperte sich.

»Ich nehme an, er hat aus Nächstenliebe gehandelt, Eminenz, und wollte die armen Menschen aus Saint-Martin nicht vertreiben. Es wäre zumindest die Handlung eines Christen.«

Richelieu zog die Brauen zusammen, doch er widersprach nicht. Stattdessen richtete er sich auf und schüttelte seine Müdigkeit ab.

»Gut. Genug geklagt über das, was sowieso nicht zu ändern ist. Wir müssen überlegen, wie wir der Belagerung standhalten. Saint-Martin darf auf keinen Fall in die Hände der Engländer fallen! Die Insel ist das Tor zu La Rochelle. Wenn sie dort erst einmal Fuß gefasst haben, werden wir sie kaum noch aus Frankreich vertreiben können. Marsillac, ist der Herzog d'Angoulême vor La Rochelle angekommen?«

Der Abbé Louis de Marsillac, ein unauffälliger Mann mit intelligenten Augen, nickte.

»Ja, Eminenz. Er hat mit sechstausend Mann und sechshundert Reitern Stellung bezogen. Es hat Wirkung auf die Rochelleser gezeigt: Der Bürgermeister hat den Bürgern jeglichen Verkehr außerhalb der Stadtmauern untersagt, außer mit besonderer Genehmigung.«

»Gut. Angoulême muss weiterhin so weit wie möglich jede Hilfe sabotieren, die die Rochelleser den Engländern zukommen lassen könnten. Außerdem muss er Geld erhalten. Er soll dafür sorgen, dass auf schnellstem Wege Vorräte für Toiras gesammelt und verschifft werden.«

Richelieu war äußerlich wieder völlig ruhig. Er sprach mit kurzen Denkpausen, in denen das leise Kratzen der Federn hörbar wurde. Wie üblich saßen zwei Sekretäre im Hintergrund, um die Flut an Befehlen aufzufangen, die nun auf sie niederprasselte.

»Geld … Das Geld ist ein Problem …« Richelieu überlegte nur kurz. Der König lag nun schon seit über einem Monat auf dem Krankenbett, geschüttelt von heftigen Fieberschüben. Keiner konnte sagen, ob und wann er genesen würde. Die Belagerung von Saint-Martin musste ihm verborgen bleiben, denn es wäre unverantwortlich gewesen, ihn damit zu belasten. Damit blieb aber auch die Finanzierung der Hilfe für Ré ungeklärt, und d'Effiat, dem Finanzminister, die Hände gebunden. »Pater Joseph, Sie müssen mir bei einigen Ihnen bekannten Herren einen privaten Kredit beschaffen. So viel und so schnell wie möglich.«

Der Pater neigte zustimmend den Kopf.

»Weiter. Ich möchte einen Mann vor Ort haben, der mir berichten kann, wie die Blockade der Engländer auf der Seeseite am besten zu durchbrechen ist: Der italienische Ingenieur, der im April so eindrücklich die Wirkung seiner Kriegsmaschinen auf der Seine demonstriert hat, scheint mir eine gute Wahl zu sein.«

Die Stimme von Pater Joseph klang dumpf aus der Tiefe seiner Kapuze.

»Pompeo Targoni?«

»Genau. Er soll sofort aufbrechen. Wie steht es mit den in Holland bestellten Schiffen?«

»Die Arbeit geht voran, Eminenz. Aber vor dem Herbst wird der Stapellauf nicht stattfinden können.«

»Hmm … Was ist mit dem Ausland?«

»Die Spanier haben versichert, dass Sie uns helfen wollen, aber noch nicht genügend Schiffe versammelt haben, um aufzubrechen.«

»Ihre Meinung?«

Pater Joseph breitete die Hände auseinander.

»Sie warten ab, bis sie abschätzen können, wie unsere kleine Auseinandersetzung mit England ausgehen wird.«

»Das glaube ich auch. Dennoch sollten wir nicht zeigen, dass wir ihnen nicht trauen. Entweder sie helfen uns, oder sie bekennen Farbe und stehen vor dem Vatikan als Helfer der Hugenotten da. Auf jeden Fall ziehen wir unseren Nutzen davon. Doch falls die spanische Flotte doch noch kommt, sollten wir bereit sein, sie zu empfangen.« Sein Mundwinkel zuckte. »Wir brauchen gute Diplomaten, die es verstehen, unsere empfindlichen Alliierten mit dem nötigen Fingerspitzengefühl anzufassen. Der Herzog de Guise soll ja bekanntlich das Oberkommando unserer Flotte übernehmen, wenn sie bereit ist … bläuen Sie ihm bitte noch auf diplomatischem Wege ein, dass er die Spanier gut zu empfangen hat. Sie können das am besten.«

»Jawohl, Eminenz.«

Richelieu sah aus den Augenwinkeln, wie einer der Sekretäre in den Raum glitt. Er drehte sich zu ihm um.

»Und? Wie geht es dem König?«

»Leider nichts Neues, Eminenz. Das Fieber steigt wieder. Ihre Majestät die Königin ist bei ihm.«

In diesem Moment wurde die Tür erneut mit Schwung aufgemacht. Gaston d'Orléans erschien im Raum mit drei seiner Gefolgsleute.

Richelieu richtete sich ein wenig auf, während der Bruder des Königs auf ihn zueilte.

»Ist es wahr?«, fragte Gaston atemlos und mit gerötetem Gesicht. »Ich habe soeben vernommen, dass die Engländer auf Ré gelandet sind und Toiras Truppen zermalmt haben! Können Sie mir diese Informationen bestätigen?«

Richelieu hob eine Braue. Kalt antwortete er:

»Buckingham ist am zweiundzwanzigsten Juli auf Sablanceaux gelandet. Toiras und er lieferten sich ein kurzes, aber heftiges Gefecht. Dabei haben wir etwa sechzig Reiter und einhundertfünfzig Soldaten verloren, der Herzog etwa fünfzehn Offiziere und vier- bis fünfhundert Soldaten. Monsieur de Toiras hat sich daraufhin im Fort Saint-Martin mit knapp zweitausend Mann verschanzt. Der Herzog ist vier Tage später nachgerückt und belagert nun das Fort mit etwa achttausend Soldaten.«

Richelieu merkte, wie Gaston die Brauen zusammenzog.

»Also sieht es nicht gut aus. Wann sind die Truppen bereit, damit ich losreiten kann?«

Richelieu sah seine schlimmsten Befürchtungen sich bewahrheiten. Dennoch ließ er sich nichts anmerken. Er fragte mit hochgezogenen Brauen:

»Losreiten, Monsieur? Ich fürchte, ich verstehe nicht.«

»Ich will die Armee nach La Rochelle führen.«

»Monsieur, ich glaube, dass das im Augenblick noch verfrüht ist.

Angoulême ist vor Ort geschickt worden. Wir sollten nichts überstürzen.«

»Angoulême hat keinerlei Befugnisse! Wenn mein Bruder nicht krank darniederliegen würde, stünde er schon am Ozean! Ich werde ihn ersetzen, da Gott es so gefügt hat!«

»Monsieur, ich bin überzeugt, dass Sie diese Unternehmung genauso gut wie Seine Majestät in die Hand nehmen könnten. Doch das Oberkommando über die Armee muss von Seiner Majestät persönlich übertragen werden.«

»So ist es. Ich bin sicher, dass der König, mein Bruder, die Dringlichkeit einer solchen Verordnung einsehen wird, sobald er die schlechten Nachrichten erfahren hat.«

»Das ist zur Zeit aber absolut unmöglich«, artikulierte Richelieu überdeutlich. Er machte einen Schritt auf Gaston zu, und richtete fest seinen Blick auf den jungen Prinzen.

Nein, nie würde er gestatten, dass der seidene Faden, an dem Louis Leben momentan hing, vom Egoismus und Geltungsdrang dieses Halbwüchsigen durchtrennt würde! Leben und Gesundheit des Königs waren vorrangig vor allem anderen. Für den zivilen Frieden im Lande … und für ihn selber. Lieber würde er Buckingham Ré überlassen. Und lieber ging er die Gefahr ein, sich einen jungen Mann zum Feind zu machen, der heute noch an Louis Stelle treten könnte. Gaston erbleichte. Sein gut geschnittenes Gesicht verschloss sich, seine dunklen Augen blickten störrisch.

»Aber der König muss doch wissen, was auf Ré passiert ist!«

Es war ein Einwand, der nur dazu diente, das Gesicht zu wahren, und Richelieu wusste es. Er lächelte mit schmalen Lippen, und antwortete freundlich:

»Natürlich, Monsieur. Das soll er auch. Aber erst, wenn er eine solche Nachricht verkraften kann. Ich bin sicher, Sie werden meine Meinung teilen, dass alles, was ihn aufregen könnte, von ihm ferngehalten werden muss. Allen hier ist bekannt, welche Sorgen Ihnen sein Gesundheitszustand bereitet.«

»In der Tat, Eminenz, ist es überflüssig, eine Sorge zu betonen, die jeder Mann für seinen Bruder empfinden würde. Was aber ist mit der englischen Bedrohung? Noch gehört Ré uns. Wie lange können wir auf den König Rücksicht nehmen, wenn unsere Grenzen angegriffen werden?«

Der Frage konnte sich selbst Richelieu nicht ewig entziehen. Ja, wie lange noch?

Er sah Gaston in die Augen, und sagte ernst:

»Ich leite gerade alles in die Wege, um eine Niederlage Toiras zu verhindern. Schon in einer Stunde werden Boten in alle Richtungen geschickt werden. Das Dringlichste ist, das Fort mit Nahrungsmitteln zu versorgen … nicht, mit einer Armee gegen die Engländer zu ziehen. Und Sie haben mein Wort, Monsieur, dass, sobald Seine Majestät dazu in der Lage ist, ich Sie in Ihrer berechtigten Forderung unterstützen werde, zum Oberbefehlshaber unserer Truppen ernannt zu werden.«

Gaston d'Orléans Gesicht glättete sich ein wenig.

»Gut, Eminenz. Ich werde mich bereit halten, bis es Seiner Majestät besser geht. Wir verlassen uns auf Sie.«

Richelieu verneigte sich zusammen mit den anderen Versammelten, als Gaston den Arbeitsraum wieder verließ. Er atmete unmerklich auf. Er hatte die Gefahr abgewendet … vorerst. Denn Geduld war keine Tugend, die Gaston d'Orléans auszeichnete.

⚜

Julie schreckte von ihrem Lager auf. Irgendetwas hatte sie geweckt … Ein Schrei.

Sie schluckte, sah zu Guillaumes Schlafstelle hinter dem Vorhang herüber, doch sie war leer. Auch Zerberus war verschwunden. Guillaume war wohl wieder mit ihm zu einem seiner Patienten unterwegs.

Seit sie hier vor dem Fort Saint-Martin angekommen waren, gerade rechtzeitig, um mit anzusehen, wie die gewaltigen Tore sich hinter Toiras und seinen Männern schlossen, hatte Guillaume angefangen, der Bevölkerung und den bald darauf erschienenen Besatzern seine Dienste anzutragen. Er hoffte auf die Art und Weise ein paar Einzelheiten zu erfahren, die ihnen nützlich sein könnten.

Julie kroch zu dem schmalen Ausguck ihres Schlafzimmers. Es befand sich unter dem Dach des einfachen Hauses, in dem sie Unterschlupf gefunden hatten, und die Höhe des Zimmers erlaubte nicht, sich hinzustellen. Dennoch waren sie sehr dankbar gewesen, mittels Lucines Empfehlung dieses Quartier bei den Allère, einem Salzbauern und seiner Frau, gefunden zu haben.

Sie hob den festen Vorhang und spähte in den trüben, aufkommenden Tag. Schon oft hatte sie hier gekniet … Das kleine Giebelfenster bot keinen Einblick auf die Gassen des Dorfes, weil sie zu tief unten lagen, und die Häuser zu nahe aneinander standen, aber man konnte das massive

Quadrat des hoch aufragenden Forts sehen. Julie konnte nicht verhindern, dass, wie bereits viele Tage davor, bei dem Anblick der Steinquader Bitterkeit in ihr hochstieg. François hatte sich wirklich einen guten Ort ausgesucht, um ihr zu entkommen!

Die Belagerung konnte noch Wochen, sogar Monate dauern.

Die Engländer hatten sich inzwischen häuslich vor dem Fort eingerichtet.

Buckingham, der anfänglich noch propagiert hatte, er würde das Fort in einer Woche stürmen, hatte sich bald eines Besseren besonnen. Auf der Meeresseite hatte er Schiffe in einem Halbkreis verankern lassen. Sie sollten sowohl die Anlegestelle des Forts Saint-Martin als auch den kleinen Hafen des gleichnamigen Dorfes vom offenen Meer abriegeln. Die Absperrung sollte jeglichen Versuch der königstreuen Franzosen unterbinden, das Fort mit Nahrungsmitteln zu versorgen. Um die Festung hatte Buckingham Gräben anlegen, Plattformen errichten und die schwere Artillerie aufstellen lassen. Und schließlich hatte die Bombardierung angefangen. Ihr nervtötendes, dumpfes Grollen war seitdem allgegenwärtig. Seit zwei Wochen schon.

Zwei Wochen!

Julie senkte den Kopf und kämpfte gegen die Entmutigung an, die sie jetzt immer öfters überfiel. Kurz lehnte sie ihre Schläfe an den kalten Stein. Sie war so müde. Warten, immer warten ... Woher sollte sie die Kraft dazu nehmen?

Sie schreckte auf. Noch ein Schrei ... Ein Kind.

Julie ließ den Vorhang fallen. Sie streifte sich ein einfaches blaues Kleid über und kroch zu der schmalen Leiter, die in das Erdgeschoss führte. Mit gerafften Röcken angelte sie sich die Sprossen hinunter. Ihre rotgesichtige Gastgeberin wartete bereits unten auf sie.

»Was ist denn da draußen los? Haben Sie eine Ahnung, was es sein könnte, Madame Allère?«

Die Tür sprang auf, und ein verschwitzter Robert stolperte in die Hütte. Schreie, harte Befehle, Weinen und das Geräusch von vielen Holzschuhen drangen kurz mit ihm in den dunklen Raum.

»Robert! Was ist das für ein schauerlicher Lärm da draußen?«

»Es sind ... die katholischen Frauen und Kinder, Madame. Die Familien der im Fort eingesperrten Handwerker.« Robert lehnte sich an die Tür, die er wieder zugeschlagen hatte, und wischte sich über die Stirn. Er war völlig außer Atem. »Die Engländer haben sie ... aus der ganzen Insel zusammengetrieben.«

Der erneute, gellende Schrei einer Frau ließ sie alle zusammenfahren. Ein Poltern an der Tür, eine laute Männerstimme, etwas, das sich wie ein Schlag anhörte ... Dann ein Weinen und sich hastig entfernende Schritte.

Julie runzelte die Stirn. Sie musste jetzt unbedingt einen klaren Kopf behalten.

»Was passiert mit den Familien? Wollen die Engländer Toiras erpressen? Ihn zur Aufgabe zwingen, indem sie vor seinen Augen Unschuldige umbringen? So unmenschlich kann doch selbst Buckingham nicht sein!«

»Nein, das glaube ich auch nicht.« Robert hielt kurz inne, als ein Schuss krachte. »So weit ich verstanden habe, wollen sie die Familien in das Fort hineintreiben. Buckingham hofft, dass ein paar Münder mehr die Hungersnot und Übergabe beschleunigen.«

»In das Fort? ...« Julie erstarrte. In die Festung ... Hinter die gewaltigen Mauern, auf die sie seit Wochen schaute ... Zu ihm! Sie atmete schneller, fasste sich an die Stirn. Nur zwei Sekunden lang.

Dann lief sie in eine Ecke, riss ihren Umhang an sich.

»Nein!« Robert schüttelte wild den Kopf. »Oh nein ... Das werden Sie nicht tun!«

Er stellte sich vor die Tür. Julie holte tief Luft. Sie baute sich vor ihm auf.

»Lass mich vorbei!«

»Um nichts auf der Welt!«

Sie hob ihre Stimme.

»Du tust, was ich dir sage, Robert! Sofort gibst du diese Tür frei!«

»Ich lasse Sie nicht in Ihr Verderben rennen, Mylady!«

»Was ich tue, ist alleine meine Entscheidung!«

»Sie werden da drinnen alle verhungern!« Robert fing an zu weinen.

»Und wenn schon! Ich glaube, du vergisst, wer du bist! Ich befehle dir, mich durchgehen zu lassen! Oder du kannst dir ab sofort eine neue Stelle suchen!!«

»Meinetwegen! Dann habe ich ja auch keinen Grund mehr zu gehorchen!«, schrie Robert unter Tränen.

»Geh sofort da weg!«

»Er will nichts mehr von Ihnen wissen! Er wird Sie nie lieben!«

Julies Hand zuckte ... Sie ohrfeigte Robert mit aller Kraft.

Dann blieb sie vor ihm stehen, sah ihn nur an.

Robert schluchzte, wand sich ... Er taumelte einen Schritt zur Seite.

Julie drehte sich zu Madame Allère um, die ihre Schürze eng an die Brust presste.

»Ich danke vielmals für Ihre Gastfreundschaft, Madame. Bitte richten Sie meinem Vater aus, er soll sich keine Sorgen machen … Und dass ich auf sein Verständnis hoffe.«

Sie rannte zur Tür hinaus.

Sie lief die leeren Gassen hinunter. Ihr Herz klopfte unruhig. Wo waren die Frauen? Sie horchte, vernahm Stimmengewirr von rechts, ließ sich von ihnen leiten. Der Lärm nahm zu. Da!

Sie blieb an einer Hausecke stehen und lugte vorsichtig an ihr vorbei.

Die Frauen standen gefügig wie eine Schafherde auf dem kleinen Platz neben dem Hafen, ihre Kinder an sich gedrückt. Einige weinten und jammerten, die meisten jedoch warfen nur verängstigte Blicke um sich. Die wenigsten hatten Zeit gehabt, ein Bündel zu packen. Julie sah blaue Flecken, zerrissene Kragen, Abschürfungen … Die Soldaten, die jetzt mit Stöcken und Piken bewaffnet einen weiten Kreis um sie bildeten, hatten wenig Zartgefühl bewiesen.

Julie zuckte zusammen, als sie eilige Schritte hinter sich vernahm. Sie atmete erleichtert auf, als sie Robert erkannte. Sofort darauf meldete sich jedoch ihr Zorn zurück, und sie zischte:

»Was willst du hier?«

Roberts gerötete Augen mieden ihren Blick. Sein Tonfall war trotzig.

»Ich komme mit!«

»Nein! Es ist völlig überflüssig, dass du dich auch einsperren lässt!«

»Sie werden einen Pagen brauchen.«

»Einen Pagen?«, schnaubte Julie. »Ich weiß nicht, ob ich noch einen habe! Ich habe keine Lust, jeden meiner Schritte vor dir rechtfertigen zu müssen, Robert! So einen Pagen brauche ich nicht!«

»Aber vielleicht … vielleicht brauchen Sie jemanden, der Ihnen hilft. Und ich … ich brauche Sie, Mylady!« Robert schluckte. Seine Hände verknoteten sich.

Julie schüttelte den Kopf, fuhr aber etwas sanfter fort:

»Ich will dich nicht dauernd ohrfeigen müssen, damit du mir gehorchst!«

»Es … Es wird nicht wieder vorkommen, Mylady.«

Sie schwieg.

»Bitte! Mylady … Sie können mich doch nicht plötzlich aussetzen! Ich … Ich bitte um Verzeihung für vorhin.«

»Du wirst dich mir ab jetzt nicht mehr widersetzen?«

»Nein!«

»Wenn es noch ein einziges Mal vorkommt, werde ich mich von dir trennen müssen.«

Robert nickte mit gesenkten Augenlidern.

»Also gut«, seufzte Julie. Sie zog den Jungen herbei, bis er ganz dicht an ihr stand, legte ihm eine Hand auf die Schulter, beugte sich mit ihm vor. »Dort drüben stehen sie. Wir müssen uns in die Gruppe hineinschmuggeln. Am besten warten wir, bis sie wieder in Bewegung sind.«

»Ja, in Ordnung, Madame.«

»Ab jetzt wirst du dich für meinen Bruder ausgeben. Nenn mich also Julie.«

Robert wurde sehr rot, schwieg aber.

Julie sah wieder auf den Platz, murmelte:

»Sie werden sie in Richtung Fort treiben… Wir sollten also von hier aus in …« Sie stockte, ihre Hand verkrampfte sich auf Roberts Schulter. Er wand sich unter ihrem Griff, drehte sich zu ihr um. Sie stützte sich an der Mauer ab, schloss kurz die Augen. Sie fühlte Roberts stützende Hand.

»Madame … Ist Ihnen nicht gut? Madame …«

»Ausgerechnet!«, flüsterte sie. Sie öffnete wieder die Augen. Heiser sagte sie: »Schau dir den Offizier an, der gerade angekommen ist, Robert, und sag mir, ob du ihn erkennst …«

Robert warf einen Blick um die Mauer, zog den Kopf schnell wieder zurück.

»Der Bruder des verstorbenen Herren!«

Es stimmte also! Warum hatte sie nie an die Möglichkeit gedacht, auch John könne sich nach Ré eingeschifft haben?

Julie faltete ihre Hände und hielt sie vor den Mund. Jetzt nur keine Gefühle aufkommen lassen …

»Er darf uns nicht sehen! Er scheint die ganze Aktion hier zu leiten. Wir werden uns mitten in den Menschen verstecken müssen … So weit wie möglich von ihm weg bleiben.«

»Aber … Aber, wenn er hier ist …« Roberts Gesicht leuchtete auf, sein Tonfall wurde dringlich. »Dann könnten wir vielleicht einen Weg finden, ihn zu fragen, was er mit Ihrem Sohn gemacht hat!«

»Nein!«, antwortete sie hart. Sie schüttelte heftig den Kopf. »John wird ohne Druck solche Fragen nie beantworten!«

»Aber … Im Gegenteil! Hier herrscht doch mehr Durcheinander und

Unordnung als zu Hause, in England«, meinte Robert eifrig. »Monsieur Guillaume könnte uns helfen, ihn gefangen zu nehmen ... Dann könnten wir die Antwort aus ihm herauspressen! So eine Gelegenheit gibt es nie wieder!«

»Nein, Robert! Ich sage dir, dass es ein unmögliches Unterfangen ist! Wir haben keine Chance!« Sie presste die Lippen aufeinander und spähte in die Richtung des Forts.

Roberts gerade Brauen zogen sich ungläubig zusammen.

»Sie wollen es gar nicht, nicht wahr? Sie wollen jetzt nicht nach Thibault suchen! Alles, was Sie wollen, ist, in das Fort zu kommen!«

»Ja, weil es das Einzige ist, weil es keine andere Möglichkeit gibt!«

»O doch!« Roberts Augen wurden stechend. »Nur dass Sie Thibault jetzt nicht mehr gebrauchen können, nicht wahr? Lieber laufen Sie diesem Mann nach, als Ihren Sohn zu retten!«

Wieder zuckte Julies Hand ... Doch diesmal deutete sie die Ohrfeige nur an, bevor sie kraftlos wieder zurückfiel. Julie starrte Robert kalt an.

»Ja. Du hast Recht. Ich liebe diesen Mann mehr als alles andere auf der Welt. Ich würde alle und alles für ihn verraten. Sogar meinen eigenen Sohn. Und jetzt lass mich gehen oder komm mit, wenn du mich nicht zu sehr verabscheust. Es ist mir egal.«

Und damit stieß sie sich von der Wand ab und lief davon.

Auf dem Platz wurde etwas gerufen, andere Männerstimmen antworteten ... Die Kinder weinten, als die Soldaten den Kreis wieder enger zogen. Wie erwartet, schlug die Menschengruppe nun die Richtung ein, die zum Fort führte.

Julie war zwei Straßen weiter gelaufen und wartete. Ihr Atem ging schnell. Sie zog sich ein letztes Mal die Haube tief ins Gesicht, als Robert keuchend hinterher gehumpelt kam.

Sie schenkte ihm keinen Blick, stellte sich nahe an die Straßenecke, direkt hinter eine Gruppe blutroter Stockrosen. Die ersten Frauen liefen mit den schweren, ergebenen Schritten von Verurteilten an ihr vorbei, ohne sie zu sehen. Sie ließ das erste Drittel der Gruppe vorbeiziehen, versicherte sich mit einem schnellen Blick, dass sie eine Lücke zwischen zwei Soldaten erwischte und sprang in die Menge. Robert folgte ihr. Die Frau, die sie dabei anrempelte, trug einen Säugling auf dem Arm und sah sie befremdet an. Julie lächelte, die Frau lächelte nach ein paar Sekunden kurz zurück.

Es war nicht mehr weit bis zum Fort. Schon bald verließen sie den

Schutz der letzten Häuser, überquerten die Gräben und Schutzwälle der Engländer und gelangten schließlich auf den Streifen Niemandsland, der wüstenähnlich zwischen den Fronten lag. Sie hielten, um auf einen Bläser zu warten. Es war ein junger Soldat, der etwas ängstlich dreinschaute. Er setzte seine Trompete an und meldete mit kugelrunden Wangen den Belagerten ihre Ankunft.

Sie liefen an ihm vorbei und erreichten schließlich die ersten französischen Gräben, die zum Schutz von zwei Brunnen errichtet worden waren. Die Frauen tuschelten, als sie die abweisenden Mauern des Forts vor sich wachsen sahen.

Eine Gestalt warf ihren Schatten auf die Versammelten, als sie im Trab an der langsamen Kolonne vorbei ritt.

Julie wand schnell den Kopf ab, zupfte an den Seitenflügeln ihrer Haube, während Robert sich duckte. Doch John Glenstair schenkte den Gefangenen keinen Blick, sondern richtete seine ganze Aufmerksamkeit auf das Geschehen vor sich.

Es gab keine Reaktion im Fort … Jedenfalls keine offizielle.

Der Trompeter brach ab, stellte sich neben seinen Kapitän, der ein wenig seitlich Stellung bezogen hatte. John machte ein Handzeichen.

Julie sah beim Laufen an den Mauern hoch. Ihr Herz pochte hart, als ihr Blick über die dunklen Köpfe glitt, die auf sie hinabschauten.

François war irgendwo da oben, das wusste sie. Und egal, was sie erwartete, egal, was passierte, das hier war ihr Weg. Sie setzte einen Fuß vor den anderen, voller innerer Ruhe, legte Schritt für Schritt die Entfernung zurück, die sie noch von ihm trennte. Die Zeit der Fragen, der Ungewissheit, der Zerrissenheit war vorüber.

Inzwischen drängten die Soldaten hinten ein letztes Mal auf die nur zögernd voranschreitenden Frauen und Kinder ein. Diese versuchten, den Stockschlägen zu entkommen, schoben, schrien … Bald wurde in den letzten Reihen geschubst und gerangelt, Kinder fielen auf den Boden, wurden von ihren Müttern wieder aufgestellt.

Die englischen Soldaten blieben stehen, um nicht in Schussweite der französischen Musketen zu geraten. Die Frauen, weinend und außer Atem, liefen langsam weiter, warfen verängstigte Blicke hinter sich.

Bald waren sie an dem Falltor angelangt. Doch nichts tat sich. Keine Bewegung verriet, dass das Tor geöffnet würde.

Eine eng von Soldaten umringte Gestalt beugte sich über die Brüstung. Toiras. Die Stimme des Gouverneurs war barsch vor unterdrückten Gefühlen.

»Kehrt um, ihr Frauen! Wir können euch nicht aufnehmen! Hier ist weder Nahrung noch Platz für euch!«

Das erregte Gemurmel der Männer im Fort drang bis unten durch. Die Frauen schrien auf, ihre weißen Hauben pendelten zwischen beiden Fronten hin und her. Eine stämmige Frau mit roten Zöpfen warf den Kopf in den Nacken und rief empört hinauf:

»Lasst uns herein! Die haben gesagt, die bringen uns um, wenn ihr uns nicht einlasst! Wie könnt ihr uns hier stehen lassen? Es sind eure Kinder!«

»Es geht einfach nicht! Die Vorräte werden jetzt schon knapp! Die Kinder würden hier nur verhungern! Geht zurück!«

Die Frauen traten unentschlossen von einem Fuß auf den anderen, redeten aufgeregt miteinander, warfen den in einiger Entfernung aufgestellten Engländern abschätzende Blicke zu.

»Na, wenigstens haben wir es versucht!« Die rothaarige Frau, die eben schon gesprochen hatte, zuckte mit den Schultern und winkte ihre Gefährtinnen in Richtung Dorf. »Hier übernachten können wir nicht, oder? Das sind doch auch keine Unmenschen! Die werden uns schon nichts tun …«

Julie konnte es nicht fassen. Die Gruppe machte kehrt!

Sie schloss die Fäuste. Nein, sie wollte hier bleiben! Sie sollten ihr verdammtes Tor aufmachen!

»Madame Julie, Sie können hier nicht stehen bleiben … Wir müssen zurück!« Robert packte sie am Handgelenk und zog sie mit sich. Sie wehrte sich verbissen, entschlossen, auf jeden Fall hier zu bleiben, doch sie konnte gegen die feste Umklammerung nichts ausrichten. Sie stolperte hinter Robert her, schimpfte auf den Jungen, der inzwischen wirklich über erstaunliche Kräfte verfügte und sich ihr heute schon zum dritten Mal widersetzte.

Inzwischen waren die ersten Frauen erneut bei den englischen Linien angelangt. Da … Ein Kommando, Schüsse … Plötzlich brach Panik aus. Röcheln, Schmerzenslaute, gellende Frauenstimmen, Kinderschreie, erschrockene Rufe von der Festung … Frauen und Kinder liefen kurz hilflos im Kreis, bevor sie sich erneut wie ein Vogelschwarm in Richtung Fort stürzten.

Julie und Robert sahen sie auf sich zu rennen. Sie wurden angestoßen, fielen beide zu Boden. Julie entdeckte mit Entsetzen, dass ein Körper ein paar Schritte von ihr entfernt leblos im Staub lag. Es war die Frau, mit der sie ein Lächeln getauscht hatte. Sie lag seltsam verkrümmt da, eine ihrer Brüste hing aus ihrem offenen Ausschnitt. Ihr Kind saugte geräuschvoll die letzte Milch, während sich unter dem Oberkörper seiner Mutter eine Blutlache bildete.

»Kommen Sie … Wir müssen hier weg!« Robert hatte sich schon wieder aufgerappelt, zog Julie ebenfalls auf die Beine. Sie sah hoch. Ja, es war höchste Zeit! Die englischen Soldaten rückten mit schussbereiten Waffen vor, und sie waren die Letzten. Julie keuchte, entwirrte ihre Röcke, strauchelte …

»Julie? Ja, ist es denn möglich? He, Sie da drüben … Julie … sind Sie es?«

Diese Stimme … Dieses manierierte Englisch …

Julie sah in noch geraumer Entfernung braune, ungläubige Augen, ein gutaussehendes Gesicht, in dem deutlich Überraschung und Anspannung zu lesen waren. Dann gab ihr Schwager seinem Pferd die Sporen.

»Weg … Schnell!« Julie griff nach Roberts Hand, zog ihre Röcke hoch, hastete dem Tor entgegen. Sie lief, so schnell sie nur konnte. Alles, nur nicht John in die Hände fallen!

Als sie die anderen Frauen erreichte, war sie völlig außer Atem. Das verzweifelte Pochen der Frauenhände glich dem Klopfen ihres Herzens. Sie warf einen Blick zurück. Ja, dort drüben stand John, von den französischen Linien am Weiterreiten gehindert, sah ihr nach, und seine ganze Haltung drückte das grenzenlose Staunen aus, das er empfand. Er wartete auf sie … Und sie stand vor dem verriegelten Fort wie in einer Mausefalle.

Irgendwo über ihrem Kopf ertönte ein Befehl. Jubel wurden laut.

Julie hielt noch immer Roberts Hand fest, als der Junge brüllte:

»Schauen Sie, Mylady! Das Tor! Sie lassen uns ein!«

Und in der Tat wurde nun ein heiseres Quietschen hörbar. Das massive Tor hob sich behäbig, begleitet von dem Weinen und Segensrufen der Frauen.

Keuchend, schmutzig, mit wild pochendem Herzen drang Julie in die Festung.

⚜

»Die Kaserne befindet sich im Nordosten.« Robert zog die dünne Decke über den stechenden Halmen seines Lagers glatt und vermied es aufzuschauen. »Sie können sie nicht verfehlen. Vier Gebäude um einen Innenhof, der teilweise mit Holzhütten vollgebaut ist.«

Er zog noch einmal gereizt an dem schlechten Wollstoff … Es war schwierig gewesen, das Notwendigste zu besorgen, um sich einzurichten. Im Fort waren schon lange alle Ressourcen aufgeteilt. Sie hatten einen großen Teil von dem wenigen Geld, das Mylady zufällig mit sich geführt hatte, für diesen ärmlichen Bretterverschlag und ein paar Haushaltsgeräte ausgeben müssen. Blieb nur zu hoffen, dass sie hier vor dem Winter wieder herauskämen.

»Ja, gut. Dann … Dann werde ich gleich hingehen.«

Robert beugte sich ein letztes Mal, seine Hand zupfte heftig an der Decke, enthüllte erneut einen Teil des Strohs. Er murrte leise, ging auf die Knie, um den Schaden wieder zu beheben. Alles war recht, um jetzt nicht in das hoffnungsfrohe, leuchtende Gesicht sehen zu müssen. Der weiche Klang in ihrer Stimme reichte schon, um seinen Magen zu verknoten.

»Tun Sie das, Madame Julie.« Im privaten Rahmen konnte er sich nicht überwinden, sie nur mit ihrem Vornamen zu nennen. Anreden waren wichtig. Sie waren die Pfeiler, die der Seele und ihren kühnsten Sehnsüchten ihre Grenzen setzten. »Vielleicht … Vielleicht erlauben Sie mir, hier zu bleiben. Es gibt noch einiges zu tun, um uns hier einzurichten, und …«

»Ja, natürlich.« Myladys kurze Antwort klang glatt, erfreut … und schon ein wenig abwesend.

Nein, dachte Robert grimmig. Ich werde mich nicht zwischen sie stellen. Nicht heute.

Spätestens seit ihrer gestrigen Auseinandersetzung, als er versucht hatte, sie davon abzuhalten, sich unter die Frauengruppe zu mischen, wusste er es: Es hatte keinen Sinn, sie zurückhalten zu wollen. Also hatte er verzweifelt zur Gegenmaßnahme gegriffen und ihn für sie ausfindig gemacht. Lieber ein Ende mit Schrecken, als …

Wer wusste schon, wie ihre Begegnung mit dem Comte ablaufen würde?

⚜

Julie legte stumm ihren Umhang über die Schultern und ging ohne ein weiteres Wort des Abschieds. Sie zog die schlecht schließende Tür hinter sich zu, die nur an zwei derben Lederangeln hing. Dann drehte sie sich um und lief los.

Das Fort war ihr von außen immer riesig erschienen. Seit sie sich jedoch in seinem Inneren befand, schien es geschrumpft zu sein. Vielleicht lag es an der Übervölkerung. Nicht ohne Grund hatte der Gouverneur gestern so lange gezögert, bis er die Frauen aufgenommen hatte. Vielleicht lag es auch an der erdrückenden Gestalt des Schlosses, in dem Toiras und die hohen Offiziere wohnten, und das die Hütten, Kasernengebäude und eilig errichteten Buden noch ärmlicher wirken ließ, als sie es ohnehin schon waren.

Ein paar Brunnen, um die ständiger Verkehr war, eine Mühle, die im auffrischenden Wind erbebte, Mühlsteine, die nie still standen, die Ställe, Steinmetze und Schreiner, die eilig zu den Plätzen liefen, wo die englischen Kanonenkugeln Schaden angerichtet hatten, wenige Frauen, viele Soldaten ... All das sah Julie jetzt auf ihrem Weg, ohne es wirklich zu bemerken.

Wie würde François sie empfangen?

Nun, da sie ihrem Ziel so nahe war, konnte sie es sich endlich leisten, diese Frage zu stellen. Denn vorher hatte sie sich allein auf die Suche, den Weg, die Reise, das Warten konzentriert ... Und es vermieden, über sich und ihn nachzudenken.

Denn nachzudenken hätte bedeutet, sich an die Monate in Rueil zu erinnern ... An seine Arme, die sie festhielten und beschützten, während Hagel gegen die Scheiben ihres Zimmers prasselte ... An seine Haut, die warm und golden unter ihren Händen lag, wenn sie sich vor dem Kamin liebten ... An seinen Mund, der fordernd ihre Lippen öffnete und sie schwach werden ließ, an jedem Ort, zu jeder Stunde ... Sein Lachen, seine Kraft, das Aufblitzen grauer Augen ... An das unsägliche Glück, an die Geborgenheit, an die überquellende Zärtlichkeit, die sie für ihn empfand ... All diese Empfindungen, all diese Gefühle, die er diesen Herbst in ihrem Inneren hatte entstehen und wachsen lassen, bis sie ganz von ihnen erfüllt gewesen war. All das, was sie mit einem Schlag verloren hatte.

Sie hatte es nur verkraftet, indem sie diesen Verlust leugnete. Wie ein Tier im Winterschlaf hatte sich ihre Seele zurückgezogen, sich fest eingerollt, um nicht die Eiseskälte zu spüren, die plötzlich draußen herrschte.

Aber auch überwinternde Tiere können nur begrenzt von ihren Reserven leben. Die Wochen in Paris und ihre Suche nach François, das Duell, die Hinrichtung von Bouteville und des Chapelles hatte sie mehr schlecht als recht überstanden. Jeder Tag hatte ein wenig von ihren Kräften aufgebraucht. Und seit sie in La Rochelle angekommen waren, fühlte sie, dass sie ihre Sehnsucht, das überwältigende Gefühl des Verlustes und der Verzweiflung immer weniger im Zaum halten konnte.

Der Winter war lang, sehr lang gewesen. Sie hatte nichts mehr, wovon sie zehren konnte. Sie hatte keine Kraft mehr, weiterzuschlafen. Sie lief jetzt zum Ausgang ihrer Höhle – und hoffte, dass ein Sonnenstrahl sie empfangen und wärmen würde.

Plötzlich stand sie an dem Vorhof der Kaserne. Ihre Füße hatten sie getragen, ohne dass sie hätte sagen können, wer sie gelenkt hatte. Sie erlaubte sich kein Zögern, kein Nachdenken mehr und schritt, äußerlich gefasst, auf die zwei Wachen zu, die mit Piken bewaffnet am Eingang standen.

»Sie wünschen, Madame?«

»Ich möchte zu dem Soldaten Pierre Lanier.«

Der rechte Wachtposten zog einen Mundwinkel hoch.

»Lanier, was? Ja, den wollen sie alle sehen.« Er machte eine kurze Pause und seine Augen liefen an ihr hinunter. Als er ihrem Blick begegnete, räusperte er sich. »Also … Sie finden ihn sicher drüben, im rechten Gebäude, zweite Tür. Ist nämlich gerade Essenszeit.«

»Ich danke Ihnen, Soldat.«

»Nichts zu danken, Madame!« Der Soldat tippte an seinen Hut und rief ihr nach: »Und falls Sie es sich noch anders überlegen … Mein Name ist Gérôme!«

Julie ignorierte seinen Ruf, wie sie alle weiteren Rufe und Aufforderungen überhörte, die sie aufzuhalten versuchten, während sie sich an den Baracken vorbeischlängelte und den Hof durchquerte. Sie schaute sich kurz um. Mehrere Soldaten traten mit spärlich gefüllten Blechnäpfen aus dem langgestreckten Bau zu ihrer Rechten. Der Wachtposten hatte von Essen geredet … Sie folgte dem deftigen Geruch von Saubohnen und Zwiebeln und dem tiefen Stimmengemurmel, der eine größere Menschenansammlung verriet. Mit pochendem Herzen trat sie durch die Tür.

Die Soldaten am Ende der Schlange sahen verdutzt auf, als sie sie überholte.

»Bonjour, Madame! Suchen Sie vielleicht mich?«

»Unsinn, wer will dich schon? Hier, hier steh ich, hübsche Maid!«

Julie holte tief Luft, reagierte aber nicht.

Die Männer stießen sich an und lachten, rissen zotige Witze, wenn sie an ihnen vorüber ging.

»Aaaah … Soll das eine Entschädigung für das miserable Essen sein?«

»Eine für uns alle? Dafür ist die doch viel zu schmächtig!«

»Stimmt! Dann will ich unter den ersten Zehn sein!«

»Kommt nicht in Frage! Dein Mörser ist viel zu groß, du würdest sie uns verderben!«

Ein feixendes Gesicht. Noch eines … Sie lief an Dutzenden dieser Gesichter vorbei, aufrecht, stumm, stellte jedem ihre bange Frage, nahm jedes den Bruchteil einer Sekunde lang in ihr Herz auf, um es mit dem Bild zu vergleichen, das dort eingeschlossen war … und um es sofort wieder zu verwerfen und zu vergessen.

Die Unruhe, die sie verursachte, lief die lange Reihe der Männer hinunter. Immer mehr Köpfe drehten sich um und machten ihre Nachbarn auf sie aufmerksam. Die Stimmen schwollen an, wurden gieriger, unverschämter, bis Julie meinte, es keine Sekunde länger ertragen zu können. Doch dann …

Dann nahm sie eine Bewegung aus den Augenwinkeln wahr, weit vorne.

Eine hohe Gestalt löste sich aus der Schlange …

Noch bevor sie ihn erblickt hatte, galoppierte ihr Herz davon.

Plötzlich war alles andere weg. Keine Männer mehr, kein Gelächter, kein Spießrutenlauf. Nur noch Ruhe, Ergebenheit und das ohrenbetäubende Pochen ihres Pulses.

Er kam mit langsamen, abgemessenen Schritten näher … Als müsse er besonders vorsichtig sein, als habe er Angst vor ihr. Was für ein absurder Gedanke!

Sie blieb still stehen, um ihn nicht zu erschrecken, wartete atemlos, dass er näher kam.

Ein Beben durchfuhr sie. Ihre Augen liefen hungrig und entzückt über die geliebten Züge. Sie hießen das Grübchen am Kinn willkommen, umschwärmten kurz den Mund, liebkosten die schlecht rasierten und zu hohlen Wangen, strichen besorgt über die unbekannte Narbe unter dem rechten Auge, entdeckten Müdigkeit, Trauer und … ihre Lider schlugen … und Kälte.

Noch drei Schritte, noch zwei … Er stand vor ihr.

Wie oft hatte sie von diesem Wiedersehen geträumt?

Sie wartete noch immer, genoss das Wunder mit leicht geöffneten Lippen.

»Bin ich es, den du suchst?« Eine etwas raue Stimme.

War er es? Ja, mein Gott, ja, tausend Mal ja!

Ihre Augen füllten sich mit Tränen, gleichzeitig lächelte sie.

Sie nickte stumm.

Er runzelte die Brauen, warf einen kurzen Blick auf die Männer, die gespannt ihrer Begegnung folgten, und deutete mit dem Kinn in Richtung Ausgang.

»Lass uns woanders hingehen, wo wir ungestört reden können.«

Er bot ihr nicht seinen Arm. Sie fügte sich, löste widerwillig ihren Blick von ihm und lief voraus.

Sie machten nur ein paar Schritte unter dem bleigrauen, mit schweren Wolken verhängten Himmel, als François auf eine der Baracken zeigte.

»Komm hier hinein.«

Es war eine Hütte von mittlerer Größe, nicht luxuriöser als die, die sie gestern mit Robert bezogen hatte, aber solider gebaut. Etwa dreißig schlechte Strohlager teilten sich den Lehmboden.

»Schläfst du hier?«, fragte Julie.

»Hmm.« François drehte sich einem Mann zu, der im Halbdunkeln ein Nickerchen machte. »Béquille, lass uns einen Augenblick alleine, ja? Ich möchte mich gerne mit dieser Dame unterhalten.«

»Unterhalten, was? Hehehe … Aber klar doch. Erzählst du's mir heute Abend?«

»Mal sehen.«

»Na dann, viel Spaß!« Der Mann kam mühselig auf die Beine und humpelte noch immer kichernd aus der Tür.

Sie waren alleine.

Sie hielt sich aufrecht mitten in dem dunklen Raum, der scharf nach feuchtem Stroh und Männerträumen roch, und sah ihn unverwandt an. Er war nicht nachgekommen, sondern stand ein paar Schritte abseits, mit gekreuzten Armen. Offensichtlich brauchte er diese Distanz. Mit ihrer ganzen restlichen Kraft zähmte sie ihren Drang, sich in seine Arme zu werfen.

»Wie hast du mich gefunden?«, fragte er nach einer Weile des Schweigens.

Sie befeuchtete ihre Lippen.

»Durch Racan. Er hat dir jemanden nachgeschickt, als du die rue de la Platrière verlassen hast. Ich habe dann ein paar Tage später mit Guillaume die Postkutsche bis La Rochelle genommen.«

»Guillaume? Er ist aus England zurück? Warum ist er nicht mitgekommen?«

Julie runzelte die Stirn, doch dann beherrschte sie sich wieder. François brauchte Zeit. Und deshalb musste sie geduldig seine Fragen beantworten.

»Guillaume ist im Mai aus England zurückgekehrt. Ich sah ihn an dem Tag wieder, an dem das Duell auf der Place Royale stattfand. Es geht ihm gut. Und er ist nicht mitgekommen, weil ich mich gestern ohne sein Wissen in das Fort geschmuggelt habe. Er ist jetzt in Saint-Martin.«

»Ich habe dich gesehen, gestern, vor dem Fort.«

Es versetzte ihr einen Stich. Sie blinzelte. Er hatte von ihrer Anwesenheit gewusst? Warum hatte er nicht nach ihr gesucht? Egal. Schließlich mied er sie seit fünf Monaten. Warum hätte er plötzlich seine Einstellung ändern sollen?

»Dein übereifriger Page ist auch immer noch bei dir, nicht wahr?«

Die raue Stimme schwankte kaum merklich, und einen kurzen Augenblick lang meinte Julie, Zorn hinter François beherrschten Zügen zu entdecken.

»Robert? Ja, das ist er.« Sie schüttelte den Kopf. »Ich habe keinen Grund, mich von ihm zu trennen.«

François Mund wurde hart. Er mied ihren Blick.

»Hmm. Du solltest ein wenig auf ihn Acht geben.«

»Was meinst du damit?«

François zuckte die Schultern.

»Nichts. Nichts, was noch von Wichtigkeit wäre. Vergiss es.«

Sie schwieg. Warum nahm er sie nicht einfach in die Arme? Sie hatte vergessen, wie verschlossen sein Gesicht sein konnte. Ihr Atem ging schnell und flach.

»Gefällt es dir hier, in der Armee?«

Er sah sie an, als vermute er eine Falle hinter der Frage und antwortete erst ein paar Sekunden später.

»Hmm. Es ist in Ordnung. Warum fragst du?«

»Ich habe mich gefragt, was dich hierher getrieben hat.«

»In erster Linie die königliche Justiz.« François lächelte bleich. »Ich hatte den Kerker der Bastille gründlich satt. Das Essen war miserabler als hier und die Gesellschaft noch primitiver. Meine Lust, wieder eingefangen zu werden, hielt sich in Grenzen.«

»Eingefangen? Aber ... Warum sollte man dich wieder einfangen wollen? Du bist doch entlassen worden!«

»Nun, d'Orgeansac hatte zwar eine sehr überzeugende Arbeit geleistet, soweit ich es damals auf der gefälschten Entlassungsorder erkennen konnte. Aber irgendwann ist der Betrug sicherlich aufgedeckt worden. Ich frage mich, was mit dem Leutnant passiert ist.«

»François, ich glaube, du unterliegst einem Irrtum! Guillaume hat beim König deine Freilassung erwirkt, unter der Voraussetzung, dass Bouteville und des Chapelles gefasst würden. Keine königliche Wache sucht dich: Du bist ganz offiziell entlassen worden, und an d'Orgeansacs Leben hat sich, soweit ich weiß, nichts geändert.«

»Was sagst du da? Ich werde gar nicht gesucht?«

Ihre Lippen bebten.

»O doch, du bist gesucht worden … monatelang. Aber nicht vom König …«

»Ja, Seine Eminenz hat mir meinen Abgang höchstwahrscheinlich übel genommen.« Er verzog die Lippen. »Ich kann es ihm nicht verdenken.«

Er hatte sie absichtlich missverstanden. Sie biss sich auf die Lippen, doch dann ging sie auf ihn ein.

»Ich habe damals beim Kardinal um eine Frist gebeten, François. Eine Frist, während der du zu ihm hättest gehen können, um deine … deine Differenzen mit ihm zu klären. Doch du bist vor Ende dieser Frist von den Musketieren des Königs verhaftet und in die Bastille geworfen worden. Ich bin sicher, es würde auch jetzt noch einen Weg geben, dich mit Richelieu zu arrangieren.«

»Ich weiß nicht, ob ich Interesse daran habe, mich mit ihm zu arrangieren, Julie. Nicht, dass ich noch besonderen Groll auf ihn hätte … Aber ich habe bis jetzt kein Bedürfnis, in meine alte Welt zurückzukehren. Trotzdem … Trotzdem ist es ein befreiendes Gefühl, kein Gesetzloser mehr zu sein.«

Er rieb sich das Kinn.

Seine Überraschung ließ ihre Hoffnung neu aufflackern. Er hatte geglaubt, dass nach ihm gefahndet wurde. Jetzt brauchte er sich nicht mehr zu verstecken. Jetzt konnte er ihr folgen! Dieser Gedanke gab ihr neuen Mut. Trotzdem zitterte ihre Stimme deutlich, als sie den ersten Schritt wagte.

»Freust du … Freust du dich ein wenig, dass ich gekommen bin?«

Er blieb stehen, holte tief Luft … Sah eine Zeitlang die derbe Holzwand an. Dann drehte er langsam und widerwillig den Kopf. Zum ersten Mal lagen seine grauen Augen ruhig in den ihren.

»Freuen, Julie? Freuen …« Er schüttelte den Kopf und sagte leise, während Müdigkeit und Trauer in seiner Stimme mitschwangen: »Um ehrlich zu sein, hatte ich gehofft, dich nie wiederzusehen.«

Sie schluckte, presste ihre feuchten Handflächen aneinander.

»Ja, das … ist sehr ehrlich, in der Tat. Nun, dann will ich dir erklären, weshalb ich hier bin.« Sie wartete auf ein Zeichen seiner Zustimmung, seiner Aufmerksamkeit, doch er blieb nur stumm stehen. »Damals, in

Rueil … Ich habe mich wohl benommen, als wenn ich mir etwas vorzuwerfen hätte, und deshalb hast du angenommen, dass ich und der Kardinal … Aber …« Sie verschränkte ihre Finger. »… Ich schwöre dir, dass nie etwas zwischen ihm und mir war.«

Sie hielt den Atem an, während sie François Züge absuchte. Sie wartete auf das erlösende Lächeln, auf den überraschten Ausruf, auf einen kleinen Ausdruck der Freude, der Erleichterung … Nichts. Es geschah nichts, er stand noch genauso unbewegt da wie vorher.

Sie machte einen Schritt auf ihn zu.

»Glaubst du mir nicht? Ist es das Bild? Auch das will ich dir gerne erkl …«

»Nein, Julie. Nein.« Er sah sie lange Zeit an. Sehr ernst und bewegt sagte er: »Ich glaube dir.«

Ihr Herz schien auszusetzen.

»Ach François, ich bin ja so froh …« Mit dem ganzen Elan ihres Herzens schnellte sie nun auf ihn zu … Und blieb abrupt stehen, als sich ihr eine abwehrende Hand entgegenstreckte.

»Bleib stehen!« Der Tonfall war hart, und sie erstarrte, als hätte er sie geschlagen. Er runzelte die Stirn, meinte gepresst: »Bitte. Ich … Ich möchte nicht, dass du dir falsche Hoffnungen machst. Ich habe gehört, was du mir sagen wolltest. Ich bin bereit, dir zu glauben. Und jetzt möchte ich, dass du wieder gehst. Und dass du nicht mehr versuchst, mich zu sehen.«

Ihre Hand fuhr an ihren Hals. Sie wisperte:

»Aber … warum?«

»Es hat nichts mit dir zu tun. Ich möchte einfach vermeiden, dass wir beide uns weiterhin zerfleischen. Ich … kann dir nicht das bieten, was du erwartest.«

»Aber … Aber ich habe dir doch gesagt, dass ich auch ohne Heirat …«

»Ich rede nicht von Heirat, Julie, obwohl das eigentlich schon ausreichen sollte, um dich von mir abzuwenden, denn du hast einen Mann verdient, der dich und Thibault versorgt. Nein … Es geht um mehr als einen Vertrag. Es geht darum, welche Gefühle du in mir auslöst … Wie ich reagiere … Zu welchem Mann ich in deinem Beisein werde.« François schüttelte den Kopf. »Julie, ich habe vor dieser Sache in Rueil noch nie eine Frau geschlagen! Und ich werde niemals akzeptieren, dass du ein unbeherrschtes, eifersüchtiges Monster aus mir machst! Deinetwegen … Aber auch meinetwegen nicht.«

»Du hattest doch allen Grund, eifersüchtig zu sein, François! Schau mich an! Ich nehme dich mit deinem Zorn, deiner Unbeherrschtheit, weil ich weiß, dass ich dafür den zärtlichsten, rücksichtsvollsten und liebenswertesten Mann bekomme, den ich mir wünschen kann! Ich halte dir dein Benehmen doch nicht vor!«

»Du vielleicht nicht. Aber ich mir. Soll ich mich ständig verachten?«

»Aber … Es war ein Missverständnis … Ein Unfall … Es wird nicht wieder vorkommen!«

François lachte auf. Ein hässliches, schmerzhaftes Lachen.

»O doch, Julie. Es wird wieder vorkommen. Weißt du, ich habe schon immer geahnt, dass es so kommen könnte. Deshalb habe ich mich wohl auch nie gebunden. Nie habe ich eine Frau mich so fesseln lassen, dass sie solche Gefühle in mir auslöste. Und dann kamst du … Und seit dem ersten Augenblick habe ich gewusst, dass du mir gefährlich werden könntest.«

»Ich verstehe dich nicht. Ich bin doch nicht gefährlich, François! Ich liebe dich! Ich … Ich tue dir doch nichts Böses an …«

»Nicht bewusst. Aber ich würde es immer befürchten. Wenn ich dich ständig um mich hätte, könnte ich eines Tages den Gedanken nicht mehr ertragen, dich zu verlieren!«

»Du hast Angst vor etwas, was nie stattfinden wird. Du würdest mich niemals verlieren.«

»Es liegt nicht an dir, Julie. Es hat etwas mit mir zu tun, das ist mir inzwischen klar geworden. Ich hatte sehr viel Zeit zum Nachdenken, in der Bastille und danach. Ich … Ich würde dir nie mein Vertrauen schenken. Und ich würde dir und mir das Leben zur Hölle machen.«

Sie schwankte, sagte tonlos:

»Mein Leben ist nicht viel mehr als eine Hölle, seit du mich verlassen hast, François.«

Die grauen Augen flackerten.

»Julie, ich … Ich möchte dich nicht unglücklich machen. Du wirst mich vergessen. Es ist eine Frage der Zeit. Deshalb musst du dich auch von mir fernhalten.«

»Und wenn ich es nicht kann?«

Sein Tonfall wurde schärfer.

»Es wird dir nichts anderes übrig bleiben.«

»Du … Du lässt mir nicht die Spur einer Chance, nicht wahr? Es ist alles so einfach für dich!«

»Das ist es, in der Tat. Und das wird es auch bald für dich sein.«

»Du weißt nicht, was du sagst! Du weißt überhaupt nichts!« Sie schüttelte heftig den Kopf, fing an zu weinen. »Mein Gott ... Was habe ich denn an mir? Bin ich denn so abstoßend? Erst Frederik, und jetzt du? Bei Frederik habe ich es noch verstehen können ... so weh es auch tat. Aber du?«

Er sah sie nur kurz an, drehte sich abrupt um, senkte den Kopf.

»Hör auf, Julie ... Bitte!«, klang es dumpf hinter seinem Rücken hervor.

Aber sie konnte nicht mehr aufhören, stand da, mit nassem Gesicht, und sah nur verloren seinen abweisenden Rücken an.

»Erkläre es mir, François! Wenigstens das! Ich will wissen, gegen wen oder was ich dich verliere! Wer hat dich so enttäuscht, dass du glaubst, niemanden mehr an dich heran lassen zu können? Wer ist diese Frau, die ich verfluchen soll? Sag es mir! Ich habe ein Recht darauf, es zu erfahren, nach all dem, was du und ich geteilt haben!«

»Ich ... Nein. Du irrst dich.«

Sie schnellte auf ihn zu, vermied es aber im letzten Augenblick, ihn zu berühren. Sie stellte sich vor ihn, suchte seine Augen.

»Du bist nicht ohne Herz geboren, François! Wer hat es dir gestohlen, bevor ich mich auf seine Suche machte und einen leeren Platz vorfand?«

François war sehr blass geworden. Zwei tiefe Falten erschienen auf seiner Stirn.

»Wer? Eine frühere Geliebte? Eine Frau, die dich verstoßen hat? Deine Mutter?«

Er prallte von ihr zurück.

»Wie kommst du ...?«

»Deine Mutter!« Julie wischte sich atemlos die Tränen von den Wangen. »Natürlich! Sie ist es, nicht wahr? Ihretwegen ...«

»Unsinn!«

Sie presste beide Hände auf ihre Brust.

»Aber warum? Ich dachte, du liebtest sie ... Wegen des Unfalls? Ist es das? Wirfst du ihr vor, dass sie dich alleine gelassen hat?«

François schwieg. Er hatte die Kiefer zusammengepresst, die Augen geschlossen. Auch seine Brust hob und senkte sich schnell. Julie machte weiter, aufs Geratewohl, kämpfte mit ihrer letzten Kraft.

»Aber ... Du kannst deine Mutter doch nicht dafür verantwortlich machen ...«

Jetzt war es soweit. François mühsam beherrschte Fassade zersplitterte in tausend Stücke.

»Ach nein?«, schrie er auf und schlug mit geballter Faust auf die Holzwand neben sich, »Kann ich nicht? Wen denn sonst? Mich selber, wie Hurault damals versucht hat, mir einzubläuen? Tut mir Leid, da sind wir verschiedener Ansicht!«

»Ich verstehe, dass es ein schreckliches Erlebnis für dich war … Es ist entsetzlich, dass du es mit ansehen musstest, aber es war ein Unfall!«

»Also gut!« François hob die Hände. Er zitterte vor Anstrengung. »Gut. Meinetwegen. Hör zu, Julie! Ich will es dir erzählen. Damit du aufhörst, mich und dich zu quälen. Damit du verstehst.« Er atmete geräuschvoll ein, stockte, setzte ein paar Mal vergeblich zum Reden an. »Diese Frau … Diese Frau, die ich liebte … Der mein Herz gehörte …« Er schluckte hart, senkte für ein paar Sekunden die Lider. »Ich habe dir erzählt, dass ich ihr gefolgt war, damals, an den Weiher … Aber … Ich habe dir nicht alles erzählt! Ich stand hinter dem Busch. Sie … Sie hat sich ausgezogen … Sie ist … in den Kahn gestiegen … und hat ihn bis zur Mitte des Weihers gestoßen. Dann … ist sie auf … aufgestanden … Ihre Haut war so weiß … Es tat in den Augen weh, wenn man sie anschaute … Ich … Ich weiß nicht, warum, aber ich … ich bin aus meinem Versteck … heraus … herausgekommen. Sie … Sie hat mich gesehen … Sie hat mich … angeschaut … aus ihren … wunder … wunderschönen Augen …« François Stimme senkte sich. Er flüsterte: »Und dann … dann ist sie in den See gesprungen.« Julie öffnete den Mund. François starrte durch sie hindurch, als sei sie Glas. Mit einer seltsam hohen Stimme fügte er hinzu: »Der Abbé … wollte sie nicht in geweihter Erde aufnehmen. Auch alles Geld meines Vaters hat dafür nicht ausgereicht.« Julie streckte eine Hand aus. François schreckte zurück. Plötzlich verzog sich sein Gesicht zu einer wütenden Fratze. Er schrie sie an. »Sie schmort im ewigen Fegefeuer! Meinetwegen! Soll sie doch! Aber mich hat sie gleich mit hineingestoßen! Sie hat mich … mich, der gerade acht Jahre zählte … alleine gelassen … alleine mit diesem Monster, der mein Vater war! Wie … Wie kann eine Frau das tun, Julie? Wie? Kannst du mir das erklären?« Er starrte sie aus hasserfüllten, schwimmenden Augen an.

Und endlich verstand sie. Sie erbebte vor dem Drama, das sich ihr enthüllte … Der Ungeheuerlichkeit, dem Unfassbaren, was diesem kleinen Jungen widerfahren war …

»Und du, Julie … du bist wie sie! Wie sie, hörst du! Ich kann dir nicht vertrauen! Nie, nie werde ich dir trauen können! Du … bist genauso schön … betörend … aufreizend … du … würdest mir meine Seele rauben, ohne es auch nur zu merken … und dann … mich zerstören … Ich … will das nie mehr erleben, hörst du? Nie mehr!«

Sie stand nur da.

Das war es also … Das Ende. Es gab keine Hoffnung. Wie sollte sie sich auch gegen eine Tote wehren? Sie fühlte sich leer, schrecklich leer … Und das letzte bisschen Gefühl, das sie noch hatte, entflog in einem Wispern.

»Ich liebe dich.«

Er lachte schallend.

»Du liebst mich, ja! Was ist sie denn wert, deine Liebe? Du liebst doch auch Thibault, nicht wahr? Wo ist dein Sohn, Julie? Warum bist du nicht auf der Suche nach ihm? Warum stehst du hier? Warum lässt du dich in dieses Fort einschließen, statt in England zu sein? Du bist doch jetzt frei!«

Ihr Blick glitt von ihm ab. Wie seltsam hohl ihr Herzklopfen klang … Ob es draußen schon gewitterte? Mal sehen, was Robert zum Mittagessen bereitet hatte …

Sie drehte sich um, ging zur Tür. Es würde angenehm sein, wieder an die frische Luft zu kommen. Die armen Soldaten lebten wirklich nicht sehr komfortabel, in diesen Baracken.

»Du hast deinen Sohn verraten, Julie! So wie meine Mutter mich damals! Du bist genau wie sie!«

Ja, hier draußen war die Luft reiner. Etwas schwül, vielleicht.

Julie zog sorgfältig die Tür hinter sich zu.

Warum sahen die Männer sie so eigenartig an? Vielleicht hatte sie irgendwo einen Fleck auf ihrem Kleid. Sie musste Robert bitten, nachzuschauen.

Ein heftiges Beben durchfuhr sie. Sie schnappte nach Luft, schwankte kurz …

Kalt … Wie konnte es plötzlich so kalt sein?

Ja, das Wetter am Meer war immer unbeständig. Sie würde ein Feuer machen … Zu Hause.

War das die Straße, die nach Hause führte? Ja … Ja, natürlich. Hier war der streng bewachte Schweinestall … An dem war sie eben auch vorbeigekommen.

Seltsam … Vorhin war ihr der Weg so kurz erschienen, dass sie ihn gar nicht bemerkt hatte, aber jetzt …

Die Erde … Die Erde bewegte sich … Sie blieb stehen, stützte sich an einer Mauer, bis sie wieder ihr Gleichgewicht gefunden hatte. Also, heute geschahen wirklich erstaunliche Dinge. Wahrscheinlich waren es die Kanonenkugeln, die den Boden erzittern ließen …

Jetzt war es nicht mehr weit.

Sie hob leicht die Tür an, um sie zu öffnen, sah in den fensterlosen, einzigen Raum. Niemand war da. Robert war es wohl zu langweilig geworden.

Ein seltsames Geräusch ... Das dumpfe Kanonengrollen war es nicht ... Auch nicht der Donner, der sich hinter der drohenden Wolkenschicht zu Wort meldete ... Nein, ein rhythmisches, schnelles Geräusch...

Sie lachte ein wenig, als sie merkte, dass es ihre Zähne waren.

Also, es war wirklich plötzlich sehr kalt geworden.

Ja, ein kleines Feuer wäre jetzt genau das Richtige. Dort drüben lagen die paar Steine, die die Feuerstelle bildeten, und auch ein wenig Reisig. Sie brauchte nur noch Feuerstein und Zunder. Hoffentlich hatte Robert sie nicht mitgenommen.

Wo könnte er es hingetan haben? Es gab nur wenig Möglichkeiten ... Nicht im kleinen Kochtopf ... Unter seinem Lager, vielleicht?

Sie schlotterte, als ihre steifen Finger das Stroh durchwühlten. Sie würde es nachher wieder richten ... Jetzt wollte sie nur so schnell wie möglich finden, was sie suchte.

Hoppla! Was war denn das? Ein kleines, zusammengefaltetes Papier ... Sie zögerte.

Es war stark geknickt, die Ränder waren ausgefranst ... Robert schien es schon länger in seinem Besitz zu haben. Es entfaltete sich von ganz alleine.

Oh ... Ein Bild. Oder eher eine Skizze. Kohle, schon reichlich verschmiert. Und das Motiv ...

Das Blatt entglitt ihren Händen.

Kalt ... In der Hütte war es entschieden zu kalt. Sie musste nach draußen ... In die Sonne. Schon wieder schwankte der Boden ...

Sie blieb kurz auf allen Vieren, bis sie wieder klar sehen konnte.

Schon besser.

Die Tür ...

Wirklich seltsam, die Menschen, hier, mit ihren großen, erschrockenen Augen.

Gestern waren sie ihr noch nicht aufgefallen. Sie verfolgten einen ...

Die Sonne ... Wo war die Sonne?

Die Farben des Sonnenaufgangs ...?

So viele Wolken ...!

Regen.

Dreizehn

»DIEUX! QU'AVAIT-ELLE FAIT POUR SOUFFRIR LA RIGUEUR
DE CE MAL VIOLENT DONT L'EXTRÊME LONGUEUR
RAVIT À MES DÉSIRS TOUT ESPOIR D'ALLÉGEANCE?«

»IHR GÖTTER! WAS HATTE SIE GETAN, UM UNTERWORFEN ZU WERDEN
DIESEM HEFTIGEN LEID, DESSEN EXTREME LÄNGE
MEINEN WÜNSCHEN JEDE HOFFNUNG AUF BESSERUNG NIMMT?«

AUGUST 1627

»Sie können nun an Bord gehen, Monsieur!«, rief der Matrose durch den Trichter seiner Hände.

Guillaume löste sich von der Mauer, wo er Schutz vor dem Regen gesucht hatte. Er bückte sich, schulterte das große Bündel, in das er seine und die von Julie zurückgelassenen Kleider eingerollt hatte, und näherte sich dem Quai. Zerberus trottete mit hängender Rute hinter ihm her.

»Sie können gerne hinabsteigen, Monsieur! Wenn Sie sich am Geruch nicht stören, finden Sie wenigstens ein trockenes Plätzchen!«

»Ist schon in Ordnung, mein Junge, danke«, winkte Guillaume ab und begab sich zum Heck des Zweimasters.

Es war leer, bis auf ein paar Seilrollen und einen Haufen schlaffer Leinensäcke. Er schichtete einige der derben Stoffhüllen übereinander und setzte sich darauf. Der Hund nahm neben ihm Platz. Die neun Matrosen arbeiteten flink unter den wachsamen Augen ihres Kapitäns, denn es hieß, den rauen, aber günstigen Wind zu nutzen. Die Seile glitten aus den im Quai eingelassenen Eisenringen, das Schiff wurde vom Rand abgestoßen … Ein paar Minuten später schlingerte der Zweimaster dem offenen Meer entgegen.

Guillaume zog seinen Hut noch tiefer in die Stirn, als der Wind zunahm. Tropfen reihten sich an seiner Krempe wie Glasperlen aneinander.

Zwei Segel wurden gehisst. Die Matrosen hingen wie nasse Sturmvögel an den Masten und zogen die Köpfe ein. Der Kapitän griff in das riesige Steuerrad, die Beine gespreizt. Seine Hose schlug klitschnass an seine stämmigen Schenkel. Das Dorf Saint-Martin und sein trotzendes Fort verfärbten sich grau unter den immer dichter werdenden Regenschleiern.

Guillaume drehte sich nicht um. Tage- und wochenlang hatte er auf den befestigten Steinwürfel gestarrt ... Jetzt würdigte er ihn keines Blickes mehr.

Vielleicht war es aus Angst, seine Entscheidung zu bereuen.

Vielleicht aber auch wegen der Wut, die noch immer tief in ihm brodelte.

Er konnte einfach nicht fassen, dass Julie ohne ihn verschwunden war. Sie hatte ihn verlassen, ohne ein Wort des Abschiedes, ohne auch nur einen Brief zu hinterlassen ... Auf einen dummen Impuls ihres Herzens hin, mit dem sie sich selber in Todesgefahr gebracht hatte. Nur mit Mühe hatte sein ungläubiger Geist aufgenommen, was Madame Allère ihm weinend berichtete. Dann war er zum Fort gerannt, doch es war längst zu spät gewesen.

Regen lief Guillaumes Gesicht hinunter.

Jetzt war sie da drinnen, in diesem hungernden Monster aus Stein, und es gab nichts mehr, was er für sie tun konnte. Er hätte ihr nie erlauben dürfen, nach Ré zu fahren ... Und er hätte besser auf sie aufpassen müssen. Schließlich war ihm der Ausdruck ihrer Augen aufgefallen, dieses allmähliche Abstumpfen, die Unruhe und die Entmutigung ...

Guillaume blinzelte. Zerberus hatte seinen Kopf auf seinen Schenkel abgelegt.

Der Zweimaster näherte sich jetzt der Absperrung der Engländer.

Der Wind riss heftig an der Heckflagge mit der abgebildeten Galione auf wogender See. Dieses Wappen war ihr Passierschein, denn nur die Schiffe aus La Rochelle konnten die Blockade noch durchdringen.

Guillaume verengte die Augen. Er hatte sich hier draußen dem Regen ausgesetzt, um die Absperrung der Feinde zu studieren.

Der erste Versuch der Engländer, das Fort von der Meeresseite her abzuriegeln, war fehlgeschlagen. Sie hatten Schiffe mit Steinen gefüllt und versenkt – doch gleich der erste Sturm hatte die Wracks mit sich gerissen, die auf dem felsigen Grund keinen Halt fanden.

Jetzt hatten sie ihre Taktik geändert: Sie vertäuten Schiffe im Halbkreis außer Schussweite des Forts. Ihre Maste waren mittels schwerer Eisenketten miteinander verbunden worden. Die zwei Fregatten an den Enden des Halbkreises waren an der Küste festgemacht. Zusätzlich war jedes Schiff mit wuchtigen Ankern gesichert.

Ihr Segler hielt neben einem Dreimaster. Guillaume verfolgte, wie der Kapitän sich mit einem englischen Offizier unterhielt. Er runzelte die Stirn als er sah, dass es noch einen zweiten Kettenstrang gab, der die feindlichen Schiffe miteinander verband. Er war nur aus der Nähe zu erkennen und tief genug angebracht worden, um auch Ruderboote aufhalten zu können. Seine Mitte wurde von leeren Weinfässern über Wasser gehalten. Der französische Kapitän grüßte zum Abschied und rief den Matrosen etwas zu. Beide Ketten wurden gelockert, um ihnen die Durchfahrt zu ermöglichen.

Guillaume pfiff lautlos durch seine Zähne. Nicht schlecht ... nahezu perfekt. Es würde sehr schwierig sein, den Belagerten vom Meer aus zu helfen. Aber der Atlantik war rau, der August näherte sich seinem Ende und die Herbststürme würden nicht mehr lange auf sich warten lassen. Selbst Engländer würden einem entfesselten Ozean auf Dauer nicht standhalten können.

Die Frage war nur, ob Toiras mit seinem hungernden Haufen noch so lange würde durchhalten können.

Mit gemischten Gefühlen sah Guillaume den undeutlichen Streifen des Festlandes Konturen annehmen.

Er konnte den zwei Menschen, die ihm am wichtigsten waren, nicht helfen. Aber vielleicht würden die Einzelheiten, die er in den letzten Wochen ausgekundschaftet hatte, irgendwie dazu beitragen, das Ende der Belagerung zu beschleunigen. Er musste wieder zu den Truppen des Königs stoßen.

⚜

»Da bin ich wieder, Mylady!« Robert trat forschen Schrittes in die Hütte und zog die Tür hinter sich zu. Er warf nur einen kurzen Blick in die Ecke. »Wissen Sie, dass es aufgehört hat zu regnen? Sogar ein Stückchen blauen Himmel hab' ich heute gesehen ...«

Er zog seine Jacke aus und hing sie an einen Nagel, der eigentlich eine Dachlatte halten sollte, und krumm aus der dünnen Wand wuchs.

»Es hing genau über dem Ofen, wo sie das Brot backen ... Sah aus wie blank gewaschen!«

Er nahm einen Span und hockte sich vor die Kieselsteine, die die Feuerstelle einkreisten.

Er blieb ein paar Sekunden lang still, während er versuchte, mit Hilfe seines Feuersteins einen Funken zu gebären. Schließlich entflammte sich der Span. Er schob ihn schnell unter das magere Holzhäufchen und stand auf, um den Rauchabzug im Dach zu öffnen.

»Ich habe uns zwei schöne, knusprige Brote erstehen können. Wenn man nur nicht immer so lange dort Schlange stehen müsste! Hoffentlich haben Sie sich nicht schon Sorgen gemacht?« Er wartete nicht auf eine Antwort, sondern plapperte weiter, während er zu dem Kessel ging, der mitten in dem kleinen Raum stand. Er sah kurz nach oben. Nur noch wenige Wassertropfen drangen durch das undichte Dach.

»Das Gute am Warten ist, dass man dabei immer etwas Neues erfährt. Also, heute habe ich gehört, dass es dem König besser gehen soll. Man sagt, dass er seinen Bruder schickt, um ihn vor La Rochelle zu vertreten. Das heißt, dass wir bestimmt bald gerettet werden. Ist doch eine tolle Nachricht, oder?« Robert ergriff den Henkel des halbvollen Kessels, der eine runde, matschige Stelle im Boden hinterließ. Gut, dass der Regen aufgehört hatte, so konnte man den Auffangbehälter gleich für das benutzen, wofür er eigentlich bestimmt war: Um Wasser zu erwärmen.

Robert zuckte mit den Schultern.

»Na ja, ein wenig dauern wird es wohl noch. Aber so schlecht geht es uns hier schließlich ja auch nicht. Wir haben es richtig gemütlich, wir beide, nicht wahr, Mylady? Nur wir beide … Wissen Sie übrigens, dass wir heute Grund zum Feiern haben?«

Er drehte sich halb um, während er mit dem Kessel zum Feuer humpelte, und fragte über die Schulter:

»Na? Mal sehen, ob Sie erraten, weshalb …« Er schmunzelte. »Ja, richtig! Ganz genau eine Woche sind wir jetzt hier! Das müssen wir zelebrieren.« Robert hängte den Kessel vorsichtig an den wackeligen Haken, der von der Decke hing.

»Ich weiß auch schon wie. Sie werden sich riesig freuen! Als erstes bereite ich Ihnen herrlich warmes Waschwasser vor … Und dann …« Er ging zu seiner Jacke und zog einen Gegenstand aus der breiten Tasche, den er einmal in die Luft hüpfen ließ. »Haben Sie gesehen, was es ist? Nein? Ich zeig es Ihnen!«

Er hinkte zur Ecke, kniete sich vor das Lager und hielt der reglosen Gestalt den Gegenstand vor die Nase.

»Da … Schnuppern Sie mal! Ja, da sind Sie sprachlos, was? Ein ganzer, runder, saftiger Apfel! Und Sie werden ihn nachher essen … Ganz alleine!«

Er schnupperte kurz selbst an der Frucht. Sein Mund wurde wässrig. Er presste die Lippen zusammen, sprang auf und legte den Apfel wieder weg.

Dann beugte er sich über die Gestalt.

Zögernd fing er an, die Schnüre zu lösen, die das Kleid am Brustkorb zusammenhielten.

Er hielt kurz inne, schüttelte das Haupt. Unsinn ... Das hatte er Hunderte von Male auf Myladys Wunsch hin getan. Warum sollte er jetzt Hemmungen haben? Er fing wieder an zu reden, um sich über seine Verlegenheit hinwegzuhelfen.

»Ich weiß, Sie haben Angst, dass ich zuviel Geld für den Apfel ausgegeben habe. Na ja, die Preise sind inzwischen horrend, das gebe ich zu ... Aber Sie brauchen doch etwas, um wieder zu Kräften zu kommen, nicht wahr?«

Wie schwer ihre Arme doch waren ... Er hatte auch die Schnüre an den Ärmeln gelöst, streifte nun den dunkelblauen Stoff an den Schultern hinunter, bis zur Taille. So. Und jetzt, das Leinenhemd.

Er biss sich auf die Lippen, als er die weißen Schultern entblößte und dann ...

Sie sah so schön aus wie in einem Traum, den er öfters hatte: Er befand sich noch auf Eastington, schlief vor der Zimmertür seiner Herrin, dann wurde er sanft wach gerüttelt ... Und sie stand vor ihm. Nackt, weiß, einer Göttin gleich, mit offenen Haaren ...

Ein Schweißtropfen lief seine Schläfe hinunter. Er wandte die Augen ab, sprang auf und lief zum Kessel, prüfte kurz die Temperatur und brummte zufrieden. Das warme Wasser schwappte geräuschvoll, als er es in dem ungleichen Rhythmus seiner Schritte zum Lager schleppte. Er nahm wieder Platz, tunkte ein Stück Stoff in das Wasser und fing an, mit ihm über die weiße Haut zu fahren.

»So«, murmelte er. »Spüren Sie es? Es ist genau so warm, wie Sie es mögen.« Er wiederholte die Prozedur wieder und wieder, wusch nach und nach den ganzen Oberkörper ... Wartete auf eine Reaktion, einen Seufzer ... Nichts. Nur die flachen, langsamen Atemzüge und die weiche Wärme, die sie ausstrahlte, verrieten, dass Leben in ihr war. Er schluckte, wischte über ihre Stirn, schob ein paar feuchte Strähnen beiseite. Was ging bloß vor sich, hinter dieser hohen Stirn? Was?

»So, fertig.«

Das Wasser verdunstete schnell. Er brauchte sie kaum abzureiben. Er zog erst das Hemd, dann das Kleid wieder hoch. Die Schnüre ließ er offen, um sie besser atmen zu lassen, dann wusch er noch ihre Waden und ihre Füße.

»Na, jetzt müssen Sie sich aber wohl fühlen ... Und nun werde ich das

Festessen vorbereiten. Gedünsteter Apfel ... Mmmh!« Er ging zur Tür, leerte schwungvoll den Kessel draußen aus, füllte ihn erneut. Eine Viertelstunde später war aus dem Apfel ein säuerlich duftender, gelbgrüner Brei geworden. Als er sich mit dem einzigen Löffel, den sie besaßen, erneut zu ihr setzte, horchte er auf. Sein Gesicht verfinsterte sich.

»Es regnet schon wieder, Mylady ... Manche sagen ja, in unserer Heimat würde es feucht sein, aber hier ist es mindestens genau so schlimm. Na ja, das soll uns nicht kümmern. Jetzt essen Sie erst einmal den Apfel hier ...«

Er hockte sich hinter sie, nahm ihren Kopf auf den Schoß und hielt ihr den Löffel vor den Mund. Als sie keine Reaktion zeigte, hielt er ihr kurzerhand die Nase zu. Sie öffnete die Lippen um zu atmen. Geschickt brachte er den Löffel zwischen die Zähne.

Er hatte kaum Zeit, zufrieden zu lächeln, als sie auch schon zu husten anfing. Sie röchelte, schluckte, rang nach Luft, spuckte das Mus aus. Robert klopfte mit geweiteten Augen auf ihre Brust und ihren Rücken ... Das Ganze hatte vielleicht nur eine Minute gedauert, als sie reglos wieder zurückfiel.

Robert atmete schwer und wischte sich die nasse Stirn mit seinem Ärmel ab.

Seine zitternden Hände konnten kaum noch den Napf halten. Er ließ ihn auf den Boden fallen.

Ein Tropfen, nein, ein Plätschern holte ihn aus seiner Erstarrung.

Das nur noch glimmende Feuer zischte, als der Regen heftig aus dem Rauchabzug hineinprasselte.

Robert sprang fluchend auf, zog eilig die Klappe wieder zu. Er stellte den Kessel wieder an die undichte Stelle. Ein weiteres Tropfen auf der linken Seite ... Verflixt, noch ein Leck!

»Wasser!«

Robert fuhr zusammen, drehte sich zu der Ecke.

»Wasser, Mylady? Haben Sie Wasser gesagt? Möchten Sie etwas trinken? Sofort! Ich ... Ich komme!«

Er sprang lächelnd an ihr Lager, einen Becher in der Hand ... und erstarrte.

Ein winziger Riss war nun auch über dem Lager seiner Herrin entstanden. Glasklare Tropfen fielen regelmäßig auf ihre Wange ... Immer an dieselbe Stelle. Immer auf dasselbe, passive Gesicht. Plitsch, Platsch.

Er fiel auf die Knie, zog sie beiseite.

Sie sagte mit klarer, deutlicher Stimme:

»Das Wasser ist zu tief hier, Vater. Lasst uns woandershin gehen!«

Plitsch … Das Apfelmus, das Robert wenig später in sich hineinwürgte, schmeckte salzig.

⚜

»Warten Sie dort drüben, in der Ecke!«, sagte Taraube.

François und seine zwei Kameraden gehorchten wortlos und stellten sich an den angewiesenen Platz. Sie lehnten sich an die Mauer, um die unbequeme Last in ihren Armen ein wenig abzustützen.

François sah sich kurz um. Es war das erste Mal, das er im Versammlungsraum der Burg war.

Vorne, an einem der Fenster, stand Jean de Toiras und schaute auf das graue Matschfeld hinunter, in das das Fort sich inzwischen verwandelt hatte. Seine Augen, von denen eines auffällig kleiner als das andere war, blinzelten müde, und er hatte eine ungesunde Gesichtsfarbe.

François konnte sich vorstellen, dass der Gouverneur nicht in bester Stimmung war.

Der Regen, erst willkommen, weil er das immer knappe Trinkwasser ergänzt hatte, drückte nun mit jedem Tropfen ein wenig mehr auf die Stimmung der Menschen hier. Manche von François Kameraden sprachen schon ganz offen davon, sich zu ergeben. Ein paar waren bereits übergelaufen. Noch waren es Ausnahmen. Aber die Entschlossenheit bröckelte.

»Monsieur le Gouverneur!«, machte Taraube auf sich aufmerksam.

Toiras drehte sich um, blinzelte.

»Ah, Taraube! Haben Sie Buckingham meine Antwort auf seine Aufforderung, uns zu ergeben, überreicht?«

»Ja, Monseigneur. Er hat sie sofort gelesen. Wahrscheinlich war er enttäuscht. Aber ich glaube nicht, dass er besonders überrascht war.«

»Gut, gut. Jetzt wo wir wissen, dass er die Schiffe abgefangen hat, die Marsillac uns zur Hilfe schicken wollte, müssen wir mehr denn je mit unseren Reserven haushalten.« Er streckte die Hand aus. »Ich möchte eine genaue Bestandsaufnahme aller noch verfügbaren Nahrungsmittel. Wissen Sie, ob die Mühle wieder funktionsfähig ist?«

»Die Handwerker arbeiten Tag und Nacht daran, Monseigneur.«

»Wir brauchen dreitausend Brotlaibe täglich, damit unsere Leute nicht verhungern. Die Handwerker müssen das Ding unbedingt wieder zum Laufen bringen.«

»Hmm. Eigentlich ist es ein Wunder, dass die Mühle nicht schon vorher ihren Geist aufgegeben hat. Hundert Scheffel Mehl, Tag für Tag …« Taraube zögerte kurz. »À propos Geist aufgeben … Sieben Baracken der Soldaten sind heute im Laufe des Tages umgekippt, Monseigneur. Sie finden im weichen Boden keinen Halt mehr, besonders da die Dächer den Regen fast ungehindert hineinlassen. Viele der Männer sagen, sie würden die Nacht lieber draußen verbringen als drinnen im Schlamm zu ersticken.«

»Versuchen Sie, sie wieder aufzubauen, und treiben Sie irgendwo Ziegel auf. Die dürften das Problem der Dächer doch lösen.«

»Mit Verlaub, Monseigneur … Es gibt schon lange keine Bretter mehr, geschweige denn Ziegel!«

»Ja, und was denken Sie dann, soll ich tun?«, brauste Toiras auf. »Dann sollen die Männer eben in den noch intakten Gebäuden Unterschlupf finden! Ich kann das Wetter auch nicht ändern!«

»Nein, natürlich nicht, Monseigneur. Ich dachte nur, Sie wollten informiert sein.«

Toiras hielt die Hand an seinen Kopf. Er verzog das Gesicht.

»Ja, Taraube, Sie haben ja Recht. Aber manchmal … Manchmal habe ich das Gefühl, dass sich alles gegen uns verbündet. Verzeihen Sie meine Unbeherrschtheit.«

»Die Offiziere stehen alle geschlossen hinter Ihnen, Monseigneur. Ich bin sicher, dass wir es schaffen werden! Die Hilfe des Königs dürfte jetzt nicht mehr lange auf sich warten lassen!«

»Ihr Wort in Gottes Ohr, Taraube.« Toiras drückte seinen Rücken durch. »Ich hoffe, der Herzog of Buckingham hat Ihnen wenigstens ein gutes Essen offeriert?«, versuchte er zu scherzen.

»Besser, Monseigneur, viel besser sogar!« Der kleine, fahrige Taraube verzog vergnügt das Gesicht und winkte François und seinen Kameraden zu. »Kommt näher und zeigt dem Gouverneur, was ihr da tragt!«

Sie stießen sich von der Wand ab und traten heran. Toiras stutzte.

»Taraube! Habe ich Visionen, oder sind das Melonen, die Sie mir da bringen?«

»Auf besondere Empfehlung seiner Exzellenz, des Herzogs of Buckingham, Monsieur le Gouverneur. Dem Herzog ist zu Ohren gekommen, dass Sie sich erkundigten, ob es noch Melonen auf Ré gäbe.«

Toiras stellte sich vor François und nahm ihm eine der Früchte ab. Sein imposantes Riechorgan zuckte, als es den süßen Duft aufnahm. Er schnalzte mit der Zunge und versuchte erfolglos, ein Lächeln zu unterdrücken.

»Nun, der Herzog ist ein Mann mit exzellenten Manieren und überaus höflichem und zuvorkommendem Benehmen. Wir haben großes Glück, ihn zum Gegner zu haben. Sie werden ihm gleich morgen in meinem Namen sechs Flaschen Orangenblütenwasser und zwölf Dosen mit Puder aus Zypern schicken.«

»Gerne, Monseigneur«, antwortete Taraube und verneigte sich schmunzelnd. »Ich bin sicher, er wird es zu schätzen wissen.«

»Lassen Sie die Früchte heute Abend servieren, und laden Sie dazu die höchsten Offiziere ein, Taraube.« Toiras klopfte François ein wenig übermütig auf die Schulter. »Monsieur, Sie bringen Ihre kostbare Last am besten gleich in die Küche. Es ist eine Freude, ein paar Männer vor Augen zu haben, die weder verletzt noch krank sind! Sie und Ihre zwei Kameraden können eine der Melonen behalten, Soldat! Ich wünsche Ihnen guten Appetit dabei!«

»Monseigneur sind zu großzügig! Ich danke, auch im Namen meiner Kameraden.«

Toiras blickte auf. Er runzelte die Stirn.

»Sind wir uns schon einmal begegnet, Soldat?«

»Sie meinen, persönlich, Monseigneur?«, fragte François, und sah den Gouverneur freimütig an. »Leider nicht. An eine solche Ehre würde ich mich gewiss erinnern.«

»Hmm. Ja, gewiss.« Toiras deutete zur Tür. »Gut, Messieurs, Sie können jetzt gehen.«

Wenig später stand François und Filasse der Schlamm bis zu den Knien, als sie vor einer der Baracken hielten, die am Morgen wie ein Kartenhaus zusammengefallen waren.

Filasse sah sich kurz um und nickte zufrieden.

»Siehst du, keiner ist da. Hab' doch gesagt, dass wir hier unsere Ruhe haben werden. Und ein bisschen geschützt von den hungrigen Blicken der anderen sind wir auch.«

»Hmm … Meinetwegen. Wenn wir nicht beim Essen in den Schlamm fallen …«

»Unsinn. Hier auf den Brettern lässt sich's schön sitzen. Und es regnet kaum noch.«

Kurz darauf hockten sie nebeneinander unter einer halb eingefallenen Wand. Filasse stöhnte verzückt auf, als er von François die Hälfte seines Melonendrittels bekam.

»Ach, was sehen meine alten, müden Augen! Eigentlich geb' ich ja nicht viel auf das Zeug … Aber irgendwie kommt es mir heute wie das Köstlichste vor, dass ich seit sehr langer Zeit gegessen habe!«

Der alte Soldat wurde plötzlich ernst. Er sah eine ganze Weile auf das Stück Melone in seinen Händen. François fuhr mit seinem Messer gerade zwischen das wässrige Fleisch und die feste, gestreifte Schale, als Filasse sich räusperte und wie nebenbei sagte:

»Hattest du noch mehr davon?«

»Wir haben sie zu dritt aufgeteilt. Mehr gibt es leider nicht, Filasse! Warum fragst du?« Filasse zuckte die Schultern.

»Och, nur so. Ich dachte … Ich dachte, du hättest vielleicht etwas davon deiner Bekannten gebracht. Die, die wir haben ins Fort rennen sehen und die dich hinterher in der Kantine aufgesucht hat.«

François ließ die Hände sinken. Er runzelte die Stirn.

»Dazu müsste ich erst einmal wissen, wo sie ist.«

»Wie? Hast du sie aus den Augen verloren? Warum fragst du nicht die anderen, ob sie wissen, wo sie wohnt? Sie ist schließlich eine auffällige Erscheinung …«

François drehte sich abrupt zu seinem Freund um, ergriff den Arm des Alten, und drückte ihm schwungvoll seine Melone in die Hand. Dann stand er auf.

»Aber … Wo willst du hin? Willst du das nicht zu Ende essen?«

»Nein Danke. Du hast mir den Appetit verdorben.«

Filasse schüttelte bedauernd seine Backen, und François watete mit großen Schritten davon.

⚜

»Messieurs, ich weiß, wie schwer die letzten Tage für Sie waren. Ihr Mut, Ihre Ausdauer, Ihre Treue sind beispielhaft. Seit dem Tag, an dem der Feind vor dieser Küste erschien …«

»Na, der will doch was von uns!« Filasses kleine Augen starrten Jean de Toiras misstrauisch an, der weiterhin mit ausholenden Gesten auf sein Publikum einredete. »Wenn eimerweise Lob über unsere Köpfe ausgeschüttet wird, kannst du wetten, dass einer der hohen Herren etwas im Schilde führt. Das hab' ich oft genug erlebt.«

»Schon möglich.« François blieb einsilbig. Er stand breitbeinig da, mit rundem Rücken, hochgezogenen Schultern und leicht nach vorne gebeugtem Kopf: Die Stellung, die er sich wie die meisten seiner Kameraden angewöhnt hatte, weil so der Regen am besten an einem hinunterlief.

»Ich will mich kurz fassen. Sie werden alle bemerkt haben, dass die Brote, die Ihnen verteilt werden, kleiner geworden sind …«

»Und ob wir das bemerkt haben!«, knurrte Filasse, zog die Krempe seines Hutes ein wenig tiefer über seine faltige Stirn und warf François einen beifallsheischenden Blick zu. François reagierte nicht, aber einige hundert andere Männer nickten, murmelten ärgerlich oder fingen erregte Gespräche an.

Toiras wartete ein wenig, bis die Unruhe sich gelegt hatte. François fiel auf, dass der Gouverneur sich öfters über die Stirn wischte. Toiras zittert vor Fieber, vermutete er, und er hat langsam Angst, dass wir kapitulieren müssen. Verdammt, Fontes-Villaray, dachte François müde, langsam frage ich mich, was dich dazu getrieben hat, dich in diese schlammige Mausefalle zu begeben.

»Unsere Lage ist noch nicht kritisch, aber sie ist ernst. So ernst, dass ich es für absolut notwendig halte, Seine Majestät davon in Kenntnis zu setzen. Leider jedoch sind die Verbindungen zu unserem Lager seit einer Woche gänzlich abgebrochen.«

François sah aufmerksam auf. Filasse hatte Recht, es lag etwas in der Luft. Worauf wollte der Gouverneur hinaus?

»Bis vor kurzem haben wir über die Katholiken aus Saint-Martin geheime Botschaften austauschen können, doch leider sind die Männer gefasst worden. Auch die Absperrung auf der Seeseite ist inzwischen fast undurchdringlich …«

Filasse hatte einen Schluckauf und betonte geräuschvoll, aber wenig passend, die Pausen in Toiras Ansprache.

»Ich sagte, fast! Denn eine Möglichkeit gibt es, sie zu überlisten. Ein einzelner Mann kann durch die Maschen schlüpfen, die für eine Truppe zu eng sind. Wenn er sich des Nachts auf den Weg macht, könnte er die Absperrungen durchbrechen.«

»Aha! Das ist es also, was er will! Ein Opfer!« Filasse knurrte, diesmal offensichtlich ernsthaft erbost. »Der Herr sitzt trocken und satt in seiner Burg und wir dürfen … Hicks! … uns als Brieftauben versuchen. Wer weiß, vielleicht wachsen uns ja plötzlich Flügel, um über die englischen Linien hinwegzuschweben!« Er riss seinen Hut vom Kopf und schwenkte ihn, um Aufmerksamkeit zu erregen. Dazu schrie er aus Leibeskräften mit seiner hohen Greisenstimme: »Das hört sich alles schön und gut an, Monsieur le Gouverneur … Aber wie soll der Mann dann auf das Festland zum Herzog d'Angoulême gelangen, auch wenn er aus dem Fort gekommen ist?«

»Ja, genau! Wie soll das gehen?« Andere Soldaten nickten, einer klopfte Filasse geräuschvoll auf die hohl klingenden Rippen. Der Alte stülpte sich wieder die feuchte Kopfbedeckung auf die fettigen Haare.

»Ruhe, Messieurs! Etwas Ruhe, bitte!« Toiras flatterte mit den Händen. »Ihr Einwand ist berechtigt, Soldat, und ich wäre selber darauf zurückgekommen, wenn Sie mir dazu die Gelegenheit gegeben hätten.«

Er machte eine kurze Pause, sah sie bedeutungsvoll an. Dann sagte er fest:

»Der Mann wird zum Festland hinüberschwimmen müssen. Eine andere Möglichkeit gibt es nicht.«

Die versammelten Soldaten erhoben nun ihre Stimmen wie ein grollendes Gewitter. Empörung, Überraschung, Schmährufe wehten dem kraushaarigen Mann in der Rüstung entgegen, Fäuste wurden geballt, meckerndes Gelächter erschallte.

»Messieurs! Messieurs, ich bitte Sie!« Toiras und die sich neben ihm befindenden Offiziere brauchten einige Minuten, um die Männer zu beruhigen. »Ich weiß, dass das, was ich Ihnen da vorschlage, eine waghalsige, überragende Tat ist. Allein ein Boot braucht drei bis vier Stunden, um überzusetzen, ein Schwimmer benötigt die doppelte Zeit, mindestens. Doch ich bin auch sicher, dass, wenn irgendjemand es schaffen kann, es ein Soldat aus dem Regiment Royal Champagne ist! Ich werde keinem von Ihnen den Befehl geben, es zu tun! Doch freiwillige Männer, die gut schwimmen und in deren Brust ein festes, mutiges Herz schlägt, sind eingeladen, sich bei mir bis heute Abend um neun zu melden. Ich werde stolz sein, diese Helden zu empfangen. Und natürlich winkt demjenigen, dem die Überquerung gelingen sollte, eine fürstliche Belohnung. Und der Dank und die Bewunderung aller Franzosen!«

Toiras stieg nun schwankend von der Kiste, auf der er gestanden hatte. Seinem Gesicht war nicht zu entnehmen, ob er mit einer großen Resonanz zählte. Die Soldaten verstreuten sich, einige Grüppchen blieben diskutierend stehen.

»Und, was hältst du von der ganzen Sache?«

»Hauptsächlich eines.« François schlug den Weg zum Munitionsdepot ein, und der Alte folgte ihm. »Wenn Toiras bereit ist, seine Soldaten auf eine so verzweifelte Mission zu schicken, steht es sehr schlecht um uns. Ich schätze, dass wir höchstens noch ein bis zwei Wochen zu essen haben.«

»Nicht kritisch, aber ernst, was? Ich hätte den Gouverneur fragen sollen, ab wann er das Wort kritisch für angebracht hält.« Sie waren jetzt an dem niedrigen, stark bewachten Gebäude angelangt, wo Munition, Kanonenkugeln und Waffenreserven untergebracht wurden. Es war erst fünf Uhr am Nachmittag, doch der bleigraue Himmel vermittelte den Eindruck, dass der Abend nahte.

»Lanier!«

François drehte sich zu der Stimme um.

Capitaine de Sothelin ließ den Matsch um sich aufspritzen, als er sich mit eiligen Schritten näherte.

»Capitaine?«

»Lanier, Sie haben doch eben die Rede des Gouverneurs gehört ... Wäre diese Mission nichts für Sie?«

François sah seinen Vorgesetzten ernst an. »Capitaine, ich halte nicht viel von dem Ganzen. Die Strömung ist stark, die Strecke erheblich. Und ich bin überzeugt, dass die Engländer den Schwimmer entdecken werden.« Sothelin nickte und wirkte seltsamerweise erfreut.

»Um ehrlich zu sein, teile ich Ihre Meinung. Ich gebe zu, dass ich Sie nicht gerne verlieren würde. Aber man hat uns befohlen, die sich eignenden Männer noch einmal einzeln zu fragen.« Er lächelte und rieb sich die Hände. »Was ich hiermit getan habe. Ich wünsche noch einen guten Tag.«

Der Offizier machte kehrt und stapfte laut pfeifend von dannen.

Wenig später saßen sie in dem kleinen Wachraum, der sich auf der nach Süden orientierten Bastion befand, und füllten ihre Pulverhülsen mit dem Nachschub, den sie in ihrem Horn aus dem Munitionslager geholt hatten. Zwei Soldaten, die gerade auf dem Wall Wache geschoben hatten, rieben sich die steifen Hände vor einem winzigen Feuer, ein dritter rubbelte an einem Rostflecken auf seinem Brustpanzer. Trotz der knurrenden Mägen und der stehenden Feuchtigkeit umhüllte sie eine Andeutung von Gemütlichkeit, und ein lockeres Gespräch plätscherte vor sich hin.

»Heute war wieder ein Tag, wo's mich fast erwischt hätte.« Mournain, ein älterer Mann mit stets ernsten Zügen, sah bedeutungsvoll um sich. »Eine Kugel ... direkt neben meiner Schulter.«

»Das sind die Iren. Wahre Teufel, die Iren.« Grossay wiegte respektvoll sein Haupt hin und her. »Die sind erst vor drei Tagen zu den Engländern gestoßen und haben schon Fourette und Quentin auf dem Gewissen. Plus Lachetôt, dem es den Ellenbogen zerschmettert hat.«

»Quentin? Quentin ist tot?« Filasse sah hoch und verschüttete etwas von dem kostbaren Pulver.

»Toter geht's nicht. Genau ins Auge. Er war aber auch selber Schuld. Er wollte wissen, ob die Iren wirklich alle rote Haare haben und hat sich über die Brüstung gelehnt.«

»Und, haben sie?«

»Er hat's mir nicht mehr erzählen können, der Arme.«

François saß wie so oft schweigend daneben und versuchte, sich etwas zu entspannen.

Er hätte nicht sagen können, warum, aber seit ein paar Tagen fand er keine Ruhe mehr. Es lag weder an dem rustikalen Leben noch an der Einfachheit dieser Männer. Auch der Hunger war erträglich, schließlich war er in der Bastille sechs Wochen lang sein Gefährte gewesen. Nein, es war eher eine Art dunkler Vorahnung. Vermutlich war es auf das Wetter zurückzuführen, das inzwischen jeden belastete. Vielleicht war es aber auch das undeutliche, dumpfe Wissen, dass der Tod um das Fort schlich.

François setzte den Stopfen auf die letzte der zwölf Pulverhülsen und hing sich das Bandolier wieder um. Der Tod ... Hatte er Angst, zu sterben? Er horchte in sich hinein, fand nichts als Stille und Leere vor. Nein, Angst hatte er nicht. Doch war nicht gerade das erschreckend? Diese Gleichgültigkeit in seinem Inneren? Dieses Schweigen? Als sei bereits irgendetwas in ihm gestorben. Und er hatte keine Ahnung, was es war, oder wann es passiert war.

Courtemanche und Mournain standen auf.

»So, für uns war's das für heute. Lanier, Filasse, seid ihr da, um uns abzulösen?«

»Na klar«, sagte Filasse und kratzte sich am Nacken. »Wir haben bis morgen früh Wache.«

»Ja dann, salut!« Die beiden verließen den Raum. Kurz darauf klang Mournains Stimme aus der offenen Tür herein. »Nanu, wer bist du denn? Willst du hier hinein?«

»Ich ... Ich suche jemanden.«

»So, so«, hörte man Mournain gutmütig antworten. »Und wie heißt der, den du suchst?«

»Der Comte de Fontes-Villaray.«

»Der Comte de ... was?« Courtemanche ließ ein pfeifendes Lachen hören, das in einen heftigen Hustenanfall überging. »Nein, mein Junge, da musst du dich irren. Solche Herren kennen wir nicht!«

»Ich möchte selber nachschauen. Ich habe schon fast überall gesucht! Ich muss sicher sein, dass er nicht hier ist! Es ist sehr wichtig!«

»Warum gehst du nicht auf die Burg, Junge? Da findest du sicher …«

François hatte sich aufgerichtet. Er runzelte die Stirn und rief:

»Es ist gut. Lass ihn herein, Mournain!«

Mournain und Courtemanche spähten in den Raum.

»Lanier? Kennst du einen Comte de … Wie hieß er noch mal, Junge?«

Doch Robert hatte sich schon zwischen den beiden Soldaten hindurchgeschlängelt. Er trat in den Raum und vergrub seine Hände tief in seinen Hosentaschen. Sein Gesicht war verschlossen.

François war sitzen geblieben. Seine Augen verengten sich. Er musterte kalt die sich nahende Gestalt, die ihn nun selber mit unverhüllter Abneigung betrachtete.

»Was willst du?«

»Ich bin gekommen, um Sie abzuholen.«

François zog eine Braue hoch.

»Mich abzuholen? Interessant. Ich wusste nicht, dass ich heute Nachmittag noch irgendwohin gehen wollte.«

»Jetzt wissen Sie es. Kommen Sie, ich war schon zu lange weg.«

François fühlte Ärger in sich hochsteigen.

»Mein lieber Junge, entschuldige, wenn ich nicht gleich aufspringe, doch ich gestehe, dass deine Einladungen für mich den süßen Reiz einer Senkgrube ausstrahlen. Vielleicht kannst du dir vorstellen, weshalb?«

Robert errötete, senkte aber nicht den Blick.

»Ja, Monsieur le Comte. Und Sie können mir glauben, dass ich fast alles auf der Welt lieber täte, als Sie heute zu holen. Aber meine Herrin verlangt nach Ihnen, und ich werde alles tun, damit ihr Wunsch respektiert wird.«

»Kompliment. Dann bist du ja inzwischen ein gehorsamer kleiner Page geworden. Ich dachte immer, du hättest ganz andere Ziele!«

»Meine Ziele gehen Sie nichts an. Kommen Sie jetzt endlich?«

»Nein. Ich habe nicht vor, deine Herrin wiederzusehen, und ich hatte auch gedacht, es ihr klar genug mitgeteilt zu haben. Sage ihr, dass es mich wundert und auch enttäuscht, dass sie dich inzwischen vorschiebt. Und dass sich nichts an meiner Einstellung geändert hat.« François stand auf. »Ich muss jetzt meinen Dienst antreten. Geh nach Hause.«

Roberts Gesichtsfarbe wurde fleckig. Plötzlich zog er ein Messer aus seiner Hosentasche.

»Ich sage Ihnen, dass Sie mitkommen werden, Monsieur le Comte. Auf der Stelle.«

Filasse grunzte empört, Grossay zog die Stirn kraus. François rührte sich nicht.

»Na sieh mal einer an. Letztes Mal in Rueil hast du mich nur in eine Falle gelockt, heute willst du mich bereits erdolchen. Du steigerst dich. Du musst mich wohl sehr hassen!«

Robert schüttelte wild den Kopf. Seine Stimme überschlug sich.

»Sie haben keine Ahnung, wie sehr, Monsieur le Comte! Und daher würde ich keinerlei Hemmungen haben, Ihnen dieses Messer ins Herz zu stoßen, glauben Sie mir! Trotzdem werde ich es nur tun, wenn Sie mich dazu zwingen. Also, kommen Sie jetzt endlich?«

François überlegte rasch.

Das Messer, das sich ihm so aggressiv entgegenstreckte, interessierte ihn wenig. Der Stachel einer Wespe wäre nicht gefährlicher gewesen. Der Junge hingegen … Er war überaus erregt und angespannt. Dass der Page mehr für seine Herrin empfand, als nur Treue und Ergebenheit, war ihm seit langem klar. Und Robert hatte bewiesen, dass er bereit war, sehr viel zu riskieren, um ihn aus den Weg zu räumen.

Warum also dieser plötzliche Eifer, ihn zu Julie zu bringen? Der Page hätte ihr doch mit ruhigem Gewissen und geheimer Freude von seinem Scheitern erzählen können!

Nein, irgendetwas stimmte hier nicht.

Er winkte Courtemanche und Mournain ab, die sich von hinten an den Jungen heranpirschten und offensichtlich vorhatten, ihn zu überwältigen.

»Lasst ruhig, ihr beiden! Der Junge da ist offensichtlich nicht ganz richtig im Kopf. Wahrscheinlich hat er schon zu lange einen knurrenden Magen. Ich kümmere mich drum.«

François drehte sich Robert zu und verzog die Lippen. »Nun gut, Junge, da ich ganz in deiner Gewalt bin, führe mich zu deiner Herrin.«

Robert machte eine hastige Geste zur Tür.

»Nach Ihnen, Monsieur le Comte.« Noch während sie durch die Tür gingen setzten vier erregte Männerstimmen ein, die wilde Vermutungen über das abgaben, was sie gerade gesehen hatten.

»Geradeaus, bis zu dem abgestellten Handwagen. Dann nach rechts.«

Roberts Stimme gehorchend, watete François nachdenklich durch das Fort.

Er war zunächst vage beunruhigt, doch je länger sie hintereinander herliefen, desto ärgerlicher wurde er. Verdammt, er hatte ihr doch gesagt, dass es keine Zukunft für sie beide gab. Warum verstand sie das nicht? Was musste er noch alles tun, damit sie sich und ihm diese nutzlosen, schmerzhaften Gespräche ersparte? Wann würde sie verstehen, dass man Liebe nicht erzwingen kann?

»So, hier sind wir.«

François blinzelte, hob ein wenig seine Krempe, um sich umzuschauen. Ein Dutzend ärmlicher Baracken lehnten sich aneinander. Er runzelte die Stirn.

»Hier wohnt ihr?«

»In der Hintersten, ganz rechts. Die Angeln der Tür sind gerissen. Sie müssen sie ganz hoch heben und nach sich wieder in die Öffnung stellen.«

»Warum seid ihr nicht in der Burg untergekommen?«

»Wir hatten nicht viel Geld. Und bei den hohen Herrschaften der Burg betteln wollte Mylady nicht, davon abgesehen, dass sie meinte, in ihrem einfachen Kleid würde ihr wohl niemand ihren Stand ansehen.« Robert lächelte in einer Grimasse. »Aber scheuen Sie nicht davor zurück, einzutreten, Monsieur le Comte. Sie werden nicht enttäuscht sein: Das Innere entspricht mindestens dem Äußeren!«

Nach leichtem Zögern schritt François auf die schief stehende Tür zu und tat, wie Robert ihm geheißen hatte.

Seine Augen brauchten einige Sekunden, um sich an die Dunkelheit zu gewöhnen. Die fensterlose Hütte war so gut wie leer. Nicht ein einziges Möbel konnte er entdecken. Seine Augen liefen über die rudimentäre Feuerstelle, die im Boden versank. Er sah zu seinen Füßen. Der ganze Untergrund war eine zähe, schlammige Masse, nur ein wenig trockener als draußen. Er hob den Kopf, erblickte die unzähligen Risse, die das durchnässte Holz ziselierten. Plötzlich fühlte er eine undefinierbare Wut in sich hochsteigen.

»Wo ist sie denn, deine Herrin?«, herrschte er Robert an.

Roberts braune Augen bohrten sich in die seinen. Er grinste hässlich und deutete in eine Ecke.

»Wie, haben Sie sie noch nicht gesehen, Monsieur le Comte? Dort drüben ist sie doch! Gehen Sie hin und verbeugen Sie sich artig, Monsieur de Fontes-Villaray!«

François Hand zuckte. Was war hier los? Seine Muskeln spannten sich an, als er in die angegebene Richtung schaute.

Misstrauisch entdeckte er eine Art Zelt, das von einem weiten Umhang, der zwischen sechs Pflöcken gespannt worden war, gebildet wurde. Es hatte offensichtlich die Aufgabe, dem lecken Dach entgegenzuwirken. Und unter ihm ... Unter dem Zelt lag ...

Zwei Schritte genügten, um neben ihr zu sein.

Er beugte sich hinunter ... Und fuhr wieder hoch.

»Was hat sie? Und seit wann ist sie in diesem Zustand?«

»Was sie hat, Monsieur?« Roberts Lachen klang wie ein Schluchzen. »Ich dachte, Sie könnten es mir verraten! Zwölf Tage liegt sie jetzt hier ... Vor genau zwölf Tagen habe ich sie nur ein paar Schritte von hier entfernt gefunden. Können Sie mit der Zahl etwas anfangen, Monsieur le Comte?«

François schluckte, schüttelte den Kopf.

»Nein ... Nein, du lügst! Seit ganzen zwölf Tagen lässt du sie hier ohne Pflege im Schlamm liegen? Das kann ich nicht glauben!«

»Ohne Pflege? Ich habe sie stunden-, tagelang umsorgt! Ich habe den Arzt vom Hospital hierher gezerrt ... Wenn es eine Möglichkeit gegeben hätte, sie zu heilen, wäre sie geheilt! Aber sie will nicht heilen!« Robert schrie. »Sie will es nicht! Sie will sterben, hören Sie? Und das ist alles Ihre Schuld!«

François zuckte zusammen.

»Ich ... Ich habe ihr alles gegeben ...«, stotterte Robert, und breitete die Arme aus. »Ich habe mich um sie gekümmert ... Ich habe mit ihr gesprochen, ihr etwas vorgesungen ... Ihr tausendmal, immer aufs Neue mein Herz geschenkt ... Aber ... Aber mich will sie nicht! Meine Stimme interessiert sie nicht! Ich bin ja nur ... ein kleiner, unbedeutender Page, nicht wahr? Ein Nichts ...«

François wich einen Schritt zurück.

»Ein Nichts ... Während Sie ...« Robert sah auf, und seine braunen Augen glühten in einem unversöhnlichen Feuer. »Wenn Sie ihr etwas vorsingen, leuchten ihre Augen! Wenn sie im Schlaf spricht, ist es Ihr Name, der fällt! Sie, immer nur Sie! Aber Sie lachen nur, Monsieur le Comte, nicht wahr? Sie ist Ihnen so gleichgültig!«

François drehte sich um, stieß gegen die Tür. Sie fiel in den Schlamm. Roberts schrille Stimme verfolgte ihn.

»Ja, jetzt sind Sie erschrocken, nicht wahr, Monsieur? Gut so! Wenigstens können Sie jetzt nicht mehr behaupten nicht zu wissen, was Sie angestellt haben! Sie wird sterben, Monsieur le Comte! Aber die Erinnerung an sie soll Sie tausendmal sterben lassen, bevor Ihr letztes Stündlein geschlagen hat! Adieu, Monsieur! Adieu! ...«

Die Tür ächzte, als François Gewicht sie in den aufgeweichten Boden drückte.

Weg … Nur weg von hier …

Irgendwie fand er sich ein paar Minuten später auf der Bastion wieder … starrte mit der Muskete im Arm auf die feindlichen Linien, ohne sie zu sehen.

Filasse kam auf ihn zu. Er zögerte, bevor er an ihn herantrat. Er schob sein mit drei Barthaaren besetztes Kinn in François Blickfeld und legte eine runzlige Klaue auf seinen Arm. »Ist etwas passiert? Parbleu, mon garçon, antworte mir! Wer war dieser seltsame Junge? Kennst du ihn?« Er machte eine Pause. Als François noch immer keine Reaktion zeigte, nahm er seine Hand herunter. Seine Züge verfinsterten sich und er murmelte: »Ach, du redest nicht mehr mit mir, hmm? Bin dir wohl nicht mehr gut genug? Sag mal, was ist dran, an der Geschichte des sommersprossigen Jungen? Sollen wir dich jetzt vielleicht auch mit Monsieur le Comte anreden? Soll ich mich verbeugen, bevor ich dich anspreche?«

Er verengte seine Augen, doch François blieb stumm. Jetzt schüttelte Filasse den Kopf. Er kehrte ihm den Rücken zu, und entfernte sich langsam mit hängenden Schultern.

»Diese Belagerung zieht sich viel zu lange hin, Filasse. Es muss etwas geschehen.«

Sofort stand der alte Soldat wieder vor ihm.

»Geschehen, mein Junge? Was denn, deiner Meinung nach?«

»Ich werde zu Toiras gehen.«

»Nein! Das kannst du nicht machen!«, keuchte Filasse. »Du … Du hast selber eben noch gesagt, dass es eine selbstmörderische Mission ist!«

»Schwierig, Filasse, aber nicht selbstmörderisch.« François blinzelte, holte gewaltsam seinen Blick aus der Ferne zurück. »Hör zu, Filasse … Du hast doch diese Frau gesehen, die mich vor fast zwei Wochen in der Kantine aufgesucht hat, nicht wahr?«

»Klar, Junge, hab' ich sie gesehen. Das ganze Regiment hat sie ge…«

»Gut. Es geht ihr schlecht, und sie hat nur diesen Jungen, der sich um sie kümmert. Ich werde dir erklären, wo sie wohnt. Würdest du in meiner Abwesenheit nach ihr schauen?«

»Ist es ihretwegen? Willst du ihretwegen diese Überquerung wagen?«

»Beantworte meine Frage, Filasse!«

»Junge, ich werde auf sie aufpassen, du hast mein Wort darauf.«

François beschrieb den Weg zu Julies Hütte und ließ sich das ganze vom Alten noch einmal wiederholen, um sicher zu sein, dass er alles behalten hatte. »Ich danke dir. So, und jetzt muss ich zur Burg. Mach es gut, Filasse! Und gib auf dich Acht. Ich möchte dich und deine alte Haut in einem Stück wiedersehen, wenn ich zurückkomme!«

Der Alte wackelte mit seinen Backen.

»Mon garçon, ich werde dafür beten, dass der Herr heute Nacht eine schützende Hand über dich hält!«

François klopfte dem Alten auf die Schulter.

»Wir sehen uns wieder.«

»Ja. Sicher.« Der Alte wischte sich mit dem Ärmel über die Augen. »Aber eines musst du mir noch sagen, bevor du gehst ... Dieser Name, mit dem der Junge dich angeredet hat ...«

»Zerbrich dir nicht deinen Kopf, Filasse. Es war die letzten Wochen nicht wichtig. Warum sollte es das jetzt plötzlich sein?« Noch ein letzter, freundschaftlicher Klaps, und François entfernte sich mit großen Schritten.

Ein dünner Leibdiener brachte François und Capitaine de Sothelin eine Viertelstunde später vor den Gouverneur. Toiras saß bleich, aber mit freudiger Miene in einem tiefen Sessel, von vielen Kissen gestützt.

»Sie also sind der dritte tapfere Soldat, der es wagen will, das Festland zu erreichen?«

François neigte zustimmend den Kopf.

»Ja, Monseigneur.«

»Ich habe Sie schon mal gesehen, nicht wahr? Wie ist Ihr Name? Und woher stammen Sie?«

Sothelin antwortete an seiner Stelle.

»Es ist Pierre Lanier, Monsieur le Gouverneur, er stammt aus der Gascogne. Einer meiner besten Männer. Ich habe volles Vertrauen, dass er es schaffen wird.«

François erinnerte sich an die skeptischen Worte des Hauptmanns, was die Erfolgschancen dieser Mission betraf, und warf ihm einen ironischen Blick zu. Die Stimme des Gouverneurs war schwach.

»Soldat, ich werde Ihnen eine leere Patronenhülse anvertrauen, die mit Wachs versiegelt wurde. In ihrem Inneren befindet sich die Nachricht. Sie werden sie sich um den Hals hängen. Es ist überflüssig zu sagen, dass diese Nachricht nicht in die Hände des Feindes geraten darf, weil in ihr schonungslos unsere Lage geschildert wird. Falls Sie merken, dass der Feind Sie fassen wird, müssen Sie die Patrone auf den Meeresboden sinken lassen. Ist das klar?«

»Ja, Monseigneur. Die Engländer werden die Nachricht nicht bekommen.«

»Sehr gut. Die übrigen Details werden Ihnen in den nächsten zwei Stunden noch mitgeteilt. Haben Sie noch Fragen?«

»Fragen nicht. Eher eine Bitte, Monseigneur.«

»Sprechen Sie, mon brave!«

»Monseigneur, das Schicksal einer Dame liegt mir am Herzen, die ich in einem Zustand äußerster Schwäche und Bedürftigkeit zurücklassen muss. Ich würde mich meiner Aufgabe mit sehr viel mehr Gelassenheit widmen, wenn ich wüsste, dass sie zumindest ein festes Dach über dem Kopf hätte.«

Jean de Toiras schaute überrascht auf.

»Soldat, Sie können mit ruhigem Herzen Ihre Mission antreten«, meinte er nach einem kaum wahrnehmbaren Zögern. »Teilen Sie dem Hauptmann mit, wer diese Dame ist und wo sie sich befindet. Ich werde persönlich dafür sorgen, dass sie Hilfe erhält.«

»Ich danke Ihnen, Monseigneur«, verneigte sich François und gab sich alle Mühe, seine Stimme unbewegt klingen zu lassen.

⚜

Ein paar Stunden später war es soweit. Als Dunkelheit die Dämmerung ablöste, begaben sich François und seine zwei Kameraden an die Anlegestelle, die noch kurz vor Beginn der Belagerung im Norden des Forts gebaut worden war. Alle drei waren bis auf ihre Kniebundhosen nackt und trugen die Patronenhülse an einer dünnen Schnur um den Hals.

Der Himmel zeigte sich gnädig und begnügte sich ausnahmsweise, mit seinen schweren Wolken bloß zu drohen. Der Ozean, schwarz wie Tinte, ließ in einiger Entfernung die Lichter der englischen Schiffe im Rhythmus seiner Atemzüge auf und ab tanzen.

Die Männer schwiegen. Sie hatten ihre Instruktionen erhalten sowie alle möglichen Informationen, die ihnen eventuell helfen könnten. Jetzt gab es nichts mehr zu sagen.

Der erste, der Toiras Aufruf gefolgt war, war ein vierschrötiger, sehniger Mann von etwa fünfunddreißig Jahren, der aus der Gegend stammte. Der zweite war dünn, sehr lang und warf seine Beine in großen, ungelenken Schritten vor sich. François fiel auf, dass die ungebräunte Haut des Mannes gespenstisch in der beginnenden Nacht aufleuchtete und nahm sich vor, gebührenden Abstand von ihm zu halten.

Er selber fühlte sich ruhig und kampfbereit zugleich, als er als Letzter in das Wasser stieg.

Das Meer hatte noch genug Sommerwärme gespeichert, um nicht eisig zu sein. Es leckte spielerisch an seinen Lenden ... wie ein Raubtier, das mit seiner Beute spielt, bevor es zubeißt, dachte François unwillkürlich. Er runzelte die Stirn und richtete all seine Gedanken nach Osten, wo er noch undeutlich die Köpfe seiner zwei Gefährten ausmachen konnte.

Es galt zunächst, durch den Halbkreis der englischen Schiffe zu kommen, die sich auf die Rücken der Wellen klammerten. Danach sollten die Männer wieder an Land gehen und nach Sablanceaux laufen, um ihre Kräfte zu schonen. Wer bis dahin noch am Leben und unentdeckt war, konnte den dritten, gefährlichsten Abschnitt wagen: Die eigentliche Überquerung bis zum Festland.

Nach ein paar Minuten näherte François sich den feindlichen Schiffen. Er beschloss, etwas weiter nach Norden zu schwimmen, um möglichst großen Abstand von seinen Kameraden zu haben. Nach einem kurzen Blick auf die schweren, punktuell beleuchteten Kiele, die wie stumme Riesen auf der schwarzglänzenden Fläche lagen, orientierte er sich nach links. Dort, zwischen zwei Schiffen, wo die schwere Eisenkette von leeren Weinfässern getragen wurde, wollte er die Absperrung überwinden.

Er war jetzt weniger darauf bedacht, schnell voranzukommen, als unentdeckt zu bleiben. Das ruhige Wasser reflektierte die Lichter der drei Hecklaternen, die das Schiff zu seiner Rechten mit einem warmen Schein umgaben. Er machte ruhige, ausholende Armbewegungen, um den schwarzen Spiegel so wenig wie möglich zu stören. Hoch neben ihm sang eine fremde Männerstimme ein wehmütiges Liebeslied. François tauchte unter, um dem Licht und der sanften Weise zu entkommen. Er kam im Schutz der Schwimmkörper wieder hoch, hielt sich an ihren vor Algen glitschigen Rändern fest und horchte. Außer dem Gesang des liebeskranken Engländers, dem leichten Klopfen des Wassers auf den Weinfässern und dem rostigen Quietschen der Eisenkette über ihm war nichts zu hören. Gut. Weiter!

Er machte noch ein paar Stöße, um genügend Abstand zwischen sich und den Feind zu bringen, dann bog er Richtung Ufer ab.

Plötzlich fiel ein Schuss. François fuhr zusammen, warf einen Blick nach hinten ... Das Schiff, das das vorletzte Glied der Kette bildete, war jetzt hell erleuchtet. Er vernahm aufgeregte Stimmen, das Ächzen von Winden, ein Aufklatschen ... Ein Ruderboot wurde hinuntergelassen, und einige Gestalten kletterten den Rumpf hinunter. Und da, rechts von ihm, nicht weit vom Kiel des alarmierten Schiffes, sah er auch die ovale Form eines Kopfes ... Und zwei weiße Arme, die nun kräftig das Wasser peitschten.

Armer Kerl ... Er konnte nichts für ihn tun.

François beeilte sich und griff mit machtvollen Bewegungen in die Wellen. Er hörte noch mehrere Schüsse fallen, doch er drehte sich nicht mehr um. Er fluchte leise, als sein Schienbein schmerzhaft auf den steinigen Untergrund stieß und atmete gleichzeitig auf. Geschafft ... fürs erste.

Bevor er aus dem Wasser stieg, liefen seine Augen die Küste ab. Nichts. Stille. Sprungbereit und mit angespannten Sinnen, entstieg er dem Meer.

Nach kurzer Zeit hatte er den Strand verlassen. Die aufgeweichte Erde quoll zwischen seinen Zehen. Sein langer, eiliger Marsch entlang des Ufers verlief ohne größere Schwierigkeiten. Einmal musste er einem späten Reittrupp der Engländer ausweichen. Doch sie waren in feuchtfröhlicher Stimmung und hätten ihn wohl auch dann nicht bemerkt, wenn er sich auf die Straße schlafen gelegt hätte. Ab La Flotte schnitt er durch das Inselinnere ab – die Strecke nach Sablanceaux war ihm schließlich wohl bekannt. Ein frischer Wind kam auf, der seine Haut erschauern ließ und die rußigen Wolken stellenweise zerriss. Durch die Lücken blinzelte das bleiche, halbwache Auge des Mondes in einem verräterischen Strahl hinab. François wich ihm so oft wie möglich aus, indem er dem Saum niederer, duftender Kiefernwälder folgte. Endlich war es soweit: Die Kiefern lichteten sich, der Boden ging mehr und mehr in Sand über. Er hatte die drei Meilen, die Sablanceaux von Saint-Martin trennten, glücklich hinter sich gebracht.

François Herz schlug eine Spur schneller, als er den Anfang der Landzunge erreichte, auf der vor fünf Wochen Hunderte von Menschen den Tod gefunden hatten.

Hier fing die eigentliche Herausforderung erst an.

Er lehnte sich kurz an den letzten Baum, fühlte die wohltuende, raue Rinde an seinem Arm. Ja, er hatte das lächerliche Bedürfnis, sich an etwas Festem zu halten, bevor er für einige Stunden in das fließende, körperlose Element stieg, das da vorne auf ihn wartete.

Er runzelte die Stirn. Warum stellte er sich so an? Er musste es wie ein ganz normales Gefecht angehen: Keine Gefühle, Sammlung, Ruhe. Seit er in der Seine geschwommen war wusste er, dass er über das Wasser siegen konnte. Heute Nacht würde er den letzten Beweis dafür erbringen.

Entschlossen machte er einen Schritt nach vorne. In diesem Augenblick öffnete sich die Wolkendecke. Er sah den Mann zur selben Zeit, wie dieser ihn entdeckte.

»Vermont?«

Der andere horchte überrascht auf.

»Lanier? Bist du's ?«

François atmete erleichtert aus und meinte gedämpft:

»Ja. Schön, dass du es auch geschafft hast.«

»Hmm. Legland haben sie geschnappt, hast du's mitbekommen?«

»War nicht zu überhören. Nun denn, ich wünsche dir alles Gute.«

»Dir ebenso, Lanier. Beim Herzog d'Angoulême sehen wir uns wieder. Ich lade dich zum längsten Schmaus aller Zeiten ein!«

»Gut«, nickte François ernst. »Ich werde da sein.« Er verfolgte noch, wie der sehnige Vermont von der Nacht verschluckt wurde, dann trat er zum zweiten Mal heute Nacht seinem alten Feind gegenüber.

François sah kurz zum Himmel auf. Die Wolken trieben immer schneller dahin … Das Wetter war dabei, umzuschlagen. Es war keine Zeit zu verlieren!

Er bekreuzigte sich. Dann betrat er das Wasser und schwamm in das uferlose Schwarz hinein.

Wie ein Gefecht …

Ja, es war nicht viel anders. Es war wichtig, sich nicht zu verausgaben, mit seinen Kräften hauszuhalten. Man durfte sich von seinem Gegner nicht beeindrucken lassen, so mächtig und überlegen er auch schien. Und musste ihn dennoch im Auge behalten, wenn möglich erraten, was dieser plante, seine Stärken erkunden und alle Möglichkeiten, alle Chancen ergreifen, die er einem bot.

Er teilte das Wasser vor sich, schob sich regelmäßig mit jeder Bewegung ein wenig weiter über das kalte, dunkle Nichts.

Ein paar Sterne blinkten kurz durch eine Wolkenlücke zu ihm herunter, und François erkannte die Vorderachse des Großen Wagens. War es nicht seltsam, dass andere Menschen, die sich ganz woanders befanden, auch diese Sterne sehen konnten? Vielleicht Filasse, oder auch Toiras … Nur … nur sie nicht.

Er machte eine hastige Armbewegung, die seinen Rhythmus brach und ihm etwas Wasser in die Nase trieb. Er schnaubte erbost. Er durfte sich nicht ablenken lassen!

Er schwamm weiter. Konzentriert. Verbissen. Das Salzwasser brannte auf seinen Fußsohlen, die von dem langen Marsch wund waren. Ansonsten aber fühlte er sich, als könne er noch tagelang so weiterschwimmen. Wie lange war er wohl schon unterwegs? Eine, zwei Stunden? Es musste um die zwei Uhr sein ... Jetzt gab es wohl keine Gefahr mehr, auf den Feind zu treffen.

Kaum war dieser Gedanke in seinem Kopf entstanden, als er glaubte, ein Licht vor sich blinken zu sehen. Sein Puls beschleunigte sich. Er schwamm weiter, die Augen auf den Punkt gerichtet, der immer wieder verschwand. Es war ein Licht ... Das Licht einer tief angebrachten Laterne, das vom Wellengang immer wieder verschluckt wurde. Jetzt blinkte es nicht mehr. Das Boot näherte sich. Und steuerte direkt auf ihn zu, mit der ganzen Geschwindigkeit seines bleichen, straffen Segels.

François überlegte schnell. Sie konnten ihn unmöglich gesehen haben. Nein, es musste Zufall sein, dass sie in seine Richtung fuhren. Er bog nach Südosten ab, um ihnen nicht in die Quere zu kommen. Er verfolgte unruhig, wie der Laternenfleck weiter wuchs. Es war ein kleiner Einmaster. Drei Gestalten an Bord. Engländer. François arbeitete kräftig, um aus dem Kurs zu kommen, bewegte sich aber unendlich langsamer als die Nussschale.

Sie kamen näher ... noch näher ... Er tauchte schnell unter, als das Boot an ihm vorbeirauschte und machte ein paar lange Züge unter Wasser, bis er keine Luft mehr hatte. Als er wieder hochkam, warf er einen kurzen Blick nach hinten, in der Überzeugung, das Boot in der Ferne entschwinden zu sehen ... Und fluchte. Der Einmaster hatte den Kurs geändert! Ungläubig sah er eine der Gestalten, die angestrengt in seine Richtung spähte. Die englischen Worte wurden weit über das Wasser getragen.

»... Und ich sage dir, dass ich was gesehen habe! Es ist ganz schnell untergetaucht, als wir auf seiner Höhe waren! Fahr noch mal zurück!«

Das undeutliche Gemurmel der Antwort konnte François nicht verstehen, aber er merkte, dass das Segel eingeholt wurde. Kurz darauf hörte er Ruder in das Wasser greifen.

Besorgt atmete François tief ein und stieß sich wieder hinab. Er schwamm mit kräftigen Zügen unter der Oberfläche, bis er dachte, seine Lungen würden platzen ... Nur, um beim Luftholen zu bemerken, dass man genau seiner Spur gefolgt war.

»Da! Da ist es wieder! Siehst du es auch? Da hinten!«

»Also, ich weiß nicht, ob ...«

François verzichtete darauf zu erfahren, welche Zweifel den Gefährten seines Verfolgers plagten, und tauchte wieder unter.

Das Versteckspiel wiederholte sich noch drei Mal. Inzwischen lief François Atem schnell, und er spürte unruhig, wie das Tauchen seine Kräfte beanspruchte. Auch die Wellen wurden höher … Er verschluckte sich, als er sich wieder einmal umdrehte, kämpfte gegen den Hustenreiz an, erlaubte sich nur eine Art Röcheln.

»Also, jetzt hab' ich die Schnauze voll, von deiner Verfolgungsjagd! Das ist ein Fisch, nichts anderes! Lass uns endlich weitersegeln, wir kommen zu spät!«

François hätte den Mann am liebsten umarmt.

Die Antwort klang mürrisch und zögernd zugleich.

»Ich weiß nicht … Ich sage dir, dass ich was gesehen habe! Es sah gar nicht nach Fisch aus!«

François tauchte erneut unter, bemerkte aber, dass seine Züge kürzer wurden. Der Teufel hole alle pflichtbewussten englischen Soldaten! Es kostete ihn seine ganze Selbstüberwindung, nicht prustend, sondern vorsichtig wieder hochzukommen. Und dann, als er sich umdrehte …

Mit grenzenloser Erleichterung sah er, dass das Boot das Segel gesetzt hatte und wieder auf Ré zusteuerte. Er würgte, hustete, schickte einen Dank in den Himmel.

Ein paar Minuten lang hing er nur im Wasser um sich ein wenig auszuruhen, bis er merkte, dass die Kälte an ihm hoch kroch. Dann nahm er seinen Kurs wieder auf.

Nur keine Gefühle. Wachsamkeit. Ruhe. Weiterkämpfen.

Er schwamm weiter. Immer weiter …

Die Wellen schienen nun höher zu werden und gaben ihm das scheußliche Gefühl, ihr Spielball zu sein. Ob er sich überhaupt vom Fleck bewegte? Oder wurde er vielleicht von einer Strömung an Ort und Stelle festgehalten? Wenn er doch nur einen Anhaltspunkt hätte …

Aber es gab nichts. Nur sein Instinkt und ein immer seltener aufblitzendes Sternbild hielten die Hoffnung in ihm aufrecht, in die richtige Richtung zu schwimmen. Ansonsten war er nur ein lächerlicher, rudernder Tropfen in einem grenzenlosen Nichts. Er kam sich vor wie eines dieser Insekten, wenn sie in einen Tümpel fielen. Erst bewegten sie hektisch ihre dürren Beine … Aber kamen nicht um eine Daumenbreite voran. Schließlich ertranken sie, oder wurden von einem Fisch verschluckt.

François rief seine Gedanken zur Ordnung zurück. Konzentration! Weiterkämpfen!

Die Arme ausbreiten, das kalte Wasser an den Seiten vorbeigleiten lassen. Bewegungen, nicht zu hastig, fließend, wie das Element, das es zu besiegen galt. Bewegungen, die nicht erschöpften, sondern wärmten.

Eine fröhliche Stimme hallte in seinen Ohren … süß, frisch.

»Lektion Nummer Drei: Bleibe in Bewegung, dann wirst du auch nicht frieren.«

Er schnappte nach Luft, sah sich hastig um …

Nichts. Er war allein.

Sein Herz schlug unruhig. Er schloss kurz die Augen, doch die Schwärze hinter den Lidern war noch unerträglicher als die hier draußen.

»Ich kann nicht mehr …«

François fuhr heftig zusammen.

»Zur Hilfe! Hört mich jemand?«

Wieder eine Stimme … Diesmal nicht liebreizend, sondern voller Todesangst.

»Oh mein Gott, ist denn … niemand außer mir auf diesem verdammten Meer?«

François war kein furchtsamer Mann. Aber diese Stimme, die aus dem Nichts drang, war das Schauerlichste, was er je erlebt hatte. Seine Bewegungen wurden hastiger, sein Atem beschleunigte sich.

Jetzt hörte er ein Weinen … Hell, kindlich, obwohl es eine männliche Stimme war …

»Stehen Sie mir bei, Mein Herr … Stehen Sie mir bei! Ich habe … gesündigt, viele Male … Und ich werde ohne Beichte vor Sie treten! Haben Sie Erbarmen …«

Vermont … Es war Vermont, der sich auf den Tod vorbereitete.

Eine Gänsehaut überlief François Körper.

»Letzte … Woche … Bei der Brotausteilung … habe ich gesehen … wie Maurienne uns betrog … und anstatt es dem Capitaine zu … sagen, habe ich ihn damit erpresst, um selber … eine … größere Ration zu bekommen. Dann … habe ich …«

Die erschöpfte Stimme wurde undeutlicher.

»Meine … arme Mutter habe ich … vernachlässigt … und einen Teil meines Soldes … vertrunken, statt ihn ihr zu überreichen … und dann … dann … da…«

Keine Stimme mehr, nur Geräusche, die François Blut in den Adern gefrieren ließen.

Geräusche, die er nur allzu gut kannte …

Warum kamen sie trotz des Windes und der Wellen so klar zu ihm hinüber?

Ja, er wusste, wie es sich anhörte, wenn jemand ertrank … Wenn Wasser die Luft verdrängte …

Wieder einmal wurde er ungewollt Zeuge …

Er schwamm weiter. Zu schnell, das wusste er.

Mein Gott, Mutter, wem haben Sie Ihre Seele anvertraut, als Sie in den einsamen Tod sprangen?

Einsam?

Ja, war Blanche denn einsam gewesen?

Sie hatte doch ihn gehabt … ihren Sohn! Oder …?

Wie seltsam, er hatte noch nie darüber nachgedacht, wie einsam seine Mutter gewesen sein musste.

Aber wie hätte er es auch sollen?

Der Schmerz, dieses überwältigende Gefühl, verraten und verlassen worden zu sein, hatte all seine Gedanken okkupiert.

Nur ein einziges Mal hatte er ihr Grab besucht. Ein grauer, grob behauener Fels, auf ihm ein Name, Jahreszahlen. Und ringsum, Löwenzahn. Lange, gezackte Blätter, überschattet von gelben Quasten. Ein wildes, sonnengelbes Blumenmeer. Es hatte wunderschön ausgesehen. Er hatte es zertreten.

»Ich hasse Sie! Ich hasse Sie! Ich hasse Sie!«

Er hatte es geschrien. Ununterbrochen. Bis seine hohe Jungenstimme nur noch ein kaum hörbares Krächzen gewesen war. Bis er alle Blüten zerstört hatte.

Bis er seinen eigenen Worten geglaubt hatte. Ja, er hatte sich an ihr gerächt.

Immer wieder. Jahrelang. Bis heute Nachmittag.

Bis zu der Minute, als er in das fahle, eingefallene Gesicht gesehen hatte.

Mein Gott, wie sollte er weiterhin auf einer Erde leben können, auf der sie nicht mehr war?

Jetzt war sie da, diese Frage, der er seit Stunden krampfhaft auswich. Sie explodierte in seinem Kopf.

Und die Angst.

Das blutrünstige Klauentier, das einen Weg aus seinem Käfig gefunden hatte.

»Ich bin dir verfallen. Sollte ich dich eines Tages nicht mehr haben, werde ich gleichgültig werden und sterben.«

Wieder diese Stimme. Sehr klar, sehr nüchtern.

Er stöhnte auf.

Wann war es geschehen? Wann hatte die Angst ihn eingeholt? Wann war das eingetreten, wovor er sich seit seiner Kindheit fürchtete?

Er war überzeugt gewesen, sein Herz gewappnet zu haben. Es hatte so prächtig funktioniert … Wie selbstherrlich er gewesen war! Und jahrelang war es auch gutgegangen.

Bis er einer Elfe begegnete.

Natürlich hatte er bald bemerkt, dass sie ihm nicht gleichgültig war. Er hatte auf das Verlangen und das Glück, die sie in ihm hervorrief, nicht verzichten wollen. Gleichzeitig hatte er gedacht, er könne sie auf Armeslänge von sich halten. Doch er hatte sie unterschätzt.

Und nicht einmal, nicht einen winzigen Augenblick lang hatte er daran gedacht, was er in ihr auslöste.

So, wie er nie versucht hatte, seine Mutter zu verstehen.

Und er hatte Hurault immer für den rücksichtslosesten Mann gehalten, den es auf Erden gab!

Innerhalb der Rüstung, in der er sich versteckt hatte, um sein Herz uneinnehmbar zu machen, war er seinem Vater immer ähnlicher geworden. Julie hatte nicht geruht, bevor sie das Visier seines Helmes angehoben hatte. Und war vor dem, was sie dort erblickt hatte, zurückgeschreckt.

Auf Armeslänge … Nein, Elfen ließen sich nicht auf Armeslänge halten.

Er hätte es wissen müssen. Denn genau deshalb war Blanche in den See gesprungen.

Nicht, weil ihr Sohn ihr nichts bedeutete. Sondern weil sie Huraults Gleichgültigkeit und Vielweiberei nicht mehr ertragen hatte. Auch Julie liebte ihren Sohn … Hatte sie es nicht tausendmal in den letzten Jahren bewiesen? Und er hatte sich angemaßt, über sie zu richten.

Er hatte sie fast zugrunde gerichtet.

Aber sie würde nicht sterben.

Nein, nicht, solange noch ein wenig Kraft in ihm war. Er würde es schaffen. Er würde die Küste erreichen, dafür sorgen, dass das Fort und damit Julie Hilfe bekommen würden.

Kämpfen! Jetzt mehr als je zuvor!

Kämpfen, obwohl die Kraft nachließ … Die Bewegungen nicht mehr so schwungvoll waren.

Nicht die Zeit war wichtig, sondern das Ziel.

Er durfte nur keine Kräfte mit der Bekämpfung dieser Angst vergeuden. Er musste sie einfach zulassen … Sie akzeptieren, auch wenn sich alles in ihm vor Schmerz zusammenzog. Im Tausch gegen die Einsamkeit, die die treue Gefährtin seiner Jugend gewesen war. Ab heute würde sie nun sein ständiger Begleiter sein: Die Angst, Julie zu verlieren. Die Frage, ob es ein guter Tausch war, stellte sich erst gar nicht. Weil das außerhalb seines Einflusses stand. Es war einfach.

»Es ist. So wie ich Frau bin. So wie der Fluss dich jedes Mal mit sich reißt, wenn du in ihn steigst. Auch wenn du dich noch so dagegen wehrst.«

Ja, mon cœur. Jetzt verstehe ich dich.

Es fing an zu regnen.

Große, dicke Tropfen prallten rings um ihn auf, spritzten Salzwasser in seine brennenden Augen.

Wasser ... Die ganze Welt war Wasser ...

Seine Arme waren schwer.

Keine Sterne mehr am Himmel. Nur ein kaum wahrnehmbarer, grauer Schleier vor ihm. Im Osten. Der allererste Vorbote des neuen Tages.

Der Regen wurde heftiger, aber die Wellen schienen sich etwas zu glätten. Er öffnete den Mund, ließ sich einen Augenblick auf dem Rücken treiben. Wasser, nun auch in seiner Kehle. Wohltuend.

Donner, kurz darauf ein heftiger Blitz ... Er war gerade auf einem Wellenkamm, als er den Küstenstreifen in dem grellen Licht erblickte.

Er war in die richtige Richtung geschwommen. Aber er war noch verdammt weit weg.

Ein Kälteschauer durchlief ihn. Der Regen kühlte das Wasser noch ab, und seine Bewegungen reichten kaum mehr aus, um ihn warm zu halten.

Kämpfen!

Der graue Streifen wurde ein wenig heller.

Dort drüben war eine kaum wahrnehmbare Spitze ... Vielleicht eine Mühle, oder eine Kirche ... Die musste er im Auge behalten.

Die Spitze bewegte sich nach links. Und ... sie wurde kleiner!

Er brauchte ein paar Sekunden bis er bemerkte, dass er von einer heftigen Strömung erfasst worden war. Nach Süden. Er wurde eindeutig nach Süden abgetrieben. Aber er musste doch nach Osten. Im Süden gab es nichts außer dem offenen Meer und irgendwann, in einer Entfernung, die das Vielfache von dem war, was er gerade versuchte, zurückzulegen, die Insel Oléron.

Kämpfen ... Weiter. Nicht aufgeben.

Die schweren Arme immer wieder … bewegen. Sich gegen die Müdigkeit wehren.

Es … ging nicht mehr. Die Arme waren steif, die Beine hingen wie Bleiklötze an seinem Körper.

Der Regen hatte aufgehört. Es war jetzt hell. Er konnte bestens erkennen, wie die Küste sich entfernte.

Das bauschige Grau teilte sich zu einzelnen Wolken auf, die sich gegenseitig vom Himmel zu drängeln schienen. Schön … Er wäre nicht gerne im Regen gestorben.

Ob er die Patronenhülse noch abmachen sollte, solange er die Kraft dazu hatte? Wer weiß, wer ihn finden würde …

Augen, so blau wie es jetzt der Himmelsbogen über ihm war …

Seine Arme arbeiteten nun kaum mehr. Er ließ sich treiben. Noch konnte er sich wenigstens über der Oberfläche halten. Noch.

Er schloss die Augen. Jetzt machte es ihm keine Angst mehr.

Versuchte, ihr Gesicht zu sehen. Nicht das eingefallene, graue Gesicht … Sondern das lebendige, glückliche. Die weichen Lippen. Die Liebe, die sie ausstrahlte. Nein, er würde nicht einsam sterben. Ab jetzt würde sie immer bei ihm sein. Ihr Herz schlug zart und warm in seiner kalten Brust … sie hatte es ihm schon vor langer Zeit anvertraut. Für die Ewigkeit.

Er erinnerte sich an ihr Lachen. Wie es sich anfühlte, wenn sie sich an ihn lehnte. Wenn ihre seidigen Haare über seine Handfläche strichen, sich um seine Finger wickelten. Die kostbare Schwere einer Brust … Die winzige Vollkommenheit einer Ohrmuschel.

Er liebte sie ein letztes Mal. Roch und schmeckte sie. Wanderte auf Hügeln und Tälern. Seltsam … Er erinnerte sich an jede Einzelheit, dabei hatte er monatelang nichts anders getan, als sie zu vergessen. Er hörte ihr Wispern … Ihr Stöhnen … Ihr Flehen. Er brachte sie zum Jubeln.

Er lächelte und öffnete die Augen.

Eine grünblaue, feuchte Welt strahlte zurück.

Die Sonne schien und der Wind war so abgeflaut, dass das Mühlrad sich nicht bewegte.

Eine … Mühle?

François schluckte. Ein Schmerz in seiner Kehle. Also war er nicht gestorben.

Sah er Trugbilder, so wie er vorhin Stimmen gehört hatte?

Aber … Warum um alles in der Welt sollten seine Augen ihm eine windschiefe, zerfranste Mühle vorgaukeln?

Die Strömung … Sollte die Strömung ihn kreisförmig wieder in die Bucht getrieben haben? Oder war es die Flut, die ihn jetzt auf das Land zutrieb?

Mein Gott!

Er stieß einen langen, triumphierenden Schrei aus.

Eine ernste Stimme antwortete.

»… Manchmal jedoch ist man einfach nur machtlos. Man wird mitgerissen, und muss mit der Strömung schwimmen. Und die Welle kümmert sich nicht eine Sekunde um das, was man anstrebt. Vielleicht, eines Tages, werden auch Sie einmal weggespült werden. Vielleicht denken Sie dann an unser Gespräch, wenn Sie den Boden unter den Füßen verloren haben …«

François weinte. Lachte.

»Ja, mon cœur. Du … bist die weiseste Elfe, die je … auf Erden weilte.«

Er schluchzte laut und ohne Hemmungen, während die Küste sich in Steine, Bäume, Häuser aufteilte.

Dann fing er an zu zittern.

Er konnte sich kaum noch rühren, aber das brauchte er auch nicht.

Die Wellen trugen ihn … und er ließ sich tragen, wie von einem guten Pferd, das den Weg zum Stall auswendig kannte. Warum hatte er das Wasser je als seinen Feind betrachtet? Nein, es war eher ein halbzahmes Vollblut, das man nicht brechen, mit dem man aber viel erreichen konnte, wenn man die Zügel ein wenig schleifen ließ.

Seine Zähne schlugen laut aufeinander. Nur noch ein paar Wellen …

Da! Seine Glieder schlugen schmerzhaft auf den Steinen auf.

Er blieb liegen, unfähig, sich zu rühren, nur darauf bedacht, den schweren Kopf weit genug aus dem flachen Wasser zu heben, um nicht doch noch zu ertrinken.

Es dauerte geraume Zeit, bis er genug Kraft hatte, sich auf den Steinen so weit hochzuziehen, dass er im Trockenen lag. Und dann fiel er in einen schwarzen, konturlosen Schlaf.

Als er wieder aufwachte, stand die Sonne sehr hoch am Himmel.

Das erste, was er sah, war eine hässliche, schrumpelige Wüstenlandschaft in fahlem Grau. Er blinzelte lange, bis er erkannte, dass es die Haut seiner Handfläche war, die genau neben seinem Kopf lag.

Wie schwer dieser Kürbis war, der sich Kopf nannte … Und wie schwach der Hals darunter …

Nach mehreren, mühevollen Versuchen gelang es ihm, sich auf die Arme zu stützen. Dann die Beine unter sich anzuziehen … Aha. Immerhin war er schon von einem Fisch zu einem Vierfüßler mutiert. Und jetzt die Füße … Er stieß sich den Kopf an einer Austernschale an, als er schwer vornüber fiel. Blieb ein paar Minuten liegen, bis Himmel und Kieselsteine wieder ihren Platz gefunden hatten. Gut, gut. Ist in Ordnung. Schließlich lief die halbe Welt auf vier Füßen herum … Warum also nicht auch er?

Langsam. Handbreite für Handbreite.

Schließlich kam es nicht auf die Zeit an, sondern auf das Ziel.

Wo mochte er sich befinden? Irgendwo am Eingang der Bucht von La Rochelle. Ein Stück hinter dem ersten Vorsprung, der pointe du Chef de Bois, wahrscheinlich. Wie hieß noch mal das Dorf, das er auf Toiras Karte gesehen hatte? Richtig … La Leu. Er musste auf der Höhe von La Leu sein.

Er horchte. Irgendetwas hier machte ein schauerliches Geräusch.

Mühselig zog er sich eine kleine Böschung hinauf.

Da … Die Mühle. Die hatte er doch eben schon gesehen. Jetzt drehte sich langsam das zerzauste Rad. Der Himmel war dabei, sich wieder in sein Einheitsgrau zu hüllen, und ein kleiner frischer Wind ließ die schlecht bespannten Flügel grässlich quietschen. Ein Wagen mit einem angeschirrten Maultier stand am Eingang. Also war auch ein Mensch in der Nähe.

Immer eine Handbreite weiter.

Plötzlich knickten seine Ellenbogen ein, und er kugelte ein paar Schritte hinunter … in die richtige Richtung. Auch nicht schlecht. Nur ein bisschen dornig, das Gestrüpp.

Er rappelte sich wieder auf. Dann sah er den Mann aus der Mühle treten.

»He! Sie da!«

Na ja, Vierfüßler waren ja auch nicht für ihre hübschen Stimmen berühmt.

Er hatte selten ein verdutzteres Gesicht als das des vierschrötigen Bauern gesehen, das nun über ihm schwebte.

»Es ist … dein Glückstag, guter Mann.« François lächelte, wie er hoffte, gewinnend. »Eine Goldmünze für dich, wenn … wenn du mich zum Fort Louis bringst. Zum Herzog d'Angoulême.«

Vierzehn

»Je sais bien que ma nef y doit faire naufrage:
Ma science m'apprend à prédire l'orage;
Je connais le rocher qu'elle cache en son sein;
Mais plus j'y vois de morts, et moins je m'épouvante;
Je me trahis moi-même, et l'art dont je me vante,
Pour l'honneur de périr en un si beau dessein.«

»Wohl weiß ich, dass mein Kahn dort zerschellen muss:
Mein Wissen hat mich gelehrt, Unwetter vorherzusehen;
Ich kenne den Fels, den sie in ihrem Inneren birgt;
Doch je mehr Tote ich dort erblicke, desto weniger Angst erfüllt mich;
Ich verrate mich selber und die Kunst, die ich beherrsche,
Der Ehre willen, mit solch rühmlichem Ziel zu sterben.«

September 1627

Guillaume stieß die Tür auf und blieb kurz am Eingang des kleinen Zimmers stehen. Zerberus hingegen brauchte keine Zeit, um sich zu sammeln: Er trabte auf weichen Sohlen in das Krankenzimmer und ließ einen freudigen Laut hören, bevor er sich an das Bett drängte.

»Was zum Teufel …« Die Stimme klang schwach, noch sehr viel rauer als sonst, aber dennoch recht munter. »Zerberus? He, alter Köter, was machst du denn hier? Nein … Ich bin schon gewaschen worden … Puah … Du stinkst ja immer noch so bestialisch!«

Guillaume trat langsam näher.

»Grüß dich, Junge.«

François drehte den Kopf. Seine Augen leuchteten auf.

»Onkel! Du? Du hier, im Fort Louis?« Er versuchte, sich auf einen Ellenbogen aufzurichten. »Ich dachte, du bist in Saint-Martin!«

»Bleib liegen!« Guillaume schob Zerberus weg und setzte sich auf das Lager. Er schüttelte den Kopf. »Mein Gott, François, bin ich froh, dich wiederzusehen!«

François Zähne blitzten zwischen seinen aufgesprungenen Lippen auf. Er hob ein wenig die Arme. Guillaume zog ihn an sich.

Als der Kloß in seinem Hals ein wenig geschrumpft war, lockerte er seine Umarmung und bettete seinen Neffen wieder in die Kissen zurück. Er lächelte.

»Vor drei Jahren hast du noch besser ausgesehen!«

»Ich habe sogar vor einem Tag noch besser ausgesehen!«, lachte François, und es klang wie ein Raspeln. »Aber auch an dir ist die Zeit nicht spurlos vergangen! Weiße Haare … Und schlank bist du geworden. Im Gegensatz zu mir wirst du von Jahr zu Jahr schöner.«

»Ich halte mich ja auch nicht für einen Fisch und nehme stundenlange Salzbäder.« Guillaume wurde wieder ernst. »Das ganze Fort spricht von nichts anderem. Alle halten dich für einen Helden. Ich bin scheinbar der Einzige, der dich für einen Idioten hält! Was für ein Teufel hat dich geritten, dich in ein solches Abenteuer zu stürzen? Ich … Ich wusste überhaupt nicht, dass du schwimmen kannst!«

François sah ihn nur an. Und bevor er etwas antwortete, hatte Guillaume verstanden. Er holte tief Luft.

»Ihretwegen?«

»Im Fort werden die letzten Reserven angebrochen, Onkel. Die Leute hungern bereits … Aber das Schlimmste ist der Regen. Es gibt nicht genügend Unterkünfte. Der Schlamm ist arger als die Engländer.«

»Und sie?«

François Blick blieb an der Holzdecke hängen.

»Es geht ihr … sehr schlecht. Sehr … Ich habe …« Er brach ab, schüttelte den Kopf. Als er fortfuhr, flüsterte er nur noch. »Ich habe solche Angst, Onkel …«

Es war also passiert.

»Ich hatte es geahnt«, sagte Guillaume leise. »Ich wollte mitkommen, doch sie ist mir einfach davongelaufen. Sie war schon seit Wochen kaum mehr zu bändigen.« Er rieb sich die Nasenwurzel.

»Deine Anwesenheit hätte nichts genutzt. Ich hätte ihr auch so das Herz gebrochen«, murmelte François.

»Du hast dich wirklich verändert, Junge. Vor drei Jahren hättest du es nicht bemerkt.«

François Mund zuckte.

»Ich hätte es auch vor einem Tag noch nicht bemerkt.«

Guillaume strich sich über die Haare. Was war seinem Neffen in der letzten Nacht widerfahren? Sollten ein paar Stunden das erreicht haben, wozu Jahrzehnte nicht fähig gewesen waren?

»Hör zu, Onkel …« François legte seine Hand auf Guillaumes Arm. Sie war mit Schürfwunden übersäht und ihr Druck kaum zu spüren. »Dass du hier bist, ist wie ein Fingerzeig des Himmels. Ich weiß, dass ich kein Recht habe, dich darum zu bitten. Und ich täte es auch nicht, wenn es für mich wäre, aber … Würdest du mich in das Fort begleiten, wenn ich mit dem Hilfskonvoi, den Angoulême schicken wird, wieder hinüberfahre? Du … Du bist der beste Heiler, den ich kenne. Ich habe zwar dafür gesorgt, dass sie wenigstens ein Dach über den Kopf bekommt, aber ich bin machtlos gegen Fieber und Krankheit …«

Guillaume schüttelte ein wenig den Kopf. Leise sagte er:

»Ganz so, wie du es dir vorstellst, wird es nicht gehen, mein Junge.«

»Aber …«

»Ich werde mit den Schiffen aufbrechen, François. Aber du … du wirst hier bleiben müssen.«

»Was?« François lachte rau. »Nie im Leben! Warum sollte ich das?« Plötzlich war er wieder ernst. »Weißt du, da draußen, auf dem Ozean, dachte ich einen Augenblick, ich würde sterben … Aber ich habe noch eine Chance bekommen, das Leben geht weiter … Es ist …« Er wandte das Gesicht ab.

Guillaume sah zu Boden. Nach einer Weile sagte er betont sachlich:

»Die Nachricht, die du überbracht hast, muss hoch dramatisch gewesen sein. Jedenfalls rennt seitdem die ganze Armee fieberhaft hin und her und trägt Vorräte zusammen. Wenn das Wetter es zulässt, sollen morgen die ersten Schiffe nach Ré in die See stechen.«

Hätte François nur einen Funken Kraft gehabt, wäre er vor Freude aufgesprungen.

»Morgen schon? Aber … Aber das ist doch wunderbar! Besser, als ich es erhofft habe! Dann werden wir also morgen …«

»Junge«, unterbrach ihn Guillaume und sah ihn fest an, »Du wirst morgen auf keinen Fall imstande sein, mitzufahren! Was du brauchst, ist eine Woche Bettruhe!«

»Unsinn! Ich werde …« François versuchte mit verbissenem Gesicht hochzukommen und stemmte sich mühevoll auf einen Ellenbogen. »Geh runter von meinem Bett! Ich werde dir beweisen …«

»Nichts wirst du! Bleib liegen!«

»Runter, habe ich gesagt!«

Guillaume presste die Lippen zusammen, stand wortlos auf. Zoll für Zoll arbeitete François sich vorwärts, schob die Beine vor, bis sie über die Bettkante fielen, richtete dann halbwegs auch den Oberkörper auf, bis er mit krummen Rücken auf der Matratze saß. Er schwankte leicht, grinste aber.

»Siehst du, lieber Onkel? Noch eine Nacht, und ich bin wie neu. Ich bin sicher, dass ich sogar schon …«

Er brach abrupt ab, als er mit einem dumpfen Aufprall auf den Holzboden fiel.

»Du warst schon immer schrecklich dickköpfig.« Guillaume hockte sich nieder, brachte François in eine sitzende Stellung und setzte sich neben ihn. »Und ein schlechter Diplomat. Erst lobst du meine Fähigkeiten als Heiler über den grünen Klee, und sofort danach stellst du mein Urteil in genau demselben Gebiet in Frage.« Er legte einen Arm um seine Schultern. »Ich werde dir einen Tee bereiten. Danach werden deine Träume dich in Ruhe lassen.« François lehnte erschöpft sein Haupt an ihn.

»Eine Woche?«

»Vorher wirst du dich vor Muskelschmerzen sowieso kaum rühren können. Du musst dich doch jetzt schon ziemlich scheußlich fühlen. Aber keine Sorge, das wird noch schlimmer.«

»Vielen Dank.«

»Nichts zu danken. Das hast du dir selber zuzuschreiben.«

Sie schwiegen einen Augenblick.

»Hast du … Hast du um Blanche auch immer solche Angst gehabt?«

»Ich bin bis ans Ende der Welt gereist, um ihr zu entkommen. Doch es hat nichts genützt.« Guillaume drehte den Kopf und verzog den Mund. »Die Angst hält sehr viel länger als nur eine Woche an. Und keine Sorge. Auch sie wird eher schlimmer als besser!«

⚜

»Na, wo steckt er denn, unser Held?«

Zerberus stieß einen warnenden Laut aus. François drehte sich der Tür seines Zimmers zu. Er hob eine Braue, verzog leicht den Mund und glitt eilig in das Hemd, das er schon in der Hand hielt. Dann war es wieder einmal soweit: Ein unangemeldeter Besuchertrupp überschwemmte sein Quartier.

Voran hüpfte wie immer der dicke Unteroffizier, der es sich nicht nehmen ließ, ihn wie eines der sieben Weltwunder anzupreisen. Heute war der beleibte Tournard noch roter im Gesicht als sonst. Trotz seiner Kurzatmigkeit stürmte er mit erstaunlicher Behändigkeit ein paar Schritte vor allen anderen hinein und rief dabei mit seiner Fistelstimme:

»Hier ist er, Königliche Hoheit … Hier ist der Mann, der Unmögliches wahr gemacht hat! Hier steht er, Pierre Lanier, der rettende Engel von Ré, der Schwimmer, der vor einer Woche …«

»Tournard, wenn Sie nicht augenblicklich damit aufhören, suche ich mir ab sofort ein neues Zimmer sehr, sehr weit weg von Ihrer Zuständigkeit«, knurrte François leise zwischen seinen Zähnen, während er seine Lippen zu einem Willkommenslächeln verzog.

Doch sein Lächeln verschwand sofort wieder.

Gaston d'Orléans, der mit energischen Schritten hereinkam, wurde von seinem üblichen kleinen Hof lärmender junger Männer begleitet, außerdem von einem älteren, schneidigen Mann, den François als Racans Vetter, den Herzog de Bellegarde erkannte und … von Racan selber, dessen Augen vor Schalk nur so sprühten und der offensichtlich alle Mühe hatte, sich zu beherrschen. Die ganze Truppe war schmutzig, teilweise ohne Jacken oder Hüte und ohne Zweifel allerbester Laune.

François machte das Einzige, was ihm auf die Schnelle einfiel … Er verneigte sich tief.

Gaston d'Orléans, der von allen noch am ordentlichsten Gekleidete, kam mit offenem Gesicht näher.

»So, so, Sie sind also der berühmte Pierre Lanier. Seit ich von Ihrer Tat gehört habe, habe ich …« Er stutzte, blieb stehen, und die Überraschung ließ ihn auf einmal sehr jung aussehen. »Parbleu!«, rief er, »Monsieur de Fontes-Villaray, was haben Sie mit unserem Helden angestellt?«

»Hmm … Nun, Monseigneur, um ehrlich zu sein …«

François wand sich. … Er hatte doch gewusst, dass dieser Augenblick irgendwann einmal kommen würde! Warum hatte er sich keine Erklärung bereit gelegt? Ein ersticktes Lachen zu seiner Rechten ließ ihn Racan einen schwarzen Blick zuwerfen.

Gaston d'Orléans feixte ebenfalls.

»Nun, Monsieur de Fontes-Villaray, wie sollen wir das verstehen? Sind Sie nun Pierre Lanier, und haben uns jahrelang den Comte vorgespielt … oder sind Sie der Comte, der einen kleinen Ausflug in das einfache Soldatenleben gemacht hat? Ach ja, warten Sie … Ich erinnere mich. Es gab doch dieses Duell auf der Place Royale, diesen Frühling!« Gaston drohte mit dem Zeigefinger. »Mein Bruder war sehr erbost gegen Sie.« Er legte eine Hand auf seinen Bauch. »Ach, war das ein Tag … Erst diese lange

Reise, dann der nette kleine Empfang der Rochelleser vorhin …«, die Männer lachten und Gaston fuhr fort: »… und nun auch noch diese Überraschung. Ich habe gewusst, dass es mir hier gefallen wird! Sie, Monsieur de Fontes-Villaray, werden heute Abend an meiner Tafel essen und uns Ihre Abenteuer schildern … Wenn Sie bis dahin Ihre Stimme wiedergefunden haben.«

François verneigte sich zum zweiten Mal.

»Es wird mir eine Ehre sein, Monsieur.«

Gaston sah ihn nachdenklich an, dann drehte er sich um und ging aus der Tür.

Kaum war der Thronerbe verschwunden, hüpfte auch schon Honorat de Racan wie ein Kobold in das Zimmer.

»Racan, alter Feudel … Dass du hier auftauchst, hätte ich am allerwenigsten erwartet!«

»Tja, ich dachte, wenn du zu einem Sol…Soldaten wirst, muss ich ein … ein Offizier werden!«

»Offizier? Du?«

»Klar. Kom…mandant der von d'Effiat zusammengestellten Kompanie.« Er boxte François in den Arm. »Na? Auf d…das Gesicht, was du jetzt ziehst, habe ich mich schon seit Paris gefr…freut! Wobei das, was du eben vor Gaston zeigtest, auch n…n…nicht übel war!«

François schüttelte den Kopf und meinte, plötzlich ernst:

»Racan, das ist doch verrückt! Ich glaube, die ganze Welt steht Kopf. Ich verabscheue Wasser und schwimme eine ganze Nacht hindurch, Gaston d'Orléans wird zum verantwortungsbewussten Armeeführer und will gegen die Leute kämpfen, die ihm noch vor kurzem Asyl gegen den König angeboten haben, und du, du tauscht Feder gegen Degen ein?«

»W…Weißt du, an der Feder na…nage ich zwar immer wieder, aber ernähren t…tut sie einen leider nicht! Mein S…Sold ist mir sehr willkommen.«

»Verstehe. Und hinterher kannst du dutzendweise Gedichte über die Belagerung von La Rochelle schreiben!«

»Ja, meine er …erste Schlacht habe ich auch schon hinter mir. Monsieur, d…d…der erst vor vier Stunden als Vertreter Seiner Majestät hier ankam, ist vor Eifer kaum zu bändigen und woll…wollte sofort die Befestigungsarbeiten um die Stadt besichtigen. Kaum stehen wir am Fort de Bo…Bonnegrève, öffnet sich eines der Tore der Stadt, und feindliche Reiter stürmen auf uns zu. D…D…Die Kerle haben uns fast eine Stunde lang beschäftigt!«

François nickte. Ziemlich genau an dem Tag, an dem Guillaume an Bord der Flotte gestiegen war, die dem Fort die allernotwendigsten Hilfsmittel bringen sollte, waren zwischen der königlichen Armee und den Rochellesern die Feindseligkeiten offen ausgebrochen.

Schon vorher hatte sich der Ton zwischen den beiden Parteien erheblich verschärft. Die Rochelleser, durch die Anwesenheit der Engländer bestärkt, hatten an ihren Forderungen festgehalten, das Fort Louis sowie die Befestigungen auf den Inseln Ré und Oléron zu zerstören. Nebenbei hatten sie ihre englischen Glaubensbrüder mit Vorräten versorgt und ihnen Schiffe und Männer zur Verfügung gestellt.

Der Herzog d'Angoulême war strikt seinen Befehlen gefolgt und hatte mit seiner Armee tatenlos zugesehen. Richelieu wollte vor der Welt nicht als der Angreifer dastehen. Als die Rochelleser dann das Feuer eröffneten, war es fast eine Erleichterung gewesen. Für Toiras und alle im Fort Saint Martin eingeschlossenen Menschen allerdings bedeutete dies eine Verschlechterung der Lage. Denn die Engländer konnten jetzt auf die uneingeschränkte Hilfe der Stadt rechnen.

»Wenn Monsieur nun angekommen ist, ist anzunehmen, dass es noch öfters solche Scharmützel geben wird.«

»Nun, Louis hat seinem Br…Bruder noch nicht viel Gelegenheiten gebo…t…ten, herausragende Taten zu begehen. A…Aber à propos Ruhm … Man erzählt sich ja schöne Sachen über dich!«

François machte eine ärgerliche Geste und stopfte sein Hemd in die Hose.

»Fang du jetzt nicht auch noch damit an. Ich bin Pierre Lanier geworden, um unterzutauchen. Und was hat es genutzt? Die ganze Welt will mich plötzlich kennen lernen.«

Racans braungrüne Augen lagen auf seinen Zügen. Plötzlich wurde er ernst.

»W…Wie geht es dir?«

François zog einen Mundwinkel hoch.

»Frag lieber nicht, Racan. Frag lieber gar nichts. Was ich dir erzählen würde, würde dir sowieso nicht gefallen. Nur so viel: Sie ist auf Ré, und ich möchte so schnell wie möglich dorthin zurück. Doch keiner scheint es besonders eilig zu haben, einen zweiten Konvoi auf die Beine zu stellen.«

»Sie hat dich al…also gefunden.«

François antwortete lange Zeit nichts. Dann nickte er leicht … und drehte sich ab.

Er fühlte, wie Racan eine Hand auf seine Schultern legte.

⚜

»Und, mon Cousin, was halten Sie von den Vorschlägen Buckinghams? Sollen wir die Forts auf Ré und vor La Rochelle zerstören und uns damit das Leben der Belagerten und den Rückzug der englischen Armee erkaufen?« Louis Stimme klang ruhig, doch seine Finger spielten in seinem Rücken, als er auf den Innenhof des Louvre hinabsah, auf dieses Ameisenvolk, dessen Herrscher er war.

Richelieu beobachtete ihn.

»Nun, Sire, jede Alternative verdient es natürlich, erwogen zu werden. Mit einem schnellen Frieden in La Rochelle hätten wir die Hände frei. Wir könnten im Languedoc mit aller Macht eingreifen, wo der Herzog de Rohan gerade versucht, die Hugenotten zu einigen. Außerdem würden wir sicher sein, Ré nicht an den Feind zu verlieren.«

Der König legte seine Stirn an die kalte Glasfläche. Seine Stimme klang dumpf.

»Wenn Buckingham Ré erobert, wird es sehr schwer sein, die Insel wieder einzunehmen.«

»Da kann ich Ihnen nur beipflichten, Sire. Manches ist sehr schwer.« Richelieu wartete kurz, fuhr dann leiser fort: »Anderes allerdings ist unmöglich.«

»Was meinen Sie damit?« Louis richtete sich wieder auf.

»Nun, Ehre, Sire, zum Beispiel, ist, wenn einmal verloren, für alle Ewigkeit Vergangenheit.«

Der König drehte sich brüsk um.

»Sie denken, meine Ehre ist im Spiel, Monsieur le Cardinal?«

»Nie würde ich mir eine solche Wertschätzung anmaßen, Sire«, sagte Richelieu und senkte den Kopf. »Ich kann nur von meiner Wenigkeit ausgehen … Von Gefühlen, die in meinem Herzen aufkommen, wenn ich diese so genannten Friedensangebote lese. Ich gestehe, dass sich alles in mir auflehnt bei dem Gedanken, den Rochellesern das zuzugestehen, wogegen wir uns seit Jahren sperren. Und zwar nicht aus dem generösen Elan heraus, für den Majestät berühmt sind, wofür Sie das Volk liebt und Ihnen den so verdienten Beinamen Louis le Juste verliehen hat … sondern durch eine Erpressung schändlichster Art.« Er machte ein paar Schritte, während er fortfuhr: »Zu dieser Auflehnung gesellt sich die Furcht, dass dieses Nachgeben, diese taktische Entscheidung als ein Zeichen der Schwäche gedeutet werden könnte. Eine verlorene Schlacht ist nichts Unehrenwertes, wenn alles denkbar mögliche getan wurde, um den Sieg zu erringen. Ein Vertrag mit den Rochellesern hingegen, geschlossen, noch bevor versucht wurde, sie zu bezwingen, kann dem Land nicht zum Ruhm dienen.« Louis braune Augen folgten seinen Schritten.

»Toiras hat geschrieben, dass er nur noch bis Anfang Oktober durchhalten kann«, meinte er, und in seiner Stimme klang leichter Trotz mit. »Und der Herzog d'Angoulême meint, er hätte große Zweifel, dass eine Belagerung von La Rochelle Erfolg haben könnte und es vielleicht günstiger wäre, die Einnahme der Stadt auf einen späteren Zeitpunkt zu verschieben.« Richelieu blieb stehen.

»Monsieur de Toiras ist schwer erkrankt, Sire, und es ist verständlich, dass er sich ein Ende der Belagerung wünscht. Bei aller Anerkennung, die seine bisherige Standhaftigkeit verdient, ist es leider meine Pflicht, auf die Möglichkeit hinzuweisen, dass sein Beurteilungsvermögen gelitten haben könnte. Ich darf daran erinnern, dass er schon vorher versagt hatte, als es darum ging, Saint-Martin auf die Belagerung vorzubereiten. Vor zwei Wochen ist ein Hilfskonvoi durch die Absperrung der Engländer durchgekommen. Das wird uns wieder gelingen, dessen bin ich überzeugt. Vielleicht muss Monsieur de Toiras noch einmal deutlich gemacht werden, um was es hier eigentlich geht, und dass man sehr wohl eine Zeitlang ohne Butter auf seinem Brot überleben kann.«

Louis runzelte leicht die Stirn. Richelieu bemerkte es und nahm sich sofort zusammen. Nein, er durfte sich nicht dazu verleiten lassen, seine Abneigung gegen Toiras allzu sehr zu offenbaren ... Der König hielt immer noch eine schützende Hand über ihn.

»Was den Herzog d'Angoulême angeht, Sire, so hat er sicherlich Recht: Unsere Flotte ist noch schwach und aus ihren Kinderschuhen nicht herausgewachsen. Wenn wir den Rochellesern aber jetzt nachgeben, werden sie ihren Sieg dem Eingreifen der Engländer zuschreiben. Sie werden unseren Nachbarn fortan immer als ihren Verbündeten und Schutzherren ansehen ... und nicht mehr Sie, Majestät, als ihren eigentlichen, rechtmäßigen Herrscher. Die Engländer wären in La Rochelle wie zu Hause. Und La Rochelle ist ein noch sehr viel geeigneterer Stützpunkt als Ré, um eine Invasion zu starten.«

Richelieu schwieg kurz, warf Louis einen Seitenblick zu und baute einen Schauer in seine Stimme ein.

»Der Herzog of Buckingham ist ein leidenschaftlicher Mann, der schon sehr lange danach verlangt, nach Paris zu kommen. Ich könnte mir sehr gut vorstellen, dass der Abschluss dieses Friedensvertrages sein Erscheinen in Paris erzwingen würde. Gewiss würde er es sich dann nicht nehmen lassen, seine Lorbeeren der Person zu Füßen zu legen, für die er sie errungen hat.«

Richelieu bemerkte zufrieden, wie der König heftig zusammenzuckte.

»Nein … Nein, Sie haben Recht, mon Cousin!«, stieß er mit geröteten Wangen hervor. »Wir werden diesem Unterhändler sagen, dass es keinen Vertrag geben wird.«

»Mit Verlaub, Majestät …«

»Sprechen Sie!«

»Warum sollten Sie einen Unterhändler empfangen, dessen Herr sich bewaffnet und unrechtmäßig innerhalb der Grenzen Frankreichs aufhält? Es kann dem ohnehin geschwächten Ansehen Buckinghams nur schaden, wenn in seinem Land bekannt wird, dass Sie seinen Boten nicht einmal vorgelassen haben.«

Louis nagte an seinem Daumen.

»Sie halten es nicht für unklug, den Herzog of Buckingham allzu sehr zu brüskieren?«

Richelieu lächelte schmal.

»Sire, wenn Buckingham bereit ist, sich mit einem Vertrag zufrieden zu geben, der seinen Abzug vorsieht, ist seine Situation als prekär einzuschätzen. Er ist mit der englischen Flotte, die in der ganzen Welt berühmt und gefürchtet ist, noch nicht einmal fähig gewesen, ein einziges kleines Fort einzunehmen. Seit über zwei Monaten beißt er sich an Saint-Martin die Zähne aus. Ich habe Berichte, wonach die Stimmung in England sehr gegen ihn aufgebracht ist. Man wirft ihm vor, sich und das Land lächerlich zu machen, und ich habe nichts dagegen, noch ein wenig zu lachen, Sire. Sehen Sie, der Winter naht … Der Herzog wird nicht darauf erpicht sein, noch sehr lange auf Ré abzuwarten. In Wahrheit ist dieses Friedensangebot nichts anderes als ein Zeichen seiner Schwäche.« Richelieus Lächeln verschwand, als er Louis Gesicht sah. Der König war bleich geworden. Der Blick, den er ihm zuwarf, war alles andere als freundlich.

»Gut!«, antwortete er schroff. »Ich werde den Mann nicht empfangen. Ich habe übrigens beschlossen, schnellstmöglich nach La Rochelle aufzubrechen. Ich fühle mich nun stark genug, und die Ärzte haben auch keine Einwände mehr.«

Richelieu verbeugte sich tief.

»Sehr wohl, Sire. Ich bin erfreut über diese gute Nachricht.«

Louis Stimme klang hart, als er mit unbeweglicher Miene hinzufügte:

»Sie wollen Stärke zeigen, mon Cousin. Sehr wohl. Ich will, dass Sie La Rochelle bezwingen. Die Belagerung an Land wird nicht ausreichen. Sie werden persönlich dafür zuständig sein, dass den Rochellesern auch der Zugang zum Ozean versperrt wird. Diese Stadt hat sich lange genug meiner Autorität widersetzt. Sie haben freie Hand. Es mag dauern und kosten, was es wolle. Aber ich will, dass die Stadträte vor mir knien, wenn nicht dieses, so nächstes Jahr. Ist das klar?«

Richelieu fühlte, wie das Blut aus seinen Wangen wich. Sehr ernst antwortete er:

»Ja, Sire. Ich bin Ihr ergebenster Diener.«

⚜

»Nun, ma petite, wie geht es dir heute Morgen? Hattest du schöne Träume?«

Guillaume kam nur langsam von dem Lager hoch, das er zu Füßen von Julies Bett aufgeschlagen hatte. Er rieb sich die Lenden, während er einen kurzen Blick auf die in Decken gehüllte Gestalt warf.

»Ich werde alt. Solche Nächte auf kalten Steinböden sind nichts mehr für mich. Ich fühle mich jedes Mal wie gerädert! Aber das bleibt unter uns, Julie, hmm? Wäre nicht gut für meinen Ruf als Hexenmeister, wenn sich das verbreiten würde.«

Er schmunzelte, kam mit einem Ächzen auf die Beine und rollte die dünnen Decken zusammen, die seine Ruhestätte bildeten, bevor er sie mit einem Fußtritt kurzerhand unter das Bett schoss.

Dann lief er zum gegenüberliegenden Fenster, entfernte den Stoff, der als Verdunkelung angebracht worden war, und sperrte die Flügel auf. Toiras hatte Julie, seinem Versprechen gemäß, auf die Burg bringen lassen. Ihr Zimmer blickte auf den Ozean und bot bei schönem Wetter eine atemberaubende Aussicht auf die bewegten Fluten und die Kette der englischen Schiffe. Guillaume machte sich allerdings nicht die Mühe, einen Blick nach draußen zu werfen, als er das vertraute Plätschern vernahm. Regen … wieder einmal.

Er kehrte zum Lager zurück und setzte sich auf die Matratze, nachdem er die gelben Bettvorhänge noch etwas weiter auseinandergezogen hatte.

»Bonjour, Princesse … Schenkst du mir heute ein Lächeln? Hmm? Ein ganz klitzekleines, vielleicht?«

Er strich über ihre Stirn und wurde ernst. Er zog die weiche Decke aus Lammfell herunter, unter der Julie, nur mit einem leichten Leinenhemd bekleidet, lag und ergriff ihre Hand.

Seltsam … Man machte sich selten klar, was für ein Wunderwerk eine Hand war … Feine Knochenstückchen, beweglich und grazil … umhüllt mit einer Haut, so weiß, dass sie schon durchsichtig war …

Er runzelte die Stirn. Nein … es stimmte nicht! Warum machte er sich etwas vor? Es war eine dünne Hand, an einem dünnen Arm, der an einem viel zu dünnen Körper hing!

»Verdammt, Julie, warum lässt du mich hier stehen wie einen Idioten? Wie sehe ich denn aus, ich, der ich vor zwei Wochen klappernd und prahlend hier aufgetaucht bin, hmm? Du willst mich doch nicht völlig lächerlich machen, oder?« Seine Finger suchten das kaum ertastbare Pochen am Hals. Da war es. Wie ein winziges, eingesperrtes Tier, das beständig gegen seinen Käfig klopfte und nur darauf wartete, seine Freiheit wiederzuerlangen. Wenn er doch etwas tun könnte …

Schon am ersten Tag, als er nach einer gefahrvollen Seefahrt mit dem angeschlagenen Konvoi hier angekommen war und Julie untersucht hatte, hatten sich seine Befürchtungen bestätigt: Es gab keinen Grund für Julies Erstarrung, die eher einem tiefen Schlaf glich. Zumindest keinen, den er bekämpfen konnte. Sie hatte sich einfach verschlossen. Manchmal hatte er den Eindruck, als würde sie etwas wahrnehmen, als würde sie auf Stimmlagen, Schwingungen reagieren. Es war, als läge sie unter Wasser, kurz unter der Oberfläche. Es war ihm bis jetzt unmöglich gewesen, bis zu ihr vorzudringen. Und wenn nicht bald etwas geschah …

»Julie, warum wehrst du dich so? Ich gebe ja zu, dass unsere Erde weit davon entfernt ist, perfekt zu sein, aber … aber so schlimm ist sie doch auch nicht! Und …« Er brach ab, schluckte. Sehr leise fuhr er fort: »Verdammt, Julie, was soll ich ihm sagen, wenn du nicht wiederkommst?«

»Sie schaffen es nicht, nicht wahr?«, fragte eine Stimme hinter ihm.

Guillaume fuhr zusammen und wischte sich schnell über die Augen.

»Sie glauben nicht mehr dran …« Robert trat an das Bett. Er war sehr blass.

Er warf seiner Herrin einen langen, fassungslosen Blick zu. Dann drehte er sich um und hinkte langsam wieder aus dem Zimmer.

»Robert! Robert, wo willst du hin? Komm her, ich brauche dich hier! He, Junge!«

Doch der Page antwortete nicht. Guillaume fluchte, sah kurz zum Lager, sprang auf und lief ihm nach. Er fand den Jungen zwei Gänge weiter wieder. Er hockte in einer Mauerecke und war zu einem kleinen Häufchen Elend zusammengesackt. Guillaume seufzte, setzte sich neben ihn und wartete.

»Es ist alles … meine Schuld!«

»Rede keinen Unsinn, Junge. Du hast getan was du konntest, um sie zu retten.«

Zornige, verweinte Augen blitzten ihn an.

»Sie verstehen nichts! Ich bin daran Schuld, dass sie so verzweifelt ist! Ich! Ich ganz alleine!«

Ein heftiges Donnern ließ beide zusammenfahren. Kanonen … Die Soldaten waren heute aber früh aufgestanden! Guillaume runzelte die Stirn.

»Du? Was meinst du damit?«

»Ja, ich!« Robert lachte verzweifelt. »Das wundert Sie, was? Das haben Sie mir wohl nicht zugetraut? Sie achten genauso wenig auf mich wie alle anderen! Nur sie, sie hat mich immer ernst genommen! Und jetzt wird sie meinetwegen sterben!«

Noch ein Donner … Dann noch einer, gefolgt von einem vierten. Irgendwie klangen die Explosionen heute näher als sonst. Jetzt konnte man auch eine leichte Erschütterung spüren. Eine Kanonenkugel musste die Burg getroffen haben. Guillaume hatte Mühe, seine Gedanken zusammenzuhalten.

»Also, Junge, wie wäre es, wenn du mir alles schön der Reihe nach erzählst? Bis jetzt verstehe ich nicht viel von deinen Worten.«

»Es fing in Rueil an. Da … Da hat er sie verführt. Er … Er hat sie dazu gebracht, sich ihm hinzugeben, aber … aber er war nicht ehrlich zu ihr! Er … er hat sie nicht heiraten wollen, verstehen Sie? Er hat sie ausgenutzt, sie verhext! Und sie …« Robert schüttelte den Kopf und fuhr schluchzend fort, »… sie hat gar nicht mehr gewusst, was sie tat … sie … sie hätte jeden haben können! Jeden! Wenn es ihr nur gelungen wäre, ihn zu vergessen!«

Der Donner setzte sich jetzt in unregelmäßigen, aber kurzen Abschnitten fort. Noch eine Erschütterung … etwas stärker als vorhin. Es war unüblich, dass die Burg getroffen wurde. Die feindlichen Schiffe hatten wohl die Flut genutzt, um sich dem Fort weiter als sonst zu nähern.

»Und du wolltest erreichen, dass sie ihn vergisst?«

»Ja! Sie hätte sich nie von ihm getrennt. Aber er … er ist rücksichtslos. Er liebt sie nicht. Und er ist unmäßig stolz! Auch wenn er etwas nicht will, gönnt er es noch lange keinem anderen! Als ich zufällig das Bild entdeckte, habe ich sofort verstanden, welche Chance das war.«

»Das Bild.« Julie hatte Guillaume von dem famosen Bild erzählt. Also war es kein Zufall gewesen, dass François es entdeckt hatte.

»Das Bild … Das Bild war …« Robert schluckte, errötete, fuhr dann boshaft fort: »Ich habe es so gestellt, dass es ihm ins Auge fallen musste.« Er lachte gehässig. »Ach, ist der hoch gegangen! Wie ein Feuerwerkskörper auf der Place de Grève! Aber …«, stockte der Junge und wurde wieder ernst, »… er hat ihr auch weh getan. Er hat sie geschlagen, so, dass sie eine Woche im Bett lag und sich kaum rühren konnte!« Guillaume schwieg und rieb sich die mit Stoppeln übersäten Wangen. So ausführlich hatte Julie es ihm nicht erzählt …

»Damals … Damals hab ich es schon sehr bereut. Aber ich dachte, lieber eine Woche krank, als ein Leben lang unglücklich. Ich dachte, danach würde es endgültig vorbei sein. Niemand verzeiht so was, oder?«

Guillaume holte tief Luft. Der Junge hatte noch viel zu lernen!

»Aber sie verzieh ihm trotzdem und suchte nach ihm«, antwortete Guillaume, während er seine Augen schweifen ließ. »Sie ließ sich nicht abbringen. Und du musstest es dir immer mit anschauen. Bis sie sich hier im Fort wiedersahen.«

»Ja. Bis ich sie fand. Ich kam nach Hause und da lag sie auf meinem Weg … Sie musste gerade erst hingefallen sein, denn der Regen fing an dem Tag an, und sie war noch nicht sehr nass. Erst habe ich gedacht, dass es vielleicht eine gute Sache war, weil … weil sie ihn doch jetzt sicherlich vergessen würde. Aber dann … dann blieb sie so liegen … tut es immer noch …«

Er versteckte seinen Kopf zwischen seinen Armen und schluchzte erneut herzerweichend.

»Das … habe ich nicht gewollt! Sie … Ich … lieber soll sie seine Geliebte sein … lieber … aber nicht tot!«

Guillaume war müde. Er spähte durch das unverglaste Fenster in den grauen Tag, in den die englischen Kanonenkugeln Löcher in den Regen schossen.

Die Welt schien in einer zähen, trüben Masse gefangen.

Es war nach wie vor sehr schwierig, die englische Absperrung zu durchbrechen. Der Konvoi, mit dem er vor zwei Wochen hier eingetroffen war, hatte Glück gehabt: Er war durch ein Loch geschlüpft, das der Sturm kurz vorher in die Doppelkette gerissen hatte. Doch die Hilfsgüter, die die Schiffe geladen hatten, konnten die Not der Belagerten nur bedingt lindern. Vier Unzen Brot und eine kleine Schüssel dicke Bohnen mehr am Tag waren kein Grund, Luftsprünge zu machen. Und die Bretter waren schnell verbraucht, wenn man sie auf Dutzende von Dächern verteilte.

Plötzlich überkam ihn eine unzähmbare Sehnsucht, in ein Schiff zu springen und weit, sehr weit weg zu fahren. In Länder, wo die Welt nicht grau, sondern stets grün war. Wo die Sinne von fremden Gerüchen gereizt wurden. Wo die Menschen immer lächelten und sich mit knisternder Seide statt scheppernden Rüstungen kleideten.

Guillaume bedeckte sein Gesicht mit seinen Händen. Nein. Diesmal nicht. Keine Flucht mehr. Er würde sich nicht absetzen und die im Stich lassen, die ihn brauchten. Er würde es durchstehen. Bis zum bitteren Ende.

Gestern war erneut ein Schiff durch die Linien gekommen … Eines von sieben. Guillaume hatte Robert als Kundschafter ausgesandt und gehört, dass auch ein Comte de Fontes-Villaray an Bord eines der Schiffe gewesen war. Nur leider nicht auf dem, das durch die Maschen des englischen Netzes geschlüpft war. Über das Schicksal der restlichen sechs Schiffe war nichts bekannt.

Die Schultern des Jungen neben ihm zuckten immer noch. Guillaume empfand Mitleid mit ihm.

»Robert, das, was sich zwischen meinem Neffen und deiner Herrin abgespielt hat, war, glaube ich, unvermeidlich. Du magst es beschleunigt haben. Aber leider fürchte ich, dass es auf jeden Fall zu einer Trennung gekommen wäre.« Er atmete tief und langsam durch. »Du musst aufhören, gegen Mächte anzukämpfen, die deine Kräfte um so vieles übersteigen, mein Junge. Man kann die Zuneigung eines Menschen nicht erzwingen. Und genauso wenig kann man die Liebe ersticken.« Er hielt inne. Noch leiser fuhr er fort: »Es ist schwer, der Dritte zu sein. Womöglich das Schwerste von allem.«

Robert hob zögernd sein von Kummer und Selbstvorwürfen entstelltes Gesicht.

»Gibt es … Gibt es denn gar nichts mehr, was wir tun können?«

Guillaume lehnte seinen schweren Kopf an die harte Wand hinter sich.

»Weißt du, manchmal ist es besser, gar nichts zu tun. Viele Menschen rennen umher und glauben, das Schicksal mit Macht lenken zu können. Es liegt in der Natur des Menschen, seit er aus dem Paradies vertrieben wurde. Er ist stolz auf das, was er erbaut, auf die Fortschritte, die er macht. Er ist so damit beschäftigt, auf seine Werke zu starren, dass er vergisst, die Augen gen Himmel zu richten.«

»Der Himmel …« Robert schickte dem Fenster über sich einen resignierten Blick zu. »Dann brauche ich mir wahrhaftig keine Hoffnungen mehr zu machen, denn der Herr will uns gewiss alle ertränken. Auch Mylady war dieser Meinung … Das einzige, was sie in den letzten vier Wochen gesagt hat, war, dass das Wasser hier zu tief ist.« Guillaume zuckte.

»Was sagst du da? »Deine Herrin hat in den letzten Wochen geredet? Wieso hast du mir nie davon erzählt?«

»Ja weil … Ich weiß nicht. Ist es denn wichtig?«

Guillaume sprang auf.

»Mein Gott, das weiß ich doch auch nicht, aber … was genau hat sie gesagt? Versuche, dich zu erinnern!« Er winkte. »Komm mit, Robert, wir gehen ins Zimmer zurück. Vielleicht finden wir ja irgendeinen Anhaltspunkt …« Er hatte Mühe, die Hoffnung in seiner Stimme zu unterdrücken.

Sie waren noch höchstens zehn Schritte von Julies Zimmer entfernt, als es passierte.

Ein ohrenbetäubender Knall erschütterte die Luft. Der Steinboden erbebte.

Die offen stehende Tür des Zimmers quietschte in ihren Angeln, bewegte sich, fiel ins Schloss. Dann Stille.

Sie sahen sich an, keuchten.

»Eine Kanonenkugel!«

Guillaume rannte los.

Er riss die Tür auf. Bekreuzigte sich.

Das Bett war ein einziges Trümmerfeld.

Der Himmel war eingestürzt. Das Geschoss hatte das Fußteil des Lagers getroffen und einen der Stützpfosten mitgerissen, woraufhin auch die restlichen Pfosten zusammengebrochen waren. Das, was einmal ein Bett war, mutete nun wie eine groteske, zusammengeklappte Muschel an, und der gelbe Vorhang hing aus der hölzernen Schale wie die gefransten Lippen eines Weichtieres.

Guillaume stolperte in den Raum. Er hustete, focht mit den Händen, um den weißen Gipsstaub zu vertreiben. Er begann, an dem Himmel zu zerren. Er fluchte, schnappte nach Luft, riss wütend an dem gelben Stoff und versuchte vergeblich, einen Blick in das Innere der hölzernen Schale zu werfen. Nichts zu machen …

»Hilf mir!«, herrschte er Robert an, der noch immer wie gelähmt an der Tür stand. Der Junge eilte hinzu. »Der Himmel muss weg!«

Sie fletschten die Zähne, während sie den Kasten auf einer Seite anhoben. Jetzt nur nicht loslassen! Ihre Armmuskeln waren zum Zerreißen gespannt.

»Und nun runter! Aber vorsichtig!«

Ein letztes Ächzen, eine hohe Staubwolke und gelbes, wallendes Tuch. Und jetzt …

Guillaume stieg in den aufgeklappten Himmel. Er hatte Mühe, seine Hände zu kontrollieren, als er an dem weichen Fell zog, über dem verknäulte Reste des Vorhangs lagen.

Da lag sie. Genauso friedlich, wie er sie verlassen hatte.

Er zitterte am ganzen Körper, als er nach ihr griff. Fast hätte er sie wieder fallen lassen, als er sah, dass ihre Finger sich bewegten. Er zog sie auf seinen Schoß, wischte die braunroten Haare zur Seite, spähte in das feine, staubige Gesicht.

Blau … Waren sie schon immer so unglaublich blau gewesen? Blau und voller Staunen …

Er beugte sich über sie, um ihre Worte zu verstehen.

»Laut.«

»Ja«, stieß Guillaume hervor und nickte.

»Angst …«

»Keine Angst, Julie«, schüttelte Guillaume den Kopf. »Es ist nichts … nichts passiert. Nichts als ein kleines Wunder … ein lautes kleines Wunder!«

»Aber … euch …«

Er sah sie verständnislos an. Sie schlug einmal mit den Augenlidern, bevor sie fortfuhr, mit unüberhörbarer Dringlichkeit in der schwachen Stimme:

»Angst … euch … Geht … es euch … gut?«

Er biss sich auf die Lippen, nickte, brauchte einige Sekunden, bevor er heiser antwortete:

»Ja, Julie. Uns geht es gut.«

»Euch … allen? Auch …?«

Diesmal konnte er nicht mehr antworten. Also nickte er nur. Ihre Augen fielen wieder zu.

»Ist sie … Ist sie jetzt …?«, stammelte Robert mit weit aufgerissenen Augen.

Guillaume schüttelte den Kopf.

»Nein. Ist sie nicht. Sie schläft.« Er hob sie auf.

Mit einen großen Schritt stieg er aus dem Trümmerfeld. Seine Beine waren weich.

Julie noch immer auf den Armen, ging er zum Fenster. Was er sah, bestätigte seine Vermutung: Die Flut war sehr hoch heute, und das stille Wetter hatte es den englischen Schiffen ermöglicht, so nahe wie nie zuvor an die Mauern des Forts zu gelangen. Der Wall war an mehreren Stellen beschädigt worden. Soldaten liefen hektisch umher. Unten lag ein Mann in seinem Blut, der Kleidung nach ein Offizier.

Guillaume zog den Kopf zurück.

»Nun, Robert«, warf er dem Jungen zu, der seine Ärmel hochgekrempelt hatte und anfing, einige Gipsstücke zusammenzutragen, die von der Wand abgesplittert waren, »ich schlage vor, du lässt das Aufräumen erst einmal bleiben. Das Zimmer ist im Augenblick nicht sicher. Wir werden sowieso umziehen müssen. Als erstes aber wollen wir drei ein Frühstück zu uns nehmen.« Er wies mit seinem Ellenbogen auf seine Jacke und lächelte breit. »Hier, fisch dir eine Silbermünze aus meiner Tasche. Du läufst jetzt schnell und holst uns etwas. Und zwar vom Feinsten, hörst du? Ich bin sicher, dass gestern nicht nur getrocknete Sardinen an Bord dieses Schiffes waren!«

⚜

François saß im Rumpf des Dreimasters von Capitaine La Treille inmitten eines Dutzend Edelmänner, die sich wie er freiwillig für die Überfahrt gemeldet hatten. Sie hockten am Boden, eingepfercht zwischen Fässern, die im Wellengang leise gluckernde Geräusche von sich gaben und die Luft mit einer zu Kopf steigenden Duftmischung aus Wein, Essig und saurem Traubensaft anreicherten.

Im Gegensatz zu seinem Onkel besaß François keine Erfahrung auf See und fühlte sich auf dem Deck höchstens im Wege. Also kämpfte er lieber im Halbdunkel gegen eine beginnende Übelkeit und seine Gedanken an.

Es war schon sein dritter Versuch, nach Ré überzusetzen. Einmal war sein Schiff nach einem heftigen Gefecht gesunken und er und die Mannschaft hatten sich nur im letzten Augenblick retten können. Das zweite Mal war der Kapitän ein Feigling gewesen und geflüchtet, sobald er die Spitze des ersten englischen Segels erblickt hatte. Voll ohnmächtiger Wut hatte François damals die Küste der Insel, die schon zum Greifen nahe schien, wieder entschwinden sehen und die Hände fest in seinen Taschen verkrampft, um dem unwiderstehlichen Drang entgegenzuwirken, dem Seemann den Hals umzudrehen.

Ja, es war sein dritter Versuch ... Und womöglich sein letzter.

Die Nachrichten aus dem Fort waren katastrophal.

Zwar wusste man, dass es auch den Engländern nicht gut ging. Die Besatzer litten an Ruhr und Hungersnot. Es fehlte ihnen an frischen Truppen, weil in England das Parlament gegen Buckingham und seinen wenig rühmlichen Feldzug Sturm lief und den Nachschub blockierte. Aber wenigstens hatten die Engländer die Dächer des Dorfes, um sich vor der Witterung zu schützen.

Toiras letzte Botschaft hatte mehr einem Ultimatum geglichen als einer bloßen Bitte um Hilfe. Seine Männer waren krank, verletzt oder schlicht am Ende ihrer Kräfte. Der zermürbende Dauerregen war von einer endlosen Folge von Stürmen abgelöst worden. Mehl und Munitionen des Forts waren auf kärgliche Reste zusammengeschrumpft. Der Gouverneur, selber bettlägerig, hatte mitgeteilt, dass er das Fort am achten Oktober übergeben würde – und der achte Oktober war morgen.

Doch weder die Gesandten des Kardinals de Richelieu noch Gaston d'Orléans waren gewillt, das Fort zu verlieren, ohne vorher einen letzten Rettungsversuch unternommen zu haben.

Nach Erhalt von Toiras Botschaft war Hektik im königlichen Lager ausgebrochen. Diesmal sollten nicht nur ein paar Fässer Wein und Mehl für die nächsten Tage hinübergeschmuggelt werden. Man wollte versuchen, der Belagerung ein für alle Mal das Genick zu brechen, indem man Vorräte im großen Stil hinüberbrachte. Dazu benötigte es einer erheblichen Menge Schiffe, genug, um die einzukalkulierenden Verluste wieder aufzufangen. Und das hieß auch, dass man sich auf eine heftige Auseinandersetzung mit dem Feind gefasst machen musste.

Als Anführer der sechsundvierzig Schiffe war Beaulieu-Persac gewählt worden. Gegen Mittag waren sie endlich auf den günstigen Wind aus Nordosten gestoßen. Beaulieu-Persac ließ die Schiffe erst Kurs auf das offene Meer nehmen, um dort die Nacht abzuwarten und die letzten Vorkehrungen zu treffen. Es war Neumond und eine der stärksten Fluten des Jahres zu erwarten, was man nutzen wollte, um möglichst nah an das Fort zu kommen.

Ein Ruck durchfuhr das Schiff. François horchte auf die Schritte, die nun über ihnen durch die dünnen Planken hallten, die laute, befehlende

Stimme. Zerberus setzte sich auf. François legte ihm eine Hand auf den Nacken. Die Muskeln des Hundes lagen hart unter seinen Fingern.

Das Tier schien genau zu wissen, worum es ging.

»Es geht los!« Die versammelten Männer murmelten und scharrten mit den Füßen.

»Endlich!«

»Jetzt wird's spannend.«

Ein gutmütig aussehender Bär von einem Mann zwinkerte.

»Man sagt, die Feinde wüssten über unsere Mission Bescheid und erwarten uns an der nächsten Ecke.«

»Nein, tun sie nicht. Man hat den Engländern falsche Informationen zugespielt. Sie erwarten uns an der Pointe des Baleines, an der westlichen Spitze der Insel, sie glauben, wir wollen ab da die Küste entlang. Wir aber werden von Norden kommen und auf einmal durchpreschen.« Der Sprecher, ein magerer Mann mit olivfarbener Haut, pfiff zischend durch die Zähne und ließ seine Handkante wie ein Beil durch die Luft sausen. »Einfach quer durch die Mitte!«

»Hört sich gut an!« Die Männer lachten mit glänzenden Augen. Sie waren aus reiner Abenteuerlust hier. François, der unter einer ganz anderen Art von Spannung stand, konnte ihre Begeisterung nicht teilen. Seinetwegen hätten sie sich auch zum Fort durchgraben können. Er wollte keine Heldentaten begehen, er wollte einfach nur ankommen. Vive le Roi! Passer ou mourir – Durchkommen oder sterben. Das Passwort der heutigen Nacht hätte nicht treffender gewählt sein können.

Er stemmte seine Füße gegen ein vertäutes Fass, um sich dem Sog des Wellengangs zu widersetzen. Zerberus machte sich ebenfalls lang. Sein breiter Kopf pendelte leicht. Hoch und runter ... Der Ozean klatschte an die Rumpfplanken, während das Schiff an Geschwindigkeit gewann.

Die Stunden verstrichen, die Gespräche verstummten und die Spannung stieg, während sie sich Ré näherten. François versuchte das Würgen zu überhören, das aus einer Ecke klang. Einer der Herren war offensichtlich noch weniger seetüchtig als er selber. Er schloss die Augen und horchte auf das beruhigende Schnarchen des Bären, des einzigen, der hier unten völlig entspannt zu sein schien.

Es dauerte einige Zeit, bevor ihm auffiel, dass das Schaukeln zunahm. Als er einen fragenden Blick um sich warf, begegnete er den klaren Augen des Vicomte de Luchapt, einem der jungen Edelmänner, die sich für die waghalsige Überfahrt gemeldet hatten.

»Wir sind langsamer geworden.«

»Hmm«, brummte François.

»Wir dürften jetzt nicht mehr weit sein, oder?«

François stand auf. Er hatte sowieso dringend Bedürfnis nach frischer Luft …

An Deck war alles ruhig. Er erahnte eine Gestalt zu seiner Linken. Es musste ein Matrose sein, der mit auf den Hüften gestemmten Armen regungslos dastand.

»Was gibt's? Warum segeln wir nicht weiter?«

Der Mann drehte sich zu ihm hin und deutete nach oben. François versuchte, etwas zu erkennen. Er ahnte mehr, als er sah, dass die Segelflächen wie nasse Bettlaken an den Masten hingen.

»Und womit sollen wir segeln, Ihrer Meinung nach?«, meinte eine spöttische, aber leise Stimme. »Sie könnten ja mal ein bisschen pusten …« François runzelte die Brauen. Flaute … Er würde sich nie an die Schnelligkeit gewöhnen, mit der das Wetter auf dem Meer wechselte.

»Wie weit sind wir noch von Saint-Martin entfernt?«

»Tja … Eigentlich haben wir schon erwartet, die Positionslichter zu sehen, die die da drüben für uns angezündet haben müssten. Wollen hoffen, dass wir nicht allzu nah sind …«

Die Stimme schwieg.

François tastete sich bis zur Reling vor, spähte lange Zeit in die Nacht. Wie ruhig es jetzt war! Er spitzte die Ohren, glaubte, ein ersticktes Lachen zu hören, das Knarren einer Winde … Der Rest der Flotte war da, auch wenn er sie nicht sehen konnte. Sechsundvierzig Schiffe Seiner Majestät, in einem losen Rudel verbunden. Wahrscheinlich schauten sie im Augenblick genau so verdutzt um sich wie die Mannschaft des Capitaine La Treille. Noch verdutzt, aber bald ängstlich … Wie Männer, die man aus einer fahrenden Kutsche vor eine Horde hungriger Wölfe geworfen hatte.

Denn die Engländer konnten nicht weit sein. Und spätestens in ein paar Stunden, bei Morgengrauen, würden sie die Schiffe entdecken und sich mit der ganzen Gewalt ihrer Geschütze auf sie stürzen.

Passer ou mourir. Also doch sterben?

François senkte den Kopf.

Seit einem Monat war Guillaume nun schon wieder im Fort. Und er selber ohne Nachrichten.

Konnte sie das Schlagen der Wellen noch hören? War sie von derselben gischthaltigen Luft umgeben wie er? War sie nur ein paar Meilen von ihm entfernt … Oder war sie längst entschwunden in eine Welt, wo er sie nie mehr würde erreichen können? Wo er ihr nie das würde sagen können, was ihm das Herz versengte und seine Seele aufschreien ließ? Es gab so vieles, so unendlich vieles, was er ihr sagen wollte! Oder … Nein. Eigentlich war es nicht viel. Eigentlich waren es nur wenige Worte. Aber bei Gott, er gäbe alles dafür, sie ihr wenigstens einmal sagen zu dürfen!

François Augen brannten. Wie lange stand er schon da?

Das leise Gemurmel hinter ihm ließ ihn erschauern. Er presste die Kiefer aufeinander. Gab es denn nichts anderes zu tun, als zu beten?

Er löste sich von der Reling und tastete sich wieder in den Laderaum hinab. Als er über die Beine seiner Reisegefährten gestiegen war, ließ er sich erneut neben Zerberus fallen.

»Alors, wie sieht es oben aus?«, fragte Luchapt freundlich.

»Zu sehen gibt es nichts, aber es wird gebetet.«

»Wenn's hilft …« Der junge Mann lächelte.

François schüttelte den Kopf.

»Ich fürchte, ohne Wind bleiben die Chancen gleich Null.«

»Und, wie nah sind wir?«, wollte der Mann mit dem grünlichen Teint wissen.

François machte sich auf dem Boden lang und verschränkte die Arme hinter dem Kopf.

»So nah, dass man sie fast riechen kann. Aber man hört weder das Quietschen der Eisenkette noch kann man die Positionslichter erkennen.«

Luchapt räkelte sich genauso genüsslich, als befände er sich in den weichen Tiefen eines Federbettes.

»Das klingt ja so, als seien Sie schon einmal durch die Absperrung durchgefahren …«

»Nein, durchgefahren bin ich noch nie«, murmelte François.

»Nun, vielleicht sollten wir uns alle ins Wasser werfen und einfach rüberschwimmen, wenn der Wind uns im Stich läßt!«, meinte der Comte Georges de Noisné, ein Mann mit rotblonden Haaren, dem der rechte Daumen fehlte. »Was so ein Bauernlümmel aus der Gascogne schafft, können wir doch auch, Messieurs, oder?«

»Schwimmen? Ne, ohne mich.«

»Ich kann gar nicht schwimmen!«

»Das ist doch sowieso eine erfundene Geschichte. Ich habe versucht den Kerl zu sehen … Niemand konnte ihn mir zeigen!«

»Ja, Sie haben Recht, Monsieur. Man stelle sich die Entfernung vor … Völlig unmöglich.«

»Also, ich glaube schon, dass etwas Wahres dran ist. Man hat mir die Hülse gezeigt, die der Mann um den Hals hängen hatte …«

François starrte auf die Balken über sich. Erinnerungen an die längste Nacht seines Lebens stiegen in ihm auf.

»Na, da bleiben wohl nur noch Sie und ich übrig, Monsieur de Fontes-Villaray!«, warf Noisné zu François rüber. »Was halten Sie davon? Wollen wir eine kleine Wette darauf abschließen, wer von uns Saint-Martin schwimmend erreicht?«

»Sie werden auf mich verzichten müssen, Monsieur«, meinte François kalt.

»Was? Auch Sie nicht? Schade, ich hatte gedacht, Sie seien aus einem anderen Holz geschnitzt …«

»Um ehrlich zu sein, sehe ich keinen großen Sinn darin, ohne die Vorräte in Saint-Martin anzukommen, Monsieur. Außer Sie erklären sich bereit, sich vor Ort pökeln zu lassen.«

Die Männer lachten schallend.

Ein Poltern wurde hörbar. Capitaine La Treille erschien auf der Leiter.

»Messieurs, wenn ich bitten darf! Wenn Sie noch ein wenig lauter sind, haben die Herren Feinde auch bald etwas zu lachen! Das hier ist keine Spazierfahrt! Wir versuchen, so weit wie möglich vorzudringen, ohne entdeckt zu werden. Aber bei dem Lärm, den Sie veranstalten, wird man uns gleich entdecken!«

»Ja, fahren wir denn wieder?«, fragte Luchapt überrascht.

»Wenn Sie weniger feiern und mehr aufpassen würden, hätten Sie bemerkt, dass wir seit ein paar Minuten wieder etwas Wind haben, Messieurs«, antwortete der Kapitän spitz. »Es könnte gut sein, dass es an Deck bald genug für Sie alle zu tun gibt!« Er drehte sich um und verschwand wieder. In der Tat … in der nun eintretenden Stille wurde das vertraute Knarren und ein leichtes Flattern hörbar. Eine leichte, verheißungsvolle Brise strich über die Schiffe und lehnte sich an die hohlwangigen Segel. Nach zwei Stunden Flaute erbebten die Schiffe freudig und richteten den Bugspriet erneut Richtung Süden.

Die Männer lachten wieder, wenn auch leise.

»Na, wer sagt's denn?«

»Auf nach Saint-Martin, Messieurs!«

François setzte sich auf. Guillaume hatte ihm Geld dagelassen, mit dem er sich neu eingekleidet und bewaffnet hatte. Keiner konnte ihm mehr den Pierre Lanier ansehen. Er überprüfte noch einmal seine Waffen, versuchte, seine Nervosität mit den beruhigenden Gesten des Alltags in Schach zu halten.

Er stieg wieder an Deck.

Es dauerte eine weitere halbe Stunde, bevor sie die zwei Feuer erblickten, die die verzweifelten Belagerten rechts und links ihrer Anlegestelle entzündet hatten. Und hier lagen auch schon die ersten Schiffe des Feindes auf der Lauer. So leise, dass alle unwillkürlich den Atem anhielten, schlüpften sie nun in der pechschwarzen Nacht durch die ersten Schiffe unentdeckt hindurch, arbeiteten sich immer weiter durch die ahnungslosen Feinde, die ihre Wachsamkeit auf eine ganz andere Richtung gelenkt hatten.

Schon war ein halbes Dutzend der Schiffe weit hinter die englischen Linien vorgedrungen, als das Unvermeidliche passierte. Durch wen oder was der Alarm ausgelöst wurde, konnte im Nachhinein keiner mehr sagen. Allen an Bord war klar gewesen, dass nicht sechsundvierzig Schiffe unbemerkt bis Saint-Martin würden gelangen können. Sie waren daher gefasst und zum Kampf bereit, als sie die schrille Glocke an Bord der Triumph vernahmen.

Wenig später herrschte auf dem Ozean Chaos. Die Nacht war so undurchdringlich, dass auf englischer Seite zunächst völlige Verwirrung herrschte, wer Feind und wer Freund war. Bis der Befehl durchgekommen war, Außenfeuer auf sämtlichen Schiffen zu entzünden, befand sich die Hälfte der französischen Vorratsschiffe mitten unter dem Feind. Was dann folgte, war das heftigste Scharmützel seit der Landung der Engländer auf der Insel. Beide Seiten kämpften erbittert … Das Schicksal des Forts entschied sich in diesen Stunden.

Auf dem Dreimaster von Capitaine La Treille war inzwischen alles an Deck, was Waffen besaß. Das kleine, wendige Schiff schaffte es eine ganze Zeit lang, zwei Verfolger abzuschütteln, die sich hartnäckig an sein Kielwasser geheftet hatten. Schon sahen sie die Schiffe, die die Kette bildeten, als sich ihnen ein Einmaster todesmutig in den Weg stellte. Ein Schrei des Kapitäns … Der Steuermann drehte mit aller Kraft auf Steuerbord, doch zu spät. Durch die Wucht des Aufpralls wurde François gegen eine Geschützlafette geschleudert.

»Ah, Pardon!«, schrie Luchapt, als er eine halbe Sekunde später auf ihn fiel. Er rappelte sich auf und fasste an seinen Hut. »Ich hoffe, nächstes Mal der Erste zu sein, Monsieur!«

»Nichts für ungut, Luchapt!«, meinte François und rieb sich ein schmerzendes Handgelenk. »Von all diesen Herren ist mir Ihr Fliegengewicht noch am liebsten!«

Er zog seinen Degen, denn nun sprangen die ersten Angreifer an Bord. Während die Matrosen mit Beilen versuchten, das Schiff von dem Wrack zu befreien, dessen Mast sich im Vorderkastell verkeilt hatte, hatten die zwei anderen Schiffe die Zeit gefunden, sie einzuholen, und warfen ihre Enterhaken aus. Schon bald wimmelte es an Bord von kämpfenden Männern.

François merkte schnell, dass er außer Übung und auch zu verspannt war, um mit der üblichen Gelassenheit zu fechten. Er kam einen Augenblick lang in Bedrängnis, als ein hellblonder Hüne, der sich trotz seiner Größe als erstaunlich geschickt herausstellte, auf ihn einhieb. Doch die jahrelange Erfahrung ließen ihn sein Gleichgewicht wiederfinden. Als er sich seines Gegners entledigt und einen zweiten über Bord geworfen hatte, bekam er die Gelegenheit, sich kurz umzuschauen.

Die Matrosen hatten es inzwischen geschafft, den Mast der Angreifer zu kappen – der Bug ihres Schiffes war wieder frei. Die zwei anderen Gefährte, zwei große Ruderboote, hingen jedoch noch immer an La Treilles Schiff. Sie konnten es zwar nicht stoppen, aber bremsten und fälschten seine Fahrt erheblich.

Das erste Ruderboot war von den Angreifern schlecht befestigt worden. Es hatte sich schon fast gelöst. Sie zogen es an einem langen Tau hinter sich her. Das zweite hingegen hing fest an ihrer Flanke und machte schauerliche Geräusche, wenn der Wellengang beide Schiffe mit Kraft aneinander stieß. François sah, dass Noisné offensichtlich die gleichen Beobachtungen gemacht hatte, denn der Rothaarige sprang neben das dicke Tau und bearbeitete es emsig mit seinem Dolch.

François brauchte einige Zeit, um auf Backbord zu gelangen, wo das zweite Schiff hing. Hier wurde am eifrigsten gefochten. Er warf sich in das Getümmel mit dem zwingenden Gefühl, dass sie sich beeilen mussten. Sie befanden sich bereits im letzten Drittel der französischen Flotte, und immer mehr englische Schiffe, auch die langsameren, erreichten nun ihren Standort.

Im Licht der englischen Beleuchtung sah er, wie das führende Schiff von Beaulieu-Persac immer weiter nach Südosten abdriftete, direkt in die Fangarme der Absperrung hinein. Ihm folgten vier weitere Schiffe, die scheinbar genauso dem Druck der sie treibenden englischen Meute nachgaben.

In der Zwischenzeit war klar geworden, dass an Bord François und seine Mitstreiter die Oberhand gewinnen würden. Die meisten Angreifer wurden getötet, ein paar über Bord geworfen. Die letzten ergaben sich und wurden kurzerhand gefesselt und unter Deck gebracht. Als François den Degen wieder in seine Scheide gleiten ließ, bemerkte er, dass die ganze Küste in Flammen zu stehen schien. Buckinghams Männer versuchten offensichtlich, sie zu verwirren, und sie von Toiras lenkenden Feuern abzubringen.

Und das schien ihnen auch zu gelingen … Mit Sorge sah er, dass ihr Schiff nach Westen abwich.

»Capitaine!«, rief er zu La Treille hinauf, der sich mit bleichem Gesicht und blutiger Schulter an den Fockmast stützte. »Wir fahren zu weit westlich!«

»Das weiß ich auch!« La Treille drehte sich um, brüllte seinen Steuermann an. »Idiot, kannst du denn keinen Kurs mehr einhalten?«

»Ich kann nichts dafür, Capitaine! Das Steuer reagiert nicht! Muss verklemmt sein!«

François spähte nach hinten. Ein Dreimaster der Engländer steuerte direkt auf sie zu. Mit diesem Angreifer würden sie nicht so schnell fertig werden! Eine schwere Hand legte sich von hinten auf seine Schulter. Er schnellte herum, die Hand an seinem Degen. Georges de Noisné machte einen Schritt zurück.

»Schon gut, Monsieur! Ich wollte Sie nur fragen, ob Sie sich um das Ende dieses Seiles kümmern würden.« Er hielt François ein eng gewickeltes Tau hin, dessen eines Ende er bereits um seinen bloßen Oberkörper geschlungen hatte.

»Was haben Sie vor?«

»Zum Ruder zu schwimmen. Ich weiß, was passiert ist: Das Tau, das ich eben gekappt habe, hat sich in ihm verfangen.«

»In Ordnung, Monsieur. Sie können sich auf mich verlassen.«

Noisné zwinkerte.

»Das weiß ich.«

Es gab keine Zeit zu verlieren. Ohne ein weiteres Wort sprang der rotblonde Mann über Bord und verschwand in einer kleinen Gischtfontäne im schwarzen Wasser. François ließ das Tau schnell durch seine Hände laufen, achtete darauf, dass es sich nicht verhedderte. Von hinten sah er, dass der feindliche Dreimaster keine zehn Minuten mehr brauchen würde, um sie einzuholen. Beaulieu-Persac und seine vier Trabanten hatten sich nun endgültig in der Absperrung verfangen. Immer mehr englische Schiffe versammelten sich um sie … Der Lärm ließ darauf schließen, dass eine schwere Schlacht im Gang war. Der französische Kommandant wehrte sich wie ein Löwe.

»Es reagiert wieder!«, brüllte der Steuermann plötzlich.

In der Tat … Langsam, fast gemächlich, schlug ihr Schiff nun einen östlicheren Kurs ein. Der englische Dreimaster erkannte, dass sie wieder an Fahrt gewannen, dümpelte einen Augenblick unentschlossen hin und her, bevor er sich für eine leichtere Beute entschied und zu den schon versammelten Schiffen gesellte, die Beaulieu-Persac bedrängten.

François holte nun schnell das Seil ein. Die anderen halfen mit. Mit vereinten Kräften zogen sie den triefenden, aber über und über strahlenden Noisné wieder an Bord.

»Gut gemacht!«

»Bravo, Monsieur! Sie haben uns alle gerettet!« Der rotblonde Mann wurde gebührend von allen gefeiert. François lächelte, während er ihn aus dem Seil befreite.

»Sie wollten es sich wohl nicht nehmen lassen, nach Saint-Martin zu schwimmen?«

»Ich sagte doch, was ein Bauernlümmel kann, können wir auch!« grinste Noisné.

»Wollen Sie mir erklären, weshalb Sie gerade mir das Seil anvertraut haben?«

»Nun, Fontes-Villaray, ich dachte, wenn jemand weiß, wie scheußlich man sich da unten fühlt, dann ja wohl Sie. Also würden Sie mich wohl auch am besten da wieder heraus holen.« Georges de Noisné sah ihn fest an. »Habe ich richtig geraten?«, lächelte er.

»Das haben Sie, Monsieur«, antwortete François und neigte den Kopf.

Inzwischen hatten sie die Kette umschifft und nahmen direkten Kurs auf das Fort.

Luchapt, der dem Wortwechsel verständnislos zugehört hatte, sah auf die im Dunkeln verschwindende Absperrung zurück, während er sich das Blut von einer Schramme am Arm abwischte.

»Beaulieu-Persac wird es nicht schaffen«, meinte er betrübt.

»Er hat es nicht schaffen wollen«, präzisierte Noisné und presste sich das Salzwasser aus den Haaren.

»Nicht wollen? Wie meinen Sie das?«

»Er hat sich mit voller Absicht in die Absperrung treiben lassen, um die Engländer abzulenken, während viele unserer Schiffe unbehelligt passieren konnten«, erklärte François seinem jungen Gefährten. »Sie haben sich auf ihn gestürzt wie eine Meute, die Blut geleckt hat. Ich hoffe nur, dass er sich jetzt ergibt.«

»Ich glaube nicht, dass ihm etwas passiert.« Noisné schüttelte sich und sah sich nach seinem Hemd um. »Er ist schließlich eine hübsche Summe Lösegeld wert.«

»Hmm.« François wandte seinen Blick auf das Fort.

»Ist ja das reinste Volksfest da vorne«, lächelte Georges de Noisné.

Hochrufe und Jubelschreie drangen über das Wasser bis zu ihnen herüber. Das Bisschen, was die Flut noch vom steinigen Strand übrig gelassen hatte, wimmelte von Menschen und Schiffen. Männer lachten, weinten und umarmten sich, andere fingen schon mit dem Ausladen der Fracht an, ein paar standen nur da und berichteten erregt von den Einzelheiten ihres nächtlichen Abenteuers.

Die flachen Kähne wurden an Land gezogen, die anderen mussten so nah wie möglich vor Anker gehen und würden erst bei Tageslicht entladen werden können.

Selbst im flackernden, unruhigen Schein der zwei großen Positionsfeuer war es nicht schwer, die Neuankömmlinge von den Belagerten zu unterscheiden. Mancher Edelmann, der die ganze Überfahrt als ein einziges großes Abenteuer erlebt hatte, wandte voller Mitleid die Augen von den erbärmlichen Gestalten ab, die sie freudestrahlend umarmten.

Als ihr Schiff endlich verankert war, sprang François in das erste Ruderboot. Er wartete noch, bis der Kiel sacht an den felsigen Boden anstieß, dann war seine Geduld am Ende. Mit einem großen Satz sprang er über Bord, ohne auf die Rufe seiner Gefährten zu achten. Gleichzeitig klatschte ein großer Körper neben ihm ins Wasser. Zerberus … Er hatte den Hund völlig vergessen. Das Tier nahm aber auch von ihm keine Notiz mehr und arbeitete sich mit schnellen Schwimmbewegungen in Richtung Land durch. Mit pochendem Herzen watete François durch das hüfthohe, eisige Salzwasser. Er widerstand dem Sog der nun zurückgehenden Flut, kämpfte sich durch Boote, Fässer und Menschen.

Die Männer am Strand streifte er nur mit kurzen, gleichgültigen Blicken, die an den feuchten Augen, den strahlenden Gesichtern abglitten. Ihre Freude konnte er nicht fühlen, ihre Erleichterung nicht teilen. Seine Reise war noch nicht beendet. Er eilte weiter, den Wall entlang, gab einem orientierungslos herumirrenden Schaf einen Klaps … und blieb abrupt stehen.

»Willkommen in Saint-Martin, François«, eröffnete Guillaume ruhig.

François Herz schlug bis zum Hals. Er sah zu dem älteren Mann hoch, sah die Weisheit und die Zuneigung in seinen Augen. Die Feuer, die langsam auf dem Strand herabbrannten, warfen phantastische Schatten auf

Guillaumes gegerbte Züge. Obwohl François ein erwachsener Mann war, fühlte er sich plötzlich jung und unerfahren. Er blieb vor ihm stehen und brachte kein Wort über die Lippen.

»Alles ist gut, mein Junge. Sie wird wieder gesund.«

»Sie … ist wieder aufgewacht?«

»Ja. Vor zwei Wochen.«

François blinzelte, nickte langsam. Dann streckte er eine Hand aus, stützte sich an dem massigen Wall ab und ließ sich langsam zu Boden gleiten. Guillaume setzte sich neben ihn. Sie schwiegen. Es roch nach Algen, toten Meerestieren und verbranntem Holz. Nebelschleier stiegen auf. Bald erschien die Geschäftigkeit auf dem Strand seltsam entrückt.

»Jetzt wird alles gut«, stieß François hervor. »Danke!«

»Ich sage es nicht gerne, aber ich alleine hätte es nicht geschafft.« Guillaume wiegte das Haupt. »Der Himmel hat sie dir zurückgeholt, mein Junge. Sie war schon sehr weit weg. Der Himmel und … die Sorge um uns.«

»Die Sorge um uns?«

»Ihr erster Satz war die Frage, ob es uns gut geht.« Guillaume fügte leicht lächelnd hinzu: »Und als ich es bejahte, suchten ihre Augen kurz im Raum, und sie fragte: Euch allen?«

François schluckte. Er richtete sich auf.

»Wo ist sie? Ich möchte sie sehen!«

»Es ist tiefste Nacht, François. Sie schläft …«

»Das ist mir egal. Ich werde sie nicht wecken. Ich möchte nur ihr Gesicht sehen.«

»François … Ich weiß nicht, ob du es überstürzen solltest. Sie ist sehr verändert. Sie hat wochenlang dagelegen, ohne etwas zu essen, und …«

»Was versuchst du mir zu sagen?«, fragte François hart. »Glaubst du, ich werde mich von ihr abwenden, weil sie keine runden Wangen mehr hat? Meinst du wirklich, es ist ihr hübsches Gesicht, das mich hat zum Festland schwimmen lassen? Willst du mich kränken, Onkel?«

»Nein, bei Gott, das möchte ich nicht, mein Junge. Aber sie ist noch sehr schwach, und …« Guillaume stockte, rieb sich das Kinn, suchte seine Worte. »Ich möchte nicht, dass sie dich zu früh sieht, François. Ich weiß nicht, welche Worte das letzte Mal gefallen sind, als ihr euch gesehen habt. Ich weiß nur, dass es sie tief verletzt hat. Noch fängt sie erst an, sich wieder mit dem Leben anzufreunden!«

François beugte sich nach vorne, suchte Guillaumes Blick.

»Du brauchst nichts zu befürchten, Onkel. Ich kann warten!« Er lächelte. »Ich habe schließlich mein Leben lang auf diese Frau gewartet. Aber ich muss wissen, dass es ihr wieder gut geht. Dass sie lebt, dass sie in meiner Nähe ist. Dass sie mir vielleicht eines Tages verzeihen wird. Wann auch immer. Alles andere ist nebensächlich. Auch mein Wunsch, sie in die Arme zu nehmen. Ich werde warten, bis du mir erlaubst, mit ihr zu sprechen. Aber heute Nacht …«, er ballte eine Faust, »… heute Nacht will ich sie sehen.«

Guillaume zögerte erneut. Dann stand er auf und ergriff das Halsband des Hundes.

»Komm!«

Sie durchquerten schweigend das Fort, schritten durch die kleinen Menschengruppen, die überall zerstreut herumstanden, noch immer erregt und freudig, noch immer nicht das Glück fassen könnend, im letzten Augenblick gerettet worden zu sein. Und jetzt endlich konnte François ihre Gefühle teilen, diesmal verstand er die Sprache der strahlenden Gesichter.

Guillaume blieb mit dem kaum zu bändigenden Zerberus vor der Tür des Zimmers stehen, als François vorsichtig die Tür aufstieß.

Die Geräusche von außen klangen nur gedämpft durch das geschlossene Fenster. Robert seufzte im Traum auf vor dem noch glimmenden Feuer, das auch das Bett mit einem warmen Schimmer überzog.

François trat auf Zehenspitzen ein. Sein Herz pochte spürbar, als er sich dem Lager näherte und er die Gestalt erblickte, die sich unter den Decken abzeichnete.

Sie war da. Er atmete auf. Eine letzte Kette zersprang in seiner Brust.

Sie lag auf der Seite, das Gesicht dem Feuer zugewandt. Ihre Hand ruhte offen neben dem Kissen. Sie atmete regelmäßig.

Ja, sie hatte sich verändert.

Er betrachtete die großen Schatten, die das schwache, warme Licht unter ihre Wangenknochen legte. Die Haut spannte hauchdünn über dem hellen Gesicht und der Puls schlug sichtbar auf ihrer Schläfe. Die Arkaden der Brauen überspannten höher denn je die geschlossenen Lider, die tief unter ihnen ruhten. Das Kinn trat klarer hervor als früher. Und über dem Kinn, der Mund, der schon immer voll gewesen war, aber jetzt irgendwie mehr Raum zu beanspruchen schien … Er schluckte, liebkoste mit seinen Augen den sinnlichen Schwung der Unterlippe.

Er beugte sich über sie, hob eine Hand … leicht lief ihr Atem über seine Haut. Seine Finger bebten, zögerten … Er presste die Lippen zusammen. Er zeichnete die Luftlinien ihres Gesichtes nach, so nahe, dass er die

Wärme spüren konnte, die ihre Haut ausstrahlte. Seine Finger flogen ein winziges Stück über die Schläfen, die Stirn … bis zu den schimmernden Haaren. Da endlich gestattete er seiner Hand, sich zu senken. Er berührte mit den Fingerkuppen den glatten, rotbraunen Strom.

Er richtete sich auf. Einen langen Moment noch blieb er stehen, lauschte ihren Atemzügen, nahm ihr Bild in sich auf. Dann drehte er sich um und schlich aus dem Zimmer.

»Und?«, raunte Guillaume, als François die Tür hinter sich schloss.

»Sie ist schöner als je zuvor!«

Guillaume schüttelte lachend den Kopf und legte einen Arm um François Schulter.

»Diantre, mon garçon! Jetzt hat es dich aber erwischt! Komm mit nach unten, in den Festsaal. Ich weiß nicht mehr, wann ich mich das letzte Mal betrunken habe. Aber ich weiß, dass ich es heute tun werde!«

Fünfzehn

»Quoi que je fasse ou que je die,
Voyez comme je suis traité!
Si j'ai pleuré sa maladie,
Je pleure aujourd'hui sa santé.«

»Was auch immer ich tue oder sage,
Seht, wie ich behandelt werde!
Beweinte ich früher ihre Krankheit,
So beklage ich heute ihre Genesung.«

Oktober 1627

»Guillaume, sagen Sie, ist jetzt Ebbe?«

»Ja, kleine Lady. Wir können gehen, wenn Sie möchten.«

Julie erhob sich von ihrem Stuhl, während Robert in der Truhe nach ihrem Mantel suchte. Als der Page hinter sie trat, um ihr das Kleidungsstück umzulegen, streckte sie die Hand aus, um es ihm abzunehmen, und zog es sich selber über.

Guillaume, der die kleine Szene aufmerksam verfolgt hatte, rieb sich die Nase. Seit Julie aus ihrem langen Schlaf aufgewacht war, lag eine Spannung zwischen ihr und dem Jungen, die er sich nicht erklären konnte. Sie mied es, sich von ihrem Pagen anfassen zu lassen, obwohl sie ihn nach wie vor freundlich, ja sogar herzlich behandelte. Und einer der wenigen Wünsche, die sie geäußert hatte, war, dass Robert nicht mehr vor dem Kamin ihres Zimmers, sondern im kleinen Vorraum übernachtete.

Robert indes schien es nicht zu bemerken. Er führte seinen Dienst treu und zuvorkommend aus wie eh und je. Zwar war er sehr ruhig, doch das konnte an tausend anderen Gründen liegen. Vielleicht einfach daran, dass er erwachsen wurde?

Guillaume seufzte und holte seinen Umhang. Er machte sich wahrscheinlich einfach zu viele Gedanken, sah Gespenster, wo es keine gab. Er musste aufpassen, dass ihm das Beobachten nicht zur Krankheit wurde. Inzwischen witterte er immer und überall Schwierigkeiten. Besonders, seit er Julie wie ein rohes Ei bewachte und alle Sorgen von ihr fern zu halten suchte.

Er trat zu ihr, um ihr zu helfen, die Schnüre ihres Mantels unter ihrem Kinn festzubinden. Vor ihm zeigte sie, Gott sei Dank, keine Scheu … Er verknotete die schwarzen Kordeln zu einer Schleife, während er auf das schmale Gesicht hinabschaute. Sie hob den Kopf. Ihre Blicke trafen sich, und sie lächelte ihn warm an. Sein Herz weitete sich, und er lächelte zurück. Ja, in solchen kurzen Augenblicken blitzte sie wieder auf, die heitere Julie. Ein oder zwei Sekunden lang. Doch dann glätteten sich ihre Züge wieder und nahmen die unpersönliche Freundlichkeit an, von der sie nicht mehr lassen wollten.

Nun ja, alles brauchte seine Zeit.

Sie zog ihre Kapuze über den Kopf, Robert reichte ihr ihren Muff … es konnte losgehen.

Sie nahmen den selben Weg wie jeden Tag. Die dunkle Treppe der Burg hinunter, wo sie inzwischen jedermann kannte und respektvoll grüßte. Durch den schmalen gepflasterten Vorhof, dann nach rechts, dem fernen Brausen entgegen. An der kleinen Kapelle vorbei, wo noch immer die mächtige Wachskerze brannte, die er der heiligen Jungfrau geopfert hatte, an dem Tag, als die Kanonenkugel Julie aufgeweckt hatte. Dann die Pferdeställe, die so lange leer gestanden hatten, und aus denen nun das Geblöke von Schafen drang. Und endlich, die unumgänglichen Holzbuden … Sie waren, nachdem die vor einer Woche eingetroffenen Schiffe entladen worden waren, verbessert worden, aber ein erbaulicher Anblick waren sie nach wie vor nicht.

Julie ging an allem teilnahmslos vorbei, schenkte ihrer Umgebung wie immer keinen Blick, ihre Rechte im Muff aus Fuchsfell, den er ihr geschenkt hatte, ihre Linke auf seinem Arm, das Gesicht in den Tiefen ihrer Kapuze verborgen. Dann erreichten sie ihr Ziel: Den Wall, der das Fort zum Meer hin abschottete. Die Treppe, die zu dem Rundgang führte, war schmal.

Er ließ Julie vorgehen, blieb dicht hinter ihr. Die Stufen waren steil und reihten sich scheinbar endlos aneinander, die warmen Kleider drückten schwer. Noch immer musste sie einige Male anhalten, um nach Luft zu schnappen. Wenn sie dann ihre weiße, so erschreckend schmale Hand ausstreckte und ihre Schulter sich am Stein abstützte, überkam ihn jedes Mal erneut der Drang, sie kurzerhand auf die Arme zu nehmen und hoch zu tragen. Doch er wusste auch, dass gerade diese Anstrengungen es waren, die sie wieder zu Kräften kommen ließen. Das hatte er auch François erklärt, der, wie er wusste, ihrem Spaziergang sehr oft aus dem Verborgenen zuschaute und mit Sorge verfolgt hatte, wie sie sich auf den Wall quälte. Guillaume wartete einfach, bis Julies Atemzüge sich beruhigt hatten, bis sie ihren Kopf wieder hob und sich von der Mauer abstieß.

Wie meistens empfing sie ein frischer Wind, als sie oben waren. Er nahm wieder ihren Arm, und sie schritten zum Rand, dort, wo eine englische Kanonenkugel einen Zacken in die Mauer geschlagen hatte. Und da standen sie dann, lange Zeit, und blickten auf den Horizont, bis Julie Zeichen zur Umkehr gab.

Weshalb sie jeden Tag darauf bestand, hierher zu gehen, wusste Guillaume nicht. Sie ließ sich weder vom Wetter noch von irgendetwas anderem abbringen. Doch da es das Einzige schien, was ihr momentan wichtig war, ließ er sie gewähren. Er bestand nur darauf, dass ihre Spaziergänge bei Ebbe stattfanden, wenn von den englischen Schiffen keine Gefahr ausging. Der Schock, den das zerstörte Himmelbett ihm versetzt hatte, steckte ihm immer noch in den Knochen.

Der Wind war kalt und blähte Julies Kapuze. Wie üblich dauerte es nicht lange, bis sich Strähnen aus ihrer ordentlichen Frisur lösten. Heute warfen die tanzenden Haare feine Schatten auf ihre Züge, weil die Sonne es geschafft hatte, einen Weg durch die Wolkendecke zu finden.

Auf dem breiten Uferstück, das der Ozean aufgedeckt hatte, besiedelten Algen die flachen Felsen. Ihr Grün bildete einen schönen Kontrast zu den sandfarbenen Steinen und ging in ein schwärzliches Blau über, dort, wo sie noch vom Wasser bedeckt wurden. Das milchiggraue Band des Meeres erstreckte sich bis zu der Grenze, wo der Meeresboden einen Knick machte und in der Tiefe versank. Von dieser Stelle an bis zum Horizont kleidete der Atlantik sich in Blaugrün und erstrahlte in reinem Blau, wenn die Sonne mit ihren goldenen Händen in ihn fasste.

Guillaume verengte die Augen zu Schlitzen und versuchte zu erspähen, ob es eine Bewegung in der englischen Flotte gegeben hatte.

An der Stelle, wo der Ozean tief und unergründlich wurde, dümpelten die feindlichen Schiffe ruhig vor sich hin. Noch hingen sie da, wie die Perlen einer fehlerhaften Kette, und machten einen zugleich störrischen und unentschlossenen Eindruck.

Immer öfter kamen jetzt Nachrichten bis zum Fort durch. Es war bekannt, dass Seine Majestät Louis und Kardinal de Richelieu mit großer Verstärkung für die Armee vor La Rochelle angekommen waren. Man sprach von zehn bis zwölftausend Männern, die nun die Hugenottenstadt belagerten. Genug, um gute Aussichten zu haben, die achttausend Soldaten der englischen Truppen aus Ré zu vertreiben. Falls Buckingham bis dahin keinen Nachschub bekam. Ja, es bestand Grund zur Hoffnung, dass die Belagerung demnächst beendet würde … Ein paar Tage, höchstens noch ein paar Wochen würden sie hier aushalten müssen. Und dann …

Was würde dann geschehen?

Guillaume warf seiner Begleiterin verstohlen einen Blick zu.

Wohin würde sie gehen wollen, wenn die Belagerung ein Ende genommen hatte? Hatte Julie Pläne? Was passierte hinter dieser glatten, hohen Stirn, die sich dem Wind entgegenstreckte? Was für Gedanken bewegten sie? Dachte Julie überhaupt nach, oder schlief ihr Geist noch, während ihr Körper langsam wieder zu Kräften kam?

Er hätte es nicht sagen können. Sie redete wenig und wenn, dann nie über das, was sie bewegte. Sie schien ständig zu frieren und setzte sich stundenlang vor das Feuer, wo sie in die Flammen starrte. Sie aß gefügig, was er ihr gab, aber nie viel und auch nie mit erkenntlicher Lust. Erstaunlicherweise erschien sie ihm nachts am lebendigsten: Als sie noch zu dritt in einem Zimmer wohnten, hatte sie Robert und ihn oft durch Sätze geweckt, die sie im Schlaf aussprach, die nicht immer einen Sinn ergaben, aber immer vor Leidenschaft bebten. Ja, sie ließ ihn ratlos. Wunden und Fieber konnte er heilen … aber zum ersten Mal in seinem Leben hätte er tatsächlich gerne zaubern können.

Guillaume blickte unauffällig um sich. Der Rundgang lag verlassen da, bis auf die zwei obligatorischen Wachtposten und einen langsam auf sie zu schlendernden Soldaten. War François da und beobachtete sie? Er war nirgends zu entdecken, aber er gab immer sehr darauf Acht, sich unsichtbar zu machen. Eine Vorsichtsmaßnahme, die höchstwahrscheinlich überflüssig war, denn Julie ignorierte ihre Umgebung.

Er hatte nicht erwartet, dass sein Neffe sich so geduldig zeigen würde. Bis jetzt hatte er anstandslos seinen Wünschen entsprochen und nicht versucht, sich ihr zu nähern. Und er schien tatsächlich eine stille Freude daraus zu ziehen, Julie einfach in seiner Nähe zu wissen – jegliche selbstsüchtige Regung, sie zu sprechen, hatte er unterdrückt. Doch wie lange noch würde es ihm möglich sein? Guillaume wusste, dass François unter der Situation litt, auch wenn er sie tapfer erduldete.

Guillaume fuhr sich durch die Haare. Ob er die Begegnung einfach zulassen sollte? Aber wenn er dann in Julies weiße Züge schaute, wenn er bemerkte, wie ihr Kleid locker um ihre Taille schwang und sie sich plötzlich entkräftet hinsetzte, wurde die Stimme in ihm wieder übermächtig, die ihm befahl, abzuwarten, keinerlei Risiko einzugehen. Julie war aufgewacht, aber er hatte nicht dazu beigetragen. Und gerade weil sich vor seinen Augen etwas abgespielt hatte, das er zwar nachvollzogen, auf das er aber keinerlei Einfluss gehabt hatte, war er sehr vorsichtig.

Julie stand noch immer unbeweglich da. Eine Böe hatte die Kapuze von ihrem Haupt gestrichen, doch sie machte keine Anstalten, sich wieder zu bedecken. Der schwere Haarknoten an ihrem Hinterkopf betonte den Schwung ihres Halses. Er sah, wie sie fröstelte und legte eine Hand auf ihre Schulter. Sie schaute ihn nicht an.

»Nein, noch nicht, Guillaume, bitte. Lassen Sie uns noch ein wenig hier bleiben …«

Er tat ihr den Gefallen, verschränkte seine Arme und warf erneut einen Blick um sich. Die zwei Wachtposten standen nun beieinander und unterhielten sich lachend. Der Soldat war näher gekommen. Guillaume konnte jetzt sein Gesicht erkennen. Er zuckte zusammen. Verflixt … was wollte der alte Kauz hier?

»Julie, bleiben Sie ruhig noch ein wenig hier. Ich laufe in der Zeit ein bisschen auf und ab, ja?«

Sie nickte, ohne den Kopf zu wenden. Er eilte los, um den Störenfried abzufangen.

»Was wollen Sie hier, Filasse?«, fuhr er den Alten an.

Filasse lächelte unschuldig.

»Einen guten Tag, Monsieur de Tallevende. Was ich hier will? Nun, ich trage meine alten Knochen ein wenig an der Sonne spazieren, bevor ich mich aufs Ohr haue … Ist gut für die Gliederschmerzen. Ich nehme an, dass Sie ebenfalls deshalb hier sind, oder? Sind ja auch nicht mehr der Jüngste!«

Guillaume ließ sich von der kleinen Provokation nicht irreführen. Filasse war alt, aber listig wie ein Eintreiber der Salzsteuer, das hatte er schon bemerkt.

»Ich wäre Ihnen dankbar, wenn Sie Ihren Spaziergang woanders fortführen könnten, Soldat.«

»Aber weshalb denn?« Der Alte reckte seinen faltigen Hals und spähte an Guillaumes vorbei. »Ich sehe, dass die kleine Dame dort drüben steht … scheint sich prächtig zu erholen, das freut mich. Vielleicht könnte ich ihr meinen Gruß entbieten.«

»Nein, das können Sie nicht, Filasse«, knurrte Guillaume. Leise fuhr er fort: »Hören Sie, alter Mann, ich weiß, dass Sie meinen Neffen mögen, aber so können Sie ihm nicht helfen. Und ich glaube nicht, dass er über Ihre Initiative erfreut sein wird.«

Die kleinen Augen des Alten zogen sich boshaft zusammen.

»Das lassen Sie ruhig meine Sorge sein, Monsieur. Ich habe schon manchen Beschuss ausgehalten … Da machen mir ein paar graue Augen auch keine Angst mehr. Aber ich merke schon, wann ich störe … Ich werde also zu einem anderen Zeitpunkt wiederkommen. Besonders«, fügte er lächelnd hinzu und entblößte sein fehlerhaftes Gebiss, »da ich sehe, dass die Dame schon Besuch hat.«

Guillaume drehte sich um … und fluchte kräftig, als er Zerberus sah, der eine durchgeschnittene Leine hinter sich herzog und mit Freudensprüngen auf die unbewegliche Julie zueilte.

»Aber, aber, Monsieur! Ich dachte, Sie mögen das Vieh!« Filasse feixte und rieb sich die Hände über seinen gelungenen Streich.

Guillaume antwortete nicht. Es war zu spät um einzugreifen. Er konnte nur noch ohnmächtig verfolgen, wie Zerberus Julie erreichte. Ja, jetzt würde sie wissen, dass François ganz in ihrer Nähe war, denn trotz ihrer Gleichgültigkeit der letzten Wochen hatte sie sicherlich bemerkt, dass Zerberus nicht bei ihnen war, oder? Er hob die Hand und wischte sich über die feuchte Stirn.

⚜

Julie atmete ruhig ein und aus. Und horchte.

Immer, wenn sie hier stand, vor dem grenzenlosen, weiten Horizont, im Brausen des Windes, der die schrillen, melancholischen Rufe der Möwen und die feuchten Ausdünstungen der Ebbe zu ihr trug, fühlte sie sich der Antwort etwas näher. Die Brise schlug dann leise, ganz leise, einen sehnsuchtsvollen Ton in ihrem Herzen an. Und sie lauschte, versuchte sich zu erinnern, an das, was einmal war … An Gefühle, als sie noch fähig war, zu empfinden. In ihrem Kopf, Bilder ihrer Vergangenheit, Bilder von Menschen. Und auch Stimmen waren in ihr und hallten in ihren Ohren nach. Freundliche, zornige und gleichgültige Stimmen. Ein unentwirrbares Durcheinander, versprengt … auseinandergerissen. Sie hörte, ohne den Sinn zu verstehen. Hatten diese Stimmen wirklich einmal alle zusammen ein großes, vollständiges Bild ergeben? Ein Bild, in dessen Mitte sie stand, in dem sie sich bewegte?

Wenn sie nur noch wüsste, wie alles ineinander passte … Wahrscheinlich würde sie sich an dem Bild erfreuen. Auf jeden Fall würde sie nicht so orientierungslos dastehen und den Wind und den Ozean anflehen, ihr zu antworten. Doch wenn sie lange hier gestanden hatte, erklang ab und zu dieser weiche, warme Ton in ihrem Inneren. Wie ein winziges Aufleuchten … es verlosch sofort wieder. Aber es war schön … So schön, dass es lohnte, zu stehen, bis die Beine vor Schwäche nachzugeben drohten … So schön, dass ihre Seele sich jedes Mal hinstürzte, vor der inneren, winzigen Flamme hinkniete, die Hände nach ihr ausstreckte und versuchte, sich an ihr zu wärmen.

Etwas Feuchtes schob sich in ihre rechte Hand.

Sie sah hinunter. Zerberus jaulte vor Glück und sprang in großen, ungelenken Sätzen im Kreis umher. Sie beobachtete ihn eine Zeit lang unbewegt.

Der Hund störte sie, mit seinem Tanz. Sie wandte sich von ihm ab, wieder dem Horizont zu. Verfiel erneut in Regungslosigkeit, während sie mit ganzer Kraft versuchte, einen Ton aufzufangen.

Ein Bellen ließ sie zusammenfahren. Sie zog die Stirn kraus. Was war denn nun schon wieder …?

Der Hund stand jetzt still. Blickte sie direkt an. Er verlangte etwas von ihr … Aber was?

Sie drehte sich zu ihm um und dachte angestrengt nach.

Da näherte sich das Tier, bis seine im Grinsen erstarrte Lefze ihren Schoß berührte. Er machte einen Satz … Auf einmal hatte es seine riesigen, von Schmutz starrenden Pranken auf ihre Schultern gestützt.

Sie schnappte nach Luft, nicht ängstlich, aber überrascht. Sie streckte hilfesuchend eine Hand aus und fiel auf die Knie.

Jetzt waren ihre Augen auf selber Höhe. War es das, was der Hund wollte? Es schien so … Er setzte sich vor sie hin. Blickte sie an. Goldene Augen. Zerberus.

Sie zog die Brauen zusammen. Etwas war da … so nahe, dass sie es mit ihren Fingerspitzen berühren konnte. Aber noch nicht fassbar. Doch die Augen sahen sie weiter an. Unentwegt. Ein breiter Schädel, winzige, dreieckige Ohren. Grau das Fell, furchterregend das Gebiss. Sie erinnerte sich … Früher einmal hatte sie Angst bei seinem Anblick empfunden. Es war lange her, an einem Weiher. Der Weiher von Eastington. Da hatte sie diesen Kopf das erste Mal gesehen. Und dann war etwas passiert …

Sie horchte auf. Ein winziger Ton …

Langsam hob sie eine Hand, streckte sie dem Hund entgegen. Der stieß einen sehnsüchtigen Ton aus. Julie legte ihre Hand auf den breiten

Kopf. Zwischen die beiden Ohren. Es war warm, struppig und zugleich angenehm weich … Augen, an denen man sich wärmen konnte. Sie streckte auch die zweite Hand aus. Zerberus robbte zu ihr hinüber und legte sein Haupt auf ihren Schoß, während sie seinen Hals mit ihren Armen umfing und ihr Gesicht tief in seinem Fell vergrub.

Der Ton, der in ihrem Inneren erklang, war warm und golden. Und so laut, dass sie erschauerte.

⚜

Es war noch dunkel draußen und Julie hatte keine Ahnung, wie spät es wohl sein mochte, als sie sich mit einem Ruck in ihrem Bett aufsetzte. Sie versuchte, die Nacht mit ihren Blicken zu durchdringen, horchte. Wo kam er her, dieser Schrei, der sie geweckt hatte?

Sie blieb einen Augenblick sitzen, zog die Knie an sich heran und umschlang sie mit ihren Armen. Nichts … Es war nichts zu hören außer Roberts regelmäßigen Atemzügen aus dem Nebenzimmer und dem fernen Quietschen einer Winde.

Das Quietschen … Ja, das war es. Leise und jämmerlich. Ein dünner, unendlich trauriger Schrei. Der Schrei eines kleinen, hilflosen Wesens, das nach ihr verlangte. So hatte sie es jedenfalls geträumt.

Sie versuchte, sich zu entspannen und den Kloß herunterzuschlucken, der in ihrem Hals steckte. Sie runzelte die Stirn. Warum ging es ihr bloß so elend heute Morgen? So schlecht hatte sie sich seit Wochen nicht gefühlt. Nicht, seit sie in dem zerstörten Zimmer aufgewacht war … Nicht seit … Sie wollte nachrechnen und merkte, dass sie nicht einmal wusste, was für ein Tag heute war. Und der Monat? Oktober? Ja, wahrscheinlich.

Ein heißer Blitz durchfuhr sie. Oktober … Mein Gott, wie lange hatte sie eigentlich dagelegen? Ende August war sie in das Fort gedrungen. Was war in der Zeit alles passiert? Sie musste Guillaume fragen. Jetzt zuckte sie zum zweiten Mal heftig zusammen. Guillaume … War er an jenem letzten Tag, an den sie sich erinnerte, nicht im Dorf Saint-Martin gewesen? Wie kam es dann, dass er hier war?

Ihr Atem ging schneller. Plötzlich hatte sie Angst. Angst vor sich selber. Vor ihrer Gleichgültigkeit, vor der Welt, die sich ohne sie weiterbewegt hatte. Und gleichzeitig wurde ihr bewusst, dass sie schon eine Ewigkeit keine Angst mehr gehabt hatte. Herr im Himmel!

Ihre Hand zitterte, als sie den Bettvorhang zur Seite zog und sich auf den Boden gleiten ließ. Ihr war ein wenig übel und ihre Knie waren weich, als sie sich ankleidete. Sie gab Acht, sehr leise zu sein, um Robert im Vorzimmer nicht zu wecken, ergriff ihre Stiefel und ihren Mantel und pirschte sich auf Zehenspitzen auf den Flur. Zerberus, der vor der Tür lag, beobachtete, wie sie ihr Schuhwerk anzog und sich zur Treppe tastete, bevor er ihr mit einem Gähnen folgte.

Sie wusste nicht, wohin sie wollte, bis sie gegen den nachtblauen Himmel die Umrisse der kleinen Kapelle erahnte, an der sie jeden Tag achtlos vorbeigelaufen war.

Sie biss die Zähne zusammen, als sie die schwere Tür aufstemmte, gerade weit genug, um hindurchzuschlüpfen. Was wollte sie hier? Beklommen machte sie ein paar Schritte vorwärts. Und sie prallte heftig auf etwas, das mitten im Weg stand: Ein mächtiger Holzpfahl, der die Decke stützen musste. Sie hielt sich kurz an ihm fest. Ihr Pulsschlag in ihren Ohren. Laut, schnell und einsam hallte er in ihrem schweren Kopf. Ihre Hände, auf einmal kraftlos, glitten an dem Holz ab. Langsam ließ sie sich auf die Knie fallen, den Oberkörper an das tröstende Holz gelehnt, das einzig Greifbare in diesem namenlosen Schwarz.

Julies trockene, brennende Augen starrten in die Dunkelheit. Halb ratlos, halb staunend.

Irgendetwas war schrecklich falsch gelaufen. Wann hatte sie sich geirrt? Wo war die Abzweigung, an der sie die verkehrte Richtung eingeschlagen hatte?

War es schon, als sie noch versuchte, Frederiks Liebe zu gewinnen? ...Oder als sie gegen Marie de Chevreuse rebellierte? Vielleicht in dem Augenblick, als sie am See von Rueil dem Mann, der vor ihr stand, schüchtern eine Hand auf den Rücken gelegt hatte? ... Oder erst, als sie in die Kutsche nach La Rochelle stieg?

Der Weg, den sie gewählt hatte, war jedenfalls eine Sackgasse. Es war allerhöchste Zeit, dass sie sich das klar machte.

Sie hielt inne und wachte aus ihren Gedanken auf. Irgendetwas hatte ihre Aufmerksamkeit erregt ... Sie lehnte sich vor, spähte zur Seite. Kerzenschein!

Es war eine dieser sehr dicken Kerzen, die wochenlang brennen konnten. Es war nur noch ein kleiner Wachsstumpf übrig, doch die über ihm schwebende Flamme war ruhig und hell genug, um eine Holzstatue andeutungsweise erkennen zu lassen.

Julie zögerte kurz. Dann zog sie sich wieder auf die Beine. Langsam näherte sie sich dem warmen Schein. Ihr Herz erbebte. Sie sah unverwandt das bunte, fein geschnitzte Kunstwerk an, während sie auf die Holzbank rutschte, die davor stand.

Es war die Heilige Jungfrau, das Jesuskind auf dem Arm. Ihr roter Mantel umfloss sie und ihren Sohn in schützenden, wallenden Falten. Mutter und Kind sahen sich in innigem Einverständnis an.

Julie saß lange regungslos da. War das ihr Weg? Maria sah glücklich aus. Würde sie es auch sein können?

Ihr Herz schwang leise und traurig. Thibault, mein Liebling … War sie unmäßig gewesen? Als sie mit Frederik verheiratet war, hatte sie für ein Kind gebetet. Der Herr hatte es ihr in Seiner Güte geschenkt. Aber sie hatte noch mehr gewollt und ihren Sohn vernachlässigt.

In all den Geschehnissen hatte sie immer nach einem Sinn gesucht. Und sich schließlich eingeredet, Thibaults Entführung sei der Weg, den Gott gewählt hatte, um sie mit François zusammenzuführen. Und dabei alle Zeichen übersehen, die ihr das Gegenteil bewiesen. Es hatte viele Zeichen gegeben … Bis hin zu John, der plötzlich vor dem Falltor des Forts erschienen war. Wie blind und taub war sie doch gewesen, nicht zu erkennen, dass sich ihr damit vielleicht die letzte Chance geboten hatte, Thibault wiederzufinden! Sogar Robert hatte sie gewarnt!

Sie hatte zu viel angestrebt und sich angemaßt, Gottes Wege zu verstehen. Und stand deshalb nun mit leeren Händen da. Hatte sie endgültig alles verloren? Den Mann und den Sohn? Sie schnappte nach Luft, unterbrach gewaltsam ihre Gedanken, floh vor der Verzweiflung, die auf sie lauerte.

Sie kniete sich hin, senkte das Haupt und faltete die Hände.

Als sie aus ihrer Versenkung erwachte, schimmerte leichtes Grau durch die drei schmalen spitzbogigen Fenster. Julie nahm ihre ganze Kraft zusammen, um sich wieder aufzurichten. Sie bekreuzigte sich und ging mit steifen Schritten zum Eingang zurück.

Zerberus sprang auf, als sie aus der Kapelle trat. Sie zögerte. Wohin nun? Sie sah sich um. Noch schienen die meisten Bewohner des Forts zu schlafen. Sie war allein und ungestört, bei sich, das erste Mal seit … Wochen? Sie zog ihre Kapuze tief über den Kopf und schlug den gewohnten Weg nach Norden ein.

Das leise, rhythmische Rauschen klang heute näher als sonst. Das Wasser war noch nicht zurückgegangen. Sie zögerte erneut, weil sie wusste, dass Guillaume es nicht gutheißen würde, wenn sie allein den Wall bestieg. Dann schob sie die Unterlippe vor und nahm die erste Stufe.

Wie immer war sie außer Atem und leicht benommen, als sie oben angelangt war. Der Himmel war wolkenlos und ging langsam in ein helles Blau über. Der Osten versprach einen schönen Sonnenaufgang. Leichter Nebel lag auf dem Wasser. Sie schlenderte in Richtung der Stelle, an der die Mauer gebrochen war. Es war lächerlich, aber irgendwie stand sie dort am liebsten. Vielleicht, weil sie das Gefühl hatte, dort am ehesten der Enge des Forts zu entkommen, wo sein Panzer auseinander klaffte. Vielleicht auch, weil die Wunde im scheinbar unverwüstlichen Stein sie berührte.

Zerberus bellte ein einziges Mal und trabte vor.

Sie war so in ihren Gedanken versunken, dass sie nur noch ein paar Schritte von der Stelle entfernt war, als sie die dunkle Gestalt erblickte. Abrupt blieb sie stehen. Sie hatte nicht erwartet, zu so früher Stunde hier jemanden anzutreffen.

Der Mann musste das Bellen gehört haben. Während sie noch zögerte, wandte er ihr langsam sein Gesicht zu. Sie schnappte nach Luft, sah, wie auch er sich plötzlich versteifte …

Ihre Hände flogen kurz umher, hielten sich schließlich am Ausschnitt ihres Mantels fest … Ihre Beine fühlten sich plötzlich schrecklich weich an. Sie riss sich mit aller Gewalt zusammen und wirbelte herum. Weg … Nur weg!

»Julie?«

Eine etwas raue Stimme … Sie stolperte unbeholfen davon.

»Julie …! Bitte, lauf nicht weg!«

Ihr Atem enteilte ihren Lippen in hastigen Wolken. Sie keuchte, als sie die schnellen Schritte hinter sich hörte. In ein paar Sprüngen hatte er sie eingeholt und stand vor ihr. Sie prallte zurück, erstarrte.

»Julie! Ich wollte dich nicht vertreiben!« François Hände breiteten sich bittend aus. Mehr sah sie nicht, denn sie hielt den Kopf hartnäckig gesenkt, unter der schützenden Tiefe ihrer Kapuze. Um nichts in der Welt wollte sie den grauen Augen begegnen!

Jetzt, wo sie sich nicht mehr bewegte, holte auch die Übelkeit sie ein. Sie kämpfte erbittert gegen die Ohnmacht an. In einer halben Umdrehung ließ sie sich gegen die Brüstung des Walls fallen.

»Julie, um Gottes Willen! Kann ich dir helfen? Antworte doch!«

Die Stimme wurde undeutlich und ihr Puls ohrenbetäubend laut. Sie biss die Zähne zusammen. Jetzt nicht! Nicht hier, nicht vor ihm! Ihre Fingerspitzen kribbelten. Langsam wurde das dumpfe Pochen in ihrem Kopf wieder leiser, langsam lockerte sich der eiserne Reif, der sich um ihre Schläfen gespannt hatte. Sie atmete auf, als der graue Schleier vor ihren Augen verschwand. Gerade im richtigen Augenblick, um eine Hand auf sich zukommen zu sehen, die ihr offensichtlich die Kapuze vom Kopf streichen wollte.

Sie fuhr zurück, als hätte sie eine Schlange erblickt.

»Es … Es geht mir gut, danke. Alles in Ordnung. Wirklich. Es ist nur … die Überraschung.«

Die Hand wurde schnell wieder zurückgenommen.

»Ach so. Ja. Natürlich.« Die Rechte deutete nach vorne. »Du kannst dich gerne an deinen Platz stellen! Ich gehe, wenn du möchtest.«

Sie schwieg. Woher wusste er, dass dies ihr Platz war? Guillaume musste es ihm erzählt haben. Ihre Gedanken überschlugen sich. Wenn es nach ihr ging, wäre sie nach Hause gestürzt. Aber ihre Beine würden sie schon die steile Treppe unmöglich hinuntertragen, das brauchte sie gar nicht erst zu versuchen. Also nickte sie nur und legte die paar Schritte bis zum Riss zurück, indem sie sich unauffällig an der Mauer abstützte. Er folgte ihr.

Sie drehte ihm den Rücken zu, indem sie angestrengt auf den heute so zahmen Ozean spähte, versteifte ihre Arme, als sie ihre Hände auf die Brüstung legte, und ihr Gewicht auf sie verlagerte.

Sie spürte den Mann hinter sich, hörte, wie er von einem Fuß auf den anderen trat. Die Stille senkte sich auf sie herab. Sie befeuchtete ihre Lippen, holte Luft.

»Du … Du bist früh aufgestanden, heute Morgen«, sagte sie, so fest sie es vermochte.

Er räusperte sich.

»Es … Ja.« Er lachte, und es klang verlegen. »Ich bin gar nicht erst schlafen gegangen.«

»Oh. Du hattest wohl Wache?«

»Nein … Ich bin aus der Armee ausgetreten, Julie. Ich habe auch meinen Namen wieder angenommen.«

Sie bewegte überrascht den Kopf, doch sie drehte sich nicht um.

»Ich verstehe, ja. Du hast ja auch keinen Grund mehr, dich zu verstecken.« Schnell fügte sie hinzu, um jedes Missverständnis auszuschließen: »Vor der königlichen Wache. Jetzt, wo du weißt, dass du aus der Bastille entlassen worden bist.«

»Nein, Julie. Du hast Recht. Ich habe keinen Grund mehr, mich vor irgendjemanden zu verstecken. Ich schätze, außer von Seiner Eminenz werde ich von keinem Menschen mehr gesucht.«

Weshalb klang der Satz so traurig? Einen winzigen Augenblick lang geriet Julie in Versuchung, sich umzudrehen, in die grauen Augen zu spähen. Sie schloss kurz die Lider. Nein. Nie mehr. Aus. Es war aus.

Eine Brise huschte über den Ozean, fegte säuberlich die letzten Nebelschärpen vom Wasser, um die Bühne frei für den Sonnenaufgang zu machen.

Julie zitterte vor Kälte. Warum ging er nicht? Was war es für ein Spiel, das er mit ihr trieb? Sie hatte verstanden, dass er sie nie würde lieben können. Sie hatte es akzeptiert. Warum musste er sie dann noch mit seiner Anwesenheit quälen?

»Julie … Das, was dir die letzten Wochen widerfahren ist … Es tut mir sehr Leid.« Er stockte. »Ich habe dir Vorwürfe gemacht, die sehr ungerecht waren.«

Sie schwieg lange Zeit. Sie hatte Mühe, die Lippen zu bewegen, als sie schließlich leise antwortete:

»Nein, François. Und du hattest Recht. Ich habe Thibault für dich im Stich gelassen. Und das war und ist unverzeihlich. Das ist mir klar geworden. Ich hoffe nur …« Ihre Stimme schwankte gefährlich. Sie stockte und krallte ihre Finger in die Unebenheiten des Steins. »Ich hoffe nur, dass Gott mir gestattet, Thibault noch wiederzufinden.«

Sie spürte eine zaghafte Bewegung an ihrem Mantel, doch sie hätte nicht sagen können, ob es nicht nur der Wind war.

»Ich … werde dir dabei helfen.«

»Nein!« Julie schüttelte heftig den Kopf und bereute es sofort, weil der Horizont danach vor ihrem Blick unkontrolliert hin und her wippte. Sie sammelte sich kurz und mobilisierte ihre letzten Kräfte. Ruhig … Sie musste ruhig bleiben. Sie musste es durchstehen. »Ich will dein Mitleid nicht, François. Bitte, wenn du noch ein wenig Wärme für mich verspürst … Tu mir das nicht an. Ich habe mir nach Frederiks Tod geschworen, dass ich mich nur aus Zuneigung erneut binden würde. Und … Und ich dachte einige Zeit lang, dass ich nahe dran war. Alleine für diese schönen Augenblicke hat es sich gelohnt. Ich bereue nichts! Aber lass mich bitte im Glauben, dass vielleicht unter anderen Umständen etwas Tiefes und Dauerhaftes zwischen uns hätte entstehen können. Verdecke nicht diese wunderbaren Momente in meinem Leben mit dem hässlichen Umhang des Mitleides … Wir werden es genauso halten, wie du es sagtest: Die Zeit wird helfen.«

»Julie, ich sagte doch, dass ich bereue, was ich dir an den Kopf warf. Ich habe schreckliche Angst um dich ge…«

»Mach dir keine Vorwürfe, François. Ich habe dir noch nie welche gemacht.« Sie schwieg kurz. »Kennst du Seeigel? Ich habe zum ersten Mal einen am Strand von La Flotte gesehen. Ich beobachtete das Tier eine ganze Zeit. Ich fand es wunderschön und hatte keine Ahnung, was es sein könnte ... Es schien ganz langsam über dem hellen Boden zu schweben. Ich streckte meine Hand danach aus, um es zu streicheln ...« Julie lächelte traurig. »Es hat mich verletzt, und noch Tage später fühlte ich die Stellen, wo seine feinen Stacheln meine Haut durchdrungen hatten.«

Sie zuckte die Schultern.

»Sollte ich dem Tier sein Nadelkleid verübeln? Was für einen Sinn hätte das ergeben? Gott hat es als Geschöpf erschaffen, das jede Annäherung verbietet. Es ist sein Schutz gegen die Außenwelt, doch gleichzeitig wird es nie erfahren, wie schön es ist, wenn eine Hand es streichelt. Niemand kann verlangen, dass es seine Stacheln ablegt und sein Herz ausliefert.« Sie senkte den Kopf. Sie war nun restlos erschöpft. Ihre Stimme war rau. Seit Wochen hatte sie nicht mehr so lange an einem Stück gesprochen. »Wir leben in zwei verschiedenen Welten, François. Wir können uns erblicken, wir haben uns durch das Auf und Ab des Lebens sogar ein paar Mal berührt, aber ... aber es war für uns beide schmerzhaft.« Ein erster Sonnenstrahl hatte den Horizont erklommen und warf einen rötlichen, schimmernden Teppich über das silbrige Wasser. Das Schauspiel war so bezaubernd, dass es sogar ihre Ermattung durchdrang. Unpassend ... Das Wetter auf Ré war wirklich immer unpassend. Verzweifelt murmelte sie: »Das beste ist, wir erfreuen uns einfach an dem Bewusstsein, dass ... dass der andere ... ebenfalls auf dieser Erde weilt. Und respektieren ... unsere Grenzen.«

Sie schwankte, wartete sehnsüchtig darauf, dass er endlich ging. Aber er ging nicht. Ihre Arme, auf die sie sich schon die ganze Zeit stützte, zitterten inzwischen vor Anstrengung. Sie hätte weinen wollen vor Mutlosigkeit und Erschöpfung ... Aber irgendwie schien sie auch dafür Kraft verloren zu haben. Ergeben und beschämt wartete sie nur noch darauf, dass sie vor ihm auf die Knie sinken würde.

»Komm her, Julie.« Zwei feste Hände legten sich plötzlich um ihre Schultern. Sie keuchte. Ihr ganzer Körper schmerzte vor Anspannung. »Ich verstehe, dass du den Glauben an mich verloren hast ...« Sie fühlte, wie er seine Stirn an ihren Nacken lehnte und biss sich heftig auf die Lippen. Seine Stimme klang dumpf. »... aber gib mir noch eine allerletzte Chance!«

Sie war zu entkräftet um sich zu wehren, als er sie nun umdrehte. Sie wimmerte, als er ihr sanft die Kapuze vom Kopf zog und sie plötzlich schutzlos im ersten Tageslicht dastand.

»Ich weiß, dass du dich im Augenblick noch zu schwach dafür fühlst. Aber du musst es auch nicht alleine durchstehen. Ich verlange nicht von dir, mir sofort zu glauben. Ich bitte dich nur, uns jetzt nicht einfach aufzugeben. Für uns ... weil ... weil ... weil ich ohne dich genauso wenig leben kann, wie du ohne mich.« Eine warme Hand legte sich bittend unter ihr Kinn. Und weil die Stimme vor ihr so eindringlich und traurig zugleich war, und sie so unendlich müde, tat sie das, was sie die ganze Zeit mit allen Kräften vermieden hatte: Sie hob das Haupt und blickte in die grauen Augen.

Sie entdeckte alles, was sie schon früher in ihnen gelesen hatte: Schmerz, Scham, Stolz und Stärke. Aber noch etwas anderes lag in ihren Tiefen: Etwas Leuchtendes, Beständiges ... Sicherheit und Entschlossenheit. Und außerdem ein unbekanntes Funkeln, lieblich und warm ...

»Ich ... Ich fürchte, jetzt wird mir ... wirklich schlecht.«

Als sie wieder zu sich kam, hörte sie ein schnelles, hartes Trommeln. Sie lag ganz eng an seinem Herzen. War umgeben von einem Duft aus Pulver, Leder und Nebeldunst. Fühlte den weichen Stoff seines Hemdes und den derben Ledergurt, der den Degen an seiner Seite hielt, unter ihrer Wange. Sah die grauen Augen, die ängstlich in ihre Züge spähten, hoch über sich. Und sein Gesicht, so vertraut, so nahe ... All ihre Sinne bedrängten sie, stürmten auf sie ein, erhoben ihre Stimmen zu einem überwältigendem Orchester der Sehnsucht. Doch sie konnte nur still daliegen, ergeben, unfähig, sich gegen sie zu wehren, aber auch noch nicht kräftig genug, sich ihnen zu öffnen. Und zum ersten Mal nach sehr langer Zeit wurden ihre Augen feucht.

»Tout doux, mon cœur, tout doux!« Er wiegte sie. »Alles wird gut, mein Liebling. Sag jetzt nichts. Weine ruhig. Weine, wenn du kannst. Ich weiß, wie gut es tut.« Er strich über ihr Gesicht, fing die einzelne Träne auf, die sich aus ihrem Augenwinkel befreite, küsste ihre Stirn. »Ich werde dich jetzt zu Guillaume bringen, ja? Wahrscheinlich ist er schon verrückt vor Sorge.«

Sie nickte kraftlos.

Er legte einen Arm unter ihre Schultern, einen anderen unter ihre Knie und hob sie auf.

⚜

»Julie! Suchen Sie mich?«

Julie sah überrascht hoch und ließ die Hand wieder sinken, mit der sie gerade an der Tür von Serventin, dem Steinmetz, anklopfen wollte.

»Ja. Schön, dass Sie fertig sind, Guillaume. Wie geht es Serventin?«

Guillaume verzog den Mund und zuckte die Schultern. Julie fiel auf, dass seine Augen tief umschattet waren. Seit sich im Fort herumgesprochen hatte, dass er ein fähiger Heiler war, war er rund um die Uhr beschäftigt.

Der Mangel an kampffähigen Männern stellte sich allmählich als ernstes Problem heraus. Etwa achthundert Männer, so hatte Guillaume geschätzt, waren alleine an Krankheiten gestorben. Viele hundert andere lagen eng an eng im Hospital und waren der Gemeinschaft eine Last. Die Luft war erfüllt von Husten, Niesen und röchelnden Atemzügen. Und Julie, mit ihren zu spitzen Zügen und ihren umschatteten Augen, passte bestens in die Landschaft der fahlhäutigen, ernsten Menschen, die ihr in den Gassen begegneten.

»Nun, was gibt es, kleine Lady?« Guillaume rieb sich die Brauen mit Zeigefinger und Daumen. »Weshalb sind Sie mich holen gekommen?«

»Béatrice, die Köchin der Burg, liegt in den Wehen«, antwortete Julie seufzend. »Der Gouverneur hat mich gebeten, Sie zu holen.«

»Die Köchin, hmm? Ja, ja. Seit er wieder genesen ist, hat Toiras auch seinen Appetit wiedergefunden.« Guillaume trat aus dem Haus und zog die Tür hinter sich zu. Er klemmte sein Medizinbündel unter die linke Achsel. Sein Blick suchte vergeblich hinter ihrem Rücken nach Robert. »Es ist nicht gut, wenn Sie alleine ausgehen, Julie. Sie sind noch lange nicht soweit, dass Sie ohne Aufsicht herumlaufen sollten. Wenn ich an das letzte Mal denke …«

»Es geht mir gut!«, antwortete Julie scharf. Sie runzelte die Stirn. »Hören Sie auf, sich Sorgen zu machen. Sie benehmen sich wie eine Glucke, die zum ersten Mal ein Ei ausgebrütet hat!« Sie sah, wie sein Gesicht sich verschloss. Sie seufzte, legte eine Hand auf seinen Arm. »Es tut mir Leid, Guillaume! Ich möchte Sie nicht verletzen, nach allem, was Sie für mich getan haben, aber … es ist an der Zeit, mir wieder Freiraum zu lassen, verstehen Sie? Ich … Ich habe wochenlang nicht über mich und mein Leben nachgedacht, war für alles gleichgültig. Das muss ich jetzt langsam nachholen. Und dafür brauche ich Platz und Einsamkeit.«

»Ich verstehe.« Trotz der einlenkenden Worte klang er verstimmt. »Ich muss jetzt los. Geben Sie mir Ihren Arm?«

»Nein, ich … ich möchte noch nicht zurück.«

»In Ordnung. Aber …« Er schwieg, senkte den Kopf.

»Ich werde vor der Dunkelheit zurück sein. Versprochen.« Sie strich über seinen Ärmel. Er nickte ein zweites Mal und lief mit großen Schritten davon.

Julie zog ihren Mantel enger um sich. Ohne recht zu wissen, wohin sie wollte, machte sie ein paar Schritte.

Was war ihr bloß eingefallen, Guillaume so grob zu behandeln? Es war richtig, dass seine ständige Sorge sie etwas einengte. Aber er hatte Tag und Nacht an ihrem Bett gewacht, seit sie die Augen aufgeschlagen hatte, hatte sie alle paar Stunden gefüttert, ihr stärkende Getränke gebraut, sie gewaschen und nicht locker gelassen, bis sie ihre Schwäche und ihre Gleichgültigkeit überwand und für immer längere Zeit aufstand.

»Wenn ich an das letzte Mal denke …« Sie hielt kurz inne, bevor sie ihren Spaziergang wieder aufnahm. Genau das war es, was sie erregt hatte. Dieser kleine Satz.

Das letzte Mal … Als François sie auf seinen Armen heimgebracht hatte.

Diese Begegnung hatte sie erneut völlig aus der Bahn geworfen. Zweifel aufkommen lassen. Wünsche, Sehnsüchte. Seitdem schmerzte ihre Brust wieder an Stellen, die sie auf ewig für gleichgültig und verdorrt gehalten hatte. Mein Gott, würde es denn nie ein Ende haben? Sie war so müde … Müde der Schmerzen. Müde der Ängste. Sie wollte nicht mehr! Doch immer, wenn sie an diesem Punkt angelangt war, hörte sie seine Stimme. Fühlte seine Haut, spürte seine Wärme, roch seinen Duft …

Sie hatte sich schon so oft und so lange Hoffnungen gemacht! Wie konnte sie sich dessen sicher sein, was sie in den grauen Augen gelesen hatte? Wer sagte ihr, dass sie nicht erneut in ein Wunschdenken verfiel?

Warum sollte François plötzlich fähig sein, zu empfinden? Die Angst zu vergessen, die ihn so quälte? Den Zorn auf seine Mutter, auf alle Frauen? Weil sie krank gewesen war?

Wenn es das war, dann war die neue Zärtlichkeit in seinem Blick nichts als Mitleid, auch wenn er es selber nicht wahrhaben wollte. Aber Mitleid war nichts, worauf man sich stützen konnte. Irgendwann einmal würde es aufgebraucht sein. Und dann …

Eine erneute Enttäuschung würde sie nicht überleben. Und selbst wenn sie bereit gewesen wäre, all das noch einmal durchzumachen, sich ihm erneut auszuliefern, mit ihrem ganzen Wesen … Sie hatte kein

Recht darauf, denn sie gehörte sich nicht. Sie gehörte ihrem Sohn. Thibault brauchte sie. Nie wieder wollte sie das vergessen.

Sie blieb stehen und bemerkte, dass ihre Schritte sie zum Falltor geführt hatten. Sie horchte.

Eine Melodie erklang von irgendwoher. Leise aber dennoch klar, ernst und in dem weichen, vertrauten Klang ihrer Muttersprache. Viele Männerstimmen, die sich gleichzeitig flehend und zuversichtlich in die beginnende Dämmerung erhoben: Die englischen Soldaten beteten.

Eine Gänsehaut überlief ihren Rücken. Waren es die innigen Worte, die ihr Herz berührten? Die altbekannten Lieder? Irgendwie fühlte sie sich mit diesen Männern verbunden, hatte das Bedürfnis, zu ihnen zu stoßen, sich mitten in ihre Reihen zu stellen und mitzubeten.

Wie lange dieser Krieg schon andauerte! Hatte es je eine Welt ohne Kanonendonner und Musketensalven gegeben?

Es gab Gerüchte … Man erzählte sich, die französische Armee stünde in Oléron und auf dem Festland bereit, um jeden Moment auf Ré auszuschiffen. Andere behaupteten, im Fort von La Flotte würden schon zweitausend Männer warten. Die Novemberluft knisterte vor Anspannung. Doch noch schien alles in Regungslosigkeit erstarrt.

»Na, können aber hübsch singen, die Engländer, nicht wahr?«

Julie musterte mit gerunzelter Stirn den Mann, der sie angesprochen hatte. Es war einer der beiden wachhabenden Soldaten, die am Tor standen, ein hässlicher Alter, der genauso verlottert aussah wie alle seine Kameraden. Sie wollte abdrehen, ohne zu antworten, als er ihr hinterher rief:

»Sie erkennen wohl nicht den alten Filasse, Madame la Comtesse? Oder wollen Sie mich vielleicht nicht erkennen?«

Leicht verärgert wandte sie sich dem Soldaten wieder zu.

»Verzeihen Sie, Monsieur, aber ich glaube, Sie unterliegen einem Irrtum. Ich kann mich nicht erinnern, Ihnen vorgestellt worden zu sein.«

Der Soldat pfiff durch seine reichlich vorhandenen Zahnlücken und lachte kurz auf.

»Eh bien, Hoheit, Sie tragen die hübsche Nase ja bereits wieder steil gen Himmel! Kein Wunder, dass der Junge seine Schwierigkeiten mit Ihnen hat! An seiner Stelle hätt' ich mir schon längst eine andere gesucht. Aber der Kerl ist ja sogar zu bockig, um zu ertrinken, wie alle vernünftigen Männer es an seiner Stelle getan hätten!«

Julie zögerte. Sprach der Mann von François? Aber was faselte er von ertrinken? Zurückhaltend meinte sie:

»Es tut mir Leid, Monsieur, aber ich bin unfähig, mich an Sie zu erinnern. Vielleicht sind Sie so freundlich, mir weiterzuhelfen.«

»Na klar bin ich freundlich«, lächelte der Alte und schabte sich den Nacken. Er beugte sich leicht in ihre Richtung und drückte dabei seine Muskete zwischen seinen Füßen in den weichen Boden. »Zum ersten Mal gesehen hab' ich Sie nicht weit von diesem Tor, als Sie mit dem Hinkefuß hier reinspazierten. Damals hat man Ihnen die Comtesse allerdings noch nicht so angesehen wie heute. Na ja. Das zweite Mal dann, als Sie den Jungen suchten und die Männer in der Kantine fast verrückt gemacht haben. War übrigens 'ne Glanzleistung, da redet die Horde heute noch von!« Er lachte schnell und mit hoher Stimme. Dann fuhr er lächelnd fort, während seine kleinen Augen sie listig anblinzelten: »Das dritte Mal ging es Ihnen nicht so gut. Der Junge hatte mich gebeten, mich ein wenig um Sie zu kümmern, während er sich die Fische ansah, und so bin ich gleich hingegangen, zu der Hütte, wo Sie lagen. Aber der Gouverneur hatte schon Capitaine de Sothelin geschickt, und Sie wurden mit auf die Burg genommen. Hatte der Junge übrigens ganz raffiniert hingekriegt, fand ich.« Der Alte richtete sich auf und lächelte breit. »Sie sehen also, wir sind sozusagen gute alte Bekannte, Sie und ich.«

Julie fühlte sich erröten. Sie war unangenehm berührt und gleichzeitig verunsichert.

»Das ... Ja, in der Tat. Verzeihen Sie, Monsieur, aber ich hatte von alledem keine Ahnung. Wenn es sich so zugetragen hat, wie Sie es mir gerade berichteten, muss ich Ihnen danken. Bitte entschuldigen Sie, wenn ich Sie eben so kühl behandelte.«

Die faltigen Backen des Alten schlabberten hin und her, doch seine hohe Stimme war hart.

»Ach was, mir ist das egal. So kühl, dass ich friere, können Sie mich gar nicht behandeln, Madame la Comtesse. Nein, das ist es nicht, was mich stört. Um ehrlich zu sein, ärgert mich, dass Sie den Jungen so schlecht behandeln, nach allem, was er für Sie getan hat.«

Julie hob das Kinn.

»Monsieur ... Filasse, ich möchte nicht gerne erneut grob klingen, aber ich wüsste nicht, was Sie das angeht. Ich danke Ihnen für Ihren Einsatz. Doch es befugt Sie noch lange nicht, Kommentare über mein Privatleben abzugeben. Ich wünsche Ihnen noch einen schönen Abend.«

Sie wandte sich schwungvoll ab und entfernte sich rasch von dem leisen Kichern, in das der Soldat nun verfiel. Mit zusammengepressten Lippen schlug sie den Nachhauseweg ein.

Was war denn noch alles passiert, während sie schlief? Wie hatte François eigentlich von ihrem Zustand erfahren? Und wieso sprach der Alte von ertrinken und Fischen ansehen?

Julie blieb stehen, machte einen Schritt, hielt erneut. Sie betrachtete einen Augenblick die Fassade des Hauses vor sich, auf der Brandgeschosse lange, rußige Spuren hinterlassen hatten. Sie senkte den Kopf. Dann schob sie die Unterlippe vor und drehte um.

Filasse schnaubte, als sie wieder auf ihn zukam, war aber rücksichtsvoll genug, sein Gekicher nur anzudeuten. Julie ballte die Hände.

»Erzählen Sie mir, was in der Zeit geschehen ist, an die ich mich nicht erinnern kann! ... Bitte«, fügte sie etwas sanfter hinzu.

»Mach ich gerne, Madame la Comtesse, aber ... weshalb fragen Sie nicht die anderen?«

»Vielleicht tue ich es noch. Zunächst aber möchte ich hören, wie Sie es erlebt haben. Vor allem das, was ... was den Comte de Fontes-Villaray betrifft.«

Der Alte wiegte seinen Kopf hin und her. Er räusperte sich und meinte bescheiden:

»Also, ich will Ihnen gerne alles berichten, was ich weiß, Madame, auch wenn es nicht sehr viel ist, weil der Junge ja die meiste Zeit auf dem Festland war.«

»Auf dem Festland? Aber wie um alles in der Welt ...« Sie stockte, bemerkte die hochgezogene Braue des Alten, lächelte ein wenig. »Schon gut, Monsieur Filasse. Ich will mich bemühen, Sie nicht mehr zu unterbrechen.«

»Prächtig. Also, es fing damit an, dass der junge Kerl, mit dem Sie angekommen sind, eines Nachmittags bei uns auf der Wache auftauchte und wild mit einem Messer herumfuchtelte ...«

Was der Alte nun erzählte, war unfassbar. Julie konnte nur dastehen und zuhören. Sie nahm die Worte in sich auf, verstand ihren Sinn, aber begriff ihre Bedeutung nicht. Es war, als sei ihr Herz verstummt.

»... Bei La Leu ist er gefunden worden. Am späten Vormittag. Er war die ganze Nacht hindurch geschwommen.« Filasse zupfte an seinem Ohr. »Kann sich das einer vorstellen? Ich kann nur ahnen, was der Junge da durchgemacht hat, Madame. Man sagt, dass er einen schrecklichen Anblick bot. Und dass er anschließend eine Woche im Bett lag, ohne sich rühren zu können. Das hat mir sein Onkel selber erzählt.«

Julie zog ihre Arme ganz eng um ihre Brust.

»Haben Sie noch nie das Lied über den Schwimmer von Ré gehört, Madame?«

Julie schüttelte stumm den gesenkten Kopf.

»Na ja, Sie müssten mal abends bei uns am Feuer sitzen … Die ganze Armee spricht über den Kerl. Aber nur die wenigsten wissen, wer es ist, weil der Junge es nicht an die große Glocke hängt. Dabei hat er wirklich keinen Grund, sich zu schämen, oder, Madame?«

Wieder schüttelte Julie den Kopf.

»Hmm.« Filasse schwieg kurz und beobachtete sie. »Ich glaube, Sie gehen jetzt besser wieder heim, Madame. Es wird jetzt dunkel und … Sie sehen aus, als könnten Sie noch ein wenig Ruhe gebrauchen.«

Julie legte die Hände an ihre Wangen. Sie nickte langsam, drehte dem Tor, hinter dem noch immer die englischen Psalme erklangen, den Rücken zu, und trat den Rückweg an.

In der Burg stieß sie erleichtert die Tür zu ihrem Vorzimmer auf. Robert war da. Er schreckte hoch, verschränkte blitzschnell die Hände hinter seinem Rücken. Sie lief an ihm vorbei. Sie wusste inzwischen, welche Geister ihren Pagen heimsuchten. Allzu oft herrschte zwischen ihnen eine gespannte Atmosphäre, die sie beide nicht fähig waren, zu durchbrechen. Sie hingen zu sehr aneinander, um etwas auszusprechen, das sie nur verletzen konnte. Sie atmete auf, als sie ein Feuer in ihrem Zimmer empfing.

Jetzt erst merkte sie, wie kalt ihr war. Sie knöpfte ihren Mantel auf und näherte sich ihrem Bett, um ihn darauf zu werfen, als sie etwas auf der Felldecke matt leuchten sah. Sie trat näher und beugte sich über das Lager. Es war eine runde Form, die die Decke nicht eindellte.

Sie lief zur Verbindungstür.

»Robert, war jemand in meinem Zimmer während meiner Abwesenheit?«

»Nicht in meinem Beisein, Madame. Aber ich war eben für eine halbe Stunde weg, weil Monsieur Guillaume nach mir schicken ließ. Warum? Ist etwas nicht in Ordnung?«

Sie antwortete nicht, sondern kehrte wieder an ihr Bett zurück. Sie streckte die Hand nach der runden Form aus, berührte sie, ergriff sie dann, ließ sie fast wieder fallen, weil sie so unerwartet leicht war.

Was mochte es sein?

Sie ging zum Feuer, hockte sich dort nieder.

Es war eine flache Kugel, mit einer leichten Vertiefung auf einer Seite, als wenn ein schmaler Finger einen Abdruck hinterlassen hätte. Das Objekt war glatt, aber nicht blank poliert und von einem makellosen, blendenden Weiß. Es wog so wenig, dass sie es fast nicht auf ihrer Handfläche spürte, und war so dünn, dass sie gegen die Flammen Umrisse hindurch erahnen konnte. Rund um die Vertiefung verlief ein sternförmiges Muster.

Es war ein empfindliches kleines Wunder, das da in ihrer Hand lag. Und sie hatte keine Ahnung, was es sein konnte.

»Julie? Ist alles in Ordnung?«

Sie blickte hoch. Guillaume stand mit gerunzelter Stirn drei Schritte von ihr entfernt. Sie lächelte.

»Ja, es ist alles bestens. Und bei Ihnen, Guillaume?«

»Toiras wird sich bald wieder seiner Köchin erfreuen.« Er schmunzelte. »Ich habe selten so eine schnelle Geburt erlebt. Aber was machen Sie da vor dem Kamin, Julie?«

»Kommen Sie her, ich zeige es Ihnen.«

Guillaume hockte sich neben sie. Sie reichte ihm das zarte Etwas.

»Hmm. Hübsch. Wo haben Sie denn das gefunden?« Er sah sie scharf an. »Sie waren doch hoffentlich nicht so töricht, an den Strand zu gehen?«

»An den Strand? Nein, weshalb? Es lag hier, auf meinem Bett. Wissen Sie, was das ist?«

Guillaume legte das Objekt wieder auf ihre Handfläche zurück.

»Natürlich weiß ich das. Es ist ein Seeigel«, antwortete er. »So sehen sie aus, unter ihren Stacheln.«

⚜

Vier Tage später lief Julie mit Guillaume und Robert zum Tor. Sie hatten sich spontan der Menge angeschlossen, die durch die engen Gassen des Forts hastete. Die Kunde, dass ein Franzose gesichtet worden war, ein einzelner Reiter, der sich im Trab der Festung näherte, hatte sich wie ein Lauffeuer verbreitet. Denn seit ein paar Tagen deutete alles darauf hin, dass die Engländer die Belagerung aufgaben.

Vor drei Tagen hatte Buckingham einen letzten, verzweifelten Versuch unternommen, das Fort zu stürmen. Die gesamte englische Besatzungsmacht hatte sich gegen die Wälle geworfen. Toiras hatte alle Männer, auch alle Jünglinge, Verletzten und Kranken zur Verteidigung mobilisiert. François, Guillaume und sogar Robert hatten mitgekämpft. Julie hatte zwei schreckliche Stunden durchlebt, dann war der Spuk vorbei gewesen. Die Engländer zogen sich entmutigt zurück und hinterließen über dreihundert ihrer Männer in den Gräben.

Auf der französischen Seite hatte es kaum Opfer und nur wenige Verletzte gegeben. François hatte einen Degenstich an der linken Schulter davongetragen. Doch es war eine reine Fleischwunde, und Guillaume hatte keinerlei Zweifel aufkommen lassen, dass sie gut verheilen würde.

Nachdem beobachtet worden war, wie Buckingham seine Toten nur mit etwas Erde notdürftig in den Wällen verscharren ließ, statt sie ordentlich zu bestatten, und nachdem auch das dumpfe Grollen der Kanonen erstorben war, war die Spannung im Fort gestiegen.

Viele Dutzend Augenpaare verfolgten nun die Ankunft des Reiters, der sich unbekümmert der Falltür näherte.

»Saint-Preuil! Es ist Saint-Preuil! Lasst ihn ein!«

Die Stimmen überschlugen sich vor Hoffnung. Der französische Offizier wurde eingelassen. Er sprang von seinem Pferd, verbeugte sich tief vor Toiras, der bleich und etwas steif dastand und mit dem Griff seines Degens spielte. Sofort drängten sich die Menschen auf den kleinen Platz vor dem Falltor. Saint-Preuil ließ sich nicht anmerken, ob der jämmerliche Anblick, der sich ihm bot, ihn berührte, eröffnete aber laut genug, dass ihn alle hören konnten:

»Monseigneur, ich bin auf Befehl von Monsieur de Marillac hier. Er entbietet Ihnen seine respektvollsten Grüße und lässt Ihnen mitteilen, dass er sich mit der Kavallerie auf halbem Wege nach Saint-Martin befindet. Der Feind ist bereits aus La Flotte zurückgewichen, und der Weg zum Fort Saint-Martin ist frei. Die Belagerung ist beendet!«

Ein einziger, entfesselter Jubelschrei. Die zerlumpten, verbundenen Gestalten fielen sich in die Arme, lachten, jauchzten, Tränen in den Augen. Einige deuteten spontan ein paar Tanzschritte an, andere liefen sofort los, um die frohe Botschaft bis in den letzten Winkel zu verbreiten.

»Haben Sie das gehört, Julie?« Guillaume drehte sich breit lächelnd zu ihr um. »Wir sind wieder frei wie die Zugvögel!« Er stupste sie auf das Kinn. »Na, kleine Lady, um ein Lächeln wird gebeten!«

Julie verzog den Mund, doch sie konnte nicht über ihre Unsicherheit hinwegtäuschen. Frei wie die Zugvögel, ja … Aber Zugvögel wussten, wohin sie flogen. Und sie?

Ihre Augen glitten über die jubelnde Menge. Lauter glückliche Gesichter. Bis auf eines.

Er stand auf der anderen Seite des Kreises, der sich um Saint-Preuil und Toiras gebildet hatte. Er war ernst. Aber er sah sie an mit diesem neuen, warmen Blick. Und sachte, ganz sachte erbebte ihr Herz. Befangen merkte sie, wie sie errötete. François musste es ebenfalls bemerkt haben, denn er lächelte. Verwirrt lenkte Julie erneut ihre Aufmerksamkeit auf das, was vorne geschah.

Toiras schwarze Augen glänzten verdächtig. Er machte kurzerhand zwei Schritte auf den Boten zu und schloss ihn unter den Hochrufen der Menge in die Arme. Daraufhin antwortete er mit bewegter Stimme:

»Ihre Meldung übertrifft meine kühnsten Erwartungen, Monsieur! Sie geben uns mit Ihren Worten Hoffnung, Leben und Zukunft zurück! Ich bin sicher, Ihr Name wird von allen hier Anwesenden bis an das Ende ihrer Tage mit aller größter Herzlichkeit und Dankbarkeit ausgesprochen werden!«

Wieder schrien die Versammelten Beifall.

Ein paar Minuten später sprengte Toiras auf seinem weißen Berberhengst aus dem Fort, nur von fünf seiner höchsten Offiziere und dem Boten begleitet. Er schlug die Richtung von La Flotte ein, wo er mit Marillac und den Maréchal de Schomberg, der diese Nacht mit der Infanterie gelandet war, einen Kriegsrat halten wollte. Der Gouverneur hinterließ die Anweisung, im Fort weiterhin in Alarmbereitschaft zu bleiben, um den so bitter erkämpften Erfolg nicht durch Unachtsamkeit zu gefährden. Doch als das schwere Falltor wieder hinter ihm zuschnappte, brach sich unter den Zurückgebliebenen eine ausgelassene Stimmung Bahn.

Die letzten Fässer Wein wurden angestochen, die so lange gehorteten Vorräte aus den hintersten Winkeln der Lagerräume gezerrt. Wie durch Zauber erschienen Fiedeln und Flöten. Bald spritzte der Schlamm unter dem rhythmischen Aufprall der tanzenden Holzschuhe auf, und so manch abgehärmtes, hohles Gesicht bekam für ein paar Minuten wieder frische Farben.

Guillaume und Julie sahen dem fröhlichen Treiben zunächst zu, ohne sich daran zu beteiligen. Doch selbst Julie konnte sich der guten Laune um sich herum nicht ganz entziehen. Sie schmunzelte, als Robert mit Schwung in die gerade gebildete Runde hüpfte und dort in eine Folge drolliger Sprünge verfiel.

Sie fing an zu klatschen. Und jedes Mal, wenn ihre Handflächen aufeinander trafen, war es, als versuche sie, ihre Ängste und Sorgen ein wenig mehr zu vertreiben. Ihr Herz wurde leicht wie schon lange nicht mehr.

Sie spürte das Leben zaghaft zurückkehren und schüttelte über sich selber den Kopf, während sie verstohlen über ihre Augen wischte. Und sie protestierte nur schwach, als Guillaume ihre Hand nahm und sie in den tanzenden Kreis zerrte.

Über zwei Stunden dauerte das spontane Fest an. Dann kehrte Toiras zurück. Die Musik brach ab und alles scharte sich um ihn, um die letzten Neuigkeiten zu erfahren. Der Gouverneur machte einen äußerst zufriedenen Eindruck.

»Ich bringe Ihnen allen gute Neuigkeiten: Buckingham scheint sich endgültig zurückzuziehen!«

Er wartete ein wenig, bis sich die Jubelschreie gelegt hatten. Dann fuhr er fort:

»Die englischen Reiter, die so offenkundig den Weg in das Dorf versperren, dienen nur dazu, ihren Rückzug zu decken! Saint-Martin haben sie schon jetzt fast gänzlich verlassen. Ihre Fahnen sind im Westen gesichtet worden, wo die englische Infanterie offensichtlich gerade versucht, unbemerkt zu entkommen! Aber das soll ihnen nicht gelingen, mes braves, nicht wahr?«

Die Menge antwortete begeistert, ein paar Fäuste stiegen in den Himmel.

»Ja, das habe ich auch dem Maréchal de Schomberg gesagt, der meinte, man solle den Feind entkommen lassen. Haben wir hier monatelang gehungert, um den Engländern liebevoll hinterher zu winken, wenn sie wieder in ihre Schiffe steigen? Sollen unsere vielen Toten ungerächt bleiben? Oder sollten wir diesen Menschen nicht besser ein für alle Mal die Lust nehmen, uns zu überfallen?«

Die Wortlaute der sich überschneidenden Schreie, die Toiras antworteten, waren undeutlich, aber ihre Bedeutung allen klar. Der Gouverneur schlug mit der geballten Faust auf seine Handfläche.

»So ist es recht! Ich erkenne den Mut und die Entschlossenheit, die euch während der ganzen schweren Zeit nie verlassen haben! Ich bin stolz darauf, die letzten Wochen zwischen solchen Menschen verbracht zu haben!«

Julie rümpfte die Nase, während sie die von Wein und Erregung geröteten Gesichter musterte. Einige unter ihnen waren die ersten gewesen, die sich hatten ergeben wollen. Hatte Toiras sich nicht, selber todkrank, hinuntertragen lassen müssen, um den Männern ins Gewissen zu reden? Waren sie nicht ein paar Mal haarscharf an einer Meuterei entlang geschlittert? Wie kurz und nach Belieben veränderbar das Gedächtnis der Menschen doch war! Egal. Heute waren sie alle Helden.

»Gut! Jetzt sollt ihr die Gelegenheit bekommen, es dem Feind heimzuzahlen! Es ist mir gelungen, den Kriegsrat zu überzeugen, dass die Ehre es gebietet, einzugreifen. Und diejenigen von euch, die sich noch stark genug dazu fühlen, sind herzlich eingeladen, sich der Armee anzuschließen, die in Kürze hier erscheinen wird!« Toiras hob eine Hand und brüllte: »Qui m'aime, me suive!«

Das begeisterte Echo der Befreiten war ohrenbetäubend. Die Winde des Falltors schrie, als das mächtige Gitter hochgezogen wurde. Viele rannten, um ihre Waffen und Rüstungen zu holen. Ein paar wenige preschten bereits nach draußen, um sich vor dem Fort zu sammeln. Julie, der das hektische, unbeherrschte Treiben allmählich zu viel wurde, fühlte sich mit Macht von dem hellen Stück Himmel angezogen, das sie nun aus dem offenen Tor anlachte. Warum sollte sie ihrem Drang nicht nachgeben?

Mit jedem Schritt, den sie machte, wurde ihr ein wenig mehr bewusst, dass sich nun nicht nur das Fort, sondern die ganze Welt für sie öffnete. Wieder überkam sie das Gefühl, das sie eben so verunsichert hatte. Freiheit … Ja, sie war freier denn je, ihre Entscheidungen zu treffen. Freier, als sie es war, als sie nach Frankreich kam. Und freier, als sie Paris verließ, um François hinterher zu jagen.

Sie blieb vor dem Fort stehen, auf der kahlen Erde, die früher die Trennlinie zwischen den beiden Fronten gebildet hatte. Der Wind hieß sie brausend willkommen, zerrte ihr die weite Kapuze vom Haupt. Sie atmete tief ein, legte den Kopf in den Nacken und verfolgte kurz das Schauspiel der sich jagenden Wolken. Wie sie diese Weite liebte!

Sie schaute nach Westen. Irgendwo in dieser Richtung, in ein paar Meilen Entfernung, musste John sich befinden. Er floh und nahm sein Geheimnis mit sich. Die Gelegenheit, ihm den Aufenthaltsort von Thibault zu entreißen, hatte sie verpasst. Dieses Mal.

Der Sturm ließ ihre Röcke wild flattern. Sie presste ihre Lippen aufeinander und schloss die Fäuste.

Gut. Sollte er doch fliehen. Sie war nicht stark, aber sie war zäh. Sie würde ihn wiederfinden. Sie würde in ihre Heimat zurückkehren und nicht eher ruhen, bis sie Thibault in ihren Armen hielt.

»Julie?«

Sie schrak aus ihren Gedanken, sah hoch. François löste sich von seinen zwei Gefährten und lenkte sein Pferd zu ihr herüber. Er sprang ab.

Ihre Blicke begegneten und verfingen sich. Und wie immer in den letzten Tagen, fühlte Julie sich befangen, wenn sie ihm begegnete, und sie spürte, dass es ihm nicht anders ging.

»Was machst du hier, ganz alleine?« Er lächelte leicht. »Du hast eben ausgesehen, als wolltest du der ganzen Welt den Krieg ansagen.«

»Nicht ganz. Nur meinem lieben Schwager.« Sie reckte das Kinn. »Und du hast dich von Toiras flammenden Reden anstecken lassen?«

François zog spöttisch einen Mundwinkel hoch, eine Mimik, die Julie wie eine alte Bekannte begrüßte.

»Die Ansprache war nicht schlecht, das muss man dem Gouverneur lassen«, meinte er. Er deutete auf das Pferd hinter sich. »Nein, mir wurde soeben das Glück zuteil, eines der letzten Pferde aus dem persönlichen Stall des Gouverneurs zu ergattern. Doch ich fürchte, er lässt es mir nur, wenn ich mich der Armee anschließe. Endlich wieder ein Pferderücken, nach wochenlangen Fußmärschen, da konnte ich nicht widerstehen!«

»Pfui, Monsieur le Comte, so etwas nennt sich Bestechlichkeit!« Sie verbarg ihre Gedanken hinter einer glatten Stirn. »Ich hoffe, das Tier ist den Einsatz wert!«

»Ich glaube schon …« François sah sie seltsam an, zögerte. »Die Wahrheit ist, ich reite mit, um sicher zu gehen, dass Buckingham tatsächlich von dieser Insel verschwindet.«

»Nun, das klingt in meinen Ohren Toiras kriegerischen Worten aber sehr ähnlich!«, spöttelte sie.

»Mag sein. Aber es geht mir nicht um Rache, Julie, sondern um meine Ruhe. Vorgestern, als die Engländer ihre große Attacke starteten und es einen Augenblick so aussah, als würden sie das Fort stürmen, ist mir eines klar geworden: Ich kann nicht länger akzeptieren, dass diese Herren ständig das bedrohen, was mir am liebsten und teuersten ist. Und deshalb möchte ich ihnen persönliches Geleit geben, bevor sie sich anders entscheiden.« Er sagte es leichthin, aber in den grauen Augen lag tiefer Ernst.

»Das kann ich verstehen«, meinte Julie weich. Sie sah auf seine Schulter, wo seine ausgebeulte Jacke den darunter liegenden Verband verriet. »Ich hoffe nur, dass du ein wenig auf dich Acht gibst. Es könnte sein, dass …«, ihre Stimme zitterte und sie senkte den Blick, »es könnte sein, dass du deine Ruhe mit der Sorge anderer erkaufst.«

Als er nicht antwortete, hob sie zögernd wieder den Kopf. Er sah sie an … Mit einer Intensität, die sie sprachlos ließ. Mit dieser neuen, innigen Kraft, die sie so verunsicherte, die an all ihren Entschlüssen nagte.

»Sorge dich nicht, mon cœur.« Er lächelte zärtlich. »Es gibt nichts auf der Welt, das mich davor zurückhalten könnte, zu dir zurückzukehren.« Er ergriff ihre Hand, drehte ihre Handfläche nach oben und beugte sich über sie.

Sie schloss kurz die Augen, als sie seine warmen Lippen auf ihrer Haut spürte. Sie erschauerte tief.

Als François wieder hoch sah, begegnete er ihrem Blick. Er machte einen halben Schritt zurück.

Sie sahen sich noch kurz an, lächelten verlegen.

François warf die Zügel seiner Stute über den Hals, schwang sich auf den Pferderücken. Er winkte Julie ein letztes Mal zu, bevor er sich wieder zu seinen zwei Gefährten gesellte.

Julie trat mit unsicheren Schritten den Rückweg in das Fort an.

⚜

Nach kurzer Zeit hatten sich sechshundert kampffähige Männer vor den Wällen versammelt. Es dauerte noch einige Augenblicke, bis sich durch die energische Arbeit der Offiziere ordentliche Reihen gebildet hatten. Zur selben Zeit kündigte eine leichte Staubwolke das Gros der Armee an. Willkommensrufe schallten aus der Höhe der Befestigung herab, als die dreitausend französischen Soldaten erschienen. Henry de Schomberg, ein älterer, ernster Mann mit spitz gezwirbeltem Schnurrbart, breiten Wangen und einem kleinem, herzförmigen Mund, ritt an ihrer Spitze.

Als sie sich nun geschlossen gegen das Dorf Saint-Martin wandten, konnten sie noch die letzten Männer des feindlichen Heeres entdecken, die gerade auf den Weg nach La Couarde, einem westlich gelegenen Dorf, verschwanden.

Eine seltsame Verfolgungsjagd setzte sich in Gang. Sie rückten stets im selben Tempo vor, wie die englischen Truppen sich zurückzogen. Der vorsichtige Maréchal de Schomberg dachte nicht daran, seine Männer in Reichweite der feindlichen Musketen zu führen. Trotz seiner hohen Verluste und seiner ermüdeten Truppen war der Feind in der Überzahl, eine Tatsache, die ihm im offenen Gelände einen Vorteil geboten hätte.

Über zwei Stunden waren die zwei Armeen durch Felder und Wiesen hintereinander hergelaufen, als die ersten Häuser und Mühlen von La Couarde erschienen. Ein Teil der englischen Musketiere verschanzte sich in den Gräben, die rechts und links den Weg säumten, hinter niedrigen

Mauern und kargen Büschen. Der Rest der Engländer verschwand im Dorf.

Der junge Luchapt, der an François linker Seite ritt, war, wie immer, voller Ungeduld. Er stellte sich in den Steigbügeln auf und versuchte, über die vielen Kopfreihen hinweg einen Blick auf das Dorf zu erhaschen. Enttäuscht ließ er sich in seinen Sattel zurückplumpsen.

»Nichts zu sehen …« Er zuckte die Schultern. »Also, ich hatte mir unter der Befreiung von Ré etwas anders vorgestellt, als einen endlosen Gänsemarsch durch die Sümpfe! Worauf warten wir denn nun schon wieder?«

Georges de Noisné, der sein Pferd neben ihn schob, brummte belustigt.

»Mein junger Freund, jetzt zu attackieren, wäre purer Wahnsinn. Wenn Sie Pech haben und Buckingham ein wenig Grips im Kopf, werden Sie sich noch viele Stunden gedulden müssen.«

»Weshalb?«

»Weil es am sinnvollsten für die Engländer wäre, die Nacht abzuwarten, um zu verheimlichen, wann und wohin sie gehen«, antwortete François nun.

»Ach je … dieser Logik kann ich mich leider nicht entziehen.« Luchapt tippte ein paar Mal auf sein Kinn. Dann erleuchtete ein jungenhaftes Lächeln sein Gesicht. »Aber der Herzog of Buckingham hat sich bis heute nicht als großartiger Stratege erwiesen, nicht wahr, mes amis? Ich wette mit Ihnen, dass er weiterzieht!«

François und Noisné tauschten einen Blick und schmunzelten.

Nach der gemeinsamen Überfahrt nach Ré war eine Freundschaft zwischen François und den zwei Männern entstanden. François, der die letzten Wochen voller Unsicherheit darauf gewartet hatte, dass Julie sich ihm wieder öffnete, hatte ihre beruhigende Nähe zu schätzen gelernt. Er genoss das Gefühl, sich endlich einmal so geben zu können, wie er war: Ohne Hintergedanken, ohne Lügen. Außerdem empfand er es nach seiner Zeit als einfacher Soldat als befreiend, wieder Umgang mit Menschen seines Standes zu haben.

»Egal, was passiert. Ich denke, wir sitzen hier mindestens eine Stunde fest, und ich verspüre bereits einen Bärenhunger.« Noisné stieg von seinem Pferd. »Wir sollten den Tieren etwas Ruhe gönnen, meinen Sie nicht?«

François folgte seinem Beispiel. Er pfiff ein munteres Lied, als er in seinen Satteltaschen nach dem Brot suchte, das er dort verstaut hatte. Dann zog er noch ein runzeliges Stück Dörrfleisch und einen Weinschlauch hervor. Mit einem großen Sprung setzte er über den Graben, der den Weg von einem Stoppelfeld trennte, und ließ sich dort neben Noisné auf einem Stein nieder.

»Sie sind ja heute in hervorragender Laune, Fontes-Villaray«, meinte Noisné, während er an seinem Brot säbelte. Trotz seines fehlenden Daumens zeigte er sich darin erstaunlich geschickt. »Könnte es etwas mit der reizenden jungen Dame zu tun haben, mit der sie sich vorhin so ernsthaft unterhielten?«

François zog sich den Hut, an dem der Sturmwind riss, tiefer in die Stirn. Er schmunzelte.

»Gut möglich. Aber zügeln Sie Ihre Vorstellungskraft, denn mehr werden Sie nicht erfahren.«

»Schade. Ich dachte, Sie verkürzen uns mit einer netten Geschichte ein wenig die Wartezeit!«

»Ach was, Frauen!«, meinte Luchapt unmutig und setzte sich vorsichtig auf einen winzigen Stein. »Frauen sind unlogische Geschöpfe. Es ist mir unverständlich, wie man sich in ihrer Gegenwart wohl fühlen kann.«

Noisné lachte laut auf.

»Sie haben noch sehr viel zu lernen, Monsieur!«

»Mag sein. Heute will mir sowieso nichts einleuchten. Sie haben doch eben auch Toiras Rede gehört! Ich bin ganz seiner Meinung. Warum haben wir uns nicht längst auf den Feind gestürzt, als noch Gelegenheit dazu war? Wir hätten sie längst zermalmen können!«

Der junge Mann hob die geschlossene Faust. Seine Wangen waren gerötet.

»Hmm. Und was geschähe, wenn die englische Armee zermalmt wäre?«, meinte François ernst. »Ich glaube, Sie wissen gar nicht, wie nützlich unsere Feinde uns derzeit sind.«

Luchapt zuckte mit den Schultern und sah ihn mit großen Augen an.

»Nein. Auch wenn ich mir jetzt wie ein Trottel vorkomme, muss ich gestehen, dass ich es nicht weiß.«

»Nun, es ist ganz einfach. Frankreich hat kein Interesse daran, dass England allzu schwach wird. Denn England ist nicht nur Gegner Frankreichs. England hat auch mit Spanien seine Schwierigkeiten.«

Noisné, der gerade in seine Brotscheibe beißen wollte, ließ seine Hand wieder sinken.

»Aber die Spanier sind unsere Alliierten!«

»Ja … Theoretisch schon. Aber haben Sie ein einziges Schiff unserer

Alliierten uns zu Hilfe kommen sehen?« François zog einen Mundwinkel hoch. »Spanien tut das, was jedes Land an seiner Stelle täte. Warten, dass seine zwei Gegner sich zerfleischen, um sich dann auf den Geschwächten, Übriggebliebenen zu stürzen. Dann hätte es auch den Zorn des Vatikans nicht mehr zu fürchten. Jetzt übt der Papst noch Druck auf die Spanier zu unseren Gunsten aus, weil er möchte, dass wir gemeinsam die Hugenotten besiegen. Wenn die reformierte Religion allerdings wieder in ihre Schranken verwiesen worden ist, wird auch der Heilige Stuhl keinen Grund mehr haben, seine schützende Hand über Frankreich zu halten.«

François bot Luchapt ein Stück Brot an. Er nahm es kommentarlos entgegen, in Gedanken versunken. Noisné verengte die Augen.

»Diantre, Fontes-Villaray, darüber habe ich noch nie nachgedacht. Aber ich fürchte sehr, dass Sie Recht haben. Glauben hin oder her … Wenn Macht im Spiel ist, sind Ideale schnell vergessen. Sie denken also, Spanien will uns über kurz oder lang verschlingen?«

François wich seinem Blick nicht aus. Er nickte langsam.

»Ich fürchte, irgendwann wird der Krieg unausweichlich sein.«

Der junge Vicomte kaute ein paar Augenblicke ratlos an seinem Brot. Doch dann schüttelte er sich und richtete sich auf seinem unbequemen Sitzplatz auf.

»Und wenn schon! Dann stehen wir drei eben wieder da, um die Herren zu empfangen. Nicht wahr, mes amis?« Er strahlte, und François und Noisné lächelten über sein Ungestüm.

Bernard de Luchapt sollte Recht behalten, zumindest, was seine erste Vermutung betraf. Ein Bewohner von La Couarde brachte die Nachricht, dass die Engländer schon vor einer ganzen Weile durch das Dorf hindurch geströmt waren und nicht auf die schützende Nacht gewartet hatten.

Durch die Verzögerungstaktik hatten sie nun einen beträchtlichen Vorsprung bekommen. François und der Rest der Kavallerie konnten über einen Pfad, der das Dorf durch die Sümpfe umlief, abkürzen. Doch der Infanterie blieb dieses unwegsame Gelände verschlossen, und es dauerte geraume Zeit, bis sie die engen, krummen Gassen des Dorfes hinter sich gelassen hatten.

Ré schmolz nach La Couarde, ähnlich einer Sanduhr, zu einem sehr dünnen, nur spärlich bewachsenen Streifen zusammen. An die nördliche Seite dieses Streifens stießen dicht an dicht die rechteckigen Salzgärten. Sie dehnten sich bis zur Insel l'Oye aus, einem winzigen Fleckchen

Erde, das vom Atlantik stets heftig gebeutelt wurde und nicht mehr als ein paar windschiefen Hütten der Salzbauern Heimat bot.

Alleine ein Steg erlaubte es, trockenen Fußes von Ré auf l'Oye hinüberzukommen. Es war nicht mehr als ein schmaler, manchmal nur wenige Fuß breiter und verschlungener Pfad, rechts und links von tiefen Salzsümpfen gesäumt. Unterbrochen wurde er nur von einer Holzbrücke, die so breit angelegt worden war, dass sechs Pferde auf ihr nebeneinander Platz finden konnten.

Bald stellte sich heraus, dass l'Oye das Ziel des sich zurückziehenden englischen Heeres war.

Die Enge des Steges war ideal, um jemanden anzugreifen, der in der Überzahl war. Und tatsächlich beriet Schomberg sich nur kurz mit Toiras und Marillac, bevor er den Befehl gab, sich auf den Angriff vorzubereiten.

Ein freudiges, erwartungsvolles Raunen lief durch die französischen Bataillone: Sei es aus Rache, sei es aus Lust am Plündern, alle anwesenden Männer waren begierig darauf, sich auf den Feind zu stürzen.

Der Schlachtplan, der den Männern nun mitgeteilt wurde, war einfach: Der Großteil der Kavallerie sollte die Attacke führen. Sie sollte zunächst einen Weg durch die Reiter brechen, die zum Schutz der englischen Nachhut auf einigen Dünen aufgestellt worden waren. Rechts und links würde sie von der Infanterie unterstützt werden. Dann könnte die Nachhut des Feindes angegriffen werden. Schomberg, der den Ablauf der Schlacht verfolgen musste, würde mit der Reserve im Hintergrund bleiben, um bei Bedarf schnell eingreifen zu können.

Als alle ihren Platz gefunden hatten, stieg die Spannung, und knapp viertausend Augenpaare richteten sich voller Ungeduld auf den Maréchal.

François, Luchapt und Noisné waren der Reserve zugeteilt worden, wie alle Soldaten, die aus dem Fort Saint-Martin stammten. Luchapt war nicht der Einzige, der auf diese Anordnung geschimpft hatte. Denn wenn die Männer aus Saint-Martin auch lange nicht so frisch wie die vom Festland hinzugekommenen waren, so hatten die meisten doch ganz persönliche Gründe, mit den Engländer abrechnen zu wollen. Kaum einer war unter ihnen, der nicht den Tod eines Freundes zu beklagen hatte, alle hatten zumindest unter dem Hunger gelitten, und die bleichen, eingefallenen Gesichter, die sich nun um Schomberg versammelten, waren auch die grimmigsten.

Der Maréchal wartete, hoch zu Ross, den Blick unentwegt auf die dunkle Kolonne der Feinde gerichtet. Er ließ ungerührt die ersten zwei Bataillone der Engländer die Brücke überqueren, harrte regungslos aus, bis der Rest des feindlichen Heeres sich entweder kurz vor, oder mitten auf dem gerundeten Holzsteg befand. Dann hob er die Hand.

Mit einem begeisterten Schrei setzten sich Hunderte von Männern in Bewegung. Die Kavallerie im Trab, die Infanterie im Laufschritt. Als die auf den Dünen aufgestellten englischen Reiter sie vorrücken sahen, gaben sie ihren Pferden die Sporen und preschten im Galopp hinter ihrer Nachhut her, die sie in kürzester Zeit einholten und warnten. Die Franzosen rückten indessen unaufhörlich näher, so schnell es die Beine der Fußsoldaten ermöglichten.

Der Maréchal richtete sich in seinen Steigbügeln auf, hob den Arm.

»Chargez!«, schrie er aus Leibeskräften, bevor er selber in einer Staubwolke in Richtung der Salzsümpfe preschte.

»Na endlich!«, rief Luchapt nur, bevor er auf sein Pferd einschlug.

François, Noisné und die gesamte französische Reserve-Kavallerie galoppierten hinterher.

Der weiche Boden erzitterte unter dem furiosen Stakkato der Hufe.

Die englische Nachhut versuchte nur kurz, Widerstand zu leisten. Entmutigt, von der langen Belagerung und dem Kampf von vor drei Tagen entkräftet, konnte sie dem Feuer nichts entgegensetzen. Wie ein Beil schlugen François Kameraden in die Reihen, um sich anschließend mitten durch sie hindurch zu bohren. Kurz darauf erreichte auch die französische Infanterie den Kampfort. Und was dann folgte, glich mehr einem Abschlachten als einem regulären Kampf.

Bald scheuten die Pferde vor den vielen Leichen, die den schmalen Steg bepflasterten. Die Hälfte der Engländer wurde durch den Aufprall in die Sümpfe geschleudert. In den Salzwiesen ertranken diejenigen, die nur verletzt waren, aber zu schwach, um sich wieder an Land zu ziehen. Der ungeheure Elan der Franzosen schien durch nichts mehr zu bremsen zu sein. Nachdem sie die Nachhut aufgerieben hatten, preschten sie weiter, eroberten die Brücke, verfolgten die nun kopflos fliehenden Engländer noch bis l'Oye.

François, der weder Ehre noch Sinn darin sah, einen flüchtenden Mann von hinten zu erschlagen, begnügte sich damit, dem entsetzten Feind im scharfen Trab zu folgen, um den Druck aufrechtzuerhalten, und benutzte nur selten seinen Degen.

Als Verfolger und Flüchtende schließlich auf l'Oye anlangten, änderte sich das Bild. Die Erde wurde wieder fest, die Sümpfe wichen zurück, der schmale Pfad endete in der flachen, kargen Landschaft, bewachsen mit trockenem Buschwerk und einigen Kiefern. Die Insel war nur eine halbe Meile breit, dann ging sie abrupt in einem geraden, wie abgeschnitten wirkenden, steinigen Strand in das Meer über. Die Engländer nutzten die Gelegenheit um sich zu verstreuen.

François trabte an einem Wacholderbusch vorbei, als Noisné ihn einholte, einen blutigen Degen in seiner Linken. Das Gesicht des rotblonden Mannes war gerötet, und zwei Schweißfäden liefen seine Schläfen hinunter.

»Ach, Fontes-Villaray, da sind Sie ja! Haben Sie eine Ahnung, wo Luchapt steckt? Er ist eben wie der Leibhaftige an mir vorbeigeprescht, und seitdem ist er wie vom Erdboden verschluckt.«

»Dann wird er irgendwo auf dieser winzigen Insel sein. Ich denke, der Maréchal wird demnächst zum Rückzug rufen. Es wird schon dunkel, und bald wird man Feind und Freund nicht mehr unterscheiden können. Wollen wir den Vicomte suchen?«

»Warum nicht? Es gibt nichts Entspannenderes, als einen kleinen Spazierritt nach einer erfolgreichen Schlacht.«

François und Noisné ritten im Trab an kämpfenden Grüppchen vorbei, ohne sich zu beteiligen, konnten aber nirgendwo ihren ungestümen Freund entdecken. Nach und nach drangen sie immer weiter in die Insel vor.

Um den Pferdehufen die unwegsamen Felsen der Küste zu ersparen, trabten sie an der Vegetationsgrenze entlang. Die Wolken nahmen einen dunklen, graublauen Ton an, während das Tageslicht allmählich abnahm. Sie hatten die Krägen ihrer Jacken hochgeschlagen und ritten schweigsam an einem kleinen Kiefernwald vorbei, als Georges de Noisné in seine Zügel griff.

»Na, so etwas! Fontes-Villaray, sehen Sie, was ich sehe?«

François nickte und verengte die Augen.

Sie überlegten beide nicht lange, sondern lenkten ihre Pferde in das schützende Kiefernwäldchen.

Der kleine englische Konvoi, der sich ihnen nun arglos näherte, hatte einen großen Umweg gemacht, um den Kampfplatz zu umgehen.

»Sie sind offensichtlich nicht der einzige, der Spaziergänge nach einer Schlacht schätzt«, lächelte François.

»Ein Mörser, ein Offizier, drei Soldaten, zwei Maultiere«, zählte Noisné. »Schade, dass Luchapt nicht dabei ist. Dann hätten wir es wagen können.«

François zog einen Mundwinkel hoch.

»Monsieur, Sie sind unmäßig. Ich dachte, Sie hätten heute Ihren Spaß schon gehabt! Außerdem reise ich nur ungern mit so schwerem Gepäck.«

»Nun ja, so eine kleine Kanone würde einer gewissen Dame in Saint-Martin ganz sicher imponieren.«

»Mein Gott, Noisné«, lachte François, »und Sie wollten Luchapt eben noch Ratschläge in Sachen Frauen geben! Ich werde den Vicomte vor Ihnen warnen müssen!«

Sie schwiegen nun, denn der kleine Trupp kam in Hörweite.

Ein Offizier hoch zu Ross leitete den kleinen Zug. Ihm folgte zu Fuß ein Soldat, der das erste der hintereinander angeschirrten Maultiere am Zügel führte. Der Mann hatte seine Muskete geschultert und hielt den Blick mürrisch gesenkt. Die beiden Tiere zuckelten ergeben hinter ihm her. Ihre mit Scheuklappen versehenen Häupter hingen tief. Die eisenbeschlagenen Räder der Lafette, die sie hinter sich herzogen, waren so groß, dass sie den beiden Pikeniere dahinter bis an die Schultern reichten. Im Vergleich dazu fiel das Steinschleudergeschütz darauf klein aus. Auch die beiden Soldaten sahen nicht auf, vielleicht, weil ihnen der Anblick der auf sie gerichteten Kanonenmündung Unwohlsein bereitete.

Der kurze Zug befand sich nun fast auf der Höhe des Wäldchens, an dem er sich anschickte, im Abstand von etwa dreißig Schritt vorbeizuziehen. Der blonde Zopf des Offiziers wurde von einer Schulter auf die andere geworfen, als er sich schwungvoll zu seinem Gefolge umdrehte. Seine herrische Stimme übertönte das dumpfe Brausen des Ozeans.

»Meine Herren, Beeilung, bitte! Ich nehme an, Sie haben genauso wenig Lust wie ich, auf dieser Insel von unseren Schiffen zurückgelassen zu werden!«

»Die Maultiere sind müde, Mylord!«, jammerte der erste Soldat. »Wir sind ja auch schon seit heute Morgen auf Achse!«

Der Offizier lachte unangenehm.

»Ja, die Esel schieben immer gerne die Maultiere vor! Es wird bald dunkel, meine Herren. Und ich sage Ihnen, dass ich diese Nacht in einer komfortablen Kajüte verbringen will. Also strengen Sie sich an, oder ich verspreche Ihnen, dass Sie beim Einschiffen vergessen werden!«

François hatte beim Klang der Stimme aufgehorcht. Jetzt beugte er sich über den Rist seiner Stute, um das Gesicht des Offiziers sehen zu können. Als er einen Blick auf seine Züge erhaschte, richtete er sich überrascht auf. Er war es! Der Mann, mit dem er auf Sablanceaux gefochten hatte. Derjenige, den er von der Höhe des Walls beobachtet hatte, als er gnadenlos die Frauen in das Fort treiben ließ. Er runzelte die Stirn, warf einen Seitenblick auf seinen Gefährten.

»Was ist?«, fragte Noisné leise. »Verstehen Sie Englisch? Hat der Offizier etwas Wichtiges gesagt?«

François schüttelte den Kopf. Er flüsterte:

»Ich kenne diesen Mann. Und ich hatte ihm eigentlich versprochen, mich von ihm zu verabschieden. Was denken Sie?«

Noisné sah ihn intensiv an. Sein Mund zuckte.

»Luchapt wird es uns übel nehmen.«

»Sie können alles auf mich schieben.«

»Zwei gegen vier?« Die Augen des rotblonden Mannes funkelten.

»Schlimmer.« François zeigte die Zähne. »Dieser Offizier ist ein verdammt guter Fechter.«

»Wenn Sie das sagen, stimmt es mich nachdenklich«, raunte Noisné, ein hungriges Lächeln auf den Lippen. Er streckte die Hand aus. »Auf was warten wir?«

François schlug ein. Mit einem kräftigen Händedruck besiegelten sie ihre Freundschaft. Sie zogen ihre Pistolen aus ihren Satteltaschen, gaben ihren Pferden die Sporen und preschten dem Konvoi im Galopp hinterher.

Wahrscheinlich war es mehr die Bewegung als das Geräusch ihrer Hufe, das die beiden Pikeniere aufschauen ließ. Mit einem Warnschrei machten sie Front. Sofort hielt der Musketier die Maultiere an, während der Offizier seinem Pferd so hart in die Zügel fuhr, dass es scheute.

François und Noisné wussten, dass sie nur eine Chance hatten, wenn sie sich schon von weitem und überraschend eines Teiles ihrer Gegner entledigten. Noisné hielt sein Pferd an, als er in Schussweite war. Er zielte auf das Gesicht des ersten Pikeniers, da dessen Rumpf von einer Rüstung geschützt wurde. Der setzte bereits seine Waffe an, die fast doppelt so lang war wie er selber. François, der weitergeprescht war, entlud im selben Augenblick seine Pistole, als Noisnés Gegner mit entstellten Zügen zu Boden sank. Jetzt ließ auch der zweite Pikenier seine Pike fallen. François, der ihn nur hatte verletzen wollen, verfolgte zufrieden, wie der Mann sich kreidebleich den blutenden Arm hielt. Aus den Augenwinkeln nahm er an der Spitze der Zugtiere eine Bewegung wahr. Instinktiv warf er sich über seinen Sattel. Die Musketenkugel pfiff über ihn hinweg. Als er sich aufrichtete, verspürte er einen stechenden Schmerz an der linken Schulter. Seine drei Tage alte Wunde musste durch die plötzliche Bewegung wieder aufgeplatzt sein.

»Ich kümmere mich um den Kerl!« Noisné sprang in aller Eile von seinem Tier, um dem Musketier keine Gelegenheit zu geben, nachzuladen.

François steckte seine Pistole wieder ein, zog den Degen.

Große Ruhe überkam ihn, als er nun sein Pferd zu dem blonden Offizier drehte.

Der Mann hatte ebenfalls seinen Degen gezückt. Er hatte ungerührt die Niederlage seiner beiden Soldaten verfolgt. Jetzt neigte er grüßend den Kopf.

»Bonsoir, Monsieur. Wie ich sehe, ist es inzwischen ein fester Bestandteil der französischen Schlachtordnung, von hinten anzugreifen. Nicht sehr einfallsreich, aber durchaus von Erfolg gekrönt.«

»Verzeihen Sie«, antwortete François, leicht lächelnd, »wenn ich Sie durch mein plötzliches Auftauchen in Verlegenheit gebracht habe. Dass ich von hinten komme, liegt daran, dass ich mich, als Sie vorhin an mir vorüberzogen, an ein Ihnen gegebenes Versprechen erinnerte, das ich nun einlösen möchte.«

»Ein Versprechen, dass Sie mir gaben?« Der blonde Offizier runzelte die Stirn. »Müsste ich nicht fürchten, als scheine ich mich vor etwas drücken zu wollen, würde ich sagen, Sie verwechseln mich.«

»Es ist ein Versprechen, das Ihnen ein gewisser Pierre Lanier im Juli auf Sablanceaux gab.« François lächelte noch immer. »Er schlug Ihnen vor, ein unterbrochenes Gespräch, das Ihnen beide viel Freude bereitet hatte, an dem Tag zu beenden, an dem Sie Ré verlassen würden. Nun, Monsieur, mir scheint, als sei dieser Tag gekommen.«

»Ach … Jetzt erinnere ich mich! Sie waren der Soldat, der mich damals so reizend willkommen hieß, nicht wahr?« Der braune Blick des Engländers glitt spöttisch über François Erscheinung, die zwar lange nicht so elegant wie die seine, aber doch sehr viel gepflegter war, als er sie in Erinnerung haben musste. »Dürfte ich wissen, mit wem ich heute das Vergnügen haben werde?«

»Selbstverständlich. François de Tallevende, Comte de Fontes-Villaray, Monsieur. Pour vous servir.«

»John Glenstair, Earl of Waterston. Sehr erfreut.«

Sie sprangen beide von ihren Pferden, schleuderten ihre Hüte beiseite. François hob seine Waffe, nahm die Kampfstellung ein.

»En garde, Monsieur!«

Die Klingen rieben sich abschätzend aneinander.

Sie wussten beide, dass sie einen starken Gegner hatten, und versuchten gar nicht erst, durch einige hastige Streiche einen schnellen Sieg zu erringen. Abwägend, fast vorsichtig, machten sie ein paar Schritte umeinander herum.

Der Engländer hatte es verständlicherweise eiliger. Er startete eine erste Attacke, die François ohne Schwierigkeiten parierte. Es war, als sei ein Zeichen gegeben worden. Ein schneller, harter Kampf entstand. Die Klingen schlugen, stachen, verfingen und verbogen sich, wehrten ab und peitschten durch den abendlichen Sturmwind.

Aus den Augenwinkeln hatte François bemerkt, dass Noisné den englischen Musketier nach einem kurzen Gefecht gefangen genommen hatte. Er sah, wie sein Freund sich in entspannter Haltung, den Degen aber noch immer in der Linken, gegen eines der Lafettenräder stützte und den Kampf beobachtete. Noisné hatte verstanden, dass dies eine persönliche Auseinandersetzung zwischen ihm und dem Engländer war, und François war ihm dankbar, dass er nicht versuchte, ihm zur Hilfe zu kommen.

Er konzentrierte sich erneut ganz auf seinen Gegner. Und er genoss es.

Es war ein Kampf von wilder Schönheit. Immer wieder tauchte zwischen zwei silbernen Blitzen das gut geschnittene Gesicht des blonden Engländers auf. Es verriet Aufmerksamkeit und Spannung. Der Mann war, ganz wie er selbst, in den schwerelosen, federnden Zustand verfallen, der nur aufkam, wenn man einem ebenbürtigen Gegner gegenüberstand.

Sogar die Abendsonne schien sich der Anziehungskraft des Geschehens nicht entziehen zu können. Als sich eine Lücke in der wattierten Sturmdecke des Himmels öffnete, schossen ihre tief liegenden Strahlen unter den grünen Nadelhauben der Kiefern hindurch. François und sein Gegner erglühten im goldenen Licht, während sie tanzende Schatten auf den Strand warfen, an denen die auflaufende Flut züngelte.

Ihr Kampf mochte schon seit über einer halben Stunde währen, als François die ersten Anzeichen von Ermüdung verspürte. Seine linke Schulter, die er anfänglich ignoriert hatte, machte sich immer mehr bemerkbar. Er war sich bewusst, dass er seine Paraden mittlerweile eine Spur langsamer ausführte, und dass seinen Hieben die anfängliche Kraft fehlte. Er erahnte, dass unter seiner Jacke der weiße Stoff seines Hemdes einen großen roten Fleck aufwies.

Der Engländer hatte seine Schwäche natürlich auch bemerkt. Seine Chance witternd, stieß er nun heftig vor, die Zähne zusammengebissen, die braunen Augen hart, die Züge jedoch glatt und ausdruckslos. Nur ein paar Schweißperlen verrieten, dass es für ihn mehr als ein Spaziergang war.

Noisné wich aus, als François nun Schritt für Schritt zurückgedrängt wurde und der Lafette immer näher kam. Der rotblonde Mann machte einen Schritt seitwärts, sodass er in François Blickfeld stand. Er hob fragend die Brauen, seine blauen Augen fest auf François Gesicht gerichtet. François schüttelte kaum merklich den Kopf.

Es war kein übertriebener Stolz, der François Noisnés Hilfe ausschlagen ließ. Nein, es geschah aus einem Instinkt heraus ... Das durch nichts begründete, aber überdeutliche Gefühl, dass er zwischen sich und diesem Mann etwas klarstellen musste. Es war seltsam ... Er hatte nach Sablanceaux nicht mehr an den englischen Offizier gedacht. Und auch als er von der Zinne verfolgt hatte, wie Glenstair die Frauen in das Fort treiben ließ, hatte er wohl Verachtung und Zorn empfunden, aber keine persönlichen Rachegelüste.

Doch heute Abend, als der Offizier an ihm vorübergezogen war, hatte sich etwas in ihm gemeldet. François glaubte nicht an Zufälle. Wenn er unter Tausenden von anderen gerade diesem Mann ein zweites Mal begegnete, war das ein von Gott gegebener Fingerzeig, jenes Versprechen von Sablanceaux einzulösen. Und je länger er mit ihm focht, desto überzeugter wurde er, dass nicht nur er, sein Gegner und die drei Zuschauer sich auf diesem Strand befanden, sondern dass auch das Schicksal ganz in der Nähe stand und mit langen Fingern an den Fäden spann, an denen sie alle hingen.

Ein Stoß in seinem Rücken löste ein stechendes Echo in seinem Oberkörper aus. Es war der lange, metallene Hals der Bombarde, der ihm den Rückzug versperrte. Die Augen des Engländers leuchteten zufrieden auf. Er holte zu einem letzten, vernichtenden Schlag aus, sein Degen nahm unausweichlich Kurs auf François Hals.

François hörte Noisnés Aufruf, doch er hatte sich schon gebückt.

Zwei Funken spritzten aus dem Gehäuse der kleinen Kanone, als die Klinge des Engländers mit einem unangenehmen Geräusch darauf prallte. Glenstair schrie auf. Seine Waffe glitt ihm aus der Hand, vielleicht aus Überraschung, François plötzlich auf der anderen Seite des Mörsers stehen zu sehen, gewiss aber auch wegen der Wucht des Aufpralls, die sich in schmerzhaften Wellen in seinem Arm bemerkbar machen musste. Die Klinge überschlug sich einmal, wirbelte in der eisigen Luft und landete hart vor François Fußspitzen.

François wischte sich schwer atmend den Schweiß von der Stirn. Die letzten Sonnenstrahlen waren verschwunden. Der Earl stand ihm bleich in der einsetzenden Dämmerung gegenüber. François sah fest in die braunen Augen. Er ließ seine rechte Stiefelspitze an der vor ihm liegenden Klinge entlang gleiten, bis er den Widerstand des Knaufs spürte. Eine kleine Bewegung, und der Degen kam auf seinem Fuß zu liegen, dann ein schwungvoller Tritt … Wieder flog die Waffe durch die Luft, unter dem Kanonenrohr hindurch, diesmal direkt auf seinen Gegner zu. Der reagierte schnell und fing sie geschickt auf.

»Warum?«, fragte er nur.

François zuckte mit einer Schulter.

»Wir greifen vielleicht von hinten an, Monsieur. Aber wir ermorden keine entwaffneten Gegner.«

Der Engländer lächelte verzerrt.

»Sie sind ein Ehrenmann, Monsieur le Comte. Schade für Sie, denn Ehrenmänner haben meist ein kurzes Leben.«

»Heißt das, Sie selber gedenken ein hohes Alter zu erreichen?«

»Erraten, Monsieur de Fontes-Villaray«, lachte der Earl. »Ich habe vor, ein verdorbener, lüsterner und lebensfroher Greis zu werden.« Ohne Warnung, und wie um seine Worte zu beweisen, sprang er nach vorne, ergriff über dem Kanonenrohr mit seiner Linken François Kragen, hob gleichzeitig mit seinem Degen zum Schlag aus … erstarrte, röchelte. Noisné sprang alarmiert hinzu. Der Engländer wurde mit einem Schlag kreideweiß. Seine Waffe entfiel erneut seiner Hand, als er langsam auf den Boden sank.

Einige Zeit lang sah François wie versteinert und mit blutiger Klinge auf den noch atmenden Körper. Er spürte Noisnés ungläubigen Blick auf sich ruhen und schüttelte leicht den Kopf. Er umging die Lafette, hockte sich neben seinen bewusstlosen Gegner. Glenstair hatte sich sozusagen selber auf die Klinge seines Gegners aufgespießt.

»Er ist schwer verwundet.« Noisné verzog den Mund. »Ich glaube nicht, dass er die Nacht überlebt. Armer Kerl, sein Ende wird nicht angenehm sein, es wäre besser, wenn er nicht mehr aufwachen würde.«

»Warum um alles in der Welt hat er das gemacht?«, murmelte François. »Er ist einer der besten Fechter, denen ich je begegnet bin. Und dann begeht er einen Fehler, den Anfänger nur in der ersten Woche ihrer Ausbildung machen würden.«

»Wahrscheinlich reiner Übermut. Er hat Sie verachtet, weil Sie ihm seinen Degen zurückgaben.« Noisné legte eine Hand auf François Nacken. »Kommen Sie, Fontes-Villaray. Er hatte eine Chance mehr, als er es verdiente. Sie werden mit dem Kerl doch nicht Mitleid haben?«

François stand auf.

»Nein, das habe ich nicht. Aber noch ist er nicht tot. Wir sollten ihn zu seinen Leuten schicken, damit er in ihren Armen und in seinem Glauben sterben kann.« Er winkte den zwei Soldaten zu, die ängstlich auf ihren verwundeten Vorgesetzten starrten, und rief auf Englisch: »He, ihr beiden! Euer Offizier braucht Hilfe! Legt ihn auf sein Pferd und nehmt ihn mit euch, dann dürft ihr gehen.«

Die zwei Soldaten, erfreut, so billig davonzukommen, gehorchten willig. Der verletzte Pikenier stieg auf das Pferd, der noch immer bewusstlose Earl of Waterston wurde über seine Knie gelegt, der Musketier nahm die Zügel. Die kleine Gruppe entfernte sich, ohne sich umzusehen. Bald verschwanden sie im dunklen Grau der Dämmerung.

»Prächtig!« Noisné rieb sich die Hände. »Das nenne ich einen erfüllten Tag.« Er deutete auf das Gespann. »Und was machen wir jetzt mit dem da?«

»Sehen Sie, jetzt fangen die wahren Schwierigkeiten an. Ich glaube, ich sagte bereits, dass ich nicht gerne mit schwerem Gepäck reise«, lächelte François.

»Mit Verlaub, das haben Sie uns eingebrockt.«

»Hmm. Ich gebe es zu. Glauben Sie, Seine Majestät würde sich über solch ein kleines Geschenk freuen?«

»Mehr als die reizende Dame aus dem Fort?« Noisné grinste. »Nun, schwer zu sagen, ich kenne die Dame nicht. Ist sie streitbar?«

»Es kommt vor.«

»Dann ist zu befürchten, dass sie durch diese Kanone während etwaiger Auseinandersetzungen übermäßig bevorteilt würde.«

»Also bringen wir's Louis mit!«, lächelte François und ging zu dem ersten Maultier.

Nach kurzer Mühe hatten sie den kleinen Lastzug umgedreht. Noisné bestand darauf, die Tiere selber zu führen, damit François aufsitzen konnte.

Sie hatten noch keine fünfhundert Schritte zurückgelegt, als ein kleiner Trupp von fünf Männern aus der Dämmerung auftauchte, der direkt auf sie zu galoppierte.

»Verflucht«, rief Noisné und griff nach seinem Degen. »Dieser Tag hat es wirklich in sich!«

François antwortete nicht, zog ebenfalls seine Waffe heraus, doch nur bis zur Hälfte. Dann ließ er sie wieder zurückgleiten.

»Es sind Landsleute«, meinte er, angestrengt spähend.

»Ja, und was für welche!«, lachte Noisné auf.

»Endlich habe ich Sie gefunden«, rief Luchapt schon von weitem. »Es wird auch höchste Zeit …« Er stutzte, rief begeistert aus: »Meine Güte, wo haben Sie denn das schöne Teil gefunden?«

»Es spazierte an uns vorbei, und Fontes-Villaray bestand darauf, es mitzunehmen«, feixte Noisné. »Und wie kommen Sie dazu, uns zu suchen?«

»Na hören Sie, Sie waren wie vom Erdboden verschluckt, alle beide. Wir haben während der Schlacht kaum jemanden verloren, und gerade Sie waren unauffindbar. Da dachte ich, dass die Wahrscheinlichkeit, dass Sie beide zusammen dran glauben mussten, nicht sehr hoch ist, und habe mir vom Gouverneur ein paar Männer erbeten, um meine Theorie zu überprüfen.«

»Na, was sagen Sie dazu, Fontes-Villaray?«, lachte Noisné.

»Es lebe die Theorie«, meinte François und zog einen Mundwinkel hoch.

⚜

Der nächste Tag war typisch für den November. Obwohl es schon fast Mittag war, schien es immer noch zu dämmern. Die Wolkendecke tauchte die Erde in diffuses Grau und spuckte seit Stunden einen hartnäckigen, eisigen Nieselregen auf die Menschenkolonne, die nicht weniger hartnäckig nach Osten zog. Die Nacht war unangenehm gewesen. Die französichen Truppen hatten keine Zeit gehabt, ein nennenswertes Lager aufzuschlagen. Der Sturm hatte ein Feuer verboten. François, der sonst selten fror, hatte gezittert wie ein altes Weib, während es heiß in seiner Schulter pochte. Und dann hatte noch kurz vor Sonnenaufgang dieser Regen eingesetzt.

Er lächelte. Offensichtlich hatten ihn die paar Wochen Zwangsaufenthalt innerhalb des Forts völlig verweichlicht. Alles, wonach er sich jetzt sehnte, waren ein prasselndes Kaminfeuer, ein Becher Wein, und ein süßer, lächelnder Mund an seiner Seite.

Plötzlich musste er an die Normandie denken. An das Gut seiner Großeltern, das seine Mutter ihm vererbt hatte. Seltsam, früher hatte es ihn nie besonders interessiert, wohl weil er den Zorn, den er gegen Blanche hegte, auch auf das übertrug, was sie ihm hinterlassen hatte. Er erinnerte sich an die Apfelbäume von Fontes-Villaray, in denen die Bauern den Wein hochranken ließen, an die Felder mit ihrer schweren, glänzend schwarzen Erde, auf denen im Frühling ein Flaum wuchs, der von einem Grün war, das es leuchtender nirgendwo anders gab. Sein Herz schlug ein wenig schneller. Ob es ihr gefallen würde? Er runzelte verunsichert die Stirn. Er wusste nicht, unter welchen Verhältnissen sie aufgewachsen war, aber laut Guillaumes Erzählungen musste Eastington ein sehr großes und reiches Stück Land sein …

Auf den Zinnen des Forts wurden Köpfe sichtbar, die es sich trotz des scheußlichen Wetters nicht hatten nehmen lassen, die Heimkehrer zu begrüßen. Alle Männer machten zufriedene Gesichter, als sie endlich unter den Spitzen des Falltors hindurchmarschierten. François verabschiedete sich im Stall von seinen Gefährten, dann machte er sich sofort auf den Weg zur Burg.

Noch bis gestern hatte er es vermieden, Julie überraschend aufzusuchen. Aber heute konnte er nicht anders. Ohne Rücksicht auf seine Schmerzen eilte er die Stufen der Treppe hinauf.

Die Tür stand halb offen. Er trat einfach ein, durch das dunkle Vorzimmer hindurch, und blieb unter dem Türsturz stehen. Das Bild, das sich ihm nun bot, schien direkt seinen Wunschträumen entsprungen.

Einladende Wärme schlug ihm entgegen, denn hohe Flammen loderten im Kamin. Julie stand vor einem offenen Schrank. Als sie seine Schritte hörte, drehte sie sich um. Sein Hals verengte sich. Sie trug ein grünes Kleid aus feinem Wollstoff mit einem tiefen, rechteckigen Ausschnitt. Ein weißer Batistkragen umrahmte als einziger Schmuck ihren Hals. Ihr rotbraunes Haar hatte sie zu einem Zopf geflochten, den sie in einer komplizierten Schlaufe an ihrem Hinterkopf festgesteckt hatte. Ihre Haut schimmerte. Sie war noch immer dünner als vor ihrer Krankheit, aber es stand ihr: All das, was schmaler als früher war, schien nur dazu da, die noch vorhandenen Rundungen zu betonen: Der Grat der Nase und die Wangenknochen deuteten auf die geschwungenen Lippen, der zerbrechliche Hals ging in die weichen Schultern über, die feinen Knöchel der Handgelenke akzentuierten die Porzellanhaut der Arme.

Sie gleicht mehr als je zuvor einer Elfe, dachte er, als sie nun auf ihn zueilte.

»François!«

Wie hübsch sein Name aus ihrem Mund klang! Er lächelte.

»Da bin ich wieder.«

Sie nickte und sah einen Atemzug lang einfach glücklich aus.

»War es schlimm?«

»Hmm. Die Hauptsache ist, dass jetzt all deine Landsleute wieder an Bord ihrer Schiffe sind.«

Er trat an ihr vorbei in den Raum, während er sich den triefenden Mantel von den Schultern zog.

»Ich hatte gehofft, du würdest mich einladen. Ich habe einen schrecklichen Hunger, und …« Er stockte, als er bemerkte, dass der halboffene Schrank leergeräumt war. Er trat an das Bett. Darauf lagen die zwei Kleider, die sie im Dorf Saint-Martin während ihres überstürzten Aufbruchs liegengelassen und die Guillaume ihr mitgebracht hatte. François strich über den Baumwollstoff eines blauen Rockes. »Was machst du da?«, fragte er mit veränderter Stimme.

Sie wich seinem Blick aus.

»Ich packe. Zwar ist es eigentlich Roberts Aufgabe, aber der ist eben von Guillaume losgeschickt worden, um etwas …«

»Packen? Du willst abreisen? So schnell?« Er bemühte sich, ruhig zu bleiben. »Und wohin willst du?«

»Zurück.« Sie verschränkte ihre Finger. »Nach England.«

»Nach England …« Er ließ sich auf ihre Kleider fallen.

Sie warf ihm einen schnellen Seitenblick zu, hielt dann aber inne.

»Du siehst müde aus«, sagte sie weich und kam näher. Ihre Hand zuckte, und einen Augenblick lang hoffte er, sie wolle über sein Gesicht streichen. Doch dann erstarrte sie. »Deine Schulter blutet wieder!« Sie wirbelte herum.

»Wohin willst du?«

»Guillaume holen! Ein Glück, dass er auf seinem Zimmer ist …«

»Nein, warte …« Doch sie war schon verschwunden. François wusste nicht, ob er enttäuscht, wütend oder einfach nur schrecklich müde war. Parbleu, es war nicht sein Onkel, den er jetzt brauchte …

Wortkarg ließ er die kopfschüttelnden Maßregelungen seines Onkels über sich ergehen und die anschließende, schmerzhafte Behandlung. Nicht ein Wort hörte er von den Ratschlägen, die auf ihn niederprasselten. Er war viel zu sehr damit beschäftigt, einen ganz anderen, altbekannten Schmerz zu bekämpfen. Sie wollte abreisen, sie wollte ihn verlassen. Verflixt … hatte er nicht alle Geduld der Welt aufgebracht, damit sie sich ihm langsam wieder öffnen konnte? Er hätte ihre Schwäche ausnutzen können, aber nein, er hatte gewartet. Sie hatte sich prächtig erholt … und jetzt verschwand sie. Wie benommen saß er auf dem Bett und versuchte vergeblich, einen klaren Gedanken zu fassen.

»So. Mein Möglichstes habe ich getan, aber du brauchst jetzt unbedingt Ruhe. In den nächsten Stunden wird sich zeigen, ob der Odermennig gegen die Entzündung wirkt.« Guillaume hielt François schmutziges Hemd in der Hand. »Du brauchst trockene Sachen. Ich werde dir etwas leihen.« Er hatte bereits einen Schritt zur Tür gemacht, als auch ihm die Unordnung in Julies Zimmer auffiel.

»Sie packen schon, Julie?«, fragte er nicht ohne Schärfe.

»Wie Sie sehen«, war die trotzige Antwort. »Ich habe doch mit Ihnen darüber gesprochen. Ich will in England sein, wenn die Flotte wieder an Land stößt.«

»Wer sagt Ihnen, dass Ihr Schwager noch gesund und munter ist? Vielleicht ist er längst irgendwo auf Ré begraben!«

Julie sah hoch und war einen Augenblick still.

»Nein, Sie kennen John nicht«, antwortete sie schließlich. Sie schüttelte schnell den Kopf und gab ihrer Stimme einen ironischen, kühlen Ton. »Vielleicht ist mein lieber Schwager ein guter Fechter oder Schütze, ich weiß es nicht. Aber er würde sein Leben nicht für sein Land aufs Spiel setzen. Wahrscheinlich wird er eine Möglichkeit gefunden haben, dem Kampf auf eine rühmliche Art und Weise auszuweichen.«

»Mag sein. Doch nur, wenn ihm dazu die Gelegenheit gegeben wurde«, meinte Guillaume. »Die Gerüchte sprechen von einem Desaster in der englischen Armee. Aber du müsstest es doch besser wissen, François. Wie viele sind gestern umgekommen?« Er starrte ihn an. »François!«, rief er ungeduldig. François runzelte die Stirn, doch sein Onkel ließ sich nicht beirren. »Erzähle uns von den gestrigen Verlusten auf der englischen Seite!«

In diesem Augenblick hätte François seinen Onkel am liebsten erwürgt.

»Zweitausend!«, stieß er hinter seinen Zähnen hervor. »Fast zweitausend Tote. Darunter die meisten englischen Offiziere. Insgesamt sind von Buckinghams Invasionstrupp von achttausend Männern und der im Laufe der Monate hinzugestoßenen Verstärkungen nicht mehr als tausend bis tausendfünfhundert noch am Leben. Und von denen dürfte kaum einer mehr kampffähig sein.«

»Mein Gott … Das … Das sind in der Tat erschreckende Zahlen«, meinte Julie und ließ sich auf den Sessel am Feuer sinken. François sah, wie sie ihre Hände faltete und an ihr Gesicht legte. Erneut warf er Guillaume einen zornigen Blick zu. Doch der war ungerührt, im Gegenteil, es schien François, als husche ein zufriedener Ausdruck über die verwitterten Züge seines Onkels.

»Egal«, sagte Julie und richtete sich auf. »Ich muss auf jeden Fall aufbrechen. Ich muss zumindest erfahren, was mit John passiert ist! Ich will nicht daran denken, dass er gefallen ist. Das … darf einfach nicht sein.« Ihre Stimme schwankte. »Dann hätte ich Thibault endgültig verloren.« Sie stand auf und reckte das Kinn, während sie wenig überzeugend spöttelte: »Der Earl of Waterston würde es gewiss nicht zulassen, dass einer seiner feinen Anzüge durch ein unschönes Loch verunstaltet wird. Ich bin überzeugt, er klaubt sich gerade gelangweilt ein Staubkorn von der Jacke und arbeitet mit seinem Gönner Buckingham daran, aus der englischen Niederlage einen eklatanten Sieg zu machen.«

»Was … Was hast du gesagt?« François sprang auf. »Wie heißt dein Schwager?«

Julie blinzelte. Zögernd antwortete sie:

»Er trägt den Titel des Earls of Waterston. Das Gut hat er von seiner Frau Henriett als Mitgift erhalten. Sein Name ist John Glenstair, wie der meines verstorbenen Mannes.« Sie befeuchtete ihre Lippen. Leise stieß sie aus: »Warum … Warum fragst du?«

François öffnete den Mund, schloss ihn wieder. Julie runzelte die Stirn. Sie trat nahe an ihn heran.

»Was weißt du über ihn?« Ihre Augen lagen plötzlich übergroß in ihrem weißen Gesicht. »Sprich! Du musst es mir erzählen, François!«

»Deinen Schwager … deinen Schwager kenne ich, Julie.« Er wich ihrem eindringlichen Blick nicht aus. »Er ist in der Tat ein sehr guter Fechter …«

»Aber du … du bist ein noch besserer, nicht wahr?«, fragte sie heiser, und ihr Blick schien ihn verschlingen zu wollen. »Hast du ihn getötet?« Er schwieg. Sie schlug auf seine Brust, und er fuhr vor Schmerz zusammen. Sie schrie: »Antworte mir! Hast du ihn umgebracht?«

»So gut wie, mon cœur«, sagte er sanft und strich ihr eine Strähne hinter das Ohr. »Als ich ihn gestern zurückließ, war er bewusstlos. Ich denke, er hatte nur noch wenige Stunden zu leben.« Eine schreckliche Stille entstand, bis François es nicht mehr aushielt. Er fühlte, wie ein kleiner Muskel auf seiner Wange zuckte. Seine Stimme klang fremd in seinen Ohren, als er leise und wie nebenbei fragte: »Hasst du mich jetzt?«

Sie presste eine Hand an ihren Mund. Ein paar wenige Tränen stürzten aus ihren Augen. François berührte ihren Arm. Sie sah hoch, und das ungläubige Entsetzen, das ihm in ihren Augen entgegensprang, war mehr, als er verkraften konnte. Auf einmal war er sicher, sie endgültig verloren zu haben. Sie starrten sich an, eine Ewigkeit. Dann fielen ihre Schultern herab. Sie schloss die Lider, beugte sich vor und lehnte ihren Kopf an ihn. Er hob langsam eine Hand, drückte sie an sich. Erst jetzt gestattete er sich, Luft zu holen. Sein Herz klopfte hart. Über Julies Haarschopf fing er den fassungslosen Blick seines Onkels auf. Er blieb so stehen, bis er sich wieder in der Gewalt hatte.

Nach einer Weile räusperte er sich.

»Falls du wissen möchtest, wie er gestorben ist …«, murmelte er dicht an ihrem Ohr, »… es gibt einen Pastor unter den Männern, die wir heute als Gefangene in das Fort mitgebracht haben. Vielleicht hat er die letzte Nacht des Earls begleitet. Er war unter den drei Passagieren eines kleinen Ruderbootes, das wir heute Morgen erbeutet haben, weil es vom Sturm manövrierunfähig gemacht worden war und steuerlos auf uns zutrieb.«

Er wusste nicht, ob sie ihn gehört hatte, denn sie antwortete lange Zeit nicht. Schließlich erklang ihre Stimme dumpf unter ihrem gesenkten Haupt hervor.

»Nein … Warum sollte ich es wissen wollen? Sein Tod lässt mich kalt. Es war nur sein Geheimnis, das mich interessierte. Und das … das ist für immer … mit ihm verschwunden.«

»Aber wenn … Wenn dein Schwager nun vor seinem Tod sein Geheimnis preisgegeben hat, weil er sein Gewissen erleichtern wollte …«

Er spürte, wie ihr Körper sich versteifte, kurz bevor sie abrupt den Kopf hob.

»Du meinst …« Sie wischte sich über die Augen, sah ihn flehend an. »Wo ist er? Bring mich zu ihm!«

⚜

Ein paar Minuten später standen Julie, François und Guillaume vor einem der Räume, die der Burg als Gefängnis dienten.

Julie verfolgte, wie François mit der Wache sprach. Seine Bewegungen waren langsam, seine Gesichtsfarbe grau. Er war offenbar am Ende seiner Kräfte, und trotz der Verzweiflung, die sie erfüllte, trotz allem, was sich erneut zwischen ihnen aufbaute, verspürte sie Sorge bei seinem Anblick.

Er hatte sie vorhin gefragt, ob sie ihn jetzt hassen würde. Wie aber hätte sie ihn hassen können?

Es war Krieg, und im Krieg gab es Verletzte und Tote. Tausende, wie sie es eben noch gehört hatte. Jeder Soldat hätte John töten können. Jede Kanonenkugel, jeder Schuss ihn treffen. Was machte es für einen Unterschied, dass gerade François sich John in den Weg gestellt hatte? Wie sollte sie ihn hassen, wenn er gestern durch eigenes Zutun seine letzte Chance verwirkt hatte, seinen Sohn jemals kennen zu lernen? Julie drückte die Hände an ihr Gesicht, presste sie fest an ihre Schläfen.

»He, Sie da drüben, mit der Kutte, kommen Sie mal nach vorne!« Der wachhabende Soldat hatte offensichtlich nicht vor, einem häretischen Priester allzu viel Respekt zu erweisen. Eine undeutliche Bewegung entstand im Hintergrund der Zelle, als die Gefangenen einen Mann wachrüttelten.

Beim Anblick ihrer Landsleute verspürte Julie Mitleid. Es waren nur höhere Offiziere, die hier zusammensaßen, etwa dreißig insgesamt. Und sie hatte immer gedacht, die Menschen vom Fort hätten am meisten gelitten! Graue, eingefallene Züge mit fiebrig glänzenden Augen, Schmutz, Müdigkeit, kaum verheilte Wunden, zerfetzte Kleider ... Wohin sie sah, begegneten ihr Erschöpfung und Verwahrlosung. Und es rührte sie, als einige der Männer bei ihrem Anblick genauso respektvoll den Hut vom Kopf zogen, als würden sie sich in einem der Salons befinden, in denen sie üblicherweise verkehrten.

Nun erhob sich zögernd ein großer, schlanker Mann. Seine Füße waren nackt, die grob zusammengenähten Decken, die der Wächter gnädig als Kutte bezeichnet hatte, bis weit über die Knie zerrissen. Er trug einen fleckigen Verband über einem Ohr, einen anderen um seine linke Hand. Dennoch strahlte er eine einfache Würde aus, und seine hellen Augen blickten ihnen ruhig und offen entgegen.

»Ja, er ist es«, meinte François. »Tournetête, können wir mit dem Gefangenen in Ruhe reden?«

»Na ja«, meinte der Soldat schleppend, »weil du's bist, Lanier, will ich 'ne Ausnahme machen.« Er wies nach hinten. »Geht in den Ruheraum.«

»Danke.«

Kurz darauf standen sie zu viert in dem kalten Raum, wo ein paar Hocker die einzige Möblierung darstellten, und zwei magere Scheite im Kamin vergeblich auf eine Flamme warteten, um ihrem Dasein einen Sinn zu geben. Guillaume und François hielten sich im Hintergrund und schienen es im stillen Einvernehmen Julie zu überlassen, das Gespräch zu führen. Sie jedoch stand nur da, verschränkte wieder und wieder ihre

Hände und brachte keinen Ton heraus. Schließlich war es der Pastor, der mit einer wohlklingenden, aber übermäßig lauten Stimme in ihrer beider Muttersprache eröffnete:

»Kann ich Ihnen in irgendeiner Weise behilflich sein, Madam?«

Julie nickte, holte Luft.

»Ich hoffe es. Es geht um ... Ich bin Julie Glenstair, Countess of Eastington.« Julie wartete kurz ab, doch kein Zeichen des Erkennens wurde in den hellen Augen des Mannes sichtbar. Ihr Mut sank. »Mein Name sagt Ihnen offensichtlich nichts. Mein Schwager ist gestern Abend tödlich verletzt worden, und ich hatte die Hoffnung, Sie könnten mir etwas über ihn berichten ... Über seinen Tod ... Ob ... Ob er Ihnen vielleicht etwas für mich oder seine Familie anvertraut hat.«

Der Priester sah sie mitfühlend an.

»Wie hieß denn Ihr Schwager?«

Ihre Stimme zitterte merklich.

»John Glenstair, Earl of Waterston.«

»Sie sind die Schwägerin von Lord Waterston?«, fragte er überrascht.

»Ja. Sie ... Sie kennen ihn?«

»Natürlich kenne ich ihn. Er ist, glaube ich, den meisten Männern der Armee bekannt.« Der Mann lächelte leicht. »Er genießt hohes Ansehen bei dem Herzog of Buckingham.« Julie entging der leicht abfällige Tonfall nicht, mit dem der Priester gesprochen hatte. »Es tut mir Leid, ich werde Ihnen nichts über ihm berichten können, weil ich ihn heute Nacht nicht betreut habe ...«

Aus ... Der letzte Hoffnungsschimmer erlosch in Julies Herzen. Ihre Verzweiflung musste deutlich in ihrem Gesicht stehen, denn der Priester fuhr nun schnell fort:

»... Aber Sie unterliegen einem Irrtum, wenn Sie glauben, dass er gestorben ist. Heute Morgen lebte er jedenfalls noch.«

»Er lebt?«, schrie Julie auf.

»Wie denn? Er hat die Nacht überstanden?«, rief nun auch François und stellte sich neben sie. In einem nicht akzentfreien, aber gut verständlichen Englisch fügte er hinzu: »Mister, was Sie jetzt sagen werden, ist sehr wichtig für uns, und ich bitte Sie, sich Ihre Antwort gut zu überlegen. Wir sprechen von einem blonden Mann mit einer bösen Bauchwunde, nicht wahr? Wie schwer ist denn seine Verletzung? Hat er Aussichten, die Überfahrt nach England zu überstehen?«

»Ich kenne den Earl of Waterston, das können Sie mir glauben. Er ist in der Tat schwer verletzt worden. Ich habe nicht mit dem Arzt gesprochen, aber Lord Waterston ist eine bekannte Persönlichkeit im Heer gewesen und alle interessierten sich für seinen Zustand. Man sagte, wenn er die Nacht überstehen würde, hätte er eine Chance, noch einmal davonzukommen.«

Julie drückte die Hände erneut an ihre Schläfen. Was für ein Durcheinander in ihr herrschte! Sie bemühte sich krampfhaft, herauszufinden, ob sie sich jetzt freute oder nicht. Aber das war eigentlich nicht so wichtig. Wichtig war nur, dass sie nach England musste. So schnell wie irgend möglich.

»Aber der Earl ist heute Morgen nicht nach England eingeschifft, Mylord«, hörte sie nun den Priester zu François sagen.

Was zu viel war, war zu viel.

»Nicht eingeschifft?« Sie kicherte hysterisch. »Er ist nicht heute Nacht gestorben, er wird vielleicht gar nicht sterben …« Sie zuckte die Schultern. »Und jetzt ist er auch nicht eingeschifft! Wirklich lustig!«

Sie atmete so schnell, als wäre sie in aller Eile die vielen Stufen zum Wall hinaufgehetzt.

Guillaume kam nun ebenfalls hinzu, einen der Hocker in der Hand.

»Setz sie da drauf«, befahl er François.

Doch sie schüttelte ärgerlich alle Hände ab, die versuchten, sie auf den Schemel zu pressen.

»Und wo, bitte schön, ist er jetzt? Haben Sie ihn auf dem Strand liegen gelassen, oder hat er sich plötzlich in Luft aufgelöst?«

»Weder noch, Mylady. Man war der Meinung, dass der Earl die große Strapaze der Reise auf keinen Fall überstehen würde. Nein, der Herzog of Buckingham hat ihn persönlich unseren Alliierten übergeben.«

Der Priester machte eine Geste in eine Richtung, in der man den Osten vermuten konnte.

»Ihr Schwager dürfte nun in La Rochelle angekommen sein, Mylady.«

Sechzehn

»Quand la nuit, finissant nos veilles,
Ferme les yeux et les oreilles
Du vulgaire indiscret ...«

»Wenn die Nacht, unsere Wachen beendend,
Die Augen und Ohren
Der gemeinen Lauscher verschliesst ...«

November 1627

»So, da wären wir.«

Guillaume, der unerschütterlich gegen Seekrankheit gefeit zu sein schien, sprang mit einem mächtigen Satz aus der Nussschale.

»Ja, Gott sei Dank«, murmelte Julie. Sie ergriff François Hand, um sich von ihm über die schwankende Planke führen zu lassen. Dann hatten sie endlich wieder festen Boden unter den Füßen.

Hinter ihnen wurden nun auch die Säcke und Ballen entladen, die ihr Schiff aus Ré mitgebracht hatte. Einer kleinen Kiste wurde besondere Aufmerksamkeit gewidmet. Ein Offizier drückte sie mit zwei Händen fest an seine Brust, nickte Julie und ihren Begleitern noch kurz freundlich zum Abschied zu und verschwand eiligen Schrittes in der bunten Menge.

Julie wusste, dass die Kiste die Papiere enthielt, die man in Buckinghams fluchtartig verlassenem Quartier gefunden hatte und die nun auf schnellstem Weg Richelieu gebracht werden würden, nach Pont-la-Pierre, dem Hof, wo er wohnte. Guillaume und François hatten sich während der Überfahrt lange mit dem Offizier unterhalten und sich mit Spekulationen über den Inhalt der Schriftstücke die Zeit vertrieben. Julie jedoch war zu angespannt gewesen, sich von irgendetwas ablenken zu lassen.

Ihr Blick fiel auf Zerberus, und sie musste wider Willen lächeln. Der Riesenhund hatte sich zu Füßen ihres mageren Gepäcks gesetzt und betrachtete das wuselnde Volk mit grinsender Wachsamkeit. Nein, auch er ließ sich nicht ablenken von dem, was er als seine Pflicht erachtete. Julie sah sich diskret um. Gelegenheitsdiebe und Halunken gab es gewiss reichlich am Hafen von Plomb.

Die kleine Anlegestelle befand sich im Nordwesten von La Rochelle und war dem Andrang offenbar nicht gewachsen. Viele der normalen Handelsschiffe, die sonst in der belagerten Stadt an Land gingen, benutzten nun den kleinen Hafen und luden kreuz und quer den Inhalt ihrer Laderäume aus. Dazwischen sprangen immer wieder Soldaten an Land. Sie trudelten nach und nach aus Ré ein, in kleinen, unordentlichen Grüppchen und mit dem Blick von hungrigen Wölfen. Julie hielt sich vorsichtshalber dicht an ihren Begleitern.

»Tja, dann …« Guillaume schob etwas seinen Hut zurück und kratzte sich die kahle Stirn, während er sich suchend umblickte. »Dann besorge ich am besten erst einmal Reittiere. Du bleibst bei Julie, Fran…«

Eine grelle Frauenstimme durchschnitt mühelos das laute Wirrwarr des Hafens.

»Nein, ist das die Möglichkeit? Madame d'Eastington?"

Julie sah sich suchend um. Eine verschleierte Frauengestalt schritt auf sie zu, zwei Diener in ihrem Kielwasser. Kurz vor Julie blieb sie stehen und rollte ihren Schleier hoch. Ein anziehendes Gesicht voller Grübchen, mit lächelnden Lippen und kunstvoll eingerollten Haaren, die wie blonde Korkenzieher über den Ohrmuscheln wippten.

»Alphonsine!«, rief Julie. »Bist du es wirklich?«

»Aber ja, Madame!«

»Das kann ich wahrhaftig kaum glauben!«

Julies frühere Zofe trat näher, lachte.

»Ich verstehe Ihr Staunen, aber das Wunder wird Ihnen nicht mehr so groß vorkommen, wenn ich Ihnen verraten habe, dass ich jetzt hier wohne. Das heißt, nicht weit von hier, bei La Gore.« Noch immer erhellte ein strahlendes Lächeln ihre Züge. »Ich habe geheiratet, müssen Sie wissen, mein Mann stammt von hier.« Sie schüttelte den Kopf. »Wie gut, dass ich ausgerechnet jetzt am Hafen etwas zu erledigen hatte, sonst hätte ich Sie verpasst!« Ihre Augen stöberten umher, entdeckten Zerberus und das Gepäck. »Haben Sie schon ein Quartier? Warum kommen Sie nicht zu mir? Sie sind herzlich eingeladen! Wissen Sie, ich bin nun Herrin eines großen, aber meiner Meinung nach allzu leeren Hauses. Jeder Besuch ist willkommen!«

»Nun ja …« Julie überlegte kurz. Alphonsine war ihr nicht unsympathisch. Zwar hatte ihre Zofe damals noch anderen Herren als ihr selbst gedient, aber sie hatte ihr nie direkt geschadet. Die Aussicht, in einer ungemütlichen, schmutzigen Schänke zu wohnen, ständig umgeben von Gestalten wie die des Hafens hier, behagte ihr nicht sonderlich. »Warum eigentlich nicht?«

»Also abgemacht! Wo ist Ihr Gepäck? Meine Leute werden es tragen.«

»Ich möchte dir …«, Julie berichtigte sich lächelnd, »ich möchte Ihnen noch Guillaume de Tallevende vorstellen, Alphonsine. Den Comte François de Fontes-Villaray kennen Sie ja bereits.«

»Ja, ich erinnere mich an Schießübungen in der Garenne de Madrid und an Schlittschuhlaufen auf der Seine …«, meinte Alphonsine augenzwinkernd. Sie bog den Kopf und bot Guillaume ihre mit Spitze überzogene Hand zum Kuss. »Gestatten Sie, dass ich mich selber vorstelle, Monsieur. Alphonsine de Pontmain, Baronne de Vaivre.«

»Enchanté, Madame la Baronne.« Julie und François tauschten einen Blick, während Guillaume sich über Alphonsines Hand beugte. François Mund zuckte und er hob vielsagend die Brauen. Julie lächelte. Ja, ihre Zofe hatte Karriere gemacht!

»Auch ich bin erfreut, Sie unter so glücklichen Umständen wiederzusehen«, meinte François mit einem Funken Ironie. »Ich danke für die Einladung.«

»Oh …« Alphonsine legte eine Hand an ihre Wange. »Messieurs, es tut mir schrecklich Leid … Es ist unverzeihlich von mir, Sie in eine solche Lage zu bringen, und ich bin sehr beschämt, aber … Sie werden verstehen, wenn ich meine Einladung auf Madame d'Eastington beschränken muss. Es liegt nicht an mir, wissen Sie, aber mein Mann hat sehr strenge moralische Vorstellungen …«

Julie schluckte und öffnete den Mund zum Protest, doch Alphonsine fuhr schnell fort: »Es gibt in La Gore einen ausgezeichneten Gasthof. Der Wirt kann zwar momentan über Mangel an Zulauf nicht klagen, doch ich bin überzeugt, dass sich noch ein Zimmer finden lassen wird. Mein Mann wird Ihnen dabei behilflich sein. Mein Wagen steht da drüben, hinter den Lagerhallen. Wir können sofort aufbrechen.«

»Sagten Sie denn nicht, Sie hätten hier am Hafen etwas zu erledigen?«, fragte Guillaume höflich. »Wir möchten Ihnen keine Unannehmlichkeiten bereiten. Wir werden gerne so lange warten.«

»Wie? Ach so …« Alphonsine machte eine wegwerfende Bewegung. Sie hakte sich bei Guillaume ein und strahlte ihn an, während ihr Busen üppig neben seinem Arm wippte. »Ich werde meinen Mann schicken. Männer sind bei so etwas sowieso geschickter, finden Sie nicht auch?«

»Ich bin überzeugt, dass Sie noch viel geschickter sind, Baronesse«, schmunzelte Guillaume.

Alphonsines Kutsche war alt und hässlich, aber immerhin ... Julie konnte sich nicht mehr erinnern, wann sie das letzte Mal den Komfort eines Privatwagens genossen hatte, und ihre Augen weiteten sich vor Freude bei seinem Anblick. Daran konnte auch die Eleganz des Gefährts nichts ändern, das nun mit hohem Tempo angerollt kam, eine halbe Wendung machte und in wenigen Schritten Entfernung zum Stehen kam. Während Alphonsines Lakaien das Gepäck verstauten, öffnete sich der glänzende Schlag des benachbarten Wagens. Heraus sprang ein sehr junger Mann, der sich im Eilschritt in Richtung Hafen entfernte. Ein Kopf erschien an einem der beiden Fenster und rief ihm nach:

»Vergessen Sie nicht, nachzufragen, ob und wie viele Bütten angekommen sind!«

»Nein, Monsieur!«, rief der Eilige, hob seinen Hut, drehte sich um und verbeugte sich, das alles, ohne seinen Schritt zu verlangsamen. Er verschwand im Trab zwischen den Holzbaracken.

Der Mann in der Kutsche lachte auf und schüttelte den Kopf. Julie, die gerade einsteigen wollte, hielt bei dem Klang inne und sah auf. Das junge Gesicht, in das sie nun schaute, schien ebenso überrascht wie sie.

Kurz darauf sprang Gaston d'Orléans aus seinem Wagen und steuerte auf sie zu.

Mein Gott, wie lange hatte sie ihn nicht gesehen? Über ein Jahr schon ...

Wieder einmal begrüßte Julie das Hofzeremoniell, das ihr erlaubte, sich während eines tiefen Knicks ein wenig von ihrer Überraschung zu erholen. Doch der Thronerbe richtete sich nicht an sie, sondern an François, der sich ebenfalls gerade verbeugte.

»Monsieur de Fontes-Villaray, wie ich sehe, haben Sie es diesmal bevorzugt, ein Schiff zu benutzen. Ich hörte, dass Sie sich erneut mit einem Hilfskonvoi nach Saint-Martin abgesetzt hatten. Es freut mich, dass Sie die Belagerung gut überstanden haben.«

»Monsieur sind zu gütig, sich meiner zu erinnern«, antwortete François mit einer Beflissenheit, die in Julie Erinnerung an den Höfling mit den prachtvollen Westen wachrief.

Gastons Augen liefen kurz zwischen François und Julie hin und her mit einem Ausdruck, den sie nicht zu deuten vermochte.

Der Thronerbe war nun endgültig erwachsen geworden, fand Julie, während sie ihn verstohlen musterte. Sein Gesicht war ernst und beherrscht, der Übermut weitestgehend verdrängt. Seine Lippen kamen ihr herablassender als früher vor. Ob sie jetzt stets mit diesem kleinen, unzufriedenen Ausdruck behaftet waren? Alles in allem spiegelten Gastons Züge nun mehr von der undefinierbaren Aura wider, die Untertanen stets bei ihrem Herrscher suchten, und die in ihren Augen im gleichen Anteil sein Recht legitimierten, über ihr Schicksal zu bestimmen, wie seine Abstammung. Trotzdem hatte Julie Mühe, sich Gaston als Witwer und Vater einer kleinen Tochter vorzustellen.

Jetzt drehte er sich ihr zu. Kühl sagte er: »Madame d'Eastington, Sie sehen mich überrascht. Ich wähnte Sie schon lange in Ihrer Heimat zurück. Nun aber muss ich erkennen, dass Sie einfach keinen Wert auf meine Gesellschaft legten, denn weshalb sonst hätten Sie mich monatelang meiden sollen?« Julie fühlte sich leicht erröten.

»Königliche Hoheit, die diplomatischen Verwicklungen zwischen Frankreich und England haben mich nicht erwarten lassen, am Hof weiterhin willkommen zu sein.«

Gaston senkte seine Lider halb über seine Augen.

»Madame, Sie beleidigen mich und mein Volk! Wenn in einem Korb Pflaumen ein paar Früchte verdorben sind, werfe ich sie weg … Aber doch nicht den ganzen Inhalt!«

Julie war verunsichert. War wirklich nichts mehr von dem übermütigen Schweinejäger hinter dieser abweisenden Fassade vorhanden? Oder versteckte Gaston sein Spiel nur besser als früher und stellte sie auf die Probe? Sie beschloss, ihrem Instinkt zu folgen. Sie sah ihn offen an.

»Viele machen sich diese Arbeit aber nicht, weil sie ihnen zu anstrengend ist … oder weil sie befürchten, die Nachbarfrüchte trügen die Krankheit schon in sich.«

»Madame, ich besitze eine exzellente Pflaumenkenntnis«, antwortete Gaston mit tödlichem Ernst. »Ich erkenne vergiftete Früchte.« Plötzlich erschienen kleine Lachfalten an seinen Augenwinkeln. »Und ich achte immer darauf, mir am Kern nicht die Zähne auszubeißen.«

»Das vielleicht nicht.« Julie zögerte nur kurz. Dann konnte sie nicht mehr widerstehen. »Aber ich bin mir sicher, dass Sie alle auf einmal essen würden … Um sich anschließend unter heftigen Magenschmerzen zu winden!« Sie merkte, wie sich ihre Begleiter versteiften. Gaston lachte.

»Ein Punkt für Sie, Madame d'Eastington!« Er zuckte die Schultern und sah plötzlich wieder so jung aus wie der Siebzehnjährige, den sie in Paris schlammigen Gassen kennen gelernt hatte. »Aber es gibt Genüsse, für die sich zu leiden lohnt!«, zwinkerte er Julie zu. In dem Augenblick tauchte der junge Mann, der eben aus seiner Kutsche gesprungen war, wieder auf. Gaston wurde sofort ernst.

»Leider muss ich unser Gespräch abbrechen. Wo wohnen Sie?«

Julie sah keine Möglichkeit, der Frage auszuweichen.

»Madame la Baronne de Vaivre war so freundlich, mir ein Zimmer anzubieten.«

Gaston streifte Alphonsine mit einem halben Blick.

»Sehr schön. Mesdames, Messieurs, einen schönen Tag noch.«

So schwungvoll, wie sie gekommen war, rollte die prachtvolle Kutsche auch wieder davon. Julie, die noch gedankenverloren dastand, fühlte, wie eine Hand sich warm auf ihre Schulter legte. Sie drehte sich um. Es war François, doch er sah nicht sie an, sondern dem Wagen hinterher, der gerade zwischen zwei Häuserreihen verschwand. Und er sah dabei sehr ernst und auch etwas traurig aus.

⚜

Etwa zwei Stunden später legten François und Guillaume im gemächlichen Schritt ihrer neuerworbenen Pferde die Strecke zwischen dem Anwesen der Vaivre und dem Dorf La Gore zurück.

In kurzen Abständen kreuzten sie Lastzüge, die mit Steinen und anderen Baumaterialien beladen waren. Dazwischen lavierten kleine Soldatentrupps, die von einer Übung kamen, andere, die gerade aus der Provinz eingetroffen waren und sich wie sie auf der Suche nach einem Quartier befanden, Feldherren, erkennbar an den prachtvollen Federhüten und der aufgesetzten Miene, die auf die Wichtigkeit ihrer Funktion hindeuten sollte, sowie Boten, die mit schaumbedeckten Pferden an allem vorbeihetzten.

Schließlich wurde es ihnen zu lästig, ständig um das Gewusel herumzumanövrieren. Sie verließen den ausgetretenen Weg und lenkten ihre Pferde auf die angrenzenden Feuchtwiesen.

Ein Geruch, der an vergangene Sommertage erinnerte, schwebte in der glasklaren Luft. Ein paar Silberreiher standen versunken zwischen funkelnden Spinnennetzen, ernste Gestalten in eleganten grauen Überwürfen, die mit steifen Hälsen auf Frösche lauerten. Eine kalte Brise wehte von der lärmenden Straße zu ihnen herüber, strich über das Schilfrohr, verbreitete einen Hauch von Pferdemist und kräuselte die aristokratischen Nackenfedern der Stelzenvögel.

Sie waren die ganze Zeit schweigsam gewesen. Plötzlich merkte François, dass sein Onkel nicht mehr neben ihm ritt. Er zügelte sein Pferd. Als er sich suchend umdrehte, sah er ihn stumm neben einer leuchtend gelben Birkengruppe ausharren.

»Was ist los, Onkel?«, fragte er, als er zu ihm aufschloss.

»Nichts. Wollte nur sehen, ob du überhaupt noch deine Umgebung wahrnimmst.«

»Aha. Es läuft dir etwas gegen den Strich«, sagte François trocken. Er breitete theatralisch einen Arm aus, verbeugte sich leicht. »Nur zu … sprich dich aus.«

»Mir ist nicht nach Scherzen zumute, mon garçon.« In der Tat lag tiefer Ernst in Guillaumes grauen Augen, als er nun fragte: »François, wann gedenkst du, Julie zu deiner Frau zu machen?«

François griff hart in seine Zügel. Sein Rappe wieherte.

»Was … Was ist denn das für eine Frage?«, lachte er. Er wich Guillaumes Blick aus, schüttelte den Kopf. »Diantre, wenn du mich erschrecken wolltest, ist es dir gelungen!«

»Ich will dich nicht erschrecken. Ich will eine Antwort!«

Der harte Tonfall ließ François Brauen zusammenschnellen.

»Ich weiß nicht, was du mit dieser Frage bezweckst, Onkel«, antwortete er ärgerlich. »Du weißt genau, weshalb ich sie nicht gefragt habe. Du selber hast mir gesagt, dass ich warten sollte.«

»Mein Gott, Junge, das war vor einem Monat!« Guillaume klatschte auf seinen Oberschenkel. »Wenn du die offizielle Erlaubnis von mir brauchst, bitte, dann hast du sie hiermit! Ich bin gerührt, wie sehr du meine Ratschläge beherzt, aber was zu weit geht, geht entschieden zu weit!«

»Wenn es dir nicht gefällt, hör doch einfach auf, dich in meine Angelegenheiten zu mischen! Ich bin über dreißig Jahre alt, also schon lange volljährig, lieber Onkel!«

»Ja, und erwachsen, dürfte man annehmen!«, brauste Guillaume auf. Etwas sanfter fuhr er fort:

»Junge, ich hatte gehofft, du hättest dich geändert. Wie ich dich im Fort Saint Louis fand, den Ausdruck in deinen Augen … Ich habe Gott dafür gedankt. Habe ich mich damals geirrt? War es nur eine flüchtige Auswirkung deiner Nacht im Wasser?«

François sah hoch. Zwei Enten flogen zischend über sie hinweg. Ihre schwerfälligen Silhouetten hoben sich scharf gegen den kaltblauen Himmel ab.

»Nein«, antwortete er leise.

»Dann verstehe ich dich nicht. Ich habe doch bemerkt, wie erleichtert du gestern warst, als Julie ihre Heimreise aufschob. Aber statt eine Lehre daraus zu ziehen und zu merken, wie schnell sie wieder aus deinem Leben treten könnte, tust du es als kleinen Schreck ab und wähnst dich in Sicherheit.« Er beugte sich zu ihm rüber. »Wach auf, François!«, sagte er eindringlich. »Ich meinte es eben wörtlich: Achte auf deine Umgebung! Oder glaubst du, du müsstest einen Rivalen wie Frankreichs Thronerben nicht fürchten?«

François richtete sich ruckartig auf.

»Monsieur? Rede keinen Unsinn!«

»Die beiden verstehen sich viel zu gut, meiner Meinung nach.«

»Das haben sie schon immer. Sie kennen sich schon seit über zwei Jahren.«

Guillaume lachte auf.

»Ein wirklich einleuchtendes Argument!«

»Julie und Monsieur verstehen sich gut, das ist richtig, darüber hat schon ganz Paris geklatscht. Aber Julie hat sich nie etwas aus ihm gemacht! Es ist einfach … Freundschaft!«

»Du belügst dich selber, François, und das finde ich beschämend. Du hast ganz gewiss Recht, was Julie betrifft. Aber weißt du so sicher, wie es im Herzen vom Herzog d'Orléans aussieht?« Leise fuhr er fort: »François, bist du dir klar darüber, dass der Bruder des Königs nicht unbedingt die Zustimmung der Dame braucht, auf die er ein Auge geworfen hat?«

François wurde heiß. Seine Hände verkrampften sich um seine Zügel, während seine Augen über die Landschaft hin und her huschten.

»Verdammt, Onkel …«, stieß er hervor. Er schluckte, setzte erneut an. »Verdammt …«, er wand sich, stieß aus: »Ich habe sie noch nicht zu meiner Frau gemacht, weil ich ihr dafür zuvor eine Frage stellen müsste!«

Er wandte den Kopf ab. »Eine Frage verlangt eine Antwort. Und diese Antwort …« Er öffnete den Mund, schloss ihn wieder. »Was ist … Was ist, wenn sie nein sagt?« Guillaume sah ihn groß an. Dann schüttelte er langsam den Kopf und legte eine schwielige, sonnenverbrannte Hand auf seinen Arm.

»Junge, drei Sachen weiß ich mit absoluter Gewissheit«, sagte er bewegt. »Dass es Gott gibt. Dass ich nie eine andere Frau als deine Mutter lieben werde. Und dass Julie trotz allem, was zwischen euch vorgefallen ist, noch immer voller Leidenschaft an dir hängt.«

»Es gibt Momente, wo ich es auch glaube. Wie vorgestern, als ich mich vor dem Fort von ihr verabschiedete, zum Beispiel. Aber dann … dann verschließt sie sich plötzlich wieder … sagt mir einfach, dass sie nach England abreist … Ich habe keine Ahnung, was in solchen Augenblicken in ihr vorgeht. Und das …«, sagte er stockend, »… das macht mir Angst.«

Guillaume holte hörbar Luft.

»Ich glaube, dass du leider keine Wahl hast. Denn ich fürchte, wenn du sie nicht fragst, hast du sie bald verloren. Obwohl sie dich liebt.« Er sah aus, als wolle er noch etwas hinzufügen. Doch dann drehte er sich wieder der Landschaft zu. »Bei alledem dürfen wir nicht vergessen, wozu wir hier sind: Wir müssen auf schnellstem Weg eine Möglichkeit finden, uns nach La Rochelle einzuschmuggeln.« Er schüttelte den Kopf. »Alle Berichte dieses englischen Priesters in Ehren … Ich kenne mich zu gut auf dem Gebiet aus, um dem Earl of Waterston noch viele Tage zu leben zu geben.«

⚜

»So, Madame. Die letzte Nadel steckt.« Alphonsine hielt den kleinen Handspiegel hinter Julies Nacken. »Gefällt es Ihnen?« Julie drehte ihren Kopf nach rechts, dann nach links und musterte ihre Haartracht in dem großen Spiegel ihres Frisiertisches. Alphonsine hatte die Fülle ihrer Haare zurückgekämmt und als flachen Knoten an ihrem Hinterkopf festgesteckt. Umschlossen wurde er von einem glänzenden Zopf, der ihn wie einen Kragen umgab. Die unbändigen Strähnen, die sonst spätestens nach einer halben Stunde ihr Gesicht wie kleine Kobolde umtanzten, hatte Julies ehemalige Zofe gar nicht erst zu verstecken versucht, sondern sie vorsichtig mittels eines Brenneisens gelockt.

»Es ist wunderschön.« Julie lächelte Alphonsines Spiegelbild an. »Es ist vermutlich das erste Mal, seit Sie aus meinem Dienst getreten sind, dass ich ordentlich frisiert bin. Ich habe Ihre geschickten Hände sehr vermisst.« Sie breitete die Arme aus. »Aber ich kann auch sehr gut verstehen, dass Sie sich für dieses Leben hier entschieden haben.« Alphonsine legte den silbernen Handspiegel wieder auf den Tisch zurück.

»Ja, es ist ein gutes Leben. Auch wenn mir oft die Pariser Gassen fehlen. Es ist sehr ruhig hier auf dem Land.« Sie lächelte. »Wissen Sie, ich war sehr gerne Ihre Zofe. Obwohl Sie mir nie gänzlich vertrauten …«

Julie protestierte nicht. Ihre Blicke trafen sich.

»… Womit Sie natürlich grundsätzlich Recht hatten«, fügte die Baronne hinzu.

»Sie kamen auf Geheiß von Marie de Chevreuse in meine Dienste.«

»Ja«, nickte Alphonsine. »Ich kenne Madame de Chevreuse schon seit ihrer Jugend. Ich bin in ihrem Elternhaus geblieben, als sie mit siebzehn mit ihrem ersten Mann verheiratet wurde. Es war für mich eine große Überraschung, als sie sich plötzlich meiner erinnerte und mir anbot, mich bei Ihnen vorzustellen.«

»Und Sie haben eine Stelle in dem Haus einer der höchstangesehenen Familien Frankreichs aufgegeben, um in die rue Neuve-Saint-Louis zu kommen?«

Alphonsine zuckte die Schultern und las ein Haar von Julies Kragen auf.

»Die Herzogin de Chevreuse hat gut bezahlt. Und der Herzog de Montbazon, Maries Vater, hat nicht nur Mundgeruch und ständig feuchte Hände, sondern er ist auch noch mit weniger Hirn als ein Spatz ausgestattet.«

Julie schluckte.

»Ich verstehe.«

»Nach meinen Jahren bei Maries Eltern war die Zeit bei Ihnen und Ihren Tanten wunderschön, Madame. Ich werde nie vergessen, was für eine herzliche Atmosphäre in diesem Haus herrschte.« Sie fuhr beiläufig fort: »Ich hatte keine Gründe, Marie de Chevreuse besonders treu zu sein. Also habe ich mich sofort einverstanden erklärt, als man von anderer Seite diskret bei mir anklopfte.«

Julie unterdrückte die Bemerkung, dass sie vielleicht Grund hätte haben können, ihr und ihren Tanten treu zu sein. Stattdessen fragte sie:

»Der Kardinal?«

»Pater Joseph«, nickte Alphonsine. »Es war einfach. Madame de Chevreuse ist nie misstrauisch geworden. Ich habe ein paar Mal die Kirche besucht, das war alles. Als Sie damals entführt wurden, gab man mir zu verstehen, dass es an der Zeit sei, zu verschwinden.«

»Und … Ihr Mann?«

»Daniel lag in einem Rechtsstreit mit Seiner Eminenz«, lächelte Alphonsine. »Richelieu stammt aus der Gegend, wissen Sie? Das Bistum von Luçon liegt nur ein paar Meilen weiter nördlich.« Sie wedelte mit der Hand. »Es ging um ein winziges Stück Land, irgendeine Sache, in die mein Mann sich verrannt hatte. Manchmal kann er furchtbar dickköpfig sein.« Die Baronin strahlte. »Jetzt hat er mich … und das Land dazu.«

Julie dachte an Daniel de Pontmain, der während ihres gestrigen gemeinsamen Abendessens keinen übermäßig klugen Eindruck gemacht hatte, und fragte sich, ob man ihm zu seiner ehrgeizigen Frau gratulieren sollte oder nicht. Nun ja, das sollte die letzte ihrer Sorgen sein. Sie stand auf.

»Ich freue mich aufrichtig für Sie, Alphonsine.« Sie lächelte, drehte sich einmal um sich selber. »Jetzt bin ich herausgeputzt wie schon seit Monaten nicht mehr. Ich glaube, ich werde ein paar Schritte im Garten machen, um mich von Ihren Kohlköpfen bewundern zu lassen!«

»Wunderbar«, meinte Alphonsine lachend. »Ich komme mit!« Sie lief los, um ihren Mantel zu holen.

Julie seufzte leise auf. Sie hätte sich gewünscht, ein paar Augenblicke für sich alleine zu haben. Aber ihre frühere Zofe schien entschlossen, ihr Gesellschaft zu leisten. Kein Wunder, bei dieser ländlichen Idylle! Sie warf sich den Mantel um und griff zu ihrem Muff. Alphonsine war die geborene Pariserin, und Adelstitel hin oder her – sie musste sich hier tödlich langweilen.

Sie blies kleine Wirbel in das flauschige Fuchsfell in ihren Händen. Ein Geschenk von Guillaume. Was die beiden Tallevendes wohl machten? Hoffentlich waren sie erfolgreich in ihrer Suche nach einer Möglichkeit, nach La Rochelle zu kommen! Sie vergrub ihre Nase in dem rötlichen Pelz und sog den Geruch in sich hinein, der noch immer an das wilde Tier erinnerte, von dem es stammte. Plötzlich sehnte sie sich wieder in ihr karges kleines Zimmer im Fort Saint-Martin zurück. Sie verspürte einen Druck in ihrem Hals, François und Guillaume fehlten ihr! Dabei befanden sie sich nur ein paar Meilen von ihr entfernt. Gestern war sie noch bereit gewesen, sehr viel mehr Entfernung zwischen sich und François zu legen!

Schuld daran war das Glücksgefühl gewesen, dass sie vor zwei Tagen überrollt hatte, als François vor dem Tor des Forts ihre Handfläche geküsst hatte. Überdeutlich war ihr bewusst geworden, dass sie drauf und dran war, erneut die alten Fehler zu begehen. Sie liebte ihn immer noch!

Nichts konnte diese Tatsache ändern. Aber noch konnte sie dieses Gefühl in Zaum halten. Noch würde sie es schaffen, sich von ihm zu entfernen, um ihrer Pflicht nachzukommen. Sie musste Thibault finden. Doch um sich losreißen zu können, war es notwendig, dass sie François aus dem Weg ging. Sie durfte ihn nicht berühren, sie durfte nicht in die grauen Augen schauen, um dieses Leuchten darin zu suchen. Sie hatte Angst, sich erneut ihre Welt so zurechtzulegen, dass sie sich selber betrog. Hat er dir eine einziges Mal seine Liebe gestanden, obwohl er die letzten Tage alle Gelegenheit dazu gehabt hätte? Mit dieser Frage hatte sie sich gegen die Versuchung zu wappnen gesucht. Denn die Antwort war hart und von unschöner Nüchternheit.

Sie hob den Kopf. Ihre Entscheidung, Alphonsines Einladung anzunehmen, war richtig gewesen.

Kurz darauf stiegen sie und ihre Gastgeberin die derbe Steintreppe hinunter, die von den fünf Zimmern im ersten Stock zum Erdgeschoss führte. Unten am Treppenabsatz empfing sie ein sehr junger Mann von vielleicht vierzehn Jahren. Er kam Julie irgendwie bekannt vor, obwohl sie nicht viel von ihm erkennen konnte: Er führte gerade mit gesenktem Kopf einen seltsamen Tanz aus, der offensichtlich dazu dienen sollte, den Hühnerkot, der seine Stulpenstiefel verunzierte, an dem Fliesenbelag des Flurs abzustreifen.

»Pardon, Mesdames … Ich suche die Comtesse of Eastington. Könnten Sie mir freundlicherweise verraten, wo ich die Dame finden kann?«

»Ich bin Julie d'Eastington, Monsieur.«

Der junge Mann unterbrach seine Reinigungsversuche, um sich tief zu verbeugen.

»Monsieur le Duc d'Orléans lässt Sie respektvoll fragen, ob Ihnen eine Spazierfahrt genehm wäre.«

»Monsieur? Der Bruder des Königs? Oh, mein Gott! Wann?«, mischte Alphonsine sich in das Gespräch ein. Der Junge, den Julie nun als denjenigen erkannte, der gestern, am Hafen von Plomb, aus Monsieurs Wagen gesprungen war, würdigte Alphonsine keines Blickes. Zu Julie aber sagte er:

»Der Wagen steht bereit, Madame. Wenn es Ihnen beliebt …«

Julie überlegte schnell. Zwar mochte sie Gaston, aber eine Kutschfahrt war eine heikle Angelegenheit, die schon wieder Anlass zum Klatsch geben könnte, wenn sie bekannt würde. Andererseits waren Paris und der Hof weit und ihr Ruf war schon lange nicht mehr unbefleckt. Zudem war Gaston, wie Guillaume ihr berichtet hatte, eine Zeitlang der Oberbefehlshaber der Armee gewesen und kannte die Befestigungen um La Rochelle. War es nicht eine wunderbare Gelegenheit, sich diskret an aller erster Stelle über einen Weg zu John zu erkundigen?

»Madame, Sie können unmöglich annehmen«, raunte Alphonsine und fasste ihren Arm.

»Madame, bitte … Mein Herr wartet im Wagen …«, meinte der junge Mann und fixierte sie eindringlich.

Julie machte große Augen und auch Alphonsine war so überrascht, dass sie Julies Arm wieder losließ und zur Tür rannte.

»Was, er ist hier? In unserem Hof? Tatsächlich ...« Sie drehte sich wieder Julie zu. »Nun, ich fürchte, Sie können gar nicht ablehnen!«

»Ja, das scheint mir auch so«, murmelte Julie und senkte ihre Lider, um ihre Freude zu verbergen. »Gut, Monsieur, ich folge Ihnen.«

»Ich auch!« Alphonsine stellte sich resolut an Julies Seite. Ihre Augen glänzten. »Sie können unmöglich alleine gehen, Madame. Ich werde Ihre Anstandsdame sein, wenn Sie gestatten ...«

»Es tut mir Leid, doch die Einladung beschränkt sich auf Madame d'Eastington, Madame«, näselte der junge Mann, mit der ganzen Größe seiner kleinen Statur nun auf die Baronin hinaufblickend.

»Aber, es kommt gar nicht in Frage, dass ...«

»Schon gut, Alphonsine«, sagte Julie schnell. Die Aussicht, für ein paar Stunden dem einnehmenden Wesen ihrer früheren Zofe zu entkommen, hatte sie endgültig überzeugt. »Ich werde Robert mitnehmen, das wird genügen. Ich möchte Ihnen nicht noch mehr Umstände bereiten. Haben Sie vielen Dank für Ihre Fürsorge!« Sie nahm sie flüchtig in die Arme und kam sich vor wie eine Verräterin. »Bis nachher!« Und ohne Alphonsine Zeit zu lassen, noch etwas zu sagen, eilte sie, Robert zu sich winkend, aus dem Haus.

Der Junge hatte sie überholt und öffnete mit Schwung den Schlag, auf dem das herzogliche Blau und Rot prangte.

»Madame la Comtesse, wenn ich bitten darf ...«

Julie richtete sich auf und fasste sich ein Herz.

»Madame ...« Gaston zog gemächlich seine Füße von der gegenüberliegenden Sitzbank. »Sie überraschen mich. Ich war darauf gefasst, mindestens eine halbe Stunde auf Sie warten zu müssen, während Sie haareraufend vor Ihrer Truhe stehen und sich überlegen, was Sie anziehen sollen. Doch bleiben Sie nicht in der Kälte stehen ... Steigen Sie ein!« Er deutete neben sich und bot ihr seine Hand. Sie berührte nur andeutungsweise seinen Handschuh, um sich dann mit größtmöglichem Abstand zu ihm zu setzen. Erleichtert atmete sie auf, als auch Robert und der junge Page in dem großen Wagen Platz nahmen.

Kaum waren sie aus dem Hof gerollt, als auch schon ein kleiner Trupp von vielleicht fünfzehn Männer zu ihnen stieß. Julie erkannte Puylaurens und ein paar andere Gesichter, die schon in Paris zu Gastons Umgebung gehört hatten.

»Nun, Madame, wohin möchten Sie fahren? Möchten Sie vielleicht eine kleine Seefahrt bei diesem herrlichen Wetter unternehmen? Oder die Steinbrüche besichtigen?«, fragte Gaston, während er aus dem

Fenster spähte und auf sein Knie trommelte. Julie blinzelte verunsichert.

»Nun ... Ich habe gerade viele Wochen in Saint-Martin verbracht, wo ich von der Außenwelt nur sehr wenig mitbekommen habe. Als ich La Rochelle verließ, herrschte noch Frieden. Ich hoffe, meine Bitte klingt nicht allzu verschroben, aber ... ich würde liebend gerne die Befestigungsarbeiten sehen!«

Gaston drehte abrupt den Kopf und runzelte die Stirn.

»Parbleu, Madame, dieses ist so ziemlich das Letzte, wozu ich Lust verspüre!« Er machte eine wegwerfende Geste. »Aber gut, ich ließ Ihnen die Wahl. Léon, gib Befehl, nach Fort Louis zu fahren!«

Es waren knapp zwei Meilen bis zu der Bucht von La Rochelle. Das Wetter war noch immer schön, doch es war kälter geworden. Der Fahrtwind pfiff in die kostbare Kutsche und Julie steckte ihre Fingerspitzen tief in ihren Muff. Sie brauchten etwa eine halbe Stunde für die Fahrt, während der Gaston nicht ein einziges Mal sein Schweigen brach. Als der Wagen vor dem grauen, sternförmigen Bau hielt, begnügte er sich damit, aus dem Fenster zu deuten.

»Hier sehen Sie das Fort Louis, Madame.«

»Hmm. In der Tat. Sehr beeindruckend«, antwortete Julie im selben Tonfall. Mit einem Seitenblick auf Gaston fügte sie hinzu: »Was für ein trauriges Bauwerk ...«

»Traurig, Madame?« Gaston sah sie zum ersten Mal wieder an.

»Ja, traurig«, wiederholte sie und verzog den Mund. »Kennen Sie das? Steingefüge, die man ansieht und sofort der schlechten Laune verfällt? Kein Wunder, dass die Rochelleser sich gegen seine Errichtung empörten.«

Gaston schwieg kurz.

»Verzeihen Sie mein Betragen«, meinte er schließlich ernst. »Ich fürchte, ich bin heute unausstehlich.«

»Möchten Sie mich nach Hause fahren?«

»Möchten Sie, dass ich es tue?«

Julie lächelte. Plötzlich fiel jede Befangenheit von ihr ab.

»Nein.«

Er sah sie intensiv an.

»Das freut mich«, meinte er schlicht. Er gab Befehl zum Weiterfahren. Während draußen die lange Peitsche eingesetzt wurde, zog Gaston mit einem kleinen Lächeln die Nase kraus. »Also gut, Madame, Sie haben es so gewollt. Jetzt werden Sie sich aber auch alles anhören müssen.« Er holte tief Luft. »La Rochelle soll möglichst komplett von der Außenwelt abgeschnitten werden. Ein Wall von über drei Meilen soll die Stadt in einem weiten Kreis von einem Ufer der Bucht zum nächsten umspannen, außerhalb der Reichweite der Musketen und der leichten Artillerie. Eine große Anzahl von Forts wird diesen Wall unterbrechen, wie viele, steht noch nicht fest. Die nächste Befestigung, die wir jetzt schon erblicken können, ist das Fort du Saint-Esprit …«

Gaston d'Orléans redete weiter, und im Laufe seiner Erklärung verschwand der Verdruss von seinen Zügen. Er machte Julie auf Einzelheiten aufmerksam, deutete hier auf eine Redoute, dort auf einen strategischen Punkt, den es noch zu befestigen galt. Währenddessen fuhr die Kutsche immer wieder an mächtigen Holzstapeln von spitz zulaufenden, grob abgehobelten Stämmen vorbei, die noch zu abweisenden Mauern zusammengestellt werden sollten. Dazwischen überholte sie Arbeitergruppen, die unter der kalten Wintersonne dampften. Teilweise erblickte man noch ihre Oberkörper, oft wurden sie aber nur von den kleinen Erdhaufen verraten, die im Rhythmus ihrer Schaufeln aus den Gräben flogen.

Julie war beeindruckt über Gastons Wissen und zugleich erschlagen von dem Ausmaß der Arbeiten. Während ihre Augen in einiger Entfernung die Zelte der Soldaten ausmachten, die, nach Regimentern und Kompanien geordnet, wie ein mausgrauer Ausschlag aus der Ebene wuchsen, dachte sie an den Sommer zurück. Die Tatsache, mittels einer Postkutsche nach La Rochelle gelangt zu sein, nahm sich heute wie ein Wunder aus. Und durch die breiten Lücken des Walls spähte sie bang und neugierig zugleich in Richtung der belagerten Stadt.

Julie kam zu dem Schluss, dass sie La Rochelle am besten über das Meer erreichen würden. Sie mussten allerdings einen Weg finden, sich an Bord eines der hugenottischen Schiffe zu schmuggeln, die nach wie vor fast ungehindert die Bucht passierten und momentan mit ihren Ausfällen den Heimkehrern aus Ré das Leben schwer machten.

Gaston unterbrach ihre Gedanken. Mit einem prüfenden Blick sagte er: »Für eine Dame sind Sie wirklich außerordentlich an militärischen Einrichtungen interessiert! Wenn ich Sie nicht besser kennen würde, würde mir Ihre Aufmerksamkeit suspekt vorkommen!«

»Ich war monatelang im Fort Saint-Martin eingeschlossen, Monsieur und habe auf die Belagerungswälle meiner Landsleute gestarrt, ohne etwas anderes zu tun zu haben. Mein Interesse ist sozusagen unter Zwang geboren!«

»Ich verstehe.« Er sah sie ernst an. »Mir ist aufgefallen, dass Sie Ihre runden Wangen verloren haben ... Sie haben eine schwere Zeit hinter sich.«

Wenn sie doch nur hinter mir wäre, dachte Julie beklommen.

»Wir werden etwas dagegen unternehmen«, meinte Gaston nun, dessen Laune offensichtlich immer besser wurde. »Wir haben uns jetzt lange genug an diesem Wall entlanggeschlichen. Ich schlage vor, dass wir uns in La Leu vom Maréchal de Bassompierre zum Essen einladen lassen. Ich kenne ihn, er wird sich die größte Mühe geben und uns ein Festmahl bereiten. Was halten Sie davon?«

»Ich möchte meine Abwesenheit nicht zu lange ausdehnen ...«

»Diese Bedenken kommen zu spät. Sie wollen mir doch nicht weismachen, dass Sie die Gesellschaft und die Umgebung der Baronne de Vaivre meiner vorziehen?«

Juli lachte. »Nun, ich muss gestehen, dass ich ganz froh bin, den Fängen meiner früheren Zofe für einen Augenblick entkommen zu sein.«

»Dann lassen Sie uns Sorge tragen, dass dieser Augenblick noch eine Weile anhält!«

Die Kutsche machte kehrt und schlug nun eine westliche Richtung ein.

Als sie in La Leu ankamen, war es Mittag, und Julie verspürte gesunden Hunger.

Der Maréchal de Bassompierre erwies sich gänzlich souverän. Obwohl auf einmal über zwanzig Menschen sein Quartier überschwemmten, zuckte er mit keiner Wimper. Ein Wink, ein kurzes Gespräch genügten, und seine Leute machten sich an die Arbeit. Von da an zeugten nur noch geschäftiges Klappern und appetitliche Düfte von ihrer Aktivität im Hintergrund.

Julie wurde von dem Maréchal mit der Freundlichkeit und Korrektheit begrüßt, die sie immer wieder an ihm geschätzt hatte, seit sie ihn vor zwei Jahren im Ballsaal von Marie de Chevreuse kennen gelernt hatte. Gaston verlangte, die neuen Fortschritte der Arbeiten diesseits der Bucht zu erfahren. Bald waren alle Herren damit beschäftigt, sich tief über Pläne und Zahlen zu beugen, während der Maréchal selbstbewusst Erklärungen abgab. Jeder wäre irritiert gewesen, wenn Julie sich an dem Gespräch beteiligt hätte. Also machte sie einen kleinen Rundgang um den Hof, in dem Bassompierre sein Lager aufgeschlagen hatte. Sie bewunderte zwei alte Buchen, die ihr glänzend braunes Laub auf sie regnen ließen und verfolgte zerstreut, wie die herzogliche Kutsche in die Scheune gerollt wurde, die neben dem Hauptgebäude lag.

Das anschließende Essen übertraf alle Erwartungen, die Gaston in Julie erweckt hatte. Hammelschwänze in Teigtaschen gebacken, Wachteln in Weinsauce, Omelett mit Zitronenschale, Kürbismilchsuppe … Julie gab es auf, alles aufzuzählen. Sie gehorchte leicht verlegen Gastons Anordnung, sich zu seiner Rechten zu setzen. Alle Anwesenden sprachen den Köstlichkeiten, die Bassompierres Köche in einer duftenden Parade hereinbrachten, hemmungslos zu. Die jungen Männer um Gaston d'Orléans verbreiteten wie immer die lärmende, gutgelaunte Atmosphäre, die der Thronerbe so schätzte, während sie ihre Späße durch die Schwaden der Schüsseln schickten.

»Nun, Madame d'Eastington, habe ich Ihnen zu viel versprochen?«, fragte Gaston, nachdem der erste Hunger gestillt war.

»Nein, Monsieur.« Julie, die sich seit Monaten von gepökeltem Fleisch, getrockneten Bohnen und versalzenen Heringen ernährt hatte, leckte sich genussvoll den Zeigefinger ab. »Seit Paris habe ich nichts Köstlicheres mehr gespeist.«

»Haben Sie das gehört, Monsieur le Maréchal?«, fragte Gaston den zu seiner Linken sitzenden Bassompierre. »Ich selber könnte Ihnen kein besseres Kompliment machen.« Er reichte Julie einen Löffel. »Hier, Madame, dieses Trüffelragoût müssen Sie unbedingt noch probieren.«

Sie nahm den Silberlöffel entgegen, achtete aber darauf, seine Hand nicht zu berühren. Das feine, erdige Aroma des mit Waben durchsetzten Pilzes ließ sie kurz die Augen schließen.

»Hmm …«

»Noch einen?«

Die Blicke, mit denen die jungen Männer jede der Aufmerksamkeiten quittierten, die Gaston ihr erteilte, entgingen Julie nicht. Sie verscheuchte die Frage, ob es klug gewesen war, Gastons Einladung anzunehmen. Schließlich hatte sie dadurch einen guten Gesamteindruck über die Möglichkeiten bekommen, nach La Rochelle zu gelangen. Und wenn sie ganz ehrlich war, genoss sie die Bewunderung, die der Thronerbe ihr zuteil werden ließ. Die Erlebnisse auf Ré hatten tiefe Wunden in ihrem Selbstbewusstsein hinterlassen, und zum ersten Mal seit langer Zeit fühlte sie sich wieder begehrenswert.

»So, meine Herren«, meinte Gaston schließlich. »Es ist an der Zeit, uns zu verabschieden. Monsieur le Maréchal, haben Sie Dank für den wundervollen Empfang. Wir werden Ihre Küche weiterempfehlen.«

Bald standen alle im Hof. Heiterkeit entstand, als bemerkt wurde, dass keiner die herzogliche Kutsche vorgefahren hatte, die noch immer in der Scheune stand.

»Nun, Madame la Comtesse, wenn der Wagen nicht zu uns kommt, gehen wir eben zu ihm«, meinte Gaston und neigte leicht lächelnd den Kopf. »Es war schon immer mein Wunsch, mit einer reizenden Dame in einer Scheune zu verschwinden!« Julie folgte ihm. »Zu der Baronne de Vaivre«, hörte sie Gaston noch seinem Kutscher sagen, bevor sie hinter ihm einstieg. Die Tür schlug mit einem satten Geräusch zu.

Sie hatte sich gerade die Röcke geglättet und Robert und Léon hatten ihnen gegenüber Platz genommen, als Gaston die Vorhänge zuzog, den Schlag auf seiner, dem Ausgang der Scheune abgewandten Seite öffnete und hinaussprang. Als er ihr verblüfftes Gesicht sah, lächelte er spitzbübisch.

»Kommen Sie, Madame«, lud er sie leise ein, und streckte eine Hand aus. »Wir müssen uns beeilen, damit niemand unser kleines Komplott entdeckt.«

»Unser Komplott, Monsieur? Ich erinnere mich nicht, über ein solches unterrichtet worden zu sein.«

»Nun, Sie sind es jetzt, und wenn Sie nicht bald aus dieser Kutsche steigen, werden es in Kürze auch alle anderen sein«, meinte Gaston. »Eh bien, Madame, wollen Sie mich hier alleine stehen lassen?«

»Monsieur, diese Heimlichkeiten sind nicht nach meinem Geschmack.«

»Mon Dieu, für wen halten Sie mich? Glauben Sie allen Ernstes, ich werde versuchen, im nächsten Graben Ihre Röcke zu heben?« Julie fühlte sich erröten. Sie hob das Kinn. Gaston grinste. »Tatsächlich, das trauen Sie mir zu, nicht wahr?« Er wurde schnell wieder ernst. »Ich dachte eigentlich, wir machen noch einen Spazierritt zur Küste.« Er bot ihr ein letztes Mal die Hand. »Bitte!«

Julie zögerte, sah in die braunen Augen, die warm in der Dämmerung der Scheune leuchteten. Es war ein freundschaftlicher Elan und nicht ein klar gefasster Entschluss, der sie schließlich dazu veranlasste, die Hand des Thronerben zu ergreifen.

Kaum war sie draußen, sprangen auch Léon und Robert heraus. Gastons Page schloss leise den Schlag wieder und klatschte auf das Holz. Sie verbargen sich hinter dem unordentlichen Schopf eines Heuhaufens, als die Kutsche mit den geschlossenen Vorhängen langsam davonrollte, dicht von der Meute ahnungsloser junger Männer gefolgt.

»Prächtig!«, freute sich Gaston. »Und nun, zu den Ställen!«

Im Stall warteten vier Pferde auf sie, eines davon mit Damensattel. Gaston dankte noch ein letztes Mal dem Maréchal, dessen Gesicht mit keinem Zug verriet, was er von der ganzen Sache hielt, bevor sie alle aufsaßen und aus dem Tor trabten.

Sie verließen La Leu über einen kaum sichtbaren, zweispurigen Pfad, der sich zwischen dornigen Brombeerranken und vom Wind zerzausten Pappeln in Richtung Küste schlängelte. Aus dem braunschwarz gefleckten Laub der hohen Bäume, das sich am Boden zu einem festen, ledrigen Teppich zusammengefügt hatte, entflog unter dem Tritt der Hufe ein süßlicher Geruch, der zu Kopf stieg. Sie verließen bald die Baumgruppe. Vor ihnen breitete sich nun ein schwach hügeliger Streifen aus, der direkt in das heute tiefblaue Meer überging. Bewachsen war der Streifen mit niedrigen Büschen. Der Pfad machte einen letzten Schlenker um einen Pfaffenhütchenbusch herum, bevor er auf ein Steinhaus zuführte, dessen Schieferdach stark mit dem Kot der Seevögel verkrustet war. Es war eine Mühle, ein altes, schäbiges Gebäude, deren Flügel nur noch mit Lumpen bespannt waren. Gaston drehte sich zu Julie um.

»Waren Sie schon einmal hier?«

»Nein, noch nie«, antwortete Julie kopfschüttelnd. »Und Sie, Monsieur?«

»Einmal. Im September.«

Sie stiegen ab und warfen den Pagen die Zügel zu. Sie verließen den Pfad und bahnten sich einen Weg an der Mühle vorbei zum Meer. Ihre Kleider hingen voller Distelsamen, als sie schließlich den Strand erreichten. Es war mühselig, auf den feuchten Steinen zu laufen, und Julie ergriff dieses Mal ohne Bedenken die angebotene Hand.

»Warum haben Sie mich hierher gebracht?«

Gaston lächelte undurchsichtig.

»Was Sie dort hinten erkennen ist La Rochelle. Weiter vorne, zu Ihrer Linken, das Fort Louis. Diese Ansicht fehlte noch bei unserem Rundgang von heute Morgen.«

Julie spähte nach den Mauern der belagerten Stadt. Dahinter, irgendwo, lag John und kämpfte gegen den Tod. Sie runzelte die Stirn. Wie oft hatte sie ihrem Schwager seit Thibaults Entführung gewünscht, er möge zur Hölle fahren … Und jetzt bangte sie um sein Leben. Ein paar Tage noch … nur ein paar Tage.

Gaston hatte weitergeredet, ohne dass sie ihm zugehört hätte. Sie bemühte sich, den Faden seines Gesprächs wieder aufzunehmen.

»… Ich bin der Meinung, dass wir noch einen zusätzlichen Hafen brauchen werden«, meinte er gerade mit verengten Augen. »Le Plomb ist weit weg und zu klein.« Er streckte den Arm aus. »Zwischen dem Fort

Louis und den Salzgärten da vorne wäre eine gute Stelle.« Er zuckte plötzlich die Schultern. »Nun ja, meine Sorge soll es nicht sein.« Etwas in seinem Tonfall ließ Julie aufhorchen.

»Wirklich nicht?«

»Ich werde bald nach Paris zurückkehren.« Der Thronerbe lächelte. »Die ganze Angelegenheit hier fängt an, mich zu langweilen. Und es gibt nichts, was ich mehr hasse als Langeweile.« Er sah sie spöttisch an. »Sie sehen überrascht aus.«

»Ich hatte in den letzten Stunden einen anderen Eindruck gewonnen, das ist alles.«

»Der Anfang der Belagerung war ganz nett. Doch momentan gibt es nichts zu tun, als abzuwarten. Und ich habe mir sagen lassen, dass die Winter hier abscheulich sind.«

»Man wird Sie hier vermissen.«

»Vermissen?« Gaston lachte auf. »Ich glaube nicht, dass meine Abwesenheit überhaupt auffallen wird. Am besten lasse ich eine mir ähnelnde Holzfigur schnitzen und befehle, sie als meine Stellvertretung dort aufzustellen, wo sie gerade benötigt wird. Alle wären zufriedengestellt … Was meinen Sie, ob ich Seiner Eminenz diesen Vorschlag unterbreiten sollte?«

»Ich verstehe«, meinte Julie ernst.

»Jetzt schauen Sie nicht so betroffen, Madame.« Gaston verzog den Mund. »Es ist seltsam, bei Ihnen weine ich mich immer am liebsten aus. Das war schon früher so. Die Klage des armen Thronerben! Das wäre ein hübsches Thema für eine Farce … Ich werde darüber nachdenken.«

Die beißende Ironie des Prinzen konnte Julie nicht täuschen. Gaston war vor ein paar Wochen als Oberbefehlshaber der Armee vor La Rochelle eingetroffen und hatte sich, wie man allgemein anerkannte, seiner Stellung durchaus als gewachsen gezeigt. Dann war Louis mit seinem Tross angekommen und hatte ihn kurzerhand beiseite geschoben. Was für ein Platz blieb da noch für den tatendurstigen Gaston? Er war zu gewitzt und zu unruhig, um sich mit einer repräsentativen Rolle zufrieden zu geben. Und sein Leben war zu kostbar für das Land, um ihm zu erlauben, sich an Gefechten wie der Befreiung von Ré zu beteiligen. Er musste sich in der Tat scheußlich fühlen – wertvoll und überflüssig zugleich.

Julie spürte, wie Gaston sie beobachtete. Sie begegnete seinem Blick und errötete.

»Sie haben sich nicht verändert, Madame«, meinte er plötzlich. »Schade.«

»Schade, Monsieur?«, fragte sie verwirrt.

»Sie haben sich noch nie viel aus meiner Stellung gemacht, nicht wahr?« Er lächelte leicht und wandte den Blick ab. Silbermöwen und ein paar Seeschwalben umtanzten gemeinsam einen Fischschwarm. Gaston sprach leise und ungewöhnlich sanft. »Seit wir Sie in Paris aus Ihrer Sänfte holten … Es ist, als wüssten Sie noch immer nicht, wer ich bin. Sie lassen sich immer von Ihren Gefühlen leiten. Einerseits hat es mich an Ihnen fasziniert, weil ich nie fürchten musste, dass Sie Hintergedanken hegten. Andererseits muss ich damit ein für alle mal darauf verzichten, Sie zu beeindrucken.«

»Aber … Sie brauchen mich doch nicht zu beeindrucken!«

»Ich möchte es aber.« Julie schluckte. Gaston fuhr fort:

»Erinnern Sie sich an unser Gespräch in Fontainebleau? Ich hatte Ihnen ein Angebot gemacht.«

Langsam wurde es Julie unheimlich. Was sollte diese Frage?

»Ich erinnere mich gut, Monsieur. Aber …«

Gaston unterbrach sie mit einer einzigen Geste.

»Sie kennen das Schicksal Ihrer Tante, Madame de Saintange. Wie urteilen Sie über ihr Verhalten?«

»Sie liebte Ihren Vater aus ganzem Herzen, Monsieur.«

»Sie war seine Mätresse. Sie verdammen sie nicht?«

»Warum sollte ich? Sie ist ihrem Herzen gefolgt«, antwortete Julie. Wenn jemand wusste, dass ab einem gewissen Augenblick Konventionen keine Rolle mehr spielten, dann sie. Worauf wollte Monsieur hinaus? Sie suchte in dem jungen, stolzen Gesicht nach einer Erklärung. Gaston schwieg, sah sie nur an. Seine Augen leuchteten warm und …

Julie fühlte, wie jegliche Farbe aus ihrem Gesicht wich. Sie machte einen halben Schritt zurück.

»Sie tat es … aus Leidenschaft, Monsieur.«

»Und Sie … Sie sind keine leidenschaftliche Frau?«

»Ich war es. Früher einmal.«

»Das glaube ich nicht. Ich sagte vorhin, Sie haben sich nicht verändert.«

»Woher wollen Sie das wissen?«, fragte Julie heftiger, als sie es gewollt hatte. »Falls ich es bin, so will ich es nicht mehr sein.«

»Hier ist die Stelle, wo er an Land gespült wurde«, sagte Gaston unvermittelt. »Er ist die ganze Nacht hindurch geschwommen. Verfolgt von den Engländern und den Fischen, durch Sturm und Strömung.«

Er machte eine kleine Pause, und sie schnappte nach Luft.

»Er war so entkräftet, dass er sich nicht mehr aufrecht halten konnte. Er ist bis zu der Mühle gekrochen. Dort hat ein Bauer ihn gefunden.« Gaston ließ sie nicht aus den Augen. Er lachte. »Ach, Madame, Sie sollten Ihr Gesicht sehen, wie ich es sehe! Soviel zu Ihren Beteuerungen!«

»Warum tun Sie das?«, fragte sie gepresst.

»Nun ... ein kleines Spiel, nicht mehr.« Er fuhr lächelnd fort. »Ich hatte es mir so vorgestellt: Ich mache Ihnen ein gewisses Angebot ... Sie nehmen natürlich an, weil Sie geschmeichelt sind ... Und dann ... Dann konfrontiere ich Sie mit dem Ort hier und seiner kleinen Geschichte. Und entdecke, ob Sie aus Geltungssucht angenommen haben, oder ... oder aus gewissen Gefühlen heraus, die Sie eventuell für mich hegen ...« Er lachte noch immer. »Ein wirklich idiotisches Spiel, ich gebe es zu. Denn hätten Sie angenommen, hätte ich Sie nicht mehr so schätzen können, wie ich es tue ... Aber daran hatte ich nicht gedacht!«

»Ach, Gaston, das haben Sie doch nicht nötig!«, stieß Julie hervor. »Sie sind ein wunderbarer, herzlicher Mensch und ...« Sie stockte, als ihr plötzlich bewusst wurde, mit wem sie da sprach. »Verzeihung«, murmelte sie. »Ich wollte nicht respektlos sein.« Gaston antwortete nicht. Er hatte sich zur Bucht gedreht.

»Viele Menschen sehen in Ihnen mehr als nur Frankreichs Thronerben, Monsieur, wenn sie das Glück haben, Sie persönlich kennen zu lernen«, sagte Julie und trat so nah an ihn heran, dass sie seinen Ärmel berührte. »Man sagt zum Beispiel, Marie de Montpensier habe nach Ihrer Heirat voller Leidenschaft an Ihnen gehangen.«

»Marie ... Ja, Marie war eine erstaunliche Frau«, stimmte Gaston langsam zu. Er feixte schon wieder. »Ich glaube, mit ihr hätte ich mich nie gelangweilt.« Julie musste jetzt auch lächeln.

»Das glaube ich auch nicht.«

Sie sahen sich an.

»Bringen Sie mich jetzt nach Hause?«

»Natürlich. Geben Sie mir Ihre Hand.«

Sie reichte ihm die Rechte. Bevor sie ahnte, was er vorhatte, riss er sie an sich. Sein Kuss war der eines Kindes ... kühl, unschuldig und etwas feucht. Er ließ sie sofort wieder los. Sie presste ihren Handrücken an ihre Lippen.

»Damit wir beide nicht so enttäuscht sind«, grinste er, und der Schalk sprühte aus seinen Augen. »Sie haben Recht behalten, weil ich das getan habe, wovor Sie sich die ganze Zeit schon fürchteten. Und ich habe etwas

Staub von der Sternschnuppe bekommen, die ich dachte, einfangen zu können.«

Ihr Herz schlug wild. Zuerst überwog der Zorn. Dann bemerkte sie, wie Gaston betont interessiert in ihr Gesicht spähte … und musste lachen.

Als sie wieder zu ihren Pferden gingen, plauderten sie unbefangen.

⚜

Ein paar Stunden später schloss Robert leise die Tür von Myladys Zimmer hinter sich und trat auf den unbeleuchteten Flur, als er seinen Namen rufen hörte.

»Robert!« Er sah sich um. Alphonsines runde Hand winkte hell aus einem dunklen Türspalt. »Komm herein!« Er runzelte die Stirn. »Nun komm schon! Du kannst mir nicht ewig aus dem Weg gehen, das weißt du!« Er zögerte noch kurz, ergab sich dann aber seinem Schicksal und folgte.

»Na also.« Alphonsine nahm ihr Nähzeug in die Hand und ließ sich auf einem Sessel am Kamin nieder. »Setz dich zu mir, es macht mich unruhig, wenn du hier vor mir stehst. Gut.« Sie schnitt einen langen Faden ab. »Ich nehme an, du weißt, weshalb ich dich sprechen will?« Robert zuckte mit den Schultern. »Warum hast du keinen der Briefe beantwortet, die an dich gerichtet waren?«

»Briefe?«, fragte Robert und zog geräuschvoll die Nase hoch.

»Man ist sehr ungehalten gegen dich. Eine Nachricht wurde dir noch in Paris zugestellt, vor deiner Abreise. Dann warst du plötzlich wie vom Erdboden verschwunden, bis man dich in Saint-Martin wieder ausfindig machte. Zwei weitere Briefe sind dir im Fort überbracht worden. Immer mit derselben Bitte. Doch nicht einmal hast du geantwortet!«

»Ich lasse mich nicht erpressen!«

Alphonsine schwieg kurz, um einen winzigen Stich zu machen.

»Dein Verhalten ist nicht sehr klug, weißt du«, fuhr sie dann fort. »Ich glaube nicht, dass du dir über die Tragweite deiner Weigerung im Klaren bist.« Sie sah kurz hoch. »Ich weiß nicht, was es ist, aber offensichtlich hat man etwas gegen dich in der Hand, mein Junge.«

Robert lachte verächtlich.

»Ja, das hätte man gerne. Hat man aber nicht. Nicht mehr.«

»Was heißt das?«, fragte Alphonsine scharf und ließ den Stoff auf ihren Schoß zurücksinken.

»Die Umstände haben sich eben geändert«, sagte Robert. Er zuckte abermals die Schultern. »Sie oder Ihr Auftraggeber können mir Briefe schicken, bis Sie schwarz werden. Ich werde weiterhin nicht einen beantworten.« Alphonsine betrachtete ihn ernst.

»Meinetwegen. Du wehrst dich dagegen, unter Druck gesetzt zu werden, das ist ganz natürlich. Das kann ich verstehen.« Sie spielte mit ihrer Schere. »Aber aussprechen wirst du dich dennoch müssen.« Sie stand auf und legte ihr Nähzeug zur Seite. »Am besten klärst du das auf direktem Wege. Wir werden heute Abend zusammen einen kleinen Ausflug machen.«

»Einen Ausflug? Es kommt gar nicht in Frage, dass …«

»Hör zu, Robert. Du sagst, die Umstände hätten sich geändert. Dann brauchst du auch nichts zu befürchten. Sei mutig, und du hast bald alles hinter dir. Auch keine Briefe mehr …«, fügte sie lockend hinzu. Robert sah zur Tür. »Wir warten ab, bis deine Herrin zu Bett gegangen ist. Sie wird deine Abwesenheit nicht einmal bemerken.« Sie rümpfte die Nase und drehte den Kopf in Richtung Fenster. »Aber du wirst dich warm anziehen müssen. Sturm zieht auf, und es ist ein langer Weg durch die Sümpfe.«

⚜

Ein paar Stunden später war das Wetter in der Tat umgeschlagen. Der Wind heulte wütend über sie hinweg, sodass sie sich auf ihren Pferden zusammenkauerten. Der Nachthimmel war von einer Schicht tintenfarbener Wolken bedeckt, die erbleichten, wenn sie unter der verstümmelten Scheibe des abnehmenden Mondes vorbeijagten. Es war eine gewalttätige, laute Welt, die nichts mehr mit der gemeinsam hatte, in der Robert heute mit Mylady spazieren gefahren war.

Er hatte ausnahmsweise Schuhe angezogen, seine Jacke bis unter das Kinn zugeknöpft, seinen Kragen hochgeschlagen, die Stulpen seiner derben Handschuhe so weit es ging über die Unterarme gestreift. Dennoch hatte der Sturm sofort eine Fülle kleiner Öffnungen in seiner Kleidung entdeckt, in die er nun seine gierigen, rücksichtslosen Finger bohrte. Er kam sich vor wie ein mit eisiger Luft gemästeter Kapaun.

Alphonsine hatte ihr Pferd gezügelt, doch er merkte es erst, als seine Stute neben ihr stand. Sie redete kurz mit der Wache, die die Straße sperrte, reichte ihr einen Brief … Das Feuer der Sturmlaterne flackerte wild in der Hand des Soldaten und gab seinen Zügen die Verwegenheit zurück, die ein langer, anstrengender Tag verzehrt hatte. Sie wurden durchgewinkt.

Sie hatten einen Weg nach Südosten eingeschlagen, der um La Rochelle und knapp hinter den Linien der königlichen Armee entlang führte. Außer den in regelmäßigen Abständen aufgestellten Wachtposten begegneten sie kaum einem Soldaten.

Bald umgaben sie nur noch der Sturm und die sie peitschenden Mähnen ihrer Pferde. Sie mussten Schritt reiten, als der Weg sich verengte. Der Gang seiner Stute wurde weich und etwas zögerlich, die Luft feucht. Das mussten die von Alphonsine angekündigten Sümpfe sein. Es schien Robert, als hätten sie ihre Richtung leicht geändert und würden sich nun südlicher halten, was ihm bald von dem wütenden Schlagen des Ozeans zu seiner Rechten bestätigt wurde. Es war eine seltsame Reise, dieser Ritt durch die brausende Nacht mit unbekanntem Ziel. Doch er war nicht verängstigt, höchstens neugierig. Wie sagte Mylady vor ihrer Krankheit? Jedes Unglück hat auch seine leuchtende Seite. Doch noch hatte er das Licht nicht entdeckt.

Der Brief in Paris war der Anfang seines Unglücks gewesen. Vor einem halben Jahr, nach Rueil, war er noch naiv genug gewesen, um zu hoffen, der Kardinal würde ihn vergessen. Der erste Brief hatte ihn eines Besseren belehrt und ihn in einen Gewissenskonflikt gestürzt.

Nicht, dass sein Inhalt bedrohlich gewesen wäre. Man verlangte nur einen kurzen Bericht von ihm, was Myladys Aktivitäten und Pläne betraf. Nicht, dass er das nicht ohne weiteres hätte liefern können, aller Wahrscheinlichkeit nach auch, ohne Mylady damit zu schaden. Doch er hatte sich immer wieder an ihr erstes Gespräch in Eastington erinnert. Nein, wenn sie etwas nicht ertragen würde, dann, dass er sie hinterging. Die letzten Nächte in Paris waren furchtbar gewesen. Dann hatte er erfahren, dass sie nach La Rochelle abreisen würden. Und obwohl er den Grund der Reise verdammte, hatte er Gott auf Knien für den Aufschub gedankt.

Und dann kam die Katastrophe. Mylady todkrank. Die Stunden, Tage, Monate der Verzweiflung. Das Einzige, was ihn aufrecht gehalten hatte, war, dass sie ihn gebraucht hatte. Er hatte nicht mehr an das Wunder ihrer Genesung geglaubt. Und gleichzeitig hatte er gewusst, dass, wenn sie genesen sollte, er sie würde verlassen müssen. Denn sie hatte die Kohlezeichnung gesehen. Er hatte das heiß geliebte Stück Papier offen auf seinem Lager gefunden.

So sehr ihn ihr Aufwachen gefreut hatte, so sehr hatte er gezittert, ihr zum ersten Mal wieder in die Augen zu sehen. Doch nichts … Sie hatte nichts gesagt. Aber sie verhielt sich plötzlich zurückhaltender als früher. Und da erahnte er, dass sie seinen Gefühlen gegenüber genauso hilflos war wie er selber. Sie brachte es nicht über das Herz, ihn wegzuschicken. Und er hatte nicht den Mut gefunden, zu gehen. Und so standen sie beide da, zwischen ihnen ein Abgrund, sahen sich an, lächelten, wussten beide von der Endgültigkeit ihrer Trennung und waren doch unfähig, sich umzudrehen und wegzugehen.

Als der Comte mit der Flotte vom Festland wiedergekehrt war, war auch der zweite Brief eingetroffen. Diesmal nicht anonym, wie der erste, sondern unterzeichnet: Alphonsine Fauvette. Doch er hatte nur müde gelächelt. Alles hatte auch sein Gutes … Man konnte ihm nicht mehr drohen. Ein paar Wochen danach der Dritte. Da war er nicht mehr ängstlich, sondern ärgerlich gewesen. Noch ärgerlicher wurde er, als Alphonsine dann, wie zufällig, am Quai von Le Plomb auftauchte. Er hatte keine Ahnung, woher sie wusste, mit welchem Schiff sie vorgehabt hatten, überzusetzen. Sie hatte offenbar eigenhändig in Erfahrung bringen wollen, was die Pläne seiner Herrin waren, nachdem er alle Briefe unbeantwortet gelassen hatte. Und, raffiniert wie sie war, blitzschnell die Gelegenheit genutzt, Mylady unter ihre Kontrolle zu bringen und gleichzeitig die Tallevendes zu entfernen.

Robert sah mit gerunzelter Stirn auf die Gestalt, die vor ihm ihren weiten Mantel um sich straffte, um ihn dem Sturm zu entreißen. Er war es satt, von Geheimnissen umgeben zu sein. Deshalb war er heute Abend mitgekommen. Diese Briefe mussten aufhören.

Die Gestalt vor ihm drehte sich um, schrie ihm zu, während die Kapuze wild um ihr Gesicht flatterte:

»Wir sind bald da! Die Lichter da vorne sind Angoulins!«

Robert gab sich nicht die Mühe, zu antworten. Sein Gesicht war gefühllos von dem eisigen Wind, seine Stirnhöhlen schmerzten. Er wischte sich Nase und Augen an seinem Handschuh ab, richtete sich in seinem Sattel auf.

Ja, ein halbes Dutzend schwacher Lichter waren in der Ferne zu erkennen, ein paar andere weiter vorne. Stete Scheine, wie sie aus Fenstern leuchteten, nicht das Flackern von Lagerfeuern. Schön, das hieß wohl, er konnte sich auf etwas Wärme freuen. Er hatte keine Ahnung, wie lange sie genau unterwegs gewesen waren, über zwei Stunden jedoch mindestens. Lange genug, um auch den abgehärtetsten Mann im Novemberwind vor Kälte erstarren zu lassen. Plötzlich versperrte erneut ein Wachtposten ihren Weg.

»C'est bon. Passez!«

Auch hier wirkte Alphonsines Passierschein Wunder, und sie wurden durchgelassen. Die Hufe der Pferde klapperten über eine kleine Steinbrücke. Robert erspähte kurz ein reflektiertes Stück stürmischen Himmels unter sich, dann hatten sie auch schon das gegenüberliegende Ufer erreicht. Nur noch ein paar Schritte, dann spürte Robert, mehr als er sah, die Präsenz eines großen Gebäudes. Sein Pferd spitzte die Ohren, strebte von ganz alleine auf eine Stelle, die das Tor in einem Schutzwall sein musste. Doch Alphonsine winkte nach links.

»Nicht hier«, rief sie. »Wir müssen nach hinten. Auf die andere Seite.«

Ein Hintereingang, vermutete Robert. Aber auch hierin sollte er sich täuschen. Nachdem sie den Bau umrundet hatten, ließen sie ihn hinter sich. Nach ein paar Schritten hielt Alphonsine an und stieg ab. Als Robert ein Gleiches tat, sprang er direkt in eine tiefe Pfütze. Im Nu waren seine verhassten Schuhe und ein guter Teil seiner Hose durchnässt. Seine Augen brannten. Er wischte sich, Verwünschungen ausstoßend, die Spritzer vom Gesicht und bemerkte überrascht, dass sie salzig schmeckten. Wahrscheinlich gab es hier Kanäle, in die heute Abend Flut und Sturm das Meerwasser zurückgestaut hatten.

»Wo sind wir hier?«

»Das wirst du gleich sehen«, antwortete Alphonsine unfreundlich, die auch einige Spritzer abbekommen hatte. »Binde dein Pferd hier am Pfosten an. Und pass gefälligst auf, wo du deine Füße hinsetzt!«

Robert tastete stumm nach der angegebenen Stelle, als die Wolkendecke für einen Augenblick aufbrach. Er erhaschte einen Eindruck von dem, was vor ihnen stand: Eine schiefe, erbärmliche Holzhütte. Und um sie herum Zwiebeln und verrottende Kürbisblätter … Sie befanden sich offensichtlich mitten in einem Garten. Soviel zum Thema Wärme und Gemütlichkeit, murrte Robert lautlos.

An der Tür machte Alphonsine ein Klopfzeichen und trat dann einfach ein, indem sie Robert am Ärmel hinter sich herzog. Er schüttelte ihre Hand ab und sah sich neugierig um.

Ein kleiner quadratischer Raum, der, so weit er es in diesem Dämmerlicht erkennen konnte, mit nichts anderem möbliert war als einer Truhe, einem Tisch und zwei Bänken. Kein Kamin, dafür eine grob gemauerte Feuerstelle, die aber im Augenblick erstorben dalag. Eine Öffnung neben der Truhe ließ ein zweites Zimmer erahnen, wahrscheinlich ein Schlafzimmer. Ein Eimer und ein rostender Eisentopf standen auf dem Lehmboden und erinnerten Robert an die schlimmsten Zeiten im Fort Saint-Martin: Das Dach des Gartenhäuschens musste undicht sein. Insgesamt machte das Ganze einen kargen, ja ärmlichen Eindruck, der Robert um so mehr überraschte, als er die Person erkannte, die am Tisch saß und nun langsam den Kopf hob: Im Schein einer rußigen Talgkerze, die einzige Lichtquelle des Schuppens, erglühten die asketischen Züge der Grauen Eminenz, der gefürchteten rechten Hand des Herzogs de Richelieu.

»Guten Abend, mon père«, knickste Alphonsine.

»Seien Sie willkommen, meine Tochter«, antwortete eine tiefe Stimme, so ruhig, als hätte der Mönch schon seit Stunden ihren Besuch erwartet. »Wen bringen Sie mir denn da?«

Robert zog respektvoll seinen Hut vom Kopf und verbeugte sich.

»Ah … Ich sehe schon. Unser schweigsamer junger Informant …« Pater Joseph klappte liebevoll die Bibel zu, in der er gerade gelesen hatte. »Sie haben ihn also gefunden, Madame la Baronne. Schön. Setzen Sie sich und berichten Sie.« Alphonsine lockerte ihren Mantel und rutschte auf eine Bank.

Nun begann ein leises Zwiegespräch. Der Sturm rüttelte so laut an den dünnen Holzwänden, dass Robert das, was am Tisch geflüstert wurde, ohnehin kaum hätte verstehen können. Er wusste nicht, ob er verärgert oder erleichtert über den Ausschluss sein sollte und drehte im Zimmer eine Runde, um nicht dumm herumzustehen und gleichzeitig etwas Wärme in seine Füße zu bringen.

Als er an der Truhe ankam, blieb er stehen. Wie gebannt spähte er in die dunkle Öffnung des Schlafzimmers. Das Einzige, was er erahnen konnte, war ein großes Kreuz an einer Wand und darunter ein einfaches Bettgestell ohne Himmel. Der Boden war seltsam schwarz, ganz anders als der Untergrund aus Lehm im Wohnraum, irgendwie unheimlich, fast unfassbar … Als stünde er vor einem gigantischen Loch. Er zuckte zusammen, als eine Bewegung in dem Loch sichtbar wurde. Etwas Winziges robbte auf ihn zu … Nein, schwamm, schlug Wellen … Eine Ratte erklomm die einzige Stufe, die zum Wohnraum führte, schüttelte sich vor seinen Füßen das Salzwasser aus dem Pelz und trabte geschäftig davon. Sie verschwand unter der Ausgangstür. Jetzt erst erkannte Robert, dass das ganze Schlafzimmer überflutet war.

Er humpelte einen Schritt zurück, erschauerte. Wie konnte ein Mann, der im ganzen Land als die Graue Eminenz bekannt und gefürchtet war, unter solch ärmlichen Bedingungen hausen?

»Monsieur«, sagte die Graue Eminenz nun und stand auf, »folgen Sie mir bitte.«

⚜

Es war sehr still in Richelieus Arbeitszimmer. Keine Sekretäre heute Abend, keine Dienstboten. Er hatte alle hinausgeschickt, um in Ruhe die Papiere lesen zu können, die seine Leute ihm aus Saint-Martin gebracht hatten.

Er war nur sehr selten alleine und genoss das ungewohnte Gefühl. Das Feuer flackerte im Kamin und verbreitete Wohlbehagen. Der Sturm wütete ohne Unterlass, und er hatte schon vor Stunden die schweren Holzläden vor die Fenster klappen lassen.

Ja, nachdem vor ein paar Wochen ein Wall um das zweistöckige Hauptgebäude, den gedrungenen Turm und die rechts und links anhängenden flachen Nebenhäuser gezogen worden war, konnte Richelieu sich innerhalb des großen Hofes, der Pont-la-Pierre genannt wurde, wohl fühlen. Die Brücke, der einzige Zugang nach Angoulins, wurde gut bewacht, die Garde stand im Hof. Es war eng, ein wenig weit ab von La Rochelle, aber es bot die Ruhe, die er so benötigte. Und das Arbeitszimmer hier empfand er bereits wie sein Zuhause. Zumindest hatte er alles dafür getan. Komfort, wenn auch ohne Übertreibungen: ein paar Wandteppiche, sein Lieblingssessel, ein kleiner Schrank und die obligatorischen Schreibmöbel. Wer wusste schließlich, wie lange er hier wohnen würde …

Er lenkte seine Gedanken wieder auf die Papiere auf seinem Schoß zurück. Er hatte sie schon gelesen. Mehrere Male. Es waren Briefe, Notizen und Protokolle, die nach seinem überstürzten Aufbruch in Buckinghams Quartier gefunden worden waren. Wichtige Papiere, ungeheuerliche Papiere, die enthüllten, dass der englische Minister bereits die ersten Schritte zur Annäherung an Spanien unternommen hatte. Ein doppeltes Spiel, denn andererseits rühmte Buckingham sich in einem Brief, der König Charles nie erreichen würde, dass England mit Ré einen erstklassigen Stützpunkt haben würde, um sowohl Spanien innerhalb von vier Stunden anzugreifen, als auch in Frankreich jederzeit einen Religionskrieg entfachen zu können. Der englische Minister brüstete sich nicht ohne Grund, mit Ré einen Schlüssel zu haben, um die beiden katholischen Nachbarn erpressen zu können. Und es war das Bewusstsein, knapp an einer Katastrophe vorbeigeschlittert zu sein, das Richelieu sich in seinem Sessel zurücklehnen ließ. Nach den vielen Strapazen der letzten Monate, seit die Kunde der Invasion von Ré ihn erreicht hatte, waren ein paar Augenblicke der Selbstzufriedenheit ein wohlverdienter Luxus.

Ja, und dann war da noch dieser Brief …

Nicht alle von Buckinghams Papieren waren politischen Inhaltes gewesen. Auch ein paar private Zeilen hatten sich darunter befunden, wie der Brief, den Richelieu nun aus dem kleinen Stapel herausfischte. Eine Frauenhandschrift. Energisch, gleichmäßig, mit Spitzen und Kanten versehen.

Er drehte das Blatt zwischen seinen Fingerspitzen. Was konnte die Frau veranlasst haben, Buckingham diese Zeilen zu schicken? War sie von ihrem Mann misshandelt worden? Betrogen? Oder einfach nur übersehen?

Zuerst hatte er den Brief nur überflogen. Von seinem nie ruhenden Spürsinn getrieben, anderer Menschen Geheimnisse aufzudecken. Als er ihn dann tatsächlich gelesen hatte, war sein Interesse erweckt worden. Eine Frau, von Rachegelüsten getrieben, konnte eine verlässliche Alliierte werden, wenn man ihre zerstörerische Energie geschickt zu kanalisieren wusste. Zudem war er auf diesen Namen gestoßen, der ein leises, ganz leises Echo in seiner Erinnerung ausgelöst hatte. Richelieu klopfte sich mit dem Papier auf das Kinn. Ja, auf seinen Geist konnte er sich immer verlassen!

Das kurze Pochen an der Tür ließ ihn gespannt, aber nicht ärgerlich aufblicken. Er hatte Anweisung gegeben, ihn nicht zu stören. Wenn man es dennoch tat, gab es einen triftigen Grund. Er sah sich in seiner Annahme bestätigt, als er die graue Kutte von Pater Joseph erkannte, der sich nun, ohne auf eine Antwort zu warten, in den Raum schob. Eine Freiheit, die nur er sich erlauben durfte.

»Eminenz …« Pater Joseph verneigte sich kurz, bevor er näher kam.

»Pater!« Richelieus Blick glitt über die eingefallenen Züge seines Vertrauten, die mit feuchten Schlamm überzogenen nackten Zehen, die aus den Sandalen lugten, und den allzu dünnen Ansatz der haarigen Beine, die aus der groben Kutte ragten. »Pater, Sie sehen schlecht aus. Ihre Verbohrtheit, in diesem Gartenhaus zu wohnen, wird Sie noch umbringen. Haben Sie wenigstens schon zu Abend gespeist?«

»Genug um den Körper am Leben zu halten, Eminenz.« Der Mönch winkte ab, und Richelieu machte keinen weiteren Versuch. »Ich habe Ihnen einen interessanten Besucher mitgebracht.«

»Ihre Besucher sind immer interessant, Pater. Um wen handelt es sich?«

»Um den Pagen der Comtesse of Eastington.« Richelieu richtete sich auf.

»Erzählen Sie.«

Als Pater Joseph ein paar Minuten später den Pagen in den Raum schob, stand der Kardinal auf und verschränkte die Hände in seinem Rücken.

»Kommen Sie, Monsieur. Kommen Sie ruhig näher.«

Der Page hinkte hinein. Seine Hosen waren nass, und er musste frieren, denn er näherte sich bereitwillig dem Feuer, obwohl sein Gesicht nichts als Trotz ausdrückte.

»Sie sind heute Abend gekommen, um einige Missverständnisse aus der Welt zu räumen, habe ich von Pater Joseph vernommen. Ich höre.« Der Page sah überrascht aus.

»Man könnte es wohl nur ein Missverständnis nennen, Eminenz.« Richelieu fiel auf, dass der Junge sich inzwischen im Stimmbruch befand. »Ich möchte respektvoll bitten, dass man mich in Zukunft mit Briefen verschont. Ich habe das auch Alph … der Baronne de Vaivre bereits gesagt.« Er hob das Kinn und stieß mit vor Eifer zitternder Stimme aus: »Ich habe bis jetzt nicht geantwortet und werde es auch in Zukunft nicht tun. Und falls Sie mir wieder drohen wollen, meiner Herrin von der Sache in Rueil zu erzählen, nur zu! Denn inzwischen weiß sie alles.« Er hielt an, sichtlich benommen von seinem eigenen Mut und der Erleichterung, es hinter sich gebracht zu haben.

»Sie wollen mir weis machen, dass Sie der Comtesse die Wahrheit gebeichtet haben?«

»Nein. Sie hat es per Zufall entdeckt.«

»Und Sie dennoch in ihrem Dienst belassen?«

»Ja, Eminenz.«

Richelieu glaubte ihm. Der Page war in diesem halben Jahr zu einem jungen Mann herangewachsen. Er hatte sich erstaunlich schnell entwickelt seit dem letzten Mal, als er zitternd in Rueil vor ihm stand. Nun gut. Sich in etwas zu verbeißen war nur Zeitverlust. Also keine Erpressung. Schade, es war das einfachste und preiswerteste aller Mittel.

»Très bien, Monsieur. Vergessen wir die Angelegenheit.« Der Kardinal verzog die Lippen. »Schön, dass Sie und Ihre Herrin wieder zu einem offenen Verhältnis gefunden haben.« Die Augen des jungen Mannes wurden rund. Ein zögerndes Lächeln erschien auf seinem Gesicht. Richelieu fuhr fort. »Eine Sache allerdings möchte ich von Ihnen erfahren, bevor wir uns in aller Freundschaft trennen. Erzählen Sie mir von Ihrem heutigen Tag. Als Zeichen Ihres guten Willens, sozusagen.«

»Sie möchten, dass ich Ihnen berichte, was ich heute getan habe?«

»Hmm … ja. Pater Joseph erzählte mir, Sie hätten eine Spazierfahrt unternommen?«

Die Lippen des Pagen wurden zu einem einzigen Strich.

»Warum fragen Sie nicht meine Herrin? Ihr Bericht würde Sie gewiss mehr interessieren.«

»Sie begreifen schnell, wie ich sehe. Natürlich könnte ich Madame d'Eastington vorladen. Aber ich dachte, ich erspare ihr dieses Ungemach.«

»Von mir werden Sie nichts erfahren.«

»Aber weshalb denn nicht, mein junger Freund? Weshalb wollen Sie mir nicht von den netten Stunden berichten, die Sie in Begleitung von Monsieur und Ihrer Herrin verbrachten? Ich denke doch, dass es ein paar harmlose, nette Stunden waren, nicht wahr? Oder ist in dieser Zeit etwas passiert, das sich zu verschweigen lohnte?« Der Page errötete und senkte zum ersten Mal den Kopf. Richelieu und Pater Joseph tauschten einen Blick.

»Mon garçon«, wandte sich nun Pater Joseph an Robert. »Sie sind ein verständiger junger Mann und werden es zu schätzen wissen, dass Ihre bisherige Weigerung, mit uns zu kooperieren, keine Konsequenzen für Sie haben wird. Sie sehen, wie großzügig Seine Eminenz ist. Jetzt geht es allerdings nicht um die Treue, die Sie Ihrer Herrin halten wollen, und die gewiss löblich ist. Es geht um den Herzog d'Orléans, um den Thronerben des Königreichs!«

Der Page schwieg. Seine Sommersprossen glühten.

»Wir sind darüber unterrichtet, dass Monsieur für Ihre Herrin eine gewisse Zuneigung empfindet«, fuhr der Pater fort. »Die Baronne de Vaivre hat uns berichtet, dass der Herzog seine Kutsche samt Begleitung zu ihr zurückschickte und er und die Comtesse für längere Zeit alleine waren. Sie waren dabei, nicht wahr?« Der junge Mann zog den Kopf zwischen die Schultern. Pater Joseph änderte seine Taktik. »Wir machen uns Sorgen um Ihre Herrin. Sollten sich derartige Vorfälle wiederholen, leidet nicht nur ihr Ruf. Auch die Sicherheit der Comtesse könnte gefährdet sein.«

Der Page erbleichte.

»Ich kenne Ihre Herrin gut, Monsieur«, meinte Richelieu. Ernst fragte er: »Glauben Sie, sie wäre glücklich, wenn sie von dem Herzog d'Orléans … sagen wir einmal … auserwählt würde?«

Der junge Mann runzelte die Stirn. Er hob das Haupt. Diesmal wich sein Blick nicht aus. Im Gegenteil. Langsam schüttelte er den Kopf.

»Nein, Eminenz. Das wäre sie nicht.«

»Wir sind einer Meinung. Ich könnte die Comtesse vor einer solchen Auszeichnung schützen. Doch dazu muss ich wissen, ob mein Verdacht gerechtfertigt ist.«

Der Page schwieg, doch Richelieu hakte nicht nach. Er wollte ihm Zeit geben, nachzudenken.

Sekunden verstrichen. Dann war es soweit.

»Ihr Verdacht ist gerechtfertigt, Eminenz.«

Richelieu atmete ein. Er fuhr mit der Hand über sein Gesicht, rieb sich die geschlossenen Lider, verharrte dann einen Augenblick mit Daumen und Zeigefinger auf seiner Nasenwurzel.

Pater Joseph indes gab sich mit dem kleinen Satz nicht zufrieden.

»Erzählen Sie. Wir wissen von Monsieur de Bassompierre, dass Sie dort Pferde erhielten. Und dann? Wohin sind Sie geritten?«

»Nach La Leu. Und dann weiter zur Küste, wo eine alte Mühle steht. Dort sind wir abgesessen.«

»Bei der alten Mühle? Seltsamer Ort. Was haben Sie dann gemacht?«

»Monsieur und Mylady sind zum Ufer gelaufen.«

»Worüber haben sie sich unterhalten?«

»Ich weiß es nicht. Ich war zu weit weg, um es zu hören.«

»Sie haben ihre Worte nicht verstehen können?«, fragte Richelieu. Hart fuhr er den Pagen an: »Wie konnten Sie dann eben meine Frage bejahen?«

»Es war nicht nötig, ihre Worte zu hören, Eminenz. Auch aus der Ferne …« Er stieß hastig aus: »Der Herzog d'Orléans … Er … hat sie geküsst.« Als er Richelieus Blick traf, wurde er sehr bleich. Er machte einen schnellen Schritt zurück.

Pater Joseph hatte sich abgewandt. Er lief hin und her. Sein Schädel schimmerte durch seinen spärlichen Haarwuchs hervor.

»Kann ich mich jetzt zurückziehen, Eminenz?«

»Nein«, sagte Richelieu. »Nicht, bevor Sie eine letzte Frage beantwortet haben. Weshalb ist die Comtesse of Eastington noch hier? Was hält sie vor La Rochelle fest?« Er wedelte mit der Hand. »Jetzt zieren Sie sich nicht wieder. Meine Geduld währt nicht ewig. Ist es wegen des Kindes?«

Der Page nickte ergeben.

»Vermutet sie ihren Sohn in La Rochelle?«

»Nein. Lord John Waterston ist in der Stadt. Er ist bei dem Rückzug aus Ré schwer verletzt und von den Rochellesern aufgenommen worden. Er alleine weiß, wo sich der Sohn von Madame Julie befindet.«

Richelieu konnte nicht verhindern, eine überraschte Bewegung zu machen. Doch Pater Joseph führte das Gespräch fort, und zog die Aufmerksamkeit des Pagen auf sich.

»Sie will in die belagerte Stadt?«, fragte er.

»Ja. So schnell wie möglich.«

»Gut. Sie können gehen«, sagte Richelieu und winkte ab.

»Nein, warten Sie …« Pater Joseph streckte seine hagere Hand aus. Er wandte sich Richelieu zu. »Eminenz, darf ich Sie kurz alleine sprechen?«

Richelieu sah hoch. Sie zogen sich in eine Ecke zurück, außerhalb Roberts Hörweite.

»Sie haben eine Idee, Pater?«

»Vielleicht. Ein plötzlicher Einfall. Die Comtesse will nach La Rochelle. Wir wissen, dass sie dort Kontakt zu einer Familie angesehener Händler hatte. Bei ihnen würde sie gewiss Unterschlupf suchen. Die Surelles sind alteingesessene Rochelleser, über jeden Verdacht erhaben.«

»Verdacht? Wessen sollten sie denn verdächtigt werden?«

»Der Sabotage.«

Richelieu runzelte die Stirn.

»Weiter.«

»Wir wissen, dass die Rochelleser zerstritten waren, zwischen den Fürsprechern und den Gegnern Seiner Majestät. Etwas besseres, als wenn die Hugenotten sich durch Streitigkeiten selbst zu Fall bringen, kann uns nicht passieren.«

»Ja, darüber waren wir uns einig. Es scheint nur, als würden diese Unruhen langsam nachlassen.«

»Richtig. Deshalb müssen wir die Unsicherheit dieser Leute wieder aufleben lassen.«

»Die Flugblätter sind schon in Auftrag. Und unsere Männer innerhalb der Stadt streuen eifrig Gerüchte.« Richelieu strich sich über den Schnurrbart. »Sie denken an das Haus von Guillen?«

»Die Unruhe war groß. Die ganze Straße ging in Flammen auf. Seitdem haben die Rochelleser Angst. Und Angst ist ein guter Alliierter.«

»Aber unsere Männer sind gefasst worden.« Richelieu schüttelte den Kopf. »Madame d'Eastington wird zu so etwas nicht bereit sein.«

»Sie vielleicht nicht. Aber wie wäre es mit dem Jungen?« Pater Joseph spähte zu dem Pagen rüber, der mit rundem Rücken und trotzigem Ausdruck einen Wandteppich anstarrte. »Er hängt sehr an seiner Herrin. Und er hat ein schlechtes Gewissen, weil wir ihn gerade gezwungen haben, sie zu verraten. Ich glaube, er würde sich freuen, wenn er etwas für sie tun könnte, das alles, was er uns eben hat erzählen können, wieder wettmachen würde. Wie zum Beispiel, ihr ein Mittel zu verschaffen, in die Stadt zu gelangen.«

»Ich möchte nicht, dass Madame d'Eastington da hineingezogen wird.« Richelieu hatte schnell gesprochen, ohne lange nachzudenken, und kaum waren die Worte über seine Lippen gegangen, bereute er sie. Er sah Pater Joseph scharf an. Doch der zeigte keine Regung.

»Wir werden es geschickter anfangen, als bei Guillens Haus«, sagte der Mönch. »Mit Verzögerung. Ich denke da an Pulver und eine Lunte, beliebig vorher entzündbar. Der Junge wird schon über alle Berge sein, wenn die Gebäude in die Luft gesprengt werden. Niemand wird eine Verbindung zu der Comtesse herstellen. Und ihre Deckung bei den Surelles macht sie unangreifbar.«

»Gleich mehrere Häuser?«

»So viele wie möglich. Die Gelegenheit werden wir nur einmal haben. Danach werden die Rochelleser auf der Hut sein.«

»Der Junge ist ehrlich und unerfahren. Ich weiß nicht, ob er sich für eine solch kaltblütige Tat eignet.«

»Wenn ich Sie erinnern darf, er war kaltblütig genug, um das kleine Komplott gegen Fontes-Villaray zu inszenieren.«

Richelieu seufzte, doch es war ein Seufzer, der seine Brust nicht bewegte. Warum hatte Gott ihm gleichzeitig diesen Brief und den Jungen geschickt? Wollte Er ihn auf die Probe stellen? Auf einmal war er sich nicht mehr sicher, ob er stolz sein konnte auf seinen Geist, diesen Tyrannen, der sich alles andere unterordnete, was Armand-Jean de Richelieu ausmachte, der keine Gnade kannte und nie kennen würde. Warum tat er so, als würde er zögern? Die Entscheidung war schon lange gefällt. Und es war ihm natürlich nichts anzumerken, als er nun antwortete:

»Es wäre einen Versuch wert, Pater. Und ich nehme an, als Transportmittel in die Stadt dachten Sie an die ›Forte Tête‹?«

»Wir haben schon vier Männer auf die Art und Weise in die Stadt geschmuggelt.« Der Mönch sah ihn ernst an. »Ich glaube, es ist eine gute Gelegenheit für uns. Und in der Zeit, wo die Comtesse sich in La Rochelle befindet, können wir uns in Ruhe darüber Gedanken machen, wie wir Monsieur von ihr fern halten. Halten Sie seine Neigung für etwas Ernstes?«

»Es ist schwer einzuschätzen. Aber eines ist sicher: Je öfter er Gelegenheit bekommt, sie zu sehen, desto ernster wird sie werden.«

»Sie glauben doch nicht ...?«

»Monsieur ist ein Tollkopf. Ich traue ihm sehr viel zu. Und es würde ihn diebisch freuen, Heiratspläne zu vereiteln, indem er selber einen voreiligen Schritt unternimmt.« Richelieu schüttelte den Kopf. Auf einmal war sein Hals trocken. »Aber darüber brauchen Sie sich keine Gedanken mehr zu machen, Pater. Ich werde das Problem hoffentlich endgültig regeln. Und zwar gleich morgen.«

»Sehr gut, Eminenz.«

Richelieu winkte den Pagen heran.

»Monsieur, ich möchte Ihnen einen Handel vorschlagen.«

Siebzehn

»Dépité contre Amour, mon ceur s'était promis
Que jamais ce tyran ne le verrait soumis
Aux lois d'une maîtresse;
Mais ô sage Raison, qui fais tout pour le mieux!
L'on n'est point obligé de tenir la promesse
Qu'on fait contre les dieux.«

»Von der Liebe enttäuscht, hatte mein Herz sich geschworen,
Dass diese Tyrannin es nie
Den Launen einer Geliebten unterworfen sehen würde;
Aber, o weiser Verstand, der alles zum Besten wendet!
Etwas, das man wider die Götter versprach,
Ist man nicht gezwungen zu halten.«

November 1627

»Du bist gestern spät heimgekommen.« Guillaume stach die Spitze seines Messers in den Brotlaib. Dunkle Krümel schossen rechts und links davon, als die scharfe Klinge die Kruste durchbrach.

»Hmm.« François zog den Stuhl zurück, warf seinen Hut auf den Tisch und setzte sich zu seinem Onkel. »Tut mir Leid, ich wollte dich nicht wecken.«

»Hast du nicht. Ich hatte bis dahin kein Auge zugemacht.« Guillaume deutete zum Fenster. »Der Sturm. Scheint sich über Nacht nur wenig beruhigt zu haben.«

»Ich war gestern bei den Pontmains.« François griff sich eine der Brotscheiben.

Guillaume sah hoch.

»Das habe ich mir schon gedacht. War Julie sehr enttäuscht, als du ihr gesagt hast, dass wir noch nichts erreicht haben?«

»Ich habe sie nicht angetroffen. Sie war ausgefahren. Monsieur hatte sie am Morgen bereits abgeholt.«

Ja, er hatte Julie gestern besuchen wollen. Doch nicht, um ihr einen Bericht zu erstatten über ihre Versuche, einen Weg in die belagerte Stadt zu finden ... Er war losgeritten, gleichsam verzagt und sicher, das Herz voller Sehnsucht und wilder Entschlossenheit. Und dann, die Überraschung, die Enttäuschung, als er in Alphonsines Hof ankam. Er hatte viele bekannte Gesichter gesehen ... Ratlose, teils beleidigte, teils feixende Gesichter, versammelt um eine leere Kutsche, deren offene Schläge von derben Späßen begleitet im auffrischenden Wind quietschten. Ja, es waren viele Gesichter gewesen ... aber nicht das, was sein Herz suchte. Und er ... er hatte kehrt gemacht. Irgendwie musste er den Strand erreicht haben, er hatte sich an das Wasser gesetzt und stundenlang verfolgt, wie die Wolken sich jagten und aufeinander schoben, der Wind zum Sturm wurde, der Himmel sich verdunkelte, die Nacht hereinbrach.

Er ließ die Brotscheibe los. Es war nur noch ein hässlicher kleiner Krumenhaufen von ihr übrig.

Die Tür der Gaststube öffnete sich, ließ einen Schwall Herbstblätter und einen neuen Gast ein. Guillaume richtete sich auf. François drehte den Kopf um zu sehen, wem sein Onkel jetzt zuwinkte. Robert schien noch stärker als sonst zu hinken. Seine Schultern hingen tief, während er seinen Fuß schwerfällig hinter sich her zog. Er war fahl und wirkte übermüdet. Offenbar war auch seine Nacht zu kurz gewesen.

»Setz dich, Junge«, meinte Guillaume ruhig. »Nimm dir etwas zu essen, wenn du magst.«

Robert mied François Blick, als er sich schwer auf einen Stuhl fallen ließ. Er zog sein Messer aus der Tasche und schnitt sich ein Stück Brot herunter. Er aß schweigsam, ernst und ohne sichtbares Vergnügen. Dann hob er den Kopf.

»Ich kenne einen Weg, um nach La Rochelle zu gelangen«, eröffnete er.

Guillaume beugte sich vor. François runzelte die Stirn. Während der Junge nun sprach, unterbrachen sie ihn nicht. Erst als er fertig war, fragte Guillaume:

»Wie hast du davon erfahren?«

»Madame Julie war gestern bei dem Maréchal de Bassompierre zum Essen eingeladen. Ich habe einen Koch belauscht, der in der Vorratskammer einen Rochelleser empfing. Beide unterhielten sich darüber, wie sie das Schiff beladen wollen. Der erste Offizier der ›Forte Tête‹ ist der Onkel der Frau des Kochs. Er ist bereit, uns für ein paar Goldstücke an Bord zu schmuggeln.«

»Heute Abend?«

»Die Schaluppe, mit der die ›Forte Tête‹ verabredet ist, wird um Punkt elf Uhr von Le Plomb ablegen.«

»Was sagst du dazu, François?«

»Ich traue ihm nicht!«, stieß François hervor. Er schüttelte den Kopf. »Es ist schon das dritte Mal, dass dieser Junge versucht, mich irgendwohin zu schleusen. Und jedes Mal hatte die Sache einen Pferdefuß!«

»Ach ja?«, höhnte Robert. »Es war Ihnen also nicht recht, dass ich Sie im Fort Saint-Martin zu Madame Julie brachte? Die Entdeckung war Ihnen wohl ein wenig unbequem?«

François schloss die Fäuste.

»Es geht nicht um die Entdeckung. Sondern darum, dass du mich belogen hast«, antwortete er kalt. »Und ich wette alles, was du willst, Onkel, dass der Junge uns auch jetzt wieder etwas verheimlicht.«

Robert errötete.

»Machen Sie, was Sie wollen. Madame Julie wird diese Gelegenheit gewiss nicht verpassen wollen!«

»François, wir haben keine große Wahl, oder? Die Zeit vergeht …«

»Du hast leider Recht, Onkel, wir haben keine andere Wahl.« François starrte den Jungen an. »Zweimal bist du davon gekommen, Robert! Ich habe dich nicht zur Rechenschaft gezogen, weil deine Herrin an dir hängt, und weil du dachtest, in ihrem Interesse gehandelt zu haben. Aber diesmal wird sie dabei sein. Wenn ihr durch dein Verschulden etwas passiert, bringe ich dich eigenhändig um!«

Robert war sehr weiß, wich seinem Blick aber nicht aus.

»Sie hätten sich eine andere Drohung aussuchen sollen, Monsieur le Comte«, antwortete er müde. »Woher wollen Sie wissen, ob Sie mir damit nicht einen Gefallen tun?«

François sah, dass nun auch Guillaumes Brauen zusammenschnellten. Doch sein Onkel kam nicht mehr dazu, die scharfe Frage zu stellen, die ihm offensichtlich auf den Lippen lag … Die Tür des Gasthauses wurde heftig aufgestoßen, Absätze trommelten herrisch auf den Holzdielen. Sieben Soldaten traten ein. Sie blieben am Eingang stehen und sahen aufmerksam in die Runde. Ihre roten Überwürfe schienen unter ihren Mänteln hervor. Ein nervöses Raunen ging durch die eben noch entspannt tafelnden Menschen.

»Die Garde des Kardinals!«

Der erste Gardist, ein Offizier, machte zwei der Männer Zeichen, an der Tür stehen zu bleiben. Die anderen zerstreuten sich und umrundeten die Tische.

»Sie suchen jemanden«, murmelte Guillaume.

»Ja. Und ich weiß auch schon, wen«, gab François zurück.

»Du meinst …?« Doch die Frage war überflüssig. François stand auf.

Guillaume schob ebenfalls seinen Stuhl zurück und stellte sich neben ihn.

Der Offizier hatte die Bewegung bemerkt. Er kam nun langsam auf sie zu. Seine Männer folgten ihm.

»Ich könnte sie eine Zeitlang aufhalten«, brummte Guillaume und legte eine Hand an seinen Degen. »In der Küche ist ein Hinterausgang.«

»Nein. Diesmal nicht.« François atmete tief ein. »Wenn ich bis heute Abend nicht zurück bin … Versprich mir, dass du mit Julie nach La Rochelle fährst.«

»Ich verspreche es dir, Junge.« Sie tauschten einen Blick. François nickte.

Die fünf Gardisten waren drei Schritte vor Ihnen stehen geblieben.

»Monsieur François de Tallevende, Comte de Fontes-Villaray?«, fragte der Offizier.

»Ja, der bin ich«, antwortete François und neigte leicht den Kopf.

»Wir möchten Sie höflichst bitten, uns zu folgen. Befehl Seiner Eminenz, des Kardinals de Richelieu.«

François zog seinen Degen, verneigte sich kurz vor dem Offizier und hielt ihm den Knauf der Klinge hin.

»Monsieur, hier ist meine Waffe. Ich bin bereit.«

»Es ist mir eine Ehre.«

Das Getöse der Stimmen, das sofort eingesetzt hatte, nachdem der letzte Soldat die Tür des Schankraumes hinter sich zugezogen hatte, nahm rapide ab, als sie in den Hof traten. François Blick suchte nach den Pferden, doch der Offizier deutete in eine andere Richtung.

»Hier entlang, Monsieur le Comte.«

Er zog eine Braue hoch, folgte jedoch widerspruchslos. Sie durchquerten den Hof, liefen an der Längsseite des Gasthauses entlang, gelangten an ein Gatter, hinter dem einige dunkle Obstbaumreihen standen. Der Offizier öffnete mit ausdruckslosem Gesicht eine kleine Pforte.

»Bitte … Seine Eminenz erwartet Sie.«

Die Gardisten blieben vor dem Zaun stehen. François trat in den Garten. Ein Geruch von feuchtem Gras, Herbstlaub und faulenden Früchten stieg ihm in die Nase. Warum dieser seltsame Ort? War das eine Falle? Sollte Richelieu beschlossen haben, einen langwierigen Prozess zu vermeiden und sich auf ganz private Art und Weise an ihm rächen wollen? Seine Rechte glitt unbewusst an seine Hüfte … fand aber nichts als eine leere Scheide vor. Schon bereute er, sich eben ergeben zu haben, als eine ironische Stimme ihn herumwirbeln ließ.

»Monsieur de Fontes-Villaray, Sie können sich entspannen. Ich habe nicht vor, die Wurzeln dieser Bäume mit Ihrem Blut zu tränken, falls es das ist, was Ihnen gerade durch den Kopf geht.«

Richelieu lehnte an einem hochgewachsenen Birnbaum, die Arme über der Brust gekreuzt. Er trug den Kardinalspurpur. Darüber hatte er eine Rüstung angelegt, die seinen Oberkörper hart und glänzend umschloss. An seiner linken Hüfte hing ein Degen.

Die im Wind flatternde, blutfarbene Robe umzüngelte ihn wild. Noch nie, so schien es François, hatte das äußere Erscheinungsbild des Ministers so sehr mit dem übereingestimmt, was er immer in ihm gesehen hatte: Schiere Macht. Einen Krieger, einen Soldaten … einen Mann.

Ein seltsames Gefühl von Zufriedenheit erfüllte ihn. Die Zeit der Ehrlichkeit war gekommen.

Er verneigte sich tief.

»Eminenz …«

»Ich sehe, Ihre Meinung von mir hat sich nicht gebessert seit dem letzten Mal, als wir uns sahen.«

»Sollte ich eine Ursache dazu haben, Monseigneur?«, fragte François ohne jede Schärfe.

Den magnetischen, undurchdringlichen Blick hatte der Kardinal noch immer.

»Es gibt bekanntlich keinen schlimmeren Blinden als den, der nicht sehen will. Haben Sie versucht zu sehen, Monsieur le Comte?«

»Nein, Eminenz, das habe ich nicht.« François lächelte leicht. »Aber die Augen sind mir trotz allem geöffnet worden. Gewaltsam, sozusagen.«

»Schön. Dann werden Sie also mit geöffneten Augen in Ihr Schicksal laufen.«

»Das werde ich, Eminenz«, antwortete François. Er sah Richelieu fest an. »Der Henker wird sich die schwarze Binde sparen können.«

»Der Henker, ja …« Die dunklen Augen des Ministers funkelten. Er strich langsam über seinen schmalen Kinnbart. »Halten Sie die Todesstrafe für Ihre Vergehen für angebracht?«

»Es gibt eine Begebenheit in meinem Leben, für die ich die Todesstrafe wohl verdient hätte. Und sie hätte mich auch fast ereilt … Doch Gott hatte es sich noch einmal anders überlegt. Ich glaube kaum, dass wir von demselben Vergehen sprechen, Eminenz.«

»Ich wäre mir da nicht so sicher …«

Sie sahen sich an, lange Zeit.

Plötzlich wusste François, weshalb sie in diesem Obstgarten standen, diesen abgeschirmten und doch offenen Ort, an dem jedes ihrer Worte unwiderruflich verflog, kaum das es ausgesprochen war. Ja, es war an der Zeit, ehrlich zu sein. Seine Stimme klang rau, als er schließlich leise antwortete:

»Wenn dem so ist, so steht es in Ihrer Macht, strenger als Unser Herr zu urteilen.«

Richelieu lehnte einen Fuß an den Baumstamm hinter sich. Nichts war seinem Gesicht zu entnehmen. Seine Augen fixierten einen vergessenen Apfel, der in einigen Schritten Entfernung lag, eine hässliche, bräunliche Mumie, auf der Schimmelpilze weiße Kreise gezogen hatten.

»Monsieur de Fontes-Villaray, unterbrechen Sie mich, wenn ich mich irren sollte. Sie haben vor etwas über einem halben Jahr mein Schloss von Rueil, in dem Sie Gast waren, über einen Fenstersprung verlassen. Zuvor haben Sie ein Bild meines Besitzes beschädigt, eine Person, die bei mir residierte, misshandelt und mir selber mit dem Tod gedroht. Als nächstes haben Sie sich an einem Duell beteiligt, ein Delikt, auf das die Todesstrafe steht. Dann haben Sie die Flucht ergriffen und sind unter falscher Identität in das Regiment de Champagne eingetreten.« Er sah auf. »Habe ich etwas vergessen?«

François zog einen Mundwinkel hoch.

»Ich glaube nicht, Eminenz.«

»Eine hübsche kleine Sammlung, finden Sie nicht auch? Wie, glauben Sie, sähe Ihr Urteil aus?«

»Ich mag viele Fehler gemacht haben, Eminenz«, antwortete François. »Aber einen habe ich vermieden: Ich habe nie danach gestrebt, Richter zu werden. Ich glaube, diese Belastung hätte mein Gewissen nicht vertragen.«

Der Kardinal sah ihn unumwunden an.

»Wie Sie meinen«, meinte er trocken. »Also gut. Dann werde ich Ihr Urteil verkünden.«

»Sie persönlich und kein Gericht, Eminenz?« François neigte leicht den Kopf. Er sagte schlicht und ohne jeden Spott: »Es ist eine Ehre, die ich zu schätzen weiß.«

»So hören Sie denn, Monsieur de Fontes-Villaray.« Richelieu machte eine kurze Pause, als wolle er sich das, was er jetzt sagen würde, noch einmal gründlich überlegen. Dann aber fuhr er mit entschlossener Stimme fort: »Ich will, dass Sie die Comtesse of Eastington heiraten. Heute. So schnell wie möglich. Dafür wäre ich bereit, das vorhin Aufgeführte zu vergessen.«

Alle Gelassenheit fiel von François ab.

Er stand wie vom Blitz getroffen da, zunächst unfähig, sich zu rühren, unfähig, einen klaren Gedanken zu fassen. Starr, wie einer dieser knorrigen Obstbäume, an denen der Wind rüttelte. Und dann stürmten die Gefühle auf ihn ein.

Grenzenlose Erleichterung zunächst. Staunen, Unverständnis. Hoffnung, wild und unbändig. Dann plötzlich Wut. Heiße, glühende Wut, weil Richelieu sich in etwas einmischte, etwas berührte, das nur Julie und ihn etwas anging. Weil er einen hässlichen Abdruck in der makellosen, unberührten Landschaft ihrer gemeinsamen Zukunft hinterlassen wollte. Weil er die unschuldige, wundervolle Frage, die er ihr stellen würde, in ein hässliches, berechnendes Etwas verwandelte. Er bemerkte nicht sofort, dass Richelieu das Gespräch wieder aufgenommen hatte, doch irgendwann erreichte ihn die Stimme, aus der jegliche Spur der Ironie verschwunden war.

»Um offen mit Ihnen zu reden: Es hat sich als absolut dringend herausgestellt, Madame d'Eastington so schnell wie möglich vom Zugriff einer gewissen Person zu entfernen. Dafür gibt es mehrere Möglichkeiten: Ich könnte die Comtesse in ein Kloster einweisen lassen. Ich könnte sie auch in ihre Heimat zurückschicken. Oder als englische Spionin verhaften und in Erwartung eines fernen Prozesses in einer Zelle vergessen lassen.«

François Zorn war plötzlich wie weggeblasen. Er wusste, dass Richelieu diesmal nicht versuchte, ihm aus taktischen Gründen Angst einzuflößen, sondern eine Notlage ausdrückte, aus der er selber einen Ausweg suchte. Er runzelte die Stirn.

»Monsieur?«, fragte er nur.

Der Kardinal nickte langsam. François atmete tief ein.

Was nun? Er sah den Mann an, dem er von allen Menschen, die er kannte, den meisten Respekt entgegenbrachte, sowie ein Gefühl, das Bewunderung am nächsten kam. Früher einmal … und heute immer noch. Seine Wut, die ihn im Frühling erfüllt hatte, als er dem Kardinal seinen Degen vor die Füße geworfen hatte, war unbändig und zerstörerisch gewesen, aufschäumend wie kochende Milch.

Aber es war viel geschehen seitdem … Er hatte dazugelernt. Manchmal musste man sich der Strömung überlassen. Die Hauptsache war, nicht unterzugehen. Für ihn, aber auch und vor allem für sie, die schon einmal fast an seinem Unverständnis zugrunde gegangen wäre.

»Wenn ich einwilligen würde …« François machte einen Schritt nach vorne. Er sah fester denn je in die glühenden Augen. »Wenn ich einwilligen würde, würde ich die Comtesse in die Normandie mitnehmen. Für immer.«

Es sollte das erste und einzige Mal sein, dass François den Blick von Armand-Jean de Richelieu würde flackern sehen.

»Natürlich«, antwortete der Kardinal, und man musste schon sehr spitzfindig sein, um die winzige Schwingung zu erahnen, die auf dem tiefsten Grund seiner kühlen Stimme lag. »Das erwarte ich nicht anders von Ihnen, Monsieur.«

⚜

Julie stand dicht am Gatter, das die Pferdekoppel der Pontmains umgrenzte. Ihr dunkler Umhang flatterte hinter ihr im Wind. Ihre Arme hatte sie flach auf die oberste Strebe des Zauns gelegt, der auf ihrer Schulterhöhe verlief, das Kinn auf die Hände gestützt. Zerberus stand neben ihr. Sie beobachteten den Galopp eines ungestümen Jährlings, der Unruhe in die kleine Herde der drei Stuten des Barons brachte.

»Guten Morgen, Julie!« Sie sah überrascht hoch.

»François …! Ich … Ich habe dich nicht kommen hören.« Erst jetzt lächelte sie. »Guten Morgen!«

Er beugte sich über den Rist seines Reittiers, spähte in ihr Gesicht, runzelte die Stirn. Dann sprang er von seinem Pferd, das er lose an den Zaun band.

»Du siehst angespannt aus. Machst du dir Sorgen?«

Sie zuckte leicht mit den Schultern, antwortete nicht. Ja, François hatte Recht. Sie war angespannt. Der Ausflug mit Gaston gestern hatte sie eine unruhige Nacht verbringen lassen. Zwar war der Annäherungsversuch des jungen Thronerben glimpflich verlaufen, und sie hatten sich freundschaftlich getrennt. Aber Gastons Ungestüm war ihr bekannt. Und sie war sich keineswegs sicher, dass sie gestern richtig reagiert hatte, dass sie ihre Ablehnung klar genug formuliert hatte. Eines war jedenfalls klar: Sie würde sich nicht mehr sorglos dem Thronerben nähern können.

Sie sah François kurz an, der sich neben sie an den Zaun gelehnt hatte und nun ebenfalls dem Treiben der Herde zusah. Auch seine Züge wirkten angespannt, und er trommelte einen schnellen Rhythmus auf die hohe Latte vor sich.

Julie dachte an Gastons Empfang gestern früh und fragte sich kurz, was Männer dazu bewog, sie zu besuchen, nur um anschließend stumm neben ihr auszuharren. Nun gut, dann war es wohl einmal mehr an ihr, das schweigende Brüten zu unterbrechen.

»Gibt es etwas Neues? Habt ihr etwas über La Rochelle erfahren können?«

»Über La Rochelle?« Er sah sie erst abwesend, dann irritiert an. Schließlich lächelte er. »Entschuldige, meine Gedanken waren gerade ganz woanders.«

»Ja, natürlich. Das ist doch selbstverständlich.« Sie lachte leicht. »Nur weil ich stets nach einer Möglichkeit suche, in diese Stadt zu kommen, denke ich, alle anderen Menschen müssten ein Gleiches tun!« Sie errötete, atmete tief ein. »Weißt du«, begann sie zögernd, »ich habe mir heute Nacht einige Gedanken gemacht. Über … Über Guillaume und dich.«

»Es scheint nur sehr wenige Menschen zu geben, die heute Nacht geschlafen haben«, antwortete François, doch sie hatte das Gefühl, dass er ihr nicht richtig zuhörte.

»Ich habe mir überlegt … Ich dachte … Ich wollte Guillaume und dir vorschlagen, uns zu trennen.«

François Kopf fuhr herum. Er starrte sie ungläubig an.

»Ja«, fuhr Julie hastig fort, während ihre Finger sich ineinander verknoteten, »eigentlich … eigentlich habt ihr beide doch keinen Grund, hier mit mir auszuharren, und …«

»Julie?«

Der Ton war streng. Sie sah zu ihm hoch.

»Ja?«

»Hör auf mit dem Unsinn.«

Sie schloss ihren Mund wieder, errötete erneut. Dann hörte sie ihn lachen und fühlte seinen Arm um ihren Schultern.

»Komm, lass uns einen Spazierritt machen, ja? Ich glaube, das tut uns beiden gut.«

»Aber … der Sturm …« Sie suchte fieberhaft nach einem Grund, abzulehnen, gerade weil sie in diesem Augenblick nichts lieber getan hätte, als ihm zu folgen. Der Arm legte sich fester um sie.

»Willst du mir verweigern, was du gestern dem Herzog d'Orléans gewährt hast?«, raunte er.

Ihr Nacken wurde heiß. Ja, Alphonsine hatte ihr gestern Abend erzählt, dass François da gewesen war. Sie hatte bitter bereut, ihn verfehlt zu haben. Und sich vor dem gefürchtet, was er zu ihrem Ausflug sagen würde. Zögernd warf sie einen Blick in die grauen Augen. Und war so erleichtert, weder Wut noch Eifersucht in ihnen zu lesen, dass sie lächelte und heftig den Kopf schüttelte.

»Gut. Komm!« François stieß sich vom Gatter ab. Er löste die Zügel vom Zaun, saß auf, beugte sich zu ihr hinunter und streckte die Arme zu ihr aus. Sie sah erschrocken zu ihm hoch.

»Aber … Ich kann doch nicht …«

»Natürlich kannst du.« Er zog einen Mundwinkel hoch. »Glaubst du wirklich, wir brauchen nach der ganzen Zeit noch eine Anstandsdame?«

Sie biss sich auf die Lippen. Er machte eine lockende Geste mit der Hand, lächelte noch immer. Ihre Füße setzten sich in Bewegung, obwohl ihr Geist es ihnen verbot. Sie hatte das sichere Gefühl, eine riesige Dummheit zu begehen, als sie nun an das Pferd trat. François zog sie vor sich auf den Sattel.

»Es ist nicht sehr bequem für dich, fürchte ich«, hörte sie seine raue Stimme dicht an ihrem Ohr. »Aber wir müssen ja nicht weit reiten.« Er gab dem Pferd einen Klaps, und das Tier setzte sich gemächlich in Bewegung.

Es war schlimmer als alles, was sie befürchtet hatte. Das Gefühl unterwarf sie sofort und bedingungslos. Von einer Sekunde auf die andere. Sie hatten sich seit ihrer Krankheit öfters berührt. Doch nie hatte sie François so lange und so intensiv gespürt, dass jede Faser ihres Körpers nach ihm aufschrie.

Sein Oberkörper lag warm an ihrer linken Seite. Sein rechter Arm umfing ihre Hüfte, halb stützend, halb fesselnd. Mit der Linken ergriff er die Zügel. Dann legte er seine Hand wie selbstverständlich auf ihren Schoß, während sein Atem über ihren Hals strich. Ihre Augen wurden feucht, während sie fühlte, wie sie von ihrem eigenen Leib betrogen wurde – ihr Leib, der all das aufgab, wofür ihre Seele sich entschlossen hatte, zu kämpfen, ohne auch nur einen schwachen Versuch zu machen, sich dem Sog dieses Mannes zu widersetzen.

»Wohin wollen wir?«

Sie zuckte mit den Schultern, unfähig, ein Wort zu sagen.

»Wie wäre es mit dem kleinen Wald, dort vorne? Er wird uns vor dem Sturm ein wenig schützen, und wir werden uns besser unterhalten können.« Seine behandschuhte Linke hob sich ein wenig von ihrem Schoß, während sie die Zügel zur Seite zog, legte sich dann auf ihre Oberschenkel. Julie hielt die Luft an, während sie wieder ganz von den tausend Schwingungen erfüllt wurde, die seine Nähe in ihr gebar.

Es war eine Gruppe aus verschiedenen, vom ewigen Küstenwind niedrig gehaltenen Baumarten und Büschen, an deren Saum sie nun hielten.

François zügelte den Rappen, sprang ab. Sie ließ sich von ihm hinunterhelfen, und ihr Blut pulsierte heiß in ihren Adern.

Sie sah sich um, mit dem Drang, wieder Distanz zwischen sie zu bringen. Sie machte ein paar orientierungslose und hastige Schritte. Klammerte ihren Geist an Büsche und Bäume. Dort drüben stand eine junge Buche neben einem Pflaumenbaum ... Und hier ... hier ein wilder Rosenstrauch, der nun, da er sein Laub abgeworfen hatte, offen seine winzigen Zähne zeigte. Sie strich über eine flammende Hagebutte. Die Frucht fühlte sich glatt, kühl und angenehm sachlich an. Julie atmete durch, auf der Suche nach Ruhe und Beherrschung.

Es raschelte, die Farnwedel zu ihren Füßen schwankten. Eine hohe Gestalt stellte sich neben sie. Sie bewegte ruckartig ihre Hand, hätte selber nicht sagen können, ob vor Überraschung oder mit Absicht, und fühlte mit schmerzlicher Genugtuung, wie Dornen sich in ihrer Haut verhakten. Sie riss an ihnen.

»Parbleu, ma Chérie, was machst du da?« François streifte seine Handschuhe ab und klemmte sie in seinen Gürtel. »Beweg dich nicht ... Warte, ich helfe dir.« Er ergriff den langen, biegsamen Zweig, an dem sie hing, zog ihn ein wenig zurück, während seine Linke ihre Finger festhielt. Bald war sie frei. Sie wollte ihm ihre Hand entziehen, doch er ließ sie nicht los. Seine Hände waren warm, fest ... zu warm, zu fest ... Mit dem ganzen Aufgebot ihres Willens entriss sie ihm ihren Arm. Er erstarrte und sah sie befremdet an.

Sie wischte über ihre Wangen.

»Der Wind«, sagte sie mit schwankender Stimme. Er hob eine Hand und liebkoste ihr Gesicht.

»Ja. Zuviel Wind, nicht wahr, mon cœur?« Seine Augen suchten die ihren, während seine Fingerkuppen sachte ihre Schläfe entlang liefen. »Diese Gegend hier ist nichts für uns. Wir werden sie bald verlassen.«

Ihre Lider schlugen unruhig. Wie ernst er aussah ... doch der Zug um seine Lippen war zärtlich, das Grau der Augen weich ... Plötzlich merkte sie, was sie da tat ... Dass sie in seinem Gesicht wieder einmal suchte ... Wie oft schon ... Wie oft ...

Sie stöhnte leise auf und wandte sich ab, machte schnell ein paar

Schritte, bis sie unter den kahlen Streben einer Esche stehen blieb, die auf die abgeernteten Felder blickte. Sie verschränkte die Arme über ihrer Brust, ganz eng, und der Wind ergriff sie erneut.

»Julie, bitte …«

Sie erbebte. Dort drüben stand der Hof der Pontmains … Sie waren nicht weit geritten. Ein paar Schritte nur … In zehn Minuten könnte sie dort sein.

»Julie!«

Eng … Ganz eng um ihre Brust. Nur wenige Schritte …

»Bitte, mon amour … bitte lauf jetzt nicht weg!«

Sie blieb stehen. Senkte den Kopf. Er kam ihr nach. Sie spürte seine Präsenz, ohne dass er sie berührte.

»Bitte … ich … Lass mich jetzt nicht alleine …«

Diese Stimme … Der Klang darin …

Sie schnappte nach Luft. Warum gab sie vor, zu kämpfen? Es war ein aussichtsloser Kampf, und sie wusste es. Hatte es schon immer gewusst. Sie drehte sich ergeben um.

François stand da, mit hängenden Schultern. Groß, hilflos.

»Ich … habe Angst …«, sagte er sehr leise.

Ein nacktes Gesicht, Augen, die sie durch den Sturm unentwegt ansahen. Eine Stimme, rau.

»Du darfst dich nie mehr von mir abwenden, hörst du? Nie mehr. Weil … Weil … ich … dich … liebe.« Er atmete schnell … wischte über seine Augen … auch er musste den Wind spüren. »Ich liebe dich.« Er schüttelte den Kopf, öffnete die Arme in einer Geste der Machtlosigkeit. »Ich liebe dich.«

Ein Beben durchlief sie. Eine Welle, die sie erschütterte, eine Flut, die gewaltig und bahnbrechend gegen alle Hindernisse, Enttäuschungen und Schmerzen aufstieg, die sich im Laufe der Jahre zwischen ihnen angehäuft hatten. Die sie durchstieß, mit sich riss, fortspülte.

Sie machte einen Schritt …

Plötzlich lag sie in seinen Armen. Hielt ihn fest. So fest sie konnte.

Zwei Hände, stark, warm, nahmen ihr Gesicht und zogen es hoch. Er suchte in ihren Zügen, hungrig, wild. Sie ließ es geschehen. Kapitulierte. Öffnete sich ihm ganz, lieferte sich ihm aus.

»Immer. Ich werde immer da sein.« Ihre Stimme flog davon. »Bei dir. Für alle Ewigkeit.«

»Schwöre es mir, Julie! Schwöre es mir! Für alle Ewigkeit! Schwöre mir, dass du mich heiraten wirst!«

Sie weinte.

»Ja, Liebster. Ja!«

Er beugte sich zu ihr hinunter. Seine Lippen waren heiß, genauso wild, genauso hungrig wie eben sein Blick. Und sie ließ sich erneut von ihm verschlingen, wie früher schon, schenkte ihm alles, löste sich in ihm auf.

Aber es war nicht Glück, das sie überrollte, sondern ein Gefühl der völligen Hilflosigkeit, des Ausgeliefertseins, der Blöße.

Denn sie wusste, nun war der Augenblick gekommen. Sie musste es ihm sagen. Jetzt. Sofort.

Sie klammerte sich an ihn.

Zwei Jahre wartete sie nun schon … Zwei Jahre … Mein Gott …

Als sie zu sprechen anhob, war es mit dem Bewusstsein, dass ihr Schicksal sich in diesen Sekunden entschied. Sie erkannte mit nüchterner Klarheit, dass François sie nun vernichten könnte. Mit einem Wort, mit einer ablehnenden Geste.

»Bevor wir heiraten können, muss ich dir etwas sagen, mon amour.«

Sie spürte, wie er sich unter ihren Händen verspannte.

»Es ist etwas, was ich dir seit jenem Tag sagen wollte, als wir uns in Paris wiedergesehen haben. Etwas, womit Gott uns verbunden hat. Es ist … unser Sohn.« Sie wartete, atemlos. Er reagierte nicht. Es schien ihr, als würde nicht sie ihre Lippen bewegen, sondern jemand anders, so fremd und brüchig, ängstlich und trotzdem stolz klang ihre Stimme. »Thibault ist dein Sohn, François. Unser beider Kind. Du bist Vater!«

»Ich? Thibault? Aber …« Er blinzelte, öffnete den Mund, blieb stumm. Sie sah die Verwirrung in seinen Augen tanzen, bis er schließlich fortfuhr: »Verzeih, mon amour … Ich möchte dich nicht verletzen … aber das hieße, dass damals, am Weiher …«

Sie nickte und verfolgte furchtsam die Veränderungen in seinem Gesicht.

»Aber … wie willst du dir sicher sein … Schließlich … Als ich dich fand …«

»Ja, damals war ich gerade Frederiks Bett entstiegen. Und auch ich dachte, als ich schwanger wurde, das Kind würde von ihm sein. Aber dann … dann öffnete Thibault zum ersten Mal die Augen im Licht …« Sie hob die Hand, legte sie an sein Gesicht, und ihr Herz war von Staunen und Zärtlichkeit erfüllt. Sie sah durch ihn hindurch, durch Zeit und Entfernungen, auf das winzige Antlitz eines Neugeborenen. »Seine Augen sind unbeschreiblich … Von der Farbe der Nebelschwaden … der sanfte

Dunst der Herbsttage … die Schwingen der Silbermöwen im verschleierten Himmel … Wie deine … Ganz wie deine …«

»Mon Dieu, Julie …« Er rang nach Worten. »Aber warum? Warum hast du es mir nie erzählt?«

»Zuerst, in Paris, wusste ich nicht, in welchem Lager du standest. Und dann … In Rueil …« Sie hob leicht die Schultern. »Du hättest dich bedrängt gefühlt. Dein Gewissen, deine Ehre hätten dich vielleicht verleitet, einen Schritt zu tun, von dem ich genau wusste, dass er dir zutiefst zuwider war. Und dann … dann hättest du mich eines Tages gehasst. Das … hätte ich nicht ertragen.«

Er trat einen Schritt zurück.

Sie hörte auf zu atmen. Ein eiserner Griff umfasste ihr Herz.

»Mein Sohn … Ich habe einen Sohn …« Er sah sie an. Welten der Verwirrung und des Staunens lagen in seinem Blick. »Eine Familie … Eine Frau … Meine Frau …« Seine Stimme bebte. Er lächelte schief. »Du … Du wirst es mir zeigen, nicht wahr? Wie man … Wie man Vater ist?«

Der eiserne Griff verschwand. Sie atmete auf, schwankte.

»Ja …!« Sie nickte, lachte, weinte.

»Ich will mich bemühen … Ich schwöre es dir …«

»Ich weiß. Wir werden es schaffen.«

Er zog sie in seine Arme, presste sie fest und schmerzhaft. Und auch sie umschloss ihn, mit ihrer ganzen Kraft. Der Sturm umtoste sie, verflocht ihre Haare, verwob ihre Mäntel, verschmolz ihre Gestalten.

Julie hätte nicht sagen können, ob eine Ewigkeit oder nur ein paar Atemzüge vergangen waren, als sie sich wieder voneinander lösten. François legte beide Hände auf ihre Schultern. Er klang gleichzeitig ernst und verlegen, als er sie jetzt fragte:

»Julie … Hast du dir schon überlegt, wann du mich heiraten möchtest?«

»Wann …« Sie riss die Augen auf. »Nein … Das ist … Du hast mich doch gerade erst gefragt, ob ich deine Frau werden will …« Sie fühlte, wie sie errötete. »Hältst du mich wirklich für so besessen von der Idee, dass ich als erstes nach einem Datum suche?«

»Nein, natürlich nicht …« Er blinzelte.

»Hast du dir denn schon Gedanken gemacht?«

»Ja … Ja, das habe ich.« Er bohrte die Spitze seines Stiefels in den lockeren Boden. »Ich habe gedacht …« Er räusperte sich, sah hoch. Sie sah ihn erwartungsvoll an.

»Und?«

»Was hältst du von heute?«, stieß er hervor, während eine leichte Röte über seine Wangen huschte.

»Heute?« Sie lachte, schüttelte den Kopf. »Aber … eigentlich hatte ich heute schon eine Menge anderer Sachen vor …« Sie stockte, als sie sein Gesicht sah. »Es ist dir ernst, nicht wahr? Es ist kein Scherz?«

»Nein, Julie. Es ist mir sehr ernst dabei.« Er fuhr leiser fort. »Ich habe vorhin mit Richelieu gesprochen. Er … Er würde uns heute trauen.«

»Du hast Richelieu wiedergesehen? Hat er dir verziehen? Hat er dir zugesichert, dass er die Geschichte verg …« Sie befeuchtete ihre Lippen. »Er will, dass wir heiraten, nicht? Und weshalb?« Er schwieg. Plötzlich verstand sie. »Wegen Monsieur? Der Kutschfahrt gestern?«

»Bitte, mon cœur, du musst mir glauben … Es stimmt, Richelieu hat verlangt, dass wir noch heute heiraten. Aber … Ich hätte dich sowieso gefragt … Gestern schon, weißt du? Doch du warst nicht da, und …« Er ballte die Fäuste. »Am liebsten hätte ich Richelieu seinen verdammten Mantel in den Rachen gestopft, als er damit ankam …«

»Also«, lachte sie, »ich finde, du hast sehr gut daran getan, dich zu beherrschen.«

»Ma chérie …«

»Ja, François.« Sie strahlte ihn an. »Ich weiß es. Ich weiß, dass du es wolltest.«

Sie stellte sich auf die Zehenspitzen, zog seinen Kopf zu sich heran. Und küsste ihn auf eine Art, dass er jeden Gedanken an Rache gegen Richelieu vergessen musste.

⚜

Das Haus der Pontmains war restlos gefüllt, denn seine Türen standen heute Abend jedermann offen. Es hatte seinen Grund: Je mehr Zeugen vorhanden waren, desto unwiderruflicher war der Schwur, den die beiden Menschen geleistet hatten. Die Festgemeinde stand still im Schlafzimmer. Jeder konnte die Worte hören, die der Mann am Bett langsam und feierlich sprach:

»Die Hände dieses Mannes und dieser Frau wurden unzertrennlich miteinander vereinigt, und der Allmächtige gab seinen gnädigen Segen zu dieser Verbindung.« Robert, der ganz hinten stand, sah nur das Aufblitzen seines purpurnen Ärmels, als der Mann das Bett segnete, um das alle versammelt waren.

Eine Bewegung entstand. Eine Gruppe von jungen Edelmännern, die

Robert nicht kannte, teilte sich beflissen, um die flammende Gestalt hindurchzulassen. Als sie sich ehrerbietig verbeugten, erhaschte er einen Blick auf das strenge Gesicht mit den glühenden Augen. Wut und Hass stiegen in ihm hoch. Verstand denn keiner, was hier vor sich gegangen war? Der Kardinal hatte nur einmal mit den Fingern geschnippt, und schon waren seine Herrin und der Comte verheiratet. Er musste sich allmächtig fühlen, fast Gott gleich, maßte sich an, bedenkenlos über Menschen und Schicksale zu verfügen, sie zu kaufen, gegeneinander auszuspielen …

Man sprach von der außergewöhnlicher Ehre, dass dieser Mann, der kaum noch ein Kirchenamt ausübte, diese Trauung persönlich vorgenommen hatte. Robert aber wusste es besser. Es war kalte Berechnung, denn nicht einmal ein Thronerbe würde anfechten, was Richelieu besiegelt hatte.

Ob irgendjemand außer ihm auf den Wagen geachtet hatte, der vorhin langsam am Hof vorbeigefahren war?

Kaum hatte Richelieu das Zimmer verlassen, löste sich die Spannung unter den Anwesenden. Es war wie das plötzliche Hochschießen eines Korkens auf gärendem Wein … Irgendjemand fing an zu lachen, ein zweiter stimmte ein, dann erscholl eine laute, vergnügte Stimme, die stotternd einen Spaß machte … Robert konnte sich nicht erinnern, Honorat de Racan je schlechter Laune erlebt zu haben.

In der Bresche, die der Minister hinterlassen hatte, sah Robert das Paar stehen. Sein Herz beruhigte sich, als er sie erblickte.

Sie trug ihr grünes Kleid, das mit dem tiefen Ausschnitt. Er hatte es vorhin eine gute halbe Stunde lang gebürstet und jedes noch so kleine Staubkörnchen aus dem Stoff getrieben. Auf den Kragen hatte sie heute verzichtet, und die Haut ihres Halses leuchtete hell aus der rechteckigen Einfassung des Kleides. Über Alphonsine konnte man urteilen, wie man wollte, aber als Zofe beherrschte sie ihr Fach. Sie hatte eine Fülle reizender Locken an Myladys Hinterkopf gezaubert und aus ihren eigenen Beständen ein Diadem mit Perlmuttsplittern hervorgeholt. Die jungen Efeuranken, die sie darum gewunden hatte, griffen genau das leuchtende Grün des Kleides auf. Dazu das Perlenkollier, das ein Geschenk von Myladys Tanten gewesen war, und cremefarbene Spitze, die üppig aus den Ärmeln quoll … Robert hatte sich viel Mühe gegeben, die Spitze zu plätten, und er war stolz darauf, dass er nicht eine einzige Stelle versengt hatte.

Ja, es war auch ein wenig ihm zu verdanken, wenn Mylady heute alle blendete. Er hatte sein Bestes für sie gegeben. Das hatte er immer getan. Auch in den Augenblicken, in denen er falsch gehandelt hatte.

Mylady blickte zu ihrem Mann auf, und das Strahlen, das in ihren Augen lag, ließ Robert schlucken. Doch das, was ihm den Atem nahm, war das zärtliche Leuchten, das nun die sonst so verschlossenen Züge des Comte erhellte. Und Robert begriff, dass dieser Mann ihm nun auch das Letzte gestohlen hatte, was er ihm bis heute vorausgehabt hatte: Seine Liebe zu ihr.

Er riss seinen Kopf gewaltsam herum, weil er den Anblick des Paares nicht mehr ertrug.

Und erblickte den Onkel des Comte, der sich mit Monsieur de Luchapt unterhielt. Der ältere Mann mit den eindringlichen Augen und den verwitterten Zügen zwinkerte Robert kaum merkbar zu. Seltsam … Wenn ihm in Eastington jemand gesagt hätte, dass er sich ausgerechnet von dem unheimlichen Hexenmeister einmal am besten würde verstanden fühlen, hätte er zweifellos gelacht. Robert verzog die Lippen zu dem, was einem Lächeln am nächsten kam und ergriff Zerberus Halsband, um das Tier hinter sich herzuzerren. Der Hund musste angebunden werden, damit er nachher nicht auf die Idee käme, ihnen zu folgen …

Als er in den Raum zurückkehrte, waren die Stimmen lauter und die Späße derber geworden. Die Anwesenden hatten einen Kreis gebildet, in dessen Mitte sich der Comte und Mylady befanden. Er kniete vor ihr, mit dieser Mischung aus Lässigkeit und Arroganz, die Robert so verabscheute. Seine Rechte war unter ihrem Rock verschwunden, und er sah zu ihr auf. Sie war tief errötet und hatte beide Hände auf seine Schultern gelegt.

»So ist's recht!«, rief einer der Anwesenden.

»Na, wie fühlt es sich an, da unten?«, fragte lachend ein anderer.

Der Comte sah mit einem Lächeln zu Mylady herauf. Sie biss sich auf die Lippen und lachte ebenfalls.

»Na, d…das dauert aber, um so ein einf…einfaches Strumpfband zu finden!«

»Lässt sich ganz schön Zeit, der Kerl, hehehe!«

Der Comte sprang auf und schwenkte das grüne Stoffband über seinem Kopf.

»Und? Wer möchte es haben?«

»Hierher!«

»Ich habe zuerst gewinkt!«

Der Comte sah Mylady an, hob das Strumpfband an seinen Mund und warf es in die Luft. Ein kurzes Gerangel entstand. Robert presste sich an die Mauer. Schließlich hielt der Vicomte de Luchapt das gründe Häufchen Stoff triumphierend in den Händen.

»U … Und jetzt, in die Federn mit euch!«

Ein paar Männer ergriffen den Comte, der sich zum Schein wehrte, zogen ihm Jacke und Hemd aus. Alphonsine und zwei Damen machten sich an Mylady zu schaffen, entkleideten sie bis auf das Unterhemd. In kürzester Zeit wurden die frisch Vermählten in das Bett bugsiert. Mylady verbarg sich blitzschnell zwischen den Laken. Der Comte hingegen nahm sich die Zeit, sorgfältig die Vorhänge des Bettes hinter ihnen zuzuziehen.

»So, jetzt hab i…ich aber Hun…Hunger. Wo, sagten Sie, M…Madame de Vaivre, befindet sich das köstliche F…Festmahl?«

Robert würgte, drehte sich um und stolperte aus dem Raum.

⚜

François schwieg, während die Ruder vor ihm gleichmäßig in die schwarze, glänzende Fläche griffen. Sie zogen das Boot Stück für Stück über den Atlantik und brachten ihn und die fünf anderen Insassen zu ihrer nächtlichen Verabredung.

Der Sturm, der wütende Liebhaber der letzten Nacht, war landeinwärts weitergezogen. Der Ozean gedachte seiner im Mondlicht und erschauerte in tiefen, wehmütigen Wellen.

Obwohl der Tag einer der aufwühlendsten seines Lebens gewesen war und er die Nacht davor kaum geschlafen hatte, war François hellwach. Der Himmel war fast wolkenlos, und es war ein Segen, dass der Mond heute nur ein schmales Lächeln zeigte, sonst wäre der Kahn von weithin sichtbar gewesen. Schlechte Voraussetzungen, wenn man Wert auf Diskretion legte.

Julie bewegte sich unter seinem Umhang, den er über sie beide gebreitet hatte, und er zog sie enger an sich. Ihr Kopf lag auf seiner Schulter und pendelte leicht im Rhythmus der Dünung. Ihr Haar, in dem eine frische Brise spielte, kitzelte schon seit geraumer Zeit aufreizend seine Lippen, doch er gab Acht, sich nicht zu bewegen, zufrieden, dass sie eingenickt war, glücklich, die vertrauensvolle Schwere ihres Körpers an seiner Seite zu spüren. Er beugte etwas das Haupt, sog ihren Duft ein. Rosenwasser … Und eine Spur von Efeu. Der Duft seiner Frau.

Er lächelte, während er auf das Echo horchte, das die Worte in ihm hervorriefen. Noch klang es ungewohnt … Ein Nachhall, in dem Staunen, Stolz, Verantwortung, Zärtlichkeit und Verlangen mitschwangen. Und ein wenig Ewigkeit. Als wenn man durch einen schmalen Riss in die eigene Zukunft schauen könnte.

Vorne am Bug bewegte sich eine Gestalt. Robert wachte auch. Der Junge hatte den ganzen Tag eine düstere Miene zur Schau getragen. Er war noch zu unerfahren, um seine Gefühle zu verbergen. Jetzt, wo sie verheiratet waren, würde Julie ihren Pagen nicht mehr lange behalten können. Doch François hatte sie damit vorerst nicht belasten wollen. Er konnte nur hoffen, dass sie Recht daran getan hatten, dem Jungen zu vertrauen.

François hatte Julie erst vor drei Stunden erzählt, dass sie noch am selben Abend nach La Rochelle fahren würden. Er hatte gewollt, dass sie die kurze Hochzeitsfeier unbeschwert genoss.

Er war indessen weit davon entfernt, die Sicherheit und Ruhe zu verspüren, die er vor Julie gezeigt hatte, als er ihr von der Überfahrt berichtete. Die ganze Unternehmung barg unüberschaubare Risiken. Sie mussten sich sowohl vor den Royalisten wie vor den Hugenotten verstecken. Sie mussten unbemerkt erst an Bord der »Forte Tête«, dann in die Stadt gelangen. Dort galt es, den Earl ausfindig machen. Und schließlich würden sie einen Weg finden müssen, La Rochelle wieder unbemerkt zu verlassen. Ihr einziger Trumpf waren die Surelles, von denen Julie und Guillaume sicher gewesen waren, dass sie sie unterstützen würden. Die Möglichkeiten aber, dass etwas schief lief, waren so vielfältig, dass er sich verbot, darüber nachzudenken. Dabei wusste keiner, ob sich der Einsatz lohnte, ob Julies Schwager noch am Leben war und noch viel weniger, ob er dann sein Geheimnis preisgeben würde.

Wenn auch nur die leiseste Chance bestanden hätte, ihr diese Reise aus dem Kopf zu schlagen, hätte er es getan und wäre alleine gefahren. Aber er kannte sie inzwischen zu gut. Diese sture, leidenschaftliche Entschlossenheit hatte sie ihm auch bis nach Ré folgen lassen. Und wenn er darüber nachdachte, fand er, dass es Julies Recht war, nach dem Earl zu suchen. Noch mehr, es war ihr ein Bedürfnis: Die Vorwürfe, die er ihr damals während ihres furchtbaren Streites gemacht hatte, hatten sie tief verletzt. Sie litt unter der vermeintlichen Erkenntnis, ihren Sohn verraten zu haben, und all seine Reue und Beteuerungen konnten daran nichts mehr ändern. Julie hatte sich seine Worte mit anklagenden, roten Buchstaben in ihr Herz gemeißelt.

Ein Instinkt hatte ihn davor zurückgehalten, sie beeinflussen zu wollen. Und er spürte, dass es nicht nur wichtig war, dass er sie nach La

Rochelle fahren ließ, sondern auch, dass er an ihrer Seite war und sie gemeinsam versuchten, Thibaults Spur wieder aufzunehmen. Julie hatte ihn geheiratet, trotz allem, was zwischen ihnen vorgefallen war. Sie hatte ihm ihr Vertrauen wieder geschenkt, aber es war noch zart und verletzlich. Er musste behutsam damit umgehen. Und er musste mit aller Kraft versuchen, der Rolle gerecht zu werden, die sie von ihm erwartete.

Ja, er wusste jetzt, dass er Vater war. Aber diese Entdeckung war noch zu frisch und unerwartet, als dass er sich darüber hätte freuen können. Andere Männer hatten schließlich neun Monate Zeit, um sich auf ihre Vaterschaft vorzubereiten! Er hatte sich nie ein Kind gewünscht, wahrscheinlich weil er Angst hatte, wie Hurault zu werden. Er wusste aus eigener Erfahrung, dass man seinen Vater hassen konnte. Und er hatte keinerlei Bedürfnis, von einem Kind gehasst zu werden. Es war lächerlich, aber er fürchtete sich vor einem kleinen Jungen mit grauen Augen, der irgendwo in England auf ihn wartete.

»Da drüben ist sie!« Es war Ballut, der Koch des Maréchal de Bassompierre, der gesprochen hatte.

Zur gleichen Zeit entdeckte auch François die drei schwachen Lichter, die aufgereiht im Dunkeln aufgetaucht waren. Das Signal, am Großmast der »Forte Tête« angebracht.

»Aufwachen, mon cœur!« François küsste Julie auf die Stirn.

»Hmm …« Sie bewegte sich träge. »Ist es soweit?«

»Ja, drüben liegt das Schiff.«

»Sie müssen sich jetzt verstecken«, meinte Ballut gedämpft. »Haben Sie noch Fragen, oder ist Ihnen alles klar?«

»Wir bleiben hier verborgen, solange Sie die Ladung an Bord bringen«, ging François das Besprochene noch einmal durch, »und warten darauf, dass man uns ruft.«

»Ja. Mein Verwandter, der erste Offizier, wird Ihnen ein Zeichen geben, während ich vom Kapitän in dessen Kajüte die Bezahlung in Empfang nehme. Sie werden in den Frachtraum gebracht, wo Sie sich während der Überfahrt tunlichst verbergen. In La Rochelle wird man sie dort wieder abholen.«

»In Ordnung.«

Der kleine Kahn, der sie in Le Plomb aufgenommen hatte, hatte einen flach auslaufenden Bug, um an Land ein bequemes Be- und Entladen zu erlauben, und ein Spritzdeck, zu dem sie sich nun begaben. Zuerst rutschte Robert unter den dünnen Vorsprung, an die hinterste und unbequemste Stelle, dann Julie und anschließend François, der die offene Seite bewachen wollte und für alle Fälle sein Messer in die Hand nahm. Ein paar leere Jutesäcke und Taue wurden in kunstvoller Unordnung vor die Öffnung gestapelt. Alles geschah mit solcher Geschwindigkeit und solchem Geschick, dass sich François unwillkürlich fragte, wie oft der Koch und seine zwei Gefährten diese Übung schon durchgeführt hatten.

»Liegst du bequem?«, raunte er Julie zu.

»Es geht. Etwas ist unter meiner Hüfte eingeklemmt …« Sie bewegte sich leise. »Warte … Eine Nuss!«

»Wunderbar. Steck sie dir ein … Etwas Proviant kann nicht schaden.«

»Hast du auch so einen Hunger? Wenn ich daran denke, wie sie gerade bei Alphonsine unsere Hochzeit feiern …«

»Das holen wir nach, ma Chérie. Versprochen.«

Sie schwieg kurz, flüsterte dann:

»Vielleicht hätte ich Hosen anziehen sollen.«

»Was, bitte schön?«

»Hosen. Dieses Kleid mit seinen Unterröcken nimmt hier unten furchtbar viel Platz weg. Und außerdem …«

»Ja?«

»Wenn … Wenn sie uns entdecken und über Bord werfen«, fügte sie zaghaft hinzu, »würde ich mit Hosen nicht so schnell untergehen.«

»Mein Schatz, du hast mich heute geheiratet, erinnerst du dich? Das heißt, dass ich dir verbiete, in schamloser Bekleidung herumzulaufen. Und auch, dass ich dafür sorge, dass dich niemand über Bord wirft. Hast du das verstanden?« Er fühlte, wie sie nickte. Ihr Atem strich über seine Hand.

»Prächtig. Und jetzt genug geplappert … Wir nähern uns.«

Es war mehr ein Instinkt als ein konkreter Hinweis, der ihm die Präsenz der »Forte Tête« verraten hatte, doch leise Männerstimmen, von der Brise zu ihnen herübergetragen, gaben ihm Recht. François, Julie und Robert verharrten regungslos, während immer mehr Geräusche das Rauschen des Meeres durchbrachen. Jemand im Kahn pfiff eine kurze Melodie, wahrscheinlich ein Erkennungszeichen. Durch eine schmale Lücke zwischen den Säcken konnte François einen schwachen Lichtschein ausmachen, in dem kurz Balluts bärtiges Gesicht erschien. Eine Leine wurde in die Nacht geworfen, ein hartes Auftreffen von Holz auf Holz … Der Kahn wurde an dem Zweimaster festgemacht und schabte sich fortan mit einem trockenen Geräusch an ihm.

Das Ende eines Fallreeps traf dumpf auf das Deck auf. Das Boot schwankte, als einer der Männer der »Forte Tête« an Bord sprang, um die Fracht zu überprüfen.

»Ein Sack Nüsse, zwei Säcke Esskastanien, zwei Weizen. Und einen halben Hammel. Ist das alles? Oder ist noch was hinter den leeren Säcken, da vorne?«

»Non, tut mir Leid. Mehr konnte ich nicht für den Tisch des Maréchals bestellen ohne aufzufallen.«

»Hmm. Na ja, ist besser als nichts. Wir haben den Frachtraum ja auch schon gut gefüllt.« Die Stimme wurde etwas lauter. »Also los, Jungs, rauf mit dem Zeug, dass wir hier loskommen. Es weht gerade ein nettes Lüftchen, wäre töricht, es nicht auszunutzen.«

Der Kahn schwankte noch deutlicher, als die Waren nun eine nach der anderen aus François Blickfeld entschwanden. Dann zog plötzlich eine Hand die Säcke beiseite, und frische Luft drang in das Versteck.

»Gut, Sie können jetzt an Bord gehen«, flüsterte einer der beiden Ruderer.

François half Julie aus dem engen Unterschlupf.

Sie ergriff das Fallreep, hangelte sich die weichen Sprossen empor und achtete darauf, ihre Füße nicht in ihren Unterröcken zu verheddern. François beobachtete besorgt, wie sie über ihm in der Dünung hin und her pendelte, doch sie schlug sich wacker. Auch die Reling überwand sie, wenn auch nicht besonders elegant, so doch offensichtlich fest entschlossen, sich ihren Platz auf dem Schiff zu erkämpfen. Er folgte ihr. Als er oben eintraf, stand Julie einem Mann mit missmutig verzogenem Gesicht gegenüber, der die Arme fest über seinem dicken Bauch gekreuzt hatte. Sonst war kein Mensch zu sehen.

»Beeilung, Beeilung«, murmelte der Seemann und warf einen Blick über seine Schulter. »Die Männer werden die Säcke bald verstaut haben. Wo bleibt denn der Dritte?«

Julies Page hatte, wie immer, Schwierigkeiten mit der Überwindung von solchen Hindernissen, doch auch sein dunkler Umriss tauchte nun über der Reling auf. Der Offizier winkte sie zum hinteren Niedergang. Er hob die Gräting, wippte mit dem Fuß, während sie im Bauch des Schiffes verschwanden, folgte ihnen mit einer verhangenen Laterne. Feuchte Luft, in der sich die vielfältigen Ausdünstungen der hier untergebrachten Fracht mischten, schlug ihnen entgegen. Sie folgten ihrem Führer durch ein wahres Labyrinth an Säcken, Fässern, Kisten und Ballen, schwangere Landschaften aus Holz und Stoff, die nur kurzlebig im gelben Licht der Funzel Formen annahmen.

»So, Sie bleiben hier hinten, bis ich Sie wieder holen komme. Wir werden einen Umweg fahren müssen, wegen der Royalisten, die momentan in großer Zahl von Ré übersetzen. Vor Morgengrauen werden wir nicht ankommen, also nicht ungeduldig werden! Und auf gar keinen Fall nach oben kommen, um zu schauen, wo wir uns befinden, verstanden?« Der Mann streckte Julie sein bulliges Gesicht entgegen.

»Ich werde mir größte Mühe geben, es mir zu merken, Monsieur«, säuselte Julie und lächelte den Bärbeißigen an.

»Na ja, wollen hoffen, dass alles gut geht. Ich nehme an, Sie fürchten sich nicht im Dunkeln … Die Laterne muss ich leider mitnehmen.« Er entfernte sich, den kürbisförmigen Bauch im Schatten, die eiligen Schritte im schwachen Lichtklecks der Laterne eingefangen.

François atmete auf.

Die erste Etappe hatten sie gemeistert.

⚜

Julie schluckte, als sie die Laterne sich entfernen sah.

Die Dunkelheit war vollkommen. Sie war allumfassend und so aufdringlich, dass es ihr widerstrebte, den Mund aufzumachen, um sie nicht in sich aufnehmen zu müssen. Sie atmete schneller.

»François?«

»Ich bin da, ma Chérie.« Seine Stimme klang so ruhig und sicher wie heute Nachmittag, als er sie mit einem Schwur vor Richelieu und ihren Freunden zu seiner Frau gemacht hatte. Sie zuckte, als er sie berührte, ergriff seine Hand wie einen treibenden Stamm auf dem offenen Ozean. »Fürchtest du dich?«

»N…Nein. Nicht direkt. Ein bisschen.« Sie lachte leise. »Jetzt nicht mehr.«

»Gut.« Er zog sie an sich, legte seine Hand auf ihren Nacken. »Wir werden versuchen, es uns hier etwas gemütlich zu machen.«

Eine dritte Stimme in der Nacht.

»Ich glaube, sie lichten den Anker.«

In der Tat war nun ein fernes, regelmäßiges Rattern zu hören. Der Boden schwankte, und Julie stellte die Füße auseinander, um im Gleichgewicht zu bleiben.

»Am besten hockst du dich hier nieder und rührst dich nicht vom Fleck.«

»Wo willst du hin?«

»Ich habe vorhin ein Segeltuch gesehen. Mal sehen, ob ich es finde. Ich bin gleich wieder da.«

»Gut.« Sie tat, wie geheißen, kniete sich auf die Planken und hörte, wie François sich langsamen, aber sicheren Schrittes entfernte. Das Schaukeln nahm zu. Sie legte die Hände in ihren Schoß, um den schmierigen Holzboden nicht berühren zu müssen, die Augen weit geöffnet, die Ohren gespannt. Über ihnen lief geschäftig die Besatzung. Dazu das Ächzen, Knarren und Quietschen des Rumpfs. Es war erstaunlich, auf wie viele Laute man plötzlich achtete, wenn man blind war ... Auf der rechten Seite mussten sich Fässer befinden, Flüssigkeit schwappte glucksend hin und her, klopfte an Holz. Eine gekonnte Nachahmung des Ozeans, der enge, harte Wellen gegen den Schiffsleib trieb, als der Zweimaster sich in den Wind drehte.

»Madame Julie?«

»Ja, Robert?«

»Ich fürchte, mir wird schlecht ... Haben Sie etwas dagegen, wenn ich mich weiter vorne niederlasse? Ich glaube, am Ausgang ist die Luft etwas frischer.«

Sollte sie versuchen, ihn zurückzuhalten? Oder sollte sie vorgeben, die Traurigkeit in der Stimme überhört zu haben? Sollte sie die Erklärung, die er ihr gab, widerspruchslos akzeptieren?

»Es ist gut, Robert. Leg dich irgendwo hin ... Du hast es ja gehört, wir haben viel Zeit. Vielleicht gelingt es dir, etwas zu schlafen.«

»Ja, Mylady.« Ein Zögern. »Ich ...«

»Ja, Robert?«

»Es ist Ihnen sehr wichtig, nach La Rochelle zu kommen, nicht wahr?« Die Stimme hatte etwas Flehendes. »Es ... Es bedeutet Ihnen viel!«

»Ja, das tut es.« Plötzlich verstand sie. »Es ist alleine dein Verdienst, dass ich heute hier bin, François hat es mir erzählt. Es ist das schönste und kostbarste Geschenk, das du mir machen konntest. Und ich werde dir ewig dafür dankbar sein, egal, was uns dort erwartet.«

»Das ... hatte ich gehofft, Mylady. Dann ist alles gut.«

Noch ein Zögern. Dann ein Wechsel im Tonfall. Kühle Freundlichkeit.

»Ich wünsche Ihnen eine gute Nacht.«

»Gute Nacht, Robert.«

Seine Schritte entfernten sich. Ein normales Aufsetzen, ein dumpfer Aufprall, ein leichtes Ziehen ... Die Schritte ihres kleinen Pagen, der schon lange kein Junge mehr war. Sie entfernten sich, heute Nacht für ein paar Stunden nur. Bald, jedoch ... Julies Hände ballten sich in ihrem Schoß.

Dabei glitten ihre Fingerkuppen an etwas Kleinem, Glatten entlang: Es war Metall, das sich um ihren linken Ringfinger schmiegte, als sei es schon immer da gewesen. Fast meinte sie, der Ring leuchte im Dunkeln, so warm und lebendig fühlte er sich an. Drei schlichte Goldstränge, eng miteinander verflochten. Sie hatte es schon lange gewusst, aber von nun an würde es für alle sichtbar sein. François, Thibault und sie. Drei Schicksale, verbunden für alle Zeit.

Sie zog die Beine etwas näher an ihren Körper, wehrte sich gegen die feuchte Kälte, die versuchte, sich an ihre Haut zu haften. Sie atmete auf, als sie erneut Schritte vernahm. Regelmäßige. Sie waren von einem Schleifen begleitet, wie das einer schweren Schleppe.

»Ich bin hier, François.«

»Ja, ich weiß.«

Eine Hand berührte ihren Arm.

»So, ich hoffe, die Unterlage wird annehmbar sein. Komm her, mon cœur.«

François zog sie sanft in eine Richtung, bis sie das weiche Segeltuch unter ihren Knien fühlte, eine große, aus mehreren Schichten bestehende Fläche, auf der bequem zwei Personen Platz hatten, fest und nachgiebig zugleich, ein wenig rau.

»Wie wunderbar!« Sie lächelte, während sie ihren Mantel auszog. »Und ich dachte schon, ich müsste die Nacht fein säuberlich gestapelt zwischen zwei Bohnensäcken verbringen.« Sie wurde schwungvoll auf die Füße gezogen.

»Die Möglichkeit haben wir immer noch.«

»Ich werde es mir überlegen …« Julie stockte, als sich zwei warme Hände an ihr Gesicht legten. Sein Atem strich über ihre Haut, noch bevor seine Lippen sie erreichten. Der Kuss war heiß … Er erweckte süße Erinnerungen an herbstliche Wälder. Als sein Mund von ihr abließ, klang ihre Stimme belegt. »Ich habe es mir überlegt.«

»Du bist eine Frau der schnellen Entscheidungen. Aber das weiß ich spätestens seit heute Nachmittag.«

»Ich nehme die Bohnensäcke.« Sie schrie leise auf, als er sie in das Ohrläppchen biss.

»Sie sind ganz schön frech, Madame de Fontes-Villaray.«

»Und Sie scheinen ganz schön hungrig zu sein, Monsieur.«

»Stimmt. Hattest du nicht irgendetwas von einer Nuss gesagt? Wo hast du sie versteckt?«

»Oh.« Sie schluckte. »Da ganz bestimmt nicht.«

»Nein? Da hätte sie doch genau hineingepasst. Wie eine Perle zwischen Seidenkissen. Bist du ganz sicher, dass …?«

»Ganz sicher.« Ihr Atem lief etwas schneller.

»Hmm. Und …«

»Ja. Schon eher. Aber … Hattest du da heute Abend nicht schon einmal nachgeschaut?«

»Da suchte ich aber dein Strumpfband. Versteckt ihr Frauen immer eure Schätze an dieser Stelle?«

»Nun, der Ort ist nicht schlecht. Nur die Tapfersten trauen sich bis dorthin.« Sie erschauerte. »Meinst du, dass es klug ist, heute Nacht nach der Nuss zu suchen?«

»Seit wann haben die Bedürfnisse eines Mannes etwas mit Klugheit zu tun?«

»So hungrig kannst du doch gar nicht sein!«

»O doch, mon amour.« Plötzlich war die Stimme unter ihr ernst. Ein Kopf lehnte sich an ihren Schoß. »Ich war so hungrig, dass ich den Gedanken an Nahrung schon gar nicht mehr in mir trug. Dass ich Essen weit von mir wies, obwohl einem Mann nie ein delikateres Mahl geboten wurde … Kannst du dir das vorstellen?« Sie sank auf die Knie, legte ihre Stirn an seine.

»Ja, das kann ich«, flüsterte sie. Ihre Hände glitten unter seine Jacke. Sie legten sich auf die leichte Einkerbung seiner Hüften, wanderten über dem feinen Stoff seines Hemdes seine Brust hoch, eine feste, glatte Fläche, auf der die Verhärtungen seiner Brustwarzen standen. Behutsam überflog ihre Rechte den Verband. Kaum zu glauben, dass es erst sechs Tage her war, dass François bei der Verteidigung des Forts verletzt wurde … Jetzt lagen ihre Handflächen auf den breiten, festen Schultern. Seine schwere Winterjacke lastete auf ihren Handrücken und sein Duft strömte aus ihr hervor, warm und vertraut. Sie hob nur ganz wenig die Hände, breitete die Arme aus. Das Kleidungsstück glitt an seinem Rücken hinunter und traf mit einem weichen Geräusch auf dem Holzboden auf.

Während sie anfing, seine Hemdschöße aus seinem Hosenbund zu ziehen, zog er sie an sich heran. Ihr Atem flog befreiter, nachdem er die Haken ihres Kleides gelöst hatte, doch nur einen kurzen Augenblick. Dann legte sich sein Mund auf den ihren und sie kostete und trank an den warmen, gleichzeitig nachgiebigen und erobernden Lippen, bis sie nach Luft schnappen musste. Plötzlich konnte sie es kaum noch erwarten. Sie riss an seinem Hemd, an ihrem Kleid … Sie wehrte sich nun nicht mehr gegen die feuchte schwarze Luft, die sie empfing. Eine Gänsehaut lief ihre Wirbelsäule hinunter, als sie mit einem Fußtritt ihr Unterkleid in das Schwarz beförderte.

»Frierst du?« Seine Stimme, tief und rau, strich über ihre bloße Haut wie die Zunge einer Wildkatze. Sie löste kleine heiße Wellen aus, die ihre Sinne aufrieben. Sie antwortete nicht. Etwas Unbekanntes stieg in ihr auf, zügellos und unbändig. Während sie sich noch halb wunderte, was sie da überrollte, kratzten ihre Nägel schon über seinen bloßen Rücken, wollten ihn verletzen, ihre Leidenschaft in ihn ritzen, wie einen Schwur in die Rinde eines Baumes. Ihre Hände fuhren in sein Haar, krallten sich in der vollen Masse fest, zogen das Gesicht hinunter, weiter, noch weiter … Er beugte sich gefügig, unterwarf sich ihr … Sie erschauerte, als die winzigen Bartstoppeln seines Kinns an ihrem Hals hinunter wanderten, bis zur kleinen Kuhle an ihrem Halsansatz. Seine Zunge hinterließ eine heiße Spur, die in der Nachtluft sofort eine eisige wurde. Sie stöhnte auf, als der glühende Mund und seine raue Umgebung an ihren Brüsten anlangten, dort verweilten, sich festsogen … Eine Stelle tief in ihr schrie nach Erlösung und Hingabe … Sie spürte genau, dass er sie zähmen wollte, durch seine Zärtlichkeit, und fast hätte sie ihm nachgegeben. Doch dann flammte es wieder in ihr auf, die Wildheit, das Verlangen, ihn etwas heimzahlen zu lassen, von dem sie nicht hätte sagen können, was es war. Ihr Griff in seinem Schopf wurde fester, sie riss ihn gnadenlos weg, drückte ihn tiefer … Fühlte triumphierend, dass er ihr gehorchte, dass sie ihn gebändigt hatte, ihn, das gefährliche, kräftige Tier, dass sie Herrin war über ihn, für alle Zeit. Und sie lachte, als er seinen Kopf in ihrem Schoß vergrub, ein dunkles, kehliges Lachen, das sich in der feuchten Schwärze des Laderaums verlor.

Bis der Blitz des Verlangens sie durchfuhr, als er dort, wo sie ihn hingeführt hatte, seine Rache nahm. Plötzlich war ihr alles egal und sie kapitulierte, schnell und bedingungslos. Ihr eben noch stolz aufrechtes Rückgrat gab seinem Händedruck nach. Sie ließ sich auf das kühle Tuch fallen, ihre Finger noch immer mit seinen Haaren verwoben, nicht mehr kraftvoll, sondern zitternd und sehnend. Er nahm sich Zeit, ließ sie sich immer weiter in den Schlingen verfangen, die seine Zunge legte, bis sie nichts mehr war als ein willenloses, bettelndes Etwas, das ihn rief, so laut, dass er schließlich seine Stellung aufgab um ihr den Mund mit einem Kuss zu versiegeln und sie zu nehmen.

Sie hörte ihn neben sich lachen, während sie noch erschöpft und aufgewühlt auf dem Segeltuch lag, klamm von ihrer beider Leidenschaft und der blinden Seeluft des Schiffsbauches.

»Ich habe öfters gehört, dass sich Frauen nach der Heirat ändern … So glaubt man, eine Elfe zu heiraten und erwacht neben einer Löwin …«

Sie fühlte, wie ihr Gesicht entbrannte.

»War es sehr schlimm?«

»Nein, mon cœur. Ich liebe es, was die Ehe aus dir macht.«

François bewegte sich, ohne sie aus seinen Armen zu lassen, und zog ihren Mantel über sie beide. Eine große Ruhe überkam Julie, die sie staunend willkommen hieß. Sie befanden sich mitten auf dem Ozean, versteckt in der hintersten Ecke eines Laderaumes, und segelten einer Stadt entgegen, in der man ihnen, wenn man sie entdecken sollte, gewiss als royalistische Spione kurzen Prozess machen würde. Und doch verspürte sie eine Gelassenheit, wie sie sie seit über einem halben Jahr nicht mehr gekannt hatte.

Die Erinnerung an die zärtlichen Tage in Rueil stiegen in ihr hoch. Fast hätte sie glauben wollen, die letzten Monate seien ein einziger, hässlicher Albtraum gewesen.

Ihre rechte Hand, die leicht auf François Brust lag, wurde von seinen Atemzügen auf und ab bewegt. Seine Haut war glatt und fest, auf ihr die kleinen, weichen Wirbel der Brusthaare. Noch zarter aber war seine Haut an der Stelle, wo ihr Gesicht lag, an seiner Seite, knapp unter seiner Achselhöhle. Sie war behaftet mit diesem Duft, der ihm eigen war. Sie war überzeugt, dass sie François dank ihres Geruchssinns unter allen anderen Männern hätte erkennen können. In diesem Duft vermischten sich ein Hauch von Schweiß und Staub, eine Spur von sauberem Leinen, das sein Hemd hinterlassen hatte, und, wie oft, auch ein flüchtiger Stallgeruch. Wie schmerzhaft sie sich nach all dem gesehnt hatte!

Der Boden schlingerte im Takt der rauschenden Wellen. Es war, als würde der Ozean das Schiff singend in seinen mächtigen Armen wiegen. Ihre Fingerspitzen erbebten leicht unter François Herzschlägen, ihr eigener, ruhiger Puls machte ein Duett daraus … Ob ihre aus den Fugen geratene Welt sich nun allmählich wieder einpendeln würde? Noch fehlte ein Element, ein leiser, dritter Rhythmus, das kleine Pochen, das aus diesem Mann und ihr geboren worden und monatelang in ihr gereift war.

Sie runzelte leicht die Stirn und blinzelte in das Schwarz, als könne sie darin die Zukunft erblicken, wenn sie sich nur genug anstrengte. Ihre Wimpern strichen über François Haut.

»Du solltest jetzt versuchen, ein wenig zu schlafen, mon cœur.«

»Ich frage mich, ob wir Guillaume nicht doch hätten bitten sollen, mitzukommen«, meinte sie. »Vielleicht … Vielleicht ist John bewusstlos und kann meine Fragen nicht beantworten. Guillaume hätte dann helfen können.«

»Es waren nur drei Plätze auf dem Boot, und dein Page hatte auf seinem bestanden. Außerdem wird mein Onkel nützlich sein, wenn es morgen früh darum geht, Erklärungen über unser Verschwinden abzugeben.«

»Hmm.«

»Ist dir sein Blick in Le Plomb aufgefallen, als wir die schweren Handelsschiffe überholten? Es zieht ihn wieder in die Ferne.«

»Du meinst, Guillaume will sich einschiffen?« Julie richtete sich auf einen Ellenbogen auf. »Das kannst du unmöglich zulassen, François. Er ist doch kein junger Mann mehr, der auf Abenteuerreisen geht!«

Ein Zeigefinger landete zielsicher auf ihrer Nasenspitze.

»Das wirst du ihm schon noch selber überlassen müssen, ma Chérie.«

»Aber ich möchte ihn nicht verlieren. Ich möchte … dass er mit uns kommt.« Sie stockte, weil ihr plötzlich bewusst wurde, dass sie keine Ahnung hatte, wohin ihre gemeinsame Zukunft sie führen würde – François hatte ihr nie etwas von seiner Heimat erzählt. »Wohin auch immer wir gehen werden«, fügte sie hastig hinzu.

François räusperte sich. Nach einer kurzen Pause fragte er:

»Du hast gerne auf Eastington gelebt, nicht wahr?«

»Ja. Es ist ein schönes Haus. Ich habe einen Garten angelegt, ganz in seiner Nähe … Frederik hat mir in allem freie Hand gelassen.« Sie zögerte, sagte dann leise: »Ich habe geglaubt, ich würde den Rest meines Lebens dort verbringen.«

»Dein erster Mann muss recht wohlhabend gewesen sein.«

»Ja. Ich wusste nur wenig über seine Geschäfte, aber Surelles war nicht der Einzige, mit dem Frederik korrespondierte. Und Eastington selber … Wenn es nicht soviel wert gewesen wäre, hätte John sich nicht solche Mühe gegeben, es an sich zu reißen.« Sie wartete auf François Antwort, er schwieg.

Plötzlich wurde ihr bewusst, dass sein Arm sich nicht mehr so fest um ihre Schultern schmiegte, und dass er steif wie ein Brett neben ihr lag. Sie beugte sich über ihn.

»Was ist los? Was hast du? Habe ich etwas Falsches gesagt?«, fragte sie schnell.

»Aber nein. Nein, ganz und gar nicht.« Er strich über ihre Haare. »Es ist nur …« Er richtete sich auf. Der Klang seiner Stimme verriet ihr, dass er ihr nun den Rücken zudrehte. Nach einer Weile hörte sie ihn sagen: »Du bist daran gewöhnt, viel Geld zu haben. Und auch in Paris … Du hast vielleicht einen falschen Eindruck von mir bekommen, in all den Monaten, als das Komplott gegen die Heirat Monsieurs im Gange war, durch meinen Lebensstil, mein Auftreten … Aber …« Er stockte, holte hörbar Luft und stieß hervor: »Ich bin kein reicher Mann, Julie! Das Einzige, was ich besitze, ist das Comté de Fontes-Villaray. Es ist nicht so, dass wir Hunger leiden werden, aber dieser ganze Luxus …« Hastig fügte er hinzu: »Du bist jetzt wahrscheinlich enttäuscht, oder wütend, oder fühlst dich betrogen … und ich weiß, dass ich es dir vor der Heirat hätte sagen sollen …«

Ihre suchenden Hände berührten seinen Rücken, fanden ihren Weg zu seinem Arm. Sie kniete sich vor ihn.

»Mein Liebling«, sagte sie leise. »ist es dir wirklich ernst, mit dem, was du gerade gesagt hast?«

»Ja, Julie«, antwortete er gepresst. »Zumindest im Augenblick. Bis Hurault mir das Comté d'Ardouval ver…«

»Pscht …« Sie verschloss seinen Mund. »Also, ich weiß wirklich nicht, wie du mich hast heiraten können, mit der Meinung, die du von mir hast.« Sie krabbelte zwischen seine gespreizten Beine und schmiegte sich an seinen Oberkörper, lehnte ihr Haupt an seinen Hals. »Jetzt will ich dir etwas sagen, das du dir hoffentlich ein für allemal zu Herzen nehmen wirst, auch wenn ich dich damit kränken sollte.« Sie hob ihr Gesicht und raunte: »Ich fand deine kostbaren Jacken immer scheußlich. Und ich bin heilfroh, dass du sie dir in Zukunft nicht mehr wirst leisten können!« Ein leichter Luftzug entstand, als er den Kopf schüttelte.

»Aber Julie, ich meine es ernst …«

»Ich auch. Ich liebe dich. Weißt du, was ich mir am meisten wünsche, was mir außer dir und Thibault am meisten am Herzen liegt?«

Er schüttelte erneut den Kopf, diesmal ohne zu antworten.

»Eine Heimat. Ein Zuhause.« Ihre Worte breiteten sich aus, leicht, warm, mischten zarte Töne in die dunkle Farbe der Nacht. »Nicht groß … Ein Kamin, um zusammen die Winterabenden zu verbringen. Eine Küche, aus der es duftet. Ein Garten, in dem Blumen die Jahreszeiten zählen. Ein Stück Himmel darüber, der nicht immer blau sein muss. Gibt es so etwas, in Fontes-Villaray?«

»Ja«, antwortete er leise, und seine Stimme klang rauer denn je. »Ja, all das gibt es dort, mon amour.«

»Gut. Dann möchte ich, dass du mich dorthin führst.«

»Das … das werde ich.«

Er nahm sie in die Arme und drückte sie, schmerzhaft fest, eine Ewigkeit. Er vergrub den Kopf in ihren gelösten Haaren, und sie liebkoste sein Gesicht und wischte die Nässe von seinen Wangen. Seine Finger suchten ihr Kinn, fanden es, hoben es sachte. Seine Lippen schmeckten süß und salzig zugleich und unergründlich. Er flüsterte kleine Zärtlichkeiten, während er sie streichelte, sie wiegte. Sie nahm ihn in sich auf, wie er sie in sich aufnahm, in der blicklosen Schwärze, auf dem pendelnden und schlingernden Untergrund. Er liebte sie, so tief und zärtlich wie nie zuvor, und sie öffnete sich ihm ganz und grenzenlos, bis sie nur noch eins waren, bis sie sich trafen und verschmolzen, sich ineinander so uferlos ausbreiteten wie die Nacht, die sie umgab.

»Was für seltsame Stunden«, meinte Julie eine ganze Weile später. Sie lagen nebeneinander, die Finger fest ineinander verschlungen. »Unsere Hochzeitsnacht. Ich hätte sie mir nie so vorgestellt … Und doch könnte sie nicht schöner sein.«

»Ja, seltsam … das habe ich eben auch gedacht.« Der Druck seiner Hand wurde fester. »Ich habe einmal etwas ähnliches erlebt … Unsere Fahrt hier erinnert mich daran.«

»Wann war das? Ist es lange her?«

»Nicht sehr lange. Etwas über zwei Monate. Es war, als ich zum Festland geschwommen bin.« Sie holte tief Luft. Er fuhr mit einer Stimme fort, die Zärtlichkeit und Staunen barg: »In dieser Nacht habe ich auch mit dir gesprochen, mon cœur. Du warst ganz nah bei mir, wie jetzt. Und deine Stimme klang in meinen Ohren. Dein Lachen. Und …ich habe dich geliebt, wie eben auch, ohne dich zu sehen, mitten im Meer.« Sie schluckte. Nachdenklich fuhr er fort: »Es war furchtbar … und wundervoll. In einem Augenblick war ich bereit zu sterben. Ich hatte keine Kraft mehr, mich zu bewegen, und ließ mich einfach treiben. Aber ich hatte keine Angst, denn ich spürte, dass du bei mir warst. Und als ich die Augen wieder aufmachte, sah ich das Land vor mir.«

»Ja … Das ist es!«, meinte sie gepresst. »Das, was ich dir die ganze Zeit in Rueil beibringen wollte und du damals nicht verstanden hast. Du hast immer mit dem Fluss kämpfen wollen …«

»Jetzt nicht mehr, mon amour. Nie mehr.« Er fügte hinzu, fest und in einem Ton der tiefen Überzeugung, der ihr einen Schauer über den Rücken jagte: »In jener Nacht hast du mein Leben gerettet, Julie.«

Achtzehn

»Cette Rochelle où nos armées
Par tant de combats et de jours
S'étaient vainement consommées
Sans voir que le haut des ses tours …«

»Dieses Rochelle, wo unsere Armeen
So lange Gefechte und Tage hindurch
Sich erfolglos aufgerieben hatten,
Ohne mehr als die Spitzen ihrer Türme zu Gesicht zu bekommen …«

November 1627

»Dort ist es«, sagte Julie, als sie das Haus der Surelles erblickte.

Es war ein phantasievoller, dreistöckiger Bau, in den typischen weißen Steinen der Gegend ausgeführt und mit matt glänzendem Schiefer bedeckt. Wie die meisten Häuser in der rue des Gentilhommes ruhte er auf Arkadenbogen. Einer der Pfosten der Arkaden trat etwas hervor und diente einem kleinen Turm als Stütze, der halb in die Front des Gebäudes eingebettet worden war.

Julie betrachtete sinnend die Fassade. Wie anders die Umstände heute von denen des vergangenen Sommers waren! Damals war sie verzweifelt gewesen und auf der Suche nach François, und La Rochelle hatte selbstsicher und geschäftig unter der heißen Julisonne gelegen. Heute war sie eine verheiratete Frau, und sie spürte, ohne genau erklären zu können weshalb, dass die Stadt, obwohl noch immer geschäftig, einen guten Teil ihrer Unbekümmertheit verloren hatte.

Es mochte am eisigen Novemberwind liegen, dass die vermummten Verkäufer unter den Arkaden einen bedrückten Eindruck auf sie machten. Dabei hatte sie nicht erwartet, offene Verkaufsstände in einer belagerten Stadt vorzufinden. Noch schien es an nichts, außer vielleicht an frischem Gemüse oder Obst, zu mangeln, und die hugenottischen Hausfrauen mit ihren adretten Hauben und ihren geflochtenen Körben liefen wie eh und je von einem Stand zum anderen.

Die Anwesenheit der Soldaten war wohl das auffälligste Merkmal der

Veränderungen in La Rochelle. Meist zogen sie in kleinen Trupps durch die mit Kieselsteinen bepflasterten Straßen, eine Schusswaffe oder eine Pike in der Hand, die Kleidung zerschlissen und so abenteuerlich zusammengestellt, dass man ihr sofort die Kriegsbeute ansah. Julie mied ihren Blick und horchte nur auf, als sie ein- oder zweimal englische Stimmen hörte.

»Ein hübsches Haus. Die Surelles scheinen wohlhabende Leute zu sein.« François Stimme klang nüchtern und übte wie immer eine beruhigende Wirkung auf sie aus.

»Ja, zumindest waren sie es bis vor kurzem. Der Tod von Jacques-Antoine, Lucines Vater, war ein schwerer Schlag für sie. Hoffentlich geht es ihnen gut …«

»Hmm. Und hoffentlich hegt diese Tochter genug Sympathie für dich, um feindliche Royalisten zu verstecken.«

Julie schwieg betroffen, während sie die letzten Schritte zurücklegten, die sie noch von dem dreistöckigen Bau trennten. Wie egoistisch von ihr, anzunehmen, Lucine würde sie mit offenen Armen empfangen und ganz selbstverständlich die Sicherheit ihrer Familie gefährden!

»Sie haben den Laden nicht geöffnet …«

»Schau. Rechts ist ein Durchlass zum Innenhof. Vielleicht finden wir dort jemanden.« François lächelte und beugte sich leicht zu ihr, als wolle er ihr eine Artigkeit zuflüstern. »Lauf weiter … wir sollten hier nicht stehen bleiben, sonst fallen wir noch auf.«

Er führte sie nun mit zielstrebigen Schritten zu dem schmalen Tunnel, der unter dem Haus hindurch auf das Wirtschaftsgebäude mündete. Seit sie in La Rochelle angelegt hatten und dank Bretois mürrischer Hilfe wieder unbemerkt von der »Forte Tête« ausgeschifft waren, gab sich François allen Anschein, als wäre er hier heimisch. Seine Schritte waren gleichmäßig, er zögerte an keiner Kreuzung, hatte den Hut in den Nacken gezogen und sah den ihnen begegnenden Menschen entspannt und offen entgegen. Zuerst hatte es sie irritiert, mit welcher Leichtigkeit François es gelang, zu tun, als wäre er Bewohner dieser Stadt. Doch dann hatte sie sich an sein früheres Leben erinnert. Während seiner Jahre im Dienste des Kardinals hatte François schließlich bis zur Selbstverleugnung Beherrschung und unauffälliges Verhalten geübt. Da sie ihrerseits das einfache, dunkelblaue Kleid trug, das sie vor ein paar Monaten in La Rochelle erworben hatte, Robert sich ebenfalls in den Straßen der Stadt auskannte und sie kein auffälliges Gepäck mit sich führten, war es ihnen bis jetzt gelungen, sich diskret unter die einheimische Bevölkerung zu mischen.

Als sie in den Innenhof gelangten, stand eine Frau an der Tür, die in das helle Wohnhaus führte. Sie drehte sich um. Julie stieß einen Freudenschrei aus.

»Lucine!«

»Julie? Tatsächlich, Sie sind es! Ich kann es kaum fassen!«

Die Freude auf Lucines Gesicht war echt, und sie fielen sich kurzerhand in die Arme.

»Es ist schön, Sie wiederzusehen, Lucine! Ich hatte schon Sorge, als ich sah, dass Ihr Laden geschlossen ist?«

»Ich war ein paar Stunden außer Haus – Dienst auf den Wällen.« Lucines Blick glitt mit unverhülltem Interesse über François.

»Lucine, ich möchte Ihnen den Comte François de Fontes-Villaray vorstellen.« Julie lächelte. »Wir haben gestern geheiratet.«

»Gestern?«, fragte Lucine und öffnete weit ihre grünen Augen. »Nun … Ich sehe, dass man Ihnen gratulieren kann, Julie. Seien Sie willkommen in diesem Haus, Monsieur.«

»Ich danke Ihnen, Mademoiselle«, antwortete François mit einer kleinen Verbeugung. »Es tut mir Leid, dass wir Sie hier so unerwartet überfallen.«

»Meine Freunde dürfen mich zu jeder Zeit überfallen. Aber treten Sie erst einmal ein. Drinnen können wir uns besser unterhalten!« Sie redete weiter, während sie sie in das Haus geleitete. Sie durchquerten das Lager. Julie sah sich in dem länglichen Raum um. In einer Ecke ragten zerfranste Stockfisch-Schwänze aus einem Fass, am Eingang verströmten kürbisgroße Jutesäcke voller Korinthen, getrockneter Pflaumen und Äpfel ihren fruchtigen Geruch. Die braune, grobkörnige Masse neben ihr mochte Zucker sein, die schmutzig-weiße Salz, und weiter hinten lagerten mehrere Bohnensorten. Fässer, Säcke und Kisten standen dicht an dicht, und es war gerade genug Platz vorhanden, um sich zwischen ihnen zu bewegen. Lucine hatte offensichtlich für die Belagerung vorgesorgt.

Sie erreichten die Wendeltreppe, die in den ersten Stock führte. Oben angelangt, zog Lucine den braunen Mantel aus, den sie trug. Er war mit hellen Erdspuren verschmutzt. Sie seufzte erleichtert auf.

»Sie sagten, Sie hatten Dienst auf den Wällen? Um was handelt es sich?«, fragte Julie.

»Alle Frauen der Stadt sind zu diesem Dienst eingezogen worden. Ein Befehl unseres Bürgermeisters. Wir müssen alle paar Tage hin, Gräben vertiefen, Erde tragen oder andere anfallende Verbesserungsarbeiten ausführen. Ich hoffe, dass ich demnächst einer anderen Gruppe zugeteilt werde. Ich würde lieber lernen, mit einer Muskete umzugehen.«

Julie und François tauschten einen Blick. Das Leben in La Rochelle hatte sich doch mehr geändert, als es auf erste Sicht erkennbar war. Lucine rückte ein paar Stühle zurecht. Sie setzten sich, und die Kaufmannstochter beugte sich vor.

»Erzählen Sie, Julie! Was führt Sie einen Tag nach Ihrer Heirat in eine belagerte Stadt?«

»Wir befinden uns in einer Notlage, in der jede vertane Stunde fatal sein könnte«, sagte Julie direkt und ernst. »Und daher habe ich gewagt, Sie anzusprechen, obwohl mir bewusst ist, was ich Ihnen zumute.«

Lucine ergriff ihre Hand.

»Sie wissen, dass Sie mir vertrauen können. Was führt Sie hierher?«

»Wir sind auf der Suche nach einem Mann. Es ist ein Engländer, der auf l'Oye verwundet wurde, und von dem man mir berichtete, dass er in dieser Stadt gepflegt wird. Es ist unbedingt notwendig, dass wir ihn so bald wie möglich ausfindig machen, denn es ist zu befürchten, dass er seiner Verletzung erliegt.«

»Sie haben die gefahrvolle Fahrt hierher unternommen, nur um mit diesem Mann zu reden? Es muss Ihnen sehr viel an diesem Gespräch liegen!«

»Ja, Lucine, sehr viel. Es …« Julie schluckte, sah auf Lucines erdverschmierte Hände, die auf ihren eigenen lagen. Plötzlich saß ein schwerer Kloß in ihrer Kehle. »Es geht um meinen Sohn. Nur dieser Mann … Nur mein Schwager weiß, wo er sich befindet.«

»Und … Und wenn er stirbt, bevor Sie ihn gesprochen haben …«

»Dann werde ich Thibault … Dann wird mein Sohn …« Julie lehnte sich in ihrem Stuhl zurück, und presste die Lippen fest zusammen. Nein, jetzt war nicht der Augenblick, sich von Gefühlen übermannen zu lassen. Sie musste versuchen, einen klaren Kopf zu behalten. Sie merkte, wie François Blick auf ihr ruhte, und versuchte zu lächeln. Lucine räusperte sich und meinte wohltuend sachlich:

»Nun, es sind in der Tat seit der Invasion von Ré immer wieder Engländer in die Stadt gebracht worden, um hier gepflegt zu werden. Wenn wir Glück haben, ist Ihr Schwager im Hôpital Saint-Barthélemy untergebracht worden. Dort dürften wir ihn leicht wiederfinden. Allerdings möchte ich Ihnen nicht zu viel Hoffnung machen. Die Offiziere sind oft bei uns Bürgern einquartiert worden. Ihn dort aufzuspüren dürfte wesentlich schwieriger sein. Am besten gehen wir gleich nachher los.«

»Das wäre wunderbar. Wobei …«

Lucine schüttelte energisch den Kopf.

»Die meisten Leute hier kennen mich. Ich werde Ihnen den Weg weisen, und gleichzeitig werden Sie durch mich sehr viel weniger auffällig sein. Aber jetzt zeige ich Ihnen erst mal Ihr Zimmer.«

»Aber … Was ist, wenn wir in Ihrem Haus entdeckt werden? Wir werden durch unsere Anwesenheit Ihre Familie in Gefahr bringen!«

»Ich weiß nicht, ob es mir gelingen wird, meine Familie durch die Prüfung zu retten, die wir momentan durchleben, Julie«, meinte Lucine fest. »Aber ich weiß, dass man eine schwere Zeit besser besteht, wenn man Freunde sein eigen nennen kann. Julie, Sie waren mir vor einem halben Jahr, als mein Vater starb, eine liebe Freundin. Wie könnte ich nur einen Moment zögern, Ihnen beizustehen?«

»Soll ich der alten Claudine sagen, dass wir essen wollen?« Lucines kleine Schwester Geneviève war auf der letzten Sprosse der Wendeltreppe aufgetaucht, die vom Erdgeschoss hinaufführte.

»Ja, das ist eine gute Idee«, antwortete Lucine lächelnd. Sie drehte sich ihnen wieder zu. »Ist es Ihnen recht? Anschließend können wir uns dann auf die Suche machen.«

»Ja, natürlich«, antwortete Julie schnell. Sie wurde sich erst bewusst, dass ihre Stimme gezittert hatte, als sie François Druck auf ihrer Schulter spürte.

⚜

Etliche Stunden später entließ das mächtige, langgestreckte Gebäude des Hôpital Saint-Barthélemy François, Julie und Lucine wieder in die aufkeimende Novembernacht.

Es war schon eine Weile her, dass die Große Horloge sieben Uhr geläutet hatte, die Zeit, wenn der Abend in die Nacht überging. Der Fluss der Menschen in den Gassen war während ihres Besuches im Krankenhaus spürbar abgeebbt. François beobachtete die beiden Frauengestalten, die vor ihm Arm in Arm gingen, eingehüllt in die fließenden Wellen ihrer dunklen Mäntel. Als Julie ihre Freundin ansah und nickte, konnte François einen kurzen Blick auf ihr Gesicht erhaschen. Er erkannte den trotzigen Zug um ihren Mund. Nein, seine Frau hatte sich nicht von ihrer Niederlage entmutigen lassen.

Wie schon von Lucina befürchtet, war die Suche nach dem Earl of Waterston zwischen den langen Reihen der Krankenlager erfolglos gewesen. Dabei war sich François inzwischen einigermaßen sicher, dass der Earl noch am Leben war. Er hatte sich nach dem Mittagessen ein paar Stunden lang mit Robert in der Stadt umgeschaut. Er hatte La Rochelle kennen lernen wollen, aber er hatte sich auch auf den Friedhöfen umgesehen und sich bei den Leichenbestattern erkundigt. Denn wenn es keine Hoffnung mehr gab, Thibault wiederzufinden, so hatte er wenigstens derjenige sein wollen, der es Julie beibrachte. Gott sei Dank aber war seine Suche fruchtlos geblieben.

Die beiden Frauen blieben stehen und warteten auf ihn.

»Wir sollten jetzt in die rue des Gentilhommes zurückkehren, denn bald wir die Ausgangssperre verhängt«, meinte Lucine. »Ich denke, dass wir alles getan haben, was heute möglich war, und Sie brauchen etwas Ruhe.«

Bevor Julie etwas erwidern konnte, erschütterte ein dumpfer Schlag die bewegte Luft. Sie runzelte die Stirn.

»Was war das? Die Ausgangssperre?«

»Nein, der Klang ist anders. Es wird eine Kanonenkugel aus dem königlichen Lager sein.«

»Es ist das erste Mal, dass ich das Geräusch hier in der Stadt höre.«

»Tagsüber wird weniger bombardiert.« Lucine seufzte. »Nachts nimmt der Beschuss immer zu, wahrscheinlich weil man hofft, die Feuer würden sich in der schlafenden Stadt schneller ausbreiten können.« Sie deutete in die Richtung des Hôpitals. »Sehen Sie den leichten Schein auf dem Turm von Saint-Barthélemy? Das ist die Wache. Rund um die Uhr steht jemand da oben, um Alarm zu geben. Auf dem Turm von Saint-Sauveur ebenfalls. Alle Häuser hier kleben dicht an dicht und nur allzu schnell steht ein ganzer Straßenzug in Flammen. Ich habe immer ein paar Eimer mit Wasser im Haus stehen.«

Sie unterhielten sich ruhig weiter und hatten schon die rue du Conseil erreicht, als etwas François Aufmerksamkeit erregte.

Ein langer, dunkler Schatten, eingekerbt in dem Mauervorsprung einer Apotheke, nicht mehr als eine etwas tiefere Schwarznuance in der Nacht. Er griff bereits zu seinem Messer, als sich zu seiner Überraschung der Schatten von der Mauer löste.

Es war ein sehr großer und gleichzeitig sehr hagerer Mann, der nun mit einer Unbekümmertheit auf sie zuschlenderte, die entweder von Überheblichkeit oder dem Genuss von Alkohol zeugte. Wahrscheinlich beides, mutmaßte François, dem der Mann immer weniger gefiel, je näher sie sich kamen. Seine Hosen waren hell und viel zu weit für ihn. Er hatte sie mit einem breiten Gürtel um seine knochigen Lenden gewickelt. Der rechte Ärmel seiner Jacke zeigte einen großen Riss auf, der bis zur Schulter ging, dem Hemd war selbst in der Dunkelheit anzusehen, dass es vor Schmutz starrte. Die alte, stümperhaft ausgebesserte Muskete, die er in der Hand trug, bekräftigte François Annahme, dass er einen Soldaten vor sich hatte.

Doch es war nicht seine ärmliche Kleidung, die François an dem Mann missfiel. Er hatte lange genug im Regiment Champagne geweilt, um zu sehen, dass dieser Mann ein Soldat der schlimmsten Sorte war: Derjenigen, die Lust an Gewalt und Zerstörung hatten, die zu dem anonymen Körper der Armee stießen, um Bedürfnisse auszuleben, für die sie als Individuum von jedem Richter zum Galgen verurteilt würden. Es waren verachtenswerte Geschöpfe, die den Namen Mensch nicht verdienten, und François verspürte im Anflug denselben unwiderstehlichen Drang, diesen Mann zu vernichten, wie ihn ein Schafhirte verspürt, wenn er einen Wolf um seine Herde ziehen sieht.

»Bonsoir, Mademoiselle Lucine«, eröffnete der Soldat lächelnd, als er nun auf Höhe der beiden Frauen war. Er sprach mit einem singenden Akzent, der die scharfen Kanten der Wörter verstümmelte.

Julie runzelte die Stirn und Lucines Lippen wurden schmal.

»Bonsoir, Monsieur Perch«, antwortete sie kalt und wollte weitergehen.

»Wollen Sie mich nicht diesen Herrschaften vorstellen, Mademoiselle? Sie wissen doch, ich freue mich über jedes bekannte Gesicht in dieser Stadt. Es ist schwer, ein Fremder zu sein!«

»Nicht halb so schwer, wie stets Fremde um sich zu haben, die sich nicht zu betragen wissen, Monsieur«, warf Lucine zurück. François unterdrückte ein Lächeln.

»Sie wissen, dass es nur an Ihnen liegt, ob wir Fremde bleiben, Mademoiselle Lucine! Ich bin für jede Dame offen, die versuchen möchte, mir Manieren beizubringen. Die französischen Damen sind schließlich berühmt für ihre Raffinesse …« Der Blick, den er jetzt auf Julie warf, ließ François einen Schritt nach vorne schnellen.

»Und sind französische Herren dafür bekannt, dass sie Damen in ihrem Beisein beleidigen lassen?«, fragte er und hob den Umhang mit dem linken Ellenbogen gerade so weit, dass der Knauf seines Degens sichtbar wurde. Die hageren Züge des Mannes verzogen sich.

»Na, na, ist ja schon gut, Monsieur le français.« Der Soldat breitete die

Hände aus und bleckte die Zähne. »Man wird sich ja noch unterhalten dürfen! Also dann … Au revoir Mesdames!« François antwortete nicht und auch die beiden Frauen schwiegen. Perch entfernte sich ein paar Schritte, bevor er zurückwarf: »Vielleicht sehen wir uns ja nachher noch, Mademoiselle Lucine!« Dann verschluckte ihn die Nacht.

»Oh, Herr im Himmel, was für ein abscheulicher, grässlicher Mensch! Woher kennen Sie ihn, Lucine?«, fragte Julie.

»Der Mann wohnt bei mir. Es ist eine Verordnung der Stadt: Jeder Haushalt ist verpflichtet, entweder einen Soldaten, egal welcher Nation, bei sich aufzunehmen, oder aber ein Entgelt zu bezahlen.« Lucine schüttelte den Kopf. »Unser Haus ist groß, und es tat mir Leid um das Geld, also habe ich die Beherbergung gewählt. Ein Fehler.« Mit Heftigkeit fügte sie hinzu: »Alle Soldaten sind eine Plage, und der Mann ist keine Ausnahme! Unangenehm war er schon immer, aber sein Betragen wird von Tag zu Tag unverschämter. Ich muss etwas unternehmen. Gleich morgen werde ich ins Rathaus gehen. Mein Vater hatte gute Beziehungen zu einem der Stadträte, vielleicht lässt sich da etwas machen.«

François konnte spüren, wie angespannt seine Muskeln plötzlich waren. Er fing Julies Blick auf und strich ihr über den Rücken. Auch ihm missfiel zutiefst, was er eben von Lucine erfahren hatte. Die Möglichkeit, bei Lucine unterzukommen, war ihnen anfänglich wie der Wink eines gnädigen Schicksals vorgekommen. Inzwischen schien es ihm wie der Versuch, sich vor einer Meute zähnefletschender Hunde in dem Käfig eines tollwütigen Tieres zu verstecken.

⚜

Robert lag lange Zeit in der Dunkelheit seines Zimmers und lauschte.

Er hörte die schlurfenden Schritte der alten Köchin Claudine, wie sie sich in ihre Kammer im obersten Stockwerk begab. Den Schlüssel, der an der Tür des Nachbarzimmers umgedreht wurde. Das Lachen der kleinen Geneviève. Der Bettkasten ächzte in regelmäßigen Schüben, was Robert vermuten ließ, dass die Achtjährige auf der Matratze herumsprang. Dann ertönte Lucines gedämpfte, liebevoll strenge Stimme, und das Ächzen verstummte. Zwei leise Gebete drangen noch bis zu ihm durch. Dann stellte sich nach und nach die Stille ein. Das Gebälk knackte, ein paar Männerstimmen stiegen aus der Gasse hoch.

Robert wartete noch. Er musste vorsichtig sein, heute Nacht … Sehr vorsichtig. Nichts durfte dem Zufall überlassen werden. Er fühlte, wie er schläfrig wurde, und kämpfte gegen die Müdigkeit an. Es wäre wunderbar, einfach liegen zu bleiben, sich vom Schlaf übermannen zu lassen und für ein paar Stunden alles zu vergessen … Aber noch war es nicht soweit.

Er setzte sich in seinem raschelnden, nach frischem Heu duftenden Lager auf, schlug die Wolldecke zurück. Er griff neben sich, wo seine Jacke lag, tastete die Taschen ab. Er hatte die Lunten heute Abend bereits zurechtgeschnitten und säuberlich gebündelt, sodass sie gebrauchsfertig waren. Dann hockte er sich neben seine Strohmatratze. Seine Finger fanden sofort, was sie suchten: rundliche Formen, in Stoff gekleidet. Er atmete auf, als er das Seil mit den daran hängenden Säckchen hervorzerrte. Seit dem Tag, als Mylady in Saint-Martin die Kohlezeichnung unter seinem Lager gefunden hatte, versteckte er nur sehr ungern etwas an diesem Ort. Aber sein Schlafraum war winzig und so gut wie unmöbliert, und er hatte nicht länger bei Tageslicht am Körper tragen wollen, was die gestrige Nacht den neugierigen Blicken verborgen hatte.

Da er sich angezogen hingelegt hatte, brauchte er nur seine Jacke überzuziehen und sich das Seil darunter um die Hüften zu knoten. Seine Schuhe ließ er stehen. Die Kälte würde er schon aushalten. Es würde in den nächsten Stunden wichtig sein, sich so schnell, gewandt und lautlos wie nur möglich zu bewegen. Kurz blieb er noch im Dunkeln stehen, seinen Hut in der Hand. Einerseits, um ein letztes Mal zu horchen. Andererseits, weil ihn plötzlich Zweifel plagten. Er atmete ein, widerstand dem Wunsch, sich unter seiner Decke zu verkriechen. Er war vorgestern in Pont-la-Pierre einen Handel eingegangen. Mit offenen Augen. Also los!

Erste Erleichterung, weil seine Tür schwieg, als er sie vorsichtig aufstieß. Es war stockfinster im Flur, doch er hatte sich die Räumlichkeiten und Beschaffenheit des Hauses gut eingeprägt. Er wollte gerade an der dritten Tür mit leisen Sohlen vorbeihinken, als er das Stöhnen hörte. Ein Laut voller Sehnsucht, weich und beschwingt wie eine Sommerbrise. Er kannte ihn, diesen Laut, auch wenn er noch nie für seine Ohren bestimmt gewesen war. Das Blut schoss ihm in den Kopf. Er verkrampfte die Hände an den Wollrevers seiner Jacke und zwang sich weiterzulaufen. Die Zeiten, wo er wie ein Aussätziger in einer finsteren Ecke stand, um zu versuchen, die Brosamen der Liebe anderer aufzufangen, waren vorbei.

Die beschwerliche Wendeltreppe führte ihn durch zwei Stockwerke bis zum Erdgeschoss, wo ihn der würzige Geruch des Lagerraums empfing. Er hatte einige Mühe, in der Finsternis zwischen den Säcken, Fässern und Ballen seinen Weg zu finden, doch endlich stand er vor der verriegelten Eingangstür, die zum Hof führte. Robert drehte den schweren Schlüssel, schlüpfte ins Freie und zog die Tür wieder fest hinter sich zu. Dann zögerte er kurz, bevor er abermals die Tür öffnete, um den Schlüssel zu ergreifen und ihn von außen anzusetzen. Die Zähne des Schlosses schlugen mit einem beruhigenden Geräusch in die Fassung der Mauer, und er ließ den Schlüssel in seine Tasche plumpsen.

Der Himmel war klar, wie schon die Nacht zuvor, und die Sichel des Mondes gerade hell genug, um sich zurechtfinden zu können. Nachdem Robert den Tunnel passiert hatte, der auf die Straße mündete, schritt er hurtig aus. Eine lange Gestalt kam ihm leicht schwankend entgegen. Doch er achtete nicht auf sie. Ab jetzt wollte er sich nur noch auf sein Ziel konzentrieren.

Es war kälter, als er es angenommen hatte, und er bereute kurz, seine Schuhe nicht angezogen zu haben. Dann aber erwärmten sich seine Glieder durch die Bewegung, und obwohl die Kieselsteine des Pflasters sich wie knubbelige Eisflächen unter seinen Füßen anfühlten, war er doch froh, einen sicheren Halt auf ihren polierten Flächen zu haben.

Er wollte nicht weit. Das Haus der Surelles lag mitten in dem Viertel der reichen Handelsleute, das sich rund um das Rathaus erstreckte.

»Es geht um eine abschreckende und entmutigende Maßnahme, Monsieur.« Robert hörte noch die Stimme des Kardinals, kalt und streng, obwohl sie sich hatte gewinnend geben wollen. »Der Norden der Stadt ist uninteressant. Dort wohnen hauptsächlich Handwerker, und die sind der häretischen Sache voll ergeben. Um den Hafen siedeln die Seeleute. Sture Köpfe ohne großen Einfluss. In die schönsten Häuser um den Carrefour du Mai-Vert herum werden Sie nicht eindringen können, ohne bemerkt zu werden. Nehmen Sie sich also die Häuser der wohlhabenden Händler vor.« Das müde Gesicht des Ministers hatte einen fast verträumten Ausdruck angenommen, als er hinzugefügt hatte: »Und denken Sie daran, Häuser zu bevorzugen, bei denen viel Holz verwendet wurde. Das Feuer muss schnell und effektiv fassen.«

Robert fühlte Wut in sich hochsteigen und rief sich zur Ordnung. Er war schließlich aus freien Stücken auf den Handel eingegangen. Richelieu hatte sein Wort gehalten, oder? Sie waren glücklich bis La Rochelle durchgekommen. Er hatte auf diese Weise eine Schuld beglichen. Jetzt schuldete er Mylady nichts mehr, jetzt war er frei. Oder eher, würde es in ein paar Stunden sein, wenn die Morgendämmerung die belagerte Stadt mit Grau tünchen würde. Er fühlte die schweren kleinen Säcke im unregelmäßigen Rhythmus seiner Schritte gegen seine Hüften schlagen. Bald würde er auch diese letzten Fesseln los sein.

Noch wusste er nicht, was er mit dieser Freiheit anfangen sollte. Aber er wusste, dass er sie sich erkämpfen musste. Weil sie die einzige Tür war, die er in seiner verzweifelten Suche gefunden hatte und von der er sich erhoffte, dass sie ihn aus der Zelle führte, in der sein Herz sich verfangen hatte.

Er war zielstrebig die rue des Gentilhommes hinuntergelaufen. Jetzt bog er zweimal ab und stand schließlich vor dem ersten der Häuser, die er sich vorgenommen hatte zu besuchen. Er hatte es sich am Nachmittag vorgemerkt, als er schweigend hinter dem Comte hergehinkt war. Ein zweistöckiger Bau mit tiefgezogenem Dach und schuppiger Holzverkleidung. Und, was das Interessanteste war, mit einer offenen Arkade ohne Holzläden, unter denen eine Klappe unauffällig in den Boden eingelassen worden war.

Robert sah sich um, glitt in den undurchdringlichen Schatten der Passage, bückte sich, tastete nach dem Ring der Klappe, zog an ihm … Er gab nach!

Die zwei Angeln quietschten schauderhaft laut als er die Verkleidung hochstemmte. Er hielt den Atem an, während er spürte, dass sich sämtliche Haare auf seinem Körper aufrichteten. Doch nichts regte sich in der Hugenottenstadt … Es war so dunkel unter den Arkaden, dass ein Passant nichts würde bemerken können. Also ließ Robert die Klappe als tröstliche Verbindung zu der Außenwelt offen, als er nun mit seinem gesunden Fuß nach einer Leiter tastete. Und tatsächlich … Die Erleichterung ließ ihn den Schmerz nicht spüren, als er sich den Knöchel an einer Sprosse anschlug.

Unten angelangt entfernte er sich tastend von der Leiter, damit kein Lichtschein ihn draußen verriet, und holte die geschwefelten Hölzchen und einen Talgstummel aus seiner Hosentasche. Nach einiger Mühe löste er einen der Säcke von seinen Hüften. Er arbeitete anschließend, wie ihm schien, eine kleine Ewigkeit an dem Doppelknoten, der ihn verschloss, bevor er es gereizt aufgab, sein Messer zog und es kurzerhand in den gespannten Beutel stieß. Der feste Stoff riss mit einem trockenen Geräusch und spie seine schwarzen Innereien auf den festgetretenen Lehmboden. Robert ließ ihn ausbluten, bis das Pulver einen ordentlichen kleinen Haufen bildete, warf dann die nutzlos gewordene Hülle achtlos beiseite. Er wurde immer ruhiger. Seine Hände zitterten nicht mehr, als sie eine Lunte aus dem kleinen Bündel in seiner Tasche zogen. Er betrachtete kurz den fahlen Wurm in seiner Hand, positionierte ihn dann, wie der Pater es ihn vorgestern gelehrt hatte, als er ihm das Pulver übergab. Er betrachtete sein Werk mit der Zufriedenheit, die gut erledigte Arbeit mit sich brachte. Es fehlte nur noch die zündende Flamme …

»Ich könnte verstehen, wenn Sie Hemmungen hätten, das auszuführen, was wir Ihnen soeben vorgeschlagen haben, Monsieur. Jeder Christ hätte sie. Doch Gott hat uns mit der Gabe der Vernunft versehen, damit wir fähig sind, die Impulsivität unseres Herzens zu kontrollieren. Darum bedenken Sie: Jede Explosion, jedes Feuer wird gleichsam Unsicherheit und Zweifel in den Seelen dieser Häretiker auflodern lassen. Sie werden sie aufrütteln, dazu zwingen, nachzudenken und schließlich, dessen bin ich überzeugt, die Einsicht unserer Übermacht gebären. Und einem Menschen, dessen Leben Sie eventuell in dieser Nacht gefährden werden, werden Tausende gegenüberstehen, die nicht während einer sinnlosen Belagerung an Hunger und Krankheit sterben werden. Auch Unser Herr wird das wissen.«

Die kleine Flamme am Ende des Schwefelhölzchens fraß sich gierig zu Roberts Fingern hinauf. Ihr heißer Hauch strich über seinen Handrücken, als er sie an die Lunte legte. Er beobachtete, wie sie sich dem Köder annäherte, sich um die bleiche Schnur legte, auf sie überging, sie schwarz leckte. Und langsam ihre Wanderung aufnahm.

Jetzt war der Moment gekommen, aufzustehen und das Weite zu suchen. Zum nächsten Haus, zum nächsten Opfer …

Zwei Drittel der Lunte lagen nun als winziger Weg aus Asche hinter der unruhigen Flamme. Eine Handlänge noch … Eine halbe … Robert beugte sich weiter vor, fühlte die angenehme Wärme auf seiner Haut. Dann erstickte er das kleine Feuer mit einem ruhigen, entschlossenen Griff.

»Heute Nacht noch, Eminenz«, murmelte er. »Heute Nacht noch werde ich der Impulsivität meines Herzens folgen. Zum allerletzten Mal.«

Er erhob sich, schwerfällig, wie immer, betrachtete im Schein der Talgkerze seine Hinterlassenschaft. Gut. Jedem, der es finden würde, müsste klar werden, dass dieses Haus nur knapp einem Feuerattentat entkommen war. Er steckte sein Messer wieder ein, blies die Kerze aus und stopfte sie in seine Tasche. Dann tastete er sich wieder zur Leiter.

Das zweite Haus, das er aufsuchte, war ein breiter, behäbiger Bau mit einem Holzschuppen im Innenhof. Im Dritten drang er in den Hühnerstall, im Vierten begnügte er sich damit, das Pulver in die schwarze Vertiefung eines windgeschützten Fensters zu schütten, denn schließlich wollte er sicher gehen, dass die Spuren der missglückten Attentate bei Tageslicht gefunden würden.

Der Strang um seine Taille war schon spürbar leichter und die Nacht fortgeschritten, als Robert weiterhastete.

Vier Pulverhäufchen versah Robert noch mit ihren bleichen, angesengten Nabelschnüren. Kurz nach vier Uhr morgens besaß Robert noch zwei Beutel. Er überlegte, ob er im Haus der Surelles ebenfalls eine Spur hinterlassen sollte, um einen Verdacht von vornherein auszuschließen. Doch er hatte dieses Pulver schließlich nur in der Stadt verteilt, um den Kardinal zu überlisten. Er sollte glauben, dass er sich an ihr Abkommen gehalten hatte, seine Unerfahrenheit es allerdings nur zu Fehlzündungen hatte kommen lassen. Mit Sicherheit aber würde der Minister ihm diese Erklärung nie abnehmen, wenn er vorgab, das Haus seiner Gastgeberin, in dem er und seine Herrin wohnten, anzünden zu wollen. Also schüttete er das restliche Pulver auf einen Abfallhaufen, warf die Beutel ein paar Schritte weiter weg und beeilte sich, in die rue des Gentilhommes zurückzukehren.

Er war erfüllt von innerem Frieden, als er die Tür zum Lagerraum aufschloss. Jetzt, wo alle Spannung von ihm abgefallen war, drückte die Erschöpfung auf seine Augenlider. Er gähnte, zog sich die Wendeltreppe hoch, die zum ersten Stockwerk und zur Küche führte … und erstarrte auf der letzten Stufe.

Der Comte hatte es sich in einem Ledersessel vor dem Kamin bequem gemacht. Ein kleiner kupferner Leuchter mit einer einzigen brennenden Kerze war auf dem Sims abgestellt worden. Das Feuer war längst erloschen, aber die verkohlten Überreste mochten noch etwas Wärme spenden. Zumindest hatte der Mann seine Beine weit von sich gestreckt und seine bloßen Füße auf den Kaminschirm abgelegt. Wie er so dasaß, ein halb gefülltes Weinglas in der Hand, den Oberkörper nackt trotz der Kälte, das Haupt sinnend auf seiner Rechten abgestützt, bot er ein Bild der Entspannung, wenn nicht gar der Schläfrigkeit.

Schon keimte in Robert die Hoffnung, der Comte habe ihn nicht bemerkt, als der Mann langsam den Kopf bewegte. Der graue Strahl, der Robert nun traf, ließ ihn seinen Irrtum erkennen. Der Comte war offensichtlich hellwach.

»Ich habe auf dich gewartet«, sagte er ruhig. Er machte eine lässige Bewegung. »Komm, hol dir einen Hocker und setzt dich neben mich.«

Robert gehorchte und ließ sich breitbeinig auf einen vierbeinigen Hocker nieder.

»Es war ein Fehler, den Schlüssel mitzunehmen«, meinte der Comte, ohne Robert anzuschauen. »Hätte er im Schloss gesteckt, hätte ich angenommen, Mademoiselle Surelles hätte es versäumt, abzuriegeln. So aber wusste ich, als ich den Abtritt im Hof besuchen wollte, dass jemand einen kleinen Spaziergang unternommen hat.«

»Ich hatte kein gutes Gefühl dabei, das Haus offen stehen zu lassen«, antwortete Robert ruhig.

»Hmm. An dem Gefühl ist nichts auszusetzen.« Der Comte nahm einen Schluck aus seinem Glas. »Und, wie sind die Nächte in La Rochelle?« Robert zuckte die Schultern. Der Comte verlagerte ein wenig seine Füße auf dem Kaminschirm, fuhr sich durch die offenen Haare.

»Hör zu, Junge. Du siehst erschöpft aus, und ich selbst sehne mich auch schon seit über einer Stunde nach meinem warmen Bett. Also, bringen wir es hinter uns, hmm?«

»Es … Ich hatte noch etwas zu erledigen.« Robert begegnete den grauen Augen. Widerwillig fuhr er fort: »Ich musste ein Versprechen einlösen.«

»Ist es ein Versprechen, dass du gegeben hast, damit wir alle in die Stadt kommen?«

Robert erbleichte.

»Woher wissen Sie …?«

»Bretois, der erste Offizier der ›Forte Tête‹, hat keine Geschwister. Ich habe ihn gefragt, als wir von Bord gingen. Also ist deine Geschichte mit dem Koch von Bassompierre erlogen, und du hast auf eine andere Art und Weise unsere Überfahrt organisiert.«

»Sie haben mir noch nie getraut, nicht wahr?«

»Nicht ganz ohne Grund, wie man sieht«, antwortete der Comte mit trockener Belustigung. »Also?«

»Ja, Sie haben Recht. Ich habe versprochen, hier in der Stadt … etwas für jemanden zu erledigen.« Robert starrte ihn an. »Aber es hat nichts mit Ihnen oder Mylady zu tun. Es geht ganz alleine mich etwas an.«

»Bist du dir ganz sicher?«

»Wir sind doch alle nach La Rochelle gekommen, oder?«, fauchte er. »Was wollen Sie mehr?«

»Hmm. Den Namen der Person, der du das Versprechen gabst?«

»Ich sagte, es geht nur mich etwas an!«

»Den Namen?«, fragte der Comte abermals, ohne im Geringsten von

Roberts Einwand Notiz zu nehmen. Der junge Mann presste die Lippen zusammen.

Der Comte schwenkte den Wein in seinem Glas herum.

»Also gut. Lass mich überlegen … Man hat dir ein Versprechen abgerungen. Das Versprechen, etwas zu erledigen, das in der Verschwiegenheit der Nacht passieren muss.« Sein Blick blieb an Roberts Kleidung und seinen geschwärzten Händen hängen. »Etwas, wobei man sich sehr schmutzig macht. Also keine geheime Botschaft, sondern eine handwerkliche Tätigkeit. Und höchstwahrscheinlich etwas, das sich gegen die Rochelleser richtet. Womöglich etwas, das die Belagerung verkürzen könnte.« Er sah ihn ruhig an. »War es Richelieu?«

Robert war es während des Monologs des Comte immer heißer geworden. Jetzt fuhr er zusammen.

»Der Kardinal de Richelieu, aha«, meinte der Comte gedehnt. Er pfiff durch die Zähne. »Eh bien, mon garçon, du traust dir ganz schön viel zu, das muss man dir lassen!«

»Vielleicht.« Robert drückte seinen Rücken durch. Er wich den grauen Augen nicht aus. »Ich hatte an Mylady noch etwas gutzumachen, seit … seit Rueil. Wenn sie ihren Sohn wiederfindet, wird sie es auch mir zu verdanken haben. Das war es mir wert.«

Der Comte hob die Brauen. Er musterte Robert stumm. Ein Ausdruck lag auf seinem Gesicht, den Robert nicht zu deuten vermochte. Robert blinzelte. Er machte sich darauf gefasst, dass jetzt eine Flut von bohrenden Fragen auf ihn hinabprasseln würde. Aber nichts dergleichen geschah. Der Comte trank seelenruhig seinen Wein aus, nahm dann seine Füße vom Kaminschirm und setzte sich in seinem Sessel auf.

»Hör zu, Junge: Was ich im Gasthof von La Gore geschworen habe, gilt noch immer. Wenn deiner Herrin durch dein Verschulden etwas geschieht, wirst du es bereuen. Aber ich sehe ein, dass du uns geholfen hast. Und …«, er sah ihn eindringlich an, »auch du darfst versuchen, einen Fehler wieder gut zu machen. Jeder hat das Recht auf eine zweite Chance.«

Der Comte stand auf, ergriff den Leuchter. Er hatte Robert schon den Rücken zugekehrt, als er ihn murmeln hörte: »Ich hatte sie schließlich auch.«

⚜

»Wo wohnt er, dieser Uhrmacher?«, fragte Julie.

»Es müsste die Nächste rechts sein. Laut Lucine ein Fachwerkhaus mit hölzernen Arkaden.«

Julie schob ihre Unterlippe vor.

»Gut«, sagte sie und unterdrückte mit Macht das Zittern in ihrer Stimme.

Seit sie gestern in La Rochelle angekommen waren, spürte sie, wie die künstliche Ruhe, die sie sich im Laufe der letzten zwei Jahre anerzogen hatte, von ihr abfiel. Es schien, als würde sich erst jetzt ihre Sehnsucht nach ihrem Kind frei entfalten können. Jetzt, wo ihr Herz frei war, wo es den kräftezehrenden Kampf um den Mann an ihrer Seite hinter sich hatte.

Sie hatten dank Lucines Hilfe durch die ortsansässigen Ärzte die Namen aller englischen Offiziere erfahren, die in La Rochelle gepflegt wurden. Nachdem sie etliche wegen ihrer Haarfarbe oder ihres Alters ausgeschlossen hatten, war ein knappes Dutzend Kandidaten übergeblieben. Drei davon hatten sie schon vergeblich aufgesucht.

Julie fühlte ihren Puls unter ihrem Fellkragen flattern und rief sich zur Ordnung zurück. Es war denkbar überflüssig, sich jedes Mal voller Hoffnung in einen solchen Besuch zu stürzen! Sie musste versuchen, ruhig zu bleiben, bis sie am Bett des Kranken stand und sein Gesicht erblickte. Und wenn es das war, was sie suchte, würde immer noch Zeit genug sein, außer sich zu geraten und hysterisch zu werden. Sie hob das Kinn. Genau so wollte sie es halten.

In der Gasse, in der der Uhrmacher wohnte, wimmelte es von kleinen Läden, die fröhlich ihre gusseisernen Standarten in den winterlichen Himmel streckten. Die Atmosphäre erschien Julie gelöster als in dem südlicher gelegenen, wohlhabenden Viertel der Großhändler. Es war ihr heute Morgen vorgekommen, als sei ihre Unruhe auf die Stadt übergesprungen. Männer waren mit sorgenvollen Mienen und Musketen an ihnen vorbeigetrabt, kleine Grüppchen hatten an den Kreuzungen herumgestanden, und im Gegensatz zu gestern hatte ihr heute sehr wohl geschienen, als werfe man ihr und François misstrauische Blicke zu. Auch Lucine hatte heute Morgen erregt etwas von Sabotage erzählt. Doch Julie war zu sehr mit ihren eigenen Gedanken beschäftigt gewesen, um aufmerksam zuzuhören.

»Nun, hier müsste es sein.«

Julie streckte ihre kalte Nase an der braunweiß gemusterten Fassade empor. Ein metallenes Zifferblatt, auf dem für alle Zeit die Zeiger auf neun Uhr festgeschmiedet, und an dem mehrere feine Zahnräder angebracht worden waren, diente als Aushängeschild. Unter ihnen waren in schwungvollen goldenen Buchstaben die Worte »Marc Biron, Maître Horloger« gemalt worden.

»Kein Zweifel, er ist es.«

Der Laden des Uhrmachers war klein und so dunkel, dass es unmöglich schien, hier irgendeine feine Arbeit verrichten zu können. Auf der ärmlichen Einrichtung lagen Rädchen, hauchdünne Metallstücke und geheimnisvolle Werkzeuge verteilt, die allesamt aussahen, als hätte ein neckischer Wirbelwind die Werkstatt eines Zwerges geplündert, und sein Raubgut wahllos in dieser groben menschlichen Behausung wieder fallen gelassen. Julies Hoffnungen schwanden. Sie konnte sich kaum vorstellen, dass John in einer so einfachen Umgebung untergebracht worden war.

»Was kann ich für Sie tun, meine Herrschaften?« Der Mann, der nun aus einer Hintertür erschien, war von mittlerer Größe und mit einem in Milde erstarrten Durchschnittsgesicht versehen.

»Sind Sie Maître Biron?«, fragte François.

»Der bin ich, mon bon Monsieur. Was immer Sie repariert haben möchten, solange es zwei Zeiger hat, bin ich Ihr Mann.«

»Monsieur, wir sind nicht als Kunden hier. Meine Frau und ich sind auf der Suche nach einem Verwandten, der auf Ré verwundet wurde. Uns wurde gesagt, dass Sie einen Kranken bei sich aufgenommen haben.«

»Das ist richtig, ja. Allerdings …« Julie beobachtete fasziniert, wie der Mann nachdenklich an einer Warze zog, die auf seiner Backe hing. »… ist es ein Herr, der unter extremen Schmerzen leidet. Ich möchte ihn nicht unnötig einer Belastung aussetzen.«

»Ich verstehe, und Ihre Bedenken ehren Sie, Monsieur«, fuhr François mit freundlicher Sachlichkeit fort. »Vielleicht kann eine Beschreibung uns weiterhelfen. Der Mann, den wir suchen, ist ein blonder englischer Offizier mit braunen Augen, der unter einer gefährlichen Stichwunde im Bauch leidet. Sein Name ist John Glenstair, Earl of Waterston.«

»Oh …« Biron sah François aus großen Augen an. »Und Sie sagten, Sie sind Verwandte dieses Herren?« Julie eilte auf den Handwerker zu. Ihre Stimme schwankte.

»Mein Name ist Julie d'Eastington. Es handelt sich um meinen Schwager. Bitte, Monsieur …«

»Ja … Unter diesen Umständen …« Der Uhrmacher seufzte. »Folgen Sie mir bitte.« Er machte ein paar Schritte, drehte sich dann noch einmal um. »Aber ich muss Sie warnen … Der Anblick ist nicht der Schönste. Vielleicht möchten Sie lieber bei meiner Frau warten, Madame?«

»Nein!«, erwiderte Julie heftiger als gewollt. »Auf gar keinen Fall.«

»Wie Sie wünschen«, meinte der Mann, warf noch einen letzten Blick auf François, wie um ihn anzuhalten, ein Machtwort zu sprechen, zuckte dann die Achseln und verschwand erneut durch die Hintertür.

Sie folgten ihm über eine gefährlich schiefe Holztreppe, auf der es leicht nach Kohl roch. Julie atmete schnell, als sie im zweiten Stockwerk angekommen waren. Biron führte sie nun durch mehrere Zimmer, bis er endlich vor einer angelehnten Tür stehen blieb.

»Wir haben ihn hierhin legen lassen, weil es das ruhigste Zimmer auf der ganzen Etage ist«, murmelte der Uhrmacher gedämpft, während er helle Dunstwolken in die kalte Luft spie. »Meine Frau weicht kaum von seiner Seite. Gestern ging es ihm besonders schlecht, doch seit heute Nacht scheint er etwas Ruhe gefunden zu haben. Es wäre an der Zeit …«

Julie vernahm noch François leise Stimme hinter ihr, als sie sanft die Tür aufstieß.

»Wird er sterben?«

»Oh ja, daran besteht kein Zweifel, Monsieur d'Eastington. Auch wenn es mich dauert, Ihnen wegen Ihres Bruders keine Hoffnung machen zu können. Doch ich kann hinzufügen, dass es eine Erlösung sein wird. Wir müssen uns stets vor Augen halten, dass uns nicht zusteht, über Gottes Wege zu urteilen.«

Das Zimmer war winzig. Ein einfaches Himmelbett, an dem zerschlissene, aber saubere grüne Vorhänge mit gelben Wollborten hingen, besetzte die größte Fläche des ausgetretenen Holzbodens. Es ließ gerade noch Raum für eine schmale Gasse an drei Seiten. Ein kleines kastenförmiges Fenster erhellte den Raum am Fuß des Bettes. Das einzige weitere Möbelstück bestand aus einem vierbeinigen Hocker, auf dem eine grauhaarige Frau mit zerfurchten Wangen saß, die überrascht hoch sah und schnell ihre Hand von dem Lager zog, als Julie eintrat.

»Judith, hier sind zwei Verwandte unseres Gastes, die ihn besuchen kommen«, sagte Biron leise, während er sich durch den Türrahmen vorbeugte.

»Verwandte? Er hat nie von Verwandten gesprochen!«, flüsterte die Frau.

»Und wenn schon. Komm jetzt hinaus und lass die Herrschaften alleine.« Die Frau des Uhrmachers erhob sich steif und mit offensichtlichem Widerstreben. Sie warf Julie einen Blick zu, der keinerlei Freundlichkeit enthielt, und verschwand wortlos durch die Tür.

»Es tut mir Leid«, entschuldigte Biron seine Frau und zupfte erneut an seiner Warze. »In den fünf Tagen, die er bei uns weilt, hat Judith große Anteilnahme an Lord Johns Schicksal entwickelt.«

»Es freut uns, dass er in so guten Händen ist«, gab François zurück. »Dürfen wir jetzt alleine mit ihm bleiben?«

»Aber natürlich. Rufen Sie, wenn etwas ist ... Wir werden nicht weit sein.« Der Handwerker entfernte sich. François ging zur Tür und schloss sie sorgfältig.

Julies Herz hämmerte wie wild. Langsam lief sie um das Lager herum, Schritt für Schritt, bis sie vor dem Hocker stand. Dann erst drehte sie den Kopf, um den Kranken zu betrachten.

Plötzlich fiel alle Unruhe von ihr ab.

Ja, es war John, der auf der mit Wolle gestopften Matratze lag. Seine bleichen, aristokratischen Züge, die auf dem sorgfältig gebauschten Kissen ruhten. Seine schlanken Hände, an denen kein Ring fehlte, auf der leichten Decke. Er war eingeschlafen oder ohnmächtig ... Jedenfalls waren seine Augen geschlossen, und Julie hätte ihn für tot halten können, wäre da nicht die unregelmäßige Bewegung des Brustkorbes gewesen. Es schien mal ein Hauchen, mal ein Seufzen oder ein lautloses Stöhnen zu sein, das ihm entwich, nie aber das sanfte Hin und Her des Atmens. Und vielleicht war es, weil sie ihren Schwager zum ersten Mal schlafend erblickte, ohne dass ihre Aufmerksamkeit von dem braunen Blick gefangen genommen wurde und ohne dass er sich verstellte, dass ihr die Ähnlichkeit zwischen ihm und Frederik frappierend vorkam. Sie setzte sich, von unerwarteter Ergriffenheit erfüllt. Auf einmal hatte sie es nicht mehr eilig. John lebte, und sie hatte ihn gefunden. Und sie war überzeugt, er würde ihr alles sagen, was er wusste.

Sie streckte die Hand aus, von dem Drang getrieben, John zu berühren, die Haut, unter der dasselbe Blut pulsierte wie das ihres verstorbenen Mannes. Sie war heiß und feucht.

So leicht der Kontakt auch gewesen war, der Kranke hatte sie wahrgenommen.

Er öffnete die Augen und sah sie sekundenlang an.

»Julie?«, raunte er schließlich heiser.

»Ja, John«, antwortete sie in ihrer beider Muttersprache. Sie zog ihre Hand zurück. »Ich bin es.«

»Wie … um alles in der Welt … kommen Sie in dieses gottverdammte Nest?«

»Ich habe Sie gesucht«, antwortete sie mit einem leichten Lächeln.

»Mich? Na, das dürfte … so ziemlich das erste Mal sein.« John grinste, doch sein Blick flackerte fiebrig. »Tut mir Leid, dass ich Sie in einer so bescheidenen Behausung empfangen muss.« Er benetzte seine Lippen. Seine Brauen zuckten. »Aber … Ich erinnere mich … Sie waren es doch, damals, vor dem Fort …? Als … die Frauen …«

»Als Sie die Frauen in das Fort getrieben haben? Ja, John. Sie hatten mich erkannt.«

»Seltsam … Ich hatte es mir … schon ausgeredet. Aber woher …?«

»Ich habe von Ihrer Verwundung erfahren, und wohin man Sie anschließend brachte.«

»Dann wissen Sie auch … wie es um mich steht?«

»Ich weiß, dass Sie bald sterben werden.«

»Sterben, ja … Ich dachte früher immer, dass ich einmal … sehr alt werden würde. Aber … dann stand plötzlich am Strand dieser … dieser Mann vor mir … Ich sage Ihnen, Julie, dieses … verfluchte Ré hat nie einen besseren Kampf gesehen … als den, den wir beide … uns an dem Abend geliefert haben. Ein Jammer … dass wir kaum Zuschauer hatten …«

»Zuschauer …« Ihre Augen trafen sich. Julie musste an einen Mann denken, der sein Glas Burgunder hob und dabei den Diamanten an seinem Finger aufblitzen ließ. Der an seinen Hut tippte, um die darauf befestigten Straußenfedern in Wallung zu bringen. Wie lange war es her … gestern erst? »Zuschauer waren Ihnen immer wichtig, nicht wahr?«

Die bleichen Züge verzerrten sich boshaft.

»Und Sie wollten schon immer … wie besessen … die Wahrheit erfahren. Sie haben keine Ruhe gegeben, Sie haben den bedauernswerten … Frederik Tag und Nacht belagert. Bis er vor Ihnen … nach London floh und dort an der Pest starb. Armer Bruder … Er hat nicht gewusst, was für ein zähes Ding er sich da einhandelte … Das hat niemand … Auch ich nicht …«

»Was für ein Unsinn! Frederik ist vor sich selbst davon gelaufen!«, entfuhr es Julie. Sie strich über ihren Rock. »Ich habe ihn gebeten, zu bleiben. Aber er konnte es nicht.«

»Natürlich … konnte er es nicht. Sie haben ihm das Leben zur Hölle gemacht. Sie sind ihm hinterher gelaufen … wie eine Hure … und haben mit aller Gewalt versucht, ihm Ihre Liebe umzuhängen!« Johns Versuch zu lachen erstarb, noch bevor es aus seiner Kehle drang. Plötzlich verkrampften sich seine Hände auf der Decke. Er verdrehte die Augen … Ein langgezogenes Stöhnen entfuhr ihm.

»Mein Gott …« Julie drehte sich händeringend um. »François!«

Er war da, stand ganz nah hinter ihr.

»Es ist nur ein Anfall, mon amour. Keine Sorge, er stirbt nicht. Noch nicht.« Er kniete sich neben sie. Seine grauen Augen blickten gleichzeitig ernst und verärgert. »Willst du dir das wirklich noch weiter antun? Wenn er nicht so hilflos daliegen würde, hätte ich ihn schon längst wegen seiner Beleidigungen …«

»Pscht!« Julie küsste ihn leicht, um seine Lippen zu versiegeln. »Es ist in Ordnung. Seine Sätze berühren mich nicht. Aber ich muss es mir anhören. Keiner kann mir das abnehmen. Nicht einmal du.«

Er strich eine Strähne hinter ihr Ohr zurück und betrachtete sie. Dann nickte er kurz und stand auf.

Das Stöhnen dauerte noch einige Minuten an. Julie lehnte sich an François und versuchte, die grässlichen Laute zu ignorieren. Die Erregung, die Johns Worte kurz in ihr hervorgerufen hatten, ebbte ab, während sie ihren Schwager sich kraftlos unter den Schmerzen winden sah. Nach und nach wurden die Abstände zwischen den Ausbrüchen größer. Das Stöhnen ging in ein flaches Atmen über, das einem Hecheln glich. Schweiß lag jetzt in einer einzigen, glänzenden Schicht über Johns Zügen. Julie sah ein Stück Leinen neben dem Kopfkissen liegen. Sie ergriff es und begann, das Gesicht ihres Schwagers damit abzutupfen.

»Sind Sie … immer … noch … da?«

»Ja, John.«

»Das … tut gut.« Die braunen Augen öffneten sich wieder, ihr Blick war klar. »Wo ist eigentlich … die Alte, die hier sonst immer sitzt?«

»Madame Biron wartet draußen. Sie hat Sie mit viel Hingabe gepflegt, glaube ich.«

»Die alte Schachtel hat sich … in mich verliebt …«

Julie dachte an Judith Birons Hand, die verstohlen über die Bettdecke glitt.

»Wenn es so ist, wird sie eine sehr traurige Frau sein.«

»Ach was. Sie liebt mich doch … nur, weil … ich bald sterben werde. Das ist … eine saubere Sache. Solche Frauen betrügen nie ihre Männer. Das passt nicht in ihr … ordentliches kleines Christenleben.«

Julie antwortete nicht, tupfte noch einmal über die Stirn des Kranken, bevor sie das Tuch wieder ablegte. Johns Augen schweiften fahrig umher, bevor sie sich angestrengt blinzelnd auf François richteten.

»Da ist ja noch … jemand. Ist ein Gedränge wie … beim Lever Seiner Majestät, hier! Und wer … sind Sie? Kennen wir uns?«

»Ich fürchte, ja, Monsieur.« François beugte sich ein wenig vor.

»Was … Sie? Was wollen Sie von mir? Sie kennen … meine Schwägerin?« Ein Leuchten der Erkenntnis überflog Johns Gesicht. Auf einmal starrte er Julie voller Intensität an. Eine Grimasse verzog seine aufgesprungenen Lippen. »Sieh an … Und ich dachte, es sei … Zufall gewesen! Ein Kampf wie … wie jeder andere … Das hätte ich Ihnen nicht zugetraut, Julie! Sie … steigen in meiner Achtung. Sie … müssen mich furchtbar … hassen, um zu solchen Mitteln gegriffen zu haben! Und jetzt sind Sie gekommen … um mich sterben zu sehen …« Julie starrte ihn sprachlos an, als sie verstand, was ihr da unterstellt wurde. Jetzt wandte John sich wieder François zu. »Hat es sich … für Sie gelohnt? Sie ist ein … ein raffiniertes Luder unter ihren engelsgleichen Zügen … Lernt … sie schnell? Mein Bruder hat ihr nicht viel … beibringen können …«

»Sie irren sich, John«, sagte Julie. »Es war tatsächlich Zufall, dass Sie aufeinander stießen.«

»Nein, das war es nicht, Julie«, widersprach François nun leise. Seine Hände drückten leicht ihre Schultern. »Es war Schicksal … unser aller drei Schicksal, das an dem Abend neben uns stand. Vielleicht tröstet es Sie, dass wir sehr wohl einen erhabenen Zuschauer hatten an dem Abend, Monsieur de Waterston.«

»Was für … ein Unsinn! Sie brauchen sich nicht hin …. hinter Gottes Hand zu verstecken, Monsieur de Fontes-Villaray. Es ist schon … in Ordnung, wie es kam. Das einzige, was ich Ihnen vorwerfe ist, dass … Sie es mir so schwer gemacht haben … zu sterben. Das hätten Sie … doch besser gekonnt, oder?«

»Das hätte ich wohl, Monsieur«, antwortete François ruhig. »Auch ich hätte es vorgezogen, Sie hätten sich nicht auf meinem Degen aufgespießt.«

»Habe ich das? Ich erinnere mich nicht mehr … Vielleicht … Vielleicht haben Sie Recht … Es war … die verdammte Kanone … Und Sie … hatten Blut auf der Schulter … ich dachte …« Er brach ab, öffnete und schloss ein paar Mal den Mund und fuhr zusammenhanglos fort: »Ja, ich kann verstehen … dass Sie mich hassen, Julie. Aber warum erst jetzt? So … spät … Damals hätte es Sinn gemacht. Aber … jetzt, wo Sie Ihren Sohn wieder … haben … verstehe ich nicht. Ich hätte nicht gedacht, dass Sie so nachtragend sein würden … So lange Zeit danach … Dass Sie mir bis auf Ré folgen … Sich hier, an meinem Sterbebett noch …«

Julie schnappte nach Luft.

»Was … Was erzählen Sie da, John? Was sagen Sie von meinen Sohn?«

»Nun … Sie haben ihn doch jetzt vor … einem Jahr … sehr geschickt … haben Sie das übrigens gemacht, damals …« Julie streckte ihre Hand aus, wagte es aber nicht, John zu berühren.

»John, Sie werden bald vor Unseren Herren treten!«, stieß sie dunkel aus. »Sie dürfen mich jetzt nicht anlügen! Was ist mit Thibault?«

John drehte sein Gesicht kaum merkbar zu ihr hin. Seine Haut glänzte schon wieder vor Schweiß. Er sah sie lange und eindringlich an, durch die stumpfen blonden Strähnen, die auf seiner Stirn klebten. Julies Herz schien auszusetzen … wie lange, wusste sie nicht. Ein Schlag, zwei Schläge … Die Zeit hielt den Atem an in dem kleinen Raum. Staunen … Ja, es war Staunen, das in Johns Augen lag …

»Sie … waren es nicht?«

»Ich war nicht was? Oder wer? Um Gottes Willen, so sprechen Sie schon!« Es war schiere Panik, die nun in Julie hochstieg. Im letzten Moment hielt sie sich davor zurück, John zu packen, ihn zu schütteln, bis er ihr antwortete, und verknotete stattdessen ihre Finger so hart ineinander, dass ihre Knöchel knackten. »Wollen Sie behaupten, Sie hätten Thibault damals nicht aus Buckinghams Obhut entführt? Dass nicht Sie es waren, der das Haus in London hat überfallen lassen?«

»Natürlich war ich es …« John lächelte. »Einen Monat. Einen Monat hatte ich ihn, meinen Neffen … Ich hatte … nicht viel Zeit, aber … einmal habe ich ihn besucht … dort, wo ich ihn hatte hinbringen lassen …« Er schloss kurz die Augen, richtete sie dann wieder auf Julie, hob die Brauen. »Und Sie … Sie haben ihn wirklich nicht?«

Julie antwortete nicht. Sie starrte ihn nur an, versuchte, gewaltsam die Wahrheit aus den fahlen Zügen zu zwingen. Mein Gott … Sie musste es wissen! Waren Johns Worte eine letzte Finte? Das letzte, morbide Spiel eines Halbtoten?

Schiere Ironie funkelte ihr entgegen.

»Das ist … wirklich herrlich … Seit einem Jahr denke ich … aber … wer dann?«

François beugte sich stirnrunzelnd vor.

»Langsam. Sie behaupten, der Junge sei Ihnen ebenfalls entwendet worden? Nachdem Sie ihn haben entführen lassen? Eine reichlich unglaubliche Geschichte, finden Sie nicht auch? Wer sagt uns, dass Sie das alles nicht erfinden?«

»Keiner, Monsieur. Gar keiner!« John grinste boshaft. »Alles erfunden

… Vielleicht … Vielleicht auch nicht … Nur eines … sollte Ihnen vielleicht zu denken … geben. Wenn ich den … Jungen die ganze Zeit ge… gehabt hätte, glauben … glauben Sie wirklich … ich hätte mich nach Frankreich eingeschifft? Diesen unglücklichen Feldzug mitgemacht? Ich … kenne Buckingham recht gut … und … auch seine Fähigkeiten als Feldherr …« John machte eine kurze Pause, um wieder zu Atem zu kommen. Dann fuhr er mit schwacher, aber fester Stimme fort: »Ich sage Ihnen … Wenn der Junge in meinem Besitz gewesen … wäre, hätte ich kein Jahr gewartet, um Eastington zu bekommen. Und dann … wäre ich bestimmt nicht mitgefahren, nur um … vor den verfluchten Gläubigern etwas Ruhe zu bekommen.«

François senkte den Kopf. Er strich über Julies Schultern. Sie fühlte nichts.

»Die Amme … Vielleicht war es die Amme …« keuchte John.

Julie richtete sich ein wenig auf. Ihre Augen brannten, doch sie waren trocken. Der Blick des Kranken glitt fiebrig am Betthimmel ab. Dicke Schweißperlen tropften auf sein Kopfkissen.

»Ja … einmal nur war ich da … aber … mir ist aufgefallen, wie geradezu … fanatisch die Frau sich an das Kind klammerte … Und sie ist damals ebenfalls verschwunden. Sonst … sonst niemand. Es war, als seien die beiden weggezaubert worden …«

»Das kommt mir unwahrscheinlich vor«, widersprach François. »Eine einfache Frau, die aus ihrem Dorf gerissen wurde, ist kein Mensch, der plötzlich Eigeninitiative entwickelt.«

»Wenn es so ist, ist sie vielleicht wieder nach Eastington gereist … in ihre Heimat!« Julie warf François einen flehenden Blick zu. Er kniete sich neben sie und blickte ihr tief in die Augen.

»Es ist möglich, mon amour«, antwortete er mit leisem Ernst. »Vielleicht ist sie aber auch gar nicht die treibende Kraft, und die Fährte ist falsch …«

»Nein … Vielleicht nicht … aber …« Julies Hände bebten, als sie seinen Kragen berührte. Sie flüsterte: »Aber wir werden es trotzdem versuchen … oder?«

»Aber natürlich.« Er zog sie an sich und küsste ihre Stirn. »Natürlich werden wir das, mon cœur.« Sie seufzte tief auf. Und ihr steifer Rücken entspannte sich, als sie sich an ihn lehnte und ihren Kopf an seinem Hals barg.

Johns brüchige Stimme war voller Häme.

»Was für ein schönes Schauspiel … für einen Sterbenden! Sie haben meinen Bruder ja schnell vergessen, liebe Schwägerin!« Julie löste sich aus François Umarmung, behielt aber eine seiner Hände in den ihren.

»Nein, das stimmt nicht, John«, antwortete sie kopfschüttelnd. »Ich werde Frederik nie vergessen.«

»Na ja, ich schätze, Thibault … wird schon dafür sorgen. Wissen Sie … Jetzt wo ich sterbe und alles egal ist, wünsche ich mir, dass … Sie ihn wiederfinden. Damit Sie Frederik vor … sich sehen. Jeden Tag.« John schürzte die Lippen und der grausame Zug um seinen Mund vertiefte sich.

Julie sah in die boshaft glitzernden Augen. Wie leicht hätte sie antworten, die Wahrheit enthüllen und damit die Bosheit in Bestürzung umwandeln können! Doch weshalb sollte sie John noch verletzen wollen? Sie hatte eben schon fruchtlos nach ihrem Hass gesucht. Nein, einen Sterbenden konnte man nicht hassen. Hassen konnte man nur einen ebenbürtigen oder überlegenen Gegner. Und John hatte unwiderruflich verloren.

Sie spürte den warnenden Druck von François Fingern und wusste, dass er wie sie dachte.

»Ich werde auch so an ihn denken, John. Er war ein guter Mensch.«

Julie schluckte, als sie nun den Ausdruck sah, mit dem John sie betrachtete. Sein nächster Satz hörte sich an, als würde er sie anspucken.

»Er hat Sie nie geliebt!« Dieser Tonfall … Julie schnappte nach Luft.

»Nein«, antwortete sie langsam. »Das hat er nicht.«

John lächelte triumphierend. Julie biss sich auf die Lippen und fuhr fort:

»Aber Sie, John. Sie hat er geliebt!«

Johns Augen weiteten sich.

»Was sagen … Sie da?«

»Er hat Sie geliebt … Er hat es mir erzählt …« Julies Augen wurden feucht.

Das Gesicht des Kranken nahm einen lauernden Ausdruck an.

»Hat er das? Das hat er Ihnen erzählt? Wirklich?«

»Ja«, nickte Julie. »Sie haben ihm das Herz gebrochen, damals, als Sie aus Eastington verschwanden … Er hat es mir gesagt, das letzte Mal, als ich ihn sah. Er hat nach Ihnen gesucht … monatelang.«

Johns Lider flackerten. Seine Zunge glitt über seine Lippen.

»Ja, das weiß ich. Aber … wie? …wie?«

Tränen rannen Julies Wangen hinunter. Sie lächelte.

»Tief, John. Tiefer als alles, was Sie sich vorstellen können. Mehr als alles andere auf der Welt.«

»Wie ... Wie einen Bruder?«

»Nein, nicht wie einen Bruder. Mehr ... noch mehr als das«, flüsterte sie, während ihre Tränen auf ihre und François Hände fielen.

»Der Mann damals ... Es war ... mein Lehrer ...«

»Auch ihn nicht ... nicht so tief wie Sie. Sie waren der Einzige, der für ihn zählte.«

»Aber ... warum hat er dann nie ...?«

»Weil er Angst hatte, John«, antwortete Julie und wischte sich über die Augen. »Weil er Angst hatte, Sie könnten ihn dann noch mehr verachten ... Sie könnten nicht dasselbe empfinden ...«

»Ach ...« Staunen glitt über die eingefallenen Züge. Und dann ein Leuchten ... Hell, strahlend, glücklich. Julie keuchte leise, als sie die Veränderung sah ... Es war dasselbe Leuchten, das auch Frederik ausgestrahlt hatte, damals, als sie ihm einen kurzen Augenblick lang nahe gewesen war. Sie saß da, überwältigt von der Ähnlichkeit und ihren Erinnerungen. Und sie wusste, sie hatte recht daran getan zu lügen.

⚜

Als sie das Haus des Uhrmachers verließen, liefen sie lange Zeit schweigend nebeneinander her.

François sah immer wieder auf Julie hinunter. Ihr Profil zeichnete sich hell gegen den dunklen Stoff ihrer weiten Kapuze ab.

Er wurde nicht schlau aus ihr. Er hätte sich viele Reaktionen vorstellen können auf das, was sie soeben erfahren hatten. Mutlosigkeit, weil ihre Suche erneut anfing, wo sie sich kurz vor dem Ziel gewähnt hatten. Oder Verzweiflung, weil sich, nüchtern betrachtet, ihre Chancen, ihren Sohn wiederzufinden, um ein Vielfaches verringert hatten. Oder auch Wut, weil das Schicksal ihnen so übel mitspielte.

Aber so sehr er auch forschte, er konnte nichts dergleichen auf dem Gesicht seiner Frau entdecken. Im Gegenteil. Wenn es nicht unmöglich erschienen wäre, hätte er sogar behauptet, dass eine neue Aura sie umgab. Eine Aura der Ruhe, der Zuversicht. Ein Glanz, den sie früher sehr wohl besessen, aber seit ihrer Krankheit nicht mehr ausgestrahlt hatte.

Julie brach ihr Schweigen erst, als sie sich bereits erneut im Viertel der Großhändler befanden.

»Was ist, François? Du siehst besorgt aus ...«

»Besorgt?« Er räusperte sich. »Nein, höchstens nachdenklich. Wir müssen jetzt überlegen, wie wir wieder aus dieser Stadt herauskommen. Ich glaube, du hast genauso wenig Lust wie ich, eine zweite Belagerung durchzu …«

Sie blieb stehen, und er brach ab.

»Du glaubst nicht, dass wir Thibault wiederfinden, nicht wahr?«, fragte sie und sah ihn ruhig an.

»Nun, ich …«, druckste er mit gerunzelter Stirn herum. Schließlich gab er es auf und suchte ihren Blick. Er schüttelte den Kopf. »Ich wünschte, ich könnte die Worte deines Schwagers schönreden. Doch ich kann es nicht. Bitte verzeih mir.«

»Pscht … Es ist gut. Du brauchst dich nicht zu entschuldigen. Ich verstehe dich.«

»Aber du … glaubst du daran?« Er wollte sie nicht bekümmern, aber das Bedürfnis, sie zu verstehen, war stärker. »Trotz allem, was wir vorhin erfahren haben?«

Sie legte den Kopf schief und zog die Brauen hoch. Leise sagte sie:

»Ich weiß nicht, ob wir Thibault wiederfinden werden, François. Aber … ich vertraue dem Schicksal.« Sie sah zu ihm auf. »Alles hat einen Sinn im Leben. Auch das Unglück. Das hat mir mein Vater beigebracht. Wenn ich nicht daran geglaubt hätte, hätte ich nicht so um dich gekämpft, wie ich es getan habe.«

»Du glaubst daran, was auch passiert?«

»Nun …« Sie senkte den Blick. »Fast immer. Eine Zeitlang … Eine Zeitlang hatte ich diesen Glauben verloren … Es …« Er verstand, und ein Kloß legte sich in seinen Hals.

»Im Fort Saint-Martin, nicht wahr?«

»Ja«, nickte sie. Sie gingen weiter und bogen an einem Fachwerkhaus ab, dessen spitz zulaufendes Schieferdach eine Horde winziger Fenster beschattete. »Ja. Da zerbrach plötzlich alles, woran ich glaubte. Ich hatte gedacht, der Sinn hinter dieser Entführung sei, dass du und ich …« Sie warf ihm einen schnellen Blick zu. »Als du mich abgewiesen hattest und ich merkte, dass ich mich geirrt hatte, brachen nicht nur meine Träume zusammen. Sondern auch meine Kraft. Mein Vertrauen. Einen Teil davon hast du mir zurückgegeben, als du mich gebeten hast, deine Frau zu werden.« Sie straffte die Schultern, hob den Kopf. »Aber erst jetzt fühle ich es wieder so stark wie zuvor. Und das habe ich John zu verdanken.«

»John?«, fragte er ungläubig.

»Ja.« Sie fuhr ruhig fort: »Du hast mir damals vorgeworfen, Thibault im Stich gelassen zu haben, weißt du noch?«

»Verdammt, Julie … genauso gut könntest du mich fragen, ob ich vergessen habe, wie meine Mutter starb … Es gibt keine Sekunde, in der ich diesen Satz nicht bereut hätte!«

Sie versuchte nicht, es ihm auszureden oder ihn zu trösten. Sinnend sagte sie:

»Es war … ein sehr berechtigter Vorwurf. Und ich habe darüber nachgedacht, wieder und wieder. Wie es hatte passieren können, dass ich an jenem Tag die Chance nicht ergriff, John über Thibaults Verbleib auszufragen, sondern ins Fort lief. Denn ich liebe doch meinen Sohn! Ich weiß noch, wie es sich anfühlte, als Buckingham ihn mir entriss … Den Schmerz … ich fühle ihn noch … genau so, als wenn es gestern gewesen wäre … wie … wie es weinte, mein Kind, in Hampton Court …« Sie brach ab und biss sich auf die Lippen. François verwünschte die Menschen um sie herum, die ihn daran hinderten, sie in den Arm zu nehmen, und musste sich damit begnügen, ihre Hand zu pressen. Als sie sich wieder gefangen hatte, schüttelte sie den Kopf. »Diese Fragen blieben ohne Antwort. Und haben mich belastet, auch noch, als wir geheiratet haben. Aber eben … eben erzählte John, er habe Thibault nicht mehr. Schon seit einem Jahr nicht. Erst dachte ich, dieser neue Schlag bringt mich um. Aber er tut es nicht. Und weißt du, warum? Weil ich jetzt weiß, dass es keinen Sinn gehabt hätte, John damals in Saint-Martin nachzulaufen, statt die einmalige Gelegenheit zu ergreifen, in das Fort zu gelangen.« Ihre Stimme bebte. »Gott wacht über uns, François. Und er meint es gut! Ich werde weiterhin nach Thibault suchen. Mit dir. Ich will fest daran glauben, dass wir ihn finden werden. Aber … Aber wenn nicht … so wird es … so wird es auch seinen Sinn haben. Wenn nicht für mich, dann … dann für jemand anderen. Vielleicht für eine Amme, die … die keine andere Liebe in ihrem Leben hat als dieses Kind und die … die noch viel ärmer ist als ich, … die ich doch dich habe!« Sie senkte rasch den Kopf und zog ihre Kapuze tiefer.

François lief neben ihr her und fühlte sich hilflos wie selten. Er konnte sie nicht trösten. Denn ihr Schmerz hatte nichts mit ihm zu tun. Er konnte ihn nicht einmal verstehen … er war ihm fremd. Und zum ersten Mal wünschte er sich, er könne dieselben Gefühle wie sie für diesen Sohn aufbringen. Um ihretwillen. Um ihr näher zu sein, um ihr zu helfen, diese Bürde zu tragen. Zum ersten Mal empfand er Thibault nicht als Rivalen in Julies Herzen, sondern als Aufgabe.

Er bemühte sich, seine Gedanken in die Realität zurückzuholen. Er sah um sich.

Jeder Tag innerhalb der Stadtmauern brachte eine weitere Zuspitzung der Lage. François hatte keineswegs vor, Julie und sich einer zweiten Hungersnot auszusetzen. Und auch nicht der Gefahr, eines Tages als Royalisten enttarnt zu werden. Sie mussten diese Stadt so bald als möglich wieder verlassen. Gleich nachher, wenn er Julie zu Lucine gebracht hätte, wollte er zum Hafen gehen, um sich umzuhorchen.

Sie durchquerten den kurzen Tunnel, der zum Innenhof der Surelles führte. Er stutzte.

Ein Dutzend Soldaten besetzte den gepflasterten Platz. Julie sah zu ihm hoch, holte geräuschvoll Luft und blieb stehen. Robert, den sie zurückgelassen hatten, um auf Geneviève aufzupassen, stand in einer Ecke. Er sah sie ankommen, und biss sich heftig auf die Lippen. Das machte einen Mann auf sie aufmerksam, der gerade mit Lucine Surelles diskutierte. Er brüllte etwas. Sofort stellten sich zwei Männer vor den Tunnel, der auf die Straße führte. Zwei andere blockierten bereits die Tür des Hauses. François und Julie waren im Hof gefangen wie in einer Mausefalle.

François zwang sich zur Ruhe. Er fühlte, wie Julies Griff sich auf seinem Arm verkrampfte, doch als er ihr einen Blick zuwarf, zeigte ihr Gesicht nur offenkundiges Staunen, wie es durchaus angebracht war für jemanden, der nach einer kurzen Abwesenheit sein Quartier von Soldaten überschwemmt vorfindet.

Auch Lucine Surelles war gefasst. Sie ging ohne Hast und mit einem Lächeln auf sie zu.

»Ach, da sind ja meine englischen Gäste«, rief sie unbefangen. »Madame la Comtesse of Eastington, Monsieur le Comte of Eastington ... Monsieur Gédéon Delafosse, Lieutenant der Garde, ist hier und möchte Sie unbedingt sprechen. Ich sagte ihm bereits, dass Sie in der Stadt unterwegs sind, um einen Verwandten zu suchen ...«

»Monsieur le Comte ...«, räusperte sich einer der Soldaten und trat näher. Er war einen halben Kopf kleiner als François, ein Mann mit einem Kiefer so breit wie ein Holzschuh, einem langen, herabhängenden Schnurrbart und zwei offenen, eng beieinander liegenden Augen. Er verbeugte sich knapp. »Gédéon Delafosse. Schön, dass Sie noch gekommen sind. Darf ich Sie bitten, uns zu folgen?«

François hob eine Braue und taxierte sein Gegenüber.

»Nun, bitten dürfen Sie immer, mein Freund. Allerdings fände ich eine

Erklärung für diese unerwartete Einladung angemessen. Meine Frau und ich hatten einen ermüdenden Tag.«

»Monsieur, es wurden schwerwiegende Vorwürfe gegen Sie erhoben. Man beschuldigt Sie, ein Spion des royalistischen Lagers zu sein.« Der Mann öffnete kaum den Mund, wenn er sprach, und bewegte auch nur die linke Hälfte seiner Lippen, was seine Aussprache schwer verständlich machte. Trotzdem war François sich nur zu sicher, richtig gehört zu haben. Julies Hand verkrampfte sich auf seinem Arm.

»Diantre! Mon ami, es ist Ihnen gelungen, mich zu überraschen …«, spöttelte er. »Dazu gratuliere ich Ihnen, denn dessen können sich nicht viele rühmen. Und da Sie mich gerade so vorzüglich unterhalten, erlaube ich Ihnen auch, mir zu erklären, wie Sie auf solche Ideen kommen, ohne für Ihre Beleidigungen Vergeltung zu verlangen, wie ich es sonst getan hätte.«

»Das werde ich gerne, Monsieur le Comte«, antwortete Delafosse mit gerunzelter Stirn. »Zuerst aber begleiten Sie mich bitte … Im Hôtel de Ville werden wir uns ruhiger unterhalten können.«

Es war dem Mann offensichtlich ernst. François wunderte sich über seine Hartnäckigkeit. Wenn es sich nur um einen vagen Verdacht gehandelt hätte, hätte sich dieser bodenständige Mensch gewiss von seinem Verhalten beeindrucken lassen. Doch nichts dergleichen.

»Ich sehe, Sie lassen sich nicht abbringen.« François zuckte die Schultern. »Nun gut, so will ich Ihnen den Gefallen tun.« Er beugte sich zu Julie herunter und drückte flüchtig einen Kuss auf ihren Handrücken. »Meine Liebe, verzeihen Sie, wenn ich Sie nun verlassen muss …«

Doch Julie lächelte ihn nur an und schüttelte geziert das Haupt.

»Sie müssen entschuldigen, mein Lieber, ich fürchte, ich habe nicht alles verstanden, was dieser …« Ihr Blick wanderte einmal an Delafosse hoch und runter, und sie kräuselte ein wenig die Lippen. »… Franzose eben sagte … Er nuschelt so fürchterlich …« In Englisch fuhr sie fort, deutlich genug, damit diejenigen unter den Männern, die dieser Sprache eventuell mächtig waren, sie ebenfalls verstehen konnten: »Es muss sich um eines dieser amüsanten Rätselspiele handeln, daran besteht kein Zweifel. Und an dessen Auflösung möchte ich teilhaben.«

François verfestigte den Druck seiner Hand und sah sie eindringlich an. Auch er sprach nun in Englisch weiter.

»Aber nicht doch. Sie sagten mir eben noch, wie sehr dieser Ausflug Sie erschöpft hat! Ruhen Sie sich aus. Ich werde dieses Missverständnis klären und wieder zurück sein, bis Sie erwacht sind.«

»Geben Sie sich keine Mühe, mein Lieber. Ich habe mich entschieden, mitzukommen.« Julie zeigte ihre ebenmäßigen Zähne. »Und Sie kennen meinen bedauernswerten Starrsinn …«

Mit einem Ruck entzog sie ihre Hand seiner Umklammerung. Ihre Augen sprühten, während sie sich schwungvoll zu dem Leutnant umdrehte. »Ach bitte, Monsieur le Lieutenant«, säuselte sie nun wieder auf Französisch und zog ihre Kapuze vom Haupt. »Sie haben doch gewiss nichts dagegen, wenn ich Sie begleite?«

François fluchte innerlich, als er sah, dass Julie auf den armen Soldaten eines dieser Lächeln abfeuerte, die bei einem Mann jegliches Denkvermögen zum Kollabieren brachten.

»Nein … Nein, überhaupt nicht, Madame la Comtesse … Im Gegenteil … Wenn ich es mir recht überlege, kann Ihre Präsenz nur von Vorteil … oder vielleicht sogar notwendig sein …«

»Ich danke Ihnen!«, hauchte Julie mit einem Augenaufschlag, den sie bei Marie de Chevreuse abgeguckt haben musste. »Sie sind ein sehr verständiger …« Sie brach ab, als François sie fest an der Schulter packte.

»Also gut, Monsieur Delafosse«, stieß er aus. »Wenn Sie dann soweit wären, wäre ich Ihnen dankbar, wir könnten uns jetzt auf den Weg machen.«

Neunzehn

»Mais, combien que je sois en tous lieux triomphant,
Les yeux d'une déesse aussi belle que fière
Font que je suis vaincu par la main d'un enfant.«

»Obwohl ich aller Orten triumphiere,
Bewirken die Augen einer Göttin, sowohl schön wie auch stolz,
Dass ich von der Hand eines Kindes besiegt werde.«

November 1627

Julie hatte Mühe, mitzuhalten, als François sie in langen Schritten hinter sich herzog. Sie hatte vergessen, wie sehr die grauen Augen funkeln konnten, wenn sie wütend waren, und es schien ihr klug, sich vorerst wieder gefügig zu geben. Dennoch fühlte sie Genugtuung über ihren kleinen Sieg. Denn nichts auf der Welt hätte sie davon abhalten können, François zu begleiten, dafür hatte das Wort Hôtel de Ville einen zu üblen Nachklang. Ihr war bekannt, dass sich im Rathaus auch das Gefängnis befand, und sie hatte in Paris zu lange auf die Bastille gestarrt, während François dort eingesperrt gewesen war, um eine Wiederholung dessen nicht mit allen ihr zur Verfügung stehenden Mitteln bekämpfen zu wollen.

Die rue des Gentilhommes führte an der Rückseite des Rathauses vorbei. Julie und François brauchten also nicht weit zu laufen um das Amtsgebäude zu erreichen. Delafosse winkte sie durch eine kleine Tür, über der das in Stein gehauene Wappen von La Rochelle hing, in das Rathaus hinein. Sie gelangten in ein dunkles Treppenhaus, das sie jedoch nicht benutzten. Stattdessen öffnete der Leutnant eine Tür zu ihrer Linken. Der Raum, den sie betraten, war nicht sehr groß und als einfache Schreibstube eingerichtet.

Delafosse ließ einen seiner Männer als Wache an der Tür, bevor er sich entfernte. Er kehrte kurz danach mit einem älteren Mann zurück, der seinen schütteren lockigen Haarkranz wie einen Heiligenschein mit sich führte. Er erlaubte Julie und François, einen schnellen Blick auf seine spiegelnde Schädelhaut zu werfen, indem er sich kurz vor ihnen verbeugte.

»Guten Tag, mein Name ist Abel Barbot. Ich bin Justizhelfer in La Rochelle.«

»Ich freue mich, Sie kennen zu lernen, Monsieur Barbot. Denn Sie werden uns gewiss erklären können, was das alles bedeutet«, antwortete François kalt. »Ich gestehe, dass ich über das Benehmen der Bürger dieser Stadt, die ich bis eben noch als Alliierte meiner Heimat betrachtete, befremdet bin. Ich wäre Ihnen dankbar, mir nun so bald wie möglich zu eröffnen, wessen ich beschuldigt werde.«

»Ja, natürlich. Es handelt sich um eine sehr ernste Anklage, Monsieur … d'Eastington …« Er machte ein paar Schritte, ließ François aber nicht aus den Augen. Plötzlich blieb er stehen. »Sie werden beschuldigt, gestern Nacht mehrere Brandsätze in verschiedene Häuser der Stadt gelegt zu haben, Monsieur.«

»Wie bitte?«, brach es aus Julie heraus. Sie war auf ziemlich alles gefasst gewesen: Auf den Verrat des ersten Offiziers der »Forte Tête« bis hin zu einem alten Bekannten von François, der ihn vielleicht hätte erkennen können. Aber diese Beschuldigung war so ungeheuerlich, dass sie auflachte. »Also, das ist ja wohl das Absurdeste …« Ein Händedruck ließ sie schweigen.

Im Gegensatz zu ihr war François ruhig geblieben, und auch Barbots Miene war unbeweglich. Die beiden Männer maßen sich mit Blicken, bevor François ausstieß:

»Meine Frau hat Recht. Das ist absurd.«

»Ach, wirklich?« Der Beamte zog die Brauen streng zusammen. »Es gibt einen Zeugen, der schwört, Sie beobachtet zu haben.«

»Den möchte ich sehen.«

»Das werden Sie auch. Es ist übrigens einer Ihrer Landsmänner … Sie sehen, Ihre Anklage hat nichts mit den guten Beziehungen zu tun, die zwischen La Rochelle und England herrschen. Vorher aber möchte ich, dass Sie mir die Ereignisse der letzten Nacht aus Ihrer eigenen Sicht schildern.«

»Die Ereignisse?«, lächelte François und hob die Brauen. »Gerne. Es war dunkel, und ich schlief.«

»Soso. Und wer kann mir das bestätigen?«

»Ich!« Julie trat mit erhobener Nase an Abel Barbot heran. »Mein Mann und ich haben keine getrennten Zimmer.«

Eine leichte Röte überflog die rosige Stirn des Beamten.

»Madame, es tut mir Leid, aber auch über Sie herrschen gewisse Zweifel, Ihre Identität betreffend, und …«

»Genug, Monsieur. Ich werde nicht zulassen, dass Sie meine Frau in diese Angelegenheit mit hineinziehen. Erzählen Sie mir jetzt, was es mit diesen Brandsätzen auf sich hat. Mir sind heute Morgen keine abgebrannten Häuser aufgefallen.« François autoritärer, schneidender Ton schien Barbot nun doch ein wenig zu beeindrucken, denn er erklärte bereitwillig:

»Sechs Pulverhäufchen mit erloschenen Lunten sind bis jetzt in verschiedensten Häusern, Kellern und Höfen rund um das Rathaus gefunden worden. Unsere Männer sind noch immer unterwegs um eventuelle weitere Brandherde aufzudecken.«

»Verstehe ich Sie richtig, Monsieur? Keiner dieser so genannten Brandsätze hat irgendeinen Schaden angerichtet?«

»Das stimmt. Aber das haben wir nur dem Erbarmen unseres Herren zu verdanken, der uns in unserer schwierigen Situation beisteht! Er hat ein wahres Wunder für uns vollbracht! Die halbe Stadt hätte in Flammen stehen können!« Barbot schlug die Hände zusammen und hob die Augen gen Himmel. »Gelobt sei Er und gepriesen Seine unendliche Güte!« Er bekreuzigte sich und Julie tat es ihm nach. François jedoch hatte die Arme über die Brust gefaltet und sah den Mann spöttisch an.

»Fassen wir also zusammen: Sie unterstellen mir, dass ich nachts in dieser Stadt herumlungere wie ein gewöhnlicher Halsabschneider. Dass ich meine Hosen ruiniere, indem ich in irgendwelche Keller und armselige Schuppen krieche – und zu guter Letzt, dass ich mich auch noch so ungeschickt anstelle, dass nicht eine der von mir gelegten Lunten einen Pulverhaufen zur Explosion bringt?« François grauer Blick schien den Justizhelfer durchbohren zu wollen. Mit einer Ruhe, die vor Kälte klirrte, sagte er: »Monsieur, Sie beleidigen mich und meinen Namen!«

Barbot schob einen rosigen Finger zwischen Hals und Kragen. Er schlug den Blick nieder, brummte aber unversöhnlich:

»Dazu müsste ich Sie allerdings mit Ihrem wahren Namen anreden können, Monsieur.« Mit einem Nicken in Richtung Tür bellte er den armen Delafosse an, der sich mit im Rücken verschränkten Armen noch immer im Hintergrund aufhielt. »Bringen Sie den Zeugen hinein, Leutnant!«

»Jawohl … Sofort!«

Der hagere Mann, der nun hereinkam, löste nur bei Julie Überraschung aus.

»Perch! Ich habe mir schon gedacht, dass Sie dahinter stecken!«, lachte François.

Der englische Soldat warf ihm einen verschlagenen Blick zu, antwortete aber nicht, weil Barbot ihn nun fragte: »Monsieur Perch, ist das der Mann, den Sie gestern Nacht beobachtet haben?«

»Ja, der ist's.«

»Erzählen Sie bitte alles noch einmal so, wie Sie es mir geschildert haben.«

»Ich bin gestern spät heimgekehrt. Da kam er gerade aus dem Haus der Surelles. Er kam mir entgegen, aber er hat nicht auf mich geachtet.«

»Und dann?«

»Dann bin ich ihm gefolgt«, antwortete der Soldat und wischte sich über die Nase, während er einen Punkt auf dem Boden fixierte. »Ich hab' gesehen, wie er in die Keller einstieg und in die Schuppen und so.«

»Interessant«, lächelte François. »Und warum haben Sie dann nicht die Wache gerufen?«

Perch zuckte die Schultern und sah Barbot an.

»Wusste doch nicht, was der Kerl vorhat. Das hab' ich erst heute Morgen erfahren. Es hätte ja sein können, dass er sich nur mit jemandem trifft …«

»An sechs verschiedenen Orten?«, spöttelte François, »Ein reichlich aufwendiges Unterfangen, finden Sie nicht auch? Sie sagten, Sie seien mir die ganze Zeit gefolgt?«

»Ja, das bin ich.«

»Dann wissen Sie auch die genaue Zahl der Brandsätze, die ich gelegt haben soll. Wie viele waren es?«

»Weiß nicht … Sechs … Vielleicht auch mehr …«

»Allons, das müssen Sie doch noch wissen. Sie wollen doch ein glaubwürdiger Zeuge sein. Waren es sechs, sieben … acht, vielleicht zehn, oder zwölf?«

Perch schwitzte und entblößte faulende Zahnstummel, als er ausspie: »Sechs! Es waren sechs!«

»Ich denke, es reicht jetzt«, meinte Barbot fest. »Diese Zeugenaussage ist erdrückend, Monsieur d'Eastington. Es wäre besser, wenn Sie nun …«

»So heißt der Mann nicht! Er ist kein Engländer!«, unterbrach ihn Perch. Er machte eine halbe Wendung und richtete einen Zeigefinger auf Julie. »Und sie auch nicht! Sie trägt auch einen falschen Namen! Ich hab' es gehört! Ihr wahrer Name ist Saintanne oder so ähnlich! Und bei den Surelles sollten Sie auch noch mal nachhaken, die sind alle Komplizen!«

François Brauen schossen zusammen.

»Genug!«, herrschte er Perch an, sodass der einen Schritt zurückwich.

Danach wandte er sich an Barbot. »Monsieur, ich bin nicht länger gewillt, diesen Unverschämtheiten Gehör zu schenken. Wissen Sie eigentlich, wer dieser Mensch ist? Dieser Mann ist von der Stadt bei unserer Gastgeberin, Mademoiselle Lucine Surelles untergebracht worden. Sie wird bestätigen, dass Perch sie wiederholt auf das Gröbste beleidigt und verfolgt hat. Mademoiselle Surelles fand diese ständigen Nachstellungen schließlich so untragbar, dass sie heute Morgen die Verlegung dieses Mannes beantragt hat.« François machte eine kurze Pause, bevor er fortfuhr: »Nun überlasse ich Ihnen, zu überlegen, was für Gründe Perch für eine Falschaussage haben kann.«

Barbot legte seine Züge in nachdenkliche Falten.

»Monsieur d'Eastington … oder wie auch immer Ihr Name lautet, ich gestehe, dass Ihre Worte mich nachdenklich stimmen. Entgegen dem, was Sie vielleicht glauben, bin ich nicht parteiisch, sondern immer auf der Suche nach der Wahrheit. Allerdings steht hier Aussage gegen Aussage. Es tut mir Leid, aber ich sehe keinen anderen Weg, die Wahrheit zu finden, als Sie beide der Frage zu unterstellen …«

Plötzlich schien nicht mehr genug Luft im Raum zu sein. Julies Hand fuhr an ihre Brust, während sie fühlte, wie sämtliches Blut aus ihrem Gesicht wich. Dieser Mann wollte François foltern lassen? Heiße Wut stieg in ihr hoch.

»Jetzt reicht es!« Julie stellte sich mit blitzenden Augen vor Barbot auf. »Monsieur le coadjuteur, wenn Sie, wie Sie behaupten, ein Mann der Wahrheit sind, dann werden Sie gewiss nicht abgeneigt sein, sich einige Wahrheiten anzuhören. Da Sie es bislang versäumt haben, meinen Mann und mich nach dem Grund zu fragen, warum wir überhaupt hier sind, möchte ich das nun unaufgefordert nachholen. Möglicherweise hilft das, diese lächerliche Farce hier zu beenden.«

Barbot nickte etwas irritiert. »Ich höre.«

»Es gibt in Ihrer Stadt einen Mann, der todkrank danieder liegt. Ein Franzose, einer dieser Royalisten, hat ihm auf l'Oye den Unterleib aufgeschlitzt. Sie werden nichts von ihm wissen … Er ist ja nur einer unter vielen, der sich für Ihre Stadt eingesetzt hat und ihretwegen sein Leben lassen wird! Was macht es schon aus, dass er vergessen in der Kammer eines Uhrmachers liegt und seit fünf Tagen unter schlimmsten Qualen den Tod erwartet? Was macht es aus, wenn Georges Villiers, der Herzog of Buckingham und Gönner Ihrer Stadt, nicht nur einen seiner treuesten Untertanen, sondern auch einen seiner engsten Freunde verliert? Nichts, Monsieur! Ihnen macht es nichts aus! Aber mir! Denn dieser Mann ist mein Schwager! Es reicht Ihnen wohl nicht, John Glenstair, Lord of Waterston, einen der höchst angesehenen Männer am Hofe König Charles auf dem Gewissen zu haben! Jetzt wollen Sie auch noch meinen Mann foltern?« Julies Blickfeld verschwamm. Doch noch etwas anderes als Traurigkeit musste in ihren Augen liegen, denn der rosige Mann erbleichte, als sie nun mit heiserer Stimme fortfuhr, ohne den Blick zu senken: »Es herrscht hier Zweifel darüber, wer ich bin? Mein Name ist Julie Dearsley, Countess of Eastington, das schwöre ich auf den Kopf meines zweijährigen Sohnes. Und ich schwöre Ihnen ebenfalls, dass ich, sollte ich je aus dieser so gastfreundlichen Stadt wieder hinauskommen, mit meinem Sohn nach der Belagerung zurückkehren werde, um ihm den Mann zu zeigen, der seinen Vater umgebracht hat!«

Sie fühlte, wie sich zwei Hände auf ihre Oberarme legten. François drehte sie sanft um und sie lehnte sich an ihn. Sie verbarg ihr Gesicht an seiner Jacke, während seine Hand ihr begütigend über die Haare strich. Sie atmete schnell. Ein verlegenes Räuspern wurde hinter ihr laut.

»Aber, aber, Madame la Comtesse … So beruhigen Sie sich doch! Das mit Ihrem Schwager tut mir außerordentlich Leid … Auch wenn ich mich nicht persönlich für sein Schicksal verantwortlich fühlen kann, weiß ich, wie viel die Bürger aus La Rochelle Ihren Landsleuten schulden …« Er räusperte sich erneut. »Also gut. Wo sagten Sie, ist Ihr Bruder untergebracht worden, Monsieur d'Eastington?«

»Es ist Maître Marc Biron, Monsieur«, antwortete François ernst.

»Ach, der Uhrmacher … Nun, er ist ein guter Bekannter von mir. Leutnant Delafosse, Sie werden da schnell hinlaufen und sich erkundigen.«

»Ja, natürlich, Monsieur Barbot«, nuschelte es beflissen. »Ich beeile mich. Vielleicht könnte man Madame la Comtesse in der Zeit einen Stuhl anbieten, wenn Sie sich nicht wohl fühlt …«

Kurz darauf verließ Barbot mit Perch den Raum, während Delafosse noch in aller Eile einen Stuhl zurechtrückte. Auch er verschwand, nachdem er der Wache an der Tür ein paar Worte zugemurmelt hatte.

Ein Finger schob sich unter Julies Kinn und hob es aus den Tiefen der Samtjacke empor. Zwei graue Augen schauten erst besorgt, dann belustigt auf sie hinunter.

»Weinst du, oder bist du wütend?«

»Ich habe mich noch nicht entschieden«, schniefte sie mit zusammengezogenen Brauen.

»Aha. Nun, da dein Publikum dir abhanden gekommen ist, ist es nicht weiter schlimm.«

Sie schob ein wenig die Unterlippe vor, befreite sich aus seinen Armen und wischte sich über das Gesicht. »Du hättest ja klatschen können, wenn du es so unterhaltend fandest.«

Sie machte ein paar erregte Schritte, bevor sie vor dem kleinen Fenster, das neben der Tür eingelassen war und einzig den Raum erhellte, stehen blieb.

»Glaubst du, dass es klug war, Ihnen deinen lieben Schwager John auf die Nase zu binden?«, fragte François und stellte sich hinter sie. Sie zuckte die Schultern, legte ihre Hände auf die Scheibe und spähte nachdenklich nach draußen. Das Fenster blickte auf die Arkaden, die das Rathaus unterliefen. Julies Blick glitt die lange Reihe geriffelter weißer Steinpfeiler entlang, die das enorme Gewicht des Hôtel de Ville mit wuchtiger Gleichgültigkeit trugen.

»John ist unberechenbar. Er ist fähig, zu sagen, dass er mich nicht kennt, wenn er herausbekommt, dass er mir damit schaden kann. Auf der anderen Seite steht er so kurz vor dem Tod ... Ich weiß es nicht.« Das Glas beschlug rund um ihre Finger, und als sie ihre Hand wegnahm, hinterließ sie einen Umriss aus Dunst. »Immerhin ist es eine Chance. Eine Chance, der Frage zu entkommen ...« Julie fröstelte und lehnte kurz ihre Stirn an das kalte Glas.

François Atem strich über ihren Nacken.

»Ist dir eigentlich bewusst, dass ich sehr wütend auf dich bin?«, fragte er.

»Auf mich? Warum?«

»Du hast genau gewusst, dass ich nicht wollte, dass du in das Rathaus mitkommst.«

»Hmm ...«, sagte sie und reckte ein wenig das Kinn. »Das hast du nicht so genau ausgedrückt.«

»Ich glaube schon«, schnaubte er. Ein Funken der Belustigung lag in seiner Stimme. »So genau, wie du eben Barbot gesagt hast, dass ich Lord Waterstons Bruder bin.«

»Na siehst du. Barbot hat eben aus meinen Worten das herausgehört, was er hören wollte. Dabei habe ich mit keinem Satz gelogen, sonst hätte ich nicht überzeugend sein können.« Julie hob die Nase. »Und genau das habe ich vorher auch gemacht, als du mich abhalten wolltest.« Sie lehnte sich an ihn. »Ich habe herausgehört, dass du wolltest, dass ich mitgehe.«

Sie lächelte, während sie weiter aus dem Fenster spähte.

Es mochte eine knappe Stunde vergangen sein, als Barbot wieder eintrat. Der Beamte sah bekümmert aus, was Julie nicht als gutes Zeichen zu deuten wagte. Er machte eine tiefe Verbeugung, und diesmal zeigte er nicht nur seine Schädelhaut, sondern auch noch die Rückseite seines flaumigen Haarkranzes.

»Madame la Comtesse ... Monsieur le Comte ... Ich bitte vielmals um Entschuldigung wegen des schrecklichen Missverständnisses.«

François gab sich nicht die Mühe zu antworten. Er sah auf den Beamten mit derselben Mischung aus hochmütiger Gereiztheit und Ungeduld hinunter, als wenn der ihm gerade eröffnet hätte, dass der Himmel blau sei. Julie hingegen brachte nicht soviel Selbstbeherrschung auf.

»Heißt das, dass der Leutnant mit meinem Schwager gesprochen hat?«

»Leider hat sich der Zustand des Comte of Waterston in der letzten Stunde so verschlechtert, dass er unsere Fragen mit nicht mehr als Zeichen beantworten konnte. Doch es reichte aus, um Ihre Aussage zu bestätigen, Madame.«

Julie biss sich auf die Lippen, um sich nicht allzu sehr ihre Freude anmerken zu lassen, und sandte in Gedanken einen heißen Dank an John. In diesem Augenblick trat ein strahlender Delafosse durch die Tür.

»Es sind zwei weitere Brandsätze gefunden worden!«, nuschelte er, so begeistert, als würde er die beste Nachricht seit dem Ende der Sintflut überbringen. »Damit hat Perch endgültig an Glaubwürdigkeit verloren!«

»Wenn Sie solche Schlussfolgerungen bitte mir überlassen würden, Lieutenant!«, warf Barbot streng zurück. Dann wandte er sich ihnen wieder zu, mit allem, was ihm an Würde verblieb. »Da Ihre Identität ohne jeden Zweifel feststeht und die Zeugenaussage des Soldaten Perch große Ungereimtheiten aufweist, spreche ich Sie hiermit des Verdachts frei, die Anschläge verübt zu haben. Sie ... Sie können gehen.«

»Wie gütig. Und was gedenken Sie, gegen diesen Soldaten zu unternehmen?«, fragte François ungerührt. »Lassen Sie ihn herumlaufen, bis ihn die Lust überkommt, den nächsten Edelmann in den Schmutz zu ziehen, um ihm dann erneut ein gefälliges Ohr zu leihen?«

»Äh... nein, natürlich nicht, Monsieur le Comte. Ich werde dafür sorgen, dass es nicht wieder vorkommt. Ich habe außerdem die Ehre, Sie im Namen unseres Bürgermeisters, Monsieur Jean Godefroy, zu einem Empfang hier im Rathaus einzuladen.«

»Wir nehmen gerne an, auch wenn die Einladung etwas unerwartet kommt,« meinte François mit erhobenen Brauen.

»Nun ja, Monsieur Godefroy hat vorhin zufällig von der bedauernswerten Verwechslung erfahren, und... Der Name Lord Waterstons war ihm durchaus geläufig. Er war außer sich, als er erfuhr, dass ihr Bruder unter so schlechten Umständen untergebracht wurde…« Barbot wischte sich über die Stirn und fügte eifrig hinzu: »Sie werden es nicht bereuen. Sie werden Gelegenheit haben, die angesehensten Bürger unserer Stadt kennenzulernen. Sogar Madame de Rohan wird anwesend sein.«

François nickte und meinte freundlich: »In Ordnung, Monsieur le coadjuteur. Bitte übermitteln Sie Monsieur Godefroy meinen Dank und sagen Sie ihm, dass wir gerne kommen werden.«

François und Julie verließen den Raum. Sie wandten sich nach links und gelangten durch die Schmalseite der Arkaden in den weitläufigen Hof des Rathauses.

»Wird es dir sehr Leid tun, wenn ich dir nun sage, dass wir an diesem Empfang nicht teilnehmen werden, mon cœur?«, fragte François und blieb stehen. Sie befanden sich nun der hufeisenförmigen Treppe gegenüber, die der linken Seite des ländlichen Baus vorgelagert worden war und durch ein steinernes Baldachin hindurch direkt in den ersten Stock führte.

»Nicht? Aber… Du hast doch eben zugesagt! Man wird uns vermissen!«

»Da hast du Recht. Aber Barbot sagte, dass Madame de Rohan anwesend sein wird… Wusstest du, dass sie eine entfernte Verwandte von Marie de Chevreuse ist?« François grinste. »Catherine de Rohan würde sich wohl sehr überrascht zeigen, wenn François de Fontes-Villaray ihr plötzlich wieder als Bruder von John of Waterston vorgestellt würde.«

»Oh…« Julie schluckte.

»Wir sollten zusehen, La Rochelle bis übermorgen verlassen zu haben«, meinte François ruhig und schnippte einen Fussel von ihrer Schulter.

⚜

François hielt die Scheide an seine linke Hüfte und zog mit der Rechten den Gurt fest. Das Leder rutschte durch die silberne Öse und der scharfe Nagel der Schnalle fand von ganz alleine das richtige Loch. Julie saß auf dem Bett und verfolgte jede seiner Gesten. Sie mochte es, ihm dabei zuzusehen, wenn er sich ankleidete. Es waren diese kleinen Gesten der Vertrautheit, der Intimität, die ihr mehr als alles andere das Gefühl gaben, verheiratet zu sein. Er sah auf, und seine Augen leuchteten voller Wärme.

»Bist du fertig, mon cœur?« Julie sah an sich herunter, überlegte kurz, nickte.

Er trat an sie heran, zog sachte an den Seitenflügeln ihrer gefütterten schwarzen Samtkappe. Er tat so, als müsse er sie ein wenig zurechtrücken, berührte die Schleife, die sie unter ihrem Kinn festhielt.

»Fürchtest du dich?«, fragte er mit seiner rauen Stimme.

»Nein«, schüttelte sie langsam den Kopf. Sie schmiegte ihr Gesicht an seine Handflächen. »Und du?« Er blinzelte, senkte den Blick.

»Ja …«, gestand er. »Ich schon.«

»Das musst du nicht.« Sie sah ihn an, unverwandt. »Ich bin da …«, lächelte sie. Er sah hoch, doch nur kurz, öffnete den Mund, schloss ihn wieder. Sie ergriff sein Gesicht, suchte seinen Blick.

»Es wird gut gehen. Ich weiß es.«

Er blinzelte erneut, und das Grau seiner Augen wurde weich.

»Es ist nur … weil …« Er stockte.

»Ja. Ich weiß, weshalb. Ich liebe dich auch, mon amour«, flüsterte sie. Er breitete seine Arme aus und zog sie an sich. Sie wusste, dass sie ihn nicht beruhigen konnte. Dass sie ihm die Angst nicht nehmen konnte. Noch nicht. Aber sie wusste auch, dass er in diesem Augenblick genauso glücklich war wie sie.

Es klopfte. Lucines blonder Lockenschopf erschien an der Tür.

»Dürfen wir hineinkommen?«

»Aber natürlich, Lucine«, sagte Julie, und löste sich aus François Armen. »Treten Sie ein! Und du auch, Robert«, warf Julie dem Schatten zu, der hinter der Kaufmannstochter stand. »Ich sehe, du bist schon angekleidet. Gut. Dann können wir ja aufbrechen.«

»Julie, ich glaube, Sie sollten vorher noch einmal mit Robert reden«, sagte Lucine ernst. Sie drehte sich zu Robert um, lächelte ihn an, als müsse sie ihm Mut machen. Und in der Tat näherte er sich nun zögernden Schrittes.

»Madame Julie … Mylady …«, begann er. Julie bemerkte, dass er feuchte Augen hatte.

Und da wusste sie es. Es war soweit. Ihr Herz schlug hart.

»Was ist los, Robert? Was willst du mir sagen?«, fragte sie und sah ihn an, wie schon unzählige Male zuvor, als sei heute ein Tag wie jeder andere.

»Ich … Ich werde heute Nacht nicht mitkommen. Ich werde Sie bis zur Mauer begleiten. Aber dann … werde ich hier zurückbleiben. In La Rochelle.« Julie schüttelte den Kopf und lachte ein wenig.

»Was ist das für eine seltsame und plötzliche Anwandlung? Wo willst du bleiben, hier ganz alleine?«

»Ich habe mit Mademoiselle Surelles gesprochen. Ich könnte hier wohnen.«

»Das ... Das habt Ihr beide hinter meinem Rücken abgemacht? Ohne zuvor mit mir zu sprechen?«

»Wir haben es nicht abgemacht, Julie«, widersprach Lucine sanft. »Deshalb sind wir doch jetzt hier. Um darüber mit Ihnen zu reden.«

»Nein, ihr redet nicht mit mir darüber! Ihr stellt mich vor vollendete Tatsachen!« Julie fühlte den Zorn in sich hochsteigen, den Ohnmacht hervorrief. »Robert!«, herrschte sie den Jungen an, »Du bist immer noch mein Page! Du hast kein Recht hier zu bleiben, ohne meine Erlaubnis! Nicht, bevor ich dich aus meinem Dienst entlassen habe! Und ich befehle dir, mitzukommen!«

»Nein, Mylady«, antwortete Robert traurig. »Ich bin schon lange nicht mehr Ihr Page. Auch wenn Sie immer meine Herrin waren.« Er zuckte die Schultern. »Vielleicht haben Sie es nicht gemerkt ... Ich selber habe lange Zeit gebraucht, um mir dessen bewusst zu werden.« Seine Stimme schwankte. »Ich bin ein freier Mann, Mylady. Und das ist Ihre Schuld.«

»Aber ... was willst du hier? Ausgerechnet hier, in dieser belagerten Stadt! Du erinnerst dich doch an das, was wir auf Ré erlebt haben! Und hier steht nicht Buckingham vor den Toren, sondern Richelieu! Du weißt, was es bedeutet? Es könnte hundertmal schlimmer als auf Ré werden! Die Leute werden hier vielleicht sehr bald verhungern!« Julie streckte ihre Hände aus. »Mein Gott, Robert, ganz Frankreich, ganz England stehen dir offen! Habe ich dich gelehrt, frei zu sein, um dich in die nächstbeste Mausefalle zu stürzen?« Sie schwieg atemlos, doch ihre Einwände richteten so wenig an Robert aus, wie der unruhige Flug eines Schmetterlings einen Ackergaul von seiner Furche abweichen lässt. Seine ernste Stimme war die eines Mannes, als er ruhig antwortete:

»Die Leute hier, die bereit sind, für ihren Glauben zu verhungern, sind Hugenotten wie ich auch, Madame Julie. Einfache Menschen ... Keine Menschen, in deren Vorzimmer man zitternd auf eine Audienz warten muss!« Robert zerrte an seinem Hemd. »Keine Minister, die einen zu erpressen suchen! Die gnadenlos über die Seelen derer trampeln, die unter ihnen stehen, in der Hoffnung, noch höher zu steigen!« Er zuckte die Schultern. »Wer weiß, vielleicht verdinge ich mich bei einem Schmied ... Von dem Handwerk verstehe ich einiges. Ich werde mich hier wohl fühlen.«

Sie sah ihn lange Zeit an. Dann ließ sie ihre Schultern fallen.

»Ich verstehe. Es ist gut.« Sie nickte, biss auf ihre Unterlippe. Warum wehrte sie sich gegen das Unvermeidliche? Wusste sie nicht schon lange, dass dieser Moment kommen würde? Sie sollte dem Jungen dankbar sein, dass er die Entscheidung getroffen hatte, für die sie nicht die Kraft gefunden hatte – und vielleicht nie gefunden hätte. Dankbar, ja, ich bin dankbar, dachte sie immer wieder, und versuchte vergeblich, den Kloß in ihrem Hals hinunterzuwürgen. »Du hast Recht, Robert. Du bist ein freier Mann.«

Robert sah sie an, mit einem jungen, zerrissenen Gesicht, in dem schon mehr den Mann ankündigte, als es noch an den kleinen Jungen erinnerte. Dann drehte er sich um und floh, so schnell es ihn sein Hinken erlaubte. François trat an Julie heran. Seine Hand legte sich fest auf ihre Schulter.

»Es muss sein«, meinte er. »Du weißt es.«

»Ja, ich weiß es … natürlich weiß ich es.« Sie ballte die Fäuste. »Aber er ist ein letztes Stück meiner Heimat, verstehst du? Er hat mich mit meiner Vergangenheit verbunden … Mit Frederik, mit Eastington … Er ist einer der wenigen, der Thibault kennt! Es kommt mir manchmal vor, als sei die Zeit meiner Ehe mit Frederik ein Spuk gewesen … Nichts ist mehr da, nichts! Mein Vater, meine Mutter, Frederik, und seit gestern auch John … Alle tot. Meine Vergangenheit zerbröckelt unter meinen Händen, als habe sie nie existiert.«

»Nein, das stimmt nicht. Eastington gehört dir noch immer. Und ich … bin ich nicht auch ein Teil dieser Vergangenheit?« Er zog einen Mundwinkel hoch, als sie überrascht hochblickte. Ernst fuhr er fort: »Menschen kommen und gehen. Es ist nicht recht, sie festhalten zu wollen.«

»Ich will aber nicht mehr loslassen müssen! Ich will Beständigkeit! Ich habe nie etwas anderes gewollt. Ein bisschen Ruhe in meinem Leben …«

»Ja, das verstehe ich. Aber die Ruhe wirst du nicht durch andere finden. Sondern nur durch dich selbst.«

Sie sah hoch.

»Und das … musst gerade du mir sagen?«

Er erfasste einen Zipfel seines Mantels und trocknete ihre Augen, lächelte gleichzeitig zynisch und ein wenig traurig. »Ich habe nie behauptet, dass ich das kann. Aber in der Theorie bin ich schon ganz gut, oder?«

⚜

Eine halbe Stunde später schon eilten sie durch die unbeleuchteten Straßen der Stadt. Es war ein ganzes Stück kälter geworden während des gestrigen Tages. Der Wind war mittlerweile schwächer, sodass die Kälte zwar gut auszuhalten, ihre Schritte aber auch deutlicher als sonst auf den Pflastersteinen zu hören waren.

Lucine bewegte sich dank ihrer Ortskenntnis mit schlafwandlerischer Sicherheit in den Gassen und führte sie an. François Augen hatten sich wie immer innerhalb kürzester Zeit an die Finsternis gewöhnt. Er führte Julie an Pfützen und Hindernissen vorbei. Robert bildete die Nachhut. François merkte, wie der junge Mann sich ein paar Mal hastig umdrehte, und biss die Zähne zusammen. Er dachte an das Bild, das Robert vorgestern Nacht abgegeben hatte, an seine schmutzige Kleidung und seine geschwärzten Hände. Verflucht ... Der Kerl verpasste wirklich nicht eine Gelegenheit, sie alle in Schwierigkeiten zu bringen! Er konnte nur hoffen, dass die drei Männer, die man verhaftet hatte, nachdem Julie und er entlassen worden waren, die Gemüter wieder beruhigen würden. Die Unglücklichen hatten bereits gestanden, Royalisten zu sein, und einer von ihnen war als ein Offizier aus Louis Heer erkannt worden. Arme Teufel ... Ihnen würde wohl niemand den Strick ersparen können.

François sah, wie Robert sich abermals umdrehte. Diesmal glaubte auch er, ein Geräusch wahrgenommen zu haben ... Er umschloss Julies Hand ein wenig fester und fühlte erneut die Sorge in sich hochsteigen. Er hätte sich von Herzen gewünscht, einen einfacheren Weg aus der Stadt zu finden!

Da kein Schiff in den nächsten zwei Tagen ablegte, hatten sie mit Lucines Hilfe überlegt, wo sie am besten die Stadtmauern würden überwinden können. Die Kaufmannstochter hatte schnell für den Osten plädiert.

»Die östliche Ebene besteht zum großen Teil aus einem Labyrinth aus Feuchtwiesen, Sümpfen und Salzgärten«, hatte sie ihnen mit vor Erregung geröteten Wangen erklärt. »Als ich noch ein Kind war, hat mein Vater Beziehungen zu einem Salzbauern gehabt, der am Rande dieser Sümpfe wohnte. Dieser Bauer hat mich ein paar Mal auf seinem Kahn mitfahren lassen. Von ihm weiß ich, dass es einen Wasserweg gibt, um das Salz von den Gärten direkt in die Stadt zu bringen. Er schlängelt sich von den Salzbecken durch die Sümpfe bis zum neuen Stadtgraben, überquert diesen, und hat einen Durchlass in der neuen Stadtmauer erhalten. Die Stelle, wo der Kanal die Stadtmauer durchbricht, ist nur von einem Gitter verschlossen.«

»Ein Holzgitter?«, hatte François gefragt.

»Nein«, hatte Lucine den Kopf geschüttelt. »Ein solides Eisengitter. Mit einem dicken Schloss versehen. Für das man einen Schlüssel braucht …« Lucine hatte schelmisch gelächelt, in der Tasche ihres Rockes gekramt und einen riesigen rostigen Schlüssel auf den Tisch gelegt. »… .wie diesen hier.« Sie hatte über ihr Staunen gelacht. »Mein Vater hat den Schlüssel vor gut zehn Jahren nachmachen lassen. Solche Gelegenheiten ließ er sich nie entgehen. Er behauptete oft, sein Improvisationstalent hätte zu einem großen Teil zu seinem geschäftlichen Erfolg beigetragen.« Sie hatte naserümpfend die rotbraunen Spuren auf ihren Fingern betrachtet. »Wir werden ihn ein wenig bearbeiten müssen. Ich hoffe nur, dass das Schloss öfters von anderen benutzt wurde und nicht genauso verrostet ist wie dieses Ding hier …«

»… Und dass keiner auf die Idee gekommen ist, das Schloss auszutauschen«, hatte François gemurmelt. Ja, die ganze Unternehmung barg noch genügend Unwägbarkeiten.

Als sie ohne Zwischenfall das Tor der alten Stadtmauer passiert hatten und die neuen Siedlungen im Osten La Rochelles betraten, fühlte er sich schon etwas ruhiger. Das neue Viertel war nur wenig besiedelt. Fast hätte man dem Gefühl erliegen können, die Stadt schon hinter sich zu haben. Vielleicht lag es daran, dass hier weniger Unrat herumlag, dass die würzige Seeluft den Gestank der Menschen überlagerte.

Lucine bog ab und schlug einen Pfad ein. Sie steuerten auf ein längliches, niedriges Gebäude zu, auf das der Weg geradewegs hinführte, bevor er abrupt endete: Vor ihnen lag der Kanal. Er verband die alte Stadtmauer zu ihrer Rechten mit dem neu errichteten Wall, dessen drohende Masse sich zu ihrer Linken erhob. Das Gebäude war die Schleuse, die den Wasserweg in seiner Mitte unterbrach. Den Kahn des Schleusenwärters hatte jemand aus dem Wasser gezogen. Er lag neben dem Haus.

François machte Robert Zeichen. Sie schleppten das flache Boot herbei und zogen es die steile Senke hinunter. Die Frauen waren oben geblieben. Ihre Stimmen wehten leise zu ihnen hinunter.

»Jetzt ist es bald soweit«, sagte Julie. »Es tut mir Leid, dass wir Sie nicht bewegen konnten mitzukommen.«

»Nein, mit Geneviève würde ich eine solche Flucht nicht wagen. Außerdem ist hier meine Heimat. Ich käme mir sehr undankbar vor, La Rochelle zu verlassen, in dem Augenblick, wo die Stadt uns alle braucht.«

»Wissen Sie, was ich vorhin zu Robert sagte, die Belagerung betreffend … Ich wollte Sie nicht verletzen.«

»Es braucht Ihnen nicht Leid zu tun. Sie haben Recht. Die Bucht ist unsere Nabelschnur. Wenn sie geschlossen wird, steht es schlecht um uns. Aber das ist während all der Belagerungen von La Rochelle noch niemandem gelungen. Und Buckingham hat geschworen, wiederzukommen, um uns zu helfen ...«

»Na, meine Damen, wo wollen Sie denn hin, so spät in der Nacht?«, mischte sich plötzlich eine dritte Stimme in das Gespräch der Frauen ein.

François fuhr hoch und ließ das Boot los. Er fasste an seinen Gürtel und hastete aus dem Graben.

Doch die Stimme empfing ihn schon:

»Kommt raus, aus eurem Loch, ihr beiden, da unten! Und zwar hübsch langsam und mit erhobenen Händen!«

François erfasste die Szene mit einem Blick. Julie und Lucine standen eng beieinander und hatten sich an den Händen gefasst. Vor ihnen stand ein Mann – ein unheimlich breiter Mann, dessen feiste Backen bleich im Sternenlicht glänzten. Und schräg hinter diesem Mann stand, mit zwei Pistolen bewaffnet, derjenige, der gerade gesprochen hatte, und den er sofort an seinem weichen, schwingenden Akzent wiedererkannt hatte. Robert und er hoben die Hände.

»Perch!«, entfuhr es Lucine. »Ich denke, Sie sind festgenommen worden!«

»Wäre ich wohl auch, ma belle, wenn ich nicht schneller als diese Herren gewesen wäre und mich frühzeitig aus dem Staub gemacht hätte, als der Name des verfluchten Waterston fiel. Jeder in unserem Heer kannte den Earl ... Keiner wäre so dreist zu sagen, er sei mit dieser Schlange verwandt, wenn es nicht stimmen würde.« Er spuckte verächtlich aus.

»Was wollen Sie von uns?«, fragte François.

»Nun, ich wusste, dass Sie Dreck am Stecken haben ... Sie alle zusammen. Ich habe Barbot schließlich nur erzählt, was ich gesehen und gehört habe. Und es kam jemand aus Ihrem Haus, jene Nacht, Lucine, meine Hübsche.«

»Sie können mich in der Nacht nicht gesehen haben«, widersprach François.

»Ne, Sie waren es ja auch nicht ... Soviel hab' ich inzwischen auch gemerkt. So ein feiner Pinkel wie Sie macht sich doch die Hände nicht schmutzig! Wenn ich an dem Abend nicht so viel getrunken hätte, hätte ich mich daran erinnert, dass der Kerl hinkte ... Aber eben, als der hier so nett vor mir her humpelte, ist's mir wieder gekommen. Nicht wahr, Bürschchen, du würdest Barbot gern erzählen, was du in der Nacht so getrieben hast?«

Robert machte eine fahrige Handbewegung.

»Sie reden Unsinn, Perch«, griff François wieder ein. »Sie haben nicht mehr gegen uns in der Hand als gestern.«

»Sie irren sich, Eastington. Sie vergessen, dass ich Sie bei einem Fluchtversuch ertappt habe. Vor Zeugen!«, knurrte er, wobei er kurz zu seinem Kumpan rüber sah. »Ich bin in dieser verdammten Stadt eingesperrt, und dank Ihnen will man mir jetzt an den Kragen. Also werden Sie mitkommen, um vor Barbot die ganze Angelegenheit zu klären.«

»He, was sind das alles für Geschichten?«, meldete sich der Dicke nun zum ersten Mal zu Wort. »Heut' morgen in meiner Taverne hast du gesagt, dass du sie ausplündern willst und dass die reich sind. Gib mir mein Geld, mit dem Rest will ich nichts zu tun haben!«

»Geben Sie auf, Perch!«, meinte auch François. »Niemand wird Ihnen Ihre Geschichte abnehmen! Die Brandleger sind längst gefasst worden! Für Sie wird sich kein Mensch mehr interessieren!«

»Wir sind vier, und Sie sind nur zu zweit. Wenn Sie nicht sofort von uns ablassen, werde ich schreien, bis uns die Wache auf dem Wall hört«, stieß Lucine mit leisem, aber überzeugenden Ernst aus. »Viele in der Stadt kennen mich und meinen Vater. Wem, meinen Sie, wird man glauben, wenn ich sage, Sie hätten uns in der rue des Gentilhommes überfallen und hierhin verschleppt, um Ihnen zur Flucht zu verhelfen?«

Ein wütendes Knurren antwortete ihr.

»Groslard, wozu hab' ich dich eigentlich mitgenommen? Steh nicht so idiotisch da herum! Sie wollen uns die Wache an den Hals hetzen, du hast's gehört! Bring die Weiber endlich zum Schweigen!«

»Na, warum hast du das nicht gleich gesagt?« Auf einmal ging alles sehr schnell. Groslard, der direkt vor Julie und Lucine stand, riss die schwammigen Arme auseinander, ließ sie auf die Köpfe der Frauen zuschnellen … Das Geräusch, als ihre Schädel aufeinander trafen, erschütterte François bis ins Mark. Julie und Lucine taumelten kurz und fielen leblos zu Boden.

»Idiot, Verfluchter, was hast du da gemacht?«, fauchte Perch außer sich. »Du solltest Ihnen doch nicht die Köpfe einschlagen!«

»Du hast doch gesagt …«

François stand fünf Sekunden wie gelähmt da. Fünf Sekunden, in denen er seine Augen verwünschte, die ihm trotz der Nacht das totenbleiche Antlitz seiner Frau überdeutlich zeigten, fünf Sekunden in denen sein Herz zu zerspringen schien, in denen er nur darauf wartete, dass ihn jemand wachrüttele. Was dann passierte, hätte er nicht erklären können.

Klar war, dass Robert gleichzeitig mit ihm losgeschnellt sein musste ... Das Keuchen des Jungen vermischte sich in seinem Rücken mit dem Quieken des fetten Mannes. Klar war auch, dass er auf Perch zugeschnellt war und ihm eine Pistole aus der Hand geschlagen hatte, denn sie flog in hohem Bogen über ihn hinweg. Doch Perch musste ihm entkommen sein, denn der Engländer stand plötzlich zwischen ihm und den am Boden liegenden Frauen. Er hielt seine zweite Pistole auf ihn gerichtet.

François wusste genau, dass Perch nicht abdrücken würde. Mord an dem Earl of Eastington würde den Galgen für den Soldaten heißen. Aber etwas in ihm war gebrochen, in den fünf Sekunden vorhin, die kleine Stimme der Vernunft, die winzige Sperre, die man Selbsterhaltungstrieb nennt. Er ging auf Perch zu. Und er machte nicht den geringsten Versuch, seinem Gegenüber zu verbergen, dass er ihm nun das Genick brechen würde. In seinen Ohren erklang bereits das süße Geräusche von splitternden Knochen, seine Finger spannten sich an ... da bewegte sich Julie. Er blieb stehen.

Er sah, wie sie verwirrt um sich schaute, sich unsicher aufrichtete, erschrocken auf Lucine blickte und dann auf etwas, das in einiger Entfernung von ihr lag. Er sah, wie sie in aller Eile zu der Stelle kroch, wo die zweite Pistole gelandet war. Sie hob sie auf und wischte hastig die Erde von Lauf und Kolben. Dann überprüfte sie fachmännisch, ob das Zündpulver sich noch in der Pfanne befand. Er sah das alles, und sein Herz sang lauthals vor Freude.

»Ich sage es Ihnen zum letzten Mal: Zurück, oder, beim Beelzebub, ich drücke ab!«

François blinzelte, erwachte aus seinem Glückszustand. Perchs Stimme zitterte, so wie sein ganzer langer Körper vor Anspannung bebte. Es knackte ... Perch hatte seine Pistole entsichert.

In dem Augenblick fiel der Schuss.

Perch fiel wie ein Sack zusammen. François warf Julie nur einen kurzen Blick zu. Sie hockte im Schlamm, den Arm noch immer erhoben, und rührte sich nicht. Er sprang Robert zur Hilfe, der unter einer unförmigen Fleischmasse begraben war und nur noch röchelnde Laute von sich gab. Er zückte sein Messer. Kurz darauf konnte er das leblose Fettgebirge von dem jungen Mann herunterrollen. Robert, obwohl mit Quetschungen und Prellungen übersät, kam schnell wieder auf die Füße. Beide beugten sich über Lucine, doch auch die Kaufmannstochter begann, wieder Lebenszeichen von sich zu geben. Dann lief François zu Perch. Er war tot. Julie hatte einen Meisterschuss abgefeuert.

Ein schriller Laut erscholl … Der einer Glocke, irgendwo zu ihrer Linken.

»Der Alarm«, keuchte Robert, noch immer außer Atem. »Sie haben den Schuss gehört.«

»Wir müssen hier weg, sonst ist alles zu spät.« François richtete Lucine auf, schüttelte sie. »Mademoiselle Surelles … Können Sie laufen?«

»Die Glocke … Alarm …«, murmelte Lucine benommen.

»Ich nehme sie mit. Es wird schon gehen, wenn ich sie stütze«, meinte Robert.

»Schaffst du das, alleine?«, fragte François, während er der erstarrten Julie die Waffe aus der Hand nahm und sie wegwarf.

»Ja.« Roberts Stimme war fest. »Sie müssen jetzt mit Mylady in das Boot steigen. Sonst war alles umsonst!«

»In Ordnung.« François zog Julie auf die Füße. »Julie, du musst dich jetzt verabschieden …« Doch sie antwortete nicht und der Blick ihrer Augen war leer. »Sie hört mich nicht.«

»Lassen Sie nur … Es … Es ist besser so.« Robert schluckte. »Also dann …«

»Soll ich ihr noch etwas von dir sagen, wenn sie sich vom Schock erholt hat?«, fragte François.

»Nein.« Robert schüttelte den Kopf. »Nichts.« Seine Stimme brach. »Nur, wenn es ihr einmal nicht so gut geht … Milch mit Honig trinkt sie am liebsten.« Er drehte sich hastig um. François verfolgte noch, wie er Lucine beim Aufstehen half. Dann verschwanden beide im Dunkeln.

Es gab keine Zeit zu verlieren. Schon erschienen Lichter, irgendwo aus Richtung Norden. François zog Julie hinter sich her, die ihm auf unsicheren Beinen, aber willig folgte. Sie schlitterten in aller Eile den Hang des Kanals hinunter, wo sie auf das Boot trafen. Er half ihr an Bord, während er den Kahn mit einem Fuß festhielt, hieß ihr, sich zu setzen, stieß sich dann vom Ufer ab. An das Staken musste er sich erst einmal gewöhnen, aber nach ein paar ungeschickten Bewegungen gelang es ihm, dem Boot zu einem gleichmäßigen Gleiten zu verhelfen. Etwa zweihundert Schritt mochten es bis zur neuen Stadtmauer sein. Der Hang rechts und links wuchs immer höher gen Himmel, während sie auf das schwarze Loch zusteuerten, in dem sich das Gitter befand. Jetzt glitten sie in den kurzen Tunnel. François Herz schlug unruhig. Was war, wenn das Schloss ersetzt worden war? Oder zu verrostet? Wenn sich das Gitter nicht öffnen ließ, bräuchte man sie nur noch wie Aale aus einer Reuse herauszufischen.

Der flache Bug des Kahns stieß an das Gitter. François zog den schweren Schlüssel aus seiner Hose. Rostig war das Schloss in der Tat ... Er steckte den Bart des Schlüssels bis zum Anstoß in das Loch ... und hielt inne, als er die Stimmen hörte, die der glatte Rücken des Kanals erstaunlich laut bis zu ihnen weiterleitete.

»Hier! Hierher, Lieutenant! Hier liegen zwei Tote!«

»Saperlipopette! Sie haben Recht, Soldat! Geben Sie mal Ihre Laterne rüber, dass ich mir die anschauen kann!« François atmete flach, bemüht, die Worte zu verstehen. Jetzt ertönte ein erstaunter, langgezogener Pfiff ... François bemerkte besorgt, dass Julie, die bis jetzt teilnahmslos und stumm im Kahn gesessen hatte, bei dem Ton unruhig den Kopf drehte.

»François? Was sind das für Männer, die man da hört?« Julies Stimme hallte als klares Echo in dem kleinen Tunnel wieder.

Plötzlich wurde es still, draußen an der Schleuse ... François robbte in aller Eile zu Julie und legte ihr eine Hand auf den Mund.

»Pscht ... Still, ganz still, mon cœur«, raunte er an ihr Ohr. »Es ist alles in Ordnung. Aber du darfst jetzt nichts sagen, hörst du?« Große Augen schauten ihn an. Sie nickte und er nahm seine Hand herunter. Beide lauschten jetzt angespannt dem nun wieder einsetzenden Gespräch.

»Haben Sie das auch gehört, Lieutenant Delafosse?«

»Natürlich! Woher kam das?«

»Von da drüben!«

»Nein, von der Mauer!«

»Lieutenant! Der Kahn vom Schleusenwärter fehlt!«

François richtete sich auf. Er hatte genug gehört ... Jetzt half nur noch schnelles Handeln.

Er hastete wieder zum Bug, erfasste den Schlüssel, hielt mit der anderen Hand das Gitter, um das Boot am Weggleiten zu hindern. Eine Vierteldrehung ... und dann Schluss. François biss die Zähne zusammen. Seine Finger verkrampften sich über dem Griff. Das verschnörkelte, rostige Metall quetschte schmerzhaft seine Haut ... Nichts!

»Sie drei laufen den trockenen Graben ab. Und Sie in die andere Richtung, bis zur Stadtmauer. Ein bisschen plötzlich! Berneuil, Sie holen uns Nachschub! Ich will, dass Sie mit mindestens zehn Männern wiederkommen! Parbleu ... Hier ist etwas faul, und das behagt mir gar nicht!«

»Bien, mon Lieutenant!«

François streifte in aller Eile seine Handschuhe über. Jetzt musste es gehen, sonst ...

Er versteifte sich, hielt den Atem an … Irgendetwas knirschte … Er meinte, zerspringen zu müssen, fletschte die Zähne … Da schrie das Schloss auf. Der Riegel sprang zurück.

Die Angeln des Gitters waren ebenfalls von einer dicken Rostschicht befallen, und François musste erneut viel Kraft einsetzen. Doch es bewegte sich. Mit einem dieser schauerlichen Geräusche, die Zahnschmerzen verursachen, gab es langsam dem Zug nach, bis es etwa zwei Drittel der Öffnung freigab.

»Habt ihr das gehört? Das kam eindeutig aus Richtung Stadtmauer!«

»Los, hin, Männer!«

Der Durchlass zwischen dem halboffenen Gitter und der Mauer war sehr eng. An Gleiten und Staken war nicht zu denken, stattdessen musste der hölzerne Körper des Kahns sich mühevoll durch das Nadelöhr hindurchquetschen. François und Julie nutzten die niedrige Decke des Tunnels um sich an ihr abzustoßen und entlang zu angeln. Das Holz schrappte laut an der grauen Steinhaut.

»Da ist etwas! Da unten, im Tunnel! Ich kann eine Bewegung sehen!«

»Hinterher! Sofort!«

Wie nah plötzlich die Stimmen klangen … Die Hälfte des Kahns war nun am Gitter vorbei. Mehrere Körper sprangen schwer in das eiskalte Brackwasser.

»Da! Der Kahn! Er ist's!«

Zwei Drittel des Bootes waren frei … Die Schwimmer verursachten Wellen, die auf den Rumpf prallten. Auf einmal war es unerträglich laut in dem Gewölbe des Tunnels.

»Zwei! Es sind zwei Menschen an Bord!«

»Fasst sie!«

Julie schrie gellend auf, als eine helle Hand aus der Dunkelheit auftauchte und sich am Rand des Kahns festkrallte. Im selben Augenblick verstummte das Schrappen … Der sich verjüngende Kahn glitt am Gitter vorbei. François griff zur Stakstange, fluchte, weil der Mann, der nun eine zweite triefende Hand aus dem Wasser hob, das Gefährt schlingern ließ. Julie lehnte sich nach hinten, hob ein Bein … Sie keuchte hörbar, als sie mit ihrem Absatz die Finger des Mannes zerquetschte.

»Ja! Geschafft!«, lachte François.

Auf einmal flog der Tunnel über ihnen davon. Enttäuschte Rufe und Verwünschungen hallten ihrem Kahn nach, der dahinsauste und aus dem Gewölbe flutschte wie ein Stück Seife aus feuchten Händen. Die Luft wurde wieder rein. Sterne empfingen sie augenzwinkernd, und hinter ihnen schoss die mächtige Gestalt der Stadtmauer in den Nachthimmel.

Der Kahn überquerte den breiten Graben und stieß in den gegenüberliegenden Wasserweg. François arbeitete schnell. Julie drehte sich um. Es schien ihr, als würden Gestalten auf dem Wall erregt hin und her laufen. Offensichtlich war ein guter Teil der Bürgermiliz in Aufruhr.

Plötzlich wurde ihr klar, wie knapp sie einer Katastrophe entgangen waren. Die Erleichterung, die sie nun verspürte, war überwältigend. Sie schöpfte etwas Wasser, ließ es sich über Schläfen und Nacken laufen. Das Hämmern in ihrem Kopf wurde langsam erträglich.

»Wie geht es dir, mon cœur?«

»Besser.« Sie blickte noch immer zurück. Die Zinnen, die steinernen Befestigungen in Form von Halbmonden und die Bastionen von La Rochelle wurden allmählich kleiner. Wie unüberwindbar diese Stadt schien! Hoffentlich war sie stark genug, um die zu schützen, die sie dort zurückließ und die sie liebgewonnen hatte!

»Sie werden es schaffen. Lucine und Robert sind stark. Sie haben es beide bereits bewiesen«, sagte François. Julie sah zu seinem dunklen Umriss auf. Sie war nicht überrascht. Es geschah immer öfter, dass er ihre Gedanken erriet.

»Was hat Robert wohl gemacht, in der Nacht, als Perch ihn gesehen hat?«, fragte sie ihn leise.

»Du glaubst diesem Engländers?«

»Du etwa nicht? Perch hätte heute Nacht am Kanal nicht darauf bestanden, uns wieder zurückzubringen, wenn er das alles nur erfunden hätte.« Sie fröstelte, zog die Brauen zusammen. Heftig sagte sie: »Ich bin froh, dass er tot ist! Er … Er wollte dich umbringen. Und er hätte Robert keine Ruhe gelassen.«

»Du hast ihn nicht getötet, Julie«, unterbrach François sie mit gedämpfter, aber fester Stimme.

»Was sagst du da?« Ihr Kopf fuhr herum. Zornig warf sie zurück: »Natürlich habe ich das! Ich habe ein wenig nach rechts gezielt … genau, wie du es mir in der Garenne de Madrid erklärt hast, weißt du noch? Und dann habe ich abgedrückt! Und er ist gefallen …« Sie würgte an dem Kloß in ihrem Hals, schnappte nach Luft. »… wie … wie ein Sack …«

»Ja, das ist er. Du hast ihn verletzt. Aber du hast ihn nicht getötet.« Er hockte sich nieder, und der Kahn schwankte. Plötzlich war sein Gesicht ganz nah. »Als ich mich über ihn beugte, merkte ich, dass er noch atmete. Da habe ich mein Messer gezogen und es ihm ins Herz gestoßen.«

»Das … Das habe ich nicht gesehen!«

»Natürlich hast du das nicht. Du hast überhaupt nichts mehr wahrgenommen. Du hast dich noch nicht einmal mehr von Robert und Mademoiselle Surelles verabschiedet, oder?«

Sie schlug mit den Wimpern und versuchte, sich die Einzelheiten des Geschehens ins Gedächtnis zu rufen. »Nein, das stimmt … Aber …«

Forschend glitten ihre Augen über sein Gesicht.

»Du würdest mich doch nicht belügen, François?«

»Dich belügen, mon cœur? Warum sollte ich das?«

»Weil du vielleicht glaubst, mein Gewissen erleichtern zu müssen. Das brauchst du nicht. Wenn ich es getan habe, muss ich damit fertig werden. Und dann will ich es auch wissen.«

Seine Augen wichen den ihren nicht eine Sekunde lang aus.

»Hör mir gut zu, Julie: Ich weiß jetzt, dass du fähig bist, auf einen Menschen zu schiessen. Doch glaube mir, ich wäre sehr viel ruhiger, wenn ich wüsste, dass du auch mit dem Bewusstsein fertig wirst, einen Menschen auf dem Gewissen zu haben.« Seine Stimme wurde hart. Der Kahn, der führerlos dahintrieb, schrappte an harschen Grasbüscheln entlang. »Denn dann wüsste ich, dass du das nächste Mal wieder ohne zu zögern zur Waffe greifen würdest, um dich zu verteidigen.«

Wieder versenkte sie ihre Augen in die seinen. Sie versuchte, eine Spur der Unsicherheit zu entdecken, ein Zögern, ein winziges Aufflackern … doch nichts. Sein Gesicht war offen, sein Blick war fest.

Da fühlte sie, wie ihre Seele aufatmete, wie das hässliche, würgende Etwas, das tief in ihrem Hals gesteckt hatte, verschwand. Sie richtete sich auf und spitzte die Lippen.

»Also, weißt du, ich glaube, auf diese Erfahrung verzichte ich gerne.«

»Das habe ich mir gedacht«, sagte er, und seine Zähne blitzten auf. Er stellte sich wieder hin und griff zum Staken. Schon bald hatte er den Bug des Kahns wieder ausgerichtet.

Vor ihnen eröffnete sich eine schier endlose, flache Landschaft. Sie stießen immer weiter in das Labyrinth der Sümpfe und schmalen Wasseradern vor. Struppige Salzwiesen wechselten sich mit den rechteckigen Becken der Salzgärten ab. Hoher Blutweiderich schoss zwischen niedrigen Baumgruppen aus Erlen und Weiden hervor. Es roch nach brackigem Wasser, nach Vogelkot, und immer wieder scharf nach Salz. Ruhe stieg in Julie auf.

Sie hörte François hinter sich atmen, spürte, wie er den Kahn immer wieder abstieß, mit langen, fließenden Bewegungen. Das Wasser rauschte leise unter ihnen hinweg. Der Boden schwankte.

Aber war dies nicht schon sehr lange der Fall?

Ja, überlegte sie. Seit einer Ewigkeit schon wandelte sie auf schwankenden Flächen. Seit Jahren. Seit Thibaults Entführung. Seit Frederik sie verlassen hatte. Seit dem Tod ihres Vaters. Sie hatte mal mehr, mal weniger das Gleichgewicht verloren, immer auf der Suche nach einem Halt, einmal war sie sogar abgestürzt und versunken wie ein Stein. Doch dann war er plötzlich zur Stelle gewesen. Sie hatte gezögert, ihm zu glauben und seine Hand zu ergreifen, nach so langer Zeit. Aber jetzt stand er da, zuverlässig, groß und stark. Und obwohl ihr kalt war und ihr Kopf einer Trommel glich, auf der die Schmerzen im schnellen Rhythmus tanzten, war sie von Frieden und ruhiger Zuversicht erfüllt.

François hatte sich vorhin geirrt. In ihr selbst würde sie nie Ruhe finden. Sondern immer nur durch ihn. Vielleicht war es ein Zeichen ihrer Schwäche. Aber dafür verwandelte sich diese Schwäche in grenzenlose Stärke, wenn er bei ihr war.

An seiner Seite würde sie überall hin gehen … und über alles.

⚜

François zog den Gurt unter dem Maulesel mit einem Ruck straff. Das überraschte Tier tänzelte auf seinen schmalen Hufen. Er strich ihm beruhigend über die feuchten Flanken, zupfte noch ein letztes Mal an diesem und jenem Strick, bevor er sein Werk zufrieden betrachtete.

Julie beobachtete ihn mit Zerberus von der Tür des Gasthofes aus. Sie hielt François dicke Winterjacke auf dem Arm. Er hatte sich vorhin nur den Mantel umgeworfen, um ungehindert ihre Reittiere vorbereiten zu können. Als er ihr zuwinkte, schenkte sie dem weinenden Himmel einen ergebenen Augenaufschlag und zog sich die Kapuze über das Haar. Dann verließ sie das Haus und watete ihm durch den Matsch entgegen.

»Du bist schon fertig?«, fragte François und zog seine Krempe etwas tiefer über die Augen.

»Ja. Und du?«

»Es sollte bis Poitiers halten«, meinte er und deutete auf ihr karges Gepäck, das unter der gewachsten Lederhaut an jeder Seite des Maultiers hing. »Wenn wir Glück haben, wartet dort eine Postkutsche auf uns, und wir entkommen dem Regen.«

Julie nickte. Eigentlich störte sie der Regen nicht. Sie fand ihn sogar ganz passend für den heutigen Tag. Etwas Wehmut gehörte schließlich immer zum Reisen dazu, so wie einem Anfang auch stets ein Ende vorausging.

»He da, ihr beiden!«

Sie sah sich um. In Aytré, dem Dorf, in dem sie nach ihrer Flucht aus La Rochelle vor einer Woche Quartier bezogen hatten, war immer reger Betrieb, was zum größten Teil daran lag, dass auch der König hier wohnte.

Es dauerte daher ein paar Sekunden, bis Julie erkannt hatte, dass der Ruf tatsächlich ihnen galt, und dass er von einem der zwei Reiter stammte, die sich in aller Eile zwischen dem nie abreißenden Strom der Soldaten, Lastzüge und Arbeitern hindurchschlängelten.

»Racan! Guillaume!«, rief Julie.

»Ja, da st...staunt ihr, was?«, warf der Dichter ihnen entgegen, bevor er mit einem lauten Schmatzer in den Schlamm sprang. Er stemmte die Hände auf die Hüften und ließ missbilligend seinen Blick über ihr Gepäck gleiten. »I...Ich habe es zuerst nicht glauben können, als Monsieur de Talle...Tallevende vorhin bei m...mir vorbeikam und mir sagte, dass ihr sang- und klanglos abreisen wollt! Scheint eine sch...schlechte Angewohnheit von euch zu werden s...seit ihr euch von eurem eigenen Heiratsf...fest geschlichen habt! Werde euretwegen bestimmt Schw... Schwierigkeiten bekommen, weil ich mich so kurzfristig von meinem Regiment davongemacht hab.« François lachte und klopfte seinem Freund auf den Rücken.

»Nanu, alter Junge, seit wann müssen wir uns tränenreich verabschieden? Das haben wir doch schon immer so gehalten, oder? Wie oft bin ich in Paris plötzlich verschwunden, ohne dir adieu zu sagen? Sollte es das erste Anzeichen deines reifenden Alters sein?«

»F...Falsch«, antwortete Racan trocken. »Es ist d...das erste Anzeichen deines reifenden Alters. Du bist jetzt verheiratet, Fontes, und da musst du lang...langsam lernen, dich wie ein zivilisierter M...M... Mensch zu benehmen.« Er blinzelte Julie zu. »Julie, ich übergebe Ihnen hiermit d...die schwere und verantwortungsvolle Aufgabe der Erziehung dieses Mannes. Ich w...weiß, dass Sie eine Frau voller Mut und Ged...Geduld sind. Sie werden es schaffen.« Er runzelte die Stirn und musterte streng seinen Freund. »Und wenn d…doch nicht, können Sie mich jederzeit rufen, um ihm die Ohren lang zu ziehen!«

»Heißt das, dass Sie uns mal besuchen werden, Racan?«, lachte Julie. »Sie werden immer und jederzeit willkommen sein, das wissen Sie.«

»Danke, Madame«, lächelte Racan und machte eine höfische Verbeugung. »D…Die Normandie ist ein Juwel Frankreichs, das werd…werden Sie sehen.«

»Komm aber nicht zu früh, alter Junge«, meinte François gutgelaunt. »Wir werden nur einen kurzen Abstecher in Fontes-Villaray machen, damit Julie ihre neue Heimat kennen lernt.«

»Ja und w…wohin wollt ihr dann?«

»Nach England«, antwortete Julie errötend und warf François einen schnellen Blick zu, den dieser voller Wärme zurückwarf. »Es … Es gibt dort noch einiges zu klären … Auf Eastington … und woanders.«

»Aha …«, runzelte Racan die Stirn. Doch dann zuckte er die Schultern und sein gutmütiges Lächeln kehrte zurück. »Nun, dann werde ich eben ein Jahr warten, mit m …meinem Besuch.«

Während Racan sich jetzt von François auf eine halb raubeinige, halb herzliche Art verabschiedete, trat Julie an Guillaume heran, der die kleine Szene still verfolgt hatte. Seine Hand lag auf dem kantigen Hundekopf. Zerberus hatte die bernsteinfarbenen Augen halb geschlossen und quittierte das Streicheln mit genussvollem Grinsen.

»Guten Morgen, Guillaume!«

»Bonjour, kleine Lady …«

Sie sah überrascht auf das kleine Bündel, das an seinem Pferd hing sowie auf die Rolle, die, wie sie wusste, seine Arzneien enthielt und die er hinter seinem Sattel befestigt hatte. Ihr Herz schlug schneller.

»Auch Sie wollen abreisen?« Sie legte eine Hand auf seinen Arm. »Sie haben sich anders entschieden? Sie kommen mit uns mit? In die Normandie? Ach Guillaume, wenn Sie wüssten, welche Freude Sie mir damit bereiten …«

»Nein, Julie«, schüttelte Guillaume leicht den Kopf. »Nein. Ich komme nicht mit.«

Verhalten traf sie seinen Blick, der grau unter der tropfenden Krempe seines Hutes hervorfunkelte. Sie befeuchtete ihre Lippen.

»Wohin führt Sie Ihr Weg denn diesmal? Nach Neu-Frankreich? Nach Indien? Haben Sie schon ein Schiff ausfindig gemacht?«

Ein Lächeln erschien auf den gegerbten Wangen.

»Nein, Julie. Kein Schiff.« Er deutete hinter sich. »Eine Mähre … Ich habe mich entschlossen, nicht ganz so weit zu ziehen.« Er verzog den Mund. »Wissen Sie, bei mir ist längst eingetreten, worüber die beiden jungen Herren dort so hübsche Späße machen. Ich bin so reif, dass lange Transportwege nicht mehr geeignet sind.«

»Ja … und wohin wollen Sie dann heute reiten?«

Guillaumes Blick glitt anerkennend über die farblose Ebene, die Dunstfetzen, die der Regen langsam auflöste, die tiefgrauen Wolken, die sich über den schwammigen Boden schleppten.

»Nun, ich finde Aytré ganz nett. Sie haben doch eine Woche hier gelebt … Wie ist das Gasthaus?«

»Sie haben Ihre Sachen in La Gore gepackt, um nach Aytré zu kommen?«

»Hmm«, nickte er. Er stupste auf ihre Nase. »Wissen Sie noch, als ich im Louvre für das Leben meines missratenen Neffen betteln ging?«

»Natürlich.« Julie zwinkerte und strich über die abgeschabten Revers seiner Samtweste, die unter seinem nassen Mantel hervorschauten. »Sie hatten sich in Schale geworfen und sahen umwerfend aus!«

»Ja, so behaupteten Sie damals.« Guillaume zupfte an den dreieckigen Hundeohren. »Nun, Louis hat mir seinerzeit ein Angebot gemacht. Ich will sehen, ob er sich meiner noch erinnert.«

»Der König? Aber … Verzeihen Sie, Guillaume, aber Sie sind doch kein Höfling!«

»Das stimmt wohl, kleine Lady. Aber ich hatte damals auch nicht den Eindruck, als würde Louis viel an höfischem Gebaren liegen. Vielleicht werden wir uns besser verstehen, als Sie es für möglich halten.«

Er öffnete die Arme und sie legte sich hinein, den Kloß hinunterwürgend, der in ihrem Hals steckte.

»Leben Sie wohl, kleine Lady. Und grüßen Sie Eastington von mir!«

Sie nickte, und Tränen schwammen in ihren Augen.

»Leben Sie wohl, Guillaume. Und irgendwann … Wenn Sie genug an Ihrer Karriere gearbeitet haben …«

»Dann komme ich nach Fontes-Villaray, um als alter Hexenmeister meine Großneffen und Großnichten in Angst und Schrecken zu versetzen«, lächelte er. »Versprochen.«

Julie weinte, als François und Guillaume sich ebenfalls umarmten.

Sie schluckte noch immer, als sie schon längst aufgesessen waren und Aytré langsam hinter einer feuchtgrauen Wand verschwand. Sie war so mit ihrem Abschiedsschmerz beschäftigt, dass sie erst nach geraumer Zeit merkte, dass das Rauschen des Ozeans noch immer ihren

Weg säumte. Sie wischte sich die Augen trocken und sah sich fragend um.

»Das ist aber nicht die Richtung nach Poitiers«, sagte sie schließlich schniefend.

»Stimmt. Obwohl diese Erkenntnis reichlich spät kommt!« spöttelte François. Doch er wurde schnell wieder ernst. »Ich habe heute Morgen eine Vorladung überbracht bekommen. Eigentlich hatte ich gehofft, dass unsere Abreise diskret erfolgen würde – Racan hat Recht, Abschiede mag ich nicht.« Er nahm die Zügel seines Rappen etwas straffer, zuckte die Schultern. »Ich weiß nicht, wie er es erfahren hat, aber der Kardinal hat den Wunsch geäußert, uns noch einmal zu sehen.«

»Richelieu? Wir reiten nach Angoulins?«

»Hmm.« François sah sie kurz an. »Es scheint dich zu freuen.«

»Nun ja ... Irgendwie schon. Er hat uns immerhin die große Ehre erwiesen, uns zu trauen«, meinte Julie und schaute nachdenklich dem vor ihnen trottenden Hund hinterher. »Und wir haben es ihm nicht einmal gedankt. Außerdem ... Ja, ich möchte mich gerne von ihm verabschieden.« Sie errötete leicht. »Auch wenn ich dich nicht darum gebeten hätte.«

Es war nicht weit, von Aytré nach Angoulins. Sie schwiegen den Rest des Weges und hingen ihren Gedanken nach, während der hinter den Regenfransen unsichtbare Atlantik die weichen Schritte ihrer Reittiere mit seinem mächtigen, brausenden Takt begleitete.

Kurz vor dem Dorf lenkte François seinen Rappen nach links. Sie ließen den Ozean hinter sich, während der aufgeweichte Pfad sie eine kurze Strecke durch die Sumpflandschaft führte, bevor er an der kleinen Brücke mündete, nach dem der Hof, in dem Richelieu residierte, benannt worden war. Ein Wachtposten mit triefendem Schnurrbart hielt darauf stoisch seine Pike in den tränenden Himmel, ein verzerrtes Spiegelbild in das grüne Sumpfwasser unter sich werfend. Er ließ sie passieren, nachdem sie sich ausgewiesen hatten.

Dunkle Schlieren liefen an dem breiten, eisenverstärkten Holztor des Schutzwalls von Pont-la-Pierre hinunter, als sie es durchritten. Kurz darauf lockte das Klappern der Hufe ihrer Reittiere auf dem nassen Hofpflaster einen beflissenen Stallknecht hervor. Sie stiegen ab und schlüpften eilig in den grauen Haupttrakt.

Julie war nur im ersten Augenblick überrascht von dem summenden und knisternden Treiben, das hier durch Luft und Raum eilte und Zerberus die Ohren stellen ließ. Wo immer Richelieu sich niederließ, zog auch

Unruhe ein, daran würde sich wohl nie etwas ändern. Ihre Kleider bekamen kaum Zeit, auf den Steinfliesen des Eingangs kleine Pfützen abzusondern, schon wurden sie von einem Dienstboten abgefangen, der sie in einem der Zimmer des Erdgeschosses warten hieß.

Julie streifte sich den nassen Mantel ab, während sie sich in dem dämmerigen Licht umsah. Wahrscheinlich hatten alle Räume des Hauses diese niedrigen Decken und grauen Wände. Besonders gemütlich war es nicht, da weder Bilder noch Wandteppiche den Stein erwärmten. Aber es machte einen soliden Eindruck.

Sie blickte zu François hinüber. Auch er hatte seinen Mantel abgenommen und schritt, in Gedanken versunken, langsam vor dem erloschenen Kamin auf und ab. Sie lächelte, sprach ihn aber nicht an. Armand-Jean de Richelieu war wohl der einzige Mensch, der es fertig brachte, ihren Mann zu beunruhigen.

Sogar Zerberus war plötzlich von einem Bewegungsdrang befallen und trabte von einer Ecke des Zimmers zur anderen, den Kopf erhoben, als spüre er einer in die Luft geschriebenen Botschaft nach. Zwischendurch kam er immer wieder zu ihr, fixierte sie mit seinen goldenen Augen ... Das Warten fiel ihm offensichtlich schwer. Seltsamerweise störte das Gebaren des Hundes Julie mehr, als die Unruhe ihres Mannes, und sie verspürte Erleichterung, als sie Zerberus schließlich aus dem Raum schlüpfen sah. Wahrscheinlich würde er geradewegs die Küche aufsuchen, um von den Mägden etwas Essbares zu stibitzen.

Die Minuten reihten sich aneinander. Der Blick aus dem Fenster bot nichts als weiche Abstufungen in Grau und die spartanische Möblierung des Zimmers war alles andere als einladend. Also stellte Julie sich unter die Zarge der offen stehenden Tür, um sich mit dem Schauspiel der vorbeihuschenden Sekretäre, Boten und Offiziere die Zeit zu vertreiben.

Eine warme Hand legte sich auf ihren Nacken. Julie bewegte leicht den Kopf, um sich noch enger an sie zu schmiegen, und lächelte.

»Drei Sols für Ihre Gedanken, Madame«, raunte die raue Stimme hinter ihr.

»Ich dachte ... Ich hoffe, dass dir all das nicht zu sehr fehlen wird«, gestand Julie. »Die Politik, die Geheimnisse ... die Aufgaben. All diese Männer sehen so durchdrungen von Wichtigkeit aus ...«

»Hmm ...«, brummte François und spielte mit einer ihrer Strähnen, die sich aus ihrem Knoten gestohlen hatte. »Findest du denn, dass diese Männer auch alle sehr glücklich aussehen?«

»Nun …« Sie zögerte, runzelte die Stirn und schüttelte dann den Kopf. »Nein, eigentlich nicht.«

»Na siehst du«, antwortete er nur, mit einem Lächeln in der Stimme.

»Besonders die drei Herren in Schwarz, die dort drüben die Treppe hochsteigen, sehen betrübt aus.«

Er lachte leise.

»Ich glaube nicht, dass sie betrübt sind, mon cœur. Sondern eher ungehalten.«

»Kennst du sie?«

»Schau dir die steifen Halskrausen an: Es sind spanische Gesandte.«

»Oh«, stieß Julie aus und blickte den Herren nach, denen offensichtlich noch vor ihnen das Privileg einer Unterredung bei Seiner Eminenz zuteil werden würde.

Man sagte, die heiß ersehnte iberische Flotte habe nun endlich abgelegt und sei in Richtung Bretagne unterwegs. Ganz Frankreich war bei der Nachricht in Hohngelächter ausgebrochen: Die Spanier, die auf einmal einzig von dem Eifer erfüllt schienen, ihren französischen Alliierten gegen die englischen Invasoren zu helfen, würden nicht einmal mehr Buckinghams Segel am Horizont verschwinden sehen können. Dessen Schiffe hatten zwei Tage nach ihrer beider Rückkehr aus La Rochelle endlich den günstigen Wind gefunden, um nach Hause zurückzukehren. Ja, Witze über die Spanier hatten momentan hohen Kurs in Louis Königreich. Kein Wunder, wenn die drei Herren mit sauertöpfischen Mienen herumliefen.

»Ich frage mich, wie Richelieu sie empfangen wird«, sinnierte sie.

»Mit allergrößter Freundlichkeit und Zuvorkommenheit natürlich. Er wird sich nichts anmerken lassen und sich tausendmal im Namen Frankreichs bei ihnen bedanken. Schließlich sitzt unsere Armee hier fest, und es könnte unbequem werden, wenn die Spanier aus Rache für eine Demütigung eine Allianz mit England eingingen … Und vielleicht sogar mit England zusammen La Rochelle zur Hilfe eilten.«

Ihr Blick hing noch immer an der Steintreppe, auf der die Iberer verschwunden waren.

Ihr Atem stockte, als sie die Gestalt bemerkte.

Die Person, die nun, einen Krug in der Hand, aus dem oberen Geschoss hinunterstieg, war die erste Frau, die sie heute in Pont-la-Pierre erblickte. Ein schöner Teint, glänzende Haare in einem warmen Braunton und regelmäßige Gesichtszüge, viel zu runde Wangen und ein harter, verdrießlicher Zug um den Mund.

»Das … Nein … Das kann doch nicht sein …«, hauchte Julie. François war ihrem Blick gefolgt.

»Kennst du diese Frau?«

»Henriett!« murmelte sie. Dann rief sie laut: »Henriett!« Die füllige Dame, die das Ende der Treppe erreicht hatte, sah hoch. Als sie Julie entdeckte, machte sie eine überraschte Handbewegung. Der Krug in ihrer Rechten schwappte über, und Milch floss über ihre helle Haut.

»Julie?« Ein herzliches Lächeln erhellte ihre Züge und verjüngte sie um Jahre. »Julie! Ach, endlich, meine Liebe!« Sie bückte sich und stellte kurzerhand den hinderlichen Krug auf einer Stufe hinter sich ab, bevor sie auf Julie zugeeilt kam. Sie fielen sich in die Arme.

»Henriett«, lachte Julie. »Sie hier! In Frankreich! Ich habe eben meinen Augen nicht getraut, als ich Sie auf der Treppe erblickte! Es ist wie ein Wunder!«

»Ach meine Kleine! Wie froh ich bin!« Henriett ließ etwas von Julie ab. Sie schenkte ihr einen langen, intensiven Blick, in dem ein Hauch von Mitleid mitschwang. »Sie sind wahrhaftig noch schöner geworden in den letzten Jahren! Aber dünn … Viel zu dünn …« Und sie drückte Julie wieder schwungvoll an ihren üppigen Busen. »Endlich … Nun wird alles wieder gut, Sie werden sehen!«

Julie schüttelte, noch immer ungläubig, ihren Kopf.

»Aber Henriett, wie kommt es bloß, dass Sie …« Sie stockte, biss sich auf die Lippen. »Es ist … wegen John, nicht wahr?«

»Wegen John?«, fragte Henriett und hob die Brauen. Dann lachte sie, doch es war ein unschönes Lachen. »Ja, Sie haben Recht. Es dreht sich immer alles um meinen lieben Ehegatten!«

»Sie haben von seiner schweren Verwundung erfahren? Leider … Leider muss ich Ihnen eine traurige Mitteilung machen.« Julie presste Henrietts Schulter. »Sie kommen zu spät. John ist vor acht Tagen in La Rochelle gestorben.«

»Gestorben?« Die schweren Lider schlugen ein paar Mal über den warmen, braunen Augen.

»Ja. Wir waren bei ihm, noch am selben Nachmittag, bevor er starb. Es tut mir sehr Leid. Das Einzige, was Sie vielleicht trösten mag, ist, dass sein Tod eine Erlösung für ihn war.«

»Nun, ich schätze, es wird nicht viele Menschen geben, die um ihn trauern. Ich jedenfalls werde nicht dazugehören!« Henriett zuckte die runden Schultern und lachte leicht. »Jetzt schauen Sie nicht so betreten, liebe Julie. Sie wussten doch über meine Ehe Bescheid. Ich freue mich, meine Freiheit wieder zu haben. Wenn ich den guten Menschen vor mir stehen hätte, der John den Garaus gemacht hat, würde ich mich herzlich bedanken.«

Julie schluckte, errötete, warf François einen schnellen Blick zu ... und erinnerte sich plötzlich, dass sie ihn noch nicht vorgestellt hatte.

»Henriett«, sagte sie schnell, »ich möchte Sie mit dem Comte François de Fontes-Villaray bekannt machen.« Sie lächelte. »Wir haben vor knapp zwei Wochen geheiratet. François, das ist meine liebe Schwägerin, die Countess of Waterston ... Johns Witwe.«

»Sie haben geheiratet?«, rief Henriett aus. »Aber meine Liebe, wer wird sich denn gleich wieder Ketten anlegen lassen, die er gerade erst abgeschüttelt hat?«

»Auch ich freue mich sehr, Ihre Bekanntschaft zu machen, Madame«, erwiderte François mit unverhüllter Ironie. »Lassen Sie mich Ihnen herzlich zum Tod Ihres Gatten gratulieren.«

Henriett blickte auf. Farbe stieg in ihre Wangen und sie lachte schließlich. Julie sah überrascht hoch. Es war ein volles, ansteckendes Lachen, das Julie bei ihr noch nie gehört hatte.

»Ich bitte vielmals um Verzeihung, Monsieur le Comte. Sie haben ganz Recht, mich auf meine schlechten Manieren aufmerksam zu machen.« Sie hob eine runde Hand. »Sehr erfreut.«

»Jetzt aber müssen Sie mir unbedingt erzählen, weshalb ich Sie ausgerechnet in diesem Haus wiederfinde«, meinte Julie. »Wenn Sie John suchten, warum haben Sie nicht versucht, von England direkt nach La Rochelle zu kommen?«

»Ich habe John nicht gesucht, Julie. Ich sagte nur, dass mein Aufenthalt in Frankreich etwas mit ihm zu tun hat. Ursprünglich wollte ich auch gar nicht nach La Rochelle, sondern nach Paris.« Henriett senkte die Stimme. »Der Herzog de Richelieu hat mich vor neun Tagen in Calais abfangen lassen, gerade, als ich den ersten Schritt auf französischen Boden machte.«

»Er hat Sie verhaften lassen?«

»So dachte ich zuerst. Ich habe einen ordentlichen Schrecken bekommen, damals.«

»Aber ... was will er von Ihnen? Und wie hat er gewusst, dass Sie kommen würden?«

»Durch einen Brief.« Henriett zuckte die Schultern. »Es war, soviel ich inzwischen erfahren habe, eine Verkettung von Zufällen, die diesen Brief in die Hände des Herzogs hat fallen lassen.« Sie lächelte. »Können Sie sich an unser Gespräch erinnern, auf Eastington, am Tag meiner Abfahrt?« Julie nickte, und Henriett fuhr fort: »Ich erzählte Ihnen damals, wie wenig Freude mir meine Ehe bereitete. Aber zwei Jahre später entdeckte ich etwas über John, das ihn mir vollends verabscheuungswürdig erscheinen ließ.« Sie warf Julie einen seltsamen Blick zu, erneut mit Mitleid unterlegt. »Das öffnete mir endgültig die Augen. Ich konnte nicht ertragen, einen einzigen Augenblick länger mit ihm in einem Haus zu wohnen.«

»Sie haben sich von ihm getrennt? Das … hat er mir nicht erzählt.«

»Es kann sein, dass er es noch nicht einmal bemerkt hat«, antwortete Henriett trocken. »Ich aber quoll über vor Wut. Ich überlegte eine ganze Zeit lang, wie ich mich am besten an ihm rächen könnte.« Sie lächelte zufrieden. »Ich habe mir einiges einfallen lassen … Unter anderem habe ich einen Brief an Buckingham geschickt.«

»Buckingham?«

»Ja, der erhabene, mildtätige Beschützer meines verehrten Gatten. Es gibt vieles, das ich im Laufe der Jahre über Johns Machenschaften mitbekommen habe. Er war nicht immer ganz ehrlich seinem Wohltäter gegenüber … Ich habe alles fein säuberlich aufgezählt und mit meinen besten Empfehlungen an den Herzog of Buckingham geschickt.«

Julie dachte an den blonden John, der auf dem Bett eines Uhrmachers dahin siechte, unter einem verblichenen Betthimmel, weitab von seiner Heimat. Ja, Henriett hatte ihre Rache gehabt … Buckingham hatte seinen langjährigen Protegé abgeschoben wie ein aus der Mode gekommenes Kleidungsstück.

Henriett fuhr indes mit ihrem Bericht fort und Julie wandte ihr wieder ihre Aufmerksamkeit zu.

»Da ich Buckingham noch nie vertraut habe, schrieb ich ihm in meinem Brief auch von meinem Vorhaben, nach Frankreich zu reisen.« Henriett runzelte die Stirn. »Ich konnte nicht sicher sein, wie er auf den Brief reagieren würde, und es schien mir besser, ihn von vornherein zu überzeugen, dass ich mich außerhalb seiner Reichweite befand. Ja, und dann kam das Debakel des Rückzugs aus Ré …« Sie warf François einen Blick zu und verzog etwas den Mund, »bei dem wir von den Herren Franzosen so gedemütigt wurden. Buckingham hat in der Eile, sich einzuschiffen, etliche Papiere liegen gelassen.«

»Ja, das stimmt«, nickte Julie und erinnerte sich an den Kasten, den der Offizier in Plomb an seine Brust gepresst hatte, als sie an Land gingen. »Wir befanden uns an Bord des Schiffes, das die Papiere ans Festland brachte.«

»Und darunter war auch mein Brief, dessen Inhalt Richelieu veranlasste, mich in Calais abfangen zu lassen.«

»Und was, Madame, macht Sie für Seine Eminenz so interessant?«, fragte François sachlich.

»Das habe ich mich auch gefragt, während der vielen Tage, die wir bei diesem furchtbaren Wetter für die Reise von Calais nach La Rochelle gebraucht haben. Wir sind erst gestern hier angekommen, müssen Sie wissen.« Sie holte tief Luft. »Ich denke, dass es zwei Sachen sind … Erst einmal der Tonfall meines Briefes. Richelieu hat daraus entnommen, dass ich Buckingham nicht besonders in meinem Herzen trage. Er hat gestern indirekt nachfragen lassen, ob ich etwas dagegen hätte, Charles Günstling noch auf anderem Wege zu schaden.«

»Und … hätten Sie das?«, fragte François unverblümt.

Henriett lächelte zufrieden.

»Nun … Vielleicht. Ich habe mich noch nicht entschieden. Ich habe es ernsthaft in Erwägung gezogen, weil ich dachte, John damit einen Streich spielen zu können, aber jetzt, wo er tot ist …« Sie zuckte die Schultern.

»Und die zweite Sache, von der Sie sprachen?«, fragte Julie nun.

»Die zweite, ja …« Plötzlich strahlten Henrietts Augen wieder voller Wärme. »Die zweite hat etwas mit Ihnen zu tun, liebe Julie.«

»Mit mir?«, fragte Julie irritiert. »Weiß Seine Eminenz, dass wir verwandt sind?«

»Ja, offensichtlich.« Henriett ergriff Julies Hände. Mit einem Ernst, der Julie und François sie befremdet anschauen ließ, fuhr sie nun fort: »Julie, was ich Ihnen vorhin erzählte … Das, was ich über John herausfand …« Julie durchlief ein Beben.

»Thibault … Sie wissen es?«

»Ja. Aber erst seit etwas über einem Jahr. Ich hatte nichts mit der Erpressung zu tun. Das müssen Sie mir glauben!«

»Ich glaube Ihnen, Henriett.«

»Ich war damals recht bestürzt, als Sie plötzlich aus Eastington verschwanden und habe lange Zeit angenommen, Sie würden eine lange Reise in die Heimat Ihrer Mutter machen – das ist die Geschichte, die auf Eastington verbreitet wurde. Ich habe mir nichts weiter dabei gedacht, obwohl ich eine solche Reise mit einem Säugling für ein gefahrvolles Unternehmen hielt. Aber dann … dann habe ich zufällig mitbekommen, dass John etwas vorbereitete … irgendeine zwielichtige Sache. Ich überraschte ein Gespräch zwischen ihm und einem jungen Mann …«

»Die Vorbereitungen für Thibaults Entführung aus Buckinghams Stadthaus in London«, vermutete François und legte Julie eine Hand auf die Schulter. Henriett nickte.

»Als ich erfuhr, um was es sich handelte, und vor allem, um was für ein Kind es sich da handelte, fiel ich aus allen Wolken.« Henriett ließ Julies Hände fahren. Sie schüttelte heftig den Kopf und fuhr wutschnaubend und so laut fort, dass ein vorbeieilender Sekretär erschrocken zusammenfuhr: »Ich hätte meinen Mann am liebsten umgebracht! Aber dann fing ich an, zu überlegen. Den Überfall hätte ich nicht verhindern können. Ich ließ ihn also geschehen. Ich fand schnell heraus, wo John Thibault versteckt hielt.« Sie stieß verächtlich die Luft aus. »Es war nicht besonders schwierig. Auch Buckingham hätte ihn gut finden können, wenn er etwas mehr Menschenkenntnis besessen und meinem Mann nicht so blind vertraut hätte.« Julie presste ihre zitternden Hände aneinander. François trat dicht hinter sie und umschloss sie fest mit seinen Armen.

»Und dann?«, fragte er rau.

»Dann, Monsieur, habe ich etwas Ruhe einkehren lassen. Vorher hatte ich mich vergewissert, dass es Thibault an nichts fehlte. Meinem Mann traute ich inzwischen nämlich alles zu. Und als John sich ganz sicher wähnte und triumphierte, habe ich zugeschlagen.«

Julie fühlte sich seltsam leer. Sie bewegte ihre Lippen, doch kein Wort kam aus ihnen hervor. François Arme umfingen sie so fest, dass ihr Brustkorb schmerzte, und sie war froh darüber, denn die Hoffnung, die nun mit Macht in ihr hoch stieg, füllte sie, bis sie sich bis zum Zerreißen gespannt fühlte.

»Die Amme ist ein gutes, ergebenes Ding. Sie liebt ihren Zögling sehr … Ein wahrer Glücksgriff. Außerdem besitzt sie eine gehörige Portion Mut und hat sich ihren eigenen Reim auf die ganzen Ereignisse gemacht.« Henriett schüttelte den Kopf. »Sie hat mir inzwischen geschildert, was auf Hampton Court geschah. Mein Gott, Julie, was haben Sie damals mitgemacht!«

»Henriett … Bitte!« Julies Stimme, kaum hörbar, enthielt alle Qualen der letzten Jahre.

Henriett blinzelte und beeilte sich fortzufahren:

»Um es kurz zu machen: Es ist mir dank der Hilfe der Amme gelungen, Thibault aus Johns Versteck zu entführen.« Sie lachte wieder dieses ansteckende, glückliche Lachen und breitete die Arme aus. »Es geht Ihrem Sohn gut, Julie! Und Sie können sich wahrhaft etwas auf ihn einbilden! Er ist der wundervollste kleine Junge, den ich je gesehen habe!«

Julie schwankte, und François griff ihr unter die Arme.

»Wo …?«

»Ja, wo, wenn nicht auf meinem Zimmer, Liebes? Warum, glauben Sie, wollte ich nach Paris, wenn nicht, um Ihnen Thibault wiederzubringen?« Henriett streckte eine Hand aus. »Kommen Sie! Ich führe Sie zu ihm!«

Julie sollte sich später nicht mehr daran erinnern können, wie sie die Stufen in den ersten Stock hinaufgelangt war. Vielleicht war sie geschwebt … So ähnlich jedenfalls musste es sich anfühlen, wenn der Körper zu einer schwerelosen Hülle wurde, und die Seele ihn gänzlich vergaß, erfüllt von irrer Hoffnung, Sehnsucht und der Angst, im letzten Augenblick aus einem allzu herrlichen Traum zu erwachen. Irgendwann standen sie jedenfalls zu dritt vor einer angelehnten Tür.

»Nur noch einen ganz kurzen Augenblick, Julie … Lassen Sie mich ihn etwas vorbereiten …«

Henriett huschte durch einen angemessen breiten Spalt der Tür, die sie wieder anlehnte, aber nicht schloss. Deshalb vernahmen Julie und François auch den gellend spitzen Schrei, den sie nun ausstieß.

»Um Himmels Willen! Rühren Sie sich nicht, Thibault! Bleiben Sie ganz ruhig stehen, hören Sie?«

Julie warf François nur einen Blick zu. Dann stürzten sie beide hinein. Die Tür krachte mit Schwung gegen die Mauer. Vier, fünf hastige Schritte machte Julie in den Raum, bevor sie erstarrte. Dann wurde sie von ihren Gefühlen überwältigt. Langsam, ganz langsam gaben ihre Beine nach, bis sie auf dem Holzboden kniete.

Zwei Augenpaare sahen ihr entgegen. Ein bernsteinfarbenes, in dem alle Weisheit lag, die den Menschen für immer verschlossen bleiben würde. Und ein graues.

Grau wie die Dunstfetzen über den Sümpfen vor La Rochelle. Wie die weichen Schwingen der Silbermöwen im regennassen Himmel. Von dem Grau, das ihr Herz erfüllte, für alle Zeiten. Wie deines, mon amour … Genau wie deines!

Wie groß er geworden war!

Thibault stand aufrecht neben dem Hund. Sein Blick streifte alle Anwesenden und blieb schließlich an Henriett hängen. Er presste seinen kleinen Mund zusammen, bevor er mit unverhüllter Herausforderung den Arm hob und ihn auf die struppige Flanke des Riesenhundes fallen ließ.

»Thibault! Nein!« Die Amme kam in aller Eile aus einem Nachbarzimmer gelaufen, einen Schürhaken in der Hand und einen grimmigen Zug um die Lippen. Schon wollte Henriett ebenfalls auf den Jungen zuspringen, als François Arm die beiden aufhielt.

»Lassen Sie nur, Mesdames. Der Hund wird ihm nichts tun. Er gehört zu uns.«

»Ach …«, stieß Henriett in einem Seufzer hervor, der die beachtliche Fülle ihres Busens in Wallung brachte. »Gott sei Dank!« Sie lachte abgehackt, kramte in ihren Taschen nach einem Tuch und tupfte sich den Schweiß vom Haaransatz. »Und ich dachte schon, diese Bestie verspeist ihn vor unseren Augen!«

Zerberus gähnte und ließ die zwei Reihen seiner elfenbeinfarbenen Dolche aufblitzen. Henriett tupfte ein wenig schneller. Thibault hingegen schaute interessiert der Demonstration zu. Dann machte er einen Schritt zurück, verzog das Gesicht, schaute den Hund vorwurfsvoll an und sagte deutlich:

»Stinkt!«

Sie lächelten alle, und auch die Amme ließ ein Kichern hören. Henriett beugte sich vor und öffnete einladend die Arme.

»Kommen Sie her, Thibault.« Der kleine Junge gehorchte und ging ohne Scheu auf seine Tante zu. »Thibault, erinnern Sie sich an das, worüber ich mit Ihnen sprach? Über Ihre Mutter, die wir suchen wollten?« Der kleine Junge runzelte die Brauen. »Da drüben ist sie. Diese wunderschöne Dame mit dem grünen Kleid … das ist Ihre Mutter.« Die kindliche Stirn war noch immer gerunzelt. Julie hielt den Atem an.

»Mutter Tido?«, fragte er nach einiger Zeit mit großen Augen.

»Ja, die Mutter von Thibault. Ihre Mutter.«

Der Kleine streckte eine Hand in François Richtung aus und zupfte mit der anderen gebieterisch an Henrietts Rock.

»Und da?«

»Da? Da steht …« Henriett hielt inne, sah auf den hochgewachsenen Mann, der etwas verloren dastand und das Kind mit einer Mischung aus Misstrauen, Staunen und Rührung ansah. Sie stutzte. Ihr Blick wechselte ein paar Mal zwischen François und Thibault. Sie holte tief Luft. »Ja, da … steht Ihr Vater, Thibault«, sagte sie schließlich verblüfft und strich über den schwarzen, unbändigen Schopf des Kleinen, während sie Julie mit runden Augen betrachtete. Schließlich fing sie sich wieder und schob den Knaben sanft vor. »Jetzt seien Sie ein artiger Junge. Gehen Sie Ihre Eltern begrüßen, ja?«

Julie sah ihren Sohn zögernd auf sich zukommen, ernst und verhalten. Er blieb in einigen Schritten Entfernung stehen, die Hände sicher hinter seinem Kleidchen versteckt. Seine grauen Augen beobachteten sie misstrauisch. Plötzlich fühlte sie sich an die Zeiten erinnert, in denen sich ein anderer grauer Blick ebenso prüfend auf sie gelegt hatte, nachdem sie unvermutet in Paris aufgetaucht war, und sie lachte.

Es war ein tiefer Ton, der aus ihrer Kehle drang, in dem Befreiung, Glück und auch Schmerz mitschwangen. Schmerz, weil dieses Kind so anders war als das, das sie verlassen hatte, als das Bild, das sie von ihm mitgenommen hatte. Natürlich hatte sie in den letzten Jahren immer wieder versucht, ihre Erinnerung an die Vorstellung des kleinen Jungen von zweieinhalb Jahren anzupassen, der Thibault geworden sein musste. Aber ihn hier vor sich zu sehen, war etwas gänzlich Verschiedenes. Jemand anders als sie hatte das braune Kleid ausgesucht, das er trug, eine andere Hand als die ihre hatte die silberne Kette mit dem Korallenamulett um seinen Hals gehängt. Ihr Herz flog mit bedingungsloser Liebe auf ihn zu, doch er war ihr fremd. Sie sah noch immer unverhülltes Misstrauen auf dem kleinen Gesicht liegen und widerstand der Versuchung, ihren Sohn an sich zu reißen, ihn in die Arme zu schließen und mit Küssen zu bedecken. Geduld, dachte sie, voll stiller Zuversicht. Ja, sie würde Geduld haben. Wollten nicht alle Fontes-Villarays gezähmt werden, bevor sie ihr Herz öffneten?

Thibault, der von dieser seltsamen Frau, die weinen konnte, während sie lachte, etwas verängstigt schien, machte unauffällig ein paar Schritte zurück und prallte unbeabsichtigt mit dem Mann hinter sich zusammen.

Julie presste ihre Hände an ihre Brust, als sie Thibault seinen Hals recken und sich vor François aufbauen sah. Ihr fiel auf, dass ihr Mann seine Hände ebenfalls hinter seinem Rücken hielt, als wisse er nicht wohin mit ihnen. Er hatte Angst, das wurde ihr plötzlich in aller Deutlichkeit klar. Ihr Mann, der tollkühne Fechter, der sie mit größter Ruhe sicher durch alle Gefahren der letzten Wochen geleitet hatte, fürchtete sich vor einem winzigen Jungen! Ihr Herz weitete sich vor Wärme und vor der wundervollen Aufgabe, sich diese beiden Menschen näher kommen zu lassen. Und auf einmal fand sie es nicht mehr ganz so schlimm, dass Thibault ihr selber auch fremd geworden war … Konnte sie so François nicht viel besser verstehen und unterstützen?

Sie faltete ihre Hände und schickte ein heißes Dankgebet in den Himmel, während sie einen Blick von Henriett auffing, der vor Zufriedenheit glänzte. Sie ließ in ihrem Geist das Bildnis all der lieben Menschen auferstehen, die ihr geholfen hatten, die sie immer wieder ein Stück ihres Weges begleitet hatten, in den letzten Jahren, und tiefe Dankbarkeit erfüllte sie. Robert und Guillaume natürlich, ihre lieben Tanten Anne-Catherine und Loyse, Racan … Sogar Gaston, als sie hilflos in Fontainebleau gestanden hatte. Und …

Ja, es gab da noch jemanden, dem sie danken musste.

Sie kam wieder auf die Beine und glitt aus dem Zimmer.

Wo mochte er sein? Sie lief ziellos ein paar Schritte. Eine Tür öffnete sich zu ihrer Linken und warf einen rechteckigen Schein in den dunklen Flur. Mehrere Männer strömten heraus, darunter drei Herren, in denen sie die spanischen Gesandten erkannte. Sie sahen Julie überrascht an, tippten dann anerkennend an ihren Hut, als sie ihnen ihr schönstes Lächeln schenkte und sich kurzerhand an ihnen vorbei durch den Türspalt zwängte.

Am Eingang hielt sie inne. Ja, dort stand er, gebeugt über einen Tisch, auf dem ein Schriftstück lag – wahrscheinlich das Protokoll des soeben geführten Gesprächs. Charpentier stand respektvoll daneben, den Gänsekiel mit feuchtschwarzem Schnabel noch in der Hand, und wartete auf das Ende der Überprüfung. Sonst war keiner im Raum.

Julie sog den vertrauten Duft nach Kamille ein und näherte sich.

»Sie sind gekommen, um sich zu verabschieden, nehme ich an?« Richelieus Blick glitzerte und war undurchdringlich wie stets.

»Ich war nach Pont-la-Pierre gekommen, um mich zu verabschieden. Aber in diesem Raum bin ich, um mich zu bedanken, Monseigneur.« Sie versank in einen tiefen Knicks. Mit dunkler Stimme fuhr sie fort: »Es ist ein aussichtsloses Unterfangen, je die Dankbarkeit in Worten ausdrücken zu wollen, die mein Herz bewegt, Eminenz. Ich …«

»Genug, Madame!« unterbrach sie Richelieu nicht ohne Heftigkeit. Er trat auf sie zu und hielt ihr seine Hand entgegen. »Kommen Sie, stehen Sie auf. Ich weiß nicht, weshalb Sie immer wieder darauf bestehen, vor mir auf die Knie zu fallen.« Er fing Julies befremdeten Blick auf und ließ ihre Hand los. Ein blasses Lächeln erschien auf seinen Zügen. »Ich habe nichts gegen Danksagungen … wenn sie mir zustehen.«

»Aber mein Sohn …«

»Nun, Sie können ihn als ein Hochzeitsgeschenk betrachten.« Er drehte sich um, fixierte einen unsichtbaren Punkt an der Wand. »Sie und Ihr Mann sind damals am Tag Ihrer Heirat plötzlich verschwunden, sonst hätte ich Ihnen von meiner Entdeckung in dem Brief Ihrer Schwägerin berichten können …« Auf einmal lagen seine Augen erneut voller Intensität auf ihrem Gesicht. »Es freut mich, dass Sie La Rochelle unversehrt wieder verlassen haben, Madame.«

»Sie wissen, dass wir in La Rochelle waren?«, entfuhr es Julie. Doch sofort schalt sie sich eine Närrin. Wusste er nicht immer über alles Bescheid? Sie schüttelte den Kopf und lächelte. »Aber … auch für Hochzeitsgeschenke darf man sich bedanken!«

»Dieser Junge ist kein Hochzeitsgeschenk an Sie, Madame«, sagte Richelieu nun. Und Julie entdeckte mit Staunen eine Spur von Bosheit auf seinen dünnen Lippen. »Es ist mein ganz persönliches Geschenk an Ihren sehr geehrten Herren Gemahl. Ich bin gespannt, wie er es aufnehmen wird!«

Sie schluckte. Was meinte Richelieu damit? War es seine Unfähigkeit, aus reiner Selbstlosigkeit heraus zu handeln, oder eher seine Befürchtung, als ein Mensch zu erscheinen, der nicht nur mit einem Geist, sondern auch mit einem Herzen versehen war, der ihn diesen Satz aussprechen ließ? Wusste er von François Ängsten? War es gar Unversöhnlichkeit, die hinter der Maske des Ministers hervorlugte? Oder … Doch sie verbot sich in eine Richtung weiterzudenken, die alte Wunden neu aufreißen und ihr für alle Zeit die Unbefangenheit einem Mann gegenüber nehmen würde, dem sie so viel zu verdanken hatte.

Sie atmete tief ein, beruhigte ihr Herz. Es war vorbei … François und sie würden in kurzer Zeit dieses Haus verlassen und nichts mehr, was dieser Mann vor ihr verschloss, war mehr von Wichtigkeit. Sie musste es aufgeben, dieses eine Mal, ein Menschenherz zu erkunden … Und sie musste einfach hinnehmen, dass es kein Gespräch mit Richelieu gab, das nicht mit Zweideutigkeiten und Unsicherheit gespickt war.

Er beobachtete sie, mit seinem dunklen, tiefen Blick, in der alten prüfenden Weise, die ihm zur zweiten Natur geworden war. Doch die Bosheit war von den Lippen verschwunden.

»Für Sie habe ich ein anderes Hochzeitsgeschenk, Madame.« Er ging zu einem kleinen Schubladenschrank, der golden im trüben Tageslicht glänzte, und zog die oberste Lade.

⚜

François brauchte nicht lange, um seine Frau zu finden. Die Tür des Schreibraumes stand halb offen, und er stieß sie auf. Als er Julie erblickte, weitete sich sein Herz. Dann entdeckte er die purpurne Gestalt. Er verbeugte sich tief.

»Eminenz …«

Richelieu wandte sich halb um, machte eine einladende Geste und warf ihm sarkastisch entgegen:

»Treten Sie ruhig ein, Monsieur le Comte … machen Sie es ganz wie Ihre Frau. Ich freue mich zu sehen, dass die Familie Fontes-Villaray sich hier inzwischen wie zu Hause fühlt. Natürlich haben Sie Recht. Man kann seinen Söhnen nicht früh genug beibringen, bei Ministern familiär ein und aus zu gehen.«

François schaute überrascht zurück. In der Tat erschien jetzt eine zweite, winzige Gestalt hinter ihm, die gebührend Abstand hielt, aber nichtsdestotrotz entschlossen schien, sich nicht abschütteln zu lassen.

Er rieb sich das Kinn, schaute Julie hilfesuchend an und zog einen Mundwinkel hoch. Julie lachte, und ihre Augen waren feucht. Dann drehte sie sich Richelieu zu.

Der Kardinal hielt ihr etwas entgegen.

Es war ein gewichtiger kleiner Koffer aus Ebenholz, der gerade auf der Fläche ihrer aneinandergelegten Hände Platz hatte. Sein Deckel bestand nur aus einem Rahmen, über den sich ein durchbrochenes Geflecht aus Silberfäden spannte, die sich wie die Ausläufer einer Schlingpflanze miteinander verwoben. An den Verstrebungen wuchsen gezahnte goldene Blätter, so zart, dass jede einzelne Ader zu erkennen war. Und es waren Perlen, die die kostbare Pflanze als perfekte, perlmuttfarbene Beeren zwischen den zerbrechlichen Zweigen und ihrem Blattwerk entwickelt hatte. Julie holte tief Luft, hauchte:

»Es ist … wunderschön, Monseigneur!«

Richelieus Blick haftete auf ihren Zügen.

»Öffnen Sie!«

Sie sah kurz auf, gehorchte … und stieß einen spitzen Freudenschrei aus.

François beugte sich über ihre Schulter.

Der Kasten war mit weißer Seide ausgeschlagen. Und darin eingebettet lagen drei rundliche, braunrote und sanft schimmernde Körper, wie er sie noch nie in seinem Leben gesehen hatte.

»Für Ihren Garten, Madame«, lächelte Richelieu.

»Ja«, nickte Julie und strahlte François an, mit Augen, so blau und tief wie der lachende Ozean. »Indische Kastanienbäume. Für unseren Garten.«

Doch François antwortete nicht. Er sah in das Gesicht mit den glühenden Augen.

Ihre Blicke begegneten sich und hielten sich fest.

François dachte an Robert, an dessen Auftrag, an die »Forte Tête«. Und an die Kiste, die sie aus Ré begleitet hatte, und die Henrietts Brief enthalten hatte, Tage, bevor sie zu der Reise nach La Rochelle aufbrachen. Eine Reise, die sie mehr als einmal in Lebensgefahr gebracht hatte. Eine völlig sinnlose Reise ... Doch nur ein Mensch auf der Welt hatte gewusst, dass sie sinnlos war.

Nein, ich werde es ihr nicht sagen, dachte er, die Augen immer noch fest auf Richelieus Antlitz gehaftet. Ich werde sie in dem Glauben lassen, dass auch Sie ein Herz haben, Eminenz ... weil sie es glauben will. Er zog einen Mundwinkel hoch. Und auch, weil Sie möchten, dass sie es glaubt.

Die Andeutung eines Lächelns erschien auf den müden Zügen des Ministers.

François senkte den Blick. So sei es denn. Die Samen werden austreiben und Wurzeln schlagen, zu Bäumen heranwachsen. Dafür wird sie sorgen. Und sie wird sie begießen, pflegen und Ihrer gedenken.

Und er sah Julie stehen, im Schatten von drei fremdartigen Bäumen, die Jahr für Jahr an Stattlichkeit gewannen, zusammen mit ihren gemeinsamen Kindern. Er nickte kaum merklich. Seine Familie und er würden für immer in diesem Schatten stehen. Im Schatten des Kardinals.

ENDE

Nachwort

Wie sah es ein Jahr später aus?

Richelieu war es gelungen, seinen Damm quer durch die Bucht von La Rochelle zu bauen. Die Belagerung jedoch zog sich hin. England hielt Wort und unternahm zwei – erfolglose – Versuche, den eingeschlossenen Glaubensgenossen zu helfen. Als die Stadt sich schließlich im Herbst 1628 ergab, lebte nur noch ein Drittel ihrer Einwohner. Meine Intuition aber sagt mir, dass Robert und Lucine zu den Überlebenden zählten – und dass die entbehrungsreichen Monate sie zu einem Paar zusammenschweißten.

Eine Woche, nachdem Richelieu König Louis die Schlüssel von La Rochelle überreichte, brach der Damm bei einem Sturm … Europa sah darin eine Bestätigung, dass Gott auf der Seite des Kardinals stand.

Buckingham erlebte die Kapitulation der Stadt nicht mehr. Er wurde im Sommer von einem Puritaner erdolcht. Sein Volk trauerte nicht um ihn.

Marie de Chevreuse durfte Ende des Jahres nach Frankreich zurückkehren. Ihre Leidenschaft war ungebrochen, und sie fand noch viele Gelegenheiten, es zu beweisen.

1635 gründete Richelieu die Académie Française. Racan wurde in ihr aufgenommen und so zu einem der allerersten »Unsterblichen«.

In dem Jahr der Niederlage von La Rochelle heiratete Racan eine Mademoiselle du Bois.

Ob Julies und François Glück ihn dazu bewog, kann ich nicht sagen.

DRAMATIS PERSONAE

Die Damen Saintange und ihr Umfeld
Julie Dearsley, Countess of Eastington
Frederik Glenstair, Earl of Eastington, Ehemann von Julie
John Glenstair, Earl of Waterston, Bruder von Frederik
Henriett, Countess of Waterston, Frau von John
Loyse de Saintange, Comtesse de Ventredeux, ältere Tante von Julie
Anne-Catherine de Saintange, jüngere Tante von Julie
Robert, Page von Julie

Die Herren Tallevende und ihr Umfeld
François de Tallevende, Comte de Fontes-Villaray
Hurault de Tallevende, Comte d'Ardouval, Vater von François
Blanche de Fontes-Villaray, Comtesse d'Ardouval, Mutter von François
Guillaume de Tallevende, Onkel von François

Das französische Königshaus und sein erster Minister
Louis XIII., König von Frankreich
Anne d'Autriche, seine Gemahlin
Gaston d'Anjou, später Gaston d'Orléans, Bruder von Louis
Armand-Jean du Plessis, Herzog de Richelieu, Kardinal und aufstrebender Minister Louis

Das englische Königshaus und sein erster Minister
James I., König von England
Charles I., Sohn von James und sein Nachfolger auf dem Thron
Henriette de France, Gemahlin von Charles und Schwester von Louis XIII.
Georges Villiers, Herzog of Buckingham, Minister und langjähriger Favorit von James und Charles

Der Hochadel
Marie de **Chevreuse**, Vertraute der Königin Anne
Claude de **Chevreuse**, Ehemann von Marie
Louise-Marguerite de **Conty**, Schwester von Claude de Chevreuse
Charles de **Guise**, Bruder von Claude de Chevreuse
Henriette-Catherine de **Guise**, Ehefrau von Charles de Guise
Marie de **Montpensier**, Tochter aus erster Ehe von Henriette-Catherine, Verlobte von Gaston d'Anjou
Charlotte, Prinzessin de **Condé**, Freundin von Marie de Chevreuse
Alexandre de **Vendôme**, unehelicher Sohn von Henry IV., Halbbruder von Louis XIII.
François de **Bassompierre**, Diplomat und Armeeführer

Die Hugenotten
Jacques-Antoine **Surelles**, Händler in La Rochelle und Geschäftspartner von Frederik of Eastington
Lucine **Surelles**, älteste Tochter von Jacques-Antoine

Die anderen
Honorat de **Racan**, Poet und Freund von François de Fontes-Villaray
Pater Joseph, rechte Hand von Armand-Jean de Richelieu
Jean-Baptiste **d'Ornano**, Erzieher von Gaston d'Anjou
Henry de **Chalais**, Galan von Marie de Chevreuse
François de **Montmorency-Bouteville**, Heißsporn, bester Fechter Europas genannt
Jean de **Toiras**, Gouverneur der Insel Ré

Die Verse zu Beginn der Kapitel stammen von dem französischen Dichter Honorat de **Racan** (1589-1670).

Bibliographie

BASSOMPIERRE, FRANÇOIS DE: Mémoires. Edition du commentaire analytique du code civil, Paris, 1837.

BATIFFOL, LOUIS: La Duchesse de Chevreuse. Hachette, Paris, 1924.

BURCKHARDT, CARL J.: Richelieu. Georg D.W. Callwey Verlag, München, 1958.

CHEVALLIER, PIERRE: Louis XIII. Fayard, 1979.

COUSIN, VICTOR: Femmes illustres du XVIIème siècle. Mme de Chevreuse. Librairie Académique, Paris, 1876.

CRÉTÉ, LILIANE: La vie quotidienne à la Rochelle au temps du grand siège. 1627-1628. Hachette, 1987.

DETHAN, GEORGES: La vie de Gaston d'Orléans. Editions de Fallois, Paris, 1992.

HUXLEY, ALDOUS: Die Graue Eminenz. Eine Studie über Religion und Politik. Steinberg Verlag, Zürich, 1948.

LE MERCURE FRANÇOIS, 1624-1625.

POPE, DUDLEY: Feuerwaffen. Entwicklung und Geschichte. Scherz Verlag, München, 1965.

QUÉTEL, CLAUDE: La Bastille. Histoire vraie d'une prison légendaire. Edition Robert Laffont, 1989.

RACAN, HONORAT DE BUEIL: Les poésies lyriques profanes. A.A. M. Stols, Maestricht, 1928.

RÉAUX, TALLEMANT DES: Historiettes. Edition Gallimard, Bruges, 1960.

RICHELIEU, ARMAND-JEAN DU PLESSIS: Mémoires. Edition du commentaire analytique du code civil, Paris, 1838.